종합산문(1)

Series of Korean Literature at China

이 전집은 대산문화재단의 2007년 해외한국문학연구 지원을 받았습니다.

연세국학총서73
중국조선민족문학대계 14

종합산문(1)

연변대학교 조선문학연구소
김동훈· 허경진· 허휘훈 주편

보고사

◉ 권 철

중국 연변대학 조문학부 졸업. 연변대학 조문학부 교수로 재직하며 민족연구소장을 역임하고, 현재 조선문학연구소 고문으로 있다. 저서로『광복전조선민족문학연구』,『중국조선족문학』 등이 있다.

◉ 김동훈

중국 중앙민족대 중문학과 졸업, 중앙민족대와 연변대 교수를 거쳐 현재 상해공상외대 한국어 학부장으로 있다. 연변대조선언어문학연구소 소장, 북경대조선문화연구소 고문 역임. 저서로는『중국조선족구전설화연구』,『조선족문화』,『중국조선족문학사』(공저),『간명한국백과전서』(주필),『중국조선족문화사대계』(총주필) 등이 있다.

◉ 허경진

한국 연세대 국문학과 및 동 대학원 졸업. 목원대 국어교육과 교수를 거쳐 현재 연세대 국문학과 교수로 있다. 2005년부터 중국 연변대 겸직교수로 재직중이다.

◉ 허휘훈

중국 연변대 조문학부 및 동 대학원 졸업. 문학박사. 현재 연변대 조문학과 교수로 있다. 연변대 조선문학연구소 소장, 연변민간문예가협회 이사장이다. 저서로『조선민간문화연구』,『조선문학사』(공저),『중조한일민담비교연구』(주필) 등이 있다.

연세국학총서73

중국조선민족문학대계 14

종합산문(1)

초판 1쇄 발행_2010년 6월 15일

주편자_김동훈·허경진·허휘훈
연변대학교 조선문학연구소

발행인_김흥국

발행처_도서출판 보고사

등　록_1990년 12월(제6-0429)

주　소_서울시 성북구 보문동 7가 11번지 2층

전　화_922-5120/1(편집) 922-2246(영업)

팩　스_922-6990

메　일_kanapub3@chol.com

홈페이지_www.bogosabooks.co.kr

ISBN_978-89-8433-415-1(94810)
978-89-8433-401-4(세트)

정　가_35,000원

간행사

우리 조상들이 중국 땅에 이주해온 이후, 오랜 역사를 통해 탁월한 저력으로 독자적인 문화를 창출해냈고 또한 많은 문화유산을 물려주기에 이르렀다. 그 가운데 우리 조상들의 알찬 삶의 지혜와 다양한 경험들이 축적되어 있다. 바로 이 때문에 문화유산 중 큰 비중을 차지하는 구비문학과 기록문학이 소중하며, 다시 읽어야할 보전(宝典)으로 남게 되었다.

과경(跨境)민족으로서의 중국 조선민족은 19세기 후반이래로 수차의 문화적 격변의 시대를 살아왔다. 이른바 개화기의 격류 속에서는 전통문화와 서구문화사이의 갈등, 한문학과 국문문학 간의 교체를 경험했고, 식민지시대에는 국문문학의 문체혁신과 일제에 의해 책동된 전통문화의 쇄멸 말살이라는 시련을 겪기에 이르렀다. 이런 변화와 역경 속에서도 중국 땅에 망명하였거나 이 땅에서 유・이민 혹은 정착민으로 생활해온 우리 겨레의 지조 있는 애국문인들은 결코 붓을 던지지 않았다. 류인석, 김택영, 신규식, 신채호, 안중근, 리상룡, 김정규, 김소래, 최서해, 염상섭, 주요섭, 최상덕, 강경애, 현경준, 김창걸, 안수길, 박영준, 황건, 김조규, 윤동주, 박팔양, 이육사, 함형수, 리학성, 천청송, 김학철, 윤해영, 채택룡, 설인 등 헤아릴 수 없이 많은 문학도와 시인, 작가들이 바로 필설로 그 시대를 증언해온 대표적인 지성인들이다.

그들 중에는 고국을 떠나 갈바람에 흩날리는 낙엽처럼 정처 없이 떠돌다 두만강, 압록강을 건너와 허허 넓은 만주벌판, 낯선 이국땅 서러운 추녀 밑에서 간도아리랑을 부른 망향시인이 있었고 하늬바람 불어치는 산해관을 넘어 북경, 서안, 상해, 무한 등 천년고도에 떠돌이로 남아 언론매체를 빌어 '천고'를 울리고 '진단'을 노래하고 청구의 '광명'을 만방에 호소한 청년전위가 있었는가 하면 백산, 흑수, 송료, 제로, 태항, 중원의 고전장에서 융마일생을 수놓아 가며 목숨을 바친 무명용사도 있었다. 여순, 나가사끼, 후꾸오까의 감옥에서 단지혈맹의 뜻을 굽히지 않고 다리를 절단해가면서도 끝까지 혁명의 지조를 지켜왔거나 끝내 '한 점 부끄럼 없이' 꽃처럼 피어나는 피를 민족의 제단앞에 바친 암흑기의 푸른 별들도 있다. 그들은 문자에 앞서 몸으로 지탱해온 삶 그 자체가 더 고결하고 값진 것으로 여겨왔던 것이다. 그들의 피와 땀으로 가꾸어온 문화의 숲은 헌걸찬 우리 민족의 에너지를 부단히 충전시켜 주는 불멸의 혈맥, 끈질긴 생명력의 고동으로 무성하게 자라고 있으며 영광과 비애의 굴곡, 흥망과 성쇠의 기복이 교차되는 수많은 역사 주체의 명멸을 간직한 채 굳건하고 강인한 기백으로 오늘날까지 민족의 정기를 면면히 이어주고 있다.

그들이 남긴 풍부한 문학유산은 그동안 중외(中外)학자들에 의하여 적지 않게 발굴 연구되었으나, 지금까지의 연구는 단편적인 자료에 근거를 둔 것으로서 그 진면목을 체계적으로 파악하기에는 역부족이라고 할 수 있다. 이런 의미에서 중국 조선족과 광복 전 재중 한인, 조선인들의 문학 자료를 체계적으로 발굴, 정리, 출판하는 것은 정체(整体)적인 민족문학연구에서 대단히 중요한 작업이 아닐 수 없다. 그들이 남긴 문학 자료는 지금도 중국각지와 해외의 여러 도서관, 박물관, 문서보관소에 신문, 잡지, 일기, 필사본, 프린트본, 활자본 등 형식으로 흩어져있다. 이런 현실을 감안하여 본 대계는 선배들이 중국 땅에 남긴 문학 자료들을 집대성하여 후세인들로 하여금 문화민족으로서의 자긍심을 갖게 하고 애국애족의 정신을 계승 발양하며 문학, 언어, 역사, 민속, 언론, 사회 등 여러 분야를 망라한 학계인사들에게 21세기 중국 조선민족문화의 새로운 비약을 위한 계통적인 연구 자료를 제공하는데 그 목적과 의의가 있다.

중국조선민족문학의 진수를 정리, 간행하기 위한 계획이나 준비 작업은 연변대학 조선언어문학연구소(현재의 조선문학연구소)의 창립과 더불어 20세기 80년대부터 본격적으로 시작되었다. 권철교수를 비롯한 연변대학 조선언어문학연구소의 조선문학 관계 선배학자들은 1950년대부터 벌써 재중조선인

문학자료 수집에 착수하였고 1990년에는 권철, 조성일, 최삼룡, 김동훈 등 네 연구원의 공동 집필로 된 ≪중국조선족문학사≫를 공개출판하기에 이르렀다. 1992년 연변대학 조선언어문학연구소(현재의 조선문학연구소)는 한국 숭실대학교 인문대학과의 공동연구과제로서 소재영, 권철, 김동훈, 조규익 교수를 중심으로 집필한 ≪연변지역조선족문학연구≫를 펴냈다. 같은 시기에 김영덕, 최문식 교수를 비롯한 연변대학 고적연구소에서는 ≪류린석전집≫, ≪김택영전집≫, ≪윤동주유고집≫, ≪한양가≫, ≪연변조사실록≫ 등 중국지역에서 발굴, 정리한 17권의 민족고전을 출판하였다.

이와 동시에 문학현장의 사실을 증언하기 위해 두 연구소 산하의 수십 명의 연구원들은 연변의 각 현시와 북경의 백림사, 상해의 서가회, 남경의 용반리, 심양시 서류보관소 그리고 하얼빈, 대련, 서안, 남통 등지의 도서관, 박물관 등 중국 국내 수백처의 자료관을 누비면서 우리 민족의 해방 전 문학자료들이 흩어져 실려 있는 ≪천고≫, ≪진단≫, ≪천고≫, ≪진단≫, ≪독립신문≫, ≪민성보≫, ≪북향≫, ≪만선일보≫, ≪카톨릭소년≫, ≪광복≫, ≪신한청년≫, ≪조선의용대통신≫, ≪한민≫, ≪연변문화≫ 등 신문과 잡지, 그리고 지난 세기 초부터 이 땅에서 유전되었던 ≪백두산민담≫, ≪장백산강강지략≫, ≪초등소학수신≫용 우화집과 ≪싹트는 대지≫, ≪재만조선인시집≫, ≪혈해지창≫ 등 최초의 소설집, 시집 및 극본들을 속속 발굴하였으며 무려 1,500만자에 달하는 작가문학 자료와 800여 수의 민요, 2,000여 편의 전설과 민담을 수집하였다. 그들은 하늘을 비상하는 나비가 아니라 발로 땅을 기어 다니는 지네와 같이 지나간 역사와 문화현장에 파고들어 문학현상 자체를 자기의 피부로 촉감하고 확인함으로써 오늘의 이 방대한 민족문학대계의 탄생을 준비하였던 것이다.

본 대계의 출간과 관련하여 우리는 다음과 같은 몇 가지 원칙에서 이 사업을 추진키로 하였다.

첫째, 본 대계에는 중국 조선족 작가와 재중 한국인, 조선인 작가들이 건국(1949년) 이전에 창작한 시, 소설, 일반 산문, 극작품 등 일체의 문예작품들을 수록한다.

둘째, 우리 문학의 세 가지 큰 갈래인 조선문 문학, 한문문학, 구비문학을 통해 역사적으로 이룩한 모든 양식을 함께 수록한다. 먼저 건국 전에 창작된 작품을 30권에 나누어 1차적으로 간행하고 이를 더욱 확대하여 진정한 의미의 문학대계가 되게 한다.

셋째, 구비문학작품은 건국 전에 수집된 것과 건국 후에 수집된 것을 망라하며, 그 내용이 해방 전에 이미 구전으로 전승되었음을 감안하여 이를 모두 1차 간행분에 포함시킨다.

넷째, 언어상으로나 역사적으로 가치가 있는 일부 원전은 원전과 현대어역을 동시에 수록한다. 현대어역을 통하여 한문과 원전의 감상을 가능하게 하고 정확한 원전의 제시로 그 연구의 자료가 되게 한다. 단 일부 한시와 고문은 번역 사업이 미처 미치지 못해 원문만 그대로 싣기로 한다.

다섯째, 건국 전의 작가문헌은 그 문체들이 발생한 시대적 선후를 염두에 두면서 한시, 현대시, 소설, 산문, 희곡 순으로 배열하고 구비문학은 민요, 전설, 민담 순으로 배열한다. 건국 이후의 작품은 대부분 쉽게 찾아볼 수 있는 것들이어서 2차적으로 그 출간을 계획해보려 한다.

1차 간행에 교부된 작품집 목록은 아래와 같다.

제1-3권 한시집
제4-6권 시집(조선문)
제7-13권 소설집
제14-16권 산문집
제17권 희곡집
제18권 민요집
제19권 문헌설화
제20-21권 전설집
제22-27권 민담집
제28-29권 중국에 번역 소개된 문학작품
제30권 별책(색인)

끝으로 본 대계가 편집 출판되는 동안 관심 있는 모든 분들의 협력과 질정을 바라며 어려운 가운데도 이 사업에 동참해주신 편찬위원, 책임편자, 역주자 여러분과 연변대학 고적연구소 임원들에게 감사드린다.

그리고 본 사업의 취지를 이해하고 편집비를 지원해주신 한국 대산문화재단, 2005년도 연세특성화지원금으로「중국내 한국관련 문헌자료집성사업단」을 지원해주신 한국 연세대학교의 후의에 감사드리며, 아울러 편집과 교정에서 제작에 이르기까지 노고를 아끼지 아니한 보고사 여러분께도 고마움을 표한다.

2005년 12월 26일

중국 연변대학교 조선문학연구소 전 소장 김동훈
중국 연변대학교 조선문학연구소 소장 허휘훈
한국 연세대학교 국학연구원 허경진

◉ 일러두기

이 ≪대계≫는 다음과 같은 요령으로 엮었다.

1. 중국 조선족의 기록, 구비문학작품을 비롯하여 재중한인(韓人), 조선인이 중국 지역에서 창작한 작품들을 함께 수록하였다.
2. 20세기 전반기에 창작 발표된 문학작품을 일차적 선제대상으로 확정하였다.
3. ≪대계≫ 각권의 출판은 한시, 현대시, 소설, 산문, 희곡, 민요, 전설, 민담 순으로 배열하였다.
4. 한시와 기타 한문(漢文)으로 쓰인 원전은 매 편마다 원문을 앞에 싣고 역문을 뒤에 함께 수록하여 상호 참조하기에 편리하도록 하였다.
5. 원전에 나오는 일부 지명, 인명, 전고, 방언과 알기 어려운 글자, 누락, 오기 등에 대해 필요한 주를 달았다. 주석표기는 원문(혹은 역문)에 번호를 붙이고 해당 면 하단에 각주(脚注)함을 원칙으로 하였다.
6. 고한문 원전은 번체자로 표기하고 이해가 어려운 한자어의 경우에는 괄호 안에 한자를 넣어 병기하였다.
7. 간행사와 일러두기 그리고 해설은 한국에서의, 작품의 맞춤법·띄어쓰기·외래어 표기는 중국에서의 현행 조선말 규범원칙을 따르되, 어학적·민속적 가치가 높은 해방 전 원전은 원문 그대로 수록하였다.
8. 본문은 연변의 표기방식대로 실었으며, 해설은 한국의 표준법에 맞추어서 윤문하였다.
9. 이 ≪대계≫에서 사용한 주요 부호는 다음과 같다.
    1) ( ) : 음이 같은 한자를 병기함.
    2) [ ] : 음은 다르나 뜻이 같을 때나 혹은 풀이한 한문을 병기함.
    3) ≪ ≫ : 책명, 작품명, 대화나 인용을 나타냄.
    4) 〈 ? 〉 : 불확실한 경우를 나타냄.
    5) □ : 원전 또는 원문에서 누락된 문자를 나타냄.
    6) 주석은 ① ②로 표시하여 해당 면 하단에 표기함.

차례

해제

해방 전 조선족산문 개관

최삼룡

1. 작품의 선록 범위

이 책은 ≪20세기중국조선족문학자료전집—해방전산문집≫(상, 하)로 출판한다.

상권 111편 하권 192편 모두 313편이다.

여기에는 해방전의 조선족들속에서 씌여졌거나 조선족들의 삶의 현장을 조명한 산문 ××편을 수록하였다.

정식으로 해제에 들어가기전에 두가지 문제에 대한 편찬자의 견해를 밝혀둔다.

첫째, 산문의 개념에 대한 력사적인 리해와 본권의 선록.

중국이나 조선에서 산문은 력사적으로 광의적인 개념과 협의적인 개념이 있었다.

광의적인 개념에서 산문(散文)이란 운문(韻文)과 상대되는 시, 사, 곡(詩, 詞, 曲)을 제외한 모든 문체의 글을 가리킨다.

현대에 이르러 산문의 개념은 상대적으로 많이 축소되였는데 산문은 운문(詩歌)과 상대되는외에 소설, 희곡에서 갈라져나와 시, 소설, 희곡과 더불어 산문은 4대 문학쟝르중의 하나로 되였다.

그렇지만 그 범주는 신문통신, 실화문학, 속사, 기행문, 수필, 잡문, 소품문, 회억록, 전기, 일기, 서문, 발문 등등 아주 광범위하다. 알수 있는바 전통적인 소설과 희곡작품외의 모든 문체의 글을 죄다 산문이라 칭할수 있다. 그래서 언얻던 학자들은 산문을 통털어 「비소설류」라고도 칭한다.

최근 들어 중국에는 예술산문이라는 개념도 생겨났는데 이것은 더욱 협애한 산문개념으로서 이 문체는 운문과도 구별되고 시, 소설, 희곡과도 다르며 또 신문통신, 실화문학, 잡문, 회억록, 전기와도 다르다. 대체로 예술산문이란 산문양식중에서 따로 수필을 떼여내온것이라고 할수 있겠다. 경우에 따라서 사람에 따라서 예술수필이라고도 부르고 서정산문이라고도 부른다.

예술산문은 작품의 심미기능을 주요한 특징으로 하고 객관세계의 심미적요소에 대한 발굴에 착중하거나 작자의 주관적인 정감이나 정서를 서술하고 토로하면서 언어의 심미적의미를 강조하고 돌출시킨다.

중국조선족의 경우 산문에 대한 리해는 해방전에 대체로 조선의 경우와 같았다는 결론을 지을수 있겠다.

지금 구독할수 있는 신문이나 잡지를 보면 실화문학은 많이 그저 실화라고 불렀고 때로는 현지보고라고도 불렀고 수필(隨筆)은 수필이라고 부른외에 隨感, 隨想, 華想 이라고 불렀고 경우에 따라서 그저 산문이라고도 불렀으며 잡문(雜文)은 잡필(雜筆)이라고도 불렀다.

이상 여러가지 상황을 고려하면서 이 책에는 주로 수필과 잡문 그리고 기행문을 선록하며 특별히 연구의 가치가 있다고 인정되는 소품문과 문예수필을 겸하여 수록한다.

둘째, 해방전 중국조선족의 산문이란 무엇인가? 이 개념도 사실상에서는 아주 정립하기 힘든 개념이다. 해방전에 중국조선족이란 개념은 없었다. 왜냐 하면 해방전에는 담론자의 립장과 리익과 시각에 따라서 여러가지로 불리웠다. 지금 그때의 신문잡지를 보면 동북에 한해서는 만주이민, 재만조선인, 만주교포, 과경이민, 만주국국민, 동북밖에 조선인에 대하여서는 지나조선인, 조선교포 등등 수많은 명명이 있은것이 분명하다.

산문의 경우 다른 형태의 문학과 마찬가지로 여기에 와서 여기 생활을 여기 신문잡지 혹은 도서에 낸것이 있는가 하면 여기서 살면서 여기 생활을 써서 조선의 신문, 잡지 및 도서에 발표한것이 있으며 또 조선에서 살면서 여기로 출장이나 려행이나 방문을 왔다가 여기 생활을 쓴것이 있다.

그 작자를 보면 여기서 나서 자라 작가로 성장된 사람도 있고 또 조선에서 작가로 데뷔한후 여기로 와서 작품활동을 한 사람도 있고 조선의 사회단체나 문화기관의 파견을 받고 여기에 와서 장시기 혹은 단시기 작품활동을 한 사람도 있고 또 완전히 조선에서 문단에 데뷔하고 조선에서 살면서 그저 여기의 지면에 작품을 발표한 사람이 있다.

이런 력사상황에서 해방전 조선족이라는 개념을 분명히 하기도 힘들도 아울러 해방전 조선족산문의 개념도 분명히 하기 쉽지 않다.

앞으로 학계에서 연구도 계속될것이고 사람들의 의론도 계속되겠지만 이 책에서 편찬자는 무릇 해방전의 조선족들의 생활을 쓰고 중국의(주로 동북) 조선족의 현장을 조감한것이면 그 작자가 어디에서 거주했고 그 글이 어디에 발표한 것인가를 불문하고 선록범위에 놓고 고려했음을 여기에 밝혀둔다.

2. 망라된 작자들

해방전 조선족산문의 작자대오는 아주 방대하며 그 신분이 복잡하다.

첫째, 망명문인들과 독립투사들.

조선족산문의 첫 작가대오는 반일애국의 망명문인들과 독립투사들로 구성되였다고 말할수 있다.

주지하는바 일본제국주의 침략자들은 19세기말로부터 조선에 대한 침략을 시작하고 20세기초에 마침내 조선을 완전히 저들의 식민지로 만들어버렸다. 이에 반항한 많은 문인들이기 중국에 들어와 계속 반일애국의 문필활동을 전개하였다.

그 대표적인 문인이 바로 김택영(金澤榮 1850~1927), 신정(申檉, 본명은 申奎植 1879~1922), 신채호(申采浩 1880~1926)이다.

이들의 공동한 특점은 세분 모두 조국에서 이미 문학창작에서 상당한 성과를 쌓아올리고 일제놈의 침략에 분개하여 조국을 등지고 중국에 망명온 반일애국 문인이라는것이며 중국에 망명와서도 계속 보람찬 문필활동을 벌려 빛나는 문학성과를 창출하였다는것이다. 이들의 산문창작은 조선고대 패설문학의 정신을 계승하면서 근대수필의 개척에 큰 공헌을 하였다는것이다. 생활에 발을 붙이고 민족앞에 제기된 문제를 예리하게 포착하고 연박한 력사지식과 현실에 대한 심각한 사색을 결합시키고 문체상에서 개방적인 자세와 다양한 수사법의 리용은 이들의 산문으로 하여금 근대산문의 수준에 도달하였다는 평가를 할만하다.

이 세분 애국문인들의 산문과 맥을 같이하는 산문을 쓴 이들로는 만주에 와서 반일독립운동을 벌린 독립투사들이 있다.

둘째, 1919년 5.4동으로부터 전국의 형세와 더불어 동북의 정치형세도 심각히 변화되기 시작하며 1931년 9.18사변과 그뒤의 위만주국의 건립은 재만 조선인의 생활도 아주 복잡한 양상을 과시하면서 변화한다.

총적으로 일제침략자의 식민통치는 더욱 강화되고 중조인민들의 반일투쟁의 불길은 더욱 세차게 타오르고 또 다른 한방면으로는 재만 조선인의 인구가 급속히 증가되고 조선인의 문화교육기관도 많아지게 되고 민족문화인 대오가 방대해지는 여건에서 시, 소설 등 기타 문학형태의 창작과 마찬가지로 산문창작도 아주 복잡한 양상을 과시하면서 발전하였다.

이리하여 1931년 9.18사변으로부터 1945년 8.15해방까지 이 시기의 산문창작 대오는 그 신분이 아주 복잡하다.

이 대오는 물론 그렇게 단순하고 가쭌하고 정치경향이나 예술성향에서 하나로 통일된 대오일수 없었다. 그들중에는 항일무장투쟁에 직접 몸을 바친 항일투사가 있는가 하면 비록 무장투쟁에는 직접 투신하지 않았지만 일제에 대한 저항을 시종 견지한 문인이 있으며 자기의 붓으로 나라를 빼앗긴 민족의 아픔과 고향을 등지고 조국을 떠나 만주에 와서 생존을 위해 허덕이는 이민들의 고된 삶의 현장을 그려낸 문인이 있으며 시대의 거세찬 소용돌이속에서 자기의 량심을 지켜가는 지식인의 고민을 표현한 문인이 있으며 또 일제의 전제통치와 위만주국의 제반 시책에 부응하는 글을 쓴 문인도 있으며 심지어는 친일문인도 있다.

그 출신으로부터 말하면 만주에 이민 오기전에 조선에서 상당한 현대교육을 받고 조선에서 이미 문단에 데뷔하여 인정을 받은후 만주에 와서 계속 작품활동에 종사한 사람이 있다.

이들을 다시 더 료해해보면 만주에 오기전에 문단에 데뷔했거나 이름을 떨치고 만주에 온 최남선, 강경애, 박팔양, 박영준, 김조규, 현경준, 백석, 김영팔 등 문인, 만주에 오기전 기자, 편집으로 활동하다가 만주에 왔거나 특히 1930년대말에 진입하면서 일제의 문화전제주의가 가심해지고 ≪동아일보≫, ≪조선일보≫가 폐간되면서 중국에 건너온 홍양명, 권충일 등 신문인 그리고 중국에 류학온 김광주 등 대, 중학교 학생도 있다.

다음 한 부류의 작자는 이곳에서 태여났거나 매우 어린 시절에 만주에 와서 교육을 받고 생활하면서 이곳의 토착문인으로 성장한 김창걸, 리욱, 천청송, 윤해영 등 작자들이다.

또 출장, 려행, 방문, 사사(私事) 등 기회에 만주에 와서 겪고 보고 들은 자기의 체험을 산문으로 써낸 한설야 전무길, 신기석 등 문인들도 있다.

이렇게 신원을 확인할수 있는 사람은 20여명에 불과하고 대부분 작자들의 신원은 불명확하다. 앞에서 례를 든 문단, 정계, 학계, 언론계에서 활약한 일부분 작자들의 신원이 밝혀졌으나 많은 보통 농민, 로동자, 직원 작자들의 신원은 밝힐수가 없다. 1945년 8.15해방후 거취와 활동에 근거하여 일부 작자들의 신원을 판단할수 있으나 그것은 추측에 불과하고 많은 작자들의 신원은 전혀 알수 없다. 앞으로 어느때든지 남북이 통일되는 날에는 좀 더 많은 작자들의 신원을 밝힐 가능성이 있겠지만 아마도 그때에 가서도 영영 신원을 밝히지 못할 작자가 더 많을것이다.

3. 대표적인 작가들의 산문

지금까지 구독할수 있는 산문을 보면 해방전 조선족의 산문은 내용이 풍부하고 형식도 다양하다고 말할수 있다.

그 형식으로 보면 이 시기의 산문중에는 혁명적인 정론, 격문도 있고 어떤 문인들에 의하여 「현지보고」라고 불리운 실화문학도 있으며 수필, 소품문이 있는가 하면 일기, 편지도 있으며 특히 기행문이 많다.

그 내용으로 보면 암흑한 현실에 대한 불만과 일제침략자들에 대한 반항을 표현한것도 있으며 이주민들의 궁핍한 삶과 비참한 현실생활을 조명한것도 있고 이주민들의 나라를 떠난 한과 망향의 정을 표현한것도 있으며 리상과 현실의 갈등속에서 지식인들의 심각한 고민을 표현한것도 있으며 일제와 위만주국의 제반 시책에 응부하는것도 있으며 로골적으로 친일을 선양하는 작품도 있다.

지금 이 산문들에 대하여 과학적인 연구를 진행한다는것은 거의 불가능한것으로 되였다.

많은 재료들이 력사의 소용돌이 속에서 유실되여버렸고 많은 재료들이 아직도 발굴되지 못하고있으며 또 많은 작자들의 신원이 밝혀지지 못하고있다. 게다가 제도와 의식형태의 갈등으로 인하여 같은 작자, 같은 작품에 대한 사람들의 리해와 평가가 천차만별이다.

이러한 사정을 고려하여 신원이 밝혀진 몇몇 작자들의 작품을 놓고 해방전 조선족 산문문학작품의 의식성향에 대하여 대충 고찰할수밖에 없는 사정이다.

△ 강경애의 수필

저명한 소설가 강경애(姜敬愛 1906~1944)는 조선문학사에서 굵직한 한획을 그었는바 평생에 그는 장편소설 2편, 중단편소설 17편 그리고 10여편의 시를 발표하였으며 또 10여편의 산문과 수편의 평론을 발표하였다.

강경애의 작품활동은 다른 작가들에게 없는 특수성이 있는데 그것은 조선에서 교육을 받고 작가적인 준비를 끝내고 룡정에 들어와 창작에 정진했는데 다른 누구보다 여기 만주의 조선이주민들의 생활에 눈길을 돌리였으며 여기 이주민들의 생활을 반영하는 소설과 수필을 많이 창작했지만 그 작품은 거의 100%로 조선의 신문잡지에 발표하였다는것이다. 다시말하면 여기 만주에도 문학작품을 발표할만한 신문잡지가 있었음에도 강경애는 그렇게 하지 않았다.

아무튼 강경애는 문학활동의 고봉기를 바로 룡정에서 지냈는바 1931년 6월경에 룡정에 와서 가정주부로 있으면서 창작에 정진하다가 1939년 신병으로 고향 황해도 장연으로 돌아갔다. 이사이에 조선에 몇번 다녀오기도 했지만 대부분 시간을 룡정에서 보냈다.

이 기간 강경애는 ≪간도를 등지면서≫, ≪간도야 잘 있거라≫ ≪간도의 봄≫ 등 산문 20여편을 발표하였는데 이 수필들에서 우리는 한 가정의 살림살이를 도맡은 평범한 가정주부 강경애를 만나볼수 있을뿐만아니라 또 등지고 떠나온 고향이 그리워 몸부림치는 한 재만동포의 망향의 고뇌를 볼수 있으며 또 나라의 운명을 시종 근심하고 고난에 찬 동포들의 삶에 눈길을 돌리고 민족투쟁, 계급투쟁의 피어린 현장에서 내내 촉각을 곤두세우는 작가, 각성한 지성인의 혼불을 찾아볼수 있다.

강경애의 산문의 사상내용을 우리는 대체적으로 다음과 같은 세가지로 나누어 볼수 있다.

첫째, 궁핍한 생활에 대한 기억과 재현

식민지 치하에서 살아온 조선인에게 있어서 궁핍한 생활은 하나의 경제문제였으며 역시 하나의 사회문제였다. 이것은 조선에서나 중국에서 다 마찬가지였다.

그러므로 량심있는 작가들이 백성들의 궁핍한 생활을 반영하는것은 문학사적인 보편현상이였다.

> 당시 아버지를 여인 우리 모녀는 어느 산골에 사는 고모를 찾아갔고 고모네 집 옆방사리를 하게되엇으며 그만큼 우리는 困窮이 지내므로 헤서 하루의 두끼니조차도 배 불리 먹지 못하였든가 싶다.… －《내가 좋와하는 솔》

《내가 좋와하는 솔》 이 수필에는 배가 고프면 어머니와 못견디게 졸라대고 어머니는 어르고 달래다가 빰을 때리고 나는 죽는듯이 울었고…어떤날은 솔가지를 꺾어서 껍질을 벗기고 입에 물려주었다는 등 그 시절의 궁핍의 기억을 자상하게 그려져있다.

강경애는 궁핍은 결코 자기 한사람 혹은 자기의 가정 한집의 궁핍이 아니라는 것을 똑똑히 알고있었으며 또 착취받고 압박받는 인민대중에 대한 지속적인 관심을 기울이면서 궁핍에서 해탈하는 길은 낡은 사회를 개혁하고 일제침략자를 물리치는데 있다는 대도리를 똑똑히 알게 되였으며 나아가서 문학으로 이 현실모순과 인간문제를 해명하여야겠다는 사명감을 갖고 글을 썼다. 궁핍에서 벗어나려는 모지름은 그의 문학의 동력원이였다.

둘째, 가슴에 넘치는 망향의식

강경애의 수필에서 화자는 내내 고향을 그리는 이역의 류랑자로 나타난다. 그는 먼곳에 두고온 고향의 자연을 그리며 고향의 혈육들을 그리며 고향의 귀중한 모든것들을 그린다.

> 두견산(杜鵑山)밑에 게딱지 같은 오막살이들이 오굴오굴 뭉여있는 그중에서 가장 적고 가장 낡은 집이 우리집이다. 그집은 지은지가 멫십년이나 되는지 모르나 어쨌든 벽하나 바르지 못하고 기둥한개 성하지 못하다. 비오는 날이면 기둥 썩은 냄새가 몰쿤하게 난다. 그러나 어머님께서 손질을 잘하서서 일견 새집같고 안밖이 정결하다.

수필 ≪ 故鄕의 蒼空≫에 그려진 이 고향집에는 작자의 끝없는 망향의 정서가 충만되여있다.

> 내눈 앞에 나타나는 저두견산 우리인간 사회와는 아무 관련이 없다는듯이 푸른 옷, 붉은 옷을 찰란(燦爛)히입고 올라라올라라 하늘 끝까지 푸르러……미의 극치(極致)를 완연히 들어뵈이고 있다. 산넘어새소리 꿈같이 들려오고 미풍에 산 향기 그윽하다.…
>
> 나는 겨드랑이에 땀을 척척히 느끼며앞문을 탁열어 제친다.
>
> 문이 좁아라하고 밀여드는 저 하늘 내 조고만 책상에 말없는 미소를 던져 주는 저하늘어디서 보던 하늘보다도 밝고도다정하다. 나는 어느듯 책을 들어「일자 쓰자!」하고 부르짖을때 내머리속은 저하늘같이 맑아지며 그렇게 푸른히망으로 내 조그만 가슴은 터질듯 하다.
>
> 지금은 간도에 있는 나, 때때로 하늘을 우러러 내 고향을 그린다. 조그만 우리집을 폭 덮어줄 그 하늘, 문마다 가득 찬 그 하늘…….

보다싶이 이 글에는 작자의 가슴에 꽉 찬 고향의 자연, 산과 하늘에 대한 그리움이 철철 넘쳐흐르고있다.

고향을 그리는 강경애의 마음은 수필 ≪어촌점묘(漁村點描)≫와 ≪佛陀山 C군에게≫ 그리고 ≪記憶에 남은 夢金浦≫에 더욱 절절하게 나타난다.

이 수필들에서 바다에 대한 묘사는 특히 고향에 대한 작자의 깊은 정이 어리여있으며 짙은 향수가 깔려있다. 우리는 당시 작자가 생활하던 이역의 룡정이 바다와 멀리 떨어진 대륙의 한구석이라는것을 생각할 때 작자의 향수, 그리워하는 바다에는 얼마나 절절한 망향의 상념이 담겨져있었겠는가를 새삼스럽게 생각해 보게 된다.

수필 ≪佛陀山 C군에게≫에서는 룡정에서 그리는 고향의 산 불타산의 밤풍경에 대한 묘사에는 작자의 망향의 정이 철철 넘쳐서 사람을 감동시키고있다. 작자는 "달이야 여기서도 볼수 있겠건만 내 고향 뒤숲에 숨어오르는 그 달 같겠느냐"면서 고향의 달을 그리고있다.

셋째, 간도의 반일투쟁 등 민감한 문제에 대한 관심.

룡정에 체류하면서 작품활동에 정진했던 기간 강경애는 항상 병마에 시달리는 섬약한 녀인으로서 그는 내내 자아성찰의 자세를 버리지 않았으며 한 작가,

지성인으로서 촉각을 곤두세우고 당시 반일투쟁의 중심의 하나였던 간도의 민족투쟁의 현장에서 눈을 떼지 않았으며 청춘과 생명을 바쳐가며 싸우는 투사들에게 무한한 성원을 ㅂ2ㅗ내고 일제침략자들의 탄압아래서 고통의 나날을 보내는 동포들에게 무한한 동정을 보내ㅆ다. 비록 그는 항일무장투쟁에 직접 참가하지는 못했으나 당시의 작가로서 도달할수 있는 최고의 정신경지에 도달했다는 결론을 내릴수 있다.

간도에 대한 강경애의 3편의 수필 즉 ≪간도를 등지면서≫, ≪간도야 잘 있거라≫, ≪간도의 봄≫은 강경애의 정신경지를 잘 보여주는 작품이다.

수필 ≪간도를 등지면서≫를 보면 서두에 1년전(1931년)간도로 올 때는 룡정의 거리에 「청천백일기」 즉 중화민국의 국기가 휘날렸으나 지금 자기가 떠나는 룡정의 하늘에는 「청홍백일기」 즉 만국국 국기가 휘날리고있다고 썼다.

여기에는 만주와 간도의 형세변화에 대한 강경애의 예민한 감각이 보이며 예리한 판단이 보인다.

이제 조선으로 돌아가는 렬차에 앉아 차창밖으로 내다보는 밭은 토벌에 농민들이 쫓겨다니느라 밭갈이도 제대로 하지 못한 상태다. 온갖 잡초가 얽혀있는 그 밭을 바라보며 작자는 봄이라도 이 땅에는 봄인줄 모른다고 시를 읊조리며 길회선 공사장 인부들의 뜨거운 여름볕아래서 일하는 장면을 바라보며 흙 한줌 쥐여보지 못하고 돌 한개 만져보지 못한 자신을 성찰하면서 "차라리 이 붓대를 꺾어버리자. 내가 쓴다는 것은 무엇이었느냐"라고 자신을 고문한다. 여기에는 인민대중의 생활에 대비되는 자기의 "호화로운 생활"에 대한 자성과 붓의 사명감에 대한 깨달음이 안받침되여있었다.

하기에 강경애는 생활의 본질을 투시할수 있었으며 굳건히 인민대중의 편에서서 생활의 궁핍에 동정을 표시하고 반일투쟁에 지지와 성원을 보낼수 있었던 것이다.

> 軍隊는 行列을 整頓하여 嚠喨한 喇叭소리에 맞춰 武步堂堂히 群衆 앞으로 거러간다. 우렁차게 일어나는 萬歲소리! 그중에서도 天眞한 어린 학생들의 그 고사리 같은 손에 잡혀 흔들이는 日章旗! 그깜만 눈동자!
>
> 햇별에 빛나는 銃劍에서는 피비린내가 나는듯 동시에 ××黨의 혐의로 無慘히 冤魂으로된 白面壯丁의 환영이 數없이 그우를 다름질치고 잇엇다…

이것은 당년 훈춘에 진출하여 이른바 훈춘사건을 평정하고 돌아오는 일본군대를 환영하는 장면에 대한 묘사와 작자의 심정토로인데 우리는 여기서강경애가 누구를 미워하고 누구를 동정하는가를 똑똑히 보여주고있다.

이 글의 마지막에 작자는 다음과 같이 쓰고있다.

> 아, 나의 삶이여.
>
> 戰亂의 渦와中에서 갈바를 잃고 彷徨하는가난한 무리들!
>
> 그러나 壯丁은 죽엇는지 살엇는지 다 어디로 가버리고 오직 老幼婦女만이 그래도 살아 보겟다고 都市를 向하여 避難해 오는 光景이 다시금 내머리에 떠오른다.
>
> 父母兄弟를 눈뜨고잃고도 어디 가서 하소 한 마디 할 곳이없으며 그만큼 악착한 現實에 神經이 痲痺되어 버린 그들! 눈물좇아 그들에게 멀리 다라나 버리고 말았다. 오직 그들앞에는 죽음과 飢餓만이 가로놓여 있을뿐이엇다.
>
> 그러나 間島여! 힘있게 살아다오! 굳세게싸워다오! 그리고 이같이 나오는 나를 향하여 끝없이 비웃어다오!

수필 ≪間島의 봄≫은 강경애의 애증과 작가적인 사명감을 더욱 명료하게 보여준 작품이다. ≪心琴을 울린 文人의 이 봄≫이라는 부제를 단 이 수필에서 령정서 겪은 하루의 생활을 스케치하면서 머리우에서 나는 비행기에 대한 공포와 금방 목베인 베적(匪賊)에 대한 동정을 암시적으로 표현했다.

이 수필은 1933년도에 발표되였는데 글에서 이야기하는 사건은 1932년 봄에 생긴 ≪해란강 대혈안≫이다. ≪조선족혁명투쟁사≫에 근거하면 이 혈안에서 간도에서만 해도 4000명의 조선인이 살해되고 수십개의 마을이 재더미로 되였다고 한다.

1932년 6월경 강경애는 일본군이 간도토벌과 중이염때문에 서울에 나가 병치료를 받았는데 이 수필은 그때 서울에서 쓴것이다.

> 그때 不安과 恐怖에 쌓여 그 봄을 맞든 間島! 이봄은 또 어떻게 맞앗는지? 그러나 間島여, 너는 그 봄을 勇敢히 맞앗다. 피에 물들인 그 봄! 나는 비록 너의 가슴을 떠났으나 그 때 받은 그 봄의 힘은 내 가슴에 아직도 물결치고 잇다. 아니 영원히.

이 수필을 통하여 우리는 강경애가 확고히 일제침략자와 싸우는 간도인민들의 립장에 서서 그들을 힘껏 성원했고 또 그들의 불굴의 투쟁에서 무궁한 용기와 힘을 얻고있었다는것을 알수 있다.

예술상에서 강경애의 수필은 제재선택, 구성작업, 언어구사, 수사법 등 여러 면에서 현대수필로서 갖추어야 할것을 다 닺춘 비교적 완벽한 경지에 도달하였다고 평가할수 있다.

그 세대의 가장 중대한 문제, 정치적으로 민감한 문제에 대하여 감히 붓끝을 대는 강경애의 용기는 일제의 문화전제주의가 그렇게 잔혹한 상황에서 발휘되였다것을 생각하면 우리는 더욱 그에게 머리를 숙이게 된다.

강경애는 사명감을 지닌 용기있는 작가였으며 또 예민한 감각의 소유자였다.

> 모아산을 넘어오는 산산한 바람은 우리들의 옷깃을 향기롭게 스치고 돌아간다. 그리고 방망이 끝에 채어 오르는 불방울은 안개비가 되여 보슬보슬 떨어진다. 나는 잠간 봄에 취하여 어디라 할 곳 없이 바라보고 있었다. 잿빛 벌속으로 힐끔힐끔 보이는 중국인과 조선인의 초가며 그위를 파랗게 달음쳐 나간 봄하늘, 그리고 두어 마리 산새 울음 소리…

이것은 ≪간도의 봄≫에서 머리우에 비행기가 나타나기전에 ≪나≫의 봄을 만끽하는 마음을 쓴것인데촉각, 시각, 청각 모두가 예민하며 정확하며 신선하다.

빨래하는 녀인만의 감각과 감수 그리고 감수력은 실로 인상적이다. 그리고 이런 감각과 감수는 뛰여난 언어구사력과 완숙한 문장수사력에 의하여 아름다운 글, 아니 아름다운 그림을 그려내게 한다.

△ 현경준, 황건, 김조규의 수필

1) 현경준(玄卿駿 1908~1950)의 산문

현진건은 소설창작으로 해방전 조선족문학사에서 당당한 자리를 차지하는 작가로서 산문창작에서도 주목할만한 작품을 남겼다.

현경준에게는 유감스럽게도 ≪張鼓峯戰績見學記≫와 같이 일제의 침략행위를 공개적으로 찬양한 견학기가 있지만 그의 다른 산문은 대체로 내용이 신선하고 작자의 내심고뇌가 보이이며 각성하려는 모지름이 보이고있으며 일정한 예술수준도 보인다.

현경준의 산문에서 가장 돋보이는것은 ≪西伯利亞放浪記≫다.

그는 1940년 1월 ≪文章≫지에 발표한 ≪나의小說經歷≫에서 "三年一學期때 나는 끝내 西伯利亞放浪生活이 二個月가량 계속되였다.生活苦生이란것도 근대에 처음 맛보았다."라고 썼는데 이 방랑기가 바로 쏘련에서 방랑생활을 쓴것이다.

이 글에서 작자는 쏘베트 로시아에서 부딪친 문제와 만난 사람, 겪어본 사실을 격동이나 과장이 없이 그대로 세인들에게 보고하고있다.

작자가 쏘려에서 만난 사람들은 한결같이 동정심이 많고 열정적이며 락천적이고 근실하며 단결심이 강하다. 작자의 "주민의 전부는 농사에 종사하고 있는데 토지는 정부의 소유로서 조금도 불평없이 평화스럽게 생활하고 있었다"는 말은 10월혁명후 로시아에 대한 진실하고 신선한 정보전달이라고 볼수 있다. 물론 작자의 심정은 단순하지 않다.

"고향에서는 먹을 것두 못 먹고 기아선에서 헤매다가 결국 타국이언만 살길을 찾아서 두만강을 건너온 무리들이었으나 자욱자욱 눈물로 적시며 들어온 경로라든지 낯선 이지(異地)에와서 피와 땀으로 황무지를 개척하던 그 이야기들을 들으면 어느 것이든지 하나 가슴을 찌르지 않는 것은 없었다."

이렇게 그들의 지난날에 대하여 동정하면서 또한 "잘 사나 못 사나 내 땅이 제일이니…그대들은 다시 한번 바로 뜨고 그대들의 발 밑을 살펴보며 좀더 멀리 강건너를 바라보는 것이 어떠하리!" 라고 하면서 빵만으로는 살지 못하는것이니 고국을 잊지 밀라고 호소하기도 한다.

글의 결미에 작자가 직접 쓴 주해를 보면 이 방랑기는 계속 더 써내려갈 계획이였는데 지금까지 찾아볼수 있는 자료로서는 더 쓰지 않는것으로 추정된다.

현지보고 ≪新興滿洲人文風土記・圖們篇≫은 ≪만선일보≫에서 조직한 계렬 현지보고로서 신경(新京一 長春) 등 만주국의 8개 도시의 력사, 경ㅈ와 문화 등 홍미있는것들을 취급하고있는데 도문편의 집필은 바로 이미 도문에서 5~6년의 생활경력이 있는 현경준이 적임자였던것이다.

도문의 력사, 경제, 인구, 교육, 문화 등 제 분야에 대하여 비교적 구체적으로 소개한 이 글에서 가장 돋보이는것은 현경준의 사회비평의식이다. 특히 몇만명이 사는 도문의 교육의 락후에 대하여 날카로운 비판을 전개하고있으며 도문의 밤거리에 대한 며술을 통하여 청년들의 타락상을 여지없이 고발하고있다.

글의 제4회에서 작자는 "불야성은 수라장 정서빈곤의 도시"라고 제목을 달고 시작에 "어느 詩人이나 歌客의 글귀가 아니라도 밤기픈 뒤골목의 誘惑속에는 말할수 없는 鄕愁가 서려있고 追懷가 깃들어있는것이다. 그러나 圖們의 뒤골목 不夜城에는 무엇이 서려있는가?"이렇게 설문을 하고 아래에 값이 싼 술을 거절하면서 빗산 술을 먹겠다고 떠들어대는 장면과 여호같이 생긴 계집을 놓고 피투성이가 되게 두 남자가 싸우는 장면을 구체적으로 그리였다. 결미에서 작자는 다음과 같이 쓰고있다.

> 十二時 스탄바의 무렵 不夜城의 輝煌한 五色네온만이 무겁게무겁게 한숨지며 明滅할제 이밤에도 佳木斯行車속에는 移民들의 꿈이 몹시도 고달프다.
>
> 이것도 도문의 傳統이된다면 될수가 잇슬런지!
>
> 밤아! 어서 밝아라.
>
> 달도몰으고 별도몰으고 물소리도 못듣는 圖們의 밤은 너머 狂奔한다.

이렇게 한탄한후 작자는 다시 "나는 너를 무척 사랑한다. 그래서 붓대를 가다듬고있다"고 썼다.

2) 황건(黃健, 황재건 1918년~1991)의 수필

황건은 해방전 몇년 ≪만선일보≫의 편집기자로 일한바 있는데 이 시기 그의 수필은 량이 많지 않지만 질적으로는 높은 수준에 닿았다고 평가할수 있다.

수필 ≪할머니≫는 고인이 되신 할머니에 대한 회억을 서술하면서 가정내의 천륜지락을 읊조리고있으며 할머니의 사망, 아버지의 사별 등 가정비극에 대한 서술을 통하여 멀리 떨어진 고향과 고국에 대한 짙은 향수를 나타내고있다. 특히 아버지그ㅏ 없는 두 손자를 사랑하는 할머니에 대한 며사는 아주 생동하며 작자와 생전에 마지막 리별의 순간의 할머니의 표정에 대한 묘사는 아주 인상깊게 씌여졌다.

> 아버지가 돌아가신지도 1년이 너머 지난 봄 우리는 兄을따라故鄕인 甲山을써나 서울로오게되고 할머니는 醫生이신 祖父를짜라 瑞川으로가시게되엿다.

그노픈 매德嶺이며 厚時嶺을 어떠케넘었는지 北青驛에서 汽車라는것이 汽車갓지도안케 생각되든 그汽車를처음으로 타는날새벽나는비로소 停車場책안에 나머서서 들어오시지안는 할머니와하라버지일이 생각나 갑작이 마음이슯어진다.

나무로 가로질른 그곳에 걸터서서 술잘하시고 四철外方에게시든 하라버지는 그닥하시지안흐서도 할머니;는

≪너—르 또 어느적에보겟니……≫

하시며 쏘다지는눈물을 다잡을길업시 한치맛굿을 얼굴로가져가시는것이엇다.

이런 묘사는 지금은 고인이 되신 할니에 대한 그리는 마음, 애도하는 마음을 잘 나타내고있다.

수필 ≪窓≫은 황건의 1940년대의 정신자세를 잘 보여주는 작품이다. 작품에서 작자는 자기가 매일 근무하는 모 신문사 편집실 창가에 서서 창밖을 내다보기도 하고 자기 주변사람들의 삶을 생각해보기도 하고 자기의 정신존재를 살펴보기도 한다. 한편의 명상수필이라소 할수 있는 이 수필에서 아무리 열악한 여건속에서도 자기의 인격을 지키고 성실한 인간으로 살려고 다짐한다.

내 한몸以上의 만흔사람의것일 나의 職業에 나는남에게서 指示밧기以前의 그리고 指示밧기 以上의 誠實을 가져보고십다. 주어진일에 내몸을○○히 파뭇는것으로 내自身의 存在까지도잇고십다. 自意識처럼 괴로운것은 업다.

그러나同時에 나는 나의職業에서 나의人間을 언제나업시 직혀야할것을銘心하고십다. 나는 내가職業을 가지기以前에 어머니가나에게 주신人間그대로이기를 내내직혀야하겟다. 딸아서 나는 나의그어느마즈막 날이 다달아서 나의몸을다시어머니에게 돌려야할때엔 나는어머니가 처음나에게주시든 그때그대로의몸을 가져다바쳐야할것을 잇지말고십다. 하나나는그러함에 至極히이르지못하여 저널븐드을우를 어머니가주신 그대로 훨훨 내거니지못할가 무서웁고 씃내내 어머니의 子息으로돌아가기 어려울가 무서울제 그때나에게는 내가지금 窓을通하여 밟아보고 그延長이 그리는지나온故鄕이며 大同大街며朝日通어두운 거리에서 때아니가저야하는 彷徨하는 마음이잇고 즐겁지 못한 형용이잇고 思索의 구비저매친아픔이 잇는것이다.

여기에는 복잡하고 어렵고 더러운 시대를 살아가는 한 지성인의 뼈를 깎는 자아성찰이 보이며 고뇌의 하늠이 보이며 역시 신문기자라는 신성한 직업에 대한 지극한 책임감이 보인다.

수필 ≪나의 地上≫와 ≪季節과 함께不如歸 第五≫에서도 역시 한 량심있는 지성인의 고민이 짙게 표현되고있다.

총적으로 황건의 수필은 자기의 내심의 곤혹과 고뇌를 은폐하지 않고 그대로 표백하하면서 고향에 대한 사랑, 고향사람들에 대한 사랑을 표현하고있으며 한 지성인으로서 순수한 인격을 지키고 문학의 진실을 지키려는 결의를 표현하고 있다. 특히 그의 고민은 아주 심각하면서도 적극적인 고민이라는것이 깊은 인상을 남겨준다.

황건의 숲튼 자기의 견해와 생각들을 솔직하게 털어놓으면서도 또 큰 문제에 대한 견해는 암시하는 수법을 쓰고있으며 랑만주의색채도 농후하지만 역시 생활을 젠로 투시하고 진실하게 반영하려는 사실주의색채가 주류를 차지한다. 언어는 간결하고 유력하며 직관적이고 문체는 총적으로 아주 소박하면서도 표현력이 강한것이 특점이다.

3) 김조규(金朝奎 1914~1990)

김조규는 1939년으로부터 1945년 3월까지 간조 조양천농업학교에서 교편을 잡았었는데 많은 시를 발표하여 재만조선인 시단에 커다란 공헌을 기여한 시인이다.지금까지 찾아볼수 있는 김조규의 산문으로는 수필 두편뿐이다.

≪어두운 정신≫은 ≪만선일보≫에서 조직한 ≪마음의 문을 열다≫라는 수필란목에 게재한 일기발췌형식으로 된 글이다.

이 수필은 모두 비교적 추상적인 개념인 비극, 고독 등에 대한 명상과 자기가 근무하는 학교내에서 벌어진 한 사건에 대한 견해를 피력하였는데 구경 어떤 사건인지는 말하지 않았으며 그 사건에 대한 태도 또한 애매한바 "나는 제군들에게 할말은 지극히 만타 그러나 또한 하나디도 업도다"라는 사이비한 말로 결속지었다.

아마도 김조규는 이 사건뿐만아니라 학교내에서와 시년에서 벌어지는 사건드레 대한 태도도 역시 매우 사이비하였던것 같다. 이것도 십민지 사회에서 살아가는 한부류 지식인들의 생존방식 혹은 생활지혜였는지 모른다.

수필 ≪白墨塔序章≫은 김조규의 정신경지를 직접 표백한 수필로 주목된다.

학생 최군이 불시에 량친을 잃은 불행을 당하여 최학하게 된다. 소식에 접한 작자는 백묵을 쥔 교원으로서 심심한 동정을 나타내고있으며 최군의 비극을 통하여 동포사회의 궁펩한 삶에 대하여 깊은 관심을 나타내고있다.

제목 ≪백묵탑서장≫은 시적인 상상력을 불러일으키는바 최군이 실학한다는 엄연한 사실앞에서 작자는 교원답게 시인답게 자기의 흰 분필로 민족의 미래의 탑을 쌓아간다는 사명과 신념을 강조하고있는것이다. 작자는 굳건한 직업의식의 소유자일뿐만아니라 아무리 어려운 여건속에서도 미래에 대한 신심을 잃지 않고 굳건히 살아가는 지성인임을 알수 있다.

이 수필은 최군의 한단락 인생사에 대한 서술도 있고 또 착실하게 가정비극을 극복해가는 최군의 정신세계에 대한 조명도 있으며 또한 실학하는 학생, 또는 그를 통하여 동포사회의 궁핍한 생활에 대한 무한한 동정심도 표백되고 또한 작자의 투철한 직업의식과 민족의 미래에 대한 드팀없는 신념도 보인다.

△ 안수길, 손소희의 산문

1) 안수길(安秀吉 1911~1977)의 산문

문학사에서 재만조선인문학의 정초자라고 평가를 받는 안수길은 1932년부터 1945년 6월5가지 룡정에 거주하면서 신문기자로도 있었고 한시기 신경에 거주하면서 ≪만선일보≫의 편집기자로도 있었다. 이 기간 그는 많은 소설을 썼으며 몇편의 산문을 발표하였다.

수필 ≪春雪≫은 봄이 온 뜨락에 꽃씨를 심는 과정을 아기자기하게 쓰면서 대륙의 일기와 봄에 대한 갈망을 재치있게 나타내고있다.

춘분을 좌우하여 꽃씨를 심었는데 뜻밖에 큰눈이 내려 싹트던 꽃씨가 다 죽어버려 이제 다시 심을수 있는 추위가 누그러들 날을 기다린다는 이야기다.

이 짧은 글에서 작자는 대륙의 일기변덕에 응부하는 과정에 대하여 흥미진진하게 묘술하면서 고국을 떠나 만주에 와서 새로운 삶을 개척하는 과정을 재체있게 암시하고있다.

冬至가낼모레인가 볼멘소리를 하면서도 눈이내린것이 조타들 말하엿다. 지난겨울에는 降雪이적엇슴으로 세치의 봄눈은 豊年의前兆라 기들하였다. 그러나나에게는 슬픈눈이엇다. 그러케 싹트기를 기다리든 花壇에 파무든 어린球根들이 언짜닭이다.

그러나 農事에조타니 亦是조흔눈임에 틀림업다. 이러한 눈이요 이제 날이거쓰면 허절업시 녹아버릴눈이로되 뜰에발이빠지도록쌔힌눈을 그대로둔다는것은 主人의게으름을 들어내는듯하여 저어되엇다.…

뜰의눈은 빗자루와 삽미테 차츰차츰 征服되여갓다. 한삽 한비에 눈이벗기여지고 누른흙이 나타나는거은 愉快한일이엇다.

그러나 映窓밋의 花壇에는 빗자루와삽을대이지안헛다. 그속에서 변덕만흔兆國의봄을 아지못하고 일즉서둘러서 오늘의慘禍를입게한 輕率한主人을 怨望하고잇슬 球根의 凍骸들을 고요히 銀이불속에 葬事지내고시픈 나의 값산 感想에서엿다

봄을 기다리는 마음이 간절하고 꽃을 심는 마음 또한 정성스럽다. 하루해가 지나니 바자굽에 만들어놓았던 설장군(雪將軍)도 초라하게 녹아내린다. 작자는 다시 그 화단을 파헤치고 고쳐 가꿀 그날을 기다린다.

안수길의 ≪新興滿洲人文風土記・龍井篇≫ 료정에서 생활체험이 깊은 안수길의 룡정에 대한 사랑과 자랑이 충만된 글로서 닽은 제목의 풍토기중에서 가장 뛰여난 글이라고 평가할수 있다.

이 현지보고에서 작자는 룡정의 력사와 문화 그리고 사람들의 생활모습과 자연경물에 이르기까지 세밀하게 서술하면서 룡정에 대한 많은 정보를 세인들에게 전달하고있으며 룡정을 사랑하는 마음과 땅을 개척하는데 특별한 공헌을 세운 룡정사람들에 대한 존경의 마음을 표현하고있다. 이 풍토기는 오늘을 사는 우리들에게도 많은 참고가치가 있는 재료를 제공해주고있다.

2) 손소희(孫素姬 1917~1986)의 수필

해방후 저명한 소설가로 변신한 손소희는 1940년대초에 ≪만선일보≫에서 편집기자로 일하면서 많은 시와 아동문학작품을 발표하였는데 수필 두편을 남겼다.

수필 ≪貘에의 訣別≫은 작자의 복잡한 정신존재를 보여주는 수필이다. 「貘」이란 중국의 고대전설에서 사람의 악몽을 먹고 산다는 환상적인 동물인데 형태는 곰, 코는 코끼리. 눈은 물수, 꼬리는 소, 발은 범의것과 비슷하다고 한다. 이 제목에서 보여주다싶이 작자는 자기의 복잡한 정신상태를 어서 정리하

고싶은 마음을 이 수필에 담으려고 했던것 같다.

> 닭울고 개짓는 이른 새벽 아낙네들의 물동이안에는 샛별이 떠있고 어머니 무릎아래서 除夜의 鐘소리를 들으며 잡든아기의 엽헤는 다홍치마와 연두저고리가 노이고…

이렇게 쓴 글은 비약하여 "故鄕이 나를 붓잡어줄 아무런 바줄도업건만 어리석은 追憶은 낡어빠진활개를치면서 故鄕으로故鄕으로 내소매를잡는다"라고 썼다.

그러니 작자는 고향에서 행복했던 기억이 있고 그런데 어떤 사정으로 하여 고향을 떠났고 또 고향에 대한 미련이 크게 남아있다는것이다.

아래에서 글은 몇번 더 비약하고있는데 "이 사람이란 訣別의禮를 들이고 喜悲의哭聲의 숩을지나 無上한殘忍性과 無比한 劃暴의嘲笑를 가져보고십다."고 하고 다음 한번 더 비약하여 "路上에서구으는凍死體 街路에허덕이는飢餓 이모든것을뛰여너머 나는내幸福을建設하고십다"고 절규한다.

글의 아래에서 또 한번 비약하여 누구에겐가 혹은 자기자신에겐가 분명하지 않은 대상에게 아주 심각한 물음표를 던진다.

"너는 남을 위하여 울어본적이 있니?"

작자의 질문은 여기서 끝나지 않고 또 "해와 달과 별이 너를 위하여 비춰준적이 있느냐?"는 질문을 가한다.

이렇게 몇번의 비약글에 작자의 사색은 정리되는듯하다.

> 勿忘草성긴언덕 푸른풀을밟고서서 끗업시 열리는미소를 주으며 내가가두엇든 추론의새를 하늘저편날려보낸 야릇한哀愁의깃븜아래 햇볏이몹시도눈부시고 아지랑이아득함이 몹시도神奇로왔다.
>
> 아,역시地球는변함업시 돌고잇는가보다.

여기서 우리는 다정다감한 한 처녀의 꿈 많고 곡절많고 고배를 많이 마신젊은 시절을 보아낼수 있고 질서없이 흩어진 자기의 정신상태에서 해탈하려는 한 문학청년의 모지름을 보아낼수 있다.

수필 ≪떠도는 조각글≫은 아주 시적으로 씌여진 수필로서 이때까지 자기가 살아온 길에 대한 회억도 있고 역시 고향에 대한 그리움도 있는 대체적으로 앞의 수필 ≪貘에의 訣別≫과 맥이 통하는 글이다.

손소희의 수필은 자기의 삶에 대한 형이상학적인 사고로 특징적이며 절주가 빠르고 비약이 크며 따라서 난해하며 재간있는 한 문학녀성의 패기에 넘치는 상상력과 사고력이 주목된다.

△ 김창걸의 산문

김창걸(金昌傑 1911~1991)은 해방전 조선족문학의 대표적 소설가로 불우는데 그의 수필 몇편도 우리에게 깊은 인상을 남겨주고있다.

수필 ≪病床漫筆≫은 결핵병에 걸린 작자가 입원하여 치료받는 과정에 본 일부 사회현상에 대하여 비판하는 내용의 글이다.

그는 병원에 입원할 때에 벌써 불쾌한 말 "한마대"를 듣게 되였는데 ×× 국립병원 의사의 말이 "痰 검사에는 돈이 드오."이고 기독교병원의 의사의 말도 "당신 X光線찍어보아야…돈 六圓드오"이다.그는 즉시에 「醫術은 仁術이다.」라는 말을 상기하고 이른바 인술을 맡은 사람들만은 제발 진찰하는 마당에서만은 돈이라는 관념선입견을 버려주었으면 좋겠다고 생각한다.

아래에서 누구나 한번 병원에 입원한 사람이라면 다 생각해보게 되는 생과 사에 대한 생각도 해보면서 자기는 사에 대한 준비를 하지 못했다고 하면서 이렇게 적고있다.

> 다만 우리는졂은사람! 봄비를맛고터오는 나무움처럼 우리는生의躍動을 즐길사람들! 오직(산다)하는 그現實만을 굿게 붓잡고 굿게살어야할 졂은사람!
>
> 그래서 「죽음」이라는것을 생각하기도실흔졂은사람! 그래서 어찌하면보담더빗나게 보담더갑잇게 살수잇슬가 이러케나는 살어왓다.

여기서 우리는 『돈』밖에 모르는 세상에서 없는 사람으로 살면서도 골기있게 살아가며 옳바른 인생을 살아가려는 작자의 강렬한 생명욕구와 의지를 보아낼 수 있으며 세상에 대하여 자기의 옹골한 주견을 갖고 있다는것을 보아낼수 있다. 자자의 이러한 인생자세는 영웅적인 거사는 아니고 또한 투사의 호언장담도 아니지만 식민지 사회를 살아가는 청년들의 귀감이라는것은 틀림이 없으며 어떤 의미에서 시장경제시대를 사는 우리 모두에게도 일정한 교육적가치가 있다.

이 수필에는 또 병원에서 체험한 술과 우정과 친구에 대한 이야기도 있다. 작자는 자기에게는 친우 한사람만 있어도 된다면서 그밖의 모든 술친구는 쓸모없다고 단언한다.

> 平時에술을난호며親 하다고하든 親舊들이以後에쏘다시 親하다고야단처도 나는 斷然히안밋으리라. 웨? 그들은 나에게 술미천이잇슬쌔까지만 親할수잇기쌔문이다.

이러루한 사색은 작자의 말처럼 코 떼여갈가보아 눈을 못감는 이 세상에서 한가지 사는 방법에 대한 터득과정을 아주 설득력있게 그려내고있다.

수필 ≪봄이 그립소≫는 제목이 암시하는바 봄을 그리는 마음 생활의 변혁에 대한 갈망을 직접 쓰면서 새생활에 대한 갈망을 표현하고있다.

작자는 시작에 남국과 대조되는 이곳의 늦게 오는 봄을 쓰고 다시 헐벗고 굶주린 사람들에게는 겨울이 원쑤라고 쓴 다음 필봉을 돌려서 백성들은 또 이겨울이 너무 빨리 지나갈가보아 가슴을 죄인다고 썼다. 겨울에는 그래도 목재일이 있어 옥수수가루떡에 소금물이라도 있지만 눈이 녹고 얼음이 풀리면 어떻게 살아간단말인가.

그러다가 작자는 다시 봄이 그립다고 "행여나 봄소식이 어디서 들려오지 않을가" 하고 귀를 귀울린다고 썼다.

후반부에서 작자는 봄에 대한 자기의 감각을 쓰면서 고양이의 울움소리를 감명깊게 쓰면서 이제 꽃이 피고 나무잎 피여날 3, 4월을 그려보면서 자기도 새봄에는 새로운 삶을 꿈꿔보리라고 다짐한다.

> 그러면 나는쏘어디로 어쩌게흘러갈넌지 알수는업지만다못하더라도 아니 다못한時間이라도 즐펀한陽地쪽파아란잔디우에 疲困한四肢를활짝뻐치고누워 파란하늘을 쳐다보고시프오.
>
> 그러면 어쩌케하면참답게갑잇게빛나게살어볼지 가늘게길게말고 굵게짜르게사는어쩐 生의 哲學이머리에서 움트는것만갓소.

그러면서도 작자는 큰 공허감에서 헤여나오지 못하고 "가슴이뷔엿소." 하면서 이러한 공허감은 "논드럼 마른풀우에 누워멀거거니먼 하늘을쳐다보기에 해를지우는총각이나 바느질감을 살몃이쩌러트리고오양간아페서 한가하게목을빼우는닭의 울음소리에가슴을 울렁거리는 처녀의마음과갓다."고 썼다.

작자는 이 글에서 자기의 인생에 대하여 투시하며 또 신변에서 궁핍하게 살아가는 동포들에 대하여 관심하며 이 겨울이 빨리 가고 인간에 새봄이 오기를 갈망하고있다.

특히 "이곳百姓들이야말로너무나慘酷한버림바든異邦사람들이 아니겟소?" 하면서 가슴에 피맺힌 탄식을 "따는太初에 黃金天使의擇함을밧지못한不幸한나"라는 자신에 대한 탄식을 련계시키면서 "나에게나 亦是가튼族屬의 버림바든이百姓들에게도 하로바삐 봄이돌아와지라" 빈다고 할 때 작자가 하고싶은 말이 구경 무엇이였겠는가를 알수 있다.

이 글의 구성이나 그 감정의 흐름을 보아도 우리는 보다 깊은것을 암시받을수 있다.

이 글은 총적으로 「그린다 — 그러나 근심된다 — 그래도 그린다.」로 되였는데 이것은 대자연의 봄에 대한 서술로부터 인간의 봄에 대한 서술 그리고 다시 인간의 현실적인 봄으로부터 인간의 새봄에 대한 갈망에 대한 서술로 된다.

총적으로 이 수필은 봄에 대한 느낌을 가볍게 서술하면서, 즉 어떤 사건이나 인물을 기술하지 않고 순간의 생각을 정리하면서 재치있게 시대와 사회와 인간을 보는 시각을 해명하였으며 개인의 운명과 민족의 삶의 현장을 하나로 융합시키면서 자기의 옳바른 인생추구를 보여주고있다.

4. 기타 무명문인들의 산문

이상에서 우리는 신원이 명확한 저명한 문인들의 산문에 대하여 고찰하였다. 이들의 산문은 사실상에서 해방전 재만 조선인 산문의 의식성향과 예술준을 대표한다고 말할수 있다.

그러나 이것은 해방전 조선족산문의 전부는 아니다.

이밖에도 많은 유명문인들과 무명문인들의 산문이 있다.

여기서 말하는 유명문인들이란 이상에서 비교적 구체적으로 고찰한 몇몇 문인들외에 정계, 신문계, 교육계에서 활동한 문인들중에서 이미 신원이 밝혀진 문인들을 말하는데 그들의 산문에 대하여서는 이 해설문에서 더 언급하지 않기로 한다. 왜냐하면 일부 문인들에 대한 연구에 이미 산문에 대한 연구도 적지않게 진행된 상황이기 때문이다. 그리고 많은 유명문인들의 산문, 그중에서 많은 비중을 차지하는 기행문은 우리가 해방전 조선인들의 정치, 경제, 문화 상황을 연구하는데 귀중한 문헌으로 되지만 여기서 해설하지 않아도 그에 접근하는데 큰 장애가 없으므로 구태여 해설할 필요성을 느끼지 않는다.

이밖에 많은 무명문인들의 산문이 있다.

여기서 무명문인들을 다시 두부류로 나눌수 있는데 그 한 부류는 생년졸년도 모를뿐만아니라 전혀 그 신분이나 직업을 모르는 문인들을 가리키고 다른 한 부류는 대개 해방전에 어떤 직업에 종사했는가를 아는 문인들과 해방후 거취(去就)에 대하여 아는 문인들을 가리킨다.

그러면 아래에서 무명문인들의 산문에 대하여 그 주제별로 간략하게 고찰해 보기로 하자.

첫째, 동포들의 궁핍한 삶의 현장을 조명한 산문들.

무명문인들의 산문에서 가장 중요한 비중을 차지하는것은 동포들의 궁핍한 삶의 현장을 조명한 작품들인데 여기서는 그중 대표적인것들만 보기로 하자.

먼저 수필 ≪孤淚苦≫를 보자. 조학래의 작품이다.

조학래(趙鶴來)는 해방전에 많은 시를 썼으며 그의 수필 ≪事故≫에 근거하면 1940년 11월 현재 만주국 교통부에서 차운전수로 일했다. 해방후 조선에 나가 아동문학작품과 시를 많이 썼으며 한시기 조선작가동맹 아동분과위원회의 지도부에서 일했다는 기록도 있다.

이 수필 ≪고루고≫는 바로 ≪고독한 눈물의 고통≫이라고 풀이 할수 있는데 역시 한 지성인이 고달프게 사는 모습을 보여주고있다. 봄이 왔건만 『나』는 지난 겨울에 저당잡힌 봄의복을 찾아내올 힘이 없다. 게다가 70이 된 아버지께서 죽지 못해 억지로 살아간다는 편지가 온다. 작자는 일요일인데도 갈데가 없어 숙소에 파묻혀 시간을 죽이다가거리로 달려나간다.

午前中에 벌서한잠자고나뒤숭숭한꿈들은 一一히追放해버리고 기름째가배인協和服을 입고서 마음이업시거리로나갓다. 내가分明코거리로나가긴햇지만 거리로거러가는사람이 낸지惑은허수아비가 안인지 남들이보며는 몰낫을게다.情神은제마음대로 逃亡을 치고 눈압헤 어물거리는 萬象의 動作들이 독개빈지 人間인지 分間할수업시 錯雜해보인다. 나도몰래 逃亡가는 情神들은제各各다른 作用을하여나하고는 지금完全히雜散하고잇다. 거기는故鄕이엇다.

이렇게 궁핍한 생활은 육체상에서 의식주에 대한 욕망을 해결하지 못핣분만 아니라 자아를 상실하게 하고 정신분렬을 조성하게 한다.

이 수필은 궁핍한 삶에 대한 조명하면서 더불어 궁핍한 생활의 압력과 복잡한 현실속에서 안주지를 찾지 못하고 무력해지고 심지어는 정신분렬증이 와서 방황하는 지식인의 고민을 표현하는 두가지 주제를 겸하여 나타내고있다.

조학래의 다른 수필 ≪冬風賦≫는 진짜 궁핍에 대한 이야기다.

겨울바람이 세차게 부는 날 할일이 없이 거리에 나갔다가 친구 R를 만났다. 친구는 갑자기 「동치미국」이 먹고싶지 않느냐 하면서 숙소로 끌고 간다. 정작 가보니 동치미국은커녕 먹거리란 아무것도 없었다. R는 거리에 나가 술 한병 들고왔다. 그리고 술을 마시며 R는 자기는 래일 북경으로 가는데 아무렇게나 리별주를 마시고싶다고 고백한다. 둘은 그 술을 마시고 밤새도록 울었다는 이야기다.

다음 수필 ≪房≫을 보자. 이 수필의 작자는 리달근(李達根), 그는 해방전에 많은 시를 발표한 문인인데 신원은 불명하다.

그의 수필 ≪방≫은 바로 궁핍한 삶의 현장을 조명한 대표적인 작품으로 읽을 수 있다.

화자는 아침에 일어나 리발하러 가는데 거울에 비낀 모습이 바지단추는 도드러가 앉고 양말은 짜개지고 추하기를 그지없다. 머리를 깎는 과정에 그는 역시 궁하기를 그지없는 자기의 집을 생각한다.

……또한 都會生活이라 二層이래도 無關하겟기로서이나 말하자면門을드러서면 아래層은燃料食品과倉庫요 장독대요부억이요.

그러기에 찬장이노여잇고조고만 쌀게가잇고물독이잇고 衣籠까지이불까지싸여노왓고 二層은 單只溫房이기때문에 삿자리한짝박게 깔린것이업다. ……

잠잘때에 내머리는조곰큰곳에로向하고 안해머리는 작은솟으로向해잇서서로 솟과거의맛다혀잇서서 언듯보면 두雙의검은솟으로도보안단말이거니와 청승맛게 솟위에박아지나 하나시이며노흐면 두雙이누어자는얼골갓기도하다.

房 이 좁아서 잠결에라도다리를써드랴면 벼개가밀려서 솟우에썰어지니 솟뚜껑이 썰썽하며투덜거린다.

안해가 먼저 이러나서 밥을지으랴니 아궁이에가득찬 식은재(灰)를 긁어내일박게업는데 구러누라면내머리가 한썻울리고 그러타고 이불을푹뒤집엇스자니 이불깃이솟뚜껑싸짓시우는노릇이다……

門을 열어노코 불을째이니 불쌘보람도업시 房안은 그넝그대로다. 煙氣와蒸氣가 조곰사라짐을싸라나타나는 안해의얼골은 어느 꿈에서나보는듯한 女鬼오도갓다.

이와 같이 이 수필은 해학적인 언어로 궁핍한 시민생활의 제 모습을 진실하게 보여주었다.

그 다음 ≪勝寒篇≫을 보자. 이 수필의 작자는 리광현(李光賢), 그의 수필은 ≪滿蒙日報≫에서도 2편을 찾아볼수 있었지만 총적으로 신원불명의 문인이다.

이 수필은 월급쟁이들의 궁핍을 보여준 아주 성공적인 작품으로 읽을수 있는 작품이다.

화자의 겨울밤은 너무 춥다.

안저잇노라면 뒤잔등이실여오고 손코귀가얼어든다 후-하고입김을내뿜으면 입김도 추어서호들호들썬다 長通路『다다미』방에서 품고온南國的幻想이 散散이부서저 어대로가고마럿다. 冬將軍이侵入할싸하야 門風紙를바르고 유리窓一面에 外部로부터 종이를쏘바르고 內部에는 커-틘을친다. 말하자면 나의 "겨울의陣"이라고나할싸 그러나 어데로侵入하는지 冬將軍의 示威는 如前하다. 아침 커-틘을 제치고보면 어느새에 유리窓一面에는人造纖紋의가튼 곱다란성에繡가노여져잇다. 말하자면 나의『겨울의陣』을 突破하고제멋대로친冬將軍의『겨울의陣』이라고나 할까? 敵의三面攻擊에 나의 防寒陣은 漸漸破壞되어나는 나의 防寒陣의本營인 이불속으로 쑥기어들어가 나 唯一한武器鐵筆을들고 防寒作戰計劃을 세워본다.

그의 계획은 나쁘지 않다. 동장군을 싸워 이길『장군』(즉 석탄)을 모셔올 계획도 세워보지만 돈 없는 그에게 있어서는 가능성이 없는것이고 천정과 유리창에 종이를 더 바를가 하는 생각도 해보지만 효과가 있을것 같지 않다.

동장군(冬將軍)의 공격밑에서 다시 이불을 쓰고 앉으니 몸은 더욱 움츠러들어가고 그는 동장군의 예봉을 분쇄하기 위하여 사루마다와 런닝사쯔바람으로 운동을 한다. 그래도 동장군은 좀처럼 물러서지 않는다.

이런 역경속에서도 화자에게는 해학이 없지 않아 동장군에게 항복을 권고하는 글을 쓴다.

> 冬將軍閣下 今明間에退却을하지안흐면 閣下의 全根據地를 覆滅할것이니 쓸데업시 反抗을 말고速히 물러가라.

이 수필은 물질적인 궁핍속에서도 생명의지를 굽히지 않고 용감히 살아나가는 화자의 정신력이 사람을 감동시키고있으며 전편의 글에 넘치는 해학이 읽는 이들에게 많은 용기와 웃음을 준다.

주지하십이 궁핍한 생활은 거기에 그치는것이 아니라 인간을 더욱 험한 구렁텅이에 밀어넣고 수많은 사회문제를 파생시킨다는데 있다. 강도, 매음, 마약 등 비도덕적이고 불법적인 행위는 개체의 타락의 결과이지만 따지고 보면 최저한도의 생활보장이 없는 궁핍에 그 주요한 사회적근원이 있다고 해야 할것이다. 엄시우의 이 실화문학작품은 바로 이 도리를 유력하게 증명하고있다.

엄시우의 실화문학 ≪哈市暗黑街探訪記≫는 이 방면에서 분량이 있는 실화이다.

엄시우(嚴時雨) 는 ≪만선일보≫ 할빈시지사에서 기자로 있은것은 분명한데 많은 실화와 소설을 썼다. 이 작품은 비교적 분량이 있게 1940년대 할빈시 암흑가의 마약중독자와 매음녀들의 어두운 생활을 조명하였다.

다음의 한토막의 글은 <눈물의 녀인>이란 소제목안에 있는 한토막의 글이다.

> 방안은 차라리 溫突도 아니요 그렇타고 「다다미」나 寢臺는더욱안이다.
> 電氣불도업는곳 石油등불이한업시깜박대고 겨우웅덩이를올내놀만한널板子에 때가무든이불한채 이방에 전재산이다…그러나女人은한참이나 나의얼굴을 뚜러지도록보더니만 "아유?……"하며내무릅에쓰러져서 흑흑늣겨운다.나는엇던영문을몰라서 눈만둥그래질쌘 입은도려 어러부튼곳이다. 四周는죽은곳이고요한데 이따금

그女人의 늣겨우는소리만놉혀갈쁜 무거운 沈黙이 한창동안흘러갓다. "참아 ― 당신을 ……"눈물을머금고킬킬울면서 그女人이띄염띄염들려주는 말은 다음가튼데 너무나悲慘해서바로드를수가업는말들이다.

그녀가 하는 말이 남편이 아편중독에 걸려 골골하다가 죽고 어머니가 먹고 살길이 없어서 어떤 남자에게 재가를 했는데 또 악성매독만 옮겨주고 그녀는 늙으신 어머니를 굶겨죽일수 없어 일주일전부터 이 노릇에 나섯다는것이다.

이 글에서 결국 매음녀로 된것은 결국 궁핍한 생활에 그 근원이 있음을밝히고 있다.

궁핍한 생활은 이 실화의 매음녀처럼 사람을 깊은 심연으로 밀어넣을뿐만아니라 사람의 인격을 변형시킨다.

수필 ≪西塔뒤골목≫(작자 原邊, 浪兒 신원 불명)을 헤아릴수 있다.

친구가 북경에서 와서 서탑뒤골목 어느 갈비집으로 갔는데 술판이 시작되기 도전에 어떤 정체불명의 녀자가 나타나 추태를 보인다. 그녀는 이 갈비집의 심부름군이였는데 격에 맞지 않게 손님 어깨에 팔을 걸치기도 하고 손님들의 화제에 참여하기도 하고 청하지도 않는 노래가락을 넘기기도 한다.

이때 손님중에 롱을 잘하는 친구가 "내 니번 北支갈 때 데리고 갈테니 한가족이라야 하오" 라고 하니 "당신봄매 총각이분명하니 우리아예결혼을 해버리자≫ 라고 한다.

이런 이야기다.

물론 이 녀자에게는 그나름대로의 인생고가 있었을테지만 자기 신분을 잃고 도를 넘는 언행은 바로 그 어떤 목적이 있었겠지만 변형되 인격의 표현임은 틀림이 없다.

수필 ≪窮迫談≫(全榮一 신원 불명) 궁핍한 생활이 사람을 어떻게 변형시키는가를 해명하는 작품으로 읽을수 있다.

1941년 2월 20일, 농촌에서도 쌀뒤주가 밑바닥이 드러나고 김치독도 다 파 먹어서 텅비게 될 때인데 도시의 「사라리맨」도 역시 마탄가지다. 작자는 세 동무가 같이 자취하는데 어제저녁에는 고본(古本), 신문지 등을 넝마장사에게 팔아서 一金九十八錢也를 받아서 납작한 국수 세그릇으로 끼니를 에웠고 오늘아침에는 풀을 만들려고 아껴두었던 가루로 수제비를 □뜰어 먹었다. 그러므로 오늘저녁에는 아무것도 없다.그런데 또 설상가상으로 친하게 지내던 동무가 먼곳으로부터 찾아왔으니 이를 어쩌는가? 래일이 월급이 나오는 날인데 동무에게 월급이 나오는 날이니 몇끼 굶어달라고 할수는 없고 여러가지로 생각해보아도 별수가 없다. 쌀가게에 가서 외상으로 쌀을 얻어올수가, 누구에게 사정하여볼가, ≪게다≫를 신고 출근하더라도 한컬레밖에 없는 구두를 저당잡힐가 하고 생각하다가 하는 생각이 남을 속여보자는 것이다.

그러나 그러나 이것이다실현되지못할헛된생각임을다를대에 나의머리에는번개가티 陰凶한 設計가하나 깨여낫다 즉남을속여보자는것이엇다.

그리하야나는 아래와가튼거짓말을하게된 것이다. 퇴근을하고집으로 도라온나는담넘어로S商會를 호기잇게들엇다(이S商會는우리집담넘어에잇는 상가게이다)S商會主人은 곳좃차나왓다 나는아모주저함업시 쌀한가마만갓다달라고말하고집으로 도라왓다 조금후에배달부는쌀을가지고왓다 나는인제여기에서그짓말을 꾸며대지안면안되는판이다 바로천연덕스럽게

「아지금돈 가진사람이 막어데로나갓스니 돈을잇다가담넘어로넘겨주면 안되겟느냐」고눈을감고나는 배달부에게드려댓다 순직한배달부는아모말업시 그러면그리하여달라고 하면서곳도라갓다 나는그쌀로 빨리저녁을지어노코함께잇는 동모들이 도라오기를기다려 불야불야먹어치우고 오늘아츰에온동모가놀러나가자고하기에 얼시구나하고따라나섯다 어더케하든지來日正午짜지만 쌀갑을미러나간다면 解決이될수잇다는뱃심이다 동모와박갓헤나가서 도라다니다가 열시쯤되여서집으로 도라왓슬때에는쌀배달이와서 한참박아지를긁다가갓다고한다 그리고來日아츰도 오겟다고하더라고…

이야기의 하회가 어떻게 되였는지는 주요하지 않다. 요는 궁핍한 생활이 끝내 사람을 사기군으로 만들게 된다는것이며 심지어는 범죄의 구렁텅이에 떠밀어넣는다는것이다.

둘째, 리향의 한과 망향의식 그리고 친인에 대한 상념

대표적인 작가들의 산문에서와 마찬가지로 많은 무명문인들의 산문에서 주요한 자리를 차지하는것이 조선인 이주민들의 떠나온 조국, 등지고 온 고향에 대한 한을 표현하고 망향의 상념을 표현한 작품들이다.

먼저 수필 ≪春心≫(田蒙秀 신원 불명)을 보자.

이 수필에서 작자는 먼저 예상치 않았던 초3월 눈, 실없는 눈이라고 쓰고 또 춘설이라 걸어서 출근하는것도 하나의 재미라고 생각하여 뻐스를 타지않았는데 정작 눈속을 걷는 마음은 그닥 즐겁지 않았다고 쓴후 다음과 같이 독백을 한다.

봄은 果然어디쯤왓는고. 구즌날이 아니라해도 飛沙走石으로 눈을뜰수업슬지경이니 무슨心思답답하여서가아니라 滿洲의봄은 정말옛글에 니른「春來不似春」그대로다.

버스를타니 故鄕의봄이생각난다.맑게개인나즌하늘. 도올돌-무척한가롭게들리는시냇물소리.

아지랑이와함께 아장아장 걸어오다간 먼산에서 발도듬하고 한썻마술을바라보군하는 朝鮮의봄은 참 아닌게아니라 조타.

그 다음 작자는 고향에 있는 누이동생 진수를 그리며 나아가서 두 아들을 밖에 내놓고 외롭게 살아가는 어머니를 그린다.

동생이「아씨다」로 笈(책장사 급)지고故鄕을떠난날저녁 食口가갑작이준것갓다고하시면서도 남보는데落淚하시거나그러지 안흐신어머님이되려고참고 新京에날보내노코는설어워서 며칠을두고 울으섯다니 그어머님아페 나는낫비츨바로하고서설 아모準備도 시바의 나에겐 업는것이 하설업다.

작자의 봄을 그리고 누이동생을 그리고 어머니를 그리는 마음 너무도 절절하다.

수필 ≪初春雜感≫(李順輔 신원불명)에서 "만주에도 봄은 왔다."고 환호하고는 금방 붓끝을 돌려 고향의 봄에 대한 그리움을 쓰고있다.

故鄕압헤버드나무 올봄도풀으럿만…

이런流行歌가 잇섯든것을記憶하고잇스나 旅窓에몸을기대고잇는 異域의生活者로서 東風움터나는草木들을目擊할때 旅愁를늣기지안을수업는心情은 아마나外에도同感者가 적자안을것이다.

그래서나는 이旅愁의幻影을 머리에서 업새버릴랴고(한편으로는 이것을 否定하면서도)엇든때로는 쓸대업시 밤거리를 헤매이기도하며 或은百貨店에 들어가서 二

層다방에서 커피가 식는줄도 모르고 웅성웅성하는 사람들을내려다보고 잇기도 한다. 그러나 이런방법이 아무런효과가업는것은 객지사리를 하여본 사람은다잘알것이다.

무명문인들의 산문에는 앞에소 고찰해본 황건의 ≪할머니≫처럼 고향에 두고온 친인에 대한 상념을 표현하는 글이 아주 많다. 많은 문인들이 고향의 친인들을 그리는것은 론리적으로 합리한 발상이다. 왜냐하면 고향이라고 하면 우선 고향사람이고 그 다음에 고향의 산천이니 말이다.

여기서 ≪永生≫(張起善 , 녀, 신원 불명) 한편만 보기로 한다.

작자가 어머니께서 위독하다는 전보를 받고 달려갔으나 그 때 이미 어머니는 타계하셨다.

어머님이가시다니 아무리생각하여도참말갓지안타. 비록어름가튼몸을 만저보앗고탄쌰를주어도보앗지만 거즛말만갓다. 어머님의姿態가눈압헤암암하고어머님의音聲이귀에들리는데 이世上에아니게시다는게참말갓지안타. 아직도철부지子息이잇지안흔가.어쩌케敢히눈을감으실수잇스셧슬가. 生角하고生角해도잇슬수업는일갓다 모든것이꿈이라고박게生角되지안는다.

이렇게 슬픔에 빠진 작자이지만 결코 눈물을 흘리는데 끝이지 않는다.

생전에 어머니에 하지 못한 효성을 생각하며 후회도 하고 어머니에게서 받은 사랑을 회고해보기도 한다.

어머님의 生存時에 나는 어머님의사랑을 認識치못햇다. 마치 사람이해빗과 空氣를마음대로 所有할수잇슴으로 도로혀 그惠澤을모르는것과도갓햇다. 어머님은病身이되시여서라도 좀더오래 生存하섯서야할 어머님이엿다. 이것은 나의念願이나 어머님의願이엿슬것이다.

여기에 글이는것이 아니라 작자는 생전에 어머니에게서 받은 가장 귀중한 정신과 덕성을 생각하면서 어머니의 유언과 같은 보귀한 말 씀을 평생 명심하여 어머니의 사랑에 어긋나지 않는 사람으로 성장할 결의를 다진다.

작자는 마지막에 이런 의미에서 어머니의 생명은 영생이라고 칭송한다.

아츰이다. 놉히솟아오르는 해님은 아모슬픔도모른다는드시明朗한얼골이다. 어머님의우슴씌인形象과도가티 어머님의二十餘年의聖域生活은文字그대로 곳그의生活이엿다. 그러나어머님은明朗을일흔적이업스셧다. 언제나忍耐로서義務와責任에忠誠하셧스며家庭에잇서서는 必死的으로子女教育을充實히하신典型의어머니시엿다. 凡事에둥그셧고어지셧다. 업는가운데서도 남도읍기를마지아니하셧다.

『늘 둥그럽게 살라』고하신말슴. 어머님은가시엇스나 그말슴은 生命으로 子女의마음에살어잇다.어머님의몸을볼수업슬뿐 남기신 가지가지의敎訓은 남아잇는子女의길을 밝히고잇다. 이것이 生命의永生이안인가한다.

셋째, 지식인들의 정신존재를 표현한 산문

어느 시대에나 입을 열어 말을 하고 붓으 놀려 글을 쓰는 사람들 계층이 있다. 사회와 문화, 정치와 력사에 대하여 담론권이 있는 사람들이 바로 지식인인것이다.

재만 조선인들속에도 아주 어려운 여건에서 지식인으로서의 량지를 지키려고 노력하고 민족의 생존과 발전을 위해 자기의 지식을 바치려는 소명감을 안고 살아온 지식인들이 있었다.

물론 재만 조선인들중에 대단한 거물급 학자나 작가가 있은것은 아니지만 비교적 유명한 지식인들이라 해도 자기의 태도표시는 자유로울수 없는 여건이므로 오히려 무명문인들속에서 사회문제나 민족공동체앞에 놓인 문제들에 대하여 자유롭게 담론한 문장이 다소 있었다.

물론 일제의 문화전제주의에 굴복한 문인들의 글도 있고 암흑한 현실과 궁핍한 생활의 압력에 의하여 인격이 변형되고 심지어는 타락한 문들의 글도 있다. 이러한 글들에 대하여서는 다른 기회를 기다리여 이 권에는 수록하지 않았으므로 여기서도 더 언급하지 않기로 한다.

여기서는 지식인들의 정신존재를 그들의 정신적인 분발을 지향한 글들과 정신적고뇌를 표현한 글들에 대하여서만 간단히 고찰하려 한다.

수필 ≪爐邊雜記≫(張猛, 신원 불명)은 항 무명문인의 정신존재를 진실하게 보여주고있다.

작자는 겨울날 난로옆에서 두루두루 많은 생각을 하는데 그중에는 문학에 대하여 다음과 같이 서술하고있다.

> 文學을해서 무얼하나? 이것이 그들의辯이다.
>
> 돈이옷을짓고 돈이잠자리를 맨글어주는오늘에 藝術은무슨必要인가? 直接生産에무슨要素가되는가? 이것이그들의見解이다.
>
> 그러나 마당은벙어리처럼 그들하고 抗辯하고 십지안타. 그럿타고理論이모재라서나 弱點을가진것도아니고 잠잣코잇는것이마당의取할바인가십다.
>
> 그들은 그것으로써 滿足하고 그것으로써無雙의幸福이라고 일러왓다. 돈으로써 그들의그말대로 무엇이든지 解決할수잇다는그들이라면 그들은얼마나슬픈者인가? 그럿치그들은不幸한者이겟다.
>
> 조흔것도 豪華스러운것도 幸福스러운것도실타.
>
> 우리가 明日을바라고살수잇다면-우리가꿈을꿈수잇다면-
>
> 이것으로써 모든괴로움을달게밧겟다. 그것으로써滿足이다.

여기서 작자가 하고싶은 말이무엇인가는 아주 명백하다. 작자는 돈과 문학을 대립시키는 견해 인생의 목적을 돈에 두고있는 견해를 분명하게 반대하는 어구는 피하고있지만 분명히 명일을 위한 문학, 꿈을 꾸는 문학을 주장하고있는것이다.

수필 ≪愛憎記≫(홍태룡, 신원 불명)도 지식인의 고뇌를 표현한 작품으로 성공적이다.

이 수필은 이미 헤여진 녀자 옥에게 보내는 편지형식으로 어째서 둘은 갈라지지 않으면 안되였는가를 해명하면서 작자의 인생추구를 피력하고있다.

작자가 신경에서 경성을 찾아가서 중앙문단에 등단을 꿈꾸며 애를 쓸 초기에 옥은 리해해주었으나 차차 염증을 느 끼기 시작하였다. 작자의 문학에 둔 뜻을 리해하지 못하였으며 ㅁ분학에서 성과를 쌓는다는것이 얼마나 어려운것인지 리해하지 못하였던것이다. 그러나 둘의 갉등은 여기에서 끝이는것이 아니였다.

> 그러니까 데파트나 그러한陳列窓에서 흔히豪華로운衣裳을 곳잘부러워하고 해마다變貌해나오는 流行을누구보다도 먼저알고 그것을짜르기에 操急해하는 네머리속의길과 내길의距離差가잇스니 그距離에서 엇지한 家陸을 設計하고 生活을 營爲할수잇겟느냐?

이 둘의 인생을 보는 눈이 다르기에 가는 길도 달랐으므로 결국 헤여져야만 했던것이다. 이렇게 옥이네 집을 떨쳐나온 작자는 하숙집을 찾고 매일 호떡 몇개로 살아가면서 지게를 지고 괭이를 메고 막벌이를 한다.

글의 결미는 다음과 같이 되였다.

> 世上은 차건만그래도어느귀퉁이에는 돈짝만한同情이남어잇는가보다 그러타고 내게耳目口鼻가 가추어잇고 手足이具備해잇는以上 지게를지고괭이를메고 勞動場으로못가리라는法은 업슬게다
>
> 사흘前에는 沐浴을하고돌아오는길에호떡집으로드러가 滿洲人에게 滿洲語를오래간만에 相交하면서 김이무럭무럭떡오르는 호떡네개를먹음으로써하로를즐겻다.
>
> 오날은 典當鋪門을뚜드리고입든洋服을 一金十五圓也에바꾸어가지고는 제법四肢를펴고 國步로서밤거리를거니르며 古文書와 新聞紙를사고 茶房出入을하고 이것으로서 또하로의즐거움을일을수잇섯다
>
> 그러나 이글은쓰고잇는只今은웨이리 몸과아울러맘속이차고 떨리는지모르겟다 外套를뒤집어쓰고 이불을머리끗까지그러당겨도 작구만팔다리가 오구라들고 허리가곱어지누나!
>
> 입술을지긋이깨물엇다 슬픔은끗업시가슴을 칼질하면서 목구멍으로 부듯이치밀고잇고나자
>
> 「아름다히 孤獨하라! 깨끗이 "뜻"아! 强해라!」몟번이면몟번이고입속으로중얼거려도 原稿紙우에알수업는눈물이아롱지누나
>
> 이것이내가 즐기는生活이다 오늘도來日도十年後도내몸둥이흙속에 파무칠때까지되시리 이生活은눈물속에繼續될것이다

이 글의 작자는 용감한 투사도 아니며 성공한 명인도 아니다. 그러나 이 글에서 보여준 「나」는 세속에 불들지 않고 돈에 인격과 사랑 등 인간에게 귀중한것들을 저당잡히지 않는 뜻있는 문학청년임에 틀림이 없다.

이상 몇편의 수필들은 그 작자들의 신원을 밝힐수 없고 또 문학사에서 뚜렷한 자리매김을 할수는 없지만 대표적인 작가들의 작품들과 더불어 우리가 그 시대의 문학과 그 시대 우리 민족의 정존재를 연구하는데 가치가 있으며 아울러 일정한 심미가치도 있다.

이밖의 많은 산문은 당시의 조선족의 경제수준과 생활풍속세태를 료해하는데 참고가치가 있고 당시의 사회분위기와 문화특점을 연구하고 조선족의 이민사를 연구하는데 가치있는 자료를 제공해주고있는데 많은 저명인사들이 쓴 기행문이 그 례로 된다. 그리고 ≪만선일보≫에서 조직한 ≪신흥만주인문풍토기≫ 에서

신경 등 8개 도시에 대한 현지모고는 이 방면에서 아주 가치있는 재료라고 평가할수 있다.

이런 재료들은 또 이민들의 리향의 한이나 망향의식과 대조되는 이 땅을 개척하여는 생명의지와 이 땅에 뿌리를 내리려는 정착의 의지를 반영한것으로 가치가 있다.

그러나 총적으로 이런 산문은 우리가 접근하기 그리 힘들지 않으므로 여기서 상세한 해설은 략한다.

마지막으로 유명문인들의 산문에서와 마찬가지로 무명문인들의 산문에도 친일친만(親日親滿)색채가 짙은것이 적지 않는데 이 부류의 산문은 다른 기회에 연구하는것으로 한다.

이제 이 권의 편찬에 관하여 몇마디 설명을 가하려 한다.

주지하다싶이 중국조선족은 19세기 중기로부터 압록강 두만강을 건너와 이땅에서 계급투쟁, 생산투쟁, 과학실험에 참가하는 과정에 자기의 특색이 있는 문화를 창조했는바 문학은 그중 가장 분량이 잇고 성과가 돌출한 한가지 형태이다.

중화인민공화국이 창건된후 조선족은 자기의 문학작품을 발굴, 정리, 출판하는 작업을 힘차게 벌려나갔다. 특히 소설과 시를 정리하는 작업은 비교적 성공적으로 전개했지만 산문 즉 수필, 기행문, 잡문 등을 발굴, 정리, 출판하는 작업은 거의 공백상태에 처하여있고 따라서 연구사업도 전개되지 못하였다.

사실 어떤 의미에서는 이런 산문은 첫째 당시 재만 조선인들의 삶의 현장을 보여준다는 의미, 둘째 당시 지성인들 혹은 선각자들의 정신실존이 담겨져있다는 의미에서 결코 소설이나 시보다 못지 않는 어떤 의미에서는 소설이나 시보다 더 값진것이다. 편찬자는 몇년래 조선족문학사 연구에 종사하는 과정에 이 점을 심각하게 느낀바 있다.

편찬자는 2001년부터 출판사업의 수요에 의하여 여러 가지 작업을 하는중에서 해방전 조선족의 수필, 기행문, 잡문 500여편, 110만자를 수집하였는데 이 자료들중 거개가 조선족 지성인들도 접촉하지 못한것들이여서 아주 귀중한 자료라고 할수 잇는것들이다.

앞에서 고찰해본것과 같이 이 산문들의 의식성향은 매우 복잡한바 조선족들의 삶의 현장을 그대로 진실하게 비춰준것도 있으며 선진적인 의식형태를 선양한 적극적인것도 있고 일부 그 시기의 지배적인 의식형태와 일제침략자들의 문화전제주의에 부응하는것들도 있으며 심지어는 친일적인것도 있다. 한 작가의 글에도 이런 의식성향과 저런 의식성향이 복잡하게 모순당착적으로 얽혀있는것도 적지 않다.

그 작가대오를 보면 만주에 들어오기전에 이미 유명해진 문인이 있는가 하면 항일구국투쟁의 일선에서 싸운 독립운동가들의 글이 있고 또 만주에서 태여나 성장한 문인도 있다.

그리고 해방후 여기 동북에 남아 계속 조선족의 교육문화사업을 위해 일한 사람이 있는가 하면 조선에 나가 자리를 잡고 문예전선에서 활약한 문인이 있고 또 한국에 나가 문인으로 활동한 사람도 있다.

그들중 신원이 밝혀진 사람이 몇이 안되고 대부분 사람들의 신원이 밝혀지지 못하고 있다.

이렇게 복잡한 상황을 감안하여 편찬원칙을 다음과 같이 정하였다.

첫째, 해방전 조선족의 생활을 진실하게 반영하고 적극적인 인생관을 선양한 작품을 우선 선록한다. 그러나 연구자료라는 취지에서 금후의 연구가치를 고려하여 일부 소극적인 작품도 그 작가를 고려하여 수록한다.

둘째. 주지하다시피 해방전 여기의 언어문자는 기본상 모국의 제반 원칙을 따르면서도 여러가지 여건의 국한을 받았다. 그러므로 지금 그때의 신문과 잡지를 보면 언어문자의 사용이 아주 혼란하였다는것을 쉽게 보아낼수 있다. 례를 들면 모국의 신문잡지에서는 30년대부터 된소리를 기본상 "ㄲ", "ㄸ", "ㅃ", "ㅉ"로 표기하였는데 만주의 신문잡지에서는 여전히 "ㅺ", "ㅼ", "ㅽ", "ㅾ"로 표기하였다.

사투리가 제멋대로 사용되고있으며 한자어 사용이 통일된 규범이 없을뿐만아니라 제 마음대로 쓰고 외래어도 마음대로 표기하는 현상이 엄중하였다. 례를 들면 "고향"을 "古鄕"으로 쓰거나 "시인"을 "時人", "시조"를 "詩調"라고 쓴것같은 오류적인 표기를 수많이 볼수 있다. 례를 하나 더 들자면 "할빈"의 표기는 "하르빈", "하얼빈", "하루빈", "합빈", "哈濱", "哈爾濱", "合濱", "哈爾賓"등 참으로 혼란하다. 게다가 편집자들의 무책임성으로 하여 같은 단어의 표기가 한 폐지, 한 문장안에서도 다른 현상마저 수두룩하다. 띄여쓰기와 문장부호는 더구나 표준이 없어 대부분 띄여쓰기를 마음대로 하고 어떤 글은 옹근 한편의 글에 문장부호 한개도 없는 경우까지 있다.

이런 상황에서 편찬자는 한 문장에서는 표기를 통일하고 극히 개별적인 완전히 편집기자들의 실수라고 인전되는 오자를 고치는외에 원래 문장의 철자, 띄여쓰기, 한자(번자체). 외래어를 원문의것 그대로 복원하는 원칙을 세웠다. 례를 들면 강경애는 룡정에서 수십만자의 소설작품외에 5만여자의 산문을 썼는데 이미 한국이나 조선의 학자나 작가들이 손을 댄것이 있지만 편찬자는 그것을 택하지 않고 제일 처음 발표한 원문을 발굴하여 수록하였다. 편찬자의 힘으로 원문을 찾을수 없는것은 할수없이 손을 댄것을 선택했다.

셋째, 매편 글 뒤에 주해를 달아 신원이 밝혀진 작자는 신원을 밝히고 글의 출처를 밝힌다.

넷째, 목록은 작자의 생년과 작품의 발표년을 돌보아 가면서 선후차례로 하였다. 즉 시간순서에 따르는것을 원칙으로 하고 신원이 밝혀진 작자의 작품을 먼저 놓고 신원이 밝혀지지 않은 작자의 작품을 뒤에 놓되 발표된 시간을 고려한다.

2008년 12월 5일

이준전(李儁傳)*

김택영(金澤榮)

이준은 함경도 북청사람인데 일찍부터 비상한 절개를 가졌기 때문에 서울백성들 사이에 이름이 자자하였다.

일찌기 법관으로 법을 집행하였는데, 상관을 거슬려서 파직되었다.

광무 11년(1907년-역자주)에 임금께서 각국에서 평화회의를 네덜란드 헤이그에서 연다는 것을 들었다. 임금께서 이준을 불러 다음과 같이 말하였다.

"네덜란드 헤이그에서 세계 각국 대표가 모여 <만국평화회의>를 여는데 그대는 짐[1]을 위하여 헤이그에 가서 일본이 조선을 강요하여 통감을 보낸 것을 소송할 수 있는가?"

"신이 죽는 한이 있더라도 소송하겠나이다."

이때 문신에 이상설(李相卨)[2]이라는 사람이 있었는데 경학에 통하였고 게다가 서양의 신학에 조예가 깊었다. 그에게 이러한 기이한 재주가 있는 것을 알고 조정에서는 그를 의정부참판으로 탁발하였다.

일본이 조약을 협박한 날에 이상설이 종로 사거리에 나가서 통곡하면서 대중에게 나라의 위기를 호소하고 칼을 빼들고 자살하려고 하니 사람들이 말렸다. 상설은 그뒤 벼슬을 그만두고 집재산을 다 팔아가지고 그것을 노자로 하여 해삼위에 갔다.

---

* 김택영(金澤榮 1850~1927) 구한말의 지사, 문인. 일찍 편사국의 주사, 중추원의 서기관을 지냈다. 을사조약후 (1908년) 중국으로 망명, 주로 남통에 거주하면서 ≪韓國小史≫를 편찬하고 ≪三國史記≫를 교정하는 등 많은 저작과 시와 산문을 썼다. 여기 11편의 산문은 모두 박충록 역 ≪滄江詩文選≫에서 선록한것이다.

이준(李儁, 1858~1907) 구한말의 독립운동가, 렬사. 1905년 을사조약이 체결되자 분기하여 독립의 길을 모색하던중 1907년 네덜란드 헤이그에서 만국평화회의가 열린다는 소식을 접하여 이상설과 더불어 장도에 올라 헤이그에 닿아 회의개최일 6월 5일에 의장을 방문하고 고종의 친서를 전했으나 일본의 방해에 직면하여 회의에 참가할 자격마저 얻지 못하게 되자 순직(殉死)하였다.

1) 짐(朕) : 왕의 자칭. 당시 왕은 고종(高宗).

2) 이상설(李相卨,1871~1917),우국지사, 경주사람. 고종의 밀령을 받고 이준과 같이 헤이그에 갔다가 실패. 해삼위에서 객사. 일찍 룡정에 와서 서전의숙을 꾸려 조선이민들에게 현대화교육을 진행한바 있다.

조정에서는 상설을 헤이그 밀사로 임명하고 이준을 부사로 하여 왕이 친필신을 써서 이준에게 주며 말하였다.

"자네가 해삼위에 가서 상설과 함께 러시아 서울에 있는 이범진을 찾아서 일의 계획을 공론하게."

범진은 러시아주재 조선공사였다. 일본이 러시아를 칠 초기에 조정에서 일본을 두려워하여 러시아와 국교를 단절하여 범진이 공사직에서 파면되었다. 범진은 그뒤 일본이 두려워서 귀국하지 못하였다.

이준은 왕의 친필신을 가지고 해삼위에 갔다. 이준은 상설과 함께 러시아에 가서 범진을 만났다.

범진은 이 일을 자기 아들에게 말하였다. 그의 아들 위종은 서양말을 알았다. 그래서 그를 데리고 갔다.

태평양으로 가는 것을 일본이 금하였기에 러시아로 헤이그에 갔다.

상설 등이 헤이그에 이르러 회의에 참석하려고 하니 회의 참가자들이 물었다.

"일본외교국의 신임장을 가지고 왔습니까?"

상설 등이 대답하였다.

"소위 외교국이라는 것은 일본이 조선에 강제로 들씌운 것이지요. 우리 나라에 외교국을 설치한 것은 극히 비정의적인 것이지요. 당신들은 어찌하여 우리 나라 왕의 친필신을 요구하지 않고 그 비정의적인 신임장을 요구하는가요."

이렇게 말해도 회의 참가자들은 듣지 않았다.

이준은 분개하여 상설에게 말하였다.

"나는 여기서 죽음으로써 이자들을 감동시켜 이 일을 성사시키고 돌아가게 하겠소이다."

그리하여 이준은 칼을 빼어들고 배를 가르고 핏줄을 찾아 그 피를 회의 참가자들에게 뿌리고 죽었을 때는 5월 27일이었다.

회의 참가자들이 이준이 죽은 것을 보고 상설을 회의에 참가하지 못하게 하여 상설은 미국에 가고 위종은 러시아에 돌아왔다. (1910년)

안명근(安明根)*의 사실을 쓰노라

김택영

안명근은 해주사람이다. 안중근의 사촌동생이다. 조선왕이 양위한 융희 3년(1908년-역자주)에 안중근이 일본대신 이등박문을 격살하였다. 이에 일본은 분이 상투끝까지 치밀어올라 그 이듬해 데라우찌놈을 파견하여 조선을 없애고 조선에 총독부를 설치하고 데라우찌를 총독으로 세웠다.

명근은 분노가 치밀어 비밀리에 장사들을 모아 서울에 올라가 기차요로에서 데라우찌를 습격하려 하였다. 그런데 일본법관에게 발각되어 잡혔다.

명근은 법관을 욕하였다.

"너는 모르느냐? 천하장사 안중근이 이등박문을 격살하였는데 그 안중근이 바로 내 형이다.오늘 내가 데라우찌를 죽여버리려고 하였다, 그것은 내가 형의 뜻을 이어받은 것이다. 그런데 불행하게도 너희들에게 사로잡혔다."

"들으니 너는 광복한다면서 남의 돈을 강제로 떼어먹었다니 도적이 아니고 무엇이냐?"

법관의 심문이다.

명근이 웃으며 말하였다.

"그건 너희들의 해석에 맡기겠다, 내가 언제 남의 돈을 강탈하였는가? 만일 내가 남의 돈을 강탈하였다면 우리나라 2000만을 도적해간 것도 너희들 나라가 아닌가?그 럼에도 불구하고 도리어 나를 도적이라고 해?"

법관은 기제야 다시는 심문하지 않고 그를 종신징역에 처하게 하였다

(1916년)

---

* 안중근의 사촌동생. 항일독립운동가(1916년).1910년 12월 조선 총독 데라우치(寺內正毅)를 암살하려다가 체포. 무기도형에 언도받고 10년 복역후 석방. 그후 독립운동에 다시 나섰다가 병고. 생년,졸년 미상.

安重根傳*

김택영

안중근의 아명은 응칠이였다. 그의 가슴에 일곱 개의 점이 있었기 때문에 응칠이라고 이름지었다. 그는 본래 순흥 사람이었다. 후에 그의 집에서는 황해도 해주에 이사갔는데 그는 고을관리의 집안에서 태어났다. 그의 아버지 태훈(泰勳)은 공부하여 성균진사가 되었다. 후에 신천군에 이사하여 살았다. 그의 아버지 태훈은 호걸이었고 호기스럽고 담략이 있었다.태상황 31년에 동학당이난을 일으켰을 때 군사를 일으켜 격퇴하였다.

중근은 어려서부터 공부하고나서는 활을 끼고 다니는가 하면 총을 가지고 놀며 연습하기도 하였다. 그는 말을 타고 달리면서 말위에서 나는 새를 쏴서 떨었다. 태훈이가 동학당을 격퇴할 때에 늘 선봉이 되어 성공하였다.

약관에 큰뜻을 품고 개연히 탄식하며 말하였다.

"나라가 약하고 외환이 날로 심하니 어찌 무예를 숭상하지 않겠습니까?"

안중근의 집은 부유하였으나 식구가 많았다.그리고 산업을 운영하려하지 않았다. 안중근은 다른 고을에 유람가서 협객들과 사귀어 무기를 보면 좋은 것을 바로 사드렸다.

1904년(광무8년)에 일본이 러시아를 들이치고 조선을 침략하고 국권을 빼앗았기 때문에 안중근은 아버지에게 말하였다.

"전날에 우리 나라가 러시아에 의거하여 원조를 받지 않았어요. 지금 일본이 이미 러시아를 들이쳤은즉 그 무슨 무서울 게 있습니까? 어젯날의 우리가 아닌즉 우리는 순치의 관계에 놓여 있는 중국과 더불어 관계를 맺고 또 중국에 가서 재능이 훌륭한 사람들과 교제하려는 염원이외다."

그리하여 안중근은 중국 상해 등지에 가서 돌아다니며 거기서 몇 달 동안 묵고 있다가 아버지의 부고를 듣고 돌아갔을 때에는 일본 이등박문이 조선에 와서 통감을 하고 있을 때였다.안중근은 아버지를 평안도 삼화 중남포에 장사지냈다. 그리고 중국으로 오가는 요로곁에 이사하여 가서 살았다. 그는 집재산을

---

* 안중근(安重根,1879-1960) 황해도 해주 출생. 독립의사. 1909년 할빈역두에서 전 조선 통감 이또오 히로부에(伊藤博文)을 격살하고 체포되어 이듬해 3월 려순감옥에서 순국했다.

털어 평양성에 학교를 세우고 널리 학생들을 모집하여 양성하였다. 이러는 사이에 평양의 큰 협객 안창호 등이 서울에 올라가 서북학교 많은 학생들과 국가의 위기를 말하고 그들의 애국심을 분발케 하였다.

1907년에 이등박문이 조선을 협박하여 왕을 양위하게 하고 따라서 서울과 지방의 군대를 해산시키니 안중근은 분노의 불꽃이 타올랐다. 나라를 광복하려고 생각하였으나 어찌할 방법이 없었다.

그런데 다만 러시아 해삼위에 조선사람들이 많이 거주하고 있었기 때문에 전도가 있다고 생각하고 해삼위(블라디보스톡)에 갔다.

해삼위에 간 다음 거기 거주민 가운데서 뜻맞는 투사들을 만났는데 그들은 광동 김두성, 제천 우덕순 등 12명이였다. 그들은 단지동맹(斷指同盟)을 맺고 '대한독립' 네 글자를 혈서로 쓰고 하늘에 맹세하고 나라의 독립을 성취할 때까지 변함없이 싸울 것을 맹세하였다, 러시아에 거류하고 있는 조선 동포들은 그들의 충성과 굳은 맹세에 감동되었다. 그리하여 거류민 가운데서 한 해동안에 장정 300명을 모아 그들에게 무예를 가르쳤다.

그리하여 의병대장은 김두성에게 양보하고 자기는 의병참모중장이 되었다. 그 나머지 여러 사람들도 각 부서의 직무를 맡았다.

1909년(융희3년)에 안중근은 군사를 집결시키고 맹세하여 다음과 같이 말하였다.

"옛날에 문천상[1]은 마을에서 뽑은 군사 800명으로 원나라에 도전하였고, 조헌은 700선비로 왜적을 격멸하려고 획책했습니다. 지금 우리들에겐 왜놈을 치는데 비록 군사가 적으나 그 무슨 두려울게 있겠습니까? 게다가 우리 나라의 의병들이 떨쳐서고 서울과 지방의 병사들이 봉기해 일어서고 흩어진 병사들이 서로 합하여 왜놈에게 3년동안이나 흔쌀을 먹이지 않았습니까?"

---

1) 문천상(文天祥) : 1236-1283 기간에 활동한 남송(南宋) 대신이며 문학가였다. 자를 이선(履善)이라 하고 호를 문산(文山)이라 하였다. 그는 길주(吉州) 노릉(盧陵),지금의 강서성 길안(吉安) 사람이다. 형부낭관(刑部郎官),우승상(右承相) 등 벼슬을 역임하였다. 그는 1275년 원(元)나라 군대가 동쪽으로 내려온다는 속식을 듣고 의병을 조직하여 싸우다가 그 이듬해 원군과 담판하다가 억류되었으며, 후에 그 호구(虎口)에서 벗어나 다시 원군에 저항하다가 포로되었으나 끝까지 굴하지 않고 싸우다가 1283년에 피살되었다. 그가 대도(大都) 옥중에서 지은 <정기가(正氣歌)>는 대표작이다. 유저에 ≪문산선생전집(文山先生全集)≫이 있다.

이렇게 고무하니 호응하는 자들이 많았다. 그들은 군대를 끌고 두만강을 건너 경흥군에 들어가 일본수비대를 습격하여 50명을 격살하고 다시 회령으로 진격하다가 일본군 대부대의 역습을 당하여 다 궤멸되고 흩어졌다. 안중근과 두 사람이 달아나 죽음에서 모면되었다. 12일만에 겨우 두끼의 밥을 먹고 돌아왔을 때에는 이등박문이 직무에서 해임되고 조선을 강탈해 간 때였다. 그 뒤 왜 놈들은 청나라를 침략하려고 꾀하고 10월에 이등박문은 유람을 구실로 청나라 만주에 와서 영국과 러시아 두 나라 대신들과 회담할것을 약속하고 할빈에 왔다. 안중근은 이 소식을 듣고 기뻐하며 다음과 같이 말하였다.

"하늘이 이 원수를 여기에 보냈구나."

덕순에게 말하였다.

"우리 나라를 망친 것은 이등박문놈이 아니오."

"지금 들으니 할빈에 온다 하니 나와 그대가 꾀하여 보게나."

"좋소이다."

그들은 총을 품에 품고 할빈을 향하여 길림에 이르렀다.

안중근이 생각하여보니 할빈에는 러시아 사람이 가장 많은 곳이었다 이등박문의 동정을 살피자면 우리 나라 사람으로 러시아말을 통하는 사람을 데리고 가지 않으면 안되겠다고 생각하고 마침내 유동하, 조도선 두 사람을 물색하여 데리고 할빈에 갔다.

이날 밤에 안중근은 여관에서 격앙된 심정으로 강개한 뜻을 품고 시 한수를 지어 그 뜻을 나타내어 노래하였다. 그 시 <만세가>는 다음과 같다.

사나이 세상에 태어나
큰뜻 기르며 살아왔도다.
시대가 영웅을 낳고
영웅이 시대를 만드나니
북쪽바람 서늘하게 불어와도
나의 피는 끓고 있어라.

비장한 결심품고 한번 가면
쥐같은 원수놈을 기어이 처단하리.

사랑하는 동포들이여
나라 위한 위업을 잊지 말아라.
만세 만세 대한독립 만세!
만세 만세 우리 동포 만세!

안중근의 이 시를 듣고 덕순은 민요로써 화답하였다.

이튿날 안중근은 덕순, 도선과 함께 관성자에 가서 이등박문이 오는 소식을 염탐하도록 자금을 두 사람에게 남겼다. 그런 다음 할빈에 왔다. 할빈에 가서 이등박문이 내일 도착한다는 소식을 듣게 되었다.

안중근은 새벽에 일어나 정거장에 가서 러시아 군대 뒤에 서서 기다렸다. 안중근은 원체 양복을 해입었기 때문에 러시아 군대들이 일본사람으로 여기고 조선사람인 것을 몰랐다.

이등박문은 기차에서 내려 러시아 대신과 악수하고 인사하였다. 인사가 끝나자 천천히 걸어서 각국 영사가 있는 데로 걸어온다. 안중근과의 거리가 10보도 되지 않았다. 안중근은 이등박문을 처음 만났다. 다만 신문에 실린 자그마한 사진을 보고 알았을 뿐이다. 마침내 군대를 헤치고 들어가 권총을 들어 사격하였다. 탄알 세방이 이등박문의 가슴과 배에 명중하여 뒤어졌다. 안중근은 또 이등박문의 수원 세 놈을 쏴서 다 넘어뜨렸다. 이때 안중근은 "대한독립만세"를 크게 외치니 군대들이 몰려와서 그를 결박하였다.

안중근은 크게 웃으며 말하였다.

"내가 도망칠 줄 아느냐?"

이리하여 안중근은 러시아 재판소에 달포쯤 갇혀있다가 여순에 있는 일본관동군법원감옥에 압송되어 갇혔다.

처음에 일본은 조선에 통감을 둔 것을 각국에 선언하면, 조선사람들이 일본의 보호를 기뻐할 줄 알았다. 또 세계 각국 사람들이 두려워서 찬양할 것이라고 여겼다.

법원장 진과에게 명령하여 조선말을 하는 경희명, 원목차랑을 감옥에 파견하여 안중근을 심문하였다.

"그대는 이등통감이 조선에 대한 주의를 알지 못하는가? 이등박문이 당신네 나라에 가서 나라를 세우고 인민에게 행복을 베풀었는데 그대는 왜 살해하였는가?"

"지금도 늦지 않으니 변연히 잘못을 깨닫고 자수하면 일본정부는 반드시 그대의 뜻을 가엾이 여기고 그대의 재능을 살려 관대히 석방할 것이요. 이렇게 하기 전에는 공들인 일을 더럽힐 줄 아오."

안중근은 웃으며 말하였다.

"그것 정말 죽기 싫어하는 사람을 살려주기라도 하는 인정인데요. 만약 내가 살려고 한다면 그렇게 하겠소. 네놈들은 날 꾀이지 못한다."

두 사람은 코를 떼우고 주눅이 들어 물러갔다. 그 이튿날에 다시 와서 여러 가지로 꾀이는 말을 많이 해도 안중근은 듣지 않았다. 진과는 이러한 경과를 듣고 죽이기로 결단하였다.

12일에 공판을 열기고 하였다. 공판날에 조선, 중국 및 서양사람 수백 명이 모여와서 공판에 참가하였다.

이때 안중근의 동생 정근과 공근이 공판에 변호사를 청하여 변호하였다.

진과는 각국의 변호사들이 반드시 안중근이 한 일이 옳다고 바른 말을 할까봐 우려되어 세계 각국의 변호사를 초청하기 난처하였고 청하지 않으려니 그도 난처하였다. 법률의 조례에는 다 이것이 허용된다. 이리하여 미국과 해삼위에 거주하고 있는 <조선사람들이 의연금 7천원을 모아 서양의 영국변호사 덜레스를 초청하였고 러시아 변호사 미하일로브 등을 초빙하니 그들이 잇달아 도착하였다. 조선변호사 의주사람 안병찬도 분연히 자진하여 왔다.

그런데 진과는 그들 변호사들이 일어를 모른다는 핑계로 거절하였다. 다만 일본변호사 두 사람만 변호사로 쓰고 안중근을 공판정에 나오게 하였다.

안중근은 진정하고 두 손을 가슴에 엇갈아얹고 있다가 수건으로 몇 번 얼굴을 닦았다.

진과는 법률의 선례다로 먼저 그의 성명, 나이, 원적을 묻고 그 다음에 이등박문을 격살한 데 대하여 말하였다.

"그대는 왜 우리 이등박문을 암해 하였는가?"

"당신네 나라가 러시아를 들이쳤기 때문이지요. 귀국 왕이 선전서를 내고는 조선의 독립을 보호한다고 하여 우리 나라 백성들을 감동시키고 민심을 얻어 러시아를 들이치려 한 것이 아니겠소? 그뒤 이등박문은 귀국 왕의 의사대로

하지 않고 공세우기에만 급급하고 화를 즐겨 군대를 풀어 우리 나라를 위협하고 우리 나라의 독립을 망쳤으니 그는 우리 조선 백성들의 천추만대의 원수외다. 그러니 어찌 죽이지 않겠는가."

안중근이 이렇게 대답하자 진과는 또 물었다.

"그대 도당에서 참모장는 누구요?"

안중근은 팔에 힘을 주면서 말하였다.

"참모장은 바로 나지요. 이전에 나는 의병대장 김두성에게 병사를 거느리고 바다를 건너가 이등박문을 격살하자고 제의한 바 있소. 때마침 공교롭게도 이등박문이 온다기에 나는 혼자 먼저 가서 <복수했소. 나는 귀국의 한 적장이니 사로잡힌 포로로 대하기 바라오. 그런데 옥에 갇힌 죄인이란 무순 말이요. 이등박문이 우리 나라 독립을 망쳤으니 진짜 우리의 원수요. 그는 또 제 마음대로 우리 나라 임금을 폐하지 않았소 이등박문은 우리 나라 왕의 외신이 아니오. 외신도 역시 신하지요. 신하로 임금을 폐하였으니 주살을 면할 수 없지요." 말이 여기까지 이르니 목소리는 더욱 우렁찼다. 그의 눈에서는 전기처럼 불이 번쩍이며 여러 번 이등박문을 욕하였다.

"이등박문은 조선백성의 철천의 원수요. 이등박문이 우리 조선에 와서 조선왕을 폐위시키고 우리 대한의 독립을 망쳤소. 이렇게 동양의 평화를 파괴하였으니 이것이 또 근원이지요."

"그전날 우리 나라 명성황후[2]를 모해한 장본인도 이등박문이고 또 당신네 나라의 먼저 황제도."

진과는 여기까지 듣고 대경실색하여 다급히 손을 내저으며 말을 더 하지 못하게 하였다. 그다음 방청자들을 물러가게 명령하였으므로 그의 말을 들은 자가 없었다. 그가 말한 선황제는 이등이 시해한 것이다.

다음해 정월에 다시 공판하였으나, 시종 한가지 대답이었다.

변호사는 심문하였다.

"그대는 이등박문이 조선을 보호하는 주의를 오해하고 비록 복수라고 하지만 실은 아니다"진과는 또 사람을 시켜 안중근에세 말하기를 "당신은 장차 죽을

---

2) 명성황후(明成皇后) : 민비(閔妃)를 말한다.

것인데, 만약 오해라고 말한다면 살수 있다" 하니

안중근은 질책하여 말하였다.

"당신들이 그래 나를 오해자라고 말할 수 있소? 이등박문이 인도를 배신하고 천리를 멸한 짓을 한 것은 삼척동자도 다 아는바오. 그러고도 도리어 내가 오해했다구 말할 수 있겠소?아! 당신들이 나를 죽이려고 하는데, 내가 하루 더 살면 당신들 나라에 하루 더 근심이 될 게요."

그는 정말 전 세계에 시비를 쫙 갈라 말하였다. 날이 가도 그의 굳센 의지를 꺾지 못하였다.

진과는 죄를 선포하고 3월 26일에 교살하기로 하였다.

안중근이 이때에 나이 32살이었다. 그에게는 아들 둘이 있었다. 죄를 선포한 뒤 두 동생과 헤어질 때 두 동생에게 말하였다.

"내가 죽으면 일본놈의 감옥안 땅에 파묻지 말고 할빈고원 옆에 파묻어 주게. 그랬다가 국권이 회복되기를 기다리게."

이 말을 듣고 두 동생이 대꾸하였다.

"일본놈들이 감옥 안에는 묻지 못하게 합니다."

안중근은 평생에 학문을 널리 섭렵하지는 못했다. 그러나 지나치게 총명하였다. 붓을 들면 글을 휘둘러 썼는데 옥중에서도 <동양평화론> 수만 언을 썼고 또 시도 읊으며 자아위로 하였다.

일본사람과 각국사람들이 다투어가며 돈을 내어 그의 글월을 사려 하였다.

안중근은 앞뒤하여 감옥에 200여일간 갇혀있었다. 그 동안 음식을 제대로 먹고 매일밤 코골며 이튿날까지 잤다고 한다.

안중근은 죽는 날에 양복을 벗고 새로 지은 한복을 입고 웃으며 말하여 사형장에 나갔다고 한다.

조선변호사 안병찬은 영국변호사 덜레스의 말을 다음과 같이 전하고 있다.

"나는 천하의 사람들을 많이 보았고 천하의 감옥도 많이 보았습니다. 그런데 안중근과 같은 열사는 본 적이 없습니다. 나는 돌<아가면 천하에 알리겠습니다."

(1916년)

滄江實記*

김택영

창강의 집은 누워서도 뱃기가 펄펄 날리는 것을 볼 수 있다. 또 창강의 집은 동문 밖에 뽕나무 가지가 담 위를 지나갔다. 이 집주인은 어려서부터 자기의 호를 창강이라 하였다. 그런데 살림집에는 정말 강물이 없다. 그의 호를 즐겨 이렇게 부르게 된 것이다.

창강은 1905년에 조선에서 중국 강소성 통주[1]에 와서 장퇴암, 장암형제 대부가 셋방을 얻어주어 살게 되었다.

얼마후 집을 샀기 때문에 새집에 이사해갔다. 이 새집은 이 도시의 동남강가에 자리잡고 있었다.

통주의 서북에 자그마한 강이 있는데 강물이 당가갑을 지나서 도시의 동남으로 100여 리를 흘러서 바다에 흘러들어간다.

남으로 당가갑 육칠리에서 떨어져 강물의 한갈래가 동으로 달려 도시 북을 지나 큰 강에 합수되는데 그 강물이 도시를 둘러싸고 흘러 성호가 되었다. 이 집은 정말 섬에서 사는 것 같은 감을 주었다, 그리하여 그는 잘 지내게 되었다. 이 집 이름을 창강이라고 한 것은 장암이 액틀에 창강이라 써넣은 데서 온 아름다운 이름이다.

문 밖에는 노상 고깃배 한두 척이 정박하고 있다. 말소리가 수다스럽고 요란한 것으로 보아 이웃나라 상선 같았다. 동남에서 배가 아침저녁으로 오는데 마치 북나들 듯 하였다. 이따금 똑딱선이 증기를 뿜은면서 뻥뻥 우뢰소리처럼 내면서 다니는데 일본인 똑딱선의 기적소리였다.

이밖에도 노저으면서 고기를 잡는 사람, 또 가마우지로 고기잡는 고기잡이군들이 때때로 무리지어 모여들어 떠들썩 하곤 하였다.

강안 동서남쪽의 들에는 참대숲인데 거기서는 잡사람들이 어른거린다. 이 들판은 아득하여 가없다. 게다가 낭산의 봉우리마다가 남쪽 10리 밖에 소소리

---

* 滄江은 김택영의 호이다. 그러므로 이 글은 김택영의 중국 망명생활의 일면에 대한 자아소개라고 볼수 있다.

1) 통주(通州) : 지금 중국의 강소성 남통(南通)의 별칭이다.

높이 솟아있다. 마치 돛대가 구름바닷 속에 우뚝 솟은 것 같은 것이 남쪽에 자리잡고 있는데 이것이 사범학교, 박물관,부도궁이다. 이 건축물들이 푸른 강물에 흔들거리며 비치고 있다. 마치 신령이 내린 것 같다.

매일 상쾌한 아침이나, 달밝은 밤이면 학 울음소리가 박물관에서 울려나오는데 맑고도 우렁차다.하늘에 가득하여 사람으로 하여금 깨끗하게 날 것만 같은 기분이 난다. 집은 자못 웅장하다. 그런가운데 삼분의 일은 무너져 주인이 새로 수리하고 이엉을 이었다. 또 집안은 몹시 더웠다. 집중간방의 북쪽벽은 허물어진 데를 거두고 터밭을 만들고 남새와 곡식을 심었다.뜨락의 서남쪽에는 그전부터 비파나무 한 그루가 서있고 동쪽에는 귤나무와 참대나무 한그루가 있는데 주인이 새로 심은 것이다.요새 어떤 사람이 또 춘란 1분을 기증하여 왔기에 벽돌로 쌓고 난초를 가꾸게 되었다. 어린애를 안고 난초있는 데를 돌면서 향기를 맡는다. 내가 고국을 떠나 만리타향에 와서 처음이 집에서 살게 되었다.실로 그 이름에 부합되어 볼 만하다.정말 천하의 기이한 일이다. 나는 이에 즐거워한다. 나는 어찌하여 이렇게 그들과 사이좋아 자별하게 지내게 되었는가? 주인은 이렇게 중얼거려도 대답이 없구나. (1907년)

장지연간력*

김택영

장지연의 자는 순소인데 경상도 인동현사람이다. 인조 때 유명한 선비 좌찬성 현광이 그의 팔세조이다. 어려서 외롭고 가난하게 지냈으나 배움에 능하고 자라서 더욱 박람을 겸하여 학문을 닦아 여러번 초시에 천거되였다. 갑오년(1894년-역자주)에 과거를 보아 성균진사가 되었다. 광무원년(1897년-역자주)에 내부대신 남정철이 사례소를 세울 것을 제의하였을 때 장지연이 사례소 직원으로 피선

* 장지연(張志淵,1864~1921) 구한말의 언론인, 우국지사. ≪皇城新聞≫창건자. 1905년 을사조약이 체결되자 11월 20일자 ≪皇城新聞≫에 "是日也放聲大哭"이라는 제목의 비분을 발표하여 서울을 울음바다로 만들고 당일에 일본관헌에 체포되기도 했다.

되어 내부주사의 직함을 받고 그 이듬해에 사례소가 나온 뒤 먼저 ≪예전≫을 편찬하게 되었는데 이해 가을에 그 사업을 정지하게 되니 남정철이 지연에게 자기 집에서 그 책을 탈고하게 하였다.

이때에 어떤 사람이 '시사총보사'에 그 주필로 요청하였기에 지연이 이 요청에 응하여 천하의 대사를 논하게 되었다. 오래지않아 이 '시사총보사'도 자금난으로 문을 닫게 되었다.

그뒤 몇 해 후에 또 어떤 사람이 '황성신문사'를 창설하였을 때 그는 이 신문사의 주필 겸 사장으로 추천되었다. 광무 9년(1905년-역자주) 겨울에 왜놈들이 조선을 위협하여 통감을 설치하게 되니 지연은 이 망국적인 사실을 통렬히 논하여 인심을 분발케 하였다. 이에 일제는 노발대발하여 왜군을 파견하여 '황성신문사'를 두드려부수니 지연은 해외에 도망하여 갔다.

그는 블라디보스톡에 가서 러시아에 거주하는 조선동포들을 동원하여 신문사를 내었는데 한해 남짓하게 되자 왜놈들이 또 이 신문 파는 것을 금지하였다.

그리하여 지연은 마침내 배를 타고 상해에 이르렀다. 상해에 간 뒤 방랑하면서 남경에서 노닐 때 의분에 넘쳐 술을 과음하였기에 병이 나서 귀국하였다. 그는 그때 약하기는 여자 같아서 울분을 입밖에 낼 수도 없었다. 그는 사람됨이 정직하여 권문가에는 발을 들여놓지 않으려 하였기에 갈 곳이 없었다. 그러므로 원망의 말도 남에게 말할 수 없어 혼자서 술마시며 일제에 대한 욕설을 퍼붓기도 하고 통곡하기도 하였다. 그 애국적 심정은 헤아릴 수 없었다.

그는 주로 이성호, 정다산을 배워 유행되는 풍속에 구애되지 않았다. 그는 문자에 공을 적게 드렸으나 빨리 제껴버리는 솜씨가 있어 재빠른 속도로 ≪위암고≫ 몇 권을 저술하였다.

그의 호는 위암이라고 하였는데 서문표[1)]가 가죽을 차고다니는데서 이름지은 호이다.

이밖에 또 그의 저서에 ≪동국명신사≫, ≪강역고보설≫ 등이 있다.

지연이 ≪예전≫을 편찬하고 있을 때, 나는 마침 그때 아버지의 몽상을 입었기

---

1) 서문표(西門豹) : 중국 전국(戰國)시기 위문후(魏文侯) 때 업령(鄴令)이었다. 그는 일찌기 강에 생지하는 미신을 타파하기 위하여 12줄기의 수로를 만들어 장수(漳水)를 끌어들여 관개하게 하여 땅을 개량하고 농업생산의 발전을 위하여 크게 기여하였다.

에 집에서 편선하면서 그와 함께 일하였다. 그러므로 서로의 사이가 좋았다. 지연이 금릉에 놀러왔을 때 그 김에 통주에 나를 찾아왔을 때 나는 타향살이 차림으로 있었는데 술을 떠오니 지연이 몇 잔 마시고 나의 손을 쥐고 평생의 뜻을 애기한것이 이상의 애기이다. 나는 개연히 그에 대한 생각이 나서 그의 간력을 썼다.

(1907년)

이재명, 김정익의 사실을 쓰노라*

김택영

이재명과 김정익은 평양사람이었다. 재명은 약하기는 여자 같고 말수는 적지만 몹시 용감하였다. 어려서 아버지를 여의고 13살 때 미국에 가서 고욕자로 일하였다. 여러 해 있다가 나라의 위기를 걱정하여 고국에 돌아왔다. 귀국한 후 그는 뜻있는 사람과 사귀었다.

정익도 집이 몹시 가난하였다. 남의 집에서 고용살이 하였다. 그 집주인이 아주 공손하였다. 주인이 그에게 기생을 불러오라고 하면 밤에 가는 것을 사절하고 반드시 학당에 가수 수업하였다.

재명과 정익은 뜻이 서로 맞아 형제와 같이 사이가 좋았다.

융희 3년(1909년-역자주) 겨울에 서울 일진회장 이용구가 한일합병 한다는 것을 나라에 선포하였다. 이에 이재명과 김정익 두 사람은 서로 의논하였다.

"사태가 아주 위급한데요."

"대체로 일본놈들이 우리 나라에서 위세를 부리게 되는 것은 우리 나라에서 매국적이 작간하기 때문이지요. 총리대신 이완용과 일진회장 이용구 등 매국역적 때문이요. 오늘 이 두 매국역적들을 처단해 버리기오."

---

* 이재명(李在明, 1890~1910) 독립운동가. 김정익(金貞益) 독립운동가. 이들은 리완용 등『乙巳五賊』암살계획을 세웠으나 실패했다.
  이들은 1909년 을사오적과 친일파를 암살할 계획을 세우고 이재명의 이완용 저격미수로 체포되여 이재명은 사형, 김정익은 15년 도형에 언도되였다.

“옳소. 이 두 놈을 처단하기만 하면 나머지 매국역적들은 무서워서 감히 일본에 붙지 못하고 그칠 것이요. 나라의 위기를 건지는 방책은 오직 이 뿐이오.”

그들은 저마다 칼을 품에 품고 서울에 올라갔다.

이때 이완용은 프랑스 교회당에 벨기에 황제의 죽음과 관련한 “추도모임”에 간다는 소식을 재명이 듣고 군밤장사로 가장하고 밤을 구워가지고 교회당문 밖에 다달았다. 이완용이 문에서 나오자 재명은 그를 따라가서 등 뒤에서 칼로 세 번 찔렀는데 죽지 않았다.

재명은 이완용의 수원에게 잡히어 교수형 당하였다.

재명이 옥에서 나왔을 때 정부에서 정익을 찾아 체포하였다.

정익은 몸에서 칼을 내어던지면서 크게 외쳤다.

“난 매국역적을 죽이려 하였다. 그런데 일이 이렇게 되었고나!”

중부에서는 모살인미수라는 법률의 죄명으로 그를 종신형에 처하였다.

(1916년)

일송정기

김택영

서울 동쪽 거리에 정자가 하나 있는데 그 정자에 소나무 한 그루가 서있다. 그래서 일송정이라 한다.

소나무는 정자의 동쪽틈 땅에 뿌리 박았는데 위로 네댓 번 구부러져 올라갔다. 그 가지는 옆으로 뻗었는데 낮에는 해를 가리우고 밤에는 달을 맞이하고 산들바람이 불면 생황을 부는 듯한 아름다운 음악소리를 내며 폭풍우가 울부짖을 땐 3군이 적군을 맞아 전마가 날뛰는 듯 위풍이 늠름하였다.

아름드리 실하나 숨차하는 듯 옹졸하게 옆으로 삐어져 울울창창한 것이 마치 구척선비가 가난한 집에서 사는 듯 하고 또 마치 재간있는 사람이 높은 벼슬자리를 얻지 못한 듯 머리를 수그리고 길손을 고스란히 따라가는 듯 하기도 했다.

나는 정자 주인에게 말하였다.

“당신의 문이 크고 집이 고래등 같이 솟았는데 그 뜨락을 닦고 솔을 옮겨심으면 솔이 저렇게 옹종하지 않겠는데 저렇게 내버려둬요? 백무의 궁궐과 천무의 동산에 기화요초와 초목이 분분히 울울창창하여 마음이 기쁘고 보기 좋겠는데 무엇이 부족하여 그러시오. 그 소나무는 혼자 차지하면 좋지 않아요.”

주인은 웃으면서 말하였다.

“저는 재간이 없어 조정에서 어떤 때는 벼슬이 올라갔다가도 내려오기도 하였는데 공을 세우지 못하고 은퇴하여 이 집을 얻었으니 다행이지요.

여기서 사는 것만 해도 다행이야요. 그래서 이 집에서 살아요. 내가 여기건대 이것도 아름다운데 하물며 그것을 감히 바라고 가할 수 있어요.”

“말씀이 옳습니다.”

나는 이렇게 감사의 말을 하였다.

대저 뜻이 큰 사람은 사소한 일에 마음두지 않고 검박한 자에 마음이 미치는 바 당신은 해박하외다.

그의 선조 문충공으로 말하면 장군으로 나선 지 30년에 집에 한섬의 쌀이 없고 집담이 허물어지고 청렴하고 가난한 것이 이와 같았다. 백성에게 혜택을 주기 위하여 공을 세웠고 사직을 돌보느라고 이러하였다.

그도 능히 이런 책임을 저버리겠는가. 말인즉 타일에 그도 장차 백성을 위하여 공을 세우겠으니 이것이 또한 그의 선조의 덕이 아니겠는가.

이에 감탄하여 나는 소나무 아래에서 술을 얻어 마시면서 소나무의 미덕을 적는다. (1899년)

칠의각기

김택영

선조때 임진년(1592년-역자주)에 일본이 조선에 쳐들어왔다. 왜병들이 구례

현에 쳐들어왔을 때 현의 선비 왕득인은 현의 동쪽 석주관에서 적과 싸우다가 죽었다.

장유년(1597년-역자주)에 일본이 한산영을 습격하여 격파하고 들어올 때 구례현 현감 이원춘이 후퇴하여 남원을 지키다가 마침내 적들에게 피살 당하였다.

이때 왕득인의 아들 의성공이 복수할 것을 맹세히고 같은 고을의 이아무개, 한아무개, 양아무개, 오아무개, 고아무개 등 다섯 사람으로 하여금 요로에서 방어하게 하였는데 그들이 다 방어하다가 전사하였다. 이에 의성공은 술을 땅에 뿌리고 그들의 혼을 조상하고 통곡하다가 돌아갔다. 그래서 지금까지도 세상사람들이 그 고개 아래 시냇물을 혈천이라고 한다.

순조중기에 형현감이 남전서원에 이 일곱 의사를 모시고 상식을 드리다가 고종 신민년(1871년-역자주)에 그 서원을 철폐해버렸다. 이 일곱 의병의 신주를 전사한 곳에 묻고 제단을 만들어 제사지냈다 한다.

신축년(1901년-역자주)에 왕공자의 후손 사춘이 창의한 제단아래에 단락을 만들고 몇 개의 기둥을 세워 비바람을 막게 하였는데 이 다락을 '칠의각'이라 하였다.

나의 벗 성균생원 황현의 청에 의하여 택영이 왜병들이 여기서부터 쳐들어왔다는 것을 썼다. 왜병들은 이 고개로부터 진군하여 곧장 서울에 쳐들어와 달포쯤 주둔하고 있었을 때 아군은 평양을 지키기 위해 반년 남짓 군대들이 주둔하고 있었다. 그뒤 왜병들은 이여송에게 패한 바 되고 다만 이충무공[1)]이 호남에 도사리고 앉아 왜병을 견제하면서 왜놈들의 수병을 여러 차례 벽파정 사이에서 섬멸하였다. 이때 적들의 수륙병이 합세하여 공격 못하게 전력을 다하였다. 그래서 왜병들은 호남에서 혼쌀먹고 분해하였다.

바로 이러한 때에 이충무공이 참소를 받아 '죄'를 입었다. 이 기회를 타서 왜병이 다시 쳐들어왔다. 그리하여 임진왜란 시기에 왜병들은 전 병력을 동원하여 호남을 치기로 하였다. 그래서 호남백성들이 화를 입었다.

그후 적들은 또 순천, 강진 사이에서 패배 당하였다. 국가의 홍망과 왜병의 실패는 다 이충무공 한사람에게 매여 있었다.

---

1) 이충무공(李忠武公) : 이순신 장군을 말한다. 이순신 장군의 시호가 충무이다. 공(公)은 높이어 말하는 뜻이 있다.

이 일곱 의병은 바로 이때에 전사한 것이다. 벽파정싸움의 대승리로 왜병들의 선봉이 패하여 섬멸되었다. 그후 순천, 강진대첩에서 적 선봉이 패배하여 섬멸되었다.

저 일곱 의병 벼슬에 올라보지 못하고 나라의 녹을 타먹지 않았으나 의연히 산골짜기에 대저 그 누구를 위한 것이겠는가. 그 힘 즉 애국심에서 죽음을 두려워하지 않았으니 그들의 천성에 충성과 의리의 뿌리를 두지 않았다고 하겠는가. 그 기개가 열렬한 것은 또한 나라의 존엄과 독립을 위한 것이었다.

아! 그렇다 충무공의 공을 세운 고장은 호남이다. 조중봉, 곽망우, 고제봉 여러 분이 다 전사하여 공을 세웠다. 나라를 수호한 그들은 마치 강이 만리에 줄달음쳐 그 물이 바다에 흘러들 듯 하여 쏴쏴 소리내며 귀신을 놀래운 것이다. 그러므로 이 일곱 의병이 또한 강물처럼 바다에 흘러들었다고 말할 수 있다. (1903년)

황주월파루 보수기

김택영

황주군에 월파루가 있는데 언제 건축하였는지 고증할 수 없다. 노인들의 전하는 말에 의하면 아마도 수백 년이 될 것이라고 하였다.

자세히 살펴보면 일곱 개의 산이 보인다. 북으로부터 남에 이르는 고을의 동북은 갑자기 깎아지른 천길 절벽인데 그 아래로는 강물이 철철 흘러내린다. 그 왼쪽 계곡에서도 검푸른 물이 여울치며 흘러내린다. 이 강은 이 고을을 지나서 서남으로 흐르는데 그 물살이 세다. 그 절벽 위의 왼쪽 겨드랑이에 선령이 도사리고 있고 오른쪽을 보면 은파만경이 평양 앞을 지나는데 전대이래 서로는 중국 왕래의 향로로 사용되고 있다. 그때 월파루를 곱게 단장하고 사절을 맞이하였다.

예를 들면 평양 연광정, 의주 통군정, 안주 백상루는 다 조선에서도 굉장하고 아름답기도 이름났다. 청신하고 아담하여 의따로 표묘하여 사람들에게 허공에 의지하여 바람을 탄 듯한 느낌을 주었다. 정말 이 단락은 천하 제일이 아닐 수 없다.

이 고장은 세월의 흐름에 따라 날로 황폐해져서 다만 기둥만 남아있는 것이 보인다. 아! 내가 이 군에 와서 4년 있으면서 진사 아무개와 고을의 부형들과 의논하여 이 누를 보수하니 어젯날의 숙원이 이루어졌고 그 모습도 새로 단장되었다. (1903년)

백운정기

김택영

개성 숭산은 동으로 뻗어 달령이 되고, 영의 서남에 신암동이 있다. 즉 옛날 고려때 신암사의 옛터이다. 지금은 이상하게 변하여 새롭게 되었다.

동굴 안의 물은 맑아 바닥까지 보인다. 그 물은 기암을 안고 반석과 명사위를 흐른다. 가장 경치 좋은 곳은 구룡담이라고 한다. 이 왼쪽은 연화봉이고 오른쪽 사자산 앞에는 모자봉이 있다.

서울의 여러 산들은 동남 일, 이백리 밖에 어른거린다. 아침이면 이내 같고 저녁이면 노을같다.

봄이면 꽃이 탐스럽게 피고 가을이면 가을달이 두둥실 뜨는 그 기상의 변화는 다 적을 수 없다. 정말 숭산골짜기는 절승이다. 집들이 줄느런히 들어섰는데 고려 때에 서울궁궐과 여염집이 차지한바 되었다. 그래서 이름난 것은 오직 지하동 뿐이었다. 고려가 망한 다음 모든 웅장하고 험준하던 고장의 승경이 무너진 담과 깨어진 기왓장 가운데 나왔다. 그 가장 이름난 것에 채하동, 부산동, 숭산동이다. 이 세 골짜기는 다 숭산의 산허리에 도사리고 있다. 산등성이가 산기운을 얻어야 바야흐로 성하고 기이하여 진실로 그에 마땅하다. 만약 동굴이 평원에 있으면 산기가 성하여도 생존하지 못하니 생존하지 못하는 것이 이런 것이다. 그 어찌 기이하지 않으리.

갑인년 봄에 개성 제군자가 한 단체를 결성하여 백운정을 세워 잠자리로 삼았다. 그뒤에 구룡담에 한 다락을 구축하고 못위의 이름을 단풍이라 하고 그 경치를 바라보았다. 박석당 자산이 이에 마음두고 그 사에다 글을 써 알렸다.

내가 낭산의 산정을 유람하고 북으로 회하를 돌아보고 장강을 굽어보며 단풍이 무르익을 제 풍월에 끌리어 스스로 수작하였다. 평생 유람이 나의 숙원이었다. 나의 땅이 아니니 바람을 향해 탄식하며 이 <백운정기>를 쓰노라. (1914년)

병오년 5월 13일 한묵림인서국 연못에서 노닐며

김택영

이 날은 좀 더웠다. 나는 출판사 복창 아래에 앉아서 책을 교정하고 있었다. 이때 해를 보니 저녁무렵이었다.

계군이 갑자기 나를 공손히 부르고 있었다. 나는 창밖 연못을 향하여 나갔다. 나도 뱃놀이 할 의향이 있어 잇달아 그를 찾아가니 계군은 보이지 않고 다만 왕군이 보일 뿐이다. 그래서 나는 연못가의 서북 모퉁이에 서 있었다. 바라보고 있노라니 배가 보였는데 나를 손짓하고 있는 것이었다.

나는 곧 바로 계군이 어디 있는가 물었다. 이때 왕군이 남쪽을 바라보며 손짓하는 것이었다. 나는 남통에 간 지 얼마 아니되기에 중국말을 할 줄 몰랐다. 그러므로 중국사람들이 접대할 때 나는 눈짓과 손짓만 하고 입은 적게 놀렸다.

이때 계군을 보니 그는 참대가지를 쥐고 있었다. 그 참대가지를 삿대로 할 모양이다. 그리하여 왕군이 먼저 배에 오르니 나도 오르고 계군도 뱃줄이 복숭아나무에 묶어져 있어 나는 그 줄을 풀었다.

계군이 삿대질하며 배를 저었다. 배를 연못 복판에 저어갔을 때 연못에 있는 연잎에서는 십중칠팔 꽃이 반쯤 피기 시작하여 그 향기가 그윽하였다. 배가 연잎을 스쳐지날 때마다 스르륵 스르륵 소리를 냈다. 나는 연잎이 상하지나 않을까 저어하며 그 배가 지나간 곳을 돌아보니 연잎은 고스란히 있었다. 나는 은근히

이를 기뻐하였다.

배가 연못 절반쯤 왔다가 꺾어서 북동쪽 가장자리에 닿으니 가뜬하지 않은 창포와 갈대 등속이 빼곡이 들어배기였다. 배가 스쳐지나 갈 때마다 연잎이 스치는 소리가 서로 어울렸다. 연못의 동쪽에는 늙은 버드나무 두 그루가 가지를 드리우고 서 있는데 아주 그윽하였다. 거기까지 마침 배가 닿았다. 거기서 돌아 서쪽을 보니 헝클어진 잎속에 크고작은 두 개의 연뿌리를 스쳐지나간다. 나는 손재게 다급히 손을 뻗쳐 그 연뿌리를 꺾었다.

왕군이 등 뒤에서 소리쳤다.

"연꽃이 놀라겠어요. 아깝는데."

이리하여 그 연뿌리는 나의 것으로 되었다. 배를 저어 서북으로 돌아와 배를 비끌어매고 돌아왔다.

왕군은 강소성 무석사람인데 많은 책을 읽어 해박했고 사무주국의 사무에 통달한 여러 해 되는 사람이다. 게군은 강서성 동향사람인데 인서국에 기숙하고 나와 같은 방에 있는데 취미가 순박하고 독실하였는데 지리를 전공하고 있었다.

이후에 천하에 대사가 있으면 강남의 선비를 구하련다. 이 두 사람이 능히 감당할 수 있을 것이다. 내가 만리 타향에서 이런 사람들을 사귀었으니 그 아니 행복하지 않은가. 앞에서 쓴 것이 다시 노닌 다음에 쓴 것이다. 중한 사람이기에 그렇지 않으면 헛되이 노닐겠는가. 대강남북에 수천의 연못에서 향기를 뿜는 때에 뱃전을 두드리며 노래하는 것이 그 어찌 감개무량 하지 않으리. (1906년)

痛言*

신규식(申奎植)

백두산에서 바람이 일어 하늘땅은 시름짓고 검푸른 파도 굽이치니 거북과 룡이 꿈틀거린다. 캄캄한 이 장밤은 언제 가서 지새려나 비바람만 모질게 휘몰아치는구나. 5,000년 력사를 자랑해온 이 나라는 오랑캐 왜놈의 땅이 되여버리고

3,000만의 동포들은 노예로 떨어졌다. 아아, 슬프로다. 내 나라는 망했구나. 그래 우리는 영원히 망국의 백성이 되단말가?

마음이 죽어버린것보다 더 큰 슬픔이 없나니 우리 나라가 망한것은 마음이 죽었기 때문이다. 오늘날 망국의 백성이 되어 참혹한 학대를 받으면서도 우매하여 깨닫지 못하고있으니 이것이야말로 죽음우에 또다시 더하는것이다. 아! 우리 나라는 끝내 망하고 말았구나.

가령 우리들의 마음이 아직 죽지 않았다면 비록 나라의지도가 그 색깔을 달리하고 력사가 그 칭호를 바꾸어 우리 대한이 망하였을지라도 우리들의 마음속에는 스스로 하나의 대한이 살아있을것이다. 그럴진대 우리들의 마음은 곧 대한의 령혼인것이다. 사람들의 마음은 죽지 않을진대 령혼은 살아 돌아올 날이 있을것이다. 힘쓸지어라, 우리 동포들이여! 다 함께 대한의 령혼을 소중히 여겨 사라지지 않도록 할것이며 그러자면 먼저 저마다 자기의 마음을 구원하여 죽지 않도록 해야 할것이다.

아, 동포들이여! 이제 우리는 망국의 백성이 되여 소와 말 같은 노예들로서의 릉욕을 받고 있다. 밖으로 정세는 긴박하고 몸에는 기한이 사무치는데도 망국이전의 정형에만 사로잡혀 아무런 느낌이 없단말인가?

러시아는 폴란드[1]를 점령한후 폴란드의 귀족과 평민의 어린이들을 씨비리에 귀양보내여 기아추위와 기아에 허덕이다 죽게 하였다. 그때 어린이들을 태운 렬차가 떠나려 할 때 부모들은 함께 갈것을 애걸하였으나 허락되지 않았다. 그리하여 부모들은 수레바퀴에 매여달리고 철도우에 드러누워 렬차가 떠나는것을 막으려 하였다. 그러나 어린이들을 호송하는 까자흐병사들은 채찍으로 때리고 발길로 차면서 부모들을 철도밖으로 내몰았다. 렬차가 떠날무렵 부모들이 아들

---

* 신규식(申奎植, 1880~1922) 호는 예관(睨觀). 충주 출생. 저명한 반일독립투사, 시인. 1911년 중국에 와서 손중산이 령도한 무창기의에 참여하였고 대한민국 임시정부의 건립에 공을 세워 법무총장, 총리, 외무총장을 력임하다가 1922년에 임시정부에 내분이 생기고 광동임시정부가 실패하고 손중산이 피신하자 상해에 돌아와 병석에 누웠다. 병석에서 민족의 장래를 걱정하여 25일간 단식하고 세상을 떴다.

이 글은 ≪민족혼≫이라고도 하는데 처음에 ≪晨旦≫잡지 1920년 10월호에 게재되였다. 여기서는 김동훈 등 편역 ≪신규식시선집≫에서 선록했다.

1) 폴란드는 1772년, 1793년, 1795년 세차례에 걸쳐 프로시아, 로씨야, 오스트리아 3국에 의하여 분할됨으로써 18세기말엽에 멸망되였다가 제2차 세계대전후 재건되였다.

을 부르고 딸을 찾는 피눈물이 얽힌 통곡소리는 처참하였다. 씨비리로 가는 길에서 어린이들에게 주는 음식은 근근히 거치른 검은 빵뿐이였다. 병들어 앓게 되면 들판에 되는대로 던져버려 철도 연선에는 죽은 어린이들의 시체가 헤아릴수 없이 많았다. 어떤 어린이는 빵조각을 손에 쥐고 먹으려고 애쓰다가 목숨이 끊어져 눈을 감지 못한채 쓰러져있었다. 이것은 폴란드가 망한후의 뼈아픈 이야기다.

망국의 유민들의 울부짖는 소리 아직도 귀전에 들려오는데 결국에는 우리들도 폴란드와 같은 신세가 되고말았다. 지난날에는 폴란드사람들을 위하여 슬퍼하기에도 겨를이 없게 되었다. 슬프고슬프다! 아, 동포들이여! 우리들은 폴란드 백성과 마찬가지로 되어버린채 영영 떨치고 일어날 수 없단말인가? 우리들은 원쑤들의 침해를 받으면서도 다시는 자기들을 구원하려고 하지 않는단말인가? 우리 성스런 조상의 자손들은 그저 앉아서 나라가 멸망하는것을 보고만 있으면서 자연도태에 맡기고만 말것인가? 아, 동포들이여! 잠간사이나 시간을 내여 나의 눈물나는 통언을 들어달라!

눈물은 마를수 있어도 다함이 없고 말은 다함이 있어도 마음은 죽지 않을것이다. 옛날 오(吴)나라의 왕 부처(夫差)는 자기 아버지가 비참하게 죽은것을 원통히 여겨 사람을 시켜 뜰에 서있도록 하고 매양 그가 출입할 때면 그 사람이 ≪부차야, 너는 월(越)나라의 왕이 너의 아버지를 죽인것을 잊었느냐?≫ 하고 묻도록 하였다. 그러면 그는 ≪예, 잊지 않고있습니다.≫하고 대답하군 하였다.

이것은 진실로 천고의 비통한 이야기인것이다. 부차는 이렇게 함으로써 령혼을 불러일으키려 하였다. 또 초(楚)나라 사람들은 ≪초나라는 비록 삼호(三戶≫라 할지라도 장차 진(秦)나라를 멸망 시킬자는 반드시 초나라일것이다≫라고 하였다. 이것 역시 진실로 비통한 이야기로서 이것으로 그들의 종지(宗旨)를 굳게 하려는것이였다. 사람들의 마음이 죽지 않았고 비장한 말로써 경종을 울린것이 바로 오나라가 월나라를 보복하고 초나라가 진나라를 멸망시킨 까닭이 되는것이다. 아, 한(汉)나라는 비록 망하였어도 아직 장자방(張子房)[2]의 철추(铁锤)는 남아있고 초나라는 없어졌어도 아직 포서(包胥)[3]의 눈물은 마르지

2) 장자방 즉 장량(張良, ?~기원전 168년)임, 중국 전한의 개국공신이였음. 류방의 도사로 있으면서 공을 세워 류후(留候)로 책봉되였음.

3) 즉 신포서. 중국 춘추시대의 초나라 귀족으로서 기원전 506년에 초나라가 오나라군에 포

않았다. 이제 통언(痛言)을 하게 됨은 바로 그들의 령혼을 불러일으키고 그들의 뜻을 이어받고자 함이다.

이제 막상 통언을 쓰려고 하니 마음속은 한없는 고통이 용솟음친다. 어디부터 어떻게 쓸것인가? 마음속에 생각나는대로 쓸뿐이다. 피물인지 눈물인지 모르겠다. 원컨대 이 글을 읽는 동포여러분, 느낀 고통을 가슴속 깊이 오래도록 간직하기 바란다. 그래서 망국의 치욕을 벗은 다음 잊어버리도록 한다.

아, 우리 나라가 망하게 된데는 쌓이고쌓인 원인이 있다. 법치(法治)의 문란, 기력의 쇠약, 지식의 우매, 아첨과 게으름, 자만과 자비심, 그리고 당파분쟁과 사욕, 이러한것들은 족히 나라를 망하게 한 원인이 된다. 그러나 나는 이러한 종종의 원인들은 한가지에 귀결된다고 생각한다. 그것인즉 ≪하늘이 준 량심을 잊은것이다.≫ 그러기에 량심을 잃게 되여 모든것에 무감각한 건망증에 걸리게 된것이다. 첫째는 신조의 교화와 그 종법을 잊어버렸고 셋째는 국사(国史)를 잊어버렸고 국치(国耻)를 잊어버렸다. 이렇게 사람들이 잊어버리기를 잘하여 나중에는 나라까지 잃어버리게 되었던것이다.

왜 이렇게 말할수 있는가? 나라의 백성들이 선조의 교화와 종법을 잊어버렸으니말이다. 하늘의 뜻을 본받아 도를 닦고 나라를 세웠으며 천지를 개벽하여 자손들에게 전해준이가 바로 5천년전 동방의 태백산에 강림한 우리의 시조 단군이 아니란말인가? 인간을 교화하여 신도(神道)의 교를 베풀어주었고 하느님께 제사지내 은혜를 보답하는 례(礼)를 세웠으며 벌레와 짐승을 몰아내고 산천을 평정하였으며 구족(九族)을 탄복시키고 만방(万方)을 화목케 하였으며 의식(衣食)과 정교(政教)를 고르게 한 이 모든것을 바로 선조들이 물려준것이다. 그리하여 성철(圣哲)은 대를 이어 계승됐고 토지는 날로 넓어졌으며 문화는 륭성번영하였고 무치(武治)는 강대해졌다.

옛날에 우리 나라를 산인국(神人国)이니 군자국(君子国)이니 부여대국(扶余大国)이니 례의동방(礼仪东方)이니 해동승국(海東勝国)이니 부모국(父母国)이니 상국(上国)이니 신성족(神圣族)이니 상무족(尙武族)이니 하며 여러 가지로 칭하였는데 이것도 우리 선조들이 무려준것이다. 나라에는 충성하며 집에서는

위되였을 때 진나라 궁정에 달려가 철주야를 울어 끝내 진나라왕을 감동시키고 진나라군사를 출병케 하여 초나라를 구원하였다고 한다.

효도하며 벗에게는 신의를 지키며 싸움터에 나가서는 후퇴하지 않으며 살생(殺生)을 하되 가림이 있어야 한다는 이 5조목의 가르침은 우리가 대대로 지켜야 할 종법이다. 덕을 갚으려고 한다면 하늘과 더불어 끝이 없을것이며 자손만대에 영원토록 종법을 잊어버릴수 없는것이다.

그러나 세상은 변하고 어지러워져 나라에 요사한것이 생겼고 실없이 자기스스로를 친하게 생각하여 모든 종법을 쓸모없는것으로 여기는 버릇이 몇백년동안 길러져 마침내는 만악의 결과를 맺게 되였다. 종묘와 사직은 없어지고 신령에게 제사지내지 않으며 그 옛날 빛나던 삼신사(三神祠)[4]와 숭령전(崇灵殿)[5]은 모두 황폐되여 무성한 잡초속에 묻혀버리고말았다. 옛글에 말하기를 ≪나라는 반드시 천지간에 더불어 서야 할것이니 이것은 례의인것이다≫라고 하고 또 말하기를 ≪근본이 기울어지면 그 가지는 거기에 따르는 법이니 이 어찌 슬프지 않으랴.≫라고 하였다. 아사달(阿斯达)의 산마루와 왕검성(王儉城)의 옛터를 바라볼 때마다 나는 눈물이 비옷듯 쏟아지는것을 금할길 없다.

무엇 때문에 선민들이 공렬(功烈)과 리기(利器)를 잊어버렸다고 하는가? 하늘이 내신 절세의 영웅이며 위인이며 만난에 당하여 중흥(中興)의 업적을 이룬지는 3백년전 벽파정(碧波亭)한산도(閑山島)에서 적을 무찌르고 순국(殉国)하신 충무공(忠武公) 리순신장군이 아닌가? 한몸을 바쳐 만백성을 소생케 하였으며 사나운 오랑케를 섬멸하여 이웃나라까지 편안하게 하였으니 그 높은 공렬은 천세에 빛나는것이다. 옛날 명나라의 제독(提督) 진린(陳璘)[6]은늘 사람들에게 말하기를 ≪리순신은 하늘이 내린 장군이다≫라고 하였다. 그가 나라에 보내는 보고에는 ≪리순신은 경천위지(经天緯地)의 재능보다 보천욕일(補天浴日)의 공훈을 세웠다.≫라는 말들이 들어있었다. 그러므로 일본해군찬기(日本海軍攢記)에는 ≪리순신은 고금의 해전에서 첫번째로 꼽히는 위인으로서 영국의 넬슨[7]보다 훨씬 뛰여나다.≫라고 하였으며 근래에 와서 일본인 해군대좌 나베다

---

4) 삼신사는 환인(桓因), 환웅(桓雄), 단군(檀君)을 제사하는 사당으로서 황해도 구월산에 있었다.

5) 숭령전은 고구려 시조 동명왕의 사당으로 리조시대에 평양에 세웠다.

6) 임진왜란때 조선을 지원했던 명나라의 제독이였음.

7) 넬슨(1758~1805년), 영국의 제독(提督)으로서 1805년 프랑스, 에스빠니야 련합 함대를 격멸하여 영구의 해상패권을 확립하였다.

(邊田)가 쓴 전기에는 ≪토요토미 히데요시(≪丰天秀吉)≫[8]의 지략과 고니시 유끼나가(小西行長)[9]의 용력으로 조선을 위협하고 명나라를 쳐들어가는것은 막을수 없는 대세였는데 갑자기 한사람의 위인을 만나 좌절되였느니 그는 누구인가? 조선의 수군통제사 리순신인것이다. 리순신은 영국의 넬슨과 일본의 토고 헤이하치로(東君記)에는 ≪조선의 전선(戰船)은 철판으로 싼것이 거북이의 등과 같은데 이것으로써 일본의 목조선을 대파하였다. 세계는 가장 오랜 철갑선을 조선에서 창조하였다.≫라고 하였다.

아, 임진왜란때 리순신과 거북선이 없었다면 한국은 벌써 페허가 되고말을것이며 중국도 또한 편안할수 없었을것이다. 그 당시 명나라장수들가운데 충무공의 공적을 시기하여 매사마다 말썽을 일으켰던 진린(陳璘)과 같으자도 리순신을 그처럼 진심으로 탄복하였고 일본은 10만 수군이 하루아침에 섬멸되여 원한이 뼈에 사무쳤지만 리순신을 그처럼 숭배하였고 영국은 세계 해군의 지도권을 잡고있음에도 리순신을 그처럼 찬미하였다.

결국 중국이 리순신을 잊지 않았고 일본이 리순신을 잊지 않았고 세계가 리순신을 잊지 않았다. 지어는 어룡(魚龙)과 초목(草木)에 이르기까지 그의 정성과 충의에 감동되였으나 (충무공의 시에≪나라일 지극히 위급하여졌으나 이 난국 열어나갈 사람은 없네. 산을 두고 큰뜻 다짐하니 풀과 나무도 이 마음 알아주리. 国有苍黃勢,璘无任转危. 誓海魚龙動, 盟山草木知≫라는 구절이 있다.) 우리 나라 사람들만이 잊어버린것이다. 잊어버리기만 한것이 아니라 도리여 재난을 안기였으니 그야말로 사람이 망하게 되면 나라도 없어지는 법이다.

아, 슬프다! 그 당시 삼도(三都)가 함락되고 임금이 수레를 타고 피난가고 여러 고을이 와해되고 뭇 장수들이 패배하여 흩어져 달아날 때 공은 한몸으로 맞서 싸워 거듭 승전을 하였다. [력사의 기록에는 다음과 같이 씌여있다. ≪왜구가 전쟁을 도발하고있음에도 조야는 태연히 있으면서 각성하지 못하였다. 오로지 리순신만이 이를 깊이 걱정하여 날마다 방어공사를 수축하고 쇠사슬을 주조하여 항구주변의 바다를 둘러막았으며 거북선을 창안제조하였다. 거북선은 철

8) 토요토미 히데요시, 즉 풍신수길. 일본의 무장으로서 1590년에 일본 전국을 통일하고 1592년에 명나라를 친다는 핑계로 조선을 침략하여 임진왜란을 일으킨 원흉임.
9) 일본의 무장(武裝) 토요토미 히데요시의 가신으로 임진왜란때 침략군의 선봉이였음.

판으로 둘러싼것이 거부기등과 같았으며 배머리는 룡두(龙頭), 배꼬리는 귀미(龟尾)처럼 만들고 대포를 장치하였다. 배의 좌우에는 대포구멍들을 내여 병사들이 선창에 숨어 포를 쏘도록 하였고 팔면에는 모두 창을 꽂았다. 거북선은 그 진퇴가 자유롭고 빠르기가 나는 새와 같아 직선을 마구 무찌르고 불살라버림으로써 승리를 거두었다.≫] 그런데 간사한자들이 이를 질투하여 병권을 빼앗고 그를 옥에 가두었다. 적을 무찔러 원쑤 갚은것이 도리여 중죄가 되었던것이다. 때마침 적의 세력이 다시 쳐들어와 나라가 위태롭게 되자 추무공을 다시 옥중에서 불러내여 적을 막아 싸우도록 하였다. 그때 마침 충무공은 모친의 상사를 당하여 제사에 가차 떠나기직전에 탄식하며 ≪한마음의 충효가 이에 이르러 모두 헛되게 되었구나!≫라고 말하였으며 또 ≪맹세코 원쑤를 소멸하면 죽어도 한이 없다.≫라고 비장한 결심을 내렸다. 충무공은 한산도에 이르기까지 싸움판을 돌아치며 거듭 싸워 드디여 대승리를 거두어 적병을 거의 섬멸시켰다. 그러나 공은 철갑선에서 끝내 나라를 위하여 한몸을 바치였다. 이는 천고에 가장 비통한 일이다.

아, 공의 한몸에 이렇듯 나라의 존망이 얽매여있건만 그를 모함하려는자들은 실로 그 무슨 마음에서인지 알수가 없다. 그럼에도 그들은 도리여 그가 임금과 어깨를 겨루고 공로를 홀로만 차지하였기에 시기를 불러오게 된것이라고 말하였다. 그로부터 얼마 안되여 공이 손수 만든 거북룡철갑선을 이상한 물건이라고 배척하면서 썩어버리도록 하였다. 국방의 유력한 무기를 그처럼 귀중하게 여겨야 할것인데 도리여 헌신짝 버리듯이 경중을 가리지 못하였으니 드디여는 영국인이 해상의 패권을 잡게 되었고 왜놈들이 그 찌꺼기를 훔쳐다가 도리여 우리를 업신여기게 되었다. 이는 참으로 슬픈 일이다.

우리의 조국은 예로부터 끊임없이 륭성하여왔다. 삼국시대에 이르러서는 무력을 숭상하여 강토가 날로 개척되였으며 위만(衛滿), 한나라, 수나라, 당나라의 침입과 거란, 몽골의 침략소란, 그리고 홍두(紅頭), 흑치(黑齒)두 비적의 외환을 겪어왔으나 신무영걸(神武英杰)의 임금들인 고구려의 대무신왕(東城王), 신라의 태종왕(太宗王)과 문무왕(文武王), 발해의 대씨(戴氏)와 고려의 왕씨(王氏)가 대를 이어 궐기하여 그 위엄을 국외에 떨쳤던것이다. 충성과 용맹, 지혜와 모략이 겸비한 장군으로 신라의 김유신(金庾信)[10]과 장보고(張保皐)[11], 고구려의 을지문덕(乙支文德)[12]과 양만춘(楊万春)[13], 고려의 강감찬(姜邯贊)[14]과 김방경(金方庚)[15]같은 인재들이 배출하여 나라의 간성(干城)이 되였기에 천하가 두려워하여 강국이라 일컫게 되였다.

고려가 쇠망하고 리조가 흥하자 태조(太祖)가 나라를 평정한 이래로 뛰여난 재능과 원대한 계략을 지닌 태종과 세조(世祖) 같은 분이 나타났고 또 장상(將相)들이 보필하여 안으로 다스리고 밖으로는 방어하여 한때 국운이 크게 륭성하였다. 그러나 그후 승평(升平)을 누린지 오래되니 문무의 벼슬아치들이 주색에 빠지고 붕당을 무어 권력다툼만 하며 국방을 돌보지 않았다.

임진년에 일본이 침입해오자 온 나라가 창황하여 조정의 신하들은 서로 쳐다보며 안색만 변하였을뿐 꼼작하지도 못하였다. 다행히 리순신과 권률(权栗)[16], 곽재우(郭再祐)[17], 조현(趙宪)[18], 김천일(金千鎰)[19]등 여러이들이 몸을 바치여

---

10) 김유신(金庾信, 595~673), 신라 29대 태종 무렬왕(武烈王)때의 명장, 무렬왕 7년(660년)년 5만 군사를 인솔하여 소정방(苏正王)의 13만 군대와 함께 백제를 멸망시키고 문무왕(文武王) 8년(668년)에 고구려를 토평(討平)하였음. 태대각간(太大角干)의 지위에 올랐고 당 군사를 축출하여 대동강이남의 고구려 고토를 찾았음.

11) 장보고(張保皐, ?~846년). 신라 흥덕왕(興德王)때의 장수, 중국 당나라에 들어가 무녕군소장(武寧軍小將)이 되었다가 돌아와 청해진 대사(清海鎭大使)로 임명도여 황해와 남해의 해적을 없애고 신라와 당(唐)의 교역을 활발하게 하였음. 846년 그의 세력에 불안을 느낀 문성왕(文圣王)이 자객 염장(閻長)을 보내 살해하였음.

12) 고구려 영양왕(嬰陽王)때의 명장. 동왕 23년(612년)에 수양제(隋煬帝)가 30만대군을 거느리고 고구려를 침략. 우문술(宇文述), 우중문(于仲文)이 인솔한 대군이 압록강을 건너오매 살수 (萨水)에서 반격하여 섬멸하였음.

13) 고구려의 명장. 보장왕 4년(644년) 안시성주(安市城主)로 있을 때 당태종(唐太宗)의 30만 대군을 맞아 60여일의 격전 끝에 적군을 패퇴시켰음.

14) 고려의 문신, 장군. 현종(顯宗) 9년(1018년)에 거란(契丹)군이 쳐들어왔을 때 홍화진(興化鎭)에서 적군을 대파시키고 이듬해 거란군을 구주(龟州)에서 대파시켰음. 추충협모안국공신(推忠協謀安国功臣)의 호를 받았음.

15) 권률(1212년~1300년). 고려 고중(高宗)때의 명신. 삼별초(三別抄)의 란때 진도(珍島)를 평정하였음.

16) (1537~1599년), 리조 선조(宣祖)때의 도원수(都元帥). 임진왜란때 애국명장으로서 행주(幸州)의 싸움에서 대승하였음.

17) 곽재우(1552~1617년),임진왜란때의 의병장으로서 왜적을 물리치는데 큰공을 세웠음.

18) 조현(1544년~1593년). 리조 선조때의 문신, 학자, 임진왜란때 의병을 일으켜 금산(锦山)에서 싸우다가 전사하였음.

19) 김천일(1537년~1593년). 리조 선조때의 의병장. 임진왜란이 일어나자 라주(羅州)에서 의병을 일으켰음. 양화도(陽花渡)에서 대승하고 진주(晉州)싸움에서 성이 함락하자 가결하였음.

나라를 구함으로써 위태로움에서 벗어나 나라의 안정을 가져오게 되었던것이다. 그러나 나라가 평하하기에 이르자 벼슬아치들은 또다시 쓸모없는 문장 구절과 어의(语义)에만 매달리여 한푼어치의 가치도 없는 공담(空談)으로 허송세월하여 마침내 나라는 또 위축하게 되고 병자호란의 해를 입게 되었던것이다.

리조의 말엽에 이르러서는 강화(講和)의 굴욕을 겪으면서도 오히려 태연하여 수치로 여기지 않고 하루하루 나날을 허송하였다. 이에 나라를 걱정하는 사람들은 그들의 마음을 벌써 알았던것이다. 대개 나라를 다스리는 정신을 잃게 되면 그 나라는 망하게 되는것이니 어찌 경술년에 와서야 나라가 비로소 망하기 시작했다고 할수 있으랴. 다만 주인이 노예로 떨어지고 제자가 스승에게 칼을 겨누게 된것만이 부끄러움치고도 큰 부끄러움이요 아프고도 또 아픈 일이다. [첨해왕(沾解王)2년 신라의 신하 석어로(昔於老)는 왜의 사시니에게 ≪조만간에 너희 국왕을 노예로 만들고 왕비를 식모로 삼을것이다.≫라고 하였다. 벌휴왕(伐休王) 10년에는 일본에 큰 기근이 들어 신라에 식량을 구걸하러 왔던것이다. 그리고 고려 문종(文宗)때는 일본의 사쯔마주(薩摩主)와 쯔시마도주(对馬島主)가 번번히 방물(方物)을 바쳤으며 백제 고이왕(古爾王) 50년에는 왕자 아직기(阿直岐)와 박사 왕인(王仁)이 처음으로 일본에 건너가서 경전(经典)과 론어(論语), 천자문을 가르치고 또 각종 공업을 전하였다. 또 백제 무녕왕(武寧王) 11년에는 박사 단양이(段楊爾)로 하여금 일본에 오경을 전하게 하고 위덕왕(威德王) 23년에는 불경과 더불어 승니(僧尼), 불공(佛工), 사리(舍利), 승사(僧師)와 토목공(土木工), 와공(瓦工), 화공(畵工)을 보내여 이를 교수하였으며 무왕(武王) 2년에는 력서(曆書), 천문학 등을 전하여 이를 가르쳤던것이다.]

문(文)을 중히 여기고 무(武)를 가볍게 보는 버릇은 족히 국가에 위태로움과 허약함을 가져오게 하는것이다. 그 폐단이 극단에 이르러서는 적들로 하여금 무로써 자기를 기르게 하는데 명나라가 망한 까닭이 바로 여기에 있는것이다. 하물며 이것은 마치 날새가 없어지자 좋은 활을 던져버리고 교활한 토끼가 죽자 사냥개를 삶아 먹은것과 같으니 그 사기를 꺾어줌이 이에서 더 심한것이 있겠는가? 김경손(金慶孫), 한희유(韓希愈), 김덕배(金德培), 리방실(李蒡實), 정세운(鄭世雲), 안우경(安遇慶)등[20] 이들은 모두 우리 한국의 명장들이였으나 몽골의 란을 평정하고 왜구를 격파하고 홍두적(紅頭賊)을 소멸하여 나라가 안정되자 공로를 평가하고 상을 수여함에 있어서 혹은 귀양보내고 혹은 노예로 삼고 혹은 죽이기도 하였다. 또 군사를 이끌고 동정(東征)하여 섬나라 괴수를 크게 무찌른 정지원수(鄭地元帥)[21]는 나중에 옥에 갇힌 몸이 되였고 명나라를 막아내고 왜구를 쳐부셔 나라에 공훈을 떨친 최영도통(崔瑩都統)[22]은 잘리우고말았다. 송악산이 괴로워서 슬퍼하고 박연폭포도 울부짖거늘 아, 한양(漢陽)의 일이야 치마 말인들 할수 있으랴. 호익장군(虎翼將軍) 김덕령(金德齡)[23]은 마침내 쇠몽치와 칼날밑에서 죽었고 바다에서 첩보를 울린 정문부(鄭文孚)[24]는 문자옥(文字獄)으로 목을 매게 되었으며 장군이 된지 10년에 도주병 하나를 목벤것으로 벼슬에서 쫓겨난 권언신(權彦愼)의 불평의 울부짖음은 천년이 지났음에도 탄식소리로 들려오고있다.

곽재우[25]는 의병을 일으킬 때 ≪우에 있는자들이 나라의 존망을 생각하지 않으니 초야에 있는자는 죽을수밖에 없다.≫고 말하였으며 또 그는 벼슬에서 물러날 때 ≪군신상하가 마땅히 뉘우치고 분발하여 동심협력으로 국력의 회복을 도모해야 한다. 만약 이대로 현명한 신하를 멀리하고 간신을 가까이 하며 당파를 뭇고 사리사욕에만 힘쓴다면 반드시 나라는 위망에 빠지고말것이다.≫라고 하였다.

---

20) 김경손은 몽골침입때 적과 싸워 공이 컸으나 최항(崔沆)이 그를 시기하여 귀양보냈다가 죽였다. 한희유는 삼별초의 항거를 진압하는데 공을 세웠고 납할출(納哈出)의 침입때도 공을 세웠으나 간신의 무고로 귀양갔었다. 김덕배와 정세운은 고려 공민왕때 침입한 홍건적(紅巾賊)을 격퇴하여 크게 공을 세웠으나 권신 김용(金傭)의 모략으로 모두 죽음을 당하였다. 안우경은 홍건적 격퇴에 공을 세웠고 권신 김용을 없애는데 공이 컸으며 왜구 격퇴에도 공을 세웠으나 신돈(辛旽)을 제기하려다가 귀양을 갔었다.

21) 정지는 고려말기에 수군(水軍)강화를 건의하여 공이 컸고 남해지방에서 왜구를 무찔러 공이 컸으나 공양왕때 김저(金佇)의 옥사에 련루되여 귀양갔었다.

22) 최영(1316~1388년), 고려 우왕(禑王)때의 장군. 충신으로서 우왕 14년에 팔도도통사(八道道統使)가 되어 명나라를 치고자 군사를 일으켰으나 리성계(李成桂)의 회군(回軍)으로 실패하고 후에 그에게 피살되였음.

23) 정문부, 임진왜란때의 의병장으로 담양(潭陽)에서 의병을 일으켜 호익장군(虎翼將軍)이라는 호를 받았으나 리몽학(李夢鶴)의 란때 적의 책략으로 적장과 통한다는 말이 돌아 서울로 압송되여 옥사하하였다.

24) 곽재우는 임진왜란때 의병을 일으켜 길주(吉州)에서 적을 물리쳐 공을 세웠으나 인조때 무고로 살해되였다.

25) 임진왜란때 의녕(宜寧)에서 의병을 일으켜 홍의(紅衣)를 입고 선두에서 싸워 공을 세웠으며 그리하여 홍의장군이라고 불렸음.

송나라가 망한것은 진회(秦檜)의 하늘에 사무친 죄와 관련된다. 만약 그때 종택(宗澤)과 악비(岳飛)로 하여금 조금이라도 그 심력(心力)을 발휘하게 하였더라면 어찌 조정이 한 귀퉁이에 쫓기여 끝내 다시는 일떠서지 못하게 되겠는가? 행주(幸州)에서 큰 승전을 한 도원수 권률(都元帥權慄)은 진중(陣中)에서 파직되였고 하늘이 내린 홍의장군 곽재우(紅衣將軍郭再祐)는 마침내 귀양살이로 늙게 되였으며 나라의 위기를 건지고 명나라가 망하는것을 구원한, 천하를 평정할 큰뜻을 품은 림경업(林慶業)[26]도 또한 간신 김자점(金自點)의 손에 죽게 되었다. ≪백두산의 돌은 칼을 칼아 없어지고 두만강의 물은 말이 마셔 말랐어도 남아 스물에 아직 나라를 평정하지 못하였으니 후세에 뉘라서 대장부라 칭하리오?≫라고 읊은 남이장군(南怡將軍)[27]은 한수의 시에 의해 살신(殺神)의 화를 입게 되었다. 간신들이 활개를 치고 렬사들이 명분을 지킨데서 죽음을 당하게 됨으로써 나라의 원기가 꺽이게 되는것은 이처럼 그 래력이 있는것이다. ≪현신을 가까이하고 소인을 멀리한것은 후한(後漢)이 기울어진 까닭으로 되는것이다.≫라고 말한 중국의 제갈무후(諸葛武候)의 말을 외워보며 눈물이 비발치듯 함을 금할 수가 없다.

우에서 말한것은 승냥이가 길을 막게 된것은 임금이 현명하지 못한데 있다는 것이다. 나의 친구인 륙군참령(參領) 리조현(李祖絃)은 장수가문의 아들로서 용맹이 뛰여나 스무살도 못되여 능히 맨주먹으로 호랑이를 때려잡을수 있었다. 이에 친척들이 놀라 힘센 송아지가 수레를 끄는격으로 장차 가문에 화가 될가봐 두려워하여 몰래 그를 없애버리려고 하였다. 그 어머니가 울면서 그를 구했으나 조현을 얽어매서 쇠저가락에 약을 바른 다음 불에 달구어 온몸을 지짐으로써 근육이 줄어들어 힘을 못쓰게 하였다. 어느날 옷을 벗고 나에게 보이는데 화저가락으로 지진 자국이 겹쳐있어 몸에 온전한 피부라곤 없었다. 그는 지난날을 이야

---

26) 림경업은 리조중엽의 명장으로서 리괄(李适)의 란을 평정시키는데 공이 컸다. 그는 병자호란(丙子胡亂)후 명나라와 내통하여 청나라를 치려고 하다가 일이 탄로되여 명나라로 도망하였다. 그후 청나라군에 의해 남경(南京)이 함락되자 청군에게 잡히여 조선으로 압송되였는데 김자점 등의 무고로 죽음을 당하고말았다.

27) 남이장군은 태종(太宗)의 외손자로 무위를 떨쳤었다. 리시애(李施愛)의 란 때 큰 공을 세웠고 건주위(建州衛)를 정벌할 때도 큰 공을 세워 병조 판서까지 되었으나 예종(睿宗)때 류자광(柳子光)의 모함에 빠져 죽음을 당하였다.

할 때마다 치를 떨군 하였다. 후일 그는 개혁에 뜻을 둔탓으로 죄를 입어 귀양살이로 떠돌다가 서글피 세상을 떠나고 말았다 아마 마지막순간까지도 가슴을 어루만지며 원통함을 참지 못하였을것이다. 아, 인재를 박해함에 있어서 조야(朝野)가 이처럼 마찬가지였으니 나라가 망하지 않을 도리가 있는가?

인재가 이미 박해를 당했는데 리기(利器) 또한 온전한 보존을 바랄수 있겠는가? 여기까지 써내려오니 가슴이 미여질듯 아파나 미칠것만 같다.

대개 박랑사(博浪沙)에서 진시황에게 던져진 철추(鐵錘), 무등산(无等山)의 왜놈을 베이던 서리발치는 칼, 박서(朴犀)가 몽골을 격파하던 포차(炮車)와 화구(火球), 박의장(朴毅長)의 진천뢰(震天雷), 김시민(金時敏)의 현자총(玄字銃) 등은 세월이 오래되여 남김이 없고 백년전 우리 나라에서 세상 처음으로 창조한 철갑선과 비행차[비챙자의 력사는 신경준(申景濬)의 ≪비거설(飛車说)≫에 상세히 기록되여있다.] 마저도 흙을 버리듯 버리고말았으니 우리 나라 사람들의 마음이 어디에 쏠렸는지 알수가 없다. 권세때문인가? 망국의 벼슬이 영광스러울 수 없다. 금전때문인가? 나라가 망하고 집안이 무너졌으니 금전은 적들에게 식량만 보태여줄뿐이다. 사리사욕이 총명함을 가리움이 이 지경까지 이르렀단말인가?

아, 장성(長城)이 스스로 무너지니 오랑캐들이 활개를 치며 죄없는 무고한 백성들도 하여금 칼도마우에서 목숨을 애걸하게 하고 고통스럽게 독사의 밑에서 죽음을 당하게 하였다. 서리가 쌓이여 굳은 얼음이 되듯이 나라가 쇠하여 모욕을 당함은 우리 스스로 불러온까닭이다. 총이며 칼을 빼앗기고 난 뒤에 오랑캐들의 락폭함을 통탄한들 무슨 소용이 있으랴? 돌이켜보건대 백성들의 기운이 수차 루루히 좌절을 당하였음에도 아직 오랑캐들이 두려워하는것이

남아 있으니 그것은 한성(漢城)의 곤봉전(棍棒戰)과 평양의 석괴전(石块戰)과 호중(湖中)의 수박전(手搏戰)이다. 그밖에도 씨름, 뛰여넘기, 줄다리기 등의 민간유희들이 있다. 여기에는 월 민족의 상무정신(尙武精神)이 깃들어있는, 아직 없어지지 않은 소중한것들이다. 그러나 지금에 와서 이것마저도 위정자들의 금지하는바가 되고말았다. 그야말로≪자유≫란 두 글자는 한국의 사전속에 마땅히 있어야 할것이 아닌 모양이다.

슬프다! 나라의 력사를 잊었다함은 무엇을 말하는것인가? 나라의 문헌은 곧

나라의 정신이다. 문헌은 어디에서 찾아야 하는가? 그것은 여러 국사(国史)에서 찾아야 할것이다. 아, 우리는 한국은 지금부터 다시는 력사가 있을수 없는것이며 비록 있었다고 하더라도 없는것과 다름이 없다.

우리 나라 5,000년 력사를 내려오면서 경적(经籍)과 문자가 네 번이나 큰 화를 입었다. 첫 번째는 당나라 총관(總管) 리세적(李世績)이 사고(史庫)를 불태워버린것이고 두번째는 원나라 세조 구비라이(忽必烈)가 고려사를 삭제한것이며 세번째는 견훤(甄萱)의 군대에 의하여 신라의 경적이 모두 불에 타버린것이며 네번째는 연(燕)나라의 란리에 기자(祈子)의 력사가 흔적도 없이 된것이다. 아, 슬프다! 단군사(檀君史), 단조사(檀朝史), 신지서운관비기(神志書云觀秘記), 안함로원동중삼성기(安含老元董仲三圣記), 표훈천사(表訓天詞), 지공기(志公記), 도증기(道証記), 동천록(動天彔), 통천록(通天彔), 지화록(地貨彔), 고흥(高興)의 백제사, 리문진(李文眞)의 고구려사, 거칠부(居柒夫)의 신라사, 발해서 등은 그 이름만이 남아있을뿐 그 책은 얻어볼수가 없다. 조국이 이미 쇠잔해지고 국학이 날로 미약해지자 후세의 력사학자들은 나라의 특성을 잃어버리고 조상을 멸시하며 외국에 아첨하였다. 그리하여 정치와 관련된 문자, 전장(典章)과 법도(法度)의 변천과 리해(利害)를 거울로 삼아 볼만한것은 없애버린것이 많고 더욱 심한것은 옛날의 력사책가운데 외국을 비판한 언어문자만 있어도 그것을 고치거나 삭제해버렸다. 옛날 도의(道义)를 교화(敎化)하던 문자로서 국수(国粹)가 남아있는것은 이단으로 몰아 싣지 않았다. 적을 토벌하고 나라땅을 넓히는것은 패도(悖道)라고 하였고 이웃나라를 사귐에 있어서 자기를 낮추고 겸손한것을 지켜야 할 본분이라고 하였다. 한우충동(漢牛充棟)할만큼 전해내려오는것이란 일가성씨의 가승(家乘)이며 대대로 내려가며 종노릇을 하는자들의 노비문서따위뿐이다.

개인의 저술로 어찌다 그 참된것이 보존된것이 있으면 억눌러 류전되지 못하게 하였다. 병사류(兵事類)로서 병학통(兵学通), 무예보(武藝報), 연기신편(演機新編), 위장필람(僞裝必覽)등과 전기류(轉記類)로서 삼년이십사걸(三年二十四杰), 신라수이전(新羅殊異傳), 각간선생실기(角干先生實記), 리충무공전서(李忠武功全書), 해동명장전(海東名將傳)등과 지리지도류(地理地圖類)로서 여지승람(餘地勝覽), 택리지(擇里志), 산수경(山水经), 도리표(道理標), 아방강역고(我邦疆域考), 대동여지(大東餘地圖), 대동렬읍지도(大東列邑地圖), 청구도(靑邱圖), 근역도일람(槿域圖一覽)등과 국어문류(国语文類)로서 훈민정음(訓民正音), 동언해(東言解), 동언고(東言考), 훈민정음도해(訓民正音圖解)등과 만기요람(滿機要覽), 성기운화(星機運化), 인정(人政), 천학고(天学考), 외국풍토지(外国風土志), 해동제국기(海東諸国記)등의 서적은 태반이나 없어지고말았다. 또 근세의 리익(李瀷), 정약용(丁若鏞), 류형원(柳馨遠), 박지원(朴趾源)과 같은 여러 선철(先哲)들이 찬술한 력사, 지리, 정치, 학술 등에 관한 여러 위대한 론술과 걸작들도 모두 세상에 퍼지지 못하고있다. 그리고 한 대연(韩大淵)의 해동역사(海東繹史), 신경준(申景濬)의 비거책대(飛車策对), 리규경(李圭景)의 오주연문(五洲衍文), 윤종의(尹宗儀)의 벽위신편(辟韋新編)등은 늦게 지금에 이르러서야 비로소 발견되였다.

본 세기의 력사적 조류속에서 태여난 외래의 심한 타격을 받고 있음으로 하여 옛 문헌으로써 조상을 추도하고 선렬들을 빛내이며 후인들을 격려하려고 하여도 잔편단간(殘編短簡)만 있을뿐 완전한 것은 없다. 이리하여 외국의 기록을 발어 우리 옛날의 묵은 자취를 엿보자니 또한 슬픈 일이 아닐수 없다. 그나마 흩어진것을 모으고 없어진것을 살펴서 그속에서 진수를 찾으려고 애쓰는자는 새벽하늘의 별과 같이 드문것이다. 근년에 몇몇 사람들의 역술(譯述)가운데 봄직한것이 있기는 하나 다만 사설(史说)을 찾아 인용함에 그쳤고 또한 그 당시의 망필(妄筆)을 그대로 답습하였으므로 잘못된것이 있음을 면할 수가 없게 되었다. 이것은 대개 문헌을 찾을길이 없기 때문이다. 그야말로 우리 나라에는 오래동안 믿을만한 력사가 없었다.

나는 외로움을 몸으로 중국을 떠돌면서 중국에서 학문의 거장으로 일컫고있는 장병린과 같은 학자를 만나보았는데 그도 한나라때 현도(玄菟), 악랑(樂浪), 림둔(臨屯), 진번(眞番)의 4군을 설치한것이 다만 위만(韋滿)이 할거하고있던 한모퉁이의 땅인줄을 모르고있었다. 대개 그당시 렬수(洌水)[28]이남은 이전과 같이 여러 나라가 독립하고있었던것이다. 스스로 다문박식(多文博識)하다고 자칭하고 량계초(粱啓超)와 같은이도 아무런 고증 없이 조선은 ≪국문이 없는 나

28) 지금의 대동강

라이기에≫ ≪망하지 않을수 없다≫고 사실에 맞지고 않는 론단을 내렸다.

슬픈 일이다. 우리를 모욕함이 자나친것이다. 하건만 나로서는 장병린, 량계초를 나무람할수도 없는 일이다. 왜냐 하면 우리 나라의 력사적문헌이 없기에 그들이 살펴볼수가 없고 다만 한서(漢書)가운데 나타나는 짤막한 력사와 몇마디의 말, 그리고 일본인들이 써놓은 허튼소리를 옮겼을따름이기 때문이다. 우리에게 국사(国史)가 없으니 무엇으로써 변명할것이며 우리의 나라가 이미 망하였으니 무엇으로써 론박할수 있겠는가?

슬프고슬픈 일이다. 우리들이 모욕을 받는것은 우리들이 스스로 받도록 마련한것이다. 장병린과 량계초는 중국사람이니 그 두사람이 우리 나라의 력사를 모르는것은 당연한 일이라 하겠다. 그러나 우리 나라의 구학선생(舊学先生)임에도 불구하고 도읍의 건설을 말할것 같으면 능히 제요도당(帝堯陶唐)의 산동평양(山童平陽)은 말할수 있어도 신조(神祖) 단군(檀君)의 평양(平壤)을 모르고있으며 또 나라를 되찾은것을 말할것 같으면 능히 명태조 주원장(朱元璋)은 말할수 있어도 동명성제(東明圣帝) 고주몽을 모르고있다. 방목을 하거나 목탄을 굽는 아이들까지도 능히 위수(渭水)에서 낚시질하던 강태공(姜太公)의 노래는 부르고있지만 유명한 선비들임에도 위주(渭洲)에서 적을 무찌른 강태사(姜太師)를 아는 사람이 적다.

신지식을 아노라는 학자들도 고적을 말하게 되면 마니산(摩尼山)의 제천단(祭天壇)은 모르면서도 애급의 금자탑을 자랑으로 말하고 새로운 기구(器具)를 말하게 되면 정평구(鄭平九)[29]가 창조한 비행기는 모르면서도 멩보르가 발명한 기구를 과장하여 말하며 인쇄와 활자를 말할 때면 반드시 독일과 화란만을 말할뿐 그보다 수백년이나 앞서 창조한 신리와 고려에 대하여 아는 사람은 드물다. 또한 문장을 배우고 글귀를 인용함에 있엇 번번히 리태백과 두자미(杜子美)만 숭상할뿐 우리 나라 고유의 학설과 문자는 대수롭지 않게 여기고있으며 위인의 언행을 말할 때면 반드시 워싱톤이나 넬슨만 말할뿐 우리 나라 기왕의 명인지사들은 말할만것이 없다는것이다.

나도 리백과 두보의 문장을 아끼지 않는바가 아니고 워싱톤과 넬슨의 큰 직업

---

29) 정평구, 리조 선조때 사람으로서 일찍이 비거(飛車)를 발명하였다고 한다. 임진왜란때 진주싸움에서 비거를 사용하여 적의 포위망속에서 외부와 련락하였다고 한다.

의 우러러보지 않는바가 아니다. 하지만 우리 동포들이 자기의것은 버리고 남의 것만을 좇는것만은 원하지 않는다. 어찌하여 우리 나라의 사람들은 망녕되게 자기 스스로를 얕잡아보는 근성과 책은 보면서도 자기 조상을 잊어버리는 기풍을 지금까지도 고치지 않는것이지 참으로 슬픈 일이다.

아, 나는 이제 우리 나라의 사정을 서술하고있으면서도 부득불 남의 서적을 빌리고 남의 말을 중하게 여기지 않을수 없게 됨으로 하여 더욱 부끄럽고 가슴이 아프다. 례를 들면 우리 나라의 교화(教化)의 원류(源流)를 말함에 있어서 부득불 명사(明史)와 한서(漢書)를 인용하지 않으면 안되게 된것이다. [명사의 왕감주(王龕州) 속완위엽편(續宛委餘編)에는 ≪동방에 단군이 처음 나타나서 신성(神圣)의 교(教)로써 백성을 근후히 가르쳐 대대로 강족이 되었는데 그 교명(教名)을 부여에서는 대천교(代天教)라 하였고 신라에서는 숭천교(崇天教라 하였으며 고구려에서는 경천교(敬天教)라 하였고 고구려에서는 왕검교(王儉教)라 하여 매년 10월에 제사를 지냈다.≫라고 말하고있고 한서에는 ≪사마상여(司馬相如)가 한무제에게 <폐하께서는 겸양(謙讓)하시여 나타나지 마시고 삼신(三神)의 즐거워함을 받으소서>라고 하였는데 그 주해에 삼신은 하느님≫이라고 하였다.]

료사(辽史), 금사(金史), 만주지(滿洲志)를 살펴보면 다음과 같은 기록들이 있다. 료사에는 ≪신책 원년(神冊元年), 영주 목엽산(永洲木葉山)에 종묘를 세웠는데 동쪽 방향으로 천신(天神)의 위채를 설치하고 정원에는 단수(檀樹)를 심어 임금의 나무라고 일컬었다. 황제가 친히 제사를 지냈는데 출사할 때면 반드시 먼저 종묘에 고하였다. 이에 삼신(三神)을 세워 주로 제사지냈다.≫라고 씌여있고 금사에는 ≪대정(大定)12년 12월에 단군을 례(礼)로써 홍국응왕(興国应王)으로 높이 추대하였고 명창(明昌)4년 10월에는 다시 개천홍성제(開川弘圣帝)로 책봉하였다.≫라고 씌여있으며 만주지에는 ≪부여족의 종교는 하늘을 숭배하는것이다.≫라고 씌여있다. 이러한 말들은 비록 짤막하기는 하지만 구슬과 같이 귀중한 말들이다. 그러나≪남들에게도 이러루한 말이 있는것이고 아무개 사기(史記)에도 또한 이러루한 일들이 씌여있다.≫느니하며 지껄여대는 사람들이 있으니 참으로 슬픈 일이 아닐수 없다.

아, 우리 나라 국민들은 만약 신인(神人)이 태백산의 단목(檀木)아래 강림하였다는 한줄의 문자기록이 없었다면 아마 갈천씨(葛天氏)[30]의 백성이 되거나 무회씨(无懷氏)[31]의 백성이 되었을지 스스로도 알수 없는것이다. 또한 만약 환인상제(桓仁上帝)의 이야기가 전하는것이 없고 마니산(摩尼山)의 제천행사에 관한 기록이 없었더라면 시(詩), 서(書), 전(傳)이나 신구성서에서 이야기하는것에만 의존해야 할것이다. 만약 성호 리익(星湖李瀷)과 다산 정약용(茶山丁若鏞) 두 선생의 종교론과 삼신설(三神说)이 없었더라면 우리들은 무턱대고 선교(仙教)라고 자칭하는 무술(巫術)에만 매여달려 영원히 무당들의 손에서 더럽혀졌을것이다.

고구려 광개토왕(廣開土王)의 옥새(玉璽)가 안휘(安徽)의 정씨(程氏) 집에 소장되여있다는 소문을 처음 들었는데 신해년 (1911년)에 나는 북경에서 정씨 가성(家柽)을 만나 알게 되었다. 그때 정씨는 ≪광개토왕의 옥새를 동북3성[32]의 어떤 시골 로인한테서 얻었는데 이를 대단한 보배로 여기고있다.≫고 말하면서 꺼내여 보이려고 하였다. 마침 손님들이 밀려오는바람에 다음날 보이기로 미루면서 말하기를 ≪오록정(吳祿貞)장군이 동북에 있을 때 귀국의 옛날 도장과 기물 몇가지를 얻어 보관하고있는데 모두 진품이다≫라고 하였다. 그 다음날 나는 다른 일이 있어 남쪽으로 떠나게 되어 훗날 다시 만나기로 하였다. 아, 지금은 두 사람이 다 세상을 떠났으니 어디서 그 사람들과 그 물건을 찾아본단말인가?

만주에서 공물을 바친데 관한 표문(表文)은 호남(湖南)의 송씨유록(宋氏遺彔)에 처음 보이는데 송교인(宋敎仁)의 필기에도 다음과 같은 기록이 있다. ≪동북3성과 다른 여러곳에 있을 때 만청(滿淸)이 아직 입관하기전의 비사(秘史)를 많이 얻었는데 지금은 다 동경에 보존해두었다. 그가운데는 만주가 고려에 바친 표문이 있는데 표문에는 후금국노재(后金国奴才)라고 자칭하였다. 이것을 보면 노재(奴才)라는 두 글자는 래력은 만주가 상국에 대하여 부르는데서부터 왔다는 것을 알수 있다. 그것이 후에까지 그대로 전습이 된것이다. 그런데 유감스러운것은 송군에게서 한번도 그 자초지종을 들어보지 못한것이다.

봉천성(奉天省)에 있는 기공비(記功碑)[33]는 청인들이 발견한 것으로 나는

---

30) 갈천씨는 중국 고대전설에 나오는 왕이다.
31) 무회씨도 중국 고대전설에 나오는 왕이다.
32) 중국의 동북지방의 료녕성(辽寧省), 길림성(吉林省), 흑룡강성(黑龙江省)을 가리킨다.

처음 들었다. 광개토왕(廣開土王)이 북으로 거란(契丹)을 징벌하여 수천리의 땅을 넓히고 남으로 왜구를 징벌하여 신라를 구하였다고 씌여있고 이 비석은 지금 봉천성의 집안현(輯安縣)에 세워져있다. 거기에는≪은택(恩澤)이 황천(皇天)에 미치고 무가 사해(四海)에 떨쳤다≫라는 글귀가 씌여있는데 그 자획이 힘차서 중국의 금석들도 한(漢), 위(魏)와 겨룰만한것이라고 하면서 탁본(拓本)하는자가 대단히 많다.

명석포(明石浦)의 백마총(白馬冢)은 왜인들이 그렇게 자칭하기에 나도 비로소 알게 되었는데 김세렴(金世濂)의 해사록(海史彔)에는 ≪<일본년대기(日本年代記))>에 오진천황(应神天皇)22년에 신라가 명석포를 정벌하여왔는데 오사까(大阪)에서 겨우 백리밖에 안된다고 실려있다≫라고 하였으며 또 ≪아카새끼(赤關)동쪽에 언덕이 하나 있는데 왜인들이 이를 가리켜 <이것은 백마분(白馬墳)이라고 하는데 신라병이 일본에 깊숙이 쳐들어왔을 때 일본이 화해를 청하게 되자 흰말을 잡아 그 피로써 맹세를 하고 말머리를 이곳에 묻두었다>라고 한다.≫고 씌여있다.

그리구 신숙주(申叔舟)의 해동제국기(海東諸国記)에 ≪신라 진평왕4년, 즉 일본 빈다츠천황(敏達天皇)20년대 신라가 왜군을 서쪽 변방에서 정벌하였다.≫라고 씌여있으며 순암 안정복(順庵安養福)의 기록(記彔)에는 ≪지금 동래(東萊)바다의 절영도(絶影島)에 옛 보루가 있는데 일본에서는 신라의 태종이 왜를 정벌할 때 쌓은것이라 하여 태종단(太宗壇)이라고 부른다.≫라고 씌여있다.

우리 해군의 뛰여난 인물들을 말하려면 일본력사를 인용해야하고 우리의 철갑선을 말하려면 영국인의 기록을 보아야 하며 지어는 우리 나라 국문의 간편함을 말하려고 해도 미국 선교사들의 말을 빌어야 하니 슬픈 일이 아닐수 없다. 이토록 우리의 문헌을 찾을수 없는것은 누구의 죄인가?

나는 이제 큰소리로 우리 나라 사람들에게 고한다. 중국사, 료사, 금사, 만주사, 일본사, 영국사, 같은것을 원컨대 모두 갖추도록 할지어다. 만약 그 당시 그들이 대신하여 기록한것이 없었더라면 우리들은 우리 조상의 교화와 종법을 알지 못할것이며 우리 선민들이 세운 위대한 공적을 알지 못할것이며 우리 나라가

---

33) 지금의 길림성 집안현에 있는 광개토왕릉비를 말한다.

자기의 력사와 어문이 있었음을 알지 못할것이다.

우리들의 어리석고 깨우치지 못함이 어찌하여 이렇게도 심한것인가? 대개 우리들은 5,000년의 력사를 거치면서 이 땅에서 성장하였고 이 땅에서 먹고 입고 하면서 버젓이 나라를 세워 다른 나라와 더부어 어깨를 겨루어왔다. 례의도 없고 교육도 없고 또 덕망 높은 인물이 없었다면 어떻게 우리의 력사를 빛내이며 면면히 대를 이어왔겠는가?

어찌다가 다른 나라가 대신하여 기록해준것마저 버리고있으니 우리 나라 사람들은 혼연히 아무것도 모르고있는것이다. 우리 나라 사람들이 잘 잊어버리는 것이 그야말로 한심하기 짝이 없는 지경에 이르고있으니 국사마저도 잊어버리고만것이다. 이대로 오래동안 흐리멍텅하게 지내다 나면 옛날부터 전해내려오는 잔편 기록은 물론 지금 보배처럼 여기고있는, 타국인들이 기록한 얼마 안되는 기록도 얼마 가지 않아서 잊어버리고말것이다. 이렇게 되면 단군의 자손이요 부여민족이니 하는것은 근근히 멸망한 나라의 대명사로서 타국의 력사에만 남아있을것이고 우리들의 마음속에는 ≪대한(大韩)≫이라는 두 글자가 영원히 사라지고 말것이다.

슬프고도 가슴이 아프구나! 아정 리덕무(雅亭李德懋)는 ≪발해사를 편찬하지 않는것을 보면 고려가 떨치지 못하였다는것을 알수 있다.≫라고 하였다. 또 중국의 공인화(龚仁和)는 ≪남의 나라를 멸망시키고 남의 터전을 흔들며 남의 인재가 끊어지도록 하고 남의 교화(教化)를 없애버리며 남의 법도를 무너뜨리고 남의 조상을 짓밟아버리려면 먼저 그 력사를 없애버려야 한다.≫라고 하였다. 아, 동포들이여! 오늘에 이르러서야 역시 이 말이 얼마나 통절할것인가를 가늠할수 있으리라.

아, 우리들은 신명(神明)의 자손으로서 다 함께 생(生)을 타고났고 기(气)를 품고있으면서도 앉아서 망하기만 기다렸으니 이제 와서 후회한들 무슨 소용이 있으랴! 그렇다고 아주 멸망하여 없어지는것을 달갑게 여기고만 있을것인가?

금협산인(锦頰山人)은 하동(河東)의 썩은 뼈를 구짖으면서 대동사(大東史)를 썼고 곡교소년(曲橋少年)은 서산의 기우는 해를 탄식하면서 광문회(光文會)를 만들었으며 홍암라자(弘巖羅子)는 대종교리(大倧教理)를 밝히고 주시경(周時经)은 조국의 언어를 연구하였다. 이와 같이 우리의 도(道)는 외롭지 않아

이처럼 다행스런 일이 있는것이니 바라는바는 그것을 이어받을 사람들이 나타나서 서로 돕고 호응을 한다면 이것이 망한것을 뉘우치는 하나의 징표가 되어 족히 장차 죽어가려는 인심을 만회할수 있을것이며 나라의 얼어 불어일으켜 없어지지 아니하게 할것이다.

아, 동포들이여! 지금은 어떠한 때인가? 종놈아들의 종놈이 되었고 옥중의 옥에 갇혀있는 신세가 된 때이다. 그래도 꿈에서 깨여자지 못하고 그대로 맥이 빠진채로 있고 게으르고 뿔뿔이 흩어진채로 있는다면 망국의 죄를 덮어감출수 없는것은 물론 눈깜작할사이에 멸종의 화를 면치 못하게 될것이다.

나자신도 리학(理学)은 마땅히 숭배해야 하고 철학도 마땅히 연구해야 한다는것을 알고있다. 허건만 오늘과 세월에 태여나서 치욕을 씻고 죽음에서 헤여나기에 겨를이 없는데 언제 성명(性命)을 지껄이고 사물을 분석할 여지가 있겠는가?

내가 가장 경애하는 선배학자, 그리고 신진학도들이여! 자양주자(紫陽朱子)에서 두무릎을 꿇고 감히 스스로 한발자국도 내디디지 못하는것은 겨우 남이 배알은 침을 핥는것에 지나지 않으며 온몸을 백조(白潮)[34]에 적시는것은 그 껍데기를 알기도전에 자기의 령혼을 장사지내는것과 마찬가지인것이다. 원수들이 멸망되지 않았는데도 주자의 죄인이 될가봐 저어하며 문명을 몽상한다면 끝내는 벽안(碧眼)[35]의 참된 벗이 되지 못할것이다. 아, 제군들이여! 한번 꼼꼼히 생각해볼지어다.

아, 단군의 문명은 그 관념조차 로인들과 장년들의 머릿속에는 남아있지 않구나! 오직 일본의 진무천황이나 메이지천황만이 우리 어린 자제들의 모리속을 차지하고 있을뿐이다. 분명히 우리의 조상, 우리의 력사, 우리의 글, 우리의 말이지만 감히 국조(国祖)니, 국사니, 국문이니, 국어니 하며 말하지를 못하고 겨우 선사(鲜史)니, 선문(鲜文)이니, 선어(鲜语)이니 하며 말할수밖에 없게 되었으니 이러다가는 장차 선인(鲜人)이라는 말도 또한 절멸되고말것이다.

그렇게 된다면 우리 나라가 망한 뒤의 그 얼은 무엇에 의탁할것이며 어디에 접근할것인가? 아, 동포들이여! 모름지기 조그마한 곳이라도 개척하여 의지할

---

34) 백조 당시 조선문단의 한 류파임.
35) 벽안, 푸른 눈의 서양사람들을 가리킨다..

곳 없는 나라의 얼을 용납해야 하지 않겠는가? 내가 이런 말을 하는것은 감히 덕을 갖춘 여러 군자들을 책망하려는것도 아니며 또 우리들의 단점을 끄집어내기 즐겨함도 아니며 일부러 말을 꾸미여 우리 나라 사람들을 끄집어내기 즐겨함도 아니며 일부러 말을 꾸미여 우리 나라 사람들을 모욕하려 함도 아니다. 참으로 긴박한 정세에 처하여 무엇을 분식하거나 꺼려할 때가 아니므로 하는 말이다. 눈에 보이고 귀에 들리는것이 모두 가슴이 터질듯이 분한것들이여서 참을래야 참을수가 없다. 하기에 말을 가리여할 겨를도 없이 슬픔만을 고할뿐이다.

나라의 치욕을 잊었다는것은 무엇을 말함인가? 우리들의 불공대천의 원쑤는 저 만악의 일본이 아닌가? 그자들은 멀리 삼국시대로부터 우리를 도적질하고 침범한 일이 여러번 있었다. 임진년에 이르러서는 강권만을 믿고 우리를 유린하였고 을미년에는 우리의 왕후를 시해하였으며 갑진년과 을사년에는 우리의 주권을 빼앗아갔다. 병오년과 정미년에는 우리의 군주를 협박하여 양위케 하였고 우리의 군대를 해산시켰으며 또 우리의 의병을 학살하고 우리의 생령을 어육으로 만들었으며 강술년에는 우리 나라를 멸망시키고 우리 동포들을 소나 말처럼 만들었다.

생각만 하여도 저놈들이 전후하여 저지른 죄악은 목멱(木覓)의 대나무와 한강의 물을 다 써도 이루 다 기록해낼수 없는것이다. 아, 우리 나라 사람들의 건망증이여! 우리가 몸소 그 해독을 받고도 일이 지나가고 환경이 바뀌여지면 막연히 대할뿐이로구나. 우리나라 치욕사의 기록을 읽어보는 사람이면 누구나 부릅뜨고 이를 갈며 크게 슬퍼하며 통탄할것이나 지나 쳐버리면 까마득히 잊어버리니 그 건망증이 심하다고 하겠다.

화친사절(和親使节)을 만나면 잊어버리고 선물을 받으면 잊어버리고 대낮에 검을 쥐면 잊어버리고 밤중에 돈을 주면 잊어버리고 오사까(大阪)의 대포공장을 보고서는 잊어버리고 교주만(胶州灣)의 선전문을 보고서는 잊어버리고 고관대작에 후한 봉록을 주면 쾌히 잊어버리고 관광을 시키여 영화를 누리게 하면 놓칠가 근심하여 잊어버리고 지어 한심한것을 채찍으로 갈겨도 잊어버리고 우리들을 어육으로 만들어도 잊어버리고마는것이니 이처럼 잊어버림이 많고서는 나라의 치욕은 영원히 씻어버릴수 없는것이다.

≪계림(鸡林)의 개나 돼지가 될지언정 왜국(倭国)의 신하는 되지 않을것이요

계림에서 채찍과 망치에 맞을지언정 왜국의 작록은 원치 않는다≫라고 한것은 신라 박제상(朴堤上)[36]이 왜왕을 꾸짖은 통쾌한 말이다. ≪빨리 나를 베여라. 우리 백마나의 의병이 나의 머릿속에 있다!≫라고 한것은 리남규(李南珪)[37]가 일본관리를 꾸짖은 통언이다. 그들은 조금이라도 그 절개를 굽혔더라면 목숨을 살릴수 있는것은 물론 벼슬과 록(祿)도 또한 받을수도 있었지만 그렇게 하지 않은것은 부끄러움을 잊지 않았기 때문이다. 불침을 받으면서도 굽히지 않고 란도질은 오늘에도 생기가 뻗쳐있다.

단 한사람의 충성과 의분에 넘친 기개로도 오랑캐를 족히 삼킬수 있거늘 하물며 애국의 마음으로 치욕을 잊어버리지 않은자들에게 있어서랴. 아, 동포들이여! 몸이 아직 썩지 않고 기가 아직 꺽이지 않고 아직 식지 않고 마음이 아직 죽지 않았는데 임진년 4월에 우리가 적을 격파하던 기념의 날을 잊었단말인가? 그때는 국민이 치욕을 알았기에 적들을 이기고 공훈을 세웠던것이다.

을미년8월20일을 잊었단말인가? 갑진년3월20일을 잊었단말인가? 그리고 을사년 11월17일을 잊었단말인가? 병오년7월19일, 24일, 31일을 잊었단말인가? 정미년 8월10일을 잊었단말인가? (8월10일은 나 개인이 당한바를 말한것이지만 이해에 로략질을 당한 참화는 이루 말할수 없다. 피가 뿌려지고 혼이 날려지고 온 들판이 수라장이 되었으니 어찌 우리 신씨가문만이 당한 참화라고 할수 있겠는가?) 또한 경술년 8월29일을 잊었단말인가?[38] 이날들은 모두 우리 3천만 동포들이 일본인들에게 학대를 받은 기념일이다. 동포들은 이러한 치욕을 알고있는지?

치욕을 알면 피로써 주검을 안길수 있고 치욕을 씻자면 피로써 씻어야 할것이다. 치욕을 잊어버리자는 오직 피가 식은자가 아니면 피가 없는자이다. 치욕을 아는자의 피를 알지 못하니 어찌 치욕을 씻어버릴수 있는 피가 있기를 바랄수

---

36) 박제상(朴堤上, ?~416년) 신라19대 눌지왕때의 충신, 지략과 계료로 일본에 인질로 가있는 왕의 동생 미사흔을 돌려보낸후 왜왕에게 피살되였음.

37) 리남규(李南奎, ?~1907) 한말의 의사(义士)로. 고종 31년에 일본공사 오토리 케이스케(大鸟圭介)가 군대를 거느리고 궁궐에 들어가자 그 무도함을 규탄하였고 그후에도 계속하여 일제침략에 항거하였다. 륭희 원년에 의병에 관련된 혐의로 공주감옥(公州獄)에 갇혔다가 풀려났으나 그후 다시 일본군대에 련행되여 아들과 더불어 일제에게 살해되였다.

38) 을미년 8월 20일은 을미사년, 갑진년 3월 20일은 한일의정서의 체결, 을미년 11월 17일을 을사조약의 체결, 경술년 8월 29일은 한일합병 조약의 발표를 가리킨다.

있으랴! 아, 동포들이여! 피가 있는가, 아니면 없는가!

을미년 리충헌(李忠宪)과 홍충의(洪忠毅)의 피는 우리들이 혹 잊을수도 있으리라. 을사년이후 순국한 여러 선렬들의 피도 우리들은 장차 모두 잊어버리말것이다. 슬프도다. 민충정(閔忠正)[39]의 피여! 5조목의 통감협약(統監協約)[40]이 장제핍박으로 이루어지자 서울로 달려가 협약의 폐기를 간권하였었다. 허나 군신상하의 심리가 일치하지 않고 사회의 결합이 견고하지 못한탓으로 뜻을 이루지 못하자 칼로 자기의 목을 찔러 목에서 가슴까지 내리베였다. 피부와 살이 한데 엉클어지고 땅바닥에 붉은피가 랑자하게 흘리며 그는 돌아가셨다.

슬프다. 박참령(朴參領)[41]이 흘린 피여! 장군의 심사를 아는 사람이 적으리라. 그는 을미년이후로 원쑤를 무찌르고 울분을 풀고자 하는 뜻을 품어오다가 마침내 광무(光武)가 양위하고 군대가 해산되는 때를 당하게 되었다. 그 며칠전에 그는 대궐안에 들어가있다가 몸을 바치여 추악한 무리들을 없애버리려고 하였다. (그때 일본장령들은 임금의 가까이에 있었다.)그러나 매양 지척에서 임금에게 화가 미칠가봐 끝내는 뜻을 이루지 못하고 울분을 품은채 군영으로 돌아갔다. 그때 각 부대의 탄환은 모조리 거둬들였던것이다. 갑자기 한국 군부대신과 일본군 사령관이 황제의 칙서를 전달하매 각 장령들을 대관정(大觀亭)에 불렀다. 박승환만은 그 자리에 나아가지 않았다. 일본교관이 독촉을 하고일본병들이 그를 겹겹이 에워쌌다. 놈들의 심사는 명백한것이였다. 단번에 적을 무찌르려 하여도 고립무원으로 어찌할 수가 없었다. 쾅 하는 소리가 함께 그는 스스로 자기몸에 총을 쏘아 피를 솟구치며 즉사하였다. 우리의 사졸들은 이에 의분을 참지 못하여 즉시에 적들을 수없이 죽여버렸다. 박참령은 살아서는 광무조(光武朝)의 일류의 대대장이였고 죽어서는 한발도의 천세백세의 영령이 되었다.

슬프다, 안중근의사(义士)가 흘린 피여! 마음속으로 조국을 뼈아프게 여기며

---

39) 민영환(閔泳煥, 1861~1905년). 자는 문약(文弱), 호는 계정(桂庭). 1905년. 을사조약의 폐기를 상소하였으나 뜻을 이루지 못하자 국민과 각국 공사에게 고하는 유서를 남기고 자살하였다.

40) 을사조약을 가르킴

41) 박승환(朴昇煥, 1869~1907년), 항일독립운동자. 1907년 고종이 양위하였을 때 궁중에서 북위운동을 하다가 뜻을 이루지 못하였으며 동년 8월 일본이 강제로 조선군을 해산시켰을 때 이에 격분하여 자살하였다.

여러해동안 민중을 호소하며 다녔다. 마침내는 결사적동지 몇사람을 만났다. 그는 병든 국민들과는 거사를 할수 없음을 홀로 할빈까지 추적하여 팔을 들어 분연히 쏜것이 여섯발이나 명중하였던것이다. 참으로 통쾌하고 위대한 거사였다. 그는 먼저 원쑤의 피를 마시고 그다음에야 죽을 길을 찾았다.

슬프다, 홍범식군수(洪範植郡守)가 흘린 피여! 국운이 이미 기울어지고 혼자의 힘으로 어쩔 수 없음을 느끼자 거짓유조(諭詔)를 땅에 던지고 벽에다는 ≪임금이 릉욕을 당하고 나라가 없어졌는데 살아서 무엇하랴. (君辱国破, 不死何为)≫란 여덟자를 크게 써붙이고 스스로 목매여 죽었다.

아, 그때 360개 고을의 군수들이 저마다 금산(锦山)의 홍군수와 같았던들 우리들은 어찌 그처럼 쉽게 망하랴. 이밖에도 대마도의 최면암(崔勉庵)42)이 흘린 피, 원주대(原州隊)의 민긍호(閔肯鎬)43)가 흘린 피, 헤그(海牙)평화회의의 리밀사(李密使)44)가 흘린피, 종현(鐘峴)의 리재명(李在明)이 흘린 피, 창의장군(倡义將軍) 리강년(李康秊)과 허위(许为)가 흘린 피여! 반학영(潘学荣) 같은이는 80고령에 배를 가르고 자살하였고 김천술(金天述)은 20세기의 청년으로 우물에 몸을 던져 자결하였다. 이처럼 충성과 정의는 천자에 가득찼던것이다.

아, 우리 동포들이여! 치욕을 알만한 피는 여러 선렬들이 이미 뿌리고 돌아가셨다. 이제는 치욕을 씻기 위하여 흘려야 할 피는 뒤에 죽을 사람들의 책임인것이다.

동포들이여! 나라는 광복하지 못하고 국치만이 지극하구나. 제군들은 이것을 잊었으냐 아니면 잊지 않았느냐?

기억하고있는가? 30년전 개혁당의 수령이였던 고균(古筠)45)을. 아, 춘포(春

---

42) 최익현(崔益鉉, 1833~1906년). 자는 찬겸(贊謙), 호는 면암. 고종때의 의병장. 을사조약을 반대하고 의병을 일으켜 항쟁하다가 대마도에 귀양가서 객사하였음.

43) 민긍호(?~1908년), 항일의병장. 고종이 물러나고 군대가 해산됨을 분개하여 1907년 원주진위대에 있을 때 동료들과 의병을 일으켰다. 1908년 강림촌(講林村)에서 일본군과의 교전중에서 전사하였다.

44) 이준(李儁)을 가리킨다. 주해 1)을 참조하라.

45) 김옥균(金玉均, 1854~1894년), 자는 백온(伯溫), 호는 고균, 고우(古愚). 1881년 일본에 가 그곳의 문물과 제도를 시찰하고 돌아와 독립당을 조직하는 한편 갑신정변을 일으켜 개화당내각을 조직했으나 3일만에 실패하였다. 그후 일본으로 망명하여 10년동안 전전하다가 1894년 중국 상해에서 자객 홍종우(洪鍾宇)에게 암살되였다.

浦)에 피가 뿌려지고 양화(楊花)에 살덩이가 날려도 처음 뜻한바를 펴지 못하였으니 그 심적을 밝힐길 바이없구나! 오늘도 그곳을 지날 때마다 천고의 긴 한숨을 금할길 없어라.

김옥균이 처음으로 정치의 개혁을 부르짖었으나 드디여는 란당이란 악명을 쓰게 되었으니 전제시대에는 있을 법한것이라고 해야 할것이다. 이미 역적이란 투명을 썼으니 죽는것도 지당한 일이다. 그러나 국민들은 곰곰이 생각해볼바가 있는것이다. 그날 칼을 들어 찌른자와 도와나선자들이 나라를 위한 충성에서 그렇게 한것인가? 그것은 친구 한사람을 죽임으로써 개인의 영화란 리익을 얻자는데 지나지 않는것이다. 이 일이 있는 뒤 나라가 망하기까지 뉘라서 그의 시퍼런 피를 생각인들 하였느냐? 오직 일본사람들만이 영웅으로 숭배하여 위대하다고 칭찬하였으나 이것은 도리여 옥균의 이른바 조를 더 증가하였을뿐이였다. 그 누가 옥균을 독립의 허영을 꿈꾸는자라고 구짖을것이냐? 그 누가 옥균을 부귀를 도모하는자라고 구찌을것이냐? 김옥균 홍영식(洪英植)46)등은 명문의 족속으로서 이름이 높아 얼마든지 부귀를 누릴수 있는 사람들이였다. 그런데 어찌하여 위험을 무릅쓰고 악명까지 들쓰면서 그런 일을 하였겠는가? 아, 혁명선구자의 피를 사람들을 욕할대로 다 하였다. 그런데 어찌하여 랭혹한 무함까지 들씌워가면서 영원히 잊어버려야 한단말인가?

정재홍(鄭在洪)이 자살하였을때 사람들은 그 죽음을 헛된 죽음이라고 말하였는가 하면 지어는 무엇 때문에 자살해야 하는지 알수가 없다고 하였다. 아, 나는 그의 유고인≪사상칠변가(思想七变歌)≫와 그의 아들에게 주는 글을 읽어보았다. 거기서 나는 그가 죽지 않으면 안되였던 사정을 알게 되었다. 그는 ≪죽음을 두려워하지 말라(勿怕死)≫라는 세글자를 남기여 국민들을 깨우쳐주었다. 국민들이여! 정씨가 흘린 피도 또한 자유를 키우는데 바쳐져 비료가 되었던것이다.

어떤 사람은 ≪피를 흘리는것이 망국에 도움이 없다≫고 말하고 있다. 이 말은 옳은것 같기도 하다. 허나 치욕을 모르는것이 나라의 광복에 패가 되는것일진대 치욕을 알아야 한다는것은 반드시 피를 흘려야만 된다는 것으로 된다. 그들

46) 홍영식(1855~1884년), 자는 중육(仲育), 호는 금석(琴石). 박영효(朴泳孝), 김옥균 등과 함께 독립당을 조직. 갑신정변을 일으켜 혁신내각의 우의정이 되었다가 정변이 실패되여 피살되였다.

의 말대로 피를 흘리는것을 두려워하는 마음이 옳다고 한다면 뻔뻔스럽게 얼굴을 들고다니며 머리가 어리석고 둔해져서 부끄러움을 모르는데까지 이르게 된다. 국민들이 이처럼 어리석고 둔해저서 부끄러움을 모르는데까지 이르게 된다. 국민들이 이처럼 어리석고 둔하여 부끄러움을 모르게 된다면 원쑤를 쳐없애고 나라를 중흥시킬 희망이 있겠는가? 선렬들이 목숨을 끊으면소까지 급격한 류혈의 행위를 하게 된것은 국민이 치욕을 모르고있기 때문이다. 아, 주나라 장홍(長虹)이 흘린 피가 나라레 도움됨이 없다고 하니 어찌 가슴이 아프지 않으랴?

우리 선렬들이 나라를 위해 흘린 피를 두고 우리 한일들이 잠시도 잊지 않고있다고 나는 감히 말할수 없다. 하지만 중국사람이 목숨을 던져가면서 국민들에게 깨닫기를 촉구한 사리를 나는 한사람에게 보았다. 반렬사(潘烈士) 종례(宗礼)가 바로 그러한 사람이다.

을사년 겨울에 반공(潘公)은 인천에 왔다가 일본사람들이 우리 나라를 협박하여 조약을 맺었다는 소식을 듣고나서 민충정공(閔忠正公)의 유서를 읽게 되었다. 그는 비분을 참을길이 없었으며 중국도 장차 한국과 같은 처지에 처하게 된다는것을 깊이 심려한 나머지 바다에 몸을 던져 죽었다. 그는 죽기전에 유서 14개 조목을 중국정부에 보냈는데 실행되였는지 알수 없다. 나로서도 일본의 야심은 장차 이런 따위의 강박적인 조약을 중국정부에도 제출르 날이 있을것이라는것을 알수 있다. 입술이 없어지면 이가 시려난다는것을 반공은 미리 짐작했던것이다. 원컨대 우리 동포들은 국가의 치욕을 잊지 말것이며 원컨대 중국사람들은 국가의 치욕이 닥쳐올것을 미리 예견하고 경각성을 높이기를 바라는 바이다.

아, 산천은 여전하고 사람들도 그 사람들이다. 그 언제 삼각산기슭의 건천동(乾川洞)과 대동강의 석다산(石多山)에 다시금 신령이 나타나 고고의 소리를 지르려는지? 상당산성(上黨山城)의 국토봉(国土峰)에 다시금 조문렬(趙文烈)[47]을 이어 일어날자는 없는가? 영양강(榮陽江)의 정춘신(鄭忠信)과 추풍역(秋風驛)의 정기룡(鄭起龙)을 다시는 볼수 없는가? 창해력사(滄海力士)는 그누

47) 조문렬(1544~1952년), 자는 여식(女式), 호는 중봉(重峰), 이름은 조헌(趙宪)임. 문렬은 시호이다. 임진전쟁때 옥천(沃川), 홍성(洪城)등지에서 의병을 일으켜 청주(清州)를 수복한후 금산(锦山)전투에서 최후까지 싸우다가 전사함.

구이며 함흥삼걸(咸興三杰)은 또한 그 누구인가? 안중근은 다시 금 황해에서 부활할수 없는가? 소나용사(素那勇士)의 가림렬부(加林烈婦)와 황진장군(黃進將軍)의 촉석의기(矗石义妓)[48]는 천고는 호로만 있을것인가? 태백산기슭의 우리의 아름다운 강산과 우리의 우수한 남녀들가운데는 반드시 인물이 있어 부르면 곧 뛰여나올것이다. 이 나라에 사람이 없다고 하지를 말라!

정암(靜菴)[49]과 률곡(栗谷)[50]은 우리 나라의 공장이다. 정암은 항상 ≪나라를 근삼하는것을 항상 자기 집 근심하듯 하여라≫라고 하였고 률곡은 양병십만론(養兵十万论)을 주장하여 국민의 뒤로 물러서고 나른해하는 성격을 만구하려고 하였으며 나아가서는 국방을 공고히 할것을 미리 헤라려 생각하였다. 서산(西山)[51]과 사명(四溟)[52]은 우리 나라의 석가(釋迦)이다. 서산은 의병을 거느리고 산에서 내려와 한번 싸워 삼경(三京)을 회복하였다. 임진왜란때 선산이 싸워서 승이를 거두자 명나라장수 리여송(李如松)[53]은 글을 보내여 칭송하기를 ≪나라를 위하여 적들을 토벌하니 그 충의가 하늘에 사무치매 나는 흠모하여마지않는다.≫고 하였고 또 시를 지어보내기를 ≪공리에는 뜻이 없고 일심으로 불공만 닦았은ㄴ데 오늘날 나라가 위급하니 승병을 거느리고 산마루를 내려섰구나.≫하였다.

사명은 칼을 차고 바다를 건너가 한마디의 말로 왜국을 항복시켰다. [명이

48) 촉석의기 (?~1953년), 성은 주(朱)씨. 진주(晋州)의 관기(官妓)로서 임진전쟁때 진주성이 함락되여 왜장들이 촉석루에서 주연을 베풀 때에 만취된 왜장을 껴안고 남강(南江)에 뛰여들어 함께 죽었다.

49) 정암 (1482~1519년), 리조 중종때의 성리학자. 자는 효직(孝直), 호는 정암. 도학파(道学派)의 우두머리. 도덕적 리상정치를 꾀하다가 원로들과 충돌이 생겨 1519년 기묘사화(己卯士禍)로 귀양갔다가 37세때에 남곤(南袞)일파에게 처형됨.

50) 률곡(1536~1584년), 리조 선조때의 학자. 자는 숙헌(俶獻), 호는 률곡. 벼슬은 호조(戶曹), 리조(吏曹), 병조(兵曹) 판서를 지내고 우찬성(右贊成)에 이르렀음. 1577년 해주(海州) 고산(高山)에 들어가 한거하면서 후학을 지도하였음. 리기이원론(理气二元论)에 대립하여 기발리승일도설(气發理乘日途说)을 주장했음.

51) 서산(1520~1604년). 리조 선조때의 이름난 중, 자는 현응(玄应), 호는 청허(淸虛), 서산, 승명 휴정(休靜), 임진전쟁때 팔도승병(八道僧兵)을 일으켜 나라에 공훈이 컸다.

52) 사명(1544~1610년), 리조선조때의 고승. 자는 라환(離幻), 호는 송운 (松云), 사명, 승명은 유정(惟政). 임진전쟁때 팔도승병(八道僧兵)을 일으켜 나라에 공훈이 컸다.

53) 리여송 (?~1598년), 중국 명나라의 장군. 호는 앙성(仰城). 임진전쟁때 명나라 군사를 거느리고 조선에 나가서 일본침략군과 싸웠다.

일본에 사신으로 갔는데 토요토미 히데요시(丰臣秀吉)는 수많은 위병을 줄느런히 세워놓고 그를 영정하였다. 그러나 사명은 거들떠보지도 않고 태연자약해하였다. 이에 히데요시가 조용히 ≪귀국에는 귀중한 물건이 많다는데 무엇이 가장 귀중한것이요?≫하고 묻자 사명은≪우리 나라에서는 왜인들의 두골을 귀중한 보내로 여기오.≫하고 말하였다. 이 말을 듣고 히데요시는 머리가 쭈뼛해났다.]

이렇게 선비들과 승려들속에서 대대로 인물이 배출되였는데 오늘날 이을자가 있는지? 우리 나라가 종교는 지금에 와서 보잘것 없지만 옛날에는 훌륭한 교를 자립한자도 있었다. 뉘라서 우리 나라에는 십자가(十字架)가 없다고 할소냐? 세월은 화살과 같아 지나간 때는 다시 오지 않는 법이다. 머리를 추켜들고 동녘 하늘을 보라. 아무 소리도 아무 냄새도 없지 않는가. 어찌 하늘이 우리 조선을 버렸다고 할수 있는가!

아, 나는 크롬웰[54]과 단떼[55]를 한반도에서 불러일으키고싶다. 관서(關西)의 홍경래(洪景來)[56], 호중(湖中)의 신천영(申天英)[57]과 같은 사람이 혹 소리치며 나오지나 않을가?나는 황화강 72귀웅(黃花岡七十鬼雄)[58]을 한국에 맞아들이고 싶다. 금산(锦山)7백 의사(义士)와 같은 사람이 소매를 걷어올리고 얼어나지나 않을가?

예로부터 망하지 않는 나라가 없고 죽지 않는 사람도 없다. 망하고 죽는것도 또한 그 도(道)가 있는것이니 적과 대적하여 화해를 구하며 경보를 듣고는 도망치고만 말것인가? 오늘날의 일은 놈들과 싸우지를 않으면 화해를 하는 것뿐이다. 그런데 한결같이 화해를 주장한는자는 나라를 팔아먹는것과도 같다고 대원군이 침통하게 말하였다. 그리하여 그는 군세게 결단을 내리고 나라의 위신을 빛내였

---

54) 크롬웰(1599~1658년), 영국의 정치가, 열렬한 청교도. 영국자산계급혁명시기 봉건적인 세력을 물리치고 자본주의의 기초를 닦는데 공헌이 컸다.

55) 단떼(1256~1321년), 중세와 근세의 분수령에 위치한 이딸리아의 위대한 시인. 정치투쟁에 가담하였다가 후에 추방되여 후반생을 방랑하며 문학에 정진하였다. 대표작으로 ≪신곡≫이 있다.

56) 홍경래(1780~1812년). 부패한 국정에 불만을 품고 1811년 12월 평안북도 가산에서 농민봉기를 일으켰다가 이듬해 4월에 관군과의 공방전에서 전사하였다.

57) 중국혁명을 위하여 목숨을 바친 72렬사로서 그 무덤이 중국 광주 백운산(白雲山) 황하강에 있다.

58) 임진전쟁때 조헌(趙宪)을 중심으로 금산에서 순절한 7백 의사(义士)를 말한다.

던것인데 후진의 못난것들이 그를 배외(排外)라고 비방하기도 하고 완고파라고 비웃기도 하였다.

그런데 막상 적들의 경보가 접해오자 당국의 대관들은 임금을 다른 곳으로 피난하게 하고 화해할것을 부르짖었으며 그 당시의 인사들도 움츠러들고 엎드리여 쥐구멍을 찾아 숨지 않는자가 없었다. 소위 개명하였고 시무(時務)를 안다는것이 진실로 이러한것들뿐인가? 그때 대원군이 내 정을 개혁하고 국방을 공고히 하여 프랑스군대와 미국군함을 물리치지 않았더라면 우리 한국의 기울어져가는 력사에 어찌 한줄기의 빛인들 남아있을수 있겠는가?아, 대원군을 참으로 쇄국시대의 한 영웅이였다. 만약 20년을 더 있었더라면 혹망하지 않았을지도 모르며 망하더라도 큰 소리 치며 빛을 내면서 망하였을것이다.

나는 오늘날 우리 나라의 고상하고 명철한 인사들과 허심탄회하게 의논을 하고싶다. 나는 원컨대 우리 동포들이 다시는 큰소리로 떠들지 말기를 바란다. 소위 극단적인 리상주의이니, 또는 극단적인 사회주의이니 하는것은 언급하지 않기로 하자. 그런데 오늘의 세기는 국가주의와 민족주의가 서로 경쟁하는 철혈(鐵血)의 세계인것이다. 멀리 서구세계를 바라보건대 전화가 바야흐로 급박하여 혈육지참이 되고대포 한발에 지축도 흔들릴것만 같다. 독일, 영국, 프랑스, 로씨야, 오로지, 세르비아, 게르만과 슬라브 등이 같은 주에 살면서 서로 경쟁을 멈추지 아니하고있다. 그리하여 정세는 더욱 급박해지고있으며 각 세력은 서로 충돌이 심해지고 권력의 아귀다툼이 생겨 미증유의 대전란을 빚어가고있는것디다. 우리들은 비록 나라를 잃은 사람들이기는 하지만 세계적조류의 흐름속에서 자포자기할수 없다고 느낀다면 반드시 현실주의로써 우리들의 머리를 무장해야 할것이다.

아, 고상하다고 하는것은 무엇을 말함인가? 그것은 바로 랭철하게 관찰한다는 것이다. 또한 안락이란 무엇을 말함인가? 그것은 바로 구차하게 생명을 부지해 간다는것이다. 나도 또한 일찍이 몽상에 잠겨보기도 하였다. 그리하여 갑자기 보살도 보여보고 천당에도 가보고 시선도 외여보고 산림의 처사(处事)로도 되어보고 바라를 유람해보기도 하고 세상을 등져보기도 하였다. 그러나 아무리 몽상에 잠겨보아도 실현하지 못할것이고 또 실현할수도 없는것들이였다. 나라가 아미 망하고 민족이 장차 소멸되려는데 망국의 죄를 걸머쥐고 어찌 편안히 천국의 행복을 누릴수가 있으며 또 망국의 노예로서 어찌 사회와 더불어 평등하게 지낼수가 있겠는가?

머리를 들어 동해를 바라보니 우리를 용납하여줄 한쪼각의 깨끗한 땅도 없구나! 평민이건 귀족이건 모두 우마와 같은 고통과 어육과 같은 비참한 나날이 날따라 심해가고있다. 씨비리를 달리는 긴 렬차의 기적소리는 순식간에 서울의 남대문밖에서 울릴것이다. 가죽이 남지 않았는데 털인들 남아 붙어있을수가 있는가? 아, 우리 망국의 백성들이여! 어찌 참고 견디여낼것인가? 우리 동포들이여, 그래도 모든 것을 잊어버리고있는단말인가?

아, 우리 한국을 영원토록 광복하지 못한단말인가? 우리들의 신성한 력사는 영원히 남아있을것이다. 널리 세계 각국의 력사를 펼쳐볼진대 흥망성쇠의 력사가 덧없이 반복되였던것이다. 오직 구만들의 애국심이 남아있어 일치단결하고 백절불굴하며 끝까지 버티여나가나면 인심이 죽지 않는한 비록 나라가 망하였다고 하여도 아직 망하지 않은것과 같이 될것이다.

나라의 얼어 어디에 있는가? 나는 여기서 사면팔방으로부터 나라의 얼을 부르노라. 우리의 신성한 력사는 또다시 빛을 뿌릴날이 있을것인가? 아, 동포들이여, 궐기하라!

아, 망국의 원인은 우에서 말한바와 같은것이다. 망국의 원인을 알았다면 장차 어떻게 나라를 걸질것인가? 나는 감히 우리 동포들에게 고하노니 죽어버리지 않은 사람들의 마음을 수습하고 지금까지의 건망을 뉘우치여 이제부터는 영원히 잊어버리지 말아야 할것이다.

대무신왕(大武神王)은 조그마한 한쪽귀퉁이에서 뜻을 가다듬고 예기를 길러 여러 나라를 통일하여 대고구려를 세웠으며 또 온조(溫祚)는 열사람, 그리고 백사람의 힘을 합하여 능히 백제(百濟)의 국가를 이룩하였다. 그리고 하(夏)나라 소강(小康)은 일성(城) 일족(族)으로써 중흥하였고 제(齐)나라 전단(田簞)은 거(筥)와 즉묵(卽墨) 2성(城)으로써 나라를 부흥시켰으켜 프로이센은 견인성과 무비의 용감성으로써 프랑스사람들이 자취를 옮겨가게 하였고 미국은 강의성과 불굴성으로써 영국인의 군대를 막아냈다. 오직 우리들이 원한을 가슴에 새기고 마음과 힘을 가르며 만민의 한사람처럼 단결되여 끝까지 나라를 귀원하려고 한다면 우리 대한의 전도는 참으로 큰 희망이 있는것이다.

혹 어떤 사람들은 이렇게 비난할것이다. ≪우리 조상들이 신화공덕(神話功德)을 누가 감히 모르겠는가? 그러나 오늘날과 같이 서로 물고 뜯고 하며 경각에도 만번이나 변화하는 날에 옛날의 묵은 자취를 밝혀낸다는것은 완고하고 우매한짓이 아니겠는가? 리충무공(李忠武公)도 옛날 사람이며 철갑거북도 이미 썩어서 없어졌는데 아지고 그것을 자랑삼아 말하는것은 꿈속의 잠꼬대와 같지 않는가? 백성들의 마음은 사나운 위험에 움츠러들고 백성들의 기운은 가난에 쪼들린 나머지 끊어졌으며 남은 목숨이란 실날과 같아 연명해가기도 어려운 판국인데 어디 사상을 운운할 겨를이 있겠는가? 우리 백성들가운데서 남달리 총명하여 구각을 나타내는자들을 일본이 모조리 제거하였고 그밖의 전도가 있을만한자들은 모두 제멋대로여서 통솔할 사람이 없으므로 실력을 준비할 수가 없는것이다. 게다가 나라는 작도 백성들은 적으니 이른바 각성이니, 결심이니, 결합이니, 실행이니, 전도와 희망이니 하는 따위의 리론을 어리석은 사람들의 어리석은 생각이 아닐수가 없다.≫

아, 슬프다! 우리 망국의 백성들은 하고 싶은 일들을 마음대로 못하고 하고싶은 이야기도 마음대로 할수 없구나. 나는 여기서 눈무이 어디로부터 솟구쳐흐르는지 알수가 없다. 슬프다, 우리 동포들이여! 나의 완고하고 우매함과 나의 잠꼬대는 나로서는 나의 마음을 억눌러 죽어버리게 하는것을 못해서 그러는것이다. 그리하여 나에게 있어서는 완고한것과 우매한것과 그리고 잠꼬대, 어리석은 생각을 잠시라도 떼여버릴수 없는것이다.

종법(宗法)도 우리들의 종법이며 선철(先哲)도 우리들의 선철이며 희망은 우리들의 희망인것이다. 흐르고자 하는 물의 원천을 막어버리고 바야흐로 잎이 피여나려고 하는 나무의 뿌리를 뽑아버린다면 어찌 옳다고 할수 있는가? 비록 오늘날 우리 국민들의 으이지와 기력이 쇠미하고 나른해져 떨쳐일어나지는 못하고있지만 희망을 내다보며 스스로 고무하고 채찍질하면 마침내는 대안(对岸)에 도착할 날이 오게 될것이다.하물며 아직 국민들의 기력이 완전히 쇠진한것이 아님에 있어서야.

을사년에 일본사람들이 강제로 조약을 맺을 때 그들은 군함으로 인천항구를 막아놓고 대포를 서울을 향해 포치해놓았다. 그때 우리 나라의 군대는 만명도 안되였고 외교로서는 더욱 상의 해볼 여지가 없었다. 그러나 원로군인들, 서울시고의 지사들은 서로 호응하여 몸바쳐 싸웠다. 을사,병오, 정미, 무신의 4년간에 곳곳에서 의병들이 궐기하여 일어나 앞 사람이 넘어가면 뒤사람이 이어서 결사적으로 싸웠다. 이러한 사실은 극단적인 압력하에서도 민심은 조금도 굴복하지 않았다는것을 보여주고있다. 또한 지난날 국채(国債)를 갚아버리자는 호소가 전국에 퍼지자 아동, 부녀, 상인, 병사들 할것없이 눈물을 뿌리며 주머니를 헤쳐 마침내 큰돈을 마련하게 되었다. 이러한 사실은 극단적으로 궁핍할 때에도 국민들의 기력은 아직 근절되지 않았다는것을 보여주고있다.

나는 또한 나의 부르짖음이 반드시 나의 수많은 귀머거리들을 불러일으키지 못함을 잘 알고있다. 그러나 우리 동포귀머거리들을 그대로 둔채 한번도 떨쳐일어나도록 부르지 않는다면 이는 달갑게 망국의 백성으로서 한평생을 끝맺는것이니 우리는 무엇으로써 사람 노릇을 했다고 할수 있는가?

아, 우리 선민들의 웅위롭고 장대한 넋은 천지에 뻗쳐있어 만세가 지나도록 길이 살아있을것이다. 선민들의 기묘한 물건은 세계에 차넘치여 사방에 다함이 없을것이다. 어찌하여 두 번째로 영웅호걸이 나타나지 못한다고 할수 있으며 구국의 리치를 밝여내지 못한다고 할수 있는가? 나는 믿을수가 없다. 이것은 오직 우리 후인들이 노력하여 나가는데 달려있는것이다.

나는 여기서 옛날 우리 선조들이 대내와 대외로 이룬 문치(文治)와 무공(武功)의 력사를 대략적으로 들어 우리 동포들을 분발시키려고 한다. 우리 나라의 문명이 강성하던 때는 흑수(黑水)와 한남(韓南)의 여러 종족들이 합치여 나라를 세우고 밖으로는 고신(高辛)[59]과 당우(唐虞)[60]의 임금과 때를 같이 하니 여러 종족들이 귀화하여 북해에까지 인덕(仁德)의 교화(教化)가 미치였던것이다. 위이어 기자(箕子)[61]가 와서 귀화하고 성인 공자도 와서 살고 싶어하였으며 불가(佛家)에서에서 환인제석(桓因祭釋)[62]위(位)를 받들게 되고 중국의 유생들도

---

59) 옛날 중국의 오제(五帝)의 한사람, 황제(皇帝)의 증손이요. 요(堯)의 조부라고도 함.
60) 중국의 도당씨(陶唐氏)와 유우씨(有虞氏), 즉 요, 순(舜)의 시대를 함께 이르는 말임.
61) 중국의 은(殷)나라 주왕(紂王)의 친척으로서 나라가 망한 뒤 동쪽으로 조선에 왔다는 설이 있다.
62) 환인은 단군신화에서 나오는 인물임. 환웅의 아버지로서 아들 환웅이 세상에 내려가소싶으므로 태백산으로 내려보내 세상을 다스리게 했다고 함.재석은 범왕(梵王)과 더불어 불법을 지키는 신임.

성인 단군의 교화를 칭송하였었다. 료(辽)와 금(金)에서는 섬기기를 부모와 같이 하였고 만주에서는 상국(上国)이라 칭하여 표문(表文)[63]을 바치군 하였다. 수나라 양제(煬帝)의 강대한 병력으로 일국의 군사를 동원하였지만 패서(浿西)[64]에서 복멸을 당하였고 당태종(唐太宗)의 웅심으로도 십만의 무리를 거느리고 료서(辽西)에서 패배하고 돌아갔다. 일본의 사쯔마(薩摩)에서 공물을 바쳐왔고 쯔시마도에서 래도(來朝)하였다. 원나라는 우리를 10년간이나 침략하였지만 우리는 수응함에 지나치지 않았고 왜인들은 8년간이나 우리를 어지럽혔으나 마침내는 이들을 굴복시켰다. 3,000부하를 거느리고 성인의 백성이 되기를 원한것은 사야가(沙野可)의 귀화하는 항복서였고 10만대병이 객지에서 마른뼈가 된것은 토요토미 히데요시의 최후의 비명이였다.

오늘날 땅도 그때의 땅이고 인민도 또한 그대로 있는데 계속 나약하여온 나머지 넘어진채 일어나지 못하는것이 어찌 우리들이 조상들의 무덕(武德)을 이어받지 못한 죄가 아니라고 할수 있겠는가?

나라를 춰세우는것은 땅이 넓고 사람이 사람이 많은데 있는것이 아니라 정신에 달려있는것이다. 2억이나 되는 인도인은 영국에 병합되였고 7억평방리나 되는 중국은 일본에게 곤욕을 당하고있다. 그런가 하면 구라파주의 몬테네그로는 면적이 겨우 600평방리이고 인구가 약 25만명밖에 안되는데도 용감무쌍하고 굴하지 않는 것으로 아름이 높고 마레스나토와 같은 나라는 7,000평방마일의 면적과 3,000명뿐인 인민으로 자립하여 절대 남의 제재를 받지 않고있으며 이딸이라의 어떤 해안에는 1평방리에 주민이 400~500밖에 없는 독립적인 공화국이 있다는 말이 있다. 세르비아가 오지리를 대항해나서고 벨기가 독일을 대항해나선 사실, 그리고 독일이 혼자서 렬강을 대적해나선 사실들은 최근의 분명한 증명인것이다. 아, 우리 21만평방키로의 땅을 가진 3,000만의 인민들도 정신을 가다듬고 일어서지 못할가!

가령 우리들의 전도가 없다고 하더라고 어찌 편안히 앉아서 스스로 죽어가는 것을 보고만 있을것이냐? 늙으신 아버님이 병에 걸렸는데 그가 반드시 죽을것을 알고 돈을 아끼며 집안에 있는 인삼과 록용도 쓰려 하지 않고 이웃에 훌륭한

---

63) 임금께 올리는 글.
64) 평안도지방의 옛이름.

의사가 있어도 부르려 하지 않는다면 어찌 사람의 마음을 가진자라고 할수 있는가?

사람이 죽으면 무덤을 만들어 장사를 지내고 추도를 하고 제사를 지내는것은 그 혼령을 위안시키려는것이다. 만약 유명(幽明)을 달이하였다고 시체를 시궁창이나 골짜기에 내버려 들짐승들의 밥이 되게 한다면 어찌 마음이 편안할것인가? 대개 자식된 도리로서 비록 그 병을 구할수 없다는것을 안다고 하더라도 마땅히 방법을 대여 구원해보아야 할것이며 불행히 죽게 되면 또한 반드시 발을 구르며 곡을 하는것이 마땅한것이다.

인민이 나라에 대하여선들 무엇이 다르랴. ≪큰집이 장차 넘어 가려고 하는데 기둥 하나만으로도 이를 족히 버틸수도 있고 창해의 넘쳐흐르는 물결도 쪽배로 가히 이를 건늘수도 있으니 이것은 사람이 하기에 달렸다.≫라고 한것은 우리 선민들이 한 말이 아니더냐? 우리들은 어찌하여 이 말을 세 번 다시 외워보지 못하는가?

슬프다! 우리들의 제각기 일을 꾸미여 한가지도 성취된바가 없는것은 우리 민족이 당한 화가 아직 모자라서 그러한것인가? 아니면 하늘이 우리 한국을 보좌하지 않아서 그러한것인가? 그렇지 않으면 어찌하여 이렇게 흩어지고 시들어졌는가? 진실로 아무런 희망도 없고 구할수 없는 지경에 이르렀다고 생각하고 늘 소극적주장을 하는자들은 말끝마다 이젠 불가능하다고 할뿐만아니라 또 그렇게들 해옹하고있으니 그들과 항변하기도 힘든것이다.

그러나 나는 그렇지 않다고 생각한다. 참으로 무슨 방법이 없는것도 아닌데 감히 대담하게 그들과 결렬한다고 운운하는것도 역시 부족한것이다. 우리들이 스스로 말하여 앞으로의 전도를 생각한다고 하는것은 무엇을 두고 하는 말인가? 국가와 민족을 두고 말하는것이 아니고 무엇인가? 이것을 전제와 근본으로 삼는다면 그것을 실행하는 주장은 비록 다르더라도 결국은 여러 길로 해서 한곳에 이르게 되는것이니 과히 옳지 않다고 할수 없는것이다.

대개 국가주의와 민족주의가 하나의 집합점으로 되는것이니 이것을 비유한다면 어떠한 곳을 향하여 가는데 혹자는 륙로를 주장하고 혹자는 수로를 주장하지만 결국 목적지에 닿는것은 하나인것과 마찬가지이다. 우리 나라 속담에 ≪모로 가나 기여가나 서울에만 가면 그만이다.≫라고 한것이 바로 이러한 사정을 두고

하는 말이다. 갑이 을에게 강제로 배를 함께 타자고 못할것이고 을이 갑에게 강제로 차를 함께 타자고 못할것이다. 사람들은 지금의 불평등한 지위에서 벗어나 오늘에 비하여 장래가 좋아질것을 바라고있을뿐이다. 계급이 같지 않으면 희망도 다를것이며 뜻을 세움이 고상하고 비렬한 구분이 있고보면 일을 하는데 있어서도 경중과 완급의 차이가 있을것이다. 우리 나라 속담에 ≪목이 마른자가 물을 마시는데 청탁을 가리랴≫, ≪말을 타면 경마잡히고싶다≫라고 한것이 바로 이런것을 말해준다.

또 루이[65]의 ≪련방국가≫, 루쏘[66]의 ≪민권자유≫와 같은 사상이 있는가 하면 허유(许由)[67]는 필부(匹夫)로서 천하를 사양하였고 한(漢)나라의 무제(武帝)[68]는 만승천자(万乘天子)로서 신선을 찾았고 석가모니[69]는 ≪중생이 곧 나요. 내가 곧 중학생이다.≫라고 하였고 마호메트[70]는 ≪칼날이 번쩍이는 가운데 천국이 있다.≫락 한것 등 사상이 만가지로 다른데 강제로 사람마다 똑같게 할수는 없는것이다.

우리들이 바라는것은 다만 대다수의 국리(国利)와 민복(民福)에 준하여 그것을 전제와 근본으로 삼고 능히 그 정신을 떨쳐일으켜 집합점에 도달할수 있도록 하는것이다. 그렇다면 주장이 비록 다르다 하더라도 별로 그케 걱정할것은 없는것이다.

옛날 우리 나라에 있어서 로소(老少)와 남북으로 갈라진 당쟁은 정권과 새도를 잡기 위한것이였고 병호(屛湖)와 호락(湖洛)의 당쟁은 지위와 리론으로써 서로 갈려진것이다. 지금 우리들은 다같은 망국의 백성이 되어 하나도 자랑할만한 일이 없는것이니 어찌 서로 다투고 서로 깔보는 싸움이 있을수 있는가? 국가

---

65) 루이, 프랑스 임금의 이름.

66) 루쏘(1844~1910년), 프랑스 작가, 사상가, ≪인간불평등기원론≫을 써서 독특한 자연관과 사회관을 제출했다.

67) 허유, 중국 고대전설의 은자(隱子). 요(堯)임금이 왕위를 물려주려 하였으나 받지 않고 도리여 자기의 귀가 더러워졌다고 하여 영천(潁川)의 물에 귀를 씻고 시간(箕山)에 들어가 은거하였다고 함.

68) 무제(기원전187~기원전87년), 중국 서한(西漢)의 제7대 황제 류철(刘徹).

69) 석가무니(기원전566~기원전486년), 불교 시조, 인도 히말리야의 남쪽기슭 가비라성에서 성주(城主) 정반왕과 왕비 마야의 아들로 태여남.

70) 마호메트, 이슬람교의 창시자.

의 흥망은 필부에게도 책임이 있는ㄴ것이니 원컨대 각기 그 직책을 다하여 사사로운 견해로써 공중의 리익을 어지럽히며 배앗지를 말것이다.

프랑스에 자유종이 울리자 전국이 두차례의 류혈을 사양치 않았고 아메리카에 독립의 기발이 날리자 각 주에서는 다투어 8년이나 진행되는 전쟁에 나아가면서도 같지 않은 리론으로 전쟁을 그르치게 하였다는것은 듣지 못하였다.

일본사람들은 리익을 탐내고 소견이 좁으나 그들의 유신사(維新史)를 들추어보면 제2기로 유신당이 결성되였을 때 번방(藩邦)과 막부(幕府)가 이를 원수같이 여겼으며 정검회(靜檢會)니 중립사(中立社)니 하는것이 세워져 서로 헐고 뜯고 하며 편안할 날이 없던것이 국회가 성립되자 도리여 일치하게 행동하였다. 최근 중국의 혁명사을 보더라도 정부에서 없애버린다, 종사당(宗社黨)이 성토를 한다. 보황당이 반박을 한다, 가타 형형색색의 당파들이 뭉쳤다가 흩어졌다 하며 어지럽기 짝이 없었으나 대세의 흐름에 따라 마침내는 공동한 리론에 굴하는바가 되었다.

대개 우리들의 구국의 종지는 비록 같다고 하더라도 그 주장하는바가 끝내 사사로운 견해를 버리지 못하게 되어 일치함을 가져오지 못하게 된다면 쓸데없는 말썽이 생기여 일을 진행하는데 방해가 될것이며 또한 지체가 될것이다. 활짝 피여난 숯불도 점점이 흩어지면 어린아이라 할지라도 능히 발로 차서 꺼버릴수가 있는것이다. 외줄의 실이 어찌 능히 동아줄을 이룰수 있겠는가? 이와 같이 맥이 없이 박약한 힘으로 한갖 사치스런 희망을 품는다는것은 너무나 자기를 헤아리지 못하는짓이다. 우리 나라 속담에 ≪감나무밑에 하나와 한잔의 술로 수레에 가득 실리기를 바란다.≫, ≪돼지발쪽 하나와 한잔의 술로 수레에 기득 실리기를 빈다.≫라는 속담이 있는데 이것과 다를것이 무엇인가? 이것은 또한 순우(淳于)씨가 비웃는바이다. 그러므로 사사로운 견해를 없애여 근본을 주장학 인심을 단결하는것으로서 전제를 삼아야 한다. 주요하게는 통솔자 문제가 가장 해결하기 어려운것이라고 말들을 하나 나의 좁은 느낌으로서는 그렇게 걱정할 필요가 없다고 생각된다. 대개 오늘날 같은 경우와 시세와 자격으로서 진실로 하나의 통솔자를 얻어 추대할 수가 없다면 다른 시대로 거슬러 올라가 한 마음으로 얽어맬만한자를 얻어내여 그에게 복종하고 뜻을 정하는것이 어떠한가?

우리의 개국시조 단군은 곧 우리들의 주재(主宰)인것이다. 그리고 우리의 구국원훈인 리순신은 곧 우리들의 통제사인것이다. 우리들은 진실로 민족주의를 품고 조국의 광복에 뜻을 두어 실력을 키워야 하며 간난신고를 회피하지 말아야 한다. 이러한 사람들은 관적, 교파(敎派), 로소, 남녀, 원근(遠近), 친소(親疎)를 가리것없이, 또한 유명하건 무명하건, 단체이건 단독이건, 온건하건 급진하건, 비밀이건 공개이건, 공이건 상이건, 농이건 사이건 관계할것없이 모두 우리의 동지인것이다. 우리의 동지들가운데서 백성들의심부름군이 될만한자를 추천하여 그들에게 일을 맡기고 시키며 감독하고 애호하고 도와주고 믿고 복종해야 할것이다. 그에게 부당한것이 있으면 그것을 배척할것이로되 다만 서로 의심하고 시기하고 알른을 일삼아서는 안될것이다. 사람마다 법칙의 다스림을 받게 되면 당사자들도 또한 어느 범위내에서 함부로 벗어나지를 못하게 될것이다. ≪실력준비≫를 운운하는데는 마땅히 국민들의 의지가 상실되여 묘연해 하는 정신을 회복시킨 다음 다시 올바르고 굳은 의지를 세우도록 해야 할것이다. 십년간 단합시키고 십년간 교훈하는것은 우리들의 책임인것이다.

아, 오늘이 어떤 날인가? 우리들이 지난날을 뉘우치고 장래를 채찍질하는 기념일것이다. 우리 민족은 우리들의 조상을 잊지 말아야 한다. 우리 시조가 강림하여 개국하던 달에 우리의 리충무공이 나라를 구하다가 순사하였다. 또한 우리 시조가 어천(御天)하던 달에 리충무공이 탄생하였다. 우리들은 시월 삼일로서 민족의 대기념을 삼아야 할것이다.

기념이라는것을 잊어버리지 않는다는 징표이며 우리들의 정신이 얽히여있는 것이다. 우리의 조상들은 신성하고 영명하고 걸출한 분들이 대를 이어왔지만 특별히 우리의 단군을 추앙하는것은 그가 바로 백성을 키우고 가르침에 있어서 시조였기 때문이다. 우리 조상의 자손들로 어질고 명철한분이 대대로 없었던바는 아니지만 리충무공을 추대하는것은 충효와 문무로 마음을 다 바쳐 나라에 충성한분이 오로지 공(公)한분뿐이기 때문이다.

우리 자손된 국민들이 여기에 귀착하고 여기에 의거하고 여기에 모범을 삼고 여기에 이름을 걸로 여기에 단합되고 여기에 정성을 바치고 여기에서 복을 구한다면 황천후토(皇天后土)도 실로 그 뜻을 좇아 순순히 명하기를 ≪가서 쳐라! 내 반드시 너로 하여금 이기게 할것이다.≫고 할것이다. [묵자(墨子)가 말하기를 ≪주나라 무왕이 은나라를 치려고 할 때 꿈에 삼신(三≫神)이 나타난<내가 이미

은나라 주왕(紂王)을 주덕(酒德)에 빠지게 하였으니 네가 가서 그를 치면 내가 반드시 너로 하여금 크게 이이게 할것이다>라고 말하였으므로 무왕이 은나라를 쳐서 이겼다.≫하였다] 이리하여 우리 자손들이 장차 옛 도읍을 다시 세우게 될것이다. [동사(東史)에 말하기를 ≪부여의 상신(相臣) 아란불(阿蘭弗≫)이 꿈에 천제(天帝)를 보았는데 천제가 <나의 자손이 장차 옛 도읍을 세우게 될것이다.>라고 하였다. 왕 해모수(海慕潄)가 나라 동쪽에서 류화(柳花)부인을 만나 주몽(朱蒙)을 낳았는데 이가 고구려의 시조가 된것이다.≫하였다.]우리 신명(神明)의 자손들이여! 힘쓰지 않을 것이가? 힘 쓸지어다!

– 갑인년 단군 개천건국 기원절후 16일 (1914년 11월 18일), 리충무공 한산도 순국일에 단군의 후예인 한사람이 애오산(愛吾汕) 초가에서

北滿奧地旅行記*

김홍일(金弘日)

1

때는 1924년 구력(舊曆) 정월 22일. 만주에는 아직도 찬바람이 가루눈을 풀풀 날리는 차운 날이었다. 나는 박 군으로 더불어 영고탑(寧古塔)에서부터 돈화현(敦化縣)까지 근 6백 리의 육로 여행의 길을 떠났다. 오전 4시. 세계는 아직 잠나라에서 몽롱한 꿀 때 우리는 30여 마차, 2백에 가까운 인마(人馬)로 더불어 목단강(牧丹江)상 얼음 길을 걷는다. 만주의 교통로는 동하양절(冬夏兩節)에 판이하여 동절은 대개 빙상(氷上)을 취한다. 그는 비록 적이 요회(繞廻)의 해가

* 이 글은 ≪東亞日報(동아일보)≫ 1925년 10월 6일부터 9일까지 련재된것인데 여기서는 소재영 편 ≪間島流浪40년≫에서 선록했음.
김홍일(金弘一, 1898~1980) 군인, 정치가. 중국 륙군대학졸업, 독립군 지휘자로서 임시정부 광복군 사령부 부사령, 참모장을 지낸바 있다. 광복후 제1군단장, 신민당 당수, 국회의원을 지내기도 했다.

있지만 평활(平滑)하여서 편리한 이(利)가 그 해를 없애고도 남음이다. 소리 없이 부는 바람이지만 맵기는 그지없다. 두터운 솜 중복(中腹)에 싸여서 게다가 모전(毛氈)까지 두르고 앉았어도 추위도 뱃속까지 깨고 들어온다. 평일에 우리가 중국 군인들을 가리켜 솜뭉치라고 그 옷을 너무 많이 입은 것을 흉본 것이 지금와서는 동정하여서는 주고 싶다. 1시간쯤 후에 말 물먹이는 때를 이용하여 마른 풀을 모아놓고 불을 살라서 언 손발을 녹이고 나니 한결 살 것 같다. 우리의 행진은 계속되어 아침 햇발이 동(東)에서 붉은 광채를 발사할 때에 40리 되는 객점(客店)에 와서 조반을 먹게 되었다. 점문(店門)을 여디 실내는 증기로 꽉 차서 아무것도 보이지 않는다. 그러나 실내는 있는 사람들은 우리를 알아보는 모양이다. 우리의 행색이 과히 초라치 않는 양을 보고 점주(店主)며 하인들은 노컬 [노객(老客)이나 대상인(大商人)의 의(意)]이라고 떠들어대며 아랫목 좋은 자리로 모신다. 나는 박 군과 같이 시치미를 떼고 아래 상좌(上座)에 앉았다. 이윽고 우리의 말하는 것을 듣더니 [박 군은 중어(中語)를 모른다] '까오리(高麗)'를 '노컬'인 줄로 잘못 알았다고 그후에는 까오리 이야기로 방내를 채웠다. 저마다 가오리의 비평을 한 마디씩 한다. 까오리는 외양은 저같이 멀쑥하게 차려도 돈 한 푼도 없다거니, 까오리도 부자가 있다거니 (우리도 학생이라고 하였다), 몇 해 전에 그 많던 글만 읽는다거니 (우리도 학생이라고 하였다), 몇 해 전에 그 많던 무장단(武裝團)들은 다 어디로 갔느냐 묻는자도 있다(토벌에 몰려서 아령(俄領)으로 갈 시 바로 이 길로 경과한 것이라). 그러면 혹자는 본국으로 가서 일군(日軍)과 싸운다거니 혹은 아령으로 가서 충당[궁당(窮黨)이니 공산당(共産黨)임]이 되었다거니 혹은 후즈(鬍子)니 마적) 노릇을 한다거니 제각기 제 마음대로 지껄이다가 말은 다시 우리 나라 여자에 대한 비평으로 옮아서 조선 여자는 일을 잘한다거니, 옷이 짧아서 젖이 보인다거니, 저의 나라 여자보담 곱게 생겼다거니 혹은 흉보고, 혹은 칭찬하고, 서로 야단이다. 그 중에서 두 자는 여러 가지로 변명을 하여 가면서 조선에 관한 일, 풍속, 습관에 이르도록 세세히 설명하면서 구구칭찬(句句稱讚)이라. 그리하여 그 자를 상대로 나는 비로소 입을 열었다. 알고 보니 그 두 자는 다 조선 여자들과 약혼한 자들이라. 장노삼(張老三)이란 자는 15세 된 처녀를 3백 원(圓)주고 약혼한 지가 2년이나 되는데 금하(今夏)에는 꼭 성례를 하겠다고 하면서 만면회색이다. 또 한 자는

성이 희가(姬哥)인데 18세 된 처녀를 5백 원으로 구두 계약만 하였다고 한다. 이역이지(異域異地)에서 이 말을 듣고 이 사실을 본 우리의 느낌은 참말 무엇이라 형용할 수 없었다. 추운 몸을 녹이느라고 더운 구들에 더운 구들에 누워서 눈을 감고 남북 만주에 널린 우리 동포들의 생활 상태를 시찰하기 비롯하였다. 중아(中俄) 국경인 보크라니치나야에서 시작하여 중동(中東) 철로를 따라 합이빈(哈爾賓), 장춘(長春), 봉천(奉天), 안동현(安東縣)까지 다시 압록강을 소류(遡流)하여 간도까지 와서 두만강을 내려갔다가 혼춘(琿春)으로 돌아서 다시 출발점에 왔다. 이제는 영고탑에서 액목(額穆), 돈화(敦化), 길림(吉林)…등 만주를 동서로 왕래하면서 보았다. 각처 각지의 동포들은 활동 사진 모양으로 어른어른하면서 내 눈앞에 나타났다가는 스러지고한다. 그러나 하나도 즐거운 웃음으로 대할 수가 없고 관리에게 토민(土民)에게 도적에게 구축(驅逐)받고 욕먹고 매맞고 약탈을 당하여 다만 한숨을 쉬고 눈물을 흘리는 속아픈 정경일러라. 나는 얼마나 이 정상(情狀)을 보지 않으려고 발버둥쳤을까. 그러나 뇌리 구석구석에서 쏟아져나오는 그 기억의 조각들은 제어(制御)할 방법이 없었다. 벌떡 일어나서 15전짜리 채(菜)를 한 그릇 시켜놓고 독한 호주를 한두 배(杯) 마셨다. 호떡 두 개씩 먹고서 조반이라고 끼를 때웠다. 방내는 갑자기 만독성(瞞篤聲)[1)]으로 차며 사람들이 왔다갔다 하여 대혼잡을 이루었다. 까닭을 물으니 지금 동경성(東京城)에서 주둔하였던 기병대가 타처로 이전하느라고 무리하게 마차를 떼는 중이므로 그런다고 하더라.

2

이리하여 오는 마군(馬軍)마다 이 주막에서 기다리게 되니 불시에 근 100량(輛)이나 모였다. 대개 중국 군대는 1차 출동하게 되면 무임(無賃)으로 인마를 막 잡아 부리는 악폐(惡弊)가 있으니 정부에서는 일정한 운임을 지불하지만 이것은 다 장교의 호주머니로 들어가고 백성에게는 1푼도 주지 않을 뿐 아니라 말을 사정없이 부려서 1차만 겪고 나면 병들어 죽는 말이 다수한 터이라. 고로 관군(官軍)이 마차 징발이라면 백성들은 방법을 다하여 피하는 중이다. 공거(公

---

1) 만독성(瞞篤聲) 험담하는 소리.

車)는 물론이어니와 하물을 만재한 차까지라고 짐을 부리고 군대 행리(行李)를 싣고 군인이란다. 다수 거부(車夫)는 이 변을 피하려고 공론한 결과 요도(繞道)를 취하여 가기로 작정이 되었다. 1백이나 되는 마차가 2일로 서서 장마편자(長馬鞭子)를 휘둘러 따악따악 하는 소총성을 발하며 나가는 기세는 바로 전진(戰陣)을 향하여 군대 모양이다.

나는 5년 전 사천(四川) 전쟁에서 운귀(雲貴) 연합군 총사령부에서 복무할 시 잠깐 치중대(輜重隊)를 지휘하던 옛 기억이 떠올라 의기 백배하여 대성(大聲)으로 구령도 주어보며 소 편자(鞭子)로 지휘력 대신 들러보기도 하였다.

이윽고 동경성 가까이 왔다. 이곳부터 위험한 망대와 초소를 피하지 않으면 아니될 터이라. 전대(全隊)는 다시 일층(一層) 대속도(大速度)를 가하여 성을 좌편에 두고 우편 단애의 아래 굽어진 강상(江上)을 살각ㅌ이 닫는다. 석벽 구렁진 곳에는 멧비둘기들이 깃들었다. 하나 둘 우리의 두상(頭上)을 춤추며 배회하다가는 열을 지어 나래를 쳐서 소리를 내면서 깃으로 날아드는 양은 마른 겨울의 한 홍을 도와주었다. 석벽은 10여 장(十餘丈)이나 되는 단층인데 지층 단면 모형이나 봄 같다. 굽실굽실 층이 된 꼴도 보기 좋거니와 철질(鐵質)이 많이 포함됨인지 전절면(全絶面)이 다홍색을 물들였는데 흰눈을 이고 위태하게 바위에 서서 절개를 자랑하는 푸른 솔은 우리에게 맑은 암시를 주었다. 우리는 걸음을 돌려 남으로 향하였다. 이곳은 홍의적(紅衣賊)이 특히 많은 곳이라 촌촌(村村)이 3~4가(家)씩 있는 집을 보면 다 굉장한 성벽을 쌓았다. 네 귀와 대문 위에는 포대(砲臺)를 영축(零縮)하였는데 어떤 요새(要塞) 지대나 들어오는 감이 있다. 그 내용을 자세히 알려고 일부러 차에 내려서 참관하니 성이 굉장한데 비하여 그 내에 있는 건물은 너무도 빈약하여 적어도 대조가 아니 된다. 성과 포대는 네 귀 진화강암으로 고(高) 3장(丈) 후(厚) 3, 4척(尺)되게 축조되였는데, 내부에는 2, 3동(棟)의 다 무너져가는 초옥(草屋)이 있을 뿐이다. 그러나 놀라지 말라. 이런 집들은 대개 다 수만 원 자산을 가지고 있는 부호라고 함에 이르러는 그 실내용이 너무도 충실함을 경탄치 않을 수 없다. 다만 모를 것은 그들의 금전에 대한 해석이다. 모을 줄만 알고 정당하게 쓸 줄은 모르니 아무리 하여도 의문이다. 아직 정초(正初)라 집집에 입춘대길(立春大吉)이 붙어 있는데 일개(一概)하면 다복(福)과 재(財)를 빌은 말뿐이다. 심지어 도야지 우리에까지라고 비돈만보

(肥豚滿□□□)니 대저일일장(大猪日日長)의 강도를 볼 만하다.

동경성은 발해(渤海)의 고도라 중앙을 직관(直貫)하면서 옛 선조의 끼쳐 놓은 유적을 보지 못함은 무엇보다 유감이지만 교외로 지나오면서 보니 사방 주위가 1백여 리나 됨직한 평원에 산이 둘러 있고 목단강(牧丹江)이 산줄기를 따라 흐르니 고도읍(古都邑)의 지(地)로 방어에 유리한 지형이며 경개도 훌륭하다. 근년에는 우리 동포들이 수전(水田) 경영으로 수십 호나 이주하였는데 관개(灌漑)의 편(便)은 물론 광활한 옥야이므로 장래의 발전 희망은 여간 아니니다.

들에는 깨여진 기와 조각 토기 조각이 일면에 깔렸고 집집이 담쌓은것을 보면 낡은 확과 지취돌이 많이 들어 있다. 잠깐 보이는 몇 가지 사실로 미루어도 옛날 그들의 웅후강대(雄厚强大)하던 것을 알 만하다. 일어나는 회고의 느낌을 금할 기이 없이 한 방울 찬 눈물을 남기고 서산에 지는 해를 바라보며 경파호(鏡波湖) 빙상을 마차 위에서 지내었다. 호상을 차타고 달리는 바에 무슨 홍취가 있으련만 얼음 끄고 고기잡는 어부들 강가 초옥에는 그물 말리는 것이 그래도 호(湖)의 값은 제대로 찾고 있는데 우리의 남다른 행락도 별 취미를 붙이면 붙지 않는 바는 아니로다. 오후 7시 반에 호반 주막에 당도하니 7, 8시간을 정체하고도 1백40리나 왔다. 물고기를 사서 지진 후에 호주로 몸을 녹이고 저녁밥을 먹겠느냐 하게에 먹겠다고 하였더니 이런 집은 소위 돈반(頓飯)만 파는 집이라. 우리를 식당으로 인도하기에 가서 보니 매상(每床)에 6인씩 둘러 앉았는데 우리도 같이 앉았다. 고기며 채소 떡과 밥이 연하여 들어온다. 그릇이 나는 대로 연속하여서 가져온다. 밥값은 1백 20조(吊·약90전)이나 되는데 먹기는 얼마든지 배부르기가 한정이라. 물론 근육 노동자들은 과히 밑질 것이 아니지만 우리 같은 사람에게는 약간 손해가 아니로다. 저녁은 지내었다. 그러나 말 소리, 사람의 소리는 도저히 잠을 이룰 수 없다. 더군다나 좁은 방에 다수한 사람이 있으니 찌는 듯이 더워서 더욱 견디기 어렵다. 캉(온돌) 한 판에는 벽돌 놓고 난로를 쌓아 놓고 말여물을 끓이느라고 야단이다. 온 방 안은 호흡에서 생긴 탄산 와사(瓦斯), 두병(豆餠) 끓이는 냄새, 감발 말리는 구린 냄새로 되어서 호흡이 막힐 지경이로다. 그러나 하도 곤하니 알지 못하는 사이에 우리는 몽계(夢界)로 입하였다.

3

마부의 깨우는 소리를 따라 일어나니 역시 오전4시경이다. 모전으로 몸을 종종 묶어서 마차에 싣고 경파호상을 계속하여 달린다. 경파호는 목단강 상류에 있는 대호(大湖)니 좌우 산간에 싸여서 광협(廣狹)은 일정치 않으나 일호(一湖)를 지나면 또 다른 일호가 생겨서 일호일호부일호(一湖一湖復一湖)로 대소 무수한 호수가 연속하였다. 그리하여 폭포까지 이루었는데 모국(某國) 기사(技師)가 시찰하고 이 폭포의 수력을 응용하여 발전하면 능히 남북만(南北滿) 서백리아(西伯利亞) 일대의 동력 전부를 공급할 수 있겠다고 한 것만 보아도 그 굉장히 큰 것을 알것이외다. 가다가다 호 중에 고도(孤島)가 올립(兀立)하였고 기암이 석간에 보기좋은 반송(盤松)이 추운 듯이 떨고 있는 양은 우리에게 형용할 수 없는 맑은 마음을 주었다. 겨울은 추워서 할 수 없으나 하간(夏間)의 별장지로는 다시 없는 곳이 될 것이외다. 우리는 별일 없으니까 서로 말자랑하느라고 야단이다. 한 차가 앞서면 뒤엣 차가 또 따라와서 떨어뜨려 마차 경주나 하는 것처럼 강 일면에 흩어져서 눈을 날리며 앞을 다투어간다. 이리하여 금조(今朝)는 는 해돋이 전에 50리의 한 참(站)을 당도하였다. 오늘 길은 매우 편편하다고 조반 후는 일부러 잠들을 잔다. 차만 타고 오는 우리도 곤하거던 밤까지 일수(一睡)도 못 하는 그들이 오죽이나 곤할까. 12시가 지나서 출발하였다. 비교적 일기가 온화하여서 별 괴로움 없이 오리둔(五里屯)이란 곳에 와서 일숙하였다.

일어나니 24일이라. 전날의 순서대로 새벽에 일어나 40리 와서 조반 먹고 10시경에 관지(官地)란 곳에 왔다. 이미 온 이수(里數)를 계산하여 보니 3백 5,60리나 되는데 아직도 영안현계(寧安縣界)를 벗지 못하였다. 이로써 보아도 중국이란 나라가 광대한 것을 짐작하겠다. 이곳부터는 마차에 내려 도보하여야 되겠다. 대개 우리는 동거(東車)를 탄 까닭에 차 가는 길과 우리 가는 길이 다름을 인함이라. 둘이서 차임 5백 조(吊)를 주었다. 1인분에 불과 2원 좌우이니 내지에 계신 이가 들으면 거짓말이라고 할 만큼 헐값이다. 이에 우리는 그 짐실이하는 형편을 물는 영고탑까지 1주간의 시일을 비(費)하여 3천 근 좌우의 짐을 싣고 1차 왕반하여도 임(賃)의 수입은 불과 50원인데 숙식비가 고등(高騰)하여 [중국의 군인, 마적은 다 공(空)으로 막고 다니므로 연도 여관에서는 이 봉창을 거부에게다 한다.] 별로 남는 것은 없다고 한다. 게다가 운수 불길하여 마적이나

만나면 종신토록 벌어서 사놓은 말 필(匹)까지 빼앗겨 또다시 고력(苦力) 노릇을 하여야 된다고 하며 한숨을 쉬인다. 아! 노동 계급의 불평은 이런 대륙의 오지까지 개시일반(皆是一般)이로다.

우리 2인은 행리를 수습하여 매고 다리를 놀려 설(雪) 중을 걷게 되었다. 길은 모른다. 도적의 소문은 높다. 초행인 박 군의 근심은 여긴이 아니다. 나는 박 군의 염려도 덜어줄 겸 호기심을 일으켜주노라고 홍의적의 조직 방법으로부터 그 규율이며 생활을 말한 후 이전 내가 홍의적에게 잡혀가서 도리어 큰 대접 받던 말을 극력 가미하여 설명하였더니 지금까지 두려워하던 박 군은 도리어 홍의적 만나기를 소원해 한다. 그러다가도 실상 홍의적이 있을 만한 적막산곡(寂寞山谷)을 당도하면 숨도 크게 쉬지 못하고 땀을 흘리면서 속보(速報)로 걷곤 하였다. 이윽고 대면파상(對面坡上)에 소총을 맨 자 2명이 내려오다가 도토리 나무 사이로 들어간다. 이어서 또 한 명이 나타나더니 파사 노변에 앉는다. 우리의 네 눈은 말없이 일제히 그곳으로 주목하였다. 마음에는 불안의 기운이 떠오르기 시작한다. 나는 저것들이 대부대(大部隊)이며 혹 수단을 써볼 터이나 만일 소부대이면 큰일 났구나 하면서 별별 묘책을 생각하기에 골몰하였었다. 침을 삼켜가며 우리는 그들 가까이 왔다. 산에서 그 자들사이로 개 두 마리가 나타난다. 나는 사냥꾼인 줄 알아차리고 그제야 숨을 내쉬었다. 그리고 갈 길을 물었다. 그들은 비교적 친절하게 길을 가르쳐 주는데 우리는 그만 길을 잘못 든 것이었다. 지시대로 새길을 따라 나아갔다. 이럭저럭 한 20리 걷고 나니 시장하여 견딜 수가 없다. 노방모옥(老傍茅屋)에 들어가 좀 쉬기를 청하니 반가이 맞아들인다. 무슨 식물(食物)을 좀 사자고 하였더니 아무것도 없다고 한다. 그러나 우리는 너무 시장하여 견딜 수 없으니 아무것이나 좀 달라고 하였다. 주인이 나가더니 조이밥에 옥수수 끓인 물을 부어다가 준다. 우리는 전후를 볼 것도 없이 한 입에 먹어버린 후 차수(茶水)를 한 잔씩 얻어 먹고 밥값으로 동전 10잎을 주었더니 기어이 아니 받겠다고 하나 우리는 또 기어이 받으라고 하여서 주었다. 다시 권연(卷煙)을 한 대 내어서 주인 노인을 주었다. 받아서는 자기 손자가 됨직한 6,7세 밖에는 아니된 어린 아해를 준다. 하도 이상하여 우리는 또 하나 주었다. 그러면 또 다른 아해를 주곤 한다. 방 내에 있는 대소 5,6인에게 모조리 한 대씩 준 후에 우리도 피워 물었다. 어린 아이들까지도 피워문 후에 연방 침을 토하면서 빨고있다. 미개인일수록 알콜과 니코친(니코틴)등 독물을 기호한다더니 이 사실은 가장 잘 설명한다.

4

우리는, 주인께 치사(致謝)하고 길을 잘 물은 후 곤한 다리를 계속 놀렸다. 일 하상(河上)에 이르러 일변(一邊) 장난하면서 걸어가다가 일 소동(小童)이 활쏘기를 익히고 있는 것을 만났다. 우리는 만주인의 상무적 습풍이 쇠미(衰微)한 후손에게 우연히 나타남이 아닌가 하고 옛날 그들의 용맹과 저들의 쇠약을 대조로 삼아 금석(今昔)에 대한 무량감개를 느꼈다. 한 구비 돌아가니 한 촌락이 있는데 000이라. 흰옷 입은 형제의 그림자가 어른하고 우리에게 띄였다. 반가운 김에 멀리서부터 소리쳐서 인사하고 한 걸음에 거리로 따라 주인집에 들어가니 3년 전 옛날 서백리아 사장(沙場)에서 사생(死生)의 고를 같이 하던 동지 10여 명이 앉아 있다. 무사히 서로 다시 대함을 반겨 힘있는 악수를 나누었다. 인사를 필하고 도중의 소견을 말하다가 석반(夕飯)을 물리고 야외로 산보한 후 사업 진행 방침을 구수(鳩首) 숙의하였다. 대강(大綱)을 맞춘 후 침상에 누워서는 장 군(張君)의 상해행(上海行) 소화(笑話)로 비롯하여 연애 로만스(로맨스) 000000000의 실패담, 국민 대표 회의 중의 소화 등으로 웃음 꽃이 피였다. 자고나니 양(陽) 3월 1일 우리에게 가장 인상 깊은 기념일이라. 무량감개리(裡)에서 약식(略式)을 필하였다. 주인댁에서는 특히 돝 일수(一首)를 재(宰)하여 주었으므로 완두 한 알에 조 한 알씩 있는 완두밥과 소금국에 저육(猪肉)을 띄워놓고 호주(胡酒) 한 잔으로 축하연을 시작하였다. 소금국을 두세 사발씩 마시고 나니 매는 부르나 무슨 맛인지는 알 수 없다. 그러나 전까지 심각한 근심에 물들었던 각인(各人) 안색은 즐거운 희망의 장래를 꿈꾸고, 평화한 붉은 빛이 빛난다. 금일은 종일토록 야외로 나가서 산보하면서 담화로 1일을 보내었다.

졌던 해가 다시 오르니 2일이라. 금일은 돈화에 계신 몇 선생을 찾으려고 5인이 떠났다. 북만과 서백리아에서 가장 활기있게 활동하는 청년들만의 조직인 00단의 임시 총회에 모였다가는 건아드에게 건강과 성공의 축복을 하여 보내고 우리는 느린 걸음으로 걷는다. 홍의적의 출몰로 유명한 대령(大嶺)에 이르니 말 위에서 한 손에 세 필씩이나 되는 말을 이끌고 총에는 묽은 헝겊을 동인

자4, 5명이 나타났다. 나는 일견에 홍의적이라고 알았다. 아무 말없이 우리의 곁으로 달아났다. 영을 내려와 그 잘들이 홍의적이란 말을 일동에게 고하니 일동은 그제야 놀라며 더군다나 그 중에 박 군은 그런 줄 알았다면 더 자세히나 보았을 것을 유감천만이라고 한다. 얼마 아니하여 노방에는 짐 실은 마차가 아무 보는 사람도 없이 놓여 있다. 이것은 지금 그자들에게 말도적 맞은 마차이다. 마차꾼은 불행이지만 그 때문에 우리는 아무 힐난도 받지 아니하였으니 행(幸)이라 할밖에 없다. 이제는 적지(的地)에 와서 00두 선생을 만나 장래 방침을 완정(完定)한 후에 나는 남으로 다른 동지들은 북으로 향하였다.

志山海外旅行日誌*

정원택(鄭元澤)

독립 의군부 조직

무오년(1918) 12월20일. 상해 예관(睨觀)[1]선생으로부터 일봉 서류가 오거늘, 개견(開見)(開見)하니 비밀 서류라 수장하고 공원 그윽한 곳으로 가서 자세히 보니 내용이

방금 군주 전란이 종식되고 미 대통령 윌슨이 민족 자결을 제창하며 파리에 평화회를 개최하니 약소 민족의 궐기할 시기라. 상해에 주류하는 동지들이 미주의 동지와 국내 유지를 연락하여 독립 운동을 적극 추천하며, 일면으로 파리에 특사를 발송 중인데 서간(西間)과 북간(北間)에 기밀을 연락치 못하였으니 군이 길림(吉林)에 속거하여 남파(南坡)와 상의하여 서북간에 동지를 연락하고, 각방면으로 주선하여 대기응변하기를 갈망하노니 만일 길림에 가지 못할 경우이면 적당한 인사를 택하여 대행하든지 그도 못 하는 때엔 이 서류를 소각하고 사정을

---

* 정원택(鄭元澤, 1890-1971), 송강 정철의 후손, 독립운동가, 종교가, 독립의군부의 조직자. 이 글은 소재영 편 ≪間島流浪四十年≫에 수록된것임.

1) 예관(睨觀) : 각주 14)와 같음.

회시하라.

하였더라.

읽고나니 얼싸 좋아라 하고 마음 가운데 기쁨이 북받쳐 하루를 참기 어려우나, 주머니가 텅 비고 사체(事體)는 함부로 남에게 말하기 어려워 소자금(小資金)으로 농장에 투자하였던 내 배당액은 춘하간에 길림·북경의 왕래 여비로 빚진데다 갚고, 잔여가 겨우 1백 원에 불과하였으므로 익일 조용히 관재(罐齋) 김주연(金周演)씨를 청하여 길림으로 향하고자하는 사유를 대략 언급하고 사정을 통하니 현금 3백 원을 당장 지불하여 주더라.

12월 22일 길림으로 출발하여 도착하고 송재일(宋在日)을 심방 주숙하다. 수월 전에 송재일이 병원 경영차 의사 김영세(金英世)와 길림으로 이주하여 수차 통신이 있는 고로 즉시 왕방한 것이다.

12월 23일 심방하니 박남파(朴南坡)가 중국 객잔(客棧)에 주류한 고로 곧 왕방하고, 휴대한 서류를 출시하며 미주·상해 및 국내 유지의 비밀 활동을 언급하고 서북간도간에 연락 방법을 토의하였다. 이날 저녁 객잔에 이주하여 남파와 함께 머물다.

12월 24일 우편국으로 가서 소앙(素昂)[2]의 통신 주소라고 기송하여 왔던 우편상을 사간(查看)하니 과연 있는지라, 즉시 엽서 1매를 사서 명일 정오에 우편국에서 상봉하자는 의의로 기록하여 투입하고, 학주(學輈·鄭永澤)댁을 방문하였으나 길림으로 온 사정은 말하지 않았다.

12월 25일 정오에 우편국으로 가서 소앙을 기다렸으나, 정오가 지나도 사방에 그림자도 없더니, 한 화복(華服) 소년이 앞으로 와 탈모하고 말하기를,

"정선생내기조료(鄭先生來己早了)"

놀라서 살펴보니 다른 사람이 아니고 최형록(崔亨祿) 여사였다. 중국 남자 복장을 하고 있으므로 금방 분별키 어려웠던 것이다. 최가 말하기를,

"소앙 선생이 나로 하여금 접응하게 하신고로 급속히 와서 맞이하려 하였는데, 길을 잘못 들어 지체되어 대단히 미안합니다."

마침내 최를 따라 소앙 사는 곳을 방문하니 동문 밖 외딴 곳이요, 역시 도관

---

2) 소앙(素昂) : 조소앙(趙素昂)의 호, 임시 정부의 핵심원이며 한국 독립당을 창당. 6·25동란시 납북.

내 빈 집이라 정호(庭戶)가 정적하고 인적이 드문 곳이었다. 최형록 여사가 인삼차를 가져오니 맛이 대단히 달고 향기로웠다. 소앙과 저간에 피차 지낸 전말을 서로 이야기하고, 현재 상해에서 파리에 특사를 파견하고, 미주와 국내 비밀 연락을 취하여 행동을 기다리고 있음을 진술하고, 지금 예관 선생의 통신 지시로 다소 서류를 휴대하고 만주 동지를 규합하고, 노령에 기밀을 상응코자 하노니 남파와 소앙이 할 중책이라 하루 속히 활동하기를 최청하니 소앙이 말하기를,

"내 서간도로부터 여기 올 때에 결의한 바 있으니 다음부터는 도관에 잠적하여 세사에 불간하며 사람과 논쟁하지 않고 다만 자수(自修)하기를 결심하였으니 나는 내버려두어 달라. 내가 길리에 온 지 수월이 되어도 알고 모르고 간에 동지 1인도 심방한 일이 없으니 스스로 부끄럽기도 하나 널리 용서해 주기 바라노라."

내가 말하기를

"내 선생이나 그밖의 여러 동지들이 국치 후에 부모와 처자를 버리고 만리절역에 풍찬노숙하며, 간난신고를 달게 받고 있음은 모두 뜻이 있으면 마침내 이루어진다는 말에 따라 시기를 기대함이라. 이제 서방의 전우(戰雨)가 처음 개이고 파리에서 평화회가 열리게 되어 약소 민족이 자결을 고창하니, 일은 비록 미비하나 때는 왔음이라. 사지성패(事之成敗)는 불계하고 한 벌 궐기하여 대호할 기회라, 옛말에 시불재래(時不再來)니 기불기실(機不可失)이라 하니 이 기를 놓치고 어느때를 기다리리까. 잠적 수도는 늙어서도 늦이 않다"

하고 소매를 잡아 끄니, 소앙이 북득이 나와 동반하여 여관에 도착하여 나의 소개로 남파와 초면 인사하고, 또 동반하여 북문외 시당 여 선생(時堂 呂先生)[3] 댁에 모여서 진행할

일을 토의하고 길림 사정을 상해에 수신(修信)보고(報告)하였다.

12월 29일 (양력 2월 2일) 저녁에 학주가 망년회를 베풀고 초청하는지라 남파와 동반하여 참석하니 회객이 10여 인인데 태반이 생면이라, 이때에 나가 생각하니 지난날 경성에서 출발할 때에 김필한(金弼漢)이 부탁하되 자기 숙부 김좌진(金佐鎭)[4]이 국변후에 망명도북(渡北)하여 길림에 있다 하나 신식(信息)이 두

---

3) 시당 여선생(時堂呂先生) : 여준(呂準)의호, 본명은 조현(祖鉉), 한일합방후 신흥 무관학교를 창설, 독립군을 양성함.

4) 김좌진(金佐鎭) : 1889~1930, 호는 정원(丁園) 독립군 지휘자. 청산리 전투의 승리로 유

절되었으니 형이 그곳에 가거던 탐문하기를 바라노라 하였으므로 내가 생각하건대 이 좌석에는 반드시 그가 있는 것 같았다. 주인 학주 선생이 면면소개하여 각 통성명하나 김조진 기인(其人)은 없고, 인사 중에 자칭 홍종순(洪鐘淳)이라고 하는 사람의 용모며 체격이 전날 김피란이 말한 바와 흡사하므로, 때때로 주목하였으나 실례될까 발언하지 못하고 술잔이 나에게 돌려질 때에 잔을 들면서 소리질러 말하기를,

"경성으로부터 올 때에 우인 김필한이 자기 숙부 김좌진이 길림에 있으니, 형이 길림에 가거던 탐문하기를 바란다 하였는데, 이 좌석에 그 사람이 없으니 이상하다."

하고 홍을 주목하니 홍이 웃음을 참지 못하는지라 내 말하기를,

"나의 판단이 틀림없다. 홍족순이 즉 김좌진이 아닌가?"

하니 좌석이 크게 웃는지라, 내 술잔을 들어서 김에게 건네면서 장자(長者)를 기만하니 벌이 없을 수 없다 하니 김이 곧 마시고 즉반배(卽返盃)하며 말하기를,

"어디서 온 돌객이 감히 좌중 비밀을 파하니 또한 벌이 없을 수 없다."

내가 잔을 받으면서,

"감히 비밀을 파함은 달게 벌을 받거니와 어디서 온 돌객이라 함은 어투가 심히 불경이라."

하고 이날 저녁은 이로써 정적을 깨고 즐겨 마신 뒤에 헤어졌다.

기미(1919) 정월 1일(양력 2월30일 · 30세)

떠돌이 과세(過歲)할 때마다 비창한 심경은 금할 수 없는지라. 해가 높이 뜬 뒤에 학주 댁에 세배하고 오후에는 소앙을 방문하니 최형록 여사가 다과를 내놓았다.

정월3일 학주 댁으로 가니 김약수(金若水 · 일명 두회)[5]가 지난 겨울에 국내를 출발하여 청도를 거쳐서 섣달 그믐께 여기 도착하여 현재 여관에 투숙 중이라 한다. 학주의 소개로 서로 인사를 나누었다.

정월 6일 송재일이 돈 6백 원을 공용금으로 찬조하였다.

정월 19일 성낙신(成樂信) · 김문삼(金文三) 2인이 서간도로부터 길림에 도

명함.

5) 김약수(金若水, 1892~1959). 정치가. 두전(枓全) 또는 두희(枓熙)라고도 함.

착하여 여관에서 머물고, 저녁에 찾아와서 통성명 인사할 때 나의 이름을 듣고 경탄하여 말하기를,

"형이 연전에 혼춘(琿春)에서 욕을 당한 정모 아닌가."

한다. 내 말하기를,

"내 연전에 참으로 그런 사실이 있었거니와, 두 분이 어찌 이 사실을 아는가?"

성 · 김 2인이 함께 말하기를,

"그 당시 우리 양인이 의논할 일이 있어 간도로 가서 은계(隱溪)댁에 머무르고 있었는데, 마침 형이 혼춘에서 무리한 욕을 당한다 하므로 우리들은 분한 마음을 참지 못하여 오병묵(吳秉默) · 황병길(黃炳吉)양인을 처치하고 형을 구출하리라고 출발하여 백초구(百草溝)의 현천묵(玄天默)선생 댁에 도착하여 들으니, 형이 그간 돌아와 다시 영고탑(寧古塔)으로 향하였다고 하므로 우리들이 발길을 돌이켰는데, 뜻밖에 오늘 여기서 상봉하게 되었소이다."

하는지라 가히 기연(奇緣)이도다.

내 말하기를,

"공이 오늘 저녁 말하지 않았다면 그 일은 전연 알지 못하는 일이다. 나 때문에 그러한 고생을 하셨다 하니 감사하고 또 부끄럽기 한이 없소."하였다. 이로써 이 2인이 나에게 비상히 친절하여졌다.

정월 23일 송만(宋萬) · 임방(任枋)이 서간도로부터 도착하니 대개 풍문을 듣고 온 것이다.

정월 24일 북문 밖 여시당(呂時堂)댁에 모여서 독립 운동 추진 방법을 토의하는데, 회집된 인원은 박남파 · 조소앙 · 황상규(黃尙奎) · 김좌진 · 박관해(朴觀海) · 정운해(鄭雲海) · 송재일 · 손일민(孫一民) · 성낙신 · 김동평(金東平) · 여시당 그리고 나인데, 김약수는 참가하지 않으니 좌중에 불평이 있었다.

정월 25일 석반 후 박남파오나 한담을 하고 있는 무렵 정원(丁園 · 김좌진)이 와서,

"내일 새벽에 김약수가 봉천으로 떠난다."

고 말하고 계속하여,

"우리들이 오늘 유사지시(有事之時)를 당하여 소위 유지 중 자금이 있는 자는 기회를 보고 잠적만 꾀하고 출력 원조에는 소불동념(小不動念)하니 가증가탄할

일이다. 김 군이 고별차 나(김좌진)를 찾아왔기에 내 만류하여 나의 처소에 있게 하고, 그가 모르게 와서 지금 알리는 것이니 두 형은 무슨 방법을 생각해보라."

남파가 말하기를,

"그가 가는 것은 스스로 가는 것인데 누가 능히 못 가게 할 수있으리오."

내가 말하기를,

"그렇지 않다. 모든 것이 자금이 없으면 성사를 할 수 없으면 성사를 할 수 없는데, 우리들이 지금 얻기 어려운 좋은 기회를 찾고 있는데, 약간의 동지가 여기 모여서 각각 성의를 다하고저 하나 실력이 없으므로 모두 김 군의 제공만 한천망우(旱天望雨)하듯 기다리고 있는데 그가 만일 불고도익(不顧逃匿)한다면 모두 낙심이요, 다시 무슨 방법이 없을 것이니, 소홀히 생각할 일이 아니라 잠깐 나를 따라오라."

하고 즉석에서 일어나 성·김 2인을 찾으니, 2인이 방금 옷을 벗고 자리에 누우려다가 내가 오는 것을 보고 놀라며 묻기를,

"무슨 일로 이처럼 밤에 오는가요?"

내 말하기를,

"김 군이 내일 새벽에 아무것도 돌아보지 않고 도피해 간다."

하니 그가 말하기를,

"누가 그런 사정을 전하더냐?"

"정원이 이 일 때문에 일부러 와서 급보를 한 것이요."

하니 2인이 즉석에서 옷을 입고 나를 따라나오면서 말하기를, "우리 양인이 맹세코 그가 마음대로 도피하지 못하도록 놓치지 않을 것이오."

하고 같이 객잔으로 왔다.

그들 성·김 2인은 벼르고 호통하여 김약수를 당장 끌어오고자 한다. 남파가 말하기를,

"두 분이 정원을 따라가서 김 군을 보고 사당 선생의 권언이라 하고 시당 댁으로 초청하다가 순응하면 함께 오고 거절하면 두 분의 수단대로 하시오. 우리는 동지 수인을 규합하여 시당 댁으로 모여서 대기하리라."하였다. 성·김 2인은 김좌진을 따라갔다.

본시 김약수는 경남인으로 작동(昨冬)에 본국에서 수만금을 휴대하고 청도를

경하여 길림에 이르러 개척 사업을 경영코자 하다가 동지들이 모여들어 독립 운동을 추진하고 있는 동기를 간파하고 자기 소지품에 손실이 돌아올까 하여 도피함이라. 성낙신 · 김문삼은 합병 당시부터 의병에 종사하다가 마침내 서간도로 건너와서 모험 행동을 자기의 본령으로 생각하고 불의한 일을 보면 조금도 용납지 않고 행동하는 터이므로 가위 적수상봉(敵手相逢)이라.

2인이 정원을 따라간 뒤에 나 역시 연소기예(年小氣銳)라, 호기심으로 그들의 동작을 탐관하고자 2인과 정원의 뒤를 따라 정원의 주옥(住屋)담 밖에서 걸음을 멈추고 동정을 살피니 2인이 약수를 보고,

"시당 선생이 약수씨를 청견하기로 우리가 일부러 왔으니 가겠소?"하니 약수가 즉시 응낙하고 2인을 따라가고 정원 · 송재일 · 박관해가 뒤를 따랐다. 나는 잠깐 피했다가 좀 늦게 따라소 시당 거처러 들어가니 전인원이 앉았고, 내가 들어간 지 근 반 시간이 지나도 좌중이 모두 숙연히 말 한마디 없더라, 내가 김좌진을 향하여 격려하는 말투로,

"정원, 두상에 몽둥이를 가하는 것은 옳지 못한 것인가? 깊은 밤에 이처럼 초집한 것은 반드시 긴요한 일이 있겠거늘, 모두가 의지하는 정원 장군이 한마디 말도 않으니 가히 괴상하고 의심스럽다."

하니 정원이 약수를 향하여 선언하기를,

"군도 역시 유지라. 당장 분투할 이 좋은 기회에 작은 미끼로써 나를 속이고 달아나고자 하니 실로 가증스럽다. 내가 잠깐 욕스러움을 찾고 있었음을 군의 마음을 떠보기 위함이다."

하고 정원은 자신의 옷 주머니 속에서 3백 원을 꺼내어 약수 면전에 던지고, 다시

"그대가 이것으로 나를 꾀니 가증스럽다."

고 말하니 성 · 김 2인이 계속하여 한바탕 꾸짖은 뒤, 한때 잠잠하다가 약수가 발언하기를,

"내 어찌 돌보지 않고 가리오. 여버분의 동정 여하를 살폈더니 지금 여러분의 성의가 이렇듯 열렬하니 실로 감패무석(感佩無惜)이라. 나의 소지품은 여관에 둔 행리 속에 들어 있는데, 지금 내가 만일 혼자 가면 여러분이 믿지 않고 놓아주지 않을 것이니 좌중에서 어느 분이 나와 함께 가시겠는지요?"

성 · 김 두사람이 응답하기를,

"우리 두 사람 말고 누가 즐겨서 함께 가리요?"

하며 마차를 불러타고 3인이 동승하여 달려가더니 좀 있다가 돌아왔다.

김약수가 시당 선생 앞에 나아가 말하기를

"이는 휴대한 금액이오니 다만 처분을 기다리나이다."

시당 선생이 비로서 발언하기를

"군이 겨기 온 것은 내가 알기로는 따로 경영하던 바가 있었던 것이니 공과 사를 상반(相半)하여 함이 옳을 것이다."

하고 반액만 내놓게 하니 즉 1만 원이라. 그 나머지 약수가 도로 휴대하고 각각 흩어졌다.

정월 26일 평양인 김모(金某)가 역시 황지(荒地) 개간(開墾)을 위하여 길림에 도착하여 여러 날 있더니 소문을 듣고 찾아와서 6천 원을 제공하고, 또 충남인 정명선(鄭明善)이 1천 원을 제공하였다.

정월 27일 시당 선생 댁에 회집하여 대한 독립 의군부를 조직하는데, 시당 여준(呂準)씨가 총재로 추대되고, 총무 겸 외무에 박찬익(朴贊翊)이요, 재무에는 황상규요, 군무에는 김좌진이요, 서무에는 정원택(鄭元澤)이요, 선전 겸 연락에는 정운해 등이 피선되었다.

정원 28일 으군부 부서를 정하고 시무에 착수하여, 긴급 회으를 개최하고 진행 방침을 결정하니, 1은 상해에 길림 대표를 파견하여 민속히 연락을 취할 것, 2는 마칠과 무기를 구입할 것, 3은 근지(近地)각처와 구미에서 선언서를 발송할 것, 4는 서북간도와 아령(俄領)에 민속한 연락을 취할 것, 5는 자금 모집을 위하여 비밀히 국내에 인원을 파견할 것 등 기타 제항이었다. 상해 대표 파견은 나의 천거로 소앙이 선전되고, 마필 · 군기 매입은 김좌진이 화우(華友) 여럿을 대동하고 노령으로 향하기로 하고, 선언서는 조소앙이 기초를, 내가 인쇄 · 발송을 맡고, 서북간도에의 연락은 성낙신 · 김문삼이 맡고, 국내에 들어가 자금 조달 운동은 정운해가 맡았다.

정월 29일(양력 3월2일) 오전에 상해 내전(來電)을 접하니 한성이 이미 동하였다고, 또 상해 서신을 접하니 임시 정부 수립 예비로 각계 지사들이 운집하였다고 하였다.

2월 1일 소앙과 상의하여 선언서를 기초할 새 소앙의 계씨 조용주(趙鏞周)가 본국으로부터 돌아와 서로 도와 기초하였다.

2월 2일 경성에서 온 신문을 보니 양력 3월 1일(음력 정월 29일)에 경성에서 천도 교주 손병희(孫秉熙)[6]이하 몇사람과 불교주, 예주교 목사 및 학생 몇 사람, 합 33인이 명월관(明月館)에 모여 뜻을 정하고, 탑동(塔洞)공원에서 민중을 초집하고 대한 독립을 선언하며 선언서를 낭독하고 독립 만세를 고창하니 민중이 계속하여 시위 행렬을 진행하며 태극기 고양하고 만세를 연창하니 이를 진압코자 경관과 군대가 출동하여 대혼란이 이루었으며, 경향 각처가 일도하여 향곡벽지에 어느 곳을 막론하고 민중 운동이 일어나지 않는 곳이 없었다.

2월 8일 정운해가 국내 대구(大邱)로 출발하였다.

2월 9일 김약수가 봉천(奉天)으로 향하였다.

2월 10일 선언서 4천 부를 석판으로 인쇄하여 서북간도와 아령과 구미 각국 및 북경·상해와 국내·일본에 우편으로 발송하였다.

2월 11일 노령에서 마필과 무기 약간을 구입하였다.

2월 14일 76자의 장전(長電)으로 파리 평화 회의에 송전하여 한국 독립 원조를 소청하였다.

2월 17일 소앙을 길림 대표로 상해에 파견하였는데, 상해 임시 정부 수립에 찬조금으로 2천 원을 기송(寄送)하였다.

2월 20일 박의병(朴義秉) 부인, 정 여사가 그의 동지 5,6인을 규합하여 낭자군(娘子軍)을 조직하겠다고 청하니 시당 산생이 허락하였다.

상해 임시 정부

기미년(1919) 2월 25일 단재(丹齋) 신채호(申采浩) 선생이 봉천으로 돌아왔다는 소기을 드고, 의군부의 주일보(週日報)를 방행하고자 내가 봉천으로 출발하였다.

2월 26일 봉천에 도착하니 단재 선생이 수일 전에 북경으로 돌아간지라, 저녁 후에 차를 타고 길림에 돌아왔다.

---

6) 손병희(孫秉熙, 1861~1922). 천도교 3세 대도주(大道主)로 3·1운동 당시 33인의 대표중의 한사람.

2월 30일 무기 구입사로 남파가 화우(華友)를 대련(大連)으로 갔다.

3월 2일 정원이 동지 수인과 송화간 안(松花江 岸)에서 날마다 치마(馳馬)훈련을 하니 위세가 엄연 기상이라.

3월 3일 학주 댁으로 왕방하니 학주가 없는지라. 그 부인에게 물으니 일전에 북간도에 장자 몇 명이 찾아와, 동반하여 상해로 출발하였다과 한다.

3월 4일 봉천에서 온 서신을 보니, 작년 궁태보(宮太堡) 농장에서 동업하던 제위가 금년 경영할 농장일로 잠깐 오라고 하였으며, 또 이우열(李愚烈)씨가 분상(奔喪)귀국 하였는데 장례를 치르고 돌아갔다 하니 청하기도 난처하고 조문도 피할 수 없는 터이므로, 사당과 남파에게 사정을 말하고 봉천으로 출발하였다.

3월 5일 봉천에 도착하여 여러분과 품은 의견도 이야기하고 농장사도 의논하였다.

3월 7일 볼일을 마치고 고별코자 하니 이우식 씨가 나에게 상해 임시 정부 수립에 가서 참관하기를 권유하였다(내가 지난날 상해 동지들과 교의가 밀접한 까닭이라). 충심은 간절하나 여비가 없음을 고하니 대답이 여비는 적당히 쓸 만큼 말하면 지불하여 주겠다 하므로, 내가 내왕 차비와 1개월 유연 비용을 합하여 4백원을 청하니 쾌락하였다. 내가 상해에 내왕하기로 작정하고 곧 그 사정을 길림 의군부에 서신으로 진술하고 반환은 약 1개월간으로 고하였다.

3월 8일 동래 상회를 찾아가니 김사묵(金思黙)이 내게 말하기를, 조용주가 여기 와서 어제 밤차로 상해에 출발하였고, 금조(今朝)에 또 본국 평양에서 남자 2인과 여자 2인이 도착하여 생소하여 방황하니 형이 출발하면 동행할 것을 권하노라 한다. 내 말하기를, 신인(信人)이면 동행이 무방하니 내일 아침에 차역으로 상봉케 하라 하고 돌아오는데 노중에서 김문삼을 상봉하니, 일전에 서산(西間)으로부터 왔노라 하며 다루(茶樓)로 안내하여 함께 차를 마시고 말하기를 귀농장 동업인 오진홍(吳鎭洪)이 나에게 대하여 하는 말이 자기 농자 수만 원을 휴대하고 나를 따라 길림 의군부로 동거(同去)하겠다고 청하는데 선생은 반드시 잘 알 것이니 그 말을 믿을 수 있는가 하고 묻는다. 내가 생각해 보니 분명 이는 이우열 씨가 중국 은행에 저금한 것인데, 오진홍이 출납을 전임한 것이다. 내가 말하기를, 오씨는 별로 자금이 없고 오씨의 발언은 내가 생각건대 나의 숙장(叔丈) 이우열 씨의 저금인데 오에게 전임하여 출납하는 것인 듯 하니 신중히 하라 하고 돌아가서 이우열 씨를 대하여 차마 직언하지 못하고, 다만 말하기를 금전의 저금 출납은 타인에게 위임하여 출납하는 것이 항상 위험하니 극히 주의하라고 권고하였다. 날이 저문 뒤에 봉천 시가의 물정이 자못 소연하므로 탐청하니, 오늘밤에 조선 거류민이 회집하여 독립 시위 운동을 거행한다 하며 물의가 소란하였다. 나도 생각해보니 이곳에서 이날 밤을 경과하다가 만일 횡리지환(橫罹之患)이 있으면 상해 출발이 중저(中阻)될까 우려하여 당야 출발키로 심정하고 차역에 나가 승차하였다.

3월 9일 아침에 산해관(山海關)에 도착화니 환차(換車)되므로 하차하여 객잔에서 조반하고 다시 승차하여 늦게 천진(天津)에 도착, 열래객잔루상(悅來客棧樓上)8호실에 입주하고 석반후에 밖에 나와 난간에 의지하여 내려다보니 마침 새로 여객 4인이 들어와 인력거에서 내리니 여관 소사가 상루를 안내하고 내가 있는 맞은편의 두 방에 머무르니 남녀가 객실로 들어가는데 의표행지(義表行止)가 화인(華人)같지 않았다.

내가 생각하니 작일 동래 상회에서 김사묵이 부탁하던 평양에서 온 남녀 4인이 바로 이들이 아닌가 싶으니 확실히 알 수가 없더라. 또 내 젊은 호기심으로 마침내 경보로 발소리를 죽이고 그 방문 밖에 난간에 의지하여 내려다보며 말소리를 엿들어보았으나 방 안에서 주고 받는 말이 극히 낮아 말소리를 분별하기 어려웠으나, 화어(華語)가 아닌 것은 확실하였다. 나는 방으로 돌아와 잠깐 휴게하고 시가에 나가 밤경치를 보니, 천진은 중국 북방 제일 대도시라 건축과 물화가 상해에 뒤지지 않았으나 다만 범위가 좀 작았다. 자죽림(紫竹林)에 이르러 구경하고 손가방 한 개를 사가지고 돌아왔다.

3월 10일 조반 후 소사를 불러 식비를 청산하고 차를 불러 차역에 출발코자 하다가 문득 어젯밤에 도착한 4객이 어느 나라 사람인지 알고 시어 멈추고 기다렸더니, 얼마 후에 4인이 역시 숙박료를 지불하고 인력거를 불러타고 차역으로 향하는지라, 나 역시 승차하고 뒤를 따라 역으로 도착하여 매표하고 역시 그들을 따라 승차하여 그들이 앉는 자리를 살피다가 나는 그 뒷좌석에 앉아서 말소리를 살펴 들으려 하였으나, 그들이 역시 나를 의심하는 듯 힐끗힐끗 나를 돌아보며 발언하지 않더니 잠시 후 4인이 다른 차칸으로 자리를 옮겼으므로 어디 있는지 보이지 않았다. 생각건대, 그들은 나를 탐정으로 의심하고 두려워서 피하는 듯하였다. 나는 체면을 돌아보아 추적 않고 그 자리에 앉아 창 밖을 내다보니 차는 운하와 병행하여 달리는데, 하중에 상선의 왕래가 끊임없이 교역이 파민(頗敏한 듯 하였다. 내가 진포 철도선(津浦鐵道線)엔 초행이라 지나는 길에 추고회억(推古回憶)하는 감상을 자아냈다. 어제 통과한 산해관은 진황(秦皇)이 6국을 병탄(倂呑)하고 엄연히 홀로 북호를 봉쇄코자 거역(巨役)을 일으켜 1만여 리를 연장하여 만리장성(萬里長成)을 쌓으니, 당시에 공전절후한 응업이나 지금에 와서는 국방에 추호도 효력이 없고, 다만 어마어마한 고적일 뿐이오. 오늘 지나는 운하는 수제(隨帝)가 남조(南朝)를 통일하고 호연 자만하여 행락을 누리고자 운하를 착통하여 수천 리를 호류(湖流)하니 그 시절에는 호화방탕한 낭비이나, 지금에 와서는 교역에 막대한 공적을 빚어냈으니, 시대의 변천과 사외의 발전을 따라 유적의 운명도 허실이 상반되도다. 석양에 황하를 건너 제남(濟南)에 착하니 해는 이미 저문지라, 외경을 관광치 못하고 차창에 의지하여 잠이 드니 화인들이 떠드는 소리만이 들릴 따름이었다.

3월 11일 아침에 번양호(潘陽湖) 서안을 통과하는데 호수가끝이 없고 배외배가 임립(林立)한데 아침해가 비스듬히 비추니 경색의 찬란함이 별천지에 이른 듯하였다. 석양에 서주(徐州)를 지나 포구에 다다르니 해는 이미 서로 기울었다. 하차하여 양자강(揚子江) 연락선을 타고 1신간 걸려서 남경(南京) 하관(下關)에 오르니 밤 11시였다. 하관은 남경 서문 밖이요, 호령선(滬寧線) 기점이라. 역전에 이르러 차를 기다리는 중에 전등 아래로 엿보이는 남녀 4인은 어제 천진에서 추적하던 인물들이라. 역 한모퉁이 나무 그늘 밑에 둘러앉아서 소곤거리는데 내 마음이 줄거우며, 또 이 지방은 일정(日偵)이 앞에 있을지라도 두려울 것이 없으므로 내 방신하고 그들에게 다가서서 환접하며,

"귀객이 조선인이 아니십니까?"

하니 4인이 일제히 놀라 일어서며 벌벌 떠는 소리로 일부러 애매한 태도로 응하다가 홀연히 자취를 감추고 다시 보이지 않았다. 내 생각건대 그들은 처음으로 해외로 나와서 겁만 많은 사람들이다 하고 승차하였다.

3월 12일 이른 아침 상해역에 도착하여 하차하니, 어젯밤 도피하던 남녀 4인이 2등실에서 하차하여 인력거를 타고 달려갔다. 나는 상해가 낯익은지라 대신(大新)여관으로 바로 가서 3층 6호실에 정주하고 조반후에 환구 중국 학생 회관

(環球中國學生會館)으로 가서 신 예관 선생에게 명함을 교전하여 달라고 부탁하고 두루 관광하다가 정오에 여관으로 돌아와 오찬하고 책자를 보고 있는데, 전일 동류유(同留友)조동진이 찾아와 인사한 뒤 먼저 묻기를,

"누가 찾아온 사람이 있는가?"

내 말하기를,

"아무도 없다."

하고 대답하자 조씨가 말하기를,

"현금 상해의 우리들 정세가 전일과는 크게 달라서 각자가 사심을 품고 서측(西側) 자금이 오면 서인이 감추어 내놓지 않고, 남측(南側) 자금이 오면 남인이 역시 숨기고 내놓지 않는 형편으로 시세를 보아 집권 출세만 욕심내어 버리고 있는 상태이니 참으로 가탄스러운 실정은 형이 잘 알고 계실 것입니다."

하고 여러 시간 이야기를 한 뒤 돌아가고, 석양 무렵에 삼강(三崗) 신건식(申楗植)이 찾아와 인사한 뒤 또 먼저 묻기를,

"누가 이미 먼저 찾아왔었던가?"

한다. 내 대답이,

"조동진 군이 찾아와 이야기하고 돌아갔다."

하니 말하기를,

"어떤 말이 있었더냐."

고 하기에 조의 소언(所言)을 그대로 전하니 삼강동 역시

"진실로 그렇다."

한다. 또

"지금 상해는 전일 동고 친우(同苦親友)도 역시 믿을 수 없는 터이라."

한다

예관 선생의 안부를 물으니 삼강이 말하기를, 그분이 요즘 여러 가지로 상심하여 몸이 불편해 병원에서 치료 중이라 한다. 이어 소앙의 안부를 물으니, 호해여관 3루 9호실에 있다 하고 저물녘에 삼강이 돌아왔다. 석반 후 호해 여관으로 가서 소사의 안내로 3루 9호실의 문을 두드리니 소앙이 문을 열고 맞아 주는데, 그 계씨 조용주가 먼저 와서 있었다. 각각 인사를 나눈 뒤에 상해 정세와 길림 근황을 서로 진술하니 파리 특사는 김규식(金奎植)박사로 선정되어 신지(信地)

에 도착한 전보가왔고 미주의 이승만 박사와 안창호(安昌浩)2인은 상해에 이미 도착하여 사업에 노력 중이요, 예관 선생은 신병으로 입원 치료 중인데, 현금 상해 임시 정부 수립에 대하여 각료를 중망을 가진 이는 이승만·박용만·안창호·이동녕·이시영·신규식·김규식 제위가 당선될 줄로 생각하고, 그 외는 상해에 도착하는 대로 산택될 것이라 하며, 소앙이 기초하던 초안을 보이며 말하기를,

"이것이 우리 임시 정부에 응용돌 헌초(憲草)인데, 기초를 나에게 전임하는고로 방금 동생과 상의 주인데, 마침 참석하였으니 같이 토론할수 있어 다행이라. 제1 의원 선거에 대하여 현금 현지에 있는 우리들이 각 방면 정도 수준을 따라 연령20세 이상으로, 학식은 중학 정도 이상으로 하고, 지방 별로는 현지에 주재 인원이 많지 않으니 전(全)13도에 남북도로 되는 데는 남북에 각 3인씩, 전도에는 4인씩으로 임시 정원하는 것이 적합하다."

하며 기타 수종을 토의하다가 밤이 깊어 돌아왔다.

3월 13일 삼강과 동반하여 예관 선생께 찾아가니, 병세는 그다지 심하지 않고 다만 심화가 대단한 듯하였다.

3월 14일 소앙과 동반하여 석어(石吾·이동녕)·성재(省齋·이시영) 양 선생에게 인사하고 길림 근화을 서술하고 각처에서 상해에 대한 기대가 크다는 상화을 진술하였다. 원주인(原州人) 한기악(韓奇岳)이 동주(同住)더라.

3월 15일 김충일(金忠一)의 처소로 옮겼다.

3월 16일 우천(藕泉)조완구(趙琬九)씨를 방문하고 여러 해 동안 쌓인 회포를 풀었다.

3월 17일 국내 평양에서 홍면의(洪冕熹)씨가 내도하였다.

3월 18일 소앙이 나에게 말하기를,

"현금 상해 정세로 말하면 인심이 단합되지 못하며 자금을 갖고 온 동지도 있으니 각각 자기 주위 세력의 유도로 숨어서 기다리기만 하고, 나타나 협조하지 아니하니 애석한 일이라. 전일 길림에서 행하던 방법으로 강권 출자케 함이 어떠하뇨."

내 대답하기를,

"길림과 상해에 상교한다면 지역의 문야와 인품의 우열이 현격하고 또 이에

회집던 인원은 대개 숙덕중망(宿德重望)을 가진 이가 많은 중에도 정세가 단순하지 못하니 행동을 경이하게 못 하리니 실행하려면, 첫째 가외가탄(可畏可憚)할 만한 배경을 수립하여야 할 것이요, 둘째는 주동측에서 먼저 기만워이라도 선출하여 놓고 각 방면에 자금을 요청하여야 일이 사필가성이니, 나의 생각으로는 급무가 현금 국내에서 새로 오는 청년들의 사상이 순일매진하고 추호도 사사로운 마음이 없으니 그네들을 단결시켜 그윽한 장소를 택하여 기사(技師)를 맞아다가 그 청소년들에게 무기 무예를 연습도 하고 제조도 교도하면 오는 청년의 보무처(報務處)도 되고 남이 두려워할 배후 기관도 될 것이요, 셋째는 연전에 예관 선생이 도중(渡中)할 때에 그의 동지 정두화(鄭斗和)와 약속이 있으니 만일 유사지시를 당하면 거액의 자금을 조달하겠다는 숙약이 있는데 또 수년전에 박남파가 예관의 소개로 귀국하여 그 숙약을 재조정한 사실이 있으니 예관 선생에게 상의하여 그 숙약을 실행케 하면 그 자금을 선출하고 각 방면에서 갖고 온 자금을 모으면 안 될 일이 없을까 한다."

하니 소앙이 말하기를,

"그것이 옳다."

하고 명일 제1건을 실행키로 하였다.

3월 19일 소앙과 도압나여 석오·성재 양선생 처소에 가는데 소앙이 말하기를,

"이번에 가서 제안할 건은 나로서는 좀 말하기 어려운 점이 있으니, 지산(志山)이 발언하는 것이 좋을 것 같다."

고 하였다.

석오 선생을 뵙고 인사를 여쭌 뒤에 내 말하기를,

"지금 유사지시를 당하여 만주와 노령에 선포하여 있는 동지들이 모두 정신을 똑바로 차려 상해 정부 수뇌의 어떤 지령을 기다리고 있거늘 방금 상해 관찰에 상무이건성립사(尙無二 件成立事)하니 절감불안(節減不安)이라. 감히 청컨대 비록 작은 기술일도 힘에 따른 실천이 급하니 현금 국내에서 오는 청년이 날로 늘고 지기가 정예하여 한 가지 하고자 하니 속히 그네들의 귀속 기관을 설치하여 그들로 하여금 단결불산케 함이 급무이고, 만일 저들이 오래 방황하다 낙망하여 각처로 흩어지면 상해의 무실력함이 노출되리니 조속히 수습하시

그를 바라나이다.”

석오 · 성재 양 선생이 말하기를,

“좋은 제안이다. 잘 설계해서 진행하면 소수(所需)는 수력 조달하리라.” 하였다. 소앙과 나는 물러나와 소앙은 화우(華友)를 찾아가 기사(技師)를 방구(旁求)하고 나는 그윽한 곳에 있는 가옥을 물색하였다.

3월 21일 상해 공동 조계(租界)의 가옥 4칸을 세로 빌려 화인 기술사 1인을 초영하여 새로 온 청년 9인을 선택하여 기사의 교수로 폭탄을 조제 연습케 하며 여가를 타서 권술(拳術)을 학습케 하였다.

3월 23일 의원 선거를 진행하니 피선 의원이 26인이요, 강원도는 아직 전원이었다.

3월 24일 동성(東醒) 김덕진(金德鎭)이 본국으로부터 봉천을 거쳐서 나를 찾아 상해로 도착하니, 한상희(韓相羲)및 제우가 기밀을 통하고자 하여 일부러 보내 나를 찾게 한 것이다. 기꺼이 맞아 인사 후 국내 연락이며 내왕사를 상의하였다.

3월 27일 김충일과 함께 유병준(柳秉俊)의 처소를 방문하니 지난날 천진으로부터 추적하던 4인 중 남자 2인이 그 자리에 있는지라. 주인 소개로 서로 인사하고, 지난날 서로 기피하던 의혹을 이야기하였다. <후략> 1918년.

四年만의北京*

崔南善

四年만에 北京에 드러온나의눈에는 온갓것이情다읍게생각되엿다. 前門驛前數만흔택씨가 죽-버려잇는것 主要한 大街에 뻐스가 달리는것가튼것을 보고는 洋車細民의일을생각해보고 조금머리를기웃거렷스나 한편北京의 街路風景을 構成하는 兩分子인洋車타는人種과 洋車끄는人種도以前에比하야 몃몃倍의氾濫을보이고잇는것을보고 이만하면하고다시고처 安心하엿다. 事變以來의 北京

이土着人 新來人다갓치發展을이루어 何等서로 厭諧하는일업서 北京自體의繁昌을독구고잇는것이다.

東安市場으로가보앗다. 如前히土卵씻는以上의混雜인데여기에용소슴치는人波의半分은 確實히日本人이엇다. 카ー키ー복의軍人과긴소매의婦人이 압서거니뒤서거니하면서 各其需要品을손가볍게가지고잇섯다. 紙幣뭉치에싸힌 商人들의얼골에는풍성풍성한빗치宛然히보엿다. 內地로가는適當한선사품이겟지만 례의『廣溝曉月』이라는石版ー其實木版으로박인것은 쓴임업시팔려가고잇섯다. 賣手의內容이야기를들으면 事變以來의 總賣數는 幾十萬個를헤일수잇다는것이다, 事變으로因하야 支那人意外인德을보고잇는 一例로보아 興味잇는 同時에 如何한事變속에서도人間生活의속기픈 互相關係가存在한것을생각할수도잇섯다. 섯달이반이고보면 아모려나 秋東을讚하게되는 北京風物이라고하지만 街路樹입쩌러진가지에 무엇이라할수업는寂寞이흐르고잇섯다. 그德澤으로 景山의眺望은언제나 나의淸淸한樹海가아니고 비눌처럼빗나는夢波인것도한興趣가잇섯다. 景山에서멀리바라보는 瓊華島의례의白塔도 아모거리씸이업는만큼 실컷美를나타내고잇섯다. 黃寺 黑寺를 爲始하야 北京의內外에는 羅馬敎의堂塔에無數하고 妙應사의 白塔가튼 專門家嗜好의 塔姿도 一二에그치지안치만 幽幻미와現實感의相反한情趣를渾然히合一한 一種의 神秘的靈感은 景山에서보는 瓊華塔에依하야 感受할수가잇다.

瓊華島의白塔은 詩想 美感을 外로하고 그리고또 歷史的感興우에 一層더솟는맛이잇는것은 아는사람이나알것이다. 中南海를건느고北海를가로건너 몸이한번 白塔下에서서 四方을둘러보면 金 元 明 淸의 燦爛한 興發圖가 正히 一睽下에펼쳐오는듯 蒙古人의元朝가 中原의땅을 다스리랴하자 漢人을統制하기에 西藏民族과의 連繫가必要한것을깨닷고 後에滿洲人도 帝業을國內에推進하자 亦是塞外的一體性을認定한 蒙古民族과의緊密한結託이 要求되엇든것이다. 그리하야 먼저『말을쏘라』는筆法은 西藏人과蒙古인의 마음을把握하고잇는 喇嘛敎를 자기의것을 삼지안흐면안될것에 氣를채엿든것이다. 外面만의交際와 속드려다보이는利用態度가아니고 全혀 子器의精神을 통드리相對側의心理에밧겨

* 이 글은 《滿鮮日報》 1941년 1월 1일에 게재된것이다. 최남선(崔南善 1890~1957)은 저명한 시인, 학자. 해방전 한시기 위만주국 신경 건국대학 교수로 있었다.

던저버리고 內的感興融合을 一途로實現하야버렷든것이다. 그들의 經國才略과 民族政策의聰明한것을象徵하는 不滅의華表야말로瓊華島의白塔이라할것이다.

먼저번에修理에着工하고잇든것을 본 古宮의묵직한殿字와大學鼓樓等은 工程도 支障업슨듯 金碧이燦爛히 온통一新되여 잇섯다. 事變進行中의 煙塵場이 아니라고생각되지 안흐리만하다. 東城의 觀象臺를가보앗다. 軍事關係이므로어썰짜하여스나 저윽이 來意를通한즉 特히參觀을許諾하야주엇다. 이러한文化的同情이 온갓것에 고로가고잇섯다. 層階를밟으며 高臺우에오르니 雄大精巧놀날만한 諸種의 觀測儀器는 完全히保護되어 風竿의움직임도 바람부는새이새이술렁술렁돌고잇섯다. "사라○"과학과 遼西文化의精神이서로잇대어 꼿을피우고 그것을바든 淸朝에依하야 一段의整備를더하게된此等儀器는 正히人類의文化的協同力의 아름다운成功을말하랴는 廣長舌인듯도하얏다. 臺에잇대인城壁우에나아가보니 넓드란 原野 구불구불흐르는시내 그사이에 點綴한고요한部落에 짜스하게 愛日의빗치갓득퍼지고잇섯다.

귀의北京은 如何間 눈의北京에는 아무런暗雲도차저낼수업는것이 事實이다. 아모러컨物資는 豊富하고 秩序도上堂히整頓되어잇고 오랫동안의風塵 끗치라는點은 얼는차자낼수업슬지경이엿다. 그러면今日의北京은 完全한樂土이엿드냐고 뭇는者가잇다면 遺憾이지만 나만은否라고 對答할박게업다. 何故오하면北京의圖書典籍의種類나 數量이나매우적어지고 게다가 그代價가 함부로비싸진까닭이나 언제든지살수잇스리라고생각하얏든것 얼마만큼이면 손에드러올수잇스리라고 생각하얏든것이 琉璃廠과隆福寺乃至는 한갓 路傍商人에 이르기까지 차례차례로 틀려가는데는哀愁가 轉深치아니할수업섯다. 昔日이면 正價가튼것이잇슬理업든 安價의書籍도 古本집에서까지 所謂定價에 반드시五割 十割을加算하는것이 通例가되어잇섯다. 萬人이 誦讀하랴는 今日의北京을 내가호올로咀呪할 義理가업느니만큼 書肆間에 逍遙하는 내얼골에는 어쩌한 苦色이 씌어잇섯슬까.

上海서(第一信)*

리광수(李光洙)

우리 一行은 龍巖浦 連山우에 첫 눈이 더핀것을 보고 배에 오른지 十數日에 營口 大連 烟台 靑島를 두구 거쳐 어제 밤을 吳淞砲臺 밋헤 지내고 아츰 해뜨게 흐리건만 물결 업는 黃浦江을 거스르 져어 軟黃色으로 서리에 물든 兩岸의 柳色에 反暎하는 黃色 만흔 아츰 해 볏을 등에 지고 東洋倫敦의 稱잇는 上海 埠頭를 向하나이다. 아직도 얼마만에 하나씩 물의 深淺을 標하는 浮標에 채 써지지 아니한 電燈이 가물가물하오며 浚渫工事에 從事하는 뭉투룩한 배에는 새로 發動機에 물 설히는 石炭 내가 갈길을 몰라하는듯 구불구불 서리고 우리 배는 휘임한 물 구비를 아조 살금살금 推進機 소리도 들릴락말락 進行하오며 船客들은 자리와 짐을 모다 묵거 노코 어서 上海市街를 보리라고 甲板우에 나와 或은 船側에 기대어 <저기는 어대요 여기는 어대>라고 新來한 旅客에게 地點하는이도 잇고 或은 喜色이 滿面하야 압뒤로 왓다갓다 하는이도 잇나이다. 船員들도 옷을 갈아 닙고 신을 닥고 船橋로 그닐며 水夫들은 무자위와 뷔를 들고 甲板을 닥노라 야단이 나나이다. 나도 처음 오는 길이라 異常하게 神經이 興奮하야 몸이 들먹들먹하오며 한껏 茫茫한 前程을 생각하오매 길게 한숨도 나오나이다.

저편 안개 속으로 엇던 크다란 뭉치가 八稜鏡모양으로 번적 번적 日光을 反射하면서 漸漸 갓갑이 오나이다. 들은즉 長江에 客실이 하는 배라는데 크다란 木板우에 三層樓를 지어노흔 듯 하오며 欄干에 오누인듯산 西洋 아희 三四人이 雪白色 곱고도 단촐한 옷에 帽子를 비스듬이 부치고 우리 배를 向하야 무슨 嘲弄을 하는 모양 우리 배에 탄 꼬리 달린 船客들도 무어라고 진說로 댓구를 하나이다. 돌아본즉 우리 배 뒤에도 서너隻輪船이 우리 배 모양으로 슬근슬근 뒤 따라 오나이다. 좁은 江이라 밤에는 入港을 禁함으로 吳淞口에서 지나고

---

1) 이 글과 아래 글 2편은 ≪靑春≫1914년 12월부터 1915년 1월호에 게재. 滬上夢人이라고 서명. 여기서는 蘇在英 편 ≪間島流浪40년≫에서 선록.
리광수(李光洙, 1892-?)는 문학가, 호는 춘원(春園), 신문화운동의 선구자, 1917년에 조선 최초의 현대장편소설 ≪무정(無情)≫을 발표, 상해임시정부에서 활약하다 귀국하여 ≪동아일보≫, ≪조선일보≫에서 임직, 일제통치후기에 친일활동에 참여, 1950년 6월 전쟁중 북으로 랍치됨. 졸년미상. 대표작으로 ≪흙≫, ≪사랑≫, ≪원효대사≫ 등이 있음.

아츰에야 上海埠頭로 올녀 다니는 모양이로소이다.

차차 애 나무 숩 사이로 亭子며 工場과 牧場가튼것이 드믓드믓 보이고 압길에 컴컴한 안개는 더욱 濃厚하오며 얼마 만에 中流에 닷 주고 선 배도 한두隻 보이오며 저편 그리 크지못한 船埠에 밋 빠진 낡은 輪船이 空中에 언치어 修繕하기를 기다리는 모양이오 그 압헤 檣頭에 거무줄 늘이듯 한것은 中華民國 軍艦의 無線電信일지며 좀 더 올나가 휘임한 물굽이를 지나니 문득 딴 世界로소이다. 안개 속으로 四五層 高樓巨閣 빗살박히듯 하고 그 좁은 江 左右언덕에는 輪船과 삼판이 겹서고 또 또 겹섯스며 檣頭놉히 가온데 흰 靑旗를 날리는것은 方今出航하랴는 배들이로소이다. 이제는 산 都會의 奔走雜踏한 빗과 소리가 亂鳴하는 樂器모양으로 大氣에 錯雜한 色彩와 波動을 니르키나이다. 한 복판에 倨慢하게 웃둑선 米 英 法의 鐵甲艦을 스쳐 그리로서 나오는 嚠喨한 軍樂을 들으면서 우리 배는 江 南岸埠頭에 조심히 그 右舷을 다히엇나이다. 禮讓이니 體面이니 하는것도 閑暇한 때에만 쓰는 노리 감인양하야 航海中에는 꽤 점잔턴 紳士淑女도 前後도 돌아보지 아니하고 압선 사람을 밀고 겻에 사람을 물니치면서 저각금 먼저 나리려 하는양은 아마도 人生의 獸性이 發露된양하야 文明이니 道德이니 짓거리는 人生이 可憐도 可笑도 하여이다. 或 이것이 未開한 東洋이라서 그러한지도 모르거니와 同舟하엿던 洋人 하나이 발길로 東洋人을 차고 압서 나리는것도 그의 强力이 우리 보담 큰줄을 알겟거니와 道德性이 發達함이라고는 許하지 못하겟더이다. 元來 敏捷치 못한 나는 한구석에 우둑하니 섯다가 맨 나종에야 나리엇나이다. 同行은 엇던 사람들과 짐을 가지고 다토나이다. 그 사람들은 아조 親切한 소리로

<짐을 제가 바다 들이리다.>

<실타 저리 가거라.>

<아 그러실것 업서요. 제가 잠간 바다 들이지요.>

<이놈아 저리 가>

나는 이처럼 親切하게 하는 이에게 同行의 하는 行動이 넘어 迫切하다 하엿더니 엇지 알앗스리오. 짐을 한 거름한 옴겨 노하도 一圓二圓 돈을 빼앗는다 하더이다. 그 사람들이 한사코 짐을 달라고 매어 달리거늘 내 친고가 우스며 <英語로 辱을 하지 저희 말로 하면 우습게 보는 걸요.> 하고 눈을 부릅뜨며

<꽃 댑 셋 아웨> 하고 발을 퉁 구르며 주먹을 둘너 메니 그제야 고개를 푹 수기고 무어라고 중얼거리며 다라나더이다. 나는 불상한 그 同胞를 爲<하야 매오 속이 不便하엿나이다. 그네가 웨 그리도 廉恥를 일헛나뇨 그네가 堯舜과 孔孟을 가지고 四百州의 故疆과 四億萬의 同族과 五千年의 文化를 지닌 國民이 아니뇨 그네가 엇지하야 <꼬 땜>을 天性보담 더 두렵어하게 되고 내 집에 寄留하는者에게 도로혀 受侮를 달게녀기게 되엇나뇨 그네는 이제는 賤待가 닉고 또 닉어 맛당히 바들것인줄 알리 만큼 닉엇도다 또 그네는 優秀하고 豊饒한 自然속에서 生長한이들이니 그네가 이러케 腐敗墮落한 第一原因은 農村이라는 故鄕을 떠나 都會의 華麗한 安逸을 貪함이오. 둘재 原因은 그네가 現世에 兩班의 標準되는 强國民이라는 門閥이 업슴이며 셋재는 그네가 都會生活-文明生活의 資格이 文明의 敎育을 바듬에서 나오는줄을 모르고 아모든지 文明한 都會에만 나오면 文明人이 누리는 華麗한 安逸을 바들줄로 妄想함이로다 이밧게도 上海市內에서 過渡한 勞動과 營養과 慰安의 不足으로 靈을 獸化케 하고 健康과 목숨을 주리는 數萬名 人力車夫와 晝夜로 盜賊할 자리만찻고 돌아 다니는 사람들이 다 <耕鑿>을 니어 바린 罪障으로 밧는 罰인가 하노이다.

우리는 새우 가티 생긴 삼판을 타고 적은배 큰배 사이로 오블 고블 흘니 저어 法艦前軸을 스쳐 돌아 하마터면 부살 가티 달녀나려오는 小氣艇에 衝突될번 하면서 큰 배들이 남겨 노흔 물살에 놀을 격그면서 마즌편 黃浦灘 埠頭에 無事히 上陸하엿나이다.

江岸과 平行하는 大道의 일홈도 黃浦灘이라 닙 넓죽한 白楊木이 韻致잇게 江岸으로 들숭날숭 버리어서고 그 그림자로 電車 馬車 自動車 人力車 精神이 휭하게 왓다 갓다 하며 巍峩하게 돌로지은 會社 銀行의 大宮室은 이 곳이 第一이라는데 支那大國의 財政을 줌을럭거리는 滙豊銀行은 더욱 有心하게 보이며 그 줄로 니억 니억 나라는 적어도 돈만키로 有名한 白耳義銀行과 其他 어느 나라 銀行이고 이 곳에 支店 하나이라도 아니 둔이가 업다하니 支那의 金融中心이 이 猫?만한 黃浦灘頭에 잇다함도 遠來한 客에게는 異常한 感想을 주더이다. 이 銀行들의 주둥이가 四百州 坊坊曲曲이 아니 간데 업시 支那의 鑛産이니 鐵道이니 하는 끗을 물고 四萬萬 못생긴 支那人의 膏血을 쪽쪽 빨아먹거니 할 때에 몸에 소름이 끼치오며 저 크다란 琉璃窓안 컴컴한 金櫃속에 支那의 鹽稅

海關稅 郵稅等 支那의 文券이 典當을 자피어 어서 期限이 다하기를 기다리는 양을 想像하매 破産滅亡에 瀕하는 老大國의 情境에 果然 눈물이 지더이다. 얼마를 아니 가서 鐵柵를 구디 두르고 奇樹異草가 조는듯 盛한데는 上海에 有名한 黃浦灘 公園이오 門에 서서 졸니는듯 흔들흔들 그니는 기크고 얼골 검고 수염을 이 귀밋헤서 저 귀밋 까지 꼬아 부치고 다홍 수건으로 삐죽하게 머리를 동어맨이는 물을것업는 印度 巡査라 英米兩租界는 每事를 聯合하야 印度巡査-차라리 巡査補-로 境內를 護衛하게하고 西端에 잇는 法租界만 安南人 巡査를 쓰나니 말하자면 앵글로색손族은 앵글로색손族끼리 聯合하야 그네의 共同한 榮光인 印度征服을 表象하기 爲하야 印度人으로 街路와 門戶를 護衛케함이오 法人은 라틴族으로 古代 로마의 榮譽을 代表하고 現代 라틴의 威光을 表하기 爲하야 自己네가 管轄하는 安南人으로 巡査補를 삼음이로소이다. 더욱 主意할것은 印度巡査의 斷髮削鬚를 禁하야 印度古來의 風習을 머리에 두게 하며 安南人도 削髮을 禁하고 머리에 △ 이러케 생긴 되갓을 씌움과 支那人도 馬車가튼데 御者로 쓰랴면 支那古來의 이상 야릇한 服色을 시김이니 그것은 마치 洋人들이 自己네는 政丞判書의 威風으로 奴僕에게 怪常한 차림을 식히어 우슴거리를 상음과 가트며 또 이 불상한 人種을 한 興味 잇는 骨董品으로 愛玩함과 가트이니이다. 넘어 말이 겻길로 들어 갓나이다. 우리는 黃浦灘 公園에 들어가 六大洲의 自然의 精粹를 모핫다 하리 만큼 各各 그 洲와 그 氣候帶의 特色잇는 草木을 옴겨다가 元來天地開闢以來로 相關업던 異土의 草木으로 하여곰 용하게도 손 바닥만한 좁은 따에 造化翁이 配合한것 보담도 더 妙하다 할만하게 對照와 調和의 妙를 極하야 過分이라할만한 人智의 發達에 혀를 차고 人力車를 몰아 雜踏하고 華麗한 上海中에 第一 華麗한 英大碼路로 달니나이다. 左右에 늘어선 四五層 七八層 벽돌 洋館은 마치 우리로 하여곰 千仞 좁은 벼래 미테서 갈길을 몰라 북적거리는듯 坦坦히 똑 바로 뚤린 숫돌 가튼 磚石 길에 쉴틈 업시 달니는 電車 自動車 그 속에 탄 사람은 나 가티 할 일 업서 구경 다니는 이가 아니고 그 빠른 自動車도 더듸어 걱정되는 奔走한 사람이라 그집의 문 ㄱ리는 摩擦에 불이 닐고 四五六 電話機는 쉴틈 업시 늘 울며 籌板 소리 寫字機소리-아아 奔走한 世上이로소이다. 上海人口가 不過 百萬이라는데 웬 사람이 이리 만흔가 아마도 房안에서 낫잠 자거나 바둑 장기 두는이는 하나도 업고 百萬名 잇는대로 통

떨어나와 東西南北으로 발이 땅에 부틀새 업시 뛰어 다니는가 보오이다.

이中에 모르모르 <나는 다른 世上 몰라> 하는듯 이 웃둑 서서 점잔케 이 팔을 들엇다 저 팔을 들엇다 하야 人車의 煩雜을 製禦하는 印度巡查는 奔走한 장거리 한 복판에 돌부처를 세워 노흔듯 果然 그네는 이 奔走한 가운데 잇것마는 이 奔忙함과 그네와는 아모 關係가 업나이다. 全然히 沒交涉이로소이다.

宏壯한 鴉片廛 銃砲廛 肝膽이 서늘하면서 얼마를 다라나니 여기는 法界라 어느덧 十餘分이 다 못되어 支那와 英國을 지나 法國에 到達한 셈이로소이다. 法租界는 一街路를 隔함에 不過하것마는 종용하고 쓸쓸하기가 딴 世界라 그 本國의 老衰하는 表象인가 하야 슬그먼히 설음이 나더이다. 그러나 道路의 淨潔함 長林과 家屋의 瀟洒함은 輕快하고 詩趣잇는 라틘式을 發揮하엿더이다.(以下次號)

上海서(第二信)

리광수

우리 一行은 客主에 들어 여러날 路困으로 이튼날 늦게 까지 잠이 들엇섯나이다. 니불 속에서 어제 구경한 光景을 생각하니 마치 어렴풋한 꿈 갓더이다.

果然 上海는 華麗하니이다. 現世文明의 精華의 一角을 遺憾업시 본듯하더라이다. 上海란 一望無際한 벌판이라 흙물 가튼 江과 溫帶 德에 草木의 種類와 色態는 豊富하다 할만하오나 景致의 變化가 업고 土地가 卑濕하며 土色까지 썩은 된장 빗이라 이러한 보잘것 업는 에 이 가티 文明의 精彩가 燦爛한 市街를 建設하야 數千年 동안 春夢에 醉하엿던 古文明族에게 <時代가 엇더케 되엇나 보아라> 하고 霹靂 가튼 警鐘을 들녀 줌이 感謝하자면 無限히 感謝할것이로소이다. 그러나 그 主人되는 老支那人이 눈을 번히 뜰만 한 때에는 발서 그네의 세간과 衾枕과 糧食은 거의 다 간곳이 업서지엇나이다. 支那中에 가장 肥沃한 楊子江 流域의 富는 大部分 론돈파 뉴욕파 파리의 倉庫에 너흔 바 되고 支那

땅이면서 支那의 主權 못밋는 上海라는 무섭은 傷處로서는 自由로 爆發彈 毒酒와 鴉片이 들어와 四萬萬人의 細胞와 細胞를 魔醉하고 破壞하엿나이다. 上海市街는 果然 燦爛하여이다. 長江의 交通은 極히 便利하여젓스며 國內의 富源은 날로 開發되고 鐵道, 電信等 交通機關은 날로 完備하며 四百州 坊坊曲曲이 新文明의 曙光이 아니미쳐가는데 업나이다. 그러나 생각하소서 아아 이러한 文明의 主人이 누구오니잇가 支那人과 이 文明과 얼마나 關係가 잇사오리잇가 그네는 제집을 꾸며주는 洋人을 感謝할가 마다할가 엇지할줄을 모르고 물끄럼이 傍觀할 따름이로소이다. 남이 제집 일을 處理할 때 傍觀하지 아니치못할 그네의 身勢야 말로 가이 업슨가 하노이다.

上海 開市된지가 발서 六十餘年이니 只今 上海 바닥으로 闊步하는 洋人에 初來者 二三世孫도 잇슬것이오 처음 上海를 建設하던 祖上은 이미 歷史的 人物이 되엇슬것이로소이다. 그러나 그네의 무덤이 적은것을 보면 아마도 그네가 아직도 上海를 永住地로 알지아니하고 年老하면 故國에 歸臥하기가 常例인듯하오며 兒童들도 小學校만 마치면 母國에 보내어 敎育 시킨다 하나이다. 上海는 世界의 縮圖라고 보아만 하나이다. 人種치고 아니와 사는이 업스며 物貨 치고 아니와노니는이 업고 第一 奇觀인것은 十數個國 通貨가 다 通用됨이로소이다. 그러나 그中에 가장 勢力잇는이는 英人이니 그네의 租界는 三租界 한 복판 形勝한 位置를 占하야 그 가장 繁華함이 마치 英帝國의 繁華함이 世界에 웃듬됨과 갓사오며 또 英語는 全市 各色人種의 通用語라 洞名이며 모든 것은 自國語로 쓰는 法人도 必須한 用文이나 告示는 모다 英文으로 하나이다. 果然英國의 勢力의 宏壯함을 더욱 欽慕하겟나이다. 그 밧게 有名한 種族은 葡萄牙人의 雜種이니 相貌가 東洋人과 恰似하오며 獨立한 專業의 經營은 업고 대개 英米人의 商鋪에 店員노릇 하오며 그 東洋피 섯긴 女子는 매오 姿色이 잇서 顧客을 끄는 廣告가 된다 하니 일즉 宇內에 雄飛하던 大國民으로 이러케도 쉽게 變遷하는가 實로 世事와 運數는 難測이로소이다. 아지못게라 一世紀가 지나지못하야 主客을 顚倒할는지 뉘가 아노라 하오리잇가.

上海는 또한 畸形的 支那의 縮圖로소이다. 한편에 조린 발이 뒷독뒷독 閨門內에서 男子의 奴隷노릇하는 女子가 잇거늘 딴편에는 斷髮男服하고 女子參政權을 叫號하는 最新式 女權論者가 辯舌로 文筆로 女子의 覺醒을 喚起하나이다.

한편에는 巴里 學士院의 會員과 伯林大學敎授가튼 最新式 學者 名士와 社會主義 虛無主義가튼 最新思潮에 口角에 거픔을 날니는 靑年이 잇스며 딴편에는 拱手危坐하야 堯舜의 道를 讓하고 孔孟의 禮를 說하는 舊套腐儒가 잇나이다. 文明한 空氣中에 잇다고 文明하는것은 아닌듯 만일 그러타 할진댄 上海市內에 이러한 矛盾된 現像이 업슬것이로소이다. 이로 보건댄 제가 努力을 아니하면 아모리 文明 風潮가 휩쓰는 가온데 잇더라도 努力만 아니하면 그 思想은 如前히 野昧할것이라 우리가 數十年來로 外國에 留學生을 보내엇스대 그네가 그 留地의 文明을 理解吸收치 못하고 그저 野昧沒覺함도 이 까닭인가 하나이다.

우리가 支那人의 自覺과 努力의 程度를 알고저 할진대 商務印書館이라는 宏壯한 冊肆를 訪問할것이로소이다. 그 設備의 完全함이 참 놀나오며 그 內容을 보건댄 外國書籍의 具備하고 豊足함은 그네의 新智識慾의 熾盛함을 볼지오. 各階級에 對한 月刊雜誌와 兒童雜誌며 各色敎育標本類와 中小學校 敎科書가 內容은 姑舍하고 外形만 그 만큼 整備하기도 國民敎育의 普及과 學問獨立에 對한 그네의 熱誠을 엿볼지로소이다. 支那는 政治上 經濟上 어느 方面으로나 完全한 自主가 업건마는 그中에도 가장 痛心할바는 小中學校가 專혀 英文으로 敎授하고 敎師까지도 英語로 說明함이니 불상하고 철업는 그네들은 제 나라말 모르고 英語 잘한다는 말 듯기를 榮光으로 녀기어 제 國粹를 일허바리고 두르뭉실이 支那人도 아니오 洋人도 아닌 말하자면 似而非洋魂에 浸染된것이로소이다. 그러하오나 그네가 그 배흔 外國語로 新書籍을 博覽하야 新文明을 吸收하려함이면 오히려 賀할것이언마는 그네가 英語를 힘씀은 大部分 海關가튼데서 英人의 驅使밧는 通辭나 되려함이니 遊子의 傍觀하는 所見에도 참 딱하여이다.

商務印書館에서 또 놀난것은 飜譯과 辭典의 事業이라 대개 엇던 民族의 文明의 初期는 外國書籍의 飜譯과 辭典의 編纂으로 비롯하나니 現今 支那에 이것이 必要함은 勿論이로소이다. 書架를 죽 둘너 보건댄 初等 高等의 諸般 科學書類와 哲學 文學 思潮에 關한 書籍이 거의 數十百種이나 支那文으로 飜譯되엇사오며 辭典類 거의 完備하리만콤 編纂 되엇더이다. 西洋人의 손을 빌어 겨오 韓英字典 한卷을 가지고 全世界가 들떠드는 톨스토이 오이켄 베륵손이며 飛行機 無線電信에 關한 四五百 글도 못가진 朝鮮人된 나는 남모르게 찬 땀을 흘니엇나이다.

그러고 支那人에 對하야 또 한가지 부럽은것은 그네가 勤儉貯蓄性이 만코 商業에 特別한 能力\이 잇서 世界到處에 그네의 商補업는데가 업다는 말은 들엇거니와 이러케 智力金力競爭이 激烈한 上海市街 한 복판에 꼴이와 긴 소매로 宏壯한 商業을 經營하야 넉넉히 洋人과 拮抗함이니 果然 勇士의 風采가 잇스며 또 純洋式 市街안에 純洋人을 顧客으로 보면서도 廛鋪의 結構와 設備를 기어코 支那ㅎ式으로 하고 電燈은 켤 망정 초불도 바리지 아니하며 머리는 깍글망정 先王의 衣冠을 바리지아니하며 設或 洋裝을 하더라도 同族끼리는 古來의 禮儀를 지킴이 이를 保守라든가 頑固라든가 낫비 말하자면 말할수 업습이 아니로되 제 本色을 일치아니하자는 美質임을 누라 反對하오리잇가 원숭이 나라에 生長한 나는 이에 羞恥한 생각을 禁치못하엿나이다.

또 上海市街에서 異常한 感想이 생긴것은 골목골목이 藥廣告가 만흠과 또 고 藥廣告가 모다 梅毒 痲疾等 花柳病에 關함이니 文明이 產出하는 生活難과 道德의 腐敗-그것이 產出하는 여러 가지 害毒中에 가장 치떨니는 花柳病-하믈며 利以外에 아모것도 모르는 鳥合亂民이 모혀사는 上海가튼 港口와 여러 新植民地 두고 더욱 慘酷한 花柳病이 얼마나 무섭은것을 切實히 깨달앗나이다.

支那南方은 支那中에 色鄕이오 吳女楚姬는 色鄕中에도 웃듬이라 蘇州 杭州는 只今도 花柳로 有名하오며 그리로서 모혀 드는 上海는 支那의 美色的 中心일지라 저녁後에 거리에 나서면 나오기도 나온다. 人力車로 馬車로 綺羅紅裙이 空氣中에 高貴한 美彩와 香氣를 放射할 때 巫山十二峰에 仙女의 떼를 본득 아모든지 晃然自失 아니할이 업건마는 저들이 다 그 머섭은 毒菌의 둥진가 하면 不知不覺에 몸이 떨니며 香내나는 꼿에 毒잇슴 自然의 矛盾을 원망하엿나이다.

終日 보기에 눈이 困하고 생각하기에 腦가 困하야 舍館에 돌아와 이 편지를 쓰고나니 夜半十二点 집생각 동무 생각 空想으로 그리면서 찬 자리에 들어 가나이다. 仔細한 말슴은 後日에 다시 할 次로 이만.

上海片信*

리광수

방금개벽三月號를 닑다가 그만두고 붓을 잡앗습니다.

그동안늘보내주신 개벽은 참으로 반갑게 닑곤햇습니다. 그런데 요새는 그러케 每號發賣禁止를 當하니 한심도 하고 통분도하외다. 소위 當局者라는 그者들의 마음은 웨그러케까지도 할가요? 참으로 不可思議의 일이 올시다.

개벽이달호 곳 사상비판호는 아직 다 닑지는 못햇지만 퍽 재미가 잇습니다. 또 매우 유익하다구 생각이 됩니다.

稻番氏의 <<u>自己를 찾기前</u>>도 재미잇게 닑엇습니다만은 아모래도 납부둥한 기운이 잇습니다. 아모래도 實在갓지않은 생각이나고 좀 딴딴하지를 못하고 느러추군한맛이잇습니다. 그리고 시들은 그리 재미잇는줄 모르겟습니다.

그중에도 <<u>나의 主張하는 基督教主義</u>>를 가장 재미잇게 닑엇습니다. 물론 나도 어려서부터 예수교인으로 자라낫스니까 예수교에 관한 말이 다른 종교에 관한 말보다는 더 취미를 끄는것이겟지오. 물론 나는 그 主張에 一부터 十까지 다 찬성하는바는 아니외다. 왜 좀더 꾸준하게 힘잇게 反抗하지 못햇나하는 유감이 잇습니다만은 엇덧튼 그것도 盲目的屈從과 迷信으로 하나에서 열까지 支配되는 오늘날 朝鮮읫예수교안에서 그만한 自覺과 決心을 가지고 새분투를 하시는 분이 계시다는것을 알게 될 때 한끗 깃브고 한끗 希望이 붓습니다. 그분은 끗까지 싸화나아가섯스면 조켓습니다.

今年은 甲子年이라고그런지 日氣도 참 넘우 이상합니다. 여기서는 겨우내 아니오든 눈이 바로 엇그제한나잘쏘다지드니 련하야비가 오고 칩습니다. 오늘은 엇지 처운지 오후에 공부를 맛치고 학교대문밧벌길로 競走련습하러나갓드니 막 손이시리고 코가 시리ㄴ든데요! 今年겨울에는 웬일인지 日氣가 몹시 따스하다구 조화서 떠돌엇더니 봄날이러케 치워서야 어듸 살수가 잇겟습니까? 하기는 바로 며칠전에 미국북방서는 큰 눈포래를 해서사람이 數百名이 죽엇답듸다만은.

* 이 글은 ≪開闢≫총46호(1934년 5월호)에 게제된것이다. 처음 발표시 ≪滬上夢人≫으로 서명되었다.

바로 오늘은 東亞日報를 보니 第二面에다가어대서 그런헛튼소리를 들어다가 척 내노핫는지 난데업는 日人佐野學이가 三一節紀念式에 呂運亨氏紹介로 연설을 햇다구요! 한방에 류하는 申君이 몬저보고 <이런거즛말이어디잇느냐>구 중국말로말하면서 우서내기에 나도 가서드려다보앗드니 정말 그런 우스운소리가 보도가되엿겟지오. 그리고도무슨 <東京전보>라구요. 하기는 동경놈들이 거즛말을 지여내서 본국으로 전보를 칫는지는 모르지만 하여간 불안때인 굴둑에도 연기가나는적이잇는 것을 보니까 우습기는하고 훌륭하기도하외다. 이번한번뿐만이아니지오. 뻔히 상해안저서 상해에 관한 거즛뿌리보도를 닑을적에는 어처구니업기도하고 한심하기도합듸다. 적어도 신문이면 그 記事의 信用은잇어야하지 아니하겟슴니가.

三一節이악이가낫스니 말이지 나는 그날 그 식쟝에 척드러서면서부터 가리간친구에게 내不平을 말햇슴니다만은 그式場에 장식이라는것이 강단左右便에다가 불란서기, 미국기, 영국기를 그즈런히 꼬자노핫갯지오. 小弱民族의 하나인 우리가, 압제밧는 우리가, 軍國主義를 反抗하고 小弱民族解放을 부르짓는 우리가 <더욱이 그부르지즘을 三一節祝賀式場에다가 잔떡, 필닙핀을 쥐여짜고안젓는 미국, 印度를 타고 안즌영국, 安南을 무러뜻고잇는불란서 각국의기를꼬자노핫스니 그꼴이무어심닛가? 그러케 軍國主義侵略主義를 崇拜하는 이들이 그 好標本인 日本기는 아니꼬자두엇는지오? 무엇보다 도그들의 철저치못한 能度가 미웟슴니다.

日人佐野는 구경도못햇슴니다만은 그날 정말로 呂運亨氏소개及번역으로 印度독립당원二人과 필닙핀독닙당원한사람의 연설은 잇섯슴니다. 그런데 그 印度人은 두사람이다가티주장하는바가 깬듸의說그것이엿슴니다. 그들은 둘이다깬듸를 印度의 唯一한 指導者로 내세웁듸다. 나는물론 깬듸說에는 그다지 찬성은 아니합니다만은하여간 印度사람은 偉大한사람은 偉大한 指導者로 認定을해주고 내세우는 美德이잇슴에 탄복하지안을수업섯슴니다. 우리나라사람들은웨모다 그러케생겨먹어주엇는지 어데서 二人以上이 各其제의견을 發表한대면 그래 그두사람이 一致하게 내세울 人物이어데잇슴니까? 물론 人物이업는것은아니지오. 혹은 깬듸보다더偉大한 人物도잇겟지오. 그러나 朝鮮놈이라는요것들은 그러한인물내세우고 따라갈줄은 모르고 그저 밤낫하는궁리가 <엇더케햇스면저

놈을잡아먹나>하고 그이욕먹일음모꿈이기에나 대가리를 썩이고들잇지안습니가? 그런것을 생각하면 그저이제라도무슨련벌이라도 내려서 朝鮮의늙은놈은 다죽고 젊은놈도 다죽고 그저지금 열 살아레잇는 아해들만남아서 그애들이 자라나서는 이런고약한 영향을 밧지안코사람답게 굴게된다면 씨원할것같습니다.

동경디진이잇슨후 上海, 아니 上海뿐아니라 南京, 杭州, 蘇州, 湖洲等華東各地의 韓人상태가 퍽달나젓습니다. 事實로 상해만두고보더래도 昨年가을까지 學生이 도모지 六七十名에不過햇는데 지금에는 二百名으로 計算을하게되엿습니다. 그것도여기를 단녀서 華東地方各處로퍼젓기에 그럿치 아마지난겨울동안에 이 方面으로온 학상이적어도 三百名은될것입니다. 南京에도 百餘名이된다는데요. 그러나 우리는 그저걱정이나하고 한숨이나쉬일따름이외다. 오기는만히왓스나 入學시험치를 實力들이 不足하고 학교는잇스나 入學해 工夫할학교가 不足하고 학교는 잇스나 入學시험치를 實力들이 不足하니엇더케 합닛가? 다른것은 다그만두고도 爲先英語中國語의 不足 때문에 이리도못하고저리도못하는 상해에잇는이가헤일수업시만습니다. 더욱이여기와서 공연히 三四個月혹은 半年식세월만보내다가모-든것이마음에맛지를안아서 本國으로도라가는이도만코 또는 아모것도 하는것업시 밥사먹고공연히 비슬비슬 놀다가 마츰내는 끗까지타락해버리는 青年도 수둑하울시다. 그들을건저내일부슨 方法이업슬가요? 압길이 그저 캄캄한것만갓습니다.

上海學生會員으로도 現在總員數가 百二三十名이됩니다만은 우리는아직 北京學生만침 活動을못합니다. 그러나 압호로차차 活動이나아오겟지오. 이러고저러고 손고락하나를 꼼작하려도 위선돈문제부터생기니까 두통이외다.

여기 仁成학교는 지금 집을짓는다구 떠듭니다. 참으로집은아모런짓을헤서라도 하나지어노하야할터인테걱정이올시다. 참으로 아해들이 어둑컴컴한 中國살님살이세집안에서 공부가아니라 차라리 고생살이를하는것을보면 눈물이날만치기가막힙니다. 하여간 오새는적기는 적지만 여간돈푼이나 생겻스니까 적어도 今年안으로 집터만이라도닥가볼모양입니다. 本國서이런사정을알고 좀도와준다면얼마나 고마운 일일넌지오.

滿洲에서*

리광수

1. 제1신

벗이여!

오전 7시 경성역발로 만주 구경을 떠났습니다. 일행은 K와 나.

일산(一山)에서 문산(汶山)에 이르기까지의 수재(水災) 자취도 적지 아니한 듯합니다. 곡식 앞에 흙이 묻었으니 비가 한번 곧 와야 하겠습니다. 모래가 자꾸만 상류에서 밀려 내려 와서 한강의 수위가 높아지니, 연안(沿岸)의 평지에는 침수의 위험이 해마다 많아질 것 아닙니까. 그 구제법은 조림밖에 없겠지마는 참 걱정입니다.

대동강에서 성산(聖山)을 중심으로 동북을 바라보는 경치는 암만 보아도 천하 제일입니다.

"너무 아름다워."

하는 것이 K의 걱정이었습니다. 과연 평양의 강산은 너무 아름다운 것이 흠입니다. 청천강이나 압록강이나 다 물이 불었습니다.

옛날은 연경로(燕京路) 삼천리에 압록강 건너는 것이 큰 난사(難事)였습니다. 박연암(朴燕巖)의 「열하일기(熱河日記)」를 보더라도 알 것입니다. 그러나 지금은 졸면서 건너가게 됩니다. 철교의 고마움을 다시금 느낍니다. 다만 한(恨)하는 것은 왜 우리 손으로 못 하였나 하는 것입니다.

압록강 신의주역을 떠나면서 우리는 시계의 바늘을 1시간 뒤로 물립니다.

신의주서부터 우리는 북쪽으로 황해도 장수산(長壽山)보다 좀더 괴상하게 생긴 산 하나를 바라봅니다. 그것이 금석산(金石山)이라는 산입미다. 전혀 뼈만 남은 듯한 톱니 같은 많은 봉우리를 가진 산입니다.

우리 차가 안동(安東)역을 떠나면 애하(河)를 끼고 금석산 서남우(隅)를 향하고 달려 고려문(高麗門)에 이르러서 이 산의 복잡다양한 전모를 보게 됩니다.

---

* 이글은 ≪東亞日報≫ 1933년 8월 9일~23일에 련재된것인데 여기서는 소재영의 ≪間島流浪40年≫에서 선록했는데 앞의 글과는 틀리게 이 글과 더불어 아래에 있는 ≪滿洲와 나≫에는 친일색채가 보인다.

금강산 비슷한 산인데 속에 들어가 싶어르만치 좋은 산입니다.

고려문이라는 것은 옛날 사신들이 통관(通關)하던 곳입니다. 고구려 이전으로 말하면 만주 일폭(一幅)이 다 우리 민족의 판도니까 말할 것도 없지마는 고려 이후로 점점 졸아 들기로 1천 년을 해오는 동안은 이 땅은 마침내 한족(漢族)의 것이 되어버렸습니다.

계관산(鷄冠山)이라는 역이 있는데 이 역 이후 약 40킬로 정(程)은 산악 지대로서 계관산이란 것은 가노라면 서쪽으로 보이는, 금석산 비슷하게 생긴 일좌(一座)산입니다. 그 모양이 닭의 볏 같다 하여 계관산이라고 합니다. 금석산이나 계관산이나 다 옛날 우리 선인들이 사랑하던 산입니다. 아니 그리운 그 옛날이여!

계관산은 빠져 가는 동안에는 굴이 7,8개나 되는데 굴마다 철교마다 파수보는 총안(銃眼)많이 내인 시멘트 파수막이 있습니다. 늘 습격 문제가 일어나는 곳입니다.

본계호(本鷄湖)에 오면 밤입니다. 여기는 제철소가 있소. 용광로의 불기둥을 좌편으로 바라볼 수가 있습니다.

본계호역을 지나면 차차 평지가 되어 만주 평야의 특색이 나타나기 시작합니다. 아리나례(阿利那禮)라고 우리 선민이 부르던 혼하(渾河)철교를 지나면 봉천(奉天)역입니다. 시가는 역의 우편에 있습니다.

봉천에 닿은 것이 밤 10시 59분. 경성에서 약 17시간 정(程). 풍우가 대작(大作)하여 밤새 꿈을 이룰 수가 없습니다.

봉천은 청조(淸朝)적부터 부르는 이름이며, 옛날에는 심양(瀋陽)이라고 하였습니다. 또 그전 우리 선인들은 무엇이라고 불렀는지 지금은 알수 없습니다.

심양이라면 병자호란에 삼학사(三學士)가 청 태종에게 갖은 권유화 악형을 받고도 끝끝내 항복하지 아니하다가 칼 끝에 충의의 열혈을 뿌리고 죽은 곳입니다. 만일 오족(吾族)이 다시 이곳을 차지할 날이 온다고 하면 맨 처음 할 일은 삼학사의 충혼비, 충혼탑을 세우는 것이겠습니다. 이제 심양성의 역려(逆旅)에서 일서생(一書生)인 나는 조충혼(弔忠魂)의 노래나 부릅니다.

천만번 죽사온들 변할 뉘 아니어든.

그 똥 부귀야 내 안다 하오리까.
차라리 충혼이 되어 울고 울까 하노라.

삼학사 피 흘린 곳이 여기리까 저기리까
심상성 풀 우거진 곳에 풍우만 재오쳐라.
충혼을 부르는 손이 갈 바 몰라 하노라

세 번 부르노라 삼학사의 가신 넋을
삼백년 지나기로 충혼이 스오리까
오늘에 치는 풍우를 눈물 흘려 뵈노라.

(계유(癸酉)하(夏) 심양에서)

2. 대련 도중기(大連途中記)(1)

벗이여!

대련의 밤 11시. 좀 피곤하지만 오늘 봉천에서 대련까지 오는 동안의 인상이 스러지기 전에 쓰지 아니하면 아니 되겠기로 이 붓을 듭니다

봉천은 밤새에 오고 불던 폭풍우가 오늘 오전에 이르러서는 바람은 잦으나 비는 여전하였습니다. 봉천 구경은 수일 후에 회로(回路)에 하기로 되었으므로 오후 1시 40분발 급행으로 대련을 향하였습니다.

차는 만원. 비오는 평야를 55분이나 달리면 요양(遼陽)에 다다릅니다. 아시는 바와 같이 만주의 평야라는 것은 북의 송화강(松花江)유역, 남은 요하(遼河)유역으로서 이 두 강과 그 무숫한 지류가 이리 흐르고 저리 흘러서 지어 놓은 것이 세계에도 유명한 만주의 대평원입니다. 우리가 탄 차는 이 요하 평원의 동쪽을 달리는 것입니다. 오곡이 무성한 이 기름진 평야는 누가 보아도 욕심을 아니 낼 수가 없겠지요. 그러나 이 평원은 아직 수수, 조, 피, 깨, 콩, 강냉이 같은 전곡(田穀)을 심을 뿐이요, 아직 논은 개척이 되지를 아니하였습니다.

요양성은 이 평야의 남쪽 중심에 이 평야로 하여 생긴 도시입니다. 원래 오족(吾族)의 구지(舊地)로서 신채호 같은 이는 고구려의 안시성(安市城)이라고도 하지마는 여행 안내에 의하면

'요양은 거금(距今) 4천여 년 전 우공(禹貢)의 청주성(青州城)이요, 한 대(漢

代)의 요양현이요, 남북조 시대에는 조선의 영토가 되었다가 당대(唐代)에 요주(遼州)가 되어 다시 중국 영토가 되고 요대(遼代)에는 동경(東京)이라 하였고 청조(淸朝)에서는 봉천 천도(遷都) 전의 구도(舊都).'
라고 하였습니다. 아무려나 요양은 만주 지방에서 가장 오랜 도시의 하나입니다.

요양은 그 이름이 보이는 바와 같이 요하의 북안(北岸)에 있어 요하 평야의 농산물의 집산지임은 말할 것 없습니다. 일로 전쟁에 대격전지였고 지금도 만철(滿鐵)의 중요한 부속지의 하나입니다. 이 도시에 얼마나 많은 조선인 동포가 어떠한 생업을 하고 있는지는 다른 기회에 알아보겠습니다.

요양을 지나 얼마 안 가면 안산(鞍山)이라는 역이 있습니다. 이것은 만철의 안산 철광과 제철소가 있는 곳으로서 안산 제철소는 무순(撫順)탄광과 아울러 만철의 부속 사업 중에 두 기둥이라고 할 것입니다. 안산은 재(再) 명일(明日)에 따로 보기로 하였으니 자세한 이야기는 그때에 하려니와 안산역 부근의 낮으막한 산에 불그스레한 바위는 다 철을 함유한 광석이라고 합니다. 거미줄같이 경철(輕鐵)을 깔고 광석을 날라오는 것이 보였습니다. 안산에서 비는 잠깐 그쳤습니다. 비가 그치매, 동쪽, 즉 좌편으로 큰 산맥 하나가 보입니다. 수없는 아름다운 봉들이 북에서 남으로 달아난 것을 보니 심상치 아니한 명산일 듯. 이것이야말로 요동의 금강산이라고 칭하는 천산(千山)입니다. 운무(雲霧)중에 고저 각양의 뾰쪽뾰족하지 아니하고 가까우락 은현(隱現)하는 것은 실로 기관(奇觀)입니다.

이 산은 표고는 최고봉이 2천 척에 불과하지마는 계곡이 대단히 복잡하고 많은 절경이 있다고 하며 산내(山內)에는 5대 선사(禪寺)와 도관(道觀), 아울러 32개의 寺)와 관(觀)이 있다고 합니다. 단풍 시절에는 더욱 탑승객이 많았으나, 사변 이래로는 반만당(反滿黨)의 소굴이 되어 있다고 합니다. 천산이라는 역도 있지마는 안산에서 철광용의 경철을 타면 바로 외산(外山)까지 갈 수가 있고 또 탕강자(湯崗子) 온천에서 나귀로 갈 수도 있다고 하며 왕복 3일이면 산내를 다 볼 수가 있다고 합니다.

원래 남만(南滿)에는 3좌(三座) 명산이 있으니 1은 고려문의 금석산(일명 고려성)이요, 1은 계관산이요, 1은 천산입니다. 다 같이 백두산의 내맥(來脈)으로써 서를 향화고 달려서 금석산, 계관산, 철산을 순차로 이루었습니다.

3. 대련 도중기(2)

안산에서 대석교(大石橋)에 이르는 동안은 가장 반만군의 습격을 당하기 쉬운 위험 지대라고 합니다. 역에는 흉벽(胸壁)을 쌓고 참호를 판 곳도 있으며, 와방점(瓦房店)역에 이르기까지는 선로의 남변(南邊)각 5백 미터 이내에는 수수[고량(高粱)이라는 만주의 명물]심기를 금하였습니다. 그래서 조, 콩, 참깨 같은 키 자근 곡식만 심었습니다. 선로에서 5백 미터 되는 곳에는 흰 기를 간간이 세웠는데 그것이 고량 못 심는 지대를 표한 것이라고 합니다.

"중국 사람은 참 수수를 사랑해요."

하고 동차(同車)한 어떤 객이 설명합니다.

"수수는 우리네 쌀과 같이 상용하는 식량도 되고 술의 원료도 되고 또 수수깡은 건축 재료가 되고 화목(火木)이 되고 그리고 그 재는 거름이 되고, 또 수목이 없는 만주에서는 수수밭은 풍치림이 되고 서늘한 그늘이 된답니다."

말을 듣고 보면 수수밭과 만주 인민의 생활과에는 뗄 수없는 관계과 있을 뿐 아니라 연면한 정서가 있는 것이 상상됩니다.

이러한 수수를 못 심는 것이 연선(沿線)주민으로서는 상당한 고통도 되겠지마는 수수밭은 아직 마적(馬賊)의 가장 사랑한 엄페물이 되니 무가내하(無可奈何)일 것입니다.

봉천, 대련간에서 가장 마적의 출몰이 빈번한 곳은 대석교 부근이라는데 이것은 삼각지[안봉선(安奉線)과 본선과도 구획된 부분]내에 있는 마적이나 반만군이 영구(營口)방면으로 건너가는 노차(路次)가 되기 때문이라고 합니다.

이 마적은 혹은 반만군은 보통 촌락은 습격하지 아니하고 만철역과 일본인 부락만을 목표로 한다고 합니다.

금주(錦州)는 발해에 면한 아름다운 도시로서 그 지방에 있는 대화상산(大和尙山)에 고구려 시대의 성지가 있다고 합니다. 산해관(山海關) 이동 어느 곳은 우리 조상의 유적이 아니겠습니까.

말이 선후도착(先後倒錯)이 됩니다마는 보란점(普蘭店)이라는 천일염으로 유명한 곳부터 일본의 99개년 조차지(租借地)인 관동주(關東州)구역입니다. 별로 경계표도 없지마는 수목의 유무가 자연한 경제를 짓는것 같습니다. 관동주내에 들어가서는 산에 수목도 보이고 수수도 철도 연선에 마음대로 자랍니다.

근방의 가옥은 한대식(漢代式)이라고 칭하는 흙지붕의 집이 많습니다. 산동(山東)과 황하 연안의 가옥식이라는데, 지붕에 용마름이 없고 암기왓장을 엎어 놓은 모양으로 진흙으로 바른 것인데 해마다 새 흙을 바른다고 합니다. 어떤 지붕에는 풀이 무성한 것도 있는데 그래도 좀체로 비는 아니 샌다고 하며, 또 황주(黃州)지방도 황하 연안과 같이 우량이 적은 까닭도 될 것입니다.

아주 척박한 바위등에 흙 한 켜만 입힌 듯한 잔잔한 구릉 사이를 돌아가 오후 8시에 아름다운 대련에 도착하였습니다.

4. 대련 구경

대련은 본래 빈한한 일 어촌으로 아라사 극동의 상업, 군사의 근거지가 되려던 여순항(旅順港)의 보조항이던 것이 일로 전역(戰役)이 일본의 승전으로 되어서 포츠머스 강화 조약[1])의 결과로 거금(距今) 28년 전부터 장춘(長春)이남의 철도와 대련항이 남만주 철도 주식 회사의 손에 경영되게 됨으로 금일에는 인구 40만을 포옹하는 온갖 문명의 시설을 구비한 대도기사 되었습니다. 가로나 가옥이나 전부 서양식이어서 동양인것을 잊을 것 같습니다.

야마도 호텔이라는 궁사극치(窮奢極侈)한 호텔에서 숙식을 할 수가 있고 부두의 7층 누상(樓上) 올라서면 연자 4킬로의 방파제 동시에 서에 벌인 부두에는 4천 톤급의 기선 35,6척을 일시에 들여 밀 수가 있고 2만 톤급의 거선 4척을 동시에 갖다가 붙일 수가 있는 축항(築港)을 일시에 바라다 볼 수가 있습니다. 그리고 마치 강 한 굽이와 같이 보이는 만(灣)을 건너서 보이는 감정자(甘井子)의 석탄 적재장은 동양 제1의 것이요, 세계에도 유수한 대규모와 신식 설비를 가진 것이라는데, 이것은 무순 탄을 실어내기 위한 것이라고 합니다.

부두에서 일하는 인부가 삼동(三冬)짐 많을 때에는 1만 2천 인, 여름 한가기에도 7천 명을 불하(不下)한다고 합니다. 이 인부는 이른바 쿨리[고력(苦力) · 쿠울리}라는 것인데 그 산지는 거의 전부가 산동인이라고 합니다. 안내하는 만철 사원의 설명에 이런 구절이 있습니다.

"그들은 제 성명 3자도 모릅니다. 그들 중에는 제 나이를 못 꼽는 사람도

---

1) 포츠머스조약 : 1905년 미국 뉴우햄프셔주 포츠머스에서 체결된 로일전쟁강화조약.

있습니다. 그러나 그러한 사람일수록 힘이 세어서 4,50근짜리 콩깻묵 10개를 메어 나릅니다. 교육이 없을수록 노동에 적당한 모양입니다.

산동 쿨리는 과연 일을 잘합니다. 묵묵히 하루에 10시간, 12시간의 노동을 하고 있습니다."

나는 이 설명을 들으면서 그 퍼런 옷을 입은 쿨리들이 혹은 메고 혹은 끌고 그야말로 '묵묵히'부두에서 일하고 있는 것을 보았습니다.

또 나는 마침 입항하는 대판(大阪)상선의 하르빈 환(丸)이라는 배에서 남녀 무수한 선객이 신호(神戶), 문사(門司)로부터 와서 내리는 것을 보았습니다.

또 화물선이 짐을 풀고 있는 것을 보았습니다.

여기서 대련항의 의미와 일본에 대해서의 중요성을 알고 또 아라사가 왜 그처럼 애를 써서, 그 묘액(猫額)의 지(地)를 탐내었는가를 알 수있습니다. 일본은 대련을 통하여 만선(滿鮮)에 상품과 군대를 날라 오는 것이었습니다.

대련 보고야 나진(羅津)이 무엇인지를 알았습니다. 길회선(吉會線)과 나진과 신무학(新舞鶴), 복목(伏木), 신사(新瀉)를 연합하여 줄을 그어보면 나진이 북만주(아마 서백리아까지도)와 일본 본토와의 상공업과 문화와 군사를 연결하는 큰 관절(關節)또는 큰 흡반(吸盤)인 것을 알 것입니다.

우리는 이 대련의 기초가 무엇인지를 보아야 합니다. 대련 남산 밑에는 충령탑이 있습니다. 이 충령탑에는 일로 전역의 전사자 40여의 유골을 장(藏)하였다는데, 탑 내에는 4실(室)인가 5실이 있고 실에는 선반을 매고 선반 위에는 흑포(黑布)로 싼 네모난 2척각(尺角)이나 되는 백목상(白木霜)을 여러 층으로 안치하였습니다. 일본인으로 대련에 발을 들여 놓는 사람은 단체나 개인이 반드시 대련신사(神社)와 충령탑에 참배하고 나서야 여관으로 간다고 합니다.

충령탑의 연기(緣起)를 설명하는 이는 말하되

"만주에는 다섯 충령탑이 있습니다. 여순, 대련, 요양, 봉천, 안동입니다. 이 다섯 충렵탑에 안치한 충령은 약 10만입니다. 일청(日淸), 일로(日露). 만주 사변을 통하여 10만의 장졸(將卒)이 만주의 흙을 물들였습니다."

5. 대련 박람회

벗이여!

우리는 부두를 보고, 총액 9천만 원을 들였다는 대련시의 시설을 대략보고, 그리고 대련 부두에 노역(勞役)하는 산동인 화공(華工)들이 숙사(宿舍)를 보고 그리고 시의 서교(西郊), 유명한 성포(星浦・호시가우라)해수욕장 좀 못 미쳐서 있는 대련 박람회 구경을 갔습니다. 대련 박람회는 이름은 대련시의 주최이나 관동청(關東廳)만철의 협력으로 된 것이어서 '산업 일본'의 일대 시위 운동이라고 일컬을 만한 것이라고 합니다.

만철, 삼정(三井), 삼릉(三菱)의 제(諸) 기관의 제품을 진열한 것은 물론이어니와 대판, 경도(京都)할 것 없이 일본 내 각지의 공업품이 진열되었습니다. 어마어마한 중공(重工)등으로부터 미술, 공예품에 이르기까지 일본의 공업이 이만하다는 것을 보인 것입니다.

거기는 조선관(朝鮮館)이라는 것이 있어서 농산, 수산, 임산 같은 것을 진열하였으나 모두 원료품이요, 공업품에 이르러서는 경성 방직의 광목이 두어 필 있을 뿐이요, 식당에는'朝鮮料理'하고 써 붙인 것도 간지러운 일이었습니다.

오늘날 공업 없는 민족이 산업적으로 자활(自活)할 수가 있겠습니까? 없습니다. 그렇다 하면 공업이 없는 조선 민족은 딱하지 아니합니까. 왜 조선의 재산가들이 조선 내의 원료와 노동을 가지고 공업을 아니 일으킵니까. 박람회 문을 나오는 우리 몸에서는 찬땀이 흘렀습니다.

밤에 대련(大連)계신 동포 몇 분이 찾아 와서 대련 재류(在留)동포의 사정을 말씀하셨습니다. 재류 동포의 수는 미확(未確)하니 2천 명은 되리라 하고 그 중에 재산가라고 할 사람은 10여 명의 요리업자라고 합니다. 요리업이라 하면 물론 창루(娼樓)를 겸한 것인데 만주 사변 이래로 조선 창루가 대인기여서 이름난 창기(娼妓)는 1일에 3천여의 객을 접한다는 말을 들었습니다. 그 창기라는 여성들은 2백원 내지 3백원의 돈에 2개년 기한으로 팔려온 이들이라 하며, 특히 미모를 가진 이는 4,5백원 짜리도 있다고 합니다. 그들은 물품 모양으로 갑 소유주에서 을 소유주에게로 전매(轉買)되는 일도 있다고 합니다.

찾아 주신 양위(兩位)의 호의로 대련의 절경이라는 노호탄(老虎灘)의 달밤 경치를 구경하였습니다. 이를 테면 발해의 달을 본 것입니다. 이 근방에도 우리 동포의 농장이 있다고 하는데, 그는 물론 소작인이라고 합니다. 간곳마다 힘없는 조선인이여 하고 노호탄의 달밤에 우는 것이 합당하지 않습니까. 호텔에 돌아오니 자정이 훨씬 넘었는데 창밖으로 지나가는 한인(漢人)의 마차의 말발굽 소리 떠벅떠벅, 그것이 말할 수 없이 슬프게 들립니다. 이 마차부인 한인들은 10전, 20전의 손님을 구하여 하루 종일 대련의 시가를 떠벅거리고 돌아다닙니다. 말도 없이, 조는 듯이 손님을 태우고는 손님 가자는 곳으로 떠벅떠벅, 손님을 내리고는 새 손님을 구하노라고 떠벅떠벅, 그들은 잠 못 이루는 고객(孤客)의 창 앞으로 밤이 새도록 달리고 있습니다.

滿洲와 나*

춘원(春園)

내가 처음 滿洲땅을 밟은것은明治四十五年이다. 興京縣紅廟라는데로 移住하는 내 三從의 家族을 다리고 四五日이나 걸엇다. 마츰春節 解凍期가되여서 길이 질어 발이 한번 박히면 빼기가 어려웟고 동네를 지날때면 무서운 개들이 짖고 내달아와서 나는 몽둥이를둘러서 겨우 婦人네와 小兒들을 通過시켰다.이처지지도 안는다. 紅廟雙營子라는 동네압헤서나루를 건널때에 사공이 中流에다 배를매고 돈을 만히 내라고 하는 困境을當하였고 때로는 세수물을 사서 내가 발까지 씨슨 물을 客들이 나도나도다토아 세수를하는것이엿다. 몸에 이가 올라걱정이엇고 큰 고개를넘을때에는 數十名式 同行이모이기를 기다려서 넘어가는것도 처음보는일이엇다.그러나 王道樂土의 今日에서는 이것도옛말이 되는것이다.

그로부터 몇 해 전 나는 海蔘威로부터 哈爾濱,滿洲里를 通過하야 西伯利亞에 간일이 잇다.갈때는 겨울이어서 長白山脈의 눈을 인 森林과 北滿의 눈벌판의 達大한景致에 놀랏고 大正四年歐大戰이 터지던해 八月下旬에 西伯利亞로부터 도라올때에는 動員列車에막혀서 小驛에서 여러時間式停車하여서 茫茫한曠野秋色을 滿喫하엿다.더구나 그 夕陽과黃昏美는 平生에잇지못할것으로 나는 이

* 이 글은 ≪만선일보≫ 1942년 10월 4일에 게재된것이다. 春園은 리광수의 호.

印象때문에 「有情」을썻다.

다음은 昭和八年에는 日本新聞協會一行에 參加하여서 大連에서 奉天,新京, 哈爾濱을 거쳐서 濟濟合爾에가고 歸路에는 昂昂○四平街의鐵에依하여서 가도가도 끗업는 벌판을 보앗다. 北大營의 戰蹟도 日露戰當時의士官의說明을 들엇다. 滿洲의國土가 皇軍의피로 사진것임을 깨닷고고리튼○○이란者의 沒理解임을 우섯다.

滿洲에는 只今내親妹內外의 무덤이잇고 내長男이興京縣旺淸門에서 敎員生活을하고잇고 그박게도 내親族과親友가 여러집살고잇다.

내가 滿洲를본지가 벌서九年 그동안에滿州國은 隔世의感이잇는 發達을하여서이제建國十周年을 祝賀하게되엇다. 今年에도 朝鮮에서 二千五百戶의移民이 滿洲로간다고한다.

滿洲가 옛날高句麗이던것을 말하더라도 日滿一德, 鮮滿一如로 滿洲는우리집이나다름업다.

나는滿洲에잇는 同胞들이 滿洲國을爲하여서 努力하기를 心祝하지 아니할수업다.

西湖水畔의 哀話*

현철(玄哲)

綠衣紅裳의 美人 秀才趙源의 戀愛

歐陽仔倩兄下-造化翁의사람을 嘲弄하는 그 手段이 넘우도甚하고야속하지안이한다. 언제는 추어서 두손끝마주대이고 훌훌불던처위도 於焉間씻은덧 다업서지고 烘爐에물을담아 부은듯이 무럭무럭 씨는 至極한덕위에 몸성이健全하신가? 新聞紙로가끔傳해오는 貴國消息은 平和롭지못한 검은구림이 異國사람玄哲의 가슴에도 不安한마음이 움직일쩍에는 當하고잇는 그대의마음이야 얼마나悚懼하고 燥悲할가 지렁이땅파듯이 꿈을거리는 아우 玄哲은 朝鮮에서第一複雜

하고 사람만은큰都會라고하는 京城窮僻한골목 깁숙한집 안房구석에서 나물익고물마셔도 丈夫의사람살이는못되는 碌碌生活이 朝鮮에도조흔?地江山의 避暑地가 업는것은안이것마는 못가는그心事 兄이알가? 왼팔로머리비고 오른팔로부채들고 두나리맘껏 뻣고 얼킨실끗가티 귀리가운데 뭉쳐잇다.

歐陽仔倩兄아 흐르는歲月이 멈춤업시니 꽃지고엽날림이 발서三個??이되잇구나 世意에 敏捷치듯한玄哲이는 오즉 年賀狀밧게 兄의 安否를무른적이잇엇다. 昨年이때에 兄이 湖南省南公園에 伶工學舍를設立하고 以前우리가 計營하던星綺演劇學校의?志를 다시 繼續하자고 나를 請한便紙는 아모일업시 내손에잘들어왓다. 그러나가기는커녕 答狀도못한 이玄哲을 兄이 掛心한놈이라고 생각햇겟지 그뿐안이라 萬一에오지못하겟거던 教科書라도 編纂해보내달라는 그말까지저바린 玄哲의가슴가운데는 자나깨나 未安하고 憫惘한생각이만타.

歐陽仔倩兄 玄哲이가 三年前 兄을上海笑舞臺에서 맛날때는 적지안은 抱負가잇섯다. 東京서 演劇學校를마치고 朝鮮에왓스나 本來演劇이 繼續치못한朝鮮에는 모든 것을세로일으키지 안을수업다고생각하엿다. 세로일으키랴면 古來로文物의交通이단은 中國의 演劇을 參考할마음이 玄哲의발자최를 上海바닥에멈추게되엇스나 言語를未通하고 知友家業는상海바닥에서 할 일업시 數朔을 彷徨하다가 多幸이그대를맛나 多大한厚意를엇고 研究의便利를입엇다. 藝術은 國境이업다는말의 實行者가그대엇섯다. 意志가 相合하고 趣味가 同一한兄我는 드대어 新劇振興의 方策으로 星綺演劇學校까지 始作하엿다가 其後 나의 歸國을달아 學校도업서젓다지? 萬一그때에玄哲이가더잇섯더면 그生命이더길는지도몰랏겟지 兄의演劇에對한이약이, 兄의 演劇에對한 抱負, 脚本材料될만한古談, 兄의 豊富한藝術的良心, 兄의 自手로脚色한 紅樓夢의林黛玉葬花, 寶?進酒, 玉을깨칠듯한소래, 舞?上그 姿態, 花旦의아름다움얼골 하나도귀에 錚錚치안음이업고 눈에 黯黯치안음이업다.

歐陽仔倩兄아, 여러가지兄에게들은 이약이中에江蘇의 名勝-南支那의 名勝-西湖一帶의 第一놉흔葛嶺의中턱 근잔듸우에서 한짝팔굼치로 땅을 집고반쯤

---

* 이 글은 ≪開闢≫제3호에 게제된것이다. 현철(玄哲, 1891-1965) 평론가. 북경대학 법과에 진학했다가 다시 연극을 공부하고 많은 연극평과 연극론문을 쓰고 쉐익스피어 극본을 번역했다.

누어서 첫봄따뜻한해빗을안고 하던이약이 西湖水畔의哀話, 綠衣紅裳의 美人, 趙源의 戀愛, 이말을하기前에 兄이날보고 付託할말이잇섯지 이것을 脚色하여 後日 舞臺에올려보자고 그러나 友義가두텁지못한 玄哲은오늘날까지 舞臺에올리기脚色上??的想念은못하엿스나 이약이그대로 文字로記錄하여 兄을생각하는 마음의萬分一이라도 表示코자한다. 이이약이를 쓰랴고할瞬間에 兄의幻影이 더욱두텁게 腦裡에 든다 兄아 健在하라 兄아 名優가되라 玄哲이 兄에게 들은이약이 西湖의哀話를쓰다 들은지오랩으로 틀림이나업슬는지!

봄에는꽃 여름에는芳草 가을에는달 겨울에는눈 四時風景의淸雅明媚한 西湖의 山 봉오리봉오리마다 오슬오슬 불어오는 가을바람 푸른한울 놉흔 虛空에 南으로南으로 날아가는 기럭이行列이 거울을씻어노은듯한 湖水얼골에 그림자를 비쳐둘때에 天水의 秀才趙源은 故鄕을등지고 年來로憧憬해오던 이湖水畔에발자최를 멈추게되엇다. 趙는不幸하여 일즉이 兩親을여히인 孤獨한踪跡이나 한울이준 한幅그림파가튼 紅顔佳態는 만이남의집 兒女子로하여금 남모르는 가슴을태운일이만핫다. 그러나 凜然한 性格의 主人 趙源은일즉이 痴情에 끄을림이업시 고요이글읽기를 한갓樂으로알고 二十三歲의 오늘날까지 妻도 娶치안이하고 妾도엇지안이하엿다. 西湖에온것도 다못아츰저녁으로 아름다운江山에 몸을담아 마음가는대로 읽고십흔글을 읽고저 이곳저곳단이다가 西湖一帶에 第一놉흔葛嶺中腹에 靜潔한솨?을 빌어잇재되엇다. 가을한울도 漸漸맑아져 山에가득한 서리빗이 푸른입사귀를 물들여 丹楓우거진 그림자가 비단?를싸내고 漾漾한水面을비치는 凉?한月色은 客?寒燈에 외로운근심을 저옥이 慰勞할만하다. 趙源의날마다日課는 집에잇스면 글을보고門外에나오면 風景을어루만져 지는해고운빗이 놀에싸여西山을물고 紅彩를씹는 太陽을보면서 湖畔을 徘徊하여 默想에잠겻더니 어느날 黃昏의 灰色비치 天地를 휩싸랴고할때에 두어間可量이나 압흔두고 꽃인지 달인지 月態花容의 綠衣紅裳의 美人이 잇는것을보앗다. 두사람의사이에는 하염업는 <아!!>소리가 一時에서로 瞳子를움즉여 번개불가튼 視線이 얼골과얼골을쏘왓다. 둘틈에오고가는바르르하는 그秋波는 서로가슴에만 담고 아모말업시 西으로東으로 갈러갓스나 또다시 이런일이잇슬줄은 꿈에도깨닷지안이하엿다. 그러나 그이튼날 그사흔날 이와가튼일이 이와가튼때에 이와가튼곳에서 趙源은綠衣의 少女를맛낫다. 아모리 嚴格한 性格을가진 趙라도 木石

이안이고 偶像이안이거던 靑春의보들아운 가슴가운대 따뜻한 戀愛의 흐름이업시리요 사흘을내리만나던 그날밤부터 적지안은 戀愛의煩悶을 남모르게 감추게되엇다. 春演落花의情은 五日十日을지날동안에 두사람의靑春佳會가 풀기어려운 情緖를매젓다. 綠衣의美人은 깁흔밤寂寂한三更에 밝고고요한明月도밟으며 굿세고모진風雨도밟고 趙源의寓居를찻지안은때가업섯다. 靑春男女의 뜨거운 처음사랑에 둘이서로가슴을태와 날이가고 달이갓다록 蝴蝶의 艶夢이 色彩가두터웟스나 오즉한가지 趙의가슴이 시원치못한것은 이少女가 저의이름과住所를 이르지안이하는것이다. 한번뭇고두번뭇고 세 번네번에 少女는다만 방그레우슬뿐이요 다시 말이업섯다. 趙는여러가지로 가슴을태우다가 호을로생각하기를 아마 저少女가 엇던집貴人의愛妾으로 住所와氏名을감추고남의눈을두려워밤이면 나의寓居를차자 旅懷를慰勞함인가 疑心한적도만엇다. 하로밤은趙가酒氣를띄고 詩經의글귀를들어 <그대의綠衣의속은누르다>고 嘲弄하엿다. 少女는玉顔에紅暈을띄고 고개를숙이고안낫다가 다시 柳眉를들고 <저는요, 요엽半月當이야요> 한마듸를멈추고 趙의붓잡음도 듯지안이하고 그대로갓다.

宋末의宰相賈似道는 奸慝不忠한 臣下이다. 宋나라이亡한것도 賈似道가 元나라와通한까닭이라고하는 사람도잇다. 性質이極히殘忍한우에다 限업시?奢를조와하여 西湖의勝景을눈안에담으랴고 葛嶺中腹에 宏壯華麗한 樓閣을짓고 그집이름을半月堂을이웃한그터이다. 風磨雨洗의五百年의日月은 오즉옛자최만남아잇스나 옛날그때는 밤이나 낫이나 歌舞燕樂이 끝어진때가업섯고 봄이면窈窕의美女가 桃李爛漫한미테서 紅裳을나뷧거리며 蘋花를캐고 가을이면 木蘭??을 湖心에띄워 一世의榮華를다한 歡樂의 桃源春裡에도 價似道의깁흔嫉妬와殘忍한性質은 여러 가지可憐悲劇의자회가 한두번이안이엇다. 白鷗는悠悠하야湖面에잠이들고 蝴蝶은紛紛하야 花裡에넘노는데 一日은 賈似道가 만은侍妾을樓上에 모혀두고 四方의 景色을구경할때에 樓下湖岸에한美少年이 片舟에내렷다. 이少年에게따뜻한情을 기울인美姬의한사람은 無心이입끗에서 떨어지는말이 아름다운少年이라고하엿다. 이것을듯고본賈似道는 急히顔色이變하면서 侍妾을보고하는말이 『네가저少年에게마음이잇스면 내가너를爲해서 조흔中媒가되어 月下의氷人이되게하리라』 말이마치자 纖纖한玉手를無理이 끄을어樓下로 내려가더니 얼마뒤에 賈似道는從者로하여금 적은 木箱을들리고 다시樓上으로

와서 여러侍妾압헤 木箱을노코『너이들은이가디조흔納采를보라』고冷笑를맏지안이햇다. 여러侍妾은 벌벌떨면서 木箱의 뚝겅을벗기니 이것이와인일고 鮮血에싸인美姬의목이아즉뜨거운피가 식지도안이하엿다. 이러케殘忍한 賈似道는 그래도난성이 풀리지안이하고 그날저녁에 아모罪업는少年도斷橋水邊에毒刃의怨魂이되고말엇다. 宋나라歷史를精通하는趙源은이곳에移接한以後로 때때이南宋의哀話에가슴이저리는 생각이만앗더니 意中의少女가『半月堂이야요』하고간뒤에는다시한번볼수도업고 荒唐廢墟에少女가居住할理致도업다생각하는마음 습흔情懷는날이가고 달이갈사록 漸漸가슴에뭉치엇다. 淸凉한가을도가고酷寒의겨울도지나 世上은다시陽春和節의새로운봄이 다시왓다. 湖水의방울물도 새지못하게두터이 뚝겅을덥흔 얼음조각도次第로녹아업서지고 春月이朦朧한하로밤三更에 轉輾反側에겨우잠든趙源을 흔들어깨우는사람이잇섯다. 趙源은꿈결가티눈을떠보니 이것이정녕이 寤寐不忘하던 綠衣紅裳의美人이分明하다. 놀랍고도반갑고도 깃보고도괘씸한생각이 一時에가슴을음습햇다. 일어나첫말로 일부로그동안찻지안음을꾸짓고 久闊의情懷를베풀엇다. 少女는怨恨의色態를먹음고『妾은尊座와鴛鴦의因緣을맷고저바랏거늘 엇지他人의賤妾卑婢로생각하시나잇가』말이마치매 潸히흐르는눈물이 옷깃을적셧다. 趙源은自己의 가슴에잠긴 마음껏 여러가지로 少女를慰勞하고 다시그來歷을무럿다. 少女는또눈물에싸여 말을못하다가 겨우고개를들고『妾은이世上사람이안이야요』말을이어길고도悲慘한이약이가 밤가는줄몰랏다. 少女는果然옛날半月堂에서賈似道에게 慘酷한죽음을當한侍女가分明하다本來臨安에살던良家의女子로 어릴적부터 타고나은 碁術의天才로 十五歲되는때에 賈似道의알림이되어 모든寵愛를一身에담아잇스나 이정이 少女에게무슨關係가잇스리요. 이때에茶를가지고 後堂에出入하는 한美少年이잇섯다. 가고오는눈瞳子가 於焉間서로잇지못(不忘)할사이가되엇다. 少女는마음을다하야 錦繡의錢囊을보냇고 少年은남모르게 玳瑁燕脂盆을주어 가슴과가슴가운대 通해단이는 그마음은 한을과 땅과 남아지 두사람밧새 안으이가 업삿다. 그러나하로가고이틀가는 그歲月가운대는 監視가嚴重한同類의嫉妬로부터 賈似道의疑心을밧게되엇다. 엇던해봄한날한時에少年少女는 한칼毒刀下의 이슬이되엇다.『그때 少女는妾이고少年은당신이올시다』말이떨어지자 少女는趙源당의무릅우에얼골을무덧(埋)다『당신의姿態가 이西湖

에멈음을보고생각다못하여 鬼籍을벗어나서밤마다 깁흔情海에몸을적신罪는 萬番이나 容恕하시기를……』그말이마치자간곳이업섯다 西湖의봄은해마다갓지(如)만은 綠衣紅裳의美人은 어대로갓는지(終)

筆者로부터讀者에게-이것은小說은안이올시다. 한이약이니 그리알고보시오. 그러치안으면 큰코다치시리다.

西湖의밤*

리병기(李秉岐)

파란 강물 하얀 고랫발 그 左右의 넓은 들-그만해도 하늘은 나직이 보임즉하되, 鞍峴과 冠岳 같은 뫼들이 좀더 謙遜스러이 비껴있드라면 南北이 툭 터지고 더 훨칠할번하였다. 그러나 서울의 近郊로서는 西湖만큼 넓고 좋은 곳이 없다.

山이라기보다 조그마한 丘陵이라, 한즉한 江 기슭이 울퉁불퉁 내밀고 모롱이 모롱이 나붓한 집들이 마치 조개껍질을 엎어놓은듯 다닥다닥 붙어있고, 그중 좀 드높은 너그러운 집들은 대개 남의 別墅이다. 지금은 고기나 잡고 놀잇배나 띄우는 閑散한 곳에 지나지 못하지마는, 八道의 田稅, 大同, 貢物을 실은 大重船과 여러 商船들이 頻繁히 드라드든 옛날에는 倉庫, 果鋪, 酒肆등도 櫛比하고, 車馬도자주 往來하여 서울에도 특히 번거로운 곳이었다. 말하자면 麻浦, 西江, 楊花渡가 다들 有名한 곳이고 옛날 이러저러한 자취가 많은 가운데, 西江이라면 나는 먼저 이러한 무서운 傳說이 생각난다. -한 纖弱한 少女가 그 아버지의 원수를 갚으러 男子의 衣服을 變裝하고 七八年동안 八道를 해매고 다니다가, 겨우 이곳에 이르러 端緖를 얻어가지고 그 원수를 밤을 타서 찔러죽였다는것이다. 이런 傳說로 말미암아 나는 이 곳을 일찍부터 記憶도 하고 보기도 하였다.

---

* 이 글은 ≪文章≫제1권 7호(1939년 8월호)에 게재된것이다. 리병기(李秉岐, 1891~1968)는 시조시인. 국문학자.

그리고 어느 해 여름 어느 親舊들에게 글리어 西湖의 밤놀이도 하였다. 몹시 더위에 복기다가 이곳을 다달으고보니, 벌써 爽快한 느낌이 났었다. 이게 江이거니 함으로도 그러겠지마는, 사실 그때의 光景이 다르던것이다. 어슬어슬 저무는 저녁, 미미히 이는 바람, 산듯한 初生달, 한들한들 하는 갈닢, 반작반작하는물결, 그리고 이다금 뛰노는 고기-하나도 서늘한 맛을 주지 않는건 없었다. 우리는 배를 설렁설렁 저어, 우아랫 강으로 오르고 내리고 하였다. 마침 短簫를 부는이, 노래를 부르는이도 있었다. 單調하고도 서글푼 그 소리, 그 비껴가는 달을 멈추지는 못하더라도 갈섶의 조을고 있던 갈메기쯤이야 능히 놀랠만 하였다.

> 待月月未出 望江江自流 倏忽城西郭 青天有玉鉤 素華雖可攬 淸景不同遊
> 耿耿金波裏 空??鳷鵲樓

李白의 이런 밤도 생각을 하며, 그보다 우리의 오늘밤이 더 다행스럽지 않은가 하고, 短簫와 노래를 그치고는 淸談과 歡飮을 하였다.

달은 지고 바람은 더서늘하고 밤은 깊었다. 騷亂하던 거리 거리도 고요하여지고 총총한 등들은 별처럼 반작인다. 어둡기는할망정 서늘하고도 고요하므로 또는 온천지도 우리의 차지인것 같으므로 우리는 흥을 겨워 얼른 이 곳을 떠나지를 못하였다.

> 이 몸이 쓸대 없어 世上이 버리거늘, 西湖 옛 집을 다시 쓸고 누웠으니, 一身이 閑暇는 할손 내 임 못보와 하노라.

> 宗室 茂豊副正 摠은 太宗大王의 曾孫으로서 詩書와 音律을 잘하였으며 燕山朝 甲子士禍를 당하여 楊花渡에 別墅를 두고 스스로 西湖主人이라 하고 항상 漁艇에 살아 俗客이 찾아오면 돛 폭을 달고 피하여 달아났다 하고 紅塵을 다 떨치고 竹杖芒鞵 짚고 신고 검은고 들어메고 西湖로 돌아가니 蘆花에 때 많은 갈메기는 제벗인가 하더라.

金聖器는 肅宗 때 微賤한 사람으로, 검은고, 洞簫, 琵琶를 다 精通하여 이름을 들날리되, 區區히 살림을 않고 조그마한 배를 사서 西湖에 띠우고 一竿을 들고 江으로 오르락내리락 하며 釣隱이라 號를 하고 달이나 밝은 밤이면 洞簫를 서너

曲調 아뢰기도 하였다. 그때 睦虎龍이가 告變을 하고 東城君이 되어 뽐낼 때 公卿들도 그 뜻을 감히 거스르지 못하는데 하루는 睦虎龍이가 그 黨徒를 더불고 술을 먹다가, 그의 音律을 듣고자 人馬를 보내어 請하였다. 두세번 請하였으되 拒絶을 하는지라, 睦虎龍이가 부끄러워하고는 威?을 한즉, 그는, 琵琶를 내던지어 부서버렸다.

이 西湖에는 이런일들도 있었거니와 나도 그 밤을 지내 본후, 매양, 三伏철을 당하여 좁은 나의 ?室에서 喘署를 할 때이면 새삼스러이 그 밤을 그리워한다.

長白山줄기를 밟으며*

-吉林서 間島8백리-

박로철(朴魯哲)

1

연경(燕京)을 떠나 심양(瀋陽)을 지날 때 본국을 경유치 않고 그대로 길림(吉林)으로 온 것은 여정의 방평을 요량치 않고 길림서 간도 8백리를 일부러 도보로 통행코자 한 바이다.

그리하여 며칠 동안 길림서 두류(逗留)[1]하면서 우리 교민 살림살이를 대강 살펴보았다. 길림 부근에 우거(寓居)하는 교민은 다수가 경작에 주력하나 시내에 있는 교민은 상업에 유의하는 이가 적다. 대개 그들의 살림은 안정한 생활에 이르지 못함인지 그 내면을 살펴보매 궁핍한 상태에 빠져 영성(零星)한 분위기에 흐른 듯싶다. 그리고 유학생의 고생 살이가 더욱 한심하다. 하루 두 번씩 입에 풀칠하는 속죽(粟粥)도 권할 때가 많고 1폭의 침구도 없이 노숙하는 때가

---

* 이 글은 ≪東亞日報≫ 1927년 8월 2일-4일에 게재된것이다. 작가 신원 미상.

1) 관묘(關廟) : 관왕묘(關王廟). 중국 삼국 시대 촉한(蜀漢) 장수인 관우(關羽)의 사당. 청(淸)의 믿음이 두터웠으며 중국 도처에 이 사당이 있으며 조선의 성주(星州)와 안동(安東)에도 이 관왕묘가 남아있다.

있다 한다. 그러함도 불구하고 수학에 여전히 분려(奮勵)하니 참으로 감격한 일이다.

나는 길림서 기류(寄留)하는 동안 날마다 송화강반(松花江畔)에 나가 바람을 쐬인다. 길림 시가를 싸돌고 흐르는 송화강 줄기를 바라볼 때 나는 느끼지 않을 때가 없었다. 저녁놀이 순통(洵通)한 물결에 주렴(珠簾)을 펼칠 때 답답한 내 가슴에 신산한 호흡도 그 청정한 바람에 새로워지고 멀리 노포(蘆浦)를 넘어 날아오는 해오리가 송화강에 헤엄칠 때 내 염통에 솟는 붉은 피조차 그 물결에 엄습이 되어 새로워지는 듯하다. 송화강은 이 땅 사람의 생명강(生命江)이나 진배없는 귀(貴)여운 강이다. 여름이면 뗏목배 타고 북으로 올라가 고기잡고 겨울이면 얼음 위에 수레를 몰고 동으로 내려가 갖은 곡식을 싣고 온다.

나는 간간이 부는 바람에 땀을 씻고 넘어가는 붉은 놀에 몸을 적시면서 시름없이 읊어도 본다.

뫼 위에 뜬 구름이 저녁놀에 단장하고
시냇가 버들가지 광풍(光風)에 나부끼면
이 중에 나는 종달이 소리 절로 고와라
강가에 해 저무니 따오기 좋다 울고
먼 촌에 내끼우니 가마귀 날아든다.
앞강에 뜬 고깃배는 낙조(落照) 싣고 오더라

나는 길림 온 지 아흐레 만에 겨우 목적지를 발행코자 간도(間島)가는 차에 행장을 실리고 이·박 두 동지를 작별한 후 길을 떠나 3일 만에 노야령(老爺嶺)에 이르렀다. 노야령은 길림서 1백여 리 밖에 있는 험준한 산악으로 영상에는 차아(嵯峨)한 고봉이 용출하여 성벽을 쌓은 듯하고, 영하에는 유수한 협곡이 굴주(屈走)하여 구학(溝壑)을 이룬 듯하고, 중록에는 울밀한 수목이 흘립(屹立)하여 장막을 친 듯하다.

2

노야령에는 재래로 마적(馬賊)이 출몰하여 행인을 가끔 살해한다는 말을 나는 길림서부터 들었다. 그자들이 생명과 재산을 가소롭게 빼앗아가는 방법은 여러 가지나 그 중에도 좀스러운 놈은 음침한 굴속에 숨어 행인의 종적을 염탐하고 교묘한 수단으로 약탈한다고 한다. 동행하는 우리 나라 사람의 말을 들으매 자기가 일삭(一朔)전에 마차를 타고 노야령을 넘어오다가 장촌 멘 마적 10여 명이 수림 속으로부터 몰려와 총부리를 가슴에 겨누고 금전을 빼앗아갔다. 우리 일행이 영을 넘을 때는 마침 길림에서 노야령 부근에 마적 출몰이 빈번하여 인민을 상해한다는 소문을 듣고 불시로 토벌대를 출동시켜 멀리 장광재령(長廣才嶺)가지 진을 벌이는 중이었다. 그리하여 마적은 그 출동을 미리 짐작하고 그림자를 다른 방면으로 감추는 때에 요행히 지나게 되어 일시의 해를 면한 바이다. 영을 넘어가니 소쇄(瀟灑)한 임원 속에 고풍한 관묘(關廟)가 솟아 있다. 바라보니 황홀한 채화(彩畵)는 아침 빛에 어지러이 벽상에 희롱하고 탁상에 끓어앉은 관상(關像)은 자세가 바야흐로 엄연하여 웅위한 풍이 돈다. 일행은 석경(石逕)을 밟아 들어가니 백발이 표표한 일위(一位)거사가 당하를 소쇄하다가 우리를 보고 흔연히 맞으며 하는 말이 퇴폐한 묘를 수리하려 하였으나 한갓 경비 문제로 주저한 바 되어 오히려 빈객에게 불안을 끼친다 하며 보조를 청한다. 그리하여 일행은 푼각(分角)을 모아주었다.

뫼 위에 싸인 숲이 하늘 닿은 장막인가
뫼 아래 뚫린 골이 땅에 솟은 가람인가
이 위에 널퍼진 바위 성을 쌓은 듯하여라

수미봉(鬚眉峯) 넘는 구름 놀에 붉어 빛이 나고
그 아래 푸른 못이 석양빗겨 새로운데
재 너머 저녁 종소리 부인골만 울려라

나는 그 길로 60리를 다 못가서 주막에 들었다. 기름때 묻은 아이놈이 큼직한 그릇에 강냉이 죽을 담아가지고 들어왔다. 일행은 대접을 들고 떠먹는다. 찬이라고는 소금에 절인 무 조각밖에 주지 않는데 그조차 쓴 맛이 나서 좀처럼 먹을 수 없다. 그리하여 나는 한 보시기도 억지로 먹었는데 중국 나그네는 대여섯 그릇씩 먹고도 오히려 입맛을 다신다. 나는 피곤해 잠이 들다가 싸우는 소리에 깨어보니 바로 옆에 방에서 중국인들이 노름판을 벌여놓고 한참 싸우는 중이었다. 그리고 건너 칸에는 4, 5인이 반듯이 누워 제가끔 아편(阿片)을 빨고 있다. 나는 이날 밤에도 편히 못 쉬고 길을 떠났다. 중로에서 폭우를 만나 주점에 들어 하루를 유한 후 4일 만에 장광재령에 다다랐다.

장광재령은 장백산의 지맥으로 안팎 60리에 연한 준령이다. 산꼬리가 길어서 오시(午時)에 넘기를 비롯하여 박모(薄暮)에 이르러도 좀처럼 끝날 것 같지 않다. 나는 경색에 도취되어 별로 고단한 줄도 모르고 넘어간다. 산변에 우거진 풍림은 병풍을 친 듯하고 중령에 시축(施逐)한 석경(石徑)은 ○로(○路)를 깐 듯하고 단애에 흐르는 물은 비폭(飛瀑)을 이룬 듯하다.

나는 바위에 홀로 앉아 회목(檜木) 새로 새어오는 바람을 마시면서 그 표표한 풍정에 감흥이 되어 노래도 불러보고 이름 모를 뭇새들이 녹음틈을 엿보며 날아갈 때, 기려한 그 조자(調子)에 심습(心襲)이 되어 웃어도 본다. 그리고 멀리 장백산 허리를 넘는 저녁놀이 장광재령 긴 머리에 꼬리를 흔들고 넘어갈 때 나는 그 장려한 정취에 속절없이 도달한 듯 싶어 읊어도 본다. 갈길은 멀고 해는 저물고 고개는 끝이 안 나매 나는 답답하여 이렇게도 읊어본다.

장백산 긴 허리도
안 쉬고 넘는 해를
장광령 꼬리 길다
행여 쉬기 바라랴만
하그리 지리한 맘에 요행 쉬일까.

동편 숲으로 달이 솟으니 먼 곳에 개 소리 산을 울린다. 일행은 하 그리 반가운 듯이 제각기 수근거린다. 이윽고 뒤에서 말굽 소리 나며 여러백 명 마병(馬兵)이 달빛에 총부리를 번뜩이며 지나간다. 일행은 홍의적(紅衣賊)이나 아닌가 의아하여 한껏 공포심이 발하였으나 무사히 지남을 보고 안심하였다.

그윽히 우거진 숲은
이슬 내려 새로웁고
감도는 시냇물은
달이 펴져 만경이라

이중에 가는 길손이
꿈길 건나 하여라.

흐르는 은하수에
물소리가 고을시고
벌름한 돌작틈에
은구슬이 고을시고
넘노는 은빛 구실에
달빛 들어 지오라.

일행은 10리를 채 못가서 여막에 들었다. 석반은 강냉밥인데 별미가 난다. 나는 피곤해 잠이 들다가 떠드는 소리에 깨어보니 관군이 한떼 몰려와 '따패'라는 노름을 하느라고 요란히 군다. 나는 밤 새일 것이 걱정이다.

3

나는 하는 수 없이 다른 주막으로 옮겼다. 문창은 뚫어져 한기는 엄습하고 진애(塵埃)는 침침히 자리 위에 쌓였다. 땀 내, 고린 내는 범벅이 되어 코에 거슬린다. 나는 잠을 이루지 못하고 새벽길을 떠났다. 삼도구(三道溝)에서 최첨지라는 우리 사람을 만나 동행하면서 그의 말을 들으니 자기는 방금 중국인의 전장(田庄)을 부치고 있는데 금춘에 지주라는 왕가 놈이 자기 처를 훔쳐가지고 멀리 영고탑(寧古塔)으로 피한 후 일절 오지 않으므로 왕가를 찾아가 아내를 빼앗아오겠다 한다.

나는 그와 길을 나누어 작별할 때 내 맘은 애달팠다. 육도구(六道溝)에 이르러 밭가는 중국인에게 길을 물으니 발음 서투른 내 말을 듣고 웃으며 우리말로 대답한다. 나는 그제야 알고 내 형편을 말하니 그는 반가이 맞으며 자기 집으로 인도한다. 나는 이곳서 1년 만에 처음으로 김치와 장을 맛보았다. 주인은 내게 진정을 토한다.

5년 전에 이 땅에 와 되놈(중국인)의 소작으로 수전(水田)을 개간하는 중 무지한 그 압박에 기를 못 펴고 산다고 한다. 장광재령서 4일 만에 진목현(鎭穆縣)을 지나 팔도구(八道溝)에 이르니 노변에서 우리 나라 부녀들이 석구(石臼)에 도

(稻)를 찧고 있다. 나는 그대로 지날 수 없어 들어가 주인을 찾으니 영남 사투리 하는 노인이 나와 맞는다. 그도 역시 자기신세를 한탄하며 일장 설화를 꺼낸다.

서간도(西間島)에서 7년 전 되놈의 지팡살이(소작)를 하다가 재작년에 이곳으로 와 또 남의 땅을 부치고 있는데 홍의적으로 인하여 걱정이 된다 한다. 일전에도 자기를 포박하여 놓고 총머리로 난타하며 돈과 색시를내놓으라 하므로 그 위협에 못 견디어 금전을 내놓고 애걸한 결과 천행으로 사람을 뺏기지 않았다고 한다. 그리고 중국 육군은 무시로 와서 가축을 약탈하므로 하루 한때 마음 놓고 살 수 없다 하며 한숨을 내쉰다. 나는 그들의 말을 듣고 다시금 설움이 솟아 금할 길이 없다. 나는 알뜰한 주인의 덕으로 석반을 달게 먹고 하룻밤을 편히 쉬었다.

송화강 부는 바람
거리 위에 재주 넘고
노야령 총소리
거친 들에 북을 치면
돈화(敦化)땅 넘는 나그네
설움 다시 솟아라

밤중에 말굽소리
문 밖에 잦아지고
새벽녘 나팔소리
바람결에 들려오면
이웃집 홀에미 딸이
마적왔다 운다네

돈화를 지나면서 계산(桂山) 노인과 마공(馬公)을 찾지 못해 유감이었다. 돈화에서 2일 만에 합이파령(哈爾巴嶺)을 넘으니 합이파령은 돈화와 간도 접경에 반굴(蟠屈)한 산악으로 멀리 장백 산맥 꼬리를 물고 있다.

마침내 영을 넘으니 간도(間島) 땅이라 이른다.

흰옷 입은 무리의 그림자가 잦아지고 처처에 수전(水田)이 퍼져 마음을 놓은 듯하다. 그리고 노변에 즐비한 노옥(蘆屋)이 그들의 여막이라면 거리거리 행상마다 펄렁거리는 광당목 조각은 그들의 밑천일 것이다.

뫼 위에 비친 달이
재를 넘어 가려할 제
하발령 넘는 손이
느린 걸음 잦아지자
달 지며 길 소삽하매
도로 느려지오라

두만강 줄기 포이합통하(布爾哈通河)는 간도 황야를 뚫고 흐른다. 흐르는 이 강을 이 땅 사람은 여름철 별장으로 쓰고 겨울철 무대로 쓴다.

이 땅을 밟는 흰옷 입은 무리가 이 강을 바라볼 때 그들의 눈물이 샘이 되어 푸른 가슴에 솟아흐르리니 그 머리 속에 줄기째 맺힌 그 오뇌(懊惱)를 풀 길이 없을까 보냐.

이땅을 밟는 쫓기는 무리 쓸쓸한 이 황야를 넘어갈 때 그들의 원한이 구름이 되어 하늘 끝까지 뻗치리니 그 염통에 뿌리 채 맺힌 그 설움을 씻을 길이 없을까 보냐.

滿蒙踏査旅行記*

이정종(李鐘鼎)

떠나는 길에

만주와 몽고는 극동의 요충 지역으로서 무진장한 천혜의 보고(寶庫)이다. 극동의 모든 문제가 종종 이 땅에서 발생되는 바가 가장 많고 천하열강의 호시탐탐하는 경제적 쟁패전(爭覇戰)도 또한 이 땅을 중심으로 하여 급속적으로 전개되고 있음도 세간에서 주지의 사실이라고 하겠다. 그리하여 장래할 세계 대전도 바야흐로 이 땅에서 야기되리라 하는 것은 이미 많은 식자들의 떠들고 있는

바이다. 영미의 동방 정책도 최근에는 점차로 북중국으로 움직이게 되고 노서아의 신흥하는 동점(東漸)의 세력도 자못 주목할 가치가 있거니와 더욱이 일본의 만몽 정책 같은 것은 취중(就中)에도 열국의 주목을 끄는 바 많다. 그리하여 만몽을 싸고 도는 국제적 저기압은 서서히 전운(戰雲)의 분포함을 보게 된다. 그리고 일방에 있어서는 중국의 4만만(萬萬) 민중이 또한 움직이고 있으니 그들은 신해(辛亥) 중추월(仲秋月)에 무창(武昌)에서 의기(義旗)를 든 손문 혁명(孫文 革命) 이래로 군벌의 횡포와 골육상쟁에는 비록 여일(餘日)이 없다 할지라도 열국에게 이리저리 상실하였던 모든 이권을 회수하고 그들의 침략주의에 어디까지 반항하는 정신만은 남북이 일반이다. 그러므로 남방에 있어서는 배영(排英) 배일(排日) 운동이 자못 격렬한 바 있고 북방에 있어서는 배일 운동이 전(全)만주에 긍(亘)하여 봉화를 들기 시작하였다. 이와 같이 하여 중국의 암담한 풍운은 언제나 천일(天日)을 보게 될는지 전도(前途)를 예측키 어렵거니와 이 땅에 우거(寓居)하고 있는 수백만 동포의 안부는 알지 못할 것이다. 과연 어떠하다고 할까. 원래 만몽(滿蒙)이라고 하면 역사적으로 보든지 또는 지리적으로 보든지 우리 반도와 특수한 관계가 있는 것이다. 이 땅이 한 예날 우리 선민(先民)의 안주지이었던 것은 회고함이 도리어 무익하다 할지라도 목하(目下) 수백만 백의(白衣) 대중이 주거하는 지대임에 있어 또는 우리의 만대 자손이 이 땅에서 나서 이 땅에서 번영할 억만년 미래를 생각할 것 같으면 우리는 도저히 이 땅의 사정을 등한시할 수는 없을 것이다. 그뿐만아니라 고국에 있어서 나날이 생활의 파멸을 당하고 쫓겨나는 무산 대중의 살 길을 찾는 곳도 만주 벌판이라 할 것이며 남다른 의지와 포부로 고국을 떠나는 지사(志士)의 찾는 활무대(活舞臺)도 이 만주 황야라고 하지 않을 수 없는 것이다. 그렇다 하면 우리는 먼저 어느 민족보다도 이 만주와 및 몽고 연해주 일대에 대한 사정을 잘 연구하여야 할 것이며 모든 생존권도 확립케 하도록 노력하여야 할 것이다. 이것은 결코 야심에서 나온 것도 아니요 만주는 우리 반도의 연장 지역이요 이 땅에 주거하는 동포의 생명이 또한 내지(內地) 동포의 생명 연장이니까 우리는 우리의 생명을 더욱

---

* 이 글은 ≪조선일보≫ 1927년 10월 15일부터 12월 2일까지 련재된것인데 여기서는 소재영 편 ≪間島流浪40년≫에서 선록했음. 이종정(李鐘鼎) 일찍 ≪간도일보≫ 편집, ≪조선일보≫ 간도특파원으로 활약, 저서에 ≪간도사정≫이 있음.

연장시키기 위하여 이 땅의 개발에 최선의 노력을 다할것이며 합리한 수단과 방법으로서 국제적 지위에 처하여 모든 권리를 수호 신장하기에 전심하여야 할 것이다. 그러나 우리는 과거에 있어 너무나 이 땅을 등한시하였던 것이다. 이 땅에 대한 깊은 연구라거나 사정 조사 같은 것은 말하지 말고라도 한번 하여 보겠다는 착안조차 가진 인사가 별로 없었는 것은 그야말로 만각(晩覺)의 탄이 없지 않다.

이상과 같은 의미에 있어 필자는 멸학천식(蔑學淺識)임을 불고하고 감히 이 땅의 답사를 계속한 것이다. '백문이 불여일견(百聞不如一見)'이라는 말과 같이 종으로 횡으로 그저 발 닿는 데까지 이 땅의 모든 사정을 직접으로 탐사하여 보리라는 적나라한 미성(微誠)에 지나지 못하는 것이다. 성공의 여부는 단언할 수 없으나 다만 사해(四海) 형제의 뜨거운 동정과 후원이 있기를 다시금 바라는 바이다.

내가 서울을 떠나기는 지난 4일 오후 10시 55분이었고 안동역(安東驛)에 내리기는 익일 오전 40분이었었다. 서울 있을 때부터 국경 경찰의 취체가 엄중하다는 것은 이미 들은 바 있었지만 정말 어느 정도까지 엄중하다는 것은 알지 못하였던 것이다. 평북 용천군(龍天郡) 남시역(南市驛)에서부터 하나씩 둘씩 오르기 시작한 형사대는 어느덧 십수 명에 달하였다. 밉살스러운 눈동자를 좌우로 굴리면서 경계 감시하고 있는 양은 서울 있을 때에 공산당 공판정(公判廷)에서 본 정내(廷內)의 경계와 조금도 다른 감이 없었다. 한가지로 앉은 어떤 친우의 말을 듣건데 조금만 행색이 수상하여 보여도 경찰서 행차를 하여야 된다고 한다. 압록강 철교상에서 나는 그들에게 원적(原籍), 주소, 씨명(氏名), 연령, 직업, 만주행의 목적 등을 묻는 대포 일러바쳤다. 맑고 푸른 가을 하늘에 소리없이 흘러가는 압록강 푸른 물결을 내려다보며 나는 혼자 잠꼬대 하듯이 부르짖었다. 조선이란 땅 덩어리가 생겨난 이후 몇천 년을 지나는 동안에 무궁에서 무궁으로 흘러가는 이 물결만은 과거에 있어서도 변함이 없었고 또는 영원한 장래까지라도 무궁일 것이다. 그러나 그 동안에 조선의 세태는 그 변함이 몇 번이었으며 천추의 한을 가슴에 품고 고국을 떠나는 지사의 눈물은 이 압록강수에 얼마나 흘렸겠느냐?

차가 안동역에 다달으니 여기서부터는 말할 것도 없이 중령지(中領地)이다.

나는 지금으로부터 8년 전 기미(己未) 운동 당시에 한 번 이곳을 지나던 그때의 회포를 금할 수 없었다. 이 안동은 인구 18만여로 만주에 있어서는 봉천(奉天)에 다음 가는 도회지이다. 역두에는 무장한 일본 육군 십수 명이 늘어서 있고 모자에 금테 두른 관동청(關東廳) 순사 수삼명이 또한 구내를 경계하고 있으니 이만하여도 일본의 대중(對中) 세력여하를 십분 규지(窺知)할 수 있거니와 더욱이 전중내각(田中內閣)의 대만(對滿) 적극 정책을 여지 없이 발효하고 있는 것 같다. 대합소에서 잠시 다리를 쉬인 후 오후 1시 5분 출발의 봉천행 급행 열차의 한 자리를 차지하게 되었었다. 전일 밤에 어떠한 자가 일본 우편국에 폭탄을 던진 일이 있어 안동의 인심은 극히 흉흉한 중에 있는 시국이 시국인지라 혹자는 배일 중국인의 소위인 듯하다고도 하고 혹은 조선 ○○단의 소위인 듯하다고도 하여 추측이 불일(不一)하나 이로 인하여 일중 관헌의 취체는 더욱 엄중하고 동포의 받는 바 압박의 고통은 날로 심하여 간다고 한다. 나는 될 수 있는 대로 안동 동포의 지나는 근황을 알아보고 또는 그들에게 안부의 말이라도 드릴 겸하여 여기에서 하루쯤은 체재하려던 생각도 없지 않았으나 모든 사정이 허락치 않아서 섭섭히 그대로 떠나게 된 것은 안동 동포에게 대하여 다시금 미안을 드리는 바이다.

안동현에서 봉천까지는 이수(里數)로 약 7백 리인데 봉황성(鳳凰城 · 일명 고려성)을 좌편에 끼고 진상둔역(陳相屯驛)까지는 그래도 높고 낮은 산악을 볼 수 있으나 여기에서부터는 일만무애(一望無涯)의 봉천 평야이다.

1백 리 밖에서 새벽을 알리는 닭의 소리를 들을 수 있다는 것은 이 봉천 평야를 두고 한 말이다. 금년의 농작물은 10년 이래의 대풍작으로서 만일 외지에 수출시키지만 않는다고 하면 5개년 동안은 배불리 먹고도 오히려 남음이 있으리라고 한다. 이와 같이 비옥한 평야의 개척자도 우리 백의 형제언마는 이 철도 연선에서는 별로 형제의 면목을 볼 수 없으니 그것은 다름이 아니라 이곳은 북간도와도 달라서 우리 동포에게는 토지 소유 획득권이 없으므로 중국인의 황무지를 개간하여 주거나 그들의 토지를 소작하여 주다가 최근 양 삼년 이래로는 조선 총독부 전삼시(前三矢) 연락 국장과 장작림(張作霖) 사이에 소위 만주 조선인 취체에 대한 비밀 조약이 체결된 이후로 중국 관민의 압박은 날로 심하게 되어 피땀으로 개간한 이 토지도 그저 중국인에게 물려주고 북으로 북으로 자꾸 들어가게 되었다고 한다. 그리하여 지금 얼마 남아 있는 동포들도 불과 수년 이래로는 모조리 이 터전을 떠나지 아니치 못할 처지에 있다고 한다.

길림(吉林) 차중에서

16일 오후이었다. 나는 길림에 가기로 하고 송별하여 주기 위하여 따라 나오는 여러 동지들과 함께 거리를 나섰다. 전일부터 부실부실 내리기 시작한 장춘(長春) 부근의 첫눈은 이날 오후까지도 그칠 줄을 모르고 게다가 맵고 차게 불어오는 쌀쌀한 찬바람은 뼛속까지 이어갈 듯이 몹시도 추움을 느끼었었다. 서울 떠날 때에 춘추 양복에 하모(夏帽)를 받쳐 쓴 나는 누가 보든지 돈 없는 사람이라기보다는 조선 내지(內地) 방면으로부터 처음 온 사람임을 직각(直覺)할 만치 모든 행색이 서툴러보였다. 원래 만주의 기후는 우리 나라와 같이 삼한사온이라고는 하나 한서의 차가 극심한 대륙적 기후이므로 한여름 동안 가장 더울 때에는 섭씨 1백 45도까지 올라가고 그와 반대로 겨울 가장 추울 때에는 영하 35.6도까지도 내려가는 때가 있다.

나는 만주에서 여러 해 겨울을 지난 경험이 있고 따라서 어지간한 추위에도 익숙하게 견뎌내는 힘을 가졌다고 자처하던 터이나 하모 그대로와 춘추 양복 그대로는 조야(粗野)함에는 태연할 의기(意氣)가 있다 하더라도 도저히 그대로는 추워서 견딜 수 없었다.

이 날의 첫 추위도 영하 10도를 내려갔으니 이만하여도 우리 나라 기호(畿湖) 지방의 가장 춥다는 한겨울 추위에 비한다 할지라도 조금도 떨어지지를 않을 것이다. 나는 어떠한 중국인 상점에 들어가서 겨울 내복과 모자를 사면서 지난해 겨울 서울서 지내던 일을 문득 생각하게 되었다. 신문사 내의 여러 동무들이 겨울 양복이나 그렇지 않으면 솜 의복에 외투를 받쳐 입고 그 위에 터럭 모(帽), 터럭 목도리, 가죽 장갑 등으로 바람 같은 것은 들어갈래야 들어갈 수 없을 만치 방한구(防寒具)를 전신에 감고도 사(社)에 오면 추워서 죽겠다고 난로를 부둥켜안음을 보고 '그까짓 추위쯤이야.' 하고 혼자 비웃던 일도 돌쳐 생각되었다. 아닌 것이 아니라 작년 겨울은 춘추복에 춘추모 그대로 지났으나 별로 춥다는 것은 느끼지 않았던 것이다.

정거장에 도착한 우리는 시간이 아직도 30분이나 남았으므로 참장(站長 · 역장)실로 참장을 찾아서 철도 업적에 대한 대략의 설명을 듣게 되었다. 이 길림선(吉林線)은 앞서도 말한 바와 같이 만철로부터 6백 50만원이라는 다액의 차관을 얻어서 경영하고 있으므로 얼른 보기에는 순전히 민국(民國)측의 경영인 듯하나 실지의 내용에 있어서는 재정 감독으로부터 일체의 지휘는 역시 만철(滿鐵)에서 하고 있다. 참장의 말을 듣건대 작년도 총수입은 약 2백만 원인데 수입에 있어서는 합이빈 대양(大洋)이나 현(現)대양을 받고 지출에 있어서는 일화(日貨)를 쓰게 되므로 실수입은 1백 50만원 가량 밖에 되지 않는다고 한다. 이와 같은 관계상 기차의 임금(賃金) 같은 것도 일화로 따져보면 매양 오르내리게 되는데 잘못하면 임금의 부족으로 인하여 되돌아가게 되는 사람도 많다고 한다. ○○가 끝난 후 그는 특별히 우리를 위하여 2등 면표[(免票)·무임승차증]를 발행하여 주었음은 무엇보다도 고마운 일이었었다.

나는 봉천에서부터 일부러 같이 와준 정계선(鄭啓先) 군과 본보 장춘지국 기자 박원홍(朴元洪) 군과 한가지로 오후 5시 35분 차로 여러 동지의 책임 있는 장래의 부탁을 받으면서 장춘을 떠나게 되었다. 조선 있을 때에 중국 기차는 더러워서 3등 같은 것은 도무지 탈 수 없고 2등이라야 조선 철도의 3등만도 못하다는 말도 들었는지라 오르면서부터 먼저 차내를 한바퀴 돌아보고 다음으로 승무원들의 일반 승객에 대한 행동들을 눈여겨보았다. 그러나 내가 본 중국 기차는 아니 이 길림 철도만은 차내의 청결함으로 보든지 승무원들의 일반 승객에 대한 친절을 보든지 일본 철도나 조선 철도에 비하여 조금도 손색이 없음을 직감할 수 있었다. 아니 어떠한 방면으로 보아서는 조선 철도 승무원들의 눈꼴 사나운 불친절(이것은 3등차에서 자주 보는 일)보다는 도리어 그들의 인후(仁厚)한 편이 많아 보였다.

길림 차중에서 (2)

2등차실 한 구석을 차지하고 앉은 우리 일행은 중국 시국에 관한 이야기, 조선 사정에 관한 이야기, 노농(勞農) 사상에 관한 이야기 등으로 한참 입에 꽃을 피웠다. 그리 넓지 못한 2등실에는 중국인, 노국인, 일본인, 인도인 그리고 조선인 등으로 일종의 극동 인종 전시회를 연 감상이 났었다. 차내에는 7, 8명 순경과 4, 5명 육군이 무장을 갖추어서 가끔가다가 실내를 한번씩 돌아나가고는 한다. 그러다가 조금만 행색이 수상하게 보이는 사람만 있으면 덮어놓고 행구(行具)부터 엄중히 검사한 뒤에 자세하게 신분까지 조사한다. 이것은 최근 각 신문지가 전하는 바와 같이 산서군(山西軍)의 편의대(便衣隊)가 북경 이북까지를 벌써 넘어 들어와서 동삼성(東三省)에서도 모종의 운동을 계획한다는 정보가 매일 같이 날아들어오므로 그와 같이 경계가 엄중함이라고 한다.

나는 압록강 건널 때에 일본 경찰들의 취체가 자못 엄중함을 보았었고 여기서 또한 중국 군경의 취체가 엄중함을 보니 그도한 심회가 뒤집힘을 참을 수 없었다. 일본 경찰들의 국경 취체가 엄중함이 ○○운동에 대한 시국범을 붙잡기 위함이라고 하면 여기서 보는 중국 군경의 취체가 엄중함도 또한 그들의 일컫는 소위 시국범을 붙잡기 위함이라고 하겠다.

그러나 때인저[데인지(danger)], 때인저! 그들 자본주의의 국가나 군벌의 횡포가 막심하면 막심할수록 민중의 감정은 더욱 앙진(昂進)하여지고 대중의 반항심은 더욱 굳어가는 줄은 그들은 다같이 모르는 것도 같다. 곁에 앉은 어떠한 중국인의 말을 듣건대 장작림이 제아무리 대원수의 자리에 버티고 앉아서 천하를 호령하려고 하나 중국의 대세는 도저히 그를 허락지 않을 것이요, 중국 민중은 이미 그를 떠난 지 오래니 장작림 오늘의 자리는 다만 아침 이슬에 지나지 못할 것이라고 한다. 이와 같은 사정은 내가 그에게서 처음 들어서 안 것은 물론 아니다. 그러나 중국인에게서 직접으로 이러한 말을 들을 때마다 매양 새로운 감상을 가지게 된다. 그럴 것이다. 남으로는 국민 혁명군이 이미 경수선(京綏線)을 넘어서 북경을 엿보고 있고 북으로는 노농 노국(露國)의 적색주의가 점점 휩쓸어 넘어오는 바 있고 안으로는 수족같이 믿고 있는 동삼성(東三省) 대중이 또한 반기를 들려 하니 제아무리 현대의 진시황으로 자처하는 영웅이라 할지라도 사면 협공을 받는 그 말로(末路)야 말로 가련타 않을 수 없다.

밤이 깊어감을 따라서 떠들고 있는 모든 사람들은 하나씩 둘씩 잠들기를 시작하여 그 소란하던 차내는 지극히 고요한데 가끔 가다가 늦은 가을 찬바람만이 창문에 부딪쳐 지나갈 뿐이었었다. 우리는 장춘 떠날 때에 본보 지국장 조헌(趙憲) 군에게서 받은 위스키 두 병을 내어놓고 한꺼번에 마셔버렸다. 원래 나도 말하면 나 자신으로도 애주가? 아니 주충(酒忠)으로까지 자처하고 같은 애주가인 동무들로부터도 '백(百) 도꾸리)'라는 별명까지 듣고 있지마는 동행인 정·박양 군도 어지간한 호주가이었었다.

한 잔 두 잔을 거듭할수록 주흥(酒興)은 점점 도도하여지고 생각은 여러 가지로 복잡하게 되었을 때에 건넌방 3등실로부터 이러한 노래가 들려왔다.

1. 1925년 3월 1일은
이내 몸이 압록강을 건넌 날이라,
해마다 이 날은 돌아오려니
내 목적을 이루기 전 못 잊으리라.

2. 삼천리 강산은 우리님
부모형제 친구를 다 이별하고
한줄기 피눈물로 압록강 건너
한숨으로 부모국을 하직하였네.

3. 님을 두고 떠나온 외로운 내몸
간곳마다 고생이요 학대로구나
동포야 묻노니 내 죄뿐이냐
너 죄도 있으리니 같이 나가자.

4. 서백리아 찬 바람에 들을 달리며
스슬랜드 동산에 눕기도 하고
몽고리아 사막도 밟아들 보며
아라비아 벌판에도 거닐리로다.

길림의 조선인

길림에 도착하기는 오후 9시 40분이었었다. 장춘까지 올 때에는 원만한 정거장에는 의례히 우리 나라 여관 뽀이[보이(boy)]들이 서로 앞을 다투어서 친절하게 안내하여주므로 아무리 중국말 모르는 초행 손님이라 할지라도 아무러한 불편도 없을 것을 보았으나 이 길림역 전에는 수십명의 중국 여관 뽀이 떼가 손님을 다투어 마치 왕벌 모양으로 싸우고 떠돌 뿐이요, 우리 나라 인객업자(引客業者)는 그림자도 볼 수 없었음이 무엇보다도 마음에 새로운 충동을 주었다. 박 군의 말에 의하여 우선 조양문(朝陽門) 밖에 있는 길원(吉源) 정미소를 찾기로 하고 인력거에 몸을 실었다. 정거장에서부터 조양문까지 가자면 3리는 넉넉히 되는데 매인 금화 10전씩을 주었으니 얼마나 중국 노동 임금의 싼 것을 알 수 있다.

길림은 길림경군(吉林警軍) 길림성장(吉林省長) 등 공서(公署)를 비롯하여 경찰청, 고등 심판청 등의 중국측 고등 관아(官衙)와 일본측으로 총영사관과 그리고 우리 해외 운동 단체로 매양 천하의 이목을 놀래이고 있는 정의부(正義府)의 중앙 지점이다. 이 길림도 약 1천 년 전까지의 한옛날에는 우리 발해(渤海) 왕국의 영역(상세 사적은 추후 소개)이었었으나 발해가 1차 요(遼)에게 망한 후로 동단국(東丹國), 금국(金國), 원국(元國), 서진국(西眞國) 시대를 거쳐서 고려 말엽에 이르러서부터 당시의 한(韓)·명(明) 양국간에 영토 계쟁 문제(領土係爭問題)가 발생하기 비롯하여 이조 숙종 38년에 이르러서 드디어 백두산상에 정계비석(定界碑石)을 건(建)한 후부터는 형식으로도 확실하게 중국 영지에 속하게 되었으며 동시에 조선 정부에서는 두만강에 봉금령(封禁令)을 내리고 청국 정부도 역시 황폐 방치하였었으므로 길림 대지뿐이 아니라 전 만주의 넓으나 넓은 벌판은 이래 수백 년 동안을 다만 비금주수(飛禽走獸)의 자유 천지로 되고 말았던 것이다. 그러던 것이 거금 2백 30여년 전에 청국 정부가 이곳에 척간국(拓墾局)을 설치하고 산동 방면의 이주를 크게 환영하면서부터 길림은 비로소 시가지를 형성함에 이르렀고 추후로 장족적 발전을 보게 되어 오늘과 같이 만주 굴지의 대도회지를 형성하게 된 것이다. 이제 길림성 성에 거주하는 민족별 호구를 소개하면 아래와 같다.

민족별	호수	인구
중국인	12,135	65,378
조선인	72	478
일본인	273	1,930
외국인	19	108

그리고 다시 길림현을 중심으로 하여 부근 각 현에 산재한 동포의 호구를 소개하면 아래와 같다.

현별	호수	인구
길림	578	3,872
화전(樺甸)	1,159	5,498
반석(磐石)	1,235	4,578
액목(額穆)	789	3,892
돈화(敦化)	501	2,622
서란(舒蘭)	187	897
몽강(蒙江)	698	5,687

이상은 대략 중국 관청의 조사와 일본 영사관의 조사한 바를 토대로 하고 그 위에 다시 각 방면으로부터 탐문한 바를 참작하여 숫자를 낸 것이매 물론 확실한 통계 숫자로 볼 수 없으므로 종후(從後) 가는 곳에서마다 실지로 조사하여 다시 정확한 통계를 얻어서 소개하려 하나 그다지 대차는 없으리라고 믿는 바이다. 그리고 이상의 동포 호구를 다시 고국의 원적지(原籍地) 별로 보면 봉천이나 장춘 지대와는 달라서 경상 남북도가 제1위를 점하고 강원도가 그 차(次)이요, 평안 남북도가 또 그 차이요, 그 다음은 함경 남북도, 황해도, 경기도, 전라 남북도 등의 순서라고 한다. 그런데 이상 동포들의 피와 땀으로 경작하는 토지는 얼마나 되느냐 하면 그들 대부분은 황무지의 신개척이 아니면 중국인 소작농으로서 금년도 수전(水田) 경작 작부반별(作付反別)로 보면

현명	작부반별
길림	2,325상(晌)
화전	3,830
반석	2,228
액목	2,158
돈화	968
서란	308
몽강	317
쌍양(雙陽)	920

인바 중국의 1상(晌)은 고국의 1천 8백 평에 상당한다. 그리고 이상 면적에 대한 수확고를 다시 조사하면 대략 아래와 같다.

현별	수확고
길림	18,350석(石)
화전	35,975
반석	28,680
액목	25,352
돈화	12,357
서란	4,168
몽강	3,880
쌍양	8,598

고통인 교육

길림과 및 길림현을 중심으로 하여 부근 각 현에 산재 거주하고 있는 동포의 수효와 아울러 그들이 경작하는 수전 면적과 및 그 수확고에 대하여는 전(前) 일본측에서 제출한 바이어니와 이제 다시 그들! 아니 만주 동포의 교육 상황에 취(就)하여 들은 대로 본 대로 소개하여 천하 인사의 참고에 드리려 한다.

오늘날 남북 만주와 및 서백리아 일대에 유리(流離)하고 있는 동포의 수효는 1백만이라고도 하며 또는 2백만이라고도 하고 혹은 3백만을 초과하였다고도 하여 각종 주장하는 바가 달라서 실지 조사를 마치기 전에는 그렇다고 할 만한 정확한 통계를 대일 수 없으나 이미 2백만을 초과한 것만은 사실로 볼 수 있다. 이와 같이 수많은 형제의 만주 이주로 말하면 말할 것도 없이 고국에서 모든 생활 방도를 잃고 견디다 견디다 못 하여 앉아서 죽음을 기다리는 것보다는 차라리 나아가서 살길을 찾아보겠다는 인간 최후의 욕망으로 남부여대(男負女戴)하여 북으로 북으로 쫓기어나온 무산 형제들임을 인제 새삼스럽게 논할 필요조차 없거니와 이곳에 와선들 무슨 도리가 나서지 못할 것은 너무나 명백한 사실이라고 하겠다.

물론 이주민이라고 하는 말은 결코 조선 민족에게만 한하여 있는 것은 아닐 것이다. 그러나 그네들은 배후에 금력도 있으며 병력도 있고 따라서 정치적으로나 경제적으로나 보호받고 있는 행운아들이라고 하겠다. 그러나 우리 만주 이주 형제들로 말하면 이와 같은 보호는커녕 도리어 날이 가면 날이 갈수록 해가 가면 해가 갈수록 간 곳마다 얻는 것은 고생뿐이요 박해뿐이다. 어찌 그뿐이겠느냐? 어떠한 때에는 수십 수백의 동포가 한꺼번에 참학(慘虐)을 당할지라도 아무 호소조차 할 길 없는 약하고 설움 많은 미족들이 아니냐? 이와 같은 사정은 먼 예는 들지 않더라도 최근 수년 동안에만 발생된 집안현(輯安縣) 사건이라거나 홍경현(興京縣), 유하현(柳河縣) 등지에서 일어난 사건만으로도 넉넉히 이를 증명할 수가 있는 것이다. 이러한 중대 사건은 그래도 그 사건이 큰만치 자연히 세상에서 알게 되지마는 그밖에 아직까지 세상에 드러나지 않은사건이라거나 또는 매일과 같이 발생되는 참상은 만주를 보지 못하고 만주사정에 어두운 고국 형제들은 모르고 있을 것이다.

사실에 있어 매일 살아가는 살림이 이와 같으매 어찌 교육 기관인들 완전하게 세울 수 있으며 자제의 교육인들 뜻대로 시켜나갈 수 있겠느냐? 그러나 우리는 과거에 있어 지식 시장에서의 참패자이었었고 현재에 있어서 또한 지식에 목마른 무리들이다. 이와 같은 사정은 만주에 있는 동포들 뿐만 아니라 우리 백의 민족된 자는 내외지를 물론하고 다같이 절감하는 사실이겠다. 그렇다. 우리는 과거에 있어 민족적으로 알지 못하였었고 깨달음이 없었으므로 오늘날 요지경 요모양에까지 이르게 된것이다. 그렇다고 하면 우리의 다시 살아나갈 한 줄기 생명은 오직 교육보급에 있을 것이요 교육 보급에 있다고 하면 만주에 있는 동포들도 내지(內地) 형제의 생명 연장인 이상에는 무엇보다도 다같이 교육을 힘써야 될 것은 식자의 췌론(贅論)을 기다릴 필요가 없을 것이다. 그러나 만주의 형제들은 고국 동포들보다도 모든 힘이 미약하다. 물질의 힘 같은 것이 부족함은 더 말할 것도 없거니와 철도 연선이라거나 철도 부속이지나 상부지(商埠地) 등지에서는 될 수 있는 대로 일본화의 교육으로써 아동의 심리를 지배하려 하고 중국측은 어디까지든지 중국식 교육을 실시하려고 하여 가지각색의 명칭을 붙여서 동포의 교육기관에 폐쇄명령을 내리거나 그렇지 않으면 중국인 교원을 강제 파송하여 극력으로 박해를 가하는 등으로 교육에 조차 내지 동포로서는 실로 상상할 수 없는 고통을 받고 있다.

물론 일본이 일본식 교육을 장려하려 함은 그들로 보아서는 당연한 일이라 하겠고 중국이 중국식 교육을 강제함도 결코 무리라고는 할 수 없다. 인제 일본의 교육 시설에 취하여는 이미 다 아는 사실이므로 더 말하지 아니하나 중국이 동포 경영의 학교에 대하여 박해를 가한다는 중요한 원인을 들어서 재만 형제의 교육 문제에 대한 딱한 사정을 천하 형제에게 호소하려 한다.

중국인들이 동포 경영 학교에 대하여 압박을 가하는 원인은 이미 말한바와 같이 여러 가지가 있으나 일본 세력은 침입에 대한 감정이 제일 큰 원인으로 볼 수 있다. 중국은 아직 국제적으로는 일본과 대등 지위를 가지고 있지 못하나 이미 각성한 그들 민중은 상실하였던 모든 이권을 회수하려 하고 외래 세력을 배척하는 기세가 전 중국을 통하여 맹렬하여감은 세간 주지의 사실이어니와 만주에 있어서는 일본의 세력이 팽창한 그만치 배일 사상이 날로 농후하여 가며 따라서 일본의 모든 시설을 배척하고 동시에 조선인 동포에게까지 의아(疑訝)를 품는 그들은 우선하여 동포의 입적을 강요하고 자국식 교육으로써 동화시키려 하는 것이다. 물론 그들은 교육 문제뿐만 아니라 모든 방면을 봄에 있어서 재만 동포의 문제를 중대시하고 있는 것은 사실이다. 이러한 여러 가지 문제에 대하여는 일후 기회 있는 대로 축차(逐次) 소개하기로 하고 우선 교육 문제에 취하여 본년 5월 13일 제2차 길림 전성 교육 연합회(吉林全省教育聯合會)에서 재만 동포의 교육 문제를 중대 의안으로 하여 토의 결정한 소위 만주 간민 교육 정돈책(滿洲墾民教育整頓策) 전문을 그대로 역(譯)하여 소개하면 다음과 같다.

만주 간민 교육 정돈책

원안(原案)

제1. 만주 간민 교육안

제2. 만주 간민 교육은 마땅히 구체적 판법(辦法)을 명정(明定)하여 주권을 중히 할 안

제3. 만주 간민 교육 계획을 정돈하기로 제의한 안

제4. 만주 간민 교육을 응당히 특별 판법을 제정하여 동화책(同化策)을 수립하기로 건의한 한

심사 결과

위 4안을 합하여 아래와 같이 수정함.

이유

멀리 청말(清末)로부터 일본이 조선을 경영하고 우리 만주를 규시(窺視)하여 침권(侵權) 탈리(奪利)의 일을 착착 진행하는 바 실업으로는 은동 매광(銀同煤鑛)과 철도 부설의 건(件)을 점하고 경제로는 구제의 미명으로써 토지를 수압하는

일방으로 민호(民戶)를 대방(貸方)하고 행정으로는 촌진(村鎭)마다 경찰을 배설하며 각향(各鄕) 간민까지 핍박하여 소위 조선 인민회를 설립하고 그 통속(統屬)에 귀(歸)케 하며 더욱이 가외(可畏)할 것은 도처에 보통 학교 또는 보통 학교의 지교(支校)인 보조 서당을 설립하고 조선 간민을 교육하는 등의 원대한 계획을 수립 중인 바 만일 일찍이 차등(此等) 근본적 대책을 강구치 않으면 만주는 조선과 같이 일인에게 빼앗기고 말 것이다. 그러므로 만주를 언제까지나 보존하려면 반드시 간민을 회유하여야 할 것이요, 간민을 귀심(歸心)케 하려면 무엇보다도 그 민족을 동화시켜야 할 것인데 학교 교육이 실로 타민족을 동화시키는 데 공구(工具)가 되는 바이니 이것이 만주 간민 교육의 특수한 사정이 본부 교육과 부동한 소이와이 공구로써 역행할 것이 가장 중국인의 급선무이다.

결의 요안(決議要案)

1. 교원을 양성할 건

이제 간민 교육을 확중하려면 교원이 결핍하므로 교원 양성의 응급방법으로 하여 사범 강습소를 설립하고 2년 내지 3년에 졸업케 하여 급무(急務)에 응케 할 일

2. 교과서를 개편할 건

초등 소학 4년을 5년으로 개정할 것은 이미 연길 간민 연합회의 의정(議定)은 경(經)하여 청(廳)에 정한 후 실행한 지 다년이나 단 4년의 교재로써 5년에 분배 교수하는 것이 심히 적당치 못하고 또는 초등 소학교에 조선의 예속(禮俗) 무자를 완전히 포기하는 것은 조선인의 가장 은통(隱痛)히 생각하는 바이다. 그러하므로 세(勢)를 인하여 이도(利導)하기도 하고 아울러 교재 분배를 적의(適宜)케 하기 위하여 상당한 교재로 개편하되 조선 예속에 관한 문제 등을 가입(加入)하고 교재 분량만은 증가하지 말되 고급 소학용 교과서 내에 고려를 정복한 것과 기타 역사상으로 보아서 중・선(中・鮮) 감정에 관계되는 재료는 참작 삭제할 일.

3. 사립 학교를 취체할 건

사립 학교는 반드시 장(章)을 준수하고 안(案)을 세워 취체를 엄중히 하되 현교육국(縣教育局)으로부터 학감(學監) 1인을 파견하여 감시 지도의 자질을 지우고 겸하여 국어를 교수케 하여 동화의 실효를 얻게 할 일

4. 향촌에 학교를 증설하고 내용을 확충케 할 건

조선 간민이 다수 거주하는 향촌에는 적극적으로 학교를 설치하고 이미 학교가

설치된 곳에는 학력 아동을 다수 수용하여 외인의 승리(乘機) 선동을 면케 할 일.

5. 시진(市鎭)에 모범 소학교를 설립할 건

만주 각 상부지와 현 번성 시진에 완급을 분별하여 모범 소학교를 설치하되 시설과 대책을 완선(完善)케 하여 향촌 학교의 모범이 되게 할지며 아울러 상부지 내에 일인이 설립한 학교와 비교하여 조금도 손색이 없게 할 일

6. 학구(學區)를 축소할 건

만주 각 현은 지역이 요곽(遼廓)하여 원획(原劃)된 학구는 폭원(幅圓)이 심광(甚廣)하여 급속히 다수 학교를 설립한 시는 원유(原有)한 교육 위원의 조여(照餘)가 부동할 것이므로 응당히 다시 학구를획분하되 작량(酌量)하여 축소케 하고 교육 위원으로 하여금 실지로 그 구에 있게 하여 구내 교육 사업에 진력케 할 일

7. 교육 행정원을 증원할 건

학교와 학구가 증가됨을 따라 원칙한 교육 행정 인원으로는 필연코 분배가 부족할 것이므로 구를 안(按)하여 교육 위원을 설치하는 외에 교육국의 사무 위원도 또한 작량 증가하되 그 관처 판법(管處辦法)은 교육국 보급 예(例)와 같이 3등국(等局)은 2등국으로 2등국은 1등국으로 하게 할 일

8. 중등 학교를 설립할 건

간민 소학교 졸업생들이 항상 향학(向學)할 곳이 없는 데서 고민을 당하고 심하면 무업(無業)의 유민까지 되므로 만일 법을 설(說)하여 안전치 않을 시는 교육 전진과 동화시킴에영향이 천선(淺鮮)치 않을 것이므로 중등 학교를 설립하여 인재를 양성하는 동시에 소학교에 있는 학도들도 장래 희망할 바가 있게 할 일

9. 간민 교육 독찰 전원(督察專員)을 치(置)할 건

간민 교육의 관계가 십분 중요한 즉 판사 인원(辦事人員)의 일체 설시(設施)가 필연코 진선(盡善)치 못할 것이요, 독찰을 대(待)할 자한두 가지일 뿐만 아니라 연변에는 전자에도 간민 교육 독찰의 설치가 있었으나 성립(省立) 제4 사범 학교장으로 겸이케 하였기 때문에 차(此)를 득하면 피(彼)를 실(失)하는 폐해를 면치 못하였으므로 응당히 교육청으로부터 만주 간민 교육 정형(情形)에 숙달한 인재를 선택하여 간민 교육 독찰 전원에 등용하되 책성(責成)에 전(專)하고 독담(獨擔)에 자(資)케 할 일

10. 판학 인원(辦學 人員)을 포장(褒奬)할 건

간민 교육을 판리(辦理)하는 인원에 대하여는 응당히 동삼성(東三省) 판학 원원(辦學人員) 포장 조례(褒奬條例)에 의하여 급(級)에 도(途)하면 포장할 일

11. 일인이 연변과 만주 각지에 설립한 학교 서당을 응당히 회수하여 교육 주권을 지지할 건

연변 각 현은 조선과 접경하였으므로 일인의 학교는 원래 국자가(局子街), 용정촌, 두도구(頭道溝), 백초구(百草溝) 등 4처 상부지 내에만 한하여 설치하고 선·일(鮮·日) 교민 자제를 교육하게 하였는데 점차로 향촌에까지 연급(延級)할 뿐만 아니라 우리 간민에 속한 자까지도 흡수하여 결국 우리의 교육 주권을 침해함이 이에서 더 심한 자 없으므로 연변 교육계에서는 여러 번 회수를 운동하였으나 아무러한 효과가 없었고 민국(民國) 7년에 지(至)하여 연길 장(張) 전도윤(前道尹)의 교섭을 경(經)한 결과 구두로써 일인이 연변 각 현에 서당 23처의 설립을 구설(久說)하였던 바 이 역시 점차로 추광(推廣)하여 발전을 기도하고 있은 즉 차제에 만일 설(設)하여 제한 회수하지 않으면 교육 주권이 상실될 뿐 아니라 간민 교육 전도(前途)에까지 폐해가 미칠 것이므로 응당히 엄중 교섭을 청하여 연변을 비롯하여 상부지를 제(除)한 외에 각처에 있는 일인이 설립한 학교나 서당을 일률로 회수하여 교육 주권을 보유하고 근(謹)히 회수, 판법을 의정(擬訂)하여 일병공결(一併公決)에 청부(請付)할 일, 위를 실행키 위하여 동삼성 각 성서(省署)에 정청(呈請)할지며 교육청과 각 도윤에게는 영행준조(令行遵照)하여 절실 판리케 함.

동삼성 당국은 상술(上述)한 바와 같은 소위 만주 간민 교육 정돈책이라는 것을 세우고 이 정돈책에 의하여 자국식 교육을 강제하고 있음도 결코 일리가 없다고는 말할 수 없는 것이다. 이와 같이 재만 동포의 교육시설은 물질의 곤란도 곤란이려니와 동시에 정치적 세력의 지배도 또한 아니 받을 수 없게 된다. 그리하여 이 간섭 저 간섭 밑에서 그래도 동포의 교육은 동포의 손으로 시켜야 되겠다고, 아니 천진난만한 어린 생령(生靈)들로 하여금 조선혼을 북돋아 넣어 주기 위하여 지동지서(之東之西)에 온갖 곤란과 고통을 무릅쓰고 침식을 잊다시피 애써 노력하는 교육자 제현(諸賢)의 눈물겨운 신산(辛酸)한 사정은 그야말로 마음 있는 이들의 눈물을 자아내고야 말 것이다. 그러면 만주 동포의 교육은 어떠한 정도와 범위에서 또는 그 경영 방법은 어떠한가. 거기에 대한 상세한 사정은 일후(日後) 가는 곳에서마다 소개하기로 하고 여기에서는 다만 전 만주

적으로 본 대략의 상황과 길림현을 중심으로 하여 부근 각 현에 산재한 각 학교에 취하여 먼저 조사한 대로 간단하게 소개하려 한다.

재만 동포의 교육 기관은 만주 형제의 거의 전부가 소작 농민인만치 다소의 기금이나마 세울 수는 도저히 불가능한 일이다. 그러하므로 만일 기금이 있다고 하면 그것은 오직 적권(赤券)이 있을 뿐이요 성력(誠力)이 있을 뿐이라고 하겠다. 열 집만 모여살아도 의례히 학교를 설립하여야 될 줄 알고 자제를 교육시켜야 될 줄 안다. 이러한 점은 고국 형제들보다도 훨씬 진보된 사상이라고 할 것이다. 그러나 모든 방면에 있어 힘이 없는 우리의 일이므로 내용의 설비라야 아무 보잘것없고 다라서 교원들의 물질적 대우라도 뜻대로 하여 주지 못하는 것은 그렇지 아니치 못하여 그리되는 속일 수 없는 사실이라고 하겠다. 그리고 가르치는 정도로 말하면 간도에 있는 몇 개 중학을 제한 외에는 간부가 소학교인데 학급수로 말하면 3학급으로부터 대개는 5학급까지이며 교과서와 같은 것은 지대와 학교에 따라서 각각 일정하지 못하다. 일본 교과서는 중국측의 간섭으로 인하여 사실상 절대의 금물이요 대개는 중국 교과서에서나 그렇지 않으면 교원 자신이 각각 자기 담임 과목에 대하여 아동 교육에 편리하도록 수시 편찬 교수하는 것이 통례이다.

이와 같은 사정이므로 교육상 종종 불편도 없지 않으려니와 학교와 학교 사이의 상호 연락 관계에 있어서도 여러 가지로 고통되는 바 많다고 한다. 그래서 만주를 지배하고 있는 운동 단체 ○○부에서는 전 만주 소학교용 교과서를 통일하기 위하여 교육부에서는 목하 각종 교과서 편찬에 예의 고심 중인데 제1착으로 편찬한 「조선어 독본」은 이미 인쇄까지 완료되어 이를 교수 중에 있으며 유지 방침으로 말하면 일반 유지자(有志者)의 기부금이라거나 매호마다 의연금을 배당하는데 이조차 역시 현금은 못 되고 가을 추수 후에야 곡물을 대납하거나 금전을 납부하게 된다. 이와 같은 관계상으로 교원에게 얼마의 생활비를 들인다는 것도 추수후에야 들이게 되고, 다음해의 예산액도 이때에야 세우게 된다. 그러므로 그 해 연사(年事)의 흉풍(凶豊)은 직접 학교 운명까지를 좌우하게되니 형제야 얼마나 곤란하고 딱한 사정이냐 말이다. 이제 이러한 가운데서도 한 줄기 생명을 부쳐오는 길림현과 부근에 있는 학교들을 이하에 소개하려 한다.

영신 학교(永信學校) : 길림성 성상부지(城商埠地)에 있는 학교로서 5년 전에

설립되었는데 남녀 아동이 28명이요, 손정도(孫貞道) 씨가 경영책자(責者)이며,

길흥 학교(吉興學校) : 길림현 신안둔(新安屯)에 있는데 10년 전에 설립된 역사 깊은 학교로서 생도 50여 명을 교수 중인 바 책임자는 이욱(李旭) 씨요,

동성 학교(東成學校) : 길림현 춘등하(春登河)에 있는데 지난 3월에 설립된 후 그 발전의 성적이 자못 양호하여 목하 40여 명의 아동을 수용하고 있는데 대표자는 안윤재(安允在) 씨요,

유년 학교(幼年學校) : 화전현 집장자(集場子)에 있는데 4년 전에 설립되어 목하 40여 명의 학생을 수용하고 있는 바 박효린(朴孝麟) 씨가 전책임을 지고 노력 중이라 하며,

삼흥 학교(三興學校) : 화전현 밀십합(密什合)에 있는데 9년 전에 설립되어 목하 46명의 생도를 교수하는 중이라고 경영 대표자는 문재희(文在熙) 씨라 하며,

삼화 학교(三和學校) : 벽석현(碧石縣) 호란장자(呼蘭臧子)에 위치를 둔 학교로서 4년 전에 창설된 후 교운이 날로 발전 중이라 하며 목하 교수 아동은 50여 명이요, 경영 대표자는 이종동(李淙桐) 씨라 하며,

세구 학교(細構學校) : 벽석현 세구하(細構河)에 있는데 5년 전에 설립되어 50여 명의 생도를 수용하고 있는바 김문책(金文責) 씨가 전 경영의 책임자라 하며,

남구 학교(南溝學校) : 액목현 남구에 위치를 두고 3년 전에 설립된 후로 금일까지 꾸준하게 노력 중인데 생도는 47명이요, 경영 대표자는 김준(金俊) 씨라 하며,

양예 학교(養藝學校) : 서란현 소성자(小城子)에 있는데 4년 전에 설립되어 목하 30여 명의 아동을 교수 중이요, 권병태(權炳泰) 씨가 경영 대표자라 하며,

양예 학교(養藝學校) : 서란현 대북분(大北盆)에 있어서 동현 소성자에 있는 양예 학교와 동명(同名)이며 5년 전에 설립되어 목하 30여 명의 아동을 교수 중인데 경영 대표자는 원의하(元義河) 씨이다.

강연회의 소감

10월 24일이었었다. 나는 길림 학우회 대표로부터 무엇이나 길림 인사들에게

유익될 만한 말을 좀 하여 달라는 소탁(所託)을 받았었다. 원래 나로 말하면 학교 다닐 때에 토론회 석상에는 몇 차례 나가본 일이 있었고 교원 생활을 지날 때에 학생을 가르치기 위하여 교단에 섰던 일은 있었지마는 수많은 청중 앞에서 강연이라거나 웅변 같은 것을 토하여 본일은 볼로 없었다. 게다가 7년 전 간도에 있을 때에 간도 학생 소인 극단(間島學生素人劇團)을 조직하여 가지고 고국을 순회하던 중 함북 회령(會寧)에서 된 말, 안 된 말 지껄이다가 임석 경관 나으리들의 추상 같은 금지를 당한 이후로는 오늘날까지 한번도 입을 열어본 적이 없었다. 그러므로 몇 번이나 고사(固辭)하였으나 다짜고짜로 조르는 바람에 견디다못 해 할 수 없이 허락하였다.

강연 일짜인 26일은 돌아왔었다. 나는 하루 종일 연제(演題)와 할 말을 생각하기에 골머리를 앓았으나 아무리 하여도 만장 청중을 능히 울리거나 웃기지를 못 할지언정 웃음이라도 어찌 면하였으면 하는 자신조차 나지를 못하였었다. 정각인 오후 3시가 되자 나는 안내하여 주는 학우회간부인 듯한 수삼 청년을 따라서 강연 장소인 영신 학교로 갔었다. 이 영신 학교의 강당으로 말하면 빽빽하게 들어앉아야 겨우 1백, 4,50명밖에는 더 앉을 수 없는 좁은 곳이다. 그러나 길림 우리 동포의 옥내 집회 장소로는 요만한 곳도 없으므로 그래도 매양 동포끼리 모일 일이 있으면 이 영신 학교 강당을 이용하는데 어떠한 때는 실로 불편한 일이 약간 한두가지가 아니라고 한다. 장내에는 간도에서만 하여도 청중보다 의례히 앞서와 앉아 있을 일본 경관은 그림자도 볼 수 없었음이 무엇보다도 마음에 그 무슨 충동을 주는 바 있었다.

장내가 떠나갈 듯이 비애에 넘친 ○가 합창이 있은 후 이어서 나는 연단에 올라왔다. 청중은 거의 남자 학생이었고 여자석에는 중국 남방 어느 음악 전문 학교에서 음악을 전공하다가 중국 동란으로 인하여 두 달전에 돌아왔다는 손정도(孫貞道) 씨 영양 손성실(孫聖實) 양이 혼자 쪼구리고 앉은 것은 어찌 보면 만록총중홍일점(萬綠叢中紅一點)의 감상도 없지 않았었다.

'동포여 어떻게 살꼬?'

이것은 내가 한 연제이었다. '동포여 어떻게 살꼬'란 말은 물론 나뿐이 아니라 강연회에 모였던 여러 사람들이라거나 그밖에 오늘날 조선 사람치고 일부 특수 계급을 제외한 외에는 부르짖지 않는 사람이 없으며 또는 문제에 대하여 깊은 연구를 갖지 않는 사람이 거의 없다하여도 결코 지나친 말이라고는 할 수 없을 것이다. 그러나 오늘날 우리가 개인적이거나 민족적임을 물론하고 이 '어떻게 살꼬'의 문제를 해결하기 위함이요, 과거에 있어 수많은 꽃다운 생명을 희생하였고 또는 현재에 있어 희생하고 있음도 '어떻게 살꼬'의 문제에 대한 무슨 해결이나 얻기 위함이라고 할 것이다.

나의 강연은 약 1시간으로 끝마쳤다. 물론 성공이라고는 할 수 없었으나 그렇다고 아주 실패에 돌아간 것도 아니었음은 마침 다행한 일이라고 혼자 기뻐하였다. 강연이 끝난 후 나는 다시 그들의 초대를 받아서 어떠한 중국인 반장(飯莊·요리점)으로 갔었다. 학생들의 일인 만치 모든 것은 질소(質素)한 가운데 지극히 정답고 평화로운 기분이 넘쳐흘렀다. 그들의 말을 듣건대

> 만주의 모든 운동이 항상 고국의 운동과 서로 통일되지 못함이 무엇보다도 우리의 ○○운동을 위해서나 피차의 정신상 연결 관계를 위하여서나 일대 유감인데 이것은 고국의 선배 제씨가 항상 만주를 이해치못하고 만주 운동을 등한시함에서 기인함이라고 생각한다. 그러하므로 종후(從後)로는 되도록 서로서로 연락하는 관계를 맺어 더좀 힘있고 굳세인 그 무엇을 말들었으면 하는데 이러한 방면에 있어서는 아무쪼록 고국의 모든 우리 언론 기관들이 좀더 힘있게 역설하여주기 바란다.

고 하였다. 이 말이 그들이 나를 통하여 고국 형제에게 부탁하는 선물의 말이었고 이어서 ○○○○만세 삼창까지 있은 후 자리를 나오게 되니 때는 오후 8시 35분이었다.

死線을 넘어선 그 時節—生死線上에빛인一縷의光明*

서춘(徐椿)

벌서 二十七年前이야기입니다. 겨우 十七歲의 情熱兒로 間島一帶를 헤매든 追憶談中의 하나이지요.나는 同行一人과함께 어떤計劃을굼고 柳河縣에서 開原을 向하여가든 途中입니다. 三源浦에서 十里쯤 못미처 어떤人家에 들어가니까 方今 三源浦에는 馬賊이 數百名들어와서 大恐怖中이니 危險하다고 警告합디다. 그래서나는 不可不 三日間 이나 여기서 留하지않을수가 없었습니다. 나는 留하는三日간에 심심하여 三源浦方面을 探偵하여본즉 三源江에는 逃難하여오는 民衆들이 或은江에 빠지고 어린애가 너머지고 하여 目不忍見이었습니다.

나는 그후 馬賊이 三源浦를 떠났다는 말을듣고야 다시길을 떠났습니다. 馬賊의 襲擊으로 古戰場같이散亂한 三源浦를지나 몇十里 걸어가니 梡口嶺이라는 높은고개가 있었습니다.

이고개는 올라가는데十里나려가는데 十五里-마치 사발같이된 고개입니다. 이 峻嶺을 겨우넘어 絶頂에서 한발자욱을 나려가랴니까

『이놈!』

하고 中國人 巡察가 銃을 엽구리에 내여대두군요. 앗하고 한거름을 물러서며 바라보니 저편아레로는 千餘名의 兵丁(官兵)이 죽 느러서고 그옆에는 擔架에담긴 負傷者가 百餘名이 누어있는데 그우에 赤布를 씨웠습디다. 아마負傷者는 馬賊에게 傷한兵丁과 人民인듯합디다. 어찌나 光景이 悽慘한지 보기만하여도 무시무시하였습니다. 우리는 不知不識中에 손을들고 化石처름 서섰습니다. 그中에 士官비슷한사람 四五人이 올라와 우리를 죽 둘러싸드니 大概身體를 檢査하고는 저놈들을 銃殺하자구 그러두군요,. 참말 기마키는 瞬間이었습니다. 나는 잘 아지못하는 支那語를가지고 士官앞에나아가 滔滔이 意見을 말하였지오.

『나는 朝鮮사람이오. 내몸을 뒤어보아도 馬賊아닌것을 잘아시지안습니까?

---

* 이 글은 ≪朝光(조광)≫1937년 10월호에 게재된것이다. 서춘(徐椿, 1894~1943) 언론인, 일본 교토대학 중퇴. 유학생대표로 독립선언에 서명, 귀국후 ≪東亞日報≫ 주필을 력임. 후에 일제의 조선총독부 기관지 ≪每日新報≫의 주필. 광복후 건국훈장 등이 추서되였으나 친일 행적이 밝혀지면서 취소.

조곰이라도 疑心하거든 우리를다리고 단이시오. 무슨일이든지 따라단이며 至誠껏하겠습니다. 죽일必要가 어데있습니까?』
하고 率直이 말하였지오. 그들도 나의 率直하고 純眞한말에 픽웃으며 저편길옆에가서 앉고있으라고 하두군요.

우리두사람은 길옆에서 다섯時間동안이나 앉고 그들의 處分을 기다리고 있었습니다. 將次죽을지 살지 그들의心中을 몰으는 우리는 이 다섯時間이 實로 千秋같이 지루하고 또는 死刑臺우에나 앉인것같어서 가슴이 두군두군하였습니다. 實로 生死의境을 헤매인 셈이지오. 同行하든 한사람은 恐怖의싸여 다리를 사시나무떨듯이 부들부들 떨두군요.

저녁때쯤되어 判決이 나리는데 우산과 담요와 衣服과 돈三十圓을 모다빼앗슨후 가라구합디다. 모든物品은 빼앗겼으나 목숨이 산것만 多幸해서
『가든길을 그대로가리까? 오든길로 도라가리까?』
하였드니 士官은 빙긋이 웃으며 맘대로 하라고 하두군요. 그래서 우리는 가든길을 다시가게되었습니다. 그러나 도라서 갈때가 第一무서운때입니다. 돌려세워놓고 銃殺하는일이 非一非再이까요. 그놈들이 銃을노치않을가하여 마음이 조마조마한中 僅二三步마다 그者들을 도라보지않을수가 없었습니다. 實로 全身에 땀이 흘으고 神經이 極度로 緊張하여지두군요. 이리하여 山中툭에 나려와 겨우 몸이 숨겨진후에야 安心하게되었습니다.

그러나 精神을차리고 보니 몸에는 겨우 銅錢너픈밖에 없습디다. 생각하니 참말 氣가 마키두군요. 이제開元까지 四百餘里나 돈없이 갈생각을하니 앞이 캄캄합디다. 그러나 무엇보다도 常傷배가곱흐니 어찌합니까? 우리두사람은 얼마쯤 걸어가다가 더퍼놓고 길옆 원두막으로 드러갔지오. 나는 銅錢네픈을 꺼내주면서 돈은 이것밖에없으니 참외를 좀 가저오라고 하였습니다. 그랬드니 원두막主人은 우리얼굴을 暫間 바라보구는 참외밭으로 가드니 참외를 한구럭따가지고 나옵디다. 그의 말이 염여말고 맘대로 먹으라고하며 조선말도 間或섞어서 뜨듬뜨듬이야기하는데 그의말이 自己는 朝鮮서 十餘年 지낸일이 있다고합니다. 그는 朝鮮서 群山,木浦等地로 단이며 가진苦生을 다하였는데 밥도못먹고 한데서 밤을 지낸일이 한두번이아니고 그때마다 朝鮮사람들이 밥을주어서 먹고살었다고하며 朝鮮사람을 한번맛나보기가願이었다고합니다. 그래서 당신얼굴을보

니 배곱흔줄을 알겠다고하며 내가朝鮮서진 은혜를 생각하면 당신들을 우리집으로 案內하여 十餘日間 쉬여가라고하여두 좋으나 方今우리안해가 重病을 알른터이니 本意는 아니나 참외나 실컷먹고 가라는것이였습니다. 나는 어찌나 고맙고 感謝한지 그에게 몇번이나 謝意를表하고 그곳을떠나 四百餘里나 돈없이 乞食을하여가며 開元에 到着하였습니다. 나는 그때부터 支那人에게 적지않은 好意를가지고 있었으며 萬寶山事件때에도 나는 우리집옆에있는 支那人에게 적지않은 好意를表하였습니다. 은혜라는것은 지워준사람은 못받는다할지라도 決코 無力한것은 안입니다. 빗잘나먹는놈은 있어도 恩惠잘나먹는놈은 없다고생각합니다. (文責R記者)

馬賊에게 死刑宣告를 當한 瞬間馬賊에게死刑宣告를當한瞬間*

-白頭山에서산양하다부뜰리어-

리극로(李克魯)

벌서 이십년前입니다. 나의靑春의 한페지를 눈물과 피로 물드린 感激의 이야기입니다. 나는 歐洲火戰이 끝난 大正三年여름에 白頭山에서 산양을 다녔습니다. 白頭山이라고하면 여러분도 아다싶이 여름한철이 아니면 너무도 치워서 人跡이 끊어지는곳이지마는 數千里에亘한 千古의樹海는 참말 人跡未到의 神秘地가 많습니다.

나는 同僚아홉사람과함께 白頭山으로 산양을 갔지오. 白頭山絶頂에서 約四十里되는 高原地帶에 산양幕을 쳤습니다. 산양幕이라는것은 千古에 한번도 도

---

* 이 글은 ≪朝光≫1937년 6월호에게재된것인데 소재영 편 ≪간도류랑40년≫에서 선록. 리극로(李克魯)(1897-1986), 언어학자, 교육가, 정치가, 베르린대학 철학과 수업. 광복전 어학회 간사장, 저술에 ≪국어독본≫이 있다. 해방후 조선 사회과학원 조선어 및 조선문학 연구소 소장, 최고인민회의 상임위원회 위원장 등 요직에서 문화어운동을 주관했다.

끼를 드려보지못한 大樹林속에 아름드리나무를 베여서 그대로 네귀를짜서 慕은 산양慕을 튼튼이 지어놓고 番 을 가라가며 一個月동안이나 산양을 하였지오. 그동안 別의別苦生을 다하였습니다. 첫재 양식이없어서 곰의고기만 먹다가 설사가생겨서 죽을번하고 또는 밤이면 燈불하나없는 慕속에서 치위와떨며 많은苦生을 하였구려. 이렇게 一個月동안이나 人跡未到의 大樹林속에서 가진苦難과 싸워가며 산양한結果 우리는 二十餘頭의 곰과 十餘頭의 사슴이를 잡었습니다. 곰한마리가 큰소마큼식이나한터이라 고기는 모다 포를 떠서 한짐식 해지고 값비싼 熊膽과 鹿茸은 보에차서 들고 우리의 根據地인 撫松縣 중모투로 돌아왔습니다.

그러나 여기 한가지 말하지아니하면 아니될것은 馬賊의行動입니다. 이白頭山樹林地帶에는 산양軍과 阿片秘密栽培者가 있는데 馬賊은 不絶이 探偵을보내여 이산양軍과 아편栽培者를 探知하고 調査합니다. 馬賊들은 산양꾼을 發見하면 그들에게서 銃과 熊膽과鹿茸을 掠奪하고 阿片栽培者를 發見하면 그阿片栽培品을 모다 奪取합니다. 馬賊들은 이리하여 그들의 生活을 維持하는것입니다. 우리들도 어느듯 그들의 目標가되고 말었습니다.

우리가 根據地에 돌아온지 三日만에 거기서 約三十里되는 西大嶺이라는 곳에서 情報가왔는데 馬賊이 不日間 우리 「中모루」라는곳을 襲擊한다는 것입니다. 이所聞에 同僚몇사람은 銃을가지고 逃亡하고 나는 그곳書堂에서 얼마前까지 訓長노릇을 한터이라 訓長으로 行世하기로 決心하고 끝까지 버티었습니다. 아니나 달르리까? 그다음날 午後한시쯤하여 馬賊은 三十餘名이 銃에 칼을 꿰어가지고 襲擊하였습니다. 馬賊은 中모루를 襲擊하자마자 그洞里에있는 男子란 男子는 모다 捕縛하였습니다. 그리하여 그洞里區長집에 모다 끌어다놓았습니다. 大綱事實을 調査한結果 딴사람은 모다 釋放하고 나와 내同僚네사람은 팔과 어깨를 단단이 結縛한後 나무에 달아매고 죽도록 따리고 또는 鐵枚을 불에달워가지고 발을 지지고하였습니다. 이리하여 우리는 全身에 피투성이가되고 그만 半남아 혀를빼여물게되었습니다. 이리하여 나와 내同僚는 事實대로 이야기하고 땅속에 묻었든 銃까지내여 주었습니다. 그러나 馬賊頭目은 逃亡한 親舊들의 銃과 熊膽과 鹿茸을 내라고 더욱더욱 嚴罰하는구려. 이미 逃亡간 親舊들의 銃을 가저올수도 없고 또는 熊膽과 鹿茸은 이미 山에서 나려오든그날로 이미處分한

더티라 어찌할 수가 없었습니다. 事實대로 이야기했더니 馬賊은 거짓말하는놈은 卽時銃殺한다고 호통을 쳤습니다. 그리고 나를그中에 頭目으로 알었든지 저놈을 먼저 銃殺하라고 命令하였습니다. 馬賊部下는 나를끌고 개천樹林속으로 가는구려. 只今생각하여두 實로 가슴이 두군거립니다. 馬賊는 銃에 彈丸을재여가지고 將次나를 쏘랴고하였습니다. 참말 무서운瞬間이였습니다. 나는 정신을 밧작차리고 나는 最後로 소리를 지르며 사람이 죽는瞬間에 말한마디야 못들어줄理가 없으니 내말한마디만 들어달라고 고함을 쳤습니다. 이말을 馬賊頭目이듣고 그놈 무슨말이 있는지 다시 끌어오라고 命令하였습니다. 나는頭目앞에 끌려가서 最後의 悲壯한 表情과 목소리로

『당신이 내가되고 내가당신이되었다고 그境過를 한번바꾸어 새ㅔㅇ각해보시오』하고 고함을 쳤습니다.

『그래 무슨 소리냐?』

『당신이 내가 되었다면 이러한 死의最後를 當하여 그銃몇자루와 熊膽얼마를 生命과바꾸려하겠소?』

하고 反問하였습니다. 그랬더니 馬賊頭目은 고개를 숙이고 暫間말이없더니 다시나를 同僚있는 나무로 갖다 달아매라고 命令하였습니다. 그때야 나는겨우 安心하였지오. 그리하여 午後일곱시가되여 겨우 남에서 풀어놓았는데 精神이없고 몸의 傷處는 퉁퉁부어서 거위 죽은몸이되었습니다. 洞里사람들이 도야지를잡아서그놈들을 上監대접하듯 하는바람에 나는겨우 남에서 나려와 무염 한목음을 얻어먹고 가날밤을 결박당한채로 땅바닥에서 지내고 그곳區長의 保證으로 그만 回生하는몸이 되었습니다. 생각하면 참말氣마킨 瞬間에서 解放되었지오. (끝)
(文責記者)

國境情調*

한설야(韓雪野)

(一)

疊疊한 峻嶺도다지나가고인제압헤는 그다지좁지안흔두山이左右로 가로가루막혀잇슬뿐이다, 그두山이겹치는곳一잘누한허리뒤便으로 無限히넓음을 想像케하는 안개낀수림어슴으레한하늘만이 뵈인다. 山박게또山이 뵈이든 이때까지의 常例는 인제는강이난모양이다.

『오! 이것이朝鮮의마지막山이로군!』

『國境! 鴨綠江!』

시급함과 好奇心이함께떠올랏다. 朝鮮의 막읏은 엇더할까 鴨綠江은엇더할까江하나지음진滿洲짱은또은또엇더할가?一 『시보레』車는 넘우진숨소리를내며마지막山峽을자아나간다. 未知의世界 好奇의境地는 瞬-瞬갓가와온다. 둥글둘글하고 느릿느릿한山이 侵凌弓形曲線을그리며起伏하여왓다.

鴨綠江이멀리비눌과가티빗나고 惠山場ㅅ거리가 오목한바닥에模型과가티담겨잇다. 對岸長白府의검으레한집웅각금둥근峰의便에서언뜻뜻 顯現하고 뵈일까닭업는三白里서便의白頭山이 그래도뵈일것만가터 그 東쪽하늘이 有意하게視線을쓰은다.

帶水를사이하고네것내것하는것이 우습기도하고 또한便몹시嚴肅하게도생각켜진다. 朝鮮이滿洲를달멋다할는지 滿洲가朝鮮을달멋다할는지 엇잿든鴨綠江沿岸의高原은 滿鮮의그것이다갓다.

단十分사이에 滿洲와朝鮮을 왓다갓다할것을생각하며 덜밧브게旅舍에旅裝을버려노흔때는 이미어둠이어둑한黃昏때엿다.

캄캄한漆黑에江가를거닐며반작어리는 고기잡이불빛이강우에별을뿌리는듯

---

* 이 글은 ≪동아일보≫1929년 6월 12일~25일에 련재된것이다.
한설야(韓雪野, 1902~?) 소설가. 함북 함흥인. 본명 한병도. 일본 니혼대 사회학과 졸업. 해방전에는 카프의 주요한 작가, ≪고향≫ 등 장편소설로 유명, 해방후에는 조선작가동맹위원장, 조선 로동당 중앙위원을 지내기로 했다. 대표작으로 ≪력사≫, ≪대동강≫, ≪승냥이≫ 등. 1962년에 실직. 졸년 미상.

鮮明하다.

(二)

國境의밤은 고요히잠들어간다. 다만들리나니물소리요 오즉뵈이나니漁火뿐이다. 그빗그소리는 다른곳그빗그소리나 다른것이없다. 그러나다른것이업스면서도 다른것가튼것이國境의소리의特色이다.

惠山의 明勝은揭弓亭이다. 일흠부터도 『긴파람소리에거칠것이업서라』道의卽興을주는곳인데 『亭』이라하얏스되 일은바世俗의亭子와는달으다. 일을테면亭子라고는하지마는 南亞의 『테골산』을聯想케하는 亭子形의둥근山이다. 옛날豪氣스러운 征北武士가 이곳에陣치고 싸홈과社稷을議論하든 『山亭子』이엇슬것이다. 白頭山을大元帥에比한다면 三臺에비길것이다.그러나只今은 『八潘山』이라고일흠한다.(中略)

아츨한 『揭弓亭』을오른便에처다보며 對岸長白府를건너가는渡船場으로向하엿다. 어저께五大峰꼭대이에서때아닌三冬을격노라고 잔뜩情들인外套를입고나섯더니 오늘은대번에여름이생충뛰어왓는지 야단스럽게더웁다.

外套를버서들고 밧븐걸음을치는데 웬집마루에서안악네들이부르게 돌아서보니 웬中國兵丁하나이 안악네를쳐다보며 留聲機개타령본으로 왈왈그린다. 그말을알아듯지못하야 안악네가通譯을請하는줄알고 우리는그리로가보앗다.

쥐소리만치남을까 말싸한나의中語가時勢오르는판이다. 웨그러느냐하는나의물음에 속모르는中兵은 電車掌日本말본으로 알아듣던말단 事情업시내리갈기며 房안을가르킨다. 가르키는대로듸려다보니 거기에는꼿도부러워할만한 애티잇는中國美人이안자잇다. 그는반기는드시나를보며 간드러진우슴을석거서

『어데갓다오는길엔데 머리가아파서좀쉬고가겟서요』

하며 다리를 두드려 귀여웁게도알흔表情을한다. 엡븐眉字를애오라지 찌푸리면서도입가에흐르는眞珠가튼 우숨을거두지안핫다.

『네 그럿습니다……朝鮮婦人들이말을몰라서……』

늙어도妓生이라고 그래도나는官話로점잔케 웃으며 安心하고쉬라는뜻을表하얏다.

『고맙습니다. 말을몰라서퍽갑갑햇섯서요. 잘말씀해주서요. 곳간다구요』

『예 인제다이야기햇습니다. 천천히쉬시시오』

『고맙습니다. 그만가야겟는데 그저가기도수상하고……』

美人은엽때우슴을거두지안코 여러사람을 쳐다본다. 안악네들도그제야도리어 未安햇다는듯시우슴으로對答한다. 자라보고놀랜가슴이 솟쑤ㅆ ㅓ。보고놀랜다는格으로 안악네는中兵을보고 『사-벨』이나 聯想햇든지겁이낫던가 그제야安心된다는드시 나에게도謝意를표한다. 그러나나는그보다도 엡븐中女에게더好奇心이쓸린다. 그야말로十年親한못난이보다 한번본美人이 낫다는格이다. 호리호리한몸맵시 반짝이는金닛발 그늘의水晶가튼영채도는쌍겹흐리눈 삼을삼을녹여내는입 비단양말에뵈는듯마는듯한정갱이 차분하게갈라부친반야머리의革命頭(短髮)—아모려나 江南의美人이다. 中國의自然은南方에만너무過分한恩惠를베푸르는듯한늣김을 준다.

(三) 빗다른副業

『여보서요 婦人이누구서요?』

한녀석이제생각만하고 엇더케 함부로오그려 뱃는지 仔細히 알수업고다만 어느上官의 『마마』라는말과 제가陪行으로짤아다닌다는 말을 알아들을수잇섯다. 나는兵丁과말하면서도그女子에게서아조視線을쎌수가업섯다. 보면볼수록美人이라. 그러는판에H君이엽흐로뛰어들며 『여보中國말로뭐라오?』 하고 못박해내視線을 옴기리만치急하게 물는다.

『흔하오칸』 하고 나는 가르켜주엇다.

『흔하오칸』 하고 H君이다섯과말하며 美人을눈질하엿다. 나도빙그레우스며同感이라는드시 美人을보앗다. 그러나美人은새침하고 머리를숙인다. 나는불현듯안되엿다는 생각으로 발을옴겻다. 그리고H,K兩君하고 압서거니하며거러나갓다.

그러자 뒤미처 그들兩人도 우리의두리를짜라왓다. 中兵은美人뒤에서 어정어정황송히걸어온다. 나는그두사람에향하고—아니라니보다 美人에 對答을期待하며어디갓다오느냐고 물엇드니 美人은 如前히새침하고 머리를숙이고 中兵은못알아들은드시 對答이업다. 美人은한번얼는 우리便으로視線을주엇으나 그것이 對答을주라는視線이아닌것을 看取하자우리의體面을維持할 嚴肅한싼話題

로돌려버렷다. 그러자同時에 우리는그가高官의貴婦人지를 알앗다. 高官과貴婦人이 사는長白府로가는데對하야는 大租무슨일이나나지안흘가를 생각도하였다. 그러나畏縮할것은업섯다. 그들과함께배에올랏다. 배가長白府에다으니 六穴砲中兵이 나와서삼가美人을맞는다. 우리는約束한드시 一後에 『아차』하고우섯다.責務를履行치안해도 即民事로도監獄에가진다는中國짱에서 우리를 『히야까시』쓴으로몰아붓들어너치나안을가하며 웃기도하엿다. 더욱이生死興奪을 한손에쥐고잇는 長白縣支事를 차저가는길인데 그美人이그의夫人이나아닌지하는推測도낫다. 일상그의人物이면서도 品位를보아 知事의夫人으로서만 長白縣에서그의存在를肯定하는것이 가장妥當할것갓햇다.

(四)

그러면서우리는 그가果然知事의夫人이엇스면 우리가知事를 차즐때그도나와우리를마저주엇스면 하며우리는縣知事의門을두드렷다.把守兵丁이수군수군드러갓다나왓다한든中에一行은안으로案內되엇다.

텡 비인二層會議室에서知事를기대리며 층층대가울릴때마다 한들한들하든柳腰의그美人이함께올라왓스면 하며把守兵丁이부쳐주는合德門(담배일음)을피엿다.

知事翟潤田氏를 만나 中鮮, 日中(畧)……國民黨對共山黨關系와 武漢南京戰爭, 在滿同胞○○問題等의이야기를하엿다. 氏는아직三十四歲의靑年으로 몸은矮小하나톡불거진 눈이만만치안하뵈엇다. 昨年馬賊千名을잡아죽인 자최가싸에 남아잇는것갓햇다. 日本札幌農科를마친쪽으로……(지금까지 보존된 ≪동아일보≫에 이 부분과 (五)의 윗부분이 없어졌음—편찬자.)

(五)

點心을먹으랴고中國料理집에들어갓다. 마츰主人이이北京人이라 나는희미해진八年前北京生活을回想하면서 北京이야기를 창황히 느러노핫다.

彼此조아라이야기하든쯧헤 술이얼근하고 술쯧헤 『平康里』(서울치면新市)이야기가나왓다. 『平康里』는 홀아비만흔 國境의重要한市場이다. 우리는아모래도

好奇나蔑視로보지만 中鮮人할것업시이곳사람들은 업지못할生活의한部門가티存在를是認한다.서울의賣淫窟!公然의秘密地로肉을파는××洞 所謂其『黑社會』(賣淫窟을 이러케부른다)를探訪하고 暗黑面에서 새로운것을배운것이만흔나는 여긔의『平康里』를차즐생각을하지안흘수업섯다. 더럽다고침배타서업서질存在가안인以上 우리는現實의이一面을보아야한다. 우리는主人의紹介로『平康里』에서第一낫다는『三等鼓館頤樂當』門을두드리니 中女셋이나온다. 마츰우리一行三人이이서 그들은호박이나쩌러진드시反독인다.

(六)

(中畧)

月額奉千伍栢九拾圓(日貸十圓未達)의中國補助와 學生의月謝金만으로 維持된다는朝鮮人中學一長白縣立第一小學의分校를 訪問하엿다.校長×氏는中國에入籍한이로 渡滿二十年이된다한다.中服쑨아니라모습도 만히中國化하엿다.中服입은同胞-이쏘한國境情調의하나이다.中服입은同胞는 『×××』입은親舊처럼辱아니먹느니만치 마음도그러케變한것이아니니다.

教員은네부니요 學生은百二拾名이다.○價가업서서謄寫物로教授하고쏘學生들도그것으로배운다.이것도더부사리身勢의한페를채울것이다.在滿同胞의배움은 謄寫잉크보다도더鮮明히우리머리에박혀젓다.『도-라』도라가는소리소리 박혀지는글字글字는 우리의머리에 鉛筆가티씨여진다.(아래100여자 판독불가)

…깨달아그들의가슴을쥐여뜨들것이다.악착한生活의물ㅅ결이몸을곧상실하야 滄渡의길에서게하고 가도가도떠러질줄을모르는家族의생각이 마음을간얄피게 졸이질할것이다.몸이便치못할때까지는-生活이安定되지못할때까지는 마음이順便을理가업다.말바리筏夫에게잇서서는 鴨江의물이白頭山의눈물일것이다.

年百萬尺節式베어내어도 今後五十年은 가리라는白頭山下이前까지는 筏夫의구슬픈노래가 끋나지안흐리라고 그들을밋을것이다.그러나그들의애닯은노래가 北岸眞理의 송가가되고 그들의노실이『쯔릴랜드』에의亂音인것을아는날이 오고야말것이다.

筏夫여! 江가에잘나가는손을 人緣업는食客이라마라.넙지안흔바다어구에서 한데열려 그『섬-푸른섬』으로 나아갈날이잇스리라.

北國紀行*

한설야

(1) 고개업는 分水嶺

지난달二十四밤이엇다.急하게主人을찾는소리에 마루로뛰어나가니懷中電燈의희미한불빗이 바로내房門을견우고잇다.선뜻한直感이 쭉흘러내리는瞬間 電燈불압헤조그만종이쪽이 얼른보인다.

『問島八道溝에 暴動이일어낫다.오늘밤으로出發하라』

라는至急電의글자를주어읽으며 時計를보니바로밤十二時五分前이엇다.北行急行車時間까지 꼭四十五分의時間의餘裕가잇다.汽車時間까지는 넉넉히 대어갈수가 잇섯지만 아무리事勢가急迫하다하더라도 바람을잡아먹고날개도처날아갈수는업는것이니 맨주먹으로 나설수는업는터이엇다.

그리하야 길바닥에 갓늘어노은 짜개돌을 차날리며겨우그마련을 해가지고 택시를날려驛으로나가 막떠나랴는急行車에겨우몸을실엇다.

이마의 땀을씻고 한숨쉬고난때에야 나는가져야할名啣과新聞電報信證票를이저버린것을깨달앗다.事理를덥허노코 銃劍을내대는 滿洲軍人의 警戒陣을 으자자한 名啣으로 無事히通過하엿다는 이야기를聯想하며 나도그러한未稍的關心까지 움지기엇든것이다.

압흐로내가알바에對한順序와 쥐꼬리만치남은 中國말을 이것저것외어도보고 手帖에적어노키도하며 밤이밝을때까지 단잠을이루지못하엿다.

날이밝자 國境은 점점갓가워왓다.

(2) 고개업는分水嶺

여러번 鴨江과 豆滿江을건넌 經驗이잇는나는지나치게 通過直前의 무시무시

---

* 이 글은 《조선일보》 1933년 11월 26일부터 12월 3일까지 7회에 나뉘여 발표된것이다. 글의 내용으로 보아 간도에 와서 조사하고 취재하는 과정과 내용이 있어야 할것 같은데 그것은 없고 1930년 5월 룡정에서 겪은 사건에 대한 회상으로 내용을 이루었다. 아마도 신문검사에 걸려 중도에서 끝내지 않을수 없었던것 같다.

한光景을 回想하며 屈曲이적은 對岸의平平한 禿山을바라보앗다.

그다지 넓지안는 豆滿江의 푸른물이 흐르는 曲線이 그려논 이原始的인 國境은 언제보든지 國境이라는 感을주지안는다.하물며건녀편에 보이는사람은 거진다 白衣를입은 農夫임에랴.

저편 滿洲에는 百萬의白衣人이잇다.萬一 永華를求하고 名利를 貪하야건너갓다면 百萬이라는 數는 그다지크게 우리의 머리를 찌르지안을것이다.

그러나그들이 이江을넘기까지에는 實로 言語를紀한悲慘이잇는것이요 古土를쏘기여 남의쌍에더부사리하는 그處地에는 보다쓰라린大同的 患亂이끈일날이업는것이니 이짱에서사는사람보다 멧갑절의 心痛을 늣기고 보다極甚한生活一아니 차라리 生存의威脅을밧는터임에 그百萬은 이짱안二百萬보다 훨신크게 생각되지안흘수없는것이다.

나는일즉『人間瀑布』라는拙作을 쓴일이잇거니와 생각이이곳에 한번부듸치는때마다 여긔에는 社會惡 人間惡의 分水嶺이 놉게날카롭게소사서 이편으로부터 저편으로 그惡에밀리는 人間의무리가 瀑布와가티 써러져가는것을 彷佛히머리에 그리게된다.나도일즉家族과가티 人間瀑布에차여써러진 經驗이잇서 이러한생각은날이갈수록구더가고 그거의片鱗이나마 드러내지못한拙作『人間瀑布』에對한不滿을스스로늣기고잇다.

이제偶然한期會에 다시이國境을차자오니 옛일과장차올일이 寫實的으로머리에肉迫함을엇지할수가업섯다.

이편에는 五里만큼씩 射擊口를내인돌담을 둘러친 駐在所와 武裝을버서놀날이업는 警吏들의모습이 눈에새로울뿐이요.그다음 瓦家한집에오막사리百집이나되는到處의쏘락순이는 어데나다를것이업섯다.

(3) 빗다른 副業

이날내가國境을通過하는二十五日은 바로朝鮮公判史上에처음이라는 間工大公判日이다.

여게서이야기는 暫時옛날로도라가지안을수업다.

一九三O年四月二十五日? 나는 當時龍井市에居住하는P에게서 消費組合의證明書를 어더가지고 갑싼理髮을 할량으로市街한편 理髮所에갓섯다.덥수룩한

머리를 아래로부터반편쯤짝가올렷슬때 『와야』하는高喊소리와함께 탕탕구르는 발소리가들려왓다.

아츰에P집마당에서주은 五卅事件에關한 『삐라』와關聯하야 솔긋한생각이나며 나는머리를짝다말고 포대기를목에건채로 행길로내달엿다.그러나어데서 소리가나는지는 알수가업섯다.소리에놀란사람 소리에好奇心을늣긴사람이 이리쒸고저리쒸는것이 보일뿐.나는곳 거리의한사람을붓잡고

『문슨일이여요?』

하고 일부러沈着하게물엇다.

『글세요 자세는알수업스나 뭐萬歲를불럿나봐요』

하고 그사람도 궁금한듯이 이골목저골목을 씨웃씨웃한다.

나는 더뭇지안코 그사람을짜라 되는대로 발을옴겨노앗다.分明히 절그덕절그덕하는 칼소리와 뚜벅뚜벅하는말발굽소리가 들려왓스나 그어느곳인지는 알수업섯다.골목마다 사람으로 찻는데 中國人野菜장수가天秤棒에달린 부인광지를 두손으로잡아쥐고 신이나서굴러다니느것이 뭇사람중에서도 류달리視線을 쓸엇다.

『저새끼들이 또버리할나구 덤비는구나』

여러사람속에서 이런말이들리엇다.나는곳그말을하는사람을차자가지고

『저치들이 웨저리쒸나요?』

하고물엇다.

『한사람을 잡아주면 一圓씩밧는답니다』

하고 싼사람이말을 하다가 事情을모르는나에게 間島知識을자랑하듯알여준다.

(4) 빗 다른 副業

나는거게선 한四十名되는一團의學生및젊은이(女子도잇섯다고한다)가 금시삐라를뿌리고 지나갓다는 말을 들엇고 또日中糾察隊가各各自己들區域內에서逮捕에피눈이되여잇다는 말을들엇다.그러나마츰내 그奔流의한支支流도나는보지못하엿다.

그翌日밤두時傾이엇다.P가몹시가슴을 쥐어박는통에나는그만잠이 깨엇다.손바닥만한房에서 五六名이合宿하는데 나는원체 잠귀가몹시질겨서 늘同宿者의

다리와팔과或은 머리밋헤깔여잣섯스나 한번도쌘일이업섯는데 P가못힘주어고자주는통에 선뜻잠이 깨어든것이다.그러나電燈이꺼져서 아모도보이지안앗다.

『불을 웨꺼나?』

하고 내가잠깨지안은소리로 물으니

『쉬!』

하고 누가겻테서 엽구리를 쿡쥐어박는다.그러지안아도발서不吉한直感을늣기고잇는터이라 더말치안코귀를감그고잇소라니 分明히銃소리 馬蹄소리가들여온다.

市街戰의騷□한소리가 끈어진새벽때에야 우리는 그날밤의間共暴動事件의概略을 여게저게서 어더들을수 잇섯다.東拓 領事館, 鮮銀支店 尋常小學校等에다爆彈을터첫다는말과電燈公司를 先着으로 破碎하엿다는말을들엇다.

나는 그날아츰으로 떠나지안으면안될事情에切迫되여威驗을무릅쓰고 五層臺거리에잇는 P를찻가가서 旅費를어더가지고 發車時間前에驛으로나갓다.

(5) 颱風이 지난뒤

龍井驛에는 避□民인듯한日本人(大部分이女子엇다)이나와서흉흉한낫빗으로 무엇을소곤거리고잇다.물에빠지면 검불을잡는다는쎈으로 聖者코우숨으로본체만체하든 ○○巡施이지만 이날은그들이잇는近方에서 그들은떠라지지안헛다.平常時에는 칼을막대로조을기일수엿는데 巡警도 이날은눈에颱風을動員하고 사람을쏘아본다.거게눌리는氣色을 보이는것이자미업슬듯하야 나는豪氣를내여驛員室入口에가서 驛員한사람을붓잡아가지고지난밤의經過를들엇다.

龍井쁜아니라 그一帶重要各地가 一齊히拔服되엇다.는말과海蘭江鐵의龍井開山屯(上三峰對岸)間의 鐵道鐍가 불에탓다는말과 龍井驛機關庫에揮發油를처노코 미처불을달지못하고 退脚하엿다는새로운新聞을거게서어더들엇다

『그러면기汽車不通인가요?』하고 나는 爲先떠날생각이急하야그것을물엇다.

『새벽무터修繕중이니까 두時間後이면開始될듯합니다』

하고驛員은

『저게가車가只今木材를 싯고가지안습니까.修繕하러가는것입니다』

하고손가락질을한다.

별事故업시도 멧十分이늣기가常事인車이니 이러한非常時에야 말하야무엇하랴 나는다시지난밤事件에對하야

『全部朝鮮사람뿐이엇나요?』

하고물엇다.

『웬걸 지금은 滿人과合作하고잇슴니다.滿洲사람이아니면 그러케廣範園에밋처擧事하기가어렵고또잘숨어낼수도 업지요.武器나爆彈가튼것도 그사람이라야만이변통할수잇지요』

『그래, 이런일이종종잇나요?』

『각금잇기는하지만 이번처럼大規模로한일은업슴니다. 四五都市를한써번에첫스니까 아마도몃千名일테지요』

『어데,그러케만이엿까요?』(中畧)…

(6) 颱風이지난뒤

『압다,저마을에공산당이잇는지 누가아오』

『그러나 설마 이近處에야……』

『普通때에는 農事짓고 勞動하고……꼭普通사람이지요.그러니누가아오』

나는그사람의이야기를듣고나서 揮發油를뿌렷다는機關庫內 (略)…를구경하고 그北方에잇는 電燈公司갓가히가가서 爆彈의洗禮를바든자취를 멀리서바라보앗다.

午前十一時半傾에야 發車하엿는데 途中불에 탄다리마다車가緩行하고 或은손님을내리고 빈車가건너기도하라고하엿다.그러때마다 警吏인듯한洋服입은日本人들이그다리를攝影하군하였다.

車안에서는 日本女子들이親切히말을 걸기도하고 또자리도사양하군하엿다. 모든사람들이모다무섭게보이는모양이엿다.

直路七十里도못되는 사이를구비구비돌아서 세時間半以上要하는이經鐵은 이날은六時間餘를要하고야겨우上三峯에 다엇다.朝鮮땅을 밟고나니 좀숨이돌앗다.外務省管轄人이 間島暴動을 朝鮮巡査는크게關心하지안는모양인지 또는事件直後가되여서 아직무슨達示를밧지못한까닭인지 그다지普通때나다른點을發見할수가업섯다.

내가故鄕에돌아온後날마다 間島暴動事件뒤치닥거리에關한報道가紙上에 發表되고 비웃과가티얽혀다니는寫眞도 각금볼수가잇섯다.

(7) P의이야기

이야기는 또하나남아잇다.그해가을에는 間島에다시秋收暴動이發生되엿섯다.이事件이잇슨지 얼마못되야 五・卅暴動當時 내가食客으로무고잇든 우리들의孟賞君P가 偶然나를차자왓다.

그는形容이 몹시초최하여젓을뿐아니라 싼사람가티말이訥하고 初期中風病者가티 動作이떨리는것을 각금發見할수가잇섯다.나는 여러가지로생각을둘러마치다가

『後妻에 상투버서지는줄을모른다르니……그래자미엇던가?』

하고 우서주엇다.그는그해첫봄에 再妻를하엿든것이다.

『이사람 말말케 나는안해인지 무언지 그것때문에죽을번햇네……흠—』

하고기가막히는듯이한참입만다시드니 아래와가티이야기를쓰내엿다.

그의夫人은 朝鮮人民會參議엿는데 秋收暴動當時 독기날에 찍혀죽고 그를싸한사람은 머리절반이갈라져 죽고 또한○○는 왼귀가 떠러져 龍井病院入院中이며 안해의身邊의危險함은勿論 自己도가튼禍를免치못할듯하야 안해고집이고 모두내여버려두고 單身으로아모도몰내도망하야왓다는것이다.

『그래 안해를내여버리고 오면 그는엇지되나? 더욱이胎中이라면서』

『제애비罪에죽는거야 누가아나 命이거니하얏지』

『이 사람아 애비는애비고 딸은딸이아닌가』

『그거야그러치만 그걸누가아나 모다 죽이는데야 압흐다고 안죽일텐가 에! 말말게.장가도 함부러 안갈거데』

『그리말고 데려내오게』

그의處地가하도딱해서 당당한남어지 나는그저處地의말을 들어주엇스나 그는 좀처럼安定될상부르지안앗다.

萬壽山紀行*

한 야(韓 野)

北京市에서 西北間 約四十里地에 西山이있는데 이 山中에서 가장 著名한것이 玉泉山과 萬壽山이다.

北京八景의『玉泉趵突』이란것은 玉泉山에서 솟는 泉水를 가르치는말인데 山上에서 솟는 이조고만샘은 實로 흘으로흘러도 끄칠줄을 모르는 無景泉으로 이물을 疏導하야 저有名한 萬壽山昆明湖를 이루고 田?를 灌漑하고 北京으로 引水해다가 飮料水에供하고 重疊한 皇城을 圍繞하는 城濠를 이루고 다시 南海, 中海, 北海, 什刹海의諸湖를 이루고 또 多岐한 溝渠를 이룬다음 通河로 흘러 다시 田?를 축이며 멀리黃海로 흘러간다. 이렇게 물이 잘 疏通되기 때문에 北京內外의 運河와 溝渠와 濠水와 湖沼가 언제든지 生新한 푸른빛을 띠워 때따라 蓮花웃고 白鷺나는 맑은 風景을 이루고 있는것이다.

就中 가장 아름답고 너른것은 昆明湖요 이湖水를안고 北으로 솟은것이 곧 萬壽山(頤和園)이니 同僚은 淸朝의 有名한離官이다. 이 萬壽山은 天然에 人工의極致를 다한 非常히 豪華롭고 規模큰 御園으로 그 全貌를 골고루 찾아보기는 至極히 어려울뿐아니라 또 더욱 그一木一石과 小樓狹徑에까지 숨은 이야기가 있어 一一히 붓끝으로 그려낼수 없는터이다.

내, 前後세번을 보았어도 그輪奐의美와 轉輪의奇에 精神이 얼떠름해서 敢혀 쓸바를 모르든중 偶然한 機會로 萬壽山에 隱居中인 淸末恭忠親王의 次孫이오 滿洲國皇帝의從兄인 心審溥儒先生을 만나 그의 好意로 昔日宮中에 秘藏했든 『欽定日下舊聞考』라는 書冊中 萬壽山에關한 認識을 새로히 할수있었다. 다시 이淸域一境을 샅샅히 돌아보기로 하였다.

그것은 百度를 上下하는 六月下旬 어느날이었다. 萬壽山正門인 仁壽門을 들어서니 老松巨槐가 깊은 그들을 던저 얼마큼 더위를 잊게하고 그石庭에 늘빈이 들어앉은 銅龍, 銅鳳, 香爐, 銅狻猊가 視線을 빼앗어 暫時 그精巧에 恍惚하였다.

---

* 이 글은 ≪文章≫제18호(1940년 9월)에 게재된것이다. 韓野는 한설야의 다른 필명.

仁壽殿

이殿은 淸末의 西太后며 光緖帝가 視政하고 內外의 使臣을 召見하든곳으로 그南北의 兩廡는 賜餐하든곳이다. 이殿은 光緖十六年 舊勤政殿(乾隆年間所建) 불탄자리에 新築한 園中가장 새로운建物이나 그丹靑과 規制가 昔日보다 매우 遜色이 있다하니 무릇 모든 事物은 文化의浮沈에依하야 制約되는것은 할수없는 現勢인모양이다. 그리게 저西太后의 거창한 勞民商財로도 乾隆聖主의 옛모습을 숭내조차 내지못한것이다.

德和園

仁壽殿北쪽의 德和園은 北京 皇城內의 暢音閣, 熱河離宮의 淸音閣과 아울러 乾隆帝의 榮華를 말하는 觀劇大舞臺다. 舞臺上에는 淸末에 南方에서 獻納한 舊式自動車의機關이 체대만 남아있는데 모르면 몰라도 아마 西太后 한창當年에타고 거들먹그리든 車인가보다.

舞臺北쪽의 頤樂殿에는 西太后觀劇하든 모든범절이 그대로 남아있고 그東西廊各十二廂은 王公大臣의 觀劇하든곳이라하나 頤樂殿에 比하야 너무도 보잘것이 없을뿐아니라 얼른보면 외양깐으로 볼만치 허전하다. 그 後殿은 全部 硝子窓으로된 매우 明朗淨潔한곳인데 이것은 米國女流畵家가 西太后肖像을 그린곳으로 지금도 器皿折技를 그린 金色燦然한 屛風이 그대로 있어서 昔日의 榮華를 想像케한다.

樂壽堂

이것은 西太后의 便殿으로 洋支折衷式의 家具를 西飾太后生存時代와 꼭같이 裝飾하고있다. 堂前에 靑芝岫라는 長三丈, 廣七尺, 高丈半이나되는 푸른 巨岩이있다. 이것은 洞庭湖中房山의 所産이라하는데 어떻게 運搬했을가 하는것이 疑問이여서 오늘까지 이야기꺼리가 되어있다.

堂後西便에 方池, 北에樂安和, 그뒤에 養雲軒, 餐秀亭, 無盡意軒, 丹郎齊, 慈福樓, 崇臺等이있다.

玉瀾堂

이堂은 光緒帝의 便殿이다. 그東西兩廡는 戊戌政變때 西太后가 光緒帝를 幽閉하였든곳으로 室內는 높다란 煉瓦壁으로막아서 外人의 出入은 勿論 光線도 內部로 들어갈수없게되어있다. 大體 어디로부터 光線帝를 그속에 幽閉했는지 또는 飮食物같은것은 어디로부터 드내였는지 불쩍마다 궁금하고 또 척은해서 두루두루 찾아보아도 고양이 드라들門하나도 없고 박결마루 아궁이뚜껑을 열고보니 저어 아래로 조고만 鐵門같은것이 보이는데 아마 그리로 出入하였는지도 모르겠다. 西廡는 皇后가 幽閉되었든데라 하니 이렇게 되고보면 萬乘天子도 부러울것이 없는듯하다.

여게서 暫時 戊戌政變을 말하자면 大畧아래와같다. 光緒帝는 不過한英主로 西太后와 奸臣의속에서 不幸히 一生을마치고 말았지만, 그래도 기우러가는 淸室을 挽回해보려고 文武兩面의 大革新을 企圖하고 文治는康有爲에게, 陸海軍擴充은 袁世凱에게 吩咐하는一方 그 唯一한 妨害者인 西太后를 萬壽山에 監禁하고 保護의名目下에 袁世凱로하여곰 萬壽山을 護衛케하였든바 袁의 背信으로 形勢一轉하야 光緒帝가 도루 幽閉의몸이되고말았다.

結局 光緒帝는 北京市內南海의 小島瀛臺에 移送되어非命으로一生을마치기前 遺言으로서 逆賊袁世凱를 卽時 死刑에處하라하였으나 그의勢力은 벌써 淸朝의實權을 掌握하고있어 아무도 그럴엄두를 내지못하였다.

이玉瀾堂뿐아니라 여러殿堂의 內部의 懸額은『壽』字투성인데 西太后도 海軍擴張費의 거이全額을 던저 窮奢極侈를다해놓고보니 마지막所願이『長壽』였든모양이다.

하나 乾隆帝의『壽』字는 오히려 너무 적고 쩌른 感이있으되 慈禧(西太后)의『壽』字는 咀呪받은 글자인듯 지나는사람도 이마를 찡기게되는것을 어찌할수없다. 이제 乾隆도 慈禧도 가고없으되, 지나는 손까지 그一殿一木을 區別해보고싶어하니 아지못게라 이맘이 있는날까지 좋은意味로나 乾隆과 慈禧는 사람의가슴속에 남아서 살아지지 않을것이다.

耶律楚材의墓

耶律楚材는 元世祖를 補翼하야 統一의 大業을 完遂한 忠臣인데 지금 그墓는 棟宇로 가리고 그앞에 乾隆御筆의石碑가 서있다.

그뒤로빠져 德和園뒤 景福閣, 益壽堂, 樂農軒, 如意軒을지나 東坡로 조곰 내려가면 山中에 조고마한 蓮池가있고 그周園에 大小의 殿閣과 樓亭이있고 蓮池中에 知魚橋라는 石橋가있다. 이것이 바루 山中小八景으로 이름이높은 諧趣園이다. 지금 바루 修理中이여서 丹靑이 새로워지나 古色을 잃지않을가 지나는 손이 부질없는 걱정을 하게된다.

게서 暫時 壽詩逕, 涵光洞이라는 대단히 아름다운이름을가진 一帶의 石峽, 石徑, 石竇를 위돌아 萬壽山 등성이로 올라가는 靑벽을 반반한길을 허유허유 올라가려니까 한걸음 한걸음마다 내려다뵈는 眼界가 널러지고 周邊 景觀이 一目瞭然히 눈아래로 들어온다.

花承閣앞에 서니 八十年前 阿片戰爭當時 英佛聯合軍의 兵火에타다 남은 石幢과 琉璃塔이 눈아래보인다.

多寶琉璃塔

이것은 五色琉璃로合成한 八面七層의 塔인데 高가五丈餘다. 寸木도 使用치 않고 黃金으로 꼭지들 만들었고 玉石으로 臺를 만들었다. 이塔에는 千佛瑞相이 一一히 蓮花座에 앉어있고 一佛의빛은 三千世界에 차고 一塔은 千億佛로 되어 있다고 하니 그빛이 대체 얼마나될가.

그러나 英佛聯合軍이 侵入하였을當時 그꼭지를 잃었다하니 그꼭지가 金이였든때문이나아닌지, 아랫도리에도 金부치가 있었으면 송두리째 없어졌을지 모르는것이다.

亦是 그當時 兵火로 烏有에 돌아간 끔직이 너르고 아름다웠다는 東北十里許의 圓明園의 불탄자리에는 지금 樹木이 들어서서 그렇게 荒凉한 感은 주지않는다.

須彌靈境

俗稱後太廟라고한다. 亦是 지금은 殿基와 무너지다가 남은 建物들만있는데, 古跡을 찾는 사람에게는 항용 廢墟를 사랑하는맘이 생기는법인지 高樓巨閣보다 오히려 그것이 보고싶어서 무너지다가 남은 殿閣아래를 지나려니까 무엇이 푸두득하고 머리를 스쳐가는데 정말 毛骨竦然하였다. 하늘을 쳐다보니 커다란 까마귀가 『까아』긴소리를 뽑으며 北으로 날아간다.

그아래들 내려다보니 蒼松綠竹과 白松巨槐의 푸른빛욱어진 萬壽山아랫도리로 昆明湖 가는줄기가 먹어들어와서 이山을 싸고돈다. 그러니 말하자면 이山은 한 개 섬인심이다.

靈境앞은 香岩宗印之閣인데 그앞에 智慧海가 있다.

知慧海

俗稱 無量殿이라하는데 이殿은 全部 靑黃色琉璃벽돌로되고 그하나 하나의 琉璃벽돌에는 모조리 조고만 佛像이들어백여 宛然 부처로된 建物같다. 그앞은 祗樹林을 隔하야 佛香閣이 높이 솟아있다.

그西便으로 香海眞源, 雲會寺, 眩春園, ?虛軒, 綺望軒을 휘돌아 湖山眞意에서 멀리 香山과 玉泉山을 바라보고 쏟아지는듯한 매미소리와 피를 쏟는듯한 뻐꾸기소리에 귀를 기우리고 머리를 쉬인다음 西쪽비탈로 내려와서 貝闕을 지나 玉帶橋에 걸처 푸른물을 구버보고 다시 돌아서 荇橋와 奇瀾堂을 지나 石舫으로 나왔다.

石舫

一名 淸宴舫이라한다. 本是 乾隆年間에 舟形을 模倣하야 築造한것인데 西太后豪華롭든 時節에 그우에 西洋式의樓屋을 設하였다. 西太后의 豪華를말하는 有名한 畵舫은 지금 그後方船塢內에 格納되어있다.

이石舫은 汀傍에있지않고 湖中에있어 煙雲의賞과 風浪의驚과 鷗鷺의舞를 물가운데 앉아서 보게 마련되어있다.

排雲殿

石舫에서 畵中遊, 石丈亭, 聽鸝館 延長七百米의 一大廻廊에 잡아들어 萬壽山正南쯤에오면 거게가 바루 排雲殿이다. 排雲殿은 明代의 丹靜寺址요, 乾隆帝所建인 大報恩延壽寺舊址니 말하자면 여기가 萬壽山의心臟部다.

漢文式誇張이아니라 實로 殿宇千楹이오 浮圖九級이다. 堂廡는 나는듯하고 金碧은 부시는듯하다.

乾隆御製碑記中에 아래와같은 句節이있다.

『金盤炫日則, 光照雲表, 寶鐸含風則 音出天外, 法鼓洪響, 偈頌淸發, 於以歡喜』

이大報恩延壽寺는 本是 乾隆帝가 皇太后의花甲을 記念하기爲하야 建立한것이니만치 人間의힘을 다하였을뿐아니라 될수있는대로 사람의 힘이 하눌에 미치게하려고 한것이니 그러기 때문에 金盤이 日光을 받아 燦然히 雲表에 빛나고, 寶鐸이 바람에 울려 天外에 믳이고 法鼓가 널리 울리고 偈頌이 맑게發하야 於是乎 歡喜가 생기기를 바랐섬직한일이다.

亦是 前記 碑記들 보면 또 다음과같은 句節이있다.

『舍利塔直上淩虛空, 高懸金露盤, 去地百餘丈, 中爲無垢地, 處處白銀階, 塗壁百品香』

舍利塔이 虛空을 찌르고 金露盤이 百丈이나솟고, 여게저게 白銀階가 있고 壁에서 百品香이 코를 찌를것을 想像해보라.

그런데 그佛前에 供養한것을 또 보라. 新鮮五莖花와 摩勒果萬枚와 伊蒲饌千斛과 五絲氈氍와 新羅紫金鐘等等?……

그런中에서 法鼓는 轟轟히 떨치고 銅鈸은 琅琅히 울리고 薝蔔은 馥郁히 흩어지고 慧燈은光明을發하고……

어쨌든 이렇게 거창하게또 으리으리하게 해서 佛의 存在를, 佛의 功德을, 佛의光明을 믿지아니치못하도록만 마련해 놓은것이다.

排雲殿에서부터 山의傾斜를 따라 層層히 높아올라간 長斜廊과 殿宇千楹을 이리돌고 저리올라가면 이윽고 最上部인 佛香閣에 이른다. 이閣은 그뒤의 萬壽山 最上峯에 建立된 智慧海 오다도 오히려 高가 더높을사하다.

閣內에는 鼎立한 세 개의 佛像이 있다. 北쪽것이 第一높고 그앞두像은 그보다 조금 낮으나 그래도 모다 두길은 넘을상싶다. 遊覽客들은 福받기를 願해서 그랬는지 또는 이름을 남기기爲해서 그랬는지 그높은 佛像의 이마패기에까지 제이름들을 새겨놓고 써놓고하였다. 어떻게 올라갔을가하고 두루 살펴보았더니 느러진 佛像의 소매를 드디고 올라선 모양이다. 어떤것은 英字로 쓰고 어떤사람은 미리 繪具같은것을 가지고가서 붉은빛으로 곱게 써놓았다. 나는 한참 그 이름들을 주어읽었다. 그것도 잔등이라든가 아랫도리에 쓴것은 그만두고 뺨, 귀, 손바닥, 이마패기같은데 기벽스럽게 쓴것만 골라읽었다.

생각건대 사람이 後世에 이름을 남기는 方法이 이러한데 끄친다고 할것같으면 이름을 남기는일이란 至極히 쉬운일일것이다. 한개의 정과 한개의 마치만있으면 어디서든지 可能할것이다.

그러나 가사 金剛雲峯의 久遠한岩石에 그이름을 색인다한들 그爲人이 허잘것없을 말이면 누가 鷄鳴狗吠만치나마 생각해볼것이랴.

아무리 靈驗灌面한 神佛이란들 果報를 白求하는 얄미운 사람다위에게 왼눈이나 줄배있으랴.

佛香閣에서 멀리南을바라면 푸른거울과 같은 昆明湖가 보이고 가까이는 排雲殿前後左右의 玉華, 雲錦, 芳輝, 紫霄, 德暉의 各殿과, 나에게 다시한번 萬壽山을 구경하라고 그參考書를 빌려준 心審溥儒先生의 居所인 介壽堂과 五百羅漢堂의 舊址인 淸華(軒後에大理石屛이 있음)과, 敖華亭, 擷秀亭, 轉輪藏, 寶雲閣(銅閣), 石山隧道와 綠畦亭, 雲松巢와 國色天香이라고 일커르는 支那의國花牡丹을 심으는 國花臺가 或은 層層遞高하고 或은 黃靑色琉璃瓦蓋가 어깨를 겨누고 나라니서있다.

銅閣

이것은 寶雲閣의 俗名인데 이閣은 四方五米의 小亭이나 이름과같이 建物全部가 范銅으로 되어있어 熱河離宮의 銅閣과 아울러 그類例가 드문建物인데 일즉 西藏과蒙古의 喇嘛僧들이讀經하든곳이다. 이閣은 昆明湖西堤 十七孔橋橋畔에있는 築手와 아울러 조선에서 가저간 구리로 建造한것이라 하며 그來歷을 구리懸額에 색여서 亭額에 부쳤는데 누구의 작난인지 지금은 떼여버리고 그자최만 그대로 남아있다.

銅閣을 내려와서 層岩絶壁의 石造山隧道 入口를 無心히 바라보니 거게는 『이寶道(隧道)內의 壘石은 틈이 생긴데가 많아서 매우危險하니 通行하지마오』하는 揭示가 부터있다. 일즉 그런것을 알지못하고 아스랗게 처다뵈는 저어 위에서부터 이 石寶속을 자아내려온 나는 새삼스럽게 머리가 선뜩해지는것을 느꼈다. 내비록 佛香閣佛像에 값없는 이름을 색일만한 爲人은 못된다 하더라도 그래도 벌써 이굴속에 깔려죽어서야 될말인가 하고 공연히 혼자 손에 땀을 쥐었다.

昆明湖東堤

玉瀾堂앞으로부터 水中亭인 知春亭을 끼고 文昌閣을지나니 예서부터 昆明湖東堤다. 길길이 느러진 垂楊아래 湖畔石徑으로 천천히 막대를 글며 遠近의風景을 바라보는 맛은 또한 格別한것이다. 이윽고 걸어가노라니 東堤中間쯤에 銅牛가 있다. 全部 范銅으로된 臥牛인데 그잔등에 다음과같은 乾隆帝의 御製金牛銘이 색여져있다.

『夏禹治河, 鐵牛傳頌, 義金安瀾, 後人景從, 制寓剛戊, 象取厚坤, 蛟龍?數, ??湊武, 昆明滿流?頃, 金寫神牛, 用鎭悠永, 巴邱淮水, 共貴同條, 人稱漢式, 我慕唐堯, 瑞應之符, 逋於四海, 敬茲降?』

이것을 보아도 이 銅牛는 夏禹治水의鐵牛를 본받은 鐵物인것을 알수있다.

十七孔橋

銅牛南에 높다란 八方亭이 있고 거게서부터 昆明湖中 龍王廟에 걸치어 十七개의 穹窿形구멍을가진 길다란 둥구스럼한 大理石橋가 있는데 이것이 卽 蘇州寶帶橋를 模倣한 十七孔橋다. 그石欄干은 左右合百二十餘柱인데 그頂部에는 一一히 새끼가진 해태들 彫刻하였고 또 그彫像이 하나도 같은것이 없이 全部各異한것으로 有名하다. 어미해태가 或은 새끼를 젖먹이고 或은 엉성받이 새끼가 어미턱아래로 기여오르고……이런 가지각색 形像을 색여서 하나도 같은것이 없다.

龍王廟

湖心의 小島우에 지은것인데 아래에는 정말 龍이 숨은듯한 石窟이있고 그우에 龍王廟가 서있다. 이廟는 昆明湖의 水神을 祀한곳으로 歷代皇帝가 祈雨하든 靈場이다. 島畔四方에는 石築이있어 沐浴하기 便하게되어있고 全島는 늙은 괴화나무의 푸른그늘이 깊게 덮여서 여름을 잊게한다.

먼湖面에서는 白鷺가 날고 가까운 湖心으로는 조고

燕京의 여름*

한설야

북지(北支)[1]의 기후는 대륙적이어서 여름은 굉장히 덥소. 그런데다가 더욱 바로 북방에 저 광막한 고비 사막을 가지고 있고 또 비가 덜 오니까 한결 더 더위가 심한가 보오.

북경서 멀지 않은 황하 유역 일대의 황니(黃泥) 퇴적층은, 한 여름의 태양 직사를 받아서 발이 빠지도록 큰 균열이 생기오.

내가 20년 전에 북경 왔을 때는 1년 남아 있는 동안에 한번도 비다운 비와 눈다운 눈을 본 일이 없는데 이번은 온 지 3주도 다 못 돼서 벌써 2, 3차나 호우라 할 만한 큰비를 보았소만 그래도 이 지방의 더위는 조선의 그것과 비할 것이 아니오. 고력(苦力)과 인력거부들을 보면 벌써 굉장히 땀을 흘리고 있고. 더우면 부채를 쓴다든가 손수건을 쓴다든가 하는, 우리들의 상식으로는 더저히 상상할 수 없으리만치 무섭게 땀을 흘리오. 진종일 몸에서 땀이 철철 흐르고 있소. 그렇건만 이들 노동자는 거리의 녹음 아래 쉬는 때마다 더운 차수(茶水)를 마시고 마시고는 또 땀을 빼오.

---

* 이 글은 ≪조광≫1940년 8월호에 게재된것이다. 여기서는 소재영 편 ≪간도류랑40년≫에서 선록.

1) 북지(北支) 화북지구를 가리킴.

이 거리에는 노동자만을 상대로 차수를 팔러 다니는 차수 행상이 따로 있소. 그들은 물나오는 부부리가 달린 커다란 항아리에 끓는 차수를 담빡 넣어가지고 그것을 두툼한 보자기로 싸서 막대로 꿰어가지고 대개 어미와 딸이나 자매들끼리 마주 들고 다니면서 인력거부나 일륜차를 밀고다니는 노동자나, 마차부나 행상들이나 잔전 보는 회회교도들에게 차수를 파오. 커다란 보시기 한 잔에 1전이라니 싸기도 하오만 그러나 이들이 차수 먹는 양은 또 무지하게 많소. 시골 농부들은 하루에 5~6승(되)을 먹는 치가 다 있다니 대륙인의 물먹는 일사(一事)만에도 우리의 상식을 미칠 수 없소. 어쨌든 쉬는 짬짬이 차수를 마시오.

그리고는 그야말로 폭포같이 땀을 흘리오. 땀 흐르는 것을 부채질하는 일은 결코 없소. 또 수건으로 씻는 일도 없소. 정녕 심하게 내려와서 눈을 못 뜨게 될 지경이면 손으로 땀을 쥐어서 뿌려내리오. 그러니 몸 어디를 쥐어도 땀 한 줌씩 쥐어지지요.

깨끗한 것을 좋아하는 우리들은 그 끔찍한 얼굴을 보고 이마를 찡그리오. 그러나 그것은 모르는 소리요. 이들의 이 땀은 실로 여러 가지의 이역(利役)을 하고있는 것이오. 첫째 이렇게 땀을 흘려야 신진 대사가 잘돼서 일사병 같은 것이 안 걸리오. 그리고 이들 노동자는 대개 일생을 통하여 목욕이라든가 목간을 다니는 일이 없는데 제창 땀 목욕을 해버리면, 돈과 시간상 경제가 여간 아니지요.

땀 흘리기를 싫어하는 우리들은 기실 이 횡포한 자연에 견디기가 십상 어렵소. 요 일전에도 신문을 보니까 어느 노천 식장에서 소학교 아동 4, 5백 명 중에서 1백 60여 명이나 일사병으로 졸도한 일이 있다 하오. 그도 일사병에 걸릴 소질이 있는 아이들은 미리 추려내고 건강하다는 아이들만이었다는데 그 지경이니 대륙의 더위란 참 무서운 것이다.

이곳에는 여름이면 물것이 많소. 빈대, 벼룩은 물론이고 조선에서는 보도 듣도 못 하던 백령(白蛉)이라는 보이지 않는 물 것이 있소. 이 벌레가 몸에 붙기만 하면 그 자리가 가려워서 견딜 수 없소. 그래서 긁을 수밖에 없는데 그러면 피부가 벗겨지고 부르트고 하오. 그뿐인가요. 가려운 것도 워낙 대륙적이어서 하루 이틀에 낫는 것이 아니라 1주 내지 심하면 2, 3주를 두고두고 가렵소. 가렵다는 것은 매우 부드러운 용어이나 이 놈의 가려운 것이란 속으로 디려 아리아리해서 나중엔 뼈짬까지 저리고, 이뿌리까지 시어지오. 그러나 이 백령이란 놈은 원체 미물이라 눈에 보이지 않는 까닭에 사람들은 그저 무슨 무서운 피부병에 걸린 것이라고 황급해서 병원으로들 가오. 그래서 주사를 맞곤 하는데 환자는 모르니까 할 수 없지만 의사란 참 엉터리지요.

이 백령은 파리 잡는 약에 쉬 죽고, 또 물린 자리도 살충수를 바르면 곧 죽어버리오. 그런데 이 지방 사람의 말을 들으면 사람은 물것에도 물려야 한다 하오. 그래야 몸이 단련되고 저항력이 생긴다는 의미인 모양인데 어떤 의사의 말을 들으면 그것은 단순히 그런 뜻만 아니라 의학상으로도 근거 있는 말이라 하오. 즉 물것에게 물려서 몸을 긁으면 체내의 노폐물들이 모공으로부터 불려나오게 되어서 몸에 좋다고 하오. 듣고보니 그도 그럴듯한 말이오. 미상불 이 대륙은 수질이 나빠서 체내에 노폐물이 생겨서 잘 배사(排瀉)되지 않는데 그런 방법으로라도 신진 대사를 도와야 할 것이오.

그러나 북지의 더위는 아직 아무 일 없는 편이오. 상해 같은 데는 햇볕에 한난계가 1백 60도까지 올라가는 일이 있소. 그뿐인가요. 남방으로는 꽤 선선하고 수목도 많다는 남경의 저 한시로서 유명한 진회(秦淮)의 수변(水邊)도 밤중까지 1백 도까지 오르내린다니 놀랄 일이 아니오. 이 진회의 물가에서 밤새도록 계집들이 놀아댄다고 해서 옛 사람은 '상여부지망국한(商女不知亡國恨)2)'이라는 강개한 시를 불렀지만 생각하면 그 여인들도 그 더위를 제치고 살아보자는 것일 것이니 살아가는 일을 또한 크지 않다고야 할 수 있소.

나도 일전 천하절승 만수산(萬壽山)에 가서 곤명(昆明) 호반에 길길이 우거진 갈밭 옆으로 보트를 저어가며 부지중 이 시를 불러보았소만 그게 다 한수양풍(寒水涼風)에 더위를 잊은 신선한 속에서 생겨난 영탄이리라고 생각하고 혼자 웃는 일이 있소.

어쨌든 북경은 남방에 비하면 천하에 드문 납량지요, 피서지요, 북경은 일명 수해(樹海)라고 하리만치 굉장히 수목이 많고 무성한 지(地)요. 또 북해, 중해,

2) 상여부지망국한(商女不知亡國恨) : 당나라 두목(杜牧)의 '박진회(泊秦淮)'시에 煙龍寒水日龍沙 夜泊秦淮近酒家 商女不知亡國恨 隔江猶唱後庭花[안개는 찬물을 싸고 달빛은 모래밭을 쌌는데/밤에 닿은 진회(秦淮)는 술집이 가까웠다/술집 여인(商女)은 망국의 설움 알지 못하고/강 건너 선 아직도 망국의 노래'後庭花'부른다]중의 한 구.

남해, 십찰해(什刹海) 등 경치좋고 서느러운 바다같이 너른 호수가 있소. 그리고 우리가 '동양 평화의 길'이라는 영화에서 본 북경의 천단(天壇)은 옛날의 황실 제사터로 두세 아름의 거수가 하늘을 덮고 그 넓이가 81만 평이라니 놀랄 일이 아니오. 그리고 조산(造山)으로 유명한 경산(景山)은 대북경을 한눈 아래에 부감할 만치 높은 산이오.

북경에서 겨우 3백 리밖에 안 되는 천진(天津)에는 나무가 없는데 그리고 이 지방은 비가 극히 적은데도 불구하고, 북경만은 수림이 울울창창하고 세네 아름 되는 4, 5백 년의 고목들도 지금까지 의연히 무성하고 있소. 그래서 시내의 이르는 곳마다 괴수(槐樹), 향수(香樹), 백목(柏木), 해당, 등, 작약, 앵도 나무, 유목(楡木) 등이 기수없이 총립하여 경산이나 고층 건축에서 내려다보면 북경 일대는 전판이 수운(樹雲)에 덮여 있고 그 중에 다만 성문과 고루(高樓), 거각(巨閣) 등이 높게 드솟고 있을 뿐이오. 가도 좌우에도 굉장히 큰 나무들이 서 있어서 녹음이 깊게 길바닥을 덮고 있소.

그리고도 아직 더위에 못 견디어서 천붕(天棚)이라는 것을 치오. 이것을 얼른 쉽게 말하면 곡마단 덕 같은 높은 덕에 조선서 흔히 보는 갈로짠 노전(삿자리)을 친 것인데, 필요한 데마다 밧줄을 달아놓아 그것을 당기면 노전이 말려서 문이 되도록 마련된 것이오.

여름이 되면 웬만한 가정은 대개 뜨락 전체에 집보다 훨씬 높은 천붕을 쳐두오. 그리고 가로수 없는 거리의 가게 앞에도 이것을 치오. 그러면 그 아래는 깊은 그림자가 생겨서 일중(日中)이라도 매우 서느럽소.

그러나 대륙적 자연의 폭위(暴威)는 그까짓 것으로 물러서리만치 만만한 것은 아니오. 어쨌든 사람을 못 견디게 굴고 그러면 사람들은 좀더 서늘한 피서지로 나가게 되오.

한데 간 곳마다 사람이 살도록 마련된 것이 이 북경이라는 곳에는 시외는 말할 것도 없고 시내에만도 피서할 곳이 기수없이 많소. 더욱 전차나 버스 외에 양거(洋車)가 있어서 별로 큰힘 들이지 않고도 선선한 곳으로 갈 수 있소. 거기만 가면 편편한 자리에 차수가 준비되어 있고 또 공중 의자가 있어서 얼마 안 되는 돈으로 종일 푸짐하도록 납량할 수 있소.

북경 안에서 납량지로 유명한 곳은 여러 곳이나 그 중에서 가장 이름나고

사람이 많이 모이는 곳은 남해, 중해, 북해와 사직단과 경산일 것이오. 이 몇 곳은 시가 중앙에 있어 다니기도 편하오.

남해는 궁성 북편에 있는 넓은 호수요, 정문인 신화문[(新華門) 보월루(寶月樓)]은 고궁안 욕덕당(浴德堂)과 아울러서 유명한 건륭제(乾隆帝)의 총비(寵妃)인 향비(香妃)의 전설을 지닌 곳이라 거듭거듭 행인의 주의를 그오. 또 맞은편 남해 중에 돌출한 일도(一島)는 광서제(光緖帝)가 서 태후(西 太后)에게 유폐되었다가 여기서 가붕(駕崩)[3]한 곳이라 또 더욱 유인(遊人)의 감회를 자아내게 하오.

여기서 잠시 광서제가 유폐된 전말을 이야기해야 듣는 이로 흥미와 감회를 느낄 것이오. 광서제는 국운이 이미 쇠잔한 청말(淸末)의 황제로 후세에 전할 높은 이름은 없으나 그러나 어진 임군이었던 것은 사실인것 같소. 그는 기울어지는 국운을 만회하려고 강유위(康有爲)에게 문교쇄신의 어명을 내리고 원세개(袁世凱)로 하여금 육해군을 대확장케 할 준비로 4억의 거금을 징수하였소. 그런데 원세개는 본시 한족(漢族)인데 청조(淸朝)의 신(臣)으로서 청조가 엎어지기를 은근히 바라는 차라 여기서 한 꾀를 생각하였소. 즉 서 태후에게 광서제가 양이(洋夷)와 부동해서 태평 시절에 해군을 대확장한다고 밀고하였소.

서 태후는 광서제의 숙모요, 즉 광서제는 서 태후의 형의 아들인데 웬일인지 서 태후는 광서제를 미워해서 후비(后妃)와 별거시키고 늘 일거일동을 경계하였소. 그러던 차라, 이 말을 듣자 대노해서 광서제를 처음 만수산 옥난당(玉瀾堂)에 유폐하였다가 다시 이 남해의 일도(一島), 즉 영대(瀛臺)로 옮겼소.

그 뒤 서 태후는 그 해군 확장비를 가지고 만수산 별궁에 대건축을 가하는 일방(一方) 광서제와 외부의 연락을 절대 엄금하였소. 그리하여 광서제는 이 섬 중에서 불우한 일생을 마치었는데 그 사인에 대하여서까지 항간에 전하는 말이 수수하니 그 얼마나 비통한 일생인지를 짐작하고도 남음이 있소.

광서제 가붕의 땅인 영대는 조그만 섬이나 외부로 보면 오채영롱한 유리와(琉璃瓦)가 빛나는 누각 정우(亭宇)를 기묘하게 배치하여 매우 아담하게 보이오. 섬의 3면에는 모양이 각이한 수각(水閣) 셋이 있고 기암 괴석의 조산이 있고

---

3) 가붕(駕崩) : 황제가 세상을 떠남.

푸른 물 위에 가지를 느린 고수(高樹)가 있어 풍경으로 보면 비록 유폐의 몸이라 하더라도 이것이 만승천자(萬乘天子)가 기거하던 곳인가 의심하게 되오. 그렇게 크고 어마어마한 것을 좋아하는 이 나라 전각으로는 너무도 규모가 적소. 모르면 몰라도 권신공장(權臣功將)의 저택들은 이보다 훨씬 큰 것이오.

제(帝)가 날로 기울어가는 청나라를 걱정하면서 마지막 눈을 감으신 함원전(涵元殿)은 지금 장죽을 물고 때기름 묻은 입성을 입은 사람들이 들어앉아 있는데 그 문에 판공실(辦公室)이라는 간판을 붙인 것을 보니 무슨 사무실로 쓰는 모양이오.

함원전 뒤로 중국 고대 건물에서는 보기 드문 이층 익랑(翼廊)이 학의 두 나래와 같이 벌어지고 그 후면 호중(湖中)으로 수각이 내달아서 자연과 인공의 경치가 해조(偕調)를 맞추어 절경을 이루고 있소. 구황성과 단묘(壇廟) 등 건물과 그 주위 자연에 위압되던 머리로 보면 이곳은 가장 인간과 친하기 쉬운 곳이오. 더욱이 광서제의 이루지 못한 높은 뜻을 생각하니 쉽게 발이 떨어지지 않고 거듭 말없는 옛 전각을 바라보게 되오. 참말 아름다운 풍경이오. 호반의 가지 늘어진 양류가 미풍에 건들거리고 푸르른 호수의 여기저기를 덮은 연잎과 이끼는 물방울을 씻고 바람에 불려 잠잠히 요예(搖曳)[4]하오. 조그만 물새들도 사람을 따라 척사(滌署)를 하는 심인지 호수에 뱃대기를 그으며 날라가오.

나이 지긋한 사람들은 정자(亭子)에 낚시를 드리우고 젊은 축들은 보트를 저어 호수를 오고 가고 하오.

그런데 이 수상의 풍경이 그대로, 아니 더 길게 그 모양을 푸른 물 속에 던지고 있어 남해 속에 남해변 풍경이 또하나 더 들어 있소.

다만 남해 북쪽의 조그만 못과 보트를 넣는높다란 누각 일대는 몹시 음침해서 낮에도 오히려 귀기를 생각하게 하오. 남해 북안에는 풍택원(豊澤園)이 있고 그 동안 (東岸)에는 석조의 유배거(流杯渠)가 있는데 이것은 다분히 시취(詩趣)를 돋우는 옛날 유상곡수(流觴曲水)의 유지(遺址)오. 그러나 지금은 물도 흐르지 않고 또 잔을 띄우는 사람도, 잔 잡아권하고 마실 사람도 없고 다만 무심한 잡초가 그 속에 길길이 우거져 있을 뿐이오.

---

4) 요예(搖曳) : 물결이 흔들리는 모양.

중해는 조그만 다리 하나로 남해에 연해 있는, 남해보다 훨씬 넓은 호수요. 역시 양류와 항목이 우거져 있는 데 중해 서남부의 대례당(大禮堂)부근에서 오려다 뵈는 북방의 조망은 천하의 절경이오. 멀리 경산의 취봉(翠峰)을 바라보고, 가가이 북해의 백탑(白塔)을 바라보는 그 앞 발아래 호면에서 연잎이 미풍에 떨고 늘어진 버들가지가 수면을 건드리오.

아닌게아니라 알고보니 이 일대는 북경 팔경의 하나라 하오. 이 남해, 중해, 북해는 황성의 서원(西苑)으로 옛날에는 태액(太液)이라고 불렀소. 본시 북경은 가을이 제일 좋지만 특히 이 태액의 가을은 더 아름답다 하오. 북경 팔경의 하나인 태액 추풍은 이 일대의 풍경을 이르는 말이오.

성군 건륭제는 문물백반(文物百般)에 긍(亘)하여 만고의 의표될 만한 행적을 남기셨거니와 자연에도 또 깊은 이해가 계서 중해호(中海湖) 중의 수운수(水雲樹)에 '태액추풍'이라는 어필비(御筆碑)를 남기셨소. 조그만 정자 하나라도 건륭제와 인연이 있는 것이면 중국인은 무조건하고 머리를 숙이오. 우리도 물론 그렇소. 두말 할 것 없이 서화가(書畵街)인 유리창(琉璃廠)이나 보석 고동(古董)의 거리인 낭방이조(郎坊二條)의 상인들도 손이 구경을 가면 그 많은 물건 중에서 건륭 시대의 제품을 쳐들고 그저 '건륭'하고 외마디 소리를 치오. 건륭이면 다시 두말 할 것 없으니 사람은 첫째 어질고 볼 것이오. 건륭은 아직도 몇천 몇만 년을 이들 만백성과 같이 살는지 모르겠소.

중해 서안의 애취루(愛翠樓) 부근은 전부 조석산(造石山)인데 낮으나마 기봉미로가 참치양장(參差羊腸)하고 암학수도(暗壑隧道)가 홀개홀폐(忽開忽閉)하여 길을 잃어버리기 여러번, 같은 정각으로 거듭 돌아오기 또 몇 차례 미회(迷廻)하기 한참 만에야 겨우 만자랑(萬字廊)으로 접어들었소. 이것은 卍자형으로 된 것인데 곡랑석각(曲廊石脚)에는 이끼낀 푸른 물이 잡아 있어 완연 물위에 떠 있소. 그 북실(北室) 오영(五楹)에는 '비헌인봉(飛軒引鳳)'이라는 현액(懸額)이 붙었다. 본시 덕종(德宗·광서제)이 독서하던 곳이요, 서세창(徐世昌) 총통 시대에 국무 회의를 열던 곳이라 하나 지금은 내부에 먼지 끼고 보잘것이 없소.

서 태후 쉬던 자리에는 지금도 대개 걸쳤던 의자가 그대로 놓여 있는데 광서제와 인연이 있는 곳은 거지반 이 모양이니 서 태후는 물론 후인도 이 불출세의 어진 임금의 뜻을 알려고 하지 않는 모양이오.

만자랑 남쪽에 원세개가 지은 석실[금궤함(金匱函)]이 있는데 이것은 전부 대리석으로 된 돌집으로 금고를 넣었던 모양이오. 참말 잊었소. 이 남중해도 본시 총통부가 있던 곳이오. 거인당(居仁堂), 회인당(懷仁堂), 자광각(紫光閣)도 이 부근에 있소. 또 중해 동안에는 만선전(萬善殿)이 있으나 별로 볼 것이 없소.

대체로 남중해는 물과 나무가 흔연일체가 되어 있어 그 풍광이 아름다울 뿐, 건물은 그다지 호화하지도 웅대하지도 못하오. 다만 인적드문 지변양류(池邊楊柳) 아래 구불고 긴 길을 걸을 때 알 수 없는 일말의 애수와 영탄이 떠도는 듯한 것은 청조(淸朝)의 퇴세를 말하는 듯한 함원전[(涵元殿・광서제 유폐처)]이 있기 때문일지, 또는 강희(康熙)와 아울러 청조로 하여금 한당(漢唐)을 지나가 문화 중원(文化中原)을 만든 성군건륭의 총희 향비가 놀던 추억의 명소 신화문이 있기 때문인지.

중해의 북단에 놓인 금오옥동교(金鰲玉동蝀橋)를 지나 저편이 이른바 북해요, 남해의 일도는 너른 호수 중에 조그만 절경을 이루고 있으나 북해의 경도(瓊島)는 너른 북해의 복판에 부잣집 맏며느리같이 그득하게 들어앉은 넓고 높은 섬이오.

이 섬은 일명 백탑산(白塔山)이라고도 하는데 그것은 즉 산상에 백색나마탑(喇嘛塔)이 있기 때문이오. 이 탑은 표단형(飄簞形)으로 된 굉장히 크고 높은 탑이오. 청초(淸初)의 건축이라 하오. 라마교는 불교의 일파로 서장을 중심으로 몽고 및 만주에 성행하던 종교니까 만주에서 발상한 청조에 있어서 이 교를 숭상했을 것은 물론이오. 지금도 북성에 있는 라마교의 대본거인 옹화궁(雍和宮・라마묘)은 그 규모가 크기로 유명하오. 이 안에는 약 3백 명의 몽고인 라마교도가 있고 부근에도 붉은 띠를 띤 몽고인이 산견되며 완연 몽고촌을 이루고 있소. 청조가 근본을 잊지 않고 만주의 종교를 가져온 것이라고도 볼 수 있는 일방 또 청이 본시 변방에서 일어난 나라라, 변지의 숨은 힘과 침략을 저어하여 이 변지 종교를 가져다가 몽고 서장 등을 회유한 것이라고 보는 것도 무의미한 일이 아닐 것이오.

석계를 돌고 돌아 백탑 앞에 이르니 북경 전경이 한눈에 드오. 물론 경산의 높이에는 미치지 못하나 탄탄한 평지 복판에 들어 앉은 북경 시가 를 부감하기는 이만하면 넉넉하오. 북경은 일명 수해(樹海)란 말이 옳소. 고루거각 외에는 일면

나무밖에 안 보이오.

이 산에 포치(布置)된 진목과 기석은 옛날 송나라 변경양악(汴京良嶽)의 것을 금인(金人)들이 반이(搬移)해 온 것이라 하오. 산후(山後)에는 역시 전부 돌로 된 조산이 있고 그 석산 속에는 석동(石洞)과 수도(隧道)가 있소. 참 진작 말할 것을 잊었소. 북경 도처에 돌로 만든 석산이있고 또 석정과 석단과 석전이 무수히 있소. 대체 어디서 그렇게 크고 훌륭한 석재들이 오는지 보는 때마다 놀라게 되오. 굉장히 큰 대리석 초석이라든지 두세 아름 되는 석주(石柱)라든지 천자가 행보하시는 정로(正路)마다 깔아놓은 용이나 봉황이나 학이나 거북을 산짐승 그대로 도드라지게 부조한 소위 조석(雕石)이라든지가 어디서 오는지?

그러나 그도 그럴 일이오. 지금도 사천성(四川省)쯤 가면 바위 하나에 기십만 인이 사는 시가가 들어앉아 있다니 그것은 지하의 반석이 노출한 것인지는 모르되 지상의 바위로는 더조히 인지(人知)의 상상이 미칠 수 없는 것이오. 그러니까 석재가 귀한 북방에서까지 이렇게 아깝지 않게스리 만판 푸지게 석재를 사용한 것인가 보오만 그것을 운반하고 싸고 깔고 다듬은 인력의 큼도 또한 놀라지 않을 수 없었소.

대체 이 놀라운 공사들도 위정자나 백수사인(白手士人)들이 했을리 없고 우리가 흔히 보고 멸시하고 함부로 부리는 노동자[공장(工匠)까지도]들이 전부 했을 것이니 저 보잘것없는 더러운 인간들 속에 그만한 재주와 힘이 있으리라고 생각되지 않소만 그러나 저들이 만든 것은 사실이니 다시금 깊이 숨어 있는 지(智)와 역(力)을 가진 대륙인의 성격을 생각하지 않을 수 없소.

우리가 서양인에게 일종 외경을 가지는 것이 사실이오. 또 저들은 이 큰 땅떵이 위에 검은 야심을 가지고 아편이다 종교다 또 무엇무엇이다 하는 것으로 이땅 도처에 자기네 표본을 박아도 놓았지만 그러나 이 대륙인들이 만들어놓은 인공의 큼을 볼 때 우리는 열 번 백 번 왼 고개를 흔들지 않을 수 없소. 절대로 이 위대함을 낳은 이 성격을 지구 상에서 말살할 수 없으리라고….

산 뒤 석산굴 속은 어두운 데도 있으나 대개는 채광이 잘되어 있소. 그렇건만 우리는 좁고 안전한 데서만 자라나던 소심한 성격들이 돼서 그런지 이 굴 속을 지나가기가 오슬오슬하오.

굴을 빠져 산 아래로 내려가니 의란당(漪瀾堂), 벽조루(碧照樓)라는 아름다운

이름을 가진 건물이 있소. 참말 그럴듯한 이름들이오. 북해의 물결은 금문(錦紋)과 같고 좌고우면(左顧右眄)에 도시 벽(碧) 일색이오. 수중마저 그 빛이나 '벽조(碧照)'란 문자가 또 그럴듯하오.

이 아름다운 두 건물을 중심으로 하고 경도 서북안을 테두리한 일대 회랑이 있고 그 앞에 백학이 오고 가는 북해 푸른 호수가 있소. 호면에는 연잎이 덮인 외에도 고색창연한 이끼와 같은 것이 띄엄띄엄 덮혀 있어서 아득히 먼 옛것의 미를 나타내고 있소. 이 산동 북록에는 건륭 어필인 '경도춘음(瓊島春陰)'이라는 석비가 있으니 즉 이 북해도 북경 팔경의 하나인 것이오.

우리는 이 섬 북안에서 배를 타고 대안으로 향하였소. 물은 깊지 않으나 대단히 맑소. 그도 그럴 것이 북경 시내의 호수와 성호(城濠)[5]는 전부 옥천산(玉泉山)에서 흘러와서 아래로 빠지기 때문에 흐리거나 썩거나 하는 일이 없이 늘 맑고 푸르오.

탄탄한 평야로 물을 끌어다가 북경 성내에 호수를 만들고 성호를 만들고 그리고 음료수까지 제공하게 한 고인(古人)의 경치와 상수도를 병(倂)한 설계는 현대의 기술로도 경탄하여 마지않는다 하오. 그뿐아니라 궁성, 관아, 주택 및 도로 등 제반 설계가 거의 완전에 가까워서 우리 조선처럼 이미 있던 집을 파헤치고 새 길을 내는 등사(等事)를하지 않아도 건물의 외상(外像)만 약간 가공함으로써 아주 번듯한 새 거리가 되오. 전지(全支) 중 가장 훌륭하다는 북경의 외국인 거류지든지 또는 근대식신시가도 파헤치고 새로 지은 것이 아니라 실로 약간의 점정(點睛)으로써 그렇게 된 것이니 이들 지나 왕석(往昔)의 도시 계획이란 얼마나 무서운 것인지 알 수 있지 않소.

경도 대안에는 오룡정, 극락 세계, 만불루, 천복사(闡福寺), 소서천(小西天), 대서천(大西天) 구룡벽 및 북문 내의 선잠단(先蠶壇) 등이 있어 모두 볼 만한 것들이오. 만불루는 그야말로 만불(萬佛)이 사는 곳이오. 이것은 드높은 정각 중에 수만 봉의 산악 모형을 만들어놓은 것인데 그 동서 남북 사면의 높고 낮은 봉 아래에다 층층으로 불상이 서 있는데 하부는 빽빽하고 올라갈수록 성기게 섰소. 그러다가 맨 꼭대기에는 단 한 사람, 그것이 천상천하유아독존(天上天下唯

5) 성호(城濠) : 성밖으로 둘러싼 못.

我獨存)이라는 석존이오. 바로 그 위 천정에서 극락 세계라는 현판이 아득히 우리들을 내려다 보고 있소. 맨 아래쪽 부처도 필시 성문연각(聲聞緣覺)쯤은 될 것이매 우리 중생계와는 기백유순(幾百由旬)[6]의 상거가 있을 것인데 그 하부 우묵히 들어간 곳에 혹시 걸인이 들어가서 잤든지 지금은 철망을 둘러쳐놓았소.

남문[승광좌문(承光左門)]에 연한 단성(團城)에는 승광전(承光殿)이 있고 그 안에는 유명한 백옥불(白玉佛)과 옥옹(玉甕)이 있소. 백옥불은 백 대리석으로 만든 면전(緬甸)식 불상이오.

또 부근에는 유명한 구룡벽이 있는데 이것은 황궁 내의 황극문(皇極門) 외에 있는 구룡벽과 아울러 건륭조에 제작한 것으로 유명하오.

북해 동면에 대고 원전(大高元殿)이라는 원전(圓殿)이 있는데 이것은 천자가 중생을 대신하여 기우(祈雨)하던 영장이요, 그 문전 양정(兩亭)은 구첨(鉤簷)과 투통(鬪桶)이 인교(人巧)를 다한 것으로 거금 4백 년 전 명나라 건축이라 하오.

이 대고 원전의 동이 바로 황거금역(皇居禁域)의 진산인 경산인데 이것은 북경 내성(內城)의 중앙이오. 이 산은 북해, 남중해 등을 파낸 흙을 가져다가 쌓은 조산이라 하오. 산은 전부 오봉으로 되고 중앙봉이 제일 높고 거기 선 정작도 제일 크며 그 안에는 거대한 불상이 안치되어 있소. 이 중앙정은 만석정(萬昔亭)이라 하고 그 동이 주상(周賞), 관묘(觀妙), 양정(兩亭)이고 그 서가 부람(富覽), 집방(輯芳) 양정이오. 이 경산은 전설에 의하면 비황(備荒)의 의미로 그 속에 석탄과 식염을 암장하였다 하며, 그 통로는 너른 황성(皇城) 어디로 통하여 있다는데 그 진부(眞否)는 미상하나 이 산의 일명이 매산(煤山・석탄산)인 것으로 보아 무슨 연유가 있는 듯하오.

경산과 후면 일대에는 수백 년의 괴수, 향목, 백목이 일면에 서 있소. 산전 기망당(綺望堂) 앞 화초를 일별하고 바로 그 뒤인 중봉으로 직행했으나 위험하다는 패목이 있어 서쪽으로 돌아가서 한참 석계를 올라갔소. 집방정(輯芳亭) 있는 데서부터 내려다보는 시야가 차츰 넓어지며 북경전시가 그 안으로 좁아들기 시작하오. 정자에서 소게(小憩)한 후 부람정으로 올라가니 좀더 안계가 넓어지고, 중앙봉 만춘정(萬春亭)으로 올라가니 북경 전경을 역력가지(歷歷可指)외다.

---

6) 기백유순(幾百由旬) : 由旬은 由旬那, 고대인도의 리수, 제왕이 하루 행군거리를 유순나라고 함.

바로 경산 앞이 구황성인 자금성(紫禁城)이오. 이 성 주위는 1천여(粁餘)요, 성중(城中) 천자(天子) 정사를 행하시고 신료를 소대(召待)하시고 외번 속국 외신(外臣)을 인견하시고 세시(歲時)에 내정(內廷)의 상하(上賀)를 수하시고 연(宴)을 사하시고 또 침전으로 하시던 건청궁(乾淸宮)은 남면으로 중화전, 보화전, 태화전, 태화문, 오문(午門), 단문(端門), 천안문(天安門), 중화문(中華門), 정양문(正陽門)의 제 전문(殿文)과 북으로 문봉전(文奉殿), 곤령궁(坤寧宮), 곤령문, 천일문, 음안전(陰安殿), 순정문(順禎文), 신무문, 북상문, 수성전, 지안문(地安門) 등이 정규를 대고 그은 듯이 일직선상에 놓여 있소. 여기서 보면 북경은 완연 성곽의 거리요 북경 내성이 밖을 둘러치고 황성이 내중을 둘러친 외에 대소의 성벽이 곳곳에 일곽을 이루고 거기마다 성문과 비루(碑樓·조선으로 치면 홍살문 같은 것)가 서 있소. 그래서 민가나 관아 있는 데까지 성벽이 둘러쳐서 혹시 무슨 별각(別閣)이나 아닌가 하고 의심할 일이 종종 있소. 그러므로 북경 거리를 걷는 것은 언제든지 무슨 궁 안을 걷는것 같소. 어떤 길에도 비석을 깔아놓고 좌우에 유리와를 인 성벽이 있소. 주의해 보면 둥글고 긴 소석을 가지고 국화 꽃이나 또는 다른 모양을 새겨놓은 것임을 알 수 있소.

만춘정 바로 아래에 일황궁(日皇宮)이 역력히 내려다 보이오. 참 궁도 많고 전도 많고 문과 각과 누도 많소. 정말 천자의 살림이란 억세게 큰 것이오.

천자 계시던 건청궁, 황후 계시던 곤령궁도 바로 거기 보이고 대혼시 합근(合巹)[7]하시건 화촉동방도 거기 내려다 보이오.

이상이 황궁의 중앙부인데 그 서편으로 눈을 돌리면 의통(宜統) 황제계시던 춘심전, 황후 계시던 저수궁(儲秀宮)이오.

그 서편 즉 황성 안 맨 서편에는 황태후의 정전인 자령궁(慈寧宮)과 궁중 판리(辦理)의 내무부가 보이고 나마 공불의 제 전각이 보이는데 취중(就中) 우화각(雨花閣)은 삼중각으로 금와(金瓦)를 이어 금성(禁城) 중의 이색이요 호화판인 감이었소.

황거 중앙부 이동으로 눈을 돌리면 우리들이첫째 무엇보다 호기심을 가지게 되는 것은 창음각(暢音閣)의 대무대와 중화궁(重華宮)의 소무대인 이것은 궁중

---

7) 합근(合巹) : 술잔을 마주친다는 뜻으로 혼례를 이름.

예원의 본영으로 그 놀라운 미술 고동(美術古董)을 낳은이 나라 궁중 연극은 또 어떠했을지. 대체로 이 나라 사람은 연극을 좋아하오. 북경 빈민가 천교(天橋)엘 가보면 2, 3전으로 구경할 수 있는 다점(茶店) 겸용의 연극, 만담, 비파, 고극구연(古劇口演) 등 별별 연극이 다 있소. 또 이 빈민가 이원(梨園?)에서도 유명한 명화(名花)가 나온 일이 있다 하오. 이 빈민가의 여배우를 '곤각(坤角)'이라고 이르는데 유희전(劉喜荃), 신염추(新艷秋) 같은 여자는 곤각 출신의 명화들이오. 그러니 창음각 중화궁의 무대에 이르던 사람 중에는 얼마나한 요화, 명화가 있었겠소.

이곳 영수궁(寧壽宮)은 태상황(太上皇) 양로의 장소인데 만근(挽近)에는 서 태후가 그 일실에 기거하였다 하오.

낙수당(樂壽堂)은 건륭 대제의 침궁으로 유명하고 또 구조 복잡하기로 유명하나 경산에서 내려다 보아서는 그 내부를 알 수 없소.

건륭 말년 궁정의 애락(涯樂)을 널리 선전한 부망각(符望閣)도 보이오. 이 일대는 지금도 매우 음침하다 하나 내려다 보기에는 황색 유리와가 찬란히 빛나는 대단히 아름다운 풍경이오.

그 북방은 광서제의 총비인 진비(珍妃)가 단비(團匪) 사건시 양궁의 서안몽진에 당하여 서 태후의 손에 투정(投井)된 아슬아슬한 우물이 있으나 경산에서는 보이지 않소.

경산에 서서 이윽히 좌우 경치를 굽어보자니까 하산할 맘이 없소. 멀리 뵈는 북해에 나는 백학도 수월치 않은 일경이오. 만춘정 바로 동편에 방공 사이렌이 장치되어 있소.

주상(周賞), 관묘(觀妙) 양정을 지나 내려오려니까 주위에 낮은 석벽을 둘러친 늙고 고운 괴수 하나가 보이오. 그것은 다름 아닌 명나라 마지막 임군 사종(思宗)이 액사(縊死)한 나무요, 그 앞의 '명사종 순국지애(明思宗 殉國之愛)'라는 비석과 아울러 이 늙은 괴수는 그윽히 행인의 회개(懷慨)를 돕소. 나무는 늙어서 아랫도리가 두 홀로 쪼개지고 휘엿한 굽은 가지로 의수하기 알맞게 되어 지금도 3백 년 전 옛일을 방불히 그리게 하오.

사종은 명말에 있어서 당시 섬서성(陜西省) 서북부에서 봉기한 유적(流賊) 이자성(李自成)이 북경을 침략하여 마침내 제도를 유린 당한 결과 만민지상으로 깊이 책임을 느끼시고 수서(手書)로서 혈조(血詔)를 남기시고 이 산하에 옥쇄(玉碎)하여 명조 3백 년의 사직은 이 산 아래에 마쳐버렸소. 이 혈조는 보는 사람의 눈물을 자아낸다 하거니와 와전(瓦全)[8]을 버리고 옥쇄를 취한 그 심정만 생각해도 가슴이 무거워지오.

그런데 여기서 한 가지 부언할 것은 이 자금성의 황와(黃瓦)에 대해서요. 이 안의 건물은 대소를 물론하고 전부 황색 유리와요. 천하에 도도한 요지막의 배금사상으로 보면 황금색을 취한 것이라 하겠으나 결코 그런 것이 아니오. 이것은 한(漢) 시대로부터 내려온 오행설(五行說)에 기한 것으로 오행에 의한 각색 중 황색을 천자의 색으로 하였던 것이오. 그래서 천자의 어의(御衣)는 황노염(黃櫨染)[9]으로 하고 황성은 황와로 이었던 것이오. 사직단에 가보면 이 사상을 확실히 알 수 있소. 사직단 4ㄹ벽은 각이한 4색(흑・청・적・백)으로 하고 중앙에 황토를 놓아 황색을 보이고 있소. 이것은 즉 천자는 중앙에 계서서 4방에 군림한다는 뜻을 말하는 것이오. 그러나 황성 건물 중에는 호천상제(昊天上帝) 계신 창천을 따라 감청색 유리와를 사용한 것도 있소. 천단은 대부분이 감청색 남와(藍瓦)를 사용하였소.

그리고 광서제 유폐의 땅인 영대 같은 것은 황색 및 검청색 기타 잡색을 혼용하였소. 또 지금은 거리로 다녀도 이따금 황와(黃瓦)를 사용한 건물과 낮은 건벽(建壁)을 보는데, 지금은 황거(黃居) 중심부와 멀리 떨어져 있으나 석일(昔日)은 그렇지 않았던 것을 알 수 있소.

한화휴제(閑話休題)하고 이상의 제 해외의 여름 행락지로는 십찰해를 칠 수 있소. 이것은 궁성 후벽 즉 북해 뒷벽을 지으면서 성 밖에 있는 길다란 호수로 호반에양류가 있을 뿐 건물다운 건물도 없소. 그러나 이곳은 빈민의 납량지로 한 목 아니 셀수 없는 곳이오. 양류 아래에 천봉을 쳐놓고 그 아래 간단한 차수를 준비해 놓았소. 별로 큰 돈 들이지 않고 수박씨나 까며 그야말로 고시의 '탁청천이자결 좌무수이종일(濯淸川而自潔 坐茂樹而終日)[10]'식으로 더위를 피할 수 있소.

---

8) 와전(瓦全) : 아무 보람도 없이 목숨을 보전함.
9) 황노염(黃櫨染) : 거망옻나무 염색.
10) 맑은 물에 몸을 씻어 깨끗이 하고 무성한 나무아래에 진종일 앉아있다.

한참 길다랗게 좋다는 납량 명소들을 열거해 놓았소만 사실 나와 가장 인연이 깊은 곳은 이 십찰해요.

그게 바로 20년 전 일이오. 그때 나는 북경에 유학하고 있었소. 그러나 예이제 다를 것 없는 빈자생(貧者生)이라 돈 많이 드는 명소로는 갈 수 없고 해서 이 호수가에서 한 여름을 보냈었소. 그 해는 참 유난히도 더웠소.

그래 이 호반의 양류 아래 앉아서 녹음 덕을 입으려고 하나 어찌 무더운지 견딜 수 없었소. 해서 일계를 안출한 것이 그 부근 저빙교(貯氷窖)였소. 마침 염열이라 얼음은 거의 파내가고 조금 남은 것을 인부들이 파내고 있었소. 그 안은 무척 너르고 선선하였소. 오히려 추울 지경이었소. 깊은 땅 속인데다 얼음이 묻쳤으니까 그럴 거 아니오. 매우 선선하다고 좋아하면서 나는 매일 이리로 와서 독서도 하고 휴식도 하리라고 혼자 만열(萬悅)에 잠겼었소.

그런데 웬걸 석양에 나오니까 아주 죽을 지경이오그려. 대체 밖은 어찌 더운지 숨이 칵칵 맥히겠지요. 밖에 있던 사람은 그렇지도 않은 모양인데 선선한 데 있다가 별안간 밖으로 나오니까 공기가 마치 무슨 불김같았소. 참 죽을 뻔했소.

그래서 모처럼 발견했던 납량지나마 내일부터는 다시 안 들어가리라고 하였소.

그래서 가만히 보니까 다른 사람들은 벌써 그런 줄을 다 알고 안 들어간 것을 나는 내가 발견했다고 다른 사람에게 알리지 말고 혼자 행락하리라고 생각했소 그려.

나와 같이 호주머니 협협한 친구들이 나의 내숭한 생각, 그러나 어리석은 욕심을 알았던들 얼마나 웃었겠소.

나는 이 호반을 거닐며 지금도 혼자 웃고 있소.

북경 유리창 우거에서 1940년 6월 10일

天 壇*

한설야

얼마 전 이곳 신문에 실린 어떤 내지인(內地人)의 수필을 읽으니까 다음과 같은 의미의 말이 씌어 있었소.

> 요즈음 내지에서 관광객들이 많이 오는데 북경이란 곳이 워낙 넓고 명소가 많기 때문에 어느 곳부터 안내했으면 좋을지 몰라서 대개 유람버스를 타도록 권하는데 그 사람들의 감상은 열이면 7~8은 다 구경하고 나니까 싱겁다는 것이다.

나는 물론 이 관광객들의 사상에 동감이라는 것은 아니나 재미있는 말이라 생각하오. 대체로 이곳의 자연이나 인공은 우리들 좁은 지역에 살던 사람과는 친하기 어렵소. 차라리 사람을 위압하는 감이 있소.

우리들이 보아온 자연은 특히 내지의 그것은 우리들이 조석으로 호흡하고 완상(翫賞)하는 정원의 연장이라 볼 수 있소. 백두(白頭)나 금강(金剛)은 세계의 영지(靈地)라는 것이 타당할 것이니 논외로 하거니와 저 유명하다는 야마게(耶馬溪)에도 실로 정원의 성격이여실히 나타나있는 것이오. 아니 실상은 사람들이 그 자연을 모방해서 정원을 만들었던 것이겠지요. 하니까 말하자면 그 정원은 그 자연의 추형(雛形)이나 축도(縮圖)에 지나지 않을 밖에 없지요.

그래서 이와 같은 정원과 자연 속에 살던 사람이 그 두뇌 그것을 가지고 와서 갑자기 이 대륙의 자연이나 인공을 대하려니까 나중은 어안이 벙벙하고 입맛이 싱거울밖에. 그러나 그것은 이곳의 자연의 죄도 아니요, 인공의 죄도 아니요, 말하자면 보는 그 사람의 죄이겠지요.

얼마 전 나는 우에다 히로시(上田廣)의 「地燃ゆ」라는 소설의 독후 소감을 쓰는 데서 이들 이른바 대륙을 취재하는 작가들은 중국인을 제 성미에 맞는 주유(侏儒)로서 조그맣고 아담하게 왜소화하는 데 의해서만 자기의 것으로 창작한다는의미의 말을 쓴 일이 있소. 실로 여기에 이 소설의 치졸성이 있는 것이요, 또 우리들의 불만이 있는 것이오.

---

* 이 글은 ≪人文評論≫12호(1940년 10월)에 게재된것이다.

이와는 좀 동떨어진 말인 듯하나 얼마 전 조선의 신문에서 작가로 하여금 3주간의 만주 여행을 시키고 대륙 문학을 쓰라고 한 일이 있었소. 또 그것을 왕고미문(往古未聞)의 대서 특필로 지상에 발표하고 그 실제작품을 뒤이어 실은 것도 사실이오. 그러나 나는 여기서 그 작품의 성과를 말하려는 것은 아니오. 다만 그 시키는 사람이나 그대로 하는 사람이나 또는 그 사람들의 인인(隣人)인 우리들의 성격이 대륙이라는 것을 의식하고 호흡하고 파악하기가 어렵다는 것을 말하면 그만이오.

아닌게아니라 이곳의 자연은 -그 자연이라는 것보다 자연과 인공의 합작- 실로 거창한 것이오. 이곳의 저명한 승경은 대개 다 이와 같이 자연과 인공의 합작으로 된 것인데 그러면서도 어디까지가 자연이요 어디까지가 인공인지 알 수 없소. 그러면 또 그런대로 거기 그치는 것이 아니라 찬찬히 보면 모두 자연 같고 또 인공 그것 같기도 하오. 즉 자연으로 보면 변통없는 자연이요 인공으로 보면 놀라운 인공이요.

북경에 있어서 이러한 승경의 대표적인 것은 아마 천단(天壇)일 것이요. 천단에 한 발 들어서보면 솔깃이 대륙인의 성격 일반이 들여다 보여지는 것 같소. 참 놀라운 곳이오.

천단은 석일(昔日) 천자의 제단으로 기여(其餘)의 여러 제단 즉 지단(地壇), 사직단(社稷壇), 일단(日壇), 월단(月壇), 선농단(先農壇), 선잠단(先蠶壇) 등의 제단의 꼭지로 그 외(外) 단의 주위가 약 6킬로(15리)요, 그 면적이 81만 평인데 그 경내 전역에 4, 5백 년 묵은 아람드리(아름드리) 괴수(槐樹), 향수(香樹)가 들어서서 울창한 가지가 하늘을 덮고 있소. 그 아래는 항시 깊은 그늘이 있어 백주에도 무척 음침해 보이는데 더욱이 그 나무 아랫도리에 커다란 검은 동혈(洞穴)이 생겨져서 그 속에 자던 곰이 튀어나온다는 옛날 이야기를 상상케 하오. 그 수목에는 한 나무 한 나무마다 번호가 붙어 있는데 이 나무 역시 이 천단이 준공되던 명초(明初)에 심은 것일 것이니 지금으로 보면 명, 청, 민국 3대를 누리는 대단히 소중한 나무들이요.

이밖에도 민국이 되면서, 또는 최근에는 기동 정부(冀東政府)가 되면서 심은 기념 식수도 처처에 보이오만 아직 매우 어리오.

정문을 들어서면 바른편에 '○○부대'라는 간판이 붙어 있고 그 남으로 너른

병영이 내려다 보이오. 옛날 제8로군(第八路軍)이 있던 자리라 하오.

서편 정문으로부터 정동으로 놓인 큰길가 우거진 나무 아래를 이윽히 걸어 들어가니 이른바 천단이 나오지요. 이 단은 경내 중앙에 한 길 넘게 화강암, 대리석 등 무섭게 큰돌을 쌓아올린 5리 만큼 긴 석축 위에 북은 기년전(祈年殿)을 중심으로 한 제 건물을, 그리고 남은 환구대(圜丘臺)를 중심으로한 제 건물을 배치한 것이오. 건축의 미로 보든지 그 규모의 큰 것으로 보든지 그 장엄한 것으로 보든지 북경 제 명소의 총수가 되기에 조금도 부끄럽지 않소.

황궁의 여러 전각 누대가 크고 놀랍지 않은 것은 아니나 거기는 그래도 지상 인간의 거소다운 데가 있지만 이곳 천단은 인간의 생활을 초월한 신의 곳이라는 삼엄한 분위기를 주오.

아닌게아니라 천단을 보면 중국인의 경천(敬天)사상이란 얼마나 엄청난 것인지 넉넉히 알 수 있소. 그 원형 옥개(圓形屋蓋)가 뾰죽하게 하늘 가운데 드솟아 있는 것을 보든지 또는 그 옥개의 유리와(琉璃瓦)가 창궁(蒼穹)의 빛 그대로인 것으로 보아도 천을 존경하고 천신의 존재를 경앙하였던 것을 넉넉히 볼 수 있소.

이것은 천자의 제단으로 그 제식은 단순히 천자가 조종(祖宗)을 제사하는 것과도 달리 두 가지의 법식을 취하고 있소. 즉 그 하나는 기년전의 제식[호천상제(昊天上帝)]은 태묘(太廟)와 같이 3층의 옥개 아래 즉 전내(殿內)에서 올리는데 그도 천정의 용과 천자가 삼궤구고(三跪九叩)하는 부석(敷石)인 천연용문석(天然龍紋石 · 운남에서 난 천연석으로 용이 그려져 있소)이 일직선으로 되어 바로 하늘을 향하고 있고 남의 환구대는 고석(古昔)에 천자가 남교(南郊)에불을 피우고 천을 제하던 교사(郊祀)에 좇아서 아무 건물도 복개도 없는 둥그런 석대(환구대) 위에서 역시 호천상제를 제(祭)하게 되어 있소.

우리는 일찍 「논어」에서 제여재, 제신여신재(祭如在, 祭神如神在 · 제사를 지낼 때는 신이 실제 있는것 같이 지낸다는 뜻-편자 역)라는 글을 읽은 일이 있소만 천단은 바로 그 사상을 상징화한 가장 대표적인 제단이오. 그러니만치 누구든지 기년전 용문석 앞에 서든가 환구에 올라서면 어깨에 신을 느끼게 되오.

신이 있는지 없는지는알 수 없는 일이오만 어쨌든 우리의 눈에 보이지 않는 것을 보이게 하려 하고 느끼게 하려한 거기에 인간의 창작이 있는 것이요, 또 고심이 있었던 것이 아닐는지요. 어쨌든 모릇 모든 창작행위란 '유(有)에서 유(有)'라는 평범한 용의(用意)에서는 생겨날 수 없는 것인가 싶소. 이렇게 말하고 보면 곧 '무에서 유'라는 것을 생각하게 되어 이때껏 우리가 가져온 바 관습으로 보아 말이 매우 우습고 모호하게 되는 듯하나 그러나 실상은 역시 창작이란 이렇게 모호하고 또 상식을 무시하고 존재하는 것이 아닐는지요. 말이 좀 딴 길로 들어간 듯하오만 소위 창작을 인생 일대의 직업으로 하는 사람의 버릇이라고 보면 이따위 유람기도 눌러볼 수 있지 않을는지요.

나는 천단 경내에 들어와서 노순(路順)을 북으로 취하여 맨처음으로 기년전엘 들어갔소. 이까지 가는데도 물론 전관이 화강암과 대리석이오. 으리으리해서 다리가 꼬일 지경이나 그보다도 기년전 앞 정문의 무섭게 길고 큰 돌문턱에 다리를 걸치고 그리고 그 높은 문 아래에서 바로 그 안에 들여다보이는 기년전을 한동안 멀거니 보고 있으려니까 아닌게아니라 얼빠진 사람 같소이다. 기년전 높이가 큰 1백 척이요, 그 밑바닥 석단(石壇) 이 직경이 3백 70척인데 이것은 크고 높은 것으로 놀랍거니와 저 아스렇게(아스랗게) 쳐다보이는 3층탑 최상부의 원추형 옥개의 양산살같이 밀집한 와열(瓦列)은 빛살같이 가늘게 보여 그게 또한 사람으로 하여금 한동안 입을 벌리게 하오. 그리고 그 빛나는 유리와의 가느다란 와열이 한데 모인 최상부 복판에 상투 같은 원추(圓錐)가 하늘을 찌르고 섰소. 그도 그럴 것이 이 기년전 복판에 깔던 용문석과 이 전의 천정에 새겨진 용트림과 이 전상의 원추가 한 수직선을 그려 그 아래 엎드린 천자의 기원이 이 수직선을 타고 호천상제에 이르도록 마련되어 있는 것이오.

용문석 바로 앞에 호천상제의 신위를 올리는 높다란 단이 있고 그 좌우에 멀찍이 8좌(八座)의 신단이 있는데 그것은 청조 8황(淸朝八皇)의 신위를 모시는 곳이오.

입구 안에 한 60여 세 되어보이는 노수직(老守直)이 서 있는데 봄에도 사람이 좋음직해서 서투른 화어(華語)를 붙여보았지요.

"이게 모두다 무엇인가요."

하고 내가 전내(殿內) 신단들을 가리켰더니 아닌게아니라 이 노수직은 우선우선한 낯으로 비록 잇똥은 보이나 그 꾸부정한 허리와 길다란 소매가 한결 친절을 돕는 듯 중국인 일류의 빠른 말씨로 길다랗게 설명을 해리오.

"이게 호천상제의 자리요. 이건 청조 8황의 자리요."

하고 여덟 임금의 자리를 하나씩세오. 강희(康熙)와 건륭(乾隆) 양재(兩帝)[1]를 특히 힘을 주어 세는것 같음은 오로지 듣는 나의 귀나 용심탓이 아니라 그도 응당히 성군에 대한 경앙의 의식이 오랫동안 그 혈관에 배어서 그들 부르는 소리가 특히 높고 떨리는것인가 보오. 실로 이 양제는 근대의 요순이라 할 만하오. 이 양제의 문화가 오히려 한·당(漢·唐)을 누를 만한 것을 보아온 나도 어쩐지 감격과 추억에 떨리오. 그러니 자연 말이 또 외제(外題)로 흐르는 것을 어찌하오.

"향비(香妃)의이야기를 아시오."

하고 노수직에게 물었지요. 향비란 건륭제의 총비(寵妃)요. 하나 그 항간 전통에는 신빙키 어려운 낭설이 많아서 어떤 것이 진설(眞說)인가 알려고 궁금해 하던 차요.

"향비요? 네, 알지요. 유명한 어른이오."

"건륭제의 총비니까 말이지요?"

"네. 건륭제도 유명한 어른이요, 향비도 유명한 어른이오."

하고 노수직은 길다랗게 늘어놓는데 나의 쥐꼬리만한 화어로는 이 옛이야기의 구수한 맛을 샅샅이 알 수는 없으나 그 눈짓, 손짓, 어음(語音)들을 종합해서 보면

"향비는 본시 서장왕(西藏王)의 왕후요. 그런 것을 건륭 대제가 서장을 치시고 향비를 황성으로 모셔왔지요. 그러나 향비는 열녀요, 건륭 대제는 성군이었소. 그래서 건륭 황제는 향비를 무척 총애하셨건만 그 열녀의 높은 절개를 꺾으시지 않아셨소. 그리고 그저 황성 안에 계시게 하고 마음으로 총애하셨지요. 그렇지만 건륭 황후는 두 분 사이를 의심하시고 향비를 죽이셨소. 황성외조(皇城外朝)의 욕덕당(浴德堂)에는 향비가 목욕하시던 훌륭한 욕실이 있소."

대개 이런 의미의 말인가 보오.

건륭제와 향비의 염사(艶史)는 상당히 유명한 것인데 그 전설이 옳은지 이 노수직의 말이 옳은지는 모르겠으나 건륭제가 이 향비를 총애하셨던 것은 사실

1) 강희(康熙)·건륭(乾隆) : 강희제는 청나라4대 황제 성조(聖祖), 건륭제는청나라 6대 황제 고종(高宗)임.

인가 보오. 지금도 황성외조(고물 진열관)의 무영전(武英殿) 서쪽에 욕덕당이란 토이기풍(土耳其風)의 욕실을 부설한 일전(一殿)이 있는데 이것은 지금의 중남해 공원(中南海公園)이오. 옛날의 황궁의 서원(西苑)이던 남해의 정문인 신화문(新華門)과 아울러 향비의 전설을 가지고 있는 이름난 곳이오. 또 당내에는 아직도 이태리(이탈리아)로부터 귀화한 낭세녕(郎世寧)[2]이란 화가가 그린 2폭의 향비 초상이 있는 것으로 보면, 아마 그랬을 리는 없지만 건륭제께서 향비가 죽은 후에 그 초상이나마 보려고 한 것이 아닌지, 또는 한 장도 아니오 두 장인 것은 혹시 분실될까 염려한 것이나 아닌지? 이런 부질없는 상상을 가지게 되오.

내가 잠시 묵상을 하고 있는 동안에 노수직은 용문석 앞에 엎드려서 부지런히 고개를 쩧고 있소. 얼른 보아도 그것은 옛날 천자의 삼궤구고를 흉내내는 것이오.

"황제께서 호천상제께 이렇게 하셨습니다."

하고 노수직은 다음으로 용문석을 가리키며 '이것은 용의눈, 이것은 여의주를 문 용의 입'하고 꼬리까지 석문(石紋)을 좇아 설명해 주오. 그리고 엎드린 채 용문과 천정의 용트림을 번갈아 가리키오. 그 몸동작과 말씨가 황급하다 하리만치 빠르오. 중국인은 '만만적(慢慢的)'이라 해서 느린 것의 대표로 치지만 어떤 경우에는 이 사람들처럼 다급하고 재바르고 싹싹하고 귓기를 빠른 것은 없소. 기차나 기선을 탈 때의 황망해 하는 것과 왁자지껄 떠벌이는 것은 나쁜 습성이라 하겠으나 이도 오래도록 내란 속에 살아왔고 또 권세와 질서가 없는 가운데서 살아온 사람의 다만 살기 위하여서 꾸며진 욕심에서 나온 것이라고 생각할 수 있지 않을는지요. 그러나 내가지금 말하고 싶은 것은 그보다 길을 걸으면서 본 중국인의 버릇이오. 이들은 그렇게 뛰건만 뒤에서인력거나 사람의 급한 소리가 나면 잽싸게 앞을 피해주오. 만만적(慢慢的)이라는 사람들이지만 누구보다도 민첩해 보여 뒤로 오던 사람의 기분이 매우 감사해지는 대가 있소. 가령 사거리 같은 잡답한 가운데 서서 보아도 그렇게 벅작궁 고아내건만 사고가 없는 것은 이러한 일상화한 성격 때문이 아닐는지요. 대체로 문명인이니 무어니 하고 쪼를 빼고 턱을 높이는 인간 따위는 거만한 탓인지 공중(公衆)이니 공도(公道)니 하는 그들의 아름다운 문자와는 딴판으로 길을 비키기를 꺼려하고 뜨고 오만하오.

---

2) 낭세녕(郎世寧) : 중국에서 활약한 이탈리아의 화가. '카스틸리오네(Giuseppe Castiglione, 1688~1766)'의 중국 이름.

해서 만일 이들 소위 문명인이라는 치들만 모아서 이 북경의 잡답한 네거리에 휘몰아넣는다고 하면 매일같이 교통 사고가 속발할 것이오. 피투성이의 참극과 쟁투가 연출될 것이오.

나는 이 노수직을 보면서 중국인은 남의 호의나 선의에 대해서는 비상히 싹싹하고 민감하고 다급한 성격을 지니고 있거니 하고 생각하였소. 그것은 내게도 매우 즐거운 일이었소.

노수직이 돈푼이나 생길까 하고 그렇게 친절해진 것이라고 넘잡는 개가운 버릇이 우리에게 있는 것이 사실이나 사람이 누가 돈을 싫다겠소. 사흘을 굶겨놓으면 아마 도적질 안 할 사람이 없을 거요. 사실상 이들 하층민은 지금 지극히 배가 고픈 모양이오. 생기는 것은 적고 용은 많고 물기는 비싸고 하니 어찌하오.

"당신 신수(薪水 · 월급) 얼마요."

하고 내가 물었더니 그는 별반 꺼리는 기색도 없이

"18원이오. 예전에는 8원을 받을 때도 있었소."

하고 웃으며 대답하오.

"그걸로 생계가 되오?"

"네. 그럭저럭 되지요. 이런 양복이랑 신이랑 그저 내주니까요."

"그래 여기 있은 지 몇 해나 되오?"

"올해 꼭 마은 다섯 해째요."

"마흔 다섯 해?"

나는 입을 하아 벌리고 말았소. 그리고 딴 말을 물었소.

"이 집들은 지은 지가 몇 해나 되오?"

"대개는 명나라 초 것이오. 그러니 지금으로부터 5백여 년이지요. 그러나 한 40년 전에 대수리를 하고, 참, 이 기년전은 내가 여기 들어온 지 4년 만에 벼락이 내려서 불이 붙었지요. 그래서 그 해에 다시 지었는데 공비(工費)는 1백 50만 냥이라고 하나 명나라 때 것보다 못 하오. 그러나 이 밑바닥 석축만은 명나라 때 것이오."

"그렇지만 이것도 훌륭하오. 저 천정과 이 대원주(大圓柱)가 다 놀랍소."

"그렇지요. 원주가 넷이지요. 춘하추동 사시를 따라서 넷이지요."

거기를 나와서 기년전 주위를 돌아보니 3층의 대리석 원단에 용을 새긴 나지막한 석난간(石欄干)이 둘러서 있소. 그리고 그 사이사이 8개소에 내려가는 석계가 있는데 전면의 석계 중앙부는 천자가 다니시던 데라 지금은 일반의 통행을 금하고 그 좌우로 오르내리게 되어 있소. 그 중앙부는 3층의 석계로 층층대가 되어 있는 것이 아니라 2간(二間)즘씩 되는 길다란 대리석 석장에 각각 운파(雲波), 봉황, 용을 새긴 것을 3단으로 놓은 것이요. 이것을 조석(雕石)이라고 하는데 마멸을 피하기 위하여 지금은 통행을 금지하오.

기년전 앞 너른 뜰에는 일면(一面)으로 흰돌을 깔아놓았는데 모두 구(九)의 신수(信數)를 사용하였다 하오. 참 넓고 좋소. 우리도 이미 영화에서 본 일이 있지만 이렇게 넓고 크고 훌륭한 줄 몰랐소. 아담한 정원을 사랑하던 사람은 여기를 보고 어안이 막혀서 무의미한 과정이라고 고개를 저었다 하오. 그러나 이 고장 사람은 양거부(洋車夫・인력거꾼)들가지도 그렇지는 않소. 아마 사람들이 서로 다른 탓이겠지요.

기년전 뒤 석계를 내려가면 일단 낮은 곳에 정결하고 한적한 황건전(皇乾殿)의 일곽(一郭)이 있는데 정문이 닫혀 들어갈 수는 없으나 이것은 신위들을 봉안한 곳이라 하오.

기년전 동방에 제기고(祭器庫), 신고(神庫), 재생정(宰牲亭)이 있고 이것들을 연하는 장랑(長廊)은 길이가 2백 미터나 되는데 기년전 제천시에 제물을 나르던 통로요. 이 장랑 남쪽에 수개의 괴석이 있소. 전설에 북두칠성이 떨어진 것이라 하오. 하나 그것은 운석도 아니요, 또 정말 하늘서 떨어진 것이라면 지금 북두칠성이 보이지 않을 것인데 그렇지만 전설의 힘이란 무서운 것이어서 아직도 그렇거니 하고 구경을 하오.

기년전을 나와 남쪽의 일곽 환구대를 가려고 그쪽을 내려다 보니 다시금 놀라운 것은 그 기묘(機描)의 큼이요, 석재의 많고 큼이오. 그런데 더욱 북부 중국에는 석재가 없음에도 불구하고 건축과 조산(造山)마다 기암괴석을 지천으로 만판 푸지게 늘어놓았으니 아니 놀라는 장수가 있소. 나오면서 거듭 석재 많음을 차탄(嗟嘆)했더니만 묵묵히 혼자 다니던 가형(家兄)의 말이 옛날 서촉(西蜀), 지금의 사촌(四川) 땅은 일읍일군(一邑一郡)이 전부 암석이어서 한 바위 위에 주민 10여 만이 사는 데가 얼마든지 있다고 하오. 참 놀랄 일이오.

남곽의 정문을 들어서니 황궁우(皇穹宇)[3]의 원장(圓墻)이 들러치어 있소. 그

옛날 벽돌의 굳고 곱고 훌륭한 것은 웬만한 돌보다 낫소. 또 그 구조의 미(美)와 도(圖)와 장(壯)이 그저 사람을 놀라게 할 뿐이오. 동행 김 군이 그 담을 손으로 만지면서 혼잣말로

"안 될걸, 안 되지, 안 돼."

하고 중얼중얼하기에 그 뜻을 물었더니만

"서양 사람도 안 된단 말이오."

하고 웃소. 나도 웃었소.

황궁우는 그 앞 노천 제단인 환구대에서 제사드릴 신위를 봉안하는 곳이오. 기년전보다는 매우 적으나 그 전전계하(殿前階下)의 부석상(敷石上)에 서서 일규(一叫)하면 특수한 반향이 들린다 하여 그 부석을 찾았으나 어딘지 알 수 없고 아무데서나 큰소리를 불러보나 별로 딴 울림을 알 수 없던 중 정문 좌편에서 '회음벽(回音壁)'이라는 간판을 발견하였소. 거기는 다음과 같이 씌여 있소.

갑을분향동서장벽, 능호상담화, 수이극미소성음, 역능청석(甲乙分向東西墻壁, 能互相談話, 雖以極微小聲音, 亦能淸晳 · 두 사람이 동서의 담장벽에 갈라서도 능히 서로 말을 통할 수 있고, 비록 적은 소리로 해도 또한 분명히 들린다－편자 역).

그래서 곧 김 군은 동벽으로 나는 서벽으로 갈라서 갔소. 벽은 원형으로 되고 정문 1개소만 트였을 뿐이오. 벽주회(壁周廻)[4]도 상당히 길고 정원도 꽤 넓소. 이 정원 북에 황궁우, 동과 서에 길다란 양 전이 서 있소.

그래 김 군은 동전(東殿) 뒤로 돌아가고 나는 서전(西殿) 뒤로 돌아왔소. 그러니까 사람은 물론 보이지 않는데 김 군의 하는 말이 바로 내 곁벽에 와서 커다랗게 울리오. 나도 무슨 말을 했더니 김 군은 똑똑히 들린다고 하오. 그 대답 소리가 크게 들려오는데 저편에서 말을 크게 해서 그런가 하고 낮게 하기를 청했더니 김 군은 내가 끄는 단장 소리가 다 들리는데 아무리 낮은 말인들 크게 들리지 않겠느냐고 하면서 깔깔 웃는군요. 가만히 들으려니까 김 군의 말이 둥그런 벽안 배에 맞아서 삐익 이편으로 돌아오는 듯하오. 말하자면 말이 얼음지치기(滑氷)

---

3) 황궁우(皇穹宇) : 환구단(圜丘壇) 안에 천지(天地)의 모든 신령의 위패(位牌)를 모신 곳.

4) 벽주회(壁周廻) : 커다란 원을 그리며 둘러선 벽으로 한곳에서 출발하면 그 출발점으로 돌아올수 있는 장벽.

를 하는 것 같소. 그런데 그 말이 벽에 막혀서 방산되지 않고 도리어 벽에 맞아서 크게 울리는 것인 듯싶소.

누구든지 이렇게 담을 쌓아놓으면 될 일이겠지만 그 말소리가 크고 맑게 반향되는 것으로 보아 이 축장(築墻)에 사용한 옛날 청벽돌의 질이 얼마나 좋다는 것과 또 구축이 얼마나 완미(完美)하다는 것을 넉넉히 엿볼 수 있소. 우리는 황궁우 뒤뜰에서 서로 만나서 원장을 다시 만져보고 차탄하고 하였소.

대체 우리가 늘 보는 저 고력(苦力)을 보는 때마다 멸시하지 않을 수 없는 저 노동자들, 아직도 대로변에 대변을 버리고 가축의 사체를 버리는 이 거리의 천민들을 사용해 가지고 어떻게 이 놀라운 건물-예술물을 만들어 놓았는지 그것을 보면 이른바 위된 사람의 사람을 쓰는 재주와 정신에 달려서 세도인사(世道人事)가 천양지판(天壤之判)으로 갈려지는 모양이오. 그러니까 사람 사람이 다 착해서 태평연월이 오는 게 아니고 사람 사람이 다 악해서 말세가 오는 게 아닌 듯싶소. 강희・건륭이 나서 비로소 한・청 양 족이 동화되었다니 재상자(在上者)의 힘이 얼마나 위대한 지 족히 알 수 있는 것이오.

황궁우 남쪽에 환구대가 있소. 이것은 천단의 주체로 일명 제천대(祭天臺)라고도 하오. 명나라 가정(嘉靖) 연간에 축조한 것인데 건륭제 시대에 대수리(大修理)를 가한 것이오. 근년의 수리가 고색을 없애고 동양특유의 고전미를 상실케 하는데 반하여 건륭 연간의 대수리가 조금도 전대의 색과 형과 운을 잃지 않는 것은 다만 기술의 문제만이 아니라 정신의 문제라고 생각하고 싶소.

이 환구대는 대리석으로 축조한 삼성단(三成壇)인데 석수(石數)는 역시 9의 배수를 사용하여 천수(天數)에 조응(照應)시켰소. 이 나라는 고래로 구천(九天)이라는 말이 있거니와 구(九)를 천수라 하오.

삼층단 맨 아래 즉, 제일 넓은 하층의 직경이 1백 82척, 고(高)가 5척 4촌이요, 중층이 직경 1백 30척, 고가 5척 4촌이요, 상층 직경이 78척, 고가 6척 2촌이오.

석자(昔者) 여기서는, 매년 동지일에 호천상제의 신위를 이 단상에 이봉(移奉)하고 거기 황시 황종 급 대명(皇視皇宗及大明), 성신(星辰), 야명(夜明), 운우(雲雨), 풍뢰(風雷)의 제 신위를 배(配)한 다음 일출 전7각(1각은 15분)에 황제 친히 북면하여 삼궤구고의 예를 행하셨다 하오. 그 동남에 있는 유리 벽돌로 만든 번시로(燔柴爐)는 신령을 부르기 위하여 시목(柴木)을 태우고 또 제후(祭

後)에 제물(희생)을 분화하는 곳이오. 서남우(西南隅)에는 당시의 조명이던 등간대(燈杆臺)도 아직 남아 있소.

이 제단은 기년전과는 달리 개방적인 것인데 그렇건만 역시 노천 제단인 사직단(현 중앙 공원)과도 다르오. 사직의 사(社)는 토지지신(土地之神), 직(稷)은 서속(黍屬)으로 한민족이 본시 농업 민족이었던 관계로 토지의 신을 제사하여 오곡의 풍양을 빌었던 것이오. 그리고 토지의 신의 제단인 사직단의 상부는 흙이요, 중앙은 황토요, 황색은 중앙색이라 하오. 즉 천자는 중앙에 거하여 사방에 군림한다는 의미로 중앙색인 이 황색을 취하여 제단 중앙에 황토를 두었던 곳이오. 이 사직단 사위의 낮은 벽은 북은 흑, 동은 청, 서는 백, 남은 적, 이렇게 각이(各異)한 4색이고, 거기 중앙의 황색을 넣어서 5색이 되오. 이 오색은 한(漢)시대로부터 전해온 오행설(五行說)[5]에 의한 것이오.

그런데 이곳 천단은 오로지 천을 제하는 곳이니만치 그 위벽은 전부 창공색의 유리와로써 이었소. 어쨌든 모든 범절이 천신의 존재를 믿게끔 으리으리하게 마련되어 있소. 그래서 민국 공신(民國功臣)의 백골 위에 제제(帝制)의 보좌(寶座)를 깔려던 당대의 풍운아 원세개(袁世凱)도 홍헌(弘憲)이라는 제호(帝號)까지 지어놓고 어마어마한 용상에 앉으려니까 천정에 달린 은주(銀珠)가 신의 조화로 두상(頭上)에 떨어질까봐 겁이 나서 용상을 비켜놓은 걸 보니 신이란 특히 중국인에게 있어서 매우 무서운 존재였던가 보오.

환구대를 돌아나와 황궁우 서편 늙은 향수 아래 다점에서 향다(香茶)에 과자아(瓜子兒)를 까면서 이런 이야기를 하려니까 요즈음 줄곧 내려부치는 1백 도의 더위도 싯은 듯 맑고 시원한 하루를 보낼 수 있었소.

모르면 몰라도 아마 한여름 내 내처 피서해 볼 늘어진 팔자가 되어볼성싶지 못하니 하루의 납량기(納凉記)를 쓰는데 그칠밖에….

15년 6월 어 북경 유리창 우거(於北京琉璃廠寓居)

---

5) 오행설(五行說) : 고대 중국의 세계관인 음양오행설(陰陽五行說). 오행은 천지에 순환 유행하여 만물이 생기게 하는 다섯 물질 수(水), 화(火), 목(木), 금(金), 토(土).

瀋陽城을지나서*

주요섭(朱耀燮)

떠나던날

九月六日 서울을 떠나던날!

午後에 어떤茶店에를 들렸더니 H.Y.O.等 諸友를 맞났다.

『朝鮮을 떠나갈수있는 幸福을 가진 幸運兒여!』하고 그들은 나를마젔다. 嘲弄으로 들어야할지 眞正으로 들어야 할지!

K는 나와 마주앉어 담배를 끊이지않고 피우고있었다. 『참으로 씨언하겠소. 나는 家族을 먹여살려야하다는 무거운 負擔이 있기 때문에 어대 옴짝달삭할수가 없구려……하옇든 가서보아서 아모런자리고 밥버리자리가 있거든 곳 편지해주. 나두 떠나야지 원!』그는眞心으로 이말을 하는것이었다.

朝鮮에 실증이나버린 사람들

×

어머님은 느껴울으셨다! 묵거노흔 고리짝을 보시면서『二十年을 이노릇으로 늙었다……인제 몇해나 더하면 끝날나는지?』

事實그렇다. 어머님은 三十年前부터 지금까지 한해도 쉬지않고 子女六男妹의 고리짝을매었다 풀렷다 하느라고 늙으섰다. 그렇게 애써 면대까지 보내서 공부를 시키면 공부를하고 나서는 모시고 살게될줄로 믿고 바라던 어머님의 失望이 如干 크지 않었을것이다. 『되놈땅이 실증도 안나든?』하고는 말슴을이으시지못하신다.

아버님은 간단히

『편지나 자주해라』하신다. 一年식가도 편지한장 잘아니하는 아들을 멀리보낼때 그것이 한마대의 긴한 부탁이든것이다.

平壤에 내려서 할머님을 차저뵈었다. 또손목을잡고 우시려니 하였다. 이전엔

---

* 이 글은 ≪新東亞≫ 40호에 게재된것이다.
주요섭(朱耀燮, 1902-1972), 소설가. 중국 호강대학을 졸업. ≪사랑손님과 어머니≫, ≪인력거군≫ 등 단편소설이 있으며 해방후에는 주로 경희대교수로 있으면서 문인협회지도자로도 활약했다.

내가 中國에 留學할때에는 여름休暇에 歸國했다가 가을冬期에 다시學校로 가려고 할머님께 문안을 가면 언제나 내손목을 부짭고는『인제는 난 다시는 너를 보지못하고 죽겠다. 내년까지 이렇게 살수있겠니!』하고는 작고우시는것이었다. 그러나 이번엔나는 놀랐다. 할머님은 우시지않는다.『그래라. 속씨언히 나가 자유스럽게 살어라. 그리구 기회있거던 저기재도 다려내가도록 해라』하시면서 就職處가 없어 애쓰는 내 四寸동생을 가르치신다.

×

O.P.Y.等諸友는 午前三時車時間까지 게속하여 술을사주셨다. 술을 못먹는 나로써는 도르혀 甚한 苦痛이었지만 그들의뜻을 感謝하여 마지않었다.

보내던 날

鷺山友가 奉天까지 바라다주어서 奉天까지오는동안에는 적적하지도않었고 또別로 故鄕를떠난다는 深刻한 印象도 없었다.

그러나 奉天까지와서「인제는 鷺山과도 갈리는구나!」하고생각하니 갑자기 마음이 몹시도 쓸쓸해지었다. 그래서 나는 밤車로 떠난다는 鷺山을「하로저녁만 더」하고 부듸부짭었다. 鷺山이 奉天서 하로를 더묵으면 그만치 그의일이밀닐것이고 그하로가 年末賞與金에서 깨낄것이고 또다시 그하로가 明年夏休에서 깨낄줄을잘알면서도 나는 한사하고 부짭었다. 鷺山도 아마 그 奉天의 一夜를 速히 잊지못하겠지!

이튼날아침 奉天驛 食堂에서 朝飯을 총총히 마추고 鷺山은 安東驛을向하야 떠났다. 汽笛이 울고 車가 스르르 미끄러질때 나는 눈두덩이 뜨끔하였다. 鷺山은 흰손수건을 내여 車室밖으로 흔들었다. 나는 손을홰홰 내저으면서 울고서있었다. 그날 플랫폼에는 餞送나온사람이라군 나하나밖에없었다. 그것은 異常한일이었지마는 부끄럼없이서서 울기에는 多幸한 일이었다. 鷺山이 탄車와함께 故鄕에對한내의 왼갖것이 漸漸나로부터 멀어지는것같아였다. 鷺山과같이 있을때에는 奉天에 있으면서 故鄕에있는것같은 느낌이었다. 그런데 인제 鷺山은 내게로부터故鄕에對한 왼갖 씸볼, 왼갖情왼갖存在를 다빼아서가지고 멀리멀리 다라나는것같은 느낌을내게주었다.

그렇게 甚한 空虛를 느끼면서 나는 그새벽 플랫폼에서서 故鄕에 남기고온 情든 얼골들과 길들과 집들을 머리에 그려보고 서있었다.

一九二五年 五·卅*

주요섭

중국 학생운동으로 가장큰것을 들자면 五四운동과 五·卅때모일것이다. 五·卅사건이란 一九二五年 五월三十일에 상해에서 사건이 생겨가지고 중국 각지에 퍼저서 세계적으로 큰엔세이쉰을일으키었든사건이다.

사건의 발단은 五월十五일에 상해 일본내외면직공장(上海日本內外棉織工場)에서 중국인직공하나이 살해를당한일이있는데 여기에 격앙한 중국학생들이 동월三十일을 기하여 상해남경노에서 대대적 시위강연을개최하였든바 돌연영국경관이 발포하여 수십명의사상자를 내인데서 일은 확대되였던것이다.

×

五월三十일밤에 우리가탄배는 상해항구에 다았다. 우리일행은 제七회 극동올림픽대회중국선수 일행이었다. 일행은 五월九일에 상해를떠나 마닐라로가서 두끗반이라는 부끄러운 끗수를 얻어가지고 二十일만에 도라오는것이었다. 그날밤 상해의 거리는 축축한 비에 흡신저저있었다. 배가 예정시간보다 늦어서 밤이 어두운뒤에야 부두에 내리게된관계상 그리 성대한환영은 예기하지못했었지만 그래도 웬만한환영은 있으려니 기대했었는데 부두는 쓸쓸하기 끝이없었다. 세관리의 호의로 짐검사도 안받고 밖으로나서니 마중나온 사람이라구는 단지 우리학교 체육회회장과 사형 요한 두분뿐이었다. 택씨를 불러타고 빗물에서저저번즈르한 아스팔트우를 달리는데 어쩐지 거리기분이 이상한것을 직각할수가있었다. 담총한 군인으로 거의 거리가 철옹성처럼 수직되여있었고 조계경계를 넘을때에는 택시를 스톱시키고 총끝에칼을 꼬잤든 영국 군인이 신체수삭까지 하였다. 영문을 모르는나는 거기서 비로소 그날오후에 남경노에서 유혈의 참극이 연출되였다는놀라운 소식을들어알었다.

학교기숙사로 들어가니 왼기숙사가 전시기분에 쌔혀있고 학생들의 흥분이란 여간한것이 아니였다. 내가 마닐라서 한끗끗수를 얻었다하여 신문에대서특서떠든뒤에라 동창들의환영은 열렬한바가 있었으나 그러나 어뎅가처참한 기분과

---

* 이 글은 《新東亞》 제31호에 게재된것이다.

살기가등등하였다. 이전에는 혹시 집에서엿이 소포로오면 소포를 글은지 五분이 못되여 다없어지던 그쾌활스런기숙사공기가 이날밤에는 묵묵한 침묵에 잠겨있어서 마닐라서 사온 명물 빠나나가 짐속에서 튀여저나왔으나 누구하나 먹겠다고 덤벼드는이도 없었다. 오직묵묵히 앉어서 마닐라서의 내경험담을듣고들 앉어있는데 귀로는 내이야기를 들으면서도 그들의 마음은 어듸딴데다 둔듯하였다.

그날 거의 밤을새워가면서 학생들은 여기서 수군수군 저기서 수군수군 금방 무슨일이 나는듯하였다.

일은날 물론 공부는쉬었다. 정오때나되여서야 상해로 나아갔던 대표들이 돌아와서 경과보고를 대강당에서 열었다. 전상해각학교연합으로 대대적 시위운동이 계획된것였다. 우리학교가 맡은구역은 물론 우리학교를 중심으로 사방에흩어져있는 부락들인데 유설대(遊說隊)를 만들어 三三五五식 유설행각을 떠나기로 되었다. 그리고 대표몇사람은 상해시내로 드려보내여 노동자의 총동맹파업을 선동하기로되여있었다. 그날 그 자리에서 학생회는 일대 아지단채로 화하고말았으니 부서를정하고 각부장부원을 임명하며 수십대의 유설대마다 대장을 임명하여 지휘하도록 되었다. 이렇게 부서를정돈한다음 그잍은날부터는 직접 유설에나서게 되었다. 유설대는 대개 八인一대로 조직되였는데 대장의 인솔하에 十리고 二十리고 가서 다제금 맡은구역으로 돌아다니며 거리모퉁이마다 민중을모오아놓고 중국의현상과 제국주의국가와의 관계등을 연설해 들려주는것이었다.

十자길거리에 민중을 수십명내지수백명모도아세우고는 위선 중국국가로써 시작하였다.

국가는 물론 유설대八인뿐의 합창이되었다. 민중은 국가를 할줄 아는사람이 한사람도 없는모양이었다.

국가가 끝나면 한두사람이 비누상자우에 올라서서 비분강개한 열변을토하는 것이였다. 흔히는 말하든 사람이 너무흥분하여 열설을채마치지 못하고 가슴을 두드리며 울고 쓸어지었다. 그리하면 또다른 대원이 대신 들어서서 연설을 계속하고 이런현편이었다. 나는 중국말을 잘할줄 모르는고로 연설은 한번도 한일이 없었으나 유설대를 따라단니다가 고만 내가죽을애를써서 겨오 탓든올림픽에서의 메달을 어느밭고랑에 떨어트려잃어버리고 마튼일은 아마도 죽는날까지 잊지 못하도록 아쉬운 경험이었다.

일을만에 유설은 일단낙을 고하였다. 그러나 五・卅사건이 세계적으로 쎄서 이쉰을 일으키게된일은 그후에 생긴일이었다. 그것은 상해전시 각공장의 노동자 이십만명이 일제히 총동맹파업을 단행한일이었다. 그이십만이나되는 수많은 노동자를 전부 우리학교에서 한마장까량 떨어져 있는 강만경마장(江灣競馬場)에 수용해놓고 그들에게 하로세끼 주먹밥을 공급하든 그때그광경은 지금도 내눈에 서연하게 낱아난다. 특히 곱게곱게 길리든 여학생들이 두팔을걷고 나서서 주먹밥을 함지를들고 내음새나는 노동자들틈으로 뛰여돌아단니는것을 보든 그 광경은 그당시에도 한 개의 만타씨를 보는듯 싶었고 지금도 어째 꿈속같다.

파업은 공장뿐아니라외국인집에서 고용사리하는 어멈 아범계급에게 까지 확대되어 외국인들이 먹을것을구하려 남경노일대를 뒤헤매는 광경도 아직 잊혀지지않는다. 아마도 그렇게 대규모적이오 그렇게 철저했던 동맹파업은 동맹파업사상에 첫 번있는일이었다고 생각된다.

파업은 오래계속되였다고 생각된다. 그리고 파업도 끝나 문제가 일단낙을 고하게 된후에도 상해학생총회의 결의에의하여 영국인 경영인 전차를 타지않고 이십2리기리나되는곳을 걸어다니거나 쏘차(小車)를 타고다니느라고 고생하던 생각이 지금에도기억에 새롭다.

그해 우리는 학기시험도안치르고 한학급을 올라 구월부터 다시 공부를 계속 한것이다.

北京雜感*

주요섭

(一)

『北平의 몇일간은 내 一生生活中 가장 아름다운 部分의 하나이었소.』

---

* 이 글은 ≪白光≫ 1937년 6월호에 게재된것이다.

歸國하는길에 잠시 北平에 들러서 몇일 놀고간 皮千得兄의 인사의 한句節이다.

『藝術家는 반듯이 北平을 보고나서 붓을들어야 할줄알어요.』

이것은 青年畵家 金永基君이年前에 筆者와더불어 ○怡가 버들時의 夕陽을 거닐면서 感激에 넘치어서 發하든 感歎詞이었다.

『北平서 三年만 살어본 사람이라면 다른곳에 가서 재미붓처살기가 不可能합니다. 그래서 도로 보찜싸가지고 北平으로 돌아옵니다. 나도 내나라로 갔다가 암만해도 北平이 그리워서 이렇게 도로 오고야 말았소.』

이것은 어떤 西洋建築師의 이야기다.

『北平을 보지못하고는 中華民國을 구경했다고 말할 資格이 없을겝니다.』

이것도 어떤 西洋作家의 感想談이다.

果然 北平은 아름답고 平和스럽고 안윽하고 古典的이고 高貴하고 사랑스런곳이다. 『都會』란 말을 그냥 『곳』이라고만 일부러 썼다. 人口가 一百五十萬이넘는 都會地라고 하면 누구나다 北平의 참모양을 상상하지못하고 엉뚱한 틀린觀念을 가지겠기에 말이다. 그것은 世界어데나 都會地란 더럽고 분주하고 냄새나는것이 定例이기 때문이다. 北平은 그런 意味에서 都會라고 할 수는 없는곳이다. 人口一百五十萬이 사는 한 公園이라고 함이 適當한 命名일것이다. 하기는 北平은 원래가 都會로 發達된곳이 아니고 天子의 한 庭園으로 發達된곳이니까.

경치가 아름다운것도 한 特色이 아닐 수 없고 人心이 純厚한것도 한 特色이 아닐수없으되 그것들보다도 이 城內를 充溢하는 安靜感 폭까라앉은듯한 마음의 느긋함과 餘裕 여기에 北平의 참맛이 있는것이다. 醫學者의 말을 들으면 神經衰弱患者가 北平으로 오면 神經이 누구러지고 高血壓患者가 北平으로 오면 血壓이 현저하게 나저진다고한다. 그것은 事實일것이다. 筆者도 地球의 約三分之一쯤은 편답해본 經驗이 있거니와 이 北平에서처럼 몸과 정신과 마음의 平和를 누려본 경험이 일즉없었다.

(二)

編輯者가 筆者에게 맛긴 課題가 雜感이니만치 事實 이글은 純雜感으로 一貫될것을 미리 말해둔다.

朝鮮의 인테리들은 좀더 地理功夫가 必要하고 신문을 좀더 자세히 읽을 必要가 있지않은가 하고 생각할때가 많다. 『北平雜感』에 갑자기 이게 무슨 소리인가 하실이가 있겠으나 事實 내가 切實히 느낀것中에 하나이기에 쓰는바이다.

바로 얼마前일이다. 京城某友에게서 내게로오는 편지가 皮封에 빨간줄과 글字들이 하나 가득 들어앉어서 그야말로 우서운꼴을 해가지고 配達되였다. 그 편지는 서울서 맨몬저 水原으로 갔다가 水原서 다시 이리로 넘어왔다. 北京이라고 몹시 흘러쓴 글씨가 『水原』으로 보이는것은 있을수 있는일이다. 그러나 내가 지금 말하려는것은 水原郵便局員의 地理常識이 너무 貧弱함에 驚을 한일이다. 水原郵便局圓은 皮封꼭대기에다가 『滿洲國』 三字를 커다랗게 朱書해놓았다. 北平을 滿洲國都市로 만들어놓은 地圖는 아마 새로 만들기前에는 世上에 없는 물건이다. 地理에는 常識以上의 知識을 가지고잇으리라고 自他가 公認하는 郵便局員으로서 故意라면 모르거니와 놀라지 않을수 없는일이다. 유독 水原郵便局員뿐이 아니다. 나는 가끔 朝鮮 인테리층의 청년들에게서 『滿洲國北平』이라고 쓴편지를 받는다. 받을때마다 나는 赤面한다. 年前에는 朝鮮某雜誌社 主筆로부터서의 原稿請託편지가 『滿洲國北平』으로 씌워온것을 받고는 意外도 有分數지 참으로 한참을 멍하니 앉었다가 失笑하고 말었다.

가령 地理에 無識하다한들 新聞紙를 每日封하는사람이라면 北中問題가 지금 活潑히 論議되는 이때 (冀察政治委員會가 成立된지 이제 一年을 조금넘은 이때에) 그런 망발은 아니했을것이겠다.

이야기를 水原을 거치어온 그 편지로 다시 돌리자. 『滿洲國』을 반드시 『東三省』이라고 말하는 이곳사람들에게 『北平』우에 『滿洲國』이란 眉書가 씌운것을 볼때 미상불 밸꼴이 틀렸을것은 이또한 常情일것이다. 그래서 이곳 郵便局員은 水原郵便局員이 朱書한 그 『滿洲國』三字를 보다더 붉은 잉크로 줄을 그어 빽빽지우고 그옆에다가 다시 『中華民國』이라 크게 朱書하고 日附印을 절컥 찍었는지라 이 편지를 받아든 내가 그 皮封에 몹시 요란스러웁게 놀라지않을수 없었던 것이다. 水原郵便局員公, 萬一 그가 新京이나 奉天으로 가는 편지우에다가 『中華民國』이라고 朱書를 했던들 단박免職은 勿論 어둔房살림을 몇 달 착실히 살고야 말것이 아닌가. 아!

(三)

北平에는 三多가 있다. 樹木이 一多요, 담정이 二多요, 一力車가 三多다. 都會地로써 樹木이 많기로는 아마도 北平이 世界首位일것이다. 집집마다 커-단 나무들이 섰고 景山이나 北海에 올라서 市街를 내려다보면 집들이 모두 무성한 수목들속에 가리여서 市街地같지 않고 森林같은感을 준다. 깨끗하고 노불한 白松도 첨보는 사람에게는 한 驚異려니와 太廟안의 古木속으로 散策하는 期分이란 그야말로 신선이나 된듯한感을 주는것이다. 그보다도 北海와 後海의 수양버들! 능나도 수양버들과 벗하여 어린시절을 자란 筆者로서는 이 수양버들村이 없었던들 얼마나 적적하였을가? 버들꽃이 못우에 때아닌 雪景을 꿈여놓는 한폭의 그림같은 경치는 아마도 北平이 아니고는 맞나보지못할 일일것이다.

둘재로 北平은 담정의 都市이다. 골목 골목 골목-골목의 都市인 北平은 담정담정의 都市이다. 담정 요만조만의 담정이 아니라 세길네길씩 높이올리고 개와 집웅까지 얌전히 담정의 邊列에 놀라지 않을수 없는일이다. 古宮안에를 들어가 보면 한宮女의 殿으로부터 다른 宮女의 殿으로 가는中間에도 다섯겹식이나 되는 담정으로 쌓아논 그것을 모방했는지 中國人의 全宅은 웬만한城 못하지 않은 담정으로 둘려막혀 있는것이다. 그러나 이 높은 담정들이 이곳 生活에 고즈낙하고 안윽한맛을 돕는한 重大한 要因이 된다고 말할수 있다. 事實 이 사람들의 한家庭은 이 城의 오官이라 할수있는것이다.

日前에 青年會에서 나서서 金魚胡同 골목으로 들어섰더니 十餘名의 人力車군이 싸후다싶이 달려들면서 타주기를 哀願하였다. 그러나 얼마멀지도않는 길인故로 散步겸 걸어볼생각으로 걸었더니 그人力車군들은 「東安市長까지 가는데 큰 銅錢한푼만 주시고 타십시오!」하고 아주 빌면서 따라들었다. 銅錢한푼! 銅錢한푼이면 一錢의 半도 채못되는 四厘가량이다. 아마 四厘를 내고 人力車를 탈수있는곳은 世界에서 北平밖에 없을것이다. 青年會서 東安市場까지면 通常時면 그래도 一錢五厘가량이나 주어야 탈수있는 距離인데 이렇게 갑자기 단 四厘로 暴落이 되는 理由가 이상해서 한 人力車군에게 물었더니 그대답이

『저中間에 派出所가 있는데 거기서 巡査가 뷘人力車는 이길로 通過하는것을 許諾지않습니다. 東安市場까지 가야 그래두 밥버릴 할텐데 다른길루 도라가라니 그게 어딥니까. 하니 積善하는줄 아시고 타주시오』

하는 對答이였다.

事實 北平서는 거리로 散步하기가 어려운곳이다.

『사람이 그는 車를 人道上 어떻게 탈수가 있나?』하는것도 값싼 良心의 수작이다. 人力車를 타주는것이 慈善行爲가 되는 이곳에서 꾸준히도 딸아오면서 『타숍쇼』『타숍쇼』하고 조르는 人力車꾼의 떼를 볼때 散步가 결코 즐거운일이 못되는것이다. 단돈 四厘에 끌겠다는 그 人力車꾼에게 同距離를 택씨로 가려면 그四厘짜리 銅錢二百八十枚를 주어야 된다는 말을 들려주고 또 그運轉手는 팁으로 二十二枚쯤 주어야한다는말을 들려준다면 아마 그人力車꾼들이 氣絶들을 할께다. 人力車를 타고가서 아모리 短距離라기로니 四厘짜리 銅錢을 던져준다는일은 아모리 人力車꾼 自身은 哀願하는것이지만 참아못할노릇으로 생각되었다. 더구나 早春의 밤날씨도 유난히 좋은지지라 그들의 哀願을 물리치고 그냥徒步로 걸었다. 그랫더니 웬걸 金魚胡同 한길에서 乞人을 만나기를 무릇 네 번 동전한푼식을 던져주고나니 都合 너푼이 달아났다. 人力車를 탓드면 한푼에 올곳을 안타고 것기 때문에 너푼에야 오는 내꼴! 이런 經濟學解說은 무어라구들 하는지 한번 『學者』의 桌說을 듣고싶었다.

(四)

『고래싸움에새우』하는 말은 아마도 北平一帶의 朝鮮人의 運命을두고 한말인지 새로운 民族的 또는 國民的感情과 覺醒으로 끌어오르는 中國人들이 最近朝鮮人의 職業에 對하야 反感을 가지고 辱하는것도 또한 當然한일인줄로 생각한다. 그러나 다시한번 생각한다면 『무엇이 朝鮮人들을 그렇게 만들었나?』.하고 물을때에 一種同情을 不禁할것이 아닌가!

거의 每日 이곳 新聞紙들은 『朝鮮人』『朝鮮人』하고 大書特筆해서 朝鮮人들을 辱하고 있지마는 조금만 그들 記者와 編輯들이 생각을 깊이 해본다면 왜 하필 朝鮮人뿐인가? 『朝鮮人』 아편 小賣商의 뒤에는 大利를 차지하는 大製造主들이 있지않은가. 朝鮮人이 小規模的으로 옴기는 『私走』(인조견, 설탕 등속의 密輸入을 말하는 漢文文字)의 뒤에는 그物品들의 製造業者와 大資本主들이 있는것이 아닌가? 結局 朝鮮人들은 입에 풀칠할길이 없으니 이런 資本家들의 잔심부럼이나 해주고 겨우 동전푼이나 얻어서 糊口해가는것이 事實인데 무슨

朝鮮人이 모두 惡漢이나되는듯이 떠들어대는 이곳 新聞紙의 態度에는 卑怯한 데가 없다고 볼수있을가? 배경이 있는한 漢人들이 일을 저질렀을때에는 『某國』 云云으로 우물쭈물해버리는 그들 新聞紙가 朝鮮人이 조고만일을 저질르면 곧 무슨 큰수나 생긴듯이 『朝鮮人』의 非行을 四段 五段으로 내리뽑는 그것은 너무나 깔보고하는것이 아닐까? 勿論 朝鮮人의 禁品販賣나 『私走』가 正當하지 못한 일인줄은 누구나모르는바 아니나요 할수만있으면 그렇게 않고 살어갈수만 있으면 좋은줄을 朝鮮人들도 누구나 다 同感할것일줄 믿는다. 참으로 어렵고 엘리멘트한 問題이다.

(五)

『慢然히 北平까지 왔다가 兄의 消息을 學校로 물었더니 春期放學으로 나오시지않고 住所도 알수없다하며 섭섭히 數字를 써서 부칩니다…… 맞났드면 좀 身勢도지고 놀기도 하였을것을 섭섭합니다……』

春期放學으로 두어주일 놀고 처음으로 登校했더니 全武吉兄으로써부터 이러한 편지가 와있는것을 받고 여간 섭섭하지 않았다. 海外에 살면서 同胞를 日常 敬而遠之한 罪의罰을 받았다.

그러나 내가 근무하고 있는 學校직이까지도 내住所를 아르켜주지 안어야 하는 이 苦哀는 海外에 오래산 經驗이 없는이로는 理解하기 어려울것이다. 더욱이 나自身만이 辱을 먹는다는것도 不服이다. 그렇게까지 해야하는 重大한 理由들中에 하나는 海外에는 洋服입고 人力車타고 단니는 同胞乞人이 많은것이 그하나이다. 좀더 自立的精神이 있는 民族의 一員으로 태어났던들 그런 불유쾌한일은 없이 살수 있을것이다. 하긴 뜻아니한 때에 불쑥 全兄이 단여갈줄이야 꿈이나 꾸었으랴! 참으로 섭섭한일이다. 全兄에게 참으로 깊이 謝罪하는 바이어니와 내환경을 理解하시는 맘으로 너그러히 용서하실줄 믿는다. 이야기가 낫든김에 한마디더할가.

昨年盛夏의 일이었다. 大陸性 酷暑는 威壓을 잠시나마 避해보려고 北海公園안으로 들어가서 어떤 茶房에 앉어 한잔 울룽차를 벗하여 空想에 잠겨있었었다. 때에 문득 머리뒤로 들리는 女子의 朝鮮말소리. 거리에는 어떤 젊은 朝鮮婦人한분이 朝鮮저구리치마를 입고 맨발에 게다를 신은후 고꾸라洋服에 역시 맨발에

게다를 신은 少年두명을 데리고 散步를 나왔었었다. 내엽 卓子에는 中國人中學生이 三四人앉어서 땀을드리고 있었는데 그中 한학생이 曰

『에키 저기 日本女子가 公園구경왔다.』한즉 그中 다른學生하나가

『아니다. 日本女人이 아니고 朝鮮人이다.』

『어째서 日本女子의 옷은 소매에 긴헌겁이 달려서 무릅에까지 치렁거리고 또 옷감도 문의가 얼럭덜럭하지 저렇지않다. 더구나 저렇게 치마와 저구리를 따루입은것은 朝鮮옷이다.』『아니다. 나는 옷은잘분간못하지만 저발에신은것을 보아라. 맨발에 나무토막신을 신는것은 日本人이다. 朝鮮신은 우리 中國신과 大同小異하더라.』

『글세 나는 신은 몰라도 옷을보면 아무래두 朝鮮女子다.』

『아니 日本女子다.』

이렇게 論爭을 하구있는것을 엿들으면서 나는 罪없는 茶만 자꾸 들이키였다. 허허!

허튼소리를 몇마디 쓰지못했는데 벌써 所與의 紙面이 다차버렸군. 애초에 雜感인지라 아무데서 뚝끈어버리면어떠랴.

間島紀行*

김기림(金起林)

1

'간도 대사변 돌발!'이라는 일매(一枚)의 전보는 조선내지 각 신문 지의기자를 흡인하기에 충분한 팻순네이트 [패션이트(passionate)] 한 음향이었다. 경성으로

---

* 이 글은 ≪朝鮮日報≫ 1930년 6월 13일부터 26일까지 12회로 나뉘여 련대되였다. 여기서는 소재영 편 ≪간도류랑40년≫에서 선록.
김기림 (金起林,1908-?), 작가. 일본대학 문학예술과 졸업. ≪조선일보≫기자로 활약하면서 작품활동을 전개. 광복후 서울대학교, 연세대학교에 교수. 6.25전쟁시 랍북. 졸년 미상. 시집 ≪기상도≫, ≪태양의 풍속≫ 등이 있다.

부터 일로(一路) 양천리 동란(兩千里 動亂)의 외국 도시인 용정(龍井)을 향하여 우리들은 가슴 한 쪽에 일종의 초조와 공포를 느끼면서도 혹종의 직업적 흥미에 끌려 40여 시감이라는 지리한 시간을 차 속에서 보내면서도 오히려 기차가 너무나 완만한 것을 한탄하였다. 일찍부터 어린 가슴을 졸이게 하던 동경의 도시를 눈앞에 그려보면서 차창 밖에 전개되는 동해 연안 일대의 절경에 쾌재를 속발(速發)하기도 하였다. 수평선의 저쪽까지 우리들의 시야를 가득히 채우며 드높게 펴져있다. 수평선의 저쪽까지 우리들의 시야를 가득히 채우며 드높게 펴져 있는 동해의 푸른 하늘을 위에 이고 흐느끼는 일망무제한 심벽(深碧)의 동해수! 변화무상(變化無常)한 해안선의 기암절벽에 '영원의 탄식' 처럼 애닯게 몸부림치고는 눈꽃같이 스러지는 물결을 차며 여울을 떠나는 사공의 한 쪽 배는 바다가 흔들리우는 한가락 미풍에 밀리며 구슬픈 노래를 싣고 수평선으로 향하여 흘러간다.

×

철로는 동해의 일각(一角) 청진항(淸津港)에서 꺾여서 서북편으로 방향을 바꾼다. 열차는 숨차게 헐떡이며 차츰 동해수를 등지고 산 속 벽지를 뚫고 기어오른다. 바다의 청소(淸瀟)한 경개도 흥미있거니와 장사(長蛇)의 철차(鐵車)를 허리굽어 맞아주는 회령까지의 산천은 바야흐로 신록이 무르녹아 무진장의 자연의 은혜로써 우리를 축복한다. 그 위에 우리는 바다에서 일찍이 경험하지 못한 일종의 숭고한 위압에 눌리는 우리들의 너무나 작은 가슴을 발견하였다. 함경선 열차의 포근한 쿳숀(쿠션)을 애석하게 버리고 회령서부터는 협애한 국경 경편차(輕便車)에 몸을 실었다. 이 선의 차에는 1등과 2등 객차뿐이고 3등 차는 없었다. 그 덕분에 우리들은 분수에도 없는 1등 차의 귀객(貴客)일 수 있음을 행복스럽게 생각하고 터져나오는 웃음을 목넘어 삼키기에 고심하였다. 그러나 이차의 1등객은 경의, 경부, 함경 각 선의 1등 객차에서 우리들이 얻어 보는 여송연을 반쯤 입에 깨물고 18금테 안경을 코 위에 높이 건 배짱이 불룩한 브르조아(브르좌)는 아니다. 차장과 '벤도(도시락)장사', 국경 경비선을 왕래하는 '피스톨(권총)' 찬 순사 따위다. 그래서 우리들도 그들속의 한 사람이 되었다. 회령서부터 이북은 선로가 늘 두만강을 끼고 달린다. 이곳서부터 산천은 새로운 흥미를 가지고 우리를 대하였다.

×

두만강을 에워싸고 양안(兩岸)에 하늘을 가리울 듯이 드높게 솟아 있는 천험(天險)의 고산준령(高山峻嶺)이 드리우는 농후한 음영을 담고 유유히 흐르는 검푸른 강물은 무엇을 낯설은 고려의 자손에게 이야기하려고 하면서도 그만 무거운 침묵 속에 영원의 하상(河床)을 10년을 1일같이 미끄러지는 너 두만강이여. 나는 너를 나의 북방의 애인이라 부를까? 모두 고요한 죽음과 같은 분위기다. 말할 수 없는 우울! 이것이 일찍이 우리들의 시인 파인(巴人)[1] 이 읊조리던 국경 정조인가. 우리의 귀에는 누더기보꾸러미를 둘러메고 남부여대(男負女戴)하여 이 강을 건너는 유랑민들의 어지러운 호곡(號哭) 소리가 들리는 것 같다.

2

회령서 차를 탄 지 약 4시간 후에 우리들은 두만강을 바로 건넌 강안(江岸)의 첫 역인 개산둔(開山屯) 이라는 곳에서 일본 제국에 속한 열차하고도 완전히 관계를 끊었다. 이곳부터는 적어도 명의상(名義上)으로만은 철도도 주민도 행객도 그리고 그들의 자유도 모두 중화 민국의 법률에 제한되며 그 자주권의 범위에 속하였다고 한다. 여기서부터 우리는 이목에 경험치 못한 새로운 음향과 정경에 타격을 받고야 만다. 지극히 평민적이고 아주 주책이 없는 중국 경관, 우리들의 고막을 에워싸고 공격하는 것은 어지러운 중어(中語)의 난조의 교착(交錯)이다. 그리고 아직도 봉건적 영웅주의를 꿈꾸는 사람들은 마땅히 천도철도(天圖鐵道)의 차장이 될 것이니 그리만 하면 적어도 20분의 1미터폭 금테 두른 모자를 35도의 급각도로 기울여 쓸 수 있으니 이곳의 차장의 의상과 위엄은 참으로 상설(霜雪)과 같은 것이다. 그리고 여기서부터는 대륙의 말할 수 없이 심오(深奧)한 정조에 쇽크(쇼크)를 받고야 마나니 우리는 청춘의 예민한 신경을 흔들어 놓는 어떤 달콤한 유혹을 부정할 수는 없었다.

국경의 하늘을 무겁게 내리누르는 시커먼 구름장조차 말할 수 없는 우울을 우리의 마음에 심어 놓는다. 강면(江面)을 스쳐오는 찬바람 사이에는 콩알같은

---

1) 파인(巴人) : 시인 김동환의 호.

빗방울 조차 섞여서 얼굴의 피부 위에 따끔한 촉감을 남긴다. 영하 30여 도의 혹한의 남은 독기는 5월 단오인 지금까지도 남아 있다. 나는 '삿보로 비루' 상자 같은 천도 철도의 1등 객차 한구석에 몸을 웅크리고 서울을 떠나 2천 리 밖인 북국의 아득한 하늘가에서 떨고 있는 외로운 나그네의 몸인 자신을 느끼고 일종의 쎈티멘탈한 애수 속에 잠기고 말았다. 차는 다시 강안(江岸)을 등지고 대륙의 심장에로 향하여 출발한다. 1등 객차를 점령하는 얼굴은 여전히 중국 순경과 금테 두른 모자 아래서 눈살을 좌우로 굴리며 백퍼센트의 위엄을 산포(散布)하는 차장 그리고 중국 음식 장시다. 이곳 순경의 신경은 극단으로 이완하여 있다. 피등(彼等)은 대체 차내(車內)의 경계를 하기 위하여 존재하는 것인지 그보다도 1등 객차에 무임(無賃)으로 왕래하며 수과(水瓜)씨를 깨먹기 위하여 다니는 것이다. 나는 그 구별을 완전히 캐지 못하여 머리를 흔들었다. 지금 그들과 내가 탄 차는 바로 공포와 동란의 도시 중심으로 돌진하느데, 무사기(無邪氣) 그것 같은 이번의 대사변이 마치 그들의 경비의 권외에 속한듯이무관심하다.

×

나는 금테 두른 차장을 얼마 있지 아니하여 같은 우리 형제의 한 사람인 것을 알고 기뻐하였다. 그의 말에 의하면 천도 철도의 차장은 우리 나라 사람이 많다고 한다. 그는 자동(玆洞)이라는 곳을 지날 때 철교의 군데군데 새 침목을 깐 것을 가리키며 이것도 이번에 공산당이 불사른 것이라고 일러준다. 조금 지나서 바로 눈아래 이곳에서는 흔히 볼 수 없는 큰 건물의 소적(燒跡)이 스산하게 굽어보이니 이것도 역시 이번 사변에 희생된 호천가(湖泉街)의 보통 학교라고 한다.

×

이곳서부터는 도시 높은 산은 볼 수가 없다. 멀리 지평선으로 향하여 굼실거리는 완만한 곡선을 이루는 낮은 산은 모두 노랗게 개간하였으며 군데군데 낮은 관목으로 덮힌 데가 있을 뿐이다. 지금으로부터 1백 년 전까지도 이 부근 일대의 지(地)는 한 아름씩 되는 활엽수가 삼서듯 하였으며 야수의 떼와 흉포한 호적(胡賊)의 무리의 활무대이던 곳을 조선의 이주민의 손으로 이만치 개척한 것이라 한다.

3

듣고 보니 연선 일대(沿線一帶)의 옥야천리(沃野千里)에는 가엾은 우리 농민의 피와 땀이 얼마나 심어 있을까? 그리고도 오늘날에도 그들의 생활은 중국 지주의 폭려(暴戾) 한 착취와 압박 아래서 일조(一條)의 광명도 발견치 못하고 생명의 안전조차 보장할 수 없는 참담한 지옥의 생활을 계속하고 있다고 한다. 차는 어느덧 산허리의 역참(驛站)에 긴 숨을 내쉬고 멈춰섰다. 눈 아래 골짝에는 약1백 호 남짓한 우리 이주민의 지붕이 아름답게 구름 사이를 새어 흐르는 날카로운 광선을 반사하며 누워 있다. 동네의 남쪽 언덕 위에는 수백을 헤일 우리 농민 남녀가 곱게 단장을 하고 추천(鞦韆)들을 복판에 바라보며 둘러 서 있다. 풍상 많은 이역(異域)의 초토(焦土)에서도 고국에서 지내던 즐거운 단오놀이의 옛 기억을 망각할 수 없어 아마도 이 날이 단오라고 추천 대회를 연 것인가 보다. 나는 금방 뛰어내려가 그들을 한 사람 한사람씩 껴안아 주고 싶은 어떠한 본능적 충동을 느끼었다. 곳을 물으니 회경가(懷慶街) 라고 한다. 오! '회경가'의 형제의 머리 위에 언제나 여명의 아름다운 햇볕이 고요히 축복할꼬?

일(一) 고려인의 흉곽(胸廓)을 채우는 일만감회(一萬感懷)를 무시하고 만주의 차는 다시 북으로 기어간다. 이곳 객차에는 변소가 없으니 그것은 누구든지 대소변의 필요가 있으면 언제든지 차에서 뛰어내려서 대변이나 소변을 보고는 다시 쫓아와서 차에 뛰어오를 수 있는 까닭이라고 한다. 지극히 간편하다. 설비의 필요도 없고 냄새도 제(除)하고 연선의 전토(田土)에 비료도 공급하고 참말 북만주가 아니면 찾아볼수 없는 대륙식이다. 이렇토록 이곳 차는 이곳의 늘어진 산천과 같이 늘어진 것이다.

나는 서울서 때때로 필요를 느낀 '비승(飛乘)'과 '비강(飛降)'을 연습 할 절호의 기회라고 생각하고 충분히 연습하였다. 이러한 인상들이 이윽고 나의 마음에 대륙이라는 알 수 없는 신비를 명감(銘感)시키고야 만다. 나는 어느 사이에 차츰 차츰 확대되어 가는 사유의 범위와 팽창해지는 흉포에 놀라지 않을 수 없었다. 대륙의 기분은 어느 틈에 그 품 속에 뛰어든 한 개의 미미한 생물을 그 환경에 적합하도록 대담하게 만들어 준 것을 나 자신에서 발견하였다-그것은 아무러한 급격한 변천에도 그렇게 신속하고 예민하게 반응하지 않는 타성적인 마음이다. 이러한 때문에야말로 북만의 천지는 중세기의 한토(韓土) 로맨쓰가 아직도 그대로 살아 있고 이번 사변과 같은 큰 일도 다반사처럼 일어나는 모양이다.

우리들이 북간도라고 부르는 동만(東滿) 자방은 세 개의 보고(寶庫)를 가지고 있으니 용정 평야와 국자가(局子街) 평야와 두도구(頭道溝) 평야가 그것이다. 이 세 평야에서 생산되는 농산물이야말로 매년5백만 석 이상씩 일본에 마이너스 당하고 부족되는 조선 내지의 1천 5백만 중농(中農) 이하의 무산 농민의 양식을 공급하는 거대한 창고인 것이다. 나는 차창 밖에 전개되는 녹색의 기름이 흐르는 용정 평야를 탐하여 바라보며 그 위에 질서와 생장의 자유의 토대에 세워질 새로운 내일의 간도를 그려보면서 그리고 여기야말로 우리들의 갱생의 기점이 아니면 아니 되리라고 생각하며 아름다운 희망과 환상 속에 완전히 나 자신을 잊어버리고 있을 때에 친절한 차장은 나의 어깨를 가볍게 흔들어주었다.

"용정에 다 왔어요."

애교에 넘치는 미소를 섞어 이렇게 일러주는 그의 시선을 따라 왼편 차창을 바라보니 광야의 일우(一隅)에 거멓게 퇴색된 벽돌 사이 뾰족뾰족 보인다.

4

그는 다시 오른편 차창을 밀고 멀리 물결치는 낮은 언덕 위에 우뚝히 주제넘게 솟아 있는 산 하나를 가리키며 모아산(帽兒山)이라고 일러준다. '모아산!모아산!' 나의 가슴은 쓰라린 리듬에 떨리는 급격한 경련을 느꼈다. 일찍이 내가 얻어 들은 그 산에 속한 애달픈 이야기를 나의 기억은 회상한 것이다.

이야기는 지금으로부터 10년 전 옛날에 돌아간다. 동업 동아 일보사의 일 특파원으로 이 곳에 들어온 추송(秋松) 장덕준(張德俊) 선생은 그 이튿날 새벽 돌연히 그가 유숙하고 있던 ×목사의 집을 나와서 표연히 마상(馬上)에 올라앉았다. 선생은 ×목사의 간곡한 만류를 고사(固辭)하고 비장한 결심을 말하는 가벼운 미소를 남기고 홀홀(惚惚)히 말을 달리어 전지(戰地)로 종사하였다. 그는 4,5명의 모국(某國)군인과 함께 바로 모아산을 넘어갔다.

×

그리하여 그 산허리에서 말에서 내리는 선생을 본 사람까지는 있다고 한다. 다음 순간에 전지(戰地)를 쏴 오고 쏴 가는 탄환이 어지럽게 동만(東滿)의 천지를 채울 때 그 속에는 확실히 선생을 겨누고 방사(放射)된 1발의 탄환이 섞여

있었으리라고 한다. 이리하여 추송 선생은 북방에 갔던 기러기가 벌써 열 번을 거듭하여 강남으로 돌아오건만 연연(年年)히 내리고 덮히는 눈과 모래만 그가 밟고간 이 광야의 위에 겹겹이 쌓이고 쌓일 뿐이고 떠나간 이 길을 두 번 밟고 돌아오는 그의 발자국을 기다리는 사람들의 가슴만 부질없이 타고 있을 뿐이다. 그리하여 오늘도 영원의 침묵을 지키는 모아산은 생각 무겁게 턱을 고이고 그 발을 씻는 해란강(海蘭江) 한많은 물길만 굽어보고 있다.

×

코를 찌르는 아편 냄새 섞인 강렬한 악취와 끊임없는 격동에 시달린 신경과 온몸에 남은 시들시들한 피로에 스스로 분개하면서 나는 천도 철도의 빈약한 객차를 아낌없이 차버리고 우울 그것과 같은 어둠침침한 용정역의 '출구'를 찾아 늘어선 사람들 속에 섞였다. 나는 문 어귀에서 역부(驛夫)를 붙잡고 무어라고 모를 말을 중얼거리는 음험한 사나이를 발견하였다. 그의 첨예한 눈동자는 시름없이 회색 안경을 넘어서 구르고 있다. 그 위에 나는 나의 얼굴과 몸 위에 어물거리는 그의 불유쾌한 시선을 느꼈다. 나는 그 눈이 방사하는 그야말로 만국 공통한 특색과 그래서 어떠한 부류의 인종에 속하였다는 것을 직각(直覺)하였다. 그리고 곧 일찍이 이곳에 와있던 X군에게서 얻어 들은 중국 경관에 대한 최상의 전술을 기억하고 아는 '한가한 온순한 경계' 를 그에게 푸레센트 하기에 인색하지 않았다.

5

그리했던니 과연 그의 얼굴의 엄숙은 파안일소(破顔一笑) 어디로 일과(一過)하고 내가 그에게 준 경례보다도 더 온후한 경례를 그 위에 호의에 넘치는 미소를 더하여 돌려보내고는 무난히 통과시켜 주었다. 나는 멘솔레담 보다도 더 효력이 신속한 이'전술'의 가능성과 안정성에 놀래는 동시에 이렇게 '경례'에 주린 중국 경관 측에 차라리 동정할 생각이 난다.

이에 앞으로 용정에 발을 들여놓을 여행자에게 주의하노니 제군이 만약에 여관 같은 데서 찾아온 중국 경관을 만날 때는 넋없이 일어나서 경례를 할 것이니 그리만 하면 그 경례는 어지간한 불찰은 씻어버릴 것이다. 그렇지 않고 그냥 방에서 뒹굴고 모르는 척하다가는 즉시 그들의 무서운 발길의 세례를 받고야

말 뿐 아니라 한번 그와 동행하여 그들의 상포국(商鋪局・경찰서)에 불려만 가면'문득세'약간 원은 바치고야 돌아올 것이다. 거기는 삼민주의의 헌법상으로 암흑과 서장(署長)의 일발(一發)한 명령이 더 위엄과 실행성을 반(伴)하는 것이다. 그러므로 중국에 미숙하고 중국이 생소한 사람은 이 최상의 방어선인 '경례'라는 전술을 미리 습득할 것이다.

역구(驛區)를 겨우 벗어나서 넓고 상쾌한 대기를 한숨에 가슴하나 들이키고 나니 다소간 심신에 돌아오는 원기를 가다듬어 가지고 우리 지국(支局)을 찾아 가려고 하는 순간 나는 수 모를 너저분한 방울 찬 마차들의 포위 속에 마차부(馬車夫)의 총공격을 받았다. 그러나 초면강산(初面江山)인 이곳이라 우리 지국이 어디 가 붙은 것은 고사하고 동서를 분별하지 못하겠다. 부득이 절개를 굽혀서 지나가는 남루한 마차 하나를 붙잡아 탔다. 어딘지는 몰라도 지나노라니 수천 군중이 모여서 무슨 놀이를 하느라고 야단이다. 후에 알아보니 시민 그라운드에서 축구 대회가 있는 것이라고 한다. 나는 내 자신이 이곳에 뛰어든 목적을 의심하지 않을 수 없었다.

6

"대체 어쩐 일이요? 그래 폭탄이 바로 용정 중앙에서 터지고 발전소를 깨었느니 어쨌느니 하더니 거짓말이요?"

나는 용정 시민의 이러한 만연(漫然)하고 쾌활한 '놀이'를 볼 때 아무래도 무슨 여우에게 속혀서 부질없이 뛰어든 것 같아서 마부에게 물었다.

"네. 그리했지요. 전기도 간밤부터 쓰지만 이전보담 아주 빛이 약해요. 본래 기계는 모두 부스러지고 낡은 기계를 임시 걸어 놓았답니다."

"그래 폭탄도? 방화한 것도?"

나는 한꺼번에 물었다.

"그러믄요."

마차부는 한눈을 파는 말에게 정신차리게 하느라고 '식!'하고 채찍 하나를 울리면서 어떤 십자길을 북으로 구부러지며 고개를 끄덕인다.

"그런데 웬일이요? 거기서 저렇게 모여 노는 것을 보면 아무일없는 것 같애."

"네. 용정 사람은 아주 그까짓 일에는 익숙해서 아무렇지도 않지요. 그러나 경계는 아주 심하지요. 밤 8시니까 우리 시간으로는 9시지요. 이때만 되면 거리에서 행인의 자취가 없어요. 자나다니다가는 모퉁이 모퉁이마다 파수 보고 있는 중국 군인이 칼을 꽂은 총끝을 가슴에 대고'쉬야!' 하고 소리 지른답니다."

"저런 그래 찌르기도 하나?"

"쏘지요."

나는 수상한 마차부에게 무수히 위협을 받고 가슴을 눌러보았더니 가없이 흉곽 맡에서 심장이 투닥거린다. 그 위에 이 마차부는 우리 지국을 잘 몰라서 자꾸 헤매고만 있다. 밖을 내다보니 총을 거꾸로 든 회색 복장 한 중국 군인이 우두커니 서 있다.

대지 위에는 쓸쓸한 어둠의 나래까지 고요히 내리덮힌다. 끝없는 광야의 위에 뜬 드높은 황혼의 은회색 하늘에는 외로운 별 하나가 어느새 눈을 뜨고 깜박거리며 오슬오슬 떨고 있다.

나는 9시로 향하여 쪼으고(刻) 있는 시계의 초침을 원망스럽게 내려다보며 지금 당장 나의 가슴 앞에 날이 시퍼런 칼 끝이 나타나서 '쉬야' 하는 중국 군인의 지치벅 고함 소리가 떨어지는 것 같아서 자리에 붙은 엉덩이가 점점 뾰죽해진다.

9시가 거진 가까웠을 때에야 우리의 마차는 오층대통(五層臺通)에서 북으로 가서 어떤 좁은 뒷골목에 멈춰섰다. 지국장의 로이드 간경 이 나타났다. 선생의 주선으로 거기서 멀지 않은 용운 여관이라는 객주에 찬 땀에 식은 행장을 풀어놓았다.

×

예측할 수 없는 불안 공포와 요서 없는 모험적 활동만이 우리를 기다리는 용정의 제2일의 아침 해를 향하여 그 전날 나와 전후하여 이곳에 들어오신 우리 사(社)의 박 형(朴兄)과 나는 북만(北滿)의 첫날밤을 무수한 어지러운 꿈에게 학대받고 아직도 피곤이 채 풀리지 않은 텁텁한 눈을 떴다.

머리맡에 놓인 민성보(民聲報), 간도일보(間島日報), 간도신보(間島新報)는 '놀라운 공산당의 음모'에 관한 기사로써 제1면의 전 지면이 파묻혔다. 제일 먼저 철도를 파괴하고 전선을 절단하고 용정 시가의 발전소를 파괴하여 전 시가를 암해(暗海)로 화(化)한 후 수 개의 미국제 귀갑식(龜甲式) 폭탄으로서 전멸시키고 동만 일대에 신경 계통과 같이 산포되어 있는 민회(民會)와 보조 서당(보통 학교 지교)을 박멸하려고 한-영사관 복정(福井) 사장의 담(談)에 의하면-전례에 없는 조직적 계획이었던 것이다.

그들의 콤뮤니즘에 의하면 민회는 ××제국주의의 만주에서의 유력한 흡반(吸盤)이며 보조 서당은 종교와 동양(同樣)으로 생장하려는 어린 제너레이슌에게서 발랄한 생명의 화염을 거세하는 아편과 같은 마취제이며 방화기라고 한다. 우리들이 간도에 들어갔을적에는 심(心)을 빼지 않은 귀갑식 폭탄은 소리만 크고 동척(東拓)의 두터운 유리창 17개를 깰 뿐으로 실패를 깨달은 그들은 신산(辛酸)한 단총 소리만 어지럽게 깊은 밤 대공(大空)에 남기고 어데로인지 사라지고 만 뒤다.

거대한 파괴력을 가진 가경(可驚)할 음모의 폭발이 사막의 폭풍과 같이 지나간 뒤의 황량한 흔적만이 남아 있다.

그러나 어느 순간에 어느 모퉁이에서 어떻게 일어날지 모르는 사변의 이동을 모든 순간에 예민하게 섭취하여 초조해 하는 우리 내지(內地)형제에게 알리지 않으면 아니 된다.

부여된 '일'에 대한 시간적 사명을 다하지 않으면 아니 되는 우리는 이윽고 새 솜처럼 시들시들해진 몸에 채를 가하여 전신의 신경의 말단까지를 긴장시켜 가지고 동란의 용정에 직면하기 위하여 여관문을 나섰다.

7

만주의 시계가 오후1시를 쳤다. 우리 사간으로는 바로 2시다. 우리는 오늘 하루의 '특파 사명'에서 해방되었다.

지국장 K선생을 들추어 가지고 용정시를 서남으로부터 동북으로 싸안고 흐르는 해란강가 시원한 바람을 마시러 나갔다. 금춘 이래(今春以來)의 한발에 씹히고 빨리어 양안(兩岸)을 채우고 흘렀다는 강물은 겨우 깊은 하상(河床)의 밑버들의 무거운 그림자가 대륙의 낮게 드리운 하늘에 피를 토하는 붉은 오후의 태양 아래 침침하게 졸고 있다. 이 쓸쓸한 풍경을 더욱 참담하게 하기 위하여 노두구(老頭溝)로 가는 천도 철도의 18세기적인 너무나 18세기적인 검게 탄 목교(木橋)가 양편 언덕을 마티쓰[2] 의 툭한 선과 같이 원시적인 선으로 꿰매고 있다. 이 해란강의 영원한 포옹 안에 불가사의한 존재 용정이 가경할 사변을 밤마다 어두운 별 아래 빛어내며 누워 있다.

×

상류를 멀리 바라보면 고색이 창연한 용문교(龍門橋)가 누워 있는 그너머 간도의 내금강 비암(飛岩)의 절경이 우울한 배경을 이루었다. 서북으로 평강령(平康嶺) 낮은 마루턱이 끝난 곳에 마제산(馬蹄山)이 우뚝이 용정으로 기울어졌고 그 너머 세삼산(世三山) 높은 봉이 단연히 뭇산을 압도하고 저공(低空)을 어루만지고 있다. 평강령 남단을 가로막고 앉은 일송정(一松亭) 봉오리는 고절(古節)을 자랑하던 소나무도 옛이야기. 지금은 마른 거루만 남아 있다 한다. 이리하여 간도에 남아 있던 최후이며 유일한 소나무도 다만 일송정 이름 속에만 살아 있다.

우리는 목교 위를 걸어보았다. 강가의 깊은 버들 밭 속에 수없이 달콤하고 애처러운 이야기를 상상하면서 들으면 여기는 용정의 젊은 남녀의 사랑의 아름답고 서러운 속삭임이 버드나무 사이사이마다 잠겨 있다고 한다. 해란강 푸른 물 속에는 한많은 사랑의 '로맨쓰'가 얼마나 잠겨 있는가? K선생은 강가의 버드나무 하나를 가리키며 그는 그 나무에서만 목을 매어 죽은 사람 셋이나 안다고 한다. 나는 이 다리 위에 마지막으로 그림자를 드리우며 자랑스러운 북방의 여자의 타오르는 정열속에 최후의 순간을 파묻을 수 있는 행복스러운 남성의 얼굴을 눈앞에 그려보았다.

8

우리들은 매혹에 가득한 버들 밭 속을 걷고 싶은 유혹에 어떤 달콤한 충동을 금치 못하였다. 나무 그루마다 이속(里俗)에서 이루어질 수 없는 연인들이 그들의 연소(燃燒)하는 순간의 사랑을 기념하기 위하여 새겨놓은 글자들이 해와 함께 잘려서 뚜렷하게 공간에 부조되어 있다. 너무나 이성(異性)에 축복받지 못한 세 그림자는 이러한 에로틱한 배경에는 아주 부자연하였다.

우리들은 거리로 나왔다. 어린애와 같이 경이에 가득한 투명한 시선과 ××의 말을 빌면 불온(不穩)한 의기에 넘치는 시민들의 얼굴이 거리의 젓빛 대기 위에

---

2) 마티쓰 : 프랑스 저명한 화가.

떴다가 꺼진다.

이 날 대성 학교 마당에서 근우지회(槿友支會)의 전 용정 추천 대회(全龍井鞦韆大會)가 있었다. 무려 1천여의 군중 속에서 최대 한도로 뽐내는 북방 여자의 용기를 우리는 참관하는 광영을 얻었다.

×

조선 내지의 신여성 제군!

북방의 여학생은 인조견을 몸에 거는 불명예를 알고 있다. 그래서 제군 중의 푸티 부르[3]의 부인들이 자랑스럽게 여기는 그 어떤 박래품(舶來品) 화장품의 외국명을 모르는 무식을 결코 경멸하지 않는다. 차라리 이 종류의 무식에 일종의 자존심을 가지고 있다. 그들의 얼굴은 일찍이 이제백분(利製白粉) 으로서 더럽혀 본 일이 없이 자연 그대로의 붉은 혈조(血潮)에 타고 있다. 그들의 두터운 입술은 어떠한 구홍(口紅・구지베니)으로도 물들여지지 않고 그네들의 심장과 같이 붉다. 수수빛 마유즈미로써 클라라보우를 모방하지 못하는 그들의 눈썹은 광야의 조망(眺望)과 같이 우울하게 그리고 대담하게 쏘는 것 같은 둥근 그들의 검은 눈망을 위에 걸려 있다.

조선 내지의 신여성 제군!

터져오르는 혈압으로 피부의 모든 면이 찢어질 듯이 팽창한 제군의 동성 북방의 여학생들은 미끈하고 가는 다리를 가지지 않았다.

기둥과 같이 툭툭하고 튼튼한 다리로 탄력에 가득한 광야의 지면을 반발한다.

×

'그네'줄을 튀기는 힘있는 그들의 팔뚝에 일종의'불품행성(不品行性)'을 인정하고 낯을 찡그리는 이와는 딴 부류의 일군의 분면유두(粉面油頭)의 인조견을 두른 여자들을 보았다. 그것은 틀림없이 내지 푸티 부르 부인의 연장이다.

모두 그들은 ××관청이나 공청에 간접으로 속하여 ××제국 외무성의 지출에 의하여 동양(銅養)[4]을 받고 있는 존경스러운 레듸, 레이디다.

미래-부단(不斷)의 탄생-를 약속하는 북방 여성들이 굿센 걸음이여, 끝이 없이 건전하여라.

---

3) 푸티부르 : 중산계급.

4) 동양(銅養) : 생활에 수요되는 경비.

×

광야의 어느 곳 일단에 저기압이 출현한 모양이다. 서북으로 달려오는 한 줄기 강한 바람은 음침한 구름장을 휘몰아다가 용정 상공을 내리덮는다.

우리들은 축구 대회장에서 만난 중외(中外)의 홍 형(洪兄)까지 함께되어 영국데기(山名)로 올라갔다.

용정의 낮(晝)을 밝히는 태양은 늘 이 산을 넘어 떠온다. 눈 아래 펴지는 4천여 호의 도시-이 거리의 주권은 비록 외국 정부에 속하였으나 주민의 8할은 조선 형제들이라 일찍이 이 도시의 건설의 사업에 참여하여 많은 피와 땀을 이름없이 희생한 것은 물론 조선 형제였다. 그리고 그들의 자손은 시외 동남의 토성보(土城堡)를 비롯하여 만주 일대의 황야에 유랑하는 때에 그들의 조선(祖先)의 생명을 먹고 자란 이 도시는 늘 새로운 시민을 빨아들이며 일방(一方)낡은 시민을 배설하여 부단히 신진 대시의 작용을 영위한다고 한다.

9

언덕 위에 평탄한 넓은 곳. 뭇풀이 우거진 그 아래는 이 도시에 들어 왔다가 목숨을 잃은 수없는 이름 모를 사람들의 무덤이 누워 있다. 그리고 그들의 속한 인종과 계급과 방면(方面)의 다종 다양을 표시하는 각종의 묘표와 십자가.

첫 어구에 일찍이 백로 시대(白露時代)에 영사로 왔다가 세상이 바뀌자 실의하고 여기서는 망명 중에 목숨을 잃은 기상학자 두도위코푸 [불명(不明)]의 허무와 같이 희고 큰 십자가-그리고 베비, 알벨 군 등등. 이들의 망령의 탄식처럼 풀밭을 스치는 바람 소리-그들의 조국을 그리우는 한 많은'쎄레나-드(세레나데)'의 흐느끼는 울음 소리와도 같다.

×

산상(山上)의 묘지의 묘표의 면면과 같이 용정이 포용하는 시민의 외연(外延)도 그렇게 다양성을 띠고있다. 그리고 불투명한 시가의 공간에 부침(浮沈)하는 얼굴들은 날마다 그 얼굴이 그 얼굴이 아니라 한다.

나라를 쫓긴 망명자-탈주자-파산자-백계 노인(白系露人)의 영양(令孃)들-실업군-그리고 '콤뮤니스트(커뮤니스트)' 최후로 밀정…

평범의 수평선상에 돌기한(어느 사람들의 어법을 빌면) 모두 불온한 인종이

난거하는 특수 지대다. 시의 동편 마루턱에 멀리 서북의 낮게 드리운 하늘을 바라보며 '사하라'의사막을 지키는 시핑크쓰와 같이 줏앉아 있는 근대식의 도색(桃色) 그리닝5) 으로 물들인 대건물 그것은 틀림없이 일본 총영관(總領舘)이다. 그것은 두터운 벽돌 담장과 포대(砲臺)에 포위되어 동만의 천지를 비예(睥睨)한다. 그 지하실에는 약 ×사간은 만족히 사용할 수 있는 다량의 탄환과 기관총을 감추고 정예한 18명의 무장 경관대에 의하여 동만에 있는 일본 제국의 특수 이권을 옹호하고 있다.

×

우리들이 자리를 정한 이 지점은 바로 북위 42도 동경 1백29도-이곳을 정점으로 약1천 리를 반경으로 한 북으로 입을 벌린 4분의 1원주의 지대는 실로 중화민국의 삼민주의적 국민 주책(國民主策)과 노서아의 인터내순날리즘과 ××의 임페리앨리즘이 절충하는 삼각주다. 늘 다소의 험악한 풍운이 배화하는 이 분화구의 음산한 누(累)십 년의 역사를 가지고 있다.

10

말갈, 발해, 여진의 옛날로부터 근세의 북청 사변 그리고 최근의 보크라니츠나야 부근을 무대로 한 중로(中露)의 충돌(토벌선의 옛일도 기억하리라) 등 이렇게 인종적 편견이 항상 이곳에 화단(禍端)을 끼치고 있다. 이 위에 흑룡강 상류의 우스리 송화강 아무르의 제강(諸江) 의 검푸른 물결과 깊은 새밭과 영고탑(寧古塔) 수백 리의 농밀한 자연림과 지평선의 피방(彼方)에 잠기는 묽은 해-이러한 원시적 자연이 인류의 참담한 투쟁의 피무대에 도발적 배경을 전하여놓았다.

×

이 들에는 각각 3개의 무장한 정의가 존재한다. 그래서 서로서로 자기야말로 정의라고 주장한다. 그 자신의 정의를 가장 유력하게 보증하기위하여 그 정의를 견고한 철갑으로 무장하였다. 이 속에서 삼각형의 중심처럼 그 어느 정점에도 경도치 못하고 서로 배치하고 반발하는 3개의 세력 사이를 교묘히 분치(奔馳)하여 하등 생활의 안전 보장도 없는 속을 오히려 그 생존을 보지(保持)하여 나가야

---

5) 스리닝 : 도료, 염료.

하는 종족의 거꾸러진 시체는 연년히 오호츠크로부터 불어오는 부드러운 미풍과 서리찬 대기를 녹이며 날카롭게 쏘는 봄볕에 두텁게 얼었던 강물이 노아흐를 때면 부스러진 얼음 조각 사아마다 이따금 이따금 떠내리지 않는 때가 없다고 한다. 그리하여 대공(大空)을 쳐다보는 그들의 입은 마치 세계를 향하여 그들의 생존권을 주장하는 것 같다고 한다. 우리는 극동에 움직이는 심상치 않은 풍운을 머리 속에 그리며 극단으로 물맛이 없는 거리로 다시 내려 왔다.

×

북방의 백성은 한 개의 철학을 생활 위에 실현하고 있다.

호주(胡酒).

끝이 없는 지평선과 그리고 폭풍-이것들이 북방 독특한 니체의 말을 빌면 아폴로적인 생활 철학을 발효시킨 효모들이다.

불이 펄펄 붙는 90퍼센트의 알콜을 벌컥벌컥 들이마시며 오늘도 내일도 끝이 없는 지평선을 바라보며 머물 곳 모르는 방랑의 걸음을 오늘은 이 들가 내일은 저 들가에 떼어놓으며 그러고 대지가 호흡하는 무서운 폭풍의 질구(疾驅) 속에서 오히려 광야의 전 표면을 채우며 타오른 생령(生靈)들의 생명의 화염-내일을 기약 못 하는 그들의 불안한 생활은 다만 허여된 순간순간을 가장 충실한 생의 용광로 속에 백열(白熱)시키면 그만이다.

긴장된 혼을 가지고 모든 순간을 강렬하게 살려고 하는 것이다.

×

나는 북방의 도시-용정이 가지고 있는 모든 풍정 인물에 충일하는 생기를 띠고 있는 것이 매우 유쾌하였다.

이윽고 이 동만 천지에 어떤 큰 진동이 일어난다면 그 진원지는 실로이 용정이 아니면 아니 된다. 그렇도록 이 도시는 다분의 폭발성과 가연성(可燃性)을 가지고 있다.

×

익조(翌朝).

물맛 없는 밥을 주인의 최상의 호의에도 불구하고 반 그릇도 먹지 못하였다. 오후2시 차는 우리를 두만강가로 다시 실어가기 위하여 지금쯤은 노두구의 차고를 떠났으리라. 우리들도 그 차르 기다리고 있다.

우리는 용정에서 우리에게 허락된 남아 있는 수시간을 가장 의미있게 보낼 것을 아침부터 생각하고 있다. 그 중에 약1시간은 이곳서 제일 가는 요리점인 십자로의 용원거(龍源居)에서 토산의 중국 요리를 상미(賞味)하기로 하고 그러고 남은 몇 시간은 이곳서 발행하는 유일한 중국 신문 민성보를 방문하기로 하였다.

오충대통에 직각을 이루고 해란강안(岸)으로 뚫린 골목길을 서쪽으로 향하여 그날 오전10시경 우리 지국장과 박 형과 나 세 사람은 걷고 있었다. 이윽고 그 길이 끝난 데서 남으로 꺾여져서 반마정(半馬丁) 도 못 간 곳에서 오른편 길가의 음울한 회색 벽돌집 검게 끄슨 두터운 또아[6] 속에서 세 그림자는 빨려들어 갔다.

11

우리는 이 집 문에 붙은 큰방에서 우리가 간도에 들어온 후 최상의 인상을 받은 민성보 편집장 주동욱(周東郁)씨와 굳은 악수를 바꾸고 둥근 테불(테이블)에 마주앉아서 풍미 향기로운 중국 차를 들이키면서 극동의 정치적 정세를 토론하는 감격에 가득한 유쾌한 시간을 가질 수 있었다.

쎄르로이드 안경 아래 그의 두 눈은 어린아이와 같이 온 순한 속에 오히려 근기(根氣) 있는 저력과 '젊은'을 감추고 있다.

이 중국인은 일찍이 국민 정부가 주일 대리 공사 왕보영(汪寶榮)씨의 손으로 일본 외무 대신 폐원(弊源) 씨의 대리석 테블 위에 '지나(支那)'라는 말의 사용에 대한 엄중한 항의를 때려 붙인 것과 같이-오-무사념(無邪念)한 왕 외교 부장이여, 일본에서는 지나라는 말보다도 더 모욕적인 장꼬로라는 말이 사용되는 것을 들은 일은 없는가! -간도라는 고유 명사를 송충처럼 싫어한다고 한다. 왜 그러냐하면 간도라는 말은 중국의 주권을 무시하는 노골한 도전적인 의미 내용을 가지고 있다. 만약에 중국의 주권을 인정한다면 간도라는 동양의 알싸쓰 로렌(알자스 로렌) 적인 명칭은 부당할 것이고 다만 '연변(延邊)'이라고 함이 당연하다.

우리는 국민 정부의 수뇌 제씨(諸氏)와 이 위대한 주필의 광영스러운 자존심

---

6) 또아 : door, 문.

을 상해주지 않기 위하여 '지나'와 '간도'라는 두 말은 될 수 있는 대로 우리 입술이 발음하지 말기를 원하였다.

×

우리는 여기서 동지(同紙) 기자 장연준(張英俊)군을 만났다. 군 이외에도 이 신문사에는 조선인 기자가 5,6명 있다고 한다. 민성보는 실로 최상의 민족적 호의로써 그 일면(一面)을 조선 문판(文版)으로 하여 연변 일대의 조선 민족에게 제공하고 잇다. 불행히 세관의 검찰리(檢察吏)는 일본 외무성의 명령에 의하여 이 신문지가 조선의 국경을 넘어 조선 내지로 침입할 것을 거절한다고 한다. 이들 조선인 기자에게는 실로 이집은 안전 지대니 그들은 모두 치안 유지법이나 대정8년 제령(大正八年 制令) 제8호의 조문에 걸린 이력을 가지고 있으나 일본 관헌은 이 집까지 돌입하지는 못한다고 한다. 그들은 1보도 이 집 밖을 내디디지 못하여 정전(庭前)의 테니쓰 코-트(테니스 코트)를 최대의 산책지로 삼으면서 이 집 안에서 세계와 각지에서 날아드는 뉴-쓰를 취급하고 있다.

×

젊은 주필은 조·중(朝中) 양 민족의 입장의 공통성을 주로 민족적 수난의 방면에서 도출한다. 그는 언론 기관으로 당연히 가지지 않으면 아니 되는 정치적 배경을 스스로 삼민주의라고 표명하였다. 그의 혈관은 모든 세관(細管)까지 배(排)X감정으로 끓고 있다. 이 감정은 실로 중국의 일 지도분자의 전유(專有)가 아니고 전 민족적으로 미만한 감정의 흐름이다.

12

그는 '그것이 언론 기관으로서의 민성보에게 부여된 그리고 자각한 사면의 중대한 부분이다'고 '호아 호아'를 연발하여 그의 호의를 보여주었다.

우리는 최후로 중국의 활무대(活舞臺)가 항상 소란과 동요와 변천이 무상(無常)할 때 거의가 자신이야말로 민중의 진정한 대표자며 리더라고 선언하면서 등장하지만 그러나 그것은 대지주 대재벌이나 매판(買辦) 계급(階級)이나 그렇지 않으면 광동(廣東)의 화교를 배경으로 하고 명멸하는 것이고 민중에게는 군인의 모자의 빛이 변화한 이상에는 '아무것'도 재래(齎來) 하지는 못한다. 지배자의 약속은 늘 부질 없는 선언이다. 중국에 있어서 그러했고 인도에 있어서 어벙

(어빙) 경의 입은 그 '산 표본'으로서 들리었다. 우리는

"중국의 민중이 의식적으로 고양되어서 피등 자신(彼等自身)의 역사의 주인이 되어 그것을 움직이는 때 비로소 그것은 신흥 중국의 참말 여명이리라. 중국의 급진적 인테리겐타(인테리겐차)는 이러한 기운에의 촉진제로써만 그 존재의 의의가 있다."

고 말하였다.

×

홀홀(忽忽)한 시간은 용원거의 토산 요리를 즐길 여유조차 우리에게 주지 않았다. 오늘도 일금 10전의 냉면을 급한 템포로 없이해 버리고 트렁크를 들리고 역으로 향하였다.

역에는 우리 지국장, 중외 지국장(中外支局長) 조철호(趙哲鎬)씨 등이 나와 주셨다. 천도 철도는 또 아편 냄새 나는1등 차로서 우리를 후대하여 주었다. 맹장과 같이 무용물(無用物)로 보이는 노경(路警)이 긴 백동 '싸벨(사브르)'[7]을 끌고 끊임없이 그 입을 놀리면서 1등 차에 올라탄다.

보실보실 실비가 한 방울 두 방울 차창에 얼어붙는다. 어두운 철로를 이 '시대착오' 적 기차가 미끄러진다. 며칠 동안 여러 가지로 수고를 끼친 제씨의 흰 얼굴이 어둑한 개찰수에서 미소한다.

우리는 돌아간다. 포학한 자연의 학대 속에 그리고 무지한 중국인의 압박과 탄환 속에 동만에 산재한 1백만의 형제를 남기고.

×

잘 있거라. 해란강아.

용정 시민 제군 건재하여라. 청춘의 피를 불리는 그리고 그들의 영광스러운'죽음'을 유혹하는 광야여. 너의 달콤한 속삭임하고도 작별하자. 조국에서 '일'이 우리를 부르고 있다.

×

국경의 밤을 적시며 나그네의 설움을 시름없이 쥐여짜던 초여름 비도 말쑥하게 개었다. 다음날 새로 1시경 고향에 잠깐 들렀다.

---

7) 싸벨 : sabre, 군도(軍刀).

떠날 때 만개(滿開)하였던 뜰 앞에 한 포기 월계화의 영광도 한 떨기 꽃송이도 남기지 않고 무참히도 시들었다. 뜰 위에 이리저리 흩어진 꽃잎새의 시체를 하염없이 바라보며 홀홀한 용정에의 여향을 회고한다.

南北滿洲遍踏記*

함대훈(咸大勳)

만주(滿洲)로 가는 길

'만주로 간다.' 이 말이 만주 사변 전엔 조선서 쫓겨가는 불쌍한 농민들이 바가지를 꿰차고 보따리를 든 초라한 모양을 연상했지만 만주 건국이래 6년의 세월이 흐른 금일에 있어서는 만주로 간다는 말이 '일을 하러 가고 희망을 갖고 간다'고 할 수 있게끔 되었다. 만주 사변을 계기로 신흥 만주국이 건국되자 민족협화 왕도 낙토(民族協和王道樂土)의 정신밑에 조선인의 만주 생활은 무엇으로나 다 변하여지고 따라서 조선인 문제가 더욱 중대화하게 되어 이에 대한 관심은 식자간에 더욱 끽긴하게 되었고 또 만주를 한번 본다는 것은 크게 의의 있는 일이 되었다. 이리하여 이번 <조광(朝光)>에 만주 문제 특집호를 내려는 계획과 아울러 만주의 일반 문화를 한번 보고 오라는 사명(社命)을 받고 나는 한편 기쁘면서도 또 한편으로는 책임이 중대하여 희열과 긴장 속에 하룻밤을 지내고 5월 13일 오후 3시 20분 경성발 신경(新京)행 특급 '노조미'[1] 2등실 한 자리에 앉게 되었다. 편집 국장 및 요우(僚友) 친우들 다수가 역까지 고맙게 보내주는 호의를 감사하면서 떠나가는 기차 승강구에서 점점 멀어지는 면영(面影)을 바라보았다. 만원된 실내에 겨우 한 자리를 차지하고 앉았으니 때는 5월도 중순,

---

* 이 글은 ≪朝光≫1939년 7월에 게재된것인데 여기서는 소재영 편 ≪간도류랑40년≫에서 선록. 함대훈(咸大勳, 1907-1949), 소설가, 러시아문학연구가, 동경외국어대학 수학, 광복전 ≪한성일보≫편집국장 등을 지냈고 광복후 경찰학교재직시 순직함.

1) 노조미 : 전망이란 뜻의 일본어, 렬차 편명.

차창 밖으로 보이는 연록색 잎새들이 미풍에 간들거려 '명랑 5월'의 색채를 어여쁘게 단장했다.

산도 푸르고 들도 푸르고 논도 물이 번뜩이니 외국 사람들이 그저 무슨 공식처럼 '조선의 산천은 아름답소.' 하는 그 말을 그대로 수긍해도 좋을 만하다. 봄에 진달래가 피고 여름엔 푸르른 녹음으로 연선 풍광(沿線風光)을 자랑하는 조선의 자연은 여객의 눈을 위무하기에 넉넉한 일화폭(一畵幅)이다. 신촌(新村), 수색(水色), 일산(一山), 능곡(陵谷) 등에 정차도 않고 얼른 지나 사리원(沙里院), 황주(黃州)를 지나니 연선 풍광은 북국의 냄새다. 8시경 평양에 차는 닿았는데 창외는 어둠만이 흐르고 대동강(大同江) 물과 함께 흐르는 시간은 어느덧 평양의 밤 경치를 보여줄 뿐이다.

평양에 지기(知己)도 많고 또 늘 그이가 한번 오라던 곳, 평양을 지나며 감회는 더욱 깊다. 예서 북으로 차는 달리는데 내 일찍 평양 이북을 못 본 터에 의외에 달조차 없는 캄캄한 밤이니 이 얼마나 애석한가. 보고 또 보고 해도 보이는 것은 어두움뿐 때때로 정차도 않는 중간 역의 불빛만이 이따금 내게 반기는 눈웃음을 보일 뿐이다.

차가 신안주(新安州)를 지날 무렵 차창을 때리는 빗소리가 요란하다. 더구나 침대를 꾸민다고 앉은 손님을 딴 칸으로 보내는데 나는 식당엘 갔다가 자리를 잃고 한참이나 방황하였다. 앉았던 손님의 자리를 만들지도 않고 침대를 꾸민다고 손님을 쫓으니 불쾌하기 끝없었으나 싸움도 할 용기가 없어 주저하고 있노라니 1등실 옆 전망차로 안내를 해준다. 그 호의에 감사하면서 나는 전망차에 앉아서 신간 잡지를 뒤적거렸다. 원로에 침대도 못 사고 앉아서 읽으려니 한편 서글펐으나 수삼일 전 예약치 않으면 경성서는 살 수가 없는 지라 하는 수 없이 앉아서 졸밖에 없다.

졸다는 다시 깨어 책을 들었으나 눈에 잘 들어오지 않는다. <중앙 공론(中央公論)>에서 '조대 물어(早大物語)'를 읽었다. 창립 당시의 여러분의 노력한 자취를 보고 다시 감격했다. 무슨 일이나 열과 성의만 있으면 되는 것이라 생각했다. 근간 내지 잡지(內地雜誌)는 추억기(追憶記)가 많다. <일본 평론(日本評論)>에서 하합영치랑(河合榮治郎)씨에게 '교단 20년사'를 쓰게 하여 그 당시 학설, 사상, 기풍, 교내 분규 등을 그리는데 이 '조대 물어'는 노력한 자취만을 썼다.

<동경조일(東京朝日)>에는 '동대 이공과 물어(東大理工科物語)'가 실린 것같이 생각되거니와 어떻든 동대 분규 사건 이후라 이런 글은 신문 잡지에서 취급할 과제다. 오전 1시경 압록강을 지나는데 어둠 속에 비바람이 요란하여 보지 못하고 안동현(安東縣)에서 차가 정차하자 세관리들의 행장 검사가 야단이다.

밝은 날 여기를 지나왔으면 볼것이 많았을 것을 두고 두고 유감이다. 창외에 비가 내리니 압록강을 건너며

"압록강수하시진 별루년년첨록파(鴨綠江水何時盡 別淚年年添綠波)[2]"

의 일구가 생각나며 여기 뿌린 눈물도 적지 않으리라 믿고 비오는 소리에 다시 감개가 깊었다.

봉천의 이경 수제(異景數題)

안동에서 행장 검사는 대단하였다. 다행히 우리 것은 그리 심하게 보지 않고 갔으므로 덜 불쾌했으나 아무튼 행장을 남에게 보인다는 것은 그리 좋은 일이 아니다. 그러나 세관리의 하는 일이라 거기다 사족적(蛇足的) 구문(口吻)이 무슨 필요가 있을 건가? 생각하면 이 세관리의 눈을 피해 밀수입, 밀수출이 한동안 이 국경 지방에 물정을 소연(騷然)히 했고 또 이 때문에강과 강, 철교와 철교 사이에 큰 난(亂)이 있었다 하거니와 세관리의 일이란 참으로 고심이 많은 것도 사실이다. 만주 건국 이래 이 밀수출이 그리 크게 문제는 되지 않았다지만 지나사변(支那事變)[3]이후로 위체 관리법(爲替管理法)에 의한 소지금(所持金)의 제한, 기타 수입출품에 대한 제한 등으로 퍽 말썽이 되는 모양이다. 이리하여 세관리의 일이 더욱 고되게 될 것이라 생각하였다.

나는잠을 들다 깨다 하여 아침 6시쯤 하여 눈을 완전히 뜨고 창밖의 너른 평야 속에 드문드문 보이는 만주 농가를 바라보았다. 조선 농가처럼 짚으로 이엉을 이었으나 제도가 양식(洋式)처럼 되었다. 만주 옷을 입은 사람도 이따금 보인다. 여기서 나는 대륙적인 호흡을 했다. 질편한 너른 들이 보기에 너무 시원하다.

---

2) 고려조 정지상(鄭知常)의 시구
「송우인(送友人)」, "압록강 물은 어느때나 다할런고 이별의 눈물 해마다 더하는 것을." 여기서 압록강은 대동강의 대용이다.

3) 지나사변(支那事變) : 7.7사변(1937년). 중국에 대한 일본의 침략전쟁.

봉천에 닿기는 오전 7시 15분, 예정보다 15분 연착이다. 역에 내렸으나 전보를 치지 않았더니 지기는 하나도 없다. 서투르게 출구를 빠져나와 역 광장에 내리니 비는 내리고 갈길은 모르고 캄캄하다. 자동차를 빌려 타고 십간방(十間房)에 있는 지국(支局)을 찾으니 지국장 김석은(金奭恩) 씨가 반가이 맞아주며 깜짝 놀랜다.

"소식도 없이 이게 웬일이세요?"

"전보친다는 것을 잊었죠."

하고 나는 그전부터 면식 있는 김 지국장과 악수를 하고 나서 여사(旅舍)를 찾았다. 몇 군데 내지 여관(內地旅館), 조선 여관을 찾았으나 만원이라 하여 그만 더 찾을 용기도 없고 더구나 시장하여 견딜 수가 없어 만인(滿人)이 경영하는 반점으로 가서 노서아 요리를 만복(滿腹)하도록 먹고나니 어젯밤 잠 못잔 피로가 갑자기 식곤과 함께 몸을 엄습한다. 그러나 내게 있어 지금은 1초가 귀하다. 그리하여 김 지국장을 독려하여 곤한 몸을 쉴 사이도 없이 봉천 시가 구경을 떠나기로 하였다.

제일먼저 간 곳이 국립 박물관, 우리는 마차에 올라앉아 거들럭거리며 삼경로 십한로(三經路 十韓路)에 있는 박물관 앞에 내렸다.

그런데 이 마차란 풍경이 대단히 멋들어져서 만주에 있어서 없지 못할 진품이다. 말하나에 사륜차를 붙이고 거부가 맨 앞에 높다랗게 앉고는 객은 뒤에 앉힌다. 따르락 말굽 소리와 함께 굴러가는 그 풍경이 제법 멋들어졌다. 신사도 타고 숙녀도 탄다. 혼자는 양거(洋車)를 타고 2인 이상이면 마차를 탄다. 양거, 마차 이것은 이 만주의 교통 기관의 중요한 임무를 수행하는 것의 하나이거니와 그 다음이 버스요, 전차 같은 건 있는가 없는가 그 존재를 알 수 없을 만하다. 그런데 마차에서 내려 넓은 정원에 깔린 푸른 풀과 나무에 피로한 시야를 위무하며 백악삼층(白堊三層) 집을 들어서니 불상이 먼저 눈에 띈다. 구 동북 군벌(舊東北軍閥)의 효장(驍將) 탕옥린(湯玉麟)의 사저였다는 이 건물은 훌륭하여 사저처럼 보이지도 않는데 진열품은 주한(周漢) 시대의 동기(銅器), 천하에없다는 각사(刻絲), 자수를 위시하여 요(遼), 송(宋), 금(金) 시대의 도자기, 송, 원(元) 이래의 명서화(明書畵), 북위(北魏) 이후의 묘지(墓誌) 등이 눈에 띈다. 더구나 거란 문자(契丹文字), 애책류(哀冊類)[4]를 볼 때 거란의 병화(兵禍)가 조선에 미쳐

천도까지 하시었던 일이 있는 조선의 왕군(王君)을 생각하니 역사란 흥망의 자취를 돌아보고 다시금 감회가 깊었다. 더구나 이외에 열하이궁(熱河離宮)에 비장되었던 세계 진보 3천 5백여 ㅕ 점이 진열된 것을 보매 이것은 보물로서 크게 값있는 것이라 하여 몇 번이나 눈을 거기에보내었다. 그러나 내 눈은 거기서만 스톱하고 있을 수가 없었다. 그래서 거기서 나와 다시 마차를 타고 동선당(同善堂), 자선 사업 기관을 찾기로 했다. 마침 오늘은 일요일이 되어 광공서도 쉬고 학교도 쉬므로 찾지 못함이 유감이나 그러나 그 대신 봉천의 명승과 고적을 찾아보는 것도 의의 있는 일일까 하여 방향을 이리로 돌렸다.

조선인 생활의 제태(諸態)

봉천 동선당은 원래 좌보귀(左寶貴) 씨의 창설로 자선 사업 기관의 하나이다. 특히 주목되는 것은 구생부(救生部)인데 부모 없는 어린애를 기르는 곳이다. 수용 인원이 1백여 명인데 전부 선자(善字) 성을 가졌다. 김보옥(金寶玉)이란 조선 여자의 안내로 일순(一巡)하고 다시 우리는 북릉(北陵)으로 갔다. 북릉은 봉천역에서 북방 6킬로, 버스로 약 25분이면 갈 수 있다. 능은 청조(淸朝) 제2대 태종 문황제(太宗文皇帝)의 능묘라 하거니와 경성(境城)의 주위가 약 8킬로, 외벽(外壁)이 17미터, 내벽(內壁) 높이가 6미터나 되고 입구에는 화표(華表) 같은 일대 패루(一大牌樓)가 섰는데 전삼문(前三門·정문)을 들어서면 노송이 우거진 곳에 거도(磚道)가 깔려 이곳을 밟으면서 걸어가면 어떻게 옛날에 들어간 느낌이 난다. 양측에 나란히 석수(石獸)들, 사자며 주수(走獸) 기린, 말, 낙타, 코끼리 등이 있고 그 중 2두(二頭)의 석마(石馬)는 탯나(太字)의 승마형(乘馬形)으로 유명하다고 한다. 더 길게 두류(逗留)할 시간도 없고 또 여기 길게 늘어놓을 지면의 여유도 없어 이만 두기로 하과, 나는 다시 조선인이 많이 산다는 십간방과 서탑(西塔)을 보기로 했다. 십간방보다도 서탑엔 조선인의 상점, 시장, 여관, 카페 등까지 있고 조선 문자로 광고까지 써 있어 어떻게 고향에 온 것처럼 반가웠다. 평안도 사투리도 들리고 경상도 사투리도 들린다. 누구 하나 붙들고 이야기라도 하고 싶다. 지국장 말에 의하면 봉천 재주(在住) 조선인의 생활은 대개

---

4) 애책류(哀冊類) : 제왕이나 왕후의 죽음을 애도하여 지은 글.

유족한 형편이고 지금 인구는 4만을 산(算)한다고 한다. 성내는 주로 상업을 주로 하고 성외는 농업을 주로 하는데 각고(刻苦) 근면(勤勉) 자활의 길을 열고 있다 한다. 더구나 중학교로 동광 중학(東光中學)을 경영하여 벌써 20만원의 재만 동포 부담금이 각출되었고 조선 내 동포의 부담금 20만 원이 각출되지 않아 이에 크게 기대를 갖고 있다 한다. 동광 학교측 여러분을 만나려고 했으나 마침 일요일이 되어 만나지 못했으나 어쨌든 현재 3학년까지 길렀는데 3학년서부터는 농과, 공과로 분하여 소위 종합 중학으로서 실제 교육을 시킨다고 한다. 현재 9학급 생도가 5백여 명, 장래 봉천의 중학으로서 면목이 설 만하다. 그리고 소학교는 2개처, 유아원도 2개처, 보모 학습소가 1개처가 있어 봉천의 조선인 교육 기관은 어느 정도의 완전을 기하고 있는데 이 방면에서 활동하는 인사를 만나지 못한 것은 두고 두고 한이다. 우리는 서탑서 조선인의 시장을 구경하면서 조선냄새를 맡고 바로 그 옆 서탑을 구경하였다. 이 서탑이란 것은 바로 조선인 시장이 있는 옆에 높이 솟아 있는 것으로 봉천성 외 사방에 호국사탑(護國寺塔)이라는 도성진호(都城鎭護)를 위한 칙건(勅建)에 의한 4좌(四座)의 나마탑(喇嘛塔) 중의 하나이다. 그런데 이 서탑은 그 대표적인 것으로 서탑 대가(大街)에 연하여 연수사(延壽寺) 경내에 고색 창연히 서있을 뿐 그 주위는 남루(襤褸)까지 던저 더럽기 한량없다. 그러나 기단(基壇), 탑신(塔身), 상륜(相輪)의 3부로 되어 기단에 있는 큰 부조(浮彫)의 당사자(唐獅子)의 하나하나는 그 옛날의 라마의 권세를 엿볼 수 있다.

여기서 사진 일엽(一葉)을 박히우고 우리는 만주색이 있는 만인(滿人)경영의 백화점을 찾기로 했다. 만모(滿毛)라는 내재인 경영 백화점과 백중(伯中)되는데 만모엔 사람이 들끓어도 만인 백화점엔 웬일인지 쓸쓸하다. 만인 백화점 '길순(吉順)' 옥상에 올라 옛날 동북 군벌로서 동북천하를 호령하던 장작림(張作霖), 장학량(張學良)이 있던 대건물을 바라보았다. 다갈색 기와로 지붕을 이은 그 건물은 지금 만주국에 의하여 수비되고 있다고 하거니와 연전엔 공개도 하였다는데, 금일엔 그 은택을 입지 못하여 참관할 수가 없었다.

장작림이 일찍 그 호세를 자랑할 때에 이 만주 천하가 제 것이었지만 장작림의 운은 결국 동북의 한 두목으로서 진(盡)했고 장학량 또한 만주사변을 일획선으로 영원히 동북을 떠났다. 한 대의 영화가 꿈 같은 것이어서 옛것을 볼 때 항상 감회가 깊어지는 것이다. 봉천은 하루쯤 더 묵으며 여러 곳을 보고 싶었으나 앞길이 총총하여 그만 그 날 하루를 분초도 쉬지 않고 돌아다니다가 10시 40분 차로 신경행 침대차에 몸을 실으니 전신이 녹아내리는 것 같다. 수일 못 잔 잠이 일시에 몰려 팔다리가 저리고 정신이 흐리터분할 지경이다.

만주 국도 신경(新京)

아침 차장의 외치는 소리에 소스라쳐 깨니 어떻게 곤히 든 잠이었든지 눈이 떨어지지를 않는다. 겨우 눈을 부비고 자리에서 일어나 낯을 씻고 창외를 바라보니 어느덧 차는 신경(新京)역 구내에 슬며시 정차를 한다. 여기가 국도(國都)인가 하고 다시금 감격된 가슴의 파동으로 역에 제1보를 내어딛었다. '휘익'바람이 몰아친다. 대륙의 바람이다. 어쩐지 북방땅 스케일이 크고 압력이 세고 거치른 맛이 내 성격에 맞는 것 같아 좋다. 인파에 섞여 개찰구를 나서려니 영자(英字)로 'way out(出口)'이라고 쓴 아래 노자(露字)로 '보이흐드'란 것이 보인다. '아마 여기도 러시아인이 꽤 사는가 보다.' 하고 나는 역 광장 앞에 서서 높다란 건물과 유난히 넓은 길을 바라보고 다시금 대륙 만주국 국도 신경의 면모에 괄목하였다.

만주국이 건국한 지 6년, 그 동안 여기 이 높고 큰 건물과 넓고 긴 도로가 질서 정연해 보였다. 이 건설이 만주인도 아니요, 조선인도 아니요, 일본인이다. 일본인의 위력은 이만큼 크다. 이제 지나 사변이 장기전에 갔으나 이 만주 사변으로부터 8년, 건국으로부터 6년에 이만한 건설면을 보면 지나에 대한 것도 넉넉히 단시일에 건설할 것이라 보는 것이 여기와서 더 느낄 수 있다.[5)]

역까지 나와 주신 H형과 같이 여관으로 가서 짐을 풀고 다시 피로를 풀 여지도 없이 거리로 나섰다. 때마침 오늘도 휴일이라 만날 만한 인사를 만날 수가 없다. 신경 신사제(神社祭)라 하여 거리는 인파로 헤어날 수가 없다. 노서아 다점(茶店)에서 홍차를 마시며 이야기의 꽃을 피우다육당 최남선(崔南善) 선생을 사택으로 찾기로 하고 대동 대가(大同大街) 너른 길을 택시로 몰아 남쪽을 향해 달음질쳤다.

---

5) 여기서 지나(支那)는 중국. 작자의 일본제국주의에 대한 어리석은 환상과 친일 색채가 보이는 대목인데 아래의 육당 최남선의 말에도 같은 색채가 다분히 보인다.

대마침 육당 선생은 댁에 계셨다. 반가이 맞아주시는 얼굴로 정이 넘쳐흘렀다. 육당 선생은 지금 건국 대학(建國大學) 교수로서 만주국에 빛나는 존재의 한 분으로 학부가 아직 생기지 않아 타교수들과 같이 연구원의 1인으로 계시며 교수는 하시지 않는다. 그리고 <만선일보(滿鮮日報)>에 고문으로 계시며 <만선일보>에도 진력을 하고 계시다. 원래 만주 국내 신문은 홍보 협회의 통할하에 있게 되어 오늘날 만주국 내의 신문은 이 통제 내에 있거니와 <만선일보>도 또한 이의 하나로서 재만조선인에 대하여 만주국에 대한 정신을 선양, 지도하는 데 중대한 임무를 수행하고 있다.

"만주를보면 6년 동안에 더구나 지나 사변으로 2년간은 충분히 능률을 내지도 못하였는데 이처럼 된 것은 일본인의 참된 집단적 건설 정신의 위대한 것을 알 수가 있습니다."

하고 육당선생은 말을 꺼내기 시작하였다.

"만주 국도(滿洲國都)로서 아직 완성하지는 못했어도 이만했으면 6년간 건설한 것으로서 훌륭한 것입니다. 그리고 조선인의 생활은 그 어떤 자립적, 자치적 정신이 없는 것이 유감입니다. 신경만 해도 만인(萬人)이 사나 뿌리박혀 사는 사람이 적은 것은 좀더 자립해 나가는 정신이 적은 탓이 아닐까 합니다. 할 일이야 많지 않습니까? 더구나 수전 개발(水田開發)은 조선 농민이 한 것이니까요. 지금 만주국 내에서 4백만 석이나 쌀이 생산되는데 이것이 모두 조선인의 수전 개발에 의해서 생산되는 것임을 알 때 이것은 놀랠 일입니다. 1표(一俵) 16원을 치고 4백만 석이면 6천 2백만 원의 거액이니 이야말로 상당한 액이 아닙니까? 그래서 조선인은 수전 사업과 정미업을 많이 하는 데 과거 조선 농민은 조직적으로 계약을 못 했기 때문에 지주인 만인이 개발한 토지를 회수하는 일이 많아 다소 문제되는 것도 있다 합니다."

자세한 것은만주 척식(滿洲拓殖) 금자(金子) 소장(少將)을 소개할터이니 거기가서 물어보라 하고 그 문제에 대해선 이야기가 중단되고 만주국의 대외교 문제 기타에 언급했으나 이는 할애하기도 하고 나는 댁(宅)을 사(辭)했다. 오늘은 만주에서보기 어려운 따스한 일기라 한다. 사실 경성 기후와 조금도 다름없이 일난풍화(日暖風和)하고 하늘이 맑다. 멀리 툭 터진 공지엔 푸른 버들이 미풍에 가볍게 흔들리고 있다. 이 넓은 길을 나는 혼자 걷고 있다. 어쩐지 좀 적막하다.

휘파람이라도 불고 싶다.

개척총국(開拓總局) 윤 과장과의 면담

익조(翌朝) 북국의 기후로는 대단히 좋은 편이다. 그러나 바람은 여전히 거세어 몰아치는 모진 바람에 눈을 뜰 수가 없다. 아침 10시 만몽 산업 주식 회사(滿蒙産業株式會社) 사장 공탁(孔濯) 씨와 개척 총국 윤 과장을 찾기로 했다. 첫째 조선 이민 문제에 대한 의견을 들을 양으로.

윤상필(尹相弼) 과장은 6척 거구, 초인상(初印象)이 퍽 좋다. 군인다운 위풍과 정치가적 섬광이 어딘지 보인다. 이민에는 집단 · 집합 · 분산 이민의 세 가지가 있는데 집단 이민은 만선 척식(滿鮮拓殖)에서 행하는 것, 집합 이민은 금융회(金融會)와 농무계(農務稧) 등을 통해 하는 것, 분산 이민은 연고 이민이라고도 하는 것으로 재만 조선 농민의 친척 지기를 통해서 오는 것으로 대개 이주기는 구 정월서부터 음 5월 10일경이면 끝난다고 한다. 그런데 13년 12월 이민 정책을 재검토하기 위하여 관동군 중심으로 이민 국책을 세우려고 각 방면에 대해서 여러 기관을 총동원 회의했고 또 14년 1월 5, 6일 현지안(現地案)을 작성하여일만(日滿)회의를 열고 다시 5월 동경에 이 이민 국책에 의한 회의가 있었는데 조선 이민을 국책 이민의 하나로 취급케 되었다는 것이다. 사실 만주에 있어서 수전의 개발은 조선인의 손으로 된 것은 누구나 시인하는 것이요, 또 조선인의 손으로가 아니면 수전 경영에는 큰 곤란을 당할 것도 사실이다. 그러기 재만 조선 이민의 대우는 연부년(年復年) 높아가는 것이다. 그런데 금년부터 이민의 형태, 시설, 토지 제도 등에 많은 변혁이 있을 예정인데 그 중 하나는 청소년 이민 문제라 한다. 이 청소년 이민은 각 민족을 넘어서 공동 훈련을 시킨다는데 조선 청소년 이민은 금년도 20명을 간도성(間島省)에서 모집하여 영안(寧安)에서 훈련시킨다 한다.

그리고 명년도에는 2백 50명을 모집할 예정이라 하니 조선 이민의 만주국 내에 있어서도 민족 협화는 점차 순조로이 진행될 것이다. 금년도부터는 1만 명의 조선 이민을 시킬 예정인데 국경에 개척 총국 판사처(開拓總局辦事處)를 두어 이민에 대한 것을 통할한다고 한다.

한 가지 금년부터 토지 개척 사업에 난관은 미곡 통제법에 의해서 수전 조성에는 만주국의 인가를 얻게 된 것이나 그러나 견실한 사업가이면 이는 그리 난사(難事)는 아닌 모양이다. 어떻든 조선 농민은 역사적으로 민주와 인연이 있고 더구나 만주 건국 이래 질서가 유지되었으니만큼 만주 이주는 낙토를 찾는 것과 다름이 없나니 그 일례로는, 첫째 조선 내와 비교해서 토지가가 저렴(답 1평 15전 내지 20전)하고 1정보 생산고가 2석내지 3석인데 비료는 통 쓰지 않으니 연 3할의 수확이 된다는 것이다.

그러므로 자본가나 농민이나 영농(營農)에 있어서 만주는 낙토라 할것이다. 더구나 농민으로서 유리한 것은 소작료로 지주에게 바치는 것이 3분지 1, 내지 5분지 1이라 한다. 이렇다면 확실히 농민의 만주 이주는 유리할 것 아닌가? 그런데 만주국에서는 이주 농민에게 자작농 창정(創定)에 대해 노력 중이나 이주 초년부터 부담이 과중하다 하여 수년 후 안정을 대(待)하여 하기로 하였다 한다.

그런데 이제 수년 내 만주국 내로 입식된 개척 농민(이것은 조선 이주 농민을 이렇게 부른다)의 통계를 보면

○강덕(康德) 4년
　집단 2,329호 12,159인
　(안도왕청(安圖汪淸), 연길(延吉), 영구(營口) 방면)
　집단 2,799호 14,019인
　(피도(皮圖), 왕청, 연길, 화전(樺甸), 금천(金川), 유하(柳河))
○강덕 5년
　자유(自由) 3,156호, 9,958인
　(주로 길림, 간도, 봉천, 목단강(牧丹江), 통화(通化), 빈강(濱江))
　자유 5,955호 24,156인
○강덕 6년
　집단 4,000호 21,490인
　(안도, 왕청, 화전, 회덕(懷德), 능계(稜稽), 영안, 홍경(興京), 밀산(密山) 방면)
　집합 991호 3,461인
　(간도, 목단강, 봉천, 홍안, 통화 방면)
　분산 5,250호 17,375인
　(간도, 길림, 봉천, 빈강, 목단강, 통화 방면)

이렇게 매년 이민은 증가하고 있으며 그 중에도 분산 이민이 많은 것은 당국이 좀더 국책 이민으로서 알선할 노(勞)를 아끼지 말기를 바라 마지 않는다. 윤 과정과의 장시간의 면담이 있은 뒤 나는 차를 몰아 내무국참사관 진학문(秦學文) 씨를 찾기로 하였다. 진학문 씨는 온건착실한 신사풍의 인물로서 만주 내 조선인 교육 문제에 관해서 논했다. 재만 조선인의 교육 문제는 만주 건국 이후도 아직 만주 국내로 이관되지 않아 획일적 교육을 받지 못하게 되는데 현재 초등 교육은 대사관 직영의 보통 학교와 민간 사립 보통 학교가 있다 하며 입학률은 굉장히 높다 한다. 여기서도 조선인의 교육열이 높은 것을 보고 조선인의 향학열에 대한 감격속에 나도 아는 듯 모르는 듯 감격이 되었다.

건국 대학 교수 최남선 씨의 소개로 만척(만척)에 금자 소장을 만날 양으로 내무국 참사관실을 나와 자동차로 만척을 찾으니 외출하고 안 계시다 한다. 그리하여 다시 협화회(協和會)로 갔으나 시간도 늦고 또한 만나볼 분도 있지 않아 부득이 오늘은 이것으로 신경 일을 끝내는 수밖에 없다. 그리하여 협화회를 나와 마차를 타고 거리로 방울 소리를 울리면서 달리었다.

나는 마차 위에 H형과 나란히 만선 일보사를 향하면서생각에 깊었다. 조선인의 이상은 만주에서 어느 정도까지의 실현을 볼 수 없을까 하는 것이다.

신경의 밤풍경

그날 밤 신경의 거리로 나서기는 했으나 그 밤으로 합이빈(哈爾賓)으로 가야 할 몸인만큼 조선서 볼 수 없는 밤 풍경의 한두 가지를 보려했다. 그리하여 마차를 타고 ○○캬바레(카바레)에 발을 들여놓기는 밤 8시 반경이었다. 여기는 백계노인(百系露人)이 경영하는 곳, 홀 바로 맞은편에 밴드가 있고 객들은 홀 한편으로 쭉 둘러 식탁에 걸터앉아 음식을 먹으며 리즈미칼(리드미컬)하게 흘러나오는 음악에 맞추어서 임의로 댄서를 붙들고 춤추는 것이다. 영화에서 큰 홀, 화려한 무대 장면을 보아서 그런지 어떻게 음악이나 춤이나 그렇게 나의 신경을 흥분시키지 못한다. 그건 그런 이유도 있을 것이 내가 수일 내 여행에 몸이 피곤했고 또한 신경 와서 정치・경제 각 방면에서 많은 충동을 받은 때문에 이런 환락가에 흥미를느끼지 못한 탓도 되리라. 아무튼 나는 조선서는 볼 수 없는 캬바레 풍경에 흥미를 갖고 때때로 흘러나오는 리듬과 돌아가는 스텝에 눈을 모으고 있었다.

오후 10시나 돼서 우리는 북국 밤바람을 쏘이며 다시 신경역으로 갔다. 마침 북철(北鐵)의 최아립(崔亞立) 씨와 동행하게 되어 나는 침대의 하루밤 편한 꿈을 꿀 수 있었다. 우리는 지금 합이빈으로 가는 것이다. 며칠 내 자지 못한 잠을 오늘밤은 침대를 얻었으니 한잠 깊이 들리라 하는 생각으로 나는 침의로 바꾸어 입었다.

합이빈의 1일 반

평북 정주(定州)서 나서 중학을 마치고 일로(一路) 모스크바로 가서 대학을 나온 뒤 북철 시대부터 지금 47세가 된 오늘날까지 그 잔무 처리에까지 손을 대고 있는 최아립 씨와 합이빈에 도착하기는 아침 6시가 지났다.

여사(旅舍)로 간다 하나 기어이 조반만이라도 자기 집에서 같이 하자하여 노인 택시를 불러 타고 남경 서시장정(南崗西市場町)에 있는 씨의 댁을 찾았다.

조반을 나누고 러시아에서 나서 그곳서 교육 받은 부인을 소개받고 다시 거리에 나섰을 땐 북만 독특한 먼지 바람이 거세게 몸을 휘갈겼다. 거리를 나서서 노인 거리로 제일 번화하다는 키타이스카야 가(街)의 모데른 호텔 바(bar)로 들어섰을 땐 폭풍우가 창을 마구 두들긴다.

인구 50만이나 되는 이 합이빈, 북만의 정치, 경제, 문화의 중심, 문화도시로서 또 동양의 파리란 별명을 듣는 이 합이빈, 더구나 내가 항상 동경하던 이 합이빈에 발을 내려놓으니 무엇부터 보고 어떻게 하여야 좋을지 두서를 차릴 수가 없다.

원래 이 합이빈은 1898년 5월 지금으로부터 41년 전 동청 철도(東淸鐵道)가 기공했을 당시엔 무명한 어촌이던 것이 파란 많은 노·지(露支) 양국의 세력을 부단히 반영하면서 발전해서 동양의 파리로서 당당 호화로운 기세를 보이던 것이 소화 10년 3월 23일 북만 철로(北滿鐵路) 양여(讓與)를 계기로 해서는 노·지의 세력은 흘러가고 일(日)·만(滿) 양국의 세력이 이 하르빈에 군림하여 새로운 획기적 비약을 하게 되었다.

이 합이빈이란 원래 호시탐탐 만주 경략에 눈을 뜬 제정 러시아의 검은 뱃장으로 만들어진 도시이거니와 이것이 일로 전쟁 이래 여지없는 노국의 패배로 만주 경략은 일돈좌(一頓挫)가 되고 노인의 세력은 점점 쇠잔하여 백계 노인 3만

1천여, 소련인 6천여, 내지인 3만 2천여, 만주인 38만 5천, 조선인 8천 가량의 수로 노인의 세력은 여간 크게 떨린 것이 아니다.

모데른 카페에 앉아 노인 여급에게 비로소

"차 두 잔."

하고 노이로 차 두잔을 주문하였다. 어쩐지 가슴이 울렁거린다. 얼마있다 최씨를 보내고서 지국으로 전화를 걸어 지국 기자 엄시우(嚴時雨)군과 같이 모데른에 앉아 이야기하다가 우리는 다시 하르빈 시가 구경을 떠났다.

합이빈 시가를 대별하면 신시가, 부두구(埠頭區), 마가구(馬家溝), 구합이빈, 나하롭흐카 8구, 전가전(傳家甸)으로 되었는데 이들 시가는 그전에는 북만 특별구의 관하에 있었는데 만주국 성립 후에는 인구 1백만을 목표로 하는 대(大)합이빈시 건설 계획이 수립되는 동시 송화강 대안의 송포(松浦)와 합병되어 소화 8년 6월 1일부터 대합이빈시로서 합이빈특별시 공서(公署)의 관리하에 있게 되었다.

나는 지금 키타이스카야 가를 걷고 있노라. 노문자로 크게 쓰인 간판이 높다란 건물에 붙어 아직도 노서아인 거리의 잔영을 볼 수 있거니와 어떻든 여기는일본인, 만주인, 백계 로인이 건설한 민주의 3대 도시로서 또 그들의 면모를 여기서 찾을 수 있는 것이다.

여기저기 커다란 노문자의 간판에 위압되며 먼저 찾은 곳이 매매가(賣買街)의 협화회 조선인 분회였다. 여기서 조선인의 실정을 알자는 생각이다.

분회장 황의명(黃義明) 씨 부분회장 송의순(宋義淳) 씨를 만나 조선인의 생활 형태를 물으니

"여기 8천 인의 조선인이 있는데 대개 농업이요, 일부 상업을 합니다. 그리고 분회에서는 이주민에 대한 알선에 노력하고 있습니다."

하고 이민 통계 이민 알선에대한 자료 등을 꺼낸다. 시간이 없어 긴 말을 못하고 씨등의 노력을 사하고 동문 학원(同文學院)을 찾기로 했다. 동문 학원은 국민 고등 학교로서 여기 조선인이 교장인데 조선인 생도는 불과 수명, 대개 만인(滿人)이라 한다. 교장을 찾으려 했으나 외출하여 못 만나고 홍순정(洪淳晶)이란 동교 교원을 만났다. 씨는 나의 외우(畏友) 홍순복(洪淳福) 씨의 원척으로 반가이 만나 우리는 셋이서 조선인이 경영한다는 오리엔탈(오리엔털) 비루회사

를 찾았다. 동 회사는 노인을 상대로 29전의 도매가로 비루를 파는데, 북만 산업 중의 유수한 실업으로서 사계(斯界)에 신임을 받고 있다.

북만 광야에 공장을 짓고 이 사업에 눈 떠 오늘날은 확호부동(確乎不動)의 지위를 가진 동 공장 김씨에게 감사를드리고 우리는 외인(外人)묘지를 찾기로 했다. 신시가 대직가(大直街)의 북단(北端) 광대한 지역에 지(至)하여 슬라브인 묘지, 유태인 묘지, 타타르 인 묘지, 조선인 묘지 등이 있는 이외인 묘지를 바로 그 앞 버스에서 내려 들어서니 당탑(堂塔)이 정문에서 보인다. 그리고 좌우로 십사가를 세운 묘비들이 이름모를 꽃위에 옛추억 애닯게 서 있다. 여기는 전부가 노문자로 적혀있다.

외인의 묘지에 가면 항상 느끼는 것이 묘비에 쓴 묘비명이다. 간절한 한마디 말이 묘비 위에 쓰여져서 봄이나 가을이나 비바람에 그 잊지 못할 문구가 영원히 사라지지 않고 있다. 나는 묘지를 돌면서 때때로 조선인 묘지에 십자(十字)를 긋고 몇 시간을 배회하였다. 그러다가 나는 문득 어떤 묘비 앞에서 어떤 모녀가 꽃 심는 것을 보았다. 그 묘비에 쓴 것에 의하면

"평화가 내 사랑하는 남편 가슴 속에 영원히 깃드리라."

는 것이다. 그리고 서비리아(西比利亞)에서 42세에 죽은 그 남편의 영을 위해 지금 그들이 꽃을 심는 것을 볼 때 사후 자기 묘지에 이렇게 꽃나무 하나라도 가꾸어주는 이가 있다면 이 얼마나 행복된 일이랴? 하고 나는 한껏 감상적인 기분에 사로잡혔다. 3시간 후 여기저기 재미있게 쓴 묘비명을 보며 배회하다가 송화강 구경을 하기로 하고 다시 우리는 버스에 올랐다.

합이빈 명물 중의 하나는 송화강일 것이다. '숭가리(송화강)'라고 하면 남녀노유 모르는 사람이 없고 또 거긴 여름의 수영장으로, 납량터로 유명해서 이 흐르고 흐르는 물은 합이빈인의 가슴에 끝없는 로맨스를 남겨주는 것일아.

여름에 보트를 젓는 것도 수영으로 한날을 보내는 것도 좋지 않은 것은 아니다. 고기를 낚으면서 냉(冷) 크봐스에 목을 축이는 것도 좋다 한다. 더구나 겨울이면 일면이 얼음이 되어 이 빙상을 썰매를 타고 달리는 것도 운치있다 한다. 그러나 내가 간 때는 5월 18일 아직도 여름이 일러 보트도 탈 수 없고 더구나 그 날은 이상하게도 북만의 바람이 거세어서 물길이 높아 배를 탈 용기도 없었다.

거센 물결이 멀리 극락도(極樂島)와 대안 송포의 기슭을 때릴 때 나는 멀거니

유유한 강수에 시름을 잊었노라. 어디를 가나 산이 있고 강이 있는 것이나 이 강, 이 물이 왜 이처럼 내 가슴을 설레일꼬? 나는 노문학(露文學)을 연구하면서부터 북극을 좋아했고 눈오는 북국, 깊이 닫힌 방문 안에서 이야기를 즐기는 북극 사람을 좋아했다. 그리고 여름이 되어 생동하는 푸르름이 쑥 솟아나와 바람과 함께 흔들리는 그 정취에 끝없는 동경을 가졌다. 거센 바람, 거친 물결, 푸른 잎을 보니 마음이 설레인다. 나는 끝없이 흐르는 강수를 내려 굽어보고만 있었다. 억센 호흡, 거센 바람, 거친 물결. 나는 마음이 뛸 것처럼 좋았다. 어떻게서든지 이 하르빈에 묵고 싶다.

아편굴을 보고서

송화강서 돌아오던 길에 만인이 경영하는 서관(書舘)으로 갔다. 이 서관이란 조선의 유곽(遊廓)과 같은 곳이다. 그러나 이 서관은 꼭 유녀(遊女)와 자야 가는 것은 아니다. 1시간쯤 이야기나 하다 올 수도 있는 곳이다. 아직 서편의 해도 지지 않은 때 우리 일행 3인은 서관을 찾아 들어갔다. 10여 명 유녀가 몰려온다. 그러나 어쩐 일인지 그곳에 들어서면서부터 구역이 나서 견딜 수가 없어 곧장 나와 그 옆 아편굴(阿片窟)을 찾았다. 여기서 나는 인생의 일면을 더 하나 알았다. 아래층은 하층 계급이 흡연하는 곳, 2층은 다소 높은 객인 모양 병실들이 있다. 한편 병실을 들여다보니 남녀가 누워 잠이 들었는지 삼매경에 이르렀는지 숨결조차 없다. 또 한편 휘장을 떠들치니 거기는 웬 젊은 여자 하나가 누워서 알콜불에 아편을 누르고 있다. 깜짝 그 순간 놀래더니 평정한 기분으로 돌아서서 애교 있게 웃음을 진다. 그리고 자기는 원래 병이 들어 먹기 시작했다는 둥, 자기는 그렇게 많이 먹지 않는다는 둥, 이런 변명을 한다. 우리는 그 먹는 모양을 한참보다 다시 거리로 나오니 어느덧 거리는 어둑어둑하여졌다.

합이빈의 밤거리

'마르스'란 노인 음식점에서 하루 종일 피로한 다리를 쉬며 노서아 요리 정식을 먹고 나니 밤은 어느덧 9시를 가리킨다. 지국장 심준선(沈俊善) 씨가 찾아와 저녁을 필한 후에 밤거리 구경을 나가기로 하여 우리 일행은 ××댄스홀로 발을 들여놓았다. 2층 층계를 올라가서 문을 들어서니 왈츠곡이 운다. 무도(舞蹈)는 벌써 시작이 되고 있었다. 홀 테두리로 쭉 둘러놓인 테블(테이블)에 의지하고 자리에 앉으니 생동하는 청춘 남녀의 스텝이 제법 멋들어지게 흘러나오는 음악에 맞추어서 움직여진다. 한번 추고 싶은 충동이 가슴에 뭉클 솟는다. 그러나 나는 불행히 댄스를 배우지 못했다. 명멸하는 전등하 흘러나오는 밴드의 흥겨운 리듬에 맞춰 돌아가는 청춘 남녀의 스텝, 그리고 그 공작의 날개처럼 퍼지는 드레스의 난무, 1시간여를 거기서 앉아 있었다. 그러나 나는 거기 오래 앉아 있을 수가 없다. 옥외로 나가니 지금 방공 연습으로 거리는 캄캄하다. 불빛하나 새지 않는 하르빈의 음흑가. 나는 더 다른 곳으로 갈 용기가 없었다.

노인이 경영하는 호텔 모데른에 자리를 잡고 누우니 방은 좋으나 몸이 곤하여 참을 수 없는 피로가 온몸을 엄습한다.

그 익일 나는 최아립 씨를 만나 합이빈의 유지 몇 사람을 찾고 오후엔 김응두(金應斗) 씨의 초대연에 나아가 이역에서 조선 요리와 조선인 기생의 노래를 들으며 술에 취했다. 그러나 그 밤 나는 합이빈을 떠나지 않을 수 없어 11시 신경행 차에 몸을 실으니 이것으로 이번 여로를 끝내 이는가 하면 어쩐지 섭섭하다. 더욱이 합이빈의 환락가를 더 못 본 것을 섭섭히 생각하며 차에 올랐다.

공주령(公主嶺)의 일야(一夜)

나는 회로(廻路)에 공주령(公主嶺)을 들르기로 했다. 공주령엔 만몽산업 주식회사가 있고 또 거기 농장을 구경하려는 생각에서였다. 그리고 또 하나는 공주령 유지와 간담할 기회를 갖자 함이다. 이것은 동회사사장 공진항(孔鎭恒) 씨가 한번 그런 기회를 만들어 공주령 유지와의 간담을 하루 하자는 호의가 있었기 때문이다. 그런데 공주령에 닿으니 그곳 유지들의 일부는 현장(농장)에 나가 있고 또 공씨도 불가피할 사사(私事)로 신경에 부(赴)하여 부득이 이 기회는 잃게 되어 나는 동사 경영의 농장을 보러 떠났다. 동사 송 부지배인과 같이 이두 마차를 타고 넓은 벌을 흔들리며 닫는다. 거센 바람이 분다. 먼지가 인다. 광야에 이두 마차가 방울 소리를 울리며 마부의 채찍을 맞아가며 달린다. 이 만주 광야 무연히 갈아넘긴 논과 밭 거기 전중포림(田中包林)으로 버드나무들이 옹기종기 바람에 흔들린다. 말들은 발을 맞춰 달리고 별은 내리쪼인다.

부지배인의 말에 의하면 이것을 개척하기는 5, 6전 그 당시에 담총병사(擔銃兵士)와 같이 나아가 이 일을 하였는데 60상[(晑) : 1상・2천 3백정보]을 개간하는 동안 고로가 적지 않았다 한다. 더구나 안가(安家)에는 이 보다 몇 배의 농장을 경영한다니 만몽 산업의 만주의 현세(現勢)는 놀랍다.

만인 소작인의 집에서 차 한 잔을 마시고 우리는 농장을 일순하고 저녁에 돌아와 마침 조선에서 돌아와 있던 동사 상무 이선근(李瑄根) 씨를 만나 하루밤을 아야기하고, 그 익일 나는 조선을 향해 떠났다.

滿洲벌을 向해*

－聽診器 紀行－

김성진(金晟鎭)

제1신

지금 세인의 시청(視聽)은 모두 만주국에로 집중되어 있습니다. 정치적 내지 경제적은 물론이요 따라서 학술상으로도 각 방면에 범(汎)하여 연구 조사가 진행되어 있습니다.

경성 제국 대학에서도 만몽(滿蒙) 문화 연구회라는 연구 기관이 설립되어 의학부에서는 인류학, 풍토병, 한약 등의 연구에 착수하고 있습니다.

이리하여 종래에는 연구 조사의 길이 뻗치지 못했던 만몽 천지의 문화도 점차로 개명될 기회를 얻게 된 것입니다.

일방 만주에는 현재 근 1백만의 조선 사람이 거주하여 있고 또 날로 이주하는 사람은 증가할 뿐입니다. 이 같은 재류 동포(在留同胞)의 대부분에 대하여는 생활상 불만과 부족이야 비일비재이겠습니다마는 위생 시설의 결핍이 직접 생

---

* 이 글은 ≪조선일보≫ 1935년 4월 9~18일에 견재된것이다. 여기서는 소재영 편 ≪간도류랑40년≫에서 선록했다. 작자 신원 미상.

명을 위협하는만치 무엇보다도 큰 문제일 것 같습니다. 더구나 기후와 풍토가 조선과는 퍽이나 다른 까닭에 여러 가지 악역(惡疫)과 고질에 걸리기 쉬웁고 또 1차 이병(罹病)하면 적당한 치료를 가할 아무 기관도 도리도 없는 까닭에 필경은 좀더 잘 살기 위하여 그리운 고국을 등지고 이역까지 갔다가 병마와 더불어 싸우다가 아무 노릇도 아니 되고 원통한 경우에 이르는 일이 상당히 많은 줄로 믿습니다.

이 점에 유의한 성대(城大) 의학부 일부 교수로부터 재만 동포 위문 순회 진료반이 조직되어 매년 1회 조선 이민이 비교적 다수로 집단 거주하고 의료 기관 시설이 빈약한 부락을 택하여 순회 진료를 시행합니다. 금년이 제3회입니다. 제1회에는 혼춘, 간도 지방에 가서 2천 9백 44명의 진료를 하였고 제2회는 간도, 돈화(敦化) 지방에서 2천 2백 70명의 진료를 하였다 합니다. 금차(今次)는 간도, 빈강(濱江) 양성 중 도령선(圖寧線) 급(及) 북만(北滿) 철도 동부선으리 철도 연변, 다시 알기 쉬웁게 말하면 도문(圖們)서 합이빈(哈爾賓)에 이르는 기차 연선 중 주요 부락 7개처에서 진찰 진료할 예정이나 현지에 가보아서 형편에 의하여 혹 위험 지대가 있으면 수시 변경될지도 모릅니다.

1년 1차, 더구나 단 하루 동안 투약을 하거나 시술하고는 그 다음 경과도 보지 못하고 다음 장소로 떠나버리고 마니 결코 만족한 치료를 기대할 수 없고 또 1년간의 건강을 보장할 수 없을 것은 물론이겠습니다마는, 미력이나마 우리의 성의를 표하여 이역에서 분투하는 동포를 위문, 고무하고 소기 사업의 관철 성공을 촉진 격려하며 겸하여 우리는 재류 동포의 생활 상태, 더욱이 위생 상황을 조사하여 다음날 위생 시설에 참고하고 또 장차 도만(渡滿)하는 사람에게 주의를 줄 재료를 얻을 수 있다면 우리의 계책도 전연 무의미한 것은 아니라고 믿습니다.

×

진료반 조직의 준비는 3월부터 시작이 되었습니다. 우선 진료에 종사할 의사입니다. 이것은 매년 순차로 대학 병원 현장 의사 중에서 인선됩니다. 금차의 진용(陣容)은 다음과 같습니다.

반 장	교수 의학박사 금촌풍(今村豊)
내 과	조교수 의학박사 삼목영(三木榮)
동(同)	의학사 이의식(李義植)
이비과	동경(東京) 의학사 최익진(崔益鎭)
안 과	의학사 류기훈(柳冀勳)
피부과	의학사 조영식(趙永植)
약 국	구주(九州) 약학사 이동경(伊東競)
	이상 8명

필자를 제하고는 모두 당당한 국수(國手)들입니다. 우리는 수차 회합하여 진료 방침을 결정하였습니다.

약품은 되도록 휴대에 편한 정제 산약(散藥) 등을 주안으로 하고 수약(水藥)과 주사약은 특별한 것 외에는 제한할 것, 외과적 수술도 간단한 절개 천자(穿刺)의 정도에 그칠 것 등입니다. 사실 철저한 시술을 했댔자 후속 치료를 못하고 보니까 무의미한 일이요 경우에 따라서는 도리어 새 병을 얻게 할는지도 모릅니다.

금년에는 산부인과 의사가 수행하지 아니하여 필자가 겸무하게 되고 치과는 예년과 같이 외과와 이비과에서 같이 하게 되어필자는 초특속성과(超特速成科)로 부인과 처치법과 치과 처치법을 1일씩 습득하였습니다.

잡무와 회계는 이동 씨가 맡기로 하고 또 반장 금촌 교수는 활동 사진을 촬영하기로 되었습니다. 이리하여 만반의 준비를 갖춘 뒤에 3월 28일 간단한 송별연을 설(設)하고 의학 부장, 병원장, 약국장, 서무 과장 기타 관계자 일동을 초대하여 준비에 진력하여 준 공을 사(謝)하고 겸하여 여러 가지 참고될 말을 듣게 되었습니다. 그 석상에서 혹은 만주 악질(천연두, 회귀열)에 주의하여 일제히 종두(種痘)를 하며 왜군(歪群)의 습격을 방비키 위하여 살충약을 준비하라는 둥, 또는 비적(匪賊)도 적십자에는 이해가 있으니 반원 일동이 적십자 '마크'의 완장을 하는 것이 좋고 또 적십자 기를 크게 만들어 만일에 비(備)하고 내습을 당하거든 청진기를 내들고 흔들면 난을 면한다는 둥 친절하게 나온 말이로되 모두 재미적은 말뿐이어서 필자와 같은 소심자는 생명 보험이라도 들고 가거나 유서라도 써놓고 떠나야 할까 생각이 들어갑니다. 또 어떤 친구 말에는 비적은 의사가 대단 필요하여 포착을 당하더라도 결코 죽이는 일이 없고 두고두고 자기네들의 진료에 이용한다고 합니다. 이것은 오히려 낫다고 생각하였습니다. 천직이 의술임에야 누구를 진료한들 어떱니까? 아니 그래도 공연한 허용(虛勇)이지 사실 당한다면야 기절을 하고 말 것입니다.

×

3월 30일 오후 3시 50분 우리 일행 8명은 마치 출정 군인과 같은 흥분과 불안을 가지고 의학 부장 이하 대학 관계자와 개인의 친지 등 약 40명의 성대한 전송을 받고 경성을 떠나 만주로 향하게 되었습니다.

만역히 만주로 간다는 말만 듣고 3시 30분발 봉천행에 잘못 나와 우리 일행을 찾노라고 헛애를 쓰신 분이 몇 분 되었습니다.

이번 길은 아까도 말씀한 것같이 먼저 남양(南陽)으로 해서 도문에 가서 간도 빈강 지방을 거쳐 진료를 하면서 합이빈까지 가서 진료반은 해산하고 그 이후는 각자 자유로 주요 도시를 시찰하고 귀성하게 된 것입니다. 철도 당국의 후의(厚意)로 조선선(線)은 2명에 한하여, 만철선은 일행 전원에 대하여 2등 '파스'가 나와서 필자 없는 2등 침실에 누워서 필자로서는 처음이자 마지막이 될지 모르는 '대명(大名)' 여행을 경험했습니다.

경성을 비롯하여 연선 각 역에서 친지로부터 여러 가지 선물을 받았습니다. 우리는 이 선물을 정리하기 위하여 좌석 앞에 비부(備付)[1]탁자를 장치하고 시간 가는 줄도모르며 먹고, 마시고, 떠들고, 자고 하노라니까 벌써 두만강이 창 밖에 보입니다.

이곳은 아직도 얼음이 다 풀리지 아니하고 또 산에는 눈이 제법 쌓였습니다.

남양서 기차를 갈아타고 국제 철교를 건너면 곧 도문입니다. 회막동(灰幕洞)이라고 부르던 수개(數個) 초옥의 한촌(寒村)이 금일에 3만의 대도시가 되었음에는 놀라지 아니할 수 없습니다. 아직 인가는 조밀치 못하나 시가 경영만은 완성하여 기반(基盤)같은 도로와 하수도는 정연하게 뻗쳐 있습니다.

세관에서 간단한 검열을 마치고 승합 자동차로 '복가 여관(福家旅館)'이라는 숙소로 향하는 도중에 맹렬한 폭성(놀라지 마십시오. 자동차가 '팡크(펑크)'한

---

1) 비부(備付) : 렬차의자에 붙어 접고 펼수 있는 구조의 간이탁자.

것입니다)과 함께 자동차가 서버렸습니다. 운전수 군이 잠깐 내려서 보더니 아무 말없이 그대로 운전을 계속하여 기어코 여관앞까지 도달하였습니다. 여기에도 거치른 만주 벌판의 의기(意氣)가 있지 아니한가 하는 생각이 들어갔었습니다.

이 지방의 유력자들이 여관에 찾아와서 명일 진료에 관한 의논을 하였습니다.

선전 '포스타(포스터)'를 내걸고 구장(區長)을 시켜서 집집에 통화하며 각 극장에서도 광고를 하게 하여 되도록 진료의 목적을 철저하게 통달하리라 합니다.

이 날은 자유로 휴식하기로 하여 일행은 위기(圍碁)에 차(茶), 당구(撞球)에 혹은 시가 산책에 또는 친지에게 보내는 그림 엽서를 쓰고 있습니다. 필자도 이 글을 마치고는 몇 장 그림 엽서를 쓰고는 국제 도시의 야경이나 구경나갈까 생각하고 있습니다. 그러면 다음 통신은 목단강(牧丹江)에서 보내 드리겠습니다.

제2신

도문이 우리 진료반의 첫 시험지입니다. 이곳이 도령선의 종단(終端)으로 북만 물산(北滿物産)을 무역하는 국경 도시로 결정되자 각처에서 물밀듯이 위집(蝟集)한 사람으로 일시는 인구 6만을 산(算)하던 대도시였었다고 합니다. 그러던 것이 도시 경영과철도 부설을 마치고서 만철 건설 사무소가 목단강으로 이전하자 마치 부평초와 같이 목단강으로 목단강으로 따라들어 가서 금년의 북만 경기는 목단강에 있다 합니다. 또 조선으로부터 식염, 포백(布帛) 등의 밀수입에 종사하던 자들이 국경 경비대의 너무나 엄중한 경계망으로 세관을 통과하지 아니하고 월경(越境)하는 자는 불문곡직하고 총살을 당하는 형편이므로 점차로 귀향하거나 혹은 다른 직업으로 전(轉)하고 말아서 도문의 경기도 쇠퇴하고 말았다 합니다.

음식점과 화류계 번창 여하는 즉시 도시 번영의 '바로메타(바로미터)'입니다.

전성기에는 1백 헌(軒)이 넘던 요리 업자가 현금에는 40여에 불과하다는 점만 보아도 얼마나 쇠퇴하였는가를 볼 수 있습니다. 그러나 아직도 전 인구가 4만 여명이요 이 중에 일본인 5천 4백 명, 만주인 1천 2백명을 제하고는 모두 조선 사람이라 합니다. 사실 아무리 만주 기분을 찾아내려고 하여도 소용이 없고 순전한 조선 도읍 풍경이 보일 뿐입니다.

이리하여 건설 당시의 일과성 허경기(一過性虛景氣)는 지나가고 영구적 도문의 발전은 지금부터라고 생각합니다.

현재 도문에 남아 있는 사람과 장차 도문에 들어오는 사람이 참으로 도문을 위하여 진력할 사람들입니다. 갑자기 들어살고자 꾸미었던 '빠락그' 가옥(假屋)은 차차로 헐리우고 연와제(練瓦製) 혹은 철근 '콩크리드(콘크리트)' 건물이 당당히 이곳 저곳에 세워져서 신흥 도시의 의기가 전(全)시가에 창일하여 있습니다.

4월 1일 오전 10시부터 일행은 적십자 기를 높이 걸고 또 적십자 완장을 감고서 진료를 시작하였습니다. 장소는 구 만철 건설 사무소 부속 병원 자리로 일삭전(一朔前) 목단강으로 이전한 후 폐가가 되어 있던 곳이라 대소제(大掃除)를 하고 난로를 피우고 각각 부서에 취한 우리는 이역에 와서 활동하는 동포의 건강을 검토하는 기회를 갖게 되었습니다. 일반으로 호흡기병, 화류병(花柳病), 관절 질환이 많으며 치과가의외에 많아서 겨우 1일간에 속성한 치과 지식으로 발치(拔齒)를 15개 하였고 외과 소수술이 세 사람 있었습니다. 금촌 교수는 활동사진 기사로 촬영에 여념이 없는 중에도 각 과의 진찰 치료를 감독 조력하고, 또 주사 부장을 자임하여 각 과 환자의 주사는 혼자맡아서 해줍니다.

이번 반장 취임만 해도 타교수들이 혹은 학회를 구실로, 또는 위험 지대 여행을 기피하여 진료 반장이 되기를 즐겨하지 아니함을 보고, 금촌교수가 재작년 제1회에도 반장으로 진료반을 인솔 순회 하였음에 불구하고, 개연 자진하여 또 반장이 되어 나섰습니다. '오야분하다'의 호기, 뇌락(磊落)한 성격을 가진 소장(少壯) 교수로 학생의 신망이 두터운만치, 선음선담(善飮善談) 실로 우리 청년측을 능가할 원기로 유쾌하게 궁지(窮地) 여행을 하게 하여 우리는 유쾌하였습니다.

이날 밤에 '대악천'이라는 만주 요리점에서 환영연이 있었습니다. 석상(席上) 마주 사정을 말하며 재류 동포의 궁상과 그 대책에 관한 의견을 피력하여 의미 깊은 수 시간을 지냈습니다. 빙사탕(氷砂糖)을 녹여먹는 황주(黃酒)라든지 동기(童妓)의 제창 등 모두 진귀한 미국 정서를 우리에게 맛보여 주었습니다.

연회를 마친 뒤에 촉탁의(囑託醫)로 계신 김영찬(金永燦) 씨의 안내로 아편 흡연소를 가보았습니다. 두 사람씩 눕게 된 좌석을 방방이 준비해 놓고, 객의 청구에 따라 아편을 분매(分賣) 흡연케 합니다. 우리도 한 방을 점령하고 한 모금씩 빨아 보았으나 무미무취하여 중독이 되기 전에는 결코 우화등선(羽化登仙)의 심경을 맛볼 수 없었습니다.

×

다음날은 연길입니다. 속칭 국자가(局子街)라 하던 것을 근래 연길로 부르게 되었다 합니다.

4월 2일 오전 6시 20분에 도문을 출발하여 신경행 열차에 탔습니다. 이 철도는 벌써 만철로부터 만주국 철로 총국 경영으로 이관되었다 합니다. 1등 '파스'를 받았지만 너무나 송구해서 반장을 제하고는 2등에 탔습니다.

열차 내와 역 구내에는 반드시 독립 수비대의 정규병과 만철 직할의 철도 경비원이 경위(警衛)하고 있으며 주요한 역에는 장갑 열차가 항시 불을 끄지 아니하고 대개하고 있다가 일단 유사(有事)하여 급보가 오면 그 순간에라도 현장에 운전 출동할 수 있도록 하고 있습니다. 이리하여 철도 연선을 경계 옹호합니다. 사실 수비대 없이는 도저히 철도 건설을 할 수 없다고 합니다. 이 지방 유력자들의 영접을 받아 일단 영사관에 들어갔다가 진료소로 결정한 곳에 가서 준비를 오전 10시부터 시작하였습니다. 이 날 진료한 환자수는 약 3백 명입니다.

연길은 간도의 정치적 중심으로 기성 도시인 만치 모든 것이 견뢰충실(堅牢充實)하여 보입니다. 현재 인구 약 3만에 만주인이 약 1만 5천, 조선인이 1만 명, 일본인은 1천 5백에 불과하다고 합니다. 낮에는 영사관의 초대로 '천일방(天一芳)'이라는 요정에서 오양(午養)이 있었고 밤에는 역시 천일정에서 간도성 공서 고관(公署高官)의 초대로 만찬회가 있었습니다(이하 약 24자 가량 삭제).

총무 국장 송하(松下) 씨, 민정 국장 김병태(金秉泰) 씨, 실업 과장 유홍순(劉鴻洵) 씨, 학무 과장 윤태동(尹泰東) 씨 등, 조선 내의 지방 관청 보다도 조선 사람이 더 많이 모여 있습니다. 이 밖에도 성대 출신의 노기연(盧起燕) 씨, 원전(原田) 씨가 역시 성공서(省公署)에 재직하여 이 날 자리를 같이하게 되어서 연회는 화기한 가운데 주객이 교담(交談)하여 유쾌한 하룻밤을 지냈습니다. 연회를 마친 후 성공서의 안내로 시내를 일순(一巡)하였습니다. 주요 상점은 대기 문을 닫고 오직 화류가와 음식점이 변성할 뿐입니다. 명일 행정(行程)의 관계로 연길서는 유숙치 못하고 밤차로 도문에 다시 돌아왔습니다. 이번에는 다른 승객도 없기에 우리 일행이 1등실을 점령하였습니다. 필자도 이것이 처음이자 마지막일지 몰라서 마음껏 발을 뻗고 누워왔습니다.

×

도령선이 개통되기는 작년 8월입니다. 험산으로 유명한 노야령이 흘연 수립(屹然竪立)하여 감히 통행치 못하고 북만과의 교통에는 멀리 돈화 지방으로부터 경박호(鏡泊湖)를 도섭(渡涉)하여 평야로 우회하는 것이 상당한 난공사로 드디어 원시림을 개척하여 지금에 20세기 문명을 자랑하는급행 렬차가 기적을 울리고 달아나게 된 것은 참으로 유쾌하였습니다. 이리하여 북만의 산물은 얼마든지 수송 무역하게 된 것입니다.

종래의 대두(大豆), 소맥(小麥), 고량(高粱) 등의 산품도 막대한 데다가 목하(目下) 목단강 연안에 계획되어 있는 수리 조합의 완성으로 무진장의 미곡이 산출할 것이며 또 경박호에 낙하하는 폭포를 이용하여 상공업의 원동력이 될 수력 전기를 설계 중이라 하니 이것이 완성되는 날에는 정미, 제분, 제유(대두유), 제재 등 각종 공업이 파죽지세로 흥왕할터이니 이 도령선이야말로(이하 삭제).

間島風景*

강경애(姜敬愛)

어실어실한 이른새벽에 會寧을 써나 上三峯을향하여닷는 경편렬차는 豆滿江을 외인편에끼고돈다 붉은물이 핑핑돌며 부붉구불구비처흐르는 豆滿江! 호탕한 長江을 련상하고드럿것만은 지금에보니 長江엔 어김엄슬망정 놀날만큼 좁다랏타。이江을새이로 완연히눈압헤보이는 저편!이편과는 山色좃차확연히다른 中國의짱! 듯든바의 間島다。

내가 間島에드러오기는 생각하니 지난해 느진봄날이엿다。흰옷입고 밧가는 농부가 저편에보일째이편강변에서읍막짓고 미간지를이루워먹는 농부와 다름업슬것이나 별로히 애닯고도반가운듯한 정서가 내가슴속을글거준다。더구나쌀

* 이 글은 《新女性》1932년 1월호에 게재된것이다.
강경애(姜敬愛1907~1943) 소설가 평양숭의녀자중학교 졸업. 《인간문제》, 《소금》, 《지하촌》 등 사실주의소설로 문학사에 한폐지를 남긴 그는 대부분 작품활동을 룡정에서 진행하였다.

간저고리에 남치마입은 계집애가 혼자 산비탈로타박타박 거러가는것이보일때 마음속이 선듯할만콤 그애의신변이위태함을 늣겨지는동시에 그애가 퍽도 용감해보이며 아즉까지 머리ㅅ속에 깁히색여두엇든 권총들고 國境을엿보는 청년의 자태는 점점희미하게 머러가는듯하다。

강변에휘느러저 바람에흔들리는 버들가지를바라보며 숨차게닷는긔차는 上三峯을썩지나 豆滿江의국제철교를 우릉우릉건너서 圖們江岸站에이르럿다。눈에얼핏씌운것은 국경을수비하는 中國헌병과순경의 색다른복색이다。단총을엽헤찬것과 오른편억개에서 외인편아랫가지 내려맨가죽끈 꼭신문에서보든 蔣介石 張學良等 中國군벌의사진 그대로이다。그러나 그차림에맛지안는 서투른동작이 어김업시 우리고향에잇는포목상하는 德生東료리업하는 春香園 배채재배하는 王書房과 틀님업습에 나는속으로 우슴이칵치밀어 올너옴을겨우참엇다。그러나 그들을 경멸히보다는 큰봉변이다。

승객이 天圖車로 옴겨타기전에 그들은수하물을 일일이 조사한다。역시내에게도 쌀려와서는 유달리 벌컥뒤집어본다。만일 資本論가튼것을 가지고잇다가는 큰일이다。이사정을 도중에서미리부터드럿든나는 집에서가지고오든 웬만한서적을 會寧서 도루집으로 부쳐버린것을 이자리에서는다시업는 요행으로생각하엿다。軍警은 다음청년에게로가서 힐란을부리고잇다。

나는 겻헤안진사람에게『언제나 이갓치경계가 심하냐?』물은즉『五卅暴動後 中國人과朝鮮人을 막론하고 더욱청년에대하여는 저모양으로 엄밀히 조사한다』고하엿다。

오전열시삼십분에 긔차는 圖們江岸站을출발하엿다。차안에는 여전히순경두명이경계한다。차장은 약종행상모자가튼것을쓰고 차표검사를하며지나친다。그럴때마다 그위압뒤로순경이 호위하여준다。

객차는 몹시도허러서그런지 흔들림에싸라 히룩해룩하는것이 방금쓰러질듯이 생각키워진다。차창에전개되는兩面의경치? 나무한폭이볼수업는 붉은開墾地가 막연히보일쑨이엿다。싸라서휭맴도리를치고 도라가는밧이 강저편으로 이싸큼동포의농촌! 그가운데에 中國人地主의두틈한집이 석겨뵈인다。

방금내몸을싯고닷는 이天圖鐵路는 공사비를헐게한탓인지 개간공사는제략되고 선로는 경사지를 빙빙돌아올으고나림으로 불과六十里되는龍井市까지 세

시간만에야 겨우도착되엿다。광막한큰들을닷는 호마차의속도보다 조금도빨은 것이업고 나지막한 산비탈을안고도는것까지도 꼭호마차와흡사하다。

一千九百三十一年! 버들가지는 신록을방사하며 志士의피ㅅ점을석거 흐르고 흐르는豆滿江변에서 나붓기든 봄날그때!三民主義를부르짓고 新興中國을 謳歌하며西伯利亞차듸찬바람을막으려 놉다른행벽을쌋기에 열중하엿든그때도 벌서 녯날이다。보라!! 지금極東의정세는 엇더케변하엿느냐? 의문의「마―크」를 머리ㅅ속에그려놋코 송구영신인 이때에다닥첫다。

고요히잠드러가는 龍井市街! 찌르릉울리는滿洲의독특한 호마차의종소리가 말구비와 차박휘소리의석겨간혹들릴뿐이다。개털모자에총을메고 골목골목에서 파수보는中國순경 典當鋪에권총강도든것도모르고 얼빠지게서잇다。

적막한공긔를깨트리고 自動車「오트바이」소리가 요란히들린다。領事館武裝警官隊의××! 그들은매일밤 이럿케청년남녀를 ×××하여 ××하기에××하엿다。

中國保衛團의무법한 압박과착취에 신음하는농민!그들을본숭만숭 동포애좃차 싸느리식어버린자와 고리대금업자는 코허리에 안경을걸고 주판만드려다본다。호모래에눈보라석겨 불니우는 선풍에휩싸여 각층계급은 극단과극단에서 血戰亂鬪를하고잇다。爆彈의熔裂 拳銃의 亂射등은 항다반의일이다。

이것은 間島의風景을 단편뎍으로 그려본데 지나지못하나 이럿타고 나는 間島에 다대한촉망을가젓스며 장래를긔대하는 사람은아니다。다시금그리울것은 산명수려한三千里江山 짜라서 그속에서꾸준히 싸워주는동지가 퍽도그리우며 그들의운동에 만흔긔대와 촉망을갓고잇다。

더욱 朝鮮女性同志에게 바라는것은 항상마음을 튼튼히하고 百尺竿頭에 다시한보를내집허주기를…긔대와희망이넘치는 一千九百三十二年을마즈며 뛰는 가슴을누르고 그만붓을놋는다。 -(새해를마즈면서)

間島를 등지면서*

강경애

一九三二年六月三日 아츰。

싯은듯이 맑게개인 하늘가에는 飛行機한대가 푸로페라의 폭음을 發射하면서 徘徊할제 龍井村을 등지고 떠나는 天圖列車는 외마디의 離別인사를 길게 던젓다。

나는 수많은 乘客틈을 빽이고 자리를 잡자마자 車窓을 의지하야 돌아보니 얼신얼신 벌어가는 龍井村。

그때에 내머리에 얼핏 떠오르는 것은 내가 처음으로 발을 들어놓든 작년이 때다。

그때에 龍井市街는 新綠이 무르익은 街路樹左右옆으로 靑天白日旗가 멋잇게 나붓기엿고 붉고도힌 벽돌집새이로 흘러나오는 깡깡이의 단조로운 멜로디는 보라빛 봄하늘아래 고히고히 흐터지고 잇엇다。

그러나 街路에서 헤매이는 乞人들의 이모양저모양 그들에게 잇어서는 봄날도 깡깡이소리도 들니지안는듯 驛頭에서 흐터지는 낫선 사람의 뒤를 따르면서 그손을 버릴뿐 그험상진 손!

나는 이러한 예날을 그리며 아까 驛頭에서 안탑갑게 내뒤를 따르든 어린 거지가 내앞에 보이는듯하야 다시금 눈을 크게 뗫을때 차츰 멀어가는 龍井市街우에 높이뜬飛行機 그러고 느진 봄바람에 휘날리는 靑紅黑白黃의 五色旗가 白楊나무숩속으로 번듯그렷다。

×

車窓으로 나타나는 논과밭 그러고 아직도 젓빗안개속에 잠든듯한 멀리보이는 푸른山은 마치 꿈꾸는 듯、한폭의 명화를 대하는듯、그러고 아직도 산듯한 아츰 空氣속에 짙은 풀냄새와함께 향긋한 꽃냄새가 코밑이 훈훈하도록 스친다。

밭뚝 풀숭쿠리속에 좁쌀꽃은 발가케 노라케피엇으며 그옆으로 열을지어 돋아나는 조싹은 잎새를 두갈내로 벌리고 붉어케 타오르는 동켠하늘을 향하야 해빛

* 이 글은 《東光》 1932년 8월초에 게재된것이다.

을 받는다。 마치 어린애가 어머니 젖가슴을 헤치듯이 그러케 천진스럽게 귀엽게!…어디선가 산새 울음소리가 짹짹하고 들려온다。 쿵쿵대는 차바퀴에 품겨 들리는듯마는듯。

『어디 가서요!』

하는소리에 나는 놀라돌아보니 어떤트레머리 女學生이엇다。 한참이나 나는 그를 바라보다가

『서울까지 갑니다。 어디 가시나요』

혹시 京城까지 同行하게되지나 않을까하는 생각으로 이러케 反問하엿다。

『네 저는 會寧까지갑니다。』

생긋웃어 뵈이는 입술속으로 하얀 이가 내밀엇다。

『그리서요 그럼 우리 同行합시다。』

마츰 나와 마즌켠에 앉은 어린학생이 졸다가 옆에 앉은 日人에게로 쓰러젓다。

『아라!』

내엽에 앉엇든 女學生은 날내게 이러나 어린학생을 붙드러앉히며 유창한 日語로 지꺼린다。 日人은 어린학생을 피하야 앉다가이켠女學生에 끌려 어린학생을 어루만지며 서로 말을 건니엿다。

×

나는 그들의 말을 귓결에 들으며 다시금 창밖을 내여다 보앗다。 금박 내앞으로 닥아오는 밭에는 어쩐지 조싻을 발견할 수가 없어 나는 자세히 둘러보앗을 때『지금 촌에서는 밭가리를 못해서 묵이는밭이 많다지 올에는 굶어죽을수낫다』하든 말이 내머리를 찡하니 울려주엇다。 나는 뒤로 사라지려는 그밭을 안탑갑게 바라보앗다。 거기에는 온갖 잡풀이 얽히엇을 뿐이엇다。 그때에 내 가슴은 마치 돌을 삼킨것처럼 멍청함을 느꼇다。 따라서 農夫들이 저밭을 대하게되면 어떨까 얼마나 아까울까。 얼마나 애수할까、 흙의 맛을알고 그흙에서 매일 달라가는 조싻의 자라나는 그자미 그 쌀로 農夫 自身이아니고서는 아지못할 것이 아니냐。 그러면 저들이 저밭을 대할 때 나로서는 감히 상상도 못할 그무엇이 들어잇겟구나。 이러케 생각하며 얼핏 이러한 노래가 떠올낫다。

지금은 봄이라해도

만물이 소생하는 봄이라해도
이따에는 봄인줄 모를네 모를네

안개비오네 앞산밑에 풀이 파랫소
이비에 조쌁이 한치자라고
노뚝까지 빗물이 가득하련만

아아 밭가리 못햇소
논가리 못햇소
흙한줌 내손에 못쥐어봣소

나는 이 노래를 금박이라도 종이우에 옴기고싶은 충동을 느끼며 빠스겟을 뒤젓으나 종이도 붓도 없어서 그만 꾹 참고 보누라없이 휙근 돌아보니 옆에없은 그女學生은『主婦之友』를 들고 들어다본다。

日人은 끄침없이 女學生에게 視線을 던지며 벙긋벙긋 웃고잇엇다。마츰내 日人은

『會寧어디게십니까?』

하고묻는다。그는 가볍게 머리를 들며

道立病院에 잇습니다。』

이말에 나는 그가 看護婦인것을 直覺하며 다시금 그를 처다보앗을때 어디선가 그의 몸전체에서 흘러나오는 약냄새를 새삼스럽게 느꼇다。

×

아까 내마즌편에서 졸든 어린애는 어느듯 女學生곁으로 와서 앉어 물그럼이 책을 들여다본다。

『글세 이애혼자서 上三峰까지 간다지요。』

그는 어린애를 가르치면서 나를 처다본다。나도 그말에는 놀라서 그애를 자세 들여다보앗다。얼골이 둥글둥글한데다 눈이 큼직한 보암직스러운 사내엿다。

『너 몇 살이냐?』

그는 머리를 숙이며

『일곱살이여요。』

『응 용쿠나、너혼자 어디가니?』

『삼봉가요。』

『응 아부지 어머니 다게시냐?』

어린애는 우물쭈물하며 말끝이 입술속으로 슴어들고잇다。

『이얘 똑똑히 말해。』

그녀자는 어린애를 들여다보며 이러케 상냥스럽게 말하엿다。그러나 그는 끝까지 말을 아니하고 잇엇다。나는 웃으며 무심히 앉엇을때

『이애가 울어!』

그녀자는 어린학생의 머리를 들며 들여다 본다。나도 얼핏 그편으로보앗을때 그껌한 속눈새이로 크단 눈물이 뚝뚝 흘럿다。그때에 나는 그애가 아부지도 어머니도 없는 孤兒엿음을 짐작하자 내가 웨 그런 말을 함부로 물엇든가 내가짐작하는 그대로 참으로 그애 아부지 어머니가 없엇다면 저 어린것의 가슴이 얼마나 내물음에 아펏으랴하고 생각하면서

『이리온 이거봐。』

그녀자의 손에서『主婦之友』를 옴겨 내물읍우에 놓며 表紙의 그림을 내보엿다。어린애는 눈물을 싯으며 슬금슬금 바라볼때 여러사람의 視線은 어린애게로 집중됨을 나는 느꼇다。

×

어느듯 車는 圖們江岸站에 이르럿다。中國人巡警에게 나는 일일이 짐조사를 받은後 어린애와 몇마디 이애기를 주고받는새이에 벌서車는 슬슬미끄러젓다。

옆의 女子는 내억개를 가볍게 흔들며

『圖們江강이여요 에그 저 고기봐!』

말마치기가 무섭게 나는 머리를 돌려 구버보앗다。

江邊左右로 휘느러진 버들가지에 江물속까지 푸르럿으며 그속으로 헤염치오르는 금붕어 은붕를보고 나는 몇 번이나 하나 둘 셋、넷、하고 입속으로 그수를 헤이다가 잊어버렷는지

『고기고기도 잇어요!』

조그만손을 쑥 내밀어 가르치는데 나는 어린애의 손을 꼭 쥐며 이러케 중얼그렷다。

『네게도 뵈니 어디 잇어 어디 가르처봐。또。』어린애를 처다보앗다。그는 무심

코 이런말을 햇다가 내가 채처 묻는결에 그만 부끄러운 생각이 낫든지 머리를 숙이며 잠잠하다。순간에 나는 그애가 아부지 어머니틈에서 자라지 못한 불상한 애엿음을 확실히 알엇다。

江을 새이로 바라보이는 朝鮮땅!山色좇아 이편과는 確然히 다르다。山峰이 굽이굽이 높앗다 낮아지는 곳에 끄침 없이 아기자기한 정서가 흐르고 기름이 듣는듯한 떡갈나무와 싸리나무는 비오는날 안개끼듯이 山峰 끝까지 자욱하야 푸르럿다。

×

車가 上三峰驛에 닿자마자 내곁에 앉엇든 어린애는 냉큼 일어낫다。그뒤를 따라 나도 빠스켓을 들고 일어나며

『이전 다왓지……정 네이름 무어냐』

車간에서 정들인 이어린것에 이름도 모르고 보내는것은 퍽도 섭섭하엿다。어린애는 잠잠히 車에서 나려서며

『순봉이』

『응 순봉이、순봉아 잘가거라。』

나는 海關檢察室로 들어가며 돌아보앗을때 순봉이는 關札口로 나가며 다시 한번 이켠을 돌아보고 사람들틈으로 사라지고만다。어쩐지 나는 무엇을 잃은듯한 느낌으로 그애의 사라진곳을 한참이나 바라보앗다。

三十分後에 우리는 上三峰驛을 出發하엿다。看護婦와 나는 순봉의 이야기를 주고받으며 다시금 순봉의 그껌한눈을 그려보앗다。

×

刑事는 차레로 짐뒤짐을하며 우리앉은 앞으로 오더니 亦是 내짐이며 몸을 뒤저보고 몇마디말을 무러본後 看護婦에게로 간다。그는 언제나 삽삽한 態度와 유창한 日語로 對하여준다。

車는 圖們江을 바른便에 끼고 빙빙돌앗다。실실이 느러진 버들가지새이로 넘처흐르는 圖們江물、언제 보아도 싫지않은 저圖們江물、네가슴우에 뜻잇는 사람들의 상기된 얼골이 몇몇이 비첫으며 의분의 떨리는 그들의 몸을 그몇번이나 안아 건니엇드냐。

숩속으로 힐끔힐끔뵈이는 가난한 사람들의 우막은 작년보다도 그수가 훨신

늘어보엿다。그속에서도 어린애들이 솟곱노리를 하며 천지스럽게 노는꼴이 뵈인다。

×

나는 이켠으로 머리를 돌리니 吉會線鐵道工事人夫들이 깜앗케 처다뵈이는 石壁우에 귀신같이발을부치고 돌을 쪼아내린다。나는 바라보기에도 어지러워서 한참이나 눈을 감엇다。다시보면 볼사록아찔이찔하엿다。아레잇는 人夫들은 구려나리는 돌을 지게우에 싯고 한참이나 이켠으로 돌아와서 내려놓면 거기에 잇는 인부들은 그돌을 이를 맞히여 차레차레로 쌓어 올라가고잇다。

나는 車안을 새삼스럽게 들러보앗다 그러나 누구 한사람 그곳을 注視하는 사람조차 없는듯하다。모도가 洋服쟁이엇으며 학생이엇으며 淑女이엇섯다。우선 나조차도 저돌한개를 만저보지못한 사람이아니엿드냐。

학생들은 무엇을 배우나、所謂인테리층紳士나리들은 어떠케 살아가나。누구보다도 나는 이때까지 무엇을 배윗으며 무엇으로 입고 무엇으로 먹고 이러케 살아왓나。

×

저들의 피와땀을 사정없이 긁어뫃아 먹고 입고 살아온 내가 아니냐!우리들이 배운다는것은 아니 배윗다는 것은 저들의 勞動力을 좀더 착취하기 爲한 手段이 아니엿느냐!

못한 나는 돌의 둔음을 모르고 흙의 보드러움을 모르는 나는、아니 이차안에 잇는 우리들은 이러케 平安히 이러케 호사스럽게 車안에 앉어 모든 自然의 아름다움을 맛볼수가 잇지않은가。

×

차라리 이 붓대를 꺾어버리자 내가 쓴다는것은 무엇이엇느냐。나는 이때껏 배온것이 그런것이엇기 때문에 내붓 끝에 쓰여지는것은 모두가 이런種類에서 좁쌀한알 만콤、아니 실오래기만콤 그만콤도 버서 나지못하엿다。그저 한판에 박은듯하엿다。

학생들이어 그대들의 연한손길 그 보드러운 힌살질에 太陽의 뜨거움과 돌의 굳음을 맛보지않겟는가。우리는 먼저 이것을 배워야 하지 않겟느냐。그리하야 튼튼한 일꾼건、전한 투사가 되지안으려는가。

돌에치여 가로세로 줄진 그손이 그립다。그발이 그립다。해볓에 시컴하다못해 강철과같이 굳어진 그뺨이 그립다! 얼마나 미듬성스러운 손이랴。

間島야 잘잇거라*

강경애

이것은 本誌八月號의 隨筆「間島를 등지면서의」繼續이다。筆者는 間島龍井村을 등지고떠나는 天圖列車에 몸을 실었다。汽車가 圖們江을 바른便에 끼고 돌때에 吉會線에서 鐵道工事을하는 人夫가 깜앟게체다 뵈이는石壁우에 귀신같이 발을 부치고 돌을 쫒고 잇는것이다。이것을본 筆者는 勞動者와 所謂인테리 紳士를 比較하야 黙想에 잠기는것이다。『돌에치여 가로세로 줄진 그손이 그립다。그발이 그립다。해볓에 시컴하다 못해 강철과같이 굳어진 그뺨이 그립다。(이것은 처음 게재할 때 편자의 말 ㅡ편찬자)

이런 생각에 잠긴새 汽車는 이느덧 會寧에 到着 하엿다。同行하든 女性을 따라 驛에 나리니 驛巓에는 出迎人으로 進路 하엿다。웬일 인가 하여 휘휘 도라보니 만 앞에 달린 貨物車 속에서는 軍人들이 꾸역 꾸역 물려나온다。나종에 알고보니 琿春地方에 出征하엿든 軍隊라고 한다。그러자 이켠 뒷 客車에서는 數百名의 中國人들이 男負女戴하여 밀려 나온다。이들은 朝鮮을 거처 中國本土로 가는間島의 避亂民 이다。나는 한참이나 멍하니 그들의 이 모양 저 모양을 바라볼때 무어라고 말로 옮길수 없이 가슴이 답답함을 느꼈다。

나는 엇결에 驛外로 밀려 나왓다。軍隊는 行列를 整頓하여 瀏喨한 喇叭 소리에 맞춰 武步堂堂히 群衆 앞으로 걸아간다。우렁차게 일어나는 萬歲소리!그중에도 天眞한 어린 학생들의 그 고사리 같은 손에 잡혀 흔들이는 日章旗!그깜안 눈동자!

해볓에 빛나는 銃劍에서는 피비린 냄새가 나는듯 동시에 ××黨의 협의로 無

* 이 글은 ≪간도를 등지면서≫의 속편으로서 ≪東光≫ 1932년 10월호에 게재 되었다.

慘이 도 怨魂으로된 白面壯丁의 환영이 數없이 그우를 다름질치고 잇엇다。나는 발낄을 더 옴길 勇氣가 나지 않엇다。同行女性은 내손을 쥐고 作別인사를 하엿다。

『안령히 가세요.』

겨우 입속으로 이러케 중얼그린 나는 그의 사라지는 뒷꼴을 바라 보며 앗차 이름이나서로 알엇드면 하는 후회를 하엿다。

수없는 避亂民들은 軍隊의 行步하는 것을 얼빠지게 슬금슬금 바라 보며 보기만 이라도 무섭다는 듯이 그들의 몸을 쪼그린다。情든 故鄕을 등지고 生命의 保障 이나마 얻어볼까 하야 누더기 보따리를 질머 지고 方向도 定치 못하고 밀려나 오는 그들……아니 그들 중에는 白衣 同胞도 얼마든지 섞여잇다。

午後六時에 汽車는 會寧驛을 出發하엿다。輕便車보다는 마음이 푹놓여 車窓을 의지하야 밖을 내어다 보앗다。맛츰 刑事들이 와서 지분 거리기에 그만 눈을 꾹감고 자는체 하든 것이 정말 잠이 들고 말앗다。잇다금 잠질에 눈을 들어 보면 높고 낮은 山峰 우에 저녁 노을빛이 붉으레하니 얽혀잇엇다。

이튿날 아츰 아즉도 이튼새벽。

검푸른 안개 속으로 어렴풋이 나타나보이는 솔포기며 그밑으로 흰 것품을 토하며 쏵 내밀치는 東海바다물. 그러고 하늘에 닿은듯한 水平線 저 쪽으로 꿈인듯이 흘러 나리는 한두 낫의별 사랏다 꺼진다。

벌서 農夫들은 광이를 들러메고 논뚝파밭머리에 높이서잇엇다。今方移秧한 볏모는 시선이 닷는데 까지 푸르러 잇엇다。

이따금식 숲사이로 뵈이는 초한라 초가집이며 올바주끝헤 널은 힌 빨래며 한가릅게 풀뜻는 江邊에 누은 소의 모양이 얼핏얼핏 지나친다。

잠시나마 붉은 丘陵으로 된單調 無味한 間島에 살은나로서는 이모든 景致에 취하야 宛然히 仙境으로 들어가는듯한 느낌이잇엇다。그러나 이곳저곳에 흘어저 잇는 큰 工場에서 시컴한 煙氣를 吐하고 잇는 것은 將次 무엇을 말함일까。

大資本家의 蚕食이 그만콤 猛烈히 敢行되고 잇는 것이 『파노라마』모양으로 歷歷히 보혀진다。

汽車는 이 모든 것을 보여 주면서 산구비를 돌고 『돈넬』을 지나 숨차게 京城을 向하여 다름질친다。그러나 나의 마음만은 反對 方向으로 間島를 向하여 뒤거름친다。아、나의 삶이어。戰亂의 禍중에서 가바를 잃고 彷徨하는가난한 무리들!

그나마 壯丁은 죽엇는지 살엇는지 다어디로 가버리고 오직 老幼婦女만이 그래도 살아 보겟다고 都市를 向하여 避難해 오는 光景이 다시금 내머리에 떠오른다。

父母兄弟를 눈뜨고잃고도 어디 가서 하소한 마디 할 곳이없으며 그만콤 악착한 現實에 神經이 痲痺되어 버린 그들!눈물좇아 그들에게서 멀리 다라나 버리고 말앗다。오직 그들앞에는 죽엄과 飢餓만이 가로놓여 잇을 뿐이엇다。

그러나 間島여! 힘잇게 살아다오! 굳세게싸워다오! 그러고 이같이 나오는 나를 향하여 끝없이 비웃어다오!

汽車는 元山을 지나 三防의 險山을바라보며 여전히 닫는다。(끝)

꽃송이가튼첫눈*

강경애

오늘은 아츰부터 해가안나는지 맛치 초불을 켜대는것처럼 발가케 피여오르든 우리방 압문이 종일 컴컴햇다 그러고 잇다금식 문풍지가 우룽룽 우룽룽 하엿다

잔기츰 소리가나며 마을갓든 어머니가 드러오신다

『어머니 어듸 갓댓서?』

바누질하든 손을 멈추고 어머니를 처다보앗다 치마폭에 풍겨드러온 산듯한 찬공기며 발개진코끗

『에이 칩다』

어머니는 화로를 마조안즈며 부저로 손끗이 발개지도록 불을헤이신다

『잔채집에 갓댓다』

『응 잔채 잘해?』

---

* 이 글은 ≪신동아≫ 1932년 12월호에 게재된것이다.

『잘하두나』

『색시 고와?』

『쓸만하더라』

물방울이 방울 서리엿다

『비와요?』

『비는 웨 눈이오는데』

『눈? 벌서 눈이와 어듸』

어린애 처럼 뛰여이러나자 손끗이 따금함에 구버보니 바눌이 반작빗낫다

『에그 압파라 고놈의바늘』

나는 이럿케 중얼거리며 옥야목오래기로 손끗을 동이고 밧그로 뛰여나갓다

하늘은 보이지안코 눈송이로 뽀하다 그러고 새로한 수수대 바주갈피에는 눈이한줌이나 두줌이나 되어보이도록 싸인다

보슬눈이나린다 맛치 내가슴속까지도 눈이 나리는듯하엿다 그러고 나는듯하엿다 그러고 나는듯마는듯 한싸늘한 냄새가 나의 그꼿을개끗하게한다

무심히 나는 손끗을 구버 보앗다 하얀 옥양목우에 발가케 피가배엿다 너는 언제까지나 바눌과만 싸우려느냐?

이런질문이 나도모르게 내입속에서 굴너떠러젓다

나는 싸늘한 대문에 몸을기대고 어듸를 특히 바라보는것도업시 언제까지나 움직이지안엇다

꼿송이갓튼 눈은 떠러진다 써러진다.

間島의 봄*

강경애

間島라면 듣기만 하여도 힌눈이 山같이 쌓이고 백곰들이 떼를 지어 춤추는

* 이 글은 ≪동아일보≫ 1933년 4월 23일에 게재된것이다.

荒源한 曠野로만 생각될것이다.더구나 이런 봄날에도 꽃쫓아 필수 없는 그런 자미꽃 없는……

事實에 잇어 視力이 못자랄만큼 曠野는 넓다.그리고 꽃 필새 없이 봄은 지나가버리고 만다.그대신 무연히 넓은 曠野니만큼 이 봄날이오면 黃塵이 눈뜨기 어렵게 휘날리고 잇다.

그러나 나는 間島의 그 봄…내 눈속에 티끌만 넣어주든 그 봄을 잊을수가 없다.진달래꽃 개나리꽃 속에서 봄맞이를 봄맞이를 하는 나임에 한 原因도 되겟지 마는 무엇보다도 그 봄에 안긴 人間生存이 너무나 봄답지 못한 殺風景을 일운 때문에 한층 더하엿다.

어떤날 나는 빨래를 할양으로 海蘭江으로 向하엿다.間島의 名産인 白楊나무숲은 벌서 봄빛이 푸르렷고 江물소리는 제법 높아젓다.그리고 江물 우르로 떠목들은 슬슬 달음질친다.나는 빨래를 돌우에 놋코 샘구멍을 파기 시작하엿다.이 江물은 언제나 흐려 잇는 탓으로 모래밭에 샘구멍을 파가지고야 빨래를 한다.벌서 몇몇 낮아는 婦人네들이 돌아가여 샘구멍을 파고잇다.물에 적시인 그들의 붉으레한 팔뚝밑으로 山에서나 들에서 엇어 볼수 없는 그런 深刻한 봄빛을 볼수가 잇엇다.

저켠 언덕으로 局子街를 來往하는 호로馬車가 손님을 가득이 태우고 구름같이 몬지를 피우며 지나친다.뒤ㅅ이어 鐵橋 우에는 輕便車가 쿵쿵 소리를 내며 내달는다.機械文明이 利奇는 벌서 이곳까지 開拓하기 시작한다.一方 滿鐵 經營으로 敷設中인 廣軌鐵道는 그時로 이 輕便車를 驅逐할 것이며 同時에 大資本의 威勢는 이地方 샅샅이 미치고야 말 것이다.

帽兒山을 넘어오는 산산한 바람은 우리들의 옷자깃을 향기럽게 스치고 돌아간다.그리고 방망이 끝에 채여 오르는 물방울은 안개비가 되어 보실보실 떨어진다.나는 잠간 봄에 취하여 어디라 할곳 없이 바라보고 잇엇다.잿빗 벌속으로 힐끔힐끔 보이는 中國人과 朝鮮人의 草家며 그 우를 파랗게 달음질쳐 나간 봄하늘 그리고 두어마리 산새 울음소리…

갑자기 프로펠라 소리가 머리우에서 들리며 둘 셋의 飛行機가 지나치다 압산우에다 쾅! 하고 폭탄을 던진다.나는 恐怖에 가슴이 벌렁벌렁뛰기 시작하엿다.뒷이어 저켠으로 사람들이 욱욱 밀려오기에 나는 그만 벌덕 일어나서 그들의 말을 개어들으니 방금 匪賊을 내다목 베는것을 보고 오는 모양이다.

빨래하는 우리들은 손에 맥을 잃어 버리고 되는대로 주섬주섬 빨래를 싸가지고 돌아오고 말앗다.

市街에는 軍警을 실은 트럭이 縱橫으로 疾驅하며 그 안에서 우렁차게 울려나오는 乘乘의 軍歌, 그리고 바바람에 휘날리는 日章旗로 市街를 단장 하엿다. 龍井의 治安을 마트신 滿洲國 警官나리들은 이 모든것을 얼빠지게 바라본다.마치 탄알없는 銃모양으로-.

집에 돌아오니 男便은 벌서 學校로부터 돌아와 잇엇다.하로 終日 校壇우에서 疲勞혓을 줄은 번연히 알지만 무어라고 무어라고 입을 떼랴니 말이 나오지 않앗다.男便도 亦是 묵묵히 바라만 볼뿐- 즐거워야 할 이 봄…… 기뻐야 할 이 봄이건만.

그때 不安과 恐怖에 쌓여 그봄을 맞든 間島! 이봄은 또 어떻게 맞앗는지?그러나 間島여 너는 그봄을 勇敢히 맛앗다.피에 물들인 그 봄 나는 비록 너의 기슴을 떠낫으나 그때 받은 그 봄의 힘은 내 가슴에 아직도 물결치고잇다.아니 영원히.

나의 幼年時節*

강경애

五歲에 아부지를여인 나는 일곱 살에 고향인 松禾를등지고 長淵으로 오게되엿습니다 말할것도없이 어머니는 生計가 困難하심으로 더구나 將次의지할 아들도업고 다만 쌀자식인나를밋고 언제까지나 살아가실수가 업는고로 改嫁를하섯든것입니다。

그때에 어붓아부지에게는 男妹가 이섯스니 男兒는 十六七세가량이엿스며 게집애는 내한살우가되엿심니다 그럼으로 내가온지 잇틀도 지나기전에 벌서 우리들은 싸홈을 시작하엿습니다

---

* 이 글은 ≪신동아≫1993년 5월호에 계재된것이다

날이갈사록 어미니의 속상하실것은 말할것도업고 어붓아부지까지라도 적지안케 失望을하여 나종에는 멧번이나 헤여지랴고까지 한 긔억이 아직끗 남아잇슴니다

우리들이 싸홈을하고 울때마다 어머니는 너무속상해서 우시면서

『경애야 너 싸오지말아 너정말 늘그러면 난 이렇케 눈감고 죽고말겟다』

엿습니다 철업는나이나 죽는다는말에는 그만 겁이나서 그렇케 북밧치는 울음도 마음끗 내울지못하고 어머니 일하는겻헤 성명업시 쭈구려안고 이섯슴니다 아부지의 도라가시는것을 본까닭으로。

그러나 웬일인지 날이갈사록 어머니를 빼놋코 그집안식구는 나를 몹시도 미워하는것핫슴니다 무엇보다도 어머니가잠시만 빨내가튼것을하시게되여 집에 안게시면 어붓아부지까지라도 한목이되여 나에게 그무서운눈을흘기며 조곰만 잘못하면때리는것이엇슴니다

生의半길에갓차워오는 저연만 아즉까지도 그눈흘기는긔억이 문득 생각키울때가만슴니다

제가 바로열살나든때 봄임니다 只今도 이렇케적으닛가 그때에는 모두가 날보고 도토리알이라는 別名까지 지어주엇슴니다 그러나 理智는 엉뚱나게 發達되엿든것임니다 그때에 벌서 조웅전이며 숙향전할것업시 내눈에씌인 小說冊이라고는 기어코독파하고야 견듸엿슴니다

봄! 우리집 뒷산에는 살구꼿 앵도꼿 복송아꼿이 피여올으는 솜뭉치갓치 아조 왼산을 푹-덥허부렷슴니다 짜라서 우리들이 각시를만들어가질 달내풀까지 길이 길이 조앗슴니다

어머니는 그날도 빨내를가시며 싸홈하지말고 잘놀나고 멧번이나 부탁하시며 누렁지를 두아해에게 똑갓치논아주시고 가섯슴니다 우리들은 누렁지를먹으며 손쉽질을하다가 그것도실증이나서 산으로기여올나 달내풀을 뜻기시작하엿슴니다

큰년이는 몸이비둔하여 빨랑빨랑 치를못함으로 언제나 산에오르게되면 내뒤꽁문이를좃차단이며 내가 먼저뜻은 나무지에손을대엿슴니다 역시 고날도 그러하엿슴니다 한참후에

『경애야 경애야 이리오라우 여기 달내풀만아』

큰년이가 부름에 생각업시 짱충짱충뛰여갓더니 덥허놋코 내치마압을헷치고 들여다보며 그중조흔 것으로 움켜쥐엇습니다 불의지변을당한나는 그만 너무 분하여서 큰년의손을쥐며 뿌리치니 그는담박에 달려들어 나의 머리를잡아숙치며 쥐집어다럿습니다 그위 힘을잘아는 나는 엇저는수업시 힘긋뿌리치고 도망첫습니다 그는 씩씩하며 무서웁게 쫄어왓습니다

집으로나려가려니 어미니가 아즉도 안오섯슬터이고 그래서 산우로 도망질치다가 내가매일 잘오르는 살구 나무를타고 잔나븨모양으로 발발기여올낫습니다 그가나무를타지못하는줄 잘알기때문이엿습니다 맛츰내 큰년이는 살구 나무아레까지와서 나무를 사정업시 흔들어노니 맛치 겨을에눈날이는것처럼 꼿송이가 펄펄나라 내머리와옷이며 그애게까지 빨가코 히게 써러집니다

한참이나 흔들든 그는 실증이낫든지 뭐라고 욕을퍼부며 집으로나려갓습니다 나는 저윽히 갑분숨을 모라쉬고 어서 밧비 어머니가 오시기를 눈이아물아물하도록 바라보고이섯습니다 그때에 내눈이뚜러지도록 바라보든 어머니가 오실그길!이봄을 맛는나에게 아즉까지 그길이아득하게 낫타나보임니다

原稿첫朗讀*

강경애

나는 언제나 글을쓰게되면 맨-먼저 남편에게보입니다。그는 한참이나 말없이 묵묵히 읽어본후에 나에게로돌리며 다시한번 크게읽어보기를 청함니다。

나는 웬 일인지 그 순간만은 가슴이 떨떨 해지며 남편이 몹시도어려워집니다. 그래서 음울한 가슴으로 읽어내려가다가는 남편이 어느구에 불만을 품게 되엇는걸 곧 발견하고 직석에서 다시 팬을 잡아 고치는 것입니다。

다-고친후에 나는 크게 읽으면서 그의 눈치를 살피면 그는 만족한웃6음을 입가에 띄우며

* 이 글은 ≪신가정≫ 1933년 6월호 ≪부부생활에서 서러웠든 일≫란목에 게재되였다.

「이번에는 좀나진듯하오!」

이말을 듣는 나는 어찌나 깁븐지 그만 가슴이 뛰어 어쩔줄을 모르는 것이 거이 늘 당하는 일입니다。

그러나 남편이 없어 혼자 쓰게될때에는 이우에 더 갑갑하고 안타까운때는 없습니다。그래서 두세번 읽어보거나 그렇지않으면 내버려두거나 그렇지 않으면 쓴채로 내버려두거나 하게됩니다。

여름밤 農村의 風景 點點*

강경애

세월도 어지간히 빠릅니다. 아이들의 버들피리 소리가 아직도 들리는듯 하건만 벌서 그 봄은 언제 왓드냐는듯이 자취를 감추어 버리고 초록치마를 길게 느리워입은 씩씩한 여름철이 닥처 왓읍니다.

시절이 바뀌임을 따라서 사람들이 느끼는바 정서도 가지 각색으로 변하는 셈인지 어디인지 봄은 심란하게 맞엇드니 반대로 이여름은 즐겁고 깃브게 맞는듯 싶습니다.

여름……더구나 농촌의 여름은 농민들에게 잇어서 一년중 가장 긴장될 때입니다. 그들의 생명선이 이여름 한철에 좌우되기 때문입니다.

그러기에 그분네들은 여름철들면서 부터는 잠 한잠을 마음놓고 자지못하는 모양입니다. 농민들의 그애쓰는것을 본다면 우리가 항상먹는 쌀알이 무심히 보이지를 않고 따라서 우리 같은 기생 충이란 모두가 넙적 엎대어죽어야 마땅하게 생각되지오. 아차 탈선이 됩니다. 이런 푸념은딴 긔회로 밀우고……

지금은 어슴푸레한 황혼입니다.

저―서천하늘가에는 붉은 노을빛이 몇갈래로짖어 길게 그어나갓습니다.

그리고 그 아래는 검푸른 산이 마치 병풍 친것 처럼 구불구불 돌아서서 긴장

---

* 이 글은 ≪신가정≫1933년 7월호 ≪반디불과 함께 그날밤의 긔억≫란에 게재되였다.

되엇구요. 그 뒤로는 어린애의 눈같은 그러케 귀여운 별들이 방긋방긋 웃고잇습니다.

저녁후인 나는 들에나서서 이 모든 것을 바라보다 견딜수가 없어서 바로 산으로 기여 올라 갓습니다.

여기에 올라서 보니 기가막히게 좋습니다. 이실경이란 도저히 붓끝으로 그릴수없읍니다.

눈이 아물아물하도록 펴어나간 저 - 푸른벌! 그속으로 반듯반듯 빛나는 적은 시내며 이산 모퉁이 저산 모퉁이 끝에 다정스레 붙어앉은 농가들 그리고 들을건너깃을 찾는 새무리들은 푸른하늘가에 높이 떳읍니다. 그날개 까지도 잇어서 엄한 아버지라면 밤은 저들에게 자애스러운 어머니일것입니다. 그평화스러운 품안에 안기어 차츰차츰 잠들어가는 저 - 푸른벌 누가 감히 저들의 고은꿈을 깨칠수잇으랴.

이제야 농민들은 들로부터 돌아오는 모양입니다. 살앗다 꺼지는 담배불이 여기저기서 나타나보입니다.

그들의 솜 같이 피로해 풀려진몸 멀리서도 빤드럼히 보입니다.

그들은 언제이나 이렇게 과도히 일을하고도 호미조밥 조차도 배불리 먹지못하는 신세이외다.

나의 앞뒤집이 농가이기 때문에 저들의 일상생활은 샅샅이알고잇읍니다. 저러케 늦게 들어와 가지고는 조밥이나 밀죽이나 정어려운 사람네는 도토리 같은 것으로 겨우 끼니를 에우고는 그만피로함에 못이겨 아무데나 쓸어저 잡니다. 어디 옷을 벗어보고 이불을 펴보겟읍니까.

부인들은 그나마 잠조차도 못얻어 자는것이 이농촌의 부인들입니다. 해종일 남편과 같이 일을 하고도 밤이되면 빨래질해서 옷 꾸매누라, 래일 아츰먹이-조를찌어 쌀을 만들며 밀을 갈아 죽쓸 준비하기에 그 밤을 새우는것이 거이 늘 되다 싶이 하는것입니다.

어떤때 달이나 밝을때 혹 밤중에 변소에 나왓다가보면 옆집 부인은 바눌을든채 일감을 떨어트리고 벽을의지하여 잡니다. 그러다가도 무엇에 놀라 다시 바눌을 놀리다가는 금세로 또졸고 잇읍니다.

모든만물은 이밤에도 살이 오르누라 우적우적 자랄것이 언마는……

남빛 보다도 더푸른 하늘에는 어느덧 별들이 수없이 갈리엇습니다.

그리고 왼 四방은 새삼스럽게 고요합니다. 따라서 어디선가 들려오는 시내물 소리가 졸졸 졸합니다.

나는 이슬을 촉촉이 맞고 서잇음을 발견하자 곳 발길을 돌려 나려왓습니다. 마당에 멍석을 깔고 농부들은 죽-나아앉어 농사이아기들을 자미잇게 하고잇읍니다.

그 옆에서는 모기 불이 향불같이 피어오릅니다. 그리고 집집 마당에서 빨갛게 움직이는 대림불이며 채마밭에 하얗게널린 다림질할 옷들 어느것 하나 시아닌 것이 없읍니다.

집붕위에는 박꽃이 이슬을 앗어 별같이 피어납니다. 어린애들은 각기 박꽃을 꺾어들고 신발소리를 죽이며 그림같이 움직이고 잇읍니다. 그리하야 박꽃에와 앉는 풍이라는 나비를 잡아들고는 좋아라고 깡중 깡중 뛰며 아터한 노래를 어울려 부르는것입니다.

풍아 풍아
네꽃은 쓰고
내꽃은 달다

이노래를 따라 나는 문득 나의 어렷을때를 회상하며 그때에 우리들도 저노래를 불럿거니하는 그리운 추억과함께 저노래는 누가지엇을까?하는 의문이 불시에 일어납니다.

자라나 어룬이 되면 잊어 버리는 그노래 아마도 그노래는 어린이들 자신이 풍을 잡기위한피가 노래화하여 된모양입니다. 그노래를 입속으로 외어보면 볼스륵 어린이들의 그천진한 감정을 맛볼수가 잇읍니다. 혹은 내 그릇된 생각인지는 몰라도……그노래를 잊어버린지 몇해 동안에 나의 한일이란 무엇이엇든가?

시르르 소리를 내며 바람이선들선들 불어옵니다. 나는 가만이 귀를 기우리니 먼-들에서 곡식대 부벼치는소리가 은은히 들려옵니다.

농부 들의 말을 들으면 이바람에 곡식들이 살이오르고 곡식알이 여문다는 것입니다. 반듯이 곡식에 한해서 뿐이아니라 온만물이 살오르는가 싶습니다.

앞니마를 덮은 내머리카락이 살랑살랑 흔들립니다.

살 오른다는 이바람! 농촌이 아니구서는 금을 준대도 얻어보지못할 이바람은 가난에 쪼들려 여윌대로 여윈 농민 들에게 아낌없이 쏟아저 흐르고 또 흐릅니다.

못입고 못먹는 저들이언만 이 바람에는 용긔를 얻는가도 싶습니다.

그들의 되는대로 쓸어저 자는 꼴이 보입니다. 담뱃대를 입에문 채로 팔을 벼개삼아 혼곤히 잠들엇읍니다.

동리 아이 들의 떠들든 소리도 끊어지고 꺾어가지고 놀든그 꽃만이 마당이 허-여토록 떨어저잇읍니다. 마치 초걱을을 연상할만치 그러케……그리고 자장 가로화하여 그들의 숨 소리를 따라높앗다 낮아집니다.

(此間六行不得已略)(잡지에 게재시에 이렇게 밝혀졌음.— 편찬자 주.)

밤은 깊엇읍니다. 아직도 그치지 않고 들리느니 부인들의 절구소리……뒤이어 나타나는 것은하나 둘의 반디불. -끝-

異域의 달밤*

강경애

一九三三年도 저물엇다.

이밤의 皎皎한 月色은 如前히 나의적은 몸덩어리를 눈우에 뚜렷이 던저준다. 두달전에 저달은 내故鄕서 보앗건만……?

이곳은 北國. 北國의밤은 매우 차다. 저달빛은 나의뺨을 후려치는듯 차다. 그러고 사나운 바람은 몰려오다가 電線과 나뭇가지에 걸려 휘휘 소리처 운다. 그소리는 나의 가슴을 몹시도 흔들어준다. 때마츰 어데서 들려오는 어린애 우름소리……나는 문득 이런 노래가 생각난다.

이밤에

---

* 이 글은 ≪신동아≫ 1933년 12월호에 게재된것이다.

어린애 우네
아마 눠집 애기
빈것을 빠나부이
밤새워 빠나부이

못입고 못먹는 이땅의 貧農들에게야 저바람 같이 무서운것이 또 어데 잇으랴! 死의 魔神이 손을 벌리고 덤벼드는듯한 저바람! 굶주린 저들은 오직 恐怖에떨뿐이다.

이곳은 間島다. 西北으로는 「시베리아」東南으로는 朝鮮에 接하여 잇는 땅이다. 치울때는 零下 四十度를 中間에두고 올르고 내리는 이땅이다.

그나마 애써 농사를지어 놓고도 또다시 飢寒에울고잇지않는가! 白米 一斗에 七十五錢 食鹽一斗에 二圓二十錢 勿驚[1] 白米값의 三倍! 이一端을 보아도 徹頭徹尾한 ××手段의 全幅을 엿보기에 어렵지 않다. 『苛政이 恐於猛虎也』라든가? 이말은 일즉이 드려왓다.

荒廢하여가는 曠野에는 軍警을 실은 「트렉」이 縱橫으로 疾走하고 上空에는 單葉式 飛行機만 大旋廻를 한다.

大森林으로 쫓기여 ××를 들고 ×××× ××하는그들! 이땅을 싸고도는 環境은 매우 複雜多端 하다. 그저 極端과 極端으로 中間性을 잃어버린 이땅이다.

人間은 一九三七年을 目標로 一大殺戮과 破壞를 하려고 準備를 한다고 한다. 妥協 平和 自由 人道等의 고개는 벌서 옛날에 넘어 버리고 至今은 제각기 갈길을 밟지 않을수가 없게 되엇다.

軍縮은 軍擴으로 國際協調는 國際軋轢으로 「데모크라씨이」는 「파쇼」로 平和는 戰爭으로…… 人間은 正反合의辨證法的軌道를 如實히 밟고 잇다.

이거리는 고요하다. 이따금 보이느니 개털모에 총을메고 우둑허니 섯는 滿洲國巡警뿐이다. 그려고 멀리 사라지는 마차의 지르릉 울리는 종소리……찬달은 흰구름속으로 슬슬 다름질 치고잇다. 저달을 보는 사람은 많으련만은 역시 環境과 立場에 딸아 늣기는바 感懷도 다를것이다.

붓을 들고 쓰지 못하는 이가슴! 입이잇고도 말못하는 이마음! 저달보고나 呼

---

1) 勿驚一 놀라지 말라는 뜻의 한자어.

訴해볼가 그려나 차듸찬 이 人間社會의 애닯은 이政況에 拘碍되지 않고 구름속으로 또 구름속으로 흘려간다.

大自然은 크게 움직이고 잇다. (一三三、十一月 龍井村에서)

間島*

강경애

나는 間島를안지 불과이태에 지나지안치만은 누구에게나 間島를 자랑하고 십다.그것은 自然의風景도아니요또 産物의 豊富함도 아니다. 오직 이곳에 잇는 사람들은씩씩하다는 것이다.

어떤날 나는 市場에 가서나무를 한바리 사왓다. 처음市場에서 보기에는나무단이수더기가 상당하기에 두말안짝에 갑을결정하고 집으로다리고 온것이다. 그러나 집에와서나무단을 옴기면서보니거테몇단만 처음과 다름이업고 속으로 들어가면서는 나무단이 형편이 업시작앗다. 나는 속은것이 분하야 얼굴을 붉히며 말하였다.

『이게 무슨 나무단이란말요 도루 가지고 가시오. 그러치 안흐면 갑슬 좀 내리든지』

나무장사는 아무 대답업시그나무를다가리고나서 나무갑슬 달라고하엿다나는 눈을 노리며

『웨 대답이 업소 글세저게 뭐란말이요 당신도눈이잇스면 보우 속여도분수가 잇지 어떠케 하겟소?』

나무장사는 담배를 피어물고 나무단우에 안즈며 입을열엇다.

『이아저머이가 참말 말성을부리랴나? 웨이러시우 갑슬나리랴면그당장에서 잘조사해보고나리든지올리든지 하지 이미갑슬 결정해 노코는무슨잔말슴이요 어서 나무갑주시오 난바뿌오』 눈을 크게뜨고나를 보앗다. 그때 나는가슴이 선듯

---

* 이 글은 ≪중앙일보≫ 1934년 5월 8일에 게재된것이다.

해지며 알수업는感慨와 함께 日常그들에게 풀엇던 나의호긔심이 밧짝당기엇다.
『난 속앗스니 못주겟소웨속인단말요』
나무장사는 코우슴을 첫다. 『온갓것이 다그러한데나무라고그러치안흘리가잇소?』하고대답하엿다. 나는그의平凡한回答에 눌리지안흘수가 업섯다. 나는결국결정한대로 나무갑을주엇다. 그날 나는그에게서 間島의農民이 어떠타는것을직접보앗다. 그담부터 나는 市場에를가면 ○○을 주의해보군하엿다. 한번은 市場에를갓는데 때마침飛行機한대가 머리우로 우루루지나첫다.
『홍!누가……(中略) 』
돌아보니 어떤 촌할머니가게단바구미를 아페노코 飛行機 를처다보면서 하는 말이엇다. 봄날에돌아오는 間島의 雜草 온 軍馬의발굽에 몃번이나 밟히엇는지 모른다(下略).

漂母의 마음*

강경애

어려서 어머니를 따라 빨래터에 쫓아다닌듯하나 이렇다하고 내 기억에 남아있는 자취는 없읍니다. 좀자라선 공부하라 뛰어 다니기에 가정일에는 전연히 손도대어 보지 않았읍니다.
이십여세에 나는 출가를 하였읍니다. 음식도 바누질도 빨래 같은것도 할줄모르는것이 가정에 들어 앉아놓니 이우에 더가깝하고 안타까울데는없는듯 합니다. 연애시기를지나 결혼기에 들어온 남편은 웨 그다지도 쌀쌀하고 냉정합니까. 참말 눈물겨운 일입니다. 더구나 남편은구여성을 전안해로 가졋더니만큼 그의 눈에 비취는 나는 아마도 한심하기 짝이없는 모양입니다. 나는 거이 날마다남편과 쌈을 하고 친가로간다고 보따리를싸군 하였읍니다. 그러나 선뜻그이성이 나를사루잡고 놓아주지 않기때문입니다. 그러고 남편과 날마다 쌈하게되는 이유를 가만

* 이 글은 ≪신가정≫ 1934년 6월호 ≪빨래터에 끼쳐둔 발자욱≫ 란에 게재된것이다.

이 생각하니 내가 가정일에 서툴러서 그러한듯하였읍니다. 그후나는 적으나마 가정일에 충실해야할것을 깊이깨닫고 몸을 아끼지않고 일하기 시작하였읍니다.

물동이를 사다가 물을깃고 때묻은 옷을 빨고 장에나다니며 반찬꺼리와 쌀을 사들였읍니다. 처음에는 물동이를 이지못하야 물길러온 부인들에게서 이웅을받았으며 겨우 집에까지오면 남편이달아나와서 물동이를나려놨읍니다. 이러는사이에 물동이를 몇 개나 깨트리고 나는 눈물을 흘린쩍이 한두번이 아니었읍니다. 마는 그것도 며칠이지 월여가 지나니 그 큰물동이가 휑휑 올라가더이다.

그다음은 빨래를 하였읍니다. 애벌빠는것은 비누칠만해서 방망이로 두다리면 되니까 그리 어려울것이없으나 애벌빤것을 잿물에 삼는것이 서툴러서 퍽이나 힘들었읍니다. 지금 생각하니 잿물을너무 많이풀었던 모양입니다. 나의 손끝은 빩앟게 벗겨져서 며칠이나 앓으며 눈물등이나 좋이 흘렀읍니다. 그때마다 남편은 흥!흥하고 비웃었읍니다. 나는 끝없이 원망스럽고 안타까웠읍니다. 이렇게지나기를 한일년이넘으니 힘들던 빨래질도 일종의 취미가붙으며 때로는 예술적감흥이 생기더이다.

이렇게 힘들이며 애쓰던때도 이미 지나친 과거! 三년이라는세월이 흘렀읍니다. 지금은 봄철입니다. 만물이 소생하는이봄, 나는 빨래광주리를 이고 해란강을 향하야 나갑니다. 이곳은 봄이와도 이때까지 꽃한송이볼수 없고 적적합니다. 그리고 때로는 바람이 지둥치듯 불어서 겨울날인듯이 생각됩니다. 그러나 오늘만은 이북국에서 보기힘든 따뜻한 날이외다. 길에는 빨래를인 부인들 뿐입니다. 가는부인 오는부인 나는 해빛을눈등에 받으며 지나가는 부인의 빨래광주리를 보았읍니다. 눈이 시도록 빛나는 빨래! 나는 그순간에 그흰빨래가 내가슴에 선뜻부디치는것을 느꼈읍니다. 해볕에 빛나는 저빨래 저것은 정성스레 빨래한저부인의 순결한 맘을 대표한듯 하였나이다. 사랑하는 남편과 귀여운 어린애들을 생각하며 곱게 씻은 저빨래, 어머니와 안해의맘을 대표한것이 아니고무엇일까. 봄볕은 저들의 다정한맘에 따뜻하게 비치우는듯 하외다. 강가에까지온 나는 빨래를 나려놓고 빨래를 하였읍니다. 강가에는 방망이소리로 요란하였읍니다. 봄하늘 아래 방망이소리 얼마나 시원한소리입니까. 나는 나의어리석었던과거를 회상하며 저하늘가를 바라볼때 지금의나는 하늘을건너질러 펄펄나는 새의 몸같이도 가벼운듯 합니다.

내손끝은 물에서 헤염질칩니다. 빨래는 히어집니다. 헤우면 헤울수록 히어지는 이빨래 새옷을 입을때의 쾌감보다도 때묻어 버릴것 같이 알았던 이빨래가 눈이시도록 히어지는 쾌감이야 말로 빨래하는이가 아니고서는 상상도 못할것입니다. 무심히 보니 내손끝은 파란물결속에서 붉게 타오릅니다. 나는 손을번쩍들며 「봄이다!」하고 중얼거렸나이다. (간도에서)

豆滿江禮讚*

강경애

豆滿江이라면 朝鮮 滿洲 露西亞의 國境이니만큼 거기에對한 歷史나 자미있는 傳說같은것이 많을것이다. 그러나 歷史의 素養이없는 나로써는 極히 難處한 일이다. 더욱 豆滿江 이라면 우리로써는 禮讚보다도 怨恨이 많을것이다. 左右間 禮讚이 될지 怨恨이 될지 생각나는대로 붓을 옴겨보자.

豆滿江은 白頭山에서 發源하야 東海로 흐르는 一千五百餘里나되는 長江이다. 豆滿江水의 分量은 朝鮮에서 흐르는 물의分量보다도 滿洲에서흐르는 分量이 더많다. 間島 龍井村으로 흐르는 海蘭江이며 局子街의 延吉江 百草溝의 百草溝江 琿春의 琿春江等이 高麗嶺을넘어 豆滿江에서 合流된다. 그러고 豆滿江이란 이름도 滿洲語에서 나온 이름이니 卽圖們色禽이란 滿洲語에서 色禽을 떼고 們만붙여 豆滿이라 하였다. 圖滿色禽이란 뜻은 새가 많이 사는 골작이로 解釋이 된다고한다. 그런것을보아 豆滿江一帶에는 새가많이 깃을들이고 있던모양이다. 歷史的으로는 分明하지 않으나 金國 當時에 天祚帝가 臣下를 많이 다리고 꿩사냥을 하군 하였다는 傳說이있다.

至今으로부터 四千餘年前에 滿洲는 扶餘族이 開拓하였다. 扶餘族에서 갈라진 挹婁族이 이近方에서살았고 高句麗가 亡하고 渤海가 일어나자 여기에는 渤海東京인 率賓府가 되었으며 遼나라를치고 金나라가 들어서면서 여기를 東邊

---

* 이 글은 ≪신동아≫ 1934년 7월호에 게재된것이다.

道라하야 前者에 말한바와 같이 여기에는 사람을살지못하게하고 꿩사냥하는 노리터로 만들었다는 傳說이있다. 그後蒙古族이 元이라는 國號를가지고 中原에 號令하자 여기에다 東邊道總官府를 두게되었고 元나라가亡하고 明나라가되면서 會寧이라하였다. 지금에 會寧이란 이름이 그때부터 시작 되었다. 會寧에는 毛憐衛이라는 軍隊駐屯所를 두게되었으며 如前히 이地方에는 扶餘族에서 나려온女眞族이살고 있었다. 明國이 亡하고 淸國이 盛하자 그때 朝鮮에는 李朝世宗三年이었다. 世宗王은 臣下인 金宗瑞를 이地方에 보내어 女眞族을 討伐한後에 豆滿江을 國境으로 定하였다. 그前까지는 會寧에서 淸津까지 一直線을 그어以南이 朝鮮이였다. 그러던것이 이때에와서야 비로소 豆滿江이 國境이되었다. 當時에 女眞族은 눈으로 참아 보지못할 壓迫을 받으며 죽지못하여 살았다. 지금도 그러하거니와 權力者앞에 그들의 生命은 風前燈火이었다. 佛敎를 强制로 믿게하는데 너이들은 家族을달고 집에서 믿으라하였다. 그래서 그들은 山에서 믿는 佛敎를 집에서 믿게되었다. 이른바 在家僧이란말이 여기서 나온말이다.

그들의 降伏의 괴렴으로 지은 鍾城에있는 受降樓를 그들은 얼마나 원망하였을까. 그리고 受降樓를끼고 굽이굽이 감돌아 나리는 豆滿江을 얼마나 넘고 싶었을까 그러나 國境의 守備가 엄하니 어찌 敢히 넘으랴. 닭밝은밤 그들은 고달픔에 못이겨 아마도 豆滿江에 몸을맡겼을 것이다. 年代는 分明하지 않으나 畢竟 이때로부터 豆滿江을 넘는 페-지가 시작 되었을것이다.

當時에 朝鮮은 淸國과의 國際問題를 두려워하야 國境을 넘는者에게는 容恕없이處置하였다. 그러고 兩國은 通商條約이 成立되어 會寧에 開市場을 열게되었으며 豆滿江以北으로부터 間島 局子街近方까지는 緩衝地帶라하야 通商時에만 人馬가 頻繁할뿐이요 그時期가 지나면 緩衝地帶는 空地이였다. 그러므로 豆滿江一帶에있는 女眞族이야말로 이自由天地를 날마다 밤마다 넘겨아 보았을 것이다.

이렇게 나려오든것이 至今으로부터 六十六年前 己巳 庚午年에 무서운 흉년을 맛난 百姓들은 이제야말로 막다른 골목에達했으니 죽을줄 뻔히 알면서도 豆滿江을넘기시작하였다. 죽이기로 당치못할것을안 政府에서는 나중에는 放任하여 버렸다. 그러니 百姓들이 막쓸어 間島로나오게 되었다.

至今의 間島라면 汪淸 延吉 和龍 琿春 이 四縣을 말함이니 이넓은 地廣에

朝鮮人이 四十萬깊이다. 이 四十萬은 누구나 豆滿江과 因緣이 깊을것이다.

滋味있는 이야기가 豆滿江에 있다. 鍾城對岸인 豆滿江 가운데는 間島라는 조고만 섬이 있었다. 그섬은 아주 沃土이어서 곡식을 심으면 朝鮮땅에서 나는 곡식보다 倍나 더나군하였다. 그러니 백성들은 물래 건너가서 農事를 짛군하였다. 그러나 强國인 淸國이 무섭고 國境의 守備가 엄하여서 그들은 맘을놓고 農事를짛지 못하였다. 그래서 하루는 밤중에 백성들이 뫃여서 間島를 朝鮮으로 옮겨오자고 議論이되었다. 그들은 卽時豆滿江으로 나가서 朝鮮쪽으로 흐르는 물줄기를 滿洲쪽으로 흐르는 물줄기로 옮기기爲하야 흙으로 메워서 終乃는 間島를 朝鮮땅으로 만들었다고 한다. 지금도 鍾城에 가보면 그자최가 남아있다.

이렇게 間島를 朝鮮땅으로 만들기전에몰래 이섬에와서 農事짓는것을 모두 間島農事라고 하였다. 지금에 間島란豆滿江에서 나온말이다. 이傳說을 미루어 間島는 豆滿江이 나아놓은듯 싶다. 間島의 어머니인 豆滿江! 누구든지 間島를 아라보려면 이 豆滿江부터 먼저 알아야 할것이다.

내가 처음 豆滿江을 對하기는 一九三一年봄 바야흐로 新綠이 빛나는 그때이었다. 나는 車窓에 의지하야 豆滿江을 바라보았다. 新綠이 무르익은 버들숲을 끼고 흐르고 흐르는 저 江水!

(여기 52자 원문에 공백—편찬자.)나는문득 이런 노래를생각하였다.

여인은 애기업고
사내는 쪽박 차고
지친 다리 끌면서
강가에 섰소

강물에 발담그며
돌아다 보니
강변엔 봄이오
버들가지 푸르렀소

강물은 무심히도
흐르고 흐르는데
애기는 울고 울고

석양은 기오

아직까지도 이노래가 내머리에서 감돌다가 펜을드니술술달려나온다.
(여기 마지막 2행 52자 원문에 공백 —편찬자)

작자의 말*

강경애

인간사회에는 늘 새로운 문제가 생기며 인간은 이 문제를 해결하기 위하여 투쟁함으로써 발전될 것입니다. 대개 인간 무제라면 근본적 문제와 지엽적 문제로 나눠볼 수가 있을 것이니 나는 이 작품에서 이 시대에 있어서의 인간의 근본문제를 포착하여 이 문제를 해결할 요소와 힘을 구비한 인간이 누구며, 또 그 인간으로서의 갈 바를 지적하려고 노력하였습니다. 끝까지 보아주시고 오류와 모순을 들어 진지한 질책을 내려주시면…… 할 뿐입니다.

故鄕의 蒼空*

강경애

내 고향을 떠난지 벌서 三년이 잡힌다. 그동안고향에는 많은 변동이생겼을것이다. 시가지가 좀더 번화했을것이라든지 사릿골(四里洞)오릿골(五里洞)에 빈

---

* 이 글은 장편 『인간문제』를 련재하기 전 『동아일보』1934년 7월 27일 「신 연재소설 예고」란에 실렸던것이다. 이 권에 싣는것은 리상경 편 ≪강경애전집≫에 수록된것이다.
* 이 글은 ≪신가정≫ 1935년 5월호의 ≪故鄕의 五月≫ 란에 게재된것이다.

민이 그수를 더했을것이라든지……더구나 이웃에서 주소로 대하던 맘좋던 할머님들이며 자루 같은 젖통을휘두루면서 입에 침기가 없이 애기 자랑으로만 일을 삼는 젊은 부인들이며 아리랑타령을 제법 멋들게 부르며 우리집 앞으로지나다니던 나무하는 아이들까지도내가이제 고향에 가면 맞나보지 못할 얼굴들이며 아라보지못할 얼굴들이 있을 것이다. 그러나내가 항상 바라보고 위안을 얻으며 격려(激勵)를 받던 그하늘만은의연(依然)할것을 머리에 그리며 나는 이붓을 옴긴다.

두견산(杜鵑山)밑에 게딱지 같은 오막사리들이 오굴오굴 뫃여있는 그중에서 가장적고 가장 낡은 집이 우리집이다. 그집은 지은지가 멧십년이나 되는지 모르나 어째든 벽하나 바르지 못하고 기둥한개 성하지 못하다. 비오는 날이면 기둥 썩은 냄새가 몰문하게 난다. 그러나 어머님께서 손질을 잘하서셔일견 새집같고 안밖이 정결하다.

안방은 세주고 웃방에 우리모녀는 있었다. 웃방은 더구나 천정이 얕아서 키큰 사람은 허리를 굽여야들어가게된다. 벽은 내가 쓰다가 버린 원고용지로바르고 뒷문편으로 다 낡은 옷귀들이 컴컴하게 놓여있으며 앞문앞에는 석유상자 책상이 푸른 보에 덮여있다. 그러고 책상우에는 빌어온 신문들이며 책권들이 언제나 너저분하게 널려있다.

첨하 끝에 참새들이 조잘거리고 아이들이 작난감으로 만든듯한 앞문에 해빛이따스하게 드리우면 어머님은 이엉츠 걱정에 부산 하시다. 그런지 멫일후에는 기어히 이엉초를 마련해 갖이고 뒤뜰에서 부시락부시락 소리를 내시면서 이엉을엮으신다.

문예(文藝)란 말만 들어도 나는 입을해하고 벌리던 그때라 신문이나 잡지권을애써 얻어들여 가지고는 시간 가는줄을모르고 붇잡고 있다. 어머님은 나의 이러한 행동에 불만하서셔 항상 꾸지람을 하시며 일감을 내놓아 나로하여금 책을보지 못하게한다. 나는 간간히 어머님과대항을 하다가도 못이겨서 잡히지 않는바늘을 쥐고 일을 하는체 한다. 그러다 어머님이 밖으로 나가시면 옷감을 구석으로 밀어던지고 또다시 책을든다. 더구나 저렇게 이엉을 엮으실때는 어머님이용이해서는 방안에 들어오시지 안으므로 나는 맘을 놓고 누어서 책을 본다.

지금도 그러하지만은 그때에야 말로눈에 빛어지는문구란 문구는 모를것 밖에는 없다. 어떤때는 책한권을 다읽고나도 머리에 남는것이란 아무것도 없다 재독을한다 三독을 한다 내지 오륙차를거듭대도 점점더 아득하다. 나는 기가 있는대로 치밀어서 벌덕일어나 미친년같이 윈방을 휩쓸다가도 못견디어서밖으로 튀어나간다.

어머님은 아무 불평이 없이 만족한얼굴로 이엉을엮으시다가 나를 보고

「왜 또 나오니 좀 지접을해서 일을하지」

걱정스레히 나를처다 볼때 나는 통곡을 하고싶다.

「바느질이나 하면 뭘해요!」

나는 톡쏘는듯이 이렇게 말하면 어머니는

「계집아이가 바느질해야지 뭘한단 말이냐……어미는 손에 피가 나도록 일만하는데 넌 놀려고만하니너도 이전 그만하면 셈좀 들어라」

어머니는 한숨을 푹쉬신다. 나는 어머님의 저한숨소리만 듣게되면 언제나 가슴이 찌르르 울리면서 맘이 죄송해진다. 그러고어머니를 위로해 드릴생각이 부쩍일어난다. 나는 한참이나 아무말 없이섰다가 어머니 곁으로가서 이엉초를 한줌식 집어 어머니 손에 쥐어주며 약간식붙은 나락을 훑터서 바가지에담는다.

「손끝이 몹시 아픈데 어디 좀봐라」

나는 내미는 어머니의 손을 쥐고 들려다보니 다섯손 끝에 빨가케 피가 배었다.

「아이 어머니 피가 나올래 내좀해 응 저리가 어머니는」

어머니는 쓸쓸이 웃으시면서

「네까짓것이 뭘하냐」

어느듯 모녀의 눈에는 눈물이 글성글성해진다.

「어서 들어가서 일이나 해라」

어머니는 목이메어 이렇게 말슴하신다. 나는 부스스 일어났다.

내눈 앞에 나타나는 저두견산 우리인간 사회와는 아무 관련이 없다는듯이푸른옷 붉은 옷을 찰란(燦爛)히입고 올라라오라라 하늘 끝까지 푸르러…… 미의극치(極致)를 완연히 들어뵈이고 있다. 산넘어새소리 꿈같이 들려오고 미풍에 산향기 그윽하다. 나는 이징관(壯觀)에 취하야 잠깐 섰다가 방으로 들어오면 방안은 굴속 같고 무슨 냄새가 코를 버티운다.

나는 겨드랑에 땀을 척척히 느끼며앞문을 탁열어제친다.

문이 좁아라하고 밀여드는 저하늘 내 조고만 책상에 말없는 미소를 먼저 주는 저하늘어디서 보던 하늘보다도 밝고도다정하다. 나는 어느듯 책을 들며「읽자 쓰자!」하고 부르짖을때 내머리속은 저하늘같이 맑아지며 그렇게 푸른히망으로 내조고만 가슴은 터질듯 하다.

지금은 간도에 있는 나 때때로 하늘을 우르러내 고향을 그린다. 조고만 우리집을 폭 덮어줄 그하늘, 문마다 가득찰 그하늘…….

우리집窓門―봄을맛는*

강경애

여기는 아직도 白雪이 紛紛하야 봄의기분이란 용이히 맛볼수가 없다. 그러나 모질게 모라치는 그바람에도 어지럽게떨어지는 그눈송이에도 女人의 바쁜 숨결 같은것을 내볼우에 흐뭇이 느끼게됨은 봄이 오는 자취가 안일까.

나는 바느질을 하다말고 멍하니 유리窓門을 바라본다. 오늘 저유리문은 해빛을 고히 받아 환히 티었다. 언제나 저문엔 누가 그리는 사람도 없는데 갓가지로 그림이 아로새겨진다.

때로는 제법 어떤 화가의 손으로 정성스리 그려진듯이 山이 솟아있고 물이흐르는것이오 或은 茫茫한 바다에 힌돗대 오뚝 솟아 초생달 같이 까부러저있다. 하더니 오늘은 아무것도 그려있지않고 파란하늘을 한가슴 가득히 안고있다. 우리故鄕뒷들에 풀 쿠리속에 숨어있는 박우물같이 맑고 그렇게 하늘을 안고있다. 앞집뜰에서있는 포푸라나무가 우리뜰엣것 같이가차이보이고 앞집집웅에 녹다남은눈떨기는 가을에 목하송이 같이 여기저기 널려있다.

포푸라의 가지가지는 하늘을 바라보고까마케 솟아있다. 그가지끝이 뾰족함이오 하늘을 그리워 파리 진듯하고 제각기하늘을 처다봄이오 역시 하늘을 얼마나 그리워 함일까.

---

* 이 글은 ≪삼천리≫ 1936년 5월호에 게재된것이다.

어디선가 참새들이 포르릉 포르릉 날아와서 나뭇가지에 林檎처럼 매달리고있다. 손을 내밀어 한놈 똑따서 먹고싶다. 그林檎은 사라서 파닥파닥 날아다닌다. 가을의 뻘겉게 익은 林檎같이味覺으로써 나를 유혹하기보다 그들의 가슴에 방금 끌고있을 삶이 나를 끌고있다.

간혹 나뭇가지 그림자로 그눈에 가로질리나 그것은 잠간이오 하늘에 동동 떠있는 힌구름이 그들의 눈에 눈꼽 같이 끼어있다.

그들의 가슴에 있는 보드러운 따뜻한털에는 구름을 거실러 날든 자치가 아직도 남아 있을게고 지금 싸늘한 나뭇가지가 그들의 가슴에서 포근히 녹이고있을 것이다. 고주둥이 글은 엄이 가지에서 파랗게 돋지을 않으려나.

그들은 갑자기 후루루 뜰에 떨어진다. 에전 밤알 같이 딩굴고있다. 치마 앞을 버리고 한알두알 주어넣고 싶다. 그러면 치마속에서 파닥파닥 날뛸테지 그러고 노리칙칙한 새냄새가 몰신몰신 내코밑에부디치겠지.

그밤알은 대글대글 굴어 다니며 내가버린구적물에서 쌀알을 골라 쪼아먹고있다. 그조고만 쌀알이 어쩌면 저리도잘뵈일까. 눈도 밝지 돌아래 흙속에 묻지어있는 쌀알을 기어히 얻어내고야만다. 그눈은 아마도 밤하늘에 별인가보다. 그개웃거리는 조고만 목에는 누가 저리도 히고 부드러운 목도리를 해주었을까. 어너 산기슭에서 포곤히 잠들었을때 그우로 살살 감놀든 안개란놈이 그들의따뜻한 목에 감긴게지.

재미난 옛날 이애기거나 앞으로 살아갈 이애기를하는모양.

나뭇가지는 하늘이 전해주는 무슨 소식이나 있을까하야 가지마다 긴장되어가지고 가만히 그들의 털에 귀를대고있다. 그들은 주둥이로 나뭇가지를 간지럽게 톡톡 쪼아 다린다「봄이 온단다. 봄이 온단다.」하는것같다.

그들은 후르릉 날아간다. 바라보니 하늘은 깊은 호수같이 파랗게 개었다. 그들은 얼마나 자유로울까. 저하늘은 저들을 위하야 저리도 넓고 깊고 또 저리도 파란것 같다.

나는 문득 창문을 보았다.

「한푼 줍쇼」

어린거지가 창문밖에 서서 나를보고머리를 수긋그린다. 그보기 싫게 조은 머리며 때가끼인 얼굴 람루한 옷주제 나는 무의식간에 얼굴을 찡그렸다. 그러고

어서 속히 쫓기위하야 지갑에서 돈한푼을꺼내 내처주었다.

「고맙습니다」

거지는 나가버린다. 나는 거지의 신발소리가 살아지자 참새들과 어린거지를 문득 대조해 보았다. 三月十四日, 아츰 龍井

漁村點描*

강경애

(一)

내故鄕 일우에 夢金浦를 두고도 벼르기만하고 한번도 찾지못하엿다가 이번에 歸鄕하는 機會를 타서야 겨우찻게 되엿다. 그일흠이 前朝鮮的으로 알려진 그만큼 나는 크단 期待와 興味를 가지고 自動車우에 몸을 실엇다.

荒漠하기 짝이업는 滿洲벌판에서 自然에 퍽이나 굶주렷던 나이라 그런지는 몰으겟스나 어째든 내가 朝鮮땅에 一步를 옴겨 노흔 그순간부터라도 朝鮮의 自然은 果然 아름답다 하는 感歎을 무시로 發하게 되엿다.

오랜 梅雨 때문에 道路는 傷하야 平坦하지 못함인지 自動車는 노상 키까부질을 하나 압압에展開되여 나타나는 田園으로부터 구수한냄새에 醉하야 나는 괴로운것도 미처 생각하지 못할 지경이엿다.

右便으로 佛陀山脈이 구불구불흘러서 마치 바다의 波濤와가티 뛰놀고 左로 札石山餘이 노픈듯 낫고 낫은듯노파 그뫼됨이 자못 奇異하게보이엿다. 그우에 숨가뿐 구름이 떼를지어오락가락 한가로웁다. 나는 문득 이러한 노래를 읊어보앗다.

青山우에 구름이요
구름속에 青山인데

---

* 이 글은 ≪중앙일보≫ 1935년 9월 1일부터 6일까지 4회로 나뉘여 게재된것이다.

青山이 제 구름을 못떠나고
구름이 또한青山을 못떠나니
萬古에 有情함을
사람들에게 보이더라

보이느니 밧이요 논이라 조이삭은 벌서 머리를 다소곳이숙엿고 벼는 한창 살이 올라 그닙에 기름방울을 떠러트린듯 윤기가 흐른다.

풀밧에누어서 한눈만감고 조으는듯한 황소는 이밧과이논을 내가갈아서 이러케 조와벼를 키윗다는듯이 그 배 내노흠이 미듬직하다. 그리고 그여프로 깡충깡충 뛰어 돌아다니며 귀엽게 작란을하는 송아지는 우리엽집에있는 이제 다섯 살잡힌 길성이 놈갓다.

멀리 山麓으로 農家들이 여기 오굴 저기 오굴오굴 모혀앉잣고 그 아프로 냇물이 시원하게 가돌아나리며 마을을 싸고 날아다니는 새무리들은 그 푸른 하늘에 한끗 自由롭다. 수수밧우에흰구름이 山脈을지어 거울 가트며 때맛난 잠자리떼는 분주하기끄티업다. 나는 이모든것을 바라보며 고요한마음 가져보앗다. 내옷과 내머리 끝에 바람이 훌훌 감겨 돌아간다.

마침 自動車는 龍淵을 지난다. 나는 나의 卒作인 ≪人間問題≫의 主人公 첫재를 생각하였다. 이 龍淵! 머리를 내밀고 바라보니 멧해전과는 아조달라진듯하엿다. 그러나 아직도 변하지 안코 잇는것은 저 怨沼의 푸른 물뿐이엿다.

≪예나 지금이나 저원소의 물은 푸르고 푸르다. 흰옷깜을 보면 물드리고 시프게 그러케 푸르다-「人間問題」에서≫

첫째를 내어쪼친 이龍淵과 매소부인 그의어머니와 不具者인 이서방만이 아직도 그 侮辱과 그蔑視를 바드면서 첫째를기다리고잇슬것인가, 잇다! 분명히잇다. 나는 이러케속으로 부르짓는사이에 車는石橋를 향하여 다름질친다.

自動車는 石橋를지나 洪街里에서 잠간停留하얏다가 다시疾走한다. 이쪽으로 오면서부터는 道路는 좀 平坦하다. 그리고 佛陀山이 平平한잿등이되는듯하면서도 樹林이하늘을 찌를듯 노피올랏다. 우리는 한참동안이나 하늘도 보이지안는 樹林속으로 기어들어간다.바라보니 樹林인즉 雜木은석이지안흔 松林뿐이엇다.

솔나무! 滿洲에서 어더보기 힘든 저솔나무는 언제나 저솔나무를 보게 되면

머리가 산듯해지면서 高尙한 무엇을 발견하게 된다. 바늘끗가티 銳利한 입을하늘을향하야펼치엇스며 줄기는 굽은듯 다시올라 波濤만흔 소나무 歷史를 말해주는듯 그윽한 솔진내를피워그뜻에 노품을 말해준다.

그사이로 빙글빙글 도는 도라지꽃은 햇쭉웃고는 꼭꼭 숨어버린다. 에크 또나온다또숨는다. 그빗이 웨그리도 푸를까. 深深山谷에서 별만 보고자랏슴인지 꼿송이가 별인듯 속기쉽고 푸른하늘을 그리며 애를 태윗슴인지 그머리다소곳 숙이고 愁心빗이네.

(二)

自動車는 이제부터는 비탈길을 나려온다 한곱이를 돌아오면 또한곱이 막아서고 이제는 마즈막이려니하면 또한뫼가 나타나서 우리들의 가슴속까지뫼 그늘로 가득한데 갑자기 겨테안젓든 日本地人의兒童이 꼬뚝일어난다.

『아이 저긔가 바다야』

소리치는 바람에 우리는 一시에 아플 바라보앗다보아라 저푸른바다!말이 칵마키어버리고 바다 바다만이다 우리는맘속에 조고만생각도 숨길수가업섯다.그저바다만이 놉고 나즐뿐이엇다벌서 夢金浦는 수수밧 속에 숨여 얼신얼신 보히고 주인을 따라나온개가 조밧머리에서 두리번리다가우리를보고 컹짓고는다라나버린다. 바다는 時時로그비츨鮮明히 나라나뵈인다.

어느듯 우리는 夢金浦에다앗다 乘客들은 뿔뿔이 車에서 나려서 다라난다. 나는잠에서깨인듯이 정신이 허리멍텅한것을 겨우 진정하야 짐을 가지고 나리엿다. 그래서 朝鮮日報支局을 차자가지고 分局長의案內로 旅館까지定함을 바든 나는그길로 支局長을 압세우고 求景을 떠낫다.

午後三時 나려쪼이는 해볏은 우리의 皮膚에댕글댕글굴러나린다. 나는숨이차서 흘러나리는땀을 시츠면서 그의 뒤를 따랏다.

『저것이 沙山입니다』

나는냇물을 껑충하고 건너뛰어서 沙山으로달려갓다. 그리고모래를 쥐어도보고 발바도보면서

『어쩌면 이런山이 다잇슬까요』

하고몇번이나 겁허말하엿다. 줌안에 꼭쥘수가업시흘러떨어지는이모래 이모래

에 물을부어반죽하야 송편이뿌게빗고 십다

우리는발길을 돌렷다. 山을일우운모래가무엇이 미진하야 海邊까지족 깔리엇슬가 波濤에스치어 파스스하고 문허지고는 파스스한다 아마波濤가 그리워 에까지나왓나 보다

나는구두와 양말이 귀치안은 생각이들어서 그만 다버서 걸머메구서 걸엇다. 가다가 빙그르르돌아도 보고 발끄트로 모래알을 날려도보는 趣味야말로무어라 形容할수업시 조타. 오늘은내가 人間의모든탈을 버서버린 새빨간게집애갓다. 귀여운 게집애갓다.

발거름을 따라 바다의巨體가 우리아페 칵막아 버린다 물결은남실남실 沙場으로 밀려나온다. 나는 얼른이노래를 외어보앗다.

> 내귀는 바다가의 조개껍데기
> 물결치는 그소래가 그립습니다

언제인가 新聞에서 읽어두엇든 이노래가 불현듯이 내머리에 떠오른것이다. 보다도 바다가 이노래를 불러 또불러 내 귀를 움직이게 한것이다.

나는 默默히 이 노래를 드르면서 섬몽금이까지 왓다.

우리가 섬몽금이 바위우에올라섯슬때는 왼宇宙가 碧海로된듯한 感을 가지게 하얏다. 하늘에다은듯한 저바다 가리락터저부리네.내비록 몸은 적으나 맘이야 바다에뒤지랴.

멀리적고 큰섬들이 꿈가티어리웟고 멧척의 海船그림인듯 조용하다. 갈매기가 펄펄날아물우에 찰삭나리엇고 그래서 그날개 波濤에저저무거울듯 하건만 또다시 까마케놉피뜬다. 필시 갈매기의 따뜻한 그가슴에부른적은별에는물방울이眞珠가티빗날터이고 그주둥이에는 살진물고기가 듬북물렷슬것이다. 洋洋한大海를 akae로나라다니며 먹을것을찾는 저갈매기 먹을것을 한가슴안은채 어듸로가노? 너를부러워 바라보는 漁夫의모양한심하기짝이업구나.

(三)

支局長은 아까부터 이선몽금이에사는 漁民들의 生活狀態를 이야기하였다.

나는 하나하나귀에 담아들으며 긴한숨을쉬엇다. 그리고 섬금봉이를 내려다보며 그들의 가난한집웅을 바라보앗다 거긔에도 호박넝쿨이대견하게 올랏는데 몇개의 호박이 든직하게 달려잇다.

그리 멀지안흔곳에 長山串이 突出하야 獨步의覇氣를 보여주며 뚝떨어저 沙山우에 靑松은마치 麗人이머리를 푸러헤치고바다를 向하야섯는듯하엿다. 그러고 沙場에는 潮水가들어와야나갈 木船들이 군데군데보이고그물을둘러메고 어듸로인지 가는漁夫의 모양이 바뿌다.

내가 지금안즌바위는 그길이가 몇십丈이나 되어보이리만큼한데 그압에는 波濤가소리를치며 달려드나 바위는丈夫의氣像을 가지고까닥하지 안흐며그몸에 굴이寄生하야 바위마저生物인듯 보인다.

우리는 섬봉금이를떠나 沙場으로 향하엿다. 沙場에는게들이까마케나와 업듸어 잇다가는우리들의 신발소리에놀라 긔급을해서 사라지고만다. 나는가만히 들여다보니 沙場에는게구멍이 오리숭숭한데 그리고게들이나왓다가는 들어가군하엿다. 나는 어린애처럼 살금살금게를다오치나 게는 벌서눈깜박할사이에 숨어버린다. 안타까운나는발끄트로 게구멍을 파며걸엇다가 海草부스레기가 보이고 그물해진것이 발에걸린다. 나는눈에 보이는대로집어들고서 물엇다

바라보니 男女의 海水浴客들은 손에손을 맛잡고 웃고떠들어댄다. 그들의 몸은海風에껄어새캄하다. 나는어쩐지 그들의겨트로 지나는것이 부끄러운생각이 들어서 머리를푹수기고浴場近處에잇는 바위우에올랏다.

여긔서는 長山串이 퍽이나가차히 바라보인다. 그리고바루건너다보이는 조고만 섬에는두어개의 바위가 맛부팃스며그사이로 약간의 풀대가 가난해 보이엇다. 그섬아프로 海水浴하는사람들이 고기떼가티 밀려다닌다는 沙場으로 뛰여나온다. 그들도 해종일 멕감기에 얼마나 지첫슴인지 沙場에 죽 돌아안고 或은 누어서 휘바람도 불고 노래도 불으며 용이하게 움직이려고하지안헛다. 해빗은 沙場우에 대글대글 구으는데 그들의 얼굴은 원숭이갓다.

퉁퉁하게 살진 女人하나이 어린애를 다리고서 겨테 따르는 그의 男便인듯한 사나이와 손을맛잡고 딴스를한다. 푹퍼진엉덩이가 둥실둥실한다. 어린애는 어머니를따러 딴스는못하고 그저 그큰 엉덩이를 따러 깡충깡충 뛰는양이 귀여워 보이엿다.

海風이 올리불어 나는 오실오실치우며 몸이퍽도 疲困함으로 어서들어가기를 재촉하얏다. 우리는 바위를 떠나 나려왓다. 別莊과 海水浴場과의 距離가먼까닭인지 自動車는 무시로 드나들며 客들을 실어날럿다. 우리가 自動車머무는곳에 왓슬때는 海水浴하든사람들이 옷을입고 아까와는 달리 점잔을 빼고서서 車를 기다리고잇섯다.

여긔는 섬몽금이서 뚝떨어진곳인데 海水浴場바루뒤엿다. 그런데 허깐하나를 두고 네다섯 家戶가 정답게 모혀안젓다. 지붕에는 호박넝쿨과 박넝쿨이 푸르게 올라 바다를바라보고 뜰에는 쑥과 왁새풀이 욱어저 푸른자리가되여 죽깔리엇는데 거긔에는 닭들이 모이를찻고 돼지들이 그길단 주둥이를내밀고 땅을 쑤시며 꿀꿀댄다. 그러고 군대마다 조개껍질과 게껍질이수두룩이 싸이엇다.

나는 허깐으로가서 들여다보앗다. 여긔에는 고기잡는 器具로 가뜩하얏다. 작은 그물 큰그물이며 木船 오그라진것들로발로 이러한것들이엇다. 허깐아페는 세멘콩크리트로 만든아궁이가잇스며 달려서세멘콩크리가마가 둘이 가즈런히 걸렷다. 그안은 쇠로 되엿스며 지금은 녹이 쓸엇다. 그가마는 멸치를 삼는 가마라고 하얏다.

(四)

마침 우리 아프로 게집애가 바구니를들고 지나간다. 나는쪼차가서 바구니를 들여다보앗다. 淡靑色의 멸치가 절반이나 차잇섯다. 멸치는 봄에잡힌다면서 웬인입니까 물으니 때때로 이러케 조금식은 잡힌다고 하얏다. 게집애는 부끄러웟든지 슬금슬금 달어난다. 계집애의 뒷모양을바라보는 나는 그의옷이말할수업시 襤褸한것을보앗다. 갑자기 나는 오 저계집애는 이漁村에사는 가난한 漁民의 딸이구나하얏다. 그머리 주제며 손발의 長大함……이번에 내가여긔온것은 저들의 生活을 探求하러 왓서야할께다하는 부르지즘이 내가슴을뜨겁게 흔들어노앗다. 오냐 作家로서의 使命이뭐냐 이現實을누구보다도 똑똑히보고 또解剖하야가지고 作品을通하야 一般大家에게 나타내보이는데 잇는것이이니냐

藝術이란 그自體가 民家의生活과 分離되는곳에 무슨價値가잇스랴.

그러자 車는달려옴으로 우리는 自動車에 올랏다. 車는 스르르하고 沙場을달렷다 무심히보니 빨가숭이 어린것들이海邊가에안저서 게를잡는 모양이다. 그곳

에서 조금떨어저 흰물새들이 나란히안저서 역시먹을것을찻는모양. 어느듯 그귀여운것들은 까마케 살아지고 바다와 靑山이 핑핑 맴돌이를친다.

別庄아페서 우리는 나리엇다 木製인 別庄은 깨끗해 보이엿다. 別庄을 싸고 雜풀이 욱어진뜰에서 天幕들이 여긔저긔 널려잇섯고 그곳에 메뚝이 푸르룽 날고 쑥냄새 가득하얏다. 우리는 別庄을버리고 천천히 걸엇다. 길좌우여페는 온갓 雜穀들이 길길히들어서찻다. 나는 조이삭을쥐며、 或은 수수이삭을 처다보면서、이번 장마에 水害를물어보앗다. 그러고 고기잡이에도 그몸이 지쳣슬터인데、가을의 當함일을 聯想하며、한숨을 푹 쉬엇다. 그러고 멀리섬몽금이를바라보며그들이 慘苦한生活을 어서바삐 目睹하고시펏다. 배한척을 가지고 네다섯家戶가 달리어사는 이貧寒한 漁村의백성들 그들에게잇서서 저보기실은 木船이나마 얼마나 가지고시풀것이며 그배를 저바다에 둥실 띄어노코 얼마나 고기를잡고 시프랴. 해서 그들은 警備船의 눈을 避하야 몰래 고기를잡다가 들키어서는 罰金을물게되고、또 나무가업서서 長山(三淩의所有)의 나무를 버히다가 붓들리여 매를 맛는그들、아아 그러면 저기픈바다는 누굴위해 고기를 한바다 가젓스며 長山의 靑松은 누굴위홰 저리고 落落長松이더냐.

×

저녁을먹은 우리는 落照를보려고 急急히달렷다. 우리가 沙山우에 올라왓슬때는 落照를 탐내어 올라온遊客으로 떠들썩하엿다. 바라보니 아즉도 해는 水平線과의 그 距離가 먼데아까워라 검은구름이 水平線을 싸고 슬슬 감돈다. 우리는 幸여 검은구름이 벗겨지면은 하고 안타갑게 기다리나 反對로 구름은 해를向하여 자꾸 올라만온다. 우리는 어쩔줄몰라 헤매이엇다. 어떤이는 화를더럭내이며 내려가 버린다. 아니나다를까 구름은마츰내 해를 가리운다. 그만 그빨간불덩이가 구름에 저모양이되여 캄캄하다. 나는 어찌나 성이낫는지 어린애가치 두볼이 통통 부어서 돌아서고말앗다. 그러고 애꾸진 모래山만 탕탕굴렀다.

하나 나는 거기에서도 무엇을 차즈려고 눈을 들엇다. 저기난한漁村을 둘러싸고 구불구불돌아안즌 一萬山의 그푸른봉오리는 시컴은구름을 애써뚤코 흐르는 殘照의 베일을 길게쓰고서 生佛인양 沈默하고 그로부터 일어나는 崇高한 山岳美는 하늘끗까지뻐치엿으며 山麓으로젓빗안개가 몽실몽실 떠돌아흐른다. 거긔에 안윽하게 안저잇는저 漁村에서는 이제야 저녁煙氣를 풀풀 피우고 잇다. 솟헤서생선국이 달랑달랑 끌는지?

(五)

나는 다시돌아섯다. 사람들은 거이다 나려가고 몃몃이잇슬뿐이엿다. 해는確實히 水平線에 걸렷는데 시컴한구름은 如前히해를가리우고 잇섯다. 구름을 호령하는듯한 무서운光線은 왼바다를움켜쥐이려는듯햇스며 高喊을치려는것가텃다. 하나 바다는 그 넓은 가슴을아낌업시 벌리고서 해를 抱擁하엿다. 이순간에삼라만상은그들을爲하야 머리를 다소곳이 숙이엿다. 내가 선 沙山은 금모래산이되여 죽 달려나려갓는데 거기에술잔가튼 웅덩이가 오굴오굴하엿다. 그러고그하나마다에 빨간물이 찰찰넘어흐르고 그물에하늘이 동동떠돌아간다. 아마조그만웅덩이는 지금하늘을 꿈꾸고 잇는모양인지...... 언득은 희기 눈가타 十里에 이어다엇스며 海棠花가 둥굴둥굴하게 업듸여잇다. 귀엽다저모양...... 내애기머리털가치 그우로 海風이 제비가치 나는곳에 波□소리隱隱하다.

이젠해는 水平線으로 넘어가고왼宇宙는 캄캄하얏다. 몃몃의사나히들도 내뒤를 따럿다.

『아니형님 이게 왼일이야』

내동무의 동생인 高日新孃은뛰여와서 내손을 잡는다.

『언제 왓니?』

『난아까아침에 호애서견다가치왓서 형님은?』

『난 혼자왓다』

『에이 어쩌문 그런줄 아럿다면 형님도 가치오자구 할껄』

『나야 감히 그축에석기겟니』

『에이 형님두』

우리는 沙山을 나려서 나무다리를건넛다. 물속에 별이하나둘빗난다. 그러고저멀리 海邊까에는 게잡는불이 줄을지어 나타난다.

『우리도 거이 사냥갈까?』

『이애 오늘은 내가 困해서죽겟다.』

『좀놀다가 가자구요. 벌서 돌아가서 더운데뭘하나』

日新이는 나를돌려세웟다. 나는 하는수업시 그에게끌리여 다시沙山미트로와서 안젓다.

『형님 노래나한마듸해요 이러케 山조코물조흔데 와서 그냥잇슬내요』

『오냐 네말이 마젓다. 그래 난 몰라못하지만 너라두 하려무나』

『에이 형님두 어서어서 한마듸』

너무 조르는 바람에 낫어들어두엇든 漁夫의노래를 아무케나불럿다.

長山串 마루에 북소리 나드니
소금배 감자배 다들어 온다
에헤야 둥둥 내사랑아
물세 조타고 곳 돌지 말고요
몽금이 개암포 들렷다가구려
에헤야 둥둥 내사랑아

『오호호 여긔 노래구먼 언제다 배웟소 배사공을 사기엇소 호호』

『그래 배사공을 사귀어서 배웟다.』

나는 이러케대답하면서 참말 그들과 사귀어가지고 이러한 노래라도 친히듯고 시펏다. 게불은 漸漸 그수불 더하야 都會地에夜景을 들여다보는것갓고 멀리서 울의市街地를 생각게하엿다. 우리는 무심히 작고모래를쥐여 뿌리면서 되는대로 노래를불럿다.

별두 별두 밝고
게불도 밝은데
이모래로 떡을 비저
너고 나고 먹자꾸나

우리는퍽이나 오래안젓다가 旅館으로돌아왓다. 그러고 日新이와나는함께 잇기로하고 나는旅館을옴기엇다. 불을 끄고 누으니 웬일인지 잠이다 다라나버리고 만다. 나는 내일섬몽금이에 사는 漁民들의집을차자 보리라고 생각하며 눈을 꼭감아 버렷다.

八、一二

陀佛山·C君에게*

-그리운 고향-

강경애

두어번 준 便紙는 받아 읽엇소. 허나 워낙 붓 들기를 싫어하는 나요. 더구나 答書같은 것은 염직해서는 아니하는 괴별한 버릇이 잇는지라 이때까지 한 장의 글월을 아끼엇소만은 그러타고 決코 君을 잊은것은 아니엇소.

한데 오늘 "그리운 故鄕"이라는 題下에 글을 써달라는 請託을 받고 문득 故鄕의 그달을 생각하였고 또한 君의 얼굴을 머리에 그려보앗소. 그러니 이붓을 들지 안코는 견디지 못하겟소.

빠르오. 君과 내가 杜鵑山에 올라 멀리 佛陀山을 바라보며 文談하든 때가 어제같은데 벌서 一년이 되엇소 그려. 그동안 君은 杜鵑山에 올라 그달을 바라보앗소? 君! 나는 이붓으로 一년前 그때를 그려보려하오.

우리둘이 가지런히 서서 杜鵑山을 向하여 올라가오. 긴풀들이 옷가를 시쳐 실실소리를 나엇고 짙은 풀내를 띠운 무르익은 흙내가 구수하엿소. 우리들의 발끝이 잔디속에 포근포근 파묻칠때 꼭 시냇물속에 들어선듯한 감촉이잇고 그곳에 벌레소리 명주실끝같이 오리오리 뽑히엇으며 메뚜기 푸르릉 날랏소.

우리들이 바위우에 올라앉으니 佛陀山은 如前히 높앗고 들은 휘영청 넓엇소. 어디선가 불어오는 바람이 우리들의 땀배인 등을 가볍게 두다려 주는데 기운이 버쩍낫소. 도라보니 다방솔포기가 자욱히 우리를 둘러쌋으며 그리로부터 풍기는 찬바람을 우리는 냉수마시듯 하엿소.

금방 해가 진뒤라 그런지 멀리 佛陀山峰에는 붉은 빛이 은은하엿고 山밑으로 뽀오얀 안개가 몽실몽실 피어오르오. 그곳엔 이미 온갓 새들이 나래를 접고 포곤히 잠들어 잇을뜻하엿소. 숲속으로 흐르는 시내물만이 돌돌 소리를 낼게요.이 모든 것을 폭 덮어나간 하늘엔 흰조개 같은 구름장이 오글오글 엎디여잇고 그새로 파란 하늘이 꼭 湖水와 같소. 까뭇거리는 海邊가에 섯는듯 속을번햇소.

大地는 검어가오. 佛陀山 아래로 파도같이 넘실거리는 오곡이 가슴이 턱나

* 이 글은 ≪동아일보≫ 1936년 6월 30일 ≪그리운 故鄕≫란에 게재되엿다.

오게스리 가뜩 들어차잇고 집으로 돌아오는 農夫의 힌옷자락이 나비같이 날고 잇소. 시컴안 벌을 뚫고 흐르는 저 시내물은 어떤 이국에 가는길인가……도 싶으오.

어느덧 市街에는 전등불이 흐터져 花檀인양 싫엇고 하늘엔 별들이 박꽃처럼 피어나오. 깜짝 놀라게스리 컴컴한 저동산 숲속은 환하엿소. 숲속에 반쯤가리인 그달은 부끄러워 아미를 숙인 處女의 얼굴같고 어찌보면 오래그립든 벗의 얼굴이나 對한듯하오.

달이야 여기서도 볼수잇건만 내고향 뒷숲에 숨어오르는 그달같겟소? 달려가면 쥘듯하고 소리치면 대답이 잇을듯한 그달! 그빛이 히고 맑음이오. 서리같이 산듯하건만 오히려 多情한 感을갖게하고 그모양 둥글어 모짐이 없음이오. 무심할듯하건만 온갓 情緖를 한가슴 폭 담은그로다. 君은 견디다못해서 벌덕일어나 휘파람을 끈어질듯 불지안핫소.

君 여기까지 쓰고보니 붓끝이 막막하오. 나머지 생각 나는것이 잇거들랑 이벗의 부족한 글을 보충해주오.

군의 건강을 빌며 그만하오.

記憶에 남은 夢金浦*

강경애

언제나 旅行하기까지 한가로움을 갖지 못한 나는 이때까지 旅行한일이 극히 적다. 몇번 故鄕을 다녀온것뿐외에 전무 허다고해도 옳을게다. 허나 구태어 쓰라니 故鄕의 接近地인 夢金浦 이 얘기나 또끌어내볼까한다.

"에크 또 나온다. 또숨는다. 그빛이웨저리도 푸를까 深深山谷에서 별만보고 자랐음인지 그빛이 별인양 속기쉽고 푸른하늘을 그리어 애를 태울꼬 그머리다 소곳구기고 愁心빛이네"

---

* 이 글은 ≪삼천리≫잡지 1938년 5월호에 게재된것이다.

二年前에 내가 歸鄕했을제 夢金浦를 찾아가는 길에 松林틈에 검손스레히 피어있는 도라지꽃을 보고 전속력을 다하야닫는 自動車에서 卽興으로 그린글의 한폭이거니와지금도 내머리에 그도라지꽃이 파르스름히 남아있다.

하늘도 보이지않도록 첩첩히 얽키인 松林 마치 구름인양피어서뜨고일흠몰을 산세들이 파닥그려날제 묵은 솔념은 봄비소리를내고 떨엊오 그곳에 송진내행불인듯 거룩하오 다방솔포기귀에 숨어개웃이 내다보는 다라지꽃 내치마빛 보다더 푸른걸.

×

"내 비록 몸은 조꼬마나 맘이야 저바다에 뒤지랴!"

섬몽금이 바위우에서서 멀리 水平線을바라보며 읊었든글이다.내지금 붓을들고송이를 대하니 西海가 暗暗히 떠오른다. 世俗에 물들었든내 가슴이 탁터져버리고 하늘에 다을듯한 그水平線만이 이내 가슴에 힘있게 곽건너가든그찰라가지금이런듯 가슴에 출렁그린다.

水平線우에 깨울히 걸려있는 저힌돗폭 예전보름지난쪽 달같으이 밤하늘에 별과달이 빛난다면 저바다엔 漁船의돗폭일지니 망망한 바다에 저것이 있길래 내집안 갈이안윽해보이고 친하고싶은 맘에사람들의 가슴은 들먹이오.

손을 내밀어 오요요 부르고 싶어지는 깜안섬들 꼭강아지같애 아직채 자라지못한 강아지가 어미개 궁둥이만 쪼르르 미처다니는듯한 저들바다품에 꼭안겨있어 머리숙여 가만히 드르니 섬기슭을찰삭찰삭 스치는 波濤소리가내어머님의입속노래보담 더부드러우이.

뫼를 일우고 재를 일우어서까지 바다를 따라나온 沙場아가씨 그몸의 素服이 雅淡하오. 거룩하고. 옛날 司馬相如의 綠綺琴소리에 卓文君의 그뜻이 움직였다 허거니와 그대 또한 卓文君의 넉시들어 이에 나왔노 波濤소리에 그 맘이 진실로 움직김이었누.

오늘도 沙場을치는 波濤소리 如前하오리 그적은 모래알이하나하나 波濤에적시우리로다. 그곳에 금실같은 별이 웃고 모래가 화하야 된듯한게들이 그빛을잔등에 떠메고 바람같이 나붓길테지 바다비린내나오.

눈같이 히고도 부드러운 모래우에 떨기떨기 엎디 있는 海棠花 그붉은 꽃송이는 필경 바다를 向한 沙場아가씨의 一片丹心 이리로다. 바다가 아니면 마르지않는 그대같은 맘 언제나 한가지리니 오래도 불이 붙는듯 피있으리피여를 뿌린듯 피여있이오라.

쏴 내밀치는 波濤소리 내붓 끝에 적시울듯 문득 나는 붓을 입에 물고 망연히 저하늘을 바라보노니. 六月十九日 아침 ,룡정

自敍小傳*

강경애

일찌기 아버지를 잃은 나는 다섯 살에 의붓아버지(養父)를 섬기게 되었으며, 의붓아버지에게는 所生아들딸이있었으니 그들이 어찌나 세차고 사납던지, 거의 날마다 어린 나를 때리고 꼬집고 머리를 태를 뜯어서 도저히 나는 집에 붙어있을 수가 없었다. 그래서 어머니만 빨래나 或은 여러 볼 일로 집에 안계시면 언제나 쫓겨나서 울 뒷산에 올라 茫然히 어머니가 돌아오시길 기다리곤 하였다. 三十을 넘은 나의 눈엔 아직도 어머니가 돌아오실 그 길이 아련히 남아있다.

여덟살 때 어머니가 보다 노아둔『春香傳』에서 國文을 깨쳐가지고 舊小說을 읽기시작하였는데『三國□』『玉樓』等 우리시골로 내려온 것치고는 거의다 독파하였다. 그 소문이 자자하게 펴져 동네 할아버지, 할머니들이 "도토리소설장이"란 별명을 지어가지고 다투어 데려다 小說을 읽히고는 사다주곤 하였다. 이 바람에 나는 날마다 이 집으로 저 집으로 뽑히어 다니게 되었다.

소학교에 들어가면서부터 工夫에 傳心하고 特히 作文짓는데 우수하였으니, 언제나 先生으로부터칭찬을 받았고, 동무들의 부러움을 한 몸에 받고 있었다. 중학교에 올라가면서부터는 심심하면 나는 붓장난을 하여 동무들에게 읽어주군 하였다.

기숙사 생활에서 다소 나의 기분이 명랑하여졌으나 그러나 여전히 풀이 죽어

---

* 이 글은 1939년 朝光社 발행 ≪女流短篇傑作集≫에 소설 ≪지하촌≫이 게재되면서 함께 실린것이다.

한편 옆에 섰기를 잘하였다. 먼저 무엇이든지 주장해본적이 없고 동무들의 意見을 꺽어본 적이 없이 아주 柔弱한채 동무들의 뒤만 따랐다.

동무들에게 學費가 오면 좋아서 참새처럼 뛰고 저들의 친한 동무들을 모아놓고 무엇을 사다 먹으며 기뻐하는데 兄夫에게서 오는 학비를 받아쥔 나는 기쁘면서도 어깨가 무거워지고, 반가우면서 어인일인가 눈물이 나서 그날 밤을 자지못하고 달빛만이 흰 비단처럼 깔린 校庭에서 왔다 갔다 하였다.

지금은 한 家庭의 主婦가 되어 살림을 도맡아 하지만 아직도 弱한 그 性格을 스스로 미우리만큼 지니고있다.

藥水*

강경애

上京하여 身病에 特別한 效果를 얻지 못한 나는 六月中旬에 一路三防으로 보따리를 싸지않을수가 없었다. 그리하여 내가 三防峽에 짐을 푼지도 벌서 十餘日이 넘는데 문득 人文評論에서 付託한 原稿가 생각나서 이에 붓을들기로 하였다. 最近三年채 身病으로 因하여 나는 오로지 鬪病을 일삼지 않을수없는 形便이 되었고 그래서 자연 붓과 멀어졌기 때문에 그想이 여간 무디지않은것을 스스로 깨닫게된다. 허나 그것은 할수 없는 일이다. 오래간만에 아름다운 自然의품에 안겼으니 어디 붓끝을 다듬어 보기로하자.

어떤날 아침 나는 눈을 뜨자마자 자리를 걷어차고 일어나는길르 곱뿌 한 개만을들고 天眞洞 藥水터로 발길을 옮겼다. 여기는 바루 山아래 숲속이라 그럴까 어인일인지 사람들이 많이 찾지않아서 조금 적적하다. 그렇기에 나는 여기를 더좋와해서 아침이면 으레가 이곳을 찾는것이다. 안개가 자욱하다. 사람들도 자고 또 새들도 자는지 이누리는 나무숲으로 빼뜻할뿐 고요하였다. 들리는이 냇들소리가 돌돌굴르고 간혹 애기새소리가 끊일듯 이어간다. 호-하고 크게 숨을

---

* 이 글은 ≪녀성≫ 1937년 8월호에 게재된것이다.

내뿜었다. 들여쉬면 안개송이가 사이다처럼 한입씩기어들군 하였다.

언듯보니 떡갈나무 닢에 숨어 하늘이 비단필인양 드리웠고 달이 산허리에 가만히 기대섰다. 여전누구를 고대하는것 같다. 어제밤 보다는 액수를 조금 잃은듯했으나 대신에 땅치면 쟁그렁 쇠소리를 낼것같다. 나는 藥水터에가서 藥水를 한곱뿌 쭉 들여마시고나니 心身이 아울러 날아갈듯한 가벼움에 쌓여 가만이 앉아있을수가없었다. 그래서 벅찬가슴을 붙안고 藥水터를 벗어나 천천이 걷기르하였다. 쳐다보니 앞산이 하늘에 다었고 그산을 덮어 떡갈나무 참나무 으리나무 느티나무 단풍나무 밤나무 솔나무등이 그 자리를 다트었고 그사이를 안개가 버테처럼 날아단인다.

바위와 바위사이를 건너뛰어 나는 숨차게 걸어본다. 비록 조그만 돌이지만 高山에있노라그런가 검푸른 엄격한 빛을띠우고 웅굴차게 버티고 앉아있다. 몇천년 아니 몇만년동안을 예서 살아왔을고? 나도 이바위돌처럼 여기서 오래살고 싶어진다. 안개가 내몸에 비단옷처럼 휘어감긴다. 산듯하고도 매끄러운감각이 내머리끝에서부터 고무신코에까지 휘휘 드리운다.

길ㅅ가 이름모를 긴풀닢에 이슬이 山딸기처럼 무루익었고 어깨우를 어루만지는 나무닢에서 생선 비린내가 후끈그리다.

냇물은 귀밑에서돌돌그린다. 아니 발아래서 사물그린다. 그 소곤거리는 소리에 입김이 섞여있는듯 획근 돌아보게 된다. 척척 휘늘어진 버드나무 가지를 헤치고 푸른바위밑을 돌아 함박꽃같은 웃음을 터트리며 돌돌굴러내린다. 아침이라 맑음을 오히려 더해서 푸른리봉을 달고 다팔거린다. 우악스레큰늠 얄밉게도 도라진늠 미욱스레 한가운데 떡버파고섰는놈 이러한 바위돌들을 얼리고 달태면서 언제나 그아미에 겸손한 웃음을 띠우고 흘러내린다.

원컨댄 世俗에 티묻은 이몸과 맘을 저 샘물에 씻어버리고저. 나는 가만이 앉아 돌을 쥐어본다. 다정하면서도 차디차다. 손끝을 버혀갈듯한 메움이 들어있다. 그속에 山내음새 오이내같어-달은 어느듯 처녀처럼 깜박 숨어버리고 새소리 요란해저서 이동리가 번화해진듯하다. 여기 그누가 꽃을 심어 놓았든가. 향내가 흐뭇하게 어리운다. 돌아보니 나무닢에 반만침 나타난 꼿송이가 이재 산뒤에 숨어버린 그달을 달머서 꼭 달머서 아마 말의 따님인지 모르지. 山은 그윤곽을 뚜려시 허공에 내어딘지고있다. 이재 첨이건만 오래사귄 구면처럼 반갑고 낯익어서 무어라고 말을 건니지않고는 견디지못할 지경이다. 그우에 휘황한 햇빛이 쏙드리었고 남빛하늘이 촐랑촐랑 뛰어 늘고있다. 나는 가만이 두손을 한테모으며 눈을 감는다.

六月 二十五日 아침

내가 좋아하는 솔*

강경애

나는 언제부터인가 솔을 좋아한다. 아마 썩 어려서부터인가 짐작된다. 봄만 되면 지금도 가끔 떠오르는 것은 내가 여섯 살인가 되어 어머니와 같이 뒷산 솔밭에 올라 누렇게 황금빛 나는 솔가래기를 긁던 것이다. 때인즉 봄이었던가 싶으다. 온 산에 송림(松林)이 울창하였고 흐뭇한 냄새를 피우는 솔가래기가 발이 빠질 지경쯤 푹 쌓여 있었다. 솔은 전년(前年)겨울 난 잎을 이 봄에 죄다 떨구기 때문이다. 당시 아버지를 여읜 우리 모녀는 어느 산골에 사는 고모를 찾아갔고 고모네 집 옆방살이를 하게 되었으며 그만큼 우리는 곤궁히 지내므로 해서 하루의 두 끼지조차도 배불리 먹지 못하였던가 싶다. 봄철을 만난 송림은 그 잎이 푸름을 지나서 거멓게 성이 올랐고 눈가루 같은 꽃을 뿌려 숨이 막힐 지경 향기가 요란스러웠다. 그리고 솔가지속에 숨어 빠끔히 내다보는 하늘은 도라지꽃인 양 그 빛이 짙었으며 어디서인가 무르릉거리는 이름 모를 새들은 별빛 같은 몽롱한 노래를 흘려서 고요한 적막을 깨뜨리곤 하였다. 거기서 우리 모녀는 부스럭부스럭 솔가래기를 긁어모았다. 나는 조그만 몸을 토끼처럼 날려서 솔방울을 주워 내가 가지고 간 빨갛고 파란 띠를 두른 조그만 바구니에 채우고, 노란 꽃잎을 따가지고 곧 잘 놀다가도, 배만 고프면 어머니 곁으로 달려가서 못 견디게 졸라대었다. 그때마다 어머니는 딱하여서 나를 어르고 달래다 못해서 나의 빰을 찰싹 때리면, 나는 죽은 듯이 울었고 어머니는 하는 수 없이 나를 업으시고 소나무에 기대어서 한참씩이나 우두커니 섰던 기억이 지금도 새롭다.

---

* 원 발표지 미상. ≪한국현대문학전집 · 12≫강경애 · 김광주편(삼성출판사.1978)에 수록됨.

어떤 날은 하도 조르니까 물오른 솔가지를 뚝 꺾어서 겹질을 벗기고 하얀가락 같은 대를 나의 입에 물려주었다. 거기는 달콤한 진약이 발려 있었다. 고향에 있을 때는 송림이 가득 차 있는 앞뒷산에 늘 오르게 되나까 그리 솔의 진가를 알지 못하겠더니 일단 고향을 등지게 되고 멀리 간도 땅을 밟게 되니 솔이란 얼마나 귀한 것인지 가히 짐작할 수가 있게 된다. 고향…… 하면 벌써 머리에 떠오르는 것은 두렵게 굴곡이 진 고산 준령이요, 그 위를 구름처럼 감돌아 있는 솔밭이요, 또한 무지개처럼 그 사이를 달리는 폭포수다. 솔은 본래부터 그 근성이 결백하여서 시커먼 진흙땅을 피하는 것이 아닐까? 그러기에 간도에서는 한 그루의 솔을 대할 수가 없지 않은가 한다. 언제 보아도 하늘을 찌를 듯이 높은 준령에 까맣게 무리를 지었고 하늘의 영기(靈氣)를 혼자 맛보고 있으며 또한 눈빛같이 흰 사장(沙場)을 끼고 이쁘게 몸매를 가지지 않았나. 경원선(京元線) 방면으로 여행해 보신 이는 누구나 다 보셨을 것이지만 동해안에 그 송전(松田)이란 극히 드문 절경(絶境)중의 하나이라 하지 않을 수가 없다. 망망한 푸른 바다는 하늘을 따라 멀리 달려나갔고 한두 척의 어선이 수평선 위에 비스듬히 걸려서 슬픈 노래를 자욱히 뿌리고 있다. 갈매기 날개를 펴서 천천히 나를 제, 나래 끝에 노래가사가 하나 둘 그려지고 있다. 철썩철썩 들리는 파도소리-그 파도에 씻기고 닦인 사장은 옥같아 백포(白布)처럼 희게 널렸고 그곳에 아담하게 서서 있는 솔 포기들! 그 자손이 어찌 그리 퍼졌는고 작은 애기솔, 큰 어른솔, 흡사히 내가 집에 두고 온 내 애기의 그 다방머리 같았고 차창을 와락 열고 손짓해서 부르고 싶구나. 솔은 장미처럼 요염한 꽃을 피울 줄도 모르며 화려한 향취를 뿌려 오고가는 뭇나비들을 부를 줄도 모른다. 그러기에 많은 사람들의 시선을 끌지 못하며 그만큼 그는 적적한 편이라 할 것이다. 허나 오랜 풍우에 시달리고 볶인 노숙한 체구는 마치 화가의 신비로운 붓끝에서 빚어진 듯 스스로 머리를 숙여 옷깃을 여밀 만큼 그 색채가 엄숙하여 좋고 침형(針形)으로 된 잎이 서로 얽히어 난잡스러울 듯하건만 그렇지 않고 의좋게 짝을 지어 한 줄기에 질서 있게 붙어서, 맵고 거센 설한(雪寒)에도 이를 옥물고 뜻을 변치 않는 그 기개가 좋고, 나는 듯마는 듯, 그러나 다시 한번 맡으면 확실히 무거운 저력을 가지고 내 코끝을 압박하는 그 향취가 솔의 품격을 여실히 드러내어 좋다. 지금은 봄, 춘풍이 파뿌리 냄새를 가득히 싣고 이 거리를 범람한다. 나는 신병(身病)

으로 인하여 며칠 전에 상경하였다. 아침이면 분주히 대학병원으로 달리면서 원내에 우뚝우뚝 서 있는 노송(老松)을 바라본다. 비록 몸은 늙어 딴 받침나무를 의지해 섰지만 그 잎의 지조만은 서슬이 푸르다. 암담한 세상에서 너 혼자 호올로……이렇게 중얼거리지 않을 수 없다. 문득 내 어머님께서 뚝 꺽어주시던 그 솔가지, 달콤한 물이 쪼르르 흐르던 그 가지가 이것이 아니었던가 싶어지면서 내 입 속이 환해진다. 마치 가오리 같이 까맣게 오래된 것도 모르고.

廉想涉氏論說*

－明日의길을읽고－

강경애

(一)

超越은 廻避하기 때문에 明日의『길』이업다고想涉氏가 첫대외오처 부루지젓스나 想涉氏自身이 벌서超越하려고애쓰는것을 깨닷지못하는 模樣이다. 想涉氏도『마네킹껄』구경가는『마네킹뽀이』가아닐가? 想涉氏뿐아니라 요새文壇에서 뒤떠드는사람들을 돌아보면 俗界를머리하고深山幽谷에서神仙들이노는듯이-아니구름에까지올라가고십흘터이다-大衆으로하여금 그正體을붓드러보기어려웁게함으로써 超人的神秘的存在의才的偉力으로大衆을魅惑하야盲目的尊榮과 追隨的行動을 바더보려하는 無謀를그들의理想으로 하는것갓다.

다시한步들어가 그들은 超人的不世出의才士로自號하며大衆보다 훨신 超越한 階段에잇는것으로自任하는 放從心을 끝까지 채우기爲하야 文藝의 民衆化를 꺼리워하며 따라大衆이 그領域을 侵犯하야 드듸여그正體가나타나면 大衆

* 이 글은 ≪朝鮮日報≫ 1929년 10월 3일-7일사이에 3회로 나뉘여 게제된것이다. 처음 게재될 때 ≪長淵槿友會內 姜敬愛≫라고 밝혔다. 렴상섭(廉想涉, 1897-1963) 소설가. ≪표본실의 개구리≫, ≪만세전≫, ≪삼대≫ 등 수많은 소설작품을 남긴 그는 1936-1945사이에 몇 년 신경 ≪만선일보≫ 편집국장을 지내기도 했다

의뒷발길에채어떠러질것을아는 怜悧한 所謂小뿌르조아지-女人들은 意識無意識的으로 그저大衆을 超越코저하는것이다. 朝鮮의巨人(?)梁柱東氏가適好한이標本이요向者에本紙發表朴英熙氏『?瀾의 ?中에서』에對한 梁氏의答辯은 終及文公發覽宣傳廣告文으로되고말엇스니 一손을뚜다리며웃지안흘수업섯다-두손을虛空에 헤매이며 零落하여가는 그慘態는 可矜하나 興味잇게 안볼수가업섯다. 想涉氏을 이런곳에 比肩하는것은아니다. 그러나 우리朝鮮大衆을指南할만한『길』은姑捨하고 아즉 自身의길조차確實이잡지못하고 雲涯저편에서 論鋒을들고 高喊만치고 所謂超越을免치못하고現代의使命을完全히깨달지못한것이아닐가?

◇

大衆은 重荷요 現實은 坂路라하엿스나 이와反對로 大衆은『힘』이요 現實은『길』(坦路)이라고하고십다. 宇宙에上下가업는것가티 文明과野蠻을山麓으로比喩할것도아니다. 大衆의힘은 그때그때現實의길을 文明野蠻어느편을 莫論하고向하는대로 쉬일새업시 모라나아갈것이니 여기잇서서 즉『핸들』(??)이必要할것이며 또『핸들』을잡는靈的動物을要求할것이다. 靈的動物을 想涉氏가일은바『知慧의씨』라하여보자(?)그리면나는 『핸들』하나를더要求하는것이니 方向만잘잡으면기를길로 압섯든것을 떠트르릴수도잇다는말이다. 이것은決코空中樓閣을 짓자는말이아닌것을 附言하여둔다.

(二)

나도科學文明讚揚者의 熱烈한 한사람인同時에 그의功利와病弊도 否定할수업는것은事實이다. 그러나 科學文明은사람을 機械의奴隷로 맨든다고 直斷하는것은 너무過言이아닐까? 『멕케너』는『自我』를 抛棄치안흐면첩伯號에올을수업스니 自身이機械의奴隷化하엿다하나 나는그러치안타고생각된다. 첩伯號를造作한사람의意思로付與한그대로 첩伯號는忠直히性能을 가젓슬뿐이며 여기『엑케너』精力이음즉이어비로소 사람의 엇던慾求를滿足케할것이니 다시말하면 造作者와操縱者의綜合意思를 첩伯號를傳하여表現한 結果로보아『엑케너』意思의一部가첩伯號로부터 表現된것이니『엑케너』自身이 機械의奴隷化라는것은資本主義加家工場속에서 시달리는被傭階級科學文明反動思想分子의 科學文

明 咀呪語나 或은進化否認論者 熱狂한宗教家들의 抑說이 아닐가? 한다. 機械로부터의 解放? 이따위호사스러운말은 귀등으로도안들린다. 우리땅에서는 煙突을볼수업다. 齒車 엔진이 또그러하다. 機械로부터의解放보다 차라리 機械에 撃流될망정 握手하고십다. 우리들은『엔진』에주린사람이다. 우리의 生計는周圍의엔진國때문에나날히 쭐어드러가지안는가? 엔진國第四階級-被傭階級의사람들도 우리들보다 기름지어잇다. 想涉氏! 이른바이런意味가아니고 따로히哲學的藝術的高尙한 기흔意味가잇다하야 나로서 到底히 잇을수업는 深極한暗示와 風刺가잇다하드라도 機械에서解放云云은 三十世紀를가서 發表하는것이엇더할까? 더욱『다시機械征服에』라고 表題를내부친것은『明日의길』치고는우리로서 너무現實을超越한 妄想이아닐가?

無産階級의××! 弱小民族의××! 想涉氏의말과가티기운人골차고 억개춤이나오는말이다. 自由 平等 博愛 라는말은하지도말것이다. 부르죠아지-自身의安全을 圖謀하기爲하야 人數的結合의 原理로내노흔 詐欺的標語요 썩은그들의 武器이니 아무所用업기 때문이다. 現代科學文明은 온전히有産階級이 獨點하고 그惠澤을입고잇슬뿐이다.

(三)

그들은 엔진 齒車 모-터及至電氣모든科學文明의 利器를應用하여堅城과砲壘를 쌋코 無産階級陣地에 肉迫하여 殺生 掠奪 凌辱의 暴威를마음대로부린다. 今日로明日 階級的鬪爭은 漸漸白熱及至尖銳化하여간다. 機械点領! 이것이 無産階級 弱小民族의最後의 勝利다. 이것이야말로『今日의 길』이요 또『明日의 길』이아닐까.

◇

科學의暴威가藝術의領域을 侵蝕하는原因이 速度第一主義로『文藝民族化』를 策함에잇다고 指摘하엿고 그結果로文藝의藝術的價値가低下하는傾向이 뵈이는것을想涉氏는嘆息하엿다. 이가튼因習은所謂小뿌르조아지-文人들로는到底히蟬脫치못할것이며 꼼팽이쓸고썩은 그들의一般的觀念이다. 人間社會를떠나가지고는藝術이업다. 藝術은人間社會를超越할수업다. 藝術은時代에따라取하는素材가 달을것이며 藝術的價値는 그藝術에對한사람의認識을짤아作定될

것임으로 價値低下云云이라고 獨斷하는것은당치안흔말이다. 文藝에잇서서 文章美 文體美의價値를第二義的으로 認定하는傾向은 確實히잇스나 이것으로 그價値가 音樂的美術的으로主客顚倒되기 때문에 文學의生命과功效를 保存할수가업다고는 直斷할수가업겟다. 勿論 音樂的美術的影響을밧기는바드나 그裡面에 흐르는 藝術的價値는 조금도影响되지안을것이다. 映畵 토키 라디오等은 活字나輪轉機보다 좀더發達된 文化普及機關에지나지안는 것으로 생각하기 때문에 別問題로할것이다. 藝術은 决코선반에언저노코『오! 藝術이여!』하고 敬拜할것은아니다. 想涉氏는機를征服하고 藝術을神格화하려함은 -文人인만큼 文藝의忠業이되려는것은同情하나-이야말로 藝術을 想涉氏의第二主人公으로삼겟다는 말인가?

現代文藝가 機械文明을利用하여 文藝民衆化의實現을보게되엿다. 民衆化됨으로써비로소 더以上의 價値잇는 藝術을 創造할수도잇고 發見할수도 잇슬것이며 여기잇서서만 文藝의生命도 勇躍될거서이아닌가?

泰西人보다 우리의 살림에 確實히 藝術味가缺乏한것을 發見할때마다 藝術을선반에언저노코 遠敬하든 우리의先祖가얄미워뵈며 卑怯함을 漫罵만매하고십다.

◇

科學文明의病弊를 생각해볼 餘裕가업시 科學文明의회호리바람에 휩슬려드러가기를 一刻도躊躇치말것이며 秋毫도 辟易치말것이다.

飛行機에서떠러지자! 齒車에끼워드러가자! 皮帶에말리여버리자! 甚至於藝術까지 科學文明에 犧牲식혀버리자! 그리고 온전히 機械를 占領하자! 이것이『今日의길』이며『明日의길』이다. 말러가는 民衆은 먹을것을 차저야하겟다. 그래야 살것이아닌가?

何如間 想涉氏의本論說은 哲學的이며 構想이 遠滑하함으로 理解키어려웁다. 尖銳化한 階級的鬪爭에는 何等의効果를보지못할것이며 오히려 無産階級으로써는 안개가될것이니 고만閣筆하고말겟다. 그러나想涉氏의結論을보지못하고 이가티너무 獨單的으로 無謀히 大?히 斷定해버린것은 謝過한다. 想涉氏도 우리朝鮮文壇에 赫赫히 빗을내는업지못할巨星이니 나는想涉氏에게 만흔期待를 두고잇다.-暴言多謝-

(九月十七日秋夕달밤)

朝鮮女性들의 밟을길*

강경애

(上)

나는우리朝鮮女性들이 이環境을無視치못하는 限界內에서 엇던同一한目標를 向하여가는 이過程우에서 或은部分的으로나 或은綜合的으로나 엇떠한길을 밟아나아가는것이 우리社會를爲하여 떳떳한일이냐고? 뜻을가티하고잇는 우리朝鮮女性들에게 무러보기爲하여 나의意見몃몃을 表示한다.

勿論家庭內에서 男便을도와 一家의平和와團欒을圖謀하며 子女를길러 우리社會에 굳세인일군을보내는것이 女性의共通的天賦的責任이지마는 우리社會에缺陷이만흔이만큼 우리朝鮮女性의 特殊한使命도잇슬것이다.

一家가社會의 一部分이며 따라서自己몸은 毋論사랑하는 男便과子女가 社會와利害休戚을가티하는以上 우리女性들도 이社會에對하야 關心치아니할수업슬것이다.

社會라하면 男性들이나活動할舞臺로알고 女性들은 家庭에서 밥이나짓고 아이나기르는것으로아나 아이길으고밥잘짓고못하는것도 家庭에는問題인同時에 적지안은社會의問題도될것이다. 그러면家庭과社會는 한큼직한 融合體요 따라서 어듸서어듸까지가 社會問題라는 懸隔이 업다는意味로 兩方을區別할것업시 모라합치여 이過程에올러안즌 우리朝鮮女性의 할 일과使命이 대관절 무엇인가?를 무러보고저한다.

이갓치도混沌되고 凄慘한우리社會에서 우리女性들이 할 일이한두가지가아니겟지마는 가장제일 急先務라고내가생각하는것을 簡單히써보고저한다.

讀書 이것이야말로 더욱우리女性들에게必要하다. 每日新聞이나마 빼지말고 보아야되겟다. 더나아가 雜誌나 書籍가튼것이라도보아야되겟다. 그래야만안해로써 男便을밀고나갈힘도생길것이며 子女의손목을 끌고갈용기도 생길것이아니냐? 讀書를못하면 思索이淺薄하며 따라서男便에게도 眞實한사랑을못밧고

---

* 이 글은 ≪朝鮮日報≫ 1930년 11월 28-29일 ≪부인문예≫란에 독자투고형식으로 게재된 것이다.

玩弄物에지나지안는人格的蔑視를當할것이다. 짬짬이 讀書하는것이 얼마나 必要한지는 呶呶치아너도잘알것이다. 그리고 우리朝鮮女性들은 自己만아는 것으로 그냥머저지지못할 特殊한使命을가젓다는것을 알어야한다.

(下)

한글普及의使命이 이것이다. 우리朝鮮女性中 한글아는 사람이 몃啫가량되겟느냐? 하면大概推測해보건대 百人中五人이 될까가疑問이다. 그러면우리한글이나마아는女性들은 一人當二十人式 한글을배워주지안으면 안될義務가잇다고하여도過言이아니다. 그리고都鄙를毋論하고 나날이經濟의 破滅을 招致하고잇는이때이다.

物産奬勵의 觀念이퍽 必要할것으로밋는다. 될수잇는대로 우리들이 맨든 것으로 滿足할것이다. 요새 穀價暴落으로 白米一斗六七十錢하는이때이니 男便에게對하여 술 담배의節約을 慫慂하는것도 우리 女性들의 義務이며 크님 白粉香油等을 廢止할것도 우리朝鮮女性으로써 當然한 使命이다. 印度깐듸夫人은反英運動의第一步로 絲車를 가지고 機織方法을 印度婦女들에게 傳習實施한다고들엇다. 經濟의前徵이된다고 或人은말할는지도몰으나 그것도 어느程度까진줄로생각된다. 程度를넘어치면 破滅로부터 滅亡으로까지 들어갈것이니 나는이以上의 우리社會의經濟的破滅을 두려워하는 意味로 印度깐듸夫人을 典型으로取하고십다.

우리朝鮮女性들이여! 女性이라고 自暴自棄할것이아니다. 女性의힘이偉大한것은 漸漸一般에게 公認되어오지안느냐? 잠자는우리朝鮮男性들은 우리 女性의 외여침에 獅子가티 뛰여나아갈것을 自信하고잇다. 우리들이 이過程에서 밟을길은 前述한바이나 一般的으로 家庭을 改革할힘이 全然히 女性들에게 잇다는것을 니저서는안된다. 家庭內의生活을改新하여 效用時間을延長식혀 以上의길을 가티밟자!

이것이 곳社會의改革이될것이며 우리들의 生命의曙光도 여기서 얼마간엿볼수가 잇슬것이다. -끗-

梁柱東君의 新村評論*

- 反駁을爲한反駁 -

강경애

朝鮮東亞兩紙를通하여 今年新年文藝欄에 君의文藝評論이 굉장히도 大書特書로發表되엇다. 적어도우리朝鮮의代表的新聞인마치 나는 敬虔한마음으로 읽어보앗다. 그러나나는처음의豫想이속아넘어가고 나중에는失望아니 君을 唾罵치는안흘수가 업섯다. 일껏希望에넘치는마음으로맛는 이新年을고만 不快한感想으로맛게되엇다. 나는이感想조차쓰지안흐려하엿스나 그러나 君이던진장난의돌이 不幸하게도 或누구에게마즐가하는 念慮와 또나에게도黙過할수업는 關心事이기 때문에 이붓을들게되엿다.

君의評論을보아나가다가 끗까지보아야 또그소리기 때문에 고만中途에서내버리고말엇스나 그內容과主張이 如前히以前치의『약기나오시』다.

昨年에쓴것을 또今年에 또東亞와朝鮮兩紙의評論題目은設使다르다하나 그內容은別것이아니다. 마치어린애들의玩具들이 이리뒤척저리뒤척어리거나 또덧다곤지며하는 즉눈가리고아웅하는셈이다. 다시말하면君을文學小兒病者라할는지? 또朴英熙氏말과가티 惡劇大將이라고하는것이適當할는지도모른다.

或이惡劇를天眞으로돌리고말면 容恕할點이잇다고할수는잇슬터이나 그러나 그惡劇의裏面心事를감안히살피여볼때에 참말고약한것이보인다. 그것은량면으로볼수가잇는데 첫재는 그評論에優越然的態度를 露骨로보이는것과 둘재는自己宣傳挑戰意識을 隱然히나타내고잇다는것이다. 그것을다시 詳細히말하면 君의文壇左右派를超越한 高踏的地位에 잇서가지고 兩派를두손으로 주물으랴는듯한 優越的態度가『左右兩派에게質問』이라는 題目에서부터 벌서엿볼수가잇섯다-아마 君은 日本의政客尾崎行雄이가 政壇에서 民政 政友兩黨을 叱罵한그快感을 머리에그리고잇는지는모른다-

또그다음에는 君이 一般文를-그中에도 春園-의反駁을 一身에바더보러하는

---

* 이 글은 ≪朝鮮日報≫ 1931년 2월 11일에 게재된것인데 작자로 ≪장연(長淵) 강악설(姜岳雪)≫로 서명되였다. 양주동(梁柱東, 1903-1977) 국문학자, 시인, ≪조선의 맥박≫(시집), ≪향가의 해독≫, ≪조선고가연구≫ 등 작품이 있다.

自己宣戰的排戰意識이 豊富히보인다. 母論自己의徹底한 主義主張을 끗까지 貫徹하기에 反駁은當然히覺悟할것이며 또一身에그것을 빗는것이 퍽아름다운 일이나……그러나 君의글가운데서 그만 한熱과誠을 都大體골나내려하여도 못 골라낼것이걱정이다.

君은 아마春園을憧憬하고敬仰하는모양이다. 假令君이春園을 우리文壇에 第一位로 올려노코본다면 自身은 그의다음쯤노코 볼君으로보인다. 君은그만큼自負心이만흘것이다. 事實春園은文士中에 第一만히讀者를가젓슬것이다.-(그러나나는 春園에게 左袒하려는것은아니다)-그러기때문에 君이春園을 論駁의目標로 더욱삼는것은 春園의反駁을 內心渴望하는까닭이 아니냐? 웨그러야하면 第一讀者를 만히가진春園을 自己宣傳的道具이 對象으로삼는 령리한君인가닭이겟다. 君은三年前에도 어느때인지 春園과熱과誠이업는 다툼을한것을 나는記憶한다.

내가 여기까지 써온것도或 내自身이 亦是君의自己宣傳的道具의對象이 얼마간될른지모른다. 그럼으로 나는길게말하지안코 오즉君에게 忠告하는것은 좀더 기픈 硏究와 修養을싸흔뒤에 眞摯한意識과 愼重한 態度로 우리文壇에 빗을도드워주기를 바라는 同時에 君評의 大書特書도-더욱 獨將軍모양으로-兩論紙은를 裝飾한評論은 돌이어 우리文壇의貧弱暴露시킨데에지나치지안혓다. 이것이 엇지 나에게도-독자의한사람으로써도-關心事가아니리요? 이것이뿌르죠아文藝의沒落을 表徵하는한 悲鳴이라면 黙過할수가잇스나……그러나 君도푸로레타리아文壇에얼마간屈服이되엿고 또反省의氣分이 若干보이는것은 多少間進步되엿다고도 볼수잇슬는지?…… -(擱筆)-

커다란問題하나*

강경애

세계풍운은 뒤숭숭한채 겨우一九三二年을마치고 미결한그대로 一九三三年

---

* 이 글은 ≪신녀성≫1983년 1월호에 게재된것이다.

을맛게되엿다.

나는 반듯이 자기의 희망과 또느나자신의 관럼적태도를 객관적현실과 박구어노코 선동적 언사를희롱하랴는 위험한과오(過誤)를범하지안흐려고 힘쓰고잇스나 나는 이해를어떤지 폭풍우의 전날밤을맛는듯한 늣김으로써 보지안을수가업다. 그러면 이때에처한……의하나인 더욱 이땅여성동무들은 일대각성이잇지안흐연만될것이다.

그런데 지금의우리여성들은 일반적으로 영일의폭풍우를깨닷지못하고 오늘밤의 고요한것에만 단꿈을꾸려드는늣김이 업지안타.

현하새계정세를 한번보면 ××주의국가는 그의최후과정인 ××××의길을 밟게되엿스며 생산조직의질곡(桎梏)은 백도의평창을 보게되엿스니 ××의××친출과 동양몬로주의 미국과영국의 경거프륵……등 세계열강은증내관세의 더장벽으로내부의모순을일시나마 미봉하려고한다.

필경열강간의 세계제二대전이 일지안을수업슬것이 명약관화이다.

보라 국제연맹의위신은 무여지하게 어지고 방금열강은 군비대확장에몰두하엿스니 그결과는장차무엇을이르키려느냐? 인류의사멸그것뿐이다. 그럼으로 一九三三年을 맛는이때는 과연 폭풍우의전날밤으로안볼수가업다.

그러면 이때를당한 ××××은 그선동에휩써며 그만……되고 말어야할것이냐 아니다. 우리들은 이……전쟁을 방지하야 인류사멸의몰락에서 구원하기위하야 역사전필연적진행에 대하야 분증법적자거운동이 의식적적극행동을취할것이다.

이것이야말로 실로 ××××과×××을 해방하는동시에 세계안류를도탄에서구원하는것이될것이니 무엇보다도 이것이 우리들의압헤노힌 당연의 위대한사업이다.

張赫宙先生에게*

강경애

五月十一日 밤에 쓰신 先生님의 親筆은 오늘반갑게 받았읍니다. 묵직한 封套임에 처음에는 다소 疑訝한생각으로 封套를 뜯었아오나 意外에도 先生님께서 보내 주시는 長文 편지임에 얼마나 기쁘고 반가웠는지 모르겠읍니다. 그래서 저는 두번 세번 거듭어읽었나이다.

先生님 每夜 十時에 주무시는 定한 時間임에도 不拘하시고 그밤이 깊도록 주무시지 않으시고 저의 拙作을 읽었셨다고요? 황공 하옵니다. 이것은 저에게 있어서는너무나 지나치는 榮光이옵니다. 더구나 疲閑하신 몸으로 저의 不足한 作品을 一一히 評까지 하여주셨사오니 이우에 더 죄송하며 기쁜일이 있사오릿까. 그러나 先生님 習作에 지나지 않는 저의 作品을 가지시고 이렇게까지 過讚하여주심에는 多少不安함도 없지않아 있읍니다. 이미보신바와 같이 그文章의 未熱함이며 構想의 미흡함이란 얼마나 유치합니까? 저의 얼굴이 붉어짐을 금치 못하겠읍니다. 그러나 앞으로는 先生님의 期待하시는 뜻에 그어러짐이 없는 作品을 쓰려고 努力 하겠습니다.

×

先生님 이붓을 드오니 一萬가지 心懷가 쓸어 나와서 무엇부터 먼저 써야좋을지 모르겠읍니다. 우리 文壇의 關한일이며 저 사사로의 묻고 싶은 일 등 太山같사오나 좲은 지면에 어찌다엿주오릿까. 그러므로 後日 다로이 묻기로 하옵고 여기에는 編輯子의 意見을 맞추어 제가 先生님의 作品에 對하야 느낀바를 적어 보고저 하옵니다. 말할것도 없이 저의 知識이 淺薄하니만큼 作品을 감상하는 眠眼조차 어리고 不足하오니 그리아시옵고 先生님께서는 寬大히 容恕하시옵기를 미리 請하옵니다.

---

* 이 글은 ≪신동아≫ 1935년 7월호의 ≪작가끼리 주고받는 글≫이라는 란목에 발표된것인데 장혁주가 보낸 ≪강경애 여사께≫라는 편지에 대한 답신이다. 장혁주(張赫宙1, 905-1998)는 일본에서 살면서 주로 일본어로 작품활동을 했던 작가. 1939년 2월 일본잡지 ≪文藝≫에 ≪조선의 지식층에 호소함≫(일어)를 발표하면서부터 친일, 제2차세계대전후 일본에 귀화했다.

제가 先生님의 존함을對하옵기는 先生님의 處女作인『餓鬼道』가「改造」에 當選되었을때 이옵니다. 勿論 누구라도 文學에 多少 關心을 가진 사람으로써야 當時에 先生님의 榮譽스러운 當選에 감탄 하지않은 이가 몇 분이오며『餓鬼道』를 읽지않은 이가 몇 사람이나 되오리까. 저는 그때 新聞에서「改造」廣告을보고 불이야 불이아『改造』를 사다가『餓鬼道』부터 뒤지어 읽기 시작하였읍니다. 그런데 절반도 채읽지못해서 저의 가슴은 찌어지는듯 하고 동맹이로 머리를 몇번 얻어 마진듯 해서 한참이나멍하니 있다가는 게속해 읽고 읽었읍니다. 제가作品을 많이 읽지도 못하였지오마은 朝鮮人의것으로는 이만큼 迫力있고 무게있는 作品을 對하기는 처음 이었읍니다. 그래서 몇일 동안은 심심하면 꺼내 읽고 읽곤 하였읍니다. 지금은『餓鬼道』의對한 기억이 히미 합니다만은 그러나먹을것이 없어서 나물을 뜯으려 산으로 갔다가 그무시무시한 절벽에서 떨어져죽는 장면 같은것은 아직도 머리에나마 있읍니다만 그러나 文章이며 構想如何는 캄캄하옵니다. 그만큼 제가 어렸던 까닭이라고 깨달읍니다.

그후『追はれる人人』는 冊店에서 잠간 보고 사다보려고 했더니 그이튿날인가 書店에 가보니 앞수를당하야「切取」되였읍듸다. 저는 섭섭히 돌아 오면서 書店에서 잠간 본 기억을 더듬었읍니다. 農村의 처녀 총각이 우물귀를 빙글빙글 돌면서 놀든 장면이 퍽도저의 興味를도두어 주었으며 그들의뒷일이 궁금 하였읍니다. 그담부터 先生님의 力作이 달을 繼續하여 나오는것만은 알고 있었읍니다만은 제가 이間島로 나오게되면서부터는『改造』를 자조 對하지 못하게 되었읍니다. 그래서 굼금히 지내는 동안에 先生님의「權と云ら男」라는 單行本이 나오고 또「에쓰페란트」로 飜譯이 되느니 中國語로飜譯이 되느니 하는 消息은 자조들었읍니다. 드러고 東亞日報 紙上으로 나타나는『무지개』는 二, 三十回가량은 읽었읍니다만은 不得已하야 그것마자 읽지못하게되어 先生님의對한 저의 기억이 히미할 때『文藝』에서『葬式の夜の出來事』를 읽게 되었읍니다. 그리하야 지금까지 제가 가지고있는것은 이한篇이옵니다.

『葬式の夜の出來事』

이作品을 對할때 直感的으로 떠오르는것은「모델」小說이 아닌가? 하였읍니다. 그러나 이것은 제의 추측에지나지못하옵고……이作品의 主要目的은 朴昌圭氏와 李長吉老人等 封建的 人物들의 썩어진 裡面을暴露 시킴과 동시에 官僚階

級의 醜惡한 뒤구멍을 은연중에 暗示하는데 있다고보았읍니다. 資本主義末期에 있어서 그리크게 問題가 되지않는 封建的遺物에서 取材한것은 大衆的 效果는 비교적 적었으리라고 봅니다. 그러나 作全篇이 물샐틈이없이 자아진데 對하여는 敬意를 表하지 않을수 없읍니다. 그러고 作中人物들의 性格을 말해주는 簡潔한 對話에 있어서나 그들의 일거일동이 옆에서 보는듯하고 그들의 말을 듣는듯 하옵니다. 例를들면 朴昌圭氏가 삐루병을쥐고「乾杯だ 乾杯だ!」하고 너털 웃음을웃는것이라든지 李長吉老人의 母喪을 當하여 불리어 왔을때에 그대담 무쌍한 人事로써 朴昌圭氏의 性格은 잘나타났다고 봅니다. 特히 卑屈한行動으로一貫한 崔愚烈의 人間됨에 있어서는 先生님께서 애쓰신 자최가 보입니다. 그러고 군대군대 심각한 描寫等에 있어서는 實로 놀랍읍니다.

「……私はその사屍體を安置した室だと知りきょつとした……」

普通 作家 같으면 이러한 곳에서까지 注意하지 못하게 됩니다. 웨냐하면 喪事로 因하야 作中人物들로하야금 몇일밤 새우게하였으므로 作者의 感情까지도 둔해질 염녀가 있는까닭에 대개는 作中人物들의 感情을 죽이기쉽습니다. 하나 先生님께서는 이러한 세밀한 部分에서도 눈하나 팔지않고 作中人物을 生動하게 하신점에 對하여는 무어라고 찬사를 올려야 좋을지 모르겠읍니다. 요컨대 先生님께서 作品을 쓰실때에 如何히 眞勢한 態度로써 對하셨다는것을 알수 있읍니다. 또한곳에서

「……バカ」 私は崔愚烈の醉つぱらつた猿のヤウな顔をみつめて怒鳴つた

「それよやかぞこへ行つて寢るつもりだい」

「寢る? はは……」

여기서 도한 生動하는 두人間을 볼수있읍니다.

作家가 作品을 쓸때에 무엇보다도먼저 必要한것은 眞勢한 態度입니다. 그래서 描寫하고 表現하려는 온갖 대상물을 힘끝 觀察하고 힘끝 吟味하지않으면 안된다고 생각하옵니다.

「……崔愚烈は柿奥つ魚を 私に吐きつけた」

先生님 저는 이장면을 읽으면서 崔愚烈의 입김을 맡았읍니다. 그러고 그의 卑屈함이 이렇게 오장 속속들에배였다고 얼핏 느껴지더이다. 이러한 例를 들자면 끝이 없겠기에 그만 하옵니다. 끝으로 李長吉老人의 兄弟가 屍體 다툼하는

싸움을 突發시킨것과 아울러 그原因을 朴昌圭氏의 입을 빌어 토설하게한것은 先生님께서 얼마나 作家的 手腕이 能하시다는것을 말하여둡니다. 그러고 文章에 있어서는 저의편견인지 모르오나 「三曲線」이나 「무지개」에서 對하든 文章보다 훨신 미끄럽고 빛나보입니다. 나무오래 失禮했읍니다. 용서해 주세요.

先生님 언제인가 「나의 포부」란題下에 글을 쓰신일이 게시지요? 아마… 거기에서 좀더 努力하면 「빨자크」늘따르지 못할배 없으시다고 하신 기억이 아직도 제머리에 나마 있읍니다. 옳습니다! 果然先生님께서는 未久의 先輩들의 뒤를 따르게되리라고 저는 믿습니다. 先生님 努力하여주시옵소서. 그러고 朝鮮의 「꼬리키-」가 되여주시며 그래서 슬쓸한 우리 文壇에 커다란 횃불이 되어 주시옵소서.

×

先生님 지두하시지요. 이滿洲의 이야기나 해올리까요. 그보다도 先生님께서 만난을 물리치시고 滿洲에 한번 나와주세요. 여기에는 山덤이 같은 산材料가 先生님 같으신 어룬을 기다리고 있읍니다. 꼭 나오세요. 그리하야 不朽의名作을 하나 낳아 노서요.

끝으로 先生님의 健康을 빌면서 그만하옵니다. -五月二十六日-

滿洲紀行*

이태준(李泰俊)

거대한 공간

차에서 만난 친구들에게 끌려 평양에 내려 하루 놀고 다시 평양서 탄 봉천(奉天)행은 밤차가 되었다.

---

* 이 글은 수필집 ≪無序錄(무서록)≫(1940년)에 발표된것인데 여기서는 소재영 편 ≪간도류랑40년≫에서 선록했다.
 이태준(李泰俊,1904~?). 소설가, 도꾜상지대학 중퇴, 구인회동인, 개벽사 중외일보 등 신문기자, ≪文章≫지 주간. ≪달밤≫, ≪가마귀≫, ≪농군≫ 등 대표작이 있음. 1946년 월북. 북에서 작가동맹부위원장을 지내면서 작품활동. 1956년 숙청, 졸년 미상.

평양 이북은 20여 년 만이요, 안동현 이북은 생후 처음이었다. 소년 때 안동현에 갔다 돈이 떨어져 도보로 나오던 안주(安州), 정주(定州), 선천(宣川), 의주(義州) 다 한번 내다보고 싶은 추억의 풍토들이나 밤차라 커튼을 내리고 잠이나 청할 수밖에 없었다.

3등 침대의 하단, 기어서 오르내리는 곡예는 하지 않아 좋으나 내 얼굴에서 석자도 못 되는 거리에 다른 사람, 그 사람 위에 또 그렇게 한 사람, 내가 맨 밑에서 그들을 떠 받들기나 하는 것처럼 무겁고 갑갑하다. 주머니가 많은 저고리를 입은 채 누웠으니 돌아누울 때마다 거북하다. 벗자니 걸어놓을 데가 변변치 않고 개켜놓을 자리는 더욱 없고 아무튼 매무새를 고치러 일어나니 정수리가 딱 부딪친다. 학의 모가지로 한참 견디어보니 그래도 눕는 편이 훨씬 편하다. 눕는 이상 내 몸 용적만한 공간이면 족할 것인데 사실인즉 시렁에 얹힌 가방처럼 무심해지지 않는다. 통 속에서 산 철인(哲人)의 생각이 났다. 3등 침대에서 자안(自安)하기에도 다소 수양이 필요한 모양이다.

대륙, 그리워한 지 오랜 풍경이다. 동경 있을 때, 한 번 신흥 노서아 미술전이 있었다. 거기서 본 '무지개'란 한 풍경화는 지금도 머리 속에 싱싱한 이상이 있다. 우후(雨後)에 선명한 색채로 뻗어나간 끝없는 지평선, 길없이 흩어져버린 방목(放牧)의 무리, 무지개도 한낱 홍예문(虹霓門)처럼 두 뿌리가 한들에 박혔을 뿐으로 최대의 공간을 전개시킨 화폭이었다. 그 후 다른 미전에서도 가끔 풍경화를 구경하였으나 그런 거대한 공간은 다시 보지 못하였다.

거대한 공간, 노서아 소설들이 우리를 누르는 것도 그것들이다. 과거여러 세기 동안 대국이 해동 반도를 누른 것도 그들의 거대한 공간의 농간이었을 것이다.

그런 대륙, 그런 공간을 향해 내 차는 밤을 가르고 달아난다.

처음으로 '그에게 간다'는 것은, 그가 사람이거나 자연이거나 몹시 이쪽을 흥분시키는 모양으로 자정이 넘어도 잠이 오지 않는다. 이윽고 차가 안동현에 이르니 세관리(稅關吏)가 뛰어오르며 차 안이 왁자해진다. 사람은 모두 일어나고 짐은 모조리 끌어 보여진다. 나도 가방을 열어보았다. 정차 30분, 확성기는 소란해야 국경이라는 듯이 반시(半持) 동안을 시종이 여일하게 중언부언(重言復言)한다.

차는 다시 떠난다. 객은 모두 다시 눕는다. 이곳을 누워서 지나거니 깨달으니 문득 나의 머리엔 성삼문(成三問)의 생각이 떠오르는 것이다. 세종께서 지금 내가 쓰는 이 한글을 만드실 때 삼문을 시켜 명의 한림 학사 황찬(黃瓚)에게 음운을 물으러 다니게 하였는데 황 학사의 요동 적소(遼東謫所)에를 범왕반십삼도운(凡往扳十三度云) 으로 전하는 것이다.

그때는 고작 말을 탔을 것이다. 일행이 불과 6, 70리였을 것이다. 이제 누워 야행 천리를 하면서 생각하기엔 너무나 아득한 전설이 아닌가!더구나 1,2왕반(往返)도 아니요, 범 13도라 하였으니 성삼문의 본사도 끔찍한 것이려니와 세종의 그 억세신 경륜에는 오직 머리가 숙여질 뿐이다.

차는 한결 커브가 없이 일직선으로만 달리는 듯하다. 거대한 육지, 거대한 공간, 그 위에 덮힌 밤, 바다 밑바닥을 조그만 미꾸라지가 기어가는것 같은 이 기차인 것이다.

흙 · 흙

깜박 잠이 들었다 깨니 건너편 창이 희끄므레하다. 옳다 밝았구나! 나는 일어나기 전에 머리맡에 커튼부터 올려밀었다. 무엇이 멀찍이서 히끗히끗 지나가나 아직 이쪽은 서창이라 낮이기보다는 밤인 편이다. 시계를 보니 5시가 훨씬 지났다. 여기만 해도 서울보다 얼마쯤 동이 늦게 트이는 모양이다. 나는 일어나 세수부터 하고 창이 넓은 식당으로 갔다. 뿌연 안개 속에 집들이 지나간다. 조선에서 보는 농가들과는 윤곽이 다르다. 모두 직선들이다. 기다란 한 채를 토막토막 잘라놓은 첫처럼 좌우에는 처마가 없이 창 없는 벽이 올라가 지붕을 끊어버린 것들이다. 조선에서도 동양 화가들이 흔히 그려놓은 집들이다.

사래 긴 밭들이 무수한 직선으로 연달아 부살같이 열리고 접히고한다. 마을 뒤나 밭사래기 끝에는 막힌 것이 아무것도 없다. 산은 물론 언덕 하나 보이지 않는다. 밭이 지나가고 밭이 연달아 오고 그리고 지리할만하면 백양목 대여섯 수가 모여선 숲이 지나가고 그러다가는 칼로 똑똑 잘라놓은 것 같은 단조스런 농가 한 부락이 지나가고, 차츰 남의(藍衣) 의 토민들이 한둘씩 길 위에 나서기 시작한다. 그리고 여기서도 차창 안에 앉아 읽을 수 있는 것은 인단(仁丹) 이나 미지소(味之素) 따위, 만리동풍(萬里東風)이다. 도랑에는 살얼음, 밭의 나락 그루에는 하얗게 서리가 덮였다. 아득한 안개, 어디를 보나 땅과 하늘의 경계선은

흐려지고 말았다. 돌각담하나 없는 도토리 가루 같은 빛, 진한 흙, 흙, 그 위에 잘 달리는 말이 금만 긋고 달아난 것 같은 질펀한 밭이랑들, 그 밭 너머에 또 그런 밭이랑들, 급행차가 달려도 달려도 끝없이 자꾸 나서는 밭이랑의 세계, 차 안에 앉았어도 태산에 오른 듯한 광막한 시야엔 일개 서생(書生)의 흉금으로도 부지중 조끼 단추를 끄르고 긴 호흡을 들이켜 보게 한다. 이, 하늘에 뜬구름밖에는 목표를 삼을 것이 없는 흙의 바다 위에 맨 처음 이런 철로를 깔고 마치를 든 채 시운전을 했을 그들의 힘줄 일어선 붉은 얼굴들이 번뜻번뜻 눈 속에 지나간다. 모든 무대는 오직 주연자에게만 영예를 허락할 것이다.

이 차창에 앉아서 저 변두리 없는 흙을 내다보며 순전히 흙으로써 감격하는 사람은 흙을 주지 않는 고향을 버린 우리 이민(移民)들일 것이다. 처음엔 '땅도 흔하다.' 하고 놀랄 것이요, 다음엔 밭머리마다 연장을 들고 반기는 표정이라고는 조금도 없이 지나가는 차를 힐끔힐끔 쳐다보고 섰는 푸른 옷 입은 사람들을 볼 때에는

"그래도 모두 임자 있는 밭들이 아닌가!"

하고 피곤한 머리 속엔 메마른 생활의 꿈이 어지러웠을 것이다.

무슨 둔자(屯子) 붙은 역명만이 한참 지나가더니 소가둔(蘇家屯)이란 큰 정거장이 나온다. 여기서는 4분 동안이나 쉰다. 역원, 경관들 모두 누루퉁퉁한 제복이다. 소가툰을 다시 떠나니 곧 나타나며 얼마 안가 봉천이라 한다. 차도 봉천이 종점이거니와 지날 바엔 반일(半日) 동안이라도 봉천의 개념이나마 얻고 싶다.

차에서 내리니 8시 조금 전, 이른 아침의 이국 도시는 낯선 빌딩들의 어두운 그늘과 텅 빈 가도에 아침 애의 역광선이 눈부실 뿐이다. 나는 돌아서 역 대합실로 들어섰다.

골육감(骨肉感)

역내엔 들어서기가 바쁘게 해풍 같은 찝찔한 냄새가 확 끼친다. 물 귀한 이곳 사람들의 옷에 절은 체취일 것이다. 포스터들, 매점의 물색(物色), 모두 경성역에서 보던 것 따위이다. <봉천 안내>란 것을 하나 사들고 3등 대합실로 갔다. 자리가 없게 그득한 만인(滿人)들 틈에 흰옷 입은 사람들이 여기저기 보인다. 그중에 봉천 때가 묻어보이는 사람들은 인객(引客)꾼들인 듯, 충혈된 눈을 맥없

이 껌벅거리거나, 옹송그릴 구석만 있으면 보따리에 엎드려서라도 코를 고는 사람들은 지난 밤차나 오늘 아침차에 내려서 갈아탈 차를 기다리는 소위 자유인민의 동포들인 듯하다. 방한모는 썼으면서도 두루마기는 입지 못한 젊은이, 입은 흐믈거리면서도 덤벅머리 손자 녀석과 나란히 앉아 볶은 콩을 먹는 할머니, 그들의 옆에는 빛 낡은 방물 보퉁이, 꿰매진 홋이불 보따리들이 으레 호텔라벨인 것처럼 크고 작은 바가지쪽들을 달고 있는 것이다. 노파에게로 가 어디까지 가느냐 물으니 콩을 그저 질겅거리며 허리춤에서 꼬깃꼬깃한 하도롱 봉투[1])를 꺼내보인다. 목단강(牧丹江) 어디라고 쓰인 것이다. 작은 아들이 3년 전에 들어가 사는데 굶주리지는 않으니 돌아가실 때까지 배고픈 것이나 면하시려거던 들어오시라고 해서 큰아들의 자식까지하나 데리고 피안도 쉰천골 어디서 떠나 들어온 것이라 한다.

3등 대합실에 가니 거기도 자리가 없다. 손씻는 대로 가니 거기엔 여자 전용도 아닌 데서 시뻘건 융 속적삼을 내놓고 목덜미를 씻는 조선 치마의 여자가 있다. 보니 그 옆엔 조선 여자가 여럿이다. 까무잡잡한 30이 훨씬 넘어보이는 여자가 하나, 아직 16, 7세밖에는 더 먹지 못했을 솜털이 까시시한 소녀가 하나, 그리고는 목털미를 씻는 여자까지 세 여자는 모두 22,3세 정도로 핏기는 없을 망정 유들유들 젊고 건강한 여자들이다. 그들은 빨간병, 파란평들을 내놓고 값싼 향기를 퍼뜨리며 화장에 분주하다. 나는 제일 먼저 화장을 끝내는 듯한 여자에게로 갔다.

"실례올시다만 나도 여기가 초행이 돼 그럽니다. 어디까지들 가십니까?"

"예?"

하고 그 여자는 놀랄 뿐, 그리고 그들은 일제히 나를 보던 눈으로 맞은편에 이들과는 상관이 없는 듯 따로 서 있는 노신사 한 분을 쳐다보는 것이다. 작은 눈이 날카롭게 반짝이는 이 노랑 수염의 노신사는 한 손으로 금시계 줄을 쓸어만지며 나에게로 다가왔다.

"시레올시다만 신경(新京) 갈 차가 아직 멀었습니까?"

"차 시간을 몰라 물으실 양반 같진 않은데……"

---

1) 하도롱이란 다갈색의 질긴 종이라는 뜻의 영어. 여기서는 그런 종이로 만든 봉투

하는 그의 눈은 더욱 날카로워진다. 나는 그냥 시침을 뗐다.

"몰라 묻습니다. 신경들 가시지 않습니까?"

"우린 북지(北支)루 가우."

하며 그는 나의 아래위를 잠깐 훑어보더니 이내 매점으로 가 5전짜리 미루꾸를 한 갑씩 사다가 여자들에게 나눠주는 것이다. 모두 주린 듯 받기 바쁘게 먹는다. 거의 하나 씩은 다 해넣은 듯한 금이빨을 번쩍거리며. 그리고 그네들은 모두 이 노신사더러 아버지라 불렀다. 그는 물어보나마나 북경이나 천진(天津) 같은 무슨 루(樓), 무슨 관(慣)의 주인일 것이다. 이 눈썹을 그리며 미루꾸를 씹으며 무심하게 즐거이 험한 타국에 끌려가는 젊은 계집들, 나는 그들의 비린내 끼치는 살에나마 여기에선 새삼스런 골육감을 느끼지 않을 수 없었다.

봉천 박물관

나는 <봉천 안내>에서 얻은 지식으로 택시를 타고 야마도 호텔로 갔다. 전승기념비를 가운데 놓은 대광장 한편에 건립한 '아메리칸 르네상스'식이란 단아한 4층 양관, 북국에 보다는 녹음 많은 남국에 더 조화 됨직하게 노천랑하(露天廊下)가 많은 백악(白惡)의 전당이다. 클락에 가방과 외투를 맡겨놓고 식당으로 갔다. 구석구석에 벽안(碧眼) 신사 숙녀들이 향기로운 커피와 빛 고운 과실들을 먹는다. 나도 신선한 아침 메뉴가 주는 대로 조반을 마치고 나의 신경행 특급 아세아의 급행권을 뷰로에 부탁해 놓고 거리로 나섰다. 어디서 보았는지 쾌차(쾌차·인력거) 두 대가 일시에 달려든다. 조선 인력거보다 훨씬 낫다. 조그만 조명등 같은 것이 좌우로 달려 있고 앉는 데도 울긋불긋한 뿌슨 술을 많이 느려 호사스럽다. 그중 깨끗한 차로 올라앉아 하쿠부츠깡 하여 보았다.

거부는 누런 이빨만 내어놓을 뿐 못 알아 듣는다.

지도를 꺼내 박물관의 위치를 지적하여도 도저히 모르는 모양이면서도 승객만을 놓치지 않으려 끌고 달아나는 것이다. 한참 끌려가다가 글자를 알 만한 사람을 만날 때마다 소리를 질러 차를 세우고 지도를 펼쳐들었다. 그러나 저희끼리 한참 떠들어대기만 할 뿔 거부에게 박물관을 터득시키는 사람은 좀처럼 만나지지 않는다. 그러나 거부는 뛰기만 한다. 승객은 목적지로 가든 못 가든 있는 길에 끌고 뛰기만 하면 자기는 놀기보다는 벌이가 된다는 심산이다. 필경은 이

맹주쾌차(盲走快車)[2] 에서 싸우듯 해가지고 내려 택시를 주워탔다.

삼경로 십위로(三經路 十緯路)라는 데 있는 전 동북 군벌(東北軍閥) 탕옥린(湯玉麟)의 사저였었다는 백악 3층루, 주한(周漢) 시대의 동기(銅器), 요송(遼宋) 황금 시대의 도자기, 송원 이래의 서화 등이 주요한 진열품으로 각사(刻絲)라는 것과 자수품들은 염직(染織) 공예로서 특기할 만한 것이었다. 자유화의 필치가 많은 채문 투기들과 세계적으로 이름난 낭세녕(郎世寧)[3]의 원화를 판화화한 불인(佛人) 코산의 작품을볼 수 있음은 의외였고, 동양화는 대체로 산수인데 선면(扇面)에 재미있는 것이 많았다. 총소장품 3천5백여 점, 대륙 민족의 정력, 유한(有閑), 치밀, 원숙 이런 것은 십이분 느껴지나 고려나 이조의 센티멘탈(센티멘털)이나 유머와 같이 좀더 감성적인 데를 찔러주는 것은 너무나 없었다. 더구나 한(漢) 민족을 통치한 대청(大靑) 제국의 고토인 봉천으로서의 의의를 갖기엔 질로나 양으로나 저윽이 빈약한 박물관이었다. 만주에 왔다가 동양제일이라고 선전된는 대련 박물관을 구경하지 못하고 지나는 것은 유감이다.

나는 이번에는 마차를 타고 동선당(同善堂)으로 갔다. 동선당만은 빈민들과 인연이 깊은 기관인 만치 마차꾼은 어렵지 않게 알아들었다.

동선당(同善堂)

동선당이란 고아, 걸인, 빈민, 그리고 예작부(藝酌婦), 창기(娼妓), 사생아 이런 불우한 인생 7백여 명을 수용하고 있는 대규모의 자선 기관이다. 30여 년 전, 좌빈귀(左貧貴)라는 개인의 사업이 자란 것으로 특서할 봉천 명물의 하나가 되어 있는 것은 다른 곳 고아원이나 양로원에서는 보지 못할 도덕과 시설이 있기 때문이다.

위선불권(爲善不倦) 이란 커다란 편액(扁額)이 걸려 있는 사무소 그좌우편으로 시작하여 뒤로 들어가면서 양관과 중국식의 단층 건물들이 무수하 널려 있다. 어떤 데는 병원, 어떤데는 목공, 인쇄, 직조 공장,또 우치원 학교들인데 가장 인상깊은 것은 구산소(救産所)와 제량소(濟良所)와 구생문(救生門)의 풍경이었

2) 맹주쾌차(盲走快車) : 분별없이 마구 내닫는 인력거나 마차.
3) 낭세녕(郎世寧) : 중국에서 활약한 이탈리아 화가. '카스틸리 오네(Giuseppe Castiglione, 1688~1766)'의 중국이름.

다. 독자 생업이 불능한 노인들은 물론이거니와 누주(樓柱)의 학대를 못 견뎌 도망 온 예작부, 창기, 강제 매음을 당하게 된 부녀들까지 받아 보호 선도하는 것이며 더 나아가서는 부부 싸움을 하고 온 여자까지 받는다는 것이다. 그런 아내는 대개는 석달이 못되어 흔히는 남편쪽에서 화해를 신청하고 데려간다는 것이며, 데려갈 사람이 없는 여자는 창기든 처녀든 인처(人妻)든 동당(同堂)이 주선하여 상당한 자국에 혼인을 시키는데 그 색시들의 살림 성적이 좋기 때문에 뭇 총각 홀아비로부터 구처 신입(救妻申込)이 가끔 있다는 것이다. 그리고 더욱 진기한 풍경은 구산소와 구생문인데 사생아의 피살을 막기 위해 빈민 아니라도 조산을 청하는 여자면 얼마든지 환영할 뿐아니라 산모의 주소, 성명, 임신 관계 등엔 일처 불문에 부치는 것이요, 아이를 낳아놓으면 아이만 남을 뿐, 산모는 언데든지 쏙빠져 자유로 자취를 감추게 한다는 것이다. 구생문이란 뒷골목 길에 나선 솟을대문 같은데다 어린애 하나 들여놓을 만한 구멍에 함지 같은 것을 놓은 것이다. 그리고 어린애를 놓으면 함지가 눌리며 초인종을 울리도록 장치되었다. 누구나 무슨 수속은커녕 얼굴 한번 내어놓을 필요도 없이 기르기 딱한 아이면 이 함지에다 갖다 놓고만 가면 그만이게 되어 있다. 죄는 덮고 불행만을 구하는, 성스런 자선 기관이다.

여기를 나서니 오후1시, 여기 시간 풀이로 13시가 넘었다. 마차를 타고 성내로 들어가 먼지와 금(金) 글자와 빨간 글자 투성이의 상점가를 한바퀴 돌아서는 호텔로 오고 말았다. 점심 먹을 시간도 없이 가망을 치켜들고 부리나케 정거장으로 나왔다.

동양제일의 쾌속차라는 대련-합이빈(哈爾濱)간의 특급'아세아'심록색의 탄환과 같은 유선형이다. 얼마 쉴새없이 곧 봉천을 떠난다. 이내 속력이 난다. 별로 진동이 없이 줄곧 등속력으로 가볍게 달린다. 새 이발 기계로 머리를 깎는 때 같은 감촉이다. 창 밖은 그저 밋밋한 벌판이다. 등산 좋아하는 친구들을 생각하고 그들이 이런 데와 산다면? 생각하니 사람 따라서는 평원도 지옥일 수 있는 것이 우스웠다.

점심을 먹으러 식당으로 가니 급사가 모두 노인 소녀이다. 하나는 희고 야위고 반듯한 이마가 영화 죄와 벌에서 본 쏘니아(소녀) 같았다.국적이 없는 백계(白系) 노인의 딸들, 향수조차 품을 곳 없이 단조한 평원만 내다보고 사는 가엾은 처녀들, 그들이 가져오는 한 잔 커피는 술 못지않은 독한 낭만을 풍겼다. 그런 커피를 잔을 거듭하며 나는 내일 이민촌을 찾아 끝없는 벌판에 외로운 그림자가 될 것을 걱정스럽게 생각 해 보았다.

신경

저녁6시가 지나서 신경에 닿았다. 역을 나서니 바람이 씽씽 귀를 치는데 광장에서 방사선으로 뻗어나간 길들은 끈이 보두 어스름한 저녁 속으로 사라졌다. 헌 것이고 빌딩들은 비어 있는 것처럼 꺼시시하다. 외투깃을 올리고 한참이나 기다려서 소형 택시 하나를 주웠다. 영창로에 있다는 만선일보사(滿鮮日報社)로 가자 하였다. 정면으로 제일 큰길을 다려가는데 모두 아스팔트 언덕이 진 데는 두부모 같은 돌로 파문을 그려 깔았다. 시가지가 그냥 수평면이 아니요, 군데군데 고지가 있어 동경 생각이 나게 한다. 큰 빌딩 하나 혹은 두셋이 있는 사이엔 으레무슨 호사 무슨 점 건축 용지란 판장 울타리가 지나갔다.

걷는 사람이 적은 길 위에 차는 마음대로 달아난다. 한 15분 달렸을까 할 쯤에야 시뻘건 깃발이 날리는 한 빌딩 앞에 머물렀다.

마침 그때까지 퇴사 않고 있던 횡보(橫步), 여수(麗水), 태우(台雨) 제형이 반가이 맞아준다. 내 딴엔 천애지각(天涯地角) 에 온 듯한데 이 낯익은 친구들이 책상에 턱턱 자리잡고들 앉아 일하며 생활하는 모양은 그들이 딴 사람들 같은 착각도 일어났다. 이내 여수 형 댁으로 들아가서 훈훈한 체치카 앞에서 새로 지은 저녁을 먹으며 신경 이야기로 또 이민촌 이야기로, 서로 신세 타령으로 즐기다가 태우 형이 앞장을 서 밤 신경 구경을 나섰다.

해진 지 오랜 하늘이나 아직 서편은 푸르스름하다. 날카로운 별들이 뜨고 바람이 웅웅 지나가는데 쨰룽쨰룽하는 마차 방울 소리만이 말굽 소리와 채찍 소리와 함께 멀리서 가까이서 지나간다. 집들은 모두 공습이나 당하는 것처럼 불빛이 적고 초저녁인데 억센 덧문들을 닫았다. 우리는 마차를 타고 찬별 깜박이는 하늘을 쳐다보면서 네온 사인이 많은 거리로 왔다. 처음 들어선 집은 모테칼로(몬테카르로) 란 댄스홀, 처량한 듯한 왈츠 멜디에 한 홀 가득 찬 남녀는 물위에 뜬 부평초처럼 호느적거렸다. 다음에 다시 마차로 10리는 되게 와서 만주인 여관을 찾았으나 모두 만원이라 할수 없이 아무 여관이나 정하고 11시나 되었는데 또 거리로 나왔다. 개반자(開盤子)라는 여기 기방(妓房)구경을 갔다. 여관집 모양으로 긴 그곳에 들어서면 가운데는 마당처럼 트이고 사방으로 3,4층의 개설이 난간과 복도로 둘리었다. 안내하는 대로 2층 한 방에 들어가니 차 주전자가 놓인 테이블과 나무 걸상들과 넓은 침대와 거울과 미인도 경대들이 중요한 가구들이다.

여수가 뭐라고 그들의 말로 교섭을 하니 곧 불이나 난 것처럼 큰소리가 났고 여기저기서 수십명 호랑(胡浪)이 우리 방으로 몰려들었다. 손님측에서 정하는 대로 세 명만이 남고는 모두 나가버린다. 수박씨를 까먹고 같이이야기만 하는 것으로 1시간에 1원씩, 그리고 자정이 지나면 영업 내용이 돌변하여 창부가 된다는 것이었다. 여수와 태우 형은 꽤 지껄이고 웃고하나, 만주어라고는 만만적(慢慢的) 한 마디밖에는 모르는 나로선 소와 닭이었다.

답답해서 1시간도 못다 앉았다 나온 우리는 백계 러시아인들이 많이 사는 거리를 돌아 보았다. 캬바레(카바레)라고 명칭되는 그들의 주점은 그들 악대가 있고 그들 댄서들이 있어 손님이면 누구나 같이 추고 즐길 수 있는것이 외국적인 풍정인데 더구나 잠간 모인 손님 속엔 러시아인, 만주인, 독일인, 희랍인, 그리고 우리 이렇게 다섯 민족이 섞여 있었다.

돌아오는 길에서다. 문닫은 상점 앞에 열댓 집 지나서 한 군데씩 시커먼 그림자가 하나씩 서고 앉고 해 있었따. 도적을 지키는 야번(夜番)들로, 영하 40도 추위와 긴긴 밤에도 저렇게 앉거나 서서 샌다는 것이다.

하루저녁 지키는데 1월 몇 10전, 백계 러시아인들만의 단골 직업이라 한다. 우울한 거리요 밤 인생이었다.

쟝쟈워후

이튿날 나는 일어나는 길로 여수 형에게로 달려가 인민촌 사정에 밝은 몇 분에게 소개를 받았다.

만주에서 가장 오랜 편이요, 가장 큰 문제가 일어났던 곳이요, 가장 먼저 조선인의 손으로 큰 수로가 황무지를 관류하게 된 데가 만보산(萬寶山) 일원인데 만보산의 여러 부락 중에도 신경서 가기 편리한 곳은 쟝쟈워후(姜家窩堡)라는 데라 한다 그러나 알고 보니 거기도 그리 교통이 편한 곳은 아니다. 신경 역에서

백성자(白城子)행을 타고 두 정거장만에 내려서 조선 이수(里數)로는 한 30리 걸어가야 조선 인민의 집들이 나타나기 시작한다는 것이다. 조석으로 두 번밖에는 없는 아침 차는 벌써 놓쳤거니와 차에서 내려 30리가 문제다. 집들도 그리 없을 황원일 뿐 아니라 만주어를 모르는 나로서는 길을 물어 갈 수는 없을 것이다. 이왕이면 새로 들어와 처녀지에 괭이를 찍기 시작하는 부락을 보고 싶었으나 그런 부락을 보려면 간도성으로 가서 집단 입식(이민)을 하는 데로 가야 본다는 것이다. 그것은 만선 척식 회사(滿鮮拓殖會社)의 이름이나 국책으로 되어지는 것이기 때문에 명색 없이는 찾아가기도 어렵거니와 거기도 안도현(安圖縣) 같은 데가 그런 지역인데 명월구(明月溝)란 역에서 내려 가까운 입식지가 5,60리, 그 다음에는 1백 리 2백 리씩 오지로 들어가야 하고 아직 그곳에서는 나무 하나를 찍으러 가더라도 경사 혹은 군인이 따라가 경비를 해주는 형편이라 하니 그런 데를 단신으로 들어가자면 먼저 무장이 필요하고 무장을 한다 해도 그야말로 각오가 없이는 나설 수없는 것이다. 이런 신입식지는 단념하고 만보산 쟝자워후로나 가기로 결정하니 마침 어디서 소식이 오기를 내일 아침엔 신경에 왔던 그곳 조선사람들의 돌아가는 편이 있다는 것이다. 마음 놓고 신경서 하루를 묵고 이튿날 아침 차에 나가니, 여수, 태우 형이 나와 만주 복색(服色)을 한조선 청년을 찾아내 준다. 그 청년을 따라가니 조선 두루마기를 입은 사람도 둘이 있고 소위 자유 인민인 중년 양주가, 아내는 젖먹이를 업고 더벅머리 계집애 하나를 꼭 끌어안고 앉았고 남편은 동저고리 바람으로 바가지 달린 왕산만한 짐짝을 들고 어디에 놓아야 할지 몰라 두리번거린다. 차 안은 푸른 옷과 더러운 동전에서 나는 것 같은 냄새로 가득찼다. 제 시간에 떠나기는 하나 '만만적'이다. 가려고 하기보다는 서려는 상태의 계속이다.

이 동행하게 된 장쟈워후 사람들은 베를 팔러 또 도야지를 팔러 신경으로 왔던 사람들이다. 곡식은 대개 가을에 조선인 정미업자들에게 한목 팔아버리는 것이나 양미를 조금 넉넉히 남겼다가 돈 쓸일이 생기면 쫄금쫄금 팔아쓴다는 것이다. 그들이 도회에서 사가지고 가는 물건은 옷감, 양말, 고약, 비누, 성냥, 사기 그릇, 실, 바늘, 냄비, 씨앗, 편지지, 그리고 유성기 판을 하나 사는 사람도 있다. 신 담바구 타령 이란 것이다. 또 포목점에서 났는지 얻었는지 피륙 감았던 널판대기도 한 쪽 짐에 꽂여 있다. 여기선 두 가지 유물이 있는데 돌과 나무라

한다. 돌은 사올 수도 없어 주춧돌을 놓고 집을 세우는 집이 별로 없고 널쪽도 문패만한 것 하나라도 신경서 사다 쓰는 수밖에 없다는 것이다.

"조선은 벌써 풀이 돋았겠죠?"

"양지짝 산엔 진달래도 폈을 걸요?"

이런 것들을 묻는 그들의 눈은 거슴츠레해지며 5,6년 혹은 10여 년전에 떠난 고향 산천을 추억하는 모양이다. 젖먹이를 업었던 어머니는 띠를 끌러 안고 젖을 물린다. 이곳 사람들이 떠들어대는 바람에 눈이 휘둥그렇다가도 젖먹이를 내려다 볼 때만은 그의 야원 볼에도 어슬프나마 웃음이 어리었다, 남편은 자리가 없이 그저 짐짝 옆에 서 있었다.

바가지

우리는 한 50분 뒤에 소합륭(小合隆)이라는 역에서 내렸다. 역에는 총을 멘 순경이 섰다가 보따리를 모조리 끌러 검사를 하고 한 사람씩 내보낸다. 역사는 모두 벽돌인데 문들은 한반이 철갑으로 되어 유사시엔 역 전체를 포대(砲臺)로 써 응전할 수 있게 되었다. 역을 나서니 철도 관사가 두어 채, 토민(土民)의 오막살이 주점이 한 채 그리고는 길이 따로 있으나 마나한 벌판이다.

"물덜 먹을 사람은 여기서 아예 먹구 갑시다."
하고 주점으로 들어가 술도 한 잔 하고 나오는 사람도 있는 눈치다. 가는 길엔 먹을 물도 변변치 않은 모양이다. 보따리를 낀 사람, 진 사람, 아이를 업은 그 어머니, 큰 고무신을 철떨철떡 끌면서 어머니의 치마 꼬리에서 떨어지지 않는 소녀, 멜빵을 고쳐가지고 전 재산의 보따리를 걸머진 그 가장, 나는 그 보따리에 매어달린 바가지 쪽을 바라보면서 그들의 뒤를 따라 걷는다.

조선 사람은 얼마나 저 바가지와 함게 살고 싶어하나? 바가지로 샘을 푸고 바가지로 쌀을 일고, 바가지로 장단을 치고, 산모의 첫 국밥도 저 바가지로 먹는다. 어디로 가나 저들은 박넝쿨 언킨 지붕밑이 그리울 것이요, 홍부와 놀부가 박타는 이야기는 순박한 저들의 영원한 진리요 도덕이요 즐거움일것이다. 박이 여물어 볼 새 없이 서리가 와버리는 이 북녘 나라에선 고향에서 달고 온 저 몇 쪽의 바가지들이 저들에겐 조상적 기물이요 고토(故土)를 생각하는 유일의 앨범일 것이다.

걸어도 걸어도 전망이나 변화가 없다. 벽도 흙이요, 지붕도 흙인 토민들의 집들이 한둘씩 나타났다가는 지루하게도 안 사라질 뿐, 도야지를 수십 마리를 몰고 나오는 사람, 말 다섯 필에 끌리는 수레에 가족을 태우고 신경 구경을 가는 듯한 사람들을 마났을 뿐, 새도 까치도 별로 볼 수가 없다.

"어디서 떠나오십니까?"

"기장(機長)서 옵니더."

바가지 달린 보따리 주인의 대답이다. 가장이란 경남 동래 어디 이름 이라 한다. 전에 이웃 사람이 먼저 와 사는데 농토는 흔하니 들어오란 해서 찾아오는 길이라 한다.

서북편만 향하고 한 시오리를 걸으니 물밑도 보이지 않는 누런 개울물이 얼음장을 이끌며 흘러간다. 이 개울물이 상류에서 지대가 좀 높기 때문에 우리 인민들이 거기서 봇통을 내어가지고 논을 푼 것이라 한다. 걸터앉을 돌멩이 하나 없기 때문에 뻗어내리고 앉아서 한참식 쉬어가지고 다시 한 시오리 걸으니 여기서부터 논이 나오기 시작한다.

논이라야 벼 그루가 여간 성기게 박히지 않았다. 정조식(正租植)논도 아니요 논둑들도 아이들이 물장난으로 막아놓았던 것처럼 물러앉았다. 오래간만에 흰 빨래 건 울타리가 보인다. 노란 잇짚 지붕과 잇짚 낫가리들이 아득한 지평선 위에 드러난다. 보이는 것만으로는 늘어지게 걸어서야 그마을 앞에 이르른다. 봇도랑이 나온다. 그 유명한 만보산 사건[4]을 일으킨 봇도랑이라 한다.

바닥 넓이는 12, 3척, 위의 넓이는 12척의 전장(全長) 12여 리의 대간(大幹)수로다. 이곳 노동자 고력(苦力)들도 많이 부렸지만 대체로 우리 이민들의 혈한(血汗)으로 완성된 꽤 대규모의 공사였다.

물마른 봇도랑 옆에는 여남은 살 된 조선옷의 소녀가 갓난이를 업고 서서 우리를 멀거니 쳐다본다. 금잔디 언덕도 금모래 강변도 이 소녀에게는 신화와 같은 것이리라.

---

4) 만보산사건(萬寶山事件) : 1931년 7월 중국 만주 길림성 만보산에서 관개 수로(灌漑水路) 때문에 조선 농민과 중국 농민 사이에 일어난 분쟁 사건. 일제는 이 사건을 고의적으로 조·중 이간책으로 이용함.

배는 부른 마을

이 봇도랑의 마을을 지나 또 한참 그냥 걸어야 학교도 있는 큰 마을 쟝쟈워후다. 붉은 양철 지붕의 한 채가 학교다. 그냥 벌판보다 마을이 도리어 더럽다. 발을 한참씩 골라 딛어야 하게끔 군데군데 수렁인데 도야지가 한 떼씩 몰려다닌다. 집들은 가까이 오니 수수깡 울타리에 묻혀버린다. 맨 수수깡 낟가리요, 짚 낟가리요, 또 그런 검불 투성이다. 담뱃불 하나만 떨어져도 온 동리가 타버릴 것 같다. 이 울타리 저 울타리에서 아이들이 나온다. 개도 나오고 닭들은 쫓겨 들어가고, 같이 오던 사람들은 서로 저희 집으로 가 점심을 먹자고 청한다. 중국옷 입은 박씨의 집으로 따라 들어갔다.

이 집도 수수깡 올타리가 바람에 쏴쏴 울린다. 마당에 볏짚과 수수깡 낟가리가 산이다. 화목(火木)이 따로 없으니까 1년 내내 곡초(穀草)를 땐다는 것이다. 한 일자 집 가운데로 난 문으로 들어가니 그냥 흙바닥 부엌이다. 양편으로 방들이 달렸는데 그냥 맨발인 채 들어서니 신 벗을 만한 공지를 두고는 중국식 높은 온돌 '캉' 이라는 것이 되어 있다 갈자리가 깔려 있다.

올라앉으니 창부터 쳐다보인다. 남향으로 미닫이를 가로 붙인 것만한 큰 들창, 벽에는 만주국 지도 한 장, <만선일보>로 도배가 되었다. 불편으로는 갈자리를 깔다가 모자랐는지 곡식 부대가 가득 쌓여 있다. 들창에 붙은 우리 쪽으로 재다 보니 키가 길이 넘고 통이 세 아름은 됨직한 수수깡발로 여러 벌 둘러치고 이엉을 인 깍다우리가 있다. 그것은 깍지가 아니라 광이 없으니까 벼를 그렇게 넣어 두고 먹는다는 것이다. 쥐는 먹지 않으냐 하니 먹는대야 몇 푼어치나 먹겠느냐 한다. 그리고, 닭도 도야지도 가끔 쑤시고 먹지요 한다. 그들이 낟알에 이만치 관대함만은 잠시 한끼 손님이지만 관한 폐가 아닐 듯싶어 기쁘다. 배가 고프다. 다리도 아프다. 아무 소리도 들리지 않는다. 창 우리에 비치는 것은 하늘뿐, 창을 연대야 여태껏 허덕허덕 해온 희멀건 공간일 따름일 것이다. 커다란 단조가 숨이 막히게 짓누른다. 아무것도 물어보거나 생각하거나 할 맥이 없어진다. 그저 입을 떡 벌리고 바보가 되어 누워버렸으니 좋을 환경이다.

밥상을 보니 정신이 좀 난다. 이밥이다. 현미밥처럼 누르다. 국은 시래기, 새우가 어쩌다 한 마리씩 나온다. 배추 김치가 놓였는데 고추보다는 고추씨가 더 찬란하다. 그리고는 유기 쟁첩에 통고추가 놓였다. 허옇게 든 것, 시커멓게 언것들을 말려다가 밥솥에 찐 듯한데 저것을 어떻게 먹나 하고 주인이 먼저 먹기를 기다렸더니 먼저 그것을 그냥 간장에 꾹 찍어 먹는 것이다. 나도 하나 씩씩거리고 먹어보왕ㅆ다. 이것이 원료 그대로인 세 가지의 반찬으로도 나는 재작년 장감(長感) 후로는 처음 달게 먹오봄 구미였다. 수북수북 떠주는 대로 네 공기나 밥을 먹었다.

"인전 뱃속은 아무 걸루든지 채웁니다만…"

밥을 더 먹으라 권하며 이런 말을 하는 주인에게 더불어 식곤에 자꾸 하품이 나고 눕고만 싶은 입을 억지로 다스려가며 나는 다시 이런 것 저런 것을 묻기 시작한다.

여기 전설

"농작물은 대개 어떤 겁니까?"

"벼, 조, 수수, 메밀, 콩, 옥수수, 감자, 대개 그런 것들과 채소지요."

"여기 와 지내는 분들의 생활 정도는 평균합니까?"

"꼭 같다곤 할 수가 없습니다. 이 쟝쟈워후 만보산 사건이 일어난 후로 벌써 여러 해 아닙니까. 아마 이민 부락으론 기중 자리잡힌 편인가 봅니다. 그러게 시찰단이 오면 흔히 이 동네로 데리고 오더군요."

"이 동넨 다 자작농입니까?"

"자작농은 별로 없습니다. 모두 만인의 땅을 차입해 가지고 하니가 결국 소작인 셈이죠. 애초에 이 만보산에 들어온 사람들이 돈을 모아가지고 황지 차입운동(荒地借入運動)을 한겁니다."

"네, 자세히 말씀해 주십시오."

"호(胡)가란 여기 사람을 구문을 주고 내세워 장춘있는 만주인 부호의 땅을 오백<5백 상(垧).1상(晌) 2천 평(坪)>을 차입한 겁니다. 그때 계약 관계는 지금 다 잊었습니다만."

"네."

"그런데 이 근방에 만주인 토민들이 들고 일어납니다그려."

"왜요?"

"조선 사람이 와 논을 풀어놓으면 저희 밭들이 결단난다고 들고 일어 났습니다."

"왜 그사람네 밭이 결단납니까?"

"오시면서 보셨지만 여긴 벌판이 모두 장판방 같지 않아요? 그러니까 논에서 나오는 물이 빠질 데가 없습니다. 저 가고픈 대로 사방으로 흩어 지니까 그 옆에 있는 밭들이야 사실 결단이죠."

"그럼 그 사람네도 밭을 논으로 풀면 좀 좋아요?"

"그 사람넨 수종할 줄 모릅니다. 그리고 무슨 사람들이 이밥을 먹으면 반찬이 따로 들 뿐 아니라 배가 아프답니다그려. 그리고 병농사를 지어 놓은대야 벼를 어디 갖다 팔아야 할지도 모르구요. 그저 저희 먹을 것을 저희 밭에서 소출시키는 걸 기중 안전하게 생각하니까요."

"반대 운동이 어떻게 됐나요?"

"그 사람네들도 사실 우리가 넓이 20여 척이나 되는 큰 수로를 내니까 단단히 서두르더군요. 여러 백 명이 관청으로 달려갔습니다. 조선 사람때문에 저희가 못살게 된다니까 관청에선 개간권을 허가해 주고도 무책임하게 모른다고 내뻡니다그려. 백성들은 조선 사람들한테 양식도 안 팔죠. 우물도 못 쓰게 하죠. 그때 생각을 하면… 결국 우리도 사생 결단으로 대들 수밖에 없었습니다. 아 갖고 온 양식, 갖고 온 밑천을 그땅 차입하는 운동과 봇도랑에 집어넣어 봇도랑이 거의 거의 완성돼 가는데 가라니 어딜 갑니까? 갈 노자도 없고 가서 농사 준비할 밑천이 있어야죠? 그걸 물어준다고 하더라도 20리나 되는 봇도랑을 내기에 우리가 피땀을 어떻게 흘렸는데…항차 그저 어디로든 가라고 내댑니다그려. 토민들은 우리가 파는 봇도랑을 군데군데서 자꾸 메웁디다그려. 그러면 우리 도 달려가 그들을 죽일 듯이 으르대고 또 파냅니다그려. 말이 우습지만 사생 결단하는 투쟁이 더했습니다. 우린 밤에도 팠습니다 나중엔 토민들이 다시 관청으로 가 야단을 쳐 결국은 중국 군대가 나와 총을 막 쏘게 됐습니다. 머리 위로 총알이 씽씽 지나가지만 우린 이래 죽으나 저래 죽으나 죽긴 마찬가지라 그냥 도랑 속에서 흙만 파냈더랬습니다." 하고 주인은 그때 광경이 눈에 새로운 듯 땀없는 이마를 몇 번 문지른다.

산불고 수불려(山不高 水不麗)

그러나 그때 그들의 총알에 명중된 사람은 하나도 없다 한다. 멀리서 위협하노라고 탄환이 공중으로만 지나가게 쏘아 그런지 한 사람도 상한 사람은 없었고 몇 청년들이 잡혀가 여러 날 갇혀 있다가 나왔을 뿐인데 오히려 조선에서 파괴에 살상이 생겼다는 것은 유감이 아니라고 한다.

아무튼 군대 출동은 별문제로 하고 만일 그 토민들이 살생을 즐기는 사람들이었다면 그 토민들의 몽둥이에라도 희생자가 없지 않았을 것이라 한다.

나는 이 박씨의 안내로 동리와 학교를 구경하였다. 집들은 호수도 20호 이내이거니와 중심이 없이 산재(散在) 그대로 집 모양은 모두 박씨 집 본이다. 모두 수수깡 울타리 안에서 팔짱을 끼고 햇볕을 쏘인다. 파종은 늦고 추수는 이르니까 농한기가 남조선보다는 배나 길다 한다. 양조(釀造)는 자유로 술이 익으면 서로 청하는 것이 이웃간의 낙이요, 개인의 낙은 채표(彩票) 의 꿈이라 한다. 만주국에서 매월 1회씩 1원씩에 파는1만 원짜리 채표이다. 이 나라에 거주하는 사람으로는 누구나 살 수 있는 것으로 매월 한 사람씩은 두채(頭彩)가 빠지는 것이요, 두채면 1원 내고 1만 원을 타는 것이다. 조선 사람으로도 신경서 기름 장사하던 노파와 어떤 회사 급사로 있던 소년이 타 먹엇다는 것이다.

"그거나 빠지면 우리도 다시 한번 고향 산천에 가 살아볼까요! 그렇지 못하면 밤낮 이꼴이다가 호인들 밭머리에 묻히고 말죠!"

이것이 그들의 우일한 희망이요 또 슬픔이기도 할 것이다.

학교도 역시 '투피' 란 흙벽돌로 올려 쌓아 가지고 함석을 잇고 우리창을 박은 것뿐이다. 마루도 없이 흙바닥이다. 1,20리 주위로 널려 있는 여러 부락으로부터 근 1백 명의 아이들이 모인다 한다. 마침 방학 중이어서 이 동리 아이들만 7,8명이 모여서 해진 풋볼을 차고 굴리고 하고 있었다. 애초엔 이민 부락들이 연합해 가지고 설립 유지한 것인데 이젠 만주국서 인수해 가지고 그들의 방침에서 경영되는 것이니까 불원(不遠)하여 교과서나 교원에 변동이 생길 것이라 한다.

나는 내일이나 모래면, 산고수려(山高水麗)하다 해서 고려란 나라 이름까지 생긴 내 고향 금수강산에 들어서려 생각하니 황막한 벌판에 남는 저들을 한 번 더 돌아볼 염치가 없어졋다.

수굿하고 걸어 아까 그 봊도랑의 마을로 오니 8,9세짜리 소녀 셋이 수수깡

속과 껍질로 안경을 하나씩 만들어쓰고 수수깡 속을 권연처럼 하나씩 물었다 뽑았다 하며 이런 노래를 부르고 노는 것이다.

"유꾸리 천천히 만만되 다바꼬 한 대 처우우웬바"

나중에 알고보니 '처우웬바'는 담배를 피우자는 만주말이었다. 1시간 뒤에는 잇짚 지붕들도 흰 빨래 울타리들도 다 사라졌다. 멧새 한 마리 날지 않는다. 어린 아이처럼 타박거리는 내 발소리뿐, 나는 몇 번이나 발소리를 멈추고 서서 귀를 밝혀 보았다.

아무 소리도 오는 데가 없었다.

그 유구함이 바다보다도 오히려 호젓하였다. <무서록(無序錄)>, 1940년

間島에客이되어*

모윤숙(毛允淑)

間島의 첫印象

구타여 北間島라 거칠은 印象, 구슬픈 感想 밖에 또 무엇이 잇으랴. 學窓에서 바로 굴러나왓다는 곳이 남들이 오기 싫어하는 北支那 悲劇小說의 背景으로만 取扱하려는 北間圖 이엇다. 그러나 그도 親族동무나 잇다면 모르거니와 間島一年間 나의 客地 生活이란 寂寞 恐怖분이엇다.

間島란 地帶가 元來 덞은 땅이요 거진 確權을 잡은 主人公이 없다 하여 그런지 모르나 朝鮮 十三道 어데를 勿論하고 間島살림을 目的하고 떠나온 사람이 얼마 인지 모른다. 그래서 여기 사는 조선사람의 全風俗 이란 것은 固有한 道의 特色이 없고 모도가 十三道 全體 風俗을 合처놓은 合衆式이다. 衣服이나 言語

* 이 글은 ≪朝光≫ 1932년 5월호에 게재된것이다. 모윤숙(毛允淑, 1910-1990) 시인, 1931년 이화어전을 졸업하고 한때 룡정 명신녀자학교 교사로 임직, 귀국후 방송국기자로 있으면서 시를 썼다. 해방후 ≪문예≫지를 창간하는 등 작품활동을 활발히 전개했으나 최근에는 친일작가로 평가받는다.

에 별다른 差가 없는 그들은 朝鮮內地와 같아 鄕土的自尊心을 서로 가지거나 서로 分裂하려는 氣分이 없고 相扶相助의 心情과 아울러 異域이니만큼 서로의 깊은 同情을 갖고 살게 된다. 어떠한 會合 이든지 뫃이는 힘이 强하고 조선사람 끼리의 團結을 잊지 안는다. 그러나 或時 보면 너머 非倫理的 主張과 熟練치 못한 修養程度를 가지고 어떤 運動을 始作하다가 無智와 失敗를 들어내고말게 되는 것을 종종 본다.

冷情한 批判力이 없이 氣分에 醉하여 熱을 吐하는 것이 間島靑年들의 過程이라 볼수 잇다. 그러나 나로서도 반갑게 느껴지는 것은 서로 快活하게 몸을 아낌없이 내어 놓고 일해 보겟다는 그 붉은 바음만은 間島가 아니고는 찾어 보기 어려운 現象이라 하겟다.

間島의 살림살이

間島의 새벽! 萬?가 깊이 잠들어 사정없이 불어 치든 바람결도 차차 잠잠해지는새벽이 되면 어대서 거칠은 音聲이 새벽의 거리를 橫斷하여 잠든 고막을 처량하게 울려 주고 간다. 朝鮮人도 아닌 中國人이 잘되지도 않은 朝鮮말로 무엇이라고 웨치고 지나가는 그 소래! 나는 이때 가지 그러케 雄姿스럽고 처량한 리듬을 들어본 記憶이 나지 안는다. 그 소리는 一種의 物件을 사라는 廣告의 지나지 않건만은 그 구슬픈 音響이 空氣를 通하여 나의 귀를 스처 들어올 때는 마치 즉엄을 찾어 가는 설어운 노래 같기도 하고 거친 曠野가 원망스러워 끝없는 哀愁의 하소 같이도 들린다.

「참길름이 양양양……사솔다봐」그 소리가 새벽 하늘 그윽한 間島의 空氣를 흔들어놓을 때는 야릇하게도 서글픈 聯想의 눈물이 솟아난다. 어떤 날 아침 나는 그 소리에 깨어 하도 마음이 心亂하기에 뒷마을 東山이란 곳으로 散步를 떠낫다. 찬 바람이 山우에 모질게 불고 잎새 잃은 나무들이여기 저기 앙상하게 서 잇을뿐이엇다. 나는 아츰 햇빛을 마시려는 間島의 자그마한 都市를 내려다보며 한가하게 冊을 읽으며 나려갓다. 한참 올라가려니까 소나무들이 듬은듬은 서어 잇는틈으로 무덤들이 보인다. 아침 太陽의 反射되어 불숙불숙 올라온 黃土의 무덤들이 원한 많은 異域의 죽엄이라 생각하매 가까이 가서 어르만저도 보고 싶은 愛着이 감돌앗다. 떼 하나 입히지 않은 무덤의 빛깔은 몹시도 험하엿다. 나는 아모 意識 없이冊을 덮어들고 소나무 사이로 山길을 더듬으며 무덤 앞에 꼿힌 말둑을 찾어 보고 한 고개 두 고개 넘어 갓다. 치움을 참지 못해 呼吸運動을 해 가며나려다보히는 골작이를 마저 巡廻하려고 나려가다가 갑자기 아이구머니 소리를 벽력같이 지르고 오든 길로 다름박질을 하여서 올라왓다.

女學生의 膽力

무서워! 나는 그러케 무서운 것을 世上에서 처음 보앗든것 이다. 떠러진 中國人屍體가 바로 널 속에 누은것인데 관뚝게도 덮지 않은채 그대로 길바닥에 놓엿던것 이다. 내 눈에는 꼭 그것이 그때에 일어나려는것 같이 보혓엇다. 그 옆으로도 여러 개의 관들이 그대로 그 골작안에 놓엿는데 朝鮮人의 관과 달러서 관옆에는 붉은 용과 새들을 그려서 玉色으로 칠을 해 놓은 것이 보기에 더 무서웟다.

그 날 아침 그런 생귀신을 面會하고 하도 혼이 나서 宿食에 오든 길로 學生들에게 「棺이 그냥 나와 굴으니 그게 웬 일이냐」햇드니 學生들은 나의 예상 보다는 너무 平凡하게 「여기 中國人의 風俗은 自己 父母가 別世하기 前에 죽으면 死後의 罰로 길바닥에 그냥 버려두어서 도야지나 개가 뜯어 먹게 한답니다.」한다. 어린 學生들이 별일로 알지 않고 다만 平凡하게 생각해 버리는 것이 나에게는 더 아찔한일이엇다. 如何間 間島女學生들은 膽들도 크구나 속으로 생각은 하면서도 그 學生들의 異國風俗에 能한 것이 한끝 勇敢스러워도ㅗ 보히고 아직 생소한 나에게는 부러운 느낌도 없지 않엇다. 그 이튼날부터 몇날은 길바닥에 놓인 棺들이 무서워 그 近處로는 발길을 避하엿다. 저녁 때 學校서 돌아오면 아랫동리 사는 세 살먹은 어린 「윤극」이가 아장아장 걸어 와서는 散步갑시다 하고 손목을 끄은다. 무엇이던지 배워 주면 그대로 꼭 외이고 잊지 안는 그 총명한 「윤극의」눈人동자를 볼때에는-그리고 저녁 때면 無意識的으로 내 방에 와서 놓다 散步를 가자고 조를 때는 할수 없이 나도 손목을 끄을고 밖으로나간다. 그러나 어린애 눈에 그 끔직한 棺이 보일가바서, 그 총명한 눈가에 무서운 소름이 끼칠가 해서 나는 딴 길로 「윤극」이와 손을 꿀어 준다.

으슥한 밤의 序曲

해가 西山에 기울고 밤빛이 차차 몰려들 때는 陰沈한 어둠 속에 市全體는 감취어 버리고만다. 차라리 하늘의 별이 시컴한 길바닥을 밝혀 준다 할까? 누구나 間島의 밤길을 가고 싶어 하는 사람이 없으리라. 바람이 휭휭 소리치고 여기저기 中國巡査의 검은 塔이 우뚝우뚝 서 잇는 그 거리를! 急한 볼 일이 잇어 길바닥에 나선 사람 이라도 마음 놓고 거름을 걸을수 없는 밤의 거리다. 일미네순이 흔들리고 딴스홀의 쨔스노래가 흘러지는 밤의 거리에서도 어두움의 가슴을 안고 헤매는 동무가 잇거니……나는 暗黑街의 찬 바람을 맞으면서도 明日의 光明을 찾을 길이 없으니 生이란 場面마다 苦惱는 붙어 다니나보다.

어떠한 國體의 暴動이 일어나기 前에는 間島의 밤은 물부은 듯이 종용하고 崇嚴하다. 이따금 領事館 自動車 소래가 뻥뻥 들리면 또 무슨 일이 나나보다 하고 집집이 수잠을 자게 된다. 어떤 때는 ×××이 갑작이 出現하여 市內의 電氣를 끊고 총을 놓고 여기저기 불을 질러 놓은 까닭에 방에 잇든 사람들은 총알을 避×하기 爲하여 一齊히 방바닥에 엎뜨려 버리고 더러는 地下室로 나려가 숨는다. 이리하여 조용한 밤이지만 그沈黙한 밤 속에 險한 氣分이 잔득 들어차서 언제든지 마음을 安定할 수가 없는것 이다. 그리고 게엄영이 나린 때에 밤 八時 지난 後에는 絶對로 通行치 못하게 된다. 法을 모르고 지나가면 銃殺을 當하게 되는 수도 잇다 한다. 얼마 전에 어느날 밤 十二時가 지난 후 갑자기 어데서인지 폭탄이 投下되든 때 그밤은 지금 생각하여도 소름이 끼친다. 하늘 한 쪽이 뚫어저서 바다로 몰려드러 가는 듯한 처참한 소래 엿다.

나는 그 때도 처음 當하는 일이라 밤새것 못잣건만 宿舍 學生들은 「폭탄이 또 떠러 젓나」하고 돌어누어 그냥 코를 골며 잘 뿐이다. 險한 바람과 처참한 風景속에서 자라온 그들에게는 그런 소래 쯤은 잠고대를 妨害하는 씨씨리 소리만도 못한 모양 이다.

無條件的 銃殺

바로 몇칠 전 復活主日 밤이엇다. 學生들과 함께 새벽찬양을 하려고 달빛을 동무하여 거리에 나섯다. 나는 떠날 때부터 길에서 中國巡査를 만나면 中語도

모르고 또 새로 한시가 넘으면 길로 못 다닌다는데 어떨가 하고 半信半疑하며 떠낫다. 눈과 달빛이 어우러진 間島의 첫새벽은 아모런 音響도 없어 고요하고 맑엇다. 昨年에는 봄비를 줄줄 맞어가며 復活의 아침을 맞엇드니 今年 그날엔 눈길을 폭폭 밟어가며 復活의 멧세지를 傳할 줄이야!

우리는 한참 노래를 하다가 어느 골목으로 돌아 서랴니까 어데서인지 갑자기 「꺄르륵-륵」하는 毒 살스러운 부르지짐이 들려온다.

學生들은 一齊히 발을 멈추고 섯다. 그제서야 나는 그것이밤의 파수보는 陸軍이 그 곳에 꼭 서 잇으라는 暗號 임을 알엇다. 이윽고 눈길 우에 시컴한 그림자가 나타나오는 것은 총人대 메인 中國陸軍이다. 學生들은 서로 수군거리드니 그 中에서 한 학생이 나서며 「구주부와창!」하며 우스운 中語로 무엇이라 하는 모양이더니 가라고 손짓을 한다. 나는 또 가슴이 털렁하여 그만 하고 돌아가자 하엿드니 學生들은 웃으며 그까지껏 괜찮어요 하며 無心히 對答하여 버린다.

「꺄르륵-륵」이란 소래는 무슨 뜻이냐 하니까 그것은 밤 中에 가는사람이 잇으면 더 가지 말고 그 자리에 서서 취조를 받으라는 暗號인데 세 번까지 「꺄르륵-륵」소래를 내어도 듣지 않고 그냥 가면 無條件銃殺 이라 한다.

나는 學生들이 아니엇더면 몰랏겟으니 銃殺을 當할뻔 햇지하고 一齊히 웃고 돌아온 일이 잇다.

그저 한마디로 하라면 間島는 사람 살지 못 할 곳같이만 생각된다. 人心도 그러코 天候도 그러코. (끝)

海蘭江의追憶*

毛允淑

그곳에서는 綠陰이 땅우에 덮일적에야 겨우 筋肉의 깃드렸든 치움이 사러지고 나무그날밑에 바람을 쪼이며 쉬는사람들을 볼수있게된다. 恒常 憤怒를 고함

치며 흘러가는 海蘭江의 처참한 呼吸도 여름이되면 次次 江面의 溫顧함을 볼수있으니 江을 즐겨하는 若干의펜을 유인함에 가장순박한 손짓을 보냈다할수 있다.

海蘭江은 생긴 그대로이다. 아모 文化的施設이거나 장식도 부가되지않은 다만 두언덕을 요람삼어 흘러갈뿐이다. 물빛이 항상 맑지못함에 물밑을 듸려다볼수없음이 恨스러우나 그흘름의 용맹스러움 장쾌한맨노되 진실노 北方의呼吸을 表象하는듯한감이있다. 나는 그물이넋있음을 방겨한다. 한참 섰으면 센치애차있는 가슴속을 쾡쾡 두다려주고 무슨새로운 교를 듣게 하는듯한 江이다.

그땅에 居할동안 어느여름밤이였다. 저녁아홉시가 되어도 더위도 식지않는몹시 더운 밤이였다. 나는 무더운 宿舍에 앉어있기 괴로워 결房에있는 k友와 함께 海蘭江近處로 散策을 나섰다. 길까에는 우통버슨 中國人실과 장수들이 이따금 더위를 잊으랴는 홍타령을해가며 앉었고 하늘에 별들도 南方的 色彩를 띄고 곱게 나려빛지고있다. 이되로선가 호로마차 굴너가는소리 은은히 들여오고 중국遊女들의 쟁쟁이타는 노래도 이따금 大氣中에 떠온다. 恒常奔走스런 地帶였만 이 날밤마는 소란한일이없고 앞으로몇時間도 亦是조용이 지나갈듯 싶었다. 우리는 천천히 이런저런 이야기를 해가며 밤바람의 充分한 애무속에 그립든 산보를 마음놓고 할수있었다. 나무는 우리에게 애저튼 香氣를 뿜어주고 흙은 보드라이 발밑에 잠들고 있었다.

버들이 덮인 우물까에는 한두女人의 밤물깃는 드레박이 달빛에 번쩍이였다. 그곁에 적은초막사리속에는 들니는 코고는 소리 정영그는 北國의 억세인 노동자 집임에 틀림없었다. k와나는 유쾌이 발길을 더듬어 달뜨는 海蘭江邊에까지왔다. 바람이 어데선가 나무숲을지나 어개에 확하고 끼친다. 여름바람같지않은 호걸性을 띈 시원스런바람이다.

달이 홀노 높은 虛空에 길이 빛나고있다. 江에서 불니는 시원하고 유쾌한바람 그위로 달이 풀여나려와 물결우에 춤추는양 은빛금빛으로 江面은 호화로운 의장을 가추기도한다. 이는 대낮에 볼수없는 아름다운 風景이 아닐수없다. 自然의 은허로 한밤에 그얼굴이 빛나고 거룩하게 춤추는 海蘭의水面! 홀로 씩씩하게

＊ 이 글은 ≪朝光≫1936년 7월호에 게재된것이다.

그風偉가 경사로우나 이를보는 사람몇이나되나? 올여보고 내려보아야 散策의 지팡이소리 들니지안는 寂寞한 江邊이다. 江은 홀노 바람에 너흘거리고 별은 가만히 긴北方의 歷史를 뭇고있다.

우리는 풀우에 걸터앉었다. 가슴에 끌는 現實苦를 활털어버리고 싶은 충동에 몸은 돌아갈길을 잊었다. 밤물결과함께 定處없이 方向없이 律動되든 그때의 내心理! 앞에는 혹시 흔들니는 흙빛 물쌀도 보이나 달이 물드려놓은 명랑한 물쌀도 달니고있었다. 喜悲와 싸호든 北方人의生活이 잠깐 疲困해진 고요한 밤이니 쉴새없이 날뛰든 이江은 단둘의 女性散策者를 위무하듯이 그홀으는 소리 먼길에 있는듯싶다.

방에가는 온화한물결! 그앞에서 未知의 꿈을빌든 밤의情熱! 혼탁한 머리속에 疑訝를 가득담은 그때의나는 靑春의 苦 생의의문으로 날마다파리해가는 적은 腦髓를爲하여 安心할수는 없었다. 무엇인지 높고깊게 가슴에 애타게도 그리움든 동경의 宮殿! 그것을 붓잡지못하여 가여운 눈물에 사로잡히든나! 이렇게 人生으로 病身된나는 하로밤이나마 짧은時間中에서 유유히 흐르는 海蘭의물결을 앉고앉었음이 무한한 幸福같이 생각되엿다. 鬱憤을 醱酵하는 江心의 呼吸은 마치 때로이러나는 自身의 反抗같이도 들려왔다 北에서 달려오는 크다란 黑潮앞에 人生의 平生을 저울질도 해보고 달빛에 번뜩어리는 적은물쌀을 하염없는 靑春의 순간的 歡喜로도 생각해보았다. 魔女의 머리같은 흩어진 구름쪼각들이 몽롱하게 저편에 이러난다. 순간江은 침울해지고 四方은 무거운 氣壓에 잠깐질식한다. 無聲의宇宙!

할닥어리는 가슴의 적은 脈膊! 이제 北方 人情없는 땅우에도 기적과같이 로맨틱한 여름밤의 情緖가 잠자고있다. 아까그집 石油등잔은 아직 꺼지지않고 琥珀色빛을 발하고있다.

孤獨을 祈禱하는 조용한天地다. k는말없는채 머리도많어보고 흙도 쥐여본다. 달빛에 그얼굴은 蒼白하나 고결한아름다움 감초지못한다. 우리는 잠깐계속되엿든 沈鬱을 깨치고 치마의 흙을떨고 江岸의 바람을따라 더올나갔다. 문득 南方에 있을 k의 煩苦를 이런밤에 드러보았으면했다. k의얼굴 그마음모습이 情겹게 내곁에 같이함을 어찌할수없었다.

×

이렇게 薔薇의 香氣가없고 花園을 지키는 적은 개한마리 없는곳에 간열핀 기타소래 웬일일까? 누가들는 끼타인지모르나 가슴은 아프리만치 動搖되여 잠깐 樹木에 몸을 정지할수밖에없다.

林檎빛 心色을가진 끼타의音響! 그主人이뉘뇨? 파늬가 아닐까? 낮에는 구두궤를메고 이사람 저사람의 好意를 求하든 그눈크고 키큰로시아少年! 몇일前내게있는 상한끼타를 보였드니 새줄을 갔나끼여놓고 용이하게도 想像以上의 여러가지 音曲을 들려주는 파늬! 그黃昏내 방문턱에 앉어뜯든 『樹林의憂鬱』이라는 그 曲이바로 지금들려오는 저曲이아닌가? 파늬다 파늬! 나는밤빛에 잠긴 파늬의 얼굴이 보고싶었다. 孤兒로 流浪의生을보내며 제國土에서 쪼껴나 異國의風俗밑에서 그生 을 보내는파늬!

그는그대로 노래를알고 홍미를 헤아릴줄아는 藝術의피를가진少年이다. 끼타소리는점점 멀어간다. 끼타를伴侶로 파틔는먼樹林새로 혼자것고있는것일까?

사람들은어떤때 파틔를 몹시놀려먹고 때리기까지한다. 그러면 파늬는 이따금 내房門턱에 와앉어서『내가父母없고 兄弟없이 이렇게사니 설은일이많다』고 나를보고 그큰눈에 눈물이 차서 하소를 하는것이다.

혹시파늬는 저렇게 끼타를 뜯다가 江岸에서 잠을 잘지도모른다. 새벽 햇발이 힘차게 저江물에 빛이일때 번개같이 이슬을털고 이러나 하로의 勞動을 始作할지도모른다. 나는 파늬에對한 왼갔空想을 머리에 해가며 한참동안 마음의정막을 잊어버렸다. 파늬는 아마 내가여기있음모르나보지. 그리고 달빛에 웃고섰는 제얼굴을 幻像해보는 내心情도.

우리는 十時가 지나 江岸을 떠났다. 이따금바람이 미소하듯이 물도다라 江岸에 찰락찰락 부듸낀다. K의上氣된얼굴이 더아름다워보였다. 이런밤엔 書冊에서 얻든 糧食보다 들과 물까에 몇時間이 얼마나 優越한기꺼움이되는것을 새삼스레 깨닫게되였다. 北地方에 오직하나인海蘭江! 激熱한 思想을 가진者 이江에 흘니고간 비밀인들 얼마나많으며 故鄕을등진 사람들의피섞인 서름인들 얼마나 흘넜으랴? 悲哀를 갖이마시고 凶한것만은 어르많어주든 不吉한 海蘭江이였만 이밤만은 모든속박에서 버서난듯이 음울하지도않고 슲음을 품은듯도하지않었다. 處女의명상이加히 깃들릴만한 포근한자리를 우리에게 제공하여주었다. 그러면서도 心魂이씩씩히 그內部에살어있어 生氣있게흘음 이는人生이나 自然에있어 가장나의 흠모하는 性品中\一이라 아니할수없다.

여름江이다! 아름다운말노 表現되리라 그러나그는 遊興에몰닌 者들의 醉中談이 太半일것이니 한女子의 遊女를 태워본일없고 한사람의 醉客과함께 놀아본적없는 가장原始的이요 순수한江이 지금이江밖에 어대있으랴? 이렇게 달이 사람을 끌어내오고 바람이 온유한밤에 누가 이런江에다 헛된作亂을 애낄者있으랴?

그러나 海蘭은 허위로꿈인 유쾌이거나 興을 지으려는 人間들곁에 놓이지않은幸을가진 까닭에 人生의 허위를 구경해보는일없이 가장엄숙하게 또는 숭고하게 이러한 여름밤을 순결하게 지나는것이다. 漢江이 이밤에 얼마나 복잡한무리들새에서 봄이면 大同江이 또한 얼마나 유린을 당하고있을까?

여기는 情慾의끌는몸을 시켜줄義務를 가지지안는다. 오직 우렁찬國境의 信號만이 江上에 흘러저갈뿐.

파뇌의 끼타도잠들고 흩어졌다 몽였다 하는 구름의一派가 江우에 그늘을 지울뿐이다. 宿舍로돌아와 자리에 들었다. 멀니가까히 海蘭의 물소리는 귓속에 「웨이브」를 그린다. 외로운靈魂을 시원한未知의나라로 이끌어간다. 이리하여 여름밤꿈의 序曲은 始作된다.

北支見聞錄*

림학수(林學水)

(一)

1. 산해관(山海關)

가도 가도 드이었습니다. 이쪽도 뽀아얀 地平線, 저쪽도 뽀오얀 地平線. 마치 저 재빛 들 끝이 안개 낀 바다와 같아 검은구름 한點이 너울 날르는 갈매기인듯 그리웠습니다. 그런데 山海關, 그 옛날 秦始皇이 변방의 오랑캐를 막던 長城의 비롯한 이 곳에 이르니, 갑자기 峻嚴이 멀리 北方에 소소아 걸리지 않았겠습니까? 中原의 關門인 이 天下第一關에서부터 까마득히 山봉우리를 타고 구름 위에 솟은 城壁이 河北, 山西, 陝西, 甘肅 諸省의 外廓이 되어 內外蒙古와 寧夏省을 塞外로 돌리고, 멀리 玉門關 陽關에까지 蜿蜿히 닿아 「고비」회리바람과 우박을 품은 朔風이 합부로 와 부디치게 하는 이는 現世에 와서는 오히려 하나의 神秘한 것입니다. 그옛날 저녁바람에 쓸려나온 희미한 벽들이 떨며 깜박일제, 獰猛한 독수리 날개를 도사리고 바위 欄干에 오똑 앉어 불타는 눈으로 모이를 노릴제, 그 얼마나 다름질쳐 알리워지는 烽燧와 烽燧가 언 하늘을 무찌르던 곳입니까? 邊城에 胡茄 丈夫의 肝腸을 끊는데 갈기 치세고 달리는 蒙古馬와 화살 화살이 또한 얼마나 南方으로 울며 날르는 雁群을 感慨 깊이 바라게하던 곳인가요!

다시 끝없는 平原이 었읍니다. 列車는 한결같이 미끄러져갑니다. 아, 나는 자나 깨나 벌판만 바라보기에도 지쳤읍니다. 담배 연기를 훅 뿜고 단번에 흩어져 흔적도 없어져버리는 연기를 훅 뿜고 단번에 흩어져 흔적도 없어져버리는 연기를 보고, 化學敎科書에는 物質不滅과 定比例의 定律이란 法則이 있는데, 대체 이 담배연기는 어디 까지나 눈에 안 보일 元素로 되어 흩어져 가며, 結局 무슨 物質로 變化하는 것인가? 이런 些少한 일을 생각하고 있었습니다. 그러나 보세요, 저기 또 突兀한 運峯! 그 꼭대기에는 城이 달리고 있겠지요. 들 가운데에는 작은 江도 흐르고 있어 밀과 보리가 푸르고 이따름 한무더기씩 무덤이 모였습니다. 곳곳에 버들 숲풀이 무성하고 그 사이에서 田婦野老 광이를휘들러 밭두던을 짓고 이습니다. 어떤데에는 사내와 녀인과 五六歲로 보이는 小孩까지도 있어 一家 總出動입니다. 때 바야흐로 봄인지라, 閑暇하고 悠長합니다. 眞實로 平和스럽습니다. 저 건너 안개에 쌓인 들 끝이 人類의 몇 萬年間 찾고 憧憬하던 淨土인것 같이도 보입니다.그려. 어찌 잊으리까? 여기가 얼마전까지 戰場이었고, 아직도 奧地에서는 征馬 그믐달 아래 울붓는 版圖 안이 아닙니까? 그러나

---

* 이 글은 1939년 ≪문장≫지 제1권 6, 7, 8호에 게재된것이다. 림학수(林學洙, 1911-?) 시인. 경성제대 영문과 졸업. 1931년부터 시를 썼고 문인보국대의 일원으로 중국전선을 시찰한바 있으며 광복후에는 고려대학 교수로 있다가 6.25전쟁시기 랍북, 그후에 번역사업에 참가한 흔적이 있으나 졸년 미상. 여기 실은 글에서 작자의 친일립장이 명확하다. 그러나 기타 측면에서 참고가치가 있는바 독자들의 분석이 요청된다.

그와 그들과는 아모런 관계도 없는게지요. 벌써 언제 戰地였든가 티끌만치도 헤아릴수조차도 없는 樂地입니다.

-우리는 흙 파는 사람얘요. 四月이니 씨를 뿌려야죠!-

大地와 陽光과 아지랑이와 農夫-모두가 平和 그것입니다.

2. 葬式

北京에는 子正에 내렸지요. 이튿날 아침 바로 旅舘앞을 지나가는 喪式의 行列을 만났읍니다. 金빛 무늬 논 靑衣를 입은 樂隊가 앞서 가는데 두 사내가 긴 나발을 번갈아 불고 그 뒤에 胡笛과 증이 따르고, 그 뒤에는 여섯 童子가 白衣의 차림차리에 白旗를 들어 二列로 서고, 그뒤에는 또한 靑衣의 네 사내 푸른 문의 있고 때묻은 喪輿를 끌고, 그 뒤에는 馬車 한臺가 가는데, 그 안에는 老婆 하나와 襁褓를 안은 젊은 女人이 흰옷을 입었습니다. 그뿐이었 읍니다. 旅舘 門간에 대령 하고있는 양처(人力車) 군들과 路傍의 만또 오(饅頭)와 쏘오달를 많이 넣고 기름에 퇴인 밀가루 전병을 파는 사람들은 눈도 거들떠보지 아니하고 지껄이고 있습니다. 素朴한 行列이었습니다.

3. 朝鮮人氣質

北京 東堂子胡同 총독부출장소내의 某事務官 談

-北支의 朝鮮人은 대단히 평판이 나쁘다. 물론예외도 있지만. 개괄적으로는 원인이 둘로 나뉘는데, 一은 朝鮮人의 職業이 모히, 코카인의 禁製品을 密賣하는것. 二는 善良한 中國人에게 詐欺, 恐喝等 不良한 行爲를 하는것. 北支 在住 約 四萬名인데 大概는 滿洲에 있다가 들어온 사람들로, 九割 五分은 표면 잡화점 등의 看板을 걸고 있으나, 실질적으로는 그 대반이 밀매자이다. 사실 중국인은 모히를 絶對로 必要로한다. 그러므로 場所에 따라는 그들이 이 밀매자들을 保護하여 주기도 한다. 또한 朝鮮人만이 밀매하는 것은 아니다. 그러고 「오로시모도」는 外國人이다. 그들은 ×艦에사 싣고 오기까지 한다. 結局은 조선인이 그 手足노릇을 하는 것으로 問題는 조선인은 대부분이 밀매를 한다는것이다.

이번 聖戰의 目的하는바는 人道的으로 그들을 지도하자는것이요, 「모히」를 팔아 自滅케하는것은 아니다. 그러므로 自然 取締의 對像은 조선인이 된다. 이의 對策으로는 그런 사람들에게 生業을 轉向시키는 것이다. 그래 京漢線 沿線에다 方今 農場을 準備하고, 거기 모여 農作을 하게 하고 資本을 融通하여 줄 計劃이다.

그러나 이보다도 困難한것은 勢力을 믿고 不良한 行爲를 하는 것이다. 조선인은 事變前부터 들어온 사람이 많어, 중국인의 生活과는 密接한 關係를 가지고 있어 中國語도 能하다. 그래 軍이나 憲兵隊의 通譯으로 많이 起用하는데, 그中에는 實로 勇敢하고 忠直한 훌륭한 사람도 많다. 그러나 어떤 사람들은 이 通譯等을 가운데에 두고, 그의 勢力을 빌어 家屋을 얻고 貴錢을 아니 내거나 米?을 徵發하는수가 종종 있다.

그러므로 이러한 일들이 北支에 있어서의 조선인의 發展에 큰 障害을 일으키고 있고, 또 중국인은 조선인에게 怨恨을 가지게 된다.

最近에 와서는 모든 點이 次次 好轉하여 지고는 있다.-

事變前부터 北支에 들어와 着實한 職業으로 相當히 成功한이도 있었습니다. 그러나 事變 直後 一獲千金을 꿈꾸고 물밀듯 밀려든 그들은 男子나 女子나 차라리 滿洲로 集團移民이 되어가는, 그 生活은 어려우나, 끝까지 素朴하고 純眞하고 사랑스러운 農民들과는 유달리 오로지 세상을 꾀와 속임수로 살아가려는 사람들이었습니다. 중국인은 아무리 쿠우리일지라도 그 민족의 독특한 예의라든지는 철저히 지키지 않습니까? 왜 우리는 우리네 저체에게 汚辱되는 일을 눈앞의 적은 이끝을 위하여 敢히 한다는 말이요. 資本 없고 衛職 못하고 먹을것이 없어 그 길로 나서는건 同情할 餘地도 있기는 합니다. 그러나 그렇게 單純히 집어치우기에는 大陸 進出의 뜻을 둔 後進에게 아니 여러 가지 意味로 너무나 影響이 큰 問題입니다. 多幸히 當局에서는 장차 農場을 베풀고 資本까지 融通하여 준다 하니, 부디 그 땅이 肥沃하고 또 天災도 없어 하루 速히 神聖한 開拓者가 많이 나기를 祝願합니다.

4. 解決方法

우리들의 居留民은 넷으로 나눌수가 있읍니다. 착실한 職業을 가진이와 軍이나 官憲의 指導下에서 勇敢無比한 活動을 하는이와 위에 말한 禁製品 密賣者와 女子를 더불고 가서 하는 料理店 等屬. 前者의 둘은 各界에서도 稱讚하고 있으나 極少數입니다. 그러면 어떻게하여야 名譽를 挽回할가? 自己의 힘으로 正當한 일을 開拓하여야 할것입니다. 每日 北支로 北支로 밀려드는 그 많은 사람들을 一一이 官憲이 指導하고 生計를 세워줄수는 到底히 없는 일입니다. 農場以外의 方法으로는 民間으로서의 有力한 會社가 생겨서 거기 優秀한 分子는 수용하고, 또 一般 居留民도 어느 程度로 連絡을 가질것입니다. 얼마前 이 抱負를 가지고 當局의 諒解下에 北京의 어떤 有力한이가 서울 와서 活動하였으나, 朝鮮 안의 實業家 諸氏는 그 뜻에는 크게 贊同하면서도, 結局自己가 五十萬圓의 物產貿易會社를 만들기 위하여 十萬圓을 責任지겟담에도 不拘하고 다 資金내기를 躊躇하여 失敗하였다 합니다. 또 한가지는 從來와 같이 質이 나쁜 사람만 몰릴것이 아니라 相當한 敎養과 人格을 가진 사람들이 많이 進出하여 健實한 일을 할것입니다. 如何間 큰 活動舞臺는 이미 있으니 남은 문제는 우리들의 準備如何가 아닙니까?

5. 烤羊肉

倉島事務官의 案內로 東安市場 안 回回敎徒의 烤羊肉을 먹으러 갔습니다. 東萊順 三層에서 茶를 마시다가, 童子를 따라 別室에 이르니, 이것은 純全한 蒙古의 파오(包). 천장이 가죽으로 만든 돔인데 한 가운데 화덕이 있고, 그 周圍에는 좁은 막대기 걸상이있었읍니다. 서서 바른편 다리를 구부려 발을 그 걸상에 다얹고, 긴 대가지 저로 큰 쇠화로에 장작이 훨훨 붙는 위에 놓은 석세에다 羊고기半 파 半을 한데 두적 어려구워 마을둔 초간장에다 찍어 먹는것입니다. 백알은 목이 타도록 따겁고 純粹하고 고기는 軟하고 기름진데 마늘과 쐬오핑(燒餠)이 또한 格에 맞고 煙氣가 자우욱 장작이 새빨갛게 달아, 그 불 뒤에 재빛 草原과 沙丘와 胡弓이 웅크린듯 太古然합니다. 이 고기는 허리에 粧刀를 차고 羊皮웃옷을 입어 긴 막대기 하나에다 몸을 의탁하고 不毛의 曠野를 오늘은 東 내일은 西에로 水草를 쫓던 그牧者들의 財產이었겠지요. 王昭君이 안장에 올라 羅衫으로 눈을 씻으매 長安의 紅桃花날려편편하였나니, 函谷關을 넘어 胡地로 들어 生涯를 울어 시들게하든 바로 그곳이 여기 완연히 나타났습니다. 單于 昭軍을 맞어 잔치를 베풀새, 그 酒宴의 豪華함도 이러하였겠지요.

고기와 술은 엄청나게 가저온다고 개녀할배 아닙니다. 먹는대로만 따져서 치르면 됩니다. 자리를 바꾸어 小米粥에 雪糖을 가뜩 타 입가심을 하니, 그러고도 여섯이 먹은 代金이 팁 一割까지 넣어서 三괘류毛.

宿舍로 돌아와, 慰問品만 到着하면 내일이라도 現地로 떠나려고 짐부터 싸누었읍니다. (속)

(二)

6. 北京과 午睡

五千年의 古都. 아침부터 저녁 까지 구름이 낀것도 아니고 해가 난것도 아닙니다. 머리를 돌리면 金殿玉樓가 저기 아라비아의 夜話처럼 소소았는데, 골목길에는 行商과 車夫들이 팔을 베고 누웠습니다. 가다가는 十六七의 少年이 小學校正門 앞 양처 위에서 누워잡니다. 中折帽를 삐뚜루 쓰고 다아설(大襦)을 입은채 -아마도 小學校門衛인게지요. 眞實로 우리의 想像저편 희미한 안개 속에 있는 五千年이 또한 몽롱한 春困을 자아냅니다. 長安街의 한복판을 트럭이 달리고 구르마가 굴러가는데, 트럭 위에는 구울리가 팔벼개를 하고 모두 누워 汽車(Motor-Car)와 自行車와 警笛과 먼저 뒤로 사라지는 徒步의 무리들을 白眼視하고 구르마 위에는 두 사내가 서로 다리를 빌어 비고 거리와 오고가는 무리를 누워서 玩賞하며 갑니다. 電車 안에서 車僮은 鍾을 치는 대신 出發信號로 호로락이를 불며 乘換場에서 한時間 기다리기는 茶飯事입니다. 거리거리에 陣을 친 觀相師, 卜術家. 바라를 치며 피리를 부는 장님의 行列. 그러나 乞人은 없습니다. 서울 鍾路에서와 같이 죽는 시늉을 하고 돈을 請하다가 안 주면 辱지거리를 하고 뛰어가는 그런 백성의 종류의 乞人은 없습니다.

7. 蘆溝橋

-자우욱히 휘몰려 오는 먼지와 저 아득히 砂丘넘어로 뻗힌 駱駝의 行列-蘆溝橋는 北京의 西南 宛平縣에 있었읍니다. 蘆溝曉月은 北京八景의 一로서 그 옛날 罪를 얻어 멀리 정배되어 떠나갈제 華麗한 都人들이 여기까지 나와 餞別하던 곳입니다. 다리를 건드면 또 萬里 平原. 해 저문 異鄕에는 故人 없고 밤을 타 잔나비 소리만이 처량하였겠지요.

서리 찬 하늘에 月輪만 외로워 十里 川光이 스스로 희미하여지려고 할 즈음 짧은 꿈을 깨우치는 이웃 마을의 鷄鳴聲에, 征馬 발 구르던 이 돌 欄干이, 이제 외로운 길손의 잠간 다리를 멈추고 머리를 도리켜 帝都를 그리워 하던 곳이 아닙니까?

아니 그러나, 바로 再昨年 七月 七日 銀河 西으로 기울어지고 그믐달이 꺼지려할 未明, 突然히 터진 一發의 銃聲이 퍼지고 퍼져서 저 하늘 가 닿은 陝西, 四川에까지 干戈 부디치고 戰雲휩쓰러 東洋의 天地를 動亂의 도가니 속에 집어넣고 同文 同族의 兄弟가 서로 피 흘려 싸우게 하고야 만 이 다리가 또한 限없이 원망스럽습니다.

8. 萬壽山

歸路에 車를 몰아 萬壽山에 이르렀습니다. 珊瑚와 琵翠와 金과 銅과 琉璃와 大理石! 昆明湖는 조으는듯 하고, 長廊 左右의 柳糸 사이에는 蝴蝶이 서로 談話를 하는듯, 雙去雙來합니다. 西太后의 臥床과 교의를 보고, 매양 아침 머리를 간추리던 鏡臺를 보았습니다. 거울은 아직도 빛나고 있었습니다. 그전날 西太后의 一笑一嚬을 反映하던 이 거울이 이제는 그 누구의 꽃같은 양자를 비취려는고! 案內하는 이 西太后의 畵舫을 가리켜 가로되, 저 大理石 배의 上層에는 모두 유리를 꼈으므로 거기 앉아 昆明湖에 배 띄운 內外 諸國의 선비를 바라다가, 뜻에 合當하면 불러 들이고, 그다음 處置하여 그를 아랫층으로 던져버리던 곳이라 합니다. 나는 그 말의 眞僞를 믿을수 없었습니다. 그러나 可히 昔日의 豪奢와 快樂을 짐작할수는 있었습니다. 五方閣 아래 엄청난 (內金剛, 妙吉祥만한) 거울이 있었는데, 그는 義和團亂時에 佛國人이 떼어 가버렸다하며, 寶雲閣에 올라 案內하는 童子는 자랑스러이 말하되 『저 門樓의 大理石은 모두 雲南에서 가져온것이요 이 銅은 모두가 朝鮮에서 가져온것이외다. 朝鮮에서가져온것이외다.』 事實 寶雲閣은 지붕과 기둥과 천장과 방바닥과 층층계와 섯가래와 창살과 그 안에 세운 테불과 의자와 모두가 純全한 靑銅이었습니다. 勿論 그 銅은 全部를 朝鮮에서 進上한것이라는것도 정말이겠지요. 그러나 나는 이때처럼 不愉快하고 모욕을 느낀 일은 없었습니다. 果然豪華롭고 壯大하고 육중합니다. 그러나 萬壽山을 보고 나서 무엇을 느꼈느냐? 그저 휘황하고 찬란하고 엄청나던것뿐이요,

돌아서면 아무것도 없습니다. 그는 萬壽山분이 아니라, 紫金城도 天壇도 심지어 오히려 칙은스럽게 보이도록 精徵 細密하게 彫刻을 하여놓은 작은 骨董品 하나를 보아도 다 그러하였습니다. 보고 나서 무엇이 남느냐? 아무것도 없습니다. 돌이, 玉이, 金이-그 바탕은 實로 稀世의 보배입니다. 그러나 藝術은 그것과아무런 상관도 없는것입니다. 高邁한 精神이 빛나고, 幽玄한 情緖가 흐르고, 香氣가 품기는 그러한것이 아니면 眞實로 훌륭한 藝術品이 아니겠지요. 巧妙한 彫刻, 奇怪한 形狀高價의 玉石을 나는 輕蔑합니다. 그보다도 石窟庵의 彫像, 樂浪古墳의 壁畵, 高麗의 磁器를 가진 우리는얼마나 幸福입니까!

9. 石家莊의一夜

北京은 平穩하기 짝이 없으나, 石家莊부터서는 戰線의 氣分이었습니다. 그러나 夜半에 銃 소리를 들었다거나 그런 關係가 아니라, 이번 旅行에서 가장 愉快하였던것은 石家莊의 하루밤이요, 언제까지나 잊혀지지 않는건 宮川○○의 親切입니다. 처음 石家莊에 내려서 停車場 ○○○에 人事를 하니, 證明書를 보자하고, 왜 兵站 給與의 證明을 받지않았느냐 하므로, 事情을 이야기하고, 밖으로 나와 宿舍를 잡으려하제, 옆구리에서 튀어 나오며 내가 案內하겠노라 한것은 아까 停車場 ○○○에서 黙黙히 우리의 이야기를 듣고 있던 宮川○○이었습니다. 그는 早大 出身으로 우리를보니 이야기가 하고싶었다는것입니다. 그는 宿泊費까지 主人과 妥協하여 割引하여주고 오랬동안 이야기하다가 갔습니다. 또 밤중에 우리에게 電話를 하고 慰問品을 託送하여주는등 이튿날 早朝 일부러 驛에 나와 餞送을 하여주는 등, 서울이나 이 國內에서 좀체로 보기 어려운 友情과 親切을 우리는 異域 戰地에서 보았습니다. 그는

『이 聖戰은 決코 中國의 民衆을 相對로 하는것이 아니므로 꼭 成功할것을 믿는다』

라고 하며, 자기들은 恒常 이城에도 皮膚病이 거의 全部에게 있는 民衆을 爲하여 病院을 設立할것, 公同浴場을 施設할것등을 主唱한다 하였습니다.

10. 異域의꽃

石家莊을 떠나서 조금 가면 井徑驛. 고 담이 바로 娘子關입니다. 鴨綠江을

넘어서부터 가도 가도 끝없는 平原이던게 여기서 부터는 層岩峻嶺의 가도 가도 山岳斷壁을 두줄 레일이 달리는데, 그 아래 맑은 시내가흐르고 있습니다. 이것이 汾河의 물줄기! 漢武帝가 樓船을 띄우고

『簫鼓 울러 棹歌를 發하니, 歡樂이 極하여 哀情 많도다. 靑春이 그얼만고 오는 白髮을 어이하리』

하여, 그 哀切한 秋風辭를 읊소리고, 蘇?이 汾上驚秋라 題하여

『北風이 흰 구름을 쓰니, 萬里 河汾을 건너도다. 내마음 落葉을 만나니, 가을 소리 참아 못 듣겠더라.』한 그 汾河가 아닙니까!

서울을 떠난지 旬日, 올해에는 진달래도 개나리도 못 보고 봄을 보내나부다 하여 저윽히 섭섭하던 나는 문득 들 끝에 한포기 연분홍 목사꽃을 보았습니다. 가슴은 뛰었습니다. 꼭사꽃은 나와 因緣이 있는 꽃입니다. 어렸을때 내 아버지의 뜰에서 봄마다 바라던 꽃입니다. 故鄕이 생각 납니다. 얼마 전까지 있던 松都가 그 滿月臺의 개나리와 彩霞洞의 진달래가 그립습니다. 나는 읊어 가로되

山 넘어 또 山 넘어
疊疊한 峻嶺 넘어

푸르른 汾水 가에
조그마한 들 끝에
대 한창 얽혀 핀
복사 배꽃.

戰友야 잠깐 쉬자
나는 그리워
복사꽃이.

-(계속)-

(三)

娘子關

娘子關! 娘子關! 飛鳥도 못 나르는 곳. 바람도 쉬여 가는 곳.

여기서 부터는 站長도 列車長도 軍人이었읍니다. 勿論 夜間에는 車를 움직이

지 않지요. 乘客은 大槪가 軍人 軍屬과 第一線에서 旅館業 料理業을 하는 商人들. 구름 넘어 저 山 꼭대기에는 들 넘어 저 골작이에는 아직도 敗殘兵이 숨어있어 군데 군데 山上에 모닥불의 검은 煙氣가 하늘을 찌르고 토-치카 우에 黑旗가 펄럭어리는군요.

밤이 때때로 그들이 逆襲을 하여 온대요. 그애말로 武器도 시원히 갖이지 못하고 이 二十世紀에 비가 오면 雨傘을 쓰고서. 그러나

『쫓아버리면 또 나오고 쫓아버리면 또 나오고 正말 할수 없어요.』

하는 옆에 앉은 兵隊의 말은 그들 敗殘兵의 遊擊戰術을 說明한 것으로서 오히려 意味 深長하였읍니다.

아, 개미집 같이-하늘이 우리에게 준 이 地球를 어찌 이렇게도 戰備를 위하여 冒瀆하였나 하도록 뚤린 몇十萬 몇百萬의 토-치카를 보고 우리는 占領 當時의 激戰을 想像하지 아니할수 없읍니다.

치어다 보면 層岩 실 한을에 소소아 걸리고 찢긴 蒼穹, 바람이 위태히 휘몰려 오는데 그 우에 독수리 한놈이 뜨고 알에는 적은 시내. 그도 가도 絶壁과 絶壁사이를 꼬부라진 溪谷이 이었다가는 끝히고 끝혔다가는 이으는 곳을 「레일」이 달리고 있습니다. 그리고 그 양쪽 斷崖에는 實로 한 돌 한 나무의 뿌리에도 다 구녁이 뚤리고 周圍에는 鐵條網을 둘렀읍니다.

一외 堡壘을 버리고 二의 堡壘으로 그에서 또 三 四에로 옮아가며 왼 하루 왼 한밤을 퍼붓는 彈雨 진동하는 砲火 黑煙……軍號 喊聲 발굽 발굽 劒光 피!……

모든 풀 피해 자라 살찌고 모든 돌 피에 삭어 검습니다.

山西省

山西省은 山뿐이고 山에는 나무가 적고 물은 말랐읍니다. 그러나 中國은 歷史가 오라고 地質이 오란 나라입니다. 無限의 富와 無限의 넓이와 無限의 太古그대로의 神秘를 지닌 나라입니다. 이 山뿐인 山西省은 一見 퍽 地味 貪弱한 土地로 보이나 實은 亦是 世界 寶庫의 一입니다. 鹽稅와 阿片稅는 閻錫山의 重要한 收入이었읍니다. 木花도 납니다. 葡萄는 太原의 名物이지요.

「葡萄美酒 夜光杯를마시고저 할제 우에 琵琶는 우는도다. 醉하여 沙場에 누

었다고 그대 웃지 마라. 예로부터 征戰에서 몇 사람이나 도다온고.」
한것은 우리들의 日常 즐겨 외오는 노래가 아닙니까?

勿論地下에는 또한 無盡藏의 富源이 묻혀 있겠지요. 沿線의 군데 군데에는 새깜한 기름이 번지르르한 石炭塊가 露出하여 있읍니다. 이들을 開發하면 그 얼마나 多數의 民衆이 그 福利를 享受할수 있을까?

그러나 보세요. 附近의 住民은 다 襤褸를 걸치고 飢餓에 울고 列車가 적은 驛에 다을 때마다 數많은 少年들이 손을 벌리고 『신죠오 신죠오(進上)』외오칩니다. 兵隊들은다 窓을 열고는 먹다 남은 혹은 전연 箸를 대지 않은 한고오(飯盒)의 밥을 『쇼오하이(小孩)』하고 불러서 논아 줍니다. 나도 맛 없는 「아나리스시」 몇조각을 논아주고 싶었으나 처음이라 쑥스러 그만 두었습니다.

前線의將兵

列車가 楡次에 다었읍니다. 우리는 여기서 또 묵지 않으면 아니됩니다. 바로 一過日 前 飛行機 七機가 來襲하여 爆彈을 投下하였으나 結局 城外의 中國人住民 몇이 犧牲되었을 뿐이라고. 同宿의 商人은 여기서부터가 危險한 데로서 바로 二三日 前에도 逆襲을 받었다고.

이튼 날, 또 우리는 終日 흔들리면서 수없은 골작이를 돌아돌아 갔읍니다. 조고마한 들이 열렸는가 하면 벌써 봉우리가 뛰어나오고 레일 양편에 깎아 세운 斷壁이 달려 마치 기나 긴 하늘을 덮은 鬱蒼한 숲 속을 한갈래 길이 열린것처럼 山 사이로 벋친 鐵路는 그러하였읍니다.

-저 커-브에서 아니 또 저 커-브에서 銃을 나려 쏜다면 영낙 없이 이 窓을 깨트리고 알이 날라오겠지. 그러면 나는 어데다 隱身을 하나?- 이러한 일을 想像한다면 眞實로 머리 끝이 쭈삣하지 않을수 없었읍니다. 둘러 보니 아침에 가득 탓던 兵隊들과 宣撫官들은 여기 저기서 어느새 헤여져나려버리고 車 안에는 不過 ○○○名의 兵隊가 남어있지 않었겠읍니까.

나와 이웃에 앉은 兵隊들과의 사이에는 이야기가 시작되여었읍니다.

드르니 바로 내 옆에 앉은 ○○警備隊의 ○○兵은 故鄕이 ○○으로서 再昨年 事變이 勃發하자 바로 天津으로 와서 ○○戰線에 있다가 南下하여 上海 南京의 功略戰에 參加하였고 다시 北上하여 徐州會戰, 거기서 娘子關을 넘어서 太原에

갔다가 張家口에 까지 갔었고 이제는다시 山西로 도라왔다고. 實로 支那의 거진 全土를 行軍하여 大會戰遭遇하기 三回, 小掃蕩戰에 參加하긴 그 數를 이루 다 헤아릴수 없다 합니다. 그러컨만도

『이 劒으로 버혔지요.』

하고 칼 자루를 어루만지면서 웃는그에게는 조고마한 疲勞의 빛도 없었읍니다.

또 그 옆에 앉은 이는 설흔 댓 되는 ○○出身의 電信臺 上等兵으로서 역시 再昨年에 와 支那의 거진 全土를 行軍하여 오르 나렸음으로 犧牲된 戰友도 相當히 있다 하며 感慨깊은 얼굴로 國內의 事情을 여러 가지 묻습니다.

마침 點心때가 되었기에 菓子를 勸하였더니 사양하고 서울서 가지고 간 蜜柑을 쪼갰더니 二年만이라 즐기며 반쪽을 집습니다.

혹 車가 적은 驛에 到着할 때면 그들은 모두 乘降臺에 나가 悲壯한 얼굴로 거기 나와 있는 戰友를 慰勞하고 壯況을 듣습니다. 저 들 가로 갈기 갈기 찢어진 軍服의 엉둥이를 만지며 部下數名을 거나리고 머러져가는 士官의 뒷모습……

이윽고 해도 질것이어늘! 아 옛 壯士도 胡茄에 萬里 옛집을 생각하고 悽然흔 이 山西, 어느 이슬 우에서 또 오늘밤의 짧은 꿈을 그들은 맺으려는고!

堯舜의都

翌日의 旅程은 監汾서 運城까지. 그야말로 黃塵 萬丈의 世界로 그 옛날의 堯舜禹湯의 聖都도 이미 荒廢尤甚하여 군데 군데 山 꼭대기 토-치카 우에 悄然히 서 있는 步哨 外에는 山野에 人기척 없고 白骨만이 풀밑에 굴러 임자 없는 개들이 怪異한 것을 물고 橫行하였읍니다.

『南風의 향그러움이어, 내 백성의 성남을 푸르리로다.』

하던 곳이 이제 가마귀 落日을 우지짖고 戰雲 하늘을 덮어 兵馬 어둠을 타 馳驅하는 마당 되다니!

碑도 새로운 勇士의 墓前에 깨여진 싸이다-甁에도 복사꽃 한가지를 꽂아 세웠음을 봄에 따라서도 이는 어제 까지 辛苦를 같이 하던 戰友였으리라 생각하매 그 兵士의 꽃을 꽂일 때의 心境은 과연 어떠하였을가고 이 異域의 들 끝의 風景이 모두 感慨깊었읍니다. 하루 바삐 樂土가 이루어지기를 축수하지 않을수 없었습니다.

-(끝)-

上海大戰回想記*

피천득(皮千得)

『마지막으로 목소리라도……』말이 채 끗나기도 전에 전화는 끈켯다. 암만되불너도 나오지를 안으니 전선줄이 끈어젓나보다 미여지는가슴을 안고 나는 어두운 강가로 나왓다. 대포소리가 들여온다. 그러고잇따금 속살포의 이가는 소리도 들인다 잡북(閘北)쪽을 바라다보니 아-그하날빛! 석양에타는노을보다도 볼캐노 터지는 남양의 하날보다도 더붉엇다. 그러고 쉬일새없이 번개같은 불이 퍼젓다 슬어진다.

마음을 가란처 보려고『캠퍼스』를 도라 단이다가 쓸쓸한 방을 차저들어갓다. 겨울방학임으로 학생들은 다 집에도라가고 나하고 양광(兩廣)사람몇만이 기숙사에 남아잇섯다. 죽든지살든지 잠이나 자보겟다고 이불를쓰고 둘어누엇다. 여전히 대포쏘는소리 폭탄터지는 소리가 들여온다. 여러번 몸을뒤재도 잠은 들어지지 안엇다. 아까 전화로들은 K의 음성이 나를 괴롭게하기 시작하얏다. 그가 지금 총에 맞어서 꺼구—러지는것 같기도하고 불붓는 병원 빌팅 우에서 엇절줄몰나 애통하는양이 눈앞에 보히는듯하얏다. 나는 언제나 그에게 이런말을 한일이잇다.

『그대를위하야는 붉은피와 젊은목숨을 아끼지 아니 하리다』

그는 나의애인이 아니다. 그러나 나에게는 그를 구하야볼 의무가 잇는것같앗다. 외무라기보다 그런정과 정정이 잇는것같다. K가위급한줄을 알면서도 몰은척하고 잇는다는 것은 몰인정이 아니면 비겁일다 그러나 또 한편 이런 생각이 낫다. 목숨을 걸어서 그를 구하겟다는것은 매우 어리석은 일이다. 그러고 그러다가 생명을 잃어버린다면 그보다더 무의미한 히생은 없을것이다. 아니다. 그러치안타. 의리를위하야 더구나 내가 사랑하는 녀성을 위하야 용감히 죽는다면 그또한 위대한 노름이다. 이러한 마음의 갈등으로 나는밤샛것 고통을바덧다. 이불

---

* 이 글은 ≪新東亞≫1933년 2월호에 게재된것이다.
피천득(皮千得, 1910-2007) 저명한 수필가, 시인. 1931년 상해 호강대 영문과 졸업. 해방후 서울대 교수 등을 력임하면서 수필을 대량 발표했다. 1997년 ≪피천득문학전집≫을 간행했다.

을 걷어차고 일어나서 밖갓을내다보니 허-이 동이터갓다.

교문을 나스니 찬바람이 뺨을 여인다. 떠러저잇는 시외요 때가 새벽임으로 한적도 하겟지만은 길에 공장가는 로동자하나 보이지아니한다. 싸ㅣ움을 중지하얏는지 대포소리도 아니들리고 사면이 모다 고요하엿다. 나의 마음도 All Quiet in thewestern front를 연상할만치 가란저지엇다. K를 차저가면 그는 무의식으로라도 나의품에안켜서울으리라 적어도 나의 열정에 감복되야 존경이라도 하여주리라 내만약 탄환에 맞아넘어진다면 「나」라는 기억이라도 그의가슴에남길수잇슬리라 이런 이기적히망을 가지고 길을 걸엇다. 별안간 어데서인지 푸로페라 소리가 요란히 들린다. 처다보니 비행기일곱채가 렬을지어서 잡북을 향하고 나라간다. 나의피는 다시 한번 용소슴첫다. 용기를 내느라고 두주먹을 불끈쥐고 거름을재첫다. 양수포발전소(楊樹浦發電所)앞에오니 그제야 사람들이보인다. 걸네같은 봇다리진 사람, 누더기 같은 이불멘사람, 한아해는 앞세우고 한아해는안고 또한아해는 껼고 가는녀인-피란민들이다. 그때 본 산아해의 흐릿한 눈들이 녀인네의 햇슥한 눈들이 지금도 내눈앞에 얼른거린다. 길에는 차차로 사람이 많어젓다. 사람이 황포강 물결같이 흘은다. 푸른옷입은 사람들의 푸른물결! 나는 그들속에 석겨서 가는동안에 공포를 늑기기 시작하얏다. 만약 불행이 그중에서 한사람이라도 나를 일본사람으로 본다면 나는그자리에서 마자죽을 것이다. 이런생각을하고 나도몰으게 몸서리를첫다.

아모거라도 얼는잡아타고 다라날랴고 하얏스나 전차도 버스도 불통이엿다. 어찌어찌하다 빈 인력 한 채를 잡앗는데 북사천로(北四川路)까지는 위험하야갈수 없고 빠둔조라는 다리까지 가는데 大洋三圓을 내란다. 大洋三圓전같으면 一角만주어도 조타고나하고 갈뻰데 분수없이 달낸다고 거절하얏다. 그때 마침 빈자동차 하나가 지나간다. 그런데 이자는빠둔조 까지 가는데 겨우貳拾圓을 달낸다. 나는 할 일없이 또걸엇다.

빠둔조(Garden Bridge)에다달으니 다리목에 철망으로 만들은 방색(防塞)이 두겹으로 막혀잇고 그뒤에는 흙을담은 전대를 싸어노왓다. 그러고 공공조계(公共租界)미국군인들이 보기에도 가슴이 서늘할만한 총창(銃槍)을낀 총대를 견우고잇다. 속살포도갓다 노앗다나는엇떠튼 북사천로로 갈작정임으로 빠둔조를건느지 않코 사천로교(四川路橋)로갓다. 그다리에도 역시 견고한 방색을 시설하야

노앗다. 외국 사람의 보호를 받을려고 와글거리며 아우성소리를 치며 다리를 건너가는 종국사람들을볼때 한편으로는 밉기도하고 한편으로는 불상도하얏다. 북사천로를 나려다보니 그곳이야말로 수라장이다. 가는사람은 한사람도없고 몰여오는 사람들로만가득찬 그길을 나려다보며 나는 한참이나 우둑허니섯섯다. 밀물가치 밀려드는 그군중과 정면충돌을하면서 목적지 까지 갈수는 도저히없을 것갓탓다. 죽어도 가다가죽겟다는결심으로 발을 옴겨노앗다. 걸어온거리가 열아문간이나 되엿슬까할 때 벌서 숨이맥힌 지경이요 정신이 앗득앗득 하야진다. 빼-하고 피스톨소리가 낫다. 깜짝놀나 발을 주춤하니 바로 내앞으로 오든 로동자 하나가 비명을내며 엄푸러진다. 이어서 피르톨소리가 낫다. 나는얼덜결에 사람들의 줄기를 옆으로 뚫고 가로터진새길로 빠저나왓다. 지금와서 생각해보면 그때 어느상점속에 숨어잇든 편의대(便衣隊)하나가 나를 일본인으로 보고 쏜것이 빗나가서 그로동자를 죽엿는가 한다. 그러타면 군중들은 왜 나를가만히 두엇든가? 이런의문이 날것이다. 그러나 그때 그군중들은 저의 목숨구하기에 넘어나 급해서 채 나를 주의하야 볼겨를이 없엇든것이다. 허겁지겁 새골목으로 뛰여들어온나는 뒤도아니도라다보고 거름아 나를 살려라 다라낫다. 그리하야 뜻하지 아니하고 가게된곳이 일본사람의 시가인 오송로(吳淞路)이엿다. 오송로에 들어스자 나는 참으로 기이한 광경을 보앗다. 피스톨을든 신사 『사무라이』칼을 뽑은늙은이 억개에 『빨』방망이를 멘 소학생들 식칼을 가지고 나온사람 가찌도 잇섯다. 그러나 그보다도더 나를 놀래게 한것은 녀학생들이다. 그들은 팔을 불으것고 흙을파서전대에담는다. 그러면 소학생들이 와서 그전대를 자동차에 실어간다. 큰아해 하나가 차를운전하고 다른 아이들은 피스톨을 견우고 경계를 하며다라난다. 나의피는또다시 용솟슴첫다. 묵업게 쇠사슬꺼는 소리가들여온다. 사람들의 눈은 모다 그리로 쏠엿다. 육중하기 태산같은 철갑자동차 두채가 세멘트 바닥우으로 궁굴너왓다. 잡북전선으로 가는것이다.

『敵の飛行機た』고함을친다. 사람들은 일제히 담못통이로 가서 달나붓텃다. 육전대병정들도 일제히 몸을 감추고 총머리만 하날로향하엿다. 궁굴러가든 철갑차도 땅에 붓터버렷다. 소란하든거리가 죽은듯이고요하야젓다. 비행기는 날너오지 안엇다. 식은땀만 나의 전신에 흘너 나렷다. 마치 살어름위를것는 사람모양으로 마음급하고 걸음은 아니걸렷다. 간신이 소방서(消防署)앞을지나서 인적

끊인 거리를 걸어서 북사천로로 도라나가려할 때

『用事が!』하고 병정하나가 총대를 내밀며 달여든다. 나는애를썻스나 입술만 떨리고 말은나오지안엇다.

적막한『아스팔트』우에는 불규칙하게 밟는 나의발자국소리만 울리엿다. 전사한병정들을 무덕이로 실은 赤十字 자동차 하나가 지나간다. 아마K잇는 병원으로 가는게지 나도실어다주엇스면하고 죽은시체들이 불어운듯이 바라다보앗다. 빨간불길이 하날로소사 올온다. 그러고 가위로안개같은 연기가 피저올은다. 불자동차 소리도낫다. 북사천로에 불이붓는것이다. 불덩이 튀는소리와 아우성소리도 간간히들린다. 육전대 방색가까히 왓슬대 패-ㅇ 하고 탄자소리가 나드니 잭각 잭각다시총재는소리가난다. 이어서 꾸르르 기관총을 내들은다. 나는 그자리에 섯슬수밧에 없게되엿다. 한오분지낫슬가 총소리는 끊엇다. 중국 군인이 퇴각한것이엇다.

×

K는 냉정한 얼골로 내손을잡는다.

『위험한곳에를 어떠케 오섯서요』

나는 아모대답도 할수없엇다.

『아모려나 들어오십시요』그는 나를 저외방으로 안내하얏다. 총소리 대포소리가 연다라 들려오고 큰빌딩을 험으러틀이는 폭탄도들인다. 나는 그를 바라보앗다.『같이 공공조계(公共租界)로 들어가시지요』

『그래서 오섯서요. 고맙습니다. 그러나 저는 책임상 또 인정상 환자들을 내버리고 갈수는 도저히 없어요. 더구나 지금 부상자들을 작고 실어들입니다. 그들을 위하야 목숨을밧치는것을 저는 영광으로 생각합니다. 죽게된다면 본국에서는『그』에게 미안할뿐이에요.』

나는 고개를숙이고 눈을감앗다.『잭각』하고 유리창 깨지는 소리가 난다.

『아!』하고 소리를치며 그도 놀내는 모양이다.

『탄자가 창을줄코 들어옵니다. 어서 침대 밑으로 엄들이세요!』나는 눈을 감고 떨리는 목소리로『어서 가서 볼일보세요』 (끝)

上海의 밤.〉*

김광주(金光州)

上海의 여름밤! 이 畸形都市의 여름밤의 狂想曲에 귀를 기우리기前에 먼저 한 어여뿐 妖婦의 姿態를 想像해 보십시요. 東洋사람을 어머니로갓고 코크고 눈파란 사랑을 아버지로갓고 그사히에서 생겨나한 어여뿐 國際的妖婦를 생각해 보십시요. 그리고 그가 뭇男子에게 갑사게 퍼붓는 愛嬌와 두볼의 筋肉을 억지로 잡어다려 지우는 淫蕩하고도 쓰데쓴微笑를 생각해보십시요.

上海! 그는 한個의 妖婦외다.

(내게로 오지 않으련?)－(나의품에 안기지 않으련?)－男子의 卑劣한 手段을 모조리 터러서 내物件을 맨들랴고 침흘리고 앉은 各國의 代表的 好色男들의 점잔코도 음흉한 誘惑에 못이겨 이리로 秋波를 보내고 저리로 微笑를 보내면서도 한男子의 품안에 덥석안키지 못한는 가엾은 아가씨외다. 그는 그의 自暴自棄에 가까운 안타까운 心境을 참을길없어 울었다. 웃고 뛰였다. 앉고 앉었다. 다시 뜁니다.

×

霞飛路－－이 반드러운 거리는 新鮮과 明朗을 사랑하시는 佛蘭西紳士한분이 彼女의 歡心을 사기위하야 선물로 보내신 한켜레의 最新式 洋靴외다. 勿論 이紳士께서는 그신발 뾰족한 코끝에 假자眞珠를 박을것을 저버렸을理 없지요.

百度를 오르나리는 南國의 여름太陽이 애스팔트와 離別를 告하고나면 하로날의 歡樂－海邊・花園・茶館・꼴푸・遊泳……에서 지칠대로 지친 彼女는 이 굽높은 眞珠구드를 신고 아장아장 霞飛路 페이브멘트위에 밤의 狂想曲의 첫키－를 누르는것입니다. 數千數萬의 빙지린(冰琪漣－아이스크림)의 族밭을 앞잽이로 내세우고 彼女의뒤를 따르는 이 都市의 기－s 行列! 그러나 저기 가는

---

* 이글은 ≪新東亞≫ 총 제38호의 ≪여름밤 狂想曲≫란에 게재된것이다.
김광주(金光洲, 1910~1973). 소설가. 수원 출생. 중국 상해 남양의대 중퇴. 항일전쟁시기 내내 중국에 체류하면서 중국문학을 소개하는 글과 소설, 산문을 썼다. 해방후 한때 백범 김구를 보좌. 그후 계속 작품활동을 벌리였는데 대표작으로 장편 ≪태양은 누구를 위하여≫와 단편 ≪결혼도박≫ 등이 있다.

저新興中國의 서방님과 아가씨들 왜 그다지 憂鬱하오? 뱁새가 황새를 따러 가면 다리가 찌저지는 법이외다.

上海의 心臟—中國의 가지노포리—≪따스가≫(大世界)의 一帶—그들의 狂想曲은 여기와서 最高潮에 達하는 것입니다. ≪애지≫(野鷄)들의 옷웅—이狂想曲의 第一큰 伴奏소태에 譜表를집고 있던 ≪따스가 廣場의 네온時計는 열두時에서 고개를 갸웃이 구부린 채로 바르르떱니다. 譜表에서 脫線한 이音樂—이音樂에는 薰香까지 있읍니다. 阿片을 굽는 이 구수한 냄새—그들은 이薰香에 쌓인 摩天樓속에서 國難을 論하고 新生活을 實踐하랴 합니다. 이높은 摩天樓꼭대이에서 生活難을 견델길없어 늙은 어머니를 던지고 사랑하는 안해와 子息을 던지고 自己마저 떠러저 죽은靑年—그도 이당의 百姓이 아니였읍니까?

그러나

……우리는 來日을 모름니다.

……단지 지금 지금 이貴重한 刹那를 위하야 삶니다. 북이 웃는가하면 쇡스폰이울고 그라 넬이 우는하하면 胡笛이 웁니다.

×

(西洋사람 망신을 누가 우리더러 시켰다 하오?)—비록 國籍을 잊어버렸을망정 그래도 洋種이라는 優越感때문에 사는 白系露女들—뿌로—드외이 저 어두운 참침한 구석에서 너털웃음으로 三民主義와 新生活의 信徒들을 破戒僧을 맨들랴합니다.

톨스토이先生! 당신도 이女性들의 미처날뛰는 狂想曲을 地下에서 드르십니까?

×

北四川路의 여름밤! 술잔과 술잔이 맛닷는 저音響! 갸바테! 붉은 불밑으로 八字수염을 쓰다듬고 드러가는 저紳士! 그가 오늘 自己안해의 約婚반지를 典當내지 않었다고 누가 證明합니까?

탕고! 왈쓰! 폭스트롯! 그리고 멕시코 黑人의 土人舞! 數없는 이都市의 여름밤의 樂士들을 위하야 오날은 몇그릇의 아이스크림이 征服을 當했겠읍니까?

×

楊子江 저편으로 먼동은 터오건만 그들은 이대로 이 한 여름밤을 밝히랴는 勇敢한 戰士들이외다. 譜表를 잃은 이都市의 여름밤의 狂想曲——이따의 쿠—

리들은 오날도 차디찬 쎄멘트 바닥에서 來日먹을 한조각의 밀가떡을 생각했습니다.

上海의 겨울밤(街頭風景素描)*

김광주

東洋의巴里一霞飛路

가을이 갔거나 겨울이왔거나 이거리에는 落葉소리도 없으며 電信柱를 때리는 차고 쌀쌀한 겨울바람도 없다.

하물며 가을의 哀愁와 寂寞感! 어름강이 神經을 찌르는 날카로운 겨울의 感蜀을 어느곳에가 찾으랴!

≪東洋의巴里≫－≪푸랜취타운≫만 복판을꾀뚫고 끌모르게 다름질치는≪霞飛路≫!

얼마나 젊은 이들의 好奇心과 虛榮心을 자아내는 아름다운 名詞이며 얼마나 반드러운 이거리이냐?

그러나 이거리에는 人類의 道德도 良心도 理智도 藝術도 文學도 詩도 없다. 내말을 못믿는 사람이 있거던 나오라! 나와함께 ≪霞飛路≫한복판으로 나오라!

×

≪巴黎大戲院≫!

그는 졸리운 눈을 부비며 껌벅거리는 ≪네온싸인≫아래로 觀衆을 吐해놓는다.

그것을 期待린듯이 집어삼키는 ≪택시≫! ≪택시≫!

먹을것을 發見만 개아미(蟻)떼같이 물려드는≪黃包車≫(人力車)夫들! 그들은 이都市의 온갖喜劇과 悲劇 온간陰謀와 詐欺를 가장 低廉한 價格으로 運搬하

* 이 글은 ≪新東亞≫ 제58호의 ≪깊어가는 大都市의 겨울밤≫란에 게재된것이다.

는 가엾은 무리들이다.

≪二角만줍소!≫

≪안되! 서른잎!≫

≪그럼 서른여섯잎만줍소!≫

≪서른다서잎!≫

車夫와차우는 紳士淑女의 아우성소리가 거리구석구석으로 反響하야서 이都市의 狂想曲에 쨍쨍한 伴奏를 보낸다.

비릿내나는 女子의 肉香을 찾아서 數萬金을 퍼버리는 그들이다.

머리를지지는 인두속에 數千金을 태워버리는 그들이다.

그러나 車夫와는 銅錢한잎에齒를떠는 그들이다—이거리의 紳士들이다—≪東洋의巴里≫의 主人公들이다—겨울에도≪아이스크림≫을찾는 偉大한 俳優들이다.

×

≪하이아라이≫—公認賭博場!

오늘밤에도 滿足을얻지못한 一獲千金의 안타까운 꿈을 外套속에 고히 싸가지고 그들은 차디찬≪페이브멘트≫위로 다름질친다.

≪來日밤에 또 해보지뭐! 二三十圓땃을때 그냥 나올것을 잘못했어!≫

男子의 어깨에 매달려 밤마다 뒤푸리하는 女子의 말이다. 그러면서도 그들은 一年열두달 하로밤이라도 결터본일이없는 이≪하이아라이≫의 忠實한 學徒들이다.

處女?남의 안해? 職業婦人? 賣笑婦?

그들의 職業을 分別해보라는것은 헛된 手苦이다—다만 그들에게는 共通된 唯一한 哲學과 慾望이있다.

있으면 있는대로 먹고쓰고 웃고뛰면서 一生을 보내자!

流行에 떠러지지 않을만큼 神奇한 化粧品을 充分히 提供하는 男子!

다만 하로라도 한時間이라도좋다! 보드러운 寢室에서 손하나까땍하지않고 먹고자게 해주는男子.

그리고는≪알콜≫! ≪몰편≫! ≪살크스덤킹≫! ≪實石≫! ≪實石≫! ≪핸드백≫! ≪핸드백≫………

×

≪캬바테－≫문을 박차고 헐으러지는 英國軍人－米國憲兵－佛蘭西海軍!

코큰 女子들의 六體에서는 지칠대로지친 그들이다－그러기때문에 그들은이 大陸의 아가씨들의 얕은코 누런 얼굴을더욱사랑한다.

紅潮를띠운 그들의 얼굴－머리두통수에 되는대로 집어얹은軍帽.

그들은 벌서 國家의 힘을질머진 兵士들은 아니다.

가슴에 빛나는勳章! 그것은 이大陸의 아가씨들을 낙시질하는낙시대이다－第一믿엄직한≪미끼≫이다.

×

이 거륵한 文明의 거리를 裝飾하는 또한 가지선물이있다. 멀리 北國에서 派遣된 白系露人의 ≪룸펜≫들!

그들은 軟粉紅빛 追憶속에서산다. 사라진 過去를 더듬으며산다. 비록 겨울밤 거리에서서 코얕은 黃色人種에게 먹을것을 求는할지언정－過去 過去 過去－燦爛한伯爵 候爵의 아드님따님들이 아니였던가?

그렇기때문에 그들은 銅錢한잎쯤은 그자리에서 팽개처버린다.

적어도 二角짜리 銀錢한잎이아니면 받지않는 高級≪룸펜≫들이다. 紳士거지들이다.

×

≪霞飛路≫의 겨울밤은 깊어간다.

四十을 훨씬넘은 늙은 賣笑婦의 쓰디쓴웃음－愛嬌속으로 내다보이는 즈름살!

그것은≪霞飛路≫의 表情이다－≪東洋의巴里≫의表情이다!

都市에對한 漠然한咀呪?

아니다! 저높은≪아파－트멘트≫어스푸레한 불빛을차고도는 시커먼 거림자들을보라! 저속에서 얼마나 數많은 人間의虛榮과 罪惡이 씨뿌려지고있는 것이랴!

世界의混血兒－北四川路

높은코 누런머리 얕은코 검은머리 人種의汎濫－世界의 混血兒.

이곳은 뽑고 또 뽑어내인 世界刹那主義者代表委員들의 重大會義所이다.

술과≪짜스≫와≪땐스≫－그만이 이 거리를 支配하는 가장偉大한 英雄들이다.

≪네온싸인≫-그는 科學文明이준 이거리의 愛嬌이다-都市의 特力 그러나 그의愛嬌에서는 썩은 내음새가난지 오래이다. (一圓이면七八枚!)

"二三十錢이면 비록 二三分동안의 瞬間的享樂이나마 보드터운異國女의젖가슴-香氣로운 異性의肉香-짜릿짜릿한 末梢神經的 感觸을마음대로 내물건을 맨들수있다. 얼마나 高貴한 女性의 時間勞動이냐?

≪땐싱홀≫의 洪水! ≪땐서-≫의洪水!

세時間동안이나 지지고 나오≪땐서!≫들의 머리의 물질-그리고 狂亂하는 人種의물질! 外套아래로 껄리는 그들의≪이브닝드레스≫! 넓은≪페이브멘트≫를 곱게 掃除하며 글으터진다.

그렇기 때문에 이거리의 사람들은 世上에 나온後로 별로힐비人자투를 잡어볼일이없다.

이거리에서 純朴한 人間性을찾는 사람이 누구이며 高潔한 사랑을 꿈꾸는사람이 누구냐? 晝夜를 꺼꾸로 生活하는 混血兒의거리! 울려나오는≪짜스≫와 歡樂聲에 차근차근 귀를 기우리라!

이世紀의 눈물겨운 歎息이 새어나오리라! 낡은 歷史의 끝을막는 最後의 悲鳴이 흘러나오리라.

×

이 國際舞臺를 빛나게 차려놓은 귀여운 俳優들! 그들은 밥을 굶어서는 存在할른지도 모른다. 그러나 그들의 生活에서≪땐스≫를 ≪마이너스≫하면 蒼白한 그의 얼굴밖에 남는것이 없을것이다.

그들의 ≪포켙≫속에 典當票가 몇張이나 들어있느냐?≫고………

그것은 우리의 알바도 아니요 무를바도아니다.

×

삘띵…삘띵!

겨울하날 높이 솟아있는 摩天樓! 英國式建物! 佛敎式建物! 米國式建物! 그들은 가벼운 코우숨을 치며 버레먹어드러가는 이都市의 겨울밤을 말없이 내려다본다.

그들은 列强諸國의 우숨속에칼날을 감춘 거룩한≪쩬틀맨쉽≫의 代辯者들이다.

그리고 摩天樓끝까지 퍼저올라 가는 이땅의 아가씨들의 시드러가는 우슴-고기를 廉價로 提供하겠다는 우숨!

아! 귀여운 이大陸의 아가씨들아!

그대들은 언제나 이女性蔑視 굴레를 스사로 벗어 버리랴는가?

女性解放의 귀여운 錯誤여!

말어빠진 因襲의 귀여운 遺産이여!

새벽을 재촉하는

街頭의 고닯은 汽笛소래!

狂亂하는 겨울밤의 아우성소래우로 천천히 천천히 흐른다.

누가 어느때

이거리에 정말오 빛나는≪黎明≫을 가저오랴느냐?

黃浦江畔에 서서*

김광주

經濟的으로 넉넉한餘裕가있는사람이나 或은 都市的享樂을 쫓어서사는사람들에게는 上海의 여름이란 歡樂의時節이오 ≪술≫과≪짜스≫에陶醉하거나 그렇지않으면 물맑고空氣좋은 海邊을찾어서 人生을마음것 즐겨하는 享樂의時節입니다.

그러나 나와같이 所謂≪亭子間≫이라는 어둠컴컴하고 좁은 방속에서 낮에는 땀속에빠저서 窒息한사람같이 옹송거리고 앉었고 밤에는 빈대와싸우느라고 잠도맘대로 못자는 사람에게는 上海의여름生活이란 글자그대로의 地獄사리입니다 여름! 百度쯤은 普通으로아는 熱氣속에서 헐덕어리는 亭子間生活! 그것은 짧고길고간에 上海生活을해본 사람에게는 가장强烈한印象과 잊기어려운 追憶

---

* 이 글은 ≪新東亞≫ 1934년 9월호에 게재된것이다

을남길것입니다.

여름! 바다! 山! 커다란活字들이 新聞과雜誌위에서 내生活을비웃는듯이 나타날때면 시드러젔던自然을그리는마음이 어느구석에선지 머리를듭니다. 自然을등지고사는≪東洋의 巴里≫! ≪東洋의몬테 카로≫! 이것은 上海에對≪한 好奇心을자아내는 실없는 語句일뿐입니다. 이로헤일수도없을만큼 多數한 ≪땐싱홀≫、≪갸바테-≫等歡樂場을 가젔건만 하로의더위를 避할만한 自然的海水浴場하나도갖지 못한곶이 上海요 賭博場은가는곶마다있건만 設備完全한 大衆的≪스윔잉풀≫하나도없는곶이 上海입니다.

밝은달빛과 사원한바다바람에 끌려서 이따금 黃浦江 江기슭을거니는 몇時間! 나는 억지로라도 이時間을 單調하고無味한 生活가운데서 自然에近親하는 時間이라고 할수밖에 없음이다.

法界에서 打浦路와 龍華路의 울퉁불퉁한길을 한二十分거릅니다. 上海의거리란 全部가 華麗하다고만 생각하는 사람에게는 打浦路와같은 더러운 길이 ≪양키-≫들의 狂亂하는거리에서 멀지않은곶에 누어있다는것을 믿기어려울것입니다. 房속의 더위를避하야 거리兩옆으로 나와앉은貧民의떼들! 그리고 코를찌르는 내음새! 그러나 그내음새속에는어데인지 반드러운 ≪애스팔트≫위에서 맛볼수없는 구수한흙내음새가 숨어있읍니다.

龍華路를지나 좀더나가면 옷득솟는 주먹만한언덕하나와 군데군데기우러저가는草家가 몇채서있는江邊에나옵니다. 이곶을 盧家灣이라고부르지만 灣다운곶도아니오 다만黃浦江의 한모퉁이입니다.

華麗한歡樂境에서 우리는 온갖都市의 雜音을등지고 흐르는달빛아래에서 천천히천천히 櫓을젓는 뱃沙工의콧노래에 異國情緒가 가삼깊이숨여들고 조으는듯바라보히는 江건너 浦西一帶의風景에 하로終日몬지와땀속에 지칠대로 지친마음이 저윽이 가라앉어지는 것같기도합니다. 만은것잡을수없이 용소슴처 오르는것은 어머니의품을 그리는 어린아이의마음같은 鄕愁뿐입니다. 내집을떠나보아야 家庭의그리움을아는 것과같이 外國의 風景을對할때마다 더욱그리워지는 것은 朝鮮의 높은山과맑은물입니다. 中國의一部分을봄에 不過하는眼光으로 한나라의 自然的風景을 말한다는것은 넘우輕率한짓이라 하겠지만 朝鮮의自然과 같은 雅淡하고 淸新한맛은 어데를가도 찾을수없을것입니다. 그것이 비록 大陸

性이오 規模가크다하더라도 실로짜노은 것같은 아기자기한 朝鮮의自然에 미칠바이 못됩니다.

金剛山도 金剛山이려니와 봄의大同江의뱃노리－누린물을드려다보며 이江기슭을 거닐때마다 朝鮮사람이 얼마나 自然的으로 커다란 惠澤을입고 있는가하는것을 새삼스럽게느낍니다. 젊은懷鄕病者! 나는 이이름을달게받으렵니다. 吟風咏月을하자는것은 아니지만 정말로 식그러운都市를 다만하로라도 떠나서 自然의품안에안기워 차근차근히 人事을思索해보고 戈操없는글이나마 마음가라안치고 工夫하고 써보고 싶읍니다. 自然을잊은사람! 그도 確實히 不幸한사람가운데 한사람입니다. 그러나 杭州西湖를 求景하겠다고 昨年겨울부터 벼르기만하고 지금까지 엄두를못내는 보잘것없는 나의生活무엇을 더쓰겠습니까?

北平의秋夜月*

정래동(丁來東)

「가을」이란말만 드러도 그살랑살랑한涼味가 聯想되여서 몸이 솟긋하여지고 精神은 날카라와진다.

「밤」! 얼마나 人間의 秘密을 많이 품고있는말이냐? 더구나 「가을의밤」! 얼마나 思索의실마리를 끄러내는때인가.

「달」은 부그러하고 悲觀的인데 그特長이 있다. 그러나 「달」은 한가지 떨어지지못할 背景을 갖어야 하는것이니 그것은 곳 宮中의 ?晴 色彩에 所關된바 많다. 그뿐만않이라 우리人間社會의 凉度如何에 따라 우리의 달에對한느끼는바는 크게달라지난. 가을은 이 모든條件을 俱備하고있다.

가을에 달이 없다하드라도 그感觸이 特異하거든 冷情하고 明朗한 「달」이 있는바에야 이우에 터 「가을」의特色을 助長할것이 있으랴!

---

* 이 글은 ≪新東亞≫ 1935년 10월호에 게재된것이다. 정래동(丁來東, 1903~1985) 수필가, 중문학자. 북경 민국대 영문과 졸업. 1948년 수필집 ≪북경시대≫를 출판.

異國의가을! 混亂한北平의가을은 참으로 異常한 感想을 일으키게 하는것이다. 只今나는 北平의가을에 處하여있지못하고 追憶하는 處地에 있다. 只今은 精神上苦痛이 不少한때다. 나는 처음으로 서울의가을을 當하고 있다. 그러나 追憶中의가을에 比한다면 아무런 感覺도 없는셈이다. 現在는 가을을 鑑賞할 餘欲조차없다. 가을의달을 서서 볼만한 地点을 찾어갈 餘暇도 가지지못하고있다. 時間이 없는것이 않이다. 그런 地點에갈 必要를 느끼지않는다. 그럴勇氣조차 없다.

나는 가을을 當하면 어느해나 좀더 振作하려 努力한다. 그러나 그振作이 얼마나한 効果를 내였는가!

나는 가을을 當하야 이런것을 回憶하며 感傷에 바지는때가 가장 幸福스러운것을 只今에 느끼고 있다. 이렇게 몇해 지나면 이런 값없는 感傷조차 없어질것을 생각하면 寒心도 하다.

나는「靑年」「少年」「老年」「機械」을 兼하고 있다. 나를「靑年」이라고 推測하는 사람은 흔히「老年」을 느끼게되고 或은「少年」의나를 느끼게게 될것이다. 달리생각한 사름은 또 그反對를 느끼는수도 있을것이다.

이럴사록 北平에서 純潔한生活을 憧憬하든 가을저녁은 그리워진다. 山달이 높은城밑에서「달」을 치어다보며 쓸데없는생각에 잠기든것이 더욱 그립다. 그때는 그周圍가 고요하다. 凉風은 얼골을 시처간다. 달은空中을 헤염처 끝없는데로 나아가고있다.

城의틈에서 나는 버레소리는 限없이 울여나온다.

개는 달을 짖는가? 그짖는소리는 城에올여 無限한 平原으로 사라지고 또다시 올여나온다.

그때 내가 무었을 생각하였는지 알수가 없다. 또 記憶이 나는일도 있으나 여기서 말할必要는 없는것들이다.

그러나 그때 憧憬하든 것은 只今나의 하는生活은 않이였을것이다. 現在는 人情은 體面에 泯滅되고 사랑은 假飾에 짓발피지않는가-天眞은 한 우습에꺼리에 不過하다. 鍾路에 다닐때는 한 개의「로뽀트」에 不過하다. 그러나 世上에는「로뽀트」를 불버하고「스틱껄」「娼妓」를 願하고 불버한女子가 얼마나 많은가!

말이 여기에 미치니 가을달밤은 생각만하여도 罪될것같다. 그「순결」을 汚損

한것같이도 느껴진다.

사람이 달과같이 純潔한點이 없고야 무슨價値가 있는가. 그곳에는 暗黑이 있을뿐이다.

萬若 나의게 그러한純潔이 없어지고 或은 나의게 本來 그純潔이 없다면 나는 그런純潔한것을 恒時憧憬하든 北平의가을을 回憶하는것만으로도 적지않은 慰安을 받을수 있다.

이제 나는 이後로 서울의 가을달밤을 回憶할機會가 있기를 바라기爲하여서라도 서울서 가장 適切한場所와 밝은 달밤을 選擇하여보려한다.

戰亂天津의春夜談*

정래동

발서 八九年前의 일이다. 新聞으로 北京天津間의 汽車가 通하지못하는것을 알고 本來 二月이면 가야할 學校를 四月이되야서 이 집을 떠났었다. 陽曆의四月初라고는 하지만은 奉天의 그때는 南國에서 보던 움튼 풀밭도 볼수가 없고 아즉까지 눈과어름이있었다. 더군다나 귓가로 「씨-ㅇ」「씨-ㅇ」하면서 지내가는 朔風은 참으로 荒野 雪原의 쓸쓸한맛을 느끼게하고 남음이 있었다. 그때의 「京奉鐵路」는 戰亂으로因하야 通한지가 얼마되지않은 탓으로 乘客이 어찌나 많든지 二三等의區別도 없이 막집어타고 汽車門으로 들어갈수가 없어서 汽車窓으로 뛰여드러갔었던것이다.

이와같이 쓸쓸하고 殺風景한 奉天을 떠나 關內를 써- ㄱ 드러서니 또다시 봄의 氣分은 濃厚하여지는것이였다. 關內는 南國보다 오히려 더 빨으게 잔풀도 프릇프릇돋아올으고 鐵道沿邊에 있는 버드나무 새싹도 퍽으나 많이 자랐었다. 大文豪 韓昌黎의 出生한 그 그림같이 둘러싼 昌黎를지내서 天津가까이 오니 발서 桃花의 붉은 꽃이 피여 닢도없는가지 풀도 없는 들판에 可憐하게 서서

* 이 글은 발표지 미상.

아즉 찬 봄바람에 못견듸겠다는 드시 시울시울하고 있었다.

汽車는 天津까지밖에 通하지안하얐였다. 北京과天津사이에는 아즉도 쌈이 끝나지안하야서 汽車는 어느때 通할지 漠然하였던것이다. 長途自動車가 通한단말은 있었스나 二三十元이나 한다는것이며 조매전신에 오지도안한다는것이었다. 나는 하는수없이 좋은 봄을 몬지앉고쓸쓸한天津의 旅舘에서 지내는수밖에 없었다.

그때 같은 旅舘에는 바로 그 旅舘에서 敗兵의게 掠奪을 當한 소님이있어서 當時의 이야기를 가끔들려 주는것이였다. 過去中國의 軍人은 먹을것이 없으면 軍隊에 드러가는 可謂烏合之卒이여서 內戰에 이기면 氣勢가堂堂하지마는 萬若에 慘敗를 하게되는때에는 土匪될놈은 土匪로 變하고 歸農할놈은 歸農을 自意로 하는것이요 아무런 規律도 없었던것이다. 그러한軍人들이니까 掠奪할수 있는곳이라면 맘대로 하는것이다. 더군다나 天津과같은 곳은 一生에 한번 맞나거나 하는 좋은 機會다 退敗兵은 短銃을 들고와서 金錢을 要求하다가 金錢없으니까 旅舘의房房을 샂샂치 뒤저가지고 첫재衣服을 갈아입은後에 돈으로 박굴만한 物件은 모조리 가지고 가는것이였다한다. 勿論 그런때에는 警察도 所用이 없고 어듸 呼訴할곳도 없는판이다. 退敗兵은 한번만 드러온것이 아니요 뒤를다라 몇 번을 왔는지 몰은다는것이였다. 들어와서 사람을 치고입은 옷을 베끼는것等은 여기에 一一히 다말할수없는바이다. 나는 그後로 天津에서 거진 二週間이나있으면서 注意하야 거리를 보니 새로 門을 벽돌로 막은 집이 많으며 中國집이 普通 담이 높은것도 이戰時의敗兵을 豫防하는 큰도움이 되는것도 알수가있었다.

봄이 되니 꽃이 되피느니 닢이 프르느니하는 餘裕가 있고 安全이 있는 봄은 나의記憶에서 찾기가어렵지만은 봄이돼야 볼을찾을수없든 天津의봄이야 말로 참으로 中國的의봄이요 잊을내야 잊을수없는 봄이다.

南滿洲行*

李敦化

國境을넘는感想-撫順의하로밤-興京縣차자들제-沿道에서본中國人의風俗-食事中에大逢變-中國青年과의筆談-胡地도　春似春-王昭君의녯紅頰-四十里出迎-異域의同胞淚-興京은○○團의　發祥地-○○團의昔今-正義府의緊密한組織-在滿同胞의要望條件

1. 國境을넘는感想

興京同胞의부름을입어, 滿洲旅行을떠낫슴니다. 序文은고만둡니다. 國境을넘든이약기부터始하겟슴니다. 五月二十日 앗흠이외다車는新義州에서떠낫음니다. 安東驛을건너서자, 「여기가外國이로구나!」하는精神이돌앗슴니다.

外國이라니 엇던것을外國이라느냐하고, 새삼스럽게注意를하얏음니다. 注意바람에 엇전지外國가태보입니다. 첫재時計를곳처노아야한다하야, 乘客은누구나時計를배여들고, 열시를열한點으로고침니다. 다음은朝鮮人乘客이업서지고中國人乘客이업서지고中國人乘客이갑작이만하지는光景이며, 　服裝다른巡查가車間으로왓다갓다하는것이며, 車掌의用語가운데서中國말을듯게되는것이며, 外界의市街光景이라든지 假屋制度가 달라지는것等입니다. 이것이外國이라는것입니다. 사람의작린으로나온 네나라와, 내나라라는것입니다. 自然에게는 이모內外가업슴니다. 山은놉고물은흘으고 가마귀울고 깟치짓고 꽃붉고 나무푸른自然의光景은, 조금도朝鮮과다른것이업슴니다. 車안에는 黑衣國사람이가득찰뿐이오, 白衣國의朝鮮사람은, 나外에상투장이老人한분뿐입니다. 老人의말을드른則, 사는곳은咸鏡道德源郡이고, 姓은趙요이름은欽明이라하고, 가는곳은 哈爾賓이라합니다. 自己의三寸되는이가, 哈爾賓엇던農村에서살다가, 今年봄에作故가되엿는데, 그家屬을더리러가는길이라함니다. 老人은긴담배때에 長壽烟을비비여피우며, 濟世安民의策을이약이합니다. 孝悌忠信, 仁義禮智가그의治世策

---

* 이 글은 ≪開闢≫ 제60호와 제62호에 게재된것이다. 리돈화(李敦化,1884~?) 천도교인, ≪開闢≫사를 창설하고 초대 주필을 하였는데 1950년 전쟁중 랍북. 졸년 미상.

의中心임니다. 듯기시른이약이지만은 그래도동무라구는한사람뿐이故로, 薄薄酒도勝茶湯으로 隨問隨答이제法잘되얏습니다. 그러는시간에, 車는奉天갓가히온모양임니다. 일음조흔鳳凰城도눈결에지냇고, 景致조흔本溪湖도꿈속가티지냇읍니다. 여기에한가지록록히말하야둘것이잇습니다. 그는무엇인고하니, 나는平素에滿洲라하면, 一點山이업는無邊大野로만想像하엿든것이, 그想像은완통落題가되엿읍니다. 安東縣서石家子驛인가吳家屯驛인가하는곳까지가二十六七個의 停車場을지냇는데 理數로말하면六七百里나되는먼距離가왼통山水로얼키여잇읍니다. 自古로傳하야오는 遼東七百里벌판이란것은 어느便에붓헛는지, 아직까지그림자도보히지안이합니다. 山뚤코물건네고하는것이 完然히三防幽峽과다름이업습니다. 車는渾河驛에다앗습니다. 여기서부터는果然큰들입니다. 朝鮮서보지못하든大野입니다. 渾河驛은奉天停車場에서겨우한停車場새인데, 이곳서撫順가는車를갈아타게됩니다. 車에나리자반가히마자주는이는奉天開闢支社兼朝鮮日報支局의일군인金義宗, 咸麟石兩君이엇습니다. 千里他鄕에逢故人, 퍽도깃벗습니다.

2. 撫順서興京까지의이약이

渾河驛에서撫順까지는 겨우여섯停車場임니다. 時間은두時間가량이엿구요, 밤는열시나된모양입니다. 撫順驛에는永昌泰主人인田平秀氏가 일부러마자주엇습니다.

二十一日은撫順서묵게되엿읍니다. 撫順은누구나다아는바와가티石炭으로東洋에有名한곳입니다. 撫順에는, 市內에朝鮮人戶數그約二百戶假量이되는데, 다가티一定한業이잇고, 또한生計가넉넉한形便임니다. 伊日夕은當地基督敎靑年會主催로講演이잇섯는데, 當日는雨天이되여서, 通行이大段히不便하엿지만은, 每戶一人假量의聽衆이잇섯슴을보면, 넉넉히兄弟들의同情을알만합니다. 石炭캐는求景을나섯습니다. 石炭캐는法이두가지가잇다하는데, 하나은石金캐는方法대로, 땅굴을뚤우고 땅속으로 몟百尺 몟千尺으로들어가게될다하며, 다른하나은露天掘이라하는것인데, 땅깍지를 것호로부터헷처가지고, 比較的엿게뭇친石炭을 캐여내는方法입니다. 나의求景한것은 露天掘임니다. 기리가한二町假量되고, 널피가一町假量되는 널은웅덩임니다. 石炭캐는모양는, 마치石層모양으로 層臺層臺의石炭階를지어가지고, 그우에밑鐵路를노코, 엽헤잇는石炭을 흙-파드시파가지고, 밀鐵路에실어가지고 감아앗득하게쳐다보히는乘降機로된밀鐵道에실어, 고처電氣鐵道에옴겨, 石炭倉庫로옴겨가게됩니다. 다음은坑夫의形便임니다. 數千으로헤일만한中國人坑夫들이 웃통을버서붓치고, 밀鐵道에매여달려, 乘降機에올우나리는모양은 참으로危險하고 可憐하여보입니다. 그러나그들의雇價는, 하로에겨우五六十錢이라는적은額數람니다. 오늘날社會가얼마나缺陷인것을體驗하며, 또는勞動問題라는것이 무엇인것을 實證하고저하면, 이러한光景을實地로接觸하여야할것임니다. 撫順바닥에 二層三層四層 雲霄를씰룰만한大建物이며, 또는그가운데안저 珍味를먹고美人을안고 歌舞를질기는저들의資本主의호강은, 알고보면 彼等의 數千名되는 勞動者의핏땀으로쏘다진 剩餘價値를 搾取하는무리가안이고무엇입니까. 아-蒼天아.

撫順서떠낫읍니다. 興京縣가는길입니다. 興京은撫順서北으로가는곳입니다. 스무잇튼날입니다. 탄것은中國馬車임니다. 여러분馬車라니까, 속지마시오. 이것은馬車를탄것이안이라, 馬車體操를하는것임니다. 안이馬車勞動임니다. 허리가굴즉하엿기에견디여백엿지 萬若西洋婦人의허리가트면, 불너지기가 十常八九가될것입니다. 이것은馬車가 大段히不便하다는우슴엣말임니다. 馬車만그런것이안이오, 馬夫의行事가 馬車보다더甚함니다. 나는 特히朝鮮衣服을입고 말을모르는까닭에, 놈들이 알아듯지도못할말로「꺼울이」「꺼울이」하고비웃는빗치, 顯著히보임니다. 너는나를웃고 나는너를웃으니, 彼此에損害될것은업다만은 엇전지마음속이좀不安한것은, 內地에서듯기를, 滿洲地方에는, 馬賊이非常히出沒한다는일임니다. 加之面渾河서떠나撫順까지왓든 金義宗君은, 不得已한事故로 同行이되지못하엿고, 다만동무라하는兩班은, 原籍이朝鮮사람으로 滿洲에온지十年이나된다하나 亦是中國말을잘通치못하는, 白衣農民한사람뿐임니다. ???지면 안맛는사람이업다고 不安하거니 未安하거니할것업시, 갈길은갈수밧게. 興京地方에들어서는다시山이놉하짐니다. 朝鮮山川과거의다를것이업습니다. 게다가中春方節, 늘어진버들속으로 黃?의멋불우는소리며, 먼山푸른빛속으로 凄凉히울어보내는 布穀의소리는 아무리丈夫의肝腸이라도 스스로 思鄉曲한마대를부르지안을수업섯습니다.

◇

沿道에서본中國人의風俗입니다. 撫順에서終日토록온것이겨우七十里밧게 오지못하고, 첫날밤으로들어자게된것이, 中國人의馬房客主입니다. 들어가는길로 客房이어댄가하고, 기웃기웃차자보앗스나, 사람이잘만한곳은 도모지보이지 안습니다. 가티가는 상투쟁이同胞가 에이리올나오시지요, 「이것이客房이라오」 하는바람에, 한번다시놀내지안이할수입섯습니다. 中國人의집形便이엇던것인가, 족음적어봅시다. 爲先大門이란것을들어서면, 數百匹車馬를매는 널은마당이잇고, 다음에는 舍鄕門도되고 안房門도되고 벽門도되고 무슨門으로든지이름붓칠만한門으로들어서면, 첫재보이는것이 밥짓고반찬만드는廚所가中央에露骨로되여잇고, 廚所左右便으로, 긴결상모양으로 놉히가普通椅子假量되는 長房間이늘어잇는대, 아모門도업시 그대로되야잇스며, 天井에는 壁도하지안이한, 草葺의색깜안 검앵이가, 수수이삭모양으로늘어졋습니다. 不潔이라니 말이나가야 不潔不不潔을말하지요. 馬場의말똥이 廚房의飮食과結婚이되야잇고, 마당의몬지가 자리우에몬지와接吻을하고잇습니다. 게다가노젼자리는, 열조각 스무조각으로, 懸鶉百結도오히려誇張의말이안입니다. 웨그리야단인지요. 數三十名의馬夫軍들의 「호호디」 「부호디」하며 들네는소리며, 使喚軍년석들의 소리놉히주절거리는光景은, 實로千兵萬馬가敵軍을突聲하야나아가는形便과갓습니다.

食事가되얏습니다. 나는馬夫와가티안저, 배는곱푸되 먹기실은밥뗑어를, 두어번집어먹노라니, 馬夫中에서 霹靂가튼꾸지람소리가납니다. 말을알지못하는 나는, 무슨영門인가하고, 가만히살펴보앗더니, 젯간에도飮食먹는버릇이틀렷다고야단이랍니다. 朝鮮習慣에는獨床을하기 때문에, 먹든짠지조각을 돌우床에노핫다먹든버릇을, 無意識으로그버릇이나간것입니다. 건너便床에서또-霹靂치는 소리가납니다. 그것은다른緣故가안이라, 나와同行하는상투쟁이同胞가, 五六歲되는딸년을다리고가는길인데, 路費가不足하야, 밥을 한床만식엿는데, 딸에게밥한술을멕이다가使喚軍한데들켜 야단봉변이난것입니다. 中國客主에는 제밥을 남을주게되면 主人에게損害라하야, 그것을 嚴禁하는것이, 맛치監獄의 罪囚가밥을서로논아먹지못하는法則과한가짐니다. 아-人間이냐짐승이냐, 이러고도萬物의靈長이라는自信도업습니다. 다만돈입니다. 돈, 돈, 돈, 돈이면그만입니다.

이튼날일입니다. 馬車에서보노라니, 길바닥에 나히나限四五歲假量되는어린

아해의尸體가 折半끈어저잇는모양을보앗습니다. 馬夫들은 조흔求景이낫다고 서로주절거립니다. 웃고떠듭니다. 알고보니이것은 中國人의惡習으로나온 못된 버릇입니다. 滿洲中國人의風俗에는사람이죽으면, 널에너허 山밋이나或들판에 그대로놋는惡習이잇스며, 더욱이容恕치못할큰惡習이라할것은, 七歲以下의어린이가죽고보면, 집거적엥싸서 나무우에달아매여둔다합니다. 그런즉 솔감이관 놈들이, 먹을것이생겻다고, 그屍體를차고달아나다가 무거워땅에떨어트리고보면, 犬群이달녀들어인제는내차레라고 서로물고뜻는담니다. 只今본이아해의屍體도그러케된原因이라합니다. 아-사람의迷信이란것은 이러케酷毒합니다.

◇

馬車는五臺가나란히하야가게되엿습니다. 거의가다中國사람입니다. 萬綠叢中一點紅, 그中에는 얼는눈에뜨이는中國靑年한사람이보힙니다. 아마도北京이나外國地方에遊學하는靑年가태보엿습니다. 三四日이나탄께가는길이라, 둘이다-말은모르나, 彼此에靈犀는비치워, 한번말을 실컷하야보앗스면조켓스나, 그는엇절수업고, 어느날은 큰고개를넘다가 幾十里假量步行하게되야, 서로筆談이 始作되엿습니다. 筆談의要領이이러합니다. 靑年말만쓰겟습니다.「最近日本의內情이엇더합니까」하고뭇습니다. 다음은「奉直戰爭時에 張作林이가日本과密約한條約이잇슨듯한데, 貴下가 或其內情을몰으십니까」하고무릅니다. 또는「將來世界大勢가엇지될것갈습니까」하는等의政治的問答입니다. 이만하면그靑年의뜻이엇더한것을알수잇습니다. 乃終에 알고보니, 그靑年은中國의一靑年士官인崔春園이라는有志엿습니다. 崔氏는 그날点心때에, 午餐한턱을내고, 朝鮮人의○○思想이라든지 또는朝鮮에天道敎形便이라든지하는여러가지무릅이잇섯습니다.

小學校에暫間들엇든이약입니다. 어느날点心참에마츰그엽집이小學校이기로, 學校求景을갓섯습니다. 生徒는限百餘名假量되여보이는데, 門에들어서자, 어엽브고도 貴여운少年들이 서슴업시내의소매에매여달녀, 學校求景을 期於히 잘하야달나는筆談이나옵니다. 나는그瞬間에外國에왓다는感想을이젓습니다. 어린이란神聖한것입니다. 어린이에게는內外가업습니다. 웃는짓이라든가 뛰고 노는것이라든가, 팔목을잡고 다른아해보다나와먼저말하야달나는아양이라든가 하는것이, 조곰도朝鮮少年과다름이업읍니다. 다만다른것은말과衣服입니다. 나는少年의손목을번가라잡으며, 머리를끄덕끄덕하니까, 少年들은조하라고, 손목을잇글고校室로들어감니다. 校室안에걸상노흔法이라든지, 漆板건法이라든지하는것은 萬國의通例라거디에다른것이업고, 壁우에 孔子孟子의畵像과 關壯謬岳武穆의畵像을걸엇습니다. 그리고 敎訓이라하야 「整潔」二字를크게써붓첫스며, 다음은 勿曠課勿喧嘩이라하엿습니다.

◇ 興京이약이

나흘만에 陵街라하는곳에왓습니다. 陵街서興京고을이四十里라함니다. 陵街이름이 陵이라는글字를붓치게된것은, 理由가잇습니다. 이곳은淸朝愛新覺羅氏의發祥地인故로, 이곳에陵을封하고 宮殿을지여둔것입니다. 陵街에接하야老城이라하는곳이잇스니, 이곳은 淸朝한아바지들이部落의酋長으로잇슬때에城을싸코雄間를꾸미든곳임니다. 陵에는朝鮮가트면依例히 松林이잇을것이지만은, 滿洲에서松林을보기는, 흐린날에별보기보다어려운일임니다. 그럼으로陵이라하는곳에도 運抱의濶葉樹가鬱蒼하야, 所謂열나무건너별하나보기가어려울이만치되야잇는곳임니다. 「胡地無花草春來不似春」이라는古詩도보면, 이곳에正말美人王昭의시집온胡地인지는아지못하나, 左右間그러타하고보면, 이詩는너무도胡地를蔑視한것임니다. 花草는比較的드물망정, 春은亦是春입니다. 綠陰芳樹무르녹은 봄빗체鶯의聲 布穀의聲 和暢히自然을노래하는멋은, 아무리馬上旅行의客이라도, 한盞을기울녀. 客懷들풀만합니다. 슬푸다, 年年歲歲花相似 歲歲年年人不同, 陵街의大公園은古今이다를것이업겟지만은, 愛親覺羅의當時의榮華는 어대서차자볼길이잇스랴. 아서라마라라, 人生은無常이다. 無常은苦이다. 苦는創造이다. 人生은樂으로써 未來를創造하는것이안이오 苦로써將來를開拓하는것이다. 王昭君은苦로써成功한美人이다. 萬一當時의王昭君으로하야금 漢宮의一小妾으로늙어죽엇드면 後世에뉘가그의이름을알수잇스며, 또는그의事情에同情할거러가어대잇겟느냐.

◇

○○○부터는, 한 새朝鮮을發見한感이잇습니다. 陵街於句에를자바들자, 數十人의同胞가, 나를마잣습니다. 陵街在留하는兄弟 밋興京서四十里나되는遠距離를일부러마저운 玄昌浩 李鍾殷 李秀榮 權桂洙 鮮于斌 姜永雨 趙雄杰諸氏等

의苦行은, 너무未安하야견딜수업섯습니다. 陵街여러분의맛잇는午餐을어더먹고, 興京서울로돌어오게되얏읍니다. 興京市諸氏의 熱烈한마즘을밧고, 스스로同胞感의熱淚가흐름을깨닷지못하엿읍니다. 여러분興京이약이를좀仔細히들어보시오, 들어볼만한일이만습니다만은, 여러 가지로 끄리는데가만하서, 될수잇는것만記憶함니다.

◇

興京이란곳은, 地圖로보면, 南쪽은撫順桓仁이오東쪽은寬甸縣이오 北쪽은滿化縣과 柳河縣이 接하야잇는곳임니다. 實로南滿洲北部의中心이라할수잇습니다. 地勢가이러코보니, 이곳은日本人의勢力이밋지못하엿스며, 그에따라 朝鮮人의移住가만히잇서, 興京附近만으로도 約四千戶의同胞가잇다합니다. 興京邑內는 總戶數四千餘戶假量에 우리同胞의居住者가 겨우 九十戶假量인바, 大部分의業은 精米業이一等이오. 其餘는小賣商과 飮食店임니다. 그러고보니 四千戶의大多數가 絶對農民인것은말할도 습니다. 農事하는方法은大槪가水田을經營하고잇스며, 水田은中國領土인關係상, 全部가 小作農이어서, 中國人의橫暴가적지안타함니다.

移住의年齡으로보면 數十年前에들어온이도만치만은, 半數以上은大正十年內外이며, 原籍地로말하면이곳은地勢上平安北道가 갓가운故로 北道親舊가全部를占한모양임니다.

◇

이제는 ○○團의이약이를始作하겟습니다. 누구든지 興京에들어서 먼저 觸感이는일은 興京이○○團의 根據地이란것입니다. ○○團의歷史가이에서發源되엿고, 現今의活動地帶도 또한이곳이中心될만하야잇습니다. 그래서들어서는길로 異常히들리는것은 某士官하며 某軍人 某軍人이라는稱呼가, 朝鮮에서主事라는稱呼와가튼 通例로듯게됨니다. 참으로 別天地입니다. 朝鮮안에同胞로는夢想不到할天地입니다. 現今은完全히 自治制度가組織되야, ○○團의行政命令이 徹底且組織的으로 施行이된다합니다.

○○團의歷史가엇지되야나려왓는가하면, 距今約十五年前에는 이곳에처음으로 扶民團이라는團體가始作되엿는데, 이것이韓民族自治의嚆矢이라함니다. 扶民團이變하야 세가지團體로되얏스니, 李鐸을領首로한韓族會이며, 趙孟善을

領首로한獨立團이며, 安秉讚을領首한靑年團이잇게되엿습니다. 그後에韓族會는軍政署로改造되고, 다시光復軍總營 光韓團 特務部라는團體가일어나게되엿스며, 又別로上海假政府의支部格인 獨辦部가잇게되엿음니다. 距今約四年前까지는 以上의諸團體가 軍政署 光復軍總營 獨立團 總軍府라는名辭로分立되엿든것이, 時代의推移에因하야 總義部라하는 一機關으로統一되야, 만흔 活動을繼續하야오다가, 最近에와서는 또그를徹底的으로 統一키爲하야, 正義府가생겻다합니다. 正義府가된뒤에는 民心이 一層그리로集中될뿐안이라, 自治的行政이完全且敏速히施行된다합니다. 그러나아즉도 遺憾되는것은, 參議部라는 一部分이合一되지못하야, 그로서大端섭섭한일이라합니다.

◇

正義府에서自治하는區域은 南滿洲全體를 目標로하는바, 時在完全히 正義部에 所屬된戶數가四萬餘戶에 達한다합니다.

正義府의組織은 行政部 民事部 軍事部 財務部 學務部 生計部 宣傳部 法務部의八部로되엿스며 各部에委員長一人이잇서, 그를指導하고 委員長以下에는主任委員及委員이잇서일을보게된다합니다.

地方行政은엇더한가하면, 百戶에는百家長이잇고 千戶에는 總管이잇서, 正義府와 聯絡이되여잇습니다. (最近에는地方에도委員制로變하엿다함)모든것에人選하는方法은 百家長은 百家의 推薦으로되고, 聰營은그區域의代表가選擧하게되며 그러하야正義府委員은 別로히議員選擧區가잇서, 一區一議員이選出되어, 無記名投票로委員全部를 選擧케되는制度이며, 그리하야委員長은委員들의互選으로써된다합니다.

◇

正義部所屬의人民들이 正義府에밧치는義務는 納稅義務 兵役義務가잇는바, 納稅는一年春秋兩期에淸貨六圓이며, 兵役義務는 志願者로써 軍籍을備置하야두엇다합니다.

敎育은百戶以上에는 반듯이 一校를두어, 强制敎育을實施한다하며, 産業은生計部의 所營인데, 一切産業向上을 生計部의指導로되야간다합니다. 交通은甚히敏速하야, 急한일이잇고보면, 以前舊韓國時代의 파발모양으로, 이村에서저村에傳하고 저村에서 또이村에傳達하게하야, 비록數百里의遠距離라도 容易

히消息을通하게된다합니다.

그런데第一질색되는일이하나잇다합니다. 그는中國軍人의橫暴라합니다. 元來正義府의軍事部에서는 아모조록 中國人에게對하야 歡心를사고저하나, 저들中國軍人이란것은 도모지眼中에 돈밧게업는무리어서, 돈을爲하야는 엇더한일이라도 敢行한다합니다. 그래서 中國軍이 層層히 ○○軍를襲擊하야 彼此交戰이잇게되는바, 저들中國軍이○○軍의武器를奪取할目的이라합니다.

中國은 中國軍人의일이그러할뿐안이라, 中國官廳의行事가 또한그러하다합니다. 돈만잇으면 重罪人이라도 無罪放免이될수잇고, 돈만업스면 一時拘留짜리도 멧달苦生이例事라합니다. 한번訟事에官營代書料가 六七圓이들고, 時間이幾日이라도虛費가되며 한번갓기는데 房費까지잇다합니다. 完然히舊韓國時代의莽政과恰似하다합니다. 안이, 그以上으로沒廉恥라합니다.

滿洲名物馬賊의消息은 엇더한가하면 이곳은馬賊의巢窟地는안이나, 그러나馬賊의出現이頻煩하야, 到底安心할수업다합니다. 내가興京에들어가는날도, 馬賊이興京市內에들어, 中國人富豪三人을拉去하엿고 또 오늘消息에도, 어느곳에서中國學生멧名을 붓잡아갓다합니다.

◇

滿洲에게신同胞들이 內地에잇는兄弟에게 懇切히要望하는條件이잇습니다. 다른것이안이라, 거저有爲의人士와 밋資本家들이만히들어와달나는말입니다. 兄弟들의말을드르면, 이곳이昨年까지도 內地兄弟의出入이困難하엿다합니다. 그理由는 그때까지도黨派熱이甚할뿐안이라, 或은偵探의嫌疑로或은不良子의橫行으로하야, 實로初來의人士로는 去來가甚히不便하엿지만은, 인제는正義府의政策도 變更될뿐안이라不良分子도 一掃하야버리고, 또는正義府의警戒도周密하야, 퍽-安全하야젓스니, 이제로부터는 內地의同胞를 어대까지든지歡迎하야, 內外가 文化上連絡 産業上連絡을취하야, 나가려한다합니다. 그럼으로이번나를이러케懇切히마저주는것은 同胞感도同胞感이련이와, 그實은內外連絡의實을들고저하는衷心으로나온것이라합니다.

第一急務가敎育界에人物缺乏이라합니다. 學校는洞內마다잇스나, 敎育者가不足하야, 到底施行이困難하다합니다.

2. 興京으로旺淸門

興京에서는 四日間묵는동안에 講演이세차례잇섯고 興京同胞들의 歡迎잔치가 세 번이나되엿습니다. 興京縣 바닥에는 우리同胞가만치못하야 겨우九十戶밧게되지안이하나 그附近村落에는 數千戶가붓허잇는고로 거기에따라 우리同胞들의 經營하는 精米所가 두곳이나되고 商店이잇고 飮食店이 생기게되엿습니다. 宗敎로는基督敎가잇고 天道敎宗理院은 새로히되야 매우發展의希望이 잇서보입니다. 興京市民의招待 興京靑年會의招待等 만흔 感謝를바닷스나 여러가지 事情에걸려 누구누구라고이름은 들수업스되 거저 南滿洲同胞라하면 永遠히잇지못할 紀念의歡迎을밧앗습니다. 그러한일은 南滿洲全體에서라는말이외다. 汪淸門에서도그러하엿고三源浦서도 그러하엿고 撫順奉天이모도한가지외다. 그런데 兄弟들이 나를그러케歡迎하는所以는 다른緣故가안임니다. 內地에서 일부러차사준同胞兄弟의義를 表하는것입니다. 나를 歡迎하는것안이라 內地同胞을 歡迎하는것입니다. 故國을사랑하는神聖한感情에서나온것입니다. 千里他鄕에서故人을만낫다는感想이안이라 萬里他國에서 故國을그리워하는 感想에서나온일입니다. 實로그中에는 感慨無量한 여러 가지 意味가包含한歡迎입니다. 同胞들中에는 大部分이먹을것을求하야 들어간農民이엇스나 異鄕에가고보니 特히생각나는것이 내나라이라는 感情이非常히 發達한것입니다. 게다가 일부러 永遠한大志를품고 멀니 鴨綠江 건너선 兄弟들도적지안이하야 그들의語調의노래中에는 大部分이 「心蕭蒼兮易水塞」의 燕趙慷慨의 뜻을품고잇습니다. 이것은 滿洲同胞全體가 내에對한歡迎의感想이그러하다하는말입니다.

旺淸門에들어섯습니다. 六月一日夕陽에들어섯습니다. 中國學生服을입은 百餘名의어린이가 十里나되는먼대까지 마중을나왓습니다. 中國服에朝鮮말으쓰는 어런同生들의 마슴을밧고나서는 무엇이라말할수업는 설음이솟아 아모말도업시 旺淸門朝鮮村을들어섯습니다. 旺淸門에는 同胞들의移住歷史가가장오랜곳이외다. 距今二十年前田泰花라는兄님이 처음으로 이곳에와서 土地를사가지고 水田만들기를始作한것이南滿洲水田歷史의嚆矢가된다합니다. 이곳朝鮮人村에는 朝鮮사람의私有地가만흐며 그리하야 제法朝鮮人의 村落을 얼너노코朝鮮制度의家屋에서 朝鮮風俗내음내를내고 살아가는品이 朝鮮內地와조금도다름이업습니다. 이튼날에는 그곳朝鮮人學校東明學校主催로서 講演을하게되엿습니다. 十里二十里로부터 講演을드르러 일부러차자온同胞까지잇섯습니다.

3. 旺清門으로三源浦까지

이로부터 漸漸奧地로들어가게됩니다. 實地로들어서면서 一?注意할일은 馬賊의所聞입니다. 먼저도말한바와갓치 興京에들어서는날 馬賊이中國富豪한사람을 잡아갓다는所聞을 드럿더니 旺淸門에 들어오는날도 馬賊이그곳 富者집學生한사람을 잡아갓다합니다. 大槪滿洲의馬賊이란 제法大膽한놈들임니다. 엄청나게官軍服을입고 市街地를 堂堂히出入하다가 미리偵探하야두엇든 富者를맛나면 六穴炮를나여대고 威脅으로잡아가게됩니다. 馬賊에게잡혀간 사람이면반듯이 돈을 내지안이하면 안되게됩니다. 萬一期限이되야도 돈을보내지안으면 처음에는 귀를비혀그家族에게보내고 그래도 내지안이하면 나음은 팔이나발을벼혀보낸다합니다. 大段이暴惡한刑罰임니다. 그러나한가지 安心되는일은 馬賊이朝鮮사람에게對하야는 아모侵害가업다는것이올시다. 이것이朝鮮사람을고맙게보아그런것이안이라 朝鮮사람에게는 돈이업는것을아는緣故입니다. 돈업는것이 馬賊에게는幸福입니다. 朝鮮사람에게무서운것은 馬賊이안이오 官軍이라합니다. 官軍이란작자들은本來가良民으로뽑힌 正當한軍人이안이오. 馬賊에서잡아온 무리들이太半인까닭에 이것들은 金錢多少를 勿論하고 핑계만잇스면 「둘이탄」이라이름하야가지고 侵害를한다합니다. 馬賊의所聞을一一히물어가면서 旺淸門을떠나게되엿습니다. 旺淸門에서 하로길을걸어서 깊흔山谷에들어섯습니다. 아모조록朝鮮同胞의집에서 자는것이便利한點이만하서 農夫에게물어가면서 朝鮮農家를차자갓습니다. 압헤는논이잇고뒤에는山이잇는 寂寞한 兩三家의 農村이잇습니다. 同行하든親舊들의活動으로 百家長을차자 黃鷄一首를사노코 木頭菜나물에 山菜국을만들어노코 맛잇게잘먹엇습니다. 개구리소리 들네는속에 一夜의安息을어섯습니다. 主人의形便을물어보니 平安北道英山邑사람의딸과 慶尙北道水川사람의아들과婚姻이되야 丈母되는늙은이를家長으로하고 滋味잇는살님을하고잇습니다. 旺淸門에서 떠난지 二日만에三源浦를다달앗습니다.

三源浦를다왓습니다. 이곳은 柳河縣所屬이외다. 三源浦라는말을드를때에 異常한感想과 緊張한 氣分이듭니다. 그것은다른 緣故가안이라 南滿洲自治本府

가그곳어느 附近에잇는 緣故입니다. 이것을 「社會」라고別名을지어적으려합니다. 먼저달에쓴말을 다시거듭하게됩니다. 社會는다만하나입니다. 昨年까지도 여러 團體가 논위여잇든것을只今와서는 아조統一이되야가지고 完全한統一機關이된것입니다. 일부러이곳까지 왓다가 南滿洲統一機關인 社會求景을못해서야될수가잇나 하는구둔決心을가지고 아모조록 그들을맛나보려한것이외다. 三源浦에到達하든 이튼날입니다. 엇든조고만한村落을차자갓습니다. 가운데조고마한山이잇고 山을둘너朝鮮家屋이 보기에도 靜寂하게 하나 둘 兩三 五六이나라니하야잇는그가운데 사회機關이백혀잇습니다. 먼젓달에말한바와가트니까 다시重疊할必要가업고 다만具體的事實한가지를 적어보겟습니다.

本來南滿洲自治制로말하면 三一運動以前까지는 재미스러운 살림살이가되야오다가 三一運動이닐어나자 大討伐이되게되엿고 그에따라 朝鮮內地나 南滿洲各都會에 허여저잇든 挾雜軍 賭博軍 阿片장사갓흔무리들이 機會를따라 쓰리드러가게되엿습니다. 하야서 純粹한 農民의게는 不少한 害惡을주엇든것입니다. 이로조차 南滿洲에對한惡評이 朝鮮內地에宣傳하게되엿습니다. 同胞相爭이란 말도이에서 생기게되엇고 돈잇는 사람은 살수업다는말 官吏는 居接할수업다는 말 갓갓것이도모지이에따라나게되엿습니다. 그래서南滿洲自治制度는 無限한 勞苦를써가면서 그것을 退治하야버렷습니다. 只今에와서는 모든 것이 安全하게되야서住民은自治的社會를짓게되고 社會는 住民의向上發展에 힘껏用心을 하는中이라합니다.

社會로부터 의住民에게實施하야오는 經濟政策의하나인 公農制는이러합니다.

公農制는 녯날周나라때에 井田法과갓치 百戶사는洞內나 或은幾十戶가合하야 公田一日耕을맛게되엿습니다. 그래서 幾十戶가合하야 지여노흔 公田의穀食은 社會가 맛하가지고그것을 處理하게보아합니다. 그處置하는方針은 社會農民에게 公共金融機關으로 ????大槪滿洲에가잇는 農民의 第一室塞되는일은中國의 高利貸金業입니다. 안이 高利貸金業者입니다. 農民에게 春窮때에 一斗假量을꾸여주엇스면 가을에는 四五倍되는 穀食을바다낸다합니다. 그래서 社會는이 害毒을막기爲하야 爲先昨年부터 公農制를 設한것이 첫해로相當한効果가나서 萬餘圓의收益이되엿다합니다.

다음은 戶鷄制입니다. 戶鷄制라는것은 每戶에鷄一首를내게하야 그돈을몇배든지모와가지고 株式制度를 만들어 中國人의土地를永買하야 朝鮮사람의永住計劃을하는것입니다.

이것은生計部의일이고 그다음은行政部의일 交通部의일 學務部의일 外交部의 일 여러 가지들어볼만한일이만히잇습니다만은 事情上이것은省略합니다.

社會運動으로는 靑年運動이亦是볼만합니다. 첫재는 韓族勞動黨이라는것이設立되엿는데 發起人이四百餘名이나되며 會員이現在一千五百名假量이고 目的은 「勞動群衆을啓發하야新生活을 期?함」이라한것이며

다음은三源浦에잇는 담을黨靑年會입니다. 그亦是韓族勞動黨과 併行하야 同一한趣旨目的을가지고힘잇는 活動을하야가는中입니다.

一言面?하면 三源浦라는곳은 南滿洲朝鮮人의中心勢力을가진곳이라할수잇는데 나의본바로서말하면 大槪將來의希望이 洋洋하리라밋을만한点이 여러 가지中에 우에말한바와갓치 住民이社會를밋고 社會가住民을善히引導하는것이라든지 도는 社會에잇는 主腦者들이 寬厚長者의風이잇는것이라든지 住民全體가 純厚質朴야 조곰도都市的挾雜性이업는点이라든지한것이 모도가 實로新興의氣勢를 뵈이는듯합니다.

三源浦에 到着하든날부터 그곳에는 大運動會가잇서 朝鮮學生과中國學生數千名이 和氣融融한이래서 運動會를맛추게되엿고 나亦是運動會를利用하야 簡單한人事講演이잇게된것은 永遠히니즐수가업습니다.

三源浦서떠날때에 社會어른들의 懇切한送別과 또는三日間에 各團體로부터 주신여러가지付託은아즉도니즐길이업고 다만눈에암암한暗涙가흘을뿐입니다. 三源浦에서이틀만에北城山子라하는海龍縣의大市街에와서그곳 基督敎의 主催로 講演이잇섯고 北城山子서 나흘만에 開原停車場에나왓고 그리하야 奉天에到着하는날로 奉天靑年會와및 朝鮮日報開闢支社에게선 여러어른들의만흔感謝와歡迎을밧고보니 무엇이라다시엿줄말슴이업고 다마이 簡單한紙面을通하야爲先人事말운올닐뿐이며 後機를기다려 할수잇는대로 南滿洲事情을 同胞에게 울리니 담뿐입니다.

上海惡夢*

홍양명(洪陽明)

佛蘭西租界의 中心街 "아베뉴! 조플"에서왼손쪽으로드러가면 公園뒤에沿하야 近代고직型으로보기조케지은佛蘭西工部局學校가잇는 좁다란골목이 잇스니 이길의일홈은 "루트、밸룬"이라고하는 골목은 좁지마는 公園이 바로뒤에잇고 애스팔트의맥근맥근한 길이 二三四層端正한 住宅사이를 돌고잇는 고요한거리라 녀름밤이되 무더운더위에 잠못니루는 한쌍둘의젊은男女가 밤이새도록 "쁘롬나드"하는자최가 끈치지 않는거리다 나는이거리에서 엽흐로드러간 白系露人의 "아파트"의 한間을 占有하엿섬슴으로 가삼이턱맥히는 上海의녀름밤을 집안에서 克服하기 困難한때는 亦是 저녁마다 이 "쁘롬나드"群의한사람되는것을 例事로하얏든것이다. 이거리는 내가잇는집뿐이아니라 大體로 白系露人의中心 "쏠락"이되여잇는만콤 이거리附近의生活雰圍氣는 中國的 佛蘭西的色彩보담도 "슬라브"的色彩가濃厚하엿다.

久遠한希望도 理想도 아모것도업시 오즉 "짜르게살지게"잘사는것을 人生唯一의 目標로하고 "부어라、마시자 춤추자"를못토로하논이들사이에 석겨사는것은 좀재미업는일이라고생각하면서도 偶然히 이들 生活部落에 석기우게된것은 奇異한運命이엿다 그러나이機會는白系露人들이 무엇을目標로하고 엇터케사러간다는 智識을 엇든點에서 나에게 一種의 好奇心을이릐게하얏다는것도 事實이다. 그러나 이보담도 이무리가운데 얼니우게되엿든經路와 그往의일은 只今생각하면 苦笑하고도 남을一夜의惡夢이엿든것이다.

×

그것은 그리오래前일도아니오 바로滿三年前六月의일이다. 나는 "케니드름"의 競狗와 "오디트리엄"의 "하이알라이"는人間惡의 極致라고짜지그 "팬"의벗들을맛나면 痛罵하면서도 때때로는 旅愁는 나로하여곰 나의발을이方面으로 向

---

* ≪개벽≫속간 제 1 호에 게재된것이다. 홍양명(1906년~?)은 언론인. 와세다대학에서 수학, 카프동경지부 집행위원으로 있은바 있고 한시기 총독부 기관지 ≪매일신보≫론평원을 지낸바 있다. 만주에 와서 ≪만선일보≫편집국장으로 있었다. 해방후 장춘에서 동북대한민단의 결성에 참여한바 있다. 졸년 미상.

하게하엿든것이다. 特히 人間鬪牛라고도할만한 西班牙의 獨特한遊技 "하이알라이"는 그賭博的部分만을除한다면 競技로써는 壯快한求景꺼리가되기足한것이엿다. 푸르고불근 南國的 유니폼에 씩씩한 "西班牙人 選手들이 한번내갈기는 공을 한놈이밧고 다시벽에 向하야 벼락치는 소리와가치 내갈기는것을 달은또한놈이 밧어또다시倍加한彈力으로 내갈기는 이 痛快한競技는 實로 "人間鬪牛"라는感을누구에게나던저주는무서운競技이다. 賭博은이 競技者의 番號에짜라 競馬와갓흔形式으로 부치는것인데 只今은어데가잇는지 그消息이맥힌李君은 이것 맞추는데 그야말로 名手로나의 "하이알라이"의智識은 李君의 씨쳐준엿다. "하이알라이"가 끗난後종종그엽헤잇는 西班牙人의회관 "파쎌로나"에서한잔의 희-를하는것을 例事로하엿다. "욘판"形西班牙人들의風習을아는外에 또이곳에서는 "휴맨스오시엔"이라는 外人의조고만通信社의通信員 "스미스"君을 大概는맛나게됨으로 씨와消息을 交換하는目的도잇섯기에다른때에도 比較的 내가자조드는곳의하나가되고잇섯다. 그러는中果然 이곳에자조出入하는두어사람친고를엇게되엇다. 그中에한사람 西亞人(自己는波蘭人이라고하지만露人이다)이 特別히나에게 好感가지고수작을부처주기 때문에 말말에 어느날은 잇은處所가 不便한이약이하얏드니 그는 "아! 그것은 念慮마라 내가조흔데를 하나紹介하여" 하고 나를親切히引導하야주겟다하얏다. 나의惡夢의端初가여긔서 始作될줄이야참말꿈이나꾸엇으랴.

×

보기는紳士然하나 눈살이 험상런스 그 "루스키"가 案內하야 준집은 앗가말한 "루-트-밸를"거리에서쑥드러간음침한 三層집으로 나는二層윈뒷房에들엇다. 房도깨끗하고 設備도 조코한데 普通이면 月三四拾圓에나 빌닐房을 月拾圓에빌려준것은 主人과特別한關系가잇는 "투스키"의紹介에 依한것이엿다.그러나 욱어진 "플라라너스"의 한樹林사이로 드러가는門은반다시 굿게닷치워 벨을 울이면 험상스럽게생긴 파수군한놈이나와서 우아래를쑥훌터보는꼴이 왼일인지 처음부터 좀 "陰沈하고수상하고나"하는感을주엇든것은 只今도記憶된다.

×

"코스모플리탄"의都市인이곳의 이아파트의各房은 그또한 "코스모플리탄"的으로 占據되고잇든것이다. 아래層에는 主人이라는白系露人-佛工部局의 警部

로 共產黨取締對한 特別任務를 가지고잇다-의家族이살고내압방에는 聖彼得堡에서 土木技術노릇을하얏다는露人 또그이웃房에는 正體모를노-릭系의猶太人的매부리코로英語만쓰는人相납본녀석? 쏘그엽房에는 寶石商이란놈의 瑞西人夫婦 그리고 바로나엽房에는 義勇隊에서月給푼이나밧고는 밤마다 딴스홀에서 북을치고지내는놈 그리고 우층에는 "라트비아"人으로 羅紗貿易하는놈 딴쓰홀에다니는 白系露人女子세넷이살고잇섯다. 그러나나는 主人과 土木技術라는者만을紹介를밧엇슬뿐임으로 달은 녀석들은 랑간에서보아야 人事도업섯스나 그中義勇隊에다니는 젊은녀석하고는 서투른 露西亞말 두어마되쓴거긔因緣이되여서 求景도함께가고或서로방안에도 놀너다기도하얏다. "라트비아"녀석은 술취한김에 층게로올나가면서 나보고 "피릿빈"에 자긔도가잇섯다고중얼거린일이잇섯다. 그녀석은 내가比律賓사람으로 보혓든 모양이다. 그러다가 내가그러치안다는말을듯고는 "닛본진요로시이 스미야끼우마이아루"하고 要領不得한 소리를하얏다. 그리고 땐스홀에다니는 계집애들은 밤이낫이오 낫이밤으로 낫에는 잠만자는데 밤마다세네時에 米國水兵갓흔녀석들을 "스큙보이"로하고드러꼴을보면 그行狀은말할것도업는잡년들이다. 제멋대로하는일이나 그는그러라하고 얼마後에 나는비로소 이집이 尋常척안은집인것을 漸次알게되엿다.

첫재 羅紗商人이란 "라트비아"人은 外國船員들에게서 密輸品을사가지고파는것이장사이오 또하나 수상한녀석은 亦是수상한짓을하는녀석인것이 눈에드러나고 親하게구는義勇隊젊은녀석은 海員水兵들에게 "수쿨보이"-變態性慾의對象이되는 靑少年者들은 이러케 부른다-를 紹介하는것을 장사로하는녀석인것을 알게되엿다. 나는 옴긴지 三四數周에이形便을알게되여 곳다시다른곳으로옴기려는準備를하게되엿다. 그러나 나의 移徙準備가느저지는사인하로는 土木技師라는 건너房의 점잔은녀석이나를좀 보자고저의房으로오라고 뜻하지아니한好意로이이약이 저이약이하다가 나보고그런데 한달에얼마나버리를하느냐고물어온다음 "무엇이고간에돈이第一인데 그따위글이나쓰고해서야 돈이생길수가잇나 내가조흔장사를하나 紹介할터이니 해볼터인가? 니콜라이셀게웨쳐-나를이집에소개한者의 일흠-에게서 자네말은잘들엇네하고는 빙그레웃는것이다. 나는무엇을意味하는것인지 알수가업서 暫時엇절줄을 몰낫스나조흔장사라는바람에 反射的으로 "조흔장사라니무엇이냐"고무러보앗다. 그者는 빙글빙글웃고

물그럼이 나를처다보드니 "너는한집안食口가되엿스니 너에게는 秘密이업다 또 秘密을직히는것은 너의義務요 그러치안는것은 너의危險을 스스로사는것이다. 캐여말하면 돈을맨드는장사이다."

나는異常한恐怖感과 羞恥感에 마치 感電된것과갓흔衝擊을늣겻다. 나는單刀直入的으로 "나는 그런장사는생각도못한다"하고 房을뛰어나오려하엿다. 그러나房門은발서 굿게안으로닷처잇섯다. 그는 내말은드른체만체하고 계속하야 "너도젊음녀석이거든대담하여라 네가必要한것은 달음이아니라 우리는 이러케 훌륭한 日本紙幣十圓券을맨드는데 成功하얏지마는 그 使用과 賣渡는 우리白人으로서는서툴고길이업스니 그役割만하면고만이다"하고 한쪽구석으로가서 가방을 가지고오드니 놀나지마라 서너뭉치 數萬圓으로써 헤일 拾圓紙幣를갓다가 나를보히는것이다. "이만하면 엇더냐 나는事實은 舊'차'政府造幣局技術로써 이것은 나의 四五年間의苦心한結果이다."하고 나의억게를툭투치면서 "절믄녀석이 왜그리慾心이업느냐? 아참 불상한녀석!"하고 "來日爲先한장을 北四舊路日本人商店에가서 試用하야달나는것이다" 나는엇더케이자리를避할는지 엇절줄을모르고물끄럼이 紙幣쪽만을精神업시쳐다보았다. 밤電氣아래비초이는 十圓紙幣는참것아니라는것을疑心할程度의것이 아니엿다. 冊床엽에는 六號의부라우닝式短銃의 코궁기가 나를嘲笑하고섯다. 나는 밤도 느젓스니 그러는데생각하고 來日다시보자고하고 房을나왓다. 그는 나에게굿은 미소률하면서 "너를밋는다 하고 내집까지데려다주엇다.

×

나는 突然한 이惡夢에 그날밤잠을못이루고 旅愁와恐怖와苦惱에 잡히웟다. 멀니 "케니드럼에서 올녀자"는 "노덤발랜드"의뿌라스 뺀드演奏樂이 무더운녀름밤의 死의沈黙을 째트린다. 나는잠시생각한後 차라리 집을한時라도빨리뛰여나가는것이 第一이라고생각하고 훌훌이옷을주어입고 쏘어를열엇다. 그러나 발서 쏘어밧그로굿게채워저잇는것이다. 나는할수업는 될렘마에빠젓다는것을알엇다. 그뒷날아침 그者는쏘어를열어 나를보드니 빙긋웃고 "너를못밋는것이아니라 우리의職務上 할수업시그런것이다! 자-試用을할터인가?" 나는 "제발 秘密은嚴守할터이니 나를이장사에서떼여다오"이러케哀乞하야보앗다. 엽헤는어느새인지 "니콜라이,셀게윗치"-나를最初에 이집에紹介한者가와서잇섯다. 結局나느할수업시 맥업시 拾圓자리紙幣를밧엇다. 나는夢遊病者와가치 帽子도안쓴채로 그것을가지고 北四川路로나왓다. 내가드러선집은 日本人商店이아니라나의親友인 c氏의집이엿다. 나는여긔서 이런말을하야 處置를議論하려하얏지마는 그것이必要업는것을생각하고나는다시 그집을나와 나의前宿所로발을向하는途中에서 적은골목에다다랏슬때에 나는惡夢의씨인 그것을찌저버렷다. 그러나 내가그것을찟고난나는 또큰夢魔를 眼前에서 부듸친것이다. 그는무엇일가? 나의압헤나타난夢魔는 바로나를惡夢의집으로紹介한 "니콜라이"바로그者엿다. 그는平素의親切은간데도업시 惡鬼와갓흔 험상스런눈으로 나를처다보드니 "잘하는구나 너의속은다아렷다 그러나 맘대로안될걸"하드니 포케트에서 내놋는것은 뿌라우닝 蓮發短銃이엿다. 나는이런 追跡監視下에試用을試驗當한것을모른 나의어리석음을뉘웃첫지마는 발서 그것은느진일이엿다. 나는할수업시 그가부르는 "택시"에 실니워서 다시 魔의집으로 붓들니워갓다 나는 義勇隊의그녀석房안에 籠中에새가되엿다 그녀석은 나를 自己營業의對象으로하려는 心算인듯하얏다

그러나 憂鬱과恐怖의 무더운上海녀름의 나의五日은 亂發하는銃聲 逮捕의一幕으로써 解消되엿다. 이 魔의집은 工部局의搜索을밧어 地下印刷室에서는 屍體二個가 印刷機等과함께 發見되고 三層에서는 大量의몰핀拳銃이發見되엿다. 土木技師란놈은 逃亡하고 딴놈들은 그主人警部와함께끌니워갓다 나는 이惡夢에서개일사이도업시 魔의家를박차고 한숨에○○○에 公共租界로 옴겨갓다 지난일이라 지금은 이일을생각하면 微笑가나오지만 그때는 참말로 惡夢이엇다.

-(끗)-

哈市東滿間島瞥見記*

홍양명(洪陽明)

(一) 感傷과生活

松河江畔에서서 運動場을無限히 길게連續식혀노흔것과 갓흔 콩크리트의 大

道와 輪奐의美업는커다란 建築物이 허젓하게서로近接하기를 謙讀하는듯이 이곳저곳에서잇는 未完成近代都市新京의單調에比하야 哈爾賓의 都會地로서의印象은언제보든지 多彩多樣하다. 極東侵略의野心滿滿하든 帝政露西亞가 東支鐵道建設의 據點으로서이 都市를零에서부터 最大限으로經營하기始作한것이四十四年前! 오늘날 我日滿兩國의 國際國防基地로서 産業五個計劃의北滿中樞地로써 民族協和實踐의第一線 重點地가되기까지 이都市는 너머나 急速한發展과 너머나 角渡달은政治的變貌속에서生長하여왓다. 雙魔의王冠의旗의時代로부터 망치와낫의赤旗의 ??의時代를 지나 五色旗 靑天白日旗 이리하야新興滿洲國의 旗幟下에定着되기까지 三十餘年동안의 複雜한變化가 이都市에微妙한標識를주고 各色의文化的陰影을던저分明히滿洲國內의一都市이면서도엇전지異端者的인多樣性과 傳統을이都市에扶植하여노앗다.

◇

變한다는것은슬픈일이면서도 아름답기도한것이다. 큰깃븜의뒤에뜨거운눈물이 고이고 큰歡樂의뒤에커다란悲愛가잇다. 허허바다와갓흔 廣漠한南滿의平野에서 감히湯淪된變化업는無限感과單調로운 蕭寂에比하야 山잇고江河잇는 東滿과北滿의 이附近은 東滿과北滿의 큰魅力이라고 아니할수업다. 더욱이 江물업은 國都新京의 ○○과 力의 硬質性 都會文化에比하여 松花江의 澎湃한흐름이잇고 色말고말다른 人動과 여러民族을包攝하야 뒤떨어진感이 잇스나 一種의多元的인 文化와生活傳統이잇는이都會는 뜸뜸이 이곳을찾는나에게적지안은柔軟한親密感을주는것이다. 人口約五十幾萬이라는 奉天에다음가는 全國第二의人口密集都市인이都會의 性格은 約三萬餘名의 白露에미그란드의 存在로多分히 感傷的이다. 資本의힘과 商業의 ??에 재빠른 猶太人等. 其他外商의大買占行爲가 我滿洲國의特産物統制運營에 적지안흔癌이되고잇다는이곳에잇서서도사람조코속업는白系露人의大部分은 謀利界에서 超然하야 적은月給에滿足하야 勤勤孜孜救貧院에身勢지는사람의數도漸次줄어가면서잇다 點心때나저녁때가되면 『가따이스까야』로日課와가치彼女散步를하야 鬱積한心懷를 풀고 日曜日이면寺院에서옛信仰이며또한現在의信仰인希?敎의十字架의權威에歸依하

* 이 글은 ≪만선일보≫ 1940년 7월 14~20일에 련재재된것이다.

야넷 祖國의光榮을 追憶하는이들의生活은 本能的인듯하면서도 敬虔한點이잇다. 이들의一部分子들의 밤거리의 旅人들의 폭케트만을 노려다보는듯한低層生活의一面은 白系露人生活의 技葉末節이다. 아모리 零落한白系露人이라도 그居處하는곳에는一幅의『예수그리스트』의 또는『마리아데레사』의 또는『한네레의류天』의聖書가잇고 그들의不幸한最後의로마노프家의王者엿든니콜라이皇帝의寫眞이 고히壁에걸려잇는것을 發見하리라 十字架를 목에걸고 넷荒?의王冠의權威를 追慕하는 이들의生活에同情과理解를주는滿洲國은白系露人의世界에在항唯一한『카난福地』일것이다. 따라서世界에서 가장白系露人이 精神的首府이기도하다. 松花江畔에서서悠悠한물우에서 뛰고노는河童들의 悅樂을 쳐다보다가 對岸의太陽島의 푸른포프라 白樺의항기로운나무 茂盛한속에서들려오는『바라라이까』의鳴咽하는가-는소리를뒤로하고 훌훌히길을거러『기따이스까야』의 雜踏속으로드러가다 이곳의鮮系約八千의住民을爲하야 犧牲奉化하고잇는 黃義明南春峰氏를차저 敬意를表하고哈爾賓밋時間의滯在를마저牡丹江으로向하얏다.

濱綏線 車中에서

불다듸보스톡(海蔘威)이란 地名은露語로 東方을支配한다는意味 하르빈(哈爾賓)이란 大墳墓라는意味로써보드래도 帝政露西亞가往時極東에 ?拗하게 그基盤을 確立하려든 侵略의野望이얼마나컷든가는足히 想像할수가잇섯다. 滿洲里로부터 哈爾賓을거쳐 海蔘威에達하는 歐亞連絡大幹線의一部엿든 現在의國?濱綏線에처음으로몸을실어 여러 가지 感懷가적지안다. 타고잇는車體그것이北鐵에서讓渡밧은것임을볼때 새삼스러히 昭和十年末엔가北鐵接收交涉成立까지의 約一年半一進一退하야 不讓하든 日?交涉의支配滅裂한報道를 京城의C報上에 連載하든編輯者로써의나의生活이생각나서 感激無量한바적지안엇다. 나는그때北鐵讓渡協定에 最後調印하고 歸國하는蘇聯外交人民委員會極東部長『가즈롭스키』一行이 京城을通過할 때 記者團의一人으로車中會見을할때『가즈롭스키』가너머헐갑으로讓渡하라니까 適當한갑으로팔려고延引된데不過하다나는德分에 一年以上 日本에留在하야日本語를 悠然히배울機會 어덧서노라고하든 슬라브人의 ?拗外交에 모다혀를내두르든생각이난다. 夜間乘耳가되야 沿線의華麗한風致로 일홈놉흔 綏濱線의 佳景을못본것은遺憾이엿스나 牡丹

江市가가갓가움에따라 早朝의車窓에서내다보히는 東滿의山河는 文字그대로 秀麗하얏다. 一望無際細碧의바다와가튼 포른雜草原이風景에주린나의視野를 清新하게하여주는사이에 일흠모를 꽃들이핀 굽이굽이의언덕진丘陵地帶가나오고 맑은시냇물이흐르는물에다다르고 茂盛한?野가나오고 迂回曲折하야 變化만흔曲線의風景은 三千里華麗한江山이라고 朝鮮인만憧憬하는사람들에게 부혀주고십헛다. 橫道河子를지나海林에이르는사이 곳곳의沿線에 鮮系同胞들이 耕作하는水田에서 일하고잇는朝鮮옷입은農夫들의 하얀옷이細碧一色의青野에 一層또렷히드러난다. 곳곳의水田논두랑으로 바구니를들고 동이가튼것을머리에이고맨발로 힘업시거러가는 婦人들의 憔悴한姿態를보며 눈가이뜨거움을 禁치못하엿다. 그대도이곳에도그들의生活과 살려는努力이잇는듯하다. 色동저고리를입은朝鮮어린애들이멀리서다리나는車를 손가락질하며 무엇이라고말하고잇다. 이러는사이에 牡丹江驛에 다다엇다.

(三) 牡丹江市景氣와鮮系

◇ 景氣의方向

牡丹江市가三萬餘의鮮系國民을吸收하고 統計十二萬의人口를抱擁하야 一躍好景風都市의 代名詞와가치된原因은經濟開發으로서 圖佳線에開通되야 日本海湖水化의大吸?인清律 羅津 ?基에直接接續케된것과 昨年五月부터開始된 豫算總額 十億圓으로 開始된北邊振興計劃의重點이日蘇第一線基地로써牡丹江省을 中心으로노혀진것을들수잇다. 周知하는바와가치 東滿一帶는 地味肥沃한黑色地帶와 千古齊鐵在開하지안은 大密林地帶를背後地로하고잇스면서도 治安關係의 交通不便으로 無備?의 寶庫가그대로 放任되다십히 되엿든것인데 日에依한尊貴한肅正工作으로 治安이安全히 確保되고 康德元年度부터 着工한 圓佳線의 布設工事에伴하야 寶庫東滿은交通中心地인 牡丹江을中心으로하야 我滿洲國의一大産業?으로써 登勇케된것이다. 卽濱綏線을唯一한交通手段으로 할때는 牡丹江市는 哈爾賓의 一衛星都市에不過하든것인데 圖佳線開通으로 佳木斯-牡丹江-北鮮=港루트의中心이되고 濱綏線의 一大交叉點으로써 哈爾賓의背後地엇든 東北滿一帶背後地엇든 東北滿一帶背後地의 獨占的集散地가된

것이다.

◇

産業의分野로보면 背後地의大密林을背景으로하야 牡丹江木材工業會社外八個所의 大製材工場과 滿洲팔프工業柱式會社등 木材關係等의 王國을이루엇스며 一方背後地一帶로부터 逢出出되는特産物의牡丹江集中主義는 逐年增大되야 東滿一帶의中心取引市場을이루고잇스며 그加工工業으로서는 康德製粉工場을爲始하야 油房 ?造業等\ 相當한 實積을 나타내고잇는데 今後背後地一帶의 開發에一層殷盛해질 趨勢에잇다. 그러나 이러한生産部面보다도 牡丹江景氣의推進力이되고잇는것은 東滿心臟部로서의 牡丹江市밋背後地一帶의 都市計劃開發밋國境建設에따르는土木建築業等의 超스피드的인發展이다. 이 聯의大建設事業에따라서投下된 ?大한資金이自然大消費經過를形成하야 交互的으로거품景氣를니르킨것이다. 또한 牡丹江市는 背後地一帶의 內地開拓民의大量入植에管한 各種物資卽農耕器具, 醫源器具, 衣料品等의 配給市場이 되고잇는關系上輕工業도漸次發展될 條件下에잇다고볼수잇다.

牡市鮮系의職業의分布

그러면 이러한建設景氣의물결에타서 相當한生活基礎를 세우고잇는 이곳의鮮系住民들은 엇더한方面에 만히注力하고잇는가記者의○○的調査에依하면 牡丹江景氣의 主流를이룬 土建業이나 材木業等에잇서서는 鮮系는資金과管理의 技術의不足이라할가 이러타고 제법손을 내민사람이 ?無한듯하다. 勿論一般商工方面에잇서 滿國內의 엇더한他處보람도 鮮系로서 相當한活動을하고잇는것을 認定할수잇다. 土建業으로도 朝鮮建築社가잇고 荒山鐵工所가잇고 三和, 德陽, 松山, 合信, 信成, 天一等의精米所가잇고 印刷所로藝文堂이잇고 大五百貨店 明東商店等의大商店이잇고 貿易運輸商事關係로東興號, 東滿農事, 荷主運輸, 東亞植産, 信成醬油, 東滿倉庫, 興亞商事等이잇서 모다五萬圓乃至數十萬圓을 資金을運營하고잇다. 힘에자라는程度內에서 最大限의 努力을하고잇는것이다. 本格的建設景氣의큰상待接은못밧드래도 메인테―불에서 떨어지는殘版이나마 배곱흐지안케살어들수가잇다면 이또한幸福이라고할가? 市場調査에나타난바에依하면 牡丹江市에 居住하는 鮮系約四千五百戶의職業別은 大小商

業者가約五割, 俸給生活者(官公吏, 社會員及店員職工等)가二割, 日庸人夫約二割, 無職及未詳約一割이라고되여잇는데 實際上으로보아商工業과俸給生活者를一貫해야第一敗에잇서서 만흔職業은 運輸關係者이라고한다. 即建設景氣의 傳令노릇을하는 荷物自動車들멋塞式노코 장사하는사람들은大概運轉手로부터 漸次머리를들고나온사람이 大部分이며 俸給生活者로써의 運轉手가?系의例와가티俸給職業線上의 重要部分을占有하고잇다. 東興號其他鮮系의 雜貨綿布等의 都賣商十餘분은相當한業?을나타내고잇섯는데 生活必需品會社가 都賣를一手로하게됨에따라서 困難한處地에잇는듯하얏다. 生必會社에서는 ?存業者를 어느時期까지保護하기爲하야 卸賣聯盟을 組織식혀 어느時期까지 그職務一部를 代行식힘으로써 現業을?待식히고 卸賣業者가적은 東北滿에잇서는 過渡的辨法으로 ?存卸賣商을 生必會社의 指定代理店으로 한다는 方針이라고 ??됨으로어느時期까지는 維持되겟지마는 統制經濟가 一府强化될狀勢下에잇는現在鮮系中 小商工業者는 細心注意 堅實한새 方略을求하여야할것이다. 六七個所의 鮮系精米所의 ??會社의關係도同一한것이다.

鐵道와土建關係의 鮮系貨銀勞動者가 五六百名잇다는것은 또한 牡丹江市의한特色이라고할것이다. 이러한 工場의 生産郡과 併行하야 一聯의鮮系消費生活이展開되야반찬가가其他가 생기고 冷麵집이생기고 카페가생기고 油頭粉面의妓生아씨들의 組合이생기고 이리롯이牡丹江市의鮮系生活은 興하면서 衰하면서 徐徐히慌急히

(四) 牡丹江市의 鮮農實情

牡丹江內居住朝鮮人은康德六年度末現在로 約一萬七千戶八萬七千人에 達하야 牡丹江全省總人口四十五萬의 約二割에 該當한다. 移住의 沿革은 距今約七十五年前東後寧高安村附近에 來往한者를 ???로하야 內鮮合併前後或은 大正八年의 三一運動後 政治的不平을품은者等이 寧安 海林 穆陵의八面通附近에 來往한에 이르러 漸次數가 增大되든中 昭和六年滿洲事變勃發後이어서 圖佳線이 開通됨에 이르자 間島北鮮 南鮮六面으로부터 來往하는者가 急激히增加됨에이르러 모다 現在는 渾然一體 日本帝國臣民으로써 滿洲國의 國民으로써의 義務를自覺하야各其業에 忠實히 從事하고잇다. 그리고 省下에居住하는

一萬七萬戶 八萬七千人의 朝鮮人의 省內分布狀態는 다음과갓다.

(六) 圖們. 延吉의印象

◇ 圖們의文人들

牡丹江三日間의 滯在를마치고 新京으로도라오는길도 夜間乘車가되여 圖佳線沿線의 ?風景을 보지못한것은 遺憾이다. 途中에大興溝驛에下車하야 私事로 몇時間滯在한後 저녁때圖們에들려 하로밤疲困을宿舍에서 풀려고하엿는데 五年前 記者가C報在職時京城으로부터 이곳經由北滿으로다니러가는길에 當時이곳驛에勤務中이든 李琇聲君(現間島貿易柱式會社)에게서 마흔使益을 바든일이잇서 그後交通도잇섯슴으로 卽時李君을 차저厚意나補하고 도라오려고나간것이 李君을만나고보니 쉬려는豫定이깨트러저 밤늦도록 舊懷를푸는자리로옴겨지고말엇다. 이어서 咸享洙 金貴國氏도來參케되여 疲困하면서도 圖們의色다른文人몃분과 面接한것은愉快한일이엇다. 『슈르레알리즘』一起現實主義에傾倒되고잇는 이들意氣投合한三人은 時代의苦悶과權勢와謀計와 僞善을뛰여넘어 아모것에도制約밧지안는 自己만의 想像의自由로운世界에 그들이最善이라고생각하는 藝術魂을昇華하고잇는 것으로 생각하고잇는모양이다. 적어도 그러케 생각하고잇다는氣分을 享樂하고잇는것이아닐까? 藝術은길고 人生은짜르다고밋으면서도짜른人生을爲하야 낫에는 白?을들고 코물을흘니는 兒童들에게 說敎를하는 先生님이시고 稅關의事務員이시고 貿易會社에서 珠盤을굴니고잇는 現實을超치못하야憂鬱한밤을 뜸뜸이는『오뢰엄』代身『알콜』에 浸潤할터이니 三人의 벗과마조안즌나는 또한現實의不滿에對한 唯一한勝利의길이이런方向에잇는것과갓흔 同感속에끌니우는듯하얏다『나는 저-山을보다 또한푸른들을 저들은 나의눈속에잇다 나는王者이다』고을픈不幸한詩人『따리몬드』의마시는 空氣를『쌍콕로』도마시고 이들도마시고 오로지嚴密煩雜한 實務의世界에서 삶의興趣를일은 맘弱하고 뜻노픈靑年들도함게選擇하여가는길이 아닐가? 그러나 超現實的이기보담도 至極히 堅實하여보이는 遁世的이기보담도 至極히 生活力旺盛하여보이는 前記三人의文人의愉快한 얼골을對하면서 한잔冷酒를 두잔마시는사이에 이것이現實이고 同時에超現實이며 間歇的인파라독스의 連縮그것이 人生의本然한姿態가 아닌가고 나의머리는 생각하는듯하엿스나 이글을쓰는 瞬間의 現實의記憶은 圖們江물가리흐릿하고 朦朧하다 그러나 나는반다시文學은 懦弱한 靑年이 가장손쉽게 아모支障업시自由로選擇할수잇는 逃避所라고하는것은아니나 한個의 知性잇는 모든人生이恒當부다치는 宿命이라고나할가? 妄言多謝!

◇

圖們의거리! 圖佳線과京圖線의咽喉部로써 圖們江의胃袋가되여 急速히배가부러가고잇는이거리는 建國前, 千餘名住民에不過하든곳인데 現在는總人口三萬六千 이中에朝鮮人은二萬一千餘人이라 數로써는 主人格이다. 寄生木처럼자라고잇다. 싼物件을싸려고 南陽으로왓다갓다하는 사람 密輸의冒險渡僭에서사러가는 多數의非法治的鮮系住民中貿易에 珠盤을굴리고잇는商人 月給生活者 各樣의鮮系生活群이날마나豆滿江건너 文字그대로望鄕하고 살고잇는이곳의 鮮系住民의이데오르기는 民族協和的이기보담 多分히咸鏡北道的이아닐가? 다시圖們의거리에 거닐사이도업시 早朝延吉로떠나기 때문에 圖們瞥見錄은 더쓸記憶도材料도업다.

◇ 延吉의거리

全間島省의 總人口七十萬一千三百二十五人(康德五年度未現在)中 約五十二萬餘名이 鮮系住民임으로 全體의約七割五分에 該當한다. 그外에 內地人은 겨우 二%滿系約二二%임으로 間島의風物이 朝鮮延長이라고말함은 오히려새삼스러운말이다. 五十二萬의鮮系住民이란 全滿鮮系住民의 約半數에 該當함으로 間島省의 省都延吉은 滿洲國內 鮮系住民의 精神的首都이라고도 할것이다. 이首都의人口는 七月十日現在로 四萬을突破하고 그中鮮系住民은二萬一千五百六十六人이다. 强應性잇고堅實한建設的才幹을가진咸鏡南北道出身이大部分만흔이곳의 鮮系住民의生活은 旅人의瞬間的觀察로보아도 生活樣式에純朝鮮의小都市일뿐인이라 엇던點에서는 朝鮮內의小都市보담 훨신整濟되고活氣가 잇는듯하다. 治安狀態가不良한 間島省下의一部地帶도 이省域의鮮系生活과가치 漸次安堵되여가면 이를가르켜 王道樂土라고하지아니하고무엇이라고하랴?

◇

驛에서내려支社에暫間들녀 崔支社長을맛나 卽時間島省聯에出席하야 數時間待機하고 神吉省長 中次長協和會省本部島海事務長 또 마치이곳에政府代表出席中인 開拓總局參事官尹相弼氏에게 敬意를表하고 이또한이곳에 出場中인親友協和會龍江省本部의 申榮雨君과 홍홍히驛으로나와 數時間의 延吉滯在를마치고 新京으로도라왓슴으로 延吉에對하야는 다음機會를다시하야 事情을배흘가한다.

大連星浦*

김태환(金煥泰)

요몇일前에 學生들달이고 滿洲에갓다가, 大連에서 六年만에 바다를 보았다. 바다는 亦是 언제나 푸르럿다. 그우에 포기포기 하-안 물결이 피었다. 멀거니멀니 아물 거리는 水平線 저쪽만 바라다보고 있든나는 學生들의왁자 짓걸하는 소리에 精神이 번적들었다. 學生들이 滿洲人船夫들과 뱃삭을 홍정하고있는것이었다.「바람이 있으니, 배를타지 못하도록 하여야겠다」생각하였으나, 검고주름잡힌 늙은 船夫들의 핏줄 슨 팔뚝이 믿음직스러웠고, 또까닭없이 그저 孤獨해보고 싶어서모르는체 돌아서, 저便낭떠러지를 向하야 조약돌을 밝으며 걸어갔다. 조약돌이 或은 동굴동굴 或은 납작납작한 없이 아름다웠다. 나는 나도모르게 그것들을 주어서 하나하나, 호주머니에 넣었다. 이윽고낭떠러지까지 다달아 다시 그낭떠러지류끼고 바다가운대로작고만 걸었다. 걷다가길이맥힌곳에 바위가 하나 있어 나는 그바위에 올너앉었다. 그저 공연히 외롭고, 슲으고, 안타갑고, 쓸쓸하였다. 호주머니에서 조약돌을 내어서, 만저보고 뺨에다 매어보고하였다.

---

* 이 글은 ≪朝光≫1939년 8월호에 게재된것이다. 김환태(金煥泰, 1909-1944) 평론가. 순수문학을 주장한것으로 비평사에 흔적을 남겼음. 이 글에는 중학교 교편을 잡으면서 문학비평활동을 전개한 생활의 한면이 보인다.

하다의 이야기가, 다 그속에 담긴듯, 波濤소리가 그속에 어리인듯, 미억내음새가 그속에 어인듯, 끝없이 그조악돌이 情다웠다. 그리는中 내가슴속에는 무슨느껴움이 움틀거리기 始作하였다. 그러나 詩人아닌 나이매, 그느껴움이 말이 되지 못 했다. 그리는中에 문득 지용의「바다는 뿔뿔이 달아날랴고 했다」이 詩句가 생각났다. 그리고는 연달아「고래가 이제 橫斷한뒤 海峽이 天幕처럼 퍼덕이오.」「미억닢새향기한 바위틈에 진달레 꽃빛조개햇살쪼이고」「외로운 마음이 하로종일두고 바다를 불러」「어덴지홀로 떠러진 이름모를 스러움이하나」「바득돌은 내 손아귀에 만저지는것이 퍽은 좋은가 보아」「바둑 돌의 마음과 이내 심사는 아모도 몰를지라도」이런 詩句들이며 빠이론의 Roel on, thou de r and dork blue Oceau-roll? 이런 詩句를이 斷片的으로 두서없이 입술을 새어나왔다. 그아름다운 詩들의 全篇을 외우지 못함이 안탁가운배않이 었으나, 생각나는 그詩句들만 몇 번이고 몇 번이고 외움으 만도로나는 完全히 幸福했다. 이윽고 가까이 波濤소리를 익이고도남을 만한 우렁찬 合唱소리가 들렸다. 갈메기처럼 멀리 바닷가운대로 날러같든 學生들탄배가 돌아오는것이었다. 集合時間이갖가웠다. 나는 손아귀에들었든조악돌을 바다가운대로 내어던지고 일어났다. 그더나 내가걸아갖든길은 벌서 들물에 잠겨바렸다.

이제 바닷물에 섰겨 때이고或은 불거진 絶壁에게처럼 부터서 기여 나오는 수밧에는 없다. 그러나, 그패인자국과 불거진모습기란 決코발드뒴하고, 손잡이하기에 充分한것은 않이었다. 아모래도「事件이 있고야 말가보다」하였다. 果然 그낭떠러지를 다 돌아나올 동안, 몇 번이나 물속으로 떠러저, 구두속으로 물을넣고, 洋服바지아랫도리를 적시고 하였다. 참말 자칫하면 事件이있을 번했다.

거기서 우리는 다시 電車를 타고 星浦로갔다. 星浦는 뒤로는 조고만 언덕우에 잘 整齊된 公園을 등지고, 오른 便에는 文化住宅이며 料亭이櫛比하고, 물넝우틀에는 老虎灘과달라, 장크며 帆船대신 뽀-트가 매어있고, 아조 現代的感覺이 澎湃하였다.

따라 老虎灘에서 맛보든 그런 조용하고, 太古然한 맜을얻을수가 없었다. 波濤가 아까 老虎灘에서 보다더높다. 그래그러함인지 보-트를 타겠다는 學生이 없다. 學生의 慾求를 拒絶하는때맜보는 不快感을 맜보지 않게 된었음을 多幸으로 녁이며, 조악돌을 줍고 있든中, 同僚한分이 뽀-트타다 자한다. 바닷가에서 잘어난 分이라 배젔는데 自信이 相當하신 模樣이다. 나는 그의自信을믿고 같이 뽀-트에 올넜다. 그러나 가상타고보니, 들물인데다 波濤가 제벗높어, 은근히 不安한 마음이들었다. 아마 이不安한마음을 스스로 끄기 위하였음이리라. 「내 잘은못해도 뽀-트도 좀은젔고, 휘엄도좀은 할줄알어, 이만한 바다에서는 죽지않을 自信은 있지요.」이런 객쩍은 소리를 同僚에게 던젔다. 同僚는 나의말을 들었는지못들었는지 다만나를 바라보고 微笑할뿐, 뽀-트를 熱心히 바다가운대로 向하야 저을뿐이었다. 멀니 큰 바윗덩이로된 섬이하나뵈는데, 아마 게까지자어갈 決心인 模樣이다. 앗가 그런 풍은첫지만, 나의 不安은 조금도 갈아 앉지않고 漸漸커질뿐이다.

그래 泰然히 同僚에게 「이제그만 돌아갑시다」하여보았다. 그러나 그는 如前히 微笑할 뿐젔기만한다. 그 微笑에는 滿滿한 自信과, 적은나 마그冒險에서 맛보는 快味가 가득 담겨있었다. 이제 그로 하야금 뱃머리를 돌리도록 하자면 「무서워 못겨대겠으니, 인제 제발 뱃머리를 돌려주시오.」이렇게 哀願하는수 밖에는 없다. 그러나 아까 처논 풍이있으니, 이는 참아 大丈夫體面에 못할 노릇이었다. 이에 나는 이런 꾀를 내는수밖에없었다. 「여보, 저 섬까지야 언제가겠오. 인제 集合時間이 다되였는데, 그만돌라갑시다. 學生들이 우리는 기둘으고 있으면 었저오」同僚는 이말에는 었지할수없는 模樣이었다. 입맛을 쩍쩍다시면서 뱃머리를 돌려 대었다. 그리고는 뽀-트를 沙場으로 끄러 올닐때까지, 「에이, 저섬까지 가보았드면 좋았을걸!」이렇게 몇번이고몇번이고 되노윘다. 그러나나는 가슴을 쓰다듬으며저 「섬까지갔드라면, 무슨 事件이 일어나고야 말었을는지도 몰을걸!」이렇게 맘속으로 중얼거렸다. 돌아오는길에 電車안에서, 호주머니에 주어 넣었든 조악돌을 만작어리며, 오늘하로 아모 事件도 없었음을 조용히 마음속으로 기뻐했다. 그러나이제생각하니 그때, 내가 生命까지 잊어버리지만 않을 무슨 事件이 있었든들, 編輯先生의 「事件있는 海邊風景」이란 題目으로 글을쓰라는 附託을 그대로 받어들일수가 있었을것을 忿한노릇이다.

遊滿雜記*

申基碩

(一) (중국에 들어서기전 조선에서 보고 들은것이므로 략함)

(二) 奉天거처 山海關

네온싸인이 燦爛하고 近代的建物이櫛比한奉天은 果是 南滿第一의都市이다. 張家政治時代의 首都로서 政治經濟의 中心地이엇으나 滿洲國이建設 新京을 首都로 定하야 日滿의重要機關이 新京으로 옮긴後 一時는 그前途가 念慮되엇다. 그러나 商工都市로서 條件을俱備한 이땅은 將來의 發展을約束하고잇다.

安奉線은 安東을 經由하야 朝鮮, 日本內地와 連絡하고 濱綏線은 南으로 大連 北으로 哈爾濱에 連結하야 歐亞의 大幹線이 되어잇으며 奉山線은 山海關에서 北寧線과接하야 中國本部에이르고 奉吉線은 一路北上하야 北滿의舊都吉林에이르러 交通이 中心地가 되어잇으며 撫順의炭鑛은 動力을實價로供給하여 工業發展외 絶對條件인交通과 然料가汎濫하니 首都못됨을 恨嘆하고 잇지안흐리라.

奉天은 淸朝發祥地로서 淸太祖太宗의 攀國地엇으며 口家政權時代의 首都로서 또는 日露戰爭時期의 古戰場으로서 最近엥와서는 滿洲事變發端의 地로서 民族鬪爭의 競技場이엇으며 民族經濟의 總本營이엇든것이다.

奉天의中央에 발을드디고서서 생각을벌여歷史의자취에돌리고 눈을멀리 滿洲의 曠野에 던질때 그뉘가 民族의 興亡奇戰에 生覺을 담지 안는者 잇으리오. 古代中世는 그만두고라도 近世資本主義의發展은 滿洲로 하여금 國際爭覇權의 舞臺가되게하엿으며 奉天은그中心地帶엇든곳이다. 監近民族을順從시키고 中原을席卷한 淸朝의 牛宮그中에도 金色이燦爛한 三層鳳凰樓는 當時의 榮華는

---

* 이 글은 《東亞日報》 1935년 8월 1일부터 14일까지 9회로 나뉘여 련재된것이다. 1회는 중국에 들어서기전의것인데 삭제했다.
작자 신기석(申基碩1908~?) 정치학자. 만주 대동학원을 졸업하고 만주국 개척총국 최고관리를 지내면서 친일활동도 많이 했다. 해방후 국회위원을 지내고 여러 대학에서 교수, 총장으로 활약했다.

찾어볼길없어 遊客의 玩賞物이되어잇으며 張家兩代에 人民의生活은 엇찌되엇든 國權回收에全力하야 兵工場을만들어 近代的武器를 增加하고 飛行場에親히나가 操縱士를 鼓舞하며 滿鐵併行線을 敖設하야 經濟的으로對抗하고 東北大學을 設立하야 文敎의振興에 留意하는等 張學良도 一個凡物은아니엇으니 오날그의자최를몰아닐때 學良本邸는 滿洲國立博物舘으로 別莊은 軍用犬 訓練所로 되어잇으며 東北大學校舍는 日本兵營으로 쓰이고잇으니 人間盛衰에 뉘라서 感嘆을안하리오.

奉天의 日事에잇어서 荒草가 욱어지고 피비린내 아즉사라지지안흔 北大營의 痕迹이라 北塔浩輪寺의 그로네수의 像 男女交歡의 像이라든지 北陵의 黃質朱棟의 碑閣門 이모두가 遊子로하여금 거름을 멈추게 하지안는것이 아니엇으나 모두그만두고 滿民族의 民族性을 雄辯으로 말하는 同善堂이야기를 하겟다.

同善堂은 約五十年前에 設立된 社會救濟機關인데 文明諸國의 그것에比하여 遜色이없을만치 完備된施設과 歷史를 가지고잇다. 事業으로는 育嬰兒孤兒, 濟良養老, 孤寡, 隱蔽, 救産의 各部門으로 나노여잇고 附屬醫院과 貧民工場(印刷, 木工, 油漆, 機械, 瓦工의各科)이 附設되어잇다. 育嬰所라는것은 棄兒收容所로서 大路에向한 門에아이하나 드러갈만한 窓을내고 그밑에누구든지 棄兒할사람은 이곳에너으라는 廣告를 붓처 棄兒를募集하는데 이門을救生門이라고 한다. 救生門에棄兒를갓다노흐면 電氣裝置로 門이울어서 看守하는시가 收容하게되는데 一年에數百名의棄兒가 잇다한다. 收容한棄兒는 各各保姆가 擔當하야 養育하는데 그保姆의半數는 社會奉仕의 意味로서 無賞으로 自願하는이라하며 百名의收容兒中 死亡율이 相當이놉고 또子女없는 이들이 멀이업어가서살길래 신세안끼치는것은 그러만치안타고한다. 濟涼良所는 一夫多妻와 人身賣買의 必然의結果로서 靑春을 한숨으로보내는 해빛을보니못하는 女性들이 魔窟을 脫出하야 한번이곳을 들어오면 已往事는 勿論이오 姓名까지도 뭇지아니하고 保護하야 一定한 職業을紹介하고 配匹을 斡施하야주는곳이며 救産所는 여러 가지 事情으로 自宅에서 解産하지못하는 女性을 收容하야 産母가看護婦의도움아래 無料로 自由活動을 할수잇을때가지 도와주며 養老孤寡는 文字의 意味\그대로이고 隱蔽所는 乞人을 收容하는곳이다. 世界各國에도 이러한 施設이 없는배아니지마는 收容者의 前半生에 굿하여 뭇지아니하고 姓名한자 記錄하지안는곳

에 大陸的哲學味가 나타나잇다. (이하 150여자 독해불가 략)

(三) 萬里長城求景

國境의都市 다시말하면 中華民國의 東쪽關門인 山海關에到着한것은 七日午後三時頃이엇다.

驛에나리니 軍隊의往來와 武器의積置等宛然한當時氣分을말하고잇다. 한동안 北中國戰으로 因하야 緊張한空氣를 形成하고 어떠한 事態에 이를지 아지못하야 이곳에서 符應의 勢를 取하고잇엇든 모양이다.

山海關은 滿洲國의 奉山鐵路와 中國의 北寧鐵路의連絡點으로서 昭和九年六月에 通車協定이 成立되어 奉天北平\間을 一日一往復의 直通列車가 開通하고잇으며 두나라의 停車場이 한집안에서 서로건너다보고執務하고잇는것도 應當하다. 이곳의 治安狀態는 山海關事變에依하야 一切行政權과 함께 關東軍의指揮下에일하엿으나 昭和九年二月 山海關接受를行한結果 長城을包含치안흔長城以西의 關內는 事變前과같이 中國側에 □□하고 長城及長城以東은 滿洲國의 版圖로되어잇다. 이 國境都市에 발을들여놓고 第一눈에띠이는것은 警察及軍隊等 治安維持에 當하는者의 多種多樣인것이다. 關東軍山海關特務機關, 憲兵分隊, 警備隊, 天津駐屯軍山海關守備隊, 山海關特別公安局(中國側軍隊는停戰協定에依하여 이곳에 非武裝地帶로되어있는故로不駐함) 滿洲國警察國境警察隊, 北中國警察, 鐵路警備隊, 稅關史等 各種各樣의 服色을하고 佩劍을하고 軍銃을갖인軍隊警察이 叢叢해야 國境都市의 情諸를如實히 表現하고잇으며 이外도 北滿事變最後決定에依하야 伊, 佛, 英等의 軍隊도駐屯하고잇으며 方今英國軍隊가 □□次로와서 海岸에 駐屯하고잇엇다.

國境都市의 面目은 이外에通貨의複雜性에도 그眞面目을 發揮하고잇으니 現在通用되는 通貨에는 滿洲國幣, 金幣(朝鮮銀行券, 現大洋, 現小洋, 天津幣, 哈大洋, 大淸銅洋等으로서 各種貨幣의 換算率은 나날이 달으며 市街의 거리거리에는 換錢을 業으로삼는 錢家가 느러잇는것도 朝鮮서는 보지못하는風景이엇다. 山海關분아니라 滿洲國全體를 通할일이지마는 現在 換算率이 滿洲國率 百圓에對하야 金幣百七, 八圓이 되는故로 □□한장을 사도 二錢을 주어야되며 食堂에가서 五十錢의 飮食을먹고一圓의 紙幣를내어주면 거스름돈으로 國幣四五十

錢밖어 주지아니하니 旅行者에게는 兩便으로 損害가되는것이엇다.

今番旅行에 奉天서 山海關까지온것은 中國과 滿洲國境의 雰圍氣를 맛보려는意味도 업지안헛으나 第一의目的은 秦始皇을聯想케하는 蜿蜒萬里의 長城을 求景코저함이엇는데 長城의 끄트머리나마그것을 征服하며 渤海를내려다보고 浩然之氣를 맛본것은 이番旅行의 印象깊은 선물이엇다.

山海關海邊埠頭에서 始作하야 山을넘고 물을건너 朝鮮里數八千餘里의 地帶를 누비질하야 西部甘肅省嘉峪關에 이르는 長城은 實로天下의壯觀이다. 歷史的으로보면 秦始皇以前에도(이하 백여자 아독해불가로 략함)日本어느學者의 말에 依하면 築工事貨를 今日의標準으로 推算하면 二百五十億圓이 들엇으리라 한다. 埃及의 피라밑트나 아프리카의 스에스運河가 大工事에틀림없지마는 이萬里長城에는 믿지못하리라.

只今의長城이 始祖이엿던 그대로잇는것은 아닐것이나 位置는大概現在의線이라는것이 學者들의說이며 山海關附近의 長城은그後 隨高祖文帝가 築造한것이라 한다. 當時高句麗는 新羅百濟를 征伏하고 遼河를건너關內에侵入하려는 勝勢에 잇엇는故로 隨高祖로하여금 楡城(山海關)을 築城하고 楡城總督을 駐在시켜 高句麗의 侵入을警戒하엿든것이다. 다음의 煬帝는 長城을두번이나 大收拾하고 守勢에서 攻勢로 積極的態도를 取하야 高句麗領土를貪慾하엿으나 乙支文德將軍에依하야 敗退된것은 歷史가말하는바이다. 이제우리의歷史와도因緣이잇는 萬里長城을求景코저 朝飯後뻐스로 海岸을向하엿다. 渤海의거친 波濤가 부디치는中에 長城의첫머리는 始作되엇으니 蜿蜒萬里의長城이 山을넘고 물을건너 이海岸에 歸하는 形狀이 高價老龍이 渤海의 물을마시러 꿈틀거리고 나려오는것같다하여 이곳을 老龍頭라고한다. 이老龍頭附近은 渤海灣의 一部로서 海水浴場으로利用되며 氣候가 不寒不署하야 天津等地의外國人의 避暑客이 만타고한다.

市街地로 도라와서 南國化蹟을 求景하고 城壁을따라 六角堂을 지나서 東門에이르니 이東門이 天下第一關이라 中國에서 國外로轉하는 重要한關門으로서 只今은 中滿國境이되어잇다. 天下第一關의扁額은 乾隆帝의 親筆이라하며 只今은 堂內에 배치를하고 只今붙은것은 後人의筆이라한다. 이곳에서 長城을 背景으로 紀念撮影을하고 當地의 重要한 交通機關인 로쇠(驢)를타고 二十餘□의

長蛇의列를지어 北門을나서 城外曠野를 한거름에달리어 羊腸山路를 따라 長城을 올러가니 밤은비록저건마는 때안인 狂躁聲이 □北의 遠征을連想케하며 □□□□에 길이보이다가는없어지고 없어젓다가도 낱아나니 내萬若 漫步의 高盈이 깊엇던들 趣興더욱깊엇을것을 이리하야 石路를 자박거리고 오고가는時間隙에 忽然一掌山寺가 잇는데 奇名을 劫寶寺또는山名을달아 角山寺라고한다. 寺의 規模그리크지는못하나 景致의 佳麗幽遠함과 境內의 閑寂함이 中國古代小說에 나오는 道寺를 聯想케한다.

香氣높은泉水를말아서 點心을마치고 寺院後部의 海發十三百尺의角山頂에 오르니 渤海, 雙早鷺는 指呼의사이에잇고 國際關系가 複雜한 山海關도 낫잠을 자는듯 右便을바라보니 淸濟한白河는 滾滾히흘러 거울같으며 左便의 長城은 山을등지고 北으로다라나니 眞所聞佳境이다. 午後二時傾□島에가서 島를 보고저하엿으나 時間의關係로 일우지못한것은 如干遺憾이아니엇다.

밤에는 中國의演劇을 보고저 ××大劇院이라는데를 들어갓다. 入場料十五錢에 自己의 入場票가號가맞으면 賞金이나온다는(이하 200자 해독불가)

(四) 齊齊哈爾까지

中滿國境山海關에서 北滿의 都市齊齊哈爾까지 三十四時間의 支離한旅行이다. 며칠을 車窓만내다보는 西伯利亞橫斷의 旅客들은 얼마나 支離할것인가. 大虎山서 大□線을갈어탓다. 이곳서江城齊齊哈爾以北에 일으는地方은 所謂東北內蒙古의 地로서 車窓으로 展開되는 風景은 只今까지보는 大豆와 高粱밭이 繼續하는 一望無涯의廣漠한 草原인데 雜草가 담요를 깐것같이 풀으며 간간이 물움덩이가잇고 그우를 단새들이水面가깝게 날아다니는것을 間間이볼수잇다. 이곳의土質은 全部砂土인듯하며 强한바람에 부닥김인지 바닷물의波濤와같이 모래의波濤가 일우어져잇다. 하로終日가도 耕作된땅은 別로없고 草原과砂地와 물웅덩이의連續이다. 同行의 甘君이 풀이저러케 욱어젓을진대 穀物인들 안될理가없을텐대-안될理가 없을진대를 열 번이나 거듭한다. 萬若일군들만 充分하다면 大長式으로 機戒를 使用하야 이넓은曠野를갈어제치고 시를뿌렷으면 當年에 世界的富豪가 될듯도싶다.

內蒙古의 入口라고 하는 白音太來(通遼)驛에 일으니 軍隊를 錢途하러 當地

男女??中學生徒朝鮮人普通學校生徒가 나온다. 男生徒는 先頭에 喇叭을불며 步調를마추고 女生徒는 繡노흔校旗를들고 그러나 그들의喇叭소리와 발자욱소리가 活氣없이 보이는것은 나의感情의 所以인지 男子中學生中에 朝鮮學生이 한사람잇다기에 天北朝北의地에서 서로만나 鄕愁를난우고 普通學校先生으로부터 當地의事情을들엇다.

滿蒙旅行의길에올라 到處에서 느끼는바이지마는 紛냄새나는 朝鮮의娘子軍이 이곳에도 相當히잇는 模樣이다. 딸려다니는 그들의 身勢이지마는 娘子軍이 進出은 實로 勇敢하고 情趣的인때가 만타.

男子가危險視하는 곳에도 그들은 進出하며 ××의 뒤를 딸코 砂金쟁이의 뒤를 딸른다. 그들의 情景이 可憐한한편 娘子軍의 司令官인 阿片쟁이같은 人身賣買의 부로커의 모양이 可憐하기 짝이없다.

□家屯에서 平齊線을 갈아탄다. 이곳은 地理的으로 □□□□及 特産物集散上의 要地로서 蒙古의汽車場은 完成되는날에는 奉天, 哈爾賓도 부럽지안은것 같으며 驛에서市街地까지 二十餘里나되는 道路의 左右에는 웃북웃북한물집들이 늘어서잇으며 鑛業都市의 氣分이 濃厚하다. 滿洲事變後 日本內地人의進出은 飛躍的 增加를現出하야 百四五十名에 不過하든것이 四十餘倍의 千名以上에 達한다고 하며 市中에去來되는 商品樂等의 說明을듣고 午後에는 龍沙公園과 關帝殿, 天齊殿을 求景하엿다. 關帝殿은 滿洲各地에서 볼수잇는것이며 天齊殿은 勸善懲惡의 意志로서 極限地獄과 사람죽은뒤 前科를 審判하야 各各 刑罰과 □□을받는 光榮을 彫刻으로 表現하야 愚昧한 民家을 敎化(?)하려는것이나 어린애를 다리고 눈감고 아웅하는式으로 되어 예기한목적은 엇지못하엿으나 大概의氣分과 그들의 間便한 生活樣式을 알수잇는것은 多幸이엇다.

市中에서 이 地方特産을 찾엇으나 아무것도없다. 다만繡노흔 아름다운 女鞋가 눈에뜨일뿐이다. 滿洲女子들의 花鳥를 곱게繡노흔 비단신은 정말 아름다웁다. (약 20자 독해불가 략)

……娼妓窟一靑樓이엇다. 奉天서도 平康里냄새는 맡엇고 山海關서도 그쪽方面求景을 하엿스나 나의 본限度에서는 齊齊哈爾의 에로街가第一驚嘆에直하엿다. 첫째로 數가 만흔것이엇다. 人口七八萬의都市에 賣陰窟이(원신문에 20여자 루락)……잇고 알아듣지못하는 소래를 주고받는데 一, 二圓이면 充分하다.

大體로 滿洲의都市는 이러한 紅燈街가 繁昌하다. 滿洲에서 第一눈에띠이는 것은 軍隊, 계집, 馬車다. 카페도만코 飮食店도만타.

（五）芒芒한黑土沃野

齊齊哈爾에서 今般 旅行中에서는 最北인北安을 向하얏다. 北安은齊齊哈爾에通하는 齊北線 哈爾賓에通하는 濱北線이 開通하기前까지는 一個寒村이엇으나 鐵道의 開通과 軍事上의要地로서 人口 一萬五六千의 新興都市가되엿다. 이곳에와서 滿洲의眞相은 到底히 알수없다. 이곳에 中, 蘇, 滿 國境의 黑河까지 北黑線이開通되어잇는데 黑河까지가서 日蘇兩便의 繁雜한現場을 보지못한것이 遺憾이엇으나 北安鎭만하야도 國境이갓가이한만치 相當히 緊張한氣分을 感得할수잇다. 縣公署에서 縣行政의 仔細한이야기를듯고 軍參謀××中佐로부터 匪賊討伐과 國防의關係, 對蘇問題, 移民問題等의 이야기를듣고 滿洲國의將來를 생각게하엿다. 討伐이야기는 哈爾賓가서 仔細히 紹介하려하다. 討伐은 끈이지아니하며 分散前略을取하기 때문에 討伐도 特히困難하다한다. 滿洲國은 現在 司法과 行政이 相當이 分離되어 잇지아니하고 行政이 司法機能을 갓고잇으며 北安서도 縣公署의 權內에 監獄이잇어 數十名을收容하고잇엇다. 監獄의詳細한 描寫는 그만두거니와 名實共히 『?箱』以上이엇다. 이러한現代으로서야 完全한 治外法權의 徹洧는 아직尙早하다고 생각된다.

北安서 哈爾賓까지 賓北線沿線一帶는 北滿의寶庫로서 海倫, 綏化, 呼蘭같은 有名한古色이잇으며 이附近北滿一帶는 黑土地帶의 肥沃한 땅인데 □□工事로 因하야 土數尺을내러바도 끝까지 살지고 기름진 陣積土로서 地平線서쪽까지 골이바르게 耕作되며 五穀이 豊盛한곳도 만흐나 雜草가욱어지고 누르고 붉은 꽃이 旅行者의 눈을 간질게하는 不毛地도 얼마든지 잇다. 아, 이肥沃한 北滿의 黑土야 정말 겨레의 땀으로서 밭갈고 씨뿌리기를 기다리고잇지안는가. 廣闊한 平原의沃土이라 開拓費도 그리만히들것같지도 안흐며 肥料를 주지안허두 몇해동안은 너무되어서 탈일것같다. 朝鮮의 農民이 或은 自願으로 或은 □□로 滿洲로 向하야 移住하는 現狀은 旅行者로하여금 만흔檢討가 잇어야 할 일이다. 그러나 現實의 問題로서 一年에 몇千名 몇萬名式 마치 中世紀 □□民族의 大移動과 같이 北으로北으로向하는 이들을 指導하고 安住의地를 얻게하는것은 焦眉의急

所가 안일가? 이미四萬六千의 農民이移住하야 피땀을흘려가며 几萬餘町步를 開拓하고 百六十萬石의 벼를生産하고잇다. 決코 적지안흔일이다.

北滿의 廣大하고 기름진 黑土地帶는 滿民族이 移住하야 開拓한歷史도 오래지안거니와 아직도人煙은 稀薄하고 荒蕪地는 處處에散在하며 事變後不在地主의 土地로서 國家의 土地로 看做되는 땅도 적지안타하니 이땅의開拓은 果然 누구가 擔當할것인가.

(六) 北滿의中心할빈

白河站에서 朝鮮農民하나 올라탓다. 朝鮮을떠나서 十餘年中에 間島로 吉林으로 다시 北滿으로 沃土를 찾어 或은 塵界에 쫓겨 流浪하엿다고 한다. 이附近에그같이肥沃한땅이 一晌에 二十餘圓이라 하니 싸기도 무척싸며 年數만 조흐면 當年에 十倍를 빼낼수도 잇다고 한다. 治安으로所謂先進이라는 군들이 事史前에는 生命을 冒險하는일은 없엇으나 只今은 朝鮮農民이라면 氣를쓰고 죽일랴고 한다고 한다. 農民은 自衛隊를 組織하야 數十자루의 小銃을 交附받어 自衛를 하고잇는데 十倍의 偉績은 살리실수 잇다고 한다.

河北에서 멀리보이는 天上堂의 尖塔은 北滿의 聖地에까지 活動線을 뻐친 宣敎師들의 犧牲的精神을보여주고잇으며 馬占山將軍이 이곳만은 빼앗기지 안흐려고 無限히 애를쓰는 海倫을 窓外에부슬부슬 뿌리는 비빵울사이로 콩과 서속이 茂盛한 이地方의 沃土에 精神을 잃코 내다보는 사이에 呼蘭을지나 三棵樹는 濱北線과 拉濱線의 連接驛이며 哈爾賓 松花江上에 架設된鐵橋는 人道車道와 裝甲車道의 三段式鐵橋로서 자랑거리의 하나이다.

車속에잇을때 부슬부슬뿌리던 비는 濱江驛에나리니끄친다. 그러나 哈爾賓에는 비가 相當히만히 온直後이여서 道路는 河川化하엿다. 元?地帶는 멀고 따라서河水路上三四尺까지 샘이새어서 馬車는 車輛의半以上이 파무치고 自動車같은것은 깊은데로는 못다닐 地境이다. 大哈爾賓의 첫印象으로는 그리조흔것은 아니엇으나 大都市의 特異한現象으로 조흔經驗이엇다.

國際都市哈爾賓 日露中의 利害가 衝突하고 思想的으로 赤白이 뒤섞이고 人種的으로 黑白이 뒤섞인 또는文化的으로 東西兩大種의 文化가 汎濫하는 稜角에 地中에 잇는것이 國際都市哈爾賓이다. 一八九六年 帝政露西亞는 極東進出

의 先鋒으로 當時俄皇冠式에 참례한러 莫斯科를訪問한 李鴻章을 伏節하여 東清鐵道敖權을 獲得하고 北滿의中央, 松花江의 南岸에 터를잡어 第二의모스코를 建設하려는 試圖밑에 건설이 이하르빈이다. 最近에滿洲國에過渡한 北面□□가 露西亞沙皇戰畧의 卽營이엇다고하면 하르빈은그心臟이다. 하르빈을中心으로한 蘇中, 日蘇等의 政治的衝突은 極東外交史의 興味잇는 一篇이일것이며 이곳에남긴 露西亞의文化는 蘇聯의 勢力이 滿洲로부터 一消된다하더라도 永遠히 빗날것이며 哈爾賓建設의 一切經驗의 名譽는 없어지지 안흘것이다. 露西亞는 哈爾賓의 建設에 鐵道以外에 三億圓以上을 投資하엿다. 經濟의 廣大함과 道路의 發達함이 露西亞繁盛時代를 追想케하며 그들의 子孫 白系商人은 그날그날의 無目的한生活을 하고잇으니 空中에높이솟은 哈爾賓主教中央寺院의建築은 금일의하르빈을 내려다보고 感嘆無常할것이다.

(七) 北滿의中心할빈

에로都市 哈爾賓, 하르빈의밤은 딴스홀에서 始作되고 딴스홀에서 샌다. 이곳에서 딴스못하면 病身이다. 茶를한잔먹으러 카페에 들어가도 音樂뺀드가잇고 거기에 맞추어 춤을추며 하로날의 感安을받으러 靑樓에올라가도 피아노가잇고 딴스홀이設備되어잇다. 故國이없고 民族의目標가없는 白系露人들은 刹那의 興奮을 찾으며 順發的氣分에 살고잇다. 젊은계집들은 女娼으로 딴서로 賣陰女로 轉落하고잇으니 ?에딴스의 相當한 活動鳥는 眞××이 아름답지안흔 哈爾賓의 名物로되여잇다. 어떠한 物種이던지 滅亡의 걸음을밟을때에는 懶漢的氣分에 잠기고 極限的인享樂으로 그날그날을 보내는것이다. 이點으로부터보아도 白系商人이 帝政을 憧憬하고 모스코에 돌아가려는꿈이 永永깨지못할 꿈이라는 것이 明白하다.

滿洲에잇어서의 蘇聯의 唯一한 地般인 北滿鐵道는 一月안에 讓渡하여버리고 從業員은 撤退를시키는中이다. 二萬名의蘇聯從業員及그家族중 三分之一은 이미 撤退하고 三分之一은 今日內三로 撤退할 豫想이며 나머지 三分之一이 滿洲國內에 殘留하리라는 豫想이엇으나 지금까지의經過로보면 回歸는 回歸로 進行되어 三分之一이 滿洲國內에 殘留하리라는 豫想과는 딴판으로 九割二分은 歸和하리라고 한다. 그들의 撤退에際하야 取하는態度는 實로 正正當當하야

말을 잡으려도 잡을말이없다고한다.

哈爾賓의 異國情渚-露西亞的氣分은 只今이絶頂이다. 鐵道從業員의撤退로 因하야 이氣分은 大部分減滅될것이다. 白系露人은 思想의敵人 ××가 撤退하는 것을 보고 快哉를 부르기도하니 그는 小部分이고 所謂灰色分子와 蘇聯人을 凶客으로 認定을하는 白系는 自稱 이번을겻비리한다. 半年만 되드라도 今日의 情形과는 다르지안흘가 只今은 地方驛等에 잘쏠이는流浪人들이 □□를앞두고 哈爾賓에모이어 平常時보다는 훨신 잘된다한다.

키다이스카야街路의 벤취에 앉아 보면 形形色色의 往來人中露西亞人이第一 만타. 엔불을주고 이름의 초서법을 보내는것도 자미잇엇으며 松花江우에 보트를 띄우고 베니스의노래를 부르는것도 지금생각하니 追憶의 材料다. 松花江의 江幅은 漢江의 倍半이나 되어보이며 兩岸에巨閣이 櫛比하고 네온싸인이 明滅하야 漢江의 船路와는 興味가잇엇다.

傳家鎭의 滿人市街는 그規模의큼과 殷富함이 보는中第一이며 市空間의 夜景도 五萬人口의 遊覽地로서 부끄럽지 안흘만하다.

滿洲의都市는 그넓은벌판에 連結한것이되어서 周圍의 山川에變化가없는故로 山도잇고 물도잇고 새도울고 고기도노는 遊園地가 要求되는것이다. 한발을 都外에 내어디디면 大自然의 公能이 맞어주는 朝鮮과는 딴판이다.

滿洲旅行을와서 가는곳마다 匪賊의 이야기를들엇다. 汽車로 내앞의座에서 한말 軍部로부터 또는 政府의 □君의입으로 嚴氏의입으로 또는 車를가치탄 數名으로부터 匪賊의 現實이 어떠한것이며 얼마나잇으며 匪賊이얼마나 ××한것이며 住民과의 關係가어떠하며 □□張氏에對한態度가 어떠한것인가를 대강은 짐작할수잇엇다. 아직도 到處에分散된 反滿軍이 活動하고잇다. 其數는 四萬이라한다. 哈爾賓附近에는 더욱만타. 그러나 仔細한이야기는 確實한材料가 없으니 그만둔다.

哈爾賓서 新京까지는 卽北滿鐵道南部段이다. 이線의列車는 北鐵時代의것 그대로인데 構造가 日本式과는 다르다. 座席이 日本式列車中의 □□와같이 三段式으로되엇는데 모다 木板그대로이다. 푹신푹신한 자리에 옹기종기 마조보고 앉은것과는 딴판으로 二層으로 三層으로 제가끔 올러간다. 窓이라고는 하나밖에없고 날씨는무더워 옷에는땀이흐른다. 루스키의 變通없이 말을하는소리가 到

處에서들린다. 나는 二層의자리를 차지하여 밤이깊어갈수록 너무무더워지고 발을쪼펴누으니 밑은딴딴하다. 발을쪼그리고새우잠을자는것보다 特히그르지는 안타.

(八) 新京의이모저모

十五日차에 首都新京에 到着하엿다. 大同大街의 널직한길을 보기만하여도 마음이 시원하고 關東軍司令部와 日本大使館의 出衆한 建物은 新京市街를 눌르고잇다. 建物만이 新京을 살리고잇을뿐아니라 이집의 主人公은 滿洲國의 萬般施政의 指導棒을 가지고잇으며 그곳을 통과안코는 重要한 問題가決定되는法이 없다.

이날은 南關東軍 司令官과 滿洲國外交副長과의 사이에 日滿經濟共同委員會 設置에關한 協定이 調印된다고 야단들이다.

關東軍司令部의 滿洲事件前後 役割은 다시말할 必要도 없거니와 當時의 關東軍의 意氣는 衝天하엿든것이다. 日本政治를 리-드한것도 그들이며 滿洲의建國에 숨은 役割을 한것도그들이다.

十六日 國務院을 訪問하야 張景忠總理와 間接하는 機會를가젓다. 寫眞에보는 好好爺의 一面이잇는反面에 武將으로 縱橫한 威勢가잇다. 그의 입으로나오는 一場의人事말은 부드러운同時에 빈틈없는言語이다. 會見室밖에는 武將元帥張總理間에 調印되는 日滿協定의 締結의 歷史的光景을 그린 油畵가 걸려잇으면 한편에는 計劃中의 國務院의 模型이 노혀잇다. 이방에서 執政閣議를 열고 參議府(樞密院과 같은 性質)의 會議가 열린다고 한다. 勿論監時的 建物과設備는 貧弱하다.

國都新京은 只今은 政治의中心地가 되어잇지마는 人口二十萬에 不過하는都市로서볼때는 奉天哈爾賓에比할바가아니다. 蒙古의放牧地로부터 漢族의移住地로 東支의 寬城子時代로부터 滿鐵의 長春時代 다시 國都新京으로되기까지 崎嶇한歷史를밟엇다. 國都建設計劃에依하면 五個年計劃으로 五十萬人口로 目標로 建設中이며 處處에 흙냄새가새롭고 자구소리와장물소리가 搖亂하다.

宮內部를 訪問하엿다. 大門에는 開化의 文章이 색여잇고 正淑入口의門우에는 兩龍이구슬을다토는 形象이붙어잇다. 이날皇帝께서는 吉林方面에 巡廻하시러 가신後이엿으며 거리에는 五色旗가 바람에날리고잇다.

南園殘苗를 求景하고 오는길에 滿洲國軍 騎兵隊가 지나가는것과 만낫다. 아모리보아도 精神의한모퉁이가 빈것같다. 現在滿洲國에는 滿洲國軍(滿人으로組成된)이 八人萬이나잇는데 國防보다도 警察的勤務에從事시킨다하며 大部隊를 編成시키거나 新式裝備를 □□시키고 新式訓練시키는것같은일은 하지안흐려는것 같다.

밤에 新京駐在 總督部事務局의 招待로 當地一流料亭大潛春에서 晩餐을하엿다. 聞多한 支那料理를 맛볼수잇엇으며 老酒에 구기자를너허 料理가오는 時마다 乾盃또乾盃로 잔을 기우렷으나 醉한것도같고 醉하지안흔것도같고 日本酒의대번에발개지는것과는달러 술까지 大陸式이다. 잔을주고받음이 거듭 하엿을때에 十七八歲되는 童妓가나와서 怜人이주리는 胡弓에맛처 情歌一曲을 가냘프게 뺀다. 마치고는 술을붓는법이없이 그냥나가버린다.

(完) 新京의이모저모

이번旅行에 天氣의 編은 만히받었다. 車속에 잇슬때면 비가오다가도 나리면 그치며 집안에잇을때엔 소나기가 와도 나설時間이되면 벌서 개여잇다. 그러나 幸運은오래 繼續되지못하는지 十七日의 朝刊은 京圖線不通을 報하다. 驛에올어보니 連絡이 된다고도하고 안된다고도한다.

如何間 吉林까지는 가는것이라고 敦化行列車를탓다. 지나온곳과는 푸른山이잇고 길게빠진谷이잇으니 山間에서 흘러나오는 溪川도잇고 土們嶺의굴(터넬)도 잇다. 安奉線에서 굴을지난後 몇千里의車를탓지만 土們嶺의 턴넬이처음이다.

吉林은 東北西三面을 險한山으로 둘러싸고 松花江의 北쪽에안준 閑雅하고 안손한 古都이다. 벽돌집콩크리트建物이늘어서고 市場의騷音에神經質이되게하는 都市와는딴판으로 섬세한 風光보이는 집들이 古色을띠고 잇으며 北山에 올라 내려다보면 자는듯이고요한 都市와(이하 40여자 독해불가 략)

吉林의北山은 京城의南山보다도낮다. 이곳에올으면 吉林의 全市를 一眼中에볼수잇고 松花江의 淸流와 龍潭山의 翠情은 旅子의 心情을 서늘하게한다. 西南二十餘町에잇는 小白山에는 淸朝發生의地 長白山을 禮拜하는 祭壇이잇어

省城의長官이 春秋祭事를 올린다하며 只今도 祭品으로 犧牲되는 山鹿數十頭를 山嶺에서 길은다고한다.

西쪽에는 事件前의 吉林大學 只今의 吉林高等師範의 붉은벽돌이 夕陽에빗치여 더욱붉게 빗난다. 이吉林大學은 開校한지얼마안되여 滿洲事變을當하야 閉校되엿든것인데 只今은 滿洲國의 最高學府로서 敎育人才를 養成하고잇다. 滿洲國은아직 治安第一主義의 域을 버서나지못하야 文化建設에는 아직돌아볼 視野가 없는듯하다. 더구나 滿洲國의 高等敎育建設問題는 愼重히 考慮하고잇는듯 하다.

吉林은 美人邦이다. 朝鮮서江界美人을 꼽는것과같이 滿洲서는 吉林美人이 첫손고락이다. 北山에올으니 十七八歲式되어보이는 더없는 美人四五名이 消風하러온다. 案內에게물으니 良家의 處女라고하며 이곳女子師範生徒中에는 天下의絶色이만타고한다. 沿路에 松花江岸을 끼고 걸어가니 □□에서보든 中國獨特한氣分을 맛볼수잇으며 農家의邸宅이 만은곳에서 그들의 內面生活을 體驗하야보고싶은 生覺이迫切햇다.

間島로北朝鮮으로 돌아가려한 豫想은깨여진다. 間島를못본것이 가시없는 遺憾이다. 할 일없이오던길을 돌아서니 心氣가자못 고르지못하다.

奉天에서 半日을보내고 釜山行을탓다. 五龍背等을 지날때이다. 武裝한軍隊가 들낙날낙하기에 이驛에서 八十米되는데 一百二十名假量의 反滿軍이出現한것을 探知하고 目下追擊中이라고한다. 八十米突이라면 바로 驛附近이다. 하마터면 襲擊을 통하야 緊張한맛을 보앗을것인데 憘하다할가 섭섭하다할가. 異常한 心理가된다. 車속에는 新聞을보는사람을 中心으로 喜悅이야기로 꽃이핀다.

(七月二十六日)

中國暗行記*

전무길(全武吉)

木社에서는 全武吉君을特派하야上海 杭州 南京 徐洲 濟南 青島 天津 北平 山海關 奉天멋고沿線重要地를 巡廻케하엿다. 이것은 그第一信 江南의新春消

息으로부터 興味잇는 各種通信을 讀者와함께待望한다.

(一) 暗夜風景

民世先生님-

作別人事를한지가 不過몃時間이건만 벌서 南北으로相距가 먼 秋風嶺을 지납니다. 서울에서車에오를때에 僥倖히비인座席이만키에 미리넓직하게陣을치고 누어버렷습니다. 얼마를뒹굴며자다가벼개가不便한탓인지 목이부러지는듯히 압허드려오기에 지금에야 비로소 몸을 이르켜안젓습니다. 車外의風景은 如前히 暗黑으로부터 暗黑에行進을 繼續하고잇습니다.

오늘밤은 흔히兩後에 딸으는 現像으로 別스럽게컴컴하고 陰散하고 鬱寂합니다. 그가위도 머나먼길거리를 압해두고 終日을 東奔西走한탓인지 心身의脫氣를늣기고 그우에 生來的인性格으로서의 거들수입는 深鬱症이 한데겹처서 一種哀愁에갓가운雰圍氣를 內外로지어감니다. 그러한가운데서暫時나마 破寂을하여볼까하여 數字기적어리게되엿습니다.

□-□

民世先生님-

只今車中에는 모다가한참春夢中에잇습니다. 어떤사람은제법 風枕을엿고 어떤사람은車壁에기댄채자고 벼개代用으로는 지나치게놉흔手袋를베이고 목을꺼근듯이 하고자는사람 그저안즌채로 머리를숙이고자는사람 침흘리는사람 코人노래부르는사람 압자락이 버려저서大理石가티 흰다리를 내어밀고자는日女 手荷物과 帽子의整列 濁한空氣 車박휘의굴러가는 요란한소리…이것은 車內의風景이외다.

한驛 두驛 겇 나갈때ㅔ마다 거의 압자리에는 새로운손님이갈어듭니다. 혹은 老婆가 와서안는가하면 或은『스즈랑』의香氣를 풀풀날려주는 洋裝美人이가라드는가보다하면 이번에는 學生 商人…미처낫을익히고人事도할새업시 재조넘나듭니다. 이런寂寞한밤 더욱이나먼길거리에는 단一人이라도말동무가잇서주

* 이 글은 ≪朝鮮日報≫ 1931년 3월 19일부터 4월 28일까지 23회에 나뉘여 련재된것이다. 전무길(全武吉, 1904년-?) 북경에서 대학을 졸업하고 ≪朝鮮日報≫사의 기자로 있으면서 중국에 관한 글을 많이 썼으며 소설도 썼다. 졸년 미상.

엇스면 얼마나깃불는지 모르겟습니다.

□-□

民世先生님-

또잠이몰려옵니다. 그러나한가지威脅이 무겁게가슴을 나려누룹니다. 그것은 오늘正午에社에서하시든 先生님의말슴이외다.

『이번紀行文은 모조록興味잇게써보시오. 民俗, 時事, 風景…各方面으로쓰시오.』그 말슴을 맛바다서李瑄根兄이 『全兄의글이면그럴겜니다』이말을들을때에 속마음으로不安을늣기고 古鼓를첫습니다. 中國旅行이라는바람에 그저어린아이마음가티 깃버서날뛰든제가 번개가티責任을늣길때는『아이구 제길할것 그빗을엇지갑느냐? 무슨才操로…』이러케소리처 自歡하엿습니다. 그것은 確實히責任이란『大分辨利』(대포변리)엇습니다. 先生님제발나서요 아즉弱冠의젊은몸에다가 그다지큰期待를가지시지마서요.

民世先生님-

참말견듸기어려워젓습니다. 來日낫을 愉快한氣分으로마지하기爲하여서라도 꼭한잠을 더하야겟습니다. 오늘 밤은이것으로써 失禮하겟습니다. 車體가몹시흔들려서 亂筆이되옴을容恕하시옵소서

三月十六日밤 京釜線車中에서

（二）長崎線小異狀

民世先生님-

只今은 長崎에와서 다엇습니다. 그리고 船中으로드러오기는하엿지만은 아즉數時間後에야 上海로向하야出航하게됩니다.

무슨 조흔 이야기거리가 잇느냐고요?

글세요…釜山 下關 門司를살달듯들러서 長崎까지 오기는왓지만 그저 陸地를닷고大海를건느고 山麓을돌고턴널을 기여나가고 언덕을오르나리고 都市와 農村을소리치며지나첫다는것外에 別로話題가업습니다. 더욱이나 어제는 雨天이오며大槪는밤이되여서 온世上은 무서운暗黑의 帳幕을나리고잇을뿐이엇습니다.

德壽丸으로 下關에 와 다잇슬때에는 寸暇가업시 곳門司로向하게되엇습니다. 門司에서는 約四時間 餘裕가 잇섯스나 亦是降雨로 市街地求景도못하엿습니다.

이번길은 그만큼不幸한것이엇습니다.

□-□

驛內廣場에웃둑이선入場券發賣機에五錢白銅을 너코알에人단초를눌으면入場券이나온다는說明이써잇기에村뚝이처럼작난삼아無心코단초를눌러보앗더니意外에도 덜커덩소리와함께入場券이나옴니다. 京城驛에서보는것가티반듯히 五錢을너허야만入場券이나오는것에比해서 얼마나民衆을信用하는機械인지모르겟습니다.

待合室로드러가서 팔로턱을고이고『開門日日新聞』을보고잇노라니까 웬한洋服紳士가와서親切하게이야기를무침니다.

『당신어데가심니까?』

『나中國가오.』

『아-그러심니까? 매우疲勞하겟군요.』

요兩班이끔찍히지나친念慮까지하여주누나…하고 感謝히생각하고잇슬때에 그는突然히職業이무엇이며 旅行用務가 무엇이며手荷物이몃個며…톡톡히調査합니다. 그래도 連放『失禮지만…』소리라도너이가면서일러대는것만큼 釜山에서딱딱하게굴든親舊와는좀다른細音이외다. 初面人事가 過渡하게親切한사람처노코그다지緊한사람이쉽지안습니다.

民世先生님-

長崎에와사다엇슬때는 午前七時低迷하든暗雲도 거치어버렷습니다. 오면서沿路의새벽은참말아름다운詩그것이엇습니다.

未明을通해서보이는 農村의아츰-

그들의 茅屋은 싱싱하게푸른生竹으로써 울타리를삼앗습니다. 그리고그마당人가의田園에는벌서참말이지서무(蕪)의장다리꼿이黃, 白色으로피어웃습니다. 그나그뿐임니까? 파(葱)는붓꼿가튼 種子를머리에언젓스며 호박닙은掌大만큼자랏고白菜가七八寸컷습니다. 이것으로보면이곳이 朝鮮이比해서얼마나氣候의差가 잇는지는 알수가 잇습니다. 각금農村의健壯한婦女와 處女들이 그들의 굵다란다리를露出시킨대로菜蔬를담은 竹器를天枰棒으로억개에메이고 市場으로팔러가는양은 實로 한幅이畵面이안인가 생각되엿습니다.

午前或 十時頭의 朝鮮中의行列을 發見할수가 잇섯습니다. 俗談에他鄉에나

면 洞里개도 반갑다더니아모罪업고 矛盾한微物이 이곳까지 끌려와서苦役에從事하는가하면 異常한感懷를이르킵니다. 山에도벌서芳郁한新線이 욱어지고 이름모를 紅紫가車窓을따라서 지나가기도합니다.

□-□

『자-싸구려 미깡(蜜柑)이 싸구려 拾錢에 여듧個요』이것은 鐘路의밤거리를 울리는果實商의 외침이거니와 이곳에는 處處에 蜜柑나무가잇고 그밋해는 벌건열매가 無價値에게도 수북하게 떠러저잇습니다. 物件은 移動을따라서 그價値의高下가 생기는가봅니다.

日本의農村은 고만큼天然의惠澤을 만히밧는細音이외다. 그러나 耕地가 不足한탓인지田畓間에 뚝(堤)이란뚝은 모다精巧하게築石을한것으로보아서이것이農村의失業洪水를내고 都市로都市로 流離케하는原因인가합니다. 所謂失業救濟策으로道路의 改修工事를하는것도눈에띄윗습니다. 모든것이 朝鮮의退落그것에比해서 百퍼센트의 活氣가잇서보입니다.

民世先生님-

벌서닷(錨)을감으려합니다. 忽忽하여 알파와오메가도차즐수업습니다.

三月十八日正午上海丸內에서　一派가關係한新商企業會社는資本金二千五佰萬圓　社債三十萬圓인 『노-트크립프』會社를筆頭로以外四社가잇는데 株主는三, 四割以上의 配當을得한다. 此五會社에屬한 新聞紙는 英國에잇서 民衆新聞의 急先鋒인朝刊新聞 『떼이리・메일』(一・八七二・四一八)夕刊인 『이뿌닝・뉴-쓰』(八七O・OOO)日曜寫眞新聞　『센때이・뻭토리앨』(二,OOO・OOO)等 十四種이나된다. 『이부닝・뉴-쓰』는 『함쯕워-드』兄弟(兄은故 『노-트크립・프』鄕弟는現 『로더-미어-』鄕이 一八九四年에買取하엿스며 『떼이리一・떼일』은 一八九六年에創刊한것인데 英國新聞史上에 民衆新聞으로 兩紙가出現한것은特筆할筆蹟이다.

『로더-미어-』新聞企業團과對抗하는 『뻬리-』新聞企業團은資本二億五千萬圓으로 全英國都市에 新聞二十一紙 雜誌約八十種 其他定刊行物 八十種을 發刊하며 그우에 石炭 鐵 保險 金融의諸會社에 非常히莫大한利害關係를 갖고잇다. 이企業은 『뻬리-』兄弟가 支配하고잇다. 『뻬리-』新聞企業團의關係會社는 資本金七千七百十七萬 七千五百圓의 『애라이드』新聞會社와 十一社가잇스며

發刊新聞紙는 所謂高級新聞인朝刊新聞『떼이리테레그라·프』(一一〇, 〇〇〇)를爲主로 寫眞新聞『떼이리-스켓취』(一,〇五〇, 〇〇〇)쎈데이·타임쓰(約十萬)等인대 大槪는保守黨所屬이다(括弧內數字는 發行部數).

以上兩者의對立競爭은 英國新聞界뿐만아니라 世界新聞界의一大偉觀이다.

(三)

오! 偉大한바다

十八日午後一時-

上海丸의 乘客들은 船票의調査도 끗이낫다. 二層甲板에서는 出帆을 豫告하는『징』을첫다. 그것은맛치 中國式情味를 도와주는것가탓다. 作別次로入船하엿든 餞送人들도 구든握手를마지막으로 바꾸고서는 階梯를밟아나려갓다.

上下甲板과 棧橋에는 男女老幼의만흔무리가 서로對陣해섯다.『텝프』의 靑黃赤白紫藍의가늘고기다란 色紙를 서로던지고바더서 마조잡앗다. 그들은 或은父母와 子女間도되고 親友와親友間도잇고 或은男子와女子 團體와團體…서로色紙를잡은으로써 愛情의情을表한다. 그들은 心脏의 피라도서로通할듯이 多情한웃음을 밧구기로하고 거의울듯한 表情을짓기도한다.

『두-』

이것은 呼角소리를뒤따라서들리는汽笛소리다그우렁찬소리는遠山에서反響되여도라온다닷(錨)을감아올리는 非音樂的인소리가 요란스럽게들려온다. 上甲板에서나는 嚠喨한軍樂소리가作別하는사람들을 慰安준다. 나의右便에는 芳年二十歲즘되여보이는斷髮하고 洋裝한中國의 모던女性이와서 조분틈을뚤코 나의억개에 기대두엇다. 左便에는 日女 또그우에는 洋女 또그겻헤는 뚱뚱한 露西亞人…欄干에걸치고 흔들리는 머리의 물결!

『好看了!』

이것은 中國女性이바람에 풀럭이는『텝프』의色紙를보고 三歎하는말이다. 特히이女性의容貌는 내가잘아는S와비슷한點이 七分이나되여서 더有心하게엿보앗다.

『끝빠이!』

『사요-나라…』

『도스비다니아!(露語)』

이렇게 한便에서 作別人事를보내면 綫橋에서도 鸚鵡와가티 마조밧는다. 中國女子는自己의겻헤잇는 一個의外國青年인나에게 눈도거들떠보지안코 無關心한態度로 다만 억개에壓迫만더한다. 階梯가船體에서 떠러저나가자 벌서스크류(推進機)의 도라가는소리가나며 巨船은물을차고 徐徐히移動한다. 물은通소슴을치고 밋바닥에서는 土砂가 뿌여케떠오른다. 이때綫橋에서는 一齊히『萬歲!』하고喊聲이이러난다. 또一齊히帽子와手巾의暴風이 이러난다. 間或눈물이 가랑가랑해지는 女子들도잇다. 海風에나붓기는色紙의長尾가 다뽑혀나가면그때는 船尾로方向을變해서 空中으로펄럭이다 어떤놈은설허저서물속에떠러저버린다. 사랑의氣息을맛매고잇을 오즉한낫의色紙도이제는모다 설허저버렷다. 海岸近邊에서는 學生들이我無關?이라는듯히 快活하게뽀트레이스를하고잇다. 元來喜悲와利害란것은 저마다相異한것인가하고 다시금생각된다.

漸漸머러가는 市街……

漸漸쓺허가는 心情……

모든사람들은 ㄹ벌서아모말도하지안는다. 綫橋가雲煙中에사라지고 中國女子의억개가壓力을거두어갈때는 급작히 寂寞이기여든다그리고 급작히海風이치운것을 늣겻다. 그래서船室로 뛰여드러왓다.

오늘의바다는『캄씨-』(平穩한바다)가아니다 波浪이甚한便이다. 船室의門窓에는 間長橫波가와서 따린다. 船體는上下左右의 運動을한다. 二十六時間만에야 건늘수잇는 海路-그가운데서는 五千六百餘?의 上海丸따위는 蒼海一粟의感이업지안타. 우리 三等客들은 벌서 褥을덥고 누어버렷다. 上甲板에잇는 一, 二等船客들은 嘔吐할지도 모르겟다. 이런때에는 水上室-船底의 三等室이 第一便하다自然은 恒常裸裸한人間을 사랑함이런가?

내가누운자리와 바로連接한자리에는 日本인 夫妻가한이부자리를덥고 고히잠드러버렷다. 이것은嫉妬에서 나오는말로 誤解할것이아니다.

배는 모라오는碧波를 깨치고突進한다. 베개밋테서는 機關室의 搖亂한雜音이 들려온다.

오! 偉大한바다! 일즉히『탈테스』가 萬有의 起源을 물에돌린것은 가장 覽明한 觀察이 아니엇드냐?

(六月十八日午後船中에서)

(四) 刹那感片片

只今은 十九日새벽 五時五十分!

온하늘은 검은구름이 덥히엿다. 그러나 地平線 저-쪽에는 붉은빗이엉키인다. 그것은 바야흐로 太陽이떠오를것을 豫告하는것이엇다. 甲板에는 朝陽이소사오르는것을 보려고 뛰쳐나온乘客으로 메워젓다. 漸漸모든사람의 感情은 高調되여간다.

『太陽이다!』

이것은 해ㅅㄹ빗이머리를 처들자마자 떠呼하는群衆의소리다. 太陽은漸漸올라온다. 半쯤왓을때는 맛치활(弓)을 버터노은것갓다. 아주다올라왓슬때는 平面우에 둥근發光體를올려노은것갓다. 그것은方今툭다치기만하면 어데로나 굴러갈듯십흘만큼 鮮明하고 가벼워보인다.

×

只今은午前十時우리배는벌서 楊子江을 朝航하고잇다. 이곳의물은 東海의푸른물과달라 黃한물이 滾滾히 흐르고잇다. 江이라고는 名稱하면서도 廣이八十浬! 船體를中心으로 잡드라도 左右가 四十浬나된다. 그대로끗업시 茫茫한 大海그것과다를이업다. 다만船體의激甚한 動搖만이머즌細音이다.

벌서中國사람들로부터 點心을먹이기始作한다. 그들은 同一한船貨를주고도 特別히조치못한待遇를밧고잇다. 食事를하는場所라든지 그들에게주는 船套랄지모다輕蔑的이다. 記者는一等國臣民(?)이래서 그들보다나은待遇를밧는다는것도苦笑할노릇이다. 인터내슈낼리봐-그것은 아름다운理想임에잇서서는 둘도업겟다. 만은民族의歷史와民俗과環境과 論理的關係와相互의利害와 言語의差異를무엇으로 調節하고 整理하고 妥協시키고開放할것이냐!! 그리함에는아즉도襟度가너머나좁다. 龜裂이너머나크나 前道가久遠한것가티보인다!

楊子江에서

×

午後한點이 지낫다. 揭示板에는

『午後二時二十分 上海着』

이러케씨어잇다. 記者는 甲板으로나갓다. 天候는前과달리快晴하여지고 물결도 잔잔하여저서 一種爽快한氣分을북도다주엇다. 楊子江을드러슨지도 벌서 三時間餘를 經過햇는지라 南岸에는 村落과 山林이 雲煙中으로 흐릿하게 보인다.

上空에는『갈매기』의떼가 훨훨 나려단인다. 그中의 어떤놈은 汽船에놀래여 避해다라나고 어떤놈은 배를向하야쏜살가티 나라오고 어떤놈은야추떠가다가 물을차고는 다시飛上天한다.

이『갈매기』가 뜨는것은 人家가 近接한證據의 하나일다옛날에『콜럼버스』가 新大陸을發見할때에는 陸地의近處에만잇는 植物이떠잇는것을보고 大陸이 在近한다는것을알고 勇氣를百倍나내엿다거니와 갈매기란놈이야말로 航海를하는 사람에게는 퍽반가운새의하나다. 멀리뒤떠러저서 商船이黑煙을吐하면서 따라오고左右에는 悠悠한帆船이고기를 낙구고잇다. 靑天白日旗를달고잇는小蒸汽船도보인다.

果然十餘分後에는 吳淞港이보인다. 東西로버친기다란都市가 그곳에는 놉다란煙突이보이고 煉瓦와石造의 高層빌딩이보이고 黑瓦黑壁의舊中國式建物도 보이고 煙草니 石油니 酒道니…하는 廣告板이빤하게보인다. 十五分後에는 吳淞港도지나치고 또다시寒村이展開된다. 眼界는과노라마가티 急變해간다.

급작히汽船의 스피드를죽이는가하면 벌서繁?한乘客中에서는

『上海다! 上海!』

이러케외친다. 果然그리고 그리든上海의 大都港은 眼前에가로노혓다. 各國의商船이 各其色다른旗를달고우둑우둑서잇다. 오! 리들(謎)의 上海! 멀리서뭇을지나고바다를건너젊은客이오건만은…너는말이업시 모든사람이 짓밟는대로 그대로졸고잇느냐?

짐을 準備해야한다. 海關에서査를마처야한다.

이한몸의고달품과 밧붐을꾹참고 나는原稿用紙에붓방아를찟는다.

(上海埠頭에서)

(五) 安昌浩氏와邂逅

上海의碼頭(棧稿)는 大端히混雜하엿다. 汽船에서 나리는사람 오는客을迎接하는사람 船人 人夫 稅關官史(英人) 汽車(自動車) 黃包車(人力車) 馬車…미처

길을차저나갈수가업시人波가움실그렷다. 이곳저곳에서는 저마다 自己의客棧(旅舘)으로끄으는소리 저마다自己의 洋車를 타라고勸하는소리…모다長袖를 휘저으면서외치고 또외첫다. 朝鮮사람이라고는今春에 普成專門을卒業하고다시 負笈의길을떠나오는 金成柱氏의 記者이러케두사람이나렷슬뿐이다. 우리는 車를갈어더타지못하고 彷徨할때에마침廉溫東氏가 밧분視務도내버려두고 好意로나와주섯다. 우리一行은 自動車를타고 廉氏의指導하는데 맛겨서法界霞飛路로向하엿다. 共同租界의무슨銀行이니무슨洋行이니 무슨公司니 무슨領事舘이니 하는큰建物을지나고 黃浦江支流에걸친 까든뿌리지를지나서 未久에霞飛路올감도라섯다. 廉氏는自己의妻家로 臨時安內하여주엇다. 그곳에는 中國女服을한婦人이잇서 퍽반갑게 마자주엇다. 暫時안저잇는동안에 大門을뚜들기는소리가 數次나더니 三人의紳士가 쑥드러슨다. 廉氏는그분들에게 우리를紹介하여주엇다. 그것으 너머도意外엿다. 그中의한분은 島山 安昌浩先生이엇다. 한분은 鮮于徹先生 또한분은 不分明하여젓다.

島山의素顔

記者의 好奇心은 極度로날아섯다. 그러치안도 中國을떠나오기 얼마前에 春園과의 座談中에서『中國가시거던島山을꼭차저보시오. 반듯이 有益하리다.』

이것이 春園의付托이엇드니만큼 또그러치안타처도 벌서부터 누구나 잘알고잇는 島山의面影이 果然어떠한가? 하고 궁금히생각하든次엿다.

記者는 島山의 政客的風貌를 보려하기보다도 氏의赤裸裸한素顔을보고십헛다. 氏의 嚴辯에感謝되기보다도 먼저 默默한人格을 보고십헛다. 이번의 機會야말로 絶好한찬스라고 속마음으로『스켓취뿍』을準備하얏다. 그리고記者는 正體를감추기爲하야 渡來한用務와 身分을말하지안코 다만 姓名三字만아뢰엇다. 氏는全武吉이란 이름을有心히귀담아듣는듯십지안엇다. 먼저어느날到着하엿스며 어데를經由하여왓느냐? 하고 親切히무러주엇다. 그것은아즉도 때벗지못한平安道사투리엇다. 數分後에氏는 차저온用務를主人에게 말하고잇엇다. 그것은上海에居留하는同胞를中心으로 消費合作會社를 發起한다는것이엇다. 氏의天天頂은훌언버서지고빗나는것이 凡人以上의聰明을 말하는것갓다. 그리고高齡은아니건만 벌서 人밋해는 白髮이八分이요 나오는말소리에 氣力이적고 볼이패여드러간것으로보아서 氏가당한數十年間海外風霜이얼마나고된것이엇든가? 하는 것을窺察할수가잇섯다. 氏의容顔에서 젊은빗을차즈려면 로이드武眼鏡을걸친 것이라할까? 그러나그眼鏡의度數ㄷ오이미깁허진것을엇지하랴. 푸르스름하고 기다란美國式外套랄지 검으테테한洋服이랄지빗낡은구두랄지 어데나 當世의革命家의面目으로서는 너머나純朴하고 너머나 溫厚하여보인다. 그러나 열길水中의일은可測이라처도 한길島山속이 얼마나넓고깁흘것을 얼는알기에는記者의가진機會가너머나짧엇다. 島山은記者가好奇心을가지고 一動一靜을注目하는줄을모르는模樣 氏는運放旅舘으定할것을念慮해주고 一便消費合作社일에밧부다는듯이 番갈나서한마디씩하엿다. 조금後에氏는結局다른同胞의집을探訪하기로하고 同行中이든鮮于氏에게案內役을맛기어버렷다. 作別의握手를할때의 島山의손에서는따스한氣운을맛볼수가업섯다. 그것은 老衰한사람에게서흔히볼수잇는 現象이엇다.

그外에도十餘年間이나海外에서가진辛苦를맛보고잇는여러先輩와 商業을經營하는諸氏를만나볼機會가잇는것을 僥倖으로생각한다. 어떤사람은 中國婦人과結婚하야 子女까지두고 滋味잇는生活을하는분도잇섯지만 大槪는 生活에쪼들려서窮乏에우는同胞가만엇다. 만나뵌先輩들에對해서는 쓰고십흔말이만치만은 後機로밀기로한다.

(六) 上海同胞의況近

民世先生님-

벌서數日餘를 怠業狀態로지냇습니다. 村鷄官鷹이어서…앗차이러케自蔑할것이아니라人格의餘裕性잇는 所謂好奇心으로 晝夜의分別도 暫時이즌듯이 東奔西走하엿습니다. 이제는心身에脫氣가되고 健脚에도설물이나립니다. 오늘밤도 活動寫眞을 보고와서 就寢時間前에數字를올려야만할것을 늣기고씀니다. 그것은 上海은以後一周日만에 비로소朝鮮日報를보앗는데 그中에는 저의中國暗行記의 第一信도 실린것을보고 續稿를쓸義務를 늣긴까닭이외다.

民世先生抵-

이번에와서 陰으로 陽으로만흔所得이잇섯습니다. 中國을求景한다는『그로』에屬한것이아니라 十有餘星霜을 民族運動에獻身하고잇는 先輩들을 맛나볼수가잇섯고 또例의記者式行術로써 諸氏의胸襟을 소리나리만큼 두다려볼수가 잇섯다는것이외다. 그것을 到底히長論할수는업스나 單刀直入的으로말하면 民族意識에 階級意識이 加味되여가는것이 顯著한事實이외다. 이것은 現實과 時潮가指示해주는 進路인가합니다. 그러나 第三國際를領導者로삼는 共産黨에對해서는 極度로 猜忌하고잇슴니다. 그것은最近에 滿洲問題로因하야 一層甚해진것갓슴니다. 그리고過去에傳聞하든바와가티 多數의主張이 다른사람間에도 鬪爭이업고 和平한中에서 沈靜히考察하고 不足한理解를相互硏究하야 妥協點을 發見해나가는것이 內外로보임니다. 그럼으로 只今上海의 運動은 統一에進一步하야 民族主義左翼的理論과 方案을樹立하는中에잇다하겟슴니다. 누구보다도가장明快하고 自信잇는 定見가진이는 島山이엇슴니다. 그러나 그骨字를紹介할自由가잇슬는지요. 如何間 過去에部門的運動인土團에 執着되여잇다고生覺하는사람으로서는 意外의 感을줄만큼 全體運動에對한 理論을 만이말하엿다는것만을 말하고끗침니다. 그外에?東?趙琬九 金九…諸氏의見解도 前과달나진點이잇섯슴니다. 左翼化라면 當者가실혀하겟지만요.

民世先生님-

딱딱한 이야기는그만둘까요? 저도거북합니다. 그다음에는 一般의生活形便이어떠냐고요? 네-大體로큰困難이업게지내는것갓슴니다. 勿論朝鮮안에도極貧者가 不可勝數인데外國에나와서 生産·非生産的生活中의那一個거나 困難이따라올것은自然이지만요 第一눈에띄우는事實은過去에政治運動에만從事하든이도 最近에와서는 부닷기는實生活 때문에 漸次實業에着眼하게되엿다는것이외다. 霞飛路에는 間間히朝鮮사람의商店이잇고 또그것이小規模이면서도 投資比例는적지안흔 利益을보고잇슴니다. 高麗人蔘 韓國苹果 松高織 茶店 病院…여러方面으로活動하며靑年中에는 大槪軍事監督만百數十名의多數입니다. 그럼으로 그들의生活은浮動에서安定으로落着되여감니다. 어떤사람은 中國女子와結婚해서滋味잇는生活巢를지어노앗슴니다. 그리고그들은 民團을樹立하고그곳에統制되여잇슴니다. 民團은 그들을 保護하고利益을 幇助하며 進路를指導 奬勵하는任務를마탓슴니다. 그럼으로『上海를가면 돈을뺏기고生命이危險하고…』云云의 不安을가지고잇은분은 그義見을떨어버릴必要가잇다고 生覺합니다. 그리고 學生등만히드러오지만은 生活費로보아도上海는日本과큰差異

가업고 中語 英語 語學 때문에 專門科學을배울貴重한時間을空費하게됩니다. 이에따라서忍耐性 업는사람은一年이멀다라고 모든 것을斷念하고는遊港에投身하는例가非一非再입니다. 그럼으로中國에留學하려면먼저將來에中國을土豪로生活할사람 中國人을相對로한事業을할사람 中國의文化를硏究할사람 外에는一般科學을學得하려고오는것은 큰誤計라고生覺됩니다.

民世先生님-

마침本社上海駐在記者로被任되여온 洪陽明兄이왓습니다. 서울을떠난지는月餘가되엿지만 濟州島本宅에들러서왓다나요外地에와서이니만큼 퍽반갑게만낫습니다. 客懷도훨신풀립니다.

(七) 大上海의煩惱

民世先生님-

中國으로떠나온때에先生님의付宅은 各方面에就하야다쓰라고하엿지만 短時日이되여서 제아모리沒有工大(奔走)하게덤벼드러도 到底히成就할수가업습니다. 그리고 또한가지는 洪陽明兄이政治에對해서는 붓을 대지말고 自己에게讓步하여달라고請託을하여오니 저에게는生色내며責任이덜리는一擧兩得의幸運이외다. 그가위以前에中國을 訪問하는記者들은 甲도乙도모다政治問題만을 英雄답게 取扱하엿스니 門外漢인제가不及도하려니와 他人과特異한것을紹介하기爲하여서라도 特異한方面을 裡面中國이랄까요? 中國의私生活이라할까요? 그런것을 그려보고십습니다.

… ○ …

하로밤은 任氏의案內로原坊이라는곳을求景갓습니다. 그곳에는觀肉莊(賣淫窟) 阿片窟 賭博場으로만 櫛比하엿습니다. 그리고 男女의不良輩들이 거리를 메우고잇섯습니다.

賣淫窟에는 老一(第一) 老二 老三 …數十名의 娼妓가잇습니다. 客이門안에드러스면 뽀이가벨을울립니다. 그리하기만하면急作히雷聲과가튼 暴音을내면서數十名의娼女가 一時에層階을밟아나려옵니다. 맛치軍隊의非常召集이나가티 화살가튼速力으로 나려옵니다. 이것은 그들이처음의얼마동안 層階를빨리오르내리는 練習을하는까닭이라고합니다. 妓女들은저마다被選의光榮을어드려고 아양을피우나더드러냅니다. 그들은 制度의 祭物로 一身을팔고잇습니다. 그러나그들가티 樂取하고지내는사람도 쉬웁지안켓습니다. 그것이所謂程度問題가아님니까? 모다十六,七歲의랑姑娘그들은 華麗한옷으로써 慰安을삼는것갓습니다. 우리는 한房에引導되여안젓습니다. 老二의番號를가진女子가드러옵니다. 西瓜子를가저오고手巾把를 가저옵니다. 實로中國의물흐진手巾이란것은어데나따라다니는 物件의하나외다. …場에들가도 菜館에를가도 汽車를타고 모다等待하듯이가저옵니다. 한참이섯다가大洋一塊를던지고나온즉 그들은 失望하는듯한눈매로바라봅니다. 돈의受授가끗난以上더아첨을할必要가업다는듯이잘가라는人事도업섯습니다.

… ○ …

그다음에는 阿片窟을차저갓습니다. 이곳에서는 特別히어데가阿片窟이라고指摘할것업시旅社나 個人의집이나 競家나모다一具式업는데가 업슬듯하외다. 賣煙令은내렷건 마랏건 租界라는곳에는 我無關이란態度외다. 大原坊안에만해도 數百戶가잇고 또每戶마다 無慮四五十名이 生屍와가티너러분하게누어서 煙管을발고잇습니다. 老人 青年 妻妾 少年少女……여러層 여러階級의사람들이 이곳으로모여누엇습니다. 눈이거슴츠레해가지고 入門해서 한 대를빨고나면 生魚와가티펄덕이는 사람으로 突變하여서出門합니다. 이것이阿片의 吵味외다. 好看的姑娘이 마조누어서 煙管에불을부처주는데 卒해서노라나는사람도 不少하답니다. 女子가더낭거릴때는『好好』로通用하고 女子가돈을要求할때에는『慢慢的…』으로 防牌삼는것이그들이외다. 이近傍의空氣는호박닙을태우는듯한 一種구수한萬風이 돌고잇습니다. 阿片으로몸이亡하고 阿片으로家族이亡하고戰爭이일고 國家가亡한다는것은 異邦人에게는 不可解에 屬하는것이외다. 阿片窟에서나와서

… ○ …

또다시 賭博場으로 옴겨갓습니다. 賭博에도여러가지種類가잇습니다. 鬧實라는노름 麻雀 搖攤 輪盤等이 모다投機的으로 行하여짐니다. 그中에서도第一盛況을 이루는것은 輪盤이란것은 圓形鐵板에 一, 二, 三, 四……三十二까지 오묵하게판것이 펑펑돌고잇스며 그우에다가 玉丸을굴여서 마침내어떤數字압헤가서停止되게裝置한것인데 그玉丸이 어떤數字에서 머무를는지는 豫想식켜서當

하면 得하고 不當하면失하는노름이외다. 左右에는기다란 木板?이잇고 그우에 는여러個의 ??官할것업시 모다머리를마조모으고 눈이싯벌개서 먹을것을 덥치려는 猛獸와가티하고 안저잇습니다. 그들은 돈에慾氣가나서 歲月가는것 失信되는것 敗家하는것 모다不關하고 熱中히 덤빔니다. 賭博場에서는 阿片도팔고 계집도팔게되여서 阿片먹고보면 안즌자리에서 阿片을먹고 배가곱흐면 飮食을 먹고 잠이오면계집을기고두러눕고 잠이깨면다시賭博으로 드러붓흐리만큼宏壯히 便宜하고익살맛고 搖蕩합니다.

如何間 中國이 完全히統一되기爲한 的意治床로도 租界를回收하려고하겟지만 列國의搾取를 防禦하는 經濟的意義에서도 租界를回收하여야겟지만 그外에 참말그外에 人道的見地에서도 租界를回收하려고 아니할수가없슬것입니다. 佛蘭西사람이건 英國사람이건自己네의收入을 增加시키기爲하야는 온갖罪惡的營業도 다許可하고稅를밧어먹읍니다. 賭博場에서밧는 稅金이 每月三十萬이라고하오니 열마나놀라운事實임니까? 그外에도 上海에는 競馬場이니 競犬場이니하는 大賭博場이잇고 무슨카페니 무슨土耳其沐浴室이니 按摩니……하는 表面看板을걸고 裡面에서는 온갖融業을 하고잇습니다. 뜻업는者는 그저조와서 飛舞합니다. 뜻잇는사람은 仰天痛哭할노릇이외다.

(八) 漫步雜錄 佛國人의 墓地와公園

民世先生님-

오늘은 K氏의案內로諸處을路破하엿습니다. 그러나누구를勿論하고自己가 본것을 全部再現시킬能을 가진사람이 어데잇겟서요. 自己의內部에잇는 思想의 全部도 發表하기가어렵거던요. 그리고都市란것은 中國이나日本이나 모다洋化된것이어서무슨特色이 잇슬까닭이업습니다. 이제본것中에서 좀興味잇슬듯한 것이나 紹介하고말렵니다.

… ○ …

佛蘭西共同墓地-朝鮮의共同墓地라면 그야말로殺風景이아닙니까? 科學으로는 죽으면그뿐이지 問題가업다고하겟지만사람의感情이란 어데그러합니까? 朝鮮의共同墓地에는 참말埋葬되기를 拒否하는 感情을이르켜줍니다. 그러나이곳佛蘭西共同墓地란것은 조금도보는사람에게 不快한感을주지안습니다. 모다

眞白色大理石으로 石棺을짜고 그우에잔듸를심고 그우에 花草를노코 白虎에는 棕梠나무가 서잇는가하면 靑龍에는 木蘭花가香氣를 도치는가하면……頭部에는大理石像과碧石이 서잇습니다. 어떤놈은十字架만 세워노앗고 어떤놈은날개도친天使를彫刻해 세웠고 어떤놈은 聖女마리아의像을彫刻햇고 어떤것은圓柱의頂頭를 썩거버린채세워두엇고…南國에서만 볼수잇는特殊한樹木이 春風에 날리고잇는景 成長하지안키로有名한曲楊木이 몇丈식자라난變態…앗차『시나리오』갓기도하고 預審調書갓기도하게 無味한羅列이되여버렷습니다. 그러나 才不及 學不足 短時間이오니 無可奈何아닙니까?

다음엔 길하나를隔해서잇는

… ○ …

賜恩寶寺를차저갓습니다. 淸朝에서創建하엿다하나 規模가크지는안습니다. 依例히잇는 大堆寶殿이 堆壯美를가지고臨함니다. 殿內는컴컴하고 벌떼가이러나는듯한群聲이 들려나옴니다. 가만히 窺察한득 그곳에는 數十人의僧侶가 長袖布衣를입고 香煙을피우며 續經參味외다. 一定한通句를잘나서木鐸도침니다. 그압헤는조그마한殿堂이잇사온데 그곳에는 極樂世界와 地獄이 對照되여잇습니다. 極樂世界는 蓮花參을지나고 ○○와大鶴을타고成佛되여올라가는 象徵을하고地獄-이곳에는 참말 別奇異한것이 퍽만히羅列되여잇습니다. 葂子鏡子라는것이 잇서 누구나자기의罪惡을 그거울(鏡)에비추어보고 罪의多少를 決定하는것이 잇는가하면 한便에서는 嚴密하게罪를天枰으로저울질하는것도잇고 望鄕室에서 멀리娑婆世界를바라보는것도잇고 罪지은者를 망人돌에갈아서紛米를 만드는것 硫黃불이 이글이글피는곳에다가罪人을投入하는것 사람을각구로세워노코 톱(鋸)으로켜나려가는像 獄에서脫出逃亡하는 景石臼에너코 공이로 짓는 相 ?石으로 壓搾하여죽이는律…모다 極慘한刑을 밧고잇습니다. 이것이모다 閻羅王이 毁廢된오늘에는 모든사람의罪惡觀念도 一空하고말앗습니다. 法律만 눈감기면그만입니다. 그法律도時勢조차改變하면 그만임니다. 弱者는 一, 二年監役을하면 그만임니다. 强者는짓밟고가도 無關임니다.

… ○ …

民世先生님-

千一夜를 이야기에 醉해서굿게決心하엿든 處女의 刼姦과殺生도할수업시만든 그만한辯才가잇다면 얼마나조켓서요? 그러나 저의 拙劣한글은 제自身부터 壓征이생기니 질색할노릇이외다.

그다음에는 茶舘에서 차를마시고 佛蘭西公園으로 向하엿습니다. 茶舘에는 壁에다가『禁止謂茶』다고쓴 紙片이부터잇습니다. 그意味를아시겟어요? 아실수업스시지요? 알면官을 드릴테여요…中國이아니면 이런것은더볼수가업슬겝니다. 아마

… ○ …

佛蘭西公園에는 以前에 中國人과 개(犬)와는 入園치말라는 侮辱的?片을 부첫섯다는데 只今은어림이나 잇습니까? 當場에 목부러지게요? 앙키들이 中國人을對하는態度가 以前보다 百倍나恭遜해젓다고함니다. 過히닮지는안흐나 浮素한맛이잇습니다. 푸른잔듸가 포근포근하게 쪽깔닌우에서는 洋人洋女 어린兒孩보는색시 情男情女 모다안ㅅ고 스고 딍굴고잇습니다. 조고마한못(池)가에는 首楊버들이 줄줄히 느리윗으며 버들개지가 도첫습니다. 地變에노인뻰취에 中國美女가 안저잇기에 캐메라를向하고 焦點을마추려고한즉그姑娘은 어서찍어라하는듯이도頭髮을만저서 모양을 냅니다. 이딸아서 中國小學生의한테五, 六명이나 나도나도하고 렌즈압흐로다라옵니다. 크기가주먹만큼한 木蘭花가 허여케피엿고 그近傍은 香긋한氣醉로발거름을멈추게함니다. 江南의春色이이러커던 그곳에서客懷와孤寂을 늣기는것이 無理겟습니까?

民世先生님-

그外에 城隍廟니大世界니 劇場이니 연심홀이니 본것드른것 웃긴것이 만사오나 몸이困憊해서 上海의것은 이것으로써 끗을막겟습니다.

(九) 車中閑談의『民聲』

蘇州行

오늘은 中國온後로 처음降雨외다. 一週日동안이나 上海에잇섯더니 이제는 벌서 厭症이납니다. 처음豫定은 杭州行이엇지만 意外에도 上海에서 豫定日數以上을 虛費하엿슬뿐아니라 旅費도졸아들고 氣分도吟風咏月하기에는 넘우나 無意味한것만가태서 쑥뽑아버렷습니다. 過한脫線이나 아니어던諒解하실줄밋습니다.

… ○ …

霞飛路 東昌旅社에서 算帳을마치고 몇일동안 만흔感謝를주시든 諸氏와作別하고 떠날때에는 正午가 조금때엇습니다.

滬寧線은 大體로 風景이조왓습니다. 上海로부터 蘇州까지三時間이나걸니는 旅程에 山이라고는 崑山이라는조고마한山박게업는 無限大의平原-그것은綠色의花모氈을 펴처노은듯이芳香이 濃濶한것이엇습니다. 그리고 淸陽江을비롯하야 羊長湖와 또여러가달의細流가 恒常限界에서 떠나지안헛습니다. 그만큼充分한 水利가잇스니이平野가 沃土가아니되고 무엇이되겟습니까? 間或竹林이욱어진農村이보이는가하면 黑瓦를업혀노은 都市도 뒤로다라나고 薪炭을실은 帆船도下航을하고 잇섯습니다. 또或時는 墳墓가 만히보입니다. 어떤놈은棺대로 밧(田)고랑에 露出되어잇고 어떤것은 磚石으로棺을에워두루고 어떤놈은 地中에埋葬하엿소 어떤것은 土山을만들고 그우에무덧습니다. 벌서紅花가滿開한 桃園도보엿습니다. 낡은거적자리를모아다가 두주덥흔 貧民窟도보엿습니다.

… ○ …

얼마오다가 마조안즌 中國人을붓들고 그의政治에對한見解를 두들겨보앗습니다. 그는商人이엇습니다만은 어떤程度까지 正確한見解를 가지고잇섯습니다.

『三民主義에對한貴下의態度如何?』

『無識한商人이 무엇을알겟소만은 大概 맑쓰主義의影響을 만히바든것갓습니다.』

『只今의 政治는 三民主義에符合되엇다고보우?』

『千萬의…그것은 虛名분이요 民衆은 그들의밥노릇밧게 더할것이잇소.』

기자『淺見으로서는 中國의民衆은아즉도 蔣介石의民衆도 汪淸街의民衆도 共產主義者의民衆도 아모데도屬하지안흔그들이 生來한대로의民衆이라고보여지는데요.』

상이『勿論 同感이외다. 아즉도 歸依할곳을모르지요.』

『汪淸街 蔣介石 胡漢民中에서 누가第一中國民衆에對해서 賊意를가젓다고보시우?』

『汪, 將은 機會主義者요 胡는 가장 純粹한사람입니다. ○부에서모든組織과指導胡氏혼자서하다십히한다고헙듸다.』

『共産黨은엇떠케對하시우?』

『露國이막다른골목에서 不得히할일을 中國이 따라갈까닭이잇소? 事情이다르니까요.』

『貴下의意見이 一般中國의民衆도 가지는意見이라고自信할수잇소?』

『허허 네自信합니다. 只今中國에는 合理한것이別로업스니까요.』

이러케이야기가 버러젓슬때에車는蘇州城을 처드러갑니다시컴엇코 기다란城廊이 濠水를하고 에워둘럿슴니다. 멀리西로 獅子山이보이고 北으로雄高한虎丘塔이 俯瞰하고잇는城市가곳蘇州임니다. 例를어기지안는人力車軍 馬車夫의包圍를突破하고 火車站을나갈때에는午後三時나되엿슴니다. 먼저蘇州에들기爲하야 鋪道를밟아드러오면서 眼界에비치는蘇州의一面은맛치『베니스』의 水道와도가티 넓지안흔河川이市內를貫流하엿스며 그곳에는 運河船이삿대에밀녀단이고 兩岸에는 人家가密集하야 此岸彼岸이라기보다도 이집에서저宅으로尋訪하려면 櫓의身世를지고야감니다. 그럼으로 船夫中에는往往히女子들도보엿슴니다. 間或 아취式(弓形)으로놉다라케 무지개를꼬즌듯한 石橋도보엿슴니다. 上에는天堂이잇고 地에는蘇州 杭州기잇다고 古人을敬嘆케한곳이니만큼 얼는보기에도 天然美의 豊富한것을感得케하엿슴니다.

(十) 虎丘, 北寺兩塔

民世先生님-

大東旅社에 房을定한다음에는 곳카메라를들고 求景을떠낫슴니다. 勿論이곳에는 볼만한곳이만켓지만 遠距離의것까지처저갈 誠意가 나지를안허서近處의먼곳만 보기로하엿슴니다. 그러나 參考書는커녕 旅行案女하나도가지고다니지안는性味여서 汽車時間도 알지못하고 단이는形便이니 엇지名所의歷史를 紹介하여드릴수가잇겟슴니까? 그저보는대로 率直하게 그리는것이 저의 欲爲하는바입니다.

… ○ …

虎丘塔은 虎丘山 一名海湧山頂에잇슴니다. 그곳까지는 草野를 한참동안지나서야 갈수잇슴니다. 虎丘山境內에는 樹木이 鬱蒼하고 벗나무꼿이 滿發하엿슴니다. ?地基는 커다란盤石으로 이루어젓슴니다. 벌서 色다른外人이 오는것을

보고 乞人들이 門間마다 等待하고잇습니다. 저는 버티고 서잇는 帽子와 손바닥에 銅錢한 分式을 던져주면서 石層을 밟아올나갓습니다.

먼저當到하는곳은 虎歸池라는 조고마한水溜외다岩石間에서 흘러나린물이 맑게고여서 넘처나립니다. 左右에는 石壁이 깍가질려서 無限大의天堂도 局限된長形으로 치여다보입니다. 間或 낫모를새가 飛去飛來하기도합니다. 그石壁우를 더듬어올나가면 平地가나타나며 그平地에는 數個의殿堂이잇고 그뒤로는 磨天할듯이 尖高한 虎丘塔이 雄壯한 姿勢로 웃둑서잇습니다. 塔은 大端히破落되여서

一部分式 傷處가보입니다.

塔의層數는 七層에서지나지안컨만은 한層의高가 한집의高보다도 놉하서 고개를발딱뒤로꺽지안코는 塔의絶頂을 볼수가업습니다. 塔의構造는 八角이면서 無數한 磚石의 集積이며 그外에特技라고할만한것이 나타나지안치만은 如何튼 朝鮮에서 求景할수업는 特異한 形式의塔인것만은 事實이외다. 一般中國의建物에서볼수잇는것과다라서 추녀끗이꼬부라저 올아가지안코 軟風에울어야할 風聲이업다는 것이奇異한感을주엇습니다. 그後 에 北寺塔도 求景하엿는데亦是비슷하고 層數가 北寺塔은 九層이라는것이 다르다할지요 塔上에서市街地를俯瞰하면 一目에드러와비치입니다. 먼-저쪽은 雲煙속에서 사라집니다.

… ○ …

留園은虎丘山에서 歸路에들를수가잇섯습니다. 留園과또그겻헤잇는 西園은 거의同一한솜씨로만든人造池 人造石窟로되엿습니다. 兩個所에서아모特色을 發見지못한것이 記者의鈍感한탓이라고는하지마서요. 天上天下에이런無味한 景致도 어데잇습니까? 그저人力을담북드려서 크다란石岩을 어버다가노은것外에 平地에生池를파노은것外에 空然히우뚝우뚝亭角을 세운것外에 別로볼것이 업습니다. 그저볼것이잇다면 天生한花草라고나할까요? 桃花木蘭花 曲楊 벗나무꽂……그外 面不知 名不知의 各色花草가 가장불만하외다. 그것은 볼것이아니냐고요? 勿論불만하지만서두 그런것은 植物園에가면더만히볼수잇단말슴이예요. 汽車삭을내고 紙筆을꾸려고가지고와서 特的感興을엇기에는 넘우나不足하단말슴이예요. 氣高滿丈한浪漫客들이號마다글자랑으로몃句節式 지어본것 댓자하나도實感이잇서야지요. 所用에닷지안흔客懷만은 웨그리만은지 모다 喝

茶를하면서 『好好』『慢慢的』으로고개를거드럭거리면서 時間을見權합니다. 慇懃하고愛嬌덩어리인處女들이붓끗가티 尖筆한손가락으로池邊에서물작난을할때만은그물이엇전지 만지고시헛습니다. 曲背한軍人들이 看門을하고잇는것은 意味가어데잇는지? 어데를가나軍人 巡察의大豊年이외다.

西園곗헤는 露國戒帽律寺라는 奇異한이름을가진ㄹ 寺院이잇는데 大雄寶殿하나밧게 볼것이업섯습니다. 마침後園에서는 活動寫眞을撮影하든 男女佛徒들이입지안흔 風彩를한대로 몰려나옵니다. 飮食을짓는廚男近處에는 커다란大鍋가잇스며 그우에 大筆特記日『大鍋施錢 眼目淸明』이라고 썻습니다. 자…朝鮮에도 眼疾에속는者가잇거던 돈을融通해가지고 이寺院으로오게하여주시옵……꼭낫습니다. 中國사람의 어수룩한이야기는말두마서요. 路邊에서도길가다말고 間卜하는사람 觀相보이는사람이 不知其이니가요. 허허……

虎丘塔(上)과 北寺塔(下)

(十一) 寒山寺의晩鍾

民世先生님-

寒山寺를向할때는 夕日紅도山넘어 사라질때엿습니다. 머지는안흐나 갓갑지도안흔夕陽길은 兩車는내다라갑니다. 江邊에는木船을한便으로끌며 한便으로밀며 도라오는것이보입니다. 中國의밤은 무시무시한것이지만 그대로 젊은氣力에버티고안저잇섯습니다. 勿論求景의 慾氣가 滿滿한것이아니라 旅程을 速히서드는까닭이외다. 해낫에는 單衣를벡길듯이더웁다가도 夕陽만되면冷冷한寒氣로急變하는까닭에 感氣가第二期까지 甚해지고몸이疲勞하고旅費도充分치못하고……

… ○ …

間戒路邊에서는 練習을나갓든 軍兵들이 銃을메고지나갑니다. 그럴때만은 安心이됩니다. 第一腰折할 노릇은 共同便所외다. 路邊에다가 人目에다보이리만큼 만드러노앗습니다. 木板에구멍을뚜르고 아모間壁도업시 天蓋도업시 그저안저서 世上이야기를 通私情하면서 大便을보고잇는것이 퍽도익살마즌짓이외다. 赤裸裸하고 自然스럽지안습니까? 그런自然은더러워요? 허허참말이죠 中國사람이 人目압헛서 臀部를露出시키고 大便을보는것따위는 如飯凡事의다. 私家에나 旅社에나따로히便所가업고 『馬桶』이라는 朱漆한便器를 노아둡니다. 大小便이躁急을告하면 來客에게 暫間失禮의말을하고나서悠悠自適하게 그 자리에서 用務를봅니다. 事務가끗나면便器의 뚜껑을덥고 이러슬때에는 감쪽가티處理해서 糞臭가나오지못하게합니다. 앗차! 넘우外道에 세젓습니다.

… ○ …

寒山寺-이곳은 일즉히唐國의張?가 楓橋에서 夜泊할때에지은詩로因하야 有名하여진곳이외다. 그詩를吟味해볼까요? 『月落鳥啼箱滿 天江楓漁火對愁眠姑蘇城外寒山寺夜半鍾聲到客船』이詩를幼時에듯고憧憬하여마지안튼寒山寺가 마침내眼前에노일때에는 넘우나 空虛를늣기지안흘수가업섯습니다. 寒山寺라는 美名에끌려서 好奇心으로왓든사람은 누구나 다가티幼波를 늣길것이외다. 何心日寒山寺겟습니까? 모든名山이나 人物이나 그를遠景으로보아야 그럴듯하지 막상對해노코보면 絶望되는例가 全部가아닙니까? 그러고보면詩人의 是才操란것도 偉大한것이외다.

寒山寺는 張□의名作 楓橋詩로因하야 永遠히不朽의것이되고 張□의詩는 寒山寺의晩鍾이나어줌으로써 有名하여젓사오니 兩者의關係는 卽히鐵鎖가아닌 無形의힘으로 不可分的結合이 되어버렷습니다.

… ○ …

마침 때는어두워옴니다. 大雄寶殿아능ㄴ 더욱이나컴캄함니다. 釋迦牟尼佛바로겻헤다가 鍾한個를다라매엇습니다. 大小를우선 따라서 뭇는다면 적다고對答하겟습니다. 이ㅣ鍾이張□의마음을 울엿는가하면 或時는 單純한것이 複雜한것이 複雜한것以上의感興을주는것을알수가잇습니다. 單純한쇠ㅅ소리-그것은 뻬토벤의 씸포니로도줄수업는 感興을줌니다. 眞理란것도 恒常單純한것이아닙니까?

壁에는木板에 彫刻한詩句가걸리엇습니다. 그것은 楓橋詩의詩句로지은듯하외다.

『昔年泥瓜猶存□楓葉, 寒涇賊酒江于會訪碣 他日客船重到聽鍾聲 半夜打門月下好題詩』(筱石氏題句)

… ○ …

民世先生님-

넘우 어듭기前에 洋車를 서둘러서 旅社로도라왓습니다. 그리고 中國式으로 開水(熱湯水)를가저오래서마시고 洗面을하고 기름뜬 茶類와 밥을먹고잇노라니까 房門이 부스스열리더니 時年十六七歲되여보이는 美女가 아모客氣(겸손) 도업시 쑥드러옵니다. 저는 깜작놀라서

『이키! 웬女子냐? 房을잘못차저드러오는 細音이로구나……』

이러케생각하면서 밥보시기를노코 顔色을붉히면서 起立하엿습니다. 그女子는 비단옷자락 摩擦되는소리를내며 버덕버덕드러옵니다. 그나그뿐입니까? 그女子는 愛嬌잇는우숨을웃고 秋波를 보냄니다. 자-大娘?가 아님니까? 大體웬일인지 영문을몰라서 눈치만살피고 默默히잇노라니까 그女子는 겻혀와서 억개를 덥석잡으면서

『你要我的 唱麽? 要不要?』(내소리할게 드르시려우?) 이말을듯고야 비로소 來義를알엇습니다. 그러다가 賣婬도한담니다. 이것만은 蘇州의特風이랍니다.

『要多少錢?』(얼마나밧소?)

『五角大洋』(五十錢이요)

실타거니 드르라거니 아옹다옹싸흐다가 마침내못견듸어서 二角(日貨十錢가량)을 주기로하고 蘇州의特有한노래를 드럿습니다. 二角를던저주엇더니 밥을 담아주고 나갑니다. 얼마後에 그런女子가 二三人한거번에 몰여드러오고『不要』소리로 내쪼츠면 그다음에는 他女가 連달여드러옵니다. 이거큰일當한다고 생각하여

『此房妓女絶入』

이라고 紙片에다가써서 出入門에다가 부칫습니다. 奇怪難測의 事實이외다.

(蘇州에서)

(十二) 武裝한南京街

民世先生님-

車가南京市를바라보면서 慢走할때에는 졂은가슴이 설네엇습니다. 그것은 南京이란곳이 ?往에 六朝의 舊都로서歷朝를따라 金稜 秣陵 建業膲天府等의 稱呼를 가저오다가 清朝에와서 江寧府라고稱하야 江蘇 安徽 江南三省의 首府로되엿다가 明朝에드러서 第三世永樂帝가 都를北京으로遷移하면서 留都로써 名命

한것이 南京이엇다합니다. 西紀一八五三年에는 長髮賊의 占据하는바되여 太平王 洪秀全의居所이기를 十一年이엇스며 革命役에依하야는 蘇浙의諸軍이이땅을占領하고 臨時政府를組織한 歷史를가진 新與中國의心臟을 일우엇스며 有意한사람으로서는 南京이란땅이 여러 가지(複雜한生覺과推測을머리속에서 그리게하는곳이외다.)

民世先生님-

그러나 下車를하고오매 엇전지 不安과 壓迫을 늣기게됩니다. 웨냐하면요? 벌서車에서나리자 모든사람들의行李는 一一히 檢査를합니다. 무슨外國의國境이나 넘어슨듯한感을줍니다. 馬車를타고市內를드러오다가도 關文에서 또한번 來往客一體를檢査합니다. 그後에旅舘에도 巡察하면서行李를檢査합니다. 참말이것이中國式戒嚴狀態외다. 共産黨의侵入을根絶시키려는데서도 하염직한말이외다만은 一般民衆이威脅을늣긴다는것은 아모래도滋味업는일이외다. 馬車上에서 海軍部니 司令部니 軍令部니 國民政府니 財政部니 外交部니그外의만흔 官署를外樣으로볼수가잇섯습니다. 或은 舊建物대로써서 大門안이 드러다보이지안케花草壁을 막은대로잇다는것이 奇異하며或은 時樣兒的(新式)建物로 威風이堂堂하고庭園이넓고 鐵格子를둘너쳣스며 每宿舍의屋上에는 靑天白日旗가 놉히날리고잇는것이 一種快味를 주엇습니다. 그리고 壁마다는

『打倒帝國主義』

『打倒共産黨』

『努力訓政實施』

『國民政府萬歲』

『擁護國民政府』

『決絶軍閥馮玉詳閻石山』

『嚴守總理遺囑』

『外貨排斥國貨要用』

『民族, 民生, 民權』

이外에도 無數한種類의포스타가 부터잇습니다. 果然文字國의面目을 躍如케하는宣傳文이만습니다. 그리고每戶마다그런種類의紙片이잇고 商店이니學校니 菜舘이니 關門이니 道路名이니모다 中山아니면 總理아니면 三民아니면 民

權이니民生이니 그런類의文字를序頭에부치지안흔데가업습니다. 例하면 中山書 이란다든가 三民照相舘(寫眞舘)이라든가 總理香煙(煙草)이라든가 하는 中毒性을가젓습니다. 그리고 學校銀行 旅舘 路門할것업시 擔銃한軍兵이 二三人式서잇습니다. 短髮은 新與中國의 큰特色의하나로서 老婆까지도 大槪는毛斷을하여서 오히려毛長한것이稀貴하리만큼되엿습니다. 정강이가나오고 엉뎅이가 톡부러지는衣裝을날리면서 毛斷껄들이 떼를지어지나감니다. 或時는大事에도 不動心하고 或時는小事에도泰山이鳴動하게 떠도는것이 中國人이니까果然 그들의內部까지 改造되엿는지는 자못疑問視됩니다.

(十二) 中山陵의帝王化

南京은아즉도 建設中의都市외다. 工事中의都市인지라 모든 것이整制되지못한感을 이르켜줍니다. 道路가튼것도土路대로잇서서 黃塵 때문에 거러단일수가 업습니다. 自動車만지나가면한참씩 氣息이막혀버림니다. 아즉 電車도업습니다.

이곳의兵丁도 亦是 緊張한맛업기로는 同一하외다. 中國사람 서슬수업는中國때(垢)가흐르고잇습니다. 新與中國으로서의 ○○○的氣分이란것은 조금도窺視할수업습니다. 勿論이것은 表面觀이라하겟스나 亦是活字의魔術이 中國으로하여금 實中國以上의것으로 추켜세우는것이 아닌가하고 生覺됩니다. 民衆은고자리에서 고대로의心理로 고대로行應하는것이 大部分이니까요……

民世先生님-

『中山의帝王化』이런말忌彈업시하는것이 容許될는지요? 勿論그것은 中山의偉大한人格自體를 말하는것이아니외다. 그까닭을 이야기할까요?

… ○ …

엇전일인지 求景난일熱이식어저서南京와서는 晝夜의分別업시단이지안코原稿整理하는데 돌이어힘썻습니다. 그러나南京에온以上은 中國의 大革命家이든 故孫文氏의 陵墓을參觀하고십흔생각이 懇切히낫습니다. 그것은결코骨董的觀念이아니외다. 露西亞사람은 레닌墓를아니차저갓답디까? 그래서洋車를불러타고 中山墓로向하엿습니다. 中山墓는近十里나底며 石物形이외다. 아즉도얼마든지 工事를進行하고잇습니다. 泰山가티싸한돌을 工夫들이治石을하고잇습니다. 新建築이完成하면 얼마나宏壯할는지? 只今만해도너머나 警異의입을버릴

밧게업습니다. 너머나으리으리하고 눈이부시외다. 總工費가얼마나드는지 그것은調査하지안허도無關함니다. 如何間어떠한 帝王의 王陵이 이것을 追從하겟습니까? 勿論中山의人格의價値가 어떠한帝王보다도高貴하다처도 그것은 封建과 革命의性質上相異가잇지안슴니까? 只今에잇서 中國의政客이제아모리 宣傳的으로大聲豪言을한다해도 嚴正하게보면 아즉도 三民主義中의一인民族主義的努力은보일망정 民生主義니 民權主義에는 一步도進入치못한것이아님니까? 그가의野有餓民할때에 오직中山의陵을爲해서 宏雄한道路를닥고 雄壯한建築을하고 그管理만에도 不少한費用을쓰는 諸행爲에對해서 地下의中山이果然깃버할는지 슯허할는지? 자못疑問이외다. 아마中山의偉大한人格으로는 즐겨할理가萬無하겟지요. 이것이 모다演劇이외다. 그나그뿐임니까? 中山의屍身을『미라』로해둔곳은 드러가볼수도업고 그外面에잇는 石殿에도 大端히잔사살을드르면서야드러갈수가잇슴니다. 衣服을淸美하게차릴것 照相機(寫眞機)를携帶치말것 外套을벗고단추를끼우고肅立을하고 鞠躬을하고……別깨까달스러운注意를 다줌니다. 勿論그만큼尊敬하지안는바카아니지만 握銃한兵丁이强要하는데는 反抗心이생김이다. 이것도帝王式이외다. 死中山이生人間을 괴롭게하는가하면 火症이말만도 하지안슴니까?

… ○ …

그래도온김이니 『天淸正氣』라고 懸額한石殿門안에 드러섯슴니다. 殿內는全部가黑色 或은白色의大理石이외다. 黑色大理石殿에는 國民政府建國大綱 十二個條가 彫刻되여잇슴니다. 中央에는 中山이椅子에안저서紙片을들고잇다는것은 무슨遺訓가튼것을草한紙片의像인듯 像의左右側에는 日本의田中義一을비롯하야 各國各官들이 捧贈한銀制花環이 羅列되여잇슴니다. 間或西洋人들도와서 鞠躬再拜를하고 退去함니다. 背面에잇는 懸額에
『活氣長存』이라고쓴 그아례門을열고드러가야만 정말眞空된琉璃棺속에누워잇는 中山을볼수가잇슴니다만은 敢不生心이외다. 權力이條件이외다.

… ○ …

歸路에明太祖陵이 亦是雄大한風彩로臨함니다. 赤壁과 磚石의集積이란것밧게 別것이업습니다. 陵園內에小學校와 幼稚園이잇는데 마침園兒들이默想을하고잇섯슴니다. 女先生한분이 들어오라고請합데다만은 그저오고마랏슴니다. 設

備는普通朝鮮의幼稚園만도 못하엿습니다. 한가지탐나는것은 桃花가온庭園에 가득히핀것이외다. 中國에서는 到處에桃花가만코 그것은果實을爲한것보다 玩實用이외다. 香氣를실은空氣가 胸中에사무칠때에는 自然의享樂을늣기다가도 門外를나서면서 積善하라는 乞人의 哀願聲을듯고나면 人間生活이 다시悲慘해 집니다.

是年十月二十五日에 孫中山이廣州에서 黨改組特別會議를召集하고改組計劃

(十四) 要人不要見

民世先生님-

이곳에와서 그래도한記者답게단여가려면 中國의大官이니要人이니하는 名牌가부튼사람을單一人이라도 맛나서 제법을케表面으로라도中國問題가 어떠니東三省問題가어떠니 滿洲朝鮮人問題가若何하니 하고問答을하고그것을써야만하는데요. 마침國民會義를압두고 要人의大概가各省으로遊說을떠낫스며 또맛날機會가잇다하드라도 적어도 一週日前에 交涉을해야하겟고 또제법市內各新聞記者를招待해서一盃酒한다음에 虛風이라도떨고 제법禮物이다도보내고 푸록코트라도입고나서야할일인데 엇지그런숭내를낼수가잇습니까? 또그리해서 엇는所得이라야 普通公言하는말의反復이거나 미지근한面前만의感情이거나밧게 참말誠意잇는말을 들을수업슬것입니다. 國內事件國外事件 明言하기를 回避도할것입니다. 事實에잇서서自己네일만에도 力不及 知不足인데 남의問題는 馬耳東風일것아닙니까? 그래서젊은밸에 그만斷念해버렷습니다. 恒常젊은 사람의일이란 이러케 神經的입니다.

… ○ …

民世先生님-

그래서할일업시 南京飛行隊의副隊長으로잇는 崔德用氏의引導로 中國에有名한 廣東料理를試食하고 飛行場求景을갓습니다. 出入門에는 看門兵이 서잇다가擧銃禮를함니다. 저는어색스러워서 줄네줄네따라만갓습니다. 格納庫압헤는 數十豪의戰鬪機가 주룩히노혀잇습니다. 或은英國製或은獨逸製 或은米國製或은金屬製 或은布製翼 或은 靑雲色 或은白一色 或은二人乘 或은六人乘 或은

練習機 或은砲擊機……그리貴해보이는飛行機도 이러케만아지면 賤해지고맘니다. 格倉庫에도亦是가득찻습니다. 副隊長의威力이니 무어나自由대로보여주엇습니다. 左右翼도놀여보고뒤꼬라도놀여보고 핸들(손잡이)을흔드는대로 服從이외다. 戰鬪에對한實話도得聞하엿습니다. 氏는爆彈의洗禮를밧고 足部를負傷當해서 아즉도 自由롭지못한다리로 그대로 즐겨서 案內하여주엇다. 오늘이 星期日(日曜日)만 아니엇드면한번試乘도할 수가 잇는것을 時日을잘못釋하엿슴니다. 休日임으로朝鮮의 女流飛行士羅基玉氏를맛나보지못한것이 遺憾이외다. 別意味가아니라新聞人의好奇心뿐이외다.

귀로에그곗헤잇는 第一公園을둘러뻰취에걸어안ㅅ고 오며가는 群衆을觀相하엿습니다. 여러種類의 服裝을입은軍人여러色의美裝을 한 姑娘 學生紳士……아모리보아야中國式때는 빠질수업습니다. 公園에서의 要素는缺乏한便이어서 그것은問題삼지안켓습니다.

夕飯後에는 中央當部國際課에서勤務하시는 朴南坡氏를맛나서談話로 與을삼앗습니다.

『中國사람이 朝鮮問題를 엇지봄니까?』

『물요全혀硏究가업시 지내온細音임니다. 그리고大概가內心으로는 滿洲의朝鮮人을 驅逐하고십흔생각을가젓스나露骨化시킬수만업지요. 첫재人道問題요 둘재日本의 干涉이問題요……』

記者의 무름에 南坡氏는 여러개對答하엿습니다. 例를 여기지안코氏도亦是朝鮮의近情을말하라는것이외다. 어데를가나이것이共通한要請이엇습니다. 上海에서도 演士들의定列集會日에 特別한時間을 割與하면서 朝鮮事情이야기를 하라고하는군요.

그래서汗顔햇습니다. 口辯업기로유명한 제가아닙니까? 報告形式으로 몇마듸씩하엿습니다.

… ○ …

民世先生님-

이즘은이곳에서 共産軍討伐熱이퍽甚하외다. 그러나 實積을엇지못하는데서 더頭痛인모양이외다. 出戰하엿든 朝鮮人將校한분을만나서得聞한득 所謂實積을엇지못한다는것은 決코紅軍이强해서對取할 수가 업다는것이아니라 反히共

產軍의 正體가분명치안흔 까닭이라고함니다. 國民軍이실컷애써서따라가면共產軍이실컷애써서따라가면共產軍은 不知何處在람니다. 討伐軍은 戰鬪할對象을엇지못하고 彷彿한다함니다. 共產軍이란元來 一定한訓練을바은專業的의것이아니라 官軍이오면農事짓고 官軍이退出하면武裝을하고悠悠히나슨다함니다. 그리고山勢가險하되 普通土山이아니요 石山이여서 接近할수가업는곳에다가 根據를두고잇다함니다. 記者가『그들은 참말共產主義理論하고잇슴니까?』이러케무름에 對答하되 코ㅅ숨으로하엿슴니다.

『홍 主義가다뭐요. 그저土地를준다고하는 單一言에醉해서 따라나스지요. 그리고軍費가업스니까 무어나그地方에서徵發을한담니다. 그저 그러기에紅軍이드러오면……』

기자는內心으로이兩班도무던히 共產軍을미워하는模樣이로구나……하고 讀言하엿슴니다.

(十五) 津浦線中離觀

民世先生님-

昨日南京으로주신下書는 오래간만에 반갑게?受하엿슴니다. 可及的速히歸國하라구요? 웨무슨일임니까? 使命을完全히遂行치못하는까닭이나아님니까? 『可及的』이란 程度를알수업스나 如何間行李를불이야물이야準備해가지고 昨夕으로南京을떠나只今은??線車上에서世上일을생각하고잇슴니다. 豫定하엿든徐州도벌서今朝에지나왓고 只今은濟南驛까지나침니다. 꼭한돌만임니다. 벌서夜暗이窓을따리고잇슴니다. 勿論徐州 濟南을보지못하고감이遺憾이외다만은事實에잇서 中國이란곳은 二, 三個所만보아나면모다그러쿠그러쿠함니다. 心身도 困憊하고 知鑑도空虛한데 마침 잘된細音임니다. 그러나 北京가지만은꼭갓다가야歸國하겟슴니다. 어데보다도北京은記者가八年前에가서工夫하든곳이니만큼特別이그리운생각이남니다. 얼마나變하엿슬까? 그때는道路도 險惡하엿건만……電車도업섯는데……琴雪芳이란 비너스가 情死할만큼 어엿뿌든女售優도 이제는黃金嶺을 넘어서서 人間의無常을歡息할테지? 그리고 政治的變曲이生起한以後에는昔日의繁榮을追憶케하는 『크라식』한 情趣만이 남엇슬테지?……이러케 여러 가지로 想像의卷幕이핑핑돌고잇슴니다.

… ○ …

民世先生님-

窓外에서는 煙草니 단수순대니 落花生이니 果實이니 水栗이니를 파는兒들과 洋車軍 馬車夫의引客聲이 벌떼소리가 티이는가하면 벌서 다른火車站에停車되여잇슴니다. 멀리山멋흐로遊牧羊의떼가 溪谷으로向하야 구름의移動가티 徐徐이 몰녀감니다. 農夫들도소(牛)를몰고 洞里를向하야 채쭉질을함니다. 이곳의소는 朝鮮의소와 同種類의다만은 南方에서는 長角小體의 水牛를使用하드군요. 牧歌를부르는소리가 가늘게 窓틈으로 새여드러나오는가하면 火車는벌서 出發한것입니다.

… ○ …

民世先生님-

南京에서天津까지가려면 꼭 二-夜를 타고가야함니다. 그래서 不得已寢臺를 사고 드러왓슴니다. 이곳의 寢車는四人一室로 아주間을막아버렷슴니다. 그리고 門外에서는 兵丁들이 把手를보아줍니다. 勿論一個高麗人을 爲함이아니외다. 何必寢室뿐이겟슴니까? 食堂에도客車에도 幾行式兵丁이느러스고잇슴니다. 이것도土匪가橫行하는中國에서는 큰關心事의하나외다.

記者가 스켓취북을끄집어내들고中國사람의 生活慣習中에서가장『그로테스크』한點을 그리고잇노라니까 마즌寢臺에안진中國人이 빙긋이우스면서말을부침니다. 勿論그림이라고는天生처음으로破寂兼 興味兼그려보앗더니범을그린다는것이둑거비가티되여버림니다. 中國人의要請으로 名片(명함)을 밧구어보니 그곳에는 기다란職分이씻어잇슴니다. 자-보시렴니까?

『國民革命陸軍第四七師 軍需處上校處長 孟廣沛』紙長이五寸 紙廣은二寸 아모리빨리읽어도二分동안은 걸림니다. 何如間잘만낫다고 여러 가지話題를끄집어내엇슴니다. 여러 가지이야기끗흐로 돌연히 이러케무러보앗슴니다.

『共産軍을 어더케 생각하시오?』

『他們不好! 他們賣國賊一樣兒僚!』

中國軍人이 共産軍에對한態度는大概이러햇슴니다.

그들은 興奮이되여서打倒의毒舌을내두름니다. 上海에잇다는 洋人하나가 亦是말參與를 하여듬니다. 그는머리를개웃하며

『당신 어떤大學에잇소?』

『안요 나는新聞記者요』

『네-上海잇소? 글세 大學에서본법한데……』

『나는 高麗人이요. 당신은大學教授요?』

『안요 商人이요 只今奉天가오 어-以前에 釜山만을三四時間 求景한일이잇는데먹포튼걸요 배떠날時間의 餘裕가 잇뿌서요……朝鮮女子퍽입뿐는걸요 그中에도 손이고와요 허허』

『그래요 나는中國女子가 조튼군요』

이러케對應은 하면서도 이親舊가 무던히色道의達人인가보다……하고生覺하엿습니다. 한便에서는 廣東서 오노라는 女子두사람이 아라드를수업는廣東사투리로 큼직하게 떠드러냄니다. 食堂準備가 다되엿다고 呼鍾을침니다. 空腹이어서 夕飯을먹으러가야겟습니다. 오날은이것으로써끗침니다.

(十六) 遠征이紅裙群

今朝에 天津까지 無事히왓습니다. 天津에는西站(站은驛) 總站 老頭東站 이러케三驛이必要에依하여 設置되여잇다는것으로만보아서도 얼마나 大都市인지를 遠地에서도 能히推側할수가잇슬것임니다. 마침이곳에는 親友 李錫一兄이 來住함으로李兄을 尋訪하얏더니 前日에朝鮮日報社에 關係가잇섯든 南兄까지도 맛날수가잇섯습니다. 뭐別數잇습니까? 그저 붓잡는대로 市內案內를請하엿습니다. 이번旅行中에天津에서뿐만아니라 到處에서諸氏에게 만흔受苦를 끼처드려서 未安함니다. 모다好意로써要請以上의受苦까지 自進하여 바더주섯습을感謝히생각함니다. 그만큼 泰山가튼 純情의 債務를걸머젓습니다.

… ○ …

法租界 日租界 英租界 全部를徒走로 踏破하엿습니다. 上海에서도 高鼻 碧眼黃毫 白色人種 치고는 露西亞人사람이 第一多數인것을 보앗거니와 天津에서도亦是租界에橫行해다니는 洋人의大概는 露西亞사람임니다. 그들은 革命의火焰中에서도 용하게金塊를질머지고나와서 보아라하는듯시豪華로운生活慣習을今日까지繼續하고잇는白人들이외다. 그들은白書에는 公園뻰취에지대고하품을하다가夜暗을타서떤싱홀에들면

날개라도도친듯시無踏함니다. 市街에나부튼

『排擊蘇俄赤色帝國主義』(蘇俄는 쏘베에트露西亞)라는 포스타를보면그것이 맛치敵國에對한痛擊이나가티

『호로쇼!』하고맛장단을치는非民族的感情을가진사람들로化해버렷습니다.

… ○ …

公園을본것中에서는 英國租界의 빅토리아公園이規模는적으나第一깨끗하엿습니다. 그다음에는日本公園이외다. 海外에나와잇는 日本人이自己國家의體面維持와 人種的優越을나타내보이려고얼마나努力하고애쓰는지를 到處에서볼수가잇습니다. 그리고 中國市場의大部分도日本의商品이優勢함니다. 하다못해 『넥타이』나 『삐어』가지도日本것이 가장만흔顧客을 가지고잇습니다. 이公園에도 亦是日本情味가흐르는 亭角을지어노앗는데 그獨特한點이他보다低下하다고할수업습니다.

天津은中國에서도 屈指하는商業都市의 하나면서도表面上으로現著한發達이 나타나지안습니다.

『데파트멘트스토아』로서는 勸業場이代表的이라하나商品의充實한點으로는 京城의三越을 追及하기에도 距離가멈니다.

… ○ …

천진의밤은 赤熱된肉塊가橫行하는밤이외다. 마침李錫一兄宅에서 夕飯을먹고나서亦是李兄과南兄의案內로 市街地求景나갓습니다. 그리하엿더니엇지豫期하엿겟습니까? 朝鮮女子들의 賣淫窟을求景을시켜주는군요한집에 七八人되염직한粉바른女子들이 或은洋裝或은日服或은中服을차리고 우는듯조은는듯哀愁에잠긴 顔色으로바라봄니다. 어떤女子는米國軍人의부릅우에안저 與나지안는우숨을터처서相對者가 愛着의줄을 끈치못할만큼 不絶히注意를줌니다. 어떤것이나 悽慘한光景 아니것이 업습니다. 不幸한環境不幸한 制度 때문에 平生을暗黑한구렁에서 짓밟히고 매맛고嘲弄바더야할그들에게는 光明하다는日月도無光한細音이외다. 李兄의빈정대든말

『이것도모다 材料가되겟지?』

(十七) 北京은依舊

果然그말대로 이러케材料가되여줌니다. 이러케單身一騎로海外에나와서 夜暗에活動하는娘子軍이天津에만 勿驚하고 百五十餘名이라고함니다그려. 北京에도 이런殖民이拾餘戶에達한다고함니다. 그外에도專門智識이나技術이업고 資本이업슴으로 日本租界에居住하는大部隊는阿片密賣를해서야만糊口해나갈수가잇다는것은 同情이라면서도 香氣롭지못한노릇이외다.

民世先生님-

天津에는特別히이러타고 紹介할만한것이 업썻습니다. 勿論복줄모르는것도 한原因이겟지만古績으로나 中國式特有한文化의片鱗으로나 注目할것이업습니다. 一代의 怪傑李鴻章廟가景致도조왓건만 只今은征仗軍의蓄馬場으로變하야 馬糞만山積한것은 今昔의感이不無하외다.

民世先生님-

天津에서北平으로가는 車中에서天津大學生과 마조안저서 雜談寸感을 주고밧는동안에어느듯 北平에 到着하엿습니다. 八年前ㅅ든 北京이나 今日에보는北平이나 多少의事情과 名稱이 變하엿슬뿐이지 別로히表面에나타나는 異彩가업습니다. 다만 電車가通行하고잇는것과 옛날에보는高級馬車와雙肥馬의 발ㅅ급소리로 群衆을헤치면서 내다라가든 高官輩가 市街지에서潛影된것이 現著할뿐이외다. 春期로부터 夏未까지 砂漠에서나라오는至毒以上의黃塵이 코를싸매게하는것도 如前하외다. 허허그거야 地形및氣流關係로 竄改시킬才操가 생기는날까지는 無可奈何겟지.

… ○ …

民世先生님-

사람의 心理的現象에 잇서서舊懷란것이 퍽異常야릇한感情인줄암니다. 넷일을 追憶한다는것이 實用의價値를 보아서는그다지 高貴한것이 아니인바는 그래도人間에서는 업지못할慰安이며 아름다운꿈이 되어주지안씁니까? 엇전지『任』이란말보다는『넷任』이란말이 한層더 센터멘텔하게 鼓膜을울니지안허요? 是認하십니까? 萬一不服이시라면

先生님이過去에 失戀을當하엿다는것만 推測시키는것이되지안켓서요? 허허……空想하시옴 저는 八年前北京에와이슬때는 徐範錫 金京泰兩\兄과함께

北京公寓에만繼續하여잇섯습니다. 그런關係上 언제나 北京公寓란것이 맛치스위트홈이나가러 머릿속에서霧滅되지안는 一片의記憶이구더젓습니다. 그래서 이번에와서도 旅裝을풀어노코나서는곳北京公寓로 달녀갓습니다. 車上에서흔들리는머리속에서는 이러한생각을하엿습니다.

『公寓主人이 퍽도반겨줄테지? 그리고 中國式禮儀로合掌擧手하야 흔들어낼테지? 그리고……』

그러나 막상公寓에臨한즉 웬걸이요! 참말空虛를 늣기지안흘수가 업섯습니다. 첫재는 집이낡아저서 컹컴하고 둘재로 所謂合掌擧手하여줄터이든 主人이變하엿습니다. 新『상패』는 웬異邦客이 投宿하려는가? 하여 連放房갑設明만 하고 잇습니다.

이러한境遇에는 有閑한古人만이 三歡息 作詩歌할것이아니라 奔走하다는 現代兒로도感懷가 異常하여짐니다.

民世先生님-

米國處女한사람을 紹介해드릴까요? 허러 勿論孃은孃이나 三十八歲의 老孃이외다. 苦笑마서요 그러나 얼른 보기에는 二十七歲도보이는 美孃이외다. 名曰 훼어핀孃 職業은東洋美術硏究學者 이女子를엇지아랏느냐? 네對答하지요.

때는 昨年夏節 곳은 京元線車中 親近한程度는 몃萬里를延長시켜도 交錯될수업는 平行線狀態 이것만으로는 不可理解겟지요?

지난夏節에 釋王寺에서 京城가는車를타는데 男裝을한一位米國女子가 同乘함니다.

『나는米國에서 東洋美術科를卒業하고 그方面의繼續硏究를하엿더니 僥倖스와드모어大學의 特派硏究生으로 東洋에 나오게되엿습니다. 英國 印度 그外世界主要地를 踏破하고왓습니다. 近三年間은北京을硏究依據로 삼고 朝鮮日本의 美術도硏究하러나왓습니다. 廣州가第一조트군요. 金剛山古刹노보앗고……이제京城을가는데朝鮮旅舘을 紹介해주실수업소?』

(十八) 奇怪의喇嘛廟

이러케되여 이女子를사괴엿고 京城서는마침제가잇든 共榮旅舘이房이깨끗하기에가티投宿하며三日間이나諸處를案內하여주엇습니다. 이런因緣으로이번에北京에온김에아니차저갈수잇슴니까? 南小街什方院二號로車를모라갓더니 마침췌이핀氏가在家中입니다. 門牌에는中國式으로 蔡彬華라고 自筆로써부첫 슴니다. 먼저名片을드러보냇더니蔡氏가뛰처나옴니다.

놀라는눈! 깃븜의우슴! 구든握手! 人事의말! 房안에는 中國古書가 山積하엿 슴니다. 壁에는 中國古畵가걸니엇슴니다. 그中에는朝鮮의山水畵가한張잇는대 어떤것보다도반가윗슴니다. 數年後에는米國으로도라가서 大學敎授가될女子 인지라깁흔 薀蓄이잇는듯하외다. 朝鮮美術이야기를작구만하는데門外漢인저 로서는 開口할道理가업서汗顔만하엿슴니다. 蔡氏宅에서晩餐을어더먹고 賓筵 場案內를밧고宋明日古宮博物館案內를해주마는約束을밧고 도라온때에는밤十 一時외다. 압에層바(酒場)에서는 밤새는줄을모르고 舞蹈를하고잇슴니다. 지랄 스러운音樂소리에마쳐서 젊은男女의발구루는소리가 들여옴니다. 이舞蹈란것 은新興廣物의하나로서 上海나 天津이나 南京이나 北京이나 아니테를勿論하고 ?싱이 大流行입니다. 밤에지친몸은 白晝에쉬이지안을수업슴니다. 허리를얼싸 안고 춤추든라트너(陪伴)를 그저보내기에는 情慾이 許諾지안슴니다. 술도한잔 마서야겟고 女子에게膳物도해야겟고……젊은中國은 아즉도洋禍를免치못하고 잇슴니다.

… ○ …

民世先生님-

오늘은 朝飯을먹고나서市街地를縱橫할計劃을세윗슴니다. 그래서地圖한張 을사들고 一個元角(日貨約四十三錢)으로契約한洋車우에올라안젓슴니다. 그 들본것中에서 數個處를紹介하여드릴까요? 第一먼저간곳은 ?利宮의喇嘛廟입 니다. 이廟는世祖?正帝(西歷一八二三~三五)가登極後에 西藏及蒙古의統治上 政策으로 自邸를喜捨해서喇嘛?場을建設하엿다고함니다. 古今을勿論하고 이 러케阿片性을가진政畧的宗敎或은主義로써 武力侵畧以上의 效果를엇는數가 만치안슴니까?

… ○ …

『羣生仁壽』

이러케大書한門을 기어드러간즉먼저乞人軍에게襲擊을當하엿슴니다. 積善 하라고 窮狀을떠는손바닥에다가 銅錢을던저주면서 또한門을드러섯슴니다. 그

곳에는 碑閣이잇고 그閣內에는 四角立體의 커다란碑石이서잇습니다. 碑文序頭에는

『喇嘛說』이라고썻습니다. 四角中의 一面에는 普通우리가使用하는 漢字로썻스며 他一面은 蒙古文字로꼬불그렷고 또一面에는 亦是 不可解의滿洲文字로쓰고 마지막面西藏文字로 英子와가티 橫書되여잇습니다. 不可解에屬하는것을 曰可曰否 論할資格은업스나 얼는低感되는것은 퍽複式하고 自然物像에 近似하다는點에서 極히發達되지못한 文字인듯하외다. 끗흐로

『乾隆五十有七年歲次 王子孟冬月之上澣 御筆』이라고 쓴것으로보면 過히오래된者가 아닙니다.

… ○ …

碑閣에서 마조띄우는 法輪殿에서는 黑衣우에紫色布를 둘러메엿고 또그우에는『면틀』모양으로된 柿色衣를걸친 僧侶들이 不自然하게굵고 쉬여목이音聲으로 讀經參味에빠젓습니다. 果然 熱心인가보다하고잇노라니까 이골목 저골목에서 頭光이알는그쓸만큼 바득히削髮한僧侶의떼가 異邦客이온냄새를맛고 뒤달아옵니다. 或은 參角만주면 案內와 說明을해주겟다는둥 或은 돈을내고香人불을피우면 福을맛는다는둥 或은 小型僧侶를사가라고 졸라대는둥 或은蒙古文字의 ?書와西藏?畵를사라는둥 頭痛이날 地境이외다. 그들은맛치 五月蠅가대서『不要』하고 火症을내여도벌서 惡性化한지가이미오래서羞恥心도업습니다. 何必曰 今日의宗教분이랏까? 宗教가商業化한지도 이미오래지안헛습니까? 寬大하게 神符를發賣한事實을宗教史中에서 抹殺시켜준다처도 그것으로써 決코宗教의商業化를 不認할수는업슬것임니다.

… ○ …

이喇嘛廟의規模는 大端히큼니다. 黃磁瓦 朱壁의宏壯한建物이疊疊히서잇서드러간길을차저 나오기에彷徨할地境이외다. 그럼으로特殊한것外에는 殿當의이름조차 枚額키가 어렵습니다. 朝鮮의 古積이나 名所란곳을가보면 大概는一眼에 띄워드러오고 或은塔한個或은다리(橋)하나 이러케規模가 적지만은 中國의것은大陸的이어서 무엇이나 十里爲限하고 버터젓습니다. 塔가튼것도 宏壯히놉고큼니다. 조곰한 建物을세워노코서는 그들의存在를認識하는 感情을滿足시킬수가 업나봅니다.

第九處라고番號부튼 萬福閣을 드려다보니 그곳에는 高가五丈이나되는 立像體가天井을뚜을듯이서잇슴니다. 고개를발딱재척도極不足이외다. 身體가지뒤로꺽어야만 큰비로소 大佛의 酸節을仰見할수가잇슴니다. 그보다도이大佛은乾隆帝時代에西藏으로부터搬來한 大旆수鼠木단한나무로써 彫刻하여 만드럿다하오니 그나무가얼마나큰것이엿슬가를 想豫不到외다. 이러한無用의大佛을만들고 또그우에風雨를制하려고 建築을하고……아이구 말두맙쇼 人間이란그만햇스면 怪物들인것을 뉘가모르겟서요.

… ○ …

右便으로는 東配殿이잇사온대 그가운데에잇는 觀喜佛五鼎야말로 怪奇의極致외다. 그웨覺縛鈔라는 經典이잇지안슴니까? 暫時紹介하면

『廣羅 閻羅王이란王이 恒當牛肉과蕪를食生하더니 國內에牛絶하매 人民은屍肉을供하다가 屍肉까지乏하매 王은生人을殺食하엿다. 國民이 不安하야 起兵而\害王하려한즉 王은空中으로飛逃하엿다. 그後國內에盛病함으로 國民은十面觀者에게 祈願하엿다. 觀自在菩薩은 大慈悲心으로 鼠那夜選婦女로 假變하여가지고王에게간즉 王의欲情이熾盛하야抱하려하거늘婦女는 王에게 佛法과人法守護하라하며 그條件을承諾하매 鼠那夜迦女는 含笑而相抱하엿다. 王은크게觀喜하엿다.

이러케 觀喜하는場面을 物像으로 露骨化시켯군요. 쉬-貞女나寡婦는 勿入하소……

(十九) 仙境의北海一圓

民世先生님-

喇嘛廟를나와서는 有名한北海로 車머리를 돌리게하엿슴니다. 이北海란것은 三海-北海 中海 南海를 總稱하는 太液池의 一部分으로서 遼以來로歷代의帝王이 風月과 美姬와 甘酒와 書舫과 音律로써즐기고 놀고 웃고……하든 浪漫的遊處외다. 乾隆帝가

『?島春陰』이라고題한 碑石을세운것도 그까닭이외다.

積案門을드러가서 ○感되는北海의春色은 江南의그것가티芳濃한것이 못됨니다. 아즉도숨길수업는 冷味가돌고잇슴니다. 더욱이나 녯날에 手巾으로流汗을

시츠면서 보든때와比較하면 모든雰圍氣가너머나寂寞하외다.

?華島로건너가는 六曲된大理石橋 欄干에서는 中國女學生들이照相(寫眞)을 찍습니다. 심술구진異邦客이 그中間을 通過해서 防害를하엿더니 怒하기는커녕 反히紅顔에微笑를띄웁니다. 남몰래 얄고진눈살을 쏘앗는지는몰나두요.

… ○ …

海ㅅ字는 부텃스나 湖水랄까? 맑은물이 春風에등밀려서 金波를치며 내다름니다. 저-便으러 白色뽀트에 青色?를저어오는 젊듸젊은男女-夫婦랄까? 男妹랄까? 慇懃하려다가도참지못하여 愛嬌를暴露시키면서 달큰한微笑를 주고받고 ?에게똥구침을밧는 애꾸진발(水草)도 어지려히浮遊합니다.

湖岸에 넌즛이누은 首楊버들도 이날의和風에는 춤추지안흘才操가 업다는듯이 나부낌니다. 中國에서특히만흔 柏樹가 亭亭하되 말이업고 울타리끗의 黃裝은 멋쩍은듯하면서도그윽하외다. 香花는滿開하엿건만 芍藥은 웨못피엿노? 歲月이덧업다니 芍藥인들 아니피랴만 이날의過客이 그날에또온다곤 期約하기어렵습니다. 얼마를드러가면 養魚所가잇사온대 그곳에는여러가지 魚類가잇습니다. 花龍睛魚 紫龍睛绒魚 五彩花丹鳳魚 紅帽子魚 紅哈蟆頭魚 紅翻腮魚 藍丹鳳魚 紅望天魚……大體로이러한 觀賞用 魚類들입니다.

… ○ …

아취(弓形)式으로된 石橋를오르나린즉 그야말로 長圓한廻廊이 에워들렀습니다. 間或茶廳이잇고 그곳에는 男女 老莊 浪漫客들이醉興에서解放된다리를 쉬이고잇습니다. 岩道를 감도라 올라가면 永安寺(淸의 順治八年 卽西歷-六五一年建)가잇고 山頂에는奇異한形式의 白塔이잇습니다. 白塔우에서는 北平市街가 고루府瞰되며 더욱이나 宮內가잘나려다보임니다. 宮內의人造山인 景山은 雙墓와가티보일만큼 比式한點이잇습니다. 그景山이란것은 舊名을 萬歲山或은 煤山이라고 하여왓는데 傳說에依하면 元世祖가 北京에都하고 築城할대에 萬一將來에戰亂이이러나서 包圍를當하면 燃料問題가 생길것을念慮하고 豫備的으로 石炭을싸코 그우에 覆土한後 樹木을移植하엿다하나 可信키어렵습니다. 그리고 景山에서는 明末毅宗帝의 崇祖十七年(西歷一六四四)에 流賊李自成이 侵入하매 世事가 이미기우러질것을 看取한帝는 먼저太子를 戚家에보내고 皇后를 自盡시키고 妃嬪數人을殺하고 景山에올나와 東籬의海堂木에서縊死하엿다함니다. 이것으로써明朝의榮華도 一朝의消露와가티젓습니다.

… ○ …

畵舫(遊船)을저어가면 黃瓦赤壁의 建物들이잇고 또 기다란廻廊이잇고 각금 地下로깁히둘린石洞窟이잇습니다. 權威와危險이란同伴이니까요. 아마避身處로만든것이겟지요. 丹靑한廻廊이水面에비치는倒影은 맛치龍宮이저럴것인가? 하고 想像하게만듭니다.

西便으로는 크다란石佛이 서잇고 그머리우에는 錄실은承露盤이 노혀잇사오니 不老不死의天露를맛는 遇智는 秦始皇에게서배운법하외다.

北方에는極樂殿이잇고 그안에는 極樂世界를 物形으로象徵하여도앗습니다. 釋迦牟尼佛을中心으로하고 三世諸佛 十萬諸佛이 그득히 羅列되여잇서宛然히 金色涅槃의 世界와 갓습니다.

오늘은 녯날에듯든 中國의右樂一鍾 鼓 磬 笛 簫 笙 管 箏 鑼 ? 鐺 鈴 三絃琵琶 胡琴 提琴 月琴等의文響樂을 듯지못하는것이 大遺憾이외다.(北海에對해서는 數年前 朝鮮之光에紹介한적도잇습니다.)

(二十) 天壇의地壇化

民世先生님-

黃塵의沙汰를 뒤집어쓰면서城外로나간것은 天壇을보려함이외다.

天壇이란것은 北京에서 七祭壇의하나로서 內城에잇는 天壇 先晨壇 城外에 잇는 地壇 日壇 月壇이러케七個所中에第一規模가 宏大한것이 이에紹介하는天壇이외다. 이天壇의建設은永樂十八年(西歷一四O三年)에된것이라하나 그다지 오래된것은 아님니다만은 그周圍가 九中里餘(約三哩)나되는 廓壁안에 齊宮이니 圜丘니皇乾殿이니 ?年殿이니하는 宏壯한建物이 도뭇드뭇서잇다는것은奇異와 딘센스의總結合이라고아니할수가업습니다.

널따란廓壁內에는 老木이鬱蒼함니다. 그大槪는 그外의것도 常綠樹가만습니다. 마침이날은 狂風이부러서휘모라오는바람에마즌 枝聲과綠葉이지랄치고 擾亂한소리를 냄니다. 華聞하든 녯날을回想하는 浪人으로서는 너머나悽慘한愛愁의感을이르켜줄만큼 無心한自然과雜踏하는群衆의土足이 不絕히掩襲함니다.

建濠筅 天壇이란 名稱으로 包括되는 모든建物中에서 第一建濠筅으로 優秀한 것은 祈年殿임니다. 기다란轉石路中央에 大理石으로 畔을박은길을거러가면서 먼저祈年門이라고 大稱한門을 기여들게됨니다. 이門을지나면 全部大理石으로 만된 白路가깔니우고 그길을지나서 一目에드러오는 前景은 亦是大理石壇一三層으로築石된 祈?壇이보임니다. 그壇은大理石蘭杆으로에워둘린 圓壇임니다. 九個所의 外降殿階가이서 或은雲形 或은鳳 或은龍相을 彫刻하엿습니다.

… ○ …

그리고圓豪의 舳이라고할만한 中央位置에는 歷代의諸王이五穀이 農穰하기를祈願하엿다는丹靑한三層大圓樓가 聳立하엿습니다. 이圓樓의屋盖는 藍色磁瓦를입혓스며 그尖頭에는 金色甃을 언첫는데 尖頭로부터椽端까지의 曲線美와 落照에反射되는光線과 色彩의美란到底히筆黙으로 形言키어렵습니다. 이런境遇에는 반듯이그림으로써뚝따다가 보여드려야만할일인데 그것은 畵家에게請대는수밧게道理가 업습니다. 樓內에도 白色大理石으로花紋가티 이를마추어서 깔앗고 北便으로는玉座가잇스며 그背面과 左右에는 金色木屛風이 에워둘엿습니다. 天井은彩色한 槓木으로 漸漸좁혀올나가서完結하엿는데 그整理해드러가는方法에퍽精巧함니다. 壁代身에全體로門이連接하엿습니다만 그門의複雜한 것이라든지 美麗한것으로는 朝鮮의右刹에서보는것만훨신못함니다. 如何間記者가본中國建物中에서 何必均齊美(씸메트리)뿐이아니라榕造美色彩美도 祈年殿이第一아름답다고生覺하엿습니다.

… ○ …

祈年殿에서西便으로가면天子가 齋戒沐浴하고 換衣하든齋宮이잇고 南으로 가면 天壇의主體라고할만한 圜丘가잇습니다. 이圜丘란것은天象으로만든것이라하는데 三層圓形의大理石壇으로되엿습니다. 勾間이나層階나모든것이祉年殿을울여노은石壇과꼭갓습니다. 이곳에는다만上部의建築物이업다는것이다르다고할까요? 이곳은前淸時代까지도 每年多至日 日出前七刻(一刻은十五分)에 그前面에位한皇子宮에서 皇天上帝 大明 夜明 雲雨 風霜의 諸神及歷代의諸王의 神位를移安하여다가노코 天子가親히 三?九拜하여 祭典을擧하엿다는곳이외다. 圜丘의周圍에잇는 鐵龍은 燎를焚하야 照暗하엿다는것 西南隅에는燈杆이 잇고 東南으로노인 琉璃瓦竈는一年間의 政治記錄을 天帝에게 煙送하기爲하야

焚火하든걸……낫낫히드러야 모도이런種類의것이외다. 이런말을하면파하고失笑하면서도 아즉도天堂을밋고 主께祈禱하고宏壯한建物을짓고덤벼드는 自身의愚를認識지못하는 多數한群衆을奇特한 天愚라고나할는지요? 如何間 이크다라한建設이 누구를爲한것임을 論할것업시特別한智者나 專門家나 博士나富者나 貴族이손가락하나간들거리지안코 純全히頭巾동진勞動者의 힘으로 築成되엿다는것을생각하면 旣成된一切文化는 푸로文化라고하여서 誤認가업슬듯하외다.

(二十一) 故宮의博物院

民世先生님-

오날은 比較的潺風한細音이외다. 朝飯을먹고난즉再昨日米國女子를 만낫슬때에 今日古宮博物院을 案內하여주겟다고 相約한생각이 불현듯 머리를따립니다. 첫재로斯界의專門家의案內를 밧는다는것이 둘도업는僥倖이며 다음엔 蔡氏에게는特別히 內務部로부터준優待徽章이잇슴으로 어데나無料로파스되여 數參圓의 節約이된다는것과 또하나는그저同伴로라도 交遊함이 愉快한일이 아닙니까?

… ○ …

民世先生님-

中國右書에 皇居의壯大함을보지안코서 엇지天子의尊貴암을알겟느냐? 한말은一理가잇는말입니다. 事實에잇서서 天子거나 當民이거나 裸體대로세워노흐면 兩者間에 무슨差異가 잇겟습니까? 他보다別다른衣服을차리고他보다宏大한宮殿안에잇다는 物質的條件이相異한데서비로소尊嚴이생김니다. 그럼으로 近日의女子들이맛치化粧品會社나 綢緞商의 마네킹일模樣으로 華麗의尖端에서亂舞하는것도 異性奪取戰이激化해가는今日에는 無怪한일이외다.

四門中에서 東便의 東華門(西는西安門 南은天安門 北은 地安門)을 쑥드러스면서 나타나는 全景은 實로宏大의權化엿습니다.

(二十二) 故宮의博物院

文華殿은 天子가 每年二月及八月에 臨御하여 饗筵을펴치는곳이라하는데 只今은珍貴한書畵로 陳列되여잇슴니다. 唐 宋 元 明 淸等 各時代의名畵 名筆이充滿하엿슴니다. 大槪는 山水畵가만코 水彩畵 鷄絲畵 墨畵 羽畵 木刻畵 刺烙畵 磁器畵 象牙畵 等等 그點數의 贍富한것이라든지 그書畵의美랄지 技巧의堂堂함이 想像不到할노릇이외다. 한便에는 度金한鳥籠이잇고 그속에서는 아름다운새가 이리저리로 가지를올마단이면서 우지짐니다. 참말새인가하엿더니 웬걸이요時計의裝置가 그러케감쪽가티精妙하게되엇슴니다. 名曰八靑鏡이람니다. 篼義殿에는 磁器獅子 花甁 香爐~屬이잇슴니다. 마침이날 世界一週라는 洋人觀光團이求景을와서 大混雜임니다.

… ○ …

大和殿은 元旦 冬至 萬壽節等儀式에 天子가 出御해서賀禮를 밧든곳이라는데 銅爐 銅鶴 銅象等과 石時計가 잇스며 中和殿은 祭典때에 天子가耕籍이라는 農祭를 擧行할때에 下穀과農具를 親監하엿다함니다. 殿內에는 銅翠와堯 舜 禹 湯 文 武 周 公等覽帝의肖像을羅列하여노앗슴니다. 大理石層階에는例에依하야 馬龍 雲 鼠 鹿等을彫刻하엿슴니다.

… ○ …

保和殿은 天子가每年除夜에朝鮮 蒙古의外賓을招待하고 或은進士及第者들을召見하고 或은纂修官으로부터 列朝의箕訓과實錄을밧든곳이라함니다.

武英殿에는 周代以來의洞器와 漆器 木器 象牙器 竹器 石器 磁器……寶石 黃金 珊瑚의紝工……石笛 石花等等이燦爛함니다.

書畵를愛好하는 記者에게는 文祭殿이第一조왓슴니다만은言筆로紹介할性質의것이못되고 純全히視覺에訴해야만할일임니다. 疲困한다리를그을고 宮門을나온때는 午後一時? 우리는 點心을畢하고 蔡□의特令대로城外에나가雙馬를가지런히타고村落求景을떠낫슴니다. 말발굽은도다나는풀을차며村路로내다름니다. ○○은愉快한듯 노래를 불너줍니다. 農村의婦女들이 異常한눈치로바라봄니다. 우리의『메리 메로듸』는 平和한 農村의봄과 調和되여서 이날이맛도록繼續하엿슴니다.

(完) 萬壽山의偉觀

民世先生님-

萬壽山은 淸의乾隆十六年(西歷一七五一)皇太后六十歲인 萬壽節에 山上에 大報恩寺를建立하고 山을萬壽山 湖를昆明湖 園을淸猗園이라고 命名하엿스며 乾隆以來의 夏節離宮이엇다합니다. 그後咸豊十年(西記一八六O)英佛聯合軍의馬蹄에게 破壞된것을 西太后다海軍 張費數千萬兩을 流用해서 修築하고 園名을 頤和園이라고 改名한곳으로서 景致조키로 이름난곳이외다. 出入口인 仁壽門前 五六百豪以上의汽車(自動車) 馬車 洋車가 長蛇列을지어 等待하고잇다는것만보아도 얼마나 天下의遊覽客이 모여드는지를 可測이외다.

仁壽門을드러스면 仁壽殿이라는 大殿이잇고 石壇우에는 銅龜 銅鳳 銅龍이 잇습니다. 이곳은 臣下를召見하든곳이라하며 兩廂은 饗應殿이엇다하나 今日은 開放日이아님으로수박것할트는格으로外様만볼수밧게업습니다. 特히이곳에는 屋蓋가朝鮮式黑瓦인것이破例인듯하외다. 宮內廣場이엇다는德和園, 西太后가 食後에散策하든處所라는諧部園一光諸의居殿이엇스며兩廂은 西太后가康有爲事件때에光諸帝及皇后를關閉하여두엇든 王潤堂을一瞥하고西太后의便殿이자 陽寢後에 臣下를召見하엿다는 樂壽堂까지드러갓습니다. 庭內에는銅鎊의大花瓶이잇고 銅鹿 銅鶴 銅瓮이잇습니다. 門틈으로가만히 盜見하니『萬壽無疆』이라고쓴大額이달니고 鏡屛風 金瓶 王燈 王座가녯날의豪華를說明하고잇습니다. 樂壽堂에서 西使으로長廊을밟아가면서 몃個의殿閣을지나면排雲殿이잇습니다. 이곳으로箭式이잇슬때마다 賀禮를밧기도하고 垂廉聽政하든곳이라는데이 殿의屋蓋만은 黃瓦를입혓습니다. 이곳도亦是禁開放임으로非紳士的이지만 不得已門틈으로 盜見하엿더니먼저

『永固鴻基』라고쓴扁額이눈에띄우고다음엔 金製雙鶴이서잇고 그다음에는玉座에安置된西太后의油畵像이보입니다. 이그림은 光諸三十年西太后가七十老年에米國女流畵家의손으로된것이라고함니다. 顏面이細長한우에다가王冠을써서좀더面長으로보입니다. 그러나七十老人이라기보다도 四十前後의 美人으로 보이니참말그가 靑春期에 垂廉聽政할때의 姿態란 얼마나입버슬까요? 모르거니와 젊은臣下의 戀戀한情이權力에늘여서 斷念하고自制할때마다 몇 번씩울엇겟지요? 西太后인들人間이아닙니까? 天下를呼令할 權威의巨身도사랑이란 크

다란法則에 눈뜰때에는 한낫조금한 비달기가티異性의품에안겨서 울엇겟지요? 宮中에普通잇는例와가티 그에게도別別悲戀 愛戀 赤戀이 물결칫슬것입니다. 生覺컨대華麗한生活 山海의珍味 眼下無人의大儋과決心……이런것들이 西太后를 肥滿케하고 絶美케하고不老케하엿을것입니다.

排雲殿뒤로 德暉殿을지나면佛香殿으로올나가는 大理石層階와 靑黃瓦欄杆의美도 比求키어렵거니와 올나갈사록 新世界가殿開되는樣은 맛치구름을하고 極樂에昇天하는感이不無하외다.

佛香殿에서는 昆明湖의全景이나려다보임니다. 玉泉山으로부터흘너나려오는맑은물이이湖水를이루엇고南便으로누구붓한十七孔橋(玉帶橋)로 連結된波樓의一景이잇스니 金波치는水中에亂影이잠긴것이며 櫓를저어가는畵舫이仙境인듯하외다.

絶景에는 佛體殿으로만된四角의象香界가잇고 西方에는純銅으로建造한 正方形의寶雲閣이잇스며 그아래에는 四通五達한岩窟이잇서 危急한때에 身하면 容易히차저내지못할만하외다.

漸漸西端으로 步武를옴겨서長廊이끗나면 그곳에는有名한淸宴舫이라는 石造船이잇슴니다. 그것은邊淺에다가 船體를大理石으로만들고 上部建築을木製로한뒤에 石色途付를하여全體로恰似히 石船이浮遊하는것가티보임니다. 船室은아름답게彩色하엿고 五色琉璃로窓을만드럿슴니다. 그안에서는 遊客들이契茶를함니다. 昔日에는中原의大權만이 投足할수잇는곳이언만今日에는 記者가튼異邦客까지와서 土足으로踏蹦할줄을 西太后도몰낫든模樣이외다. 諸法無常임니다.

이外에도 求景거리이야깃거리야만치만 一一히紹介하게못함니다. 大體로國末의帝王이란悲哀로운存在일까함니다. 그의一擧一動에 天下가左右되니 하나도自由로운行動은업슬것입니다. 말하자면 豪華로운 幽開生活이외다. 從此로 이러케宏大한築造物로써 生活의倦怠와厭症을 減少시킨다는것도無理가아님니다.

… ○ …

謹謝=中國暗行記는 이것으로써끗을막슴니다. 豫定은좀더여러곳을 巡訪하려하엿스나不幸히身體의故障으로 初志를達成치못하고 北京으로부터直來하고

마랏슴니다. 이번旅行中에가는곳마다諸先生의 두터운愛戴를밧고 만흔受苦를 끼처드린것을一般感謝하오며一般罪悚히生覺합니다. 삼가 紙面으로써謝禮함니다.

滿洲走看記*

전무길

(1) 겨울의國境情調

今日은 一月十一日一

近來에 도모지 動해다니지안튼 내가 暫時旅行의 身勢가 된탓인지 그러치안흐면 北國의情趣를 한層더 端的이며 아름답게 繡노하주려는 天恩이라할지? 이때가지나려보지안튼 함박눈이 거의威壓적인形勢로 펄펄나려쏟고 또 바람에휘동댕이친다. 暫時동안에 煤滓와 塵芥로 더럽엇든 新義洲와 安東城땅도 純白한 銀世界로 戀하엿다.

鴨綠江의 名物鐵橋도 이제와서는 老朽되고 지쳣는지 아주 開門作用을 멈추고말엇다. 다만 鐵橋를지키는 步哨만 依然히서잇다. 이 다리를 건는것은 今番이 이미 5, 6次에 及하지만 今番처럼 結氷된 鴨綠江을 지나본것은 처음이다. 그러므로 새로운 興味로써 모든 것을 볼수가 잇섯다.

오! 偉大한 自然의힘이여! 가마케넓은 江물, 그리고 그만흔伐木을 흘러내리는 氣運찬물두 이제는 꼼작못하고 한어리로물은 氷場에 不過하고나 멀리 떨어진 땅을 綠地시키는 道術이야말로 偉大한 造化物이 아니고는 不可能한 獨占力이다. 겨울의 國境은 鴨綠江의 存在를 認識하지안는다.

그리고 國境의百姓들은 密輸의百姓-이런先入觀念이 앞장서는까닭인지 江

---

* 이 글은 ≪東亞日報≫1936년 1월 24일부터 31일까지 7회에 나뉘여 게재된것이다. 제5회에 문맥이 통하지 않는 수백자를 삭제했음을 밝힌다.

을 건너가고 건너오는 사람의 떼와 物荷를 運搬하는 雪車와 人馬가 모다 密輸軍의 行裝만갈구려. 西伯里亞의 벌판을 것는 사람들처럼 가지가지의 生物防寒具로 몸을 감싼이들이 아니 이제는 벌판을 걸어가는行列은 興味와 詩興을 주고야 만다.

時計를 한時를 뒷마루거름질시켜서 滿洲의 標準時間을 마치는것도 國境色의 하나지만은 무엇보다도 巡警과 憲兵이 森嚴한武裝이 特히 눈에띠운다. 칼따위는 이제와서 骨董品에 지나지안는다는듯이 銀裝刀만한것을 찻슬뿐이고 依然히 피스톨과 彈子를차고잇다. 移動班, 刑事, 锐官吏……『官』字들은 新舊들이 한떼의 ○이되여 通行人에게 威脅感을준다. 그들은 모다 眼下無人格으로 粗暴한 言辭를 쓰는特權과 自尊을 가젓다.

安東縣驛構內의 物件販賣子는 全部가 滿洲人이다. 幸福을등지고 天恩과作別한 그들은 X語를 배워야만밥버리가된다하여 口舌이 生疎한外國語를 苦生스럽게 배우는무리……그怪常한發音소리조차 어째 눈물겹게 들리는고? 無心한그들은 한窮人의 斷腸의눈물을 알아주라.

『곤레 히도즈 지-선데수』(コレ-ウ十錢テス)

이곳은 내가 煙草한匣을 사자고 할때에 滿洲人賣子가 對答하는말솜씨엿다.

煙草이야기가 낫으니 말이지實로 中國같이 煙草의質이조코도값이싼곳이 없을것이지만 그種類가 만키로도 世界에冠이 될줄안다. 市場에나서면 暫時동안에 數拾廓의煙草를 살수가잇스며 또다른地方에가면 純全히 그地方近處의 新種을 또만히볼수가 잇다. 내가산煙草는 名曰『마-스』(軍魂)니 鐵嚴한이름이다.

右便으로는 王子製紙會社의 높다란 煙突에서 검은煙氣 아니찰하리 검은구름을 吐하고 左便으로 멀리보이는 郊外에는 原始그대로 福洲土優氏들이보이니 이實로 文明 非文明의 極地의 路界와 對照를 보여준다. 非文明人은 文明人의 X이 된다고나 할까? 그러나 그들滿洲의 士蔗民과 雙頭馬車를 타고다니는무리들은 堯舜時節이나 只今이나 別다른 慈澤을 복받어 보기로는 每样一般이다. 그러므로 世上事는 斷念하고지낸다. 天下가 뒤집히건 자빠지건 我不問焉이란 듯이 『沒有法子』(메유파-즈, 할수없다는뜻) 하고 斷念이빠르다.

나는 國境의 情調-特히 겨울의 國境風致를 스켓취하여 보앗으나 全혀그림어 素養이없는者로서 잘表現할 수가 없엇다.

車는 다시 北으로 北으로 向進을 始作하엿다. 驛附近의 騷然하는 騷音도 이제는 안들린다.

(2) 咸慨깁은奉天城

奉天 나의心臟은 웽-이러케 설넝거렷다. 滿洲事變以後에 面目을고친 奉天은 여러 가지面貌로보아 特히나에게는 感慨無量한바가잇다.

一九三一年 九月十八日밤에 이러나기始作한 日中間의 衝突은 結局에잇서 非單奉天뿐아니라 全滿洲에빼쳐 變化를 일으키게됏고 全世界의 與論상 釜鼎의 물이 끌듯 술렁거리게 하엿다.

當時에나는 某社의 政治部記者로 잇은 關係상 누구보다 이事件의突發을 알수잇섯고 또 그事件이 擴大됨에따라 晝夜廉?로 號外를 혼자마타서 發行하기를 무릇 一數個月동안이나하며 辛苦한만큼 도무지 잊어질수없는 -事變이엇다.

이제 그만큼 「누쓰」로써 因緣이 깊은땅을 實際로 밟게되매 感慨가 깊다는것은 自然한일이다.

當時 張學良君의 下人 王以哲의 北大營軍 萬二千名을 밤 十二時傾으로부터 아침五時까지의 동안에 처몰리어 占領暴破하고 다시 東大營을 점심 十二時까지에 占領하엿으며 그 戰鬪에서 日本軍의 戰士者가 不過二名이엇다하니 이 얼마나 수월한싸움이엇던고?

나는 北大營의 戰鬪-그荒幣하고 悽慘한光景을 보고一種쓸쓸한 느낌이 없지안헛다. 七十萬坪이나된다는 廣大한 面積우에 各種兵課기 散在하아 武器 彈藥이 山積하엿섯다는것이 傳하는말이다. 그리고 只今은 圖書舘이 되어버린 張學良邸를 드러설때에도 亦時 어떤感懷가 없을수없엇다. 威嚴이 東北大地에 날리고 百官이 그의膝下에 절하던 張學良으로도 時勢의 變遷앞에는 啞然 無策할수밖에 없엇드냐? 그의 豪華롭든 邸宅이 이제와서 뭇사람의 上足에게 蹂躪되고 오고가는 行跡의 웃음거리가 될줄을 어찌할엇으랴?

나는 市中에서 以前 張學良의 通譯官이엇다는 日本靑年을 만나서 張作霖이 非命의 暴死를當한 地占을 가르켜줄때에 그의 父子의 運命을 無心히 理解할수는 없었다. 그러나 이問題에 對하여는 事情上 ○○하기로하고 話題를 돌리기로 하자. 그러타고 張學良의邸宅이 어떠타는둥하고 常細히 點描할 餘暇도 없다.

×

어제ㅅ밤에 그몹슬大風과 强雪도 씨슨듯멋고 今朝는 文字그대로 快晴이다. 이러케 日氣가急變하는것도 大陸氣象의 特色이다.

朝飯을 畢하고나서 나는 自動車를 불러타고 郊外에잇는 喇嘛寺院을 求景갓다. 名曰 法輪寺. 正門을 드러서자 暗褐色의 大塔, 座가 特히 異惑心을 주는데 그塔의 形式은 獨特하여 ○○을 擴大해노흔것갈다. 그것을 部分的으로 뜨더서 본다면 먼저基塔이잇고 그우에 塔身이잇고 맨우에는 前含한 鐵筆形의 相輪이란것이 잇어 三部로 되어잇다.

그리고 中門을지나서면 『金塔周圍』이라고 代書한 殿閣이잇는데 一金壹圓을 주고나니까 비로소 開門을 하여준다. 이殿閣안에는 너무도 怪常한 彫刻이엇으니 卽喇嘛敎의 極致요 그崇拜의 對象인 涅槃靜寂의 表現이라고하는 解脫이라고하는 所謂 『天地飛化』像이잇으니 그것은 男女의 X交하는것을 그대로 彫刻한것이다. 靑銅色男像과黃金色女像이 抱擁歡喜하는相은 實로 『그로테스크』의 으뜸일것이다.

이러케 生殖器崇拜의 風俗은 未開한時代에 어느國家 民族에게도 잇을것이니 朝鮮에서도 그例에서 버서나지안는듯하여 海州에는 碑石一邦의 全面에 女子의 生殖을 擴大彫刻한것이 잇으며 『東方大王, 西方大王』이라는 天下第一位를주어 彫刻한것을 보아도 尋常치안흔일이다. 그런데 現代에까지 이러한 末開時代의 遺物을 그대로 崇拜하고잇는 喇嘛敎의 內容이란것은 말하지안허도 너머나 幼稚한것이다. 이 幼稚한宗敎도 過去의 勢力만은 政治的利用밑에서 巨大한發展을 보아 結局國民을 內面的으로 썩이고 外部的으로 亡처먹는 大原因이 되엇으니 어찌 駭然하지 안흘수가잇으리.

(3) 古色蒼然한北陵

曾往에 내가 奉天을 지날때마다 北陵을보고 싶은 衝動은 여러번 받엇지만 每番疲勞에 지쳐서 이루지못햇더니 今番의 旅行은 純美人式 餘裕가 잇으므로 가보기로햇다. 胸有天地-于先 集煙과 黃塵속에 잇든나로는 그鬱蒼하고 靑靑한 老松林을 볼때 歡呼를 안겨주엇다. 北陵은 滿淸第二世王 太宗皇帝의 陵墓로서 正名은 隆業山昭陵이라 하나니 太祖의 陵墓인 東陵과 區分하기쉽게 부르기

위하야 北陵이라 한다.

이 陵閣들은 規模의크기와 裝飾의 豪華로움에 大殿式이거니와 全部의 陵閣은 黃磁器瓦로 되엇다는것만보아도 그全般을 미루어알수가잇다.

鋪石道를 팔아 陵山門에 이르면 그 高雅한 舟靑과 彫刻과 赤壁에 恍惚하게된다. 老松林의 어느구석에선가 새의우짓는 소리가 구슬프게 들린다.

이靜寂한 建物을 破寂하는것은 오직 눈길을밟는나의 足音뿐이다.

鋪石道의 左右에는 石像들이 護衛하고잇으니 代里石龍像인『望君出』을 비롯하야 獅子 豹 石鳥 駱駝 石象等이 大彫刻品이 雙列로 羅列되여 잇다. 그리고 조금나가서 太宗의 功德碑가 잇고 그 碑閣을 지나면 側面에 配設을두고 正面에 隆恩殿이 잇으니 太宗文皇帝와 孝端文皇後의 神禪位를 奉安시킨곳이라 한다. 殿에올라가는 石壇은 全部가 大理石이고 全部가 龍寘의 彫刻이니 皇位의 尊嚴에는 각금이러한 物質的豪華가 困境的要素가 되는가부다.

各門 各碑石마다 漢族의文字와 滿洲人의 固有文字와 蒙古人의 파리밸같이 꼬불거린 三國文字로 쓴것을보면 그들이 滿蒙을 攻畧하여한입에 너허보려는 野心의 一端을 □不하기에 足하다.

마침이날은 日本軍四五名이 北陵에 參觀을와서 將校로부터 日露戰爭時에 露軍의 戰略地인 北陵을 占領하고 退路를 끝은이야기를 하고잇엇다. 歲月아네 나아는지? 人間事란 어이도 그리 變化가 만은고? 萬相은 停滯없이 흘르고잇다.

×

回路에 奉天에서 有名한 民間慈善機關인『同善堂』을 訪問햇다. 事務室에 姓名錄에 사인을하고나서 若十金을 寄附하고나서 案內를請햇더니歡待한다.

이同善堂은 日淸戰爭時의 淸將이든 左寶貴氏가 設立한 救濟機關이다.

東便으로 壁을뚤코 物○臺를 만드러노흔것이잇으니 이것은 나머서 남부끄러운 性質의 私生兒나 生活難으로養育할수없는 嬰兒를 버리고가는 구멍이다. 그 구멍『物□臺』에 노흐면 電氣裝置로써(嬰兒의 氣力으로) 事務室에서 알게되엇으니 부끄러운 낯을 내밀지안코 棄兒와 愛兒가 可能하게되엇다. 이러케 버리고만 不幸한 嬰兒는 乳兒를救해서 養育하고 漸次 成長하면 堂內幼稚園에넣코 堂內의 小學校에서 工夫시키고 成人이되면 男女孤兒間이거나 그와適當한 配偶者를 救해 結婚까지 시켜준다. 그뿐아니라 失業者 救濟部가잇어 失業者를모아 適當한일을시키며 不具者에게도 그에相應한일을 시키고잇으며 養老部가잇어 老廢人을 收容하되 ○○○等 小手工을 시키고잇으며 一便에 病院이잇어 殘病者의治療에 當하고잇으나 事閱한筆者로서는아직 東洋안에 이러케 훌륭한 慈善機關이 잇다는것을 처음보앗다. 더욱이나 中國人의 吝한特質속에 寶玉이잇음은 크다란 名譽다.

그러케 無限히 드러오는 嬰兒와 失業者와 廢老人을 어떠케모다收容하고 먹여살리느냐?

이제와서 同善堂의 存在는 內外의 視線을 모은바되여 來訪客이 連接하고 그들은 모다 最小限 몇圓으로부터 몇百圓 몇千圓의 同情金을 던지고가며 또그 自體內의 小工業으로써도 相當한收入이 생긴다한다.

비록 이事業이 大局的으로보아 微微한듯하지만은 여러 가지 느껴지는바와 興味잇는點이 만헛다.

(4) 恐怖病의夜行車

奉天에서 新京行의 特急「하도」(ハト)號를 탄것은 午後二時半이엇다. 이「하도號」는 마치 戰場에 나가는 鐵甲車모양으로 特別히 全金屬으로 製作햇고 流線型機關車를 二輛이나 달엇으며 日, 滿, 露人 混成修備隊가 每車輛마다 配置되는等 一般의 活氣와 繁器味를 添加하여 實로 森嚴한바가 잇다. 이恐怖病은 언제나 解消될는지? 巨軀好漢으로 생긴 露西亞衛兵들이 목숨과 빵을 交換條件으로 하야 우둑허니 앉어 黃眼을 데룩데룩 굴리고 잇는것도 一種의 異風이며 哀然한 感을 주엇다. “All mighty money”란말은 벌서 世界人의 情諸를 떠나 實生活 그것으로 化하여버렷다. 汽車가 얼마가지 안허서 前言한 張學良의 通譯官이든 日本人으로부터

『저곳이 張作霖이 最後를 마친 地點이요.』

하는 말을 듯고나니 自然그가살든 邸宅을 求景갓든 生覺이 다시 솟아난다. 그邸宅門에 自筆로 쓴 額字『愼行』『天理人心』이러케 暫時나마 聖人的運數에 還元하여 하든 人間張作霖의 一面과 그一代의 野慾生活을 가만히 比較하고 實로 悶然한感이 없지안헛다.

汽車는 나의 複雜한 想念을지고 高速度의 줄다름질을 한다. 벌써 西便쪽 地

平線아래로 붉은해가 沒入해버렷다. 朝鮮과같이 山이없고 無限遠野인 滿洲의 落照는 大端히 急템포로 어둠을再促한다. 그것은 山그늘의 점으름이란 한過程을 넘고 急作히 떠러져버리는 까닭이다. 그것은 마치 亲地에 停電이 되는것만 못하지 안타.

食飮車로 請客하는 露西亞處女의 아름다운姿態가 全車內의 視線을 한데묶엇다. 麗人이란 언제나 傾異로운 存在다. 食堂에가저 않을사람들도 幸여 그 女子의 웃음을 볼까하여 메뉴를 請한다.

『男子란 실없는것……』하는듯이 嫌惡하는 웃음을 그女子는 던지고가건만…….

車內에는 日本人露西亞人刑事가 잇어 각금露西亞人旅客을 檢案하고 审問한다. 露西亞人旅行者는 반드시 페스포트(旅行證)을 가지고 다니는모양이다. 國際時局이 緊迫해가는 時節인만큼 『스파이』를 警戒하는것이다.

車窓에는 火光이 밖으로 새지안케하기 爲하야 一齊히 『커-텐』을 느리엇다. 쿵쿵거리는 鐵音 眼界는 막혀 어데를닷고잇는지 도모지모를 數다.

내가 新京에 다엇을때 車에는 驛에는 徐, 申兩兄이나와서 맞어주엇다. 『千里他鄕逢古人』이란 옛말대로 오래간만에 異域에서맛난 두新舊가 얼마나반가웟는지. 나는 그들이주는 晩饌을 가치하면서 옛이야기로 즐기며 ○○를 폇다.

『그래 苦生만히햇지?』

『뭘 사내가 多少 苦生된다기로 그것쯤이야……』

『참 자네들 돈을 만히모앗다는구먼?』

『웬걸, 그러나 앞으로 살어갈 機器는 선모양일세.』

나는 두분의 꿋꿋한 意志에 敬意를 表하엿다. 特히 彼此가 新聞의 生活을 하든 옛일을 生覺하면서 親舊의情을 실꾸리풀듯하엿다. 앞으로 視察或은 投資를 爲하야 新京에오는 朝鮮人의 조흔 志願者의役割을 맡을것으로 민는다.

거리의 『네온싸인』은 大概 京城에서 보든바와같이 日本製品 日本商品 또商品의 廣告다.

똑똑한人間도 배미를돌리다가 노아주면서 이곳이 어데냐? 하고 質問한다면 『日本이다!』하고 對答하기쉬울만큼 모든.

(5) 膨脹하는新京相

아침에도 徐申兩兄이 찾어왓다. 우리는 露西亞人經營인 飯店에가서 朝飯을 먹은뒤에 市內를 한바퀴 드라이브햇다. 新興하는都市 同時에 建設中인都市는 前身인 長春時代보다 倍나되게 자랏으며 廣面積의 高層建物이 櫛比하고 道路의 整備 새로운 街路燈의行列, 人口動態의 敏活等이 쉬웁게 눈에띠운다. 關東軍司令部를 비롯하야 滿洲國 各官衙며 中央銀行……쓰러기나 내버리고 菜田으로 쓰든 黃野를덮고 森立摩天하는 大建物들은 實로 그 外样부터가 宏壯히 威壓的으로보인다. 市內의 警戒도 森嚴하여 要處에 武裝한 軍警이잇음은 勿論이요 交通整理의 巡察과 滿鐵社員까지도 (特히 定隊兵을 採用한鐵路社員) 武裝하고잇다.

이 舊城의 都市는 不過五里밖에안되는 南領의 激戰과 寬城子戰當時에도 中國軍이 一手도 接近해보지못한것이다.

이 新京은 滿洲의 政治的中心地이지만 重要性을가진것이아니라 産業經濟上으로 더욱 重要할것이니 滿鐵線을 비롯하야 蘇聯에서買收하는 主要鐵道며 吉會線을거쳐 吉長線의 一驛이며가 모다 新京에서 모이이고 헤여지니 商業都市로서의 新京은 앞으로 더욱 香할거리가 생길것이며 他面 軍事上 重要性은 어데보다도 第一要處라 아니할수 없으니 將來 軍工業의 發展도可期할바가 잇다. 옛날 蒙古人의 牧畜地에 不過하든곳이 今日의 繁昌을 보게될줄을 누가 豫期하엿으랴?

滿洲人 舊市街에서는 所謂『깽깽이』소리한다고 悲鳴을울리는듯한 귀압흔노래가 終日토록 멎지안흐니 그를 國民性이『漫漫的』하고 悠悠함을 謂하는듯하다. 날이나 치울때면 一夜之間에 阿片쟁이의 凍死한屍體를 路上에서 點點히본다하니 人道의 大國으로보아 悶然한일이다.

新京이란곳은 表面으로만 볼곳이지 裏面으로 深氐가없는곳이며 平面的으로 一致한곳이지 立體的으로 그歷史가짧고 現在의 斷面으로 剪할곳이지 未來를 占치기어려운곳이니 一種의 運命兒의 感이잇다. 極東의 暴風이 어데서불기始作하여 어데서終末을 지을는지? 可히 아득한問題는아닐것같다.

新京에잇으면 남에게 괴롭까리만되고 身勢스럽겟기에 곳哈爾賓으로 向하엿다. 그러나 徐兄도 哈市에볼일이생겨서 同道하게된것은 무엇보다도 愉快한일이엇다. 나는 또다시 武裝한列車를 타고 캄캄한밤 人中을 살닷듯하기 始作하엿다. 二重으로된 車窓은 全部가 어름덩이같이 두텁게얼어서 停車場에불빛도 微光을보낼뿐이다.

困惑한탓으로 苦力(쿠리)의 荷物우에앉어 끄덕끄덕 조을고잇는 露西亞衛兵의꼴이 一便불상도하고 一便웃읍기도하엿다. 停車할때마다 露兵은 놀라깨여車外를 望見하고나서 빨가케어른 볼다구를 摩擦하면서 드러온다.

『여게 자리가 비엿서요?』

『네. 어서앉으십쇼.』

어여쁜 中國女子의 웃는말보다도 徐의 나중對答이 앞서끝낫다. 아까 『쿠리』가 자리를무를때에는 冷談하게 없다고 핑계하든徐君이 무슨 배ㅅ장으로 急作히 『꼴 컵』하는고 햇더니 그는 능난한中語로 그女子와말동무를 삼는다. 알고보니 도라먹은 『땐서』라는바람에 徐君도 破興이되여 벙벙히앉어서 잰풀매는 修業을 다시繼續한다.

車가 哈爾賓에 다엇을때는 밤이퍽 깊엇다. 마치 洋行이나 온사람처럼 無數한 코큰親舊들의 떼를 보는것이 興味잇고 好奇心을 刺戟해주엇다. 自動車運轉手 馬車夫 勞動者……白色人種이면 하이카라하고 살수잇는 高級人種같은 先入見이 잇엇든지 어째 가방을 들리고 自動車를 運轉시키기가 未安스럽게 느껴젓다.

『도찌라마데스까? 어데까지 가시오?』

이곳 露西亞인도 亦是 日語를 제법잘한다. 갈사록 政治의힘이란 偉大한것을 알수가잇다. 나의머리속에는 이 驛頭에서 생겻든 伊騰博文을 殺害한 安重根事件이 떠올라 感慨無量하엿다.

(6) 亂舞의國際都市

哈爾賓은 『코스모포리탄』의 都城! 그리고 그 符件은 無道德, 無節制 ○○ ○○ ○○ ○○○이다. 이들中의 어느한個에 ○○한 일이거나 하지못한말은 一夜가 千夜같이 몸이 찌부둥해서 病色이돈다. 어서 밤만되여라! 이러케 白色을 실허하고 도피하는 무리는 暗黑과 밤을 苦待한다. 이날은마치 露西亞의 彌歷으로 除夜잇엇다. 밤 十二時가되자 正敎堂에서듯기에도 聖스러운 除夜의鍾을 친다.

땡 땡 땡 땡……얼어붙을듯이 冷凍하고 무거운 空氣를 뚤코 愈愈히 들려온다.

그러나『판타이쟈』나『카스페크』나 其外에 無數한『캬바레』나『땐스홀』에서는 이 ○○한 鍾소리를 逆用하여 一齊히 붉은술ㅅ잔 푸른술ㅅ잔을 높이처들며 歡呼한다. 딴스는 아주미친것처럼 亂調子로 들어간다.

男『자! 나와 춤추자……』

女『스빠시버(고맙소) 쪽…쪽…』

男子의 포케트속에서 돈가방이 자조 나든다. 洋酒한甁에 八圓也, 커피한잔에 四圓也…돈 아까운줄은 알면서도 女子의 비위는 그래야 마신다고 이마에 땀을 흘리면서도 겉으로는『다 하라슈어』(네 좃소)

『똘스또이』를 나은 民族답지안케 그들의 淫亂은 目不忍見이다.

裸體땐스…刺戟을求하는 무리는 女子의 裸體땐스를 期於이 보아야만 잠을 잘수잇다고 大發誓이다. 으슥한 燈불밑을 찾아들어간다.

『한번보는데 十五圓』

『자 그럼 十圓』

『응 그럼 五圓, 그以下는 안되우』

露西亞 中老婆인『나까이』는등살이달아서 저혼자 값을 나리며 어째든지 미천안드는 橫財를 하려고 부처잡고 느러진다. 서투른 日語로 哀然한 목소리를 낸다.

『그럼 麥酒라도 한甁사우』

나이어리고 이쁜女子들이 來客의 얼굴을 쳐다보면서 處分만기다리는 그光景은 눈물겨운바가잇다.

(中略)

나와徐君은 走馬香山格으로 大體의求景을 마치고 旅舘으로 向하엿다.

露西亞 正敎堂의 建築이 갓금보인다.『꼬딕』式으로 된建物과 蜀符補影式으로된 展望臺가 興味를 끈다.

마침 우리곁으로 肥滿한中老婆가 지나간다. 特히臀部가非常히 發達되엇다.

徐『여보게 저女子의 궁덩이를 보게. 어쩌면 족正車場집웅꼭대기같이 생겻네 그려허허…』

우리는 彼此웃음을 터첫다. 大體로 露西亞女子는 肉體의 發達이 놀랄만큼 조타.

오늘은零下三十度. 來日아침이면 阿片쟁이의 死體를 거리바닥에서 만히볼것이다. 이酷寒으로 因하야 去勢된 夜音인지 奉天 新京等地에서 볼수잇는 乞人의떼가잘보이지안는다.

花園땅으로판 갈아노흔 大路의全幅은 얼고또얼어서 각금은活足을시킨다. 馬車를끌든 말이 각금너머져서 씨근대는것도 불상한光景의 하나다.

(7) 松花강江上의雪車

北國의 暖爐裝器로는『뻬치카』가 가장 理想的이다. 另壁속에 불을피워 室內를데운다. 房壁은 朝鮮의 暖突같어서 그곁을 떠나기가 아쉬울만큼 執着시킨다.『房안에잇자고야 哈爾賓까지 왓겟나? 松花江설매라도 타러가지.』

우리는 徐君의 提案대로 아쉬운『뻬치카』를 노코 旅舍를나섯다. 街頭에다니는 사람들은 묘다毛物帽子, 毛物外套,『카댕키』(毛製長銃)로 몸을꾸리고 가리웟다. 털목도리가 다치못하고 部分은 前頭와 全額은 너머두아파서 눈물이난다. 붉은 凍傷의 痕迹이確實이 보인다.

松花江은 哈爾賓의 財寶. 露西亞가 日本에對한 三國干涉의對債으로 中東鐵道를 敷設하고 滿洲에向해 進出을할때에 哈爾賓을 策元地로삼은것도 이松花江이잇기때문이엇다. 四十年前後란 短時日에 哈爾賓이 近代都市로서의 面目을 完全히가추게된것도 이 松花江의 德澤이 折半은될것이다.

冬節의 松花江은 一張의 大氷塊. 이江을 航行하든 汽船과 軍艦等은 氷塊우에 얼어붙은 파리만도못하다. 解氷期까지 박아노흔자리에서 直立不動할것이다. 이들船舶이 얼어붙은것을 보면 露西亞가 南으로 不凍港을 얻으려고 애쓰는 苦哀를 理解할 수가 잇을것이다. 船夫들은 氷塊의 澎張力으로因하여 船舶이 破損될것을 念慮하여 그問題의어름을 쪼아내기에 餘念이없다.

물은 물대로 利用하고 어름은 어름대로 利用할줄아는것이 人間才能의 妙味라하겟다. 氷化할 松花江에는 機車가 亂飛하고잇다. 物荷의運搬이며 警備隊의 活動과 通行人等은 全部가 戰車로써 한다.

이곳의雪車는 亦是洋化해서 椅子式으로 만드럿다. 後部에서 槍으로찌르면 雪車는곳 줄다름을친다. 江이便에서 저便까지 往復에 二十錢也. 二十錢만내면

그시원한 드라이브를 할 수가잇다. 冰上의탁시라고하면 그럴듯한말이라하겟다.

너머도 발을 자르는것같이쏘아오므로 未久에 도라왓다. 그리고 露西亞飯店에가서 點心을 먹엇다. 出入口는 全部가 一道이고 毛布로써 出入門을 가리운것이 北國의 異彩다.

露西亞飯店에 드러가려면 料理代보다도 몬저 『팁』을 同時에準備해가지고 가야만 한다. 外套와 帽子를 벗어 맡기면 뽀이의팁이 數十錢나가고 女給의팁이 數十錢나가고……이런식으로 팁은 飮食代보다도 더 重要한 支出이 된다.

多數한 女給들이 黑검언 비단옷을 입고 臀部를 律動시키며 音樂的拍子같이 正確한 발거름소리를 내는것이 벌서 그自體가 훌륭한땐스라하겟다. 房外의寒氣는 零下三十度가 되지안흐나 房內는 외겹옷도 춥지안이하고 生活하나니 自然 그들의 戀愛技巧가 各種으로 늘고 戀愛術超가 發達되고 舞踊과 音樂이 神奇性을 가지게될 運命에잇다. 그것이 없이는 冰雪에게 封閉된 긴 겨울과 긴 밤을 지낼수가 없다. 그들의 學者가有名한것도 그들이 皆是歌手인것도 이運命的인 生活이 만든것이라하겟다.

午餐後에 다시 거리에서 그림□□를 사면서 旅舍로 돌아왓다. 東鐵接收後에는 그흔하든 春畵가 街頭에서 一掃된것은 浪人群에게 섭섭한感을 주는듯하다. 元來哈爾賓은 文化를 보려고 오는者가 없고(文化는 볼것이없지만) 異皆裸體땐스니 男女의 實演이니 그活動寫眞이니 캬바레-니 하는따위와 워드카-酒를 마시면서 陶然히 求景할곳으로 一般認識들이 固定되어잇는 판이다. 그러므로 그를 浪人群 富局의 東鐵(接收)로 그런것들이 毁滅되어가는것을 섭섭히 생각한다.

×

이것으로 旅行記를 마치려한다. 끝으로 徐, 申兩兄의好意를 感謝하고 健康을 祝한다. (終)

(一, 十七日紀)

上海의解剖*

상해우객(上海寓客)

一. 上海는謎의國

聞컨대上海는世界中謎의都市라하리라 支那에在한支那領土가안에요. 烈國監督의下에在한共和國이라하야도過言이안이겟다. 그리하야此小共和國의色彩가진自由에는 世界의모든人種을網羅하야 實際世界에서他의例를보지못할만한混雜의都會이엇다. 上海는實로世界의縮圖이엇다. 故로上海에在하야는世界各國民의國民性을比較硏究함에容易하며且何國民됨을勿論하고東洋에서?亦世界的에서優勝의地位를占할與否의試金石은將來…此上海를占하고지의그所가無하리라하겟다.

抑上海의組織은此를共同租界와及此에隣接한佛租界及舊上海城인支那市街의三部로부터成立되엇다. 或은此를稱하야共同及佛蘭西二租界를北市라하고舊城內\를南市라한다. 勿論上海의中心은 共同租界며又其中心은舊英租界이엇다. 그리하야佛租界의 大部分은住宅地不過하겟다.

上海의人口는그正確한調査를엇기는全然不可能이니 二萬이나超越하는人力車夫의多數는無屋의浪人으로戶籍도無하며 民籍도업스며 其他支那苦力等도또한?類와如히無定處로出入하는自由의都市인故로그裡面에在한罪果를容易히알기難함과가티人口의調査오또한精査를得키不能하겟다. 最近年前의調査에依한즉(共同租界及佛租界)內에住하는支那人은約七十萬이며外國人이三萬七百人이라한다. 그리하야上海全體總計로말하면 內外總計가百五十萬以上을超過한다하엿다.

上海에在한外人의人口約四萬中-日本人이一萬以上이며朝鮮人이數百人以上假量이오其他는英人三千米人三千露國人三千 葡萄牙人一千三百 印度人一千佛國人八百이그重한者이엇다. 然한데對支貿易發達과共히長足의發展을遂한上海共同租界에在한各國의勢力을大體로 代表한者는市重事會員의選出數이니現今市衆事會九人中-英人이七名이며日米人이 名一名에不過하다. 元來

* 이 글은 ≪開闢≫제3호(1926년 8월)에 게재된것이다. 작자 신원 미상.

上海의租界를與한者가英人이며 英人이먼저 그地盤을築成하엿는故로 그結果-英人을自己의境遇에맛도록立法이되어왓나니 卽工部局에月五十圓以上의納稅者에게市民權을與하는故로 最多數의地主와中產階級을有한英人이最多數의投票를有하엿다. 最近日本人이上海에서土地家屋을買收한者-多하고米人의活動도漸次그勢를增加하는故로將來上海는日英米競爭地로될觀이有하다.

上海는元來-自由의都市이며平和의理想鄕이엇다. 故로上海는東亞에在한經濟的中心地일뿐안이라 種種雜多의目的으로써或은經濟上或은自由를愛하는上世界各處의 人人이自由로 出入하는巢窟이띄엇섯다. 그리하야其等人人의中에는各自의本國에對하야 政治的不滿을抱하고來한者가多하며 從하야其處는種種의陰謀를企하는自由의都市로 所謂危險人物 社會의落伍者腐敗分子等雜多의浪人豪客이聚集하는點에서上海는一面光明의都市됨과同時에一面暗黑의都市라하야도過言이안이겟다.

此雜然한上海都市의道路는整美完全하며 交通警察의發達과如함도 殆히東洋唯一의進步를 成하엿다. 此에對하야各國民은各各團體와機關을가지고잇스나 市民으로는다가러 一工部局의行政下에生活을?하고잇다. 斯와如히各國民이共同하야一政治團體를組織하야社會生活을享하는上-上海共和國의存在는엇떤意味에서將來世界에對한暗示가안이될는지 이點에서만일上海市民의背後에在한各國民으로各其의祖國이업다하고보면 上海는更一層平和한世界的自由都市라할지로다.

二. 文化의上海

以上에述함과가티上海는所謂五方雜處의區로 世界要津의一이며中國最大의商港됨은萬人이共知하는바이엇다. 然이나上海의支那의政治上에對한地位支那의將來運命及文化에對한可能的支配力等의諸問題에至하야는世人이此를看過하는點이有하나然이나學術思潮等文化的影響이上海를通하야支那에及하는勢力은實로적지안이하야上海는支那文化의中心으로볼수잇다. 上海는支那와歐洲, 米國, 濠洲, 印度等의 諸大陸諸地方을結付할中心地로交通機關은單히物質뿐안이라 知識感情思想及政治的影響 文化的勢力等을運搬하는重要處이엇다. 그리하야都會의背後에交通機關이縱橫으로布施됨에從하야該都市의遠心

的及求心的勢力은幾許級數的으로增進하나니楊子江一帶의流域도上海港當然의勢力範圍로幾千噸의大汽船이數百哩의上流에浮上하는自然의便益은그의自然的意義及그價値를示하는者라할지로다.

米國의某先覺者는「아메리카主義는此를 紐育으로부터與한다」云함과가티上海가支那에對한勢力도또한如斯하겟다. 又上海는保守的되는支那人이現代思想과接觸하야能히此를消化하는與否 又支那將來의 運命을開拓함에는 如何한理想方法, 決心, 努力을要할만한 거의根本的問題를學할最好適例의地가되리라이點-此를卜得하리라하겟다.

五年에亘한振古未會有의大慘劇에反省을强要케된世界는玆에四海同胞의概念을深刻히起하고人道的平和와友誼的活動을要望不已하며 또그一面에는列國은各自慘害의回復과將來의發展을 焦念함이 深大한同時에잣칫하면 一層自利的自我的으로走코저하는傾向이有하다. 그리하야上海는一小天地이나 幾多의民族人種이協在하야此等의傾向을나타내는點에서此로써世界의一小縮圖라云함도또한過言이안이겟다. 上海在留民族人種相互間의關係는卽世界에對한列國間의關係와如하야友和的精神과協調的行動을不離하고各自의地步를占하는所謂大綱領을不失하겟다. 들어내노코論하면 上海人은但히上海市民의 資格이안이오. 世界에範을示하는大抱負가無치안이함이不可하다. 이點에서上海는實로支那文化의現在中心될뿐만아니라 將次東洋文化의範을左右할自由鄕이라할수잇다.

三. 經濟貿易上의上海

上海는支那五十餘港中에在하야實로對外貿易總額의四割以上을占하엿스니卽一九一三年度는總額九億七千三百四十六萬海關兩中上海는四億二千百三十一萬海關兩을占하엿다. 上海가如斯히貿易의最高를占한所以然의者는 上海는長江流域 四川, 貴州, 湖北, 湖南, 江西, 安徽, 江蘇, 浙江의 七省을跨하야그面積八十萬方哩, 人口-約十億三千萬 土地肥沃 民力의殷富함이支那全土中第一이라稱하는各省의關門을 扼하엿스며 更히北支那諸港 大連, 牛莊, 天津, 芝罘, 靑島等에對한貨物의一大集散地됨과 又獨히長江及北支의對한貨物의中繼港됨에不止하고 上海附近及其奧地는 支那輸出品의大宗되는?, 生絲, 棉花, 茶의産出

이豊富하며加之而穀物類의主要產地이니是卽上海가長江及北支一帶에對한貨物集散地됨과共히對外貿易上支那各港中最可優勝의地位를保持한所以니라.

然한데歐戰에依하야驚할만한利益을占한米國은雄厚한財力을擁하야對支貿易에大飛躍을試하는中이니 戰前에는上海에二三十社뿐이던米國商社가 昨今은旣히九十餘의 商社를보게되엇다. 그리하야어는것이던지 本國에對한有力한大資本家或은大製造者의支店或은出張所-되는點에서今後의活動은더욱注意치안이치못할지로다.

支那의對外貿易에牛耳를잡고잇던英國은戰爭中貿易額에서 多大의減退를示하엿스나 然이나七十有餘年間拮据經營한同國의對支事業은今後에亦是牢乎不拔하리라.

獨逸의對支經營은그發展當時-英國으로不少한危懼의念을抱하엿스나 戰爭勃興과共히 全然閉息함에至하얏다할지라도獨人의執着한戰禍回復에連하야捲土重來의勢로彼獨特의工藝品을提하고對支貿易上-勢力의恢復을謀할것은豫想키可能할지며

日本의 對支發展은米國과共히特著한者-有하니 日本이戰前에上海에對한主要商社는四十三社이엇는데是等旣設의商社가戰時에大發展을爲함과共히戰時中及戰後에서更히主要商社五十二社의開設을見함에至하니라.

上海로부터漢城까지*

천 우(天 友)

北天으로날아오는 쭈루룩끼루룩 의마리기럭이소리는 나의그리워하는고향꿈뭉치를덧업시깨치도다. 西城으로넘어가는어스름뷘방, 한조각귀떨어진달은 나의사랑하는부모님얼골을 끗업시빗치도다. 아-무엇무엇하여도 부모밧게더사랑할이업스며 아-어대어대하여도 고향밧게더그리운곳업스리라한다. 내가지금고

* 이 글은 ≪開闢≫제4호에 게재된것이다. 작자 신원 미상.

향을떠나 江南을온지도 아미몃달이넘엇으며 부모들여워 萍水를달은지도 또한 얼마가되엿도다. 파롯파롯피던입새 黃浦灘의봄날이며 부슬부슬오던비는 莫愁湖의여름이다. 秦淮夜泊의一杯送情은 암만하여도 우리집乙密臺우에서 一片綾羅를건너 봄만가지못하며 西湖風流의三潭印月은 암만하여도우리집統軍亭아레로 三江合水를구경함만갓지못하다. 松江의觸魚와 吳郡의素灼은 암만하여도 우리집에서 먹던沈菜干漿만못하고 綃紗의鉄寢床과 官房의錦裝榻은 암만하여도위집에서 자던薄衾單褥만못하다. 암만암만하여도제것과 제해라면 더욱더욱 반갑고그립고아름답고사랑스런 無限의戀情 愛情의무엇이라말할수업시 저-黑龍江으로對馬峽까지 白頭山으로 漢拏山까지 소치고버치도다. 그리하야 나의고향은 白雪이滿山일지라도 荒林이 遍逕일지라도 남의동산의봄철빗보다 남의길가에꼿나무보다 그리고또나의 부모는암만얼골이껌읏껌읏할지라도 암만수염이 희끗희끗할지라도 남의아버지의活潑한態度보다 남의 어머니의生氣로운姿色보다.

아-나의아버지 나의어머니 아-나의시골 나의 마을 아-나의일상 그려하는고향의경치 아-나의매양사랑하는 내부모의정다 가고십고보고십허참을수업고 이즐수업다. 그래서나는署暇임을 利用하야 還國키를圖謀하니 速히하로바삐떠나기를바라고 또바랏더라.

아-來日은떠나도다 깃븜도極하고 서웁도極한오늘밤하로를엇더케지내일가? 나의同學친구들은 밤이맛도록 行李를묵거주고 눈이뭇도록 別淚를뿌려준다. 虛舟君의구든손으로 주는紹興酒한盞을정답게바드으며 素石君의붉은입으로 읇는送別詩한首를눈물로새겻도다.

知子明朝還國日, 是吾今夕斷腸時.

臨別一言湏紀念, 看雲步月動相思.

나는다시그韻을和하게되다.

最是人間難忍處, 客中送客正其時.4월) 작자의 신원은 미상.

欲泣未能歌不得, 關山萬里憑何思.

時는正히八月二日이라 아츰날이뜨자마자 눈부비며일어나서 洗手도못하고 그저되는대로옷가지를주섬주섬주어입고 停車場을나갓섯다. 會에中國政黨에直, 安兩系의大衝突이生하야 北京段派의徐樹錚과 保定曹營의吳佩孚가 서로陣

을對하게되고 달아直隷系인江蘇督李秀山과 安徽系인浙江督盧永祥이 또한兵을交하게되니 上海서 南京가는滬寧線 浦口서天津가는津浦線이 고만一時中斷이되어 한참은아조混沌狀態에바젓섯다. 그러다가 近日에와서야 비롯오車가通한다는消息을 新聞紙上으로어더듯고 이가러일즉이나온길인데 진작나와본즉 아즉도 早快車는 그냥不通인체잇고 오즉夜快車라야 直通을한다함에 旣往나왓던길이라 그저回步를할수도업고 또는떠나자하니 中路에如干한故障이아니겟다. 그래서이날하로를 上海에第一가는 아니中國에第一이라 할만한 新世界游戲場에서 구경도할兼 시간도보낼兼 아조支離함을참앗스며 紛雜함을견디엇다. 於焉間날이저물엇다. 地平線上에힘업시걸렷던 白日이그믈그믈넘어가자 滿城燈花는 點點飛하고 一樓淸歌는間間響이라 紅男綠女는쌍雙雙히거름을마춰가고 南腔北曲은處處에곡조를흘려보낸다. 와글버글끌는사람 오고가고섯는사람 勿論上海가튼世界의有數인 大都會-니까 그러키야하겟지만 果然中國이야말로別別般般한꼴이 다만타 無事閑遊의放蕩客도만코 淫誨迷累의惡風俗도만코만타. 아마中國이 이러케疲弱하여진것도 此의一因이업지아니하리로다. 밤열덤이되어 停車場으로 또나가보앗다. 벌서賣票口에票사는사람이 얼마아니되는것을보니 發車時刻이 거의 臨한모양이다. 上海北站서天津總站까지 三等聯絡票를十四圓七角五分에사서들고 虛舟素石兩君은 入場券을찍어들고 月臺로썩들어서니 그제야정말車中客이되엇더라. 이윽고十一時가땅치는데 삑-삑-하는 汽笛소리는 沈寂한夜情을限업시깨트리고 확-확-하는 鐵筩굴뚝은 萬丈의氣焰을 連하야뿜어낸다.

그런데 虛舟君과素石君은 帽子를벗어들고 手巾을뽑아들어 두손으로흔들면서 먼대까지보이도록잘갓다잘오라는 無限의情表야말로 나의가슴을씨르는듯하는 무슨몽둥이가튼것이 흑흑느껴잠지못하는뜨거운눈물을흘리게한다.

아-나는간다나는간다가티왓던친구를떼이고나혼자간다나혼자간다.
뉘라서고향가고십지안은동모가잇겟늬마는
뉘라서부모보고십지안은자식이잇겟늬마는
갈라야갈수도업고볼라야볼수도업서서
저혼자외로히한줄기눈물뿐쥐어짜리라
아-나는간다나는간다가티잇던친구를두고

나혼자간다
너의집차자가서네소식傳하리라
너의님맛나여서네정지告하리라
傳하기야잘傳하고告하기야잘告하지만
듯는이가슴은한움쿰서름뿐사모치리라
아-나는간다나는간다가티놀던친구를버리고
나혼자간다나혼자간다
그래도그래도울지는말어라
끗단여오리라漢陽城먼먼길을
오면보고보면반겨故國事情을말할적에
네가그때듯고안저웁겟늬!? 웃겟늬!?

그리고그날밤을잣는지 말앗는지 가는지오는지아무런줄도모랄고 그냥그냥안젓섯다. 그翌日午前六時에 南江下關江口에다다랏다. 곳 聯絡船에 몸을실어 楊子江을건너 浦口驛에이르럿다. 벌서天津行列車가 乘客오기를等待하고잇다. 거름을재촉하야 車內에들어가니不規則한坐席이며 沒整頓한行李들은 되는대로안젓스며 함부로별여놧다. 그러나 나는조고마한 몸둥이라 어듸가서못끼이랴하야 한구석좁은틈에웅덩이를부드첫다. 車窓을열고前面을내다보니 저편쪽쪽두룬鐵甕城이야말로 六朝名勝의金陵風景이다. 江南의甲地를보고서 엇더케글한句를애낄소냐.

北極高樓挹雨淸, 金陵王氣依然晴.
薛羅古木叅差極, 一曲琴湖萬里情.

浦口서車가떠나기는 午前九時頃이러라. 車內에서 朝飯을먹고 新聞들고안젓스니 출렁출렁가는길이어느덧徐州站에당도하다. 徐州서東으로數百里를 들어가면 옛날韓信이나던淮陰縣이그곳이다. 漂母祠도跨下橋도잇다. 이에서나는생각키를 저韓信이야말로거록하다. 내가그를보도못하엿고 말도못하엿거늘 上下數千載의오늘날에이르러 지금나에게까지 韓信이란그이름을듯게되어 그의남긴歷史 그의끼친遺功을 생각도하며 말케도되도다. 이實로人生觀의興味이다. 그러면서車가는줄도모르고 그저 蚌埠를보게되엇다. 蚌埠에는安徽督軍倪嗣忡의屯兵處라 죽는다 산다하던倪將軍도아즉까지 그位置를保全하고잇더니 지금은 고만四面楚歌, 八公草木의中에서 가도오도못하게되엇다. 이것을볼지면 當時威風이凜凜하고 氣槪가堂堂하던軍閥派무리야말로 現代의市勢上 그를容許하겟는가말겟는가.

어느덧해가지고 먼山이어둑컴컴하다. 이상한바람도슬슬불어온다. 아-이곳이卽山東省이라한다. 連年의水災兵災數百萬의貧民들이 或은北滿 或은南洋으로푸르덩덩한통둥에 하나이 붉은다리를감추지못하고 검옷테테한얼골빛갈이 주린형상을그리는듯한데 나는그네들을볼때마다 문득나의父老와兄弟와 姊妹와親戚이 서로붓들고서로헤어져 울며불며가는情景 南負女戴하야 鴨綠江豆滿江을얼음우호로-손발이얼고터져서 이리빗슬저리빗슬 정처를못하다가 或道路에거꾸러지기도하고 或溝壑에 엎드러지기도함을 넉넉히보는듯하고 말하는듯하다.

그翌日卽八月四日이라 午後에 濟南府를덩도하니 濟南서東으로接한鐵路의 終點處가 곳東洋平和의 큰問題를惹起케한 아니中日兩國의큰悲劇을演出케한 ?海岸青島市라한다. 나는지금青島問題에對하야 무슨政治的利害를 敖說코저 아니한다.

이날午後四時頃에 天津總站에이르럿다. 몬지는두눈을못뜰듯이 그저덤비고 더위는머리를못들듯이내리누른다. 그런데 天津驛에썩어내리기만하면 참말 初行者로는 엇지할줄모르게떠드는것하나이잇나니 이는旅舘下人들이 손님네모시려고 각가지手段을함부로베푸는일이다. 或行李를껴드는놈 或袖衫을당기는놈 或압서는놈 或뒤서는놈 한참야단법석이난다. 그러나 精神을꼭자려눈을똑바로 뜨고 停車場으로조곰만나서면 이곳저곳旅舘客棧이林立하야잇다. 그래서제마음대로 들고십흔곳을마음껏擇定함이 얼마콤自由롭고또相當하다. 萬若에그旅舘下人놈을 따아들어갓다는 아니꼬웁꼴을 턱업시볼때가만히잇다. 암만하여도 中國사람 아니中國사람이라고 다그러련마는 그저그한가지큰 弊習은 金錢上으로남을속이고어름어름하는것이야 누가보던지 不文明不徹底한行動이라아니할수업스리라 나는언제 그누구의말하는것을 우습게들엇다. 무엇인고하니中國사람으로말하면上下勿論하고 도적질을本業으로하고 農工商을副業으로한다하니 이야말로 넘우過한말인듯하나그러나 내생각까지는그遺傳性惡習을 根本的으로撲滅하엿스면시원하련마는.

그날밤十二時頃에 天津서奉天을行할새 時는軍事戒嚴中인故로 來人去客의 모든行李를檢査하는데 나의行李에는 다만공부하던冊몃권과입던衣服몃가지와 또學生證하나뿐이다. 다시두말업시돌아가되 다른사람들에게는 참말 刻甚한 査實을 客氣업시하는듯하다.

그益日아츰에 山海關을왓다. 山海關은 秦時萬里長城의 起點이라한다. 그곳서좀들어서면 秦皇島가잇다. 秦皇島라면 그이름만들어도 그이름만들어도 그意味를大畧짐작하리라 俗談에秦始皇이 그곳까지移御하야 白日을 挽하고 靑石을 鞭하던곳이라한다. 車窓을열고쑥내다보니 白沙露骨이오 靑草枯塚이다. 原來京奉線은 東洋치고는 第一넓은 軌道이다. 그리하야火車速力도 比較的빠를듯하다. 아-西山에걸린해는 누엿누엿저가는데 錦州城天后宮塔을 둘러싼저녁煙氣는 廣陵山白鹿寺로돌아가는 잘새소리와가티깔아지고말앗다.

그날午後七時頃이라 奉天驛에썩내리니 친구하나어더볼수도업고 누구한테의뢰할곳도업다. 그래서찻기쉽고말잘듯는 人力車를잡어타고 旅舘으로들어갓다. 그날저녁긴긴밤을 잘래야잘수도업고 말랴야말수도업다. 건너편엇던집에서 새장고소리가바람에묻러 나의連日疲困한耳膜을 반갑게고동시킨다. 그러다가 엇더케잠이들어 한참을자고깨니 이날은 卽八月六日이라 奉天치고는 北陵구경을아니할수업다. 蒼松은鬱密하고 石逕은廖落이라 二百年帝王蹟이아즉도남아잇서 石人石馬石獅子石豺虎가튼것은 참말當代工藝의얼마나 發達된것을足히推想할수잇다. 夕陽을안꼬 山路로내려온다. 무슨생각이갑작히 突出인지 巖上에펄석안저 南天을가르치며 限업는서름의말이

사람을죽여서어대로보내나
天堂인가地獄인가故鄕인가客地인가?
늙은이젊은이모도다한길로
원통하고서름지제피눈물을흘려가며
손발을잘리이고뼈ㅅ속을쑤시이되
오즉보지도못하는魂이야누구라서!

그리고는 이러서서한참동안생각다가 힘업는거름으로旅舘까지돌아오다 이렁저렁數일을지내니어느덧八月十一日이러라.

午前九時車로 京城을直行할새 벗도업는외론몸이車를타고안젓스니 奉天까

지도 이제는離別이로다. 瀋陽城검은煙氣보기만하여도 끔직하구나.

니를갈고 씨져먹을듯이
달려드던그개도
한點고기두입菓子로
「엣다」하고줄뜻을보이니
꼬리치며돌아서서
압길을許해준다.

그런데벌서 本溪湖, 橋頭驛을얼른얼은 지나여서下午二時頃에鷄冠山을또왓도다. 憲兵巡査가 웃둑웃둑서서잇다.

나는 저鷄冠山을쳐다보고 限업는늣김이다. 日俄戰爭의古事를追想한다. 말이야바로 許多한 血尸를파무든山이다. 午後다섯時가되엇더라 아-安東縣을왓섯다. 아-鴨綠江을건너도다. 元寶山점은안개 鎭江園 맑은기운 끗업시느끼엇고 덧업시보는도다. 얼마나흘린눈물 얼마나떨어친땀 點點滴滴큰쇠다리 동녹싸고 붉어진다.

아-無窮花한송이
어데서떨어서
비애채고또바람에불러서
이리굴고저리구니
꼿인지흙인지
그누가안가보냐

아-이제야故國땅을밟앗도다. 新義州驛이다. 光城面넓은들은 볼성스럽게질펀도하다. 白馬驛이다. 아-반가워 반가워라 白馬山성아. 네그냥잘잇섯늬그리구林將軍도. 아-白馬山城아.

너는나에게무슨意味로 허리굽혀절을하나
너는나에게무슨陳情을 그러케도하려는가
너의몸뚱에나무한개남기지안코반반찍어먹은놈과
너의머리에三角釘을꽉꽉박아주던놈을
네가能히記憶느냐 아는대로말하여라
死生決斷하오리라 어대까지를.

이러케말을할제 宣川定州모도지나 嘉山쯤오게되다「아마이近境이泰川고을이겟지 나의사랑하는 P兄의집이 저-茄子峯山압헌가 뒤인가」나는車窓을 열떠리고 趣味잇게바라본다. 限업시보다가서머리에 石炭가루가 드리뿌림도미처생각을못하엿다. 고만머리를돌이켜 困하고힘업서서 눈을감고잠들엇다. 밤十一時頃이라 平壤驛을왓다한다. 다만 大同江鉄橋로우루렁우루렁건너가는소리뿐. 그저가고자고자고간다.

그翌日은八月十二日이라 天氣는淸朗한데 白綿가튼구름쪽이 或솜도되고 或개도되어 아조얌전하고 아름다운 三角山머리로서 무럭무럭떠오른다. 午前七時頃이라 南大門驛을멋업시到着하다내가올줄을 期約치못하엿던터이니까 누가하나도 迎接하려나온이가업섯더라. 곳人力車에몸을태워 나의늘생각하고말하던고향집을 썩들어갓다. 넘우나반갑던김이라아버니와 兄님은 어대를나가셧는데 오즉 어머님한분뿐 나의사랑에겨운인사를 바드신다. 억색하야말슴은못하시나 그리던정리를 엇더케참으랴 그날부터 나는고향의몸이되엇도다. 집안의아희가되엇도다. 어머니손으로 맛잇게지으신白飯素菜를 배울리먹고서 낫이면나가놀고 밤이면들어잔다.

八月十五日은 日曜日이라 나의친구들의 간절한 招待을바다 술지우고 안주싸들고 逸興이陶陶하야 十人이隊를지어 淸凉寺로 소풍겸나갓더라. 薰風은 徐來하고 樹陰은稀薄하다. O君L君T君P君等文章雅儀의깨끗한座席이다. O君이나에게 맛잇는글한首를주는데

遠客寺中醉 何如滬上游

나는그때되나안되나 和答을미쳐못한것이 정말遺憾이엇섯다. 아마醉中除萬事로 어드런줄도모르게되엇섯다. 그러나마음에깁히새겨 지금이글을쓰게됨에 다시생각이솟아난다.

別時每念逢時話 他日更思此日游

그리고그날밤은 아조몹시醉하야돌아왓다. 엇지된판인지 머리를못들고 그냥자리에눕고말엇다.「아-엇더케되엇는가 집에를간다더니 벌서왓는가 잘단여왓는가 故鄕이얼마나조턴가 부모가얼마나반기던가」하는 素石君의말을듯고서 나는 그저대답도못하고 한참만에야 말문이열리어서 素石君의 손목를잡고「너의아버님도 보고왓네」渾家다平安하더라 하고 무슨말을連하야하러할제 이마에언

젓던 팔뚝이베개우흐로 뚝떨어지자 두눈이번쩍뜨인다. 아-이것이한바탕 꿈이야 꿈인가보아!

上海로부터金陵까지*

강남매화랑(江南賣畵郎)

나는一個書生이오萬里萍蹤이라이름업는風月漢이며동모업는 賣畵郎이다. 아-외롭고어여뿌다 簇子幅업헤기고寫眞들러메고낫이면楊柳青絲에吟味을是識하며 밤이면 水月淸閑에?? 이 亦足하다. 족음도拘束업는眞自由를나혼자享有하고 조금도忌憚업는 活空氣를나혼자呼吸한다. 무언지모르지만花朝月夕에멋잇는生活이미어던지모르지만 春山秋水의끗업는樂園이다.

徘徊千古問無人, 到處風光皆我有. 點點山川眼際流, 白雲萬里一壺酒.

이에서나는님우狂逸하나마아조拘束이업는나의眞生活狀態를 님우浩瀚하나마아조忌憚이업는나의 活樂園風景을 무슨深燭한文章이아니고라도또는 美妙한彩色이아니고라도 다만뚝뚝하고통통하게 되나안되나그저진정그대로그저사실그대로 죽음도주저말고 죽음도애샘업시 깨나자나자나깨나 오즉幸福의生活을꿈꾸는우리父老兄弟를爲하야참말?가저리고맘이떨려서아니號白할수업고아니紹介할수업다.

그러나오즉遺憾인바는온갖文句의忌避上얼마쯤不便의感이지지안코받아記事치內容上얼마쯤不足의嘆이업지안타.

上海로부터杭州에

때는正히秋八月望間이라一葉흘리저어江湖客되엿서라 紅蓼作花秋正半, 碧天如水月常中. 이조흔風流에行樂이얼마관대이널은乾坤에知音이업단말가

---

* 이 글은 ≪開闢≫ 제6호에 실린것이다. 작가 신원 미상.

아ㅡ上海야잘잇거라

나는그저떠나간다

江南名勝곳곳마다

淸風明月이내벗이다

이러케노리하며黃浦江우흐로白渡橋를건너다본다. 검은銅像 하얀玉塔은黃葉丹楓이우거진속으로머리를半쯤숨겨은근히정을준다. 배는벌서 楊樹浦를감돌아서崇明島에다달앗다.

出沒魚龜舞, 胸中無限恨,

滄茫島嶼流, 一碧極\天浮.

이날夕陽이라어느덧錢塘江을왓다한다. 碼頭에썩내려서旅舘을定하고는 얼시구조화라충충걸어나간다. 武林山을바라보며湧金門을턱나섯다. 아ㅡ이곳이西湖이다.

十里荷花五里霧, 三面山石一面城. 침조타西湖!! 雷峰高塔은千古魂을지켜잇고空谷傳聲은故國恨을말하도다. 杏花村濃綠酒는李太白의먹던대요湖心亭一點秋는蘇東坡노던대라소瀛洲의三潭印月, 內外湖의八門石橋, 참조타西湖曰 어느덧白日은고만 莫干山넘어로넘어가버렷다. 이윽고黃昏이한참秋女俠무덤을푹둘러싸더니온갓景致가다나온다. 모든感情이다쏫친다.

살랑살랑梧桐입우으로 가만가만 薜羅덩굴속으로남모르겟소매를당기며「날좀보구려」하는정답고도산뜻한가을바람!

힌낫에고혼뺨이흐들흐들하며 살눈섭에구슬눈물이가랑가랑하면서 무슨말을할듯말듯치마폭입에물고누구를怨하는듯애차럽고가련한의쪽달!

이러노라니그저밤은깁허三更이라 欄干에의지하야故情을직히놋다. 西湖의風景도조커니와西湖의歷史도들을만하다.

西湖의이름은或明聖湖라고도하고或錢塘湖라고도한다. 勿論杭州로말하면옛날越王句踐의都邑이던紹興府와는아조上下村의一江을隔할뿐이다그리하야句踐이밤낫放浪豪飮하던자취가아즉도물미테숨어잇는듯하다. 그런데이西湖를보면문득聯想되는古事가하나잇스니이는아마宋末金亂의年間에생긴이악이인가하오무엔고하니卽賣油郎의事實이다.

『當時에杭城一流의 有名한妓生玉波이란이가잇섯다. 그는어렷슬때에이미約

婚한곳이잇엇다. 그런데그는 難離中에父母도일코親戚도입시되엇다. 어떠케되엇던지그만 金枝玉葉의깨끗한몸이앗차路柳墻花에떨어젓다. 그는매우聰明이엇고넘우天才잉엇다. 詩畵에能通하고歌舞에能爛하다. 그리하야그때그시절에富豪家, 權勢家로는모도그의 色에醉하야죽을둥살둥막덤비게되엇다. 그러나그는죽기로써貞操를직히고달아自己남편을차지려고때때로天地日月에祝願을마지안핫다그러자杭州까지왓는데그父親이그를 油房主人에게養子로팟앗더라 그리하야그는油房公子의美名을엇게되다. 그러나그는 運數가 崎?하얏던지고만그?父까지離別되고그養母에게미음을입어모진 累名을입고그집을아조쪼꺼나게되엇다. 아-그는불상도하나. 그는最後로어쩔수업시꼭매친마음이무엇이라말할수업시끗업는설름을품고永遠히물속의귀신을지엇스며……夕陽을안고말업시흐르는피눈물이그저西湖ㅅ가에뚝뚝떨어진뿐.

아-나는나는 나는이젠-
어대로어대로 어대로가나
萬端의서린怨을千秋의끼친恨을
뉘게다뉘게다 뉘게나말하랴-

그때에어떤老人하나이 날저문줄모르고이리저리西湖ㅅ가으로 물구경을나왓더라.「아-아차」하면서단바람에달려들어 힘잇게붓잡앗다. 그래서그는다시이生의因緣을그 老人의慰安한마디에부터두엇다. 그는그後부터기름을들러메고 杭州城市를새벽으로저녁까지저녁으로밤들기까지 힘드는줄모르게뒤돌아단이는기름장사가되엇다. 하로는기름을메고將軍府모통이로돌아들어珠簾이푹-늘인어떤곳다락을당도하야한번머리를들어얼픗본그림자가 어느덧그의생각머리에「번뜻」하는活動寫眞이되엇더라. 그는스스로생각하되 내가이세상에무슨재미를부리고산단말가 功名엔가富貴인가모도가다아니다. 오즉-오즉사랑-그사랑이가득한나의정든님-명주솜보다도더부들어웁그의음성, 함박눈보다도더흰그얼골, 그의가는허리, 날신한목「에라」후리처끌어안고 두손을훨씬들어볼룩한젓꼭지를물고 달디단꿈속에서永遠히잠들엇스면……이러케생각하고생각끄테 決心이라어떤날아츰이라그기름판돈을 충충다모아가지고어떤貰衣ㅅ집에서번번한옷을입고 아조바로貴公子의걸음처럼그美人을차자갓다 가니까그보고십던美人은뉘집의宴會에불려가고업는데 보기실흔老婆하나이의쌀을부리면서「이리들어오십시오」하면서 자측어리나온다 익히단이던집이아니니까발걸음도 어때케설음설음하여지며목소리까지떨려나온다. 「에-에-그-그玉波先生님에대로가-ㅅ나요」하엿다. 그老婆는벌서크게울려먹을떡동이나맛난듯이 「아-이리좀오셔요이房이 玉波房이야요그리로가십시오좀잇스면들어옵니다」하며一邊차를붓는다. 一邊아첨을야단스럽게도한다. 그렁저렁벌서해가지고달이떳다. 그래도아즉玉波는아니온다. 아조궁금하여죽을지경인賣油郎은生前못보던錦繡屛風이 우뚝허니그림자만비쳐잇다. 얼마잇다가門소리가난다. 香내가물큰, 가슴이스르르술을어떠케나 지독히먹엇는지치마를半허리에걸어노코 房안을비틀거려들어오더니되는대로寢床에넘어진다. 코를골면서그냥그냥잠만잔다. 그엽헤賣油郎은어떤영문인지 그린듯이안젓슬뿐 몸을떠들썩하고머리를이리저리굴리더니왁-왁-한바탕吐하기시작한다. 원房에술내가가득하다. 아모말도업시걸네를들고그吐한것을모도 씻어버리며입을을곱게덥허주는 賣油郎의정지야말로가련도하다. 어떠케되엇던지그美人은지금눈을뜨게되엇다한번도보지안턴初面男子가웨自己를爲하야온갓수고를다하야주는고? 놀랍기도하고고맙기도하다은근하고알뜰하게끗업는同情의눈물이 무어라말할수업시막북바처떠오른다아-이게웬일인고?』이러한일을그윽히생각하며딸아나의지금賣油郎의이름을엇게됨도實로偶然치안한境遇에處하얏다. 아-너를爲하야限업는느낌이다. 心上無鉤掛恨事, 眼中有尺度人情이러케읇흐며서愀然히안젓다가그만제김에잠이들엇다」그益日이라錢塘觀潮는말로만들엇더니참말世界四大潮의有名한奇觀을이제야보게되다물구경은사람은어찌나만턴지와글와글 「아-압다」하는소리에귀청이떨어지게되도다. 그中에西洋사람日本사람모도다寫眞박기에한참야단이낫더라이潮水로말하면一年치고中秋佳節이가장趣味잇다한다. 그리하야 「金陵三月錢塘八月」이라함은中國사람의일상말하는바이다. 그런데나는이에서생각하기를이만흔사람으로하여곰언제나우리金剛山萬瀑洞의구경군이되게할고-하엿다. 際에中國學生하나이나의엽헤섯다가 「엑쓰큐스미」하고人事를請한다그래나는손을주어반가움을말하엿다.

(그) 나는貴國사람을매우사랑하오딸아貴國의사정을다만新聞上所見이나마얼마쯤同情을마지안소나는지금學生의몸이라무슨政治上言論은나의말할範圍가아니니까오즉教育一面을들어말하려하오貴國의大學이멧군대나됩니까

(나) 아조大學이라고爲名한學校는오즉한군대뿐인데그外에는專門學校가더러잇소아조教育狀態로말하면저-東京이나上海에비겨말할수업소그리하야지금外國에留學가는熱이얼마큼澎漲하엿소그러나近來에무슨朝鮮大學이라던가하는것이생긴다더니어떠케되는모양인지아즉조흔消息을못들엇소이다.

(그) 勿論兄長의洞察에게서겟지오마는何時代何境遇를不問하고오즉敎育問題에至하야는우리人生의徹底한精神點이되는바외다.

(나) 에-그야말로그러치안습니까더구나우리는四千年의歷史가잇고二千萬의民衆이잇스니이것만으로보아도固有한風俗習慣이잇고固有한文化藝術이잇습니다.

(그) 그런데貴國이일즉弊國의屬한바되어서로兄弟의友誼처럼지내어오던것은事實이아닙니까웨지금와서이러케몰라보게되엇스니참時運變遷이야말로이루測量할수업소이다.

(나) 아니그야말로兄弟의友誼를가지고서로親密히지내어왓다함은勿論조흔말슴이오마는屬이라는文句는그때에貴國의天子라는이와弊國의임금이라는이가서로室家的交際에지나지못하엿던것이오지금와서는그런것을웨말슴하셔요貴國이지금共和가되어모든舊觀을一筆로抹殺하고民國元年으로부터開國紀元을잡아노코내려온지벌서九個星霜이나되지만핫슴니까그때그屬이라고쓴것은貴國皇家의史氏가濫墨한듯하오.

(그) 글세그는그러란말이지무슨意味잇게하는말이야니인즉容恕하여주셔요

(나) 그런데兄長은어느學校에단여요

(그) 에-之江大學에단입니다.

하고는나의손을잡고일어서며「자-우리學校로가서구경어나하시오」한다그래서나는그어를딸아之江學校로들어갓다. 벌서下學이다. 運動場에뽈차는소리가뻥뻥하고學校門에는通學生이점오로돌아가노라고매우분주하게떠든다校長室로들어가校長보고人事한뒤모든先生들에게정다운「하우드유드」을들려바닷다. 그리고그學生의引導로應接室에들어갓다. 이윽고로든學生이죽둘러서더니처음으로마즈막까지하나씩하나씩나오며손을준다그中Mr. Pang이라는이가모든學生을代表하야나에게人事談을하야준다그리고이날밤은이學校에서寄宿을하게되다晩飯을먹은뒤에學校後園을한바탕뒤돌고는第一號溝堂으로引導한다. 溝堂안

을썩들어서니모든學生이왼통모혓는데아마무슨通知가잇서모인듯하다. 校長以下各先生이다왓고門밧게는守門갓기도하고司察갓기도한어떤生徒하나이섯다. 原來之江大學은學生自治會의一支會이니가그는卽學生自治制의巡査인가보더라. 今年春間에杭州省立第一中學校內에서浙江及江蘇兩省의中等學校學生의自治會로開하엿는데이것이야말로「데모크라시」의風潮가넘우자아친모양이다.

밤八時頃이라Mr.Pang이開會를宣布하고 式辭처럼하는말이「지금우리學校에朝鮮兄弟한분이光臨하셧는데우리가朝鮮나라와는歷史上으로나地理무엇으로나참말同病相憐同舟共濟의處地를아니생각할수업소그러나우리가매양그나라의사정이어떠하며그同胞의生活이어떠함을아지못하야넘우궁금하던김에마츰그이가이번潮水구경次로이곳까지오셧습은實로우리의機會라아니할수업습니다.」하며곳나더러壇에오르기를請한다나는이때에넘우기가막혀어찌할줄모르고그저그만두겟노라고도할수업고또는하겟노라고도할수업다. 제나라에서도입한번을못벌리던것이이야말로감똥을싸게되엿다. 그러나事勢가고만이러케迫不得已함에되어서는정말딱한 릇이다에라登壇이나하고보리라성큼壇에오르니滿場의拍手는나의약한가슴에霹靂이아니면威脅이다. 속은그저떨리며서어깨는제법으쓱하야진다나는그때말을잘할수업스니못할말은黑板에써노켓노라고말하엿다.

나는여러분과가튼마음을가지고가튼希望을求하는한낫學生의몸이외다나의가슴에싸히고싸힌그무엇이함부루뛰놀뿐인데거기다목소리까지떨려나옵니다.

噫! 우리는적어도世界的의一分인責任을젓습니다. 國家와國家의區分이업시民族과民族의差別이업시서로意思를交換함으로써安樂을삼고서로主義를共通함으로써幸福을삼아서서로親睦하고서로扶持함을우리의絶代的義務로아옵시다. 그리하야온天下의不徹底不自然인一切罪惡과矛盾을모다우리의손으로때려붓어야되겟습니다. 기리하야우리와主義가가튼이는아모라도그둘로더불어握手하여야되고우리와理想이가튼이는우구던지그들로더불어親交하여야될줄은이미여러분의同感이아닙니까지금이사람을爲하야이가티同情의뜻을表하야주는것도또한이에잇다합니다. 그러면우리나라이니너의나라이니하야무슨特別한境界를劃準할必要-업는바에야미리다아시는말을무엇이라고더자꾸오贅說한것무어야요나는지금나의고향사정을一一히입으로는말할수업스니여러분이나의苦

衷이나마들어보시려곳하시면제가이苦衷에모든것을多少文體上으로筆記를하야그稿草를두고갈터이니그리함이썩便할듯하오내가기다라케되도못한말을하나니보다여러분이수고롭게들으시려고애쓰는것보다 늘-두어두고도보실터이니까……但記稿는省畧함.

이만하고下壇하다그리고어떤女學生하나이 「피아노」를하는데참말나의심사를산란케하는무슨曲調를 흘리는도다. 그는암만 相逢歌를하더라도나듯기에는望鄕歌갓고그는암만校友歌를하더라도나듯기에는離別歌갓다아홉時가떵떵치며서閉會를하엿더라.

그翌日은아츰을일즉먹고모든學友諸君과先生一同으로作別을告할적에뜰우에심어노흔 「아까시아」나무를가르치며 有月請看庭上樹, 殷勤無語此心知라. 敎門을썩나서서길ㅅ가에놉히섯는크다런古木을보고古木誓將大廈支, 依然自居臥龍姿라. 名片뒤뚱에두줄로따로써서P君에게送情을謝過하다그길로旅館에돌아와서行李를차져들고人力車에몸을태워停車場으로나갓다.

杭州로부터蘇州에

十八日午正이라루?杭鉄路의終點인閘口站에서車를타고嘉興까지오기는그날午後四時頃이러라步轎를잡아라고秀州中學으로들어갓다. 校長代理沈先生은내가上海잇슬때에친히往來하던情知의벗이다. 그날밤그이로더불어가티寄宿舍에서무슨이악이를길다러케하며서방열두점까지안젓섯다. 그이가무어라고나한테말을하노하니

去年冬에貴國사람하나이本校에왓습디다그는상투가삐쳐잇고소매가널찍한衣服이좀더럽게보이는데더구나그상토튼머리에는땀내가물근물근, 몬지가켜켜, 참보기에매우거북합디다그래아즉貴國사람치고는머리를안깍근이가얼마나됩니까? 나는우리地方에지금까지송치꼬리를남겨둔同胞를보고매양印度人의亡國種族을망하여요印度사람은무엇이그리아까워서아즉껏그머리를드개로두엇는가? 이것이하나亡國原因이라하엿더니그貴國사람의상투를보니거의印度사람처럼되어먹엇습니다. 그것좀업시하엿스면어떠합니까그사람말이나는沈姓을쓴다하며서自己의祖先을차지려고이곳까지왓노라하며나더러이악이합디다. 아마貴國의沈哥치고는모다嘉興서나갓다하여요그래나는同族도되려니와또근貴國

사람이라하야얼마큼同情을하엿소그는매우漢子에爛熟합디다머-儒敎를밋는다하며또白笠을씻는데그는國喪난까닭이라합니다지금그사람이 峽右(嘉興서西南으로가면限二百里되는車站所在地)學生會의書記로가며서곳머리를깍고옷을갈아입엇지요. 지금은中國말도좀하지오그의生地는咸鏡道라합듸다張君알겟소?

나는그말을듯고한참생각하기를自豪의못된風俗을自己가宣傳한그놈이야말로넘우어이업도다外國사람이우리나라를씩들어서면그더렵고도구역나는온갓惡風俗을寫眞으로써自己나라에紹介하야주는것을나의눈으로얼마큼보앗는데이제이사람이야말로寫眞도오히려不足하야實物까지出品을하엿구나나는이에서모든생각이聯想된다내가年前에이러한이약이들엇소이다어떤사람이朝鮮의惡風俗을冊子로製成하야外國에宣傳을하엿다는데그宣傳의催眠에걸린이는「아-朝鮮은참별것들만모여산다아마大人國小人國처럼되지나안핫나그것조모앗스면-勿論짐승이야아니겟지물거나차거나하지는안켓지그것을언제나한번보아서二十世紀博物學知識에한標本을맨들고」그래서宣川에처음나온宣敎師하나이溝道를하다가이런말까지하엿다한다아-이게대체무슨일이요勿論우리동포의안된風俗도업지야안켓지만그것을一一히綜合하야冊子를製衣하면참그러케도생각하여볼수잇겟다바늘가튼말이바위가티도될수잇고조쌀가튼일이밤알갓게도될수잇다아-소경 개천나무래무엇하나모도제잘못이지이것이꼭우리同胞의鉄鞭이아니면木鐸이다하고한참이약이하던沈先生을보고 「자-밤이깁헛스니잠이나잡시다」하고힘업는소리로점직한듯이말을하엿다그리고그益日은배를타고湖州를지나며서太湖까지구경을하고그냥배안에서잠을자기凡이틀밤이나되어서吳江에배를대기는二十一日아츰이다게서부터물어얏헤서배가스스로는갈수가업스며사람들이돗끄테줄을매고그줄을어깨에잡아멘뒤 「어기야차」하고배를끌어올린다이것이야말로陸上의欸乃聲이다이날午後一時頃에蘇州閶門밧글당도하엿다아-蘇州는吳王夫差의古都이다城郭도依然히宏壯하고樹林도蒼鬱하게뒤덥혓다. 姑蘇城外寒山寺, 夜半鐘聲到客船, 이는참말나의일상생각하고보고십던蘇州에對한古詩一句이다蘇州에느나귀가흔하다거리에나가기만하면나귀타라는請이하도야단이다아모러나타라는것안타겟스냐하고척-나귀등에올나안저蘇臺館을차저갓다第五號官房에자리를定하고그나귀도로타고서寒山寺로나갓더라아-아조보잘것이업다碑文박아팔아먹는중하나이나오며서반가히迎接은하나마내가밤낫그립던景致의 頂想과는아조틀린다. 墻下에石苔가쩜읏쩜읏古鍾에몬지가덕지덕지茶한잔마신뒤에곳돌아나왓더라그길로나귀를모라旅館으로돌아갓다저녁을먹고마루에나안젓노라니밤七時쯤되어妓生隊가달려든다「아-이것참조하라」하며서그오는數를손꼽아세보니아마限七十이나八十餘名쯤된다웨이러케旅館으로오는가하고下人한테무르니까下人의말이우리蘇州로말하면中國에第一가는色鄕이아닙니까그래서그계집들이밤이면旅館으로와서손님하고밤동무를가티하렵니다나는얼픗뭇기를그리면돈을밧느냐?에-勿論이지요. 얼마나?하로밤에四圓大洋이지요. 압따그것참빗싸구나나가튼놈은마음도못낼일이다」그러고인젓노라니지나나던계집하나이나의엽헤와안즈며무슨말을하는지족음도모르겟다아모러나계집의音聲은꼭듯기조케되엇다勿論그말하는意味는自己와가티住宿을하자는모양이다. 그래나는손을내어들으니까바싹더달려들이꼭야단을부린다어-참江南의採蓮女인가月下의採桑女인가글로는아조에뿌고정답게읽어더니마츰내보고난즉아모생각이動치를안코돌이어구역이난다.보기도실코말도모르는데다가아양까지부리는것참形容할수업다그中에도좀人物이똑똑하고戀愛가붓는것은그리달려들어야단은아니하고儼然한態度로가는것은얼마쯤보기에조치마는그外에는모다아모것도아니다그래下人더러뭇기를蘇州의物色이이뿐이냐한즉그下人의말이妓生치고는原妓, 長三, 幺二, 野妓의여러가지種類가잇는데그는幺二라는것이라한다.

밤十一時에야그들이다물러간다그제야나는비롯오잠드럿다.

그益日은東吳大學을차저갓다나의친구杭州人戴恩鶴君이나의손을잡고自己의房으로들어간다그날下午에戴君이나와가티虎邱山구경을가는데桃塢中學에잇는 魏嘉洲君張逢기騏君等十數人이作隊하야배를저어望蘇臺를바라보고간다石塔은우뚝하고古塚은을몽을몽, 아-이곳이虎邱라한다康熙帝의扁額이며顔眞鄕의題字한것아즉도새로온데오즉손가락을곱으리며坎中連하고잇는黃金부처보기좃타魏君이나에게글한首를주는데

箕子遺風古國古, 臥虎睡獅醒何日

遠客東來此地游. 興歌麥黍恨悠悠.

나는달아그韻을和하야주엇다.

天下皆兄弟, 何妨同道游. 知面知心處, 山高水自悠.

夕陽을지고客館으로돌아올제途中에서戴魏一行을作別하다그益日아츰에行李를차려노코나귀를불러타고常北으로올라가木船에몸을싯고楊子江을건너通州를떠나간다.

蘇州로부터金陵에

二十四日午後三時頃이라天生港을다달앗다. 碼頭에썩내려서自動車에몸을태워通州城을들어갓다. 通州에는우리나라의詩(漢詩)客으로有名한金滄江翁의居住處라滄江翁이通州로移寓하게된것은張季直의一般周旋으로되엇는데季直은通州의王이며中國實業界의名士이다그런滄江翁을차저가서寒暄을畢한뒤에翁의所事를무른즉翁은흰수염을슬슬쓸면서족으마한상투우에다떨어진冠을쓰고아조다늙엇고삭은몸이힘드는목소리로「나는지금무엇을하겟노그저곱으라진몸이 그러나마아즉썻翰墨林書局이라고經營하여가는데내가좀著述한것이몃가지잇소」한다나는남의著述이라하면어대까지던지따라가서라도보고는곳批判을마지안는性味가잇다翁의所著인朝鮮歷代小史란一書는紀元을箕子로집고檀君神話는아조荒唐한말로비처버렷다그래나는뭇기를웨이러케되엇습니까한즉翁은말하되原來朝鮮이라함은箕子以前을따저말할價値가업는것이오오즉箕子때와서야비롯오歷史라는것이생기엿다. 封地가되지아니치못할것은事實이라고말한다나는이말을듯고어찌나어이업섯던지그저한마디로써翁을對하야령감은中國령감이올시다다시朝鮮的魂이라고는아조업서젓습니다그려」하고무엇무엇무를것업시그저허수하게作別을하고旅館으로돌아와그날一宿을지나그이튼날아참에天生港을나가漢口가는배를타고鎭江까지가서鎭江서다시小輪船을換乘하고楊州까지가기는二十七日아츰이다南門外絲關을지나城中安全棧에寄宿所를定하다客棧下人의引導를입어金山구경을간다.

옛사람의말을듯고乘鶴下楊州라하야매우楊州를놀랍게알앗더니이제사와서보니알만한친구도업고볼만한경치도업다. 그中에고작韻字나부틸만한곳은金山이라는곳이다. 間間이보히는古蹟은얼마쯤나의興味를도두도다대개中國땅의무슨名勝이니무슨風景이니하는것은모다詩人이아니면賦客의붓끗알에아모것도업는虛位를남겨둔 것뿐이다.

그길로돌아와서밤九時에배를타고곳金陵으로내려간다二十八日새벽에下觀

埠頭에배를대엇다城內로들어가는火車에들어안저鳳儀門뒤으로툭터저들어가는鉄道길엽헤는蘆花가펄펄난다中正街에썩내려서金陵大學을들어갓다나의사랑하는친구P.BKH等諸君이나를校門안으로마자손목을담뿍잡는다南京으로말하면우리의留學生이三十餘名에達한다그中女學生이七八人이되구요.

이날午後에點心을먹고明陵구경을가게되엿다鍾山허리에宏壯한建築으로當代의技術이란技術은모다나타내엿다나는이鍾山頂上에웃둑올나섯다四面이다보인다뒤으로長江이흐르고합흐로平野가질펀하다참말六朝王都의本色이이러하다鳳凰臺上鳳凰游는지금에그痕迹도업고二水中分白鷺洲는족오마한江亭이다泰淮의花舫은물결을좃차이리저리, 南門의雜?은그림가티얼른얼른莫愁湖의맑은물빗雨花山의느진안개獅子山砲臺裝置鷄鳴寺帝王踪跡한참눈이멀거니바라보다가 「포케트」속으로萬年筆을뽑아들고手帖을펼치며서해넘어가는줄모르고무엇을그리생각한다.

놉흔한울나즌땅에 가득한것무엇이냐
南山에落葉이우수수 北天에歸應기쭈루룩
그中에더욱나의 쉬파람소리호-호-
아-이것이秋聲!아니江南의秋聲!!

上海의 녀름*

김성(金星)

「쾅」하는소리가나면서 밤한울에는자지빗꼿이핀다。그러고는그꼿닙들이하나식두흘식떠러져서 별장가가듯쏜살가티大氣속을달아나면서다시「보지직」소리를지르며파-실오래기들을수양버들가지느리우듯실실히느리우고는마츰내누러우리한연긔로化하야 어둠속에스러진다。그러면 그 우흐로또우흐로머-ㄹ리반작이는별들이바록바록웃고잇다。이「쾅」하는소리가들닐때마다數千의군중은

* 이 글은 ≪開闢≫ 총 26호에 게재된것이다. 작자 신원 미상

일써번에고개를처든다。따라서「와－」하는괴이한驚嘆의소리가밤공긔를울니운다。밤은서늘하고도더웁다。간곳마다줄줄히느려노흔 일류미내이쉰아래로사람의쎄가웃고써들며허늑인다。찬란한옷들을두르고평안이머리숙인형형색색의쏫들이피인花園안풀밧우흐로男女는쉬임을어드려모혀든다。파－라케보드러운짬씌우헤안져불란서國歌의장엄스런선률에귀를기우리면서女子들은부채질하고男子들은맥고모자로활활붓는다。 누런빗줄로물드린大地、술、狂亂、버들나무、群衆、無心그속에서外國人들이춤을춘다。라팔불고북치고 바이올린그어주면 열락과술에얼근히취한男女들이쌍쌍히붓잡고 다리를웃줄웃줄하면서 舞踏場을해매인다。문밧無線電信局에서는끈침업시「찌르륵찍찍」하면서 世界各處에서모혀드는소식줄것은소식을바다드리고내여보낸다。그러나군중은그거슨생각지도안는다。

형형색색외다른나라에서온사람쎄들은다제각긔제생각대로이밤을새우려한다。會館현관우헤는世界各國旗가바람에펄녁거리면서、즐김、원망、싀긔、탐욕、동정등의눈으로그아래늘방황하는군중을나려다보고잇다。가는곳마다三色旗가춤추고잇다。「축복바든불란서사람들아 마음썻즐겨라」하는속삭이가어대선가울녀온다。새벽긔운이써돌건만군중은아직도행락의만족을엇지못햇나부다。

이것이七月十四日밤의불란서공원안일일다。 남의짱에와서無知한土人들을속히고위협하야 一年내내슬컷빼앗아가다가 그들은이날하루에질탕치듯놀아본다。自由、平等、博愛를말놉히부르면서남을착취한돈으로잘들논다。

七月七日과七月十四日은上海年中行事에서째여낼수없는귀중한날이다。 더욱이上海의녀름을말할때이두날을말치안흘수업다。

七月七日은北米合衆國獨立紀念日일다。 이날미국사람全部가아츰한곳에모혀간단한(約三十分間)式을지난다。國旗에對하야最敬禮、獨立宣言書의랑독、祝電의公佈、領事의式辭、祈禱로式을마친다。 오후에는포마창운동장에서쎄이스쏠경긔와미국인학교학생의연극이잇다。저녁에는불노리、밤에는술과짠쓰가잇다。

七月十四日은佛蘭西革命紀念日이다。 아츰에는式과가장행렬이잇고오후에는불란서공원네모히여가진작란을다한다。물싸움、나무잡이、줄다리기등。밤에는회관압마당에줄과짠쓰와게집이잇다。廣場에서는活動사진을돌닌다。불란서

공원은不夜城을이루고法大馬路는사람으로짝맥힌다。中國服이나日服을닙고는一年내내불란서공원에못들어간다。 불란서공원에들어가려면반듯이洋服을닙어야한다。그러나七月十四日하로만은大公開이다。中服을닙엇건、日服을닙엇건마음대로그날하로는들어가놀수잇다。그러나밤에는入場料를조금밧는다。佛人들은밤새도록춤을춘다。요새는中國人、日本人들도더러그춤에석겨춘다。밤새도록불노리를게속한다。

上海의녀름은몹시더웁다。普通百度內外일다。정더운날은二百十五度까지올나간일이잇섯다。內服만걸치고가만히방안에안젓서도땀이좔좔흘려나리는때가만타。밤에자려고자리에누으면가슴이턱턱막히고등골에서땀이졸졸흐르곤한다。오후에거리에나가거르면 콜타일칠한행결이물큰물큰하고反射하는太陽熱이홧홧얼골에처밧친다。엇든때는 손님을태와끌고비지땀을흘니며다라나든人力車夫들이길가운데서日射病에들녀폭폭쑥구라지는때가만타。그러면그人力車를타고가든白人種은벌덕나려서서혀를가로물고죽은불상한死體를발길로한번툭차고저갈길을간다。그러면순사가와서시테를치운다。

불란서공원나무그늘아래로는아춤부터서양애기들을잇끌고 中國人혹은日本人의아마(乳母)들이모혀든다。天眞스런아해들이하로종일모래작난하면서놀고잇스면 그뒤울타리안에서는저녁마다、그애들의어머니아버지가테니쓰를치며논다。맥끈한풀밧우헤下人식혀줄쳐놋코 식컴언휘샹을돌아친후태캣트를번득인다。그러면이땅主人의아들은짱빼앗기고옷빼앗긴채 여긔와서掠奪者들의쏠집어다주는심부럼을해주고어더먹고잇다。

불란서공원안에서사진긔게들고 비슬비슬하는東洋사람들을보면 그것은곳日本人인줄알고나무그늘아레서교의에洋服웃져고리버서걸고안저 낫잠자는東洋人은보면곳朝鮮人인줄을알아내인다。공원안에잇는구락부뜰에는 매일밤自動車가짝드러찬다。그러고는그안에란간방에는선풍긔와、군악과、술과게집이잇다。불란서삶들은밤들기까지거긔서춤을춘다。그러면우리나라젊은이들이흔히구락부울타리밧게 교의를갓다노코안자 겨오새여나아오는군악소리에귀를기우린다。더욱이요새는露國人이갑작이만하져서젊고불상한아라사게집아해들이한무리식밀녀와서 울타리밧줄밧헤돌나서서 멀－니구락부안에서흘녀오는바이올린줄의노래를맛초아 天眞스럽게춤을추며도라가는것을흔히볼수가잇다。

우리나라사람들은대개다法界안에잇슴으로 공원에들간다면거의들불란서공원에간다。그럼으로法界안에서우리나라사람들끼리그냥「公園에간다」하면 그것은벌서불란서공원을意味한다。그러나大戰以後로어디업시영락된독일공원에도만히간다。處女들과小學生들은스케－트(박휘달닌것)타러쎄멘트場으로 青年들은풋볼차려草場으로 老人들은나무그늘아래로 이러케 만흔우리나라사람들이적적한독일공원 도라보는이업는독일공원에모혀든다。

「中國人과개는들어오지못한다。」이것이황포탄萬國公園문깐에써붓친패쪽일다。녀름의만국공원은有名한것이다。잇짜금압강으로써도라다니는화륜선들이식컴언연긔를푹푹끼언쳐주는짓이괴롭기도하지마는 그래도거긔가강변이여서바람도조곰잇고공원자치도묘하고하여서 사람이만히모혀든다。

녀름날에는아모때고만국공원에를가보면 뻙언수건쓰고누－런양복닙은턱석쑤리씨－크사람(印度人)들이 나무그늘아레마다둘너안져서 하로종일트렘프(노름의一種)를놀고잇는것을볼수잇다。그러고뎜심때쯤은日女갈보들이 추한몸즛을내두르면서공원안을거니는것을 만히볼수가잇다。그러나저녁때만되면공원은그만사람으로긋득채와지고만다。도로혀복잡하다는英大馬路보다더복잡하게된다。좃차서만국공원의녀름은 이世界어대보다도더쏙쏙하게世界縮圖의感을준다。本來上海는世界人의市라는말이잇다。그러나녀름날저녁의만국공원은 그야말로공원일홈그대로萬國人의集合處가된다。千坪內外되는上海서도아주좁은 이萬國公園안에서 우리는世界各國사람을다볼수잇고 世界各國방언을다드를수잇는것이다。밋상멀끔한美國人、활게내두르는서뎐이나노위사람、엉뎅이내두르는불란서女子、졈잔을빼는英國아해들、생글생글웃는혼혈아들、사람을녹이게아름다운포도아女子、장화신은아라사勞動者、하오리닙고게다쓰는日人、洋服닙은中國人、內服저구리만닙은印度문직이순들、니빨색캄한安南人의떼、동글한모자쓴土耳吉人、턱썩쑤리猶太녕감、쏘록쏘록하는波斯人、가이써수염기른獨逸人、뚱뚱한和蘭女子、어청어청하는朝鮮人、키적은이태리사람、神父처럼생긴에급사들이, 제각기제나라衣服혹은제나라式의洋服을닙고가지각색의방언을주절거리면서 형형색색의거름거리로공원안이써들썩해진다。적어도녀름날저녁마다몃시간동안식만은 이만국공원에서는아모런民族的差別、國際的嫉視가업시「人類」라는同一한形態밋해서 世界萬國삶들이다가티질기는

것이다。 午後다섯시부터는매일中央音樂堂에서上海市政廳洋樂隊에奏樂이잇다。그러고통상밤새로세시까지는공원이비이지아니한다。

上海의녀름은길다。六月中旬으로부터九月中旬까지는그져물쿠어내인다。그래돈만흔富者들이나 大學校敎授들은靑島、목칸、山杭州等地로避暑를간다。그러고그냥上海잇는사람들도 白人의大多數는事務室에나家庭에나 커-다란선풍긔를놋코저녁이면 (특히土曜와日曜에) 家族이自動車를모라 黃浦江가으로도라멀-니吳淞으로산보를나간다。그러나녀름이되야서더괴로워하는것은工場속에勞動者들이다。더웁고내음새나고좁은工場안에서 하로三四十錢밧는生活費를위하야 매일十二時間以上을바람한번못쐬이고 땀을흘니는少女가數萬名이된다。

中國은人種이만흔나라인것은누구나다잘안다。녀름날저녁에中國人거리를보지안흐면中國의人口가얼마나만흔것을상상하기힘들것이다。녀름날저녁어쓸햇슬때에上海中國人거리를巡回하면누구나 다 놀나지아니치못한다。中國사람은누구나 다 저녁을먹은후에는 참대로만든조고만椅子나또는동그란나무椅子들을집압길가에내다놋코 버틔고안저서담배를피면서쩌드러내인다。이것은中國人에한風俗이다。그래녀름날저녁엇쓸할때는市街左右는사람으로城을싸하놋코만다。

上海跑馬場은上海居留外國人의녀름오락장일다。 그널븐마당을제각긔떼여맛하가지고 저녁마다 미국인은뻬이스쏠、英國人은크리켓이나、꼴푸、日本人、印度人等은테니스를놀고 또는때때로英國人의競馬大會가열닌다。蘇州路와新公園압헤水泳場이잇서서 졂은西人男女들의노리터가되고 有名한競馬場의所在地인江灣압헤는 今年네새로히上海서제일큰오픈애어일水泳池를만드러노핫다。그러나이죠흔설비들은 모다白人들이白人들自身을위한거시오 그쌍의주인인中國人을爲始하야그밧東洋사람들은 그들의잘놀고유쾌하게지나는거슬 구경하는것으로일종變態的쾌락을엇고잇는것이사실일다。

上海서녀름에는흔히各學校夏令會와夏期講習會가열닌다。 그러면東支那各地方에잇는靑年男女學生들은구름갓치모혀드러、講論、說敎、演說、水泳 테니스、野球、夜會等으로즐긴다。 그러고特히우리나라留學生으로二三年前에組織된 華東韓國學生聯合會大會가年來로늘七月上旬에 上海서開催된것이또한上海의녀름行事中닛지못할일의하나일것이다。

上海안에잇는數十處에劇場은또한 녀름동안에업슬수업는노름터일다。극장

의설비는대개완젼하야 써늘하게하로서저녁을즐기기에매우뎍당하다。西洋人들은또한로우윙클럽이이서서 大小의數十坐ㅡ트를설비하야저녁마다 황포강우해강바람을쏘히러나아간다。그러나본래중국은물이너무호러여서 우리나라에서강에나가노는것만한 흥취는엇기가힘들것이다。

上海의녀름을말할때우리朝鮮사람으로는 닛지못하고소홀히하지못할큰行事가잇다。그거슨곳八月금음에上海法界엇든모통이에서 數百의朝鮮人이모히여눈물을흘리고、가슴을치며 비분감개한演說을하고간절한 묵도를올니는밤이잇는것이다。

上海의녀름에는現社會制度아래잇는 온것에세不合理가드러잇다。上海의녀름은엇든계급에게는놀기죠흔시절이다。 그러나또上海의녀름은다른한계급(多數의人을포함한)에게는病死、땀、눈물、코레라、페스트、不景氣를가져오는惡魔인것을 가슴에더한번색여볼필요가잇는것이다。 (終)

國境을넘어서서*

朴 봄

(以上十行削除)…쇠잔한한숨의 눈물을지으며母國을등지고北便을向하야발길을옮기든때는이제부터五年前卽一九一九年겨울이엿습니다. 或地圖上으로는滿洲가어대엿다. 西伯利亞가어대잇다또듯는말에그곳은찬地方이라고짐작만하엿지實地體驗은勿論처음이엿습니다. 해는西山을넘고紫金色의黃昏이되엿슬적임니다. 우리나라마즈막인 鴨綠江氷上에발을대이자말자저승채사가톤나으리님들이무슨잡아먹을즘생이나만난듯이이놈아어대를가느냐 이리와하며 呼角을불며야단법석을하더이다. 이왕도마에올은고기처름된形便이니까엑기잡아먹겟스면잡아먹어라뛰여가나보자하고갈팡질팡업드지며잡바지며艱辛히僥倖으로中領沿岸을다달엇습니다. 모닥불은담아붓는듯이全身이확근확근하여지며술취햇

* 이 글은 ≪開闢≫49호(1924년 7월호)에 게재된것이다. 작자의 신원 미상.

다깬것처럼목이 渴하며숨이칵칵막히더이다할수업시움욱한언득밋헤필석주저안저서한참이나숨을돌이킨뒤에머리를들고母國을다시한번처다보니무엇이라形言키難한悲憤의뭉치가가슴을치밀고올나오며주먹가튼눈물이뚝뚝떠러지더이다쓰리고압흔늣김을참으랴야참을수가업고쏘다지는눈물을멈추랴야멈출수가업더이다. 외아들죽은老父처럼한참이나精神업시울다가이윽히두루막자락으로눈물을씻고일어서서떨니는다리를허둥허둥옴겨노흐면서 崔南善先生의지은世界一週歌첫節 「漢陽아잘잇거라갓다오리라」을속으로외우면서불켜인人家를向하엿습니다. 족으만한草家에이르러門밧게서主人을차즈니평생듯도못한소리로무엇이라중얼거리며靑色옷입은사람이하나나오더이다. 彼此言語를不通하는벙어리끼히리손으로形容을하야겨우자리를빌어 곤한몸을하로밤쉬엿읍니다. 益日아츰에날이밝자말자어대서情답은사람이기다리는것처럼 他關에나갓다가自己집으로돌아가는것처럼 孑孑單身어린몸이荒茫한滿洲들에方向도모르고외롭게자름자름것기를始作하엿습니다. 울알山꼭댁이에서막쏘다저내리부는바람은참!차기도차더이다. 눈보태질하며씽-씽-부는매운바람이솜(棉)엷은옷을꿰고지내갈때에는뼈끗치짜릿짜릿하고살이에워저서뚝뚝떠러지는것갓더이다하염업시흘으는눈물을딱그며「아! 運命의神이여어찌하여十九歲의어린몸을집업시끗업는벌판으로逐黜을하야雪中의 寃魂원혼이되게하는가?」라고군소리를하다가아니다아니다寧爲鷄口언정無爲牛後란말과가티自由업시奴隸로僅生함보다넓고넓은벌판을自由롭게任意로펄펄뛰다가潔白한눈속에파뭇처바리면그얼마나快하며壯한일인가라고도로켜生覺을할적에는不知中다리가갑여워지며거름이빨나지더이다.

그럭저럭몃週日뒤에 ○○○에到着하엿습니다. 寡婦의서름은寡婦끼리말하는셈으로五臟六腑에구비구비맷친설음을處地도갓고目的도가튼同志끼리相訴相慰하며鵬翼一伸의機만待하다가지난一九二O年느즌가을이엿습니다.……間島討伐……

(三行削) 悲憤을참으며北으로北으로옴겨들어갓습니다自然의節侯야무슨變通이잇겟습니까? 첫겨울이되자말자함박가튼찬눈은펵펵쏘다지지요! 매운바람은사정업시불어오지요! 人家도업고길도업는茫然한벌판을오들오들떨면서거리가다가해가지면눈을긁어모아서둥그러케담을싸코오리무리처럼그가운대오골오

골모야안저 잇다금잇다름가운대안젓든동무가밧그로밧게안젓든동무가가운대로交代를하며서로안고밤을밝히엣스며 배가곱흐면背囊에서미숫가루(粟粉)를끄집어내여물도업시말은가루를입에너흘적에바람이훅불면목이칵메이고눈물이그렁그렁하여질적에 눈을한줌먹으면목구멍은틔워지지만몸은더욱떨니우더이다이러한때를만날적에는온世上을새삼스럽게더욱咀呪하고십고××에對한늣김은더욱깁허지더이다.

一九二二年××戰에서負傷하야×××××病院에入院하엿슬적에病床에홀로누워 이일저일생각할적에는 世上의모든일이다싊어지고 「아이고한방마자슬적에죽지안코무슨希望이잇스리라고살앗는가?」한숨에눈물을짓다가도왜? 이때까지努力하며奮鬪하다가끗도아니보고죽어? 나의目的을成事하고그립고그립은 故鄕을돌아가서 情깁흔 兄弟들과서로손을잡고理想的새살님을맛보겟는대? 라고밧구워생각을하고醫師에게내病을速히治療하여달나고哀乞도하엿습니다.

處女의품안가티따ㅅ듯한바람은귀밋을살금살금씻치이며지내가고해빗은 和暢하야 四肢가나-른하여지는날이엿습니다. 빼족빼족도다오르는잔듸밧에안저서무엇을머리속에그리며한숨지을적에말속한春服을떨처입고或은夫婦끼리或은親知끼리春景차저왓다갓다하는散步客들을볼때에는몹시도부럽더이다. 그리하여문득「胡地엔들無花草리요마는春來라도不似春이라」는古詩도푸며 땃듯한봄바람에자기性을나타내랴고아름답게픠여잇는붉은꽃, 푸른님과놉고말속한가을한울에밝게빗치여잇는달도집업고배곱흔나에게야무슨慰安이되랴! 도로혀傷心, 煩悶, 苦痛뿐이로구나」라고혼자늣기다가오라 惟物史觀要領記에思想은物質에서生하다는一句와가티이와가튼늣김이革命思想의움(芽)이로구나그러고집업고배고픈사람이 나하나이아닐것이며不合理,大矛盾인現社會에在하여는何民族何人種을勿問하고집업고배곱흔무리가만흘것이라그리고이집업고배곱흔無産群衆의 團結力압헤는××成算의可能性이必有하다고생각할적에는모든悲哀는다살아저바리고빙글빙글웃을기운이나더이다.

아! 그러나아그러나아즉아모것도업는우리社會에서는거어지제자루씻는셈으로名譽니權利니무어니하야물우의거품가튼것을서로다토와社會는混沌化하고희망의싹은자욱한안개에 싸엿스니 아! 自然의神이여! 運命의神이여! 집업고배곱흔어린이몸이將次어떠케되겟는가? 二四, 三, 二八, 밤에(끗)

南滿을단녀와서*

인인생(人人生)

北滿은 近來에우리同胞들의 적지안은 企望을 引起하는地方이다. 나는五年前에 그곳에한번 遊?한일이잇섯다. 今年에또한번 단녀왓다. 그런데 그때어든感想과 이번에어든感想은 全然히갓지안하얏다. 그것은그리怪異한일이안이다. 나는 나의姓名까지도 그때와는 판판다른사람으로갓섯다. 世事와人心은 限업시變遷 流轉함을알수잇섯다.

西非利亞風慶을 등에지고 吉林城門을當到하든때는 바루今年三月三日이엿다. 기다리든親舊들과握手團?하야 前後經綸을서로니악이하며 數日을지내엿다.

十二日아츰에 나는夢湖 ㅊㅌ兩氏와 作伴하야盤石縣方面으로向하얏다. 모든歡喜에狂跳하는 萬地群生은 봄노래를끈임업시불은다. 어름, 눈 녹은들은 四澤에가득하고 푸른한울가의로불어오는 맑은바람이 귀밑을싯처지나는데 馬蹄와車轍에 밟히고 짓치고한진흙길로 한거름두거름 跋步하는人生이야말로 可憐 可笑하엿다. 그러나『人生의 봄은 오직人生의손으로뿐만드러내는것이지!』이러케自決한意識으로 모든 環境의 하우적거리는것을排除하고前進又前進하엿다.

十六日에는 蛤蟆河子到着하얏다. 이제뒤를돌아보면五日이라는時間에二百十五里의距離를 지내엿다. 이것은 未開明한人類의 조흔成績이라할수잇는일이다. 발밋이부르트고 氣脉이부를녹진하다. 우리가寄宿한집은 洪××氏집이엿다. 그는 매우 뜻듯한同情으로 우리一行을붓드러 하루동안을 더休息하게하얏다. 그가우리에게준 一節의詩가잇섯는데 그만잘記憶하지못하게된것은 적지안은遺憾이다. 내가그의詩에和한것은(詩라할는지綴字라할는지) 이리하엿다.『幸逢良友兼逢春, 一夕談論意更新. 可笑當年失敗客, 安知後日成功人. 風驅殘雪增寒氣, 日到晴天脫俗塵. 萬事想來都是夢, 暫?詩句弄吾眞.』

十八日아츰에우리는 또떠낫다. 二日만에 呼閉集廠子에 到着하얏다. 곳目的地에安到하얏다. 여기에는 林庄氏가잇섯다. 그는南滿에主人翁이라할만한이엿다. 우리는여기에서 五日동안을 歡呼趣飮中에지내엿다. 이世上에 모든근심, 걱

---

* 이 글은 ≪開闢≫제49호에 게재된것이다. 작자 신원 미상.

정, 즐겁, 우숨이 오래막혓든사람과 사람새이에 永遠히넛지못할『義網』을떠노앗다. 하로는 林庄氏가 이러한詩로서 나에게보인일이잇섯다.「運命初頭甲子春, 天心世事一時新. 燕雲護送屠龍客, 渤海來尋捫風人. 溪破殘氷呈釖築, 山留點雪洗埃塵. 除非實力無他術, 種得眞因結果眞.」이것은前日에 蛤蟆河子에서 지은 나의글을 和할것이엿다.

여기에서 또한가지나의心頭에深刻히印留하야잇는것은當地에잇는 天道敎宗理師金應植氏와 同敎人洪永植氏의眞摯한同情과熱烈한사랑이다. 더욱이金應植氏夫人의그慈祥한마음으로 그무슨不足함이잇는가하야限업시안탑가워하는 誠意의流露함은 正하나의心身을이끌어한울나라로 들어가게하는感이잇섯다.

二十四日에 ㅊㅌ氏와나는吉林으로돌아오게되얏다. 夢湖氏는 거기에떠러저잇섯다. 우리가지팽이를들고떠나는때에 東邱氏(林庄氏令?)와夢湖氏는아래와가튼離別詩를 써준일이잇다.「握君正在憶君時, 節?聯翻事又奇. 千里行裝餘尺釖, 一天風雨玩牀棋. 窮山雪積春猶動, 遼海雲横月若遲. 待到澄淸圓會日, 記留玆韻快吟詩.」이것은東邱氏의作이엿다. 또夢湖氏의詩는이러하엿다.「卽有其人必有詩, 深謀何幸入神奇. 浮生空惱蹰躇路, 世事宛如錯落棋. 風雨懷鄕千里遠, 溪山送客一節遲. 幕忘平昔慇懃約, 欲說中心更贈詩.」

이러케情다은親舊들을 내버리고 오로지단둘이돌아오는것은 말할수업시섭섭하얏다. 其實은그러지안을수도업는일이엿다. ㅊㅌ氏와 나는다시當地에사는우리同胞들의情況을거듭니악이하며 괴로운다리를이끌고 하염업시 돌아온다. 나는그들의준詩를한번 읽고 또외이고하다가 이러케和할일이잇엇다.「浮生逢別定無時, 或出尋常或出奇. 世事惟除三尺釖, 人心何奈一枰棋. 山氷初解溪聲大, 岸柳方舒日影遲. 春雪霏霏南滿路, 堪忍困憊誦君詩.」

一週日만에 우리는 다시吉林城안에들어왓다. 路中에散漫無聊한苦惱는 南滿同胞의情景을한번回想하는때에씰은듯이업서젓다. 이것뿐은大幸한일이다. 그러나事實은 나의暫時的苦惱가長久한苦惱에게征服된것에不過하다. 나는南滿地方에 漂流하는 우리同胞를爲하야 헤아릴수업는눈물을흘니엿스며엇든때는『이것이다우리同胞람!』하고 차내버리고십흔때도잇섯다. 그러나 나의마음은 더욱더욱悲傷하야진다. 나는안다 侵略的資本主義의迫害를못이기여 扶老携幼, 男負女戴하야萬里異域을向하야때다든 그들의目的地가 여기엇든것을, 事實그들의豫想은 虛妄한것이안이엿다. 山水, 氣候, 地質모든것이 農作에適宜하다. 內地에서消費하는 꼭가든寶金, 똑가튼勞力으로 二倍三倍의 收積을어들수잇다. 그러나 異常하다 中國人의勢力에늘니여氣運에밀니어 엇지할줄을모르고 밤, 낫苦生이다. 그들의입에는 쌀밥이들어가지못하다. 이들의몸에는무명옷도발나맛는다. 그들은中國집한間을 빌어서數三日食口가接食한다.이것이, 우리가京釜, 京輚線鐵路沿邊에서 朝夕으로오든, 一生의怨恨忿怒를 가슴에가득품고 無聊히쫏기여나오는 우리同胞들이다!

以上에서말한것은다못經濟荒으로생기는悲慘한狀態이다. 이것보다도더무서운 思想荒으로생기는精神的모든懊惱, 苦悶, 憂鬱等의不安定한狀況은 맛치茫漠한大海에서 東西를未辨하는 水夫와가튼感이니러난다. 그들의四圍에는 雲風怒?가둘러친다. 그들은黑暗한恐怖에뭇첫다. 그러나아주異常한것하나는잇다. 그것은곳그들의그不安定한心理의奧底에一個共通의敵이잇다. 이敵과熱鬪奮鬪하는中間에번쩍이는光明이곳그들의前途를啓示하는指針이될것을나는밋는다. 여기에서 나는各自의卽成한偏見(思想의一端)을버티고일?의中心思想을만드러내기를바란다.

우리同胞가 南滿地方에드러온지는 아직二十年에不過하다하다, 그러닛가 北滿이나俄領에比하면만흔遜色이잇는것도 當然한일이다. 그리고原來, 赤手空拳으로드러와서 接足이困難할것도 免치못할事實이다. 그러나 너무도 이러케散漫, 不安한狀態에陷한것은 참말抑鬱, 忿限한일이다. 여기에서우리는 우리들의 自體에잇는缺陷을 反省할必要가잇는줄 안다. 좀낡은말이지만『人必自侮而後人侮之.』란말을暫間생각해보는것도 無益한일은안일것이다. 우리들自體의缺陷이란무엇이냐? 나는이러케對答하고십다.

첫재는 各個體의實力缺乏이니 自己의資金도업고 常識도업는사람으로 문득言語 風俗이逈殊한異族과接觸하게됨을따라 처음으로 欺侮와 損害를受할것은자못避치못할일이다. 그럼으로 或多少의資金을가진사람으로 中國人의土地를定期租得한것이라도 기期限內에地主는任意로 地租를無理하게增加하는弊가不少하다. 萬若諸從하지안하면 그저빼앗기는수도업지안하다. 이러케家屋農場等이一定하지못한故로 해마다流離하는情景을볼수잇다그러하야 그해의所得은모다移運하는 費用에다쓰러넛코만다하야도過言이안이다. 따라서益年의慘苦

는免치못하는것이다.

둘재는 社會的生活의缺陷이니 우리農民은大概十里에한집 五十里에한집 또百里에만큼한집, 이러케各散分離하야 相愛互助하는機緣을 엇지못하는것이다. 이러한지라 識見이固陋하며 事理에暗味하야自然, 그無情한中國人의侵害를抵禦한수업시된다. 이러한不祥은乃至自己의子孫까지同一한悲運을遭遇하게한다. 永遠히중국人의農奴노릇을하게한다. 이것은 그들에게相當한社會的敎育을施할수업는까닭이다.

이두가지外에도한가지큰缺陷이잇다. 그것은 國家的後援이업는것이니 이것이업는國民으로 外國에서生活을圖謀하는데는 形言할수업는怨痛이따라다닌다. 우리들의生命, 財産은오로지우리들各個가 自保自護하는外에는 아무런道理가업는것이다. 이것이 우리中國人들과의 均等한發展을 策할수업는最大의缺陷이다. 그러면 엇더케하여야잘살수잇을가? 次第로討論할問題가된다.

第一은 될수잇는대로여러사람이合資하야土地를 買收하자. 아무리돈이업다하더라도 처음으로드러오는이는 그대로一二百元은가지고온다. 그러나그들中에는 各自가 精細한考察이업시 여기저기着手하야失敗하는이가不少하다. 그러닛가될수잇는대로 만흔사람이合資하야 相當한土地를買收하야共同耕作을하기로하며 또一面으로는 資金이업시每年流離하는同胞들을 救濟하는策을講할것이다.

第二는 模範的施設에努力하자 이우에서말한바와가티되면 自然한部落이이루워질것이다. 朝鮮사람의新村이建設될것이다. 여기에서는우리가自治的生活을營爲할수잇스며, 따라서敎育이라든지, 産業이라든지 모두가中國人民으로하여금 模範하게하도록할수잇슬것이다. 여기서는中國官憲과相當한交涉으로써生存의保障(防禦土匪等)을어들수잇는것이다. 그리하야우리朝鮮의文明을發揚하도록할것이다. 이것이곳一面으로外侮를禦하며一面으로는自榮을圖하는急務인줄안다.

이러함을따러서나의말한最大의缺陷이라는것도無難히排除할수잇는것이다. 이것은이와가튼모든일을企圖할때에이우에서말하야둔바 우리들의鬱憤苦惱한心底에김히숨어잇는共同의그것과 熱鬪할意를닛지안하는메에서이루워질것이다그리하야그戰意는戰術로, 戰術은實行으로이러케 邁進하는때야되는것이다.

이것은또우리들의共通한中心思想의訓育과 試練이必要함을말하야둔다.

나는南滿에사는우리同胞의情況을目睹하고참다못하야이러케 ?弊한두어마듸로써 南滿에게신同胞들의一?를乞하는同時에 內地에게신農村運動의人士들에게 遠念이잇기를바라는意味에서이글을草한다.

上海에서*

신동기(申東起)

上海의輪郭은 佛租界 共同租界及上海市의 行政區도 나눌수있으니 共同租界와 佛租界는 一種의獨立한 國際都市라고할 수 있고 上海市라하면 中國人街와 附近農村을 말한이다. 佛租界나 共同租界라고 外國人만 사는곳이 아니오. 이곳저곳에 中國人이雜居하며 大商店의 所有者도 亦是 中國人이다. 朝鮮人은 佛租界에도 居住하나 大部分은 共同租界中虹口附近에 많이 居住하고있다.

上海의 人口는 約三百五十萬이오 人種은 約四十三個國人民이 雜居한다하니 全世界의 人種을 上海에앉아서 다볼수있게되였다.

閘北의戰蹟

閘北이라함은 乾隆二年에端公된 上海北部一帶 地方인대 寶山路를 共同租界와 接境으로하야 東은 共同租界요 北은 所謂閘北이라는곳이다. 屯區域內에 有名한 商務印書舘工場이 있었고 中國公立醫院製糸會社 其他 各工場이 있었다. 그리하야 上海中國人의 新聞設된 市街로 漸漸發展하랴든곳이다. 그리하던次에 一九三二年一月二十八日 上海事變이 이러나자 閘北一帶에서 便衣隊와 衝突하야 兵火를사괴이게되어 慘?한 光景은 지금도 歷歷히 볼수가있다. 그러나 지금은 孫子先生의 大上海建設計劃에따라 上海市政府를 中心으로 漸漸 그一

---

* 주 : 이 글은 《新東亞》 층 56호(1931년 6월호)에 게재된것이다. 작자 신원 미상.

帶를 復興식히는 途程에있다.

지금 計劃대로 進行만된다면 佛租界와 共同租界의 奮?보다도 大上海의 實現이더 有利하게 展開되리라고 믿는다.

朝鮮留學生의入學難

以前에는 專門學校나 大學에서 英語만알면 大概 修學할수있었으나 지금은 孫子先生의 三民主義와 또는 中國人의 反省으로因하야 中國漢文을 重要視하게되였다. 아마도 小學校만卒業하게되면 우리朝鮮에서는 有數한 漢文學者라고 할만하다.

그러함으로 中國에 留國하랴면 英語와漢文 두가지를 다充分히알어야만 入學할 수 있고 朝鮮에서 中學校만卒業하고는 이곳에와서 專門學校나大學에 入學할수없는 形便이다. 勿論學費는 日本內地에 留學하는것의 半만갖이면 留學할수있을것이다. 또한 이곳에서자라나는 兒童의數도 近百餘名되는대 從來에 있던 仁成學校가 昨年十一月에 廢校된 以來로 지금은 幼稚園뿐이오 兒童의 大部分은 日本人小學校 中國人小學校 或露西亞人小學校等各各 그의 形便에 따르게되는대 아모리해도 將來에 專門學校나 大學에보내랴면 中國南方에 있어서는 中國人小學校에 通學케함이 有利할듯하다.

朝鮮人의生活狀態

以前에는 모르겠으나 지금에 있어서는 大概 經濟方面에 活動하랴는 傾向이다. 現在上海이 居住하는 朝鮮人은 約二千이라고하는데 大部分은 貿易商 料理業 땐서-電車監督等이라고 할것이다.

上海에서 朝鮮人으로서 가장 信用을얻고 商業에 大活躍을하고있는이는 아마도 建豊洋行主 朴震氏일것이다. 氏는 아직 젊은實業家로서 本業은 建築材料販賣하며 其他內外國物産의 輸出輸入等에 努力하는 前途?望한 靑年實業家다. 一, 二八事件以來로 朝鮮娘子軍의 大發展은 놀라울만하니 其數가五百餘라고 한다. 땐서-로서의 進出은 上海에서 各國女子中에도 가장首位를占領하게되였고 女子의微弱한임으로 「혼」까지 所有하고 斯界의 氣焰을吐하는이도있다. 電

車의 監督은 朝鮮人으로서 約四十餘人된다는데 萬一上海에 처음으로가서 길을 모르는분이있다하면 電車를타고 「高麗人」만차즈면 電車의車掌들은 朝鮮人監?을 依例히 찾어준다 고하니 길잊은 念慮는 없을만큼되였다.

北中國을 旅行하다가 楊子江을건너 京滬線에 오르게되면 北方과 判異한點이 남ㅎ으니 人物言語 性格等이 아조딴나라와 같다. 또한 軍隊의 ?然함도 南方軍의大發展 訓錬됨을 表示한듯하다. 學生들의 排日運動도 漸漸其度가 높아가는것같다. 녯날上海에서 「公園에 개와中國人은 드러가지 못한다는말을 들었으나」 지금은 中國人의 自覺으로 그와같은말은없어졌다. 지금에는 入場料를 微收하야 「클리」의 入園을 制限한따름이다.

上海夜話*

강성구(姜聖九)

上海의밤거리는 무서운惡魔의 氣味나쁜微笑로서充滿된거리다. 거리를橫行하는밤의紳士들과 밤의淑女들의뿌리는 이상야릇한 내음새는 뭇사람들의 코를 찌르고 탕!탕!하고 피스톨을 連發하면서 제세상 같이 밤거리를 疾走하는 大膽한 깽들의 活動이 開始된다.

땐스홀에서 흘러나오는 재쓰밴드소리는 「明日」을 잃은人間들의 애닯은 滅亡을 哀悼하는 旋律을 잃어버린 시드른 挽曲이다.

惡臭나는 식컴언 골목마다 얼골에 밀가루반죽을한 賣春婦들이 드러배겨서 갑싼 秋波를보낸다. 紙幣一元만 있으면 틀림없이 OK다 아니 二十仙짜리 銀錢 三枚만 있어도 넉넉하다. 그들의 肉體는 썩을대로 다 썩은 파리엉긴 腐敗物이다.

집집에서 일어나는 가느다란 胡弓의 멜로디-. 어쩐지 사람들의 마음을 까닭없이 구슬푸게 맨든다.

나젊은 보헤미안이 주린배를 채울랴고 露西亞食堂으로 들어간다. 火酒나 한

---

* 이 글은 ≪開闢≫속간 제3호에 게재된것이다. 작자 신원 미상.

잔 드리키고 멀리떠러져있는 내故鄕을 눈앞에 그리며 쓸쓸히 放浪歌를 부르는 것ㄷ 그리싱거운것은 아닐것이다.

出帆準備를 다마친船舶들이 뚜-하고 黃浦江에서 우렁차게 汽笛을 울린다.

上海의 밤도 점점 本舞臺로 들어가는가보다.

흐린 밤공기를 헤치며 나는 十時를 가르친 팔뚝時計를 보고 中國酒店「天天」으로 발을 듸밀엇다.

그 中國酒店에는 설흔(三十歲)의 고개를 훨신넘은 中國人 王서방이 나를기다리고 있는 것이다. 王서방은 나를 반가히 맞었다. 그러나 어쩐지 이상하게도 平常때 보담은 좀가느다란 興奮을 얼골에 띠우고있었다.

내가 王서방을 알게된것은 今年봄 H路에 있는 中國藝術新聞社에 놀러갔을때 거기서 잔심부름을 하고있는 王서방이 차를한잔따라서 나에게 權했기 때문이다. 그날은 봄비가 부실부실 나리고 있었다. 그래서 그런지 자꾸 술생각이 나는것을 억지로 王서방이 갔다준 뜨거운 차한잔으로 때이어버렸다. 王서방은 所謂 好人이었다. 어떻게되여서 거기서 심부름을 하게됫소?하고물어도 그저 싱긋싱긋 웃기만했지 對答을 피하였다.

이것은 그후 어느 日曜日날 午後 역시 그藝術新聞社에서 陳이라는 中國記者한테 들은 이야긴데 以前에 王서방은 中國陸軍少佐로 있었든 사람이라고 나에게 이야기해주었다.

다음 순간 나는 그 記者의 말에 감짝놀래며「뭘? 陸軍少佐?」하고 나도 모르게 소리치기까지하였다. 그記者의 말은 계속되었다.

一九三一年 첫봄에 例의 上海事變이 일어나지안었소. 그때 王서방은 十九路軍에屬하고 있던그때事變이 일어나자 王서방은 最前線에서 活躍햇대요! 그런데 무슨 바람이 불었는지 所謂 女學生 義勇軍의 一員인 麗英이라는 美貌의 女學生하고 그만 脫走를 한모양이야요. 그뒤 上海事變도 끝나고 十九路도 멀리 上海에서 물러갔을때 王서방은 쓸쓸히 上海에서 거리를 헤매고 있었드랍니다. 벌서 그때는 麗英이도 自己네들의 그危險千萬의 脫線的戀愛에 그만 실증이 났든지 王서방을 홀로 남겨놓고 어데로인지 몸을감추어 버렸드랍니다. 戰線때 왼사랑을다른데로 떠다옴겼드니 그만 시드러저버린모양입니다. 하하하. 그런데 그후 좌우간 사랑은 그렇게되엿드라도 입에다 풀칠을 해야되겠는데 어디 맛당

한 職業이 있어야지요. 그래 할수없어서 서양사람들집의 뽀이 노릇도 하고 카페의 문직이 노릇도 하다가 이곳으로 굴러왓다고 합니다. 워낙 건장한 몸이되노니까 일도남보다 세배는 더하고 퍽 快活한 性格의 所有者입니다.」

그 記者의 말은 여기서 끝낫지마는 나는 그때부터 王서방에게 向하야 多大한 興味를 가지게 되엿다. 그래 여러번 내방에데려다가 밥도가치 먹었고 또 중국술집에 가서 가치 술도 여러번 마시었다.

그런데 어떤날아침 나는 쓰기시작한 小說을써서 끝마칠랴고 한참붓을 놀리고 있었는데 엽서 한장이 드러왓다. 그것은 王서방이 나에게 보낸 葉書였다. 그葉書에는 藝術新聞社의下人노릇도 그만 실증이 나서 다른 職業을 구하려 거기를 나왔다고 씨워있었다. 나는 그葉書를 읽고나서 그 무슨 苦笑에 가까운것을 얼골에 띄웠으나 過去가있어 그래도 千軍萬馬의 사기를살리고 있든 陸軍少佐가 新聞社下人노릇을 길게할수는 없을것이다라고 이렇게 解釋해보기도 했다. 달차지 그한 사랑에 陶醉하야 손에 손을마주잡고 남몰래 戰線에서 脫走는했으나 그사랑의 酣夢이 깨여지고보니 王서방은옛날의 軍人生活이 도루그리웠으며 軍馬를 타고 實彈이 비오듯 날려오는 피에 젓은 戰線을 또다시 기운차게 달려보고 싶었을것이다.

그 葉書를 받은 그날 아침부터 約一週日이 지나도록 나는 그뒤의 王서방의 消息을 조금도 몰랐는데 突然 오늘저녁 六時頃에 葉書한장이 날려드러왔으니 그것은 이때껏 아무 消息이 없든 王서방이 보낸것이었다.

先生에게 좀 이야기할것이 있으니 ×月×日(卽오늘)午後 十時頃에 ○路天天酒店二層으로 틀림없이 꼭와주십쇼. 그 葉書의 內容은 簡單히 말하면 이런것이었다. 나는 소식몰라궁금하든차에 적이 반가워했다. 그리고 밤을 기다려서 王서방이 葉書로 말한 그時間에 이天天酒店에 온것이었다.

王서방은 나를 다정스러이 맞어드려서 의자에 앉힌후 老酒와 안주등을 청했다. 이윽고 술과 안주를 가져오니까 내잔과 자기잔에술을 딸고 자 듭시다!하고 술을권한다.

王서방은 단숨에 술을 쭉드리마시고난후 위선 요一週日동안의 自己의 生活을 자세히 이야기하였다. 그리고 그다음 한숨을 한번 길게 내뿜고나서 그야말로 「에로」「그로」백퍼-센트의 듣기에도 소름이 끼칠 이야기를 나에게 들려주는것이었다.

「姜先生!글세 이런놈의 世上이다있단말요. 魔都의 上海라드니 정말이지 참 끔찍금찍하오. 이 이야기는 내가 지여낸것도 아니고 지여내다니 나는 그런 갑싼 小說家는 아니니까요 아이구 생각할수록 치가떨려죽겠네! 姜先生도 놀래지 마시오 나는 어제밤에 너무나 奇怪한일을 直接經驗하였소! 아미 이것은 上海아니고서는 볼수없을것이요……」

王서방은 자못 興奮된 語調로이렇게 前提하고나서 또한번 후-하고 길게 한숨을 내쉬었다.

유리窓밖을 내다보니 여전히 밤거리는 요란하다.

王서방의 입에서 이야기가 흘러나온다 너무나 너무나 奇怪한 이야기가. 그러면 王서방의 입에서흘러나온 그이야기는 과연 어떠한것이였든가 親愛하는 독자여러분은 수고수럽지마는 다음에 紀錄된 나이트클럽 「白鷲」라는 實話讀物을 끝까지 읽어보십시요.

□ 나이트.클럽 「白鷲」

Night Club White Eagle

에잇 빌어먹을세상! 이런놈의 세상이 또 어디있담! 훙! 태양(太陽)오 다 비웃는다.

왕서방은 따뜻한 가을해빛을 전신에 받으며 접시들을 씻고있다. 생각하면 생각할수록 우수운 그러나 그반면에 너무나 심각한 운명의 작란이라고 아니할수 없다고 왕서방은 생각하는것이였다. 중국예술신문사를 나온지도 벌서 일주일이나된다. 당초에 예술신문사를 나올때는 다시는 남의하인노릇은 아니할결심으로 나온것인데 턱 나와놓고보니 우선 밥걱정이제일 먼저앞장을선다. 시가를 휘-휘-몇박구씩돌아보았으나 우리집 식당에 드러와서 진지잡수십쇼 하고 맞어드리는 사람은 하나도 없다. 박정한 거리!하고 있는힘을 다내여 악을쓸대로 써보았으나 목만 아펐지 아무소용이 없다.

밤이 온다. 밤이 온다. 상해의가을밤은 밉살스럽게도 대기(大氣)가차다. 몸에 걸치고있는것이 금년여름전당포에서 흘러나온 다떠러진 여름양복이다. 그는 대양(大洋)이원팔십전을주고 그 여름양복을 사입었는데 이렇게 턱 가을이 되고보니 그엷디엷은 여름양복으론 좀 견듸여나기가 어려울것 같다.

밝은 가을달이 저편 빌딩우에소리없이나타났다. 어쩐지 왕서방은 한줄기의 향수(鄕愁)를 가슴의 한구석에 느끼는것이였다. 그것은 총알이 악마같은 총알이 빗발치듯이 날려오는전장(戰場)에서 지평선(地平線)저편으로부터 고요이 올라오는 밝은달을 묵묵히 바라보며 내고향의 산천을 생각하든 긴장미를 띄고 그리고 선선한맛이 흐르는 그런향수와는 너무나 차이가 있는 희망을 잃어버린남어지 가슴에 울어난 절망에젖은향수였다.

왕서방은 고동조게 S路로 힘없는 다리를 이끌어놓았다. S路는서양인들이 많이 사랏다. 서양인들 중에도 영국인이 그중 많이 사랏다.

화려한 실내(室內)로부터 이거리의 밤을 장식하는 피아노와 바이올린의 구슬픈 우름소리가 고요히새여나온다. 향수에 젖은왕서방은 저도모르게 귀를 기우렸다.

오날밤은 이상하게도 모-든것이 왕서방의 마음을 구슬프게 맨든다.

천공에 둥실뜬 밝은달을 비롯하야 피아노와 바이올린 소리까지-

또 거렷다.

저편 눈앞에 보이는 어느양옥집출입구에 무슨흰종이가 붙었다. 왕서방은 그리로걸어갔다. 그리고 그흰종이를 올려다보았다.

하인입용(下人入用).

왕서방에겐 그리 반가운 글발이아니었다. 그러나 당면의 빵문제를 해결하기 위하야는 마음에 들지는 않으나 또다시 남의 하인노릇을 하지아니하면 아니되었다. 문을열고그집으로드러갔다. 그리고 그날밤부터 그집(佛蘭西人이 살고있었다) 하인이 되어버렷다.

그런데 그집에 왕서방의 마음을한줄기의 반가움과 증오에 타게한 그무엇이 살고있었으니 그것은 왕서방을 남겨놓고 어듸로인지 다라난 여영(麗英)의 아름다운 자태였다. 왕서방의 옛날의 애인 여영은 그집에서 하인노릇을 하고 있는것이였다. 왕서방과 여영은 이뜻하지아니한 해후에 저윽히 놀랐다. 그리고 다음순간 왕서방은 반가움과 증오가 뒤섞긴 이상야릇한 감정이 가슴에 우러난것이였다. 그러나 또 어떻게 된셈인지 왕서방과 여영은 그날밤 한침대에서 서로 꽉껴안고 입을 맞추었다. 죽었든 사랑이 다시 사라난것이었다.

왕서방의 그집에 온지 나흘째 되는날 아침 그집밖앝주인은 상용(商用)으로 천진(天津)을향하야 길을떠낫다. 그래서 그런지 그집안주인은 좀바람이난모양이다. 갑자기 밖앝출입이 자자지며 남자동무가 잘찾어온다.

하로밤은 안주인이 어듸 나갔다가 밤늦게 돌아오더니 왕서방을 자기방으로 데리고와서 그건장한 왕서방의 육체를 마음껏맛보았다.

밖앝주인은 천진에서 사흘을 지내고 오늘아침집으로돌아왔다. 그는 우유차를 한잔 마시고 의자에걸터앉어서 담배를 피우고있다. 자기없는 사이에 자기마누라가 왕서방의 육체를 맛본것도 모르고-

접시를 다씻고나서 왕서방은 손을닦고 자기방으로 드러갔다. 그리고 담배를 한대 피어물고 묵묵히 무엇을 생각한다.

-암만해도 밖앝주인의 여영에게 대한 태도가 좀이상한걸…… 이십원짜리 보석반지를 여영에게 선사를 하다니…… 암만해도 이상해…

밤이왔다.시계가 새로한시를 쓸쓸히 친다.뗑!

왕서방은 문득 잠이깨었다. 다음순간 그는자기방문 앞에서「놔요! 싫어요! 어서놔요!」하고 이러나는 여영이의 비명을 확실이 드렀다. 왕서방은 급히 잠자리에서 이러나서 방문을찻다.

오오 여영! 방문이활짝열리며 여영의 자태가 왕서방의 눈앞에 뚜렷이 나타난것이였다 그리고 여영이의 팔을 붓잡고섯는 밖앝주인의 얼골도- 밖앝주인은 싫어하는 여영이를 자기방으로 끌고갈랴고 가진애를 다쓰고있는모양이다.

분노가 왕서방의 가슴에 치미러올랐다. 이비러먹을 자식! 왕서방의 철권(鐵拳)이 비호같이 밖앝주인의 뺨에 날러갔다. 왕서방의 철권을 받고 밖앝주인은 그 자리에 쓰러졌다 그리고 왕서방은 급하게 여영이를 등에 업더니 미친사람같이 밖으로 뛰여나갔다.

밤바람이 몹시도차다. 수중에는 동전한닢없다. 어듸로가야만 좋단말이냐. 좌우간이밤이 어서가버리면 좋겠다. 아아 태양이 그립다. 푸른하늘의 태양이.

아침이흘러왔다. 맑은 가을 하늘에 그립든 태양이 가운차게 빛난다. 차츰차츰 배가 고파온다. 제-기 어듸가서 밥을 먹는담! 할수없이 아침밥을굶었다. 그리고 점심도.

또 밤이 가까워온다.

왕서방과 여영이도 주린배를 어루만지며 힘없이 거리를 헤맨다.

저편 길모퉁이를 돌아갈랴할 때 이때것 배암의 눈같은 두눈으로 왕서방과 여영이의뒤를 따르고 있든 어떤 백계로씨아 노인이 두사람을 불렀다.

「여보소! 할말이 있으니 거기좀 서게시요」

로시아 노인은 그들의 등뒤에서 이렇게 소리쳤다. 그소리는 칼날같이 날카로웠다.

왕서방과 여영이는 그소리에 자기내들의 뒤를 얼른 돌아다보았다.

「왜불렀소? 우리한테 무슨 일이있소?」

왕서방은 그낯모르는 로시아노인을 한번훑터보고나서 힘없는 목소리로 이렇게 물었다.

「좀의논할것이 있어서 불렀소!」

그로시라 노인은 얼골에 정체모를 미소까지 띄워가지고 십년사귄 친구나되는 듯이 유창한 중국말로 조용히 말하였다.

「의논이라니? 우리는 당신하고는 초면인데……」하고 왕서방은 좀 주저주저 하였다.

「다른것이아니라 나보기에는 당신네들이 틀림없이 실업자같기에 내가 마땅한직업을하나 구해드리려고싶어서 불렀습니다. 실례를 용서하시요.」

그로시라 노인의 입에서 흘러나온 이말에 왕서방은 저도모르게 얼골에 미소가돌며 저윽히 기뻐하였다.

「고맙습니다! 그런데 무슨 직업을 구해주실랍니까?」왕서방은 로시아 노인에게로 한거름닥어섰다.

「배우(俳優)오릇을 안하실렵니까? 한달에 구십원씩 수입이있습니다. 그러니까? 하로에 삼원씩이지요. 어떻습니까? 할마음이 있습니까?」하고 그노인은 또한번 미소하였다.

「움 한달에 구십원! 하지요! 하구말구요!」

왕서방은 그무슨 흥분에 가까운것을 어렴풋이늣기면서 두주먹을불끈쥐였다. 그리고 왼몸을 한번 부루룩하고 떨었다. 그것은 신선한희망에찬 질거운 전율(戰慄)이였다. 오오! 하날은 고맙기도하지! 인제는 나도 호화로운 생활을하는구나! 오오 행운을 누가 놓친단말이냐!

「음! 그러면 날 따라오시요」

왕서방과 여영이는 그로시아 노인을따라갔다. 벌서 짜른가을해는 넘어가고 어슴푸레한 황혼이 이거리에 기여든다.

왕서방의 일행은 「白鷺」라는 조고만 간판이 붙은 굉장한 양옥집으로 드러갔다. 그집에는 약일백오십명가량을 수용할수 있는 큰방이 하나있었다. 그리고 그방한구석에 조고만 무대(舞臺)가 하나있었다.

밤이 왔다. 아홉시쯤 되니까 눈부시게 정장들을한 샷한계급의 남녀들이 이 「白鷺」로 모여드렀다 그들은 전부서양인이였다.

시계가 열시를 치니까 어떤말거숭이 로시아여자가 무대에 나와서 라체(裸體)춤을 추고 드러갔다.

(以下四行不得已略)

사람들은 일제히 박수를 보내며 제멋대로 짓거렸다. 마지막으로 연극이 시작되였다. 그연극의 스토리는 정신병에걸린 나젊은 신사 한사람이 거리를 거닐다가 자기앞을 지나가는 한쌍의 부부를 아무 리유없이 돌연 피스톨로 쏘아죽인다는 -아주 평범한고 단순한 내용이었다. 그리하여 배역(配役)은 왕서방과 여영이가 그불행한 부부를맡어 하게되고 또 그정신변자신사는 오늘밤 「白鷺」에 놀러온사람들 가운데서 「윌리암」이라는 중년신사가 맡어하기로 된것이었다.

위선 정신병자신사의 역을 맡은 「윌리암」이 무대에 나타나소 이리저리 돌아다닌다.

왕서방과 여영이는 무대위에서 자기네를 이곳으로데리고온 그로시아노인의 부대에 나가라!는명령이내리기를 마음조려 기다리고 있었다

「아랏나 먼저 여영씨 당신이 종알에마저서 쓰러지게됩니다. 그러면 그남편인 왕서방이 여영씨를 쏜 그정신병자신사에게 덤벼들라다가 도리여 총을마저서 그 자리에너머집니다. 처음이고해서 아주쉽게꾸몃소. 자아 그러면 무대에 나가보우. 그리고 이것은 오날일급이요」하고 그로시아 노인은 오원짜리한장과 일원짜리한장을 왕서방의 손에 쥐여주었다.

「자 나가시요!」하고 그로시아 노인은 왕서방과 여영이를 떠밀었다.

왕서방과 여영이는 무대로 나갔다. 화려하게 차린신사숙녀들을 눈앞에두고 생전처음으로 무대를 밟고있는것이였다. 자꾸가슴이 두근거린다. 심장의 물결이 높아진다.

「월리암」이 가까이 걸어온다. 「월리암」은 포켓트에서 피스톨을 끄집어냈다. 피스톨은 전기불에비치여서 번쩍번쩍 번쩍이고있다. 「월리암」은, 정신병자자신사는 피스톨로여영이를 겨누었다.

「월리암」의 눈이 무섭게빛나난다.

탕!하고 총소리는일어났다. 그리고 여영이는 너머졌다. 오오 그런데 이것은 확실이 꿈은 아니다. 보아라! 눈을뜨고 좀보아라! 사랑하는 여영이의 가슴에서 흘러나오는 붉은선혈을!

우!우!우!

어!어!어!

듣기에도 소름이 쭉끼칠 이상한 소리가 왕서방의귀에 들린다. 그소리는 이 「白鷺」의 큰방안에앉어있는 일백오십여명의 신사숙녀들이 지르는 소리였다. 그들은 얼골에다 무시무시한 미소까지띄우고 있다.

우!우!우! 어!어!어!

오오 야수의 부르짖음같은 그소리! 왕서방의 바로눈앞에 있는 「워리암」도 피스톨을 쥔채그무시무시한 소리를 지르고있었다. 그리고그도역시얼골에다 미소를 띄우고있는것이였다.

선혈!선혈!총마진 여영이의 가슴에서 흘러나오는 선혈! 그리고 우우!우!어!어!어!

그리고 보니 「월리암」은 실탄을발사했구나! 무서운실탄발사!-왕서방은 이것을 꿈에도 몰랐을것이다.

인간의육체에서 흘러나오는 선혈을보고 형용할수 없는 쾌감에 잠기는 그들! 왕서방과 여영이는 불행이도 그들의 소굴에다 발을듸밀어논것이었다. 그리고 여영이는 무참이도 악마의실탄을 맞고죽어너머진것이였다.

우!우!우! 어!어!어!

오오 저주할 오날의 행운이여!

사랑하는 여영아! 피에 젖은여영아! 용서하라! 용서하라!

왕서방은 몸을 날려 무대에서 뛰여나렸다. (以下略)

南國레포*

-상해에서-

강로경(姜鷺卿)

서울을 하직한지도 벌서 넉달이 다되여간다. 그때의서울은 무서운 눈보라가 휘날니고잇섯다. 내가 서울을 떠나든날이꼭 음력섯달금음날 주린서울의거리에선 그래도 떡뫼소리 이곳저곳에서 흐르고 잇섯다. 그러지안해도 서울을떠나가는것이 섭섭하엿든 나의마음을 이떡뫼소리가 이상야릇하게도 더한층 섭섭하게 맨드럿다.

「음력설을배안에서 쉬게되겟습니다 그려 뚝국이나 많이 잡수지요 하하하하」 떠나는인사차로 開闢社에갓더니 언제보아도 쾌활한얼골을소유하고잇는K씨가 나보고 이런말을던진다. 나는 K씨와 갈이 우섯다. 왜그런지 나의우슴은 내자신이넉넉이 짐작할만치 쓸쓸이울렷다.

열두시 갓가이되여서 드듸어 仁川行汽車가 경성역을 하직할때나는 전송나온 『太陽』의손을 뜨겁게잡앗다.

베안에선 꽤 고생을하엿다. 나는 끈임없시 토해가지고잇섯다. 때맛츰 겨울이라 배는 몹시도 흔들렷든것이다. 배가 부산항(釜山港)에 도착될때가지 삼등선객으로는 나외에 어느 나젊은청년한사람이잇을뿐이엿다.

배가 부산항에 다엇을때 수상경찰이 배안에 드러와서 그청년에게 그의직업을 무른즉 그는『翻譯家』라고 대답하엿다. 배가 釜山을 떠날때는 삼등선객이 일곱사람이나 부럿섯다. 그중에는『의사』도잇섯다.『人蔘장사』도잇섯다.『세탁업자』도잇섯다.『기생』『카페女給』『땐서-』도잇섯다.『번역가』도잇섯다. 그리고 나라는 한낫보잘것업는『평범한인간』도 한목 끼워잇섯든것이다.

제주도를 지나기는 밤 새로한시쯤이엿다. 그때까지 하늘은 잔뜩찡그려가지고 잇섯다. 둑거운어둠이 왼바다를 사정없해내려덮고잇섯다. 이 둑거운 어둠을헷치고 희망에불타고잇는젊은이들의 달콤한꿈을실은 우리K환은 앞으로 힘잇게 진행한것이다.

---

* 이 글은 ≪新東亞≫22호에 게재된것이다. 작자 신원 미상.

내가 이곳상해에 도착하기를 눈이빠지게 기다리고잇섯든 반갑지않은선물이 하나잇섯수니 그것은『기관지加答兒』라는 두통꺼리엿다. 가슴이 바늘로 찌르는 것같이뜨금하고 숨이 각금각금 맥혀서 귀찬엇다. 일주일에한번씩 병원에가서 일흠도모르는 四圓짜리주사를맛고 그 외에 여러 가지 적당한약을 벌서 석달이나 써왓스나 차도는 손톱만치도 없는것같다. (中略)

병 때문에 그런지 요사이갓해서는 하로에한장도 못쓰겟다.쓰고는 찟고 또찟고 날마다 이러케만되여나가니 마음만우울해질분이다. 왼몸이 늘큰해가지고 힘이라고는 하나도없다. 그러나 그대신 독서慾은 왕성하다. 지금나는 小林多喜二의『沼尻村』을 읽고잇다. 요사이와서 나는책을꽤만이 읽은셈이다.『톨스토이』『로만, 로-란』『에세-닌』『피에로, 로틔-』『트르게네-푸』등의작품을 만이 ㅇㄺ이보앗다. (此間五十八行不得已略)

몇칠전 『中國藝術新聞社』의사람들이와서 오늘밤復旦大學의演劇을보러가지고하며 靑色의招待券한장을 테이불우에다놓고갓다. 오래간만에 中國의演劇을보게되는깃붐을맛보앗다. 저녁여섯시『藝術新聞社』를出發한 우리一行은 日本陸戰隊뒤ㅅ길에서 復旦行뻐스를 잡아탓다. 二十五里(朝鮮里數로) 되는 夕陽의村길을 自動車는 상쾌하게질주하엿다. 나지막한 언덕위에 느러헌 나무들은 에메랄드빛으로 물드러가지고 江南의여름을 謳歌하고잇섯다.

劇은 일곱시부터始作되엿다.

中國의劇作家 洪深의『五奎橋』이엿다. 이『五奎橋』의內容은 中國어느農村에잇는『五奎橋』라는다리를 中心으로하고展開되는 그地方의 鄕神과貧農들의 ××을 그린것이다.

이『五奎橋』는昨年十一月號의『文學月刊』(中國文學雜誌, 至今은 廢刊되엿다)에 揭載되엿든것인데 復旦大學生들만으로組織된復旦劇社가이번에 비로서 上演한것이엇다. 이劇에서 第一痛快한끝은 맨마즈막으로가서 貧農들이 問題의『五奎橋』를 때려부석어버리는場面이엿다. 이場面에드러가서 나의두주먹은 제절로 소리없이 불끈위여섯든것이다. 場內를한번 휘-둘너보니 하얀朝鮮치마저고리를입은 두사람의나젊은 朝鮮新女性을 發見할수가잇섯다. 나는 퍽 반가워서 말을걸어보고싶은충동을 불가티늣겻스나 기회가없엇다. 극이 끗나서 밧그로나가니까보드라운 밤바람을타고 흘러오는 想思樹의향기로운 내음새가 興奮된나의마음을 자못明朗하게 맨드러주엇다.

아 그러고 이저버린것이하나잇다. 上海의『메이데이』말이네 今年의『메이데이』는 꽤警戒가甚한모양이엿다. 裝甲自動車隊의 出動은勿論이거니와 라듸오隊까지出動하야 자못壯觀이엿다. 이통에 上海의名物인 南京路데모의實現을 보지못한것은 勿論이거니와『메이데이』를 裝飾할여러가지計劃이 다트러진것같더라. 그러나 浦東의 工場地帶에서는 데모도이러나고 격렬한삐라들도 느진봄바람을타고 수십만 근로대중의품안에 안기운모양이다.

벌서 밤새로한시가 지낫다.

건너편 댄스홀의쟈즈뺀드는 언제나끗날는지 자우간上海는 밤만되면야단법석이야 그놈의땐스홀 뤠스트랜의쟈즈뺀드소리와 상점의라듸오소리 때문에 귀가압허죽겟다.『歡樂의都市』『魔의都市』이니까 無理는 아니겟지만은.

요몃칠전 이런일이 하나잇섯다.

某會社의 社員두사람이 寫眞機를가지고 電車를잡어탓는데 자기네들의마즌편에 絶世의中國美人한사람이 안저잇섯드라고 그런데 사진기를 가진社員이 사진기로 그美人을겨누고 그만 그아름다운얼골을 백여버렷다고 그런데 이것을 엽페한저보고잇든 西洋人한사람이 그社員을붓잡고『萬若저女子의父母 或은戀人이 무슨機會에 당신네들에게서부터 저女子의사진을 發見하게된다할것같으면 그父母 그戀人은 저女子를어떠게생각할것이냐 아니 그것보다도 저女子의父母 或은戀人이 至今이자리에 잇다할것같으면 그사람들은 당신네들을 가만이두지는않을것이다. 云云』하고 一大熱辯을吐하며 大怒햇다는 소문이잇섯다. 이런光景은 上海아니고는 어더볼수없을것은 勿論이거니와『거리(街)의耽美派』인 그들某社員들도 꽤 한가한놈이야.

인자 내몸도 꽤 피곤해젓다.

얼마안잇서서 날이밝을것이다.

양자강(楊子江)저편에서, 아니 푸른하늘저편에서 날밝은 이世界에 君臨할 莊嚴한太陽이나 끄러안어볼까!

上海觀戰記*

-南京政府의北伐當時-

여심생(餘心生)

때는 一九二七년 일은봄!

上海는 콩복듯하엿다. 蔣介石의 北伐軍은 破竹의勢로 上海를向하야 옥옥달겨듣고 잇섯다. 벌서 四五年이지난 過去읫일이언만그때격든 한週間일이 바로어제지나본일처럼 새롭게머리에떠오른다. 더욱이上海에서 市街戰이이러낫다는 新聞報道를 읽을때마다 그때그일이 더욱새삼스럽게 머리에떠오른다. 마치그때그구경을 되푸리하는듯한 感을준다.

그때읫日記에서 몃줄을 紹介하려한다.

土曜

午後에 學課를파한후 法界로갓다. 租界間에는 鐵網을처노코 機關銃을配置햇고 또그우에 軍人으로城을사핫다. 學校에서나와서 軍工路를지나 共同租界에 드러서려하니가 守直하든 印度兵이 사람하나겨오通할만침 門을열어주고는 全身을뒤저본후에 드러오기를 許諾한다. 黃浦江을 끼고 올라가면서 보니 군데군데 伏兵을 해노흔것이 마치큰戰爭이 림박한것같다. 到處에 印度兵의 天幕이잇고 길거리로는 印度兵과 英兵이 배회하고잇다.

電車를타고 뻔드까지 갓더니 에드와드路까지가서는 電車가더못간다. 내려보니 法界와英界(共同租界)中間에도 鐵條網을 처노코 英軍과 日本陸戰隊가 守直하고잇다. 法界로건너가는데는 몸을뒤지기가지는 아니한다.

法大馬路로 한참올라가다가 李先生을 맛낫다. 우리學校政治科敎授로副校長이엇는데 國民黨 巨頭中一人이다. 오새國民黨員이라면 잽히는대로 쥐이는고로 李先生님은 어제밤의 몰래逃亡하야 安全地帶인 法界로 드러오신것이엇다. 李先生 말을드르니 오늘저녁안으로 蔣介石軍隊의 先發隊가 城內를드리칠듯하다

* 이 글은 ≪新東亞≫1932넌 2월호에 게재된것이다. 작자 신원 미상.

고한다. 그소리를드르니 空然히 내마음까지 퍽긴장해지엇다.

K君집으로갓다. 모도혀안자서麻雀들을하고잇다. 이러케 긴장한瞬間에 房안에들어안자 麻雀을 한다는것이 어째 不愉快하엿다. S君과 함께法界警備狀態를 한박퀴돌며 구경하엿다. 이야말로철통가튼 경비이다. 그만햇스면中國街에서 아모런 질알이 나더라도 法界는 絶對로 安全할것갇다. 鐵條網 機關銃은 勿論 大砲까지 걸어노코 장갑자동차도 備置해노핫다. 佛兵, 安南兵으로城을싸코 中國人巡査까지 總動員해노흔 모양이다.

避亂民! 그들의 처참한 光景에 소름이끼치엇다. 군데군데 鐵條網한가운데 門을내고 避亂民을한사람식 손목끄러 드린다. 中國人의內亂 때문에 中國人이 佛人의租界內로 避亂을드러온다는것이 퍽이상스런感을 주엇다. 더욱이 그보통이속에는무엇이 들어잇는지? 뜨더먹든반찬대가리까지 손에들고 피난드러오는 女子가잇다? 그런것은좀 내버리고 올것이지? ?洋軍人앞에서 좀창피 스러운것 갇다.

K君宅으로 도라와서 조곰잇노라니까 法界工部局에서 發한 警告文이 配達된다. 오늘어떠한變이 생길런지 모르니까 各自注意하며 언제든지 火鐘이 갑자기 울고 軍人이 自働車를타고 대야를뚜드리며 市街를 一週하거든 住民들은 모다 房안으로 避身하라고 하는警告이엇다.

신경을 날카롭게하고 하회를기나렷스나 아모런 變故도 없엇다도로혀 싱거운 생각이든다.

콩복듯하는銃소리 北四川路의市街戰

日曜

어제밤아모일도없엇다. 오늘도 또무슨일이잇슬것갇지안타. 空然히軍人들이 서들고 잇는것가티만 생각되엿다.

그래서午後에는 北四川路로 活動寫眞구경을갓다. 네시나 되엿슬가? 갑자기 活動寫眞이 發聲映畵가되엿다. 막戰爭場面이 나타나는데 어데선가 銃소리가 콩복득키들려온것이다. 觀衆은크게놀라 잠시어수선햇스나 銃소리는 끗치고마랏다.

劇場에서나와서 北四川路를 올라가면서 보니까英軍이 크게긴장되여잇다. 方

今이라도 싸홈을 시작할것같다. 中國街와相通된十字路에는 商店 二層마다 軍人이잇서서 窓門으로 銃을 내 겨누고 아레를 노려보고잇다.

갑자기등뒤에서 銃소리가 들리엿다. 계속하여 토닥토닥 오독또기 떠지듯한다. 나는不知中 엽에잇는 집門을열고 房안으로 뛰처드러갓다. 살겟다는 本能이 체면을 不顧한것이엇다. 내가뛰여드러간집은 어떤 葡萄牙人의 집이엇다. 主人夫婦는우스면서 나더러 염려말고 避身하라고 말해 주엇다. 人情美는 이런때에야 보는것이라구 생각햇다.

約五分間 銃소리는끈치지 아낫다. 窓門으로내다보면 거리에는 人蹟이 뚝끈허지고 만것이엇다. 銃소리가 머즌후에도 한참더 기다려가지고길거리로나서니 마치길거리는 아모異常한일도 없엇다는 듯이 고요하엿다. 무장해제를 當한中國軍人數十名이 끌려오고잇섯다. 中國軍人들이租界안으로 몰려드는것을 무장해제 시키누라구 한참싸홧다구한다. 虹口路方面까지가니까 英軍이 鐵條網을 조곰열어노코 中國兵을 하나식끄러드린다. 中國兵은 가젓든 銃을 英軍에게 내여주고는 뷘손들고 租界안으로 드러온다. 불상한人生들이다. 싸호기실흐니까 銃을내여주고 租界안으로 드러와서 목숨이나 保全하겟다는 생각인모양이다. 길에는 잠시간에 押手한銃이 山뎀이처럼 싸힌다. 파테會社에서 이光景을 活動寫眞을 찍는것을보고 퍽不快하엿다.

가-든橋까지 오니 멀리法界뒤에서 大砲소리가 들리기시작햇다. 싸홈은 참으로 버러진 모양이다. K君집까지 갓더니 그집에서는큰야단이 버러지엇다. KI君의 맛딸이열세살난것이 잇는데 佛人이세운 聖패밀리學校에너코 그學校寄宿舍에 가잇섯다. 이學校는 中國街에잇섯는데 二三日前부터 寄宿生들을 租界內로 옴길 생각이 잇섯스나 便衣隊活動 때문에 도로혀 위험한故로 그냥두엇든것이엇다. 그런데지금 바로 그學校近處에서 激戰이이러난것이다. 父母된마음에 어찌 근심스럽지아느랴?

K君과함께 工部局으로 가보앗다. 聖패밀리 學校에딸을보내둔 父母數十名이 벌서와서 局長과面會하는 中이엇다. 學校方面에서는벌서 火災가생겨서 검은煙氣가 하늘을뒤덥는다. 局長도 어찌하면조흘지몰라 무척애를쓰는 모양이다. 聖패밀리學校에는 佛國女先生과中國處女生徒 四十名가량이 잇는것이다. 局長은 마츰내뜻을 決하고 佛軍中에서 決死隊를 募集하엿다. 그래서 장갑자동차 두

대와 트럭(貨物自動車)한대를내세웟다. 트럭을가운데두고 장갑자동차가 앞뒤로옹위해가지고 드러가서 先生과生徒들을 트럭에태워가지고 租界로드러올 예산이다. 父母들은눈물을흘리며 기뻐한다.

나는싸홈 구경을하려고 西門께로 가보니 鐵條網저편 廣場에는 만흔軍人의死體가 넘어저잇는것이보이엇다. 그러나 가까이오지말라고 소리치는 佛人守備軍등살때문에구경도 녹녹히 못하고 도라왓다.

K君의 집으로오니 딸이無事히도라오잇다. 그決死隊 아니엇드면 꼭죽엇슬것이라고한다. 學校가大砲에 命中되여 發火해가지고 불타는中에 佛軍決死隊가와서 그들을트럭에 실어가지고 나온곳이라고한다. 그냥내버려두엇드면 거기서타죽엇슬것이다.

冊도붉언뚜껑은 禁物 朝鮮商民의權利도堂堂

午後五時, 學校로드러가야 하겟는故로 책을옆에끼고나섯다. 에드와드路까지가서 英界로 넘어가려고하니까 守直하는 英兵이 許諾지를안는다. 무엇하는 사람이냐고 뭇기에 學生이라고 對答햇드니 더욱이學生이면 못넘어간다고 한다.

「그따위빨간冊을들고다니면서 못된 宣傳하러단니지!」하며가슴을미러낸다. 보니까옆꾸리에낀 冊뚜겅이赤色이다. 벌겅뚜껑단 冊을가지고단니는것까지 危險한일인가 하고 생각하니 우서웟다. 다시우으로올라오면서 길이 뚤린곳마다試驗해보앗스나 失敗다. 學生本色을 드러내서는 永건너설 재간이없는모양이다. 한곳에서는 聖約翰大學校長에게가서 내가共産黨員이 아니라는 證明書를 바다오면 通過시켜주마고한다. 딱한일이다.

나는 주머니를 뒤저보앗다. 마침北四川路서 잉크貿易商을 하는 R氏의 명함한장을 어더너허두엇든것이나온다. 이것을利用하는수박에없다고나는決心하엿다.

에드와드路를 슬금슬금올라오면서 보니 마침어떤좁은 골목에 日本軍도없고 오직 늙고 의젓하게보이는 英兵하나와 中國巡察二人이守直하고잇는것을 發見하엿다. 나는 그英兵에게나는 中國人이아니오朝鮮人이라고 말하고 通過시켜달라고햇다. 그는?據를 보자고한다. 나는얼는 R氏의명함을 내주엇다. 그러나 英兵이漢文을 읽을재간이잇나? 그는그명함을옆에섯는 中國人巡察에게주면서

「이즈 히 코리앤?」하고뭇는다. 巡察은 명함을보더니

「응, 응, 꼴리, 꼴리? (高麗人이란말)」하고 對答한다. 이리하야나는겨오 英界안으로 드러섯다.

電車로 揚數浦까지 갓스나 英界끗헤서 軍工部로 나가려하니까 이번엔 또 거기를守直하든 印度兵이막는다.

「나는저기 學校에잇는사람이니 나갑시다」하고英語로 말해보앗스나 이 印度兵들은 英語가不通이라 무슨소리인지

「까두리꼬시? 까두리꼬시?」하면서빙글빙글웃기만한다. 印度말인모양인데 내가언제印度말을 배왓서야지? 딱한노릇이다. 손으로멀리보이는 學校를가로치면서 거기서 공부하는學生이란것을 檢視하누라고 冊을 펴읽느능내를냇다. 이形容으로아마 그돌은 우리가學生인줄을 안모양이다. 그러나 그들은亦是고개를 내저으며 「까두리꼬시」만찻는다. 次次學生들이 만히모혀들엇다해는저가는데 야단이엿다. 印度兵은 두팔로훨훨 날아가는 허늉을 하면서 웃는다. 아마도 우리더러 새처럼 날아넘어가보라는 뜻인가보다 이런때는 날개가 잇섯스면 씨원할듯하엿다.

學校方面으로부터M敎授가왓다. 지금校長이 交涉하러 領事館으로 갓스니 좀기다리면 通過가되리라고 일러준다. 한참잇다가 校長이왓다. 모도힌學生은 三十餘名이나 되엿다. 校長은米國領事의편지를마타가지고 온것이엇다. 그러고 기맥힌일로는 이印度兵들이 英文을읽을줄 모르기때문에소용이 없엇다. 편지를 펴서 그들의코앞에 갇다대여도 그들은서로 돌아보며 웃고는 손을홰홰내젓고 「까두리꼬시」만연방찻는다. 할 수가없어서 좀더기다리고 잇누라니 모토 싸이클을란 英人將校가巡視하러왓다. 이리하여 해가진후에야 겨우버서나서 學校로도라왓다.

學校에오니 저녁을먹자말자學生會가열리엿다. 오늘저녁에위험할런지모르니까 學校를 守備할計劃을 세우자는것이엇다. 敎授中米國人은 全部米國海軍이 트럭을가지고와서 自己네軍艇으로 避亂을 시킨다고한다. 우리는 米國人敎授들이가젓든 六穴砲다섯자루와 그들은 護送하러나왓든 米國水軍에게로부터 어든 六穴砲여섯자루 合短砲十一柄을 가지고自衛手段을 강구하지 아느면 안될處地가되엿다.

무엇보다도 女學生 寄宿舍가問題다(우리學校는 男女共學制이엇다) 女學生

이한六十名되는데 萬一危險한일이생긴다면 男學生들은돈이나빼앗기면 그뿐이나 女學生들은 貞操까지절단나게되니 야단이다. 우리가 무서워하는것은 敗走兵의략탈인것이다.

우리는 急速度도 義勇隊를 組織하야 隊를짜노핫다. 中學部에잇는 뽀이스카웃을 總動員하여 于先女學生寄宿舍를包圍守直하게하엿다. 그리고는武器의總動員을開始하엿다. 爲先拳銃이十一柄, 그다음에는 博物陳列舘에 陳列되여잇는 왼갓쇠조박을 다글거모앗다. 別것이다잇다. 明나라때칼도잇고 宋나라때短刀도잇섯다. 그다음에는 體育舘倉庫를열고 빼이스뽈쁘을 全部끄내고 테니쓰랙켓까지다글거모앗다. 銃들고달겨드는 軍人을 테니쓰랙켓으로 어떠케막으려는 心算인지알수없으나 하여튼 그義氣는壯하엿다. 뿐만아니라 民國學生들도 中國軍人이라면우성게 보기 때문이다. 아모리銃을든 軍人이라도 學生들은맨손으로라도 對抗할수 잇스리만침 軍人을 나추보는 것이다.

밤이들면서 上海方面에서 大砲소리는 暫時로쉴새없이 들려왓다. 一隊로派手를 서게되여 쓸줄도모르는 拳銃을들고 밤두시까지 守直하다가 交代가되여 드러와잣다. 뻬스뽈 빳을머리마테두고잣다.

北四川路同胞의安危 銃알이帽子를뚤릿다

月曜

軍艦에나가서 잔校長이「아츰에도라와서 學校는 當分間休學할것을 宣言햇다. 그러나 學校도近八百名이나 되는사람이 모도혀잇는곳인즉 곳까지 잘 守直하라고 激勵해주엇다.」

戰爭구경을 하고싶어서 견댈수가없다. 上海로電話로아라보니 어제밤激戰으로 上海城內는 벌서北伐軍에게 占部되엿고 只今은閘北에서 激戰中이라고한다.

軍工路鐵道網은 無事히通過되엿다. 어제저녁 經驗으로 印度兵은 우리에게는 租界를드나들 特權이잇는 줄로생각하는 모양이다. 그래서 몸드뒤지 안코 그냥通過를 許諾한다.

「까두리꼬시?」하고 말을붓칫더니 自己네끼리 무엇이라고 떠들며크게웃는다.

西門쪽으로 가보니 處處에靑天白日滿地紅旗가덜덜날린다. 잔등이찌르르하고 코허리가식큰하는異常한感激을感하엿다. 그쪽으로는 꽤平安된 모양이어서

租界警備도어제보다는 퍽가벼워지엇다.

閘北으로가니 참으로 激戰中이다. 北停車場뒤에서 큰불이 이러나서 활활탄다. 大砲소리가? 쾅쾅들리고 이따금콩복듯하는 機關銃소리가들린다. 윙?하고 流彈이 귀밑으로 지나가기도한다.

념려되는 것은 北四川路에서는 P君의 일이엇다여기서는 어제밤중부터 激戰이시작되엿다는데 그동안租界안으로 避身할餘裕나 잇섯는지? 아모래도 가보고 싶엇다.

北四川路로 내려가다가 海寧路와의 十字街까지 다다르니 거기다가 北四川路를 가루질러 鐵條網을치고 中國人의 出入을禁한다. 여기서부터新公園까지는 租界가아니고 오직北四川路길만히租界의延長인故로 租界內보다 더욱 危險한 것이다. 이北四川路에는 日本人이만히사는故로 日本人만通過를許諾한다. 우리는洋服을 입엇슴으로 日本人으로 보앗는지 軍人이 길을막지아나서 通過되엿스나 가티가든中服입은中國人동무들은 고만넘어오지못하고 도라갓다. 우리一行三人은避難民으로가득찬길을 이리저리 겨오 뜰러가지고 日本人小學校앞까지 갓다. P君이그뒤에 셋방을얻고살앗섯는데?

그골목으로 좀드러가자고 하니 守直하는 日本軍人이막는다. 「危險하니 못감니다?」하고딱잡아뗀다.

「이안에잇든 사람들이 어제밤에 다避身햇슬가요?」하고日本말로무르니까

「글쎄요! 대기는避해 드러왓는데요! 萬一남아잇섯드라면 벌서○○○○○○○벌서오늘 새벽에北伐軍에게 占領되엿스니까요!」하고 對答한다. 그래도 마음이노히지 아나서新公園까지가서 그뒤로 드러가볼가햇더니 新公園까지간때에는거기서는 어데숨어잇든 敗殘兵과 日本軍새에激戰이 한창이어서 가까이 가기도 嚴禁인故로 不得已 四川路로도라오고 말앗다.

P君과 또그와한집에서살든 五人의同胞의安危를알길이 없어서 마음이퍽 초조하엿다. 더욱이그中에는 젊은 女性도 한분이 잇섯는데!

다시 北停車場近處로 와보니바로停車場앞에서激戰이 일어낫다. 나는 이機會를노치지 아느려고얼는카메라를들고 모래가마니를 겹겹이싸하노흔 第一善까지 뛰처나갓다. 윙-소리가나더니 귀밑으로銃알이지나간다. 그리자뒤밋처

「헤이, 유, 크레지!(이놈밋친놈아!)」하는 벽력가튼소리가 나더니 웬한 英兵이

달려들어 내몸을냉큼들어다가 安全地帶에세워놋는다. 그리고는「왜? 좀죽고싶어?」하면서 옆꾸리를쿡찌르고간다. 둘러섯든사라들이 깔깔웃는다. 帽子를버서보니 銃알구멍이뚤리엿다. 구저한치만 아레로命中이되엿던들오늘 이글을쓰고안젓지못할 신세가 되엿을것이다.

밤에는또 派守를섯다. 밤두시부터 아츰여섯시까지서는데 上海方面에서는 밤새도록 大砲소리가들리엇다. 그리고學校에서 바로 두馬場밖에 안떠러저잇는 農村에서『쥬밍아!(사람살리오!)』소리애츠럽게들리고 銃소리가 간간히 들리엿다. 勿論敗走兵들이 그村을 략탈하는것이엇다. 그러나우리로써는어찌할道理가없엇다. 오직더욱더날카로운신경으로 派守할밖에는?「저놈들이村을다 뇨략한후에 學校로덤벼들면어찌하나?」하고 속으로 슬근히 크게 염려되엇스나 요행 學校는 건드르지아낫다.

朝鮮人將校의活躍 蔣介石의구데타

火曜

아츰여섯時에 交代가되여드러와서는午後두시가되도록 내처잣다. 개여보니 大砲소리도 안들리고 銃소리도 뚝끈치엇다. 물어보니 上海는完全히 北伐軍에게占領되엿다고 하며 저녁에는 學校에서軍人을招待해다가 歡迎會를연다고한다. 어제까지 極秘密히하든 國民黨員들이 모두活氣를 띄고 분주히왓다갓다하며 大講堂旗棒에는 벌서靑天白日滿地紅旗가 높이펄럭 거리고잇다.

상해구경이 하고십고 또 P君도 도○○○몰라서 곳 上海로 뛰처갓고 爲先P君잇는곳으로가니 奇蹟일사 그들은 避亂도 아니하고 그냥그안에서 그싸홈을 격것다고 하는데모다 無事하엿다. 그들의 이야기는 마치活動寫眞같다.

그들이미처 避身할새가없이 그동리는 北伐軍에게 包圍되엿다. 그래서 敗兵은략탈할새도 없이 그만 쪼기어간것이엇다. 敗兵이쪼끼어가자곳 ?隊의 北伐軍이 그집을向하야 달려들엇는데 그先峰에는 朝鮮人將敎가잇섯다. 이사람은곳 P_君과한집에 잇든 K孃의 約婚者이엇든것이다. 그는黃浦 軍官學校에가서 卒業한후 北伐軍을 따라올라왓는데 上海를 攻擊하게되자 그는愛人이잇는 그동리를向하야 突進해드러온것이엇다. 그래서그날밤새도록 또는그이튼날 終日동안에 敗兵의 逆襲을 세차레나 바닷스나 그들을護衛하는 北伐軍이다退治해주엇다고한다.

거기서나와서 閘北으로드러가보앗더니 戰蹟은참으로 慘擔하엿다. 불타고 문허지고 패우고, 거리到處에 傷處가남아잇섯다. 停車場벽은총알사리가 손님알은 사람의 얼골가티되엿다. 유리알은죄 부스러지고 말엇다. 線路도군데 군데끈키어서잇다.

國民黨員과 共産黨員의 天地이다. 간곳마다 ○○白日旗와赤○○旗가 교차되여잇고 電線柱마다商店窓마다 國民黨과 勞動露西亞를 讚美하는 포스터-가 나부터잇다. 그들의 宣傳活動은 참으로 눈이부실만침 敏活하다.

간곳마다 臨時로서부친 國民黨支部, 쏘비엘細胞部 看板이 보인다.

다시租界로드러올때에는 一一히 몸을뒤진다. 그래서 宣傳紙라도한장만이라도잇스면 英兵이곳 押手해버린다. 길하나를 가운데두고 저쪽은露西亞天地, 이쪽은 大英帝國天地, 참으로神奇한感이든다.

저녁에學校에서는 盛大한 北伐軍歡迎會가잇섯다. 女學生들이 따라주는 茶잔을받는軍人들은 몹시도 황공해 하는것이 도로혀우섭게보이엇다.

學校는 아직도 敗兵의 逆襲을바돌염려가 잇는故로 軍人으로 保護를 해달라고 請햇스나 그들은 拒絶하고갓다. 南京까지 日內로 드러처야 할터이니까 한사람의軍人도浪費할 수가 없다는 理由이다. 그대신 銃을몃자루 주고갓다.

水曜

어제밤에는 나는派守가免除되엿슴으로 困하든次에실컷잘잣다. 午後부터上海서다시銃소리가들려왓다. 電話로아라보니 놀랄消息이다. 蔣介石의 구테라이라고한다. 이때까지協力하든 共産黨과 國民黨과의싸홈이라구한다. 自動車로곳上海로뛰쳐가보앗다. 閘北商務印書舘工場을 中心으로하고 終日激戰이잇섯스나 저녁때 급기야 工場이 占領되고 工産軍은 무장해제를 당하엿다.

急히學校로 뛰처왓다. 學生全體가 전전긍긍하고잇섯다. 公山黨員들은 逃亡갈準備에汲汲하고잇섯다. 밤새도록 그들의 逃亡을 도와주노라고 잠을못삿다.

木曜

上海서는 벌서二千餘名共産黨員이 銃殺되엿다는 報道가왓다. 그리고復旦大

學에서는 午正때갑작이蔣介石軍의 襲擊을바다共産黨혐의를 받은 두學生이머리를 잘리엿다고 한다. 그두머리는 示威로 校門左右便에 매달아노핫다고한다.

蔣介石軍이 우리學校로오려면 租界는 지나올수가없으니까 江?으로 도라올수 밖에없을것이다. 그래서 그쪽으로 척후를 내보냇다. 억그제大歡迎會를 열고 마자드린 軍人이 오늘에와서 우리의 恐怖의的이된다는것은 넘우甚한『아이로니』이다. 밤에 全寄宿舍에잇는 左傾思想書籍을 모아도 校庭에 싸하노코 불살라버리엇다. 그통에三四年동안애써 모도앗든 近五十卷책을 흠뻑애어버리고 말앗다. 생각할사록분하고 애석한일이다. 그러나 목이다라나는 판이니 하는수없다.

金曜

점심을 먹으려고 學生全體가 食堂에모도혀 잇는 동안에 갑자기 食堂은 軍人으로 包圍되엿다. 그들은 우리를 食堂에감금해노코 寄宿舍를 수색하엿다. 午後네시가 지나서야 수색은끗냇다.

우리는 강금해제가 되엿스나學生中두사람이낫붓들려갓다. 혹은蔣介石의구테타를 責하는 日記를써두엇든것이 發見되엿다기도 하고 또혹은 國民黨支部任員들끼리 權利다름이나서무고 한까닭이라고 하기도한다.

軍人이떠나간후 學生大會를열고 代表를뽑아 보내여 석당 請願을하기로하엿다. 그러나 徒勞이엇다. 學生代表가 간때에는 그두사람의 머리는벌서 電線柱에 댕공 매달려잇섯다. (끗)

滿洲旅行記*

춘 해(春 海)

-文藝雜誌가되여서時事에關連되는것 其他問題에接觸지못합니다. 記行文도안이요 뒤범벅이되엿스며 또紙面의關係로 자세히스지못함을 미리諒解하시고보와주

* 이 글은 ≪조선문단≫1925년 9월호(총 제12호)에 게재된것이다. 작자 신원 미상.

소셔-

八月號를 쉬이니 틈도나고 哈爾賓에서 누가 前브터오라고도하고 一週年記念號祝賀廣告도 募集할兼 雜誌代金도바더볼兼 朝鮮文壇을 南北滿洲에 宣傳도할兼 구경도할兼何如間 兼字가 만히包含된目的을 가지고 떠낫다.

八月一日午前七時車로 南鮮으로向하는曙海君을 作別하고나는午前八時에 北行車를탓다.

餞送하려나온春江의 섭섭해하는 눈을 쳐다보는 동안에 車는 멀니 글너왓다. 그래도 서울을 떠나자니섭섭하다. 다만 二十餘日間의 離別이지마는 막상떠나자니 마암이 좀 異常하다.아모자랑할것업는 서울 알뜰살뜰한재미를 우리의게 주지못하는 서울 물고찟고 배곱하울고 걱정근심과 不安에 해매고 애타는 우리사람이 사는서울 불상한서울이다. 그레도 내성울 우리서울이니 떠날 때 섭섭한것도 定한理致겟다.

이것저것 모르는車 다만 갈길을 規則的으로 責任的으로 突進하는 貴여운車는 애오개 굴을지나 新村驛에 다다럿다. 閑暇하고 아름다운村이다. 숩속으로 延禧校舍와 洋屋들이 보인다. 굴하나 隔한이곳에는 서울의復雜을 볼수업는 조용한 꿈나라가 노혀잇다.

길을떠나는날은 비오는것보다는 晴明한날이 얼마나興趣를 도드난지 알수업다. 그러나 퍽 더웁다 車안에 사람들은 끝낸사람들처럼 뚱-하니안적서 부채질만 할당한다.

나는 부채질하는것보다는 乘降臺에나가쏠니는바람을쏘이는것이 보다더 自然스럽고 보다더雄大하다는뜻으로 나가셔서늘한바람을 가삼에 담뿍한엇다. 果然시원하다.

開城을가는동안에 들판은 水害로因하야 廢墟가되엿다. 벼는 다 물에쓸니고 썩어잡버젓다.

이荒廢한들가오대갓큼 밋침것처럼 웃득 서서잇는욱어진 나무숩이 爽快도하고보기실타면 보기도실타 차마막밋헤셔 놀든 색깜한 빨가동이 아히들이 車를보고 쫏차오는것을 나는 손짓하여불너도보며 심심푸리를하엿다. 旅行은 혼자는 못할것이다. 심심하다 그러나 自由스럽다. 혼자노래부르고 冊보고 空想하고자고 맘대로할수잇는것은 여러히旅行하는것보다 낫다. 開城近處는 蔘舖로 덥헛다. 一年에 收入이 四百萬圓이라니 만키도만타.

開城에 나렷다. 人力車를 불너타고 城內를드러갓다. 停車場압헤 滿鐵公園을 바라보면서……따리아꼿은 滿發하고 속은 못보나 것흐로도 훌늉한 景致를 가진 公園이다. 開城支社長 全興島氏를 만나 더운인사 水災니야기 雜誌니야기 開城形便을대강 問答하고 市內구경차로 떠낫다. 市街를 一週하는동안 가장늣긴것 누구나의게늣겨질것은 우리사람의 勢力이 큰것이다. 大和町의 日本人市街는 잇딴데좁은골목에 끼여셔 不成貌樣이다. 漸漸亡해서 他處로빵손이를 치는모양이란다. 日本人도開城와서는 붓적지를못하는모양이다.

中央會舘을爲始하야 各學校 各會社 善竹橋를 대충 보고 一般은支社에 委任하며後日을 期하고 午後三時車로떠낫다. 開城서 여러해ㅅ만에中學時代의 同窓인 徐得範氏를만나 만흔厚意를 바덧다. 내가탓것은 荷物車가되여서 몹시지리하기한량업다. 停車場마다 가서는 갈길을 니져바린듯이정신놋고서서잇다. 端興驛에서는 京城行急行車와交換을하다 시원스럽게 다라나는車다. 언듯보니 텅부인一等車에 웬사람이 혼자서누워잇다. 보기에 꽤심심한모양이다. 돈만히주고 심심하고불상하게뵈엿다. 이近處는 豊年이다. 밧농사 논농사 다잘되엿다. 沙里院驛에 車가달때나는 갑갑하여 풀랫폼에 나갓다. 意外에 朱曜翰氏가 엇던女子와서서 니야기를 한다. 반가히 인사한즉 그女子를 내게紹介한다. 아럿다. 將來朱夫人이다. 첫印象의 「怜悧」그것이다. 요한氏의幸福을속깁히 祝賀하엿다.

平壤가는동안은 요한氏와니야기하느라고 지리한줄을 몰낫다. 平壤은어두워서 나렷다. 金東仁氏가 마주나와서 氏의案內하는旅舘에 드럿다.

그잇흔날各書舖와某某諸氏를 訪問하느라고 해를보냇다. 平壤은 여러번간곳이되여서 구경할데는업다. 何如間 漸漸發展되여가는모양이다. 그잇흔날은 金東仁氏와 大同江에서 밤까지 船遊하엿다. 그景致는 귀하압흐도록 떠드난것이니 서투룬 붓대로 다시 드렵힐必要가업다.

八月四日 새벽 다섯時車로 平壤을떠낫다. 이제정말 目的地인哈爾賓까지直行할豫算이다. 다른곳은 오다가들일터이다.

아츰이다. 新義州에서떠나 鴨綠江다리에 車는 요란한소리를내며 건너간다. 國境을 넘어간다. 우리의 땅을 떠나 다른나라의 땅으로드러간다. 넓은鴨綠江에

붉으스름한 물에는汽車ㅅ길 左右에는人道로 宏壯한다리다 安東縣이멀니뵈인다. 뒤에는 山이요 가로퍼진 길다란市街다 江가에는 數千의 船隻이 櫛比하여 근港口와갓다. 車는 나를 딴나라에갓다노앗다. 稅關官吏가 行裝을 調査하고 붉운土筆노票를해주워 待合室로나왓다. 中國사람판이다. 日本人 朝鮮人뒤범벅이 되여 떠든다. 그저中國人이 만이눈에띄운다는것外에 外國이란感想이 그리나지 안는다. 애써딴나라에왓따는 氣分을 좀만히 늣겨보랴하엿스나 釜山서 배타고下關나릴때와는 다르다. 왜그런고하니 停車場에 重要驛夫는 日本人이요 停車場 압헤는 日本人 新市街요 朝鮮人도만코해서이다.

勿論 中國人市街地를 드러가면 外國의 氣分이날터이지만-時計는한시간늣게곳처야한다. 卽 우리나라 열한시를 安東縣나리면 열時로 곳처야한다. 한時間쯤기다려 午前十日時에 奉天行을탓다. 한참가노라니 정말中國 卽 異國氣分이 나오기 始作한다. 色다른建物이며 보이는사람이 모다 푸른 옷을 닙엇다. 建物이라야 개와가좀 다른데 朝鮮개와보다 잔 것으로 총총히 비늘처럼 해일고완고하게 벽돌이나 흙으로 지엿고 或草家가잇스나 그것은 朝鮮처럼 둥그스름하게 거칠게하진안코 엇더케 개와집처럼 깍근드시 맨츠름하게 해일엇다. 논은업고 밧뿐인데 모다 수수와 옥수수와 콩 그런것이다. 山이나 들은 卽 自然은 風情이 새틀터인데 그럿치안타.

언제나 思慕하는 벌판 大曠野가나오나하고 車窓밧글 내다보와도 疊疊한 山뿐이다. 나는落心을하엿다. 아마 이 山들을 넘어야 曠野가잇고 鐵路沿線에는 업나하고 失心이된다.

車안에는 中國人으로 꼭찻다. 보통이를들고 떼를지여 드러온다. 한마듸 모을 말을 귀가아푸게 떠든다. 맨 男子요 女子는 드물다. 車안에는 乘警이라고 中國警官이 한사람타고 왓다갓다 警備를 하는모양이다. 停車場마다 中國軍人과 警官이 만히뵈인다. 그러나다 허리가굽우러지고 洋服은 큼직하게 해닙어 格에맛지안는데다가 脚伴아래 淸鞋를신고 척느러트리고 阿片장이처럼누리퉁퉁 한 얼골에 精神氣 하나업시 멍-하니 서잇는 꼴은 勞動者랄지 病者랄지 섭섭하지마는 한손컵어 볼수박게업다. 나는中國사람의게 好感을 가지랴고 애를쓰면서도 우리도 未開한 나라지만은 그未開한 꼴을보면 구역이 나올것갓고 웃는것 갓해서 맛치 내-나라사람이 모욕을 當하는것갓흔 붓그럼과 不安이 생기는것을 抑制치

못하겟다. 좀더 軍人들도 또렷하고 굿세여 보엿스면하는 안타가움이 생기기를 마지안는다. 그러나 隱然한 부러움도 禁치못하엿다. 정신노코 창밧글내다보고 안젓는데 四方에서 「투드럭탁탁탁탁탁하는소리가 요란하여 고개를돌려보니 즉-안즌 中國人이 부채를폇다 접엇다하는 소리다. 열사람이면 아홉은 그짓을하고 잇다. 부채는호벌인지 붓치지는 別노안코 검두룩 「투드럭딱」하고 여기저기서 마치 장단맛추는것처럼 하고잇다. 부채는 굉장히 큰것인데 팔도 안이압흔지 오래동안 그야단이다. 그것도보기가 꽤거북살스러웟고 그들의 느릿한氣品을엿볼수가잇다.

蘇家屯브터는 그립든 曠野가始作되엿다. 奉天까지 가는동안 山을볼수가 업시 끗업는 벌판이 노혓다. 펀한벌판에 모든곡식은 푸른 물질을 치며 일넝거린다. 빈벌판에는 소떼 말떼 양떼 도야지떼가 散散히잇다.

아……滿洲벌판에서 양치는 空想을하며 그리워하든것을 눈으로볼대 車에서 뛰여나려 그벌판을 헤매고 십흔 衝動이 니터낫다.

夕陽의고흔 붉은놀은 그벌판 그 즘생들의게 빗최엿다. 얼마나 아름다운가. 저녁때 奉天을 나렷다. 말을 몰나 할수업시 日本飮食店에가서 저녁을 사먹고 主人의게 人力車軍을 불너 市街를한번 즉-구경식키라고 일너달나고 하엿더니 中國車夫는 어듼지 四面八方으로 끌고단닌다. 긋금거름을 멈추고 車夫는 손으로 가리치며 메라고 說明을하는모양인데 한마듸모르겟다. 그저하러 들은체하고 「에에」하며 고개를 끄덕이엿다. 말모르니 사람참갑갑해 못견듸겟다. 不可不 中國말을배와야겟다는 決心이 몃번나는지 알수가업섯다. 밤의奉天市街는 휘황찬란할뿐이다. 어듼지가닌가 굉장한집들이 느러섯는데 무슨書舘이라고 써서붓첫다. 이애 中國의書店은 宏壯하고 만타하고 感心을하며 보는데 웬女子들이 만코 수선하며 冊은뵈어지도안는다. 車夫는 또 무에라고 중얼거린다. 알수가업다. 한참도라단니며 가마니 눈치를보니 中國妓生이잇는 料理店이다. 나종에드르니 書舘이라고부른다한다. 나는우슴을 참지못하엿다. 書舘!참이상야릇한 일흠도뭇첫다.

時計를보니 아홉시가지낫다. 밤열시車에長春行을타야할터인데 여기가어듼지 이제붓터 停車場에가면 時間이될지 걱정이생기기始作한다.

車夫는오래단니면 돈만히 밧을터이니땡잡엇다하고 구경조흔데로만 끌고단니며 흘니는모양이다.

으슥하고 어둔 골목에 드러갈때는 무시하엿다. 나는停車場으로가자는 意味表示를엇떠케하야 조흘지 몰나 혼자퍽 煩腦를하엿다.

英語나 아나하고말해도 모두고 日本말을해도 모루고 하필 숫내기 中國人을 만난모양이다.

「스테숀」을작고連發하여도 모튼다. 할수업시 人力車에서 나려 手帖에다가 車다니는 길을 그리고 汽車를 그리고 停車場집을 그리고 「쾌쾌」하며 손짓을하엿다. 그제야 알고 사람조흔 우슴을 우스며 발니모라다가 奉天驛에 대즐때나는 시원하엿다. 밤열시車로 나는奉天을 떠나 長春으로向하엿다. 밤에는冊을보다가 잠이드럿다.

나는車안에서日本人을하나붓잡어가지고 몃마듸緊要한中國말을 물어외엿다. 이제는 人力車라고 맘노코다닐만하게되엿다. 奉天의 자세한것은 도라오는 길노민다 아츰일곱時에 長春에나려서 人力車타고 휘-도라와서 午前열한시車를타고 哈爾賓을向해떠낫다. 長春의니야기도 오다가 등일터이니 그때로민다. 長春서브터는러시아車다. 車掌驛長 모도가 露國人이다. 車는三層으로되엿는데 몹시튼튼하게멘들고 사람이 過히만치아느면 다눕게되엿다.

朝鮮의三等寢臺車와 비슷하다. 여기車는 四等까지잇다. 나는 점심을먹으랴고 食堂車로 드러갓다. 찬란스럽게꿈여논 食堂이다. 朝鮮에 다니는 食堂車보다 훨신낫다. 그잘꿔며논 갑인지 飮食價는 엄청나게도 빗싸다. 朝鮮의 등감은 된다. 하기는料理맛이다르다. 露國料理는 생전처음이요 맛츰시장도하든판이라 가저온것은 모조리 할터먹은세음이다.

長春서哈爾賓까지아마 七八百里나될터인데 山은업고 벌판이나 땅! 朝鮮에서 땅란리가나고 땅貴해서 애쓰고 담업서서 가난한 그보배의 땅이 여기는 엇자그리도 만흔가 하나님을 저주하는 생각 모든 것을 원망하는 생각이 치민다. 일만닥버리고 욕심이구서 심술사나운 눈을흘겨 그기름지고 넓은벌판을 실증도내지안코 작고 처다보앗다. 처다본들 무엇하리요 우리나라사람도 여기와서 農事하는이가 만타고는하지만은 內容이 넘어도 貧弱하다. 富者는 여기다가 農場經營하기를 실혀한다. 그러나 日本人은 발서 南北滿洲에 큰農場을 만히가젓다.

今年에는 大豊이되여서 滿洲에 우리손으로지은쌀이 五萬石은收穫이되리라고한다. 그러나 그곡식과 그돈이 우리사람의배를불니는것보다 남의배를불니는

것이 만흔것은 섭섭한일이다.

長春서哈爾賓가는동안은 露國人의 村落이만타 그들의 勢力이 相當하다 나는 中國人을 볼때마다 불상한 생각이 치밀어못견듸겟다.

제해는다남의게 빼기고 우둑허니 구경만하고 서서보는것이 가엽기 한량업다. 鐵道其他모든寶庫를 제만대로 못하고 두손길마조잡고잇는꼴은 볼수록 同情이 간다. 그러고미웁다.

哈爾賓이갓가워온다. 夕陽에 빗긴 할빈이 멀니뵈인다벌판저-편 꼿헤저녁煙氣가 휘휘돈다. 반갑고나는엇전지깃벗다. 다른데들일때보다 더한깃붐을 늣겻다. 아마도 目的地인 最終點이라는心理作用인듯도하다.

哈爾賓? 停車場? 에나렷다. 나는安東縣서 電報를 노앗기 때문에 여러시 나와슬것을 豫期하고 이리저리기웃거리나 아모도업다. 좀안되엿스나 기다리다가 곳馬車를타고 道外에사는 趙寅元氏宅을 차저갓다. 나와同故鄕사람으로 어려서부터親하게 지내엿는데 十餘年을서로보지못한 그리운이다. 나는그를 兄이라고 부른다.

趙兄집에 드러설때 모든食口는 놀낸다. 내가安東서한電報는밧지못하엿다고 한다. 長春까지 電報가와서 거기서는 普通郵便으로 車에실어 哈爾賓으로보내면 또 朝鮮民會를 거처오는故로 日字가 걸녀그럿타고한다. 果然내가 哈爾賓온지 이틀만엔가 電報가 사람은 잘와잇는냐고 問安하러겨오 슬금 왓다.

新聞에도 떠드럿지만은 새로히 朝鮮氏會長된 金守氏가 와서 哈爾賓니야기를 대강 드럿다. 中國朝鮮式으로 調和한 저녁을달게 먹고나서 밤깁도록 趙兄과 그 夫人과 여러히 그리운故鄕니야기 雜談에 醉하엿섯다.

哈爾賓에서 열흘이나 잇섯는고로 날마다 順序대로 쓸것업시 통트러 쓰랴고 한다.

哈爾賓은 新舊市街로 난호와 新市街를 道裡라고하야 露國人을 中心으로하고 各國人이 居住하며 舊市街를 道外라고하야 中國人이居住한다. 戶數 人口 其他모든것이 京城에四五倍는크다. 哈爾賓市西便으로는 松花江이 길게흘너 景致도조흐려니와 크나큰 汽船도드러와 交通도 至便하다. 松花江 海水浴場은 찬란하게꿈여노코 男女가몰켜다니며 질탕하게 노는것도 露國人氣風을 말한다. 그들은 아못턴잘논다. 몹시사치도하다. 어듸나 그럿켓지만는 더욱 哈爾賓의 露國人形便을 보면 貧富의 差異가 너머도 甚하다.

서울서보는 로시아방하고다니며 또 억개에 세두니담요을메고 다니는 露國人은 양반이다. 거지떼가 여기저기 몰켜다니고 그 가난에 주림에 시달니는 露國人男女老少가 길에널녓다. 그와反對로極度에 호화로운 形容키어려운 사치한 露國人을 만이볼수가잇다. 더구나本國의 紛亂통에 富豪들이 만히몰켜나와 먹고 뛰놀고 하는 품은 밉쌀스럽고 부러웁다. 하로밤은 엇던호텔 食堂에 밤열두時나 되여가본즉 露國人 男女가 몰켜와서 굉장한 飮食을 各各 차려 노코먹으며 音樂을 맞추워 男女가끼고 춤을추는데 그 아름다운 옷!눈이부시다. 땐쓰를하다가는 먹고 먹다가는 땐쓰하고 즐겁게 뛰며노며 하기를 밤을 꼭박이 새운다. 날마다 그러케한다고한다. 그러고 길에 지나가는 數百數千의 女子옷을보면 거이하나도 갓튼것은 업고다-各各이다. 다조흔옷들이다. 그들의 사치를 애써 紹介하고 십지안치마는 何如間 그들은 잘산다. 그들은 즐거운 生活을한다. 우리生活은 거지중上거지다.

哈爾賓에도 돈의勢力은 亦是 猶太人이가젓다. 猶太人의 經營인 츄림商會는 東洋에 第一일것이다. 露國 日本, 中國, 英, 米, 佛, 各國의 크나큰 商店과會社가 웃독서서잇다. 섭섭하나 朝鮮人의것은 업다. 왜이리 우리는 가난하고 불상한고 그들의 큰勢力밋헤서 기를못펴고 솟곱장란 하듯이 무엇을 오물할분이다. 滿洲의朝鮮人阿片商은 外國人 壓倒할만하다. 小賣 卽 煙管의심부름은 우리사람의 꼿다운 靑春女子들이 한다. 돈을버려야 自己亦是 阿片먹고 다른데쓰고 밤낫오그랑 장사나 몃有志가 阿片禁止運動을 하는것을볼때 感謝한 눈물을 흘녓다.

金剛氏는 阿片論을編纂한다고 내게말할때나는 그를 고마운 눈으로 여러번처다보왓다. 哈爾賓의 거리는 모다 돌로 까럿다. 馬車가다닐때 말굽이 돌에다서 나는 요란한소리는 시원스럽다. 人力車는 너머만어서 정신이 업고 乘合自動車는 露國人經營으로 電車대신으로 四方에通하여스며 갑도못시싸다. 電車는各國의競爭으로 施設이 못되는 모양이다. 거리의 사람다니는품은 宏壯하다. 큰거리는 사람의 往來로 꼭차서 잘다닐수가업다. 點心때는 一齊히 가게문을 닷고 午後두時에 門을여러놋코 밤에도 또 門을앗는다. 日曜日에도 꼿닷는다. 規則的이다. 거리의 나무밋헤는 椅子를 노아 다니다가 맘대로 쉬게되엿다. 物價는 朝鮮보다 빗싼것도 잇지만 大槪싸다.

洋服, 구두, 自動車等屬은 朝鮮의半갑도 못된다. 道外는中國村이되여 좀더럽다. 飮食店에 파리는 소름을끼치게 한다. 그들의生活도亦是貧富의 差異가甚하다. 하로에 十錢이나 二十錢가지고 生活하는 勞動者들이몹시도 만타. 그러나 人力車 군이나 엇떠한勞動者의 주머니를 보든지 몃圓式은 의테히 常備金으로 가지고잇는 것을 볼때 感服지안을수업다. 中國軍人들의 橫暴는 분이날만하게至毒하다. 백성의게 無理한 行動을 만히한다. 馬車타고 돈아니내기 飮食먹고 안이내기 함부로 제골에틀니면 따리고 부시고 야단이다.

無法天地다. 그들도 언제나 정신을차릴지기마킨다.

하로는滿洲 監理敎 監理司 裵亨?氏의 晩餐招待를 바더 氏의宅을 차저갓다. 金應泰牧師도 반가히 만낫다. 滿洲宣敎事業은 前에比하면 만흔進步가 이스나 元來 不安定의 生活을하는 우리사람들의게 宣敎하기도 難點이만타고 苦心을 하는모양이다. 敎會는 男女五十餘名式 모히고엡윗靑年會 婦人會가잇서 敎會을 돕는다.

哈爾賓의 우리 團體는 民會가잇고 敎會가잇고 英實學校가잇고 ○○○○○○ ○○가잇고 그外에도 적은團體가 만타. 그들의 勞力을 깁히 感謝한다. 하로밤은 趙寅元兄과 그夫人 安貞元氏와 가치 露國人經營의 公園을 每人九拾錢式의 入場料를 주고 드러갓다. 音樂堂압헤 가서안젓다. 全部西洋人의 男女가 雲集하엿다. 오케스튜라가 始作되는데 樂士는 五十餘名이다. 잘들을줄은 몰나도 굉장히 잘한다는것은 늣겻다. 音樂堂은 地球를 四分으로 쪽갈너 한쪼각을 세운것처럼 되엿다. 떠들다가도 音樂하는 동안은 쥐죽은듯이 정숙하게도 침묵을직힌다. 果然 常識잇는 이들이다. 아름다운 奏樂은 한참이나 게속한다. 나는 소름이 쪽쪽끼치는 感動을 그奏樂에서 만히밧엇다.

나는 나혼자 듯기에는 거북하고 未安하도록 조왓다. 우리사람의 生活의 너머도 無味乾燥함을 깨닷는 同時에 머리가 숙어지며 맘이좃치 못하엿다. 奏樂이 잠간 끗치고 三十分休息이된다. 안첫든 그들은 一齊히 니러나 어듸로 간다. 우리도 니러나 그들의 뒤를 쫓차갓다. 이편 噴水池가잇는데로 그들은 쌍쌍히 女子와 끼고 니야기하며 즉一行列을 지여 體操하는 것처럼 그噴水池를 돌고 또 돌고 점두룩 그짓이다. 아마 散步요 밤네리라는 작난인가보다. 우리도 그뒤를 따라멋업시 몃박휘를 돌고보니 싱겁고 다리도 압허 다른데가서안젓다. 그들은 奏樂이 다시 始作 될 때까지 뭉게 前後도착이 업시 돌고 돈다. 이와갓치 밤깁도록 音樂

을듯고 噴水池를 몰다가 헤여저서 또땐쓰를 하려간다.

아못턴 잘들논다. 그러나 내게는 所用업다 하는 생각박게 나지안는다. 安泰厚氏와 나는 自働車로大直街 一帶를 구경하려갓다. 여기는 조곰 언덕진 놉흔 他豪인데 富豪들의 住宅, 各國, 領事館이잇다. 찬란한거리다. 거기서한참 가면 極樂寺라는 中國절이잇다. 民國 十三年七月에 建築한것인데 新式으로 굉장하게 꿈여노왓고 개와는 푸룬불 金물을드려 찬란스럽다.

佛像이나 其他는 朝鮮과 別로다르지안타.

거기서 조곰더가면 各國人, 共同墓地가잇다.

各各땅을 논화 울타리를 치고 돌노쇠로 무덤을 곱게단장하엿스며 나무와 꼿을 무덤엽헤 심어노코 죽은사람의 寫眞도 틀을잘해서 거러노왓다. 朝鮮人의共同墓地도 한편에잇서 나는한참이나 정시놋코 처다보왓다. 數千 數萬의 무덤엽흘 걸어가며 人生의덧업슴 나도쉬히 저렇케 되고야 말것을 생각할 때 늡흘을 못참엇다. 그러고땃뜻한 故國을떠나 고생사리 하다가 멀고먼-이런 욋딴벌판에 主人업는 무덤속에 뭇친 同胞의 情景을 生覺할 때 끗업시 늡헛다.

이外에도 구경한것을 쓰자면 限量업스나 그만두겟다. 또 속속드리 구경도못한세음이다.

구경도專門的으로 하야지 나처럼 하여서는 구경이 아니다. 볼일보러다니고 訪問 其他할일이 만허서 事實 틈도업다. 그러고 무슨일을가지고 가서 맘노코 구경할수도업다. 다음에 다시한번가서 자서히 구경하겟다는 생각으로 나는 섭섭히 哈爾賓을 떠낫다. 구경을 꼭하여야 할것도 만흐나 그대로 떠난다. 哈爾賓잇는동안 裵亨?, 金應泰, 金守, 金剛, 金漢奎, 金圖河, 趙寅元諸氏의 만흔도움을 밧고 괴로움을 끼친것을 여기서 다시 感謝를 드린다.

八月十四日 午後三時車로 哈爾賓을 떠나 밤에 長春에 나렷다. 旅館에서 외로운 잠을 자고 아츰에는 盧聖學氏의案內로 諸氏을 訪問하엿다. 長春은 하롯동안 머물너서볼일만보앗 쓸분이오 구경은 못하엿다. 長春에잇는 우리사람의 形便은 조흔편이다. 貿易商精米業이 大部分이다.

長春브터는 日本人勢力이 宏壯하다. 朝鮮과 別로 다를것이 업다. 그중에도 滿鐵의 事業은 놀낼만하다. 아못턴 그들은 怜悧하고 敏活하다. 盧聖鶴, 金東晩, 尹時南諸氏의 原意를 感謝한다. 밤에 나는 長春서떠나 그잇튼날은開原과 鐵嶺

에 잠간 나려 도라단니다가 十八日아츰에는 奉天驛에나렷다.

奉天은長春보다 훨신크다. 停車場도 몹시 復雜하다. 驛前넓은 마당에는 自働車, 人力車로 꼭찻다. 그리고 턱나오면 中國旅館案內者가 엄청나게도 느러서서 소리를빽빽지르며 야단이다. 정신을차릴수가업다. 옷압자락에는 무슨 棧이라 써 붓첫다.

旅館의일홍인모양이다. 그러고 人力車, 馬車夫들의 소리지르는것도 정신을 찰릴수가 업다. 아모턴 벅적 停車場을 드럿다놋는다. 人力車가 奉天市만해도 一萬豪以上이된다니 어지간할것이다. 그래선지 갑도무던히 싸다. 朝鮮서는 人力車꾼이 왜그러케 거만하고 배가부른지 알수가 업다. 鐘路서停車場까지 五十錢이나 六十錢아니면아니간다.

四十錢을 준다면 실타고 쑥드러간다. 그런데 中國서는 十里가는데 十錢서부터 二十錢이면 네네하고 간다. 그들은 여간해서 손님을 놋치지안코 덤빈다. 熱心잇는 勞動者들이다. 公民-難景錫氏를 오래간만에 만나 萬般指導를 밧엇다. 崔聖模牧師는 맛츰 大連가서 못만낫다. 難兄과 人力車타고 諸氏를 訪問하며 따라서 구경도 하엿다. 그러니 구경답지 못할것은 事實이다. 여기도 新市街 舊市街로 난호여서 差異가 만타. 朝鮮料理店은 奉天에도 꽤만흔모양이다. 여기와서는 그장자가 꽤 돈을버는모양인데 그들이 外地에와서 日人, 中國勞動者들의게 까지 시달님을 밧는것은 보기에도 너머 慘憺하다. 朝鮮人 손님이오면 女子와 정분이 나기쉽다고 主人은 실혀한다. 人力車타고 지나갈 때 洋服은 입어슬지언정 갓흔 나라사람인 모습을 아를때 그들은 밋친듯 날뛰여 반가워 하며 부른다. 그들의 心情을 살피면서 휙휙지날 때 눈물겨운 感興을 밧지아을수업다.

滿洲에는 노름이 퍽 流行되여서 奉天에有志諸氏는 노름禁止團을 組織하여 活動을開始하랴고 羅兄은 人力車타고 단니면서도 그 趣旨書 憲章을 맨드느라고 奔走하다.

一年間애써 롱사지여 노름에 다톡톡 터러업시 하랴는 그들의 前程은 분할만치 불상하다.

奉天쯤해도 建物들이 相當하다. 宏壯하게뵈인다. 公園도 만흐나 西小邊門中國公園안에는 별이상야릇한 노름노리기만타. 數百의 포장친 小屋에서 興行하는 소리 演劇古談원숭이노리 칼춤 占치는것 何如間 듯도 보도 못한 괴상한것이

만타. 그러고 구경군도 相當히만타. 遊民, 浮浪者가 원체人口가 만허선지 수두룩하게 만타. 말은모르나 그들의 몸짓 소리를 빽빽 지르는것 이상한樂器를 울니는것 모도가 野蠻 原始를 想像케할만콤 幼稚한 장란이만타. 그러나 나는 그들을 부럽다고 하고십다.

아직도 그들은 비전것을 保存해가지고 즐겨한다. 즐겁게하는 노름노리의 種類가 엄청나게 만흔것은 感服할일이다. 우리나라에는 우리나라 사람의 손으로 우리를 즐겁게 하는 노름노리가 몃個나 되는가 비전노름 노리를 그대로 保存하여 우리의게 뵈여주고 즐겁게 하는것이 무엇이 잇는가 비전의 노름 노리는 形跡도업서 살어저버렷다. 지금의 朝鮮사람 노름 노리는 아못것도 안이다. 이러한구경터도 入場料를 밧지안는다. 아모나서서 구경하도록 되엿는데 그들은 공으로 구경을 하지안코 반드시 돈을 던저준다. 그들의 순박한 마음을 엿볼수잇다.

張作霖이잇는 奉天에는 軍人도 만흘게이다. 벌판에 白馬을 축혀타고 달니는 中國軍人 나팔불고 行進하는 그들의 勇姿를 볼때나는 全身에 소름이 쪽 끼치는 이상한 感想을 것잡을수가 업다. 奉天도 떠나자.

羅兄과 그夫人의 多情하게 해주는 저녁밥을먹고 奉天을떠낫다.

十九日 아츰에는 安東驛에 나렷다. 朝鮮에다 왓다는感想이 니러난다. 과연그립다면 그리운 朝鮮의 山과들이 환히 바라뵈인다. 저기는 내나라 내땅이다! 할때 반갑기는 반갑다……거리에 朝鮮사람도 휫득 만히 뵈인다. 食前 댓바람에 누구를 찻기도 실코하야 人力車를 타고 中國人市街까지 한바탕 도랏다.

「수박것할기」라는것은 이번 내 旅行을 두고한 말이다. 人力車타고 구경을다니니 무슨 톡톡한 구경이 되리요 아츰을 사서먹고 미리 편지를 해두엇든데라 金雨英氏를 차저갓다. 山꼭닥이 景致조흔데다 그夫人인-붓대는 펵비ㅅ적 브터 잡든 羅蕙錫氏는 날마닥 기다렷다고 반가히 마저준다. 初對面의 인사를 맞추고 나니까 金兄이 엇지알고 館에서 나려왓다. 六七年前 京都에서 맛나든 氏는 조곰도 變하지 안엇다.

金兄은 다시 事務를 보러가고 羅蕙錫氏와 그뒤에 公園으로 구경갓다. 滿洲에 公園中에는 安東公園이第一일것이다.

무엇보다 놉흔 山밋이되여 自然의美가 조타 羅氏는 늘 여기와서 畵布와 동모해 논다고 한다. 滿洲 오지 오래간만에 女人과 만나서 니야기는 꼿을 피엿다

滿洲라는데는 모도가 그러케 생겨선지 文藝에 趣味를 가진이가 적다.

情致經濟時事에는 趣味가 만흔 모양이다. 羅氏는 글쓰는것보다 그림 그리기에 精神이팔닌모양인데 나는 熱誠것 글쓰기를 勸햇ㄷ. 그効驗이 잇슬는지? 女流文士는귀한고로……難氏 집에서 닭잡어 점심먹고 金兄과 安東縣有志諸氏를 訪問하고 文壇을 宣傳하엿다. 저녁때 安東縣을 떠낫다. 오다가 新義州 平壤 沙里院을 잠간 들녀 八月二十一日밤 京城에 다시 도라왓다. 이번 滿洲에도 吉林, 撫順, 大連 또 北京까지 들니랴고 하엿스며 西鮮에도 大槪들니랴고 하것인데 서울일이 急하야 섭섭히 그대로 오고後ㅅ 機會로 미룬다.

웃잿든 急行列車式 旅行이니 旅行記도 急行列車式이라야 할것이다. 거기다가 서투룬붓대가 加入 되엿스니 말이아니다.

微弱하나마 文化宣傳도 되어슬터이고 나도 만흔 有益을 이번旅行에 바닷다. 發表키 어려운 教訓 感想도 적지안엇다. 旅行은 사람을 자라게 하는 것이라고 밋는다. 할수만이스면 만히도라단녀야 할것인대 우리의게는 돈맘事情여러가지가 어려워 旅行을 못한다.

이것이 우리를 옴추라트리고 압푸로나가지못하게되는 몇가지原因도 되리라고 밋는다.

우리는 기심란하도록 여기저기 발을 대듸듸고 活動을 하여야 할것이다. 좁은 朝鮮에만 모혀잇스면 안이될것이다.

特히 우리는 中國의 땅을 자조 가볼 必要가 잇따.

우리의 갈길은 南北滿洲벌판이다. 함부로아모나가기만하면 무엇하리요. 資力잇는 사람 뜻인는사람이 가야할것이다. 내눈에 가장 强한印象으로 지금것 남은것은 滿洲벌판의 落照다. 푸른벌판에 五色이찬란한 夕陽이 곱게물듸린아…… 그리운 벌판! 그벌판에 소떼 양떼 말떼 도야지떼를몰고다니는 사람들! 내눈에 날마다 선히 뵈인다 그벌판에서 指導者업시 돈에 勢力에 밀녀 가진 고생사리하는불상한 동포의 모양이눈에 작고나타난다. 우리와 因緣깁흔 滿洲! 滿洲야! 또 다시 볼때까지 잘잇거라. -끗-

내가十八歲時節에*

-滿洲曠野를밟고 高喊칠때-

박희도(朴熙道)

靑春時代의痛快하엿든일! 痛快하엿든일이라니 젊엇슬때에 李之金之의볼따구를쥐여질은것이 痛快하엿드라는것은 니약이거리도안되고 또한 무르시는 本旨도아니겟지요! 그러면 우리네의 靑春時節! 社會的背景이업든우리네의 靑春時節에 痛快하다고할만치痛快한일이잇섯겟습닛가오히려悲憤햇든일이라면 얼마든지잇겟지만은……그러나 억지로라도 하나잡아내이라면 멋입시痛快햇든일이다 하나말승하지요!

내가 열일곱인지 열어덟인지되엿든해 제따는별다른 抱負를 가지고그랫든지 엇전바람이나서그랫든지 어느곳을向하야가는途中 滿洲벌판을발드된이잇섯습니다. 鴨綠江을건너서 無邊曠野의滿洲늘(野)에섯슬때-太陽이地平線아래떠러지랴할 때 하늘도붉고다도붉고!

좁은江山이오히려너름즐만녁이고자라난내가 처음으로 가ㅅ업는大地를발아래밟고섯슬때 無意識的으로 아니意識的으로 두주먹을붉근쥐고 목이터저라고 高喊을첫슬때머리끗은올나가며 나의가슴아니마음은 그廣野의몃곱절이나넓고컷섯습니다. 손을폇다다시힘잇게웅켜쥐이고 입을버렷다다시담으럿슬때 마치그벌판이내손에쥐여진것갓고 그廣野가내입에드러간것도가탯습니다. 그때그자리에서나는올길줄을모르고 落照에붉은大地가 컴컴할때가지 넓어지는가슴과말할수업시痛快한생각에 곳을것도가랫습니다. 그外에痛快하엿든일이라면 거진다政治的意味에서뿐이닛가 좀 忌避하야합니다.

또한가지나더러눈을감고말하라면 한마듸하겟스나 그런말을햇다가는이편저편에서是非를듯겟지만하여간亡할놈은亡하고興할놈은興하게되는그瞬間에와짓근結末이낫든것입니다. 얼는말하라면 已往興할可望은업섯고亡할運命이엇든李朝가와짓근와짓근도장을꾹꾹누르는바람에亡해버린것입니다. 제나라亡한것이痛快하다니큰逆賊이지요하하……

---

* 이 글은 ≪別乾坤≫1929년 6월호에 게재된것이다. 작자 신원 미상.

三人의朝鮮勇商人*

김병준(金秉濬)

이것은 나의二十四歲때의일이다. 그때 나는咸北慶源에사는徐政汝라는사람과함게 露淸地方에잇는우리同胞의 情況을調査하기爲하야 露領煙秋等地를것처 淸領「낫뺄리」란땅에와서 텟칠등안 滯在하다가 다시「흘두봉」이란땅을지나琿春으로나올터인데 그於間이約三十里나되는無人地境에 河大門이라하는큰골잭이가잇다. 이골잭이는 自古로 有名한土匪(淸語로후우재)의窟이라 여기를지나는사람은반듯이 동무를만히어더가지고랴야通過한다. 그래서 우리는「흘두봉」에서三日間滯在하면서 四人의 동무를어더가지고 비로소이땅을지나게되엿다. 이一行中에는露領으로來往하는牛商三人, 女子一人과나의同行二人을並하야 모다六人이엇다.「흘두봉」에서 限十五里쯤와서 우리 一行은 다시허리띄를졸너매고 신뜰맹이를곳처매여가지고 빠른맵시로瞬息間에이河大門을지내기로約束하고 다른박찔로前進하것다. 안인에안이라 河大門於口에근만當到하다放砲一聲에洞口안으로서 三人의「후우재」가내달아오면서 우리一行의거름을멋추게한다. 나의 同行과女子는 그만魂膽이떠러질지경이엇다. 그런데三人의牛商은本來露淸地方에익히다니든사람이오 또牛商인만큼各其몸에數千의金圓을가지고잇는터이라「우리가이돈을 빼앗기면죽은목숨이니 우리사람이各各한사람씩담당하야生死를決定하자고」서로약속한다. 그리자「후우재」는벌서압헤當到하엿다. 한놈은長銃을가지고岸上에서서指揮하고 한놈은六穴砲, 한놈은短刀를가지고 우리一行의몸을떨기始作하엿다. 그러는판에 牛商三人中 한사람은六穴砲가진놈과 한사람은短刀가진놈과對立하야잇고 그中年少力强한사람은 岸上에잇는長銃가진놈을接近하려고하는데 그놈은銃口를돌라서이사람의接近을妨害한다. 그러나 이사람은本來淸語가한숙하고 膽大한사람이라 무에라무에라하면서巧妙히銃口를避하야 그놈의겻헤接近하엿다. 그리하야이세사람의三角親線이서로一致되는刹那에 세사람의손이一時에세놈의面판에올너붓헛다. 작근소리가나자 저세놈은땅에꺽구려젓다. 그판에 두군거리는가슴을웅켜안고벌

---

* 동상.

벌떠는 나의同行과女子一人은그만장다름을처서 十五里되는琿春에나왓다. 限半時間만에牛商세사람은뒤따라와서 「그까진놈들은우리가쥐잡듯한다고」豪言壯談을하엿다. 참-끔직하고도痛快한일.

그리운 間島*

박은혜(朴恩惠)

형님!

간도를 떠난지도 벌서 다섯손까락이 모자라게 되엇습니다. 그동안 간도의 변천도 퍽은하리다요. 내가 간도를 떠나는때는 굼벵이 기어단니듯 하는 경편철도나마 없든때라 중국인의 청차(수레)를 타고 비온 이튿날 용정서 두만강까지 내닷든생각을 하면 지금도 머리가 흔들리고 창자가 울리는듯하오이다. 더욱이나 三月중순 이곳 같으면 하느적거리는 봄바람이 한강물에 銀波를 수놓을 때임에도 불구하고 북극에 어름은 그제야 잠이 깨려말려하든 때이엇습니다. 덧물이간데 살어름이지고 살어름진데 덧물이간 두만강은 애매한 청차를 하로에도 몇개식 집어 삼킨다는 悲聞을 들어가면서도 학업의 큰뜻을 굽히지 못해 두만강을 건너는 청차에 몸을 실리든 그때일을 생각하면 다시는 간도땅에 발길을 드디고 싶지가 않습니다.

형님! 그래도 어쩐지 간도가 그립습니다. 그것이야 물론 부모님이 게시고 형제가 잇고 족하들이 자라는곳이라 어찌그립지가 않으리까마는 단순히 그이들만이 나의 맘을 끄는것은 아닌가 봅니다.

창경원에 사구라가 담넘어로 장안남녀를 손짓하는 봄날이 오면 더욱이 간도가 그리워요. 봄은와도 봄아닌 간도의봄 삼면을 에워 흐르는 맑지도 못한 한줄기 강물에 一松亭의 老松이 호을로 그림자를 던지고 잇는 龍井의 쓸쓸한봄이 무엇보다도 나의 마음을 끄는것이랍니다. 남의 정신에 몰려단니며 울고 웃는 어리석

---

* 이 글은 ≪東光≫ 1932년 5월호에 게재된것이다. 작지는 교원이였는데 구체적 신원은 미상.

은자가 되느니 보다는 차라리 꽃도 웃음도 없는 거츠른 간도벌판에서 내감정에 내맘대로 웃고 우는 그것이 그얼마나 행복되고 자연스러운 일이겟습니까?

한양의 겨울도 치워라고 두루막도 집어치고 외투를 거기에도 목돌이에 털을 대느니 팔목에 대느니하고 엄살을 떠는 친구들보다는 이불을 뒤접어 두르고다니며 무서운 치위를 정복하는 간도의 기운찬동무들이 그얼마나 갸륵해 보이는지 모릅니다. 생선도 성한것은 비싸다고 대가리 잘리고 밸터진것을, 사발도 성한것은 비싸다고 이빠지고 금간것을, 광목도 필에서 끊으면 비싸다고 자투리로 이리하면서도 거기에서 만족을 느끼는 간도의 아즈머니들이 눈물겨웁게도 보구싶습니다.

형님! 나는지금에도 기억하고잇습니다.장날이면 몇십리 밖에서 쌀되나 감자알갱이나를 광목자투리나 짠것(소금)으로 바꾸아가겟다고 한임이고 한아름안고 룡정으로 몰여들든 그아즈머니들을 험한 먼길에 집신이 해어진다고 벗어서 옷고름에 꿰여차고 맨발로 줄다름질하든 그아즈머니들을 과연 그들은 거룩하오이다. 진고개 물건을 사드리기에도 좋은구두에 닳아놓은 편편대로에도 전차나 버스가 아니면 못할줄아는 이 가증한 물건, 옷삭하는 취위도 참지못하는 이 등신, 게다가 남의 정신에 갈래를 못잡은 이 못난이, 그래도 가끔가다가 본정신이 돌아오면 간도의 벗들, 간도의 아즈머니들 그리고 간도의 봄을 기억에서 더듬고 잇답니다. (끝)

哀愁의 하르빈*

홍종인(洪鍾仁)

달밤의 松花江畔을 거느리다 춤과술의 까바레에서 나오니 때는 새벽 네時.
바람찬 大陸의 새벽은 훨밝다.
하르빈! 哀愁의 하르빈!

* 이 글은 ≪朝光≫1937년 8월호에 게재된것이다. 작자 신원 미상.

라일락 꽃다발 장사가 많이 나도는 "기타이스카야"에서 나는 "라스꼬리니꼬프"[1]를 많이보았다.

威壓的인大陸의風貌

光哉兄!

하르빈! 하르빈! 하는 이붓을들면서 몇 번인가 입속으로 "하르빈"을 외여보았다. "하르빈"의 일홈은 滿洲語에서 나왔는지 蒙古語나 露語에서 나왔는지 그出處조차 未詳 하다는 그일홈、何如턴 입으로 불러서 아름답게 들리는것도 마음을끄는 뭇엇을 가졌었거니와 實地로보고난뒤의 印象이 보기前에 많이 들었든 想像의 하르빈을 몇倍나 適確한 핀트로 擴大시키어 준것은 옛날읽든 露西亞小說의 어느句節의 記憶을 새롭게 해준點에서 또 그때의想像을 延長시켜준 點에서 愉快하기도했다.

벌서 十몇年의 歲月이흘렀던가 아츰저녁으로 만나면 "투르게네프"니 "쵀홉"이니 "떠스토이에프스키"니 또 누구 누구하며 露西亞文學에 心醉하여、서로 이얘기가 끝날줄을 몰으든 그때의 우리가 우랄山 저편의 "모스코우"는 몰라도 "極東의 모스코우"라는 하르빈만이라도 보고싶다고 노상 입에 거품을 물고 뒤떠들든 그때의 우리-兄과같이 하르빈의 露西亞 거리로, 달밤의松花江畔으로 또 "까바레"로 喫茶店으로 발가는대로 散策하며 露西亞的 異國情調를 어느程度까지 맛볼수 있은것은 또한 愉快했다. 當年의 "로맨틔씨즘"이흘렀든것이다.

하르빈! 나는 果然 놀랬다. 끝없이 버려진 地平線의 滿洲에서도 荒蓼한 北滿의벌판! 날만흐리다면 南北의 方向도 가릴수 없을만큼 아무런 目標도 세울거리가 보이지안는 벌판! 요행 내가가든 그때는 新綠우에 五月의해가 맑게빛나든때이라 眼界는 하늘과 맞다은 아득한 地平線까지 마음껏 터지어 여긴가 저긴가 地圖를 가르치며 地勢도 짐작할수 있었지만.

이가치하여 大陸을 달리는 가운데 어느듯 크다란 波濤가 가슴에 안겨드는듯한 威壓을 느꼈다. 또어는 瞬間에는 하염없는 센티멘탈리즘과 同時에 苦難의 人生行路의 嚴肅을 느꼈다.

---

1) 또스또예브스끼의 장편소설 ≪죄와 벌≫의 주인공.

그날 날은 맑었으나 大陸의 列風?이 어지간했다. 間歇的으로 불어오는 突風이 때때로 實로 萬丈의 黃塵을 나리는것쯤은 單調로운 列車風景에 變化를주는 異色의風景이라고도 하겠으나 달리고 달리는 超特急이 一直線으로 달려두새끝이 없어 보이는 地平線은 처음에 느끼든 廣漠한 視野의 興味를 어느듯 廣漠의偉大에 抑壓을 느끼게하였다. 눈에 서틀은 自然의 景觀은 自己의 存在를 다시금 삶이게 하였든것이다. 그러고 車窓으로 문득 七八歲의어린애를 보았다. 나뭇가지가 휘잽히는 바람을안고 손에 문둘레같은 꽃을 한줌 꺾어들은 그어린애 ―ㄴ 아버지인듯한 어런에게 이끌려 타박타박 끝도 없는 벌판의 小路를 걸어가고 있었다. 그널은 벌판에서 洞里는 어데있는데 어듸로가는가 싶었다. 그러나 아버지를 따러가는 그애에게는 또 그애의 目標가 있었음은 勿論일것이다. 大陸을 것는 어린애의 조고마한 발거름 너머도 아득하여 보이는그거름이 내가슴에 感傷의 발자국을 눌렀다. 그러나 다음瞬間、거기에 大陸을것는 어린애기의 嚴肅한 生長이 있음에 머리를 숙였다.

光哉兄! 이런말은 너머나 陳腐 하다고 할런지 몰은다. 그러나 이러한 가운데서 斷念과 前進을저울질하며 最低級의生活을 하고있는 露西亞 農村의 어느風景! 小說의 어느句節을 聯想케하는것이 잊지는않는가.

人種展覽會場의거리

却說

"하르빈"이 크다는 말이야 들었었지 人口는 五十몇萬、西歐都市의 華麗한 어느 한모를 그대로 떠다노은 그린 都市가 있으리라고는 曠野를 달리는 車中의 感想으로는 想像키 어려웠다. 더구나 案內書에 씨워있는바를 보건댄 일흠이 뚜렷한 人種만도 三十四个民族에 또 기타 어떤種族인지 몰으지만 其他 部類에 드는 種族까지있고 領事館을 가진 種族만도 十五个國、國際都市라기보다 混血의 都市이다. 이런點으로 보아도 北滿의 心臟地帶인 하르빈이 國際的으로도 얼마나 크게 關心을 끌고있는곳인가를 짐작할 수가 있었다. 人種別로 數를헤이면 제일많은것이 滿洲國人의 漢族四十二萬餘 滿族 二萬六千 日本人의 日本內地人 約三萬、朝鮮人 五、六千 蘇聯人의 二萬餘、無國籍三五千 勿論이 無國籍人은 白系露人들이라고

車에서 내려서 兄을 만나기前 몇時間동안 自動車로 이리저리 달릴수있었다. 一巡後 느낀바는 亦是 都市의 規模가 크다는것이었다. 未完成의 그대로 帝政露西亞가 退却을 보았다고 하나、未完成都市로서 發展된 그 規模가 어데까지나 大陸的이었다. 露人의 솜씨큰것이 놀랍지 않을수가 없었다. 그러고 滿洲人거리 "후자덴"(傅家店)의 그 退沌한 街頭의 複雜、整頓도 淸潔도 考慮의 餘地가 없을만큼 店鋪와 店鋪 露店과 露店이 빈틈없이 들어앉은거리에 밀려드는 검은옷의 사람의떼! 무서운 數의波濤이었다. 또 店頭에서는 二、三層의 窓口에서 저마다 웨치는 알지못할 소래의 汎濫이었다. 나는 天津에서도 北平에서도 이런 風景을 못보았다. 이런 地帶를 한편에두고 약간 높은 地帶에 建設된 當時 露人의 市街 메인 스츄릿이라는 "가타이스카야"에 나섰을땐 歐羅巴에 가면 大概 이렇겠지 하는 感이 저절로 나지않을수 없섯다. 三、四層층 四五層의 빌딩이、城을 싸은거리는 男女 洋人의 人種發展會場이었다. 그중에서도 루바시카의 露人、우리中學生帽子같은 것을 우뚝하니 쓴 靑年들 절문女子를끼고 지나는 鴛鴦의 쌍들. 그중에 봄옷도있고아직겨을 外套도 있었다. 크다란 體軀에 더부룩한수염이 들석들석하며 비앗는 "바스"! 말소래도 은근하고 큰것이 大陸사람들의 風貌였다.

光哉兄!

그런데 그처럼 華麗했었다는 기타이스카야를 혼자 돌아단니면서 나는 例의 殺人大學生 "라스코르니꼬프"같은 靑年 壯年이 얼마던지 거리에널려있음을 보앗다. 이것이 말하자면 勢力이 발펴는하르빈의 어느 過渡期라는 것인지 그說明을 해줄사람은 따로 있겠지만 何如턴 하르빈의 거리에 쓸쓸한 빛이 어느곳에나 흘으로 있다는것은 선듯 發見할수 있었다.

거리의 建物이며、都市의 配布로 보아 帝政露西亞時代의 하르빈은 어떠하였으리라는것도 짐작이안가는것은 아니었다. 官吏와 軍人과 商人의거리! 歡樂의거리! 果然 豪華를 마음껏 하였을것은 勿論이다. 最近의 事情을 듣건댄 北鐵의賣渡로 蘇聯의北鐵從業員과 이에딸은 蘇聯이 五萬餘人이나 撤去한 例의 하르빈은 다시 쓸쓸해졌다는것이다. 五萬의 消費力이란것은 무서운것이다. 더구나 異邦에나와 있는官吏들이라 消費力은 決코 적지않었다고 볼것이다. 白系露人들은 戴天之 怨讐같이 赤色露人과對峙는 하여있었으나 亦是 그들의 生活

의根底는 大部分이 同語人인 蘇聯人에 依存되어 있었음은 물을것도없다. 白系露人中에는 昔日의 貴族도 高官도 富豪도 있다고하나 逐放된 그들이라 商人以外에는 大部分 零落의길을 밟어온것이다. 赤色은 怨讐이었을런지 몰으나 顧客으로서는 貴한 손님이 였든지라 怨讐라는 그들도 一斷撤歸한다는 소래가 들리자、全市街-特히 白露의商人은 아무리 覺悟는했었다해도 實로 靑天霹靂이었든것이다.

라스꼬리니꼬프的風景

光哉兄!

그날은 마츰 日曜日이 아니었던가. 日曜의 단장이 깨끗하고 맵씨있는 婦女子들이 짝을지어 억개를 겻고 지나다 거리에 버려노은 "라일락"꽃다발을 사노라고 喜喜 樂樂할 때 그곁으로 누더기옷을 걸친 거지떼가 두세명式-그도 우리가 冊에서밖에 보지못하든 몸집이 늠늠한 碧眼의壯丁이 아닌가 勿論 늙으니도 있었다. 또 우리가鐘路 바닥에서 보든 소위깍쟁이 가튼 少年거지도 있었다. 門이 다친 크다란 店鋪앞 層階에 세네명이 모여안저서 그時間의 話題가 무엇이엇던지 알지못할말로 웃고 떠드는것이 自己네들로서는 자미로운 모양이었으나 보기에는 너머나 측은 하였다. 거지의 유래야 어느곳이나 마찬가지나、이곳의 거지가 政治의 變革에서 一瞬間에 저모양이 된것도 있었을것이어니 하고 생각하면 어린이의 身勢가 참말너머나 가긍했다.

그래 "라스꼬리니꼬프"의 風景말이지、보매 表情도 本來가 無智와 貧困을타고난 거지가터 보이지도안는 壯丁이 學生帽같은것을 비스듬이 쓰고 얼굴을 찡글며 손을내밀었다가 빈손만 그대로 들고 들곳을 몰라하는듯한 恥辱感에서 울분의 찡글인 눈총을 돌아서가는 사람의 등골에 퍼붓는 表情이야말로 무서운것이다. 그憤怒의 表情에는 自己가 스서로 求하지안는 거지의運命에 反逆하는 深刻한 무엇이 숨어있을것을 發見할수 있었다. 이런風景 이런거지를 많이 볼때마다 "라스꼬리니꼬프를 聯想하고 나스서로 憂鬱한 表情을 짓게되였던 것이다.

그리고 거리 한모퉁이에서는 三十의 고개도 훨신 넘었을 장님거지가 볕에깨깨 쪼이어 검은 얼굴에 아무런表情도 없이 쭉으리고 안저서 빠르지도 느리지도 안흔 單調로운 曲調를 한 개의 손風琴을가지고 數없이 反覆하고 있었다. 그앞에

노힌 양철통에는 銅錢이나 몃닙간 들어있었는지 알수없으나 옷벌이나 깨끗이 입은사람들은 기웃해 보지도안코 코흘리는 애들만이 보여서 즐겁다는表情도 없이 그저물끄름이 서서 듯고있는 것이었다. 그러고 있는즈음에 다른 壯丁의 거지가 지나가다가 아무생각도 업는듯이 발을 잠간 멈추고듯는듯 하더니 양철통을 기웃해보고 지나간다.

光哉兄! 그저 설어운 風景이라고 보는수밖에.

哀切한茶房處女의노래

때마층 열나흘 달이 밝은 그밤을 松花江畔에 거니를수 있은것은 무었보다도 記憶에남는 收穫이었다고 할것이다. 넓은 "쏭가리"!참말 글字그대로 悠나되는 모양이었다. 中年의 露

人女子가 입술에 연지를 빩아케 바르고 눈을힐끗거리며 있는것이 窓박그로 보이었다. 그안에는 露人巡捕가 두엇이 얼건해서 떠들며 손風琴을 타고있는것이 色달은 風景이었다.

그러나 兄이여! 나는 이런것보다도 또 한가지 印象에 깊은것은 露人 茶店이었다. 좁은 房에서 분주하게 왔다 갔다하다 暫時 쉬는틈을 어더서 레코-드에 귀를기우리든 써비쓰껄! 무었인가 民謠같은 노래가 울려나오니 自己를 이즌듯이 소래에醉하여 따라 불으다가 어느句節에 가서는 참을수없다는듯이 머리를 뒤로 제치고 허리를 빗꼬든二十內外의 處女의 그몸부림! 兄은 이러케 말하였지! ……露西亞사람들은 音樂、노래라면 초벌죽네、죽어!

民謠의 露西亞이거던 멀고먼 故鄕! 記憶에 희미한 情다운故鄕! 돌아못가는 故鄕의情이 노래에 넘처나올때 어느누가 가슴이 맥히는듯하지 안켓는가 그러나 남에게 매인몸이라 불으고싶은 노래도 마음껏 불러못보다가 그노래를 두어마데 불으고 있을 그때 저구석에서 무어라고 야단치는 소래가 들리니 그處女는 忽然 시치미를 떼고 이러선다.

노래인만전 車 한曲調라도 그 자리에서 마음노코 불으는것이 보고싶었다.

세바레에서새인그밤

光哉兄! 그러고 술과춤과 女子의 까바레에선 하르빈의 밤을 보는것보다도 생각할수있었다. 조고만 "밴드"의 樂手이나 露人의 쌘서들의 얼굴에는 어쩌면 그러케 서먹서먹한 表情이 많었든가싶다. 그때 한녑자리에는 學生群이라는 露人靑年들이 아주 愉快히 서로웃고 마시고 춤추고 떠드는것도 보았지만 歡樂場으로서는 너머도 興이 적어보이었다. 勿論 興을 비저 만들어파는 곳이라 절로 샘솟듯하야할 興을 그런곳에서 차즈려는것이 오히려 無理한注文일것이다. 兼하여 相對者는 言語도 風俗도通하지안은 異國의손이 큰顧客이되여있어 남들의비위를 맞추기에 餘念이 없을터이니까 또 그럴것이 춤추는 그女子들의 생김이 어쩌면 모다 그러케 노불하던가 上流의 까바레라니까 그곳에 모은 女子도 깨끗한것들일것이나 까바레에 춤추는 女子로 무더두기는 아까울만치들 생겼섯다. 그러고 그女子들이 機會를보아서는 賣春도 職業的으로 한다지 生活難이란 무서운것이었다. 生活 때문에 반갑지 않은 그날의 그살림을 하고 있다면 또 그나마 保障이 없는 職業이라면 亦是 政治의 不安에서 바든 動搖가 없는 얼굴에 그대로 나타나 있는것 가텃다.

바로 우리가 同席하였든 그女子、그後에 正體를 잡었는가 露人을 아버지로 하고 中國人을 어머니로 하였다고 하지만 或朝鮮人은 아니었는지 하르빈의 짧은 한밤을 까바레에서 混血女와 상종할수 있었다는것도 자미스러운 일이었다. 그러나 말이 通하지않으니 웃는다는것도 벙어리의 웃슴이 될것밖에 그저 曲調에 맞추어 서트른대로 스탭을 밟는 그때만이 마음에 매친生活의 不安、情緖의 混迷를 마음껏 불사루는듯 싶었다.

두時 세時. 밤은 깊어 간다기보다 새여 갈수록 몽롱한 알콜氣분에 自己를 이즈려는 焦燥가 한層 더 깊어가는듯 싶었다. 한사람 두사람 어느듯 場內에도 비어졌는데 혼자남아서 참을수없는 哀愁를짜내이는듯이 탕고의 스탭을 情熱的으로 끌고 가든 靑年의마즈막 그림자다. 아마도 눈이 휜하다. 그들은 언제나 저러케 놀기만 조와하나、기뻐서노나、안타까워 노나、헤매이는 無國籍人의 삶이운 그림자임은 틀림없었다.

兄! 그때도 말하였거니와 나는 까라베의 밤까지 보고나서 눈에보이지 안는 하르빈의 밤의電光的 視線을 想像하고 一種의 무서움을 느꼈든것이다. 彷徨의 無國籍人의 汎濫의都市、軍事的緊迫性을 가진 이都市. 있는가 없는가 우리가 짐작 할바는 아니지만 이른바 國際 "스파이"가 있다면 얼마던지 있을수도 있는 곳이 이하르빈이 아닐까、더구나 쓸쓸해가는 하르빈 生活難의 無國籍人이 수없이 헤매이고 있는 이하르빈. 治安은 滿洲國이된 今日에 大端히 回復되였다고 하나 犯罪 都市로 警戒 만은 前이나 오늘이나 거의 달은것 없을것이다.

새벽 네時.

하늘은 훤하니 밝었다. 바람은 차다 大陸의 밤! 짧고 새이기쉬운 北國의첫여름밤 東天이 맑게빛나는별이 무엇인가 비웃는듯하여 보이는것을 모른체하고 새벽거리를 달릴때

그래 그만하면 하르빈의 멋을보았는가?

고뭇든 兄의 물을때 나는 精神이 번뜻 더드는듯싶었다.

曲象的인 하르빈!

哀愁의 하르빈!

哈爾濱夜話*

북국유자(北國遊子)

筆者 多年間 滿洲方面으로 좀 遊覽한일이 있었드니 畏友 安日成氏가 이런 題目을 주면서 原稿를 付託한다.

그러나 原來 글재주도 업는주제에 또 붓을 놓은지가 여러해가 되어서 어째 原稿許諾은 하야 놓고도 하구싶은 말이 다 써지지아니할까가 큰 걱정이다.

左右間 내친거름이라 써지든 안써지든 달닐밖에 도리가 없다.

哈爾濱은?

哈爾濱-哈爾濱하면 어쩐지 國際냄새가 나며 더구나 露西亞 냄새가 난다.

어쩐지 무시무시한 殺人的 風景이 드는것같고 反面으로 燦爛한 歡樂의 밤을 聯想시킨다.

---

* 이 글은 ≪白光≫ 1937년 1월호에 게재된것이다. 작자 신원 미상.

淫蕩한 게집들의 肉이 돈을달나고아양을떨며 香氣높은 洋酒와 騷亂한 짜즈와 에로틱한 舞踊으로 哈爾濱의 밤은 새여간다. 哈爾濱의 價値는 낫보다도 밤에있으며 사랑戀보다도 肉에있다.

各國人種이 四十餘種이나 모혔다니 자기同胞듥끼리도 서로 싸우고 죽이는 지금에 正義니 人道니를 이哈爾濱에서 求한다면 그것은 한 개 愚劣漢밖에는 될게없다.

亩街地를 것는 두靑年이 억개를 서로 치며 웃는것을보면 무슨親近味도있어보이나 저便 골목잭이만 돌아스면 「탕」소리와함께 한놈은 꺼구러졌고 한놈은 「퐁」소리를 치며달아난다.

그렇나 지나가는者 누구하나 곁눈질도 않한다. 이런 일쯤은 神奇할게 없다는 것이다.

깽

어느나라 어느 都市를 勿論하고 이 깽의 存在를 無視할수는 없다.

警察署長, 地方法院長, 市長等을제손에넣고 數千名의 部下를 거느리고 그地方의 富豪는勿論 銀行, 會社等을 襲擊하야 그야말노 그나라 大統領以上의 勢力을 폈다고 까지하야 世界的으로 넘우나 有名하였던 米國 쉬카고의 카보네도 깽이요 年前에 太西洋 無産陸橫斷飛行으로 有名한 린드삑-의 愛兒를 훔쳐다가 놓은후에 金百萬弗인가 얼마인가를 請求하다가 뜻대로 안되니까 殘忍하게도 그어린것을 虐殺하여 버린것도 깽의行爲이다.

그 때문에 린드백-은 自己나라에서 살지못하고 英國으로 쫓겨가지않었는가?

哈爾濱의 깽도 決코 어느나라 깽에게 지지아니할만큼 敏捷하고 殘忍하다.

그렇면 그證據로 몇해前에 일어난 깽事件하나를 이야기 하랴한다.

哈爾濱에서 第一繁華한 거리는 「키타야쓰카」라는 거리다.

이거리에서 第一큰집이 모데두옹이란집이니 이집에는 劇場, 호텔, 테스트란, 단스홀, 遊戱場等이 이한집에 具備되여있다.

이집主人은 佛蘭西 女子寡婦로서 그때 二十三歲나는 아들하나 밖에는 없었다.

아들은 佛蘭西에서 留學中인데 一年에 한번식 여름 放學이면 도라오곤한다.

二三年前여름放學에 도라왔을때의 일이다.

어떤날 저녁에 나간 아들이 그 이튼날 저녁에도 안드러오고 그대신 낯서른 편지한장이 왔다. 펴보니 「네의아들은 지금 哈爾濱에서 十里가량 相距되는 ××× 라는곳에 監禁하여두었다. 萬一 찾으려거든 네가 親히 金二十萬圓을 가지고 오라

萬一 안가져오면 죽일것은 勿論이여니와 警察에 알니면 너의 집까지 暴破시켜버릴터이니 그리알나. 期日은 向後一週間이다!」하는 글발이였다.

大驚失色한 主人은 곧 領事館에 알였다.

領事館에서는 軍隊를 풀어 八方으로 搜索하는 一方 그집을 둘너차고 그집사람의 出入을 一切 嚴禁하였다.

그러나 一週日이 지나서도 領事館에는 아모 所得이 없었다.

그이튼날 아츰에 그집에는 小包하나가 왔다. 펴보니 그속에는 왼 귀쪽하나가 피가 아직 마르지 않은채 쌓여 있었다.

넘우나 놀란 主人은 펄펄뛰며 二百萬圓을 보에차가지고 나가려했다.

그러나 領事館에서는 絶對로 부뜨러놓고 내보내지 안었다.

「이렇게 만만히 그놈들의 말을들어주면 以後에도 버릇이된다」는것이었다.

또 一週日지났다.

그집에는 小包하나가또 날너왔다. 펴보니 이번에는 바른귀쪽이 쌓여 있었다. 그리고 편지한장이 들어 있었다.

「이 귀쪽을 마저보낸다. 萬一 以後 一週間內에 안가저오면 最後로 죽일터이다」하였다.

主人은 울며 불며 領事館에 哀訴하였다.

「우리 아들을 살여주시오, 나는 돈이 아깝지않소, 만일 저것이 죽으면 당신네들은 어떻거실작정이요, 잡혀간지 一週日이 지나서도 이렇게 아모 所得이없으니 어쩔작정이요」하였으나 領事館에서는 絶對로 들을 리가 없었다. 또一週日이 지났다.

그렇나 領事館에는 아직까지 이렇다할만한 消息도 없었다.

종시 犯人을 잡지 못한것이였다. 그 翌日에 그집에는 또편지 한 장이왔다.

「끝끝내 너이아들을 죽이는구나. 할수없는일이다. 너이 아들의 屍體는 ××山

中에 있으니 찾어가라!」는 最後의 悲報였다.

主人以下 여러警官들이 ××山中에 달려가니 果然自己아들이 가슴에 붉은피를 뿜고 넘어저 있었다.

이것도 그當時 哈爾濱에서는 큰事件이였거니와 富豪의 집에 불을 놓으며 銀行을 破壞하는等 實노 깽의 勢力은 놀나운것이다. 이 깽들은 大槪가 露西亞사람들이다.

거리의風景

國際의都市, 淫亂의都市, 밤의都市라는것은 우에서잠ㅅ간 말하였거니와 또 音樂의都市라고 할ㅅ수도있으니 그것은 누구나 哈爾濱 市街를 거러보면알것이다.

露西亞男女들이 길ㅅ거리에서 맞나면 아모리 大路上에서라도 입을 쪽쪽 맞추며 그리고는 팔을것고 「날날 날날 날날닐날닐-」을 부르며 거러간다. 그 거러가는모양이란 우리 東洋사람으로서는 到底히 흉내낼수 없으리만큼 스마-트하고 爽快하다.

저녁을 먹고 거리에나서면 아지못할 계집들도 윙크를 하며 지나가고 심한게집은 따라와 산보가자고도한다.

이로 보아서 哈爾濱이 얼마나 淫蕩한곳이라는것을 알겠거니와 그보다도 그 거리에 病院 看板을보면거이 全部가「淋疾梅毒」「專門治療」라는 看板뿐이다. 內科니 小兒科니하는글字는 如干해서는 찾어보기 힘들다.

로시아 사람들이 音樂을 얼마나 좋아한다는것은 거이 世界的으로 알닌바이니 여기서 句句히 느려놓을 必要가 없지만 길ㅅ거리에 거지까지도 音樂家(?)들인지 수풍금하나식은 다 들고다닌다.

나도 키타이스카라는곳에서 소경거지가 수풍금을들고 제멋에 게워 엉덩ㅅ세를하며노래를 부르는데 하나 우서운것은 수풍금에는 간즈메통을 매달었는데 (누구나돈을 넣어달라는통이다) 칸즈메통 꼭닥이에는 가는 쇠그믈(網)도 덮었다. 그것은 도적을 예방하는 그믈일것이다.

音樂의 都市 淫蕩의都市며 따라서 ××의都市이다.

승가리(松花江)

여름의 하르빈은 이 松花江으로 歡樂의 場所를옮긴다.

거이 벍어벗은 男女들이 끼리끼리 팔을곗고 숲사이로 거닐며 가진歡樂을맛본다.

커다란 肉體들 發達될대로 된 乳房一더구나 그 水泳服이라는게 언듯보면 여기 「사루마다」에 줄을 매서 입은듯하다. 잔등은 다 들어낫지만 가슴께까지도 거진 다 들어내놓고 혹은 뛰고 혹은 쓰러안고 그꼴들이란 보아줄 재간이없다.

나는 松花江에를 한번나갓다가넘우 기막혀서 水泳도 못하고 돌아온적이있다.

이것으로서 哈爾濱에 輪廓을 대강 그렸다고生覺한다.

더쓸말이야 얼마든지 있지만 이것으로 文債나 갚으랴한다.

그리고는 한가지 지금에는 日本內地人의 勢力이 커지면서 治安이 整頓되여서 깽의 勢力도 점점 없어갈것이라는것을 付言한다.

丙子十二月一日 於農村

겨울의 할빈*

-눈오는밤의 靜寂-

최영수(崔永秀)

휙휙!잘드는 「면도칼」로 귀를여내는듯한 싸늘한 바람이 뺨을 치며 다라난다. 「마스크」를 새여나오는 입김이 눈섶에 하여케 얼이 붙는다. 살은얼어 빨가코 콧물은 줄줄흘러 입으로 흘르것만그것 저것도 다 잃고 그래도 좋다구 매일 차저가는곳은 「쑹거리」-北國만이 자랑할수있는 銀盤우에서나는 스케타기에 세월가는줄을 몰랐다. 北國의 겨울은 꽤 오랜것이라는 信念도 없지는않앗으나 굵은 동아줄에래도 있으면 나는 이겨울을 매어놓고 한껏 「겨울할빈」의 搖籃속에

* 이 글은 ≪朝光≫제58호에 게재된것인다. 작자 신원 미상

서 잠들려하였다.

×

網絲로 窓을치고 紅燈靑燈느린곳으로 달겨들어 차디찬「부아」나 獨逸삐루 한잔쯤 쭉드리키고나오는 여름의 할빈밤도 좋기는하려니와 어린애대가리만한 덩어리눈이 푹석푸석하고 떨어지는 밤에 웨투깃에 얼굴을 파묻고「기다야스카아」中國大街等繁華한곳이아니라도 뒷골목으슥한곳 웨따른 술집 은은한 불빛 비최인窓門을열고 들어서 깁숙한「암체아」에 몸을녹이고안자 곰방다배통물고 힌수염느러진 영감님이「애코즌」(手風琴)소리에 발장단처가며「웍카―」쯤 드리키는맛도 事實 겨울 할빈의 情味려니와 또한 다른곳에선 여간해 맛보지못하는 特味가 있는것이다.

×

노래다―춤이다. 그리고 술이다.「뻬치카」의 불길이 어울거린다. 스텝을 맞추는 輕快한 발굽소리가 깊은밤 靑春의 享樂을 最高潮도 衝動한다. 窓밖에서는 如前히 눈이 온다. 店鋪에서 물끄리논 筒의 汽笛이 부―부하고 들려온다. 裸體가 춤을 춘다. 賣春婦의 奸詐한 웃음소리가 지터가는겨울밤을 역거 놓는다.

極東의 華都 할빈의 겨울밤은 에로그로의 渦中에서 늙은退職兵士의 너털웃음소리와 함께 흘텨가는것이다.

×

나는 눈이 오는밤이면 혼자서 거닐었다.「新世界」의 안윽한 숲속을 찾아가기도 하였고 松花江畔의 堤防위를 거닐기도 하였다.

어깨에 눈이싸여 무거워처질때까지 나는 세미쓰게(해바래기씨)를 까먹으면서 거닐었다.

故國을 생각한다. 故鄕의 山과 들 그리고 거리와 山집마당이며 안방거는방 부엌 그리고 친구들을 생각한다. 그리하야 完全히뻬치의 捕虜들 常할때면 나는 그대로 눈위에 주저앉는채 울었다. 그리다가는 나는 눈(眼)속으로 地圖를 그려보며 지금 내存在가 커단地圖쪽위의 파리똥하나만도 못함을 생각할때 나는 쓸쓸한 우슴으로 氣分을돌리고 집으로 도라간다.

벧우에 누었으나 겹窓밖으로 보이는 눈―이리뒤적 저리뒤적이러한밤에 한반도 나는 잠을 이뤄보지 못하였다.

그러한 겨울도 나는 채 다되기전 초겨울에 그곳을떠낫다. 그리하야 벌서 六년 ―나는 눈오는 밤이면 언제나 늦도록 閑寂한거리를 쏘매는것이다.―그리면서 北國의겨울―눈오는 할빈의 밤을 聯想하곤하는것이다.

哈爾濱의 밤*

최영환(崔永煥)

밤.

밤은 歡樂의 女王이다.

밤은 狂亂하는 청춘의 心血을 蚕食한다.

밤! 窒息하는 天使의 嗚咽! 밤은 人生의 色여윈 面紗布를 부뜰고 노래한다.

―물결치는 술……흐느적거리는 肉體……그리고 老退役士官의 공방대에서 피어나는 노란 煙氣사이로 「아코듸온」의 音律이 黃色空間을 浮游하는 이밤―.

여기는 極東의 歡樂境……北國의 華都……「하르빈」

지터가는 밤. 여름의 大陸을 頌歌하는 「하르빈」의 이밤……狂想의 一曲이 여기에 있다. 幻想의 一念이 여기에 흐르는것이다.

凍結의 쑹거리(松花江)가 沈黙의 永殼을 뛰처나와 바람을타고 細波우에 여름의 頌歌를 作曲하면 이때 「하르빈」의 青春은 輕裝의 몸을 단섬하고 歡迎의 臺上에서 이밤을 헤엽치려 하는것이다.

×

大陸性의 이곳여름은 몹시덥다. 바작바작타는 낮街道에는 발자최 소리좇아 드물다. 松花江건너편에 展開되는 海水浴場(海水는 아니지만)으로 그들은 모여든다. 그리하야 沙場과 갈대밭속에 多色人種이 豪華로운 風景이 明滅하는것이다.

* 이 글은 ≪新東亞≫제 38호에 게재된것이다. 작자 신원 미상

松花江……쑹거리－이리로 이리로 트로이카의 말굽소리는 요란하다. 五十萬의 人口가 들끌는 여름의「하르빈」은 松花江의 沙邊으로 移動하는것이다. 가진 享樂이 이곳에서 呼吸하고 가진 遊戲가 이곳에서 律動하는것이다.

冷水조차 한그릇 먹을수 없는 이곳의 여름은 참으로 熱風에 窒息하는 駝鳥와 같다.

거리거리에서「부사」「크워쓰」「삐－어」等의 飮料水로 枯渴의 咽喉를 적시는 것은 마치 沙漠中의 靈泉으로써 生命을있는 隊商과도 恰似한것이다. 新世界(新市家)의 住宅을 에워싼 樹木사이로 뻰취를 찾어거닐는 늙은露人들의 느릿한 그림자와 松花江堤防에 부지런한 漂母들만이 別다른 納凉을 맛보는以外 海水浴場은 確實히 市民全部의 移動集團部落이라 하여서 조끔도 망발되지는 않을 것이다.

×

여기에 밤이오는 것이다. 아츰과 저녁으로는 낮에 比한 反調의 寒氣가 掩襲하는것이다. 제법싸늘한 바람이 분다. 그러나 낮에 至毒하든 太陽熱이 아직도 식지 않은 街道는 薰氣가 그윽하다.

저녁을 마치고나서는 夫婦作伴 或은 家族과 더부러 저녁散策으로 길이 미여지는듯하다.「루바쉬카」에 短枚하나집흐면 고만이다.그리고 輕裝의 안해를 옆에 끼고 그리고 그들이 찾아 가는곳은 市立公園인것이다.

米國紐育의「뿌로-드웨이」를 聯想케 한다고 남들이 말하는「기다야스카야」大路를 閑暇로히 거닐느는 그들의 行列은 길다. 여기와도 달라서 街道한편으로 長椅子가 櫛比하야 그들은 暫時 疲困한다리를 여기에 쉬이기도하고 버터진이야기를 가다듬기도 하는것이다.

市立公園은 굉장히넓다. 여기에는 첫재로 大音樂堂이있고 그리고 大小劇場이 想當히있으며 캬바테－가여기저기 樹木의 사이에 散在하여 있다. 叢立한 樹木은 廣活한 綠陰을 지우고 그밑에 數없는 倚子는 散步人들의 自由로운 休息所로 되어있다.

金 曜日과 土曜日에는 大管絃樂園의 演奏가 있어 淸雅한 音律은 散步人의 精神을 魅惑식히고도 남는다 樹下의 테불을 들러싸고 淸凉飮料를 마셔가며 音樂을듣는 心情이란 하르빈의 여름밤－이곳이 아니면 맛보지 못할 慰安이오 享

樂이다.

密賣淫을 自由로하는 女子들의 秋波가 젊은 사나이들의 눈과눈을 타고 彷徨한다. 이러는사이 지새는 밤은 이 公園안에서 數많은「에로」遊戱를 孵化하아다시 그들은 달콤한 肉感의 世界로 誘去하는것이다.

여기에서 하르빈의 밤-陰鬱한 世界가 검은 帳幕속에서 展開되는 것이다.

窓門을 뜯어제치고 網絲를 느린곳으로 恍惚한 色電球가 放射하는 캬바테-속에 늦인밤은 잠들줄 모르고 푸덕인다. 海水浴場服보다 조곰낫다고할 輕裝의 女人들이 사나이의 무릎, 어깨 그리고 가슴으로 자리를 잡고 노래와술……그리고 땐스……紅燈綠酒 소에서 지새는 이한밤은 너무도 에로틱한것이다.

密室로 사나이의 팔을끌고 드러가는 女子 ……그속에서 흐르는 奸嬌 웃음소리. 키쓰한번에 몇十錢 땐스한번에 몇十錢. 女子는 肉體그것을 部分的 으로 販賣하는것이다. 그리하야 술취한 사나이의 무릎을 올라타고 가진 여로써— 비스를 다하고난 나머지는 結局女子의 宿所로 男子를 誘引한다.

露人勞働者들은 한나절 埠頭에서 일을하고얻은 賃金을 이러한곳에 갖다헤치고 거기서 하로의 疲勞와 生活의 一日式享樂을 取하는것이다. 子正이 넘은 거리욱어진 나무밑에는 술취한 勞働者들이 쓰러저 곤한 코를 골고 잔다. 집도 妻子도 없는 그들의 生活은 이렇게 單純하고 이렇게 勇敢한것이다.

두時가 넘어 조용한 거리에 色瓦斯 가 번뜩이는 뒷골목……캬바레-의 地下室에서는 裸體舞姬의 亂無가 무르녹은 수박같이 흐느적거리는 肉體를 뒤흔든다. 보기드물고 보기어려우며 朝鮮안에선 想像도 못할 怪風景의 하나다. 한잔술에 一二圓式 하는것을 마셔가며 잠들줄모르는 靑春의눈은 이러한 魅惑에 興奮하는것이다. 道德이란 全體를 無視하는 에로前衛隊이다.

肉과肉의 交叉속에 그들은 無限의 興味를 느끼는모양이다. 자욱한 담배 烟氣속에 그들의 눈은 부었다 술에 四肢는 노곤하고 賣春婦의 팔목에 사나이의 精神은 시들었다. 그래서 그들은 새벽녘 짝에 짝을지어 陰鬱한 집속으로 사라진다.

阿片이다. 한대 두 대 쭉쭉 드리킨다. 極度도 疲困한그들의 肉體에 놓은 캄풀注射이다. 그래서 그들은 그날의 生命을 持續하는 것이고 限에 넘치는享樂에 지새는 것이다.

샤카링茶를 드리키고 달콤한 五分乃至十分의 休息, 이다음 그들은 또다시

女子의 宿所로 사란진다.

寺院의 鐘소리가 들린다. 거륵한 鐘소리에 깨일줄모르는 그들의 곤한잠이 賣春婦의 房안에 있다. 커텐느린 窓門은 대낮이되어도 열릴줄을 모른다. 그들은 그때까지 그속에서 무얼하는지! (끝)

哈爾濱의 露人에미그란트*

리운곡(李雲谷)

哈爾濱은 帝政露西亞가 極東政策의 前衛部隊로써 北滿에다 열어논門戶이였다. 그러나 그것은 露西亞가 哈爾濱과가치 南滿에다가 만들어노았든「다리느이-」(大蓮)와도 달라 純全히 露西亞風으로 거진 完成에가까웁게 裝飾을 식혔든 門戶都市이였다.

이런 緣故로 露西亞文化가 한때 물결같이 밀려들어와서 露西亞의縮圖를 이적은「고로ㅡ드」우에다 展開식힌 세음이였다. 문득뛰여들은 東洋의 나그네가 哈爾濱에對해서 누구나 外國風의 情緖를 꽉 느끼게되는것은 이런異國風의 展示物에 휩쓸려들어가 어쩔수없이 一時 그香氣에 몸을 송도리채 바처버리는 까닭이라고 생각한다.

中央寺院의 天井의 木彫刻을 가든거름 멈추고 나는 無心코홀린듯이 바라다볼때가 만타 繪畫에서 보든 멀리「놀웨-」風의 寺院建築을聯想케낸다. 北歐의 建築이가지는 特性은 이런 木彫刻이나 塗料類까지에도 어떤寂廖와 重厚한맛을 가득히 품겨주는것 같다.

나는 또가끔 哈爾濱의 新市街의 뒷거리를 거닐때마다 그리대수롭지않흔 住宅인데두 不拘하고 널따란 庭園과 그庭園엔 숲과 花草가우어저서 住宅을 안윽하게 保護를해주며 愛撫를 해주는듯한 낡아가는住宅들을 많이본다. 異國風의

* 이 글은 《朝光》 1939년 8월호에 게재된것이다. 작자 신원 미상. 에미그란트 이민이라는 뜻의 영어.

울담정을 爲始하야 이미 낡어빠저서 鈍重한맛을품기는 玄關의 入口窓門에는 好奇心에끌려 이런때면 그집속으로 쑥 들어가 뒤뜰로 휘 한번발을 옴겨 마치 도적같이 四方을 이리저리 뜨더보며 살피기까지한다. 그러나 그집엔 사람이란 살어잇지않는듯이 門열고 욕을하기는커녕 人迹氣까지 내는것을 볼수없었다. 언제나잠잠할뿐 도로혀 自己가 무서워저서 도라서곤한다. 이런것들에까지도 모두 東洋사람으론 맛볼수없는 潤澤한 氣分이라고아니할수없을것이다.

또 온갖 숲에싸인듯한 넓은綠地帶는 한층 이新市街의 雰圍氣를 도옵는 役割을하여주고 街頭에뜸뜸히 서있는 露西亞文의 「포스터-와비라」가 亂雜히 부처있는 廣告搭이라든지 「교스쿠」의 하나하나에이르기까지 露西亞文化의 片貌로써 모다 지나가든나그네에가슴을 어르만저주는게 그리 납븐 印象이않이다.

只今 露西亞에선 寺屋 마다 聖像이 쫓겨난 代身에 「農民의집」이니 「勞動者俱樂部」이니하는 看板이걸리여 그가운데의 反宗敎의 큰 烽火를 올린다는 一大諷刺劇이 演出될때에 있어서 이 哈爾濱의 寺院의屋上에선 敎衣를 몸에걸친 老人이 흰수염을더부룩히바람에풍기며 律動的으로 꾸부러진몸을 한층흔들며 멋들게 大小의鐘을 施律의 拍子 그럴듯이 맞추어하로에도 몇번式치며 信者들을 부르고 있지않는가.

實로 이런點에서 哈爾濱에있는 그들 白系露人-「에미그란트」는 幸福者들가치 보이였다. 언제나 數十個所는되여 보임즉한 敎會堂內에선 平和스러운雰圍氣에서 信徒들이 가득히 모혀 醉한듯이 눈을내리깔고 祈禱를 올리고 목청을 도꾸어 讚美歌를부르고있고 한편堂外에서는 거지떼가 襤褸한 洋服에다 찌저진 帽子를 썻슬망정 모다 손에讚頌歌 聖經冊을 들고와서 堂內와가치 讚頌歌를 부르고 祈禱를 올리고 있음을 볼때 보는 사람도 一時陶醉해버려서 別天地 온것 같은 感激을 받을때가만타.

一見, 이렇게 그들의生活은 至極히 平穩無事하고 文化의 그윽한 香氣가 四方에게 풍겨오는듯이 보히여 哈爾濱으로 하여금 一般旅行客들에서 東洋의巴里라고까지 일커르게되여있는 現象이다.

事實 여기에는 露西亞文化의 殘滓만은 아직 담북남어있는게 分明하다고 않이할수없다.

「고-고리-」이 諷刺小說 「넵흐스키-通」을 聯想시키게하는 哈爾濱에서두 露

人街로 第一有名하다 는 「키타이스카야通」을 줄네줄네 거름만은 제법멋들게 모양을내고거닐고있는 거지의얼굴에서는 十錢택씨의 運轉手 「카바레-」의 女給, 「댄서-」 「호텔이 뽀-이」의 얼굴에서는모두 내가 일직이 醉해읽든 露西亞古典小說(十九世紀作家들의)中에나오는 온갔主人公들을 찾어보는듯한 느낌으로 가게한다. 구두를 딱거주는風采 堂堂한老人한테 十錢 한푼을 손에쥐여주며 나는 가끔 多情스러히 억개를치며 마음속으로 말을것닐때가 만타.

「허—,넌, 나라는사람을 모르겠지만 나는 너라는 人物을 참 잘알고있단다. 「체-홉」이 너와 꼭같은 人物을 四方에서 그려준것을 나는 몇번이고 읽었스니까 말이지.」

그들은 모두가 風采가 堂堂하고멋들어 모양을내고 「數十年前의 洋服들이나마」멋들은거름으로 「스틱」을 한팔에 척 걸고 「마도로스파이푸」(但 그속에 담배는 담겨있지 않타.)를 입에물고는 泰然自若하게 마치 君子의거름으로 老力를不拘하고 大概 「아벡크」로 거리를 헤매는姿体를보면 처음보는者,누구나 한번은 그들의 「에로틱」한 雰圍氣에 홀리는것이 事實이다.

그러나 이氣分은 몇일이 않가서 물거품가치 사라져버리고 만다. 그것도 그들의 하나하나에서 自然히 모두滅亡의길로 向하는 民族의標本을 똑똑히 찾어 내이게 될때이다. 나는 哈爾濱에 나갈때마다 처음엔 亦是 좀 그럴듯한 文化의香氣을 가슴앞으게 느끼게될땐 哈爾濱을 逃亡치듯 떠나고 만다. 이氣分은그들에게서 亡命者로서의 落魄者的인 氣分에게부터 그前부터의 果因的인 어떤 頹敗의 種子가 그들의 몸에 색기를처서 한秒 한秒 씹어온것같은 絶頂의 氣分까지느낌으로 가르침이다.

이런氣分은 어떤 뚜렸한 根據를 갖기前부터느끼게하거니와 더욱 이 東京의 銀座格인 「키타이스카야」의 鋪道우에놓여있는 「뻰치」에 한낮인데두 不拘하고 堂堂한 風采를 한紳士(?) 양반들이 毒한 「보트카」를 마시고 醉해 개를안고 낮잠을자는 風景이라든지 밤거리의 골목골목에서 强烈한 값산香水냄새와함께 秋波와 行客의 팔을잡어 끄는것쯤은여반장이라셈치고 , 「카바레-댄스홀」,遊廓에 욱실욱실 모혀있는 白系露娘(그들은 十分之九가 貴族출신이라고한다) 들이 悽慘한表情을 對할땐 마음있는者이맛살이 安心하고 泰然 해질수없을것이다. 그中에도 生活에 쪼들리고 쪼들린 나머지 一般東洋人의 常識으론 判斷할수없는 밤의 홀歡樂場을 이곳 저곳 公式, 非公式으로 수둑히 開設해노코 好奇心에 끌리는 나그네들의 몇分錢을 目標로 大膽(?)하게도 裸體땐스 實演이란 演出種目(?)까지 演出하고있다는 막다른境遇에 이르러선 말이않나올 至境이라하여 버릴수밖에 없을것이다. 이것을 大槪 일흠지여 曰「哈爾濱名物」이라고 모두가 부른다.

이 哈爾濱名物을 비저내는 그들의 巢窟,白系露人들만의 貧民街를 종래보았을땐 한층 놀랬다. 舞台設置(멋을너허말자면)와 大略「스토-리」는「고-리키-」의「貧民窟」에 恰似하다보니보다 보다 아주 꼭같은것이라고 생각하면 틀림없을것이다. 但한가지 다른點은 이곳엔「고-리키-」의「貧民窟」에서와같은 光明을 찾으려고 애쓰는「페-펠」的 氣分은 한푼어치도 찾어볼수없고 오로지 男爵型의 人物들이 욱실할뿐이였다.

勿論 이에따라서「고-리키-」의「貧民窟」에 나타나는 온갔 犯罪가 每日가치 每秒라도 끝칠줄을모르고 泰然히 繼續되는 딴世界이다.

그들은 이미 犯罪에 對한批判을 내리울 理性을일흔지가 벌서 옛적의 수수께기로 化해버린듯이 實로 근심없는듯이 한낮에 더러운「다블베트」에 들어누어 情婦가따러주는 값싼「보트카」라도 每日 마실수있는 幸福을 찾기애 汲汲하고 있는것이 大部分의 그들의 꿈이였다.

그래 요즘와서 滿洲國으로선 實로 만들려면 이런數로보면 적은 國民이나마(白系露人은 堂堂한滿洲國民으로 되어있다.) 그들의 更生을 꾀하야되겠다하야 가진 指導와 保護를하는 모양이나 그들의 精神과 肉體는 이미우에서 말한바와 가치 오로지頹敗的인 享樂主義, 無能主義에 좀 먹어버린 後이여서 그들의 唯一한 守護神인 漸漸 낡어가는 敎會堂이 허므러지는날 果然 그들은 大體 어디로어떠케가려는지? 하고 나는 각끔 寂廖를 느끼게하는 敎會堂의 멋들은「메로듸」의 鐘소리를 가든 거름을 멈추고 精神없이 한참들은後 터벅터벅 다시 거름을 始作할땐늘 이런 생각이 머리를 占領하고만다. -(六月二十五月北滿에서)-

人間大地獄一 中國의 美人魔窟*

류불추(柳不秋)

내가 中國에는 四五年동안이나 여러地方으로다녀보왔스나 中國女子와는別로接觸과 交際가업섯슴으로 紹介할만한材料가넉넉지못하다.

그러나 본대로멧가지적으려한다.

奉天, 北京, 上海, 抗州, 南京等地의 女學校도멧번식은친히보앗스나 女學生들과 直接친밀한 交際가업섯슴으로 仔細한內幕은알수가업지만은 그러나外觀적으로만보더래도 活潑하면서도 沈□着하다. 그 活氣잇는便으로보아서는 世界女性에第一될것갓다.

或活動寫眞에 보이는 西洋의졂은女性들을보면 活潑하기는 매우程度에 넘치지만 中國의女學生들가티 沈着한態度는볼수가없다.

그러케活潑하여도 女子다운溫靜한表情은보는사람이 못견듸리만큼 귀엽고어엽버보인다.

朝鮮의 女學生들가티 건방스러운 態度는 차저보려고애를써도볼수가업다. 世界의자랑할만한 中國女學生의特色일것이다.

대개中國女學生들은 中等敎育程度만되면 智識慾이 猛烈하야 工夫하기에넘어着味하야 性의눈뜨는사람이드물다.

그들도亦사람인데야더군다나靑春의가슴속에사랑이업쓰랴만은 朝鮮의靑年男女와가치愛의飢渴이 되어 性의放縱한무리가적고도 쏘戀愛에失敗하는事件이드물다.

中國女學生의戀愛하는方式은 朝鮮女學生과는아조다르다. 朝鮮女學生들은音樂會나講演會에서한번맛나기만하면 便紙한장이면 어렵지안케 戀愛가 되지만은 中國女學生은 그럿치안타. 적어도한男性과戀愛를하려면 멧해를두고그男性의性行品格等여러가지를차근차근하게보아서 자긔理想에符合되여야 아조完全한戀愛를始作한다. 그런까닭인지中國女子의 新家庭에는 風波가업고 團欒이만타한다.

---

* 이 글은 《別乾坤》 1928년 11월호에 게재된것이다. 작자 신원 미상.

朝鮮의女子들은 男性과처음맛나섯슬적에는죽을둥살둥하다가도 조금만제비위에틀니면 헌신짝버서버리듯이 내버리기를 잘한다. 그러나 中國女子들으 한男性과 사랑하기만始作하면 아모리그男子가큰過失이잇더래도 버리지를안이하고 永遠히사랑을繼續한다.

實노犧牲이오生命의사랑이다. 일노부터오면 大陸에태여난 人種인만큼 그사랑도 大陸的이다.

中國女學生이 朝鮮女學生을 評하여曰「朝鮮女學生의戀愛는共同便所」라고 한다.

그게무슨意味냐하면 누구나 거리를지나다가 大便이急할때에는 共同便所가티 聚할것이업스나 大便을다보고나면 便所壁에樂書하기와 나와서는 더럽다고 뒤도안도라보고다러나는그格으로 朝鮮女子들은 제가아숩고 窮할때는제법사랑을곳잘하는체하다가 조금解窮이되면 共同便所가티 薄待하여버린단말이다.

中國에도職業的不良女學生들이 만히잇다한다. 돈만흔地方留學生을 誘引하는女子들이 團體로모여서 한곳에數十名式集合하여잇는곳도잇다한다.

朝鮮에서는 恒茶飯女學生紹介잘하기는OO堂의쥚은이들이다. 그中에도 OO靑年會幹部들이 솜씨잇게잘들하지만은 中國의女學生뚜장이는 山査쌍장사가 만히한다.(아가위를 사탕에지어서몃가지에꼬여서팔너다니는장사)

女學生이약이는고만두고 花柳男女子이약이나몃가지적어보려한다.

내가처음으로中國에가본 地方이奉天이다. 우리同胞가만히살고 日本人이大多數居住하고잇는곳이다. 그런지別로 異國의情操를늣기지못하얏다. 나뿐만안이라 누구나처음으로 奉天에오는이는 대개그럴것갓다. 그러나한번中國遊廊을 가보면 果然中國에온것가튼맛을보게된다.

或中國의古代小說을읽을제 靑樓가약이가잇는 句節을볼때는 생각에中國靑樓는 宏壯하고妓女들도 別다른鳳이잇스리라고하여한번보앗스면 하는慾望이 간절하얏섯다. 그러나實地로와서보니像想하는것과는다르다. 勿論朝鮮의靑樓보다는 다르겟지만 그저平凡할뿐이다.

朝鮮에는 藝妓와娼妓의區別이잇슬뿐이다. 中國에는頭等(特等)一,二,三,四等의區別이잇다. 그리고모다 實淫의自由가있다. 頭等은 一夜十圓쯤이면 넉넉하다 乃至三四等은 一圓이면一夜行業을잘할수있게 低廉하다.

奉天에도 宜春里란곳이잇스니 그곳이 四等青樓이다. 한집에四五十名式 化粧盛飾한美人들이잇다. 正門을드러서면 左右로房이즐우록이여서있다. 房한間에美人하나式차지하고잇다. 房門에는恒常 어튼을 쳐두고 門우에는 美人의芳名이써잇다.

그리고또조그만케 三角 或四角이라고써잇다. 三角이란것은 우리말노하자면 三十錢이란말이다. 다시 말하면 한時間에三十錢이란말이다.

조금그中에도얼굴이고으면 四十錢이最高이다.

一夜에는一圓이다. 宜春里만하여도 數千名의娼女가잇다.(돈의標準은 奉天票이다. 지금은말못되게 暴落되엿지만 늘日本貨의半以上低下된다.)

일로보면遊廓制度가 古代부터中國에잇섯든것이나 朝鮮이나日本도中國에서收入된것갓다.

中國에서는花柳村을 平康里라고한다. 奉天에도平康里가新市街에도잇고 舊市街에도잇다.

平康里골목을드러스면 집집마다 무슨「書館」이란金字看板이부터잇다. 누구나처음지내는사람은 書館이라고하엿스니아「글방」인가하고 疑心하기들을만히한다. 그러나 妓生집을書館이라고한다. 여기가所謂頭等青樓란데다. 平康里란데도 宜春里와집지은制度는 彷佛하나 더크고 華麗하다. 朝鮮으로比하면 新町二層집과 幷木町草家집비슷한 差異가잇다.

平康里頭等青樓에도한집에 三四十名式은모다잇다.

書館을드러스면 案內者가 아모房이나 그때비여잇는房으로 案內를한다. 一行의 客이엿치든지다한房으로 드려안치고 귀틀을거터부치고 門엽헤서서妓女를 차례차례로이름을부른다. 春香歌의妓女點考하는格으로 그書館에잇는妓女를 한아님기지안코 모조리點名을한다. 點名을할때에 꼭이름을잘기억하여두엇다가 마음에合한美人을불너서 데리고遊興을한다. 만일이름을이젓다가는 랑패이다.

아모妓女를부르라하여 그美人이드러오면 茶마시고「과절」수박씨까먹고 이약이하고 논다. 이것을所謂「캐판이라고한다.

妓女一人에몃時間이든지 캐판만하는테는奉票一圓二十錢이다. 或마음에들면 가티 그밤을지낸다. 이곳은 時間은안이요 一夜이다. 朝鮮에서는소리하는데

長鼓를치지만 中國에서는해금(奚琴)을한다. 中國妓生집에가서 소리를듯자면 해금갑슬싸로내여야한다. 專門으로營業하는男子가잇다. 中國娼女들은 朝鮮의 娼女들과 다른志操가잇다. 自己와關係한男子의 친구와는決코 關係를안이한다. 만일同類間에소문만나도 處身을못하고 내쫏긴다한다. 이것이 古代로부터 傳來하는遺風이라한다. 만히書館에오는客은 阿片먹으러오는 高官들이라한다. 日本領事館管下에잇는 平康里에는 日本官憲이阿片 取締를안이하고 黙許함으로 阿片먹으려면 반드시新市街平康里로온다.

妓女의健康檢察을안이함으로 日本人이나 朝鮮人은가지못하게한다. 만일日人손님을밧엇다가들키면 處罰을當한다. 그러나몰래는만히간다.

北京이나 上海에도 이런種類의妓生들도잇지만은 정말妓生은안이그럿타. 志操가잇고 智識이잇다한다. 漢文의修養이더욱豊富하다한다. 詩文書畵를대개는 다잘한다한다. 만일제마음에업는男子는 몃萬金을주어貞操를팔지안이한다.

한번어느宴席에를나가면 몃千圓의報酬를밧는다고한다. 웬만한妓生은財産도相當하며 革命事業이나女子事業에 만흔 寄附를앳기지안코 한다고한다.

上海에는 行人을 强制로잡어가는美人이잇다. 얼골은 絶妙한美人이오 外國語는어느나라말이던지 다-充分이通話한다. 말숙한洋裝을하야 日本女子인지 朝鮮女子인지 中國女子인줄을처음보고는모른다. 그러나다-中國女子이다. 洋服이라도제법치라고보기에 돈푼이나주머니에드러잇슬만한男子를잡어간다. 처음보와서 日本人이면 日本語로 誘引을하고 다른外國사람이면 그나라말노 多情하게인사를하고 무슨수단으로던지끌고간다. 그무서운魔手안이쩌러지는사람은 업다고한다. 끌고가서는 地下室속에가두고 가진돈은勿論이요 時計眼鏡年筆가튼것싸지라도 쌔고보낸다. 이런美人들이 上海에도千餘名以上이 各處에散在하여잇다한다. 잡혀가서 만일順從치안코 不應을하면 잘못하다가는 生命싸지도쌔기고마는 危險한곳이다. 그런데金錢이나物品을쌧기는 다-쌔서도반다시잡어온女子와關係는식혀보낸다. 저의짜는이것을水滸誌式義理라고한다. 그女子들은 轉聞學校以上程度의人物들이만타.

멋모르고 처음上海호젓한데를 다니다가는흔이이런美人들을 맛나 逢變하는수가만타. 美人의 地獄 美人의魔窟 언제掃蕩될지모를것이다.

馬賊窟大秘密實見記*

-죽을번하다가사라난이야기-

김기종(金基鐘)

一. 감쪽가튼그들의유인

中國짱하고도長白縣!

白頭山깁흔숩속에는 호랑이가울고 鴨綠江물가엔 馬賊떼가칼을감니다 洞里사람들이저녁마다모이면 『××道滿에서馬賊이○○地主를잡어가고어데서는官兵과接戰을햇다데!』『글세오늘총소리가야단이야!』

이렇게 늘恐怖에싸혀 눈물겨운生活을하고잇는마을이내가사는洞里임니다 달이밝으면 모와안저故鄕생각에눈물을흘니고 故國을向하야한숨쉬는倍達村임니다.

내가붓들니든째는바로 昨年六月임니다 세월이잠간이지요 어느듯그째가一年이되엿습니다 馬賊이야기를하면지금도가슴이서늘해짐니다 不幸히나의집은山村에잇섯고 소(牛)바리나매고살든터이라 밤이면 아해들과 女子들만집을직히고 男子들은다튼집으로避해가서잠니다 그째도馬賊이왓다고 四方에서야단들이엿습니다 그럿케몃달지내다가 하로는저물도록 밧헤서일을하고도라와서 저녁밥을먹노라니까 官兵두놈이총을썩구로메고들어옴니다 그놈은전날에面目도좀잇든터이라 반가히 人事를하고저녁밥까지잘대접하엿습니다 한놈이아조능청스럽게『지금 縣廳에서出張을나왓는데 저웃마을노 다갓치갑시다』하기에우리는疑心업시짜라갓습니다 洞口밧숩속길을들어서자여긔서 저긔서쒸여나오는十餘名馬賊이 총견양을하더니우리三人(할아버지 아버지 나)을쏙쏙結縛함니다 우리는영문도몰으고 정신업시묵기엿습니다 고양이압헤쥐잡히듯하얏습니다 가만히알고보니 우리를 유인하려왓든馬賊놈은官兵을단이다가 數日前에馬賊團으로逃走해온놈인것이分明함니다 깜족가튼 그들의유인手段에우리는馬賊의毒手에걸렷습니다 官兵인지馬賊인지알수도업는 中國官憲!

---

* 이글은 ≪別乾坤≫ 1928년 8월호에 게재된것이다. 작자 신원 미상

二. 四萬元을밧처야

昨年의내나희겨우열아홉살! 어린몸으로 쯸니여다니기는죽기보담실혓슴니다 마음대로뛰놀든몸이두팔을잔득묵기여노앗스니 엇더켓슴닛가 아츰저녁으로는콩죽一椀에소곰(鹽)을먹고살어감니다 『인제는죽나보다』하고눈물이그렁그렁할때에할아버지는은근히 『우지마라天命이지우리도살사람이면살겟지』하실뿐임니다 이럿게數十名의馬賊속에석겨三四日을森林속으로한울만 처다보며어대인지도몰으고쫄아갓슴니다 아마馬賊元窟로가는것이겟지—눈물로쫄어갓슴니다 아마하로는숩속의旅館빈집을修繕하고數日을留하게되엿슴니다 그때馬賊頭目으로부터우리를불너놋코 『小洋四萬元(金二千圓値)을一箇月안으로밧처』하면서 나의아버지를노아보냄니다 아버지가집으로가시면四萬元돈이어대잇나……할아버지와나는馬賊窟에서呻吟하고잇슬뿐임니다 四萬元! 生活難에西間島한구석에서火田을쏘아먹는農民에게 이게무슨말임니까 그中에좀낫대야 소(牛)마리나매고 조밥(栗饭)걱정아니하고 사는形便인데 차라리 죽일랴면 그저죽이지

三. 呻吟生活數十日

數十日을여긔서地獄生活을하노라니까 죽을지경임니다 배가곱흐니하는수업지요 보기에도흉한飮食을엇더케맛잇게먹는지모릅니다 馬賊國에도糧食날으는놈 探偵하는놈이잇서서……『오날어대는官兵이왓다느니 어느地主는큰富者라느니……』날마다頭目에게報告를하는모양임니다.

몃날을지내니外우리처럼붓들려오는中國親舊가늘어감니다 밤마다긔동(棟)에手足을가치매여『인제는죽엇거니……』하고한숨만쉴뿐임니다 비록外國人이고親面은업지만별노히同情하고십헛슴니다 中國친구도우리를처다보고눈물만그렁그렁하얏슴니다 生死에外國人을차리겟슴니까『내가네요네가내다』하고밤이깁흐면中國친구들과귀를서로대고 逃走會議가굉장히開會합니다『이結縛한노끈은엇더케 끄나? 逃亡하다가잡히면콩알한개식먹는다 그만두어라그만두어공연히큰일날나고!』하시며 할아버지는작고말님니다 잇다금잇다금들니는 中國친구의 呻吟하는소리 할아버지의알음소리! 참아못듯겟다 잠은오지안코 空想만

하다보면 짤은여름밤도 어느듯새여버림니다.

四. 골김흔馬賊窟로

어느날아츰 나팔소리가요란하기에엿보니까 官兵의머리를잘너다가頭目의압헤밧친것임니다 勝戰이나한것처럼신이나서야단들임니다 어대서接戰을햇는지 官兵들이이놈의窟을와서퉁탕거렷스면 左右間判決이날텐데! 하고生覺뿐이엿슴니다 그이튼날아침이외다 도야지를잡어노코祭祀를지내는모양인지 追悼式을하는모양인지야단이엿슴니다 分明히馬賊도 몃놈죽은게지요 (昨年中馬賊의머리가 長白縣廳으로만히잘너왓다고함니다)

探訪軍이무슨소리를傳하엿는지 여러놈들이終日會議를하드니만不意에짐을차리고出發함니다 元마적굴노!

大勢가利롭지못하닛가 몃놈에게委任하고頭目님이移徙를하시려 一行三十餘名이出動함니다 양식바리 짐바리말을탑시고 이런大運家는쏘잇슴닛가 우리는팔만매고다리는自由를어더北으로 北으로 죽엄길을떠나감니다 이때어린가삼이 엇더하엿겟슴닛가 우슴도 울음도 슯흠도안나으더이다.

우리同胞가四人 검은친구가七人 모다十一人은 팔에노끈을매고가는친구들임니다(出發前돈가저온 사람은 數十人노여가고)

五. 十二日만에本窟에到着

떠나든잇튼날저녁때임니다 몃놈이숩속으로 드러가서 총소리몃방나더니 한참뒤에唐烟(아편)을큰방아지만한놈을가저옴니다 아마아편밧헤가서 主人을죽이고빼아서가저오는모양임니다 (張作霖의特許로長白地帶에今年도아편을만히심엇슴니다)총알이좃키는좃슴니다 모든것이自由이니……

東으로가는지西으로가는지 도모지알수가업슴니다 길도업는숩속으로 숩속으로 마음업는길을가노라니 놈들의매도만히맛젓슴니다 죽어도살어도갈판임니다 내가압헤서서갈그때임니다 조선사람砲手가멀니서오기에 『쏘붓들니는구나!』하고은근히속이달엇슴니다 나는열는수염(鬚)도업는입술(唇)을몃번이나쓰담으니까 눈치빠른그들은숩속으로逃亡을하는데 馬賊들은따라가며총을놋슴니다 (馬

賊을中語로후즈(胡敵)라하는데수염도亦후즈라합니다 수염을만지면馬賊의뜻) 그들이果然요행살엇지요 어대잇는사람들일가 아마白頭山산양단이는이들이겟지요 그들은지금어대서우리의이약이를하기도할테이여니……

며츨을가더니여긔가白頭山이라고함니다 六月이것만듭시픕습니다 우리는鴨綠江의發源地도여긔서보니조고마한실개천입니다 白頭山허리絶壁에올나 三千里江山을내려다보고檀君할아버지께 『馬賊에게붓들려가는이檀族을모습이나 살려주옵소서』하고黙禱를올렷습니다 異常한일이지요 檀君할아버지도오감靈感이잇섯든가그럿케淸明하든날이不意에暴風雨가나러침니다 비에쫏겨숩속에서亦是天幕을치고밤을새우는데 무서운골에범난다고안인게아니라 호랑이의우름소리에잠을못자고 놈들도총을쥐고 밤을새웟습니다 잇튼날겨우정신을차려가지고쩌낫습니다 三十餘名馬賊이三隊로논아어대로감니다 아마北間島方面으로 가는것이지요 이번에는쏘누가붓들녀오려는가!?

白頭山깁흔숩속엔 잇다금 잇다금砲手의총소리만처량히들리고 자옥한雲霧가四方을들넛슬뿐입니다 우리는엇던때는 서로눈짓會議로馬賊을打殺하고逃亡하자든것도百計가不如意하고 十餘名을馬賊元窟을차저들어왓습니다 인제는다죽은게지요 設使逃走는한다해도數百里森林속으로 人間村을찻지도못할것입니다 놈들은그십흔숩속길을平地가티方向을잘알고단입니다 모든 것이山中王의資格이튼튼함니다.

六. 奇怪한本窟의內幕

어득한숩속을지내고조고만들이잇습니다 여긔가奉天省인지吉林省인지모르지요 나무를척척걸처지은집이六七戶나늘여잇습니다 우리가온다고마짐을十여名이나왓습니다 제일크고훌륭한집으로끌려드러가니外 압마당에는花草가욱어지고 닭, 개들이이窟에싸지왓습니다 정말魁首는여긔잇습니다 한五十되여보이는점잔은늙은이입니다 님금님의宮闕갓치찬란히차린 쌔긋한房안에서 高枕安席하고아편을쌕쌕빨고잇는有福한괴수이십니다 그겻헤는三十쯤되여보이는꽃다운女子가잇습니다 그女子는어데서붓들려서마음업는고수의안해노릇을할가……그女子는우리를눈물겨운얼골노對합니다 우리一行은놈에게人事하닛가 큰기츰을 멧번하더니 住所氏名을○○冊에다 적어놋습니다 방안에는돈櫃인가 아편궤인가가득히노혀잇고 창庫에는밀가루 豆餠 牛馬 豚數十匹이 우글우글합니다 馬賊數는얼마나되는지 가보아도모릅니다 元窟이이곳以外 예도近方에는 이派저派가 웅거하고잇는모양입니다 이깁흔山中 官兵이오겟습닛가 敵兵이오겟습닛가 그저自由입니다 山中王입니다 총가지고노루사슴을잡아오고 人間놈들잡아다가 돈빼앗고平安히누엇스니 이런太平國은다시어대잇겟습닛가.

七. 地獄生活十個月間

本窟에서도五里쯤가서 오막사리草家에四人만監獄살님을하고잇습니다 그리고조고만 조선아해가잇습니다 너는어대서왓느냐고물으닛가 그애는北間島○道構에서붓들려왓다합니다 至毒한놈들아 十五六歲의兒孩를붓들어오다니아마永遠히놈들이아들노릇을식히겟지요……

逃亡할긔회는만어도쉽도못쉽니다 쌀과모든準備가업스면中道에서餓死합니다 그들은安心하고結박한것을풀어노아서 좀自由롭습니다만 나무패라물기러오라 밥해라하면서 一日三回式방망이로매를맛고나면 정신아앗득해집니다.

馬賊團하고도조흔놈들은事情이나보지만 요놈들은第一强暴한놈들입니다 우리는맛기만하지만 中國人은 귀까지쑤여달아맴니다 몃날후에여러동무들은돈을가저와서집으로도라가고 할아버지도집으로도라가섯습니다 아버지가엇더케돈千圓이나만들어보내엿는대 中間에놈들이잘너내고本窟에는떳눈오지안엇습니다 그래서나는못가고할아버지는집으로가심니다 내가얼마나울엇겟습닛가 달밝은秋夕날저녁도 눈물노보내고 冬至ㅅ날도 우름으로보내엿습니다.

그후나는괴수에愛護를닙어 수영아들노매도안맛고 편하게되엿습니다 不幸히나를직히든馬賊놈이 괴수에게꼬여쏘苦生을하게되엿습니다.

언제인가우리손으로 八間집을짓는데각監獄所에서모여든役軍이三十여名! 모두붓들려온中 鮮人입니다 모다蒼白한얼굴에苦勞가가득함니다 밤이면모다눈물노지내rpt지요 아—이惡魔窟을엇더케하겟습니까

北國의겨울은몹시도툽습니다 白雪이數尺싸혀서눈바람이살을어임니다 헌저고리를덥허스고 맨발로 가진苦楚를다바드며 그래도숨은살엇습니다 죽다가살아난이약이입니다.

바로섯달금음날아츰때 『今年內로期限한돈이아직도인오니 너는오늘死刑이

다』하는 괴수님의날카로운命令이엿습니다 엇지함니까 죽는수밧게—집압깁흔숩속으로끌려갓습니다 여러놈들이나와 求景을하고 내뒤에는한놈이탄환을너어총견양을하고섯습니다 나는大聲痛哭을하면서哀乞도하엿습니다만은듯지도안습니다『나를죽여서이눈속에파뭇을테지!』할때엔서름만작고낫습니다 바로나를쏘려고총을견운그때임니다 은근히눈물흘니든 그女子『붓둘려온괴수의안해』가총대를잡으며『아니 아니죽이지말어요 그애도父母가잇슬텐데 子息生覺을안할理야잇슴닛가죽이면무엇함닛가……』하는간곡한女子의말에괴수님도感動되엿던지나는其於코살아낫습니다 그젊은女子가나의게는再生의恩人임니다 지금도그곳에서눈물흘니며게시겟지요……

새해가닥처왓습니다 바로今年새해임니다 집에서는나를생각하고눈물노지내겟지 동무들은즐겁게뛰놀겟지하고생각만써올을쑨이엿습니다 나는나는永永이대로죽어지면엇저나할때에더욱슬펏습니다 놈들은 도야지잡고떡을하고술을먹고祭祀를지내고 十餘日間은賭博하느라고 눈코뜰새가업습니다.

八. 逃亡! 逃亡!

나를직히는馬賊은接戰하다가총에마저 한손이떠러저도적질도못감니다 그놈은여러가지낫분일이發覺되야괴수가낫비보는모양임니다 그래서 제職務를잘직혓다는자랑으로 나를쏘아죽여서귀를버혀괴수에게 갓다바치고『이놈이 逃亡하는것을제가쏘아죽엿습니다』하며괴수의同情이나좀어들가하는수작임니다 나는요것을알고심부림군아해에게事實을말햇더니괴수에게닐넛습니다 괴수는大怒하야死刑에處한다고 命令을내렷습니다 나를직히든馬賊놈이일이急햇는지라나를보고『우리갓치逃亡하자 너희집에다려다주면 百圓을주겟늬?』『우리집에가면내가長孫이란다三百圓어라도줄게 速히가자?』나는大喜하야 비밀約束을매젓습니다 그날처럼 깁브던일은 평생닛치지안켓습니다.

바로三月九日아츰 나를직히든馬賊과가티쌀二斗를준비해가지고出獄햇습니다 十個月이나呻吟하든窟을써나니 속시원함니다만은『여긔서괴수의집이五里! 잡히면죽는다』하고 生覺하니가슴이울넝거림니다 靑天白日에도 어둠컴컴한숩속으로 定處도업시 죽을힘을다하야 걸엇습니다.

이것이웬일임니까 엇더케해서다시그窟로차저왓습디다 落心千萬임니다 그놈도길을모르는모양입니다 쏘쩌낫습니다 南으로南으로 嶺을넘고물을건너날이 졈을면눈을헤치고불을놋코밤을새움니다 엇더케무서운지모릅니다.

七日을죽을힘을다하야오니까 멀니서白頭山이웃둑한것이보입니다 아—얼마나반가운일입니까 엇더케왓든지白頭山이西쪽으로보입니다 七日間二人의양食이 한알도업시되엿습니다 아직도 압날이멀엇는데 이를엇지함닛가 인제는 굴머죽는수밧게업습니다 砲手들이자는빈집으로 가서 배는곱호고압길은멀고 들이붓들고울면서 길도못가고 二日밤을 굴머서잣습니다 인제는馬賊도겁나지안코 굴머서죽는판임니다.

살사람은하날이定하얏다할가요 바로이때임니다 그빈집압나무를처다보니 이상한자루가잇서서 깁버서一躍으로올나가보니果然쌀임니다 귀리쌀(燕麥)임니다 하날이준쌀인가 귀신이준쌀인가 우리는 밤을지어먹고 살어낫습니다.

아마 戊山짜砲手들이 두고간쌀이겟지요 여긔서五日을와서 人間村을보니 別世上갓습니다 馬賊놈의헌저고리와쩌러진바지를닙고 머리칼은 한자나길어서텁숙이해가지고 집으로쑥드러가닛가 동생들은『형님』온다고야단들입듸다 그사실을다쓸수업고대강뼤만골나썻습니다.

天津아라베스크*

양운한(楊雲閒)

내가 天津 온지는 겨우 一朔半을 넘지 못한다. 그래서 天津서 지나는 朝鮮사람들의 生活을 살펴보거나 들어본일이 別로히 많이못하다고해도 過言이아니다. 더욱이 나는 요즘에는 心身에 맞이않는 所謂 測量이란 일로 因하야 中國의 有名한 運河인 白河 붉은 물우에 배를 띠워 아츰이면 흩어는 물에 四十里를 나려가

* 이 글은 ≪朝光≫ 1933년 8월호에 게재된것이다. 작자 신원 미상.
아라베스크 원래 뜻은 아라비아식 장식이라는 뜻인데 후에 음악, 무용에서도 사용되는 숙어로 되였다. 여기서는 모습, 자세의 뜻으로 리해할수 있을것 같다.

고 저녁이면 올올물에 四十里를 되도라오는 것으로 하로같이 날을 지운다.

白河를 오루나리며 每日每日 뱃장변을 스치고 지나가는 屍體를 하나 둘 䁱은 때는 다섯 여섯 떠다니는것을 본다. 떠다니다가 江邊에 와다으면 개들이 뜨더먹는다. 나는 뱃머리에 앉어 떠다니는 屍體를 바라볼때에 나 自身의 方向없는 流動을 느끼고 저윽이히 하염없음을 뼈에 사무치도록 맛보았다.

時勢라면 時勢, 風潮라면 風潮, 或은 歷史의흐름이면 歷史의 흐름, 如何間 他力에 依하야 흘러가고 흘러오는것. 이 안에도 제깐에는 計劃이 있고 抱負가 있고 方向이 있었다고 손치드라도 大局的으로 볼때엔 어떤 他力이 흝음에 依함은 疑心할수없다.

그가운데 어찌 나 한사람이 例外란 法이 또 어데 있으랴. 나 亦是 튼튼한 生活的 根據가 없는 者라 偶然한 機會로 天津이란 곳에 떠들어 왔다. 내가 旣往 발을 들어놓아본 都市들가운데 가장 큰 都市다. 이처럼 나는 떠돌아다닌 일이 적다.

天津은 人口가 二百萬. 듣건대 그中의 朝鮮사람이 昨年까지는 六七千으로 算하던것이 今年에 들어서는 天津 全人口의 二百分之一 卽一萬名을 오루나리는 形便이란다.

天津을 中心삼고 戰地의 一線方面인 新鄕 臨汾 運城等地로 다니며 장사하는 사람들까지 合친다면 一萬二三千은 確實히 될것이다.

이렇게 많은 朝鮮사람들이 다-무엇을 어떻게 하고 지나가는지를 써달라는것이 朝光에서 나에게 맛긴 課題다. 日淺한 經驗이지만 頭序없이 적어 보련다.

朝鮮사람들이 大概 居住하기는 日本租界에 第一 많이 살고 그다음에 中國地에 많이 사는모양이다.

英租界나 佛租界 伊租界에는 거이 없다고해도 틀림없을것이다.

더욱이 本月十四日부터는 英租界의 抗日分子掩護問題로 英佛租界에는 自由通行을 禁하고 數處에서 一一히 檢問을 行한다음에 通行을 시키게 되였다.

이 問題는 近間의 일이지만 內地人이나 朝鮮사람들은 지금까지 英佛租界에 居住하기를 忌避하였다. 이것은 周知하는 國際間의 摩擦의 延長이 東洋一隅인 天津各租界에까지 미친것이다.

□

나는 天津 온지 몇일이 못되여 依然히 나를 따르는 鬱華에 못이겨 아버지에게서 遺産으로 받은 「론진」銀時計를 典當鋪에 잡히고 參拾圓을 만들어가지고 天津風情에 익은 某友를 誘引하여 앞세우고 天津에 有名한 카페-「白河」를 찾어하로 저녁을 紅酒로 새인일이 있다.

그때에 該友가 불러다가 나와 마조 안지여놓은 그 女子. 어디서 본듯한 그 女子. 친구는 그 女子를 대려다가 내앞에 안치여놓은 다음에 아모런 紹介도 없었다.

나는 친구가 日常 입이 무거우니 아모런말도 없는게다. 하고 생각하고 나로선 나의 日常性格이 女子와는 씩솔씩솔 말을 느려놓을줄 몰으는 사람이라 그저 바라만보고 앉었을따름이였다. 술만 드리키며 샘샘 바라보는 나의 視線에 낯가즈러움을 느끼였는지 고개를 떠러트린 그의 얼굴 옆모습이 어딘가 수집고 애티가 있어보인다.

밤이 깊어서 「白河」의 門을 나섰다.

나의 벗은 길거리에 나서서야 비로소 그 女子의 이야기를 끄집어 냈다.

그 女子는 일즉이 「漢江」이라는 映畵에 나왔든 女俳優 玄孃이라는것을 나에게 말했다.

女俳優의 轉職이 기껏해야 웨트레스. 꿈이 크두 깨여지는때는 幻滅이 亦是 크다. 女俳優로 萬人의 人氣를 한몸에 集中시키려든 燦爛한 꿈이 바서지자 轉落하는 곳이 紅燈이 眩恍한 카페에서 이술盞 저술盞으로 떠돌아 다니는 것으로 모-든것을 諦念에 묻고 한때는 青春을 누리려고 발길을 냅든 玄孃. 이처럼 紅燈아래서 새팔한 青春이 褪色하고있는 朝鮮女性이 玄孃뿐이랴.

天津안에 이곳 이곳 카페-에 널리여있는 朝鮮女性이 單百이 아니다. 따라 朝鮮사람들이 經營하는 카페-가- 白河 銀河 喜樂 東洋 上海 等等의 五六處가 있다. 이 五六處의 카페-가 每日처럼 밤이면 벅적 끌는다.

카페-에 들어 몰리여서 밤마다 마시고 떠드는 사람들도 거이 朝鮮사람들이다.

이밖에 英租界와 佛租界에서 땐써-로 그날그날의 虛榮을 누리는 朝鮮女性도 數三人이 있다고하나 나는 아직 보지를 못햇다.

이것으로 보건대 生活이 朝鮮처럼 빡빡지는 안다는것도 짐작할수있다.

□

그다음으로 朝鮮사람들이 많이하는 事業이 大小의 貿易商이다.

狹街路로 들어서면 무슨洋行 무슨 洋行하는 작으마한 看板들을 내걸고 가지各鐘의 貿易을 한다.

이러한 洋行의 앞을 지나면서 살펴보아야 그리 奔走한 빛도 보이지 않으나 如何間 그렇게 해가면서도 먹고 사라가는 秘法이 있는가 싶다.

元來 나는 處世術에 能치못한지라 따라남들이 處世하는 狀態를 보는눈도 밝지못할것이다.

이처럼 處世樣狀의 視察이 밝지못한 나이니 어찌 그들의 小看板의 眞意를 볼수있으랴. 推測하건대 此種商業이 勿論 外樣은 초라하게보이나 內容은 저윽히 實하리라고 믿고 나의 視察未及을 嘆할수 밖에—. 무릇 商業이라면 外部即外樣을 많이宣傳하고 자랑하는것이 原則인가 싶은데 別스럽게도 外樣은 초라하게 꾸미고도 넉넉히 지나가는 모양이니 이야말로 商業의 秘法인 모양이다.

□

朝鮮의 佛敎가 支那를 거쳐서 朝鮮으로 들어 왔다는것은 歷史가 우리에게 分明히 傳하고 있다.

그런데 現在 朝鮮어느寺刹에서 派遣했는지는 可히 알지못하지만 朝鮮사람이 많이 와사느니만침 天津안에도 佛敎의 布敎師가 와있다고한다.

그리고 長老敎에서 經營하는 基督敎會堂도 있다. 敎人도 적지않은 數에 達하는 모양이다.

□

交通事業方面에는 「國際택시-」「天津택시-」「東洋택시-」等이 있어서 數十台式의 自動車를가지고잇다. 經營主가 朝鮮사람인만큼 運轉手도 擧皆가 朝鮮人들을 使用한다. 이밖에도 朝鮮사람이 經營하는 冷麪店을 爲始하야 旅館 其他諸種 飮食店들이 있다.

大概로 보아 어느 한方面에 特別히 天津안에서 獨特한 實權을 잡은 事業은 아직 없는 모양이다. 그러므로 問題는 今後의 活動에 있는가 싶다.

□

사람이 많이 몰리여 드는 곳이라 別別種類의 業을 가진 사람들이 다— 몰려든다.

요즘 내가 投宿하고 있는 旅館방 바로 맞은便에는 멫일前에 朝鮮서 占잘친다는 卜術이 들었다. 그이는 盲人이다. 이 盲人을 싸고 먼저 天津에 날어들은 各種의 朝鮮사람들이 물리여든다.

여게 모여드는 사람들의 몸매와 말세와 其他 차림 차림을 보아 그이들이 各各 어떤모양으로 무엇을하고 사라가는지하고 나혼자 이모저모로 뜨더본다.

盲人은 그들의 過去와 未來를 甘言으로 흐더분히 늘어 놓는다. 나는 이 盲人의 널어놓는말과 찾아온 사람들의 應否의 말을 들어 나는 나대로 이리저리 連結도시켜보고 풀어도 보고 하는 것으로 적지않은 興味를 느끼는때도 있다.

그중에도 입빨은 女人들은 盲人이 한마디하면 앞즐러가면서 제 過去를 냉큼 냉큼 배앝어놓는다. 그러면 盲人은 그말에다가 팟보숭이 깨보숭이 콩보숭이들을 뭇처서 흠뜨럭하니 집어넘긴다.

이盲人을 中心삼고 몰려드는 사람들에 對해서 내가 推斷한것을 職業名으로 例擧한다면-먼저 阿片 隱賣者를 비롯하야 自動車運轉手 멕물장사 人肉장사 賣春婦, 塗裝師, 旅館業者, 一線雜貨麥酒行商人, 巡査, 請負業者, 會社員, 流浪者, 貿易者, 旅行者, 通譯者等等이다. 이들이 끊임없이 몰리여들어 오늘도 맞은便 房의 盲人卜術의 收入은 貳拾圓台는 넘은 모양이다. 그래 盲人은 자랑겸 天津은 돈흔하고 朝鮮사람도 많이 와사는곳이라고 한다.

참 무엇무엇이다-흔한곳이기에 占쟁이 盲人까지 찾아들어온 셈이다.

또 日前엔 中國地 구경을 저녁먹고 갔는일이 있다.

길은 몬지가 부걱부걱하고 집들은 城隍堂처럼 낡어서 컴컴하다. 陰沈한 雰圍氣가 거리에 후적지근이 차있다.

나는 이편저편 휘살피면서 깊숙이 들어가노니 길거리에 支那人들이 모여서서 법석거리고들 있기로 빨리 달려가 본즉 壁이니 문이니 할것없이 甚至於 사람까지 컴컴하게 보이는 굴같은 房구석에 쿵쿵작거리는 唐鼓소리에 맛추어서 들석거리며 한묵거리 춤을 추어내는 무당을 나는 보았다.

朝鮮의 原始宗教의 殘存形態라는 「샤만이즘」까지 出進한곳이 天津이니 朝鮮사람들 生活狀을 多少推測할수 있을것이다.

나는 곳이다르니만침 더욱이 異常한 感으로 그 춤추는 貌樣을 한참동안 支那

人들 가운데 싸여서 내가 지금 어데있는지는 잊고 정신이 팔려 보고있는 동안에 한묵거리 춤은 끝났다.

춤이 끝나자 支那人들은 서로 킬킬거리며 웃고 지꺼린다. 나는 그제야 어쩐지 나의 몸에 보이지나 못할흠을 그들에게 보인것같애서 그곳을 도망하듯 빠져 나왔다.

하도 朝鮮사람들이 몰리여 드는곳이니 物體의 따르는 그림자처럼 盲人점박치 무당들도 몰리여드는가 싶다.

朝鮮사람들이 한편에는 數十萬圓의 資本을 가지고 큰事業을 차려놓고 잘사는가하면 또 한편에는 길거리에 나서면「나는 朝鮮사람이야요. 한分만 주십쇼. 강낭죽이라도 사먹게요.」하며 따라오는 거지가있다. 그러니 朝鮮人거지까지 있는 天津이니 이만하면 朝鮮사람의 가지가지의 모양이 빠지지 않고 갓추인가 싶다.

□

이처럼 本土를 떠나서 사는 사람들을 爲하야 故鄕의 따듯한 消息과 離鄕의 寂寞속에서 헤매이는 무리들에게 恒常 溫情을 부어주고 쓰다듬어 주려고 뒤를 따러다니는 二三種의 朝鮮新聞이 每日아츰 朝鮮사람이 사는집門안에 날어든다. 至極히 반가운일이다.

-天津常盤街一隅-

奉天紀行*

신석신(辛錫信)

(一)

十月一日기다리든 修學旅行의 날은當到하얏다. 學友親知들의 전송속에서 午後十日時京城驛發北行列車의客이되엿다. 平壤서날이밝아 西關沿邊의平野

* 이 글은 ≪朝鮮日報≫1930년 12월 24일부터 28일까지 4회에 나뉘여 련재된것이다. 작자 신원 미상.

를展望하는동안 午前十一時에新義州에이루럿다. 보고십허하든 鴨綠江의푸른 물결은 感懷만흔往昔을말하는듯이 悠悠히흐르고잇다. 이江건너서는 中國땅보이는것마다 異國의情諸가떠오른다. 安東縣에서時計를한時間뒤로돌리고 몃時間을걸려稅關檢査를마치고 車는다시北으로北으로다름질첫다. 鐵道沿邊또는停車場마다 武裝한 軍兵이 整列隊視하고잇스며 車中에도警戒에눈알을굴리는 軍人憲兵巡査等이오락가락하야 맛치職場에나나가는듯한늣김을 자아낸다. 終日疲困하야 車窓에 기대여졸든눈을 汽笛소리와아울러 울리는鐘소래(南滿鐵道에는 汽笛外에教堂鐘과가튼鐘이汽關車에달려잇다)에 놀라깨여窓外를내다보니 黃昏을뚤코疾走하는汽車는 奉天城이갓가옴을報하고잇다. 午後七時五分반가운奉天驛에 내리니 細雨非非한中에 僑居同胞有志의 만흔歡迎은 알수업는感懷를 자아내엇다. 나의無限이憧憬하든이奉天은 果然엇더한곳인가 運의北쪽 廣漠豐沃한平野가운대잇서 鐵道網이縱橫으로貫通하야 四通八達의要衝에當암으로交通上밋政治上의中樞이니 規模의雄大함은實로帝王의古都됨에 붓그러울배엄나 瀋水北에當암으로써 往昔渤海時代에 瀋州라稱하얏고 元朝때地名을 瀋陽이라고불럿으며 明朝에는 瀋陽中衙를 두엇섯다. 큰役割을하게되기는 清朝興起以後이다. ?淸의太租帝業을 創設함에 이르러 天命年中 都邑을 遼陽으로부터 여기에 遷都하고 盛京이라고稱하얏다. 그後順治의初年에 다시北京(現北平)에 遷道함에밋처 將軍을이곳에留守케하야 留都(陪都)라고稱하얏고 順治十四年에는 奉天府를設置하고 奉天이라부르기에일으럿다. 그리하야 清朝가亡한後今日에일으기까지 依然遼寧省은 勿論東北四省의 軍事 政治 經濟 教育의中心地가되여잇다. 民國十八年에 瀋陽의 故名으로 改稱하게된바 群雄이亂舞하는中國天地에 地盤조흔 張少年將軍의地位가 國內大勢를 左右할만하게되아政治治襲展은 文化的施設를 促進시키는바잇서 都市의 面容이 急速度로 旺盛해가고잇다. 奉天은大別하야 城內, 商埠地, 城道附屬地의三區域으로 난우워잇스니 城內는 純中國人의市街로 方今東郊及北郊를向하야 宏壯히大發展을 보이고잇다. 商埠地는 □ 外國人에게 開放한居留地이며 附屬地는日本人의行政區域이다. 鐵道中間地는『포스마스條約』及北京條約에依하야 日本帝國의權內에든 一定地域인데 奉天附屬地의 總面積은 百八十二萬五千二百坪이다. 日本政府는 警察器를펴고 鐵道經營其他施設을 滿鐵會社에 委任하얏다. 市街는停車場을

起點을하야 壹字形으로된 坦坦한鐵道가 縱橫으로 貫通하고 宏大한 建物이 整列되얏스며 上下水道의完成 公園의築造 病院 學校의設立 諸般設備가改組되야 市街의美觀이 朝鮮서는 볼수업슬만치 훌륭하다. 商埠地는附屬地와 城內의中間에 介在한테 日, 英, 米, 獨, 佛, 伊, 蘇聯의各領事館이 다여기에잇다. 商埠地의十間房은 明治四十年으로부터 四十三年까지는 日本商人의 一大市街를形成하고 日本商工業의中心地가되엇섯스나 그後 附屬地가되면서부터 그繁榮을 奪取當햇다고한다. 公園 鳳鳴皇寺 西塔 露國墓地가잇스며 西塔附近의 朝鮮同胞가第一만히居住하는地帶이다.

(二)

新市街에서 城內로通한길은 奉天驛前에서 商埠地를 通過하야 小西門으로들어가는길과 또驛前으로부터 附履地千代山通大街를貫通하야 大西門으로가는두길이잇다. 이瀋陽城은滿洲第一의大城으로 方形의內城과 그것을抱圍한不整?圓形의邊城으로되여잇다. 邊城은 週?四十里의土壁이엿섯다고하는데 至今은破壞되여서 그 形跡조차 알기어렵다. 邊城에 大東 小東 大西 大南 小南 大北 小北의八邊門이잇고外門과內城의사이에는 大小東關 大小西關 大小南關 大小北關의各大街와多態의胡同(□□)으로되여 人口가綢密하다. 內城은方形의 □□의城壁으로五里에抱圍하고 壁의高는三丈五尺 厚는一丈八尺그壁上에는 樓堞을設하야一朝有事하면 幾數萬의 戊兵을 配置할수 그넓이는넉넉해野砲의放께을멸칠만하다內治(大東) 撫近(小東) 德盛(大南) 天祐(小南) 懷遠(大西) 外蜀(小西) 地階(大北) 福勝(小北)의 八門이잇고 이들門과門이大道로通하야井字形으로區配되얏다. 其都心에는美麗한故宮殿이잇고 이부근에東北省의主腦되는諸官衙가蝟集하여잇다. 城門에通하는 大道는모도다商業이繁盛한다. 特히小西門으로부터小東門에貫通하는道路의中央部四平街는 大商店이만코人馬往來가繁榮하다. 이道路와小北門大街와의 交義點에 鐘樓가잇스며 城門은 全部가城을들더놉고 森嚴히 聳立하야잇는대 夜間은閉門한다고한다.

이城은元初에 創建되엿다고傳하고 後에明의洪武二十一年에 修築하고 四門을開하엿다가現存의것으로 改築하엿다고한다. 그런대 城은淸朝興隆의歷史와共히 잇치지못할 發群의帝城인데 이城에都邑하기는겨우二十年間에지나지안헛다고한다. 二百萬의白衣人의 滋甚한驅迫가운대 血汗을뿌리며 開?하는滿洲 우리의因緣깁흔 이땅의首府奉天! 政治的으로나滿州살림에 無關心할수업는 이 都市! 우리는 자위치는 感激과뜻깁흔興味를품고 十月三日天氣淸明한早朝에 洞察의길에나섯다. 所謂修學旅行이란 走馬看山的으로 그効果가疑心스러운데다가 더구나近來南滿洲旅行은 日本求景을하는感이 업지못한弊가잇고 朝鮮人의生活이넘우나零星함이 慨嘆할바라고야 남다른『푸로그람』으로中國味를될수잇도록 만히맛보기를期約하고 引率하신李先生의細心한注意와 橋居同胞有志의 熟誠的指導로 旅舍를나오니우리의腦中은 벌서興味와期待로緊張하엿다. 馬車六臺에一行이分乘하야 爲先西塔大街를 向하얏다. 異城風塵에 고닯히지라며 將來希望을 온몸의가득품은 天眞스러운어린이의자라는 꼴을보기爲하야 西塔幼稚園를訪問하엿다. 建物은 耶蘇教會堂인데二層은公會堂으로스고 T層은幼稚園이되엿스며 靑年會舘도 여기에두엇다. 同胞들의血汗으로된 一萬二千圓이라는巨額의돈을드려서建築한僑居同胞의唯一한公的機關인자랑거리의 建物이다. 幼稚園은教會의經營으로園兒가現在五拾貳名인대 만흘때는 八十名乃至百名假量되기도한다고한다. 保姆두분이계신데 우리一行을가르치며 저분들은어데서오섯느냐고 園兒一同에게무른즉 어린天使들은 소리를가티하야朝鮮에서왓서요. 朝鮮은어데야? 우리나라이에요. 너의들은朝鮮이라고시프냐? 네-가고시퍼요. 天眞스럽고 애틋한몃마듸간얄핀소리는 異常히도 우리의가슴을찌르고 血管의脉膊이자즈뜀을 늣기게하얏다. 우리一行은 이어린동모一同과 記念寫眞을撮影하고園門을나아서 求景의거름을 재쪽하얏다. 西塔附近의朝鮮同胞의生活將態調査는 明日로미루고 城內로小西邊門을向하야 馬車를몰앗다. 어제온비에몬지를재우고日氣가快晴하야滿洲名物머듼지희로움도모르고 가장愉快히求景을할수가잇섯다. 英米煙公司를 엽헤끼고 南으로日本總領事舘을 指點하며公園을바라보고 龍트림에 陪都重鎭이라大書한小西幾門을들어섯다. 가장熱鬧한街衢로 人馬의來往이 싸는듯하야 그雜遝함은 名狀할수업다. 馬車는小西關高豪廟西에잇는 遼寧省會教法院(同善堂)압헤멈으럿다. 이는光緒十一年에 左忠莊公이 모든主人업는浮財를모아 設立한것으로써 그안에 貧民醫務 孤兒工藝의四部를두고 大規模且整備한 方法으로 經營하고잇다. 第一먼저본것은 淸良所인대 이곳은娼婦들이抱主의 虐待에못이겨 夜間일지라도 엇더한方法으로든지

魔窟을脫走하야 이곳에와서門만두다리면 거두어敎養하게되야이곳에한번드러만오면 엇더한일이잇든지 잡히여나가는일이업게되여잇다고한다. 이러케敎養된者로써 出稼를希望하는사람에게는 그寫眞을大門밧게 걸어서 男便될者를求하는데 志望하는사람이잇스면 結婚을식혀준다고한다. 우리가갓슬때는마침그들의敎授시간이엿섯다.

(三)

그다음私生兒受取하는 救生所를보앗다. 이곳은道路로面하야私生兒受取窓이잇으니夜間이든지어느때던지길을수업는아이를갓다가窓口에들어노면 口動으로 電鈴이울려서宿直하든사람이거더들여乳母로하여금養育식혀그안에잇는學院에서敎育을식힌다. 그런대여기서 敎養바든女子로써現在中國南方에서 敎育가로有名한사람도잇다고한다. 그리고이안에各種工場을두어 職業敎育을식히며 自作自給의道를열어노앗스며 無料醫療避寒等感嘆할만한 社會事業의施設이具備되어잇다. 아아우리朝鮮에도有志財産家들이 이와튼機關을施設하야無路히最後를마치는 數千의生民을 도와줄수는업는가? 同善堂을떠나서다음이른곳은同澤女學校이다. 우리가이學校를본本意는 東洋으로서는有名한現代中國新女性이 얼마만치나 活氣를띄고잇는가實地로보고저함이다. 이學校는現中國風屬의 巨頭요 國民政府陸海空軍總司令의 重任을메고잇는東北王張學良氏의私資로 經營하는學校인대 建物의雄壯함은말할것도업거니와 第一우리一行의注目의的이된것은 大講堂이니中國에서는 講堂을禮堂이라고稱하야 室內裝飾를華麗하게하얏다. 果然이學校의 禮堂이야말로座席이며 其外모-든設備가마치무슨 美術舘에나들어간感이잇다. 正面에는 中國革命의 祖父인孫文先生의肖象과遺訓三民主義를 걸어노앗다. 奉天도 只今에는三民主義의洗禮를독독히바더서 市內어듸나孫文氏遺像이 걸려잇지안흔곳이업다. 講堂을나와서두 個의室內運動中 하나인 蘢球室을보게되엇다. 마침新市街日本人高等女學校生徒 三百餘名이와서 籠球試合을하는中으로부산하기긋이업스나 이學校學監은請하우리를爲하야 親切한 安內를하야준다. 學生은 全部斷髮을하얏는데 우리나라에잇다금보이는 斷髮美人式이아니라 男子와 맛찬가지로깍가편단출하다낫서투른손님이 왓건만 손가락질하고 숙은거리는짓이업고거저 天然스럽게 活潑한態度

는 우리나라 女學生의수삽한態度는말도말고 男子도또한딸을수업섯다. 아-勇快한中國女性! 그는確實히 묵은 殘滓를아직도 腦理에남겨둔우리의눈에는 한큰 勝矢의 對象아닐수업섯다나는 車中에서 實際로鳳凰城 女子中學生徒한람과數時間동안 筆談을交換해보고그네의 지나친 發達에놀내엿다. 여기서나와서 宮殿이며諸官衙等을 巡覽하며 城內를一巡하고 四平街의吉順孫男에 들럿다. 이孫男은 奉天市街에서 第一큰 百貨店이다. 美術的 洋舘이空中에 ?立하고屋內의豊富한商品이며顧客의繁多함에눈을크게뜨게한다. 商品의陳列 賣買方法 待客術等을 익히보고 屋上에오르니奉天全市가눈압헤깔니인다. 南으로멀지안흔곳에 靑黃의瓦色과丹靑이 玲瓏한舊式建物은곳淸朝녯宮殿이다. 이宮殿은淸의太租及太崇의宮居로崇德二年(約三百年前)의築物로써城內의中央에位置하얏다. 宮殿 『大體三』□□하야大內宮闕(中央)大政殿(東)文湖閣(西)으로분하야其各區間內에多數의建物이抱含되여잇다. 此等은東西五十五間 南北百四十八間 ?壁으로抱圍되여東에文德坊 中央南部에大淸門의三門이잇다. 大淸門은 宮殿의正門 이곳을드러가면大 宮闕의一廊으로 東에飛龍閣西에□鳳閣(共히昔時는文武大官의 溜所) 正面에 崇政殿이잇다. 이것은 正殿으로皇帝가 事늘聽間하시든곳 北京遷都後에도諸帝奉天行幸의後에는 朝儀늘行하엿다고한다. 殿內에는歷代宸筆의 偏額을揭하고 殿前의뒤에는日華樓(皇子의勤學所)□箱樓(皇女의勤學所)가東西에 相對하고及冥堂이잇섯다. 師善齊와協中齊 亦東西에通하엿다. 崇政殿뒤의 正面에는 三層의 鳳凰樓가서잇다. 前에이곳에歷代 聖客朝贊行樂等의 國寶靈等을 尊藏하야두엇드니 至今은다른곳으로 移藏하엿다고한다. 이背後에往時皇帝의便殿이잇든 淸寧宮이잇고 그東에永楅關西에 □□□의各宮이 잇다. 此等은다皇后皇子女의居所이잇다고한다.

(四)

隆恩殿을抱圍한壁上은 廻廊과부터되여四隔는角樓가잇다. 隆恩殿後에明樓가 서잇고 그뒤에 半圓形의壁을둘너서 圓形의丘墳이잇스니 이게寢陵이다. 그寢陵에는 孝端文皇后를 合葬하여잇다고 한다. 老松의林 靜寂한奧律城에石壁點點하고 碧瓦黃瓦의 집웅 朱塗의柱極彩色의斗拱과 虹染細密한彫刻等의配合이참으로 아름다웁다. 特히石門 石階 石閣 壁間裝飾等에색이잇는石의彫刻은 볼만하대. 牌樓와가튼 精巧緻密한石의 綉彫는참으로珍珍하기긋이업다. 그宏大한規模壯麗한建築 珍奇한彫刻을볼때 淸朝의 盛旺한文化를想像할수잇다. 至今이一帶는 公園地로써 奉天人士의行樂地가되여잇다. 이西部에는隆靖太妃의陵墓가잇다고한다. 해는임이접므러午後四時가지나 馬車를돌리어다시城內로向한다. 僑居同胞有志의 周旋으로夕飯을中國料理를먹게됨이다. 新市街보다도城內料理店을撰한것도純中國의 風俗을實驗하는하나이다. 손님 座正하면수박씨를갓다놋는것이라든지 飮食을드려오는 節次料理의맛 어느것이나 朝鮮의中國料理店에가서보는것과는딴판이다. 손님을迎送하는기-ㄴ대답소리는朝鮮內地에서보는官人의生活을彷佛케한다. 맛다른中國料理에배를불리고市街의夜景을살피며旅舍로도라왓다.

翌日은 修學旅行團으로서는 이때까지例가업는첫거리探査의길을나아섯다. 오늘은 一行이 道步이다. 于先西塔大街로가서 貧弱하나마 우리同胞의經營인精米所雜貨店들을 차저보고白衣人의表象이기나한듯한 西塔을求景하엿다. 奉天城外四隅에는 四座의喇嘛塔이잇어 護國寺塔이라일흠하는데 奉天築城當時의建築이라한다. 그의하나인西塔은延□寺境內에잇는 것으로 茫茫天空에 ?立하고兩面에는 또 큰獅子를浮彫하야古色이蒼然하야中國人側에는이塔이문허지는날은 곳이땅이高麗人의것이되고만다는 傳設이잇다는대이附近이 朝鮮人村을일운것도一種奇緣이라할기 塔은나날이頹落하어가것만在滿同胞의迫害는時時로 酷甚할뿐이다. 여기서뒤로돌아 泥滑化한길左右골목안마다 朝鮮人이거의原始生活에갓가운 險惡한住宅들이 散在하야잇다. 그나마所有家屋은하나도업고全部가中人日人의行家이라고함에는 더욱놀내엿다. 險惡한꼴이란보지안흔者로서는 想像을許하지도못할것이다. 나는구태여이것을그리고저하지안는다. 奉天에旅行하는學生들은 반듯이한번보아두란말을할뿐이다. 그대들은우리들을펵도반갑어한다. 우리는눈물이업시는對할수업섯다. 묵어운가슴을 부둥켜안고案內하는이의 所謂朝鮮修學旅行團으로서在留同胞을 訪問하여주는者하나업다는同胞愛缺乏의責罔을기가저리게들으며 形容할수업는 沈鬱한感懷을한아름잔득안고발길을 돌녀中國人街를向하얏다. 商埠地方便에잇는 北市場에들어서니日用物貨들亂賣하는雜選熱鬧함은 거의精神을일흘만하다. 여기서純中國式商賣風을볼수가잇는데 商品은大槪廉價物들이다. 이것은마치 勸商場所인데 그規

模의廣大함은中國의商業制度가 自來로發達되엿음을 說明하고잇다. 人波를헷치고市場을 나아서서거리마다俗店을버리고 싸구려를웨치며行人의발을 멈진다. 사람이모인곳이면『招兵』이란 旗를들고兵丁募集하는 襤褸에갓가운軍服을입은軍兵을 보게되는것도한異觀이오 兵隊는말도말고거리에어장거리는 巡察의無氣力함도寒心을 자아낼만하다. 外흠을 仲裁하든巡察이 마츰空中에날아가는 飛行機를쳐다보노라고입을헤-벌리고 只今의自己存在마저일코잇는模樣도우습지안흘수는 업섯다것다가다다른곳은 小西邊門外皇寺이다. 이는 數百年의歷史를가진古刹인데 蒙古喇嘛에屬하는勅建寺廟이다. 그압헤 三百十餘星廟를지나 五彩임이 剝落되엇으나 古色이도리여多趣인東碑樓의 얏슥하게된建物은날아갈듯하얏다. 遼寧省의 暮砧이될瀋陽驛의宏大한新建築을北으로指點하며小西關北電車路를沿步하야 第一商場에들어섯다. 여기는먼저본北市街보다몟倍나더 繁昌하다. 억개를부바고 나와선우리一行은熱鬧한市井에緊張된頭腦를暫時休養하기爲하야 疲勞한다리를끌고 小西門外大淸宮으로드러섯다. 이는老子를師祀로하는 道敎와東三省總木山인데 建冠道服의 當經道士百餘人이잇다. 朝夕으로道經을외우고 寡慾恬情으로神仙을 理想한곳이다. 淸淨한멋이市街한복판에商世界를일우어노앗다. 境內에前淸康熙乙酉年에建築한塔이잇는대 康熙帝勅選의額文이붓헛다. 大宮住持葛月□氏는 七十五의高齡으로書語의名人인데 때맛츰旅行不在로만나지못하고그의힘잇고 端稚한筆致만을보고 欽仰하얏다. 여기서 大西關으로돌아 大西邊門外公舘地帶로거름을옴긴다. 郭松系時의經驗으로 日大市街近處의安全함을차저 여기다가中國大官의興多한舘宅을構設하야 一大公舘街를일우엇다. 그邸宅의宏壯함은 喫驚치안을수업다. 東北軍閥은다여기에모히엿는데 一人의私邸가 東城府廳만큼한窮奢極侈한洋舘이櫛比하다. 一個縣知事의舍宅도朝鮮總營官邸보다 엄청나게훌륭하다. 이런집이數百戶인데 只今도작고起工中에잇으니얼마나만히지흘터인지? 中國勞動者의一日貨銀은 日貨로 면二十五錢이다. 一日食代가五錢이면된다한다. 아-그階級의差異特殊함이 이에서더할수잇을가 中國軍官의民衆의 膏血搾取함이얼마나甚한지는 說明을기대할것도업다. 여기서조금거르면鐵道附屬地에일은다. 午後四時半이기서 李先生任은 僑居知友들의歡迎晩餐會에臨席키로하고 十間易方面으로行하시고 우리에게는自由行動의機會가이르럿다. 一行中에는 滋味스러운計

聞도만흔 貌樣이나나는疲勞함을쉬기爲하야 千代田○○○○○○○○○○○奉天大○에陣沒한忠勇將卒六萬二千八百四十人名의 納骨堂인 忠魂碑를보고直行하야驛前旅舍에도라와묵어운다리를펴버리고 明朝撫暖行으꿈꾸며 安息에나라로드러갓다.

滿洲紀行*

김종근(金鍾根)

(一)

선잠을깨여 눈을비비고닐어나니 아직도 曉晨의장막이보-야케덥힌 二十日은 아츰다섯時엿다. 驛頭에모이기로期約한九時까지에는 네時間餘裕는잇섯다. 簡略한旅具를 收拾하야가지고 남먼저驛頭에나가노라한것이 벌서多數의동무들이모이엇섯다.

우리五年一同八十名旅行隊는金守基, 金鎭浩, 山元藤之助 세분先生님의 引率下에九時五分發 北行列車로京城을떠낫다.

싸움에시달린남어지 日□萬丈인京城의混濁한市街를떠나 清淨한空氣를힘끗마시며 金色에잠긴秋野의大自然에胸中을吐露하야 哀傷的氣分이 沈沒한情烈의붓끗을 搖動시키리만큼의 價値로써든지 또한여러해동안 修學旅行에굶주린우리로서 旅行地가또特殊地帶인南滿洲方面! 오늘날世界政客의野心의集注地이요 幽靈中國의神出鬼沒하는政治的變態-卽畸形的政治를 演出하는그네들의다스림(治)을밧고잇는 그나라그民族의民族性, 生活狀態, 文化程度等을 探索해보랴는點으로써든지 그것보다도몸을헐벗고배를굶주리고잇는 우리네의移住民들의 艱難한生活狀態를 深察熟考하야 아프로의進出에 만흔 히트를엇고저하

* 이 글은 ≪東亞日報≫ 1930년 12월 5일부터 9일가지 4회에 나뉘여 련재된것이다. 김종근(金鍾根, 1894~?), 경기도 안성 출생. 법률가. 경성전수학교 졸업. 서울과 광주에서 판사, 변화사로 있었으며 광복후에는 서울과 대한 변화사협회 회장을 력임한바 있다.

는點으로든지 이러한모든點으로보아서 우리에게 多大한 收穫이잇스리라는期待가큰만큼 今番南滿洲地方으로 旅行케된것을 絶好의機會아닐수업섯스며 希望의 一端아닐수업다.

汽車는무섭게달려 압흐로 달음질첫다. 新村, 水色, 陵谷, 金日……이러케작꾸지나서 汽車는 開城驛에 잠ㅅ간머물른다. 開城! 하니 내머리속으로는 高麗五百年옛도읍터와 高麗末에피흘린 鄭圃隱先生의 善竹橋, 人蔘, 開城사람들의 團結心과그들의商業狀況! 이런것들이문득떠올은다. 車客을거더올리고 머리를내밀어 四方으로눈을두리번거려보앗다. 市街地外面이村都市로서는 볼만하다. 兪君의 故鄕이이곳인가시퍼서 누구가開城林檎十餘個를 車窓으로너허준다. 暫間동안에林檎爭套戰이어우러저서 우슴꺼리로허리가아프리만큼되엇다. 우리一行은 一臺의 車輛을專貸하엿슴으로 마치獨舞臺로 外客의 거리김을바들 念慮는업섯다. 午正때쯤하여班友끼리의 빵홈처먹기작란이 버러저서一時는자미로왓다. 車窓밧그로 秋景을바라다볼때 南朝鮮에서 잘아난나로서 北朝鮮平野에水畓이 稀少한것을보고는 이조고마한朝鮮안에서도 地理的으로差異가 이러듯만흠에 一種의興味를 늣기지안니할수업섯다. 汽車는어느듯 沙里院에다핫다. 『프랫홈』에는三人의 培材卒業生이나와 一行을반가히맛는다. 培材에서잘아나온先進일꾼이 이곳에도잇구나! 하고感激에넘처나는 帽子를버서 校票『培材』를 힘잇게들어다보고 만저보앗다. 아! 그때의培材에對한感激! 卽母校愛의 發動이여! 이곳은 梁君의故鄕이다. 一行中途中에故鄕을둔 벗의 恩惠를입어너무나 고마왓다. 開城서는兪君의林檎이一行의口味를도앗고 이곳서도 梁君의 林檎一袋가 一行의療飢에充分한도움을주엇다.

그리고이곳이 金成鎬先生님의 故鄕인것을 깨달은때 金先生님의『沙里院火災』이야기가 문득머리에 핑돌아올은다.

(二)

疲勞를 늣겨 車窓에몸을 依支하고잇다가 사람들의 喧騷에잠을깨니 平壤이라고들야단이다. 平壤에이르러의 처『임프레숀』은 平壤女子들의 頭巾이 平壤情趣의하나임을 알수잇섯다. 이곳은歸路에들릴豫定이엇스니 힘써무엇을 차저보고저 하지못햇다. 驛頭에보이는 勞動者들의健狀한體을보고는 이곳사람들의

特技『헤-팅』을 생각할수잇섯다. 汽車는漸次로北으로突進하고잇섯다. 博川, 宣川을 지나면서부터 驛마다『나으리』가유別스럽게 움직어리는것은 國境이갓가워온다는것을말함인가. 沿線의水畓에는 秋收하느라고男女老少가 들에덥혀서 米價暴落은 꿈도안꾼다는듯이 熱心으로움즉이고잇다. 나는또彼困에못견디어 잠이들엇다.

新義洲! 新義洲! 國境! 鴨綠江! 이러케들떠들고벗들은 坐席을떠나서 感嘆詞를連發하기始作한다. 汽車가 新義洲에 停車하는時間은不過五分에 다시그곳을 떠나 安東縣을건너다보고달아난다. 國境의밤! 鴨綠江鐵橋를 지나는瞬間 나는 汽車昇降階段에서 구비처흘르는 江물에 安東縣의『일루미네이숀』이 長蛇形으로비최어잇슴을볼때문득두눈에는 눈물이매친다. 나는끈힘업시『센티멘탈』하여젓다. 이鴨綠江을사이에안고 건너다보고잇는 安東과新義洲! 朝鮮과中國! 이나라와저나라!

한쪽에서는 鼓服興樂하는겨레(族)의 觀聲과 한쪽에서는 飢餓에呻吟하는 겨레의咀呪의소리가 번갈아내귀에들릴때 全身의 神經이 찌르르해지는것도 이江을 건늘時間이엇다. 忘我에서我로돌아올때 車는安東縣에 이르럿다. 驛에는短銃과長劒의憲兵이 여러乘客을헤치고 날카로운 視線을던지고잇섯다. 汽車는이곳에서五十分停車라한다. 驛에서夕飯을마치고 三四班友同伴하야 安東市街의夜景을瞥見하기爲하야 市街地로나갓다. 驛前의市街는내가생각하든바에 크다란失望을 늣기지아니할수업섯다. 中國이면서도 中國情趣는 全然차저볼수업섯슴이다.

얼마후車는 이곳도떠나게되엇다. 이곳부터南滿洲鐵道株式會의經營하는鐵道라야 車掌도 機關車도 車輛도 全部交換連結하게된다. 그러나우리一行이 탄車室만은그대로-그리고 機關車兩側에 高燭光의電燈을裝置하며 左右十餘間距離를 明照하게되엇슴에 나는 奇異하게 넉이지아니할수업섯다. 마츰車掌(日本人)을 만나서 그 理由를물으니 馬賊이近하는것을 發見하기爲한것이라한다.

汽車는쉬지안코 速力을 加○하면 廣漠한遼東平野를 疾走하고잇섯다. 子正이지나자 우리一行은모다疲困을 늣겨 억개와 억개를마조칫고 잠들어버렷다. 먼동이히미하게밝아오자 車窓을열고 窓外를내다보니 果然滿洲벌판의 廣漠함이여! 노라지아니할수업섯다. 一望無際한 그平野! 문득내마음은 擴大하여지는듯한 痛快味를늣겻다. 그러나 沿邊에散在한村落과 住民의 家屋에는 餘地업시 그들의 獨特한性格인 陰鬱이發露되어잇다. 大部落이라야 겨우十餘戶가 連軒同隣이 되어잇슬뿐이오 그넓은 平野에人家는 五六戶式散在하야잇슬뿐이다. 그리고 그들의家屋은 純全히土制로되엇다.

(三)

汽車는어느듯蘇家屯에와서다엇다. 이곳만은相當이큰驛이엇다. 우리는다음의奉天驛을想像하며 매우緊張하얏다. 奉天이다! 奉天!이다. 午前六時二十分이엇다. 驛夫들은『호-뗑』하고 日本말로소래치는者도잇는 反面에『캥 탱』하는中國驛夫도잇슴을볼수잇섯다. 이것은珍奇한對比이엇다. 乘客은벌떼가티 밀려나온다. 全部가식컴은 中國人, 그가운데에흰옷입은사람이二三人석겨밀여나올뿐. 그들을볼때 可憐스러웟고 반가웟다.

우리一行이세분先生님에게 引率되어奉天驛廣場에나갈 때 四方에서中國勞動者가 人力車를끌고『洋車好洋車好』하면서 雲集하는것도可觀이다. 驛前의雄壯한建物과 市街雜踏는東三省의首都이요 東方有數都市로서는 볼만한것이엿다. 우리는 驛前高樓 瀋陽旅舘四層星上에서 奉天市街一部를展望할 때 처음으로 끗이업는奉天에놀랏다. 익지못한和食에주린 창자를채우고 一行은 馬車二十一臺에分乘하야 南滿洲鐵道附設地라는 所謂新市街를 周旋廻覽한後 瀋陽城門을지나서 長蛇陣으로 城內로 들어서게되엿다. 이城內는純然히中國人市街로서 舊市街라고부른다. 舊市街를 巡廻하면서 注目되는것은 街路에졸고섯는 中國巡察(巡査)과 市街地의 店頭裝飾이란 目不忍見의 慘景이엇다. 巡査月給은 一個月六圓이란말이엇다. 六圓짜리巡察이 襤褸한服裝에 長銃을메고 交通取締한다는者가 졸고잇슬대 이巡察에 中國正體가 斟酌되고도 오히려남는다. 곳곳에잇는飮食店에는蠅群의飛躍이 巡察보다 勇敢히活動하고잇다. 城內市街의建物의彫刻等도 비록現代文化洋屋과 現代美術品은 아니엇슬지언정 驚嘆할만한곳도만헛다. 奉天에서 第一큰百貨店라는 吉順絲房에 우리一行은들으게되엿다. 吉順號屋上에서 奉天全市를 一目瞭望할수잇섯다. 一望無際란이럴때쓸말이다. 滿鐵會社에서따라온 案內者(日本人)의 說明에 依하면全奉天人口는 百二十二萬이라한다. 其中城內人口만三十二萬이라한다. 그러나人口數가正確한지가疑問

이란다. 六圓짜리巡察이 到底히 正確한調査를 하지못하고 人口調査하러가서는 어슥한곳에서 竊盜질하다가 人口調査는 結局虛僞報告를한다기에 우리一行은 案內者말에 깔깔웃고말엇다.

그러나 推測人口는 百三十萬을훨씬 超越하야잇다고한다. 그리고 奉天에만 日本移住民이 約二萬名이라한다. 우리는 다시馬車를타고 北陵이란곳으로 向해가게되엇다. 이北陵은 清朝太宗의陵인데 清朝에 北京으로 遷都할 때 이北陵建物을 지엇다고한다. 建物의彩色과 彫刻은 清代文化를 그대로말하고잇섯다. 莊嚴한그建築! 그美術! 이들은 驚愕을마지못하게하엿다. 그모든形象은 붓으로써 입으로써 到底히形容하기어려운만큼 다만 宏壯하군! 하는 感嘆詞로써 이北陵을 見學하얏슬뿐이다. 案內者는『이러한國寶를 다만國立公園으로써 一般民衆에게 公開하며 卑賤히 取扱하는것도 中國人이기때문……』하고 輕蔑하여말하나 나는 그의 誤謬의 見解를 糾彈하고십헛다. 이러한北陵이 奉天에잇다는것을 아니中國에잇다는것을 그리고 東洋에잇다는것을 오늘날 物質文明의尖端을것고잇는 歐美人에게 보여서 中國의近古文明을 東洋의그것을자랑하는것이 封鎖崇拜하는것보다 그얼마나 價値잇는것인가하고생각한다.

(四)

우리는旅舘에도라왓다. 때는午後도점을엇다.

自由解散! 우리는 各各그의길을차젓다. 우리民族의 移住生活裝態를 살피고저 驛에서西方位에잇는 朝鮮人村을차저서 더욱 東亞日報奉天支局을 訪問하고 大略을 探聞하얏다. 奉天移住民이 約二千名으로 그들의活路라고는 飮食店, 野菜商, 穀物商쪽을 小規模로 設店하고 그날그날의 生涯를 겨우維持하는中이며 商路는同族間이나 中國人들과도 相對한다한다. 現在奉天에는 十餘名의同胞留學生이 잇다고한다.

그이튼날(二十二日)午前六時三十五分發로 一行은 奉天을떠나 撫順으로向하얏다. 午前八時十分에 撫順驛에下車하자 驛前에櫛比한 日本人의 商店이라든지 撫順炭坑에는 놀라지아니할者 그누구랴? 우리一行은 驛前에잇는 撫順炭礦事務所 屋上에서 案內者의 市街說明을들엇다. 이곳에잇는 日本住民은約一千四百餘名이라한다. 이곳에서도 朝鮮人의活路를 探索하야보랴하얏스나 時間

이念慮한 關係로 뜻과갓지못하얏다. 電車를타고 撫順市로부터 東으로나가게되엇다. 炭坑을보고놀란것은 그만두고라도 撫順炭坑概要를 흩어본바에依하야적어보면 礦區面積이約1820萬坪이요 長이(南北)約四十里, 炭層(厚)平均 130尺(最厚420尺)이요 埋藏量이 約十億萬噸으로 一日約二萬五千噸을 採掘하는데 이때것採掘總量 一億萬噸으로 아프로도 八十年이나百年까지는 採掘할것이라고한다. 그리고炭礦業務에 從事하는 中國人의總數가 約四萬人이나된다하며 이들은거의全部가 育體勞動者인데 그들의 勞賃은 不過二三十錢이라한다.

그날午正發로 撫順을떠나 豫定대로 午後一時二十五分에奉天에歸着한우리는 滿洲醫科大學과新市街의公園을 見學하엿다. 이醫科大學은日本人本位敎育機關이나 中國人의學生도少數가잇서 醫學을 專功하고잇다고한다.

이날밤은 十時까지市街地夜景을구경하얏다.

二十三日아츰 九時十分發로 一行은 遼陽을向하얏다. 十時五十三分에 遼陽에到着하엿다.

우리는 十八臺馬車에 分乘하엿다. 鐵道沿線到處에 滿鐵所有地인新市街와舊市街인城內가잇다. 우리가본奉天시(瀋陽城)가 그러하엿으며 撫順城이그러하엿고 이遼陽城이 또그러하다. 馬車를달려遼陽城內에들어 夢過靑山格으로 어대가어대인지 그方向은알수업스나 城內어느곳에잇는 孟子廟를 瞥見하엿다.

一行은 馬車로塵泥된市街地와 陰울한골목을 一週하엿다. 遼陽의 收穫으로는 新市街의中央地에 노피솟은 白塔이엇다. 이塔은노피二百五十餘尸의 大圓形塔(其實은六角形이다)으로 至今으로부터 約六百年前建造物이라는것과 約二千年前建造物이라는 두說이잇다한다. 어쨌든 그雄大한規模가 長久한歷史를말하는듯 當時의美術, 建築術의發達은 다시금驚嘆하지안흘수업섯다. 그리고이곳은日露轉役에 日本軍이大慘沒을當한 戰地로서 遼陽城-隅高原地에日本軍의 遺骨을 埋葬하치도안코 露天棄置한것을보앗다. 午後五時二十五分發로 우리는遼陽을더나 十時五十分發車로 奉天도떠나지안흐면안될 우리一行은무엇을 잃어버린것가튼 무엇에不滿한것가튼-

間島紀行*

량재하(梁在廈)

(一)

一. 多事한咸南

世界를알고天下事를向하기前에 朝鮮의 얼굴과속을깁히省覺하아. 보자는것이平素에삿한中의하나이엇스며 또 한거리에서듯고보고늣긴바를 萬人에傳達하응것이 記者로서의 任務이엇스나 所謂『잉크』의거리(街)에서 原稿와檢印機等으로싸우는生活에時間을엇지 못하다가多事多端한關北一帶와赤白恐布의間島地方探訪길을떠나기는新年号編輯을 마친後一月十四日밤이엇섯다.

일주이靑청금時代에修學旅行과海水浴講習으로써는三訪幽峽과元山松濤園을■과어둠속에서지낸것이遺憾이엇스나 東海岸의風致와北滿의雪景을 그리자느것이目的이아니엇슴으로그것은暫時의 追憶으로돌리고 一路感興에抵着하엿다 支局長權柄斗氏의引導로泰星旅館에 旅裝을풀고 重要處를巡覽하고各團體와官廟를訪問하야各方面記事材料蒐集에十五日하로를虛費한그밤에는 新飛辯護士允澤渊氏靑年鬪士韓鴻○氏同窓學友某某等■씨의過分한歡迎裡에時局談과地方味로醉하엿다.

農民騷働과共産主義秘密結社等으로 騷亂하든咸南各地에는警察署留置場에 아직五百餘名의靑年이檢束되어잇고昨年度의總檢擧人員數는 三千餘名을突破하엿다한다.

그中에서가장重要한事件을 列擧하면永興(端川)、洪原、定平、文川、高原、北靑(피오넬)事件等地의農民들의示威, ××××××××××××××× 等의直接行動을한것이오其他勞働運働으로는元山의金鐵山屍體奪還示威事件을 비롯하야 咸興片

---

* 이 글은 《조선일보》 1932년 1월 31일부터 2월 2일까지 련재된것이다. 총 12회인데 《민생단》 등 마지막 3회를 삭제했다. 작자는 《조선일보》기자였는데 기타 상황은 미상.

咸南地方勞動者概數
一. 元山運輸自由勞動者約三千名
二. 文川『세멘트』工場約一千人
三. 咸興片倉製縫工場男女約八百人
四. 咸南[redacted]索工場約八千人中朝鮮人二千五百人 同地自由勞動者約五千人
五. 新咸鑛業勞動者(桂, 金)天佛山約六百人 明太洞金鐵山約七百人. 新咸炭鑛約二百人 其他二百人
六. 長津水電工場約八百人
七. 利原鐵鑛約三千人 其他畧

倉製縫工場 咸南[redacted]索會社工場의 職工이 中心이 되어 化學勞動組合 太平洋其他産業別赤色左翼勞動組合을 組織하야 揩行運動을 展開하고 同盟體業等을施行한것이고 學生事件으로는咸興의 高等, 鑛業, 商業, 永生等五個中等學校의激文休學事件으로모다 思想運動에서 보지못하든일이엇다한다. 그리고 農村과城市를 勿論하고 愚婦愚女들까지 階級意識이 注入되어 마치 무슨 宗敎信徒들이 天堂과 極樂을 밋음과가티(畧)은 必然또當然하다는것을 밋는傾向이잇스며小學校의 兒校들까지 同僚間에 意識問題를論하고(畧)等을 流行歌처럼부르는例가잇다한다 그리하야 輓近의 咸南은實로 朝鮮思想運動의 中心地가 되엇고當局에서도 그 對策에 苦心하야 더욱 [redacted]를 嚴重히하고 또한 北鮮開發은(畧)重要項目으로되어잇다. 어기에 對한 詳細한 發表와 事件自體의 平價는 나릴自由를 가지지 못하엿거니와 그러면엇지하야維獨咸南地方이 그가티 多事하게되엇슬가거기에는 全世界를 風靡하는時代思의 侵入과 朝鮮現繼段의 客觀的事件이 規定한다는外에 무슨 다른 特別한 理由는 업슬가

二. 多事한咸南(續)

咸鏡道는 貧富나 班常의 階級對立이 그다지 甚하지 안코 農村의 小作爭議도南鮮에 比하면 全然업는터이나 그의 裡面에는(畧)은 運動이 激烈한 理由가 잇스니 첫재로 이地方住民들의 天性이(畧)的으로된것이다. 山川이 雄麗함으로 그의 精氣를 바듬인지 男女를 勿論하고 體貌와 性格이 雄健한우에

李 朝五百年間에 歷史的으로 登用이업섯든로 封建的文明에는 뒤떨어진 反

面에 奴隷根性이 조금도업고(略)平等思想이極度로發達되엇다 둘재로이地方에는新文化의侵入이急速하엿다『아는것이힘』『배워야산다』는것을어느곳누구보다도먼저깨닷고實行한것이咸鏡道사람들이다.

可及的程度에서 學校에通學하고 또한休學한者는洞里에돌아가서……

婦女子와無産兒童을敎養하엿다 그의例로는官公立의敎育施設이 다他道에比하야 조금도遜色이업는外에 私學이發達되어 農村學校이咸南에만二百餘處에 設置되엇고 村婦行商까지 모다親姓名은하고自己압을닥글만한程度로된것이다 끗흐로 또한가지는 最近에外來大資本의 進入이急速한 것이니 北鮮開發이라는看板밋해 天然의資源이豊富한이곳을向하야日本의三령菱、野日等의 大財閥이行進曲을울리며資本主義的企業의施設이터롤닥게되는

反面에 工場勞働者가생기고 天眞하든農民들의生活은動搖가되엇다 이세가지는世界思潮와現實朝鮮情勢에交錯되어 多事多端한咸南으로된것이다. 關北의사람들을『泥田추鬪狗』라고辱說하는것은 封建的敗殘輩의發啞이다 將次또한엇더한事件이이에서될는지알수업스나(略)建設의 일군은이地方의사람이될것이오 또아니면안될것이다.

◇…………◇

二、興南室素工場

十六日이다. 早朝에 咸北으로 向하랴하엿스나 咸南港을 보지안흐면 咸南을 말할수업다. 室素工場의 施設을보지안코는 大規模의 企業形態를말할資格이없다는 安局長權柄斗氏의 勸誘에못이겨 日程을 變更하야 咸南驛에서下車하엿다. 일부러 同行까지하야 親切한 案內를하야주는權氏에 感謝하엿다. 咸南支局長高柄植氏와 三人이 雪寒을무릅쓰고 咸南港과 室素工場을 縱覽하엿다 咸南港은 朝鮮室素肥料柱式會社의 專用港으로 原料及製品의移를 爲하야 築港한곳이며 數年來에發展된都市이다. 防波堤延長二千米가넘는 岸壁에는一萬噸級以上의 遠洋汽船數隻이 入港할수잇스며 一段有事한時에는(略)港으로 使用할수도잇다한다. 東洋第一로일컷는室素工場은 一平方?當建築費 一億一千萬圓을드려十九萬 『키로왓트』의 電力을 利用ㅎ야가지고 ??化??(年約)二十萬噸???(三十萬噸) 石炭(二十萬噸) 水(二十萬噸) ??(千五百萬枚) 麻袋(五百萬

枚)等의材料와 原料를使用하야 硫安(又는 硫燐安)(年約五千萬噸) 銑鐵(八萬噸) 『세멘트』(百五十萬?)等을 製造하는데 約一萬名의從業員이잇다 여기에使用하는電力은 新興郡長津海拔一千五百萬米以上의大堰堤도周圍八十秤의

貯 水池를맨드러 落差七百米、十二萬九千六百『키로왓트』를出力하는發電所에서가져오며 거기에는世界屈指의『케-불-카』까지잇다 이規模의機械밋헤는 萬餘名職工의『로봇트』가잇스니 그中에朝鮮人은過四千餘名이며 生活程度의差異란比較할수업다 高速度로도는機械와그의 立體的建設또는 大量生産□□勞働것시 新興現代的企業인것을 보앗다

三

三. 朱乙溫堡의一日

午後七時興南譯을出發하야 北行하엿다 이驛에서南北行列車가交叉되는모양인데本社에서보낸『號外』는支局配達夫가 車窓으로던져주엇다『日中外交斷絶說』이잇다는것이엿나 궁금한『國際뉴스』를바다서 반갑다는것보다 도제손으로맨드는 제新聞을地方에와서 보는깃붐이란形容할수없섯다. 온終日努力의結晶인原稿가 活字로變하고다시

新聞이라는商品이 되어配達夫의요란한방울소리와 함께거리거리에 撒布되는것을볼때에 모든勞古의傷處가快愈되고多少職業的『프라이드』도 늣기게되는것은何必『新聞狂』에서뿐아니라 어느職業에잇서서도 그리妙境이 잇겟지. 二等車室은乘客하나업시 고요하엿다. 京釜線의一二等가트면 코큰사람키적은친구들의 눈꼴틀이믐 모양이만컷마는 그림자도업고말그대로 나이獨点이엇다.

咸興以北은 初行인만치車窓으로나마 聞見할收穫이만헛을것을 밤길이되고또한눈이나타나쉼업시달아는안이엿다 이線이萬一에交叉와迂曲이업다면無限大의그꼿까지汽車를 달리고십헛다 아-이것은安定되지안흔 나의마음이요또한靑春의꿈이아니엇든가 新北咸驛에서車掌과『뽀이』가交代되엿다『지금부터愉快한旅行에이야기동무가 되겟습니다 支離한밤길에疲勞가만흐싯요未洽한點은무어시든지물어주십시오』하는

親切꽈함게學手敬禮하는新車掌과『슬립뻐』를가저오고室內溫度를마치노라

고 奔走하는 『뽀이』에未安하엿다廣大하고華麗한차실을 獨点한것도多少未安한생각이업는것이아니엇마는하물며 無乘車을가진나로서는 더욱未安하엿든것이다그러나도라오는權益을그대로버리다는것은 어리석은일이니 될수잇는모둔것을享有하기로하엿다.

城津 鏡城 淸津等을거첫스나이곳에는特別한무엇이업섯다(咸北의□油肥價格協定問題와 城津檢擧事件)

穩城等地의□□事件 東海岸明太魚의六十萬噸以上增收問題等이잇섯스나여기에서畧하기로한다

十六日午後에는 淸津에서 다시廻程하야 朱乙驛에 下車하엿다 支局總務記者李曾松氏의案內로 朱乙溫堡의 溫泉客이되엇다 텩업는閑日月을차즌것이우습지마는 몸에皮風도잇끄다만하로의安息이라도엇기爲함이엇섯다 東亞旅館에投宿하고數次浴入하엿다 湧出量이朝鮮에서第一이라는이溫浴도 亦是남의所有로되어外人經營의

旅館에는집마다 私設溫泉이잇스나 朝鮮人側에는共同하나뿐이다. 그러나『旅館의私是은모다穿井한것이오 自然湧出의源泉은이共同湯하나뿐이니數萬舍의外來資本이 威脅하도쌔도이共同湯하나마는 우리손으로死守하겟소』하고死談하는共同湯守備영감의말이 좀우습고도그럴듯하엿다 溫堡를떠난五里許山谷에는西洋人의別庄地帶가잇다 盛夏가되면上海香港等地의外人들이피署하러온다한다 어느사이에긔에까지侵入하엿는

平地의쓸만한땅은日本人이山上의그럴듯한곳은 西洋人들이占領한것은朱乙溫堡에서뿐이아닌것을 새삼스레히늣기지안흘수업섯다

(四)

四. 豆滿江

旅館主人이마침露領出生으로半生을露西亞에서 살다가 最近에歸國하야 新基를잡은사람이오陋室에는 『양고스키』라는露人獵師가잇서露西亞革命時에困難을 격든이야기와『쏘베트』新制度의若干에對한 實談을들은것도 意外의所得이엇스나 孤寂한하로를 보내고十九日未明에出發하엿다. 午前四時에起床하야

入浴하고出發準備를마칫스나途中中에서 自動車故障으로巡하다가 驛까지의 三十里길을

四 十里速力으로 汽車에追及한것도 一快事이엇섯다『世上은人情 旅行은同行』이라는日本의 銘彦도잇지마는 同伴업는旅行의孤寂도괴로움中에서 큰괴롭이다. 車窓으로 送迎되는이咸鏡極南의人家와 風俗은南道出生인나의게 好奇心을자아내는것만엇다. 集團生活을하는大村落이업고 十里五里에人家가分散되어잇는것도山谷地에서避치못할 特色인듯하며 襤褸한白衣에營養不足이잇는듯한 表情으로닷는汽車를無心히바라보는

木 炭商群을볼때는『스팀』에上氣된얼골이모닥불을 퍼붓는듯시더욱붉어젓다. 現代文化의모든施設이그들에게 무슨所用이잇스며돌고도는汽車의박휘밋테는 無數한그들의生靈이사라지고마는것이아닐가午前열시會寧에到着하엿다. 武裝한警官과衛兵의 칼날이번적거리고毛皮等屬의防寒具가 만흔것이確實히國境風景이잇다. 圖們線의?便?에乘換하니 尾行하는警官이 名函을 請하고間島가는用務를뭇는더 無事히通過한것은 勿論도리혀國境事情과間島形勢에對한豫備知識을어덧다.

滿 洲事變으로 日中間의國交關係가險惡하고 間島는共産黨의暴動 馬賊의襲擊其他赤白間의殺傷衝突이잇는곳이니 身邊을注意하고 또한北滿펄반이추운때이니 防寒具를단단히準備하라는付託을支局에서 만히바더고 多少不安과躊躇도업지안혓스나 사람이란母胎에서落地할그瞬間부터가발서冒險이다. 또한아모리雪寒이甚酷하다하여도그곳에는數十萬의 移住同胞가바지와 저고리로살아가지않는가 이런것을 곰곰이생각할때에 그런付托은 都是掛念할바가 못되엇다. 白頭天池에서 發源하야悠悠히千餘里를흐르는 豆滿江水는굿게結氷되엇고 바로이마에부드칠듯한 對岸이바로中國領土이다. 거기에도 同胞의村落이間間히보엿다. 層岩絶壁밋흐로 水路를따라 敷設된線路는羊腸九曲그대로 迂廻하엿고 그우를날이는 經便線은上下動이極甚하야

頭 痛을나게하는데白頭支脈을 바라보고豆滿江을것너라하니 先人이노래한『白頭山 石磨刀盡 豆滿江水飮馬無』라는 詩句가생각낫다. 나에게비록그만한氣와勇은업드라도? 憤과悲嘆의情緖를이기지못하는엿든것이다豆滿江!豆滿 圖們或은土門의뜻은 女眞時代의古語로써『萬』卽『만타』라는 意味라한다. 여러만

혼물이合水가되어크물이되엇다는뜻이고別意味는업는것이라한다 그러나오늘의豆滿江도물이만흠으로 豆滿江이엇든가

또 는對岸滿洲에는粟과豆가만히生産함으로『콩』이가득하야豆滿江이엇든가 아니다오날의豆滿江은 차라리『淚滿江』으로곳처부르고십헛다. 그것은웨? 男負女戴하고北滿의荒野를차즐때에뿌린눈물이 이江手가아니엇든가 이國境은『알사스』도아니요 豆滿江은朝鮮의『라인江』도아니다. 오직다만朝鮮人의久遠掉神秘境으로되어잇는『아리랑고개』를딛고 또다시것너는淚滿江이라는것을늣겻다.

參 考로間島 琿春地方을向하야 豆滿江을건너서 移住만同胞의十五年間統計를보면 다음과갓다.

年次	移住人員
大正六年	一二,000人
同 七年	一九,二00
同 八年	二二,八00
同 九年	二四,000
十年	二, 一八0
(軍隊出戰으로 減少)	
同十一年	五,四00
同十二年	二,000
同十三年	三,000
同十四年	四,五五六
同十五年	九,一四三
昭和二年	二四,五五
昭和三年	一五,一七三
昭和四年	五,六九二
同 五年	三,三九二

(五)

五. 天圖鐵道

會寧서出發한지 三時間餘에上三峰에抵着하엿다. 國境終點의驛인만치 警戒가多少嚴重하고空氣가엇재陰散하엿다. 國際鐵橋인豆滿江橋를건너 江岸站에到着하야 中國稅關에서手荷物檢査를마치고 기다린지한時間만에天圖鐵道에

乘換하엿다. 여기서부터 中國領土이라 北京時計가標準이되어한時間差逸가잇고 驛頭에는十六時몇分出發이라고 써부친列車時間表가좀우서웟다.

車掌 運轉手 憲兵 警官이모다中國人으로갈엿다.

所 謂一等車室이라는것이電車만도못하고 汽車는列車가아니라『어린이나라』작난감가트며 波紋形으로 起伏된丘陵의등과골을 螺旋으로 몰리올이는것은 遊戱나다름업서 차라리뛰여나려 徒步로競走하고십흔생각이업지안엇다. 展되는것이란끗업이 連續된丘陵뿐으로 그의고흔『술릅』의起伏이大陸美라 하겟스나 殺風景하기짝이업섯다. 萬一에朝鮮에 山川을富豪家의庭園이라한다면 間島地方은 火田民의泥田枯畓에지나지못한다. 朝鮮이果然錦綉江山이라는것은

朝 鮮을떠나서 더욱늣기게되는것이다. 石門子驛을通過하랴할때에 毛允淑氏를邂逅하게된것이 반가웟다. 氏는일즉이 梨花女子專門學校의才媛으로 劇과詩等에서만흔活躍을보히엿고 지금은 龍井誠信女子中學에서敎鞭을잡고잇는中冬季休業으로 歸覲하엿다가도라가는 길이라하엿다. 時間과座席關係로 氏의敎育師이며 間島의宗敎 學生 敎育問題等에對한所感을듯지못한것이遺憾이엇다. 江岸站에서出發한지 세時間이넘엇스되 온길은 不過四十里라하니

汽 車의『스피드』를可히알것이다. 一等室內의同行은琿春方面을간다는 日本人將校二人과領事館警官數人이잇섯는데 八道河子潭에서 中國將校一人이兵卒五六人을 引率하고올엇다.『?越同舟』라는것은 아마도여기에쓰는말이겟스며 오직한사람의 朝鮮人으로사이에세여안즌나는 그들의얼골을번가라보며方今激中인 棉州日中衝突을聯想하야보앗다. 이것은興味잇는照이엇스나 더욱 ?笑를禁하지못한것은 바로엽헤잇는中國兵士가『三畧』이라는唐版小冊을熱讀하고잇섯든것이다. 三畧이란表題를볼때에兵書『六韜』가생각나고

恒 常三國誌式으로 노는中國鬪爭을 속으로그려도보앗다. 그러나 그兵士를嘲笑하는것은너무나勁率하다. 現代科學戰爭에도 兵法은잇다아모리一個敗戰軍兵卒이되엇드라도 그는(中畧)이三畧兵書를熱讀하는것이아니엇든가 오! 나도中學에서『□劍』을배우고 專門에서『乘馬』를練習하며 그劍道와馬術을어느때고한번빗내볼것을꿈군일이잇섯다. 그리고『三尺劍頭安社稷, 一條□末得乾坤』를座右銘으로 一代의風雲兒를그려보는어린時節이잇섯다. 아니그瞬間에도

南 滿의紙砲가耳邊에皎皎하고『亞西亞의大動亂』이目前에 森森하엿다. 그러

나아직半五十를넘기지못한몸이엇마는그러꿈과勇은漸漸사라지고賦與되는環境은幻滅의悲哀만을더할뿐(中畧)모든不正不義를爲하야武勇을떨치는몸이못되고 겨우一平記者로써남의施設을求景가는사람이된것이섭섭하엿다.

圖們江岸에서龍井까지 五十里길을 네時間을 虛費하고밤여덜時가지나서 龍井站에到達하엿다.

驛 頭에는出迎한사람도 아는사람도아모도업섯다. 馬車에다시몸을실어朝鮮舘에 投宿하기로하엿다. 十五夜月下에고요한大陸市街를露西亞式『호로馬車』로달이는 情趣도 그럴듯하엿다. 夜半에支局記者張河一氏가오고이어서 支局長李柱鳳氏가왓다. 打電하지안흔靑을바덧스나 그다지들썩할 來往이아니엇섯고 終日의疲困을못이벼 모든 것을밝은날로미루웟다.

(六)

六. 龍井村

午前열時(二十日)가지나서 支局을訪問하엿다. 支局經營에對한若干의苦心談을들은後 李柱鳳 張河一兩氏의 引導로龍井市街를 巡覽하기로하엿다. 今年의變態的氣候는漢江에서『스켓트』를못하게한것분아니라 間島地方도怪異하게溫和하엿다(中畧)

東 山에올나서 全市街를一目에 眺望한後海蘭江岸에이르기까지의市中을一巡하엿다. 大成中學校로訪問하엿다. 龍井의表面求景을마쳣든것이다밤에는 偶然히도中央日報支局長李炳立氏를만낫다. 李炳立이라면朝鮮學生으로서는누구나 다잘알것이다(中畧)氏는多年鐵窓의辛苦를바든사람이다. 나亦그의일홈을들은지이미오래이엇섯고 學生會에서 그의活動하든자취를 會錄上으로는읽거보앗스나 面晤하기는처음이다. 角帽金釦으로 長安을闊步하며

學 生運動에熱中하든그를한『저날리스트』로相對하는것도感慨無量하엿다.『相見之晩也』를부르며 男兒들의相逢이 如斯한것을노래하엿다. 다시龍井의裡面과이社會의 底流를엿보기爲하야 中國人『에로街』의 視察까지마치고 支局長宅에서就寢하엿다. 龍井村의人口는 朝鮮人一萬三千二百九十人 日本人一千五十二人 外國人四十人琿春地方에서 唯一한都市로

絶 對多數를占한朝鮮人의都市이다. 아니龍井村만이 朝鮮人의것이아니라 東滿의 延吉, 和龍, 汪淸, 琿春等四縣를 洑하는間島는 中國人의것도其他外國人의것도아니요朝鮮人의間島이다이것을實證하기爲하야住民統計를보면全住民八萬八千八佰二十一戶의五十萬三百九十八人中에서朝鮮人이六萬七千六百五十四戶의三十八萬一千五百六十一人의多數에達한다한다 그의詳細한것은別表와갓다

間島琿春地方縣別內外人戶口表(累)

七

七. 商埠局

二十日아침

支局記者張河一氏와日本總領事館을訪問하엿다 總工費四十萬으로新築한館舍는龍井에서第一가는建物임은勿論垣墻四角에派守를設置한等 實로王宮에彷佛하며萬一의境遇에는間島의日本居留民全部를收容할수잇고 數个月의洞道를準備하야잇다한다

記者室에서 暫間休憩한後岡田總領事를面會하고間島治安과過般奉天領事會議의決定案等에對하야追窮하엿스나滿及間島의

政 治問題에對한論談은 迴避하고 話題를돌리엿다. 果然外交官이란 外交上에必要한말外에 雜談이업다는것을 岡田氏에서도보앗다.

다시末松警察部長을尋訪하고共產黨檢擧와 間島住民及產業等에關한統計를어덧다. 그러고會食을請하는氏의親切에못이겨中國料理店龍雲居에서 午餐에應하엿다. 領警에서 나를招待할必要가업고 내가그에應할理由도가지지못하엿지마는 所謂無冠帝王의 턱업는소리를듯는反面에 八方美人노릇도 각금하지아니하면 아니되는것이

新 聞記者生活이라면 그다지怪異할것도아니다. 午後에는支局長李柱鳳氏와同伴하야中國商埠局을訪問하엿다. 龍井의公安을마터가지고잇는 이商埠局은日中事變以來더욱無氣力ㅎ야젓고巡警들은彈丸도업는虛銃메고잇섯다. 守衛와傳達에서手續을 마치고同局長君實氏를會見하엿다. 氏는國民黨機關紙 民聲報의主筆로써 多年操界에活動하다가 日中國交關係의記事問題로休判命令을

밧고

同 社가廢鎖됨에商埠局長에推威되엇다한다.

『新聞에는國境이업습니다. 우리는 至正至高한言論의表現인新聞의勝利를爲하야 ?鬪합니다. 오늘의(畧)과中國은 世界에서(畧)弱小民族임이다(畧)그리고 最近의間島情勢를貴報를通하야朝鮮民衆에傳及하야주시오』하는것을話頭로滿豪問題와間島自治運動批判에끼지長時間峻論을며하는氏에서新興中國人의一面을엿볼수잇섯다民生報의續刊과中國革命의將來를빌고熱烈한錢送을바드며同局을辭退하엿다

저 녁은女流文士-姜敬愛氏(張河一氏夫人)宅에서盛餐이잇섯다 敬愛氏는文藝評論과小說等의만흔作品을發表하엿고 『어머니와딸』을 『慧星』誌에連載中이며 長編力作을執筆하고잇서怠慢된朝鮮女流文壇을 爲하야努力하고잇다 異域에서모든困難을 무릅쓰고創作에熱中하는氏의압날을빌엇다

밤에는大成中學校監朴載夏氏를 비롯하야 先輩諸氏에서 間島事情을더욱詳細히들엇고 다시李柱鳳氏宅에서여러동무들과音樂等으로愉快한밤을보내엇다

間 島一帶에는共産黨員의暴動이繼續되고 그에따른領檢擧가不絶하는中現在도二百二十餘靑年을共産黨嫌疑로留置되엇스며 第一, 二, 三次間島共産黨(朝鮮共産黨滿洲總局) 事件의關係者를除外하드라도 五, 三十暴動以後昨年末日까지의統計만이七百四十四名에達함으로前後檢擧數를總合하면 不過五年間에十七百餘名의檢擧를보게되엇다 間島共産黨에對하야는別項에詳述하겟거니와 그의檢擧統計表는다음과갓다

間島共産黨檢擧統計表

自昭和五年五月卅日至同六年十二月末日

署別內分	受理人員	起訴	不起訴	未濟	訓戒放免
本館署	二五四(二九)	二一三	四0	一	二九
頭道溝	一二	九二	一九		
局子街	八七(三九)	五0	二六	一一	三九
百草溝	六一	三二	二0	九	
二道溝	二八	一00	八	一0	
八道溝	二(七)		二		七

天寶山	八(二)	五	二		二
銅佛寺	七(三)	一	六		三
? 洞	四	一	三		
南陽平	一		一		
琿 春	一		一		
嗄汭河	五		五		
凉水泉子	四		四		
檢事直受	一	一			
合 計	六六四(八0)	四九九	一三八	三一	八0
總 計	七四四	四九五	一三八	三一	八0

八

八, 間島共産黨

間島共産黨檢擧統計는 前項에揭載하엿거나와 그의檢擧는아직繼續되며 京城으로護送이所節하야 西大門刑務所未決監에는 四百餘名이敢容되엇고 모다 京城地方法院思想係預審에隷屬되어잇다 그의詳細한組織活動內容도 現制度가容許하지안는秘密結社도 地下의潛行運動에인만치 第三者로써知悉할수업스며 또한事件이豫審에秘留되어잇슴으로黨員들의具體的行動에는言及할수업스나 그의槪要를畧述하면

間 島共産黨은『朝鮮』(中畧)目的으로 朝鮮共産黨이組織된翌年 卽大正十五年四月에 崔元澤 曹奉岩 尹滋英等이北滿吉林省□沙縣一面坡에서 그의支部로 滿洲總局을 設置한것이起源이다 爾來總局은寧安縣寧古塔에本部를두고東滿北滿 南滿에支部를두고 各地에다시『이체이카』或은『푸랙순』을 組織하야 主義宣傳과 黨員募集에努力하는中 昭和二年十月에는 二組織이發覺되어 百餘黨員이檢擧되고崔元澤外二十九人이 投獄되엇다이것이世稱第一次間島事件이며

이 檢擧로主要黨員이모다檢擧되엇스나 그檢擧網을避한精鋭分子들은 다시後繼總局을組織하엿다 그러나그때는中央에도 派爭이잇는것과가티間島主義者間에도 火曜, 엠엘, 서울等各派로分裂되어各其滿洲總局을再組織하야 正統派로自稱하고勢力擴張에沒頭한關係로多少混亂된 同時에昭和三年九月에는 第二次의 大檢擧를보고 金種山等 四十九人(第二次間島事件)이 受刑하엿다 當時

의派爭이 如何하엿든것은 昭和三年十二月에 『콤민테룬』執行部에서 그의支部承認을取消한

決 定에依하야 알수잇다.昭和

一, 朝鮮共産黨의唯一한指揮部及成分의××을許容할檢收事實的情形의完全한××이기까지에는 朝鮮內에××하그잇는共産主義者의 『그룹』中何者에對하야도國際共産黨의支部인것의承認을拒絶함

二, 國際共産黨自體로써又는그의各部及國際共産靑年會國際識業會 國際農會는派爭하고잇는朝鮮共産主義者의 『클럽』中何者에對하야도物質的××는조금도히안흘것을認證함

三, 國際共産黨은朝鮮共産主義者等의××(中畧)此에對하야

適 當한方法을採用함(以下畧)

第二次檢擧가잇슨後尹□松, 張周□等은다시 後繼黨을組織하고 在來의主義方法을變更하야理論에서 實踐으로直接行動을展開할것을 決議하고 昭和五年三月一日에는 間島各地에서發生된 學生農民運動을指揮하고 다시組織的計劃的暴動을이르길目的으로 三一暴動十一周年準備委員會를組織하고全南洲暴動委員會로改稱하야 示威運動等으로活動하다가 第三次의檢擧를보게되엇고 姜錫俊等五十名이處刑되엇다

九

九. 暴動共産黨

력代間島共産黨의 組織系統을圖解하면 別表와갓거나와間黨의검거派爭中에서도 依然히各地에『푸랙슌』이 構成되어組織的活動을보이고 行動이漸次暴動化하야가든中昭和四年六月以後에는 새로운理論이 頭되엇스니在來의在滿朝鮮共産黨員은 從來派爭을是事로하고 黨의本目的은遂行한바적엇스며더욱이中國의一部인滿洲에居住하면서 朝鮮共産黨을支持하는것은『一國一黨主義』原則에違反되는것이니滿洲總局을解體하고 中國黨에加入할것을決議하게되엇다

劃 時代的으로 線路를變改하게된 決定書의理論은다음과갓다한다

滿洲는經濟的文化的方面으로보아中國의一節이다故로滿洲××의性質은獨

立的이아니고 中國?그것이다 이××의×은在滿××××主義 中國地主官僚軍閥等이다(中畧)滿洲의現階段에서 我等이實行할展畧은다음과가티規定된다 卽在滿××××主義 中國地主 官僚軍閥民族『부르조아지』의××이다(中畧)××의××은 漸次成長한다 此時期에잇서서 我等이朝鮮에對할科業은 左와如히規定된다

(一)滿洲를根據로하야 朝鮮(畧)運動을妨害하는 모든

假 面的集團은 徹底히淸算하는同時에 右運動에利益을줄 모든集團은힘잇게支持할것

(二)現在朝鮮이當面하고잇는共産黨復活事業에對하야滿洲總局은自黨을堅固히하는同時에精神的物質的 技術的으로此를援助함

(三)朝鮮內에서이러나는모든重大한(畧)와(畧)을興할것이와갓흔決定을보게되는一方間島地方에는中國共産黨의지부延邊黨部東滿 特別委員會가組織되어잇고 그活動이猛烈하엿슴으로朝鮮人黨員들은모다

同委員或은農民協會等에加入하야

(一)中國革命直接參加等의四大目的下에暴動을連續하엿다 그리하야 再年五月三十日에는 龍井村과天圖線를中心으로第一次의大暴動이잇섯스니이것이世稱五三十事件으로主犯金權等三十九人이京城法院公判에迴付되어잇스며 同年十一月七日에는赤露革命紀念暴動이잇서四十餘名이 現在豫審에拘留되어잇고 爾來그들의殘黨員과收

暴動等의 嫌疑로再年一年間에 約四百名이 京城으로檢擧送되엇고 現在도日中事變을 機會로 某種運動을 策動하고 少作爭議等을 指導하다가 二百餘名이一月以來檢擧되엇스며 아직도繼續檢擧中이다 이들의行動이暴動인만치일즉이朝鮮政治的思想犯에서보지못하는新記錄이만헛고朝鮮犯罪史를어지럽게하엿스니 現在豫審에拘束되어잇는罪名이治安維持法違反外에 殺人, 放火, 强盜, 暴力, 行爲, 爆發物取務 規劃違反逮捕察等 炭工十餘名罪를範하엿고 그中의

約 一割은 重刑의判決을바들는지도알수업다한다 그리고그들의暴動計劃과部屬組織들은中國共産黨을協作한만치破壞性遊擊隊糾察隊等으로 난우워非常한點이만흐나여긔에서畧한다

滿洲總局

(司法協會誌火曜派滿洲總局末路史에依함)

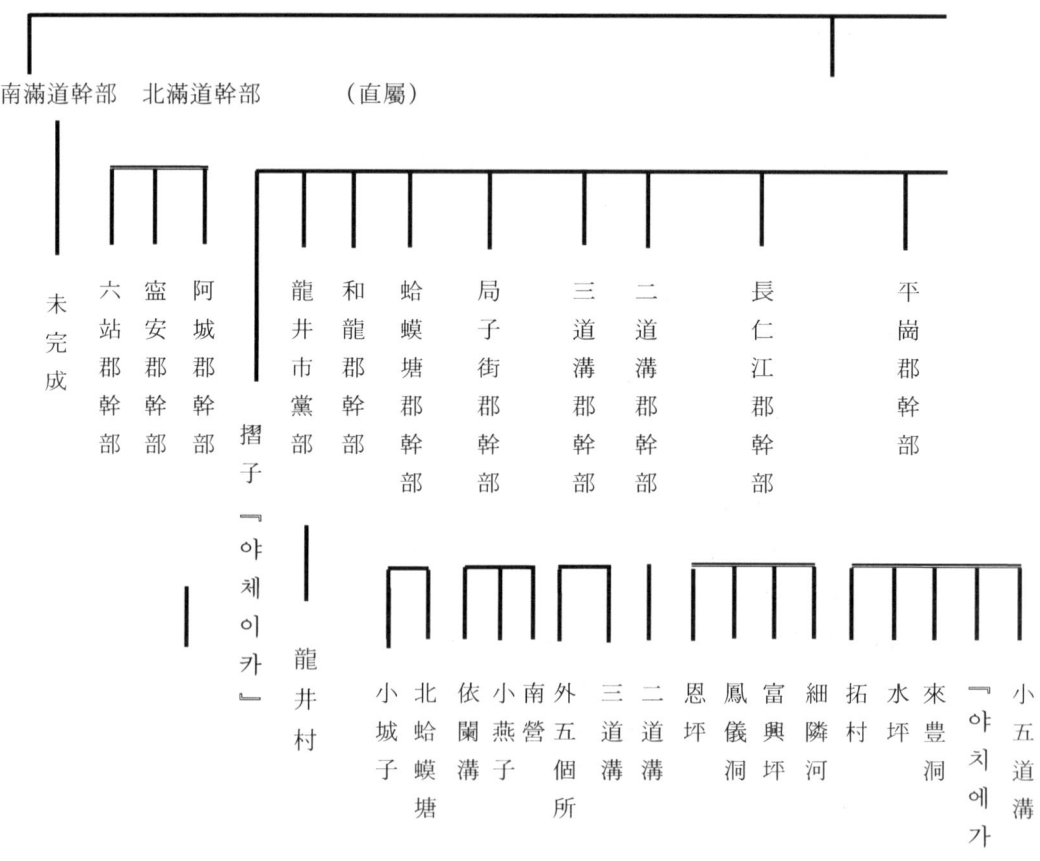

- 南滿道幹部
  - 未完成
- 北滿道幹部
  - 六站郡幹部
  - 寧安郡幹部
  - 阿城郡幹部
- (直屬)
  - 摺子「야체이카」
  - 龍井市黨部
    - 龍井村
  - 和龍郡幹部
  - 蛤蟆塘郡幹部
    - 小城子
    - 北蛤蟆塘
  - 局子街郡幹部
    - 依蘭溝
    - 小燕子
    - 南營
  - 三道溝郡幹部
    - 外五個所
    - 三道溝
  - 二道溝郡幹部
    - 二道溝
  - 長仁江郡幹部
    - 恩坪
    - 鳳儀洞
    - 富興坪
    - 細隣河
  - 平崗郡幹部
    - 拓村
    - 水坪
    - 來豊洞
    - 「야치에가」
    - 小五道溝

주 : 이 글은 ≪朝鮮日報≫ 1932년 1월 31일부터 1932년 2월 2일까지 12회로 나뉘여 게재되엿는데 제10절 民生團, 제11절 農民生活, 제12절 農産品은 여기에수록하지 않았다.
작자는 ≪朝鮮日報≫ 기자 신분으로 이 글을 썼는데 신원은 미상.

滿洲紀行*

신영우(申榮雨)

천래만객의 봉천시

월봉 산생!

봉천와서 벌써 2일이나 됩니다. 이번까지 3차나 온 나는 그 외관으로 ㅂ아 조금도 다른 점이 없으나 전(全) 봉천에 충일된 기분이 다각기 다른 점이 있어 그 동안의 세태의 변천을 둔각한 나로서도 여실히 느낄 수 있습니다. 작년7월4일 내가 처음으로 봉천에 발을 들여놓았을때 구시가에는 청천백일기(靑天白日旗)가 기세좋게 날리고 장학량(張學良)이가 완전히 패권을 쥐고 군림하였으며 동북정무 위원회 국민당성당부(省黨部), 성정부(省政部) 등 기관이 내용이야 충실하였든 이리하였든 별문제로 하기 기구를 갖추며 세력을 따져서 통제 지배하는 한편에 만철 부속지(滿鐵附屬地)인 신시가와 상부지(商埠地)의 기분은 그때에 바야흐로 물론(物論)의 초점이 되어 있던 만보산 문제(萬寶山問題)[1]를 앞에 놓고 침통음울한 바 있어 곧 폭풍우가 쏟아질 것 같았습니다.

제2차로 왔을 때는 작년 11월 4일입니다. 그후 봉천은 9월 19일에 돌발적 사변이 일어난 후 벌써 2개월이 지났지만 아직도 동란에 휩싸여서 하루에도 몇 번씩 주야를 불궁고 총소리가 들리며 이곳 저곳에 참호를 쌓아놓고 군대가 골목골목이 계엄을 하고 있으며 시중으로 무보 당당히 다니는 일본 군대의 발자취가 모질고 긴장되어 무시무시한 전쟁 상태였습니다. 이번에 세 번재 와 본 봉천은 얼마나 달라진 것입니까! 중국중앙 정부와 절연되고 장학량의 세력이 완전히 구축된 것은 더 말할 것도 없고 열강에게 무엇이라고 하거나 남경 정부에

---

* 이 글은 ≪朝鮮日報≫ 1932년 2월 26일부터 3월 11일까지 8회에 나뉘여 련재된것인데 여기에 실는것은 소재영 편 ≪간도류랑40년≫에서 선록. 작자는 ≪조선일보≫ 특파원으로 일찍 만보산사건을 취재했고 이 글은 19321년 11월에 만주의 조선인사회를 취재하여 쓴것이다. 작자 신원 미상.

1) 만보산문제(萬寶山問題) : 1931년 7월 중국 만주 길림성 만보산에서 관개수로(灌漑水路) 때문에 조선 농민과 중국 농민사이에 일어난 분쟁 사건. 일본이 이 사건을 고의적으로 조중 농민들에 대한 리간책으로 리용하여 동북침략의 계기로 삼음.

서 절대 부인을 하거나 누가 무엇이라 하든지 오불관언으로 신국가의 건설이 하여튼 기정 방침대로 착착 진행되고 있습니다. 성내 구시가의 계엄은 다소 있으나 부속지만은 표면으로 보아 완전히 계엄시를 벗어나서 어마어마하게 무장한 군대의 행렬은 그다지 볼 수 없고 틈타서 시가지로 놀러다니며 일배 취기에 기염을 토하는 군인의 사행(私行)과 사복으로 주점이나 무도장으로 다니는 장교급이 간혹 눈에 띕니다. 긴장되었던 대신 평온한 듯하고 침울하였던 대신에 창달(暢達)한 맛이 보이니 이것이 소위 만주의 '신흥기분'이라 할 수 있을가요? 그리고 또 한 가지 현저히 눈에 띄는 것은 또 무엇을 하려는지는 알 수 없으나 외래의 객이 ㅈ꾸 밀려 들어오는 것입니다. 여관마다 대만원인데도 하루에 몇십 명식 머리를 싸매고 대들며 그것도 부족해서 우연만한 개인의 집에도 손 안치는 데가 없다 합니다. 외래의 객은 일본인이 제일 많고 그 다음에는 조선 사람이라 합니다. 작년 11월에 들었던 태평 여관도 그때는 주인이 하품만 하고 손만 부비고 있더니 요새는 좁은 방에 둘, 셋씩 집어넣고서도 하루에 50명 씩은 왔다가 도로 간다고 합니다. 그것은 물론 모두가 조선 사람들입니다. 이들이 무엇을 보고 무엇을 구하여서 이와 같이도 밀려듭니까? 이 판에 가면 무슨 큰 수가 나리라고 믿는 막연한 생각으로 대부분이 무(無)정견 무준비 무의식하게 덤비기만 하면 어찌합니까? 그러지 않아도 호기와 투기에 남보다 앞서는 조선 사람이 이런 때 막연히 준동(蠢動)함은 심심(深甚)히 고려할 점이라고 봅니다. 그러나 우리의 안전에서 어떻든 움직이며 진행되고 있는 만몽(滿蒙) 문제를 우리는 등한시 또는 냉안시하여서는 아니 될 것입니다. 만주는 우리와 지리적으로 인접하고 예전 깊었던 관계의 역사를 뒤질 것 없이 지금 1백만이넘은 우리 동포 형제가 이곳에 몸담아 앞으로 그야말로 누가 무엇이라 하든지 이곳에서 뿌리박으며 살아나가지 아니하면 아니될 것입니다. 적어도 이 기회에 우리는 '어떻게 보며' '무엇을 할 것이냐.' 하는 문제는 우리 앞에 현실ㄹ 놓인 중대한 명제일 것입니다.

만주의 중대성과 조선인의 관심될 제문제

월봉 선생!

제1신에 우리는 만주 문제에 대하여 결코 무관심하거나 또는 냉담한 태도를 가져서는 아니 되겠다고 말하였습니다. 그러면 만주 문제는 왜 우리에게 중대한 이유를 가집니까? 이 문제에 대하여는 솔직하게 대담하게 말하기 어려운 점이 여러 가지 있소이다. 그러나 대범하게 말하자면 만주는 지리적으로 우리 조선과 인접하여 이곳에서 일어나는 모든 현상은 직접 간접으로 우리에게 여러 가지 영향을 줍니다. 또 과거 역사적사실은 만주에 대한 우리의 관심을 더욱 일으키는 바 있○니 조선 민족이 만주에서 발상하고 이 벌판에서 생장하였으매 저의 선조가 오랫동안 이곳을 통제 지배하였던 사실을 상기할 때에 오히려 애착까지도 생깁니다. 그러나 우리는 과거의 자취를 찾아서 감회적 애착을 혹은 관심을 가지는 것보다도 현실의 여러 가지 만주의 중대성이 우리의 관심을 더욱 끌고 주목을 집중케 합니다.

월봉 선생!

그러면 이 중대성이란 무엇을 가리키는 것입니까? 흔히 우리는 만주는 동양의 빨칸(발칸)반도란 말을 듣습니다. 이 말은 과거 좁다란 빨칸 반도를 중심으로 무대삼아 구라파 열강의 야릇하고 복잡한 제세력이 교차되고 서로 부딪쳐서 결국은 인류 역사상에 여러 가지 중대한 변환과 전국(轉局)을 나타나게 한 국주 대전쟁의 기인이 되었던 것과 같이, 동양에서 만주는 비록 빨칸 반도와 여러 가지 다른 점이 있다 하여도 역시 선진 국가의 제세력이 서로 맞붙어서 어느때 어찌 될는지 모르는 암류가 은연히 흐르고 있지 아니합니까? 실로 만주는 민족적으로 일, 중(日, 中)이 서로 부딪치고 서로 대립하였으며 이권을 중심으로는 일본, 미국, 노서아, 중국 등 제국이 서로 대립하여 분쟁이 현저하게 혹은 은연히 계속되고 있지 않습니까. 이 때문에 극동 정국에 큰 영향을 준 일로 전쟁이 일어났고 혹은 철도를 중심으로 일·미, 일·중, 일·로가 서로 암투가 끊일새 없이 내려오다가 터져나온 것이 금번 만주 사건(滿洲事件)[2]이라고 볼 수 있습니다. 이번 사건으로 만몽은 일본이 자기의 생명선으로 사수하고 개척하느니만큼 여러 가지 변환이 많이 있을 것이며 또 일본의 세력이 어디보다도 강대하게 침투 부식되어 독무대 될 것만은 확실한 사실입니다. 그러나 과거 만주에서 두각을 다투고 있던 다른 세력이 일시 잠영(潛影)하여 있을지언정 그대로 없어지지는 아니할 것이니 자체의 성장과 인접한 노서아와의 관계가 가장 중대하여 어느때

2) 만주 사건(滿洲事件) : 1931년 일본이 고의로 중국과 전쟁을 일으켜 만주를 점령하고 괴뢰 정부인 만주국을 세운 전쟁, 만주 사변.

든지 서로 다시 맞부딪칠 수 있을 것이며 세계에서 가장 거억(巨億)을 쌓고도 그에 만족치 못하여 시장을 찾고 있는 미국의 자본주의가 어느때 어떻게 움직일는지 알수 없는 일입니다.

월봉 선생! 그러면 우리가 좀더 대국적으로 정치적 안목을 넓히고 또 자기 운명의 개척에 대하여 조금이라도 생각이 있다 하면 이러한 사실을 세밀히 관찰하지 아니할 수 없고 따라서 만주 문제에 큰 관심을 가질 수 없을 것입니다.

또 이것 뿐만이 아니라 경제적으로 만주는 비옥무류(肥沃無類)한 평야가 그야말로 망막하게 버려져 있고 지하에 묻힌 보고가 한없이 쌓여 있으니 가량(假量) 세계 총산액의 66퍼센트를 점령하는 대두(大豆), 수십억 톤의 매장량을 가진 석탄, 천고미답의 대삼림, 기타 등등 무진장한 물산과 그것을 이용하여 얼마든지 일으키고 발달시킬 수 있는 상공업, 아직도 수억 인구를 증식시켜도 오히려 생활자료가 남을 그 여력 등 세계인의 열렬한 식욕을 자아내기에 충분하다 할 것이외다. 이 때문에 미국이 슬그머니 대어들고 과거 일본이 10만의 생령을 희생하고 20억의 자력(資力)을 경도하여서라도 생명선으로써 사수하는 것입니다. 그러나 이러한 무진장한 보고가 결코 우리에게 그대로 개방되고 차지될 리 만무합니다.

그러나 조선에서는 할 수 없이 막다르게 된 우리도 이에 유의하고 기회 보아 잘 이용하면 남이 백을 가지는 틈에 하나나 둘은 가질 수 있으니 경제적 진출을 구함에 있어서도 만주 문제에 관심을 가져야 할 것입니다. 또 만주에는 이미 우리 동포가 1백만 이상 전 민족의 20분의 1이나 있지 아니합니까. 잘 살든 못 살든 이들의 사활(死活) 문제가 퍽 중대한 동시에 만주의 소장(消長)이 이들의 생존과 긴절한만큼 또한 무관심 냉담하여서는 아니 될 것입니다.

월봉 선생! 이러한 모든 점으로 만주는 우리에게 과거 장래에 여러 가지 긴절한 관계가 이상 그대로 무관심하거나 냉정한 태도만을 취하여서는 아니 될 것입니다. 그것은 자기 사상 혹은 이상을 달리하더라도 이 문제만은 각각 큰 관심을 가져야 할 것입니다. 금번 사건이 일어나지 아니하였더라도 심심한 관심을 가져야 할 것인데, 이미 지금 만주는 중대한 전기를 당하여 우리의 태도 여하를 불구하고 각각으로 갈 곳으로 달아나고 있습니다. 이때에 결코 우리는 기분에 글리고 관념에 붙잡히어있을 때가 아니고 어떤 계급 어떤 사상을 가진 자라도 먼저 지금 각각으로 진전되고 있는 만주 문제에 큰 관심과 열의를 가지라고 힘차게 부르짖고 싶습니다. 그렇다고 현실을 그대로 긍정 혹은 추종하라는 것은 아니나이다. 여실히 모든 관계가 얽히어 있는 현실을 직관하고 비판하여서 태도를 가지라는 것입니다.

신국가 건설소동-주목되는 교육제도

만몽 신국가의 건설 기분은 지금 봉천의 성내 성외를 물론하고 횡일(橫溢)되어 있습니다. 봉천뿐만이 아니고 전 만주 각처에서도 그러한 기분이 넘치어 있는 듯합니다.

봉천 장경혜 저택(張景惠邸宅)에서 동북 신(新)정무 위원회가 바쁘게 열리더니 다소 지체하던 이 문제가 갑자기 봉천 시가가 떠들게 되었습니다. 22일부터 성 내외 중요한 도로에는 몇 장(丈)되는 황, 적, 백색 등 장포(長布)에 신국가에 대한 표어를 서서 양쪽 전신주에 붙들어매어서 쳐다보게 만들었고 또 23일에는 높고 중요한 건물이란 건물에는 몇십 장씩 되는 포목(布木)에 역시 표어를 써서 지붕에서 땅까지 늘어뜨리었습니다. 그 표어는 대개가 구군벌(舊軍閥)을 완전히 구축하고 참으로 동북 민중에게 행복을 줄 국가가 건설된다는 등의 대동소이한 표어입니다. 그 날부터 각처에는 무려 수십만 매의 선전 포스터를 붙이고 신국가의 산업, 교육, 재정, 치안에 대한 방침을 크게 표시하여 어디를 가든지 이 포스터가 눈에 아니 띄는 일이 없습니다. 지금 겨우 수중에 넣은 교육에 관한 포스터가 있는데 그 중에 주목되는 점이 한두 가지 있습니다. 그것은 신교육 5대 건설방침으로 ①회복 원상 ②개선 내용 ③정돈 제도 ④독립 경비 ⑤의무 교육의 5항 중 제3항 정돈 제도 중에 정돈 선인(鮮人)교육이라는 일목이 특히 삽입되어 있는 것과, 또 신교육 3대 근본교육의 방침의 ①공영화적(共榮化的) 교육 ②직업화적 교육 ③일어화(日語化)적 교육의 보편주의, 필요주의, 점진주의라 쓰인 것입니다. 선인교육을 정돈하고 다시 점진으로 일어화 교육에 주역하게 된다면 그 결과는 어떻게 되겠습니까. 교육에 있어서 조선의 연장이 될 것입니다. 25,6일부터는 신국가 건설 문제 때문에 만몽 각 현(縣) 대표 5, 6백 명이 모여서 그 수행까지 1천여 명이 일시에 봉천에 들이밀리어서 여관마다 대만원이 되었습니다. 이들 대표는 일일이 ○○의 지도 안내에 의하여 행동하고, 27일에는 각 현 대표들이 제가끔 악대를 선두로 자동차를 행렬지어 돌아다닙니다. 이날 오전

9시부터 상부지 남시장 대무대에서 봉천시민 대회를 개최하여 기세를 올리고, 28일은 현대표 회의, 29일은 전만몽 대회(全滿蒙大會)를 열고, 31일 청 시조(淸始祖) 애친각라(愛親覺羅) 씨가 비로소 무순 부근에서 적을 토평하고 건국하였다는 이 날을 택하여 장춘(長春)에 모여 건국제(建國祭)를 거행할 순서라 합니다. 27일 밤부터 전(全) 시가 중요 건물에는 전부 일리미네이숀(일루미네이션)을 가설하여 불야성을 짓고 그 기분이야말로 가관입니다. 27일 오후 2시경 시민대회에 가보았더니 수만 명의 군중 노소남녀 할 것 없이 밀려서 길에 찼고 순경이 빈 총부리를 내두르며 정리하느라고 악을 씁니다. 그러나 어디인지 중국 민중의 침통한 기분이 있는 것만은 간과 못할 것이었습니다.

월봉 선생!

이 신국가 건설이 여기까지 이르기까지 실로 다단(多端)하였던 모양입니다. 그러나 하여간 성립되는 이 국가 조직은 이미 보도되었습니다마는 원술 선통제 부의(宣統帝溥儀)를 집정으로 추대하고 참의부·입법부·국무원·감찰원, 삼원제를 채용하여 정치를 운용하기로 결정되었는데, 참의부는 신국가가 한, 만, 몽, 일, 백계 노인(白系露人) 5민족으로써 구성된 것만큼 각 민족의 대표격이 참의로써 참가하여 법률, 예산, 교령, 열국 교섭, 대외 선언, 관리 임면(任免) 기타 중요한 국무에 관한 의견을 집정하게 제출하는 것이라 합니다. 이 신국가가 만몽에 있는 민족으로서 구성된다 ㅎ면서도 백만이 넘는 조선 민족만은 민족단위에 그나마도 들어가지 못하는 모양입니다. 따라서 참의부나 입법부 같은 곳에도 참여할수 있게 될는지 자못 의심하며, 이런 곳에서도 자주적 진출을 못하게 되는 모양입니다. 신국가의 수도는 아직 장춘으로 결정된 모양인데 이것도 여러 가지 정책적 견지에서 그리로 옮기는 듯합니다. 이 문제에 대하여 좀 자세하게 또 대담하게 관찰 비판하고 싶으나 다음으로 미루고자 합니다.

현 대표자대회-적황색표어와 시중 장식

월봉 선생!

봉천와서 이미 10일이나 됩니다. 올 때 예정과 와서도 곧 연선 각지 피난동포 수용소를 방문코자 한 것이 의외로 지금까지 봉천 와서 쌓여 있던 위문품의 하조 운송(荷造運送) 등 실로 꽤 까다롭고 복잡한 수속이 걸리어서 예정이 훨씬 넘어 지금까지 봉천에 체재하고 있으니 실로 초조하기 그지없습니다. 그 동안 될 수 있는 대로 만주 문제와 신국가에 대한 제반 자료를 심색하고자 애쓰나 그것 역시 여의이 되지 못합니다. 그러나 될 수 있는 대로 이 문제에 대한 정확한 인식을 얻고자 여러 방면에 애쓰고 있습니다.

월봉 선생!

제3신에 지금 봉천은 신국가 건설의 기분으로 떠들고 있다는 것을 말하였습니다. 실로 이 소동은 27, 8일에 와서 최고조에 달하였으니 화마차(花馬車) 화자동차가 시중을 질주하고 선전 삐라의 살포, 전기 장식 등 가관입니다. 28일은 요령성(遼寧省) 내 59현의 각 현 대표자 회의가 성내 자치 지도부 강당에서 개최되고, 29일은 전 만몽 대회가 역시 동 장소에서 개최되어 완전히 민중의 요망을 결속하고 일기(一氣) 건국제로 나아갈 모양입니다. 28일까지도 건국제를 3월 1일 장춘에서 개최하기로 하였던 것이 또 무슨 층절(層折)이 생기었는지 또 연기되어 3월 10일경이나 될 듯하다고 합니다. 이와 같이 연기에 연기를 거듭하는 그 이면에는 결코 신국가가 용이하게 탄생되지 아니하고 복잡 미묘한 여러 가지 곡절이 있었다는 것을 상상키 어렵지 아니합니다.

월봉 선생!

28일 오후 1시경 성내 자치 지도부에서 개최되는 각 현 대표자 대회를 참관하고자 마침 길림(吉林)에서 온 신일용(辛日鎔) 씨와 조선서 나보다 2, 3일 먼저 온 이성환(李晟煥) 씨와 더불어 같이 구경갔습니다.

먼저 성내에 들어서면서 의외로 주목되는 것은 신국가에 대한 선전 포스터와 삐라가 부속지보다 훨씬 적어서 별로 눈에 띄지 아니하고 여러날 동안 계속되는 한기가 겨우 이 날부터 풀리기 시작한 까닭으로 길 옆양지 쪽에 나와선 군중은 많으나 결코 새 기분이 들고 열광하는 빛이 조금도 보이지 아니하는 것입니다. 그들은 차라리 훤화(喧嘩)하게 왔다갔다 하는 자동차들만 이상한 듯이 쳐다보고 있을 따름입니다(원문 삭제로 중략).

국기를 종횡으로 달고 정면에는 적색 광포에 '건설 신흥 국가 일심 일덕(建設新興國家一心一德)'이라 쓴 표어를 높이 달고 좌우와 벽 사방에 '자주 자결' '건국 안민' '과세 응취 공평(課稅應取公平)' '개발 자원' 등 표어를 써붙이고 적, 황록 2색을 무들인 포장을 회장 전체에 둘렀으며 타원형의 단상에는 주석

의장을 중심으로 각 위원·각 성 대표가 둘러앉고 각 현 대표들이 참집하여 앉았습니다. 막 들어가니 시간이 좀 늦어서 각 현 대표의 연설이 계속되더이다. 중국어를 몰라 무슨 소리를 하는지 속으로 애태우고 성 대표 연설에 들어서 일본어 통역으로 그들의 연설대의(大意)가 과거 군벌을 완전히 토벌하고 신국가가 되니 기쁘다는 것과, 이 국가는 민의를 존중하여 민중의 행복을 위하여 나아가지 아니 하면 아니 된다는 것입니다. 그리고 나중에 각 현 대표의 청원문 정체(呈遞)가 있었으며 성(省) 대회 선언 결의가 10분간 휴식으로 작성되어 박수갈채 중에 낭독되었습니다.

결의문

1. 현하 대세에 적합한 신국가를 건설하고 민중 의지에 즉할 원수를 추거(推擧) 할 것.
2. 철저적 군벌의 세력 급(及) 기일절 가정(苛政)을 근절할 것.
3. 왕도주의로 신정 설시(新政設施)의 표준으로 할 것.
4. 동아 민족의 융화를 계(計)하여 국가의 기초를 확립할 것.
5. 산업의 개발에 치중하여 신국가의 부원(富源)을 개척할 것.
6. 직업 교육을 실시하여서 인민 생계를 유복히 할 것.

입니다. 이것을 마치고 구(舊) 장학량이가 사용하던 관현악의 주악이 있었고, 여자로 조직된 요서현(遼西縣) 현자선단(縣慈善團) 대표의 창가가 있은 후 신국가 만세로 폐회하였습니다. 이 대회에 특히 주목되는 것은 중국민의 둔중한 태도 때문인지 또 무슨 이유인지는 알 수 없으나 생기와 환희가 넘치지 아니하는 것 같다(원문 삭제 중략).

그리고 선언 낭독에 '대동(大同)'이란 연호를 써서 대동 원년 2월 28일이라는 소리가 귓속에 새롭게 이상하게 들립니다.

각 대표자 회집-시중을 트락크로 시위 행렬

2월 29일은 성내 동택 여학교(同澤女學校) 대강당에서 전만(全滿) 촉진 건국 연합 대회가 개최되고 이어서 전만 촉진 건국 대시위 운동이 있었습니다. 자치지도부가 중심이 되어서 만몽 각지에 학생을 파견하여 건국 촉진 대회를 개최케

하고 봉천성 대회를 뒤이어 이 연합 대회가 개최된 것입니다. 멀리 흑룡강성(黑龍江省)의 각 대표와 몽고 대표까지 참집하여 거행된 대회를 구경한 나는 간단히 그 광경을 적어보고자 합니다. 대동 원년 2월 29일 오전 11시에 역시 작일에 붙였던 표어 장식을 한 대광장에서 주석 심양현장(瀋陽縣長) 사동수(謝桐壽)씨의 사회로 회가 진행되어 각 대표들의 선언 급 결의문 낭독이 있었고 각 성 대표 내빈연설이 있은 후 대회 선언이 낭독되고 주악리에 신정(新定) 국기를 향하여 국궁례(鞠躬禮)가 있은 후 신국가 만세로 폐회하였습니다. 그런데 이날 특히 유의 주목되는 것은 대회 선언서 중 건국의 이유를 예거하는데, 만주는

지난날 부여는 장춘에서 건국하고
발해는 영안에서 건국하며
여진은 하성에서 건국하며
만주는 흥경에서 건국하였다.
그 작은 무리가 일우에 모여 수백년 누리고
그 큰 무리는 동토에 터를 잡아 중원에 나아가니
왕업의 일어남이 이미 서너 차례였다.
이땅의 역사가 본보기를 이루어 반드시
다스리도록 한 것이 건국한 이유이다(편자 역).

往者扶餘建國於長春
渤海建國於寧安
女眞建國於河城
滿洲建國於興京
其小者保聚一隅
傳祚數百其大者肇其東土
進據中原
王業之興已至三四
此基歷史成例
必領建國理由也

라 하였는데 그 중 부여. 발해의 건국은 우리 선구(先驅)의 뚜렷한 건국역사의 사실이 아닙니까. 이 기록을 볼 때 과거 우리 조선족이 만주 평원을 석권하고

중원을 진거하여 일대 세력을 폈던 것이 눈앞에 보이는 듯 감회무량하며 결코 이 땅이 남의 땅같지 아니합니다.

월봉 선생!

대회 순서가 진행되어 신국기에 국궁하기로 하여 일제히 기립하고 유량한 주악이 울리어지자 단상 정면 중앙에서 황지(黃地)에 좌상 일우(一隅)에 적·청·백·흑·육(肉)색을 물들인 신만주국의 국기가 내려옵니다(중략).

이 날 조선인으로 길림·합이빈, 흑룡성에서 대표가 와서 4, 5인 참석한 것이 눈에 뜁닏. 그들은 조선인으로서 처음의 신국가 국민들입니다. 이 대회가 마치고 곧 시위 운동이 일어나 1백여 대의 자동차 '추러크(트럭)'로 각 대표 학생 청년단 등을 싣고 기를 날리며 시내를 돌고 수십만 매의 삐라를 살포하는데 길가는 중국인은 우뚝우뚝 섯 구경들을 하고 있습니다(중략).

월봉 선생!

중국민은 대륙적인 까닭인지 저력 있는 국민입니다. 자기에게 닥쳐오는 운명을 능히 은인(隱忍)하고 자중하여 참고 나가는 참말로 저력 있는 국민입니다. 이 점이 중국인의 장점인 동시에 단점일는지도 모르겠습니다.

이와 같이 진행되는 신국가 건설은 착착 신기(新期)의 목적으로 진행되고 있습니다. 신국가를 건설하면서도 어떻게 지도할 것인가? 하는 문제가 큰 문제인 모양입니다(중략).

무순(撫順)의 대탄광-마적에게 피살되는 동포들

월봉 선생!

3월 1일이 벌써 되었습니다. 조선에는 버드남에 물이 올라 싹이 트고 잔디밭에 움이 돋아 봄빛이 두터우리락 생각됩니다마는 이곳만주는 봄소식은 고사하고 아직도 얼음이 그대로 굳어서 쌀쌀한 바람이 방한모를 눌러쓰고도 오히려 귀가 시렵습니다. 4월 중이나 가야 겨우 봄바람이 분다고 합니다. 이 날 나는 무순(撫順)을 갔습니다. 벌써 10여 일 봉천서 본의 아닌 체류를 하다가 28일에 비로소 위문품을 발송하고 3월 1일 무순 수용소를 방문하였습니다.

월봉 선생!

무순은 아시다시피 일본 유일의 큰 탄광입니다. 석탄의 매장량이 10억톤이나

넘엇 일본의 총매장량의 8억 톤에 비하면 무순 한 곳의 석탄량이 얼마나 다대합니까. 일본서도 산출량이 제일 많은 북해도의 총합계량과 대등하다 합니다. 이 탄광은 20세기 초에 노서아가 남하 정책을 채용하여 합이빈에서 대련(大連)까지 이르는 철도를 부설하고 이 탄갱의 채굴권까지 얻어가지고 채굴하기 시작하던 것이 일아(日俄) 전쟁에 노서아의 세력이 완전히 구축되고 명치 42년 9월 4일에 당시 북경에서 조인된 '만주 5안건에 관한 협약' 제3조에 의하여 그 권리가 비로소 일본에 돌아가는 동시에 연○(煙○) 탄광까지 겸(兼)해서 만철의 손으로 채굴하게 된 것이라 합니다. 봉천에서 동방 약 1백 10리에 있는 이 탄갱의 광구면적은 1천 8백 20만 평으로 동서 4리 남북 1리에 탄층이 뻗치어 있고 그 두께가 78척여부터 4백 80여 척에 달하여 1년에 약 7백만 톤씩을 이미 몇십년 계속하여 채굴하였으나 앞으로 아직도 1백 년은 넉넉히 채굵리라고 합니다. 수년 전부터 원유 공장을 개방하여 한 옆으로 제유 생산을 겸하여 이곳에서 노동하는 수가 5만여 명에 달하였다 합니다. 그리고 무순와서 제일 눈에 띄는 것은 시가지의 사치한 것입니다. 전ㅂ 구미식문화 주택으로 고대(高臺)를 골라서 2층 혹은 3층으로 화려한 주택을 짓고 수도(水道) 와사(瓦斯)는 말할것 없고 원유지·아동 유희장 등 설비를 갖추었으며 심지어 사택 전반에 철조망을 둘러쌓고 전기 스위치를 한번만 틀면 무엇이든지 범하지 않게 되었다 합니다. 5만의 노동자가 지하에서 묵묵히 혈한을 다하여 수십 척 지하에서 1일 10여시간씩 보고(寶庫)를 캐어내는 반면과그 댓가로 일부 ×× 사원이 이와 같이 호화롭게 홍청거리고 살고 있으니 얼마나 모순된 일입니까. 여기서 이런 것을 새삼스럽게 스지 아니하려고 합니다.

무순 지국장 문명선(文明善) 씨의 안내로 피난 동포 수용소를 방문하여 그곳 한국인 권세환(權世煥) 씨의 호의로 일부 피난소를 방문하고 떠나왔습니다. 이 곳에서 가장 뼈에 저리게 본 사실은 28일 새벽에 마우장자(馬牛庄子)에서 기마적(騎馬賊)에게 동포 2인이 총살되었고 고산둔(靠山屯)에서 역시 마적에게 동포 14인이 납거(拉去)되었다가 한 사람을 인질로 두고 돈을 장만하여 교환하려고 하였으나 돈이 없어서 미처 구해오지 못하는 사이에 마적의 심사는 더욱 틀어져서 죽인다고 야단하는 판에 밤에 몰래 그대로 뛰여나와서 수십 리 얼음 위를 맨발로 도망하였기 때문에 발이 전부 동상이 되어서 걸음을 못 걷고 업히어서 민회(民會)를 찾아온 것을 목격하였습니다. 이 얼마나 비참한 희생입니까.

얼마나 참혹한 운명입니까.

만주의 교육제一개원(開原)의 금석(今昔)과 장래의 산업

월봉 선생!

봉천서 약 1시간 북으로 달아가면 봉천 이북에 제일 번화한 도시로 처음 닿는 곳이 철령(鐵嶺)입니다. 북쪽에 요하의 지류인 시하(柴河)가 흘러 있고 서방 약 1리의 지점에 진봉구(蚔蜂溝)가 있어 본류 요하에 합쳐서 이곳으로 왔다갔다 하는 백범(白帆)에 가득 바람을 싣고 오르락내리락 하는 양이 황막한 만주 원야(原野)에 그 정취를 더욱 가미하여 유장한 맛이 제법 시적입니다. 철령은 멀리 천수백 년 전 발해 시대에 발달된 군성(郡城)으로 철도가 개관하기 전까지는 봉천 이북의 제일의 상업 시장이었으나 그후 '개원(開原)'이 특산 시장으로 발달하기 때문에 그 번영을 빼앗긴 듯하나 아직도 특산이 상당히 출회(出廻)하고 더구나 면사포(面紗布)의 산지로 직조업이 꽤 은진(殷賑)하다고 합니다.

3월 3일 이곳 피난 동포를 찾고 불과 3시간밖에 겨를이 없어서 성내에 들어가서 발해 시대 우리 겨레가 이곳에 점거하여 통제하고 있던 자취를 겉으로나마 찾지 못한 것이 유감이었습니다. 철도 부속지는 역시 만철의 시설로 정돈되었으나 한아(閑雅)한 맛보다도 좀 충충한 감을 주는 도시였습니다. 이곳 민회장으로 최근 선임된 장우근(張宇根) 씨는 금년 육순에 달한 호로(好老)로 일찍이 한국말(韓國末) 시대에 신문(新聞) 과장으로 있다가 그후 북·중 중국을 편유하고 15년 전에 철령에 와서 우거하며 재만 조선 아동의 교육 사업에 발분하여 철도 연선에 처음으로 이곳에 육영 학교를 창립하여 그후 보통 학교로 인허를 받기까지 하고, 다음 봉천에 나아가 역시 학교를 설립하여 보통 학교로 승격시킨 후 영구(營口)·합이빈·장춘 등 보통 학교가 거의 다 장씨의 주선과 노력이 없는 곳은 한 곳이 없고 심지어 내몽고 백음태라(白音太羅)까지 쫓아가서 조선인의 보통 학교를 설립하여 흡사 만주 보통 학교는 이 장씨가 혼자 청부한 감이 있습니다. 그리고 그는 지금 일개 노서생(老書生)으로 있으나 만주에서 와전한 조선인의 중등 학교의 설립을 보지 않으면 움직이지 못하겠다고 결연한 각오를 보이며 의기가 앙앙합니다. 하여간 그 지위가 어떠하든지 이와 같이 동분서주하여 15, 6년간 육영 사업에 뜻을 품고 이 황야에서 헤매는 부랑의 조선 아동을 위하여 노력하였다는 것만 하여도 크게 감사할 바라 할 것이외다. 이 호노인과 환담 시간여에 바쁘게 다시 개원으로 떠나게 되었습니다.

월봉 선생!

현재 철도 연선에 있는 개원은 그 발달된 역사가 지극히 짧으나 소위 신시장에서 동북 약 3리에 있는 개원성(開原城)은 예전부터 '개원'이라 이름ᄒ여 약 1천 3백 년 전부터 은성하던 도시로서 봉천과 아울러 만주의 최고 도시의 하나라고 합니다. 내가 단견하여 역사적 발전을 이곳에 평고(評考)하지 못함은 퍽 유감이나 이곳도 역시 고구려, 발해 시대에 벌써 우리와 역사적 깊은 인연이 있었고, 명대에 가장 번영하여 홍무(洪武) 22년에는 3만의 위(衛)를 둔(屯)쳐서 25지리(支里)에 긴 성곽을 둘러쌌던 곳이라 합니다. 남으로 드물게 보는 청하(淸河)가 흐르고 북으로 황룡구(黃龍丘)가 우뚝 솟아서 안계(眼界)가 한없이 뻗쳐 있는 이 황야에 드물게 보는 구릉을 갖고 있으니 산수(山水)로 하여금 자연 이곳에 고대로부터 도시가 발달된 것은 우연이 아니라고 볼 수 있습니다.

신시가는 철도가 개통되기 전까지는 손가태(孫家台)라는 황야 중의 일한촌에 불과하였으나 철도가 지나가게 됨을 따라서 그 배후에 잇대어 있는 남만주 굴지의 풍양(豊穰)한 곡장(穀藏) 동산 지방(서안 · 서풍 · 해룡 · 유하)을 가졌기 때문에 이곳으로 모이는 만주 3대 산물의 하나인 대두가 한없이 산출되어 매년 10월부터 익년 3, 4월까지는 일일 천거만마(千車萬馬)가 대두를 싣고 이곳으로 위집(蝟集)하여 날마다 수백거(數百車)의 화차(貨車)가 이 대두를 싣고 남으로 대련 · 영구 · 조선으로 달아난다 합니다. 그리하여 이통에 신시가도 어느덧 은성되어서 '특산물 시장' '대두의 도(都)'로 그 이름이 떨치게 되었다 합니다. 따라서 대두박(大豆粕)을 만드는 유방(油房)도 일시 수십 개소의 대소 공장이 있었으나 이것은 그전 이야기가 되고 한번 만철의 경쟁 병행선 봉해(奉海) · 길해선(吉海線)이 개통하면서부터는 갑자기 그 많이 나오던 대두 등 곡물이 해룡 등지의 각 중국 철도로 빠지게 되어 지금 개원은 그전의 번화하던 잔해만 남기고 겨우 그 면목만 유지하여 오나, 금후 이 병행선까지 일본이 위임 경영하게 된다면 다시 구면목을 낼는지도 모른다 합니다(중략).

개원의 성쇠를 보아 먼저 경제적 전달을 하자면 철도 부설로부터 시작하여 그 부근 산물을 흡인 수송함에 그 힘이 얼마나 큰 지를 알 수 있습니다. 이곳에 우리 동포는 겨우 2백여 호밖에 없어 몇 개인이 곡물상으로 견실하게 성공한 사람도 있는데, 그 중 정주(定州) 출생 홍순형(洪淳亨) 씨는 대표적 성공자라고 할 수 있습니다. 피난 동포가 다른 곳보다도 거처와 규모가 짜인 것이 이 홍씨의 노력이 적지 않다고 합니다. 간절히 느끼는 바이지마는 다니어보면 어느 곳이든지 한 사람 두 사람 있어 이곳이 내 일이라는 신념을 가지고 성의와 노력을 다하여 피난민을 구제하는 곳은 만반이 정리되어 나가고, 다만 마지 못하여 형식만 차리는 곳은 아무리 돈이 많고 방침이 좋아도 별 수 없이 되어 갑니다. 요컨대 돈보다도 방침보다도 사람 문제입니다. 인물의 성의 문제입니다. 이것은 하필 피난민 구제뿐이겠습니까. 어느때 어디서 무슨 일을 하든지 인물과 그 성의와 노력보다 더 위대한 것은 없을 것입니다.

월봉 선생!

붓끝이 자꾸 문제 외로 달아나기를 일쑤 합니다. 이곳 개원에는 어디 보다도 지금 피난민이 제일 많습니다. 그 이유는 청하 서풍하(西豊河) 부근 옥야(沃野)에 우리 동포가 제일 많이 수전(水田)을 경영하여 그 1년산 미액(米額)이 14만에 달한다 합니다. 그러므로 금번 국난의 피해도 제일 많았고 따라서 안전 시대인 개원으로 피난온 동포가 제일 많은 것이외다. 지금 2천 3백 20명이 수용되어 있으나 거처가 어디보다도 편리하게 되어 있습니다. 이들의 편안과 전도를 빌면서 이곳에 여장을 풀고 하룻밤 감몽(甘夢)에 취하기로 하였습니다.

금(今)현(現) 사평가(四平街)의 교육계-조선 오는 좁은 이곳서쌀

월봉 선생!

이곳에서 몇천 리 아득하게 멀고 그리운 조선에는 벌써 봄볕이 두터워져서 강남갔던 제비가 다시 돌아오고 화초가 귀여운 자태를 보이어 거리가는 사람의 가벼운 발자취를 멈추게 한다지요? 신문에서 보기만 하여도 금시 뛰어가고 싶습니다. 내가 만주 벌판을 달음질한 지 겨우 20일이 못 되어 이같이 고국의 봄 그림자가 그립거든, 하물며 이곳에 와서 황막한 광야에서 만월소조(滿月蕭條) 아무것도 보잘것없고, 좌우에는 완돈(頑頓)음울한 중국인의 눈치만 살피고 추위와 더위와 물과 가뭄과 싸워가며 다만 땅 파고 벼 심는 조선 농민의 성격이 순박ㅎㄴ 대로 있을 리 만무하고, 자연 거칠어지고 사나워지며 방랑해져서 되는

대로 살아가게 되고 이곳저곳에 자리가 더울 새 없이 표류하며, 있으면 털어먹고 없으면 그들의 무식과 불량성에만 있지 아니하고 이와 같이 거친 환경에도 큰 관계가 있을 것입니다. 그렇다고 결코 그들의 그러한 생활이 좋다는것은 아닙니다. 물론 그들의 나태성·방랑성이 더욱 이러한 생활 환경에 싸여서 거칠어지는 것이 무리하지 않다는 것만 말하고 이것은 다시 이후에 말하겠습니다. 물론 이들이 잘살자면 이러한 환경에서도 능히 극복하여 끈기있게 뿌리박고 근검 역행(力行)하여 나아가지 아니하면 아니 될 것은 더 말할 것 없습니다.

월봉 선생!

3월 4일 개원서 떠날 때 만주에 유명한 바람이 불기 시작하더니 그 넓은 벌판에 황진(黃塵)이 일어나서 눈을 뜰 수가 없습니다. 차창으로 내어다보니 바람이 휘하고 불면 그 뒤를 따라서 일어나는 티끌이 한없이 넓은 벌판을 덮고 날아가는 것이 참으로 황막한 감을 줍니다. 이러한 쓸쓸한 감정에 싸였던 내가 겨우 여관에서 짐을 풀자 멀리 몇천 리 달려온, 제 손으로 만들던 우리 신문을 반갑게 들고 보니 더구나 고국의 따뜻한 봄소식이 전하니 그 감정이 더욱 야릇하였고, 또 각 수용소를 방문하고 그들의 성적이 퍽 거친 것을 엿본 나로서 자연 이러한 느낌이 솟아나와 횡설수설한 것입니다.

월봉 선생!

사평가(四平街)에 내리기는 이날 오후 1시 반이외다.

이곳도 역시 광막한 평원이었던 곳이 철도가 개통됨으로써 갑자기 은성한 곳이니 현재 인구는 대정(大正) 10(1921)년부터 발달되기 시작한 중국 시가를 합하여 1만 8천 4백 23인(1930년 현재)으로 그 중 조선인은 4백 30여 명이 있다 합니다. 이곳은 그 발달된 역사가 퍽 짧으나 특히 그 부근에서 다량으로 산출되는 특산 좁쌀이 댐분 이곳에서 집산되기 때문에 그런 이름이 유명하여졌고, 1년에 수백만 석씩 조선에서 소비되는 좁쌀도 대부분은 이곳에서 나아간다 합니다. 시가지 동편에 회색 연돌로 높고 긴 서울 안국동 별궁만큼한 장벽을 둘러쌌고 담 사방에는 포대를 쌓은 ○○이 수십 개 즐비하여 그 넓은 마당에는 높이가 3, 40척 직경 15, 6척에 원형으로 삿자리를 둘러치고 산같이 쌓아 올린 좁쌀더미가 집집마다 수십 개씩 쌓여 있는 것이 조선 농촌에서 4, 50석 타작을 하느라고 쌓아놓은 볏더미만 보던 안목으로는 그 규모의 큰 데 경탄 아니할 수 없습니다.

그리고 역 구내에 수만 마대의 속(粟)이 산같이 쌓여 있고 곳곳마다 이것을 지키고 있는 중국 순찰을 볼 때 제법 풍성합니다. 여기서 매년 발송되는 특산물이 43만 4천 8백 79톤이나 된다 하니 매돌법에 서툴러 갑자기 몇 석이나 되는지 모르겠으나 조선 상인들도 상당히 점포를 내놓고 거래를 하고 있습니다.

그러나 사평가는 이곳을 기점으로 한 사조 철도(四洮鐵道)에 의하여 내몽고와 연결되는 관문이기 때문에 더욱 유명한 곳입니다. 사조선으로 정가둔(鄭家屯) 조남(洮南)까지 다시 조앙선(洮昂線)으로 앙앙계(昂昂溪) 막고기(莫古氣)도 통하고 몽고와 북면의 산물이 또한 제법 집산되는 곳입니다. 사조 철도는 1915년 중국 정부와 횡빈(橫濱) 정금 은행간에 먼저 사평가 정가둔간의 선이 5백만 원의 차관으로 체결되어 1917년에 개통되었고 다시 1919년 만철과 4천 5백만 원의 차관으로 1923년에 완성된 중국의 국유 철도라 합니다. 조앙 철도는 역시 만철과 1925년에 1천 2백 92만 원의 공사 청부 계약으로 기공하여 그 익년 7월에 개통한 것인데 지금까지 차관의 원금은 고사하고 이자 한 푼도 아니 물어서 연체 이식 5백만 원을 가산하면 차관 총액이 3천 7백만 원이나 된다 합니다. 뱃심좋은 중국은 차관을 환상(還償)하는 것은 고사하고 정가둔을 돌아서 통요(通遼) 타호산(打虎山)으로 영구에 빠지는 경쟁선 타통선(打通線)을 부설하고 운임을 막 떨어뜨려서 물화를 이곳으로 집중시키는 배짱입니다.

北滿周遊記*

방건두(方建斗)

(一)

半島의首都京城에서 放射하는二條의을따라 하나를 平北新義州에, 다른하나를咸北南陽에 비끄러매고 다시 그線을 屈折시켜 國際都市哈爾賓에 交叉시키

* 이 글은 《朝鮮日報》 1935년 5월 15일부터 24일까지 7회 련재된것이다. 작자 신원 미상.

면 보기 조흔變形을일우운다 나는昌慶苑, 景福宮의 滿潮된夜櫻을避하야 지난四月十四日밤열한시, 이, 菱形의 各邊을 一周코자淸津行列車에 올렀다.

道中, 山은六花의粉가루로 化粧하고 덥은 벗꼿의붉음으로 丹粧한 安邊에들리고, 아직 殘雪이 山谷에 남어잇스나 모래찜(溫泉沙浴) 을하는 朝鮮의別府朱乙을보고 東海물이 출렁거려天與의良港을 이룰뿐아니라 咸鏡線의全統, 京圖線, 圖寧線의開通車와 衝突되여微塵가티 粉碎되엿다는 뉴-스를보고 列車顚覆, 襲擊, 拉去, 等等 北滿旅行이아직危險하다는 가지가지의 말을 列車中에서 或은 旅館을 차저준 國境人士에게서 들은지라京城으로 돌아갈가하고 까지생각하여 보앗다. 荒塵萬丈의 저滿洲벌을차저情들고, 낫닉은 故國江山을 永永떠나가는 同胞의情景이눈압헤나타난다. 斜陽의힘업는光線이 바람에날리는 티끌을通하야 無數하게 나타나선 洋鐵집웅을 反射시킨다 이것이平北으로말하면 新義洲에 比할南陽이다.

新義洲가검푸른

瓦家로 더피고 붉은煉瓦로빗나는대신 이곳은 洋鐵집웅, 너울이 바람에搖曳된다. 바람에 날릴가바 帽子를눌러쓰고驛에내렷다. 驛前에通車가업슴으로 娼妓들처럼늘어선西施들을헤치고 市內로 들어가니 여기저긔『빠라크』門밖에『貸家』廣告가 부텨잇다. 아마만흔 期待를 가지고 各地에서 長事하엿든 사람들이 性急이 發展할것같지도안흐므로貸貨人廣告를 부치고간모양이다.

사람이頻繁히 가고 오는곳을따라가니 欄干도업는 좁은鐵橋가보인다. 이것이 豆滿江鐵橋다. 開闊式鴨綠江鐵橋의宏壯함에比하면 鐵橋라고할것도업스나그러나 稅務力이잇고 오고가는사람의 所裝品을 檢査하니 堂堂한國境鐵橋이다. 圖們으로가는 物品은東海岸産魚類食鹽等이고 南陽으로오는物品은烟草, 糖類等이다 每日이 魚族을 날러다팔아서糊口하는사람이千餘名이라고한다.

나는朝鮮도아니고 滿洲도아닌豆滿江鐵橋한가운데서男負女戴하야 이반찬거리를 나르는조고마한移動商人의 무리와 悠久히 흐르고잇는 豆滿江의푸른물줄기를바라본다.豆滿江은決코넓은江은안이다. 小學校時代에 豆滿江을 鴨綠江다음가는 大江으로듯고배왓더니 오히려漢江의반만도넓지못하다. 너무期待가컷든까닭인가! 江左岸에 南陽의約倍나되여뵈이는急造都市가 잇다. 이것이 南滿의 安東縣과 가튼 役割을할 國境都市圖們이다. 圖寧線, 京圖線, 咸鏡線의聯

絡地點이요 北滿物産을 含吐할都市로되 그리繁昌하지는못하다. 滿洲에有名한 馬車도볼수업고 中國式建物도 보이지안는다. 崔昌林氏案內로 市內를一周하고 旅館에 돌아와일즉자기로하다.

(二)

圖寧沿線의 風景

京圖線의圖們과 濱綏線의寧北을 丁字形으로連繫하야 北滿의心臟을뚫코나간線이 圖寧線이다.

四月二十日 午前七時(朝鮮時間午前八時) 빠라크旅館一室에疲困이 들엇든 잠을 깨여, 圖們驛에 到着하니 벌서풀레트홈에 乘客이 城을 일우어 압흘다토고 잇다. 하로에 單한번박게 가지못하는 牧丹江行汽車이니 無理도 안일것이다. 나도 이 時間을 노치면 하로 滿二十四時間동안을 空然히 보내야한다.

圖們驛長이 好意로 急히發行하여주는二等파스를바다가지고忽忙이車에올으니벌서車間은超滿員이어그야말로立錐의餘地도업다. 한손에 어린것의손을 끌고한손에

移舍道具를들은 壯丁들, 젖멕이를업고, 박아지쪽等을들은 졂은女子들은 北滿의曠野에 新生을차자가는勇士(自由移民) 들이어니와 나만은老人은 餘生이 얼마나남엇길래이車를타지안이치못하얏는고? 哲學者가티보이는 無表情한 滿洲人, 苦力의봇따리, 長銃에또短銃을차고, 戰鬪帽를 눌러쓴獨立守備隊兵, 驛承員들이 눈에띄운다.

삐-ㄱ, 덜컹덜컹

삑, 國際列車의出發이다. 驛橋內外에는 無數한 餞送客이 手巾을 흔들고, 허리를굽히고, 눈을부빈다. 出征兵士를 보내본經驗이업서서 그러한늦김은몰으거니와 單純한停車場作別의 光景은안이다. 東京留學時代에 米國으로苦學을떠나든 親友의누님 R女士를橫濱驛에作別하든記憶이난다. 五色의燦爛한 테푸로얼키우고안얼키운差異, 曠野로가고

大海로가는形式的달음은잇스나 떠나는 瞬間의 시-ㄴ은마찬가지다. 避하야 걸을수도업고 惡臭가 코를찌르는몟個의車間을지나 간신이 안즐자리하나를 發

見하얏다. 기-ㄴ벤취가잇고 八字조케 누어잇는紳士가 잇스니 여기가 아마二等車間인가보다. 지나는 車內賣童에게서 산『F · B』라는 담배한개를 피우면서 車窓밖을 내다보니 나무업고, 느린느린한野山, 숨을길게 쉴수잇는 平野, 農耕하는 힌옷입은 農夫, 十里에 한집, 二十里에두집式 가는煙氣를 吐하는 오막사리집等이 파노라-마가티 지나간다. 溪邊에 아직도 두터운 얼음이 잇스니 이곳엔언제나 꽃이피나!

嘎呀河, 三道溝, 新興, 汪淸, 大荒溝等 驛일음만은 滿洲냄새가나고 異域의感이잇스나 그러나沿線에길가는 사람, 밧가는 農夫가 모다흰옷입은 同胞이니아직도 朝鮮인것갓다. 圖們起點一百二

三十키로地點까지는 朝鮮의延長이라고 하여도 過言이아니다. 달니는車는 어늬듯 李樹溝에-이곳부터는沿線의 景觀이달러진다 사람도 滿洲人 이만허진다 靑服을입은朝鮮美人, 노랑파랑 치마짜락을 바람에날니며 故國이그리워 汽車만바라보고섯는 女子의한떼를바라보며(스시)한곽, 물한병을삿다 渴症이낫든터라물한병을거진다따라먹고나니 汽車도씩씩거리기를 始作한다. 森林地帶라 採伐한나무그루가 山上山下에 黑白의 바둑돌흐터 노흔것갓치亂雜하게보인다. 남아잇는白楊이 正午의强熱한光線을바다 눈이부시게反射한다. 老廟의老松嶺間은 險山峻嶺이다. 山谷과山腹을 이리저리되도라가며 루프式隧道가 두개나잇다. 이곳이 圖寧線中第一危險한곳이라고 乘客들이 이켠저켠을 分忙이바라보며 수군수군한다. 記者도마음이조마조마하야

구불구불돌아올

나온軌道를 내려다보다 暗黑世界九分間을지나니一千八百尺이나되는老松嶺驛에다엇다. 汽車도검은를풀, 풀, 吐하며 숨을쉬고 乘客도 모다 뛰여내려 숨을크게쉿다. 이곳을 分水嶺으로 汽車의달음질함을딸하 本格的으로滿洲의曠野가展開된다.

馬連河, 東京城, 間은一望無際의平野다. 하날과山이 다은것은보아서도 바다와蒼空이 水平線을일우운것은보아서도 茫茫한平野와 灰色하날이 맛붓고 밧이랑에서 太陽이돗고 太陽이지는光景은처음본다. 東京城은紀元五世紀中葉부터渤海王朝의 首府엿든땅으로 當時人口는○○○○○○고한다.

(三)

(東京城 - 寧古塔)

小作農一人收入金四百圓也. 二千年前의 古都東京城을 차즈려고한것은 廢墟化한 古地를보려고함이안이요 여기에 安照擠氏經營하는 有名한渤海農場이 잇다니 同胞의居住함은 얼마나되며 生活情況은 엇더한가 가보고십헛는까닭이다 만은 東京城驛에다으니 暴風이 黃土를날리고 太風이 밧이랑을 차저든다. 交通不便으로 豫定이 느슬가心慮도되거니와 다시차즐記者가잇기를 期待하고 寧安으로直行키로한다.

四月二十日午後五時(朝鮮時間午後六時) 寧安에到着하니 數百의馬中, 人力車, 自動車 數千의市民, 學生이 靑裝을一齊히입고 五色旗를바람에 펄, 펄날리며

喇叭소래嘹喨히

汽車를마자준다. 아마某高官을送迎함이리라. 情景을 하나式떼여 볼때에는 그리조흔 便이안이나 이러케 專門的으로 만흔客을보면 참 조흔求景이다. 눈이 간사하여그러타고 말하는이가잇을것이나 暫間 기다리요 비단에蒼空色染色을 하야 流線型으로製服하여 입數千의 曲線이 夕陽에 빗나는 光景은 乘客들을慌惚케하엿다 그래서 淸衣童子라는말이생겻는가? 車中에서알게된○○○○○와 가티 驛에나려 寧安旅館뽀-이의 案內로寧古塔街에向하다 五中里假量되는距離나 道路가안이라 밧이랑으로가는것이니 어지간이오래다. 午後七時(朝鮮時間八時)만되면 商店旅館할것업시 閉門한다고함으로 旅館에짐을(드랑크한개)두고 이곳事情이

한時밧비듯고십

허서 北滿醫院長張大鉉氏를訪問하앗다. 張兄은大邱醫專出身으로寧古塔에 開業한지滿二個年이된다고하며 퍽, 緻密하고 正直하여보인다. 開業二個年에좀처럼 엇기어려운 滿洲人의信用을엇고堂堂한邸宅에蓄財도上堂함을보아도알것이다. 張兄의말에依하면 이곳人口는約五萬假量되며 正戶數約之千戶副戶를合하야約一萬戶되며 其中朝鮮人이約四百戶, 一千八百人假量이된다고한다. 商人은 적고 農事짓는 이가 殆半인데 生活形便은 大版貧寒하며 間或農事로富財한 이가 잇다고한다.

農事짓는形便은 어떤가요?하고 한말로 두가지意味를 물으니 張兄은 銳利한

메스로手銜하드시 眞摯한態度로 說明을繼續한다.

(四)

午後三時(朝鮮時間午後四時)河利煥氏鄭昊燮氏, 旅館뽀-이, 下女의餞送으로牧丹江驛을出發하다, 二三圓의텝으로는 고맙다는말한마디안한다는 滿洲天地에서下女의餞送이잇섯슴은, 퍽 意外엿스며暴風에여러가지로 便宜를주고驛까지

餞送하여준

鄭,河, 兩兄에게感謝하엿다. 明日午後에야 哈爾賓에다으므로 寢臺를사라고하엿드니 北鐵讓受後로는寢臺를팔지안코 先占하면된다고하는 뽀-이의말을奇怪히녁이면서 時間도업슴으로 不得已그냥車에올랏다.

先占도競爭의 한方法이안임이안이나 이것은 高度的資本主義社會에서 其形體를감추은지오래면 原始的競爭方法이다. 그러나滿洲의 거츠른風이 여기도表現되엿다고하면 異議도업다. 武裝하고달리는 國際列車는언이듯海林에다엇다. 海林은問題만튼 北鐵東部線(賓綏線)의 中間이되며 山高水麗가안이라 丘妙水明한곳이다. 海林富士라는 두던이 붉은저녁해볏에빗치워 水彩畵遠景가티 뵈이며 海林橋긴다리가 牧丹江에 架設되여잇다.

列車食堂

에기름끼만은 露人飮食으로 출출하엿든 배를채우고 肥大한몸에, 코기리눈, 그리고털투성이의 모록고人猿가튼 露人을 이리저리 吟味하는동안에날은 저물고 汽車는섯다. 여기가 橫道河子, 아피 密林地帶니 危險하야 가지못하고 步哨兵을세우고 하로밤을列車中에 지내야한다고한다.

寧古塔 - 牧丹江

(民門移民會社의創立을要望함)

寧古塔萬戶城中이 저물어간다. 그러케 擾亂하든 馬車의말굽소리도 자최를감추엇다. 이마큼이나 큰都市면 大概 밤거리가 더 繁華하고 數萬 數十萬의五色이 燦爛한 電光이 빗날거시나 이 都市만은 暗黑의 무섬속으로 소리업시드러간다.

스팀대신에 페치카裝置를한멋업시 높고넓은 三層다다미방에 저녁을畢하고

안즈니 二重硝子窓을 通하야 구름에쌔운 쪼각달이 갸웃이듸려다본다. 아직잠잘 時間은되지안헛스나 不法監禁을當한것이안이라 慣習法에依하야 監禁을當한지라 (午後七時-朝鮮時間午後八時면全部閉門함으로) 무시무시한가운데 하로밤을지내다.

四月二十一日午前七時 軍人의喇叭소리에 눈을뜨니 벌서아츰太陽光線이 아릿아릿數千의 瓦家집웅을빗처운다. 濱江第二區專賣第九號雅片零賣所養合軒이라고쓴看板이 눈에띄우고 아츰沐浴하고나온 青服女人의한떼가 지나간다. 滿蒙日報支局長金基彦氏 朝鮮日報支局長張鉉氏等을만나 集團的移民이잇는 新安鎭이악이 新發展地牧丹江이야기 橫暴한娟安軍의이야기 朝鮮人待遇問題土地商租檢의將來歸化問題 뿌로-카-이 跋邑等等의이야기로 時間을보내고 구로데스크한滿洲人市街를 一週하다.

前回에記述한바와가티 北滿平野는 土地가肥沃하고 鏡泊湖, 牧丹江, 十里長江等이平野를橫流하야水利가 조흐므로, 南滿에比較하야 米作에適當하고 水畓開拓의가洋洋하나 여기에도 中間寄生蟲的存在가잇서서 貧農의生活은殘酷하다고한다. 一年에小米一石, 黃太一石, □三十斤, 養煙草五斤, 價格約七, 八十圓乃至百圓의物品을 小作農에게 消費貸借를시키고 收穫米를 分食하는 ○○○○이잇슴으로 小作農의주머니에 들어가는것이 百圓이내이고 中間遊食分子는實로支出十割以上의 配當을 밧는것이라고한다.

北滿은荒野가안이다
鏡泊湖푸른물이
牧丹江을흘너나려
봄이면 곳치되고
가을엔黃金의벼가익는다.

東京城에잇는安熙濟氏 經營하는 倉海農場은 十年間小作農으로잇스면 自作農制定을 한다고한다. 一垧에二十圓乃至五十圓이면 사는土地이니 十年間小作을시키고 合作農制定을하여도 오히려 莫大한利益이 잇슬것이다. 그러나사람은慾心에사는지라 安熙濟가튼人格者가안이고는實行하기어려운일이다.

土地照檢은 二十年乃至三十年을期間으로 土地를所有하는것이나 滿洲國現狀으로보아 法制의趨勢로보아 管見이지만 永久의商租, 乃至外國人土地所有權

認定에까지 갈것이다. 이것은 詭辯이될는지몰으나 『事實은法도保護한다』저, 時效問題等을 各國의法制가規定한것은 이것을말함이다. 朝鮮農民의汗血로 開拓한北滿水畓이 그냥 奪還되리라고는 생각할수업다.

多幸히 朝鮮內地에서 民間移民會社가創立되여 三年乃至五年間을으로小作을 시기고自作農創定을할 自ㅁ로 北滿平野에進出한다면 會社側도相當한 利潤을보고 移民同胞의前途에 一縷의 希望을줄가한다.

午後五時 寧古塔出發 午後六時(朝鮮時間午後七時) 新興都市北(牧丹江)에 到着하다.

(五)

北鐵東部線의一夜

奧地로드러가면 퍽 危險하지만

寧古塔이나 東京

附近은 그리危險치안코 水畓○○一晌(一白坪一四○○坪乃至一七○○坪-) 平均八石(朝鮮十六石)은 收穫되며 其中에서 地主에게一石 그經費로一石 水稅半石 民會費二圓(國幣)假量을除하면 約五石이小作人의收入이지요. 壯丁一人平均四晌은 農耕할수잇스니四五二十, 二十石(朝鮮四十石)은 收穫할수잇스며 今年가튼해는 一石 二十圓은 바드니까 一年에小作農一人의收入이 四百圓이지요.

이러케說明을하니

記者는 多少誇張的이안인가疑心하면서 그러면 肥料는?하고 물으니 肥料는 도모지하지안허도 조흐며 農耕地는 東京城, 寧古塔, 海林, 新安鎭의 四大平野에 卽 耕地二十萬晌이잇고 水利는面積二八○中里水 深四○米突이나되는 저

有名한鏡泊湖가

東京城갓가히잇고 거기서起源한牧丹江푸른물이 平野의中心을흐르고잇다고한다.

이곳獨特의關門時間이 되어오고 배가출출함으로 明日을約束하고旅館으로 도라왓다.

牧丹江市는 圖寧線의終點인寧北驛과 佳木斯線의起點인同時에濱綏線의重

要한一驛인 牧丹江驛의中間에끼여 南으로南으로 發展되고잇는 新興都市다. 滿鐵建設事務所가 牧丹江市로移轉되자 朝鮮人一千四, 五百名과 日本內地人 千餘名이募集되야 各各集團的的으로 市街를形成하고잇스며總人口三萬을算한다고한다. 記者가 버스로 滿洲人市街를지나 牧丹江驛을 左便에바라보며 旅館에到着한것이 午後六時四十分(朝鮮時間午後七時四十分) 西便하날에 붉은빗구름이若干남아잇고어두움의無數한兵士가, 저, 멀니襲擊하야올때엿다. 그러나 保守的, 防禦的都市寧古塔과 달나서퍽 進取的이다. 밧이랑에急造한빠락크, 板墻으로둘러싸싼露店, 臨時宿所인天幕집에까지 電光이燦爛하며 밤늣도록外出도한다. 저녁을速히畢한後旅館뽀-이를

案內人으로滿洲

報業滿辨事處東部線特派兼牧丹江支壯社長吳相哲氏를 차즈니 溫厚하고 明快한낫으로 손을끌어드린다. 더듬더듬 차자온 鄭吳燮氏, 朴成龍氏等地方人事들과가티 主人吳相哲氏와그의夫人의歡待를바다가며 或은故國의이야기로 異鄕의情을새롭게하고 或은北鐵讓渡時의蘇聯人從業員의沈痛하여하든光景을 이야기하야回轉되는歷史的事實에感懷가깁헛다.

北鐵讓渡의 歷史的調印이끗난것이 今年三月二十三日午前九時인데 同日午後二時까지에完全히 그리고無事히 事實的讓渡讓受가 끗낫스며 蘇聯人從業員들은 上下를勿論하고慘然히눈물을 흘리면서도 感想을물은즉『外交的不得已한事情으로 最先的으로選考한結果이니 우리는그저命令에服從할따름이다』라고 이들從業員은滿洲에歸化하고 灰色빛蘇聯聯絡車도 繼續歸化運物을하고잇다고한다.

○○에疲勞한몸을 쉬이려고 돌아오니 旅館이超滿員이다. 四日의里程와 豫定을生覺하야

不得已上寢臺에 올라하로밤을지나다.

四月二十二日寒風이零下六十米突은못되여도 三十米突은넉넉지라市井에 나가 鄭吳燮氏 河利煥氏× 方××氏, 姜××氏等을만나任務를다하고旅館에돌아와보니 입은外套는 黃土色으로 變하고 어제저녁새로입은와이셔스카라도 여지업시 더러워젓다.

(六)

-橫道河子- 一面坡-哈爾濱

左便에는 맑은내가흐르고, 그내를건너 中國式市街가 검은帳幕속으로 어렴푸시보이고 右便에는 京義線의新村驛이나 東京의 大森驛附近別莊地帶를 멧個모아놋코 望遠鏡으로 보는感이잇다. 二層, 三層의妙한文化住宅, 그리고 그-琉璃窓을通하야 흘러나오는 無數한電光이 視線을끈다. 驛에나왓든 愛人을同伴하고 풀래트홈을 나서서 어둠속으로 사라진다. 나도江山에 誘惑이되여 行方모르는 어두운길을 漫步하다 朝鮮사람한사람볼수업고 旅館가튼것도 보이지안는다. 開門하엿든若干의 中國人商店도 一濟히閉門한다. 苦悶을이즈려는듯 現實을 忘却하랴는듯 카페-에 보트를마시는 露人의脖子가보인다. 寒冷한바람도 실커니와 더가기가 무시무시하야 발을돌니여 나의 호텔 列車寢臺에 돌아오다 일즉이잠이나 들여고하니 忠實한步哨兵이왓다갓다한다……

牧車를따라 住處를定치못하고 曠野를漂迫하는것이露人의運命이라고 쓴글을읽은記憶이난다.

아! 이들도六月三十日이되면, 저-알뜰한文化住宅을, 이, 別莊地를 떠나 荒漠한曠野 西伯利亞로 돌아갈運命을가젓는가? 北鐵讓渡後 男便은 故國으로도라가자거니 女子는 歸化하자거니 內外의쌈을繼續하야 自殺까지한灰色빛蘇聯 家庭悲劇까지잇섯다고한다. 이것도理由업슴이 안이엿섯다. 이러케 남의일내일을 生覺타가 어느새 잠이 든다.

四月二十二日午前六時 步哨兵의구두소리에 눈을뜨니 붉은太陽이步武當當이 드놉흔 東便蒼空에君臨한다. 車떠나기까지四十分의 餘가가 잇스무로 어제 밤보지못한市街나 볼가하엿스나 그럴時間되지못할뜻하야 驛構內를一周고驛食堂에들어가빠비롯 한그릇, 오렌지한잔을사놋코時間을내다가 橫道創子를出發하다.

密林地를지나 軌道左右便에넘어저 骸骨만남아잇는 汽ㅁ車車線을 바라보며 衝突? 襲擊? 鬪爭? 이러한 西部活劇的場面을聯想하고잇는동안에지금까지지나온멧個의寂寞한驛과는달나서 先汽潑剌한驛에다엇다.

車窓을通하야 플래트홈을보니 一面坡라고쓴看板이보이고 獨立守備隊兵二

小隊(約四十名)가나타나섯다. 中尉 大尉의肩章과칼, 빼올눈의滿洲人工兵長 砲兵學校教官等 數十의將校의肩章과가티 正午의强烈한 光線을바다 눈이부시게 反射한다. 그림에보든上海式中國美人 클레오파트라가튼 妖艶한露西亞女子가 急急이車에올은 뒤를이어 青春紅顔의美少年이 카-기色軍服에 短銃만차고 올나 내엽자리에걸어안즈며

『아이-더워』이러케朝鮮말을한다. 반가워 서로名銜을박구고 우리는 이야기의꼿을 피웟다. 나는그에게 一面坡에는朝鮮사람이얼마나사오?하고 물으니, 朝鮮人約四百이잇스나 生活이裕足치못하며 日本人三百, 滿洲人二萬八千, 白露人四百五十, 蘇聯人六百五十, 約三萬의人口가잇다고.

그리고 渡滿二年에 참으로아슬아슬한길을걸은 自己의身勢等을이야기하다가섭섭히 作別하다.

茫茫한平野에 露人의養蜂하는光景을바라보며 엽헤안즌아지못하는사람들과 北滿의政治 經濟를論하는동안에 哈爾濱에到着하다.

(七)

哈爾濱! 아! 하르빈-『麗のハルピン！』이러케 列車안이騷動스럽다. 나도車안의 모-든乘客과가티 車窓을通하야 東洋의 모스코-라는말을듯는 國際都市哈爾濱을바라본다.

山으로圍繞된 盆地에城을쌋코만드른古代的都市가안이오. 一望無際의 平原中央에 松花江을끼고 雄壯히 나안즌 現代的都市다. 落照에 青紅으로 빗나는建築物의 立體美는 무되인펜실로 描寫키어렵거니와 哈爾濱이今審나의 旅行의 最遠地點인데도 危險地帶를 지난까닭인지 京城이咫尺가티 생각키우며 마음의輕快하야짐을늣긴다. 雜踏한群衆의한사람이되여驛을나선記者는 數百의택시-를, 다, 버리고 一頭馬車한대를불러 旅館案內人과 가티타고, 悠悠히 左右를살피며 旅館에到着하니八時四十分(朝鮮時間七時四十分)이다.

저녁을畢하고 案內人과가티 哈爾濱의 밤거리를 求景하려하엿스나 벌서商店은모다閉門이되고 青燈, 紅燈으로誘惑하는 뒷거리의째즈! 地下의歡樂場 에로, 딴스홀-만이 繁華하다.

露人딴스홀-두곳에서 그女人들의 脚線美, 에로味로 異國情趣를滿喫하고 人

力車를달리여宿所에돌아오다.

四月二十四日아츰일즉부터 面積九百二十九平方키로(東京의約二倍)나되는 廣大한哈爾濱市를 案內人과가티或은馬車로 或은自動車로 어지럽치게 돌앗다. 午後一時頃 濱江驛을거쳐 渡外承德街에趙賢吉氏를차젓스나만나지못하고 다시許公路에 ㅁ皮公司主人安鳳梧氏를 차즈니 반가이마자준다. 처음보기에 넘우 融通性업서보이나 모-든일을熟考하여하며 正直하고決斷性잇슴으로渡滿하야 商人으로 成功한사람이라고하며 當時同胞를爲하야 무엇이라도 奉仕하려고하는사람이다. 午後四時頃鐵路總局을단녀오니 內從金鳳斗君이旅館에 차자와기다리고잇다. 自己집에宿食하기를願함으로 저녁만을가티하기로하고 金君의로 哈爾濱의 銀座, 키타이스카야街에聳立한松浦商會, 츄-린百貨店高岡號삘딍 劇場의內部等을보고 設備의宏壯함에 놀랫다.

哈爾濱의人口는 朝鮮人五千三百 滿洲人三十五萬 日本內地人七千八百 蘇聯人三萬五千 白系露人二萬九千其他 英, 米, 佛, 獨, 伊, 蘭外三十餘個國人種一千三百總計約四十三萬이나居住하며 露人각씨들이 헐기픈外套에 愛人의팔을 끼고 페-부멘트(舖道)우에 우슴소리 明朗이 거러감이 엑조틱하다.

東支俱樂部橋 中央寺院의名所를 보지못하엿스나 松花江畔에 다시漫步할機會를 기다리기로하고 翌日二十五日午前九時二十分急行으로 午後三時新京에 到着하다. 저녁後에 차자준 朝鮮日報新京支局 溫泉錫氏案內로 新興氣分이强勁한 밤의新京을 馬車로一周하고 翌日二十六日午前十時 亞西亞號超特急으로 出發하야 白雪이 퍼붓는 가운데 四平街에 들리여實業家朴亨彬氏를 차자用務를求하다. 四平街에는 朝鮮人이約千名居住하는데모다商溪들을經營한다.

午後五時十分奉天驛에到着하니 四平街朴亨彬氏의連絡을받앗다고 朝鮮日報奉天支局長金ロ惠氏가상글상글웃는낫츠로出迎하얏다. 저녁을가티먹고 張氏二代의居宅을馬車로도라보고 밤十一時安東行『노즈미』로 安奉線을꿈속 지나고 綠陰이욱어진 秀麗한江山을 보게되니 기쁘기짝이업스나 넘으衝擊的이 더욱이 平野라는것이 손바닥가티 보임이 퍽當惑스러웟다.